2017年河北省社会科学重要学术著作出版资助项目
暨河北省社会科学发展研究课题　课题编号：201707050101
2014年河北省教育厅人文社会科学重大课题攻关项目　课题编号：ZD201427

明代京畿文人编年史

许振东／著

山东人民出版社·济南
国家一级出版社　全国百佳图书出版单位

图书在版编目（CIP）数据

明代京畿文人编年史/许振东著．—济南：山东人民出版社，2017.12

ISBN 978-7-209-10750-1

Ⅰ．①明… Ⅱ．①许… Ⅲ．①文人—编年史—北京—明代 Ⅳ．①K825.4

中国版本图书馆CIP数据核字(2017)第122994号

责任编辑　刘　晨
助理编辑　刘娇娇
美术编辑　杨雯雯

明代京畿文人编年史
许振东　著

主管部门　山东出版传媒股份有限公司
出版发行　山东人民出版社
社　　址　济南市英雄山路165号
邮　　编　250002
电　　话　总编室（0531）82098914
　　　　　市场部（0531）82098027
网　　址　http://www.sd-book.com.cn
印　　装　山东新华印务有限责任公司
经　　销　新华书店

规　　格　16开（169mm×239mm）
印　　张　47
字　　数　600千字
版　　次　2017年12月第1版
印　　次　2017年12月第1次
ISBN 978-7-209-10750-1
定　　价　128.00元

作者简介

许振东　文学博士、二级教授，现任廊坊师范学院《语文教学之友》杂志主编。1989年毕业于河北师范学院中文系，1997年和2003年，先后毕业于北京师范大学和南开大学中文系，获得文学硕士、博士学位。主要研究方向为明清小说研究与京畿学，讲授《中国文学史》等课程，在《社会科学》《南开学报》等著名刊物发表学术论文近五十篇，编著书籍10余部，于《光明日报》《中华读书报》等报刊发表散文、诗歌作品百余篇，参与或主持国家社科重大招标课题、国家社科规划课题等各层次项目十余个；曾多次获得河北省和廊坊市优秀社科成果奖，为全国优秀教师、河北省高校教学名师、河北省“三三三”人才二层次人选、河北省高校百名优秀创新人才、两届廊坊市管优秀专家。

绪论

本编年史，所述上起明朝建立（1368），下迄明亡（1644）。书中所指京畿地区为都城北京及当时直隶于京师的地区，即北直隶，包括顺天府、保定府、河间府、真定府、顺德府、大名府、广平府、永平府，和延庆、保安两个直隶州，相当于今北京市、天津市、河北省大部和河南省、山东省的小部分地区。虽然明朝定都于北京的时间为永乐十九年（1421），但虑及前后的相关性及研究的完整性，此前的本区域仍在本书的研究范围之内。本书所述录的内容，一为籍在（包括寓居）京畿地区的文人于京畿及其外的主要人生履历、较大事件或文学活动等，一为非京畿地区的文人于京畿地区发生的与文学相关的重要事件或活动等；同时注意辑录于京畿形成或对京畿产生较大影响的重要文化政策、文化工程、文人结社、讲学、交游、出版传播等方面的内容，力求全面记录明代京畿地区的文化生态、文人心态、文学样态等。

京畿地区处于燕赵古文化的腹地，不同时期曾产生出非常丰硕的文明成果，近现代以来又衍生出京味文学（化）、津沽文学（化）等分支。但是，长期以来，人们对江南文学与文化的关注较多，研究也较为充分，而对以京畿地区为中心的北方文学及文化缺少深入而系统的研讨，致使很多优秀的作家与值得注意的文学文化现象被遮蔽。建国以后，京畿地区被划分为北京、天津、河北三个行政区域，本区域的文学与文化研究，被人为割裂。京津冀三地地缘相接、人缘相亲，地域一体、文化一脉，历史渊源深厚、交往半径相宜；在当下京津冀协同发展的大背景下，应将京畿地区的文学与文化作为一个完整统一的学术视域进行研究与关照。

京畿地区许多优秀文人的文学作品和精神品格需要进行深入挖掘与继承。京畿地区钟灵毓秀，人杰地灵，优秀文人层出不穷。例如高邑赵南星以散曲创作名世；永年申佳胤、申涵光父子以诗文享誉大江南北；容城孙奇逢以精深造诣与李颙、黄宗羲齐名，有明末清初三大儒之称；霸州王遴、容城杨继盛都是明朝著名的诤臣；高阳孙承宗、大兴史可法均为明末独撑危局的栋梁之才；固安杨维聪、杨维杰兄弟先后考中状元、榜眼，名满天下，等等，不胜枚举。尤其是明代中后期，权阉当权，党派纷争，社会动荡，本区域的文人如鹿善继、孙奇逢、范景文等都善恶分明，勇于支持良善、坚守品节，甚至不惜为他人或国家民族的利益牺牲一切，体现出崇高的人格风范和精神境界，谱写下人生可歌可泣的壮丽诗篇。本书对这样众多杰出文人的生平事迹、思想著作、精神品格，及与京畿地区文化的相互关系等方面都给予了高度的关注和载录。

寓居或流入京畿地区的著名文人是构成京畿文学与文化发展的重要组成部分。明代的北京是全国的轴心城市，聚集与流动着全国最为优秀的文人。有些文人出生地即在京畿，且一生大多数时间也于此生活，如茶陵诗派领袖李东阳，多被记为湖南茶陵人，而其一生的居住地始终没有离开过北京；著名文人程敏政籍在安徽休宁，而其10岁前一直于河间府生活，10岁后即被荐入翰林院读书，后中进士授官仍主要居于北京。此外，还有不少来自天下各地的文士于京畿地区结社或进行其它活动。如万历二十六年，湖北公安袁氏三兄弟，在北京西郊崇国寺组织“蒲桃社”，吟诗撰文，臧否人物，成一时之盛事；嘉靖二十三年，浙江人吴维岳、王宗沐等结成以南方人为主的刑部诗社，他们联络京城的中下层官员自发举行文学活动，对后世文学的发展亦有很大影响。对如上这些各类文人，本书都从京畿地域的视角给予了高度的重视。

本书依明代历史和京畿地区的发展分五个阶段，并依此立章，分别为第一章：洪武元年（1368）至建文四年（1402），共35年；第二章：永乐元年（1403）至天顺八年（1464），共62年；第三章：成化元年（1465）至正德十六年辛巳（1521）共57年；第四章：嘉靖元年（1522）至隆庆六年（1572），共51年；第五章：万历元年（1573）至万历四十八年（1620）共48年；第六章：天启元年（1621）至崇祯十七年甲申（1644）共24年。章下以年为基本单位，年下辖月，月下辖日。

本书主要采用编年体与文学地理学相结合的方法。时间与空间是物质存在的两种客观形态，也是人类赖以生存和发展的双重维度。时空的广延性和持续性及其相互依存、相互作用的关系，蕴含和记录着世界万事万物的演化足迹，并由此构成不同门类的发展谱系。

编年体是我国传统史书的一种主要体裁，其以时间为中心，按年、月、日编排史实或记人，是编写历史最早也是最基本的方法，古代较著名的著作如先秦时期的《春秋》《左传》、北宋司马光主编的《资治通鉴》以及南宋朱熹所撰《通鉴纲目》等。自20世纪以来，以编年的方法进行历史、文学等领域的研究，一直延绵未绝，较著名的文学研究著作如敖士英的《中国文学年表》、陆侃如的《中古文学系年》、吴文治的《中国文学史大事年表》、张慧剑《明清江苏文人年表》等，都以丰富的史料、谨严的探稽而泽惠于学界。自20世纪末至今，文学研究的各类编年史的撰写颇为强劲，如曹道衡、刘跃进著《南北朝文学编年史》，傅璇琮主编《唐五代文学编年史》，刘跃进著《秦汉文学编年史》，陈大康《中国近代小说编年史》，张健等主编《中国当代文学编年史》，钱理群、吴福辉、陈子善等主编《中国现代文学编年史：以文学广告为中心》，刘福春《中国新诗编年史》等。尤其是2006年湖南人民出版社出版了由武汉大学陈文新教授主编的《中国文学编年史》，这部著作上至周秦，下迄当代，共分十八卷，每卷约80万字，总计1400万字，是我国首部系统完整、涵盖古今的文学编年史。此书学界评价甚高，被称作是“中国文学史的一个标志性成果”（黄霖评）、“具有极高的学术价值（霍松林评）”，其理论与方法为本书提供了可以借径的通路。

自20世纪末开始形成的文学地理学研究方兴未艾。所谓的文学地理学是以文学为本位、以文学空间研究为重心的新兴交叉学科。据有学者统计，在2012年前的20多年里，仅在我国内地公开发表的相关论文至少在700篇以上，所出版的相关著作不下于60种。较重要的学术专著有梅新林的《中国古代文学地理形态与演变》、曾大兴的《中国历代文学家之地理分布》、陶礼天的《北“风”与南“骚”》、刘跃进的《门阀士族与永明文学》、杨义的《京派海派综论》，这些优秀的学术成果也为本书的撰写提供了有益的理论补充与可借鉴的方法。

在如上的基础上，本书还采用了传统的典籍查阅、检索、校勘、摘录、比较、实地考察、采访等方法，深入广泛地阅读、采录各种资料资源，力求撰述得翔实充分。

长期以来，我国的古代文学研究一直存在“重南轻北”的倾向，尤其是对明清两朝北方区域文学的研究与重视始终不是很够，这在各类编年史著作里也存在同样情况。近些年来，随着文学地理学的繁荣发展，吴越、荆楚、甚至岭南等区域的文学与文化研究都取得了十分丰硕的学术成果，而北方区域在这些领域的研究则相对滞后。另因受行政区划的影响，对北京、天津、河北等区域文人的单独研究较多，而将京畿地区作为一个完整的学术视域进行研究尚不多，至今并没有一部关于本区域文人活动的编年史专著。本书的撰写，则可填补此空白。

本书拟收录于京畿形成或对京畿产生较大影响的重要文化政策、文化工程、文人结社、讲学、交游、出版传播等方面的内容，力求全面记录京畿地区的文化生态、文人心态、文学样态。以京畿为一统一视域，将文化、文人、文学三者结合起来进行综合关照且进行编年叙录，能够为后来者提供一定的资料基础和研究路径。

本书在采用编年体的同时，也吸纳了纪传体撰述的方法。文人的活动一方面主要关注其生平与重要事件，同时也重视其作品序跋、朋友信函等史料的采录。在文人的出生之年一般有简明扼要的小传，给人以总体印象；在文人去世之年，适当收录史上对此人物的的权威评价，以使读者更全面地了解此人物在历史上的地位、同代或后人对其人的看法。这样，本书既有京畿地区文化、文人与文学发展的整体面貌，也有文人不同个体的完整记录，点面结合，具有很高的使用价值。

本书以文献为基础对文人活动予以系年，在准备及撰写过程中，对大量的史籍、方志、家谱、总集、别集、笔记等各类文献进行广泛阅读，详细搜集资料、辨伪存真，认真梳理，对籍在（包括寓居）京畿地区或在本区域活动的两类文人进行较全面的编年叙录，书内收录了大量的第一手史传、序跋、碑志、诗文等材料，新发现了大量长期被忽视的京畿地区文人，对以前的一些错误提法进行了辩证，是研究明代京畿地区文人的一部重要工具书。

进入 21 世纪以来，随着改革开放的不断深入与经济文化的发展，京津冀三个地区的相互联系与融合日益加深，尤其是近些年来，京津冀协同发展上升为国家战略，这样的形势将打破三地学术研究相互割裂的局面，进而形成更为完整全面的京畿学。以此为导向，本书希望能成为在新的学术视域下的探路者与铺路石，并希望此领域能兴旺蓬勃地向前发展。

凡例

一、本编年史以编年形式载述明代京畿地区文人的生平、交游、结社、文学创作与传播等活动以及在本区域内与文人密切相关的社会政治文化事件等；非京畿地区的著名文人，于此区域发生的上述活动，根据影响度亦酌情载录。

二、本编年史所指京畿地区，即明代称北直隶或北直的地区，包括顺天府、保定府、河间府、真定府、顺德府、大名府、广平府、永平府、延庆直隶州、保安直隶州所辖的州县，大致相当于今天北京、天津、河北三省市所在的区域。于本区域内而当时不在北直辖区的亦根据情况予以收录，如蔚州明代属大同府，清后即属宣化府，现属河北省张家口市，生于其地的文人魏象枢和京畿文人密不可分，故载录。

三、本编年史所指文人一般是指以文史哲、书画作品名世，或有科第出身且在社会上产生较大影响的人士。京畿地区的文人一般以州县名＋姓名相称；非京畿地区文人一般以“著名文人”＋姓名或类似形式相称。少量以籍贯地相称而闻名的外域文人仍用旧称，如太仓王世贞、常熟钱谦益等。出生地和主要成长地在京畿地区的，直接用该区域州县名相称，如不称茶陵李东阳，而直称京师李东阳。少量较长寓居本区域者，用寓＋州县名＋姓名相称。

四、本编年史据历史发展的不同阶段划分为若干章。章的标目方式是：“××章　××年至××年，共××年”。每章以年份为序，以农历纪年、月、日；月份不明者，依春、夏、秋、冬四季；季不明者，统一归入“本年”之目。一月内，有明确日期的，一般早者居前；无明确日期的，一般影响度大者居前。

五、叙事以纲带目，即在征引相关文献之前有一句或数句概述。如，先总叙一句“京师李东阳被皇帝命任纂修官修《宪宗实录》”，再征引相关序跋、著录、评议。前者为纲，后者为目，纲、目配合，既明了又完整。

六、引用的碑志、序跋、诗文，一般采用“作者十篇名”，同时加页下注的方式，以便读者查考。引用的史籍、年谱、家谱、日志（记），一般采用作者十书名十卷次的方式。引用《四库全书总目提要》，或用全称，或简称《四库提要》，只标明卷次。引用地方志，一般标明纂修年代。据类书转引时，注明原出处。引用报刊，注明年月日或卷次。

七、作者小传一般置于生年。卒年一般汇录晚年景况、朝廷封赠、地位影响、作品流传等史料。部分文人的生年和科第情况，据陈文新主编《明代科举与文学编年》（武汉大学出版社2009年版）所收历年《进士登科录》材料纂定。

八、作家代表作一般不录原文，但收录重要评论材料，并酌情说明相关选本收录情况。

九、存疑或需要辩证的史实，以页下注的形式存列。

序一　地域文学研究的新成果

陈　洪

时间和空间的两个维度，是构建文学史的基本框架。前者主要按照时间的线索叙述文学的演进与嬗变，后者重在展示文学发展进程中的空间分布、区域特色等。以时间维度为主来叙述文学史的发展，形成的历史较长，出现的优秀论著也较多；而以空间维度为主来展示文学与文人的空间构成则较为晚出，正呈现出兴旺发展的态势。

本书以京畿地区的文人活动作为研究对象，其所指京畿地区为明代都城北京及当时直隶于京师的地区，相当于今北京市、天津市、河北省大部和河南省、山东省的小部分地区。此地区远古时即共属冀州、幽州之地，后世也多同处一个行政区域和文化圈层，同样具有着燕赵文化的气韵和风骨。新中国成立以后，此地区的主体被划分为北京、天津、河北三个独立的行政区域，以致其区域的文化与文学等方面的研究，被人为割裂。学者们多只局限在各自行政区划内做区域研究，形成了相对独立的京学、津沽学、畿辅学。当然，这种研究也是必要的，但忽略对京畿整个区域的广博采征与相互参证，就会使很多有价值的学术问题不能被发现，也使一些现象或事件的产生，不能得到深入而全面的解释。近些年，随着京津冀协同发展的日益加深，京、津、冀三地的文化认同和融合也日渐加强。本书将京畿作为一个完整的学术视域来考察，既是重回历史现场的求实之举，也是力寻京、津、冀共同文脉及相互关系的一个有益尝试，填补了本领域的学术空白。

在进行空间维度考察的同时，本书以时间维度的发展作为叙述的脉络，具有传统编年体史书的特色。全书所述上起明朝建立（1368），下迄明亡（1644），且依年份的变化而自然延展，以朝代的更替构成不同的段落，叙述清楚明晰，方便查阅与寻实。在具体的研究过程中，著者首先借助了《明史》《明实录》等大量的官修史料，对之进行认真地辨伪存真，剔析梳理；同时又对方志、家谱、总集、别集、碑传等各类文献进行广泛阅读，细致考辨，使对各时所记更为丰富、翔实。尤其是对不少文人的生平或活动，在年下，又更细微地记至月、日，一方面显示出著者严谨的治学态度，另一方面又可更多地接近历史本身，更大地泽惠学林。

因经济发展和文化观念的差异，本书所指的京畿文人，长期以来，没有如江浙一带文人般得到重视与研究，很多文人的地位和影响没有得到应有的认可。本书通过阅读大量的史料，对京畿文人进行了“涸泽而渔”式地搜罗和挖掘，为本区域的文人研究提供了更为丰富的史料，亦有利于更为全面地认识和研究此区域的文人特色与文化特征。京畿地区的文人流动性很大，有不少文人虽自幼生长在京畿，却未被归入京畿圈内，如李东阳、程敏政等；也有不少文人因参加科考或于京做官而寓居于京，他们也程度不同地影响或接受着京畿文化。这样的一些人物也一并为著者收纳于内，对全面认识京畿文人与文化也是很有益处的，如此内容的加入无疑也为本书增加了厚度和份量。

本书主要对文人的生平、交游、心态、文学活动与创作等进行载录，同时对影响京畿文人较大的重要文化政策、文化工程、事件等史料给予适度收入，这样的处理也是很可取的。文人是一个动态的存在，一方面，他们始终受着政治、经济、文化等多方面的影响；另一方面，文人与文人间又相互产生着影响，并影响着特定的文化环境。只有把视野放宽，才能进一步增强所述对象的历史感与客观性。

本书著者于2000年至2003年间跟随我攻读博士学位，曾选定《17世纪苏州地区白话小说的创作与传播》为题进行毕业论文的撰写。当时，他常慨叹江南地区的文运兴盛，文人的云集影从，而暗自感喟北地的文脉不隆，文人的零落飘散。现他聚五年之力，对明代京畿地区的文人活动进行爬梳剔抉，精研成章。此既是他对当时失落之心的一种补足，也是其对自身学术领地的新开拓。从苏州到京畿，从小说到文苑，可以看出振东学术发展的轨迹及其学术个性，愿他能沿此路越走越远，并不断取得更新成果！

序二　明代历史研究的拓展与新变

南炳文

我国历史悠久，绵延五千余载。提起其间的的盛世，人们皆称汉唐；而很少有人认识到，明代也应为我国古代历史上非常重要的盛世之一。

说明代为盛世，主要原因有八个方面：第一，疆域辽阔。明代西北约至哈密以东，西南至西藏，南至南海，越南一度被纳入版图，东南至钓鱼岛（嘉靖时陈侃著《使琉球录》载钓鱼岛在中国海域之内），东北至黑龙江入海口（特林），北至大漠。此为清代疆域的进一步扩大和今天中华人民共和国版图的形成奠定了基础。第二，近三百年间政局大体稳定。明朝凡16帝277年。其间尽管发生过一些战争：明初的统一战争、统治集团内部战争（靖难之役、平定正德初宁夏安化王朱寘鐇与正德后期宁王朱宸濠反乱）、农民起义（永乐时唐赛儿起义、正德时刘六刘七起义、李自成张献忠起义）、与边疆少数民族的战争（对付鞑靼、瓦剌、女真）、对外战争（抗击倭寇与驱逐西方殖民者骚扰沿海）等，但总的来看，和平环境占主体，政局稳定。第三，生产力有所提高。农业较多进行了综合经营，地利利用充分；引进新品种：甘薯、玉米、烟草；经济作物棉花广泛种植。手工业和矿冶业：纺织业出现结构复杂的花机，能织出复杂的新花样；陶瓷业制成斗彩、五彩等新品种，印刷业发明饾版、拱花新工艺；采矿业发明竹竿排瓦斯；钢铁业上用带活塞、活门的大风箱，提高了冶炼温度。第四，商品经济空前繁荣。明中叶以后，在发展程度达到新水平的农业和手工业中，商品生产比重增加：如河南棉花多归商贩；商路贯穿东西南北，商人用书《天下路程图引》等大量出现。两京之外，运河沿岸、各地交通中心、政治中心、经济中心城市和市镇大量出现；资本雄厚的徽商、晋商，足迹遍布各地。第五，出现了与商品经济繁荣相适应的思潮，包括反对孔孟说教、主张思想自由；反对夫权、主张男女平等、否定旧礼教；鼓吹工商皆本，肯定追求私利的思想。第六，对传统学术、科学技术知识进行了大总结。永乐时的《永乐大典》共 22937 卷，3.7 亿字，在保存总结古代文献上意义重大。后期的李时珍《本草纲目》、徐光启《农政全书》、宋应星《天工开物》总结了明代及以前的医药学、农业、手工业知识，甚至也收进了一些西方新传入的科学技术。第七，航海活动空前发达。永乐至宣德年间以郑和为首的船队 7 下西洋，空前扩大了中国船队的远洋航行范围，开启了西欧人的环球航行与发现美洲新大陆的新时代。第八，国力强盛，为世界上最大经济体。其时，西班牙在南美洲开采的白银，进入中国的即占 1/3，此明显说明我国在世界经济贸易中的地位和强大竞争力。当时的西方列强在世界各地进行疯狂的殖民掠夺活动，无数国家为其征服，而在我国仅能骚扰沿海一隅之地。少数进入到内地的外国传教士无不学中国语、穿中国衣、读中国书，主动融入中国文化。如此多的方面，充分说明了明代确实应该是我国历史上的一个强盛时代，即盛世。这是一个值得中国人骄傲、自豪的时代，是一个值得高度重视和研究的重要历史时期。

对于如此一个强盛且延续近 300 年的朝代，至今尚有许多领域未曾研究，已经开始研究的领域，也有研究不充分、偏颇甚至有错误之处。这除了与时间、人力有限相关外，与信息不畅通、一般研究者在利用资料上存在不便、有力用不上也有关系；还与学术、社会的现实状况尚未使学者想及或充分重视有关。当前，我们的明代史研究已有非常好的环境与条件。首先，全国上下高度重视文化建设，具有庞大的明史研究队伍。必须大力总结中华民族历代的文明成果，大力发扬中华民族的优秀文化传统，现已成为我们党和国家普遍的共识。国家支持的中国明史学会已有近 30 年的历史，国家各级社科研究规划中都有明代历史研究的项目列入其中；明史研究队伍不断扩大，仅参加中国明史学会的专攻明史的副教授以上会员即达 300 多人，各地参加其他学会但研究内容与明代历史有关的专家学者更是不计其数。其次，信息空前畅通，研究资料海量丰富。过去由于资料分存各地，研究者利用不便，严重妨碍研究工作的开展。现在有了互联网，许多资料一点即在眼前。特别是近一段时间以来，出版事业大发展，许多原来分存于国内以及海外日本、美国等难得一见的历史文献资料化身千万，进入国内各大学和各城市的图书馆中，研究者可以方便地进行阅读；或者通过网络与电子媒质进行浏览。其中相当大的部分正是研究明代历史所需要者，其数量远远超过与中国古代其他朝代相关者。现已经为广大学者使用的卷帙浩大的丛书主要如《四库全书》《续修四库全书》《四库未收书辑刊》《四库全书存目丛书》《四库禁毁书丛刊》《北京大学图书馆藏善本丛书》《北京图书馆古籍珍本丛刊》《北京图书馆藏珍本年谱丛刊》《历代日记丛钞》、台湾成文出版社《中国方志丛书》、上海书店等出版《中国地方志集成》《明代传记丛刊》等。这些丛书中，除单收有关明代者外，其余的也是所收多半或很大部分属于与明代历史有关者。

已届中年的学者许振东先生，20世纪初于南开大学文学院获得博士学位，是著名文史专家陈洪先生的高足。他集五年之功，撰成六十余万字的新著《明代京畿文人编年史》。本书属于明代历史与文学相交叉的研究范畴，全书考辨翔实、材料丰富、脉络清晰，具有很多创新之处与较高的学术价值。京畿虽然不是一个新概念，但是把京畿整合起来作为一个相对独立的学术领域以前却还很稀少。新中国成立以后，因为行政区划的原因，本是紧密连接在一起的京畿地区被分割为京、津、冀三个省市。此后三个区域的社会、经济、历史、文学等方面的研究即分别展开，各谈自事，各论己理，缺少一体化的整体研究。同时，因经济文化等多方面的原因，对于作为金元以后北方的经济文化中心——京畿地区文人的研究，要大大落后于南方的经济文化中心——江浙地区的文人研究，甚至存在不少空白；而许振东新著的问世，则在很大程度上改变了如此的格局，填补了相关领域的学术空白。

在撰写过程中，作者充分利用海量的材料资源，认真阅读、梳理、考辨各种正史、笔记、方志、文集、谱传、碑志等材料。尤其是作者特别注重明代文人年谱的使用。明代文人年谱的数量多、价值高。很多年谱的作者多是谱主本身，或者是谱主的门生亲朋，所记为其亲历、亲见或亲闻，多真切翔实。有的虽不是谱主的门生亲朋，但曾广泛收集谱主的资料，做过专门研究，所记亦多可靠。晚出的、甚至是今人所作有分量的优秀年谱，常包括谱主本人著述、与谱主有关的人物的有关著述、同时人或后人对谱主的记载、直接或间接与谱主生平活动有关的历史记录等，可真实、全面、系统地反映谱主一生的经历、事迹及与社会和时代的关系，也具有不可忽视的价值和作用。对此两类年代跨度很大的年谱，新著作者都给予了足够的重视，并进行了认真细致地辨析，从而使本著作建立在一个坚实可信的基础之上。

《明代京畿文人编年史》是叙述整个明代京畿地区重要文人的生平、创作、交游、影响等内容的专著，涉及到的重大事件和人物较多，著者能够采用同时参阅相应时期相关人物的多部年谱的方法，合理吸收了各谱不同方面的史料和观点，更有利于保证所述人物或事件的真实性和全面性，并进而使著作在准确有序地记述明代本区域不同文人的纵向发展演进轨迹的同时，又能呈现本区域文人的整体风貌和多样特征，进一步增强了本著作的学术含量和价值。

是为序，并祝愿本领域研究蓬勃发展，祝愿著者取得更多丰硕成果。

目录

第一章　洪武元年至建文四年 (1368～1402)共35年

第二章　永乐元年至天顺八年
(1403～1464)共 62 年

第三章　成化元年至正德十六年 (1465～1521)共 57 年

第四章　嘉靖元年至隆庆六年 (1522～1572)共 51 年

第五章　万历元年至万历四十八年
(1573～1620)共48年

第六章　天启元年至崇祯十七年 (1621～1644)共 24 年

第一章

洪武元年至建文四年

（1368 ~ 1402）共 35 年

洪武元年

（公元 1368 年　戊申）

八月

元朝的首都大都被攻入，元朝灭亡。由朱元璋建立的统一王朝——明朝，定都南京，改大都为北平府。

十二月

藁城崔亮起复为礼部尚书。《太祖实录》卷三十七：“（洪武元年十二月）辛巳，起复济南府知府崔亮为礼部尚书。亮，真定藁城人。故元时，为浙江省掾。岁丙午，王师至旧馆，亮来降，授中书礼曹主事，累迁至济南府知府。以母忧去官，至是令起复。”雷礼《国朝列卿纪》卷三十九：“崔亮，字执夫，直隶真定府藁城县人。故元浙江省掾。丙午年王师至旧馆来附，授中书礼曹主事，迁济南知府，抚绥得宜，士民感服。洪武元年，升礼部尚书。本年，以母忧去官，本年冬起复为礼部尚书。”崔亮（？—1370），字宗明，又字执夫，真定府藁城县（今河北省石家庄市藁城区）人。元时任浙江行省掾。降明师，初授中书省礼曹主事。后迁济南知府，以母忧归。初居礼曹时，即位、大祀诸礼皆其所条画，丞相李善长荐之于朝，遂知名。居尚书职，制订实行的一切礼制考证详细准确。本年，钱用壬请辞礼部尚书，起崔亮代。（张廷玉《明史》卷一百三十五《列传第二十四》、孙承泽《畿辅人物志》卷一）

本年

大名秦裕伯入朝为官，授侍读学士。孙承泽《畿辅人物志》卷一：“洪武元年，复征，称疾不出。上手书谕曰：‘海滨之民好斗，裕伯智谋之士而居此地，苟坚守不起，恐有后悔。’裕伯拜书入朝，辩博善为辞说，授侍读学士。上登钟山，命与学士朱升、张以宁等扈从拥翠亭，给笔札，即景赋诗，甚见宠侍。”秦裕伯（1296—1373），字惟镜、景容，号蓉卿，别号葵斋。自幼随父亲生活在大名，元至正四年（1344）中进士，历官湖广行省照磨、山东高密县尹、福建行省郎中、延平路总管兼管内劝农事、行台侍御史。元末，弃官返乡。明太祖朱元璋多次征召，不得已入朝。历官侍读学士、待制、治书侍御史，并与御史中丞刘基主持京畿考试。后出知陇州，以病辞官归里。殁后，追封显佑伯，为上海县城隍正堂，

历明清两代不变。（孙承泽《畿辅人物志》卷一）

清苑何礼因才行卓异，被举为官。何礼，生卒不详，保定府清苑县（今河北省保定市清苑县）人。曾向明太祖朱元璋奏请于广东、广西、福建、浙江、湖广、江西、淮安、苏州等处征收马草及支放马料，放免各卫所年老残疾军士返归乡里，请令天下诸卫所选择善骑射者农隙之时赴京校试。后升任兵部尚书。（保定人物志编辑委员会编《保定人物志》）

保定武彧被明太祖朱元璋赐予侍读之职。武彧，生卒不详，保定人，知识广博。洪武三年至二十年（1370～1387），再由魏国公徐达荐举，训教诸士，为时燕王朱棣讲解经史。永乐元年（1403），朱棣登基，征授侍读学士。后因年迈请辞，明成祖赐敕褒赠，称其博通六艺五经，为儒林之硕望。（保定人物志编辑委员会编《保定人物志》）

北平开济以明经举，授河南府训导，入为国子助教。开济，生卒年不详。字来学，北平人。元末，携家移居洛阳。后称病罢职，在家乡训徒授业。后为人荐举，授刑部尚书。因收受贿银等罪责，为朝廷所杀。（张廷玉《明史》卷一百三十八《列传第二十六》、孙承泽《畿辅人物志》卷二）

宛平张昶元末来附，仍念故朝，于本年或前被诛。雷礼《国朝列卿纪》卷四："张昶，顺天府宛平县人。仕元为户部尚书。辛丑年来附，江西行省平章王溥遣人报于上，命仍其官。甲辰年，升中书右司都事。丙午年，升中书省参知政事。外示诚款，内怀阴计，与杨宪、胡惟庸皆相善。昶有才辨，智识明敏，熟于前代典故，凡国家建制度多出昶手，裁决如流，事无停滞。昶恒自以元臣失节谓不能无议已者，心常怏怏。时扩廓帖木儿兵尚强，元都未下。昶私语其所亲曰：'吾若得归元，仍不失富贵也！'间阴使人上书颂功德，劝上以及时娱乐……上皆不听，昶惧不安。时元主谓昶已死，赠昶官谥，擢用其子。会平章李文忠下杭州，以元平章长寿丑的等至京师，上释之，遣归元。昶乃阴托长寿丑的奉表于元，且寄书其子询存亡。会昶卧病，宪往候，偶于昶卧内得书稿，遂奏之。上令大都督府按问，昶书八字于牍曰：'身在江南，心思塞北'。上始惜其才，犹欲存之，及得其所奏书牍词，曰：'彼叛意决矣，是不可赦！'遂伏诛。"

燕山刘君锡于本年前后在世。刘君锡，字号不详，燕山（今北京西南，或记为今天津蓟县）人，家甚贫。元时曾任省奏，性格方正耿介，不屈节，人有过必正色责之。时与邢允恭、友让、贾仲明等友善。善隐语，为燕南独步，人称"白眉翁"。所作杂剧有《庞居士误救来生》《东门宴》《三丧不居》等，后两者佚。《录鬼簿续编》于其名下著《来生债》一本，《元曲选》存本属无名氏。（贾仲明《录鬼簿续编》、王长华《河北文学通史》第二卷下）

洪武二年

（公元1369年　己酉）

正月

滑县[1]宋讷参与纂修《礼》《乐》。黄佐《南雍志列传》卷一："宋讷，字仲敏，大名滑县人。父崇禄，元陕西行台御史，赠参知政事，追封魏郡公，谥忠肃。讷为名家子，雅性持重，不妄言笑，读书记问赅博。登元至正癸卯进士第，筮仕盐山县尹，遭世乱隐居，求志入国朝，文名益昌于时。洪武二年春正月，中书省征儒士十八人纂修礼乐，讷与焉。事竣不仕而归。"《明通鉴》卷二："庚寅（二十八日），诏儒辰撰修《礼书》。先是上即位，屡敕儒臣编集郊庙、山川等仪及古帝王祭祀感格可垂鉴者，名曰《存心录》。寻又诏郡县举高洁博雅之士年四十以上者，礼送京师。一时征召之士，首山阴杨维桢，元季隐居松江。……其他征入礼局者，有新喻梁寅、滑县宋讷、天台徐一夔、山阴唐肃、永丰刘乾，及周子谅、胡行简、刘宗弼、董彝、蔡深、滕公琰等，凡十八人。"《明太祖实录》卷四十四："洪武二年八月[2]庚寅，敕中书省令天下郡县举素志高洁、博古通今、练达时宜之士，年四十以上者礼送至京，参考古今制度，以定一代之典。"宋讷（1311—1390），字仲敏，号西隐。大名府滑县（今属河南）人。元至正进士。任盐山府尹，后弃官归隐。洪武初年应征编礼、乐诸书，事竣，不仕归。十三年任国子助教。十五年迁翰林学士，改文渊阁大学士，再迁国子监祭酒，治太学有绩，颇受明太祖赏识，卒于官。正德中追谥文恪，有《西隐集》二十卷。（张廷玉《明史》卷一百三十七《列传第二十五》、孙承泽《畿辅人物志》卷一）

二月

大名秦裕伯降为待制，曾听帝论为学之道。《太祖实录》卷三十九："（洪武二年二月）壬辰，以翰林直学士詹同为侍读学士，秦裕伯为待制，袁涣、睢稼为翰林应奉。"雷礼《国朝列卿纪》卷十九："洪武二年，降待制。一日论学术，上曰：'为学之道，志不可满，量不可狭，意不可矜；志满则盈，量狭则骄，意矜则小；

---

① 滑县，明时属大名府，今属河南省安阳市。

② 据上两则所记，当为本月事。此说在八月，暂记备考。

盈则损，骄则惰，小则陋。故圣人之学，以天为准，贤人之学，以圣人为则，苟局于小而拘于凡近，岂能充广其学哉？’裕伯对曰：‘诚如圣言。’”

十一月

二十一日，清苑李友直生。杨荣《资政大夫行在工部尚书清苑李公墓志铭》：“君生洪武己酉十一月二十有一日，自幼谨厚不事嬉戏，动止俨若成人，甚为父母钟爱。暨长，读书通大义，兼习法律，遇事勇为，不计利害。”李友直(1369—1438)，字居正，保定府清苑县（今河北省保定市清苑县）人。靖难之役之前，曾任北平布政司吏，北平布政使张昺与他人密谋逮捕燕王朱棣；张昺之友李友直将张昺给朝廷奏疏草稿偷走，献给燕王；燕王遂逮捕张昺，起兵谋反。朱棣即位后，又任行部左侍郎、顺天府丞、工部右侍郎等职，凡京师营建，一总其事。

擢宁晋赵耀为湖广行省参政。《太祖实录》卷四十七：“耀，真定宁晋人，以湖广行省录入掾中书省，升左司提控。从大将军徐达取苏州，还授大都督府都事，遂从达平山东、河南，克元都，取山西，入关中，其在幕府综理慎密，不惮勤劳，达颇爱重之。至于遣将四出，攻战守备之际，机宜方略耀皆预焉。及是还，擢湖广行省参政，留而未遣。”赵耀，生卒年不详，真定府宁晋（今河北省宁晋县）人。元末以湖广行省录入掾中书省，升左司提控。从大将军徐达取苏州，还授大都督府都事，在幕府综理慎密，不惮勤劳，颇受重视。入明，擢湖广行省参政，后改为北平行省参政。（《太祖实录》卷四十七）

十二月

命宁晋赵耀改湖广行省参为北平行省参政，并依元旧皇城基改造王府。《太祖实录》卷四十七：“（十二月）丁卯，改湖广行省参政赵耀为北平行省参政。耀，初授湖广，既辞陛，复留之。至是，上以耀尝从徐达取元都，皆知其风土民情，边事缓急，改授北平，且俾守护王府宫室。既而，召入谕之曰：‘闻北□子人多来归附者，汝宜速往选其骁勇可用者为兵，月给米赡之，余悉处之临清、东昌之地，毋令其失所。’耀固奏进工部尚书张允所取北平宫室图，上览之，令依元旧皇城基改造王府，耀受命即日辞行。”

本年

藁城崔亮为定官员亲属冠服之礼。雷礼《国朝列卿纪》卷三十九[①]：“诏定官

① 雷礼《国朝列卿纪》卷三十九记事在“癸未”，本年前后并无此纪年，故其当为记日或月，时仍在洪武二年内。

员亲属冠服之礼，亮于内外官员、父兄叔伯、子孙弟侄及隶卒军士等制各定有差。”

安次纪谆生。纪谆（1369—1444），字克诚，东安县（今河北省廊坊市安次区）大纪庄人。幼年聪颖好学，洪武二十八年（1395）由县荐举为贡士进礼部，入太学。以才学特著，选为都察院署理，后晋升为山西道监察御史。永乐初年，擢升为湖广道监察御史，又调任山东按察使。交趾归附，擢升交趾按察使、交趾左布政使。仁宗朝，改任山西布政使。正统九年（1444）卒。（民国二十三年《安次县志》卷六《人物志》、《明一统志》卷一）

洪武三年

（公元1370年　庚戌）

五月

大名秦裕伯以治书御史职与御史中丞刘基共任应天乡试主考官。（张弘道、张凝道辑《皇明三元考》卷一）

藁城崔亮为国制定祭祀与朝仪之礼，引证考据，均得允行。雷礼《国朝列卿纪》卷三十九：“三年，上谕亮曰：‘司天台言朔日以来，日有黑子，占者多以为祭天不顺礼所致，令亮制之。’亮引用汉唐宋及元损益不同，复以我国朝前议圜丘从祀之礼，以汉唐为烦，故正祀日月星辰太岁为简当。上然之，复问郊祀天地，拜位皆正中而百官朝参则列东西避正中，何也？亮对以天子祭天升自午陛，祭社升自子陛。盖社主阴，阴北方也，故君南向答阴之义也；郊主阳，阳南方也，故君北向以答阳也。若群臣朝参无答神之义，俱当避君上之尊。故升降则皆由卯陛，朝班则分列东西，以避驰道，此其义不同。上由是，益重亮。因命百司朝参，左右班不得越三尺，省府台公俱就甬道拜上。复承命议百官及内史监官于皇太子、亲王前称殿下，自称名。若本官内史、本府官及承奉司于皇太子、亲王前俱称殿下，自称臣；百官在上前称皇太子、称亲王曰某王；又定大朝会、常朝及内外官员辞谢、奏事、侍班等礼，付侍仪司行之；并定皇太子及群臣赐坐殿上坐墩，墩制参酌宋典为各等差，其他请旗纛止祭当祭之月，与夫宗庙四时之祭皆用四时。孟月及岁除，凡五，祭于清明等节，各备时物荐享，俱允行之。五月，奉命定大射礼仪，颁于官府学校。时礼仪草创而亮引证考据多本经典云。”

七月

藁城崔亮奏御前奏事事宜。廖道南撰《殿阁词林记》卷二十《奏事》："洪武三年七月己亥，礼部尚书崔亮奏：'凡诸儒官于御前奏事，或进呈文字，退立二三步，毋辄近御案，凡立必于东西隅，不得直前。'制曰：'可。'"

八月

京师（金陵）及各行省举行乡试，北平定取额四十人。《明太祖实录》卷五十五："洪武三年八月乙酉，'是月，京师及各行省开乡试。自初九日始试初场，复三日试第二场，又三日试第三场。京师直隶府州贡额百人，河南、山东、山西、陕西、北平、福建、江西、浙江、湖广各四十人。广西、广东各二十五人。若人才众多之处，不拘额数。或不能及数者，亦从之。'"

九月

藁城崔亮卒于官[①]。（《明史》卷一百三十五《列传第二十四》）

本年

太祖第四子朱棣被封燕王。（张廷玉《明史》卷五《本纪第五》）

河间道同任太常寺赞礼郎。道同（？—1380），河间府河间（今属河北省沧州市河间县）人。先辈为蒙古族。事母至孝。本年因为才干被推荐为太常寺赞礼郎，后出知番禺（今属广东）。为人刚正不阿，民赖以安。因屡忤永嘉侯朱亮祖，被诛。（《畿辅通志》卷七十二、《明史》卷一百四十《列传第二十八》）

肃宁刘敏举孝廉，为中书省吏。刘敏，生卒年不详，河间府肃宁县[②]（今属河北省沧州市肃宁县）人。后为楚王相府录事，中书省把抄没的官家妇女分给文臣家为奴，众人劝他也要几个服侍母亲。他坚持不要，及中书省臣犯罪，省吏多为此受牵连被诛，独敏获免。帝称赞其贤，提升为工部侍郎，后改任刑部侍郎。出外任为徽州府同知，有惠政，卒于官。（张廷玉《明史》卷一百三十八《列传第二十六》、孙承泽《畿辅人物志》卷一）

---

① 查继佐《罪惟录》"列传"卷之八下记卒在洪武七年。

② 过庭训《明分省人物考》卷六记为河间府阜城人。

洪武四年

（公元1371年　辛亥）

三月

于应天府奉天殿策进士，登第者一百二十人，含北平籍者六人。《明太祖实录》卷六十二："洪武四年乙酉朔，策进士于奉天殿，登第者百二十人。赐吴伯宗等三名进士及第，第二甲十七人赐进士出身，第三甲百人赐同进士出身。"据俞宪《皇明进士登科考》卷二载，所录北平籍进士皆为第三甲，授职情况各为：刘杰，北平涞水县人，授顺德府沙河县丞；冯本，北平南乐县人，授青州府日照县丞；胡瓛，北平容城县人，授沧州盐山县丞；智审，北平元氏县人，授青州府蒙阴县丞；胡宗禧，北平霸州人，授南安府南康县丞；薛大昉，北平蠡州人，授平阳府翼城县丞。

十二月

命本年乡试取中举人，俱免会试任用。《明太祖实录》卷七十："洪武四年十二月，辛巳，上命礼部：今岁各处乡试取中举人，俱免会试，悉起赴京用之。时吏部奏天下官多缺员，故有是命。"

本年

东安李延兴撰《喜雨赋》。该文为其《一山文集》的首篇，据序言所言"辛亥"和文中对隐居的描写，应作于本年。作品仿苏轼《喜雨亭记》的结构，突出来雨之"喜"，艺术水平较高。（王长华《河北文学通史》第二卷）《明诗纪事》甲签卷二十八："《静志居诗话》：'一山，北方之学者。其诗文颇拔俗，长歌尤擅场。洪武中，虽未仕于朝，集有与友人书云："从东安丞李遂招致，亲夏楚事，未几逼为训导"。又有《移教房山留别雄县周尹诗》。'又《涞水县学纪》云：'延兴猥以谫才，代匮学职。'又自叙云：'洪武戊午，永清刘宰招致摄其乡学。'则其典邑校者屡矣。故自赞画像，有云：'虽同乎今之人，而以圣贤为矩墨，虽食夫今之禄，而视轩冕犹泥途。'然一山本元进士，而《上总戎》诗则曰：'大将军出沙漠，万里河山尽开拓。获其名王归，四面凯声作。功成献俘蒲萄宫，天清日白开鸿濛。遂使楼烦之壤，化为冠带，衍为提封。'未免言之太尽，无复一成、三户，《黍离》

《麦秀》之思矣。’田按：‘继本诗词锋磊砢，风格老成，有拔山盖世之气。明初，北平诗家当以继本为开先。《诗综》录继本诗最多。’”李延兴，元末明初人。字继本，以字行，东安（今属河北省廊坊市区）人，后徙居北平。少以诗名。元至正十七年（1537）登进士第。授太常奉礼兼翰林检讨。值元末之乱，隐居不仕。以师道尊于北方，有名于河朔，士友咸称广文先生。本年典邑校于涞，不久告归。善作长歌，著有《一山文集》九卷。诗文俊伟疏达，能不失前人规范。（钱谦益《列朝诗集小传》甲前集）

洪武五年

（公元1372年　壬子）

秋

滑县宋讷过元故宫，作《过元故宫诗》十九首，缠绵悱恻，寓黍离之悲。陈田辑撰《明诗纪事》甲签卷三：“壬子乃洪武六年，盖讷未仕之前，已应聘为北平考官，而本传、墓志均未之载。其《过元故宫》诗十九首，尤缠绵悱恻，有风人忠厚之遗。”

洪武六年

（公元1373年　癸丑）

七月

二十日，大名秦裕伯（1297—1373）病逝于上海长寿里①。殁后，追封显佑伯。被朱元璋封浦东召稼楼城隍，成上海后世祭祀的保护神。

九月

滑县宋讷被招为北平考官。（陈田辑撰《明诗纪事》甲签卷三）

---

① 《畿辅人物志》卷一记“出知陇州，卒于官”。

洪武七年

（公元1374年　甲寅）

五月

《皇明宝训》修成。《太祖实录》卷八十八："洪武七年五月丙寅朔，修《大明日历》成……分为四十类，自敬天至制蛮夷厘为五卷，总四万五千五百余言。名曰《皇明宝训》。自是以后，凡有圣政史官日纪录之，随类增入。"

十二月

御注《道德经》成。《太祖实录》卷九十五："（洪武七年十二月）甲辰，御注《道德经》成。上对儒臣举老子所谓'五色令人目盲，五音令人耳聋，与圣人去甚去奢去泰'之类曰：'老子此语岂徒托人空言？于养生治国之道亦有助也。但诸家之注各有异见，朕因为注，以发其意。'"

洪武八年

（公元1375年　乙卯）

正月

始诏天下立社学以教民间子弟，北地从设。《明太祖实录》卷九十六："洪武八年春正月丁亥，命天下立社学。上谓中书省臣曰：'昔成周之世，家有塾，党有庠，故民无不知学，是以教化行而风俗美。今京师及郡县皆有学，而乡社之民未睹教化。宜令有司更置社学，延师儒以教民间子弟，庶可导民善俗也。'"嘉靖《河间府志》卷五《学校》："社学，洪武八年奉部符开设。每五十家为一所，延有学行秀才训迪军民子弟。寻革去，止令有德之人各随所在，以正月初开学，腊月终止。丁多有暇，常教常学者听，仍禁有司干预搅扰。正统、天顺间申明兴举。成化以后每里各设一教读，而民间子弟俊秀者多又各从其师。可谓家诗书，户礼乐矣。"

三月

命选国子生分教北方。《明太祖实录》卷九十八："洪武八年三月，戊辰，命御史台官选国子生分教北方。上谕之曰：'致治在于善俗，善俗本于教化，教化行，虽闾阎可使为君子；教化废，虽中材或坠于小人。近北方丧乱之余，人鲜知学，欲求方闻之士，甚不易得。今太学诸生中，年长学优者，卿宜选取，俾往北方各郡分教。庶使人知务学，贤材可兴。'于是，选国子生林伯云等三百六十六人，给廪食赐衣服而遣之。"

四月

东安李延兴典邑校于涞（今河北省保定市涞水县）。撰《跋学生于征刘素赋稿》，后署"乙卯岁四月维夏日跋"。

洪武九年

（公元 1376 年　丙辰）

博野李冕由国子生任仪礼司序班。李冕，保定博野（今河北省保定市博野县）人，生卒不详。本年，由国子生任仪礼司序班，后转监察御史，历礼部主客员外郎、侍郎、尚书。洪武十三年，擢江西布政使司试参政，未行而卒。（《太祖实录》卷一百三十四）

固安王骐生。王骐（1376—1426），字秉良，号存斋，少负奇略远谋，博览强记，工诗，为文平实，而气概横出。补县学弟子员。永乐初，以邻县生备守城事而授永清县簿，后调任山东蒲台县。以应荐，擢北京行（刑）部工曹，居官廉介不阿，以刚直自任。因事左迁河南舞阳知县，升裕州同知，仍掌县事。宣德元年（1426）以病卒。今存诗八首，见载于《固安文献志》，并有评："（王骐）为文章舂容平和，不尚藻饰，而气概横出乎辞语间。"（贾廷琳编《固安文献志》卷十一、嘉靖《固安县志》卷五）

邢台张瑛生。张瑛（1376—1437），字子玉。顺德府邢台县（今河北省邢台市）人。洪武丙子（1396）乡贡士。永乐中，为武德卫学训导，后擢吏科给事中。宣宗时，升行在礼部侍郎，寻迁尚书兼华盖殿大学士。既而命莅南京礼部尚书，凡再奏绩当赴京，上皆赐玺书以止其行，其见委任如此。性宽厚，平居坦坦然若无所介意，及临事毅然不可夺，人以此称之。（《畿辅通志》卷七十五、廖道南撰《殿阁词林记》卷一）

洪武十年

（公元1377年　丁巳）

正月

蠡州李允升为礼部尚书。《太祖实录》卷一百一十一：“（洪武十年春正月庚辰朔）以兵部尚书李允为礼部尚书、吏部侍郎陈铭为兵部尚书。允，真定蠡州人。由元故宫授兵部郎中，累迁至今官。”李允，真定蠡州（今河北省保定市蠡县）人，生平不详。

六月

潞州长子县税课局大使康有孚上言文武并用事宜。《明太祖实录》卷一百十三：“洪武十年六月，甲戌，潞州长子县税课局大使康有孚上言三事：……其三曰文武并用，长久之道。今之武官所患不知古今，宜于儒官中选年富力强、通今博古之士，每卫用二人，授以参佐之职，使之赞画军事，闲暇讲明兵法，诵说经史，久而纯熟，文武之材，彬彬出矣。疏奏，上嘉纳之。”《国榷》卷六：“（洪武十年六月）甲戌，长子县税课局大使康有孚上言三事：曰重学校、曰褒忠良、曰文武并用。上嘉纳之。”

九月

分教北方监生俱召还录用。（《国榷》卷六）

本年

河间道同出任番禺知县。焦竑《国朝献征录》卷一百《番禺县知县道同传》：“十年，出知番禺县，性刚毅廉洁。番禺素称繁剧，而军卫尤强横，需求百出，佐吏动遭笞辱。前令不能堪，比同至视民如子，民亦爱之如父母。坚执公法，凡事违理者一切不从，由是民赖以安，权要恶之。”

东安李延兴得告还里。（钱谦益《列朝诗集小传》甲前集）

洪武十一年

（公元 1378 年　戊午）

夏

东安李延兴被永清刘宰招致，理其乡学。（朱彝尊《静志居诗话》卷五）

本年

束鹿王骥生。王骥（1378—1460），字尚德，保定府束鹿（今河北省辛集市）人。长身伟干，便骑射，刚毅有胆，晓畅戎略。永乐四年（1406）登进士第，任山西兵科给事中。宣德年间任兵部右侍郎。宣德九年（1434）升任兵部尚书。因征讨麓川功封爵靖远伯，与威宁伯王越、新建伯王守仁三人为明代因功封爵的仅有文官。天顺四年（1460）卒，年八十三。追封靖远侯，谥忠毅。《皇明经世文编》辑有《王靖远忠毅侯奏疏》。（《明史》卷一百七十一《列传第五十九》、《国榷》卷三十三）

博野李冕转监察御史。（《太祖实录》卷一百三十四）

洪武十二年

（公元 1379 年　己未）

东安李延兴撰《跋广平诸君子赠史生公叙诗引后》，后署“己未秋八月七日，安次李延兴跋”。

大兴刘中敷生。刘中敷（1379—1453），原名刘中孚，大兴（今北京市大兴区）人。燕王朱棣起兵时有功，被任命为工部员外郎。为人淡泊名利，曾几次遭到弹劾而入狱，最后都得到释放。景帝时期被用为太子宾客，景泰四年（1453）去世。朱祁钰追赠他为尚书。（张廷玉《明史》卷一百五十七《列传第四十五》、雷礼《国朝列卿纪》卷三十二）

肃宁刘敏受知太祖，特擢工部侍郎。（雷礼《国朝列卿纪》卷五十八）

洪武十三年

（公元 1380 年 庚申）

正月

十三日，朱元璋在奉天门选官，始定南北更调用人之法。他命吏部：以北平、山西、陕西、河南、四川之人于浙江、江西、湖广、直隶有司授职任官；浙江、江西、湖广、直隶之人，于北平、山东、山西、陕西、河南、四川、广东、广西、福建有司授职任官。考核不称职及为事解降的，不分南北，均于广东、广西、福建汀、漳、江西龙安、安远、湖广郴州之地选用，以示惩劝。

三月

燕王朱棣赴封国北平，时年 21 岁。

四月

清苑李镛以工部侍郎升为兵部侍郎。李镛，生卒年不详，保定清苑人。洪武九年，由国子生为侍仪司舍人，寻改序班。十年，擢监察御史。未几，升工部侍郎。至是，调兵部。（《太祖实录》卷一百三十）

五月

肃宁刘敏迁为刑部侍郎。（《太祖实录》卷一百三十一）

九月

河间道同因屡忤永嘉侯朱亮祖，被诛。焦竑《国朝献征录》卷一百《番禺县知县道同传》："未几，永嘉侯朱亮祖至，数以威福撼同，同不为惧。时有土豪数十人遇闾里珍货辄抑价买之，稍不如意即诬以钞法，人莫敢谁何。同廉问得实，捕其首，悉械系通衢以令众，诸豪诣亮祖求辩，亮祖召同劳以酒食徐为言之。同厉色曰：'公为大臣不当为小人所使。'亮祖不能屈，次日亮祖出，通衢被械者方曝烈日中，哀呼求免，亮祖释之。又有富民罗氏纳女于亮祖，其兄弟因怙势凌人，同按法治之，亮祖又夺去，复以他事笞同。同遂历数其事而奏之，疏未至，亮祖亦诬同抗讪。先闻，上不知其由，先命使取同首级。适同奏亦至，上以其职卑而直言，大臣有骨鲠风，特遣使宥之，竟坐亮祖罪，二使同日继至，而同已先死，邑民甚悼惜之。同性峭直，器宇魁岸，奉母备甘旨，与妻子同粗粝。布政使徐本雅重同，尝按：一医士罪当笞，本急欲得医遣卒语同释之，同曰：'徐公亦效永嘉侯耶?'笞之，乃已，后同卒于官。县吏有奉其主于家者，出入辄告有事，卜之辄验，人或以为神云。"

十月

博野李冕迁试江西参政，未行而卒。(《太祖实录》卷一百三十四)

十一月

东安李延兴撰《跋仙人吕岩图像》，后署"庚申岁冬十一月十有六日，汉水李延兴跋"。

冬

滑县宋讷征至京师，除国子监助教。刘三吾《文渊阁大学士国子祭酒宋先生墓志铭》:"先生濡染家教，动以矩矱，雅性迟重，不妄言笑。齿贵胄馆以来，所师宗工硕儒，月开日益，卓然有成。擢科登仕，为时闻人，中经绎骚，乃被褐怀宝，以自韬晦。皇明受祚，征诣公车，于召见次，有言动听，洪武之十三年也。是冬，除国子助教，横经发难，击蔀廓塞，学者如客得归。"黄佐《南雍志列传》一:"十三年，四辅官杜敩荐讷才勘任用，敕符召至京师。上与讷语，大说之，授国子助教。"

本年

玉田苏恭让，举聪明正直，任汉阳知府。苏恭让，生卒年不详。为治简而明，严而不苛。于汉阳为官十余年，民赖以安。(张廷玉《明史》卷一百四十《列传第二十八》、孙承泽《畿辅人物志》卷二)

四辅官（主管四时、天文、气象、历法）杜斆荐举滑县宋讷，被招，可皇帝意，授国子助教，后拜翰林院学士。孙奇逢《畿辅人物考》卷之一《理学》:"十三年，四辅官杜斆荐讷才堪任用，召至京。上与语，大悦之，授国子助教。横经发难，击蔀廓塞，学者如客得归，同诸儒应制，撰诸敕文，操笔立成，雅称上意，超拜翰林院学士。"

藁城赵民望被征为四辅官兼太子宾客。雷礼《国朝列卿纪》卷六:"十三年，太祖特赐敕征之，且奖之曰：'朕惟才疏以致贤隐善匿，民未康世未泰尔，可策杖来朝，与朕同游。'比至拜四辅官，兼太子宾客。未几，敕司夏三月皆下旬十日与杜斆等亲侍左右，讲论治道，裨益良多，后以老致仕。"

大名傅铎升户部左侍郎。雷礼《国朝列卿纪》卷三十五："傅铎，直隶大名府内黄县人。洪武初，由府学生贡入太学。十三年，升户部左侍郎。十五年免。"

深州蔡恕任兵部侍郎。（雷礼《国朝列卿纪》卷五十一）

洪武十四年

（公元1381年　辛酉）

三月

诏颁《五经》《四书》于北方学校。《明太祖高皇帝实录》卷一三六："洪武十四年三月辛丑（十六日），颁《五经》《四书》于北方学校。上谓廷臣曰：'道之不明，由教之不行也。夫《五经》，载圣人之道者也，譬之菽粟布帛，家不可无。人非菽粟布帛，则无以为衣食，非《五经》《四书》，则无由知道理。北方自丧乱以来，经籍残缺，学者虽有美质，无所讲明，何由知道。今以《五经》《四书》颁赐之，使其讲习。夫君子而知学，则道兴；小人而知学，则俗美。他日收效，亦必本于此也。'"（《中国文学编年史·明前期卷》）

四月

命国子生兼读刘向《说苑》及律令。《明太祖实录》卷一百三十七："洪武十四年夏四月丙辰朔，诏改建国子学与鸡鸣山下，命国子生兼读刘向《说苑》及律令。上谕祭酒李敬曰：'士之为学，贵于知古今，穷物理，圣经贤传，学者所必习，若《说苑》一书，刘向之所论次，多载前言往行，善善恶恶，昭然于方册之间。朕尝于暇时观之，深有劝戒。至于律令，载国家法制，参酌古今之宜，观之者亦可以远刑辟。卿以朕命导诸生，读经史之暇，兼《说苑》，讲律令，必有所益。'"

本年

肃宁刘敏出为徽州府同知，有惠政，寻卒于官。（雷礼《国朝列卿纪》卷五十八）其为官廉洁谨慎，人称有识。《太祖实录》卷一百三十一："敏，河间肃宁县人。为中书吏时，暮以小车出龙江市芦苇，旦载于家。而后入隶事，妻以芦织席，鬻以奉母。人或瞰亡？以青瓷器遗其家者，敏悬于梁上，俟其复来，竟还之。为楚相府录事，值中书以没宫女妇给文臣家，众咸劝其请给以事母。敏固辞，曰：'事母，子妇事，何预他人。'及奸权事败，敏独无所与，人称其有行识云。"

洪武十五年

（公元1382年　壬戌）

四月

诏天下通祀孔子。《明太祖实录》卷一百四十四：“洪武十五年夏四月丙戌，诏天下通祀孔子，赐学粮，增师生廪膳。”

五月

滑县宋讷迁翰林学士，被招至奉天门，命撰《太学碑》，赏赉甚厚。黄佐《南雍志列传》一：“十五年五月，同诸儒应制撰诸敕文，操笔立成，雅称上意，超拜翰林院学士、奉议大夫。寻命撰国子监碑文，又复称旨赉衣帽文绮及钞，已而召其子安，赐钞十锭。”孙承泽《畿辅人物志》卷一：“十五年，应制同诸儒撰敕文十六通，援笔立成，上大称叹，拜学士。时建太学，上幸学，博士龚斅执经、祭酒吴颙进讲。上喜，召公至奉天门，令为《太学碑》，赏赉，并召其子安，赐钞十锭。上每观书，或论用人，必与拟议，皆称旨。”

七月

御史大夫安然向朱元璋推荐北平开济有吏治才，召试刑部尚书，逾年实授。（张廷玉《明史》卷一百三十八《列传第二十六》）

八月

诏礼部以三年为期设科取士。《明太祖实录》卷一百四十七：洪武十五年八月丁丑朔，“诏礼部设科举取士。令天下学校期三年试之，着为定制”。

安州李原名以通经儒士身份被举荐为御史。李原名，又名彦名，字资善，保定府安州人（现今河北省清苑县东北）。洪武二十年，使平缅归，擢礼部尚书，远方之事多咨之。安南原岁贡方物，据帝意改三年一贡，后成定制。又定官民巾服之式，皆著为令。凡郊祀、宗庙、社稷、岳渎诸制，帝悉令他进行更正之，诸礼臣惟原名在任最久。二十三年（1390），因年老辞官。（《明史》卷一百三十六《列传第二十四》）

宛平董伦因张以宁推荐，被召至南京任赞善大夫，侍懿文太子，得太祖嘉许。

张廷玉《明史》卷一百五十二《列传第四十》："董伦，字安常，恩人。洪武十五年以张以宁荐，授赞善大夫，侍懿文太子，陈说剀切。太祖嘉之，进左春坊大学士。"孙承泽《畿辅人物志》卷之一："董伦，字安常，世居燕之宛平。自处山林间，布褐藜藿，学者多从之游。以所居贝川，因称贝川先生。元末，政粃民困，累征不出。明初，以荐举为春坊赞善大夫，赐冠带，侍懿文东宫，多所辅导。太祖闻而善之，升左春坊大学士。"董伦（1323—1403），字安常。祖籍东昌恩县（1949年8月到1952年3月间曾归河北衡水专区，今山东省平原县），世居燕之宛平。生于元泰定年间。自幼酷爱诗书，刻苦用功，遍读经史子集。以所居贝川，称"贝川先生"。本年，任赞善大夫，侍太子朱标，得太祖嘉许。建文帝继位后，拜为礼部侍郎，兼翰林学士，给皇帝讲授经、史、鉴等书，还主持编纂《太祖实录》。曾任河南左参议、陕西参议、礼部侍郎兼翰林学士等职。成祖即位初，以年老致仕，寻卒。为人质直敦厚，富文学，为时所重。太宗即位，有旨令致仕。出京，悒悒成病而卒。（张廷玉《明史》卷一百五十二《列传第四十》、孙承泽《畿辅人物志》卷之一、廖道南撰《殿阁词林记》卷六）

十月

命礼部颁刘向《说苑》《新序》于天下学校，令生员讲读。（《明太祖实录》卷一百四十九）

十一月

滑县宋讷升任文渊阁大学士，常被召对，甚见亲信。孙承泽《畿辅人物志》卷一："十一月，改文渊阁大学士，时年逾七十，上亲制诰词，引尚父兴周八百为比。盖自宋濂、詹同而后，惟公时被召对。既感知遇，日有补拾，甚见亲信。"何乔远《名山藏列传·臣林记》："又三年，上效宋制，置殿阁学士，以礼部尚书刘仲质为华盖殿大学士，典籍吴沉为东阁大学士，而讷为文渊阁大学士。自宋濂、詹同而后唯讷常被召对，讷常寒附火，火燎其肋下衣，痛乃觉。上示讷曰：'肋，协也；火燎尔肋，神谓尔不能协朕政耶？'讷惶恐谢。"

本年

内黄[1]何显周被荐为官。雷礼《国朝列卿纪》卷六："何显周，字□□，直隶大名府内黄县人。以文学老成重于乡。洪武十五年以荐举召为右正言兼右春坊右

---

① 内黄，明时属大名府，今属河南省安阳市。

谕德，寻进四辅官。”

开州[1]纪著为举遗逸，擢萍乡县教谕。雷礼《国朝列卿纪》卷七十八：“纪著，字□□，直隶大名府开州人，从颜师圣受业所得益深。洪武十五年，举遗逸，擢萍乡县教谕。十六年，复召，诏学有本原、通达时务。太祖嘉奖，特授都察院右佥都御史，礼遇甚隆。时年已七十，寻抗疏致仕。”

洪武十六年

（公元 1383 年　癸亥）

正月

滑县宋讷被命掌国子监祭酒。严立学规，诸生皆知敬畏。（《国榷》卷七、孙奇逢《畿辅人物考》卷之一）何乔远《名山藏列传·臣林记》：“是时，改建太学鸡鸣山之阳，中外学徒甚众，李颙为祭酒，坐巽懦，不能摄师生，至讼讦横起，上乃立卧碑，常毁师流裔之法，寻选讷代颙，而使李文忠兼摄武臣子弟，上自制讷诰词拟以磻溪，非熊之兆。盖是时，讷年逾七十矣。讷疑上意其老而懈，猛省振饬，严立学规，寝食学厢，不复家宿，上乃大悦。”

十月

诏郡县复设社学。《明太祖实录》卷一百五十七：“洪武十六年冬十月癸巳，诏郡县复设社学。先是，命天下有司，设社学以教民间子弟，而有司以是扰民，遂命停罢。至是，复诏民间自立社学，延师儒以教子弟，有司不得干预”。

本年

大兴茅大芳以儒士应辟为淮南学官。茅大芳，生卒年不详。名誧，以字行。孙承泽《畿辅人物志》记为大兴人，张廷玉《明史》卷一百四十一《列传第二十九》记为泰兴人。暂从前者。博学能诗文，少有奇名。后考绩入朝，因太祖召劝悦之，擢秦府右长史。建文帝即位，擢右都副御使。朱棣即帝位，被逮入狱，不降而死。葬北平城西。据《明史·艺文志》载，有《茅大芳集》五卷，仅有手抄本流传，后佚。今传为清抄本。另有《希董先生遗集》二卷（始为五卷）传世。

---

① 开州，明时属大名府，今属河南省濮阳县。

洪武十七年

（公元1384年 甲子）

三月

四日，盐山王翱生。雷礼《国朝列卿纪》卷二十四："王翱，字九皋，河间府沧州盐山县（今河北省沧州市盐山县）人。翱生而岐嶷，与凡儿不类。甫十岁，读书一二过，辄成诵，稍长即知以礼义自持，父钟爱之，尝戒曰：'庄家勤苦有饭吃，秀才勤苦有官做。'时翱闻，惕然以勤苦自励，潜心经史，志期古人。"王翱（1384—1467），字九皋，盐山（今河北省沧州市孟村回族自治县新县镇王帽圈村）人。永乐十三年（1415）进士，改庶吉士，授大理寺左寺正，左迁为行人。宣德元年擢御史。英宗即位，升任右佥都御史，出镇江西，惩贪治奸。正统七年（1442）冬受命督辽东军务，因功加右、左副都御史。景泰三年，还台，寻加太子太保。景泰四年（1453）起任吏部尚书，严考明察，有清誉。英宗复辟后续任，为英宗所重，称其为"老王""先生"，而不称其名，累加至太子太保。一生历仕七朝，辅佐六帝，刚明廉直。成化三年（1467）卒，享年八十四岁，获赠太保，谥号忠肃。《皇明经世文编》有《王忠肃公奏疏》。（张廷玉《明史》卷一百七十七《列传第六十五》《明太子太保吏部尚书赠特进光禄大夫忠肃公王翱年谱》）

大兴杨善约生在本年[①]。杨善（1384—1458），字思敬，又字幼清，顺天府大兴县（今北京市大兴区）人。十七岁为诸生。成祖起兵，预城守有劳，被授典仪所引礼舍人，永乐元年改为鸿胪寺序班。因"伟风仪，音吐洪亮，工进止[②]"，而得成祖赏识。后来累官进右寺丞。仁宗即位后，擢为本寺卿。后又擢升为礼部左侍郎，兼管鸿胪寺。景泰元年，受命出使瓦剌成功迎还英宗，致后来出现"夺门之变"，朱祁镇复辟登基。（张廷玉《明史》卷一百七十一《列传第五十九》、孙奇逢《畿辅人物考》卷之二）

藁城王志任礼部左侍郎，后改兵部。雷礼《国朝列卿纪》卷四十三："王志，字好德，直隶藁城人。洪武初举人才。十七年任礼部左侍郎，本年改兵部。"

---

① 据《畿辅人物考》卷之二《经济·杨忠敏公善》："从北征，至土木。师溃，间行达京师，时已六十五矣，足胝不为倦。"土木堡之变发生在明正统十四年（1449），向前推即可得知生于本年。本传又记："时年甫十七，文皇起义兵，已知善名，署典仪所引礼舍人，后进晋为卿。"

② 过庭训《明分省人物考》卷一记为"工举止"。

洪武十八年

（公元 1385 年　乙丑）

正月

宛平董伦由春坊右赞善升左春坊大学士[1]，赐绮六疋、钞五千锭。（黄佐《国朝典故》卷二十三）

二月

久雨，皇帝求直言，滑县宋讷献《安边策》。（黄佐《南雍志列传》一）

三月

始选进士入翰林院及为庶吉士。廖道南撰《殿阁词林记》卷十《考选》："考选庶吉士，始自洪武乙丑，迨永乐初，益重其事，大率每科必选。宣宗时，合三科进士亲试之。正统丙辰，英庙亲选庶吉士于文华殿，取萧镃等十二人。己未以后罢之。至戊辰，始纯选北方及蜀士为庶吉士，被选者万安等二十人，不亲试也。自是，其事付内阁，例取平日所为。"

武安[2]郭资中进士。郭资（1361—1433），字存性，号静岩。明初重臣，今邯郸武安西马庄村人。本年进士，之后 10 年内自户科庶吉士升至北平左布政使（从二品）。惠帝时，暗中归附燕王。及燕王"靖难"兵起，率先投降，被命辅佐世子居守北平。成祖转战三年，主管军饷。永乐朝立，任户部尚书，兼掌北平布政司，并授命筹建北京城。又任行部尚书，统六部事，负责北京筹建工作。仁宗立，加封太子太师，赐致仕。宣德四年（1429），复用为户部尚书，抱病坐署办公，寒暑不避，百事亲断，以管理钱谷才能著称。宣德八年（1433），终于任上。赠进光禄大夫（正一品）柱国，谥"忠襄"，为四朝股肱之臣，全始全终，历代鲜见。（张廷玉《明史》卷一百五十一《列传第三十九》）

雄县刘观中进士。刘观，生卒年不详，保定府雄县（今属河北省保定市）人。

---

① 廖道南：《殿阁词林记》记："二十五年改詹事院，为府遴选东宫官属，以唐铎为詹事，祝春、李文吉为少詹事，而以伦为春坊大学士。"与本处所记有异。

② 武安，明洪武元年（1368）复置磁州属广平府。翌年改属彰德府，领武安、涉县二县。

本年进士，授太谷县丞，以荐擢监察御史。三十年迁署左佥都御史。坐事下狱，出为嘉兴知府，丁父忧去。永乐元年，擢云南按察使，未行，拜户部右侍郎。二年，调左副都御史。四年，北京营造宫室，奉命采木浙江。明年冬，以山西旱，命观驰传往，散遣采木军民。六年，擢礼部尚书。十二月，与刑部尚书吕震易官。十三年，改左都御史。十五年，督浚河漕。十九，年命巡抚陕西，考察官吏。仁宗嗣位，兼太子宾客，旋加太子少保，给二俸。宣德三年，命出观视河道，群臣交劾观并其子辐诸赃污不法事，下锦衣卫狱。后谪戍于辽东，客死而终。（张廷玉《明史》卷一百五十一《列传第三十九》）

本年

藁城王志以贪伏诛。雷礼《国朝列卿纪》卷五十一："王志，即好德，直隶藁城人。洪武初举人才，十七年，任礼部左侍郎。改兵部左侍郎。十八年，坐为勾补逃军事，受赃十二万，上问之何贪若是，对曰：'财利迷其心，虽君亲亦忘之。'上曰：'今赃如何？'对曰：'臣临刑方觉悔不及矣！'伏诛。"

山西河津薛贞授元氏县儒学教谕，以身率教。薛瑄《教授薛公贞汾阴阡表》："明年为洪武十八年，试南官，授北平真定府元氏县儒学教谕，年二十九矣。时建学未久，士荒于习，先公以身率之，时束以教条，比及九年，而诸生行业可观者众。"（焦竑《国朝献征录》卷九十三）

洪武十九年

（公元 1386 年　丙寅）

昌平刘士原任山西潞州知州、陕西参议等职，应朝至京，仅跨一蹇驴随一仆，得帝称扬，有'天下清官'之誉。过庭训《明分省人物考》卷一："刘士原，昌平人。洪武中，以才能荐举擢山西潞州知州，有惠政及民，升陕西参议，累官左布政使。应朝至京，止跨一蹇随一仆。帝廉得其实，称扬不已，命驰驿赴任。时有天下清官刘士原之誉。"

洪武二十年

（公元1387年　丁卯）

六月

安州李原名使平缅归[①]，擢礼部尚书，远方之事多咨之。张廷玉《明史》卷一百三十六《列传第二十四》："二十年使平缅归，言：'思伦发怀诈窥伺，宜严边备。靖江王以大理印行令旨，非法，为远人所轻。'称旨，擢礼部尚书。自是远方之事多咨之。高丽奏辽东文、高、和、定州皆其国旧壤，乞就铁岭屯戍。原名言：'数州皆入元版图，属于辽，高丽地以鸭绿江为界。今铁岭已置卫，不宜。'复有陈请，帝命谕其国守分土，无生衅。安南岁贡方物，帝念其劳民，原名以帝意谕之，令三年一贡，自是为定制。"

洪武帝对安州李原名讲敬老之策。雷礼《国朝列卿纪》卷三十九："六月，上语原名曰：'尚齿所以教敬，事长所以教顺。虞夏商周之世，莫不以齿为尚，而养老之礼未尝废。是以，人兴于孝弟，风俗淳厚，治道隆平。曩者，朕诏天下行养老之政，凡耆民年八十以上乡党称善，贫无产者月给米五斗，肉五斤，九十以上岁加帛一匹，绵一斤。若有田产能自赡者，止给酒肉絮帛。其应天、凤阳二府，耆民九十以上，赐爵，社士八十以上，赐爵，里士咸许冠带复其家。尚虑有司奉行不至，尔其以朕命申之。'"查继佐《罪惟录》："李彦名，一日原名，字资善，安州人。二十年，试礼部尚书，奉诏行养老礼，定帝王名臣从祀。上曰：'如汉冯异，宋潘美，忠义全始终，乃可从祀。'因以赵普不忠，去之。"

十月

以北方学校无名师，生徒废学，命吏部迁南方学官之有学行者教之。增广生员不拘额数，复其家。（《明太祖实录》卷一百八十六）

---

① 具体时间难考，雷礼《国朝列卿纪》卷三十九记洪武帝对其讲敬老之策在六月，当在此前，故记。

洪武二十一年

（公元1388年　戊辰）

三月

太祖亲自命题取士，命安州李原名砻石题名，滑县宋讷撰记。雷礼《国朝列卿纪》卷三十九："三月，上亲策多士，临轩命题，策问祀礼。命户部右侍郎沈士荣、翰林学士刘三吾等读卷，赐进士及第任亨泰等九十七人。又命原名砻石题名，祭酒宋讷撰记。"

寓沧州卓敬中进士。卓敬，字惟恭，祖籍浙江瑞安，后徙沧州。本年进士，拜给事中。历宗人府经历，进户部侍郎。曾力助燕王迁都北上。姚广孝因卓敬素不见礼，进言于王，遭诛，临刑神色从容。敬凡天文、地理、律历、兵刑，悉能察究，诗文峭拔磊落，著有《卓氏遗书》五十卷，又著书发明周子通书、邵子经世之学。宣德间，门人黄朝光作年谱行状，侍讲刘球为之传，私谥曰忠贞。（张廷玉《明史》卷一百四十一《列传第二十九》）

本年

诏定历代帝王名臣从祀人员，安州李原名以三十六人奏，太祖小有更动，余皆从所拟。雷礼《国朝列卿纪》卷三十九："二十一年，诏定历代帝王名臣从祀，原名奏以风后、力牧、皋陶、夔、龙、伯夷、伯益、伊尹、傅说、周公旦、召公奭、太公望、方叔、召虎、张良、萧何、曹参、周勃、邓禹、诸葛亮、房玄龄、杜如晦、李靖、郭子仪、李晟、赵普、曹彬、韩世忠、岳飞、张浚、博尔术、赤老温、伯颜、阿木、安童，凡三十六人①。帝曰：'古之君臣同德者，始终一心，载在史传，万世不泯。国家祀典，必洽公论，不可徒观其迹而不究其实。若宋赵普负太祖为不忠，不可从祀。元臣四杰木黎华为首，不可以其孙从祀，而去其祖可祀，木黎华而罢。安童既祀，伯颜其阿木亦不必祀。如陈平、冯异、宋潘美皆节义凛然兼全始终，可从庙祀。'余悉如原名所拟，凡三十七祀帝王庙庭。"

---

① 博尔忽与兄弟博尔术、木黎华和赤老温因忠勇辅佐蒙古大汗铁木真而被称为"四杰"。原文仅列35人，另应缺木黎华未列。

洪武二十二年

（公元1389年　己巳）

五月

滑县宋讷被命撰帝王庙及广惠祠碑文。黄佐《南雍志列传》一：“二十二年五月，建历代帝王庙及广惠诸祠落成，例使翰林词臣记其事，上以讷文体庄重，乃特命讷撰之。讷居常寝食恒在厢房，未始一日宿于家。”

八月

初十日子时，薛瑄生于真定府元氏，有异象。杨鹤、杨嗣昌编《薛文清公年谱》：“太祖高皇帝洪武年己巳八月初十日子时，先生生于北平之元氏。按：教谕公以乙丑除真定元氏教谕，既之官，迎父仲义、母齐氏俱至任。娶司训平定齐鲁道女，生先生。先一夕，齐氏梦峨冠紫衣人来谒。已而诞先生于学舍，肌肤莹于水晶，五脏洞露，目光如漆。家人怪，欲弃之。祖仲义闻啼声，力止曰：‘体清而声洪，必异人也。’因览初度以卜，喜曰：‘此儿将大吾门矣！’”薛瑄（1389—1464年7月19日），字德温，号敬轩。祖籍河津（今山西省河津县），生于元氏（今河北省石家庄市元氏县）。著名思想家、理学家、文学家，河东学派的创始人，世称“薛河东”。官至通议大夫、礼部左侍郎兼翰林院学士。天顺八年（1464）卒，赠资善大夫、礼部尚书，谥号文清，故后世称其为“薛文清”。隆庆五年（1571），从祀孔庙。继曹端之后，在北方开创了“河东之学”，门徒遍及山西、河南、关陇一带，蔚为大宗。其学传至明中期，又形成以吕为主的“关中之学”，其势“几与阳明中分其感”。清人视薛学为朱学传宗，称之为“明初理学之冠”“开明代道学之基”。高攀龙认为，有明一代，学脉有二：一是南方的阳明之学，一是北方的薛瑄朱学。可见其影响之大。其著作集有《薛文清公全集》四十六卷。（廖道南撰《殿阁词林记》卷三）

冬

命安州李原名严巾帽之禁。雷礼《国朝列卿纪》卷三十九：“二十二年冬，命原名申严巾帽之禁，凡文武官，除本等纱帽外，遇雨许戴雨帽，公差出外许戴帽子入城，不许其公差人员出城外者亦如之。将军、力士、校尉、旗军常戴头巾或榼脑，官下舍人并儒士、吏员、人民常戴本等头巾。乡村农夫许戴斗笠、蒲笠出入市井。”

本年

寓京师黄润玉生。黄润玉（1389—1477），字孟清，又称南山先生。鄞县（今属浙江省宁波市鄞州区）人。永乐初，徙南方富民实北京。十八年举顺天乡试，授建昌府学训导。改官南昌。宣德年间升交趾道监察御史。正统初，擢广西佥事，提督学政。后任湖广佥事。著述甚富，著有《仪礼载记附注》《经书补注》《庸学通旨》《南山录》，以及杂著、诗文集《南山稿》等。（张廷玉《明史》卷一百六十一《列传第四十九》、孙承泽《畿辅人物志》卷三、孙奇逢《畿辅人物考》卷之一）

大兴刘中敷被命守安定门及修通州城。雷礼《国朝列卿纪》卷三十二：“刘中敷，字永孚，顺天府大兴县人，补郡庠弟子试高等。洪武二十二年，靖难师起，成祖知其忠厚笃实，特命守安定门及修通州城，留镇守。”

景州李逊任侍讲学士。（雷礼《国朝列卿纪》卷十九）

洪武二十三年

（公元 1390 年　庚午）

正月

滑县宋讷有疾，帝遣良医来治。（孙承泽《畿辅人物志》卷一）

二月

三日，滑县宋讷（1311—1390）卒。皇帝制文悼惜，为治坟茔，厚遇有加。著《西隐集》二十卷，为明代理学的开创者。孙承泽《畿辅人物志》卷一《宋文恪讷》：“二月朔，疾甚，其子及属官恳请归家，厉声曰：‘是何风云气少，男女情多？况在丁、社两祭斋戒中耶？’三日丁酉祭毕，舁归，抵暮卒，不一及家事，年八十。上悼惜，自制文遣官致祭。又遣行人祭于家，为治坟茔。故事，文臣四品无给丧费者，给自公始。”孙奇逢《畿辅人物考》卷之一《理学》：“凡诸生守官称职，多出讷门，上每举讷为教国子者楷法。次子复祖服阕，上召为国子司业，进而谕之曰：‘若思继武若翁也！’其始终眷注，自开国以来，文臣未有其比。所著

《西隐集》二十卷。岁寒老人曰：'公非醇于理学者也，然躬修迪德，淑世作人，开明代理学之传者，实始于公。"刘三吾《文渊阁大学士国子祭酒宋先生墓志铭》："至是祭毕，乃就舁归，一不口及家事，及家气绝焉，二月之三日，昏暮时也。呜呼，先生以八袠之年，当易箦之际，而风云为气不少衰，丁社两祀，始终斋戒，是持非其平日操存有素，讵能方寸不乱若此哉，可谓真大夫矣。取其生平所裒集先世碑铭传纪曰《纪德录》一集，所自著述曰《两隐集》十又七卷。既号西隐，后复别号所居别业曰：白云茅屋。自法书名画外，他无所嗜好，中朝名钜诗若文读一二过，辄取记忆，不减少。时今皆已矣，生以元至大辛亥十二月四日，卒以今洪武二十三年。"

命安州李原名考定合祀山川。雷礼《国朝列卿纪》卷三十九："二十三年二月，命考定合祀山川，上曰：'王国有岳、镇、海、渎者，即以岳为正，次海、次镇、次渎，风、云、雷、雨之神又次之。'于是，原名为图以进，使颁诸国，复图命东海则燕齐皆祭，东岳、东镇、齐鲁皆祭西海，秦蜀皆祭南海晋祭北海"。

三月

安州李原名依帝旨，同国子司业龚敩参酌时宜，存留古意，裁定官民服饰。雷礼《国朝列卿纪》卷三十九："三月申，定官民饰。先是，上见朝臣所服之衣多取便宜，日就短窄，有乖古制，乃令原名同国子司业龚敩参酌时宜，俾存古意，原名等议定，凡官员衣服宽窄以身为度，文官衣自领至裳去地一寸，袖长过手复回至肘，袖桩广一尺，袖口九寸；耆民、儒士、生员同，惟袖过手，复回不及肘，庶民衣去地五寸；武职官衣长去地五寸，袖长过手七寸，袖桩一尺，袖口仅出拳，公侯、驸马与武服同；军人衣长去地七寸，袖长过手五寸，袖桩广不过七寸，袖口仅出拳者为定例。颁示中外，原名议礼精密，多见施行。"

六月

东安李延兴撰《题独庵外集后》，后署"今年实洪武庚午也，是年六月十有六日李继本题"。

八月

衡水李遵义中乡荐。李遵义，衡水人，生卒年不详。性嗜学，博洽经史。本年乡荐，登洪武三十年（1397）进士，授河南新郑县令。政识大体，务合民情。后擢浙江绍兴府同知，寻除按察司签事，历大理寺左寺正，升河南府知府。（过庭训《明分省人物考》卷七）

本年

安州李原（彦）名致仕。过庭训《明分省人物考》卷四：“彦名在朝，赞定礼制最效勤劳，出入拱手，按步不差，尺寸端谨，群臣莫比，二十三年致仕。”

洪武二十四年

（公元1391年　辛未）

颁北方学舍书籍。（《国榷》卷九）

唐县寇深生。寇深（1391—1460），字文渊。保定府唐县（今河北省保定市唐县）人。永乐初年（1403）充郡庠生，上书朝廷言时事，升补太学生。宣德初年（1426）擢升为刑部主事，迁员外郎。正统九年（1444），授山西按察司副使。正统十一年（1446），入朝拜都察院右佥都御史，巡抚四川。后进左副都御史、左都御史等职。天顺四年（1460）七月二日，被太监曹吉祥派人害死于朝房。赠少保，谥“壮愍”。（保定人物志编辑委员会《保定人物志》、孙承泽《畿辅人物志》卷三）

洪武二十五年

（公元1392年　壬申）

正月

会东宫晏驾，宛平董伦出为河南左参议。在任尽心民事，名其思政之堂曰“后乐”，方孝孺为之记。（孙承泽《畿辅人物志》卷二）

二月

十三日，朝廷命儒学生员兼习射与书数之法。（《太祖高皇帝实录》卷二百十六）

本年

宛平董伦任河南左参议，尽心民事，后擢陕西右参议。焦竑《礼部右侍郎兼翰林院学士董伦传》："二十五年出为河南左参议，尽心民事，名其退食思政之堂，曰'后乐'方孝孺为之记。尝草封事数千言无一不当上心者。又上书荐肇州吏目诸葛伯衡，太祖遽擢为陕西右参议。"

东安李延兴撰《题卞庭芳所藏山水画》。此年不久后卒。延兴一生弟子盈门，创明初北平文学之基。诗歌秉承河朔贞刚之气，磊落持重，为人所称。陈田《明诗纪事》甲签卷二十八评："继本诗词峰磊砢，风格老成，有拔山盖世之气。诗家当以继本为开先。"其文道学气较重，亦不乏清隽雅洁之作。

洪武二十六年

（公元 1393 年　癸酉）

宛平董伦上书荐肇州吏目诸葛伯衡，太祖遽擢为陕西参议。（张廷玉《明史》卷一百五十二《列传第四十》）

束鹿王文生。王文（1393—1457），字千之，号简斋，原名王强，保定府束鹿人（今河北省辛集市）。永乐辛丑进士，授监察御史。宣德中，擢陕西按察使。正德四年，升都察院右副都御史，巡抚宁夏，兼理军务。五年，入为大理寺卿。后理都察院院事，加太子太保。景泰五年，被召入内阁，任吏部尚书，兼翰林院学士，执掌文渊阁。二品大臣进入内阁正是由其始。任《寰宇通志》纂修总裁，书成，加谨身殿大学士，后赠太保，谥忠愍。（张廷玉《明史》卷一百六十八《列传第五十六》《嘉庆束鹿县志》卷八《人物·仕绩》）

洪武二十七年

（公元 1394 年　甲戌）

真定耿清试礼部第三人，廷试第二人，授编修。耿清，生卒年不详，真定人[①]。本年试礼部第三人，廷试第二人，授编修。历右签都御史，燕王谋不轨，奉命察燕邸动静，以言论明快，大被称赏。燕王篡位，以故人故，仍旧其官。后以

① 王鏊《王文恪公笔记》卷一记为陕西真宁人。

谋刺成祖未成，受醢刑，罪及九族，瓜蔓其乡。（汪有典《史外》卷一）

东安李延兴代雄县知县作《祷雨文》，说明其本年尚在世。（李延兴《一山文集》）

洪武二十八年

（公元1395年　乙亥）

寓真定薛瑄七岁，随父离真定至荥阳官邸。杨鹤、杨嗣昌编《薛文清公年谱》。

安次纪谆升太学，以才识特著，选署都察院事，晋山西道监察御史、睢宁令，能令民服。马钟英、马钟琇《安次县志》卷六："洪武乙亥贡礼部，升太学，以才识特著，选署都察院事，寻晋山西道监察御史，纠击贪邪，伸理冤抑，风纪大振。未几，诏选京职，任宰官，出为睢宁令。民有讼其子毁父者，廉得其情，乃谕其父子曰：'身修而后家齐，闻尔多乖，得非子有谏诤，遂以为毁己乎?'讼者惭服。"

洪武二十九年

（公元1396年　丙子）

献县司敬中北平乡试解元。（张弘道、张凝道《皇明三元考》卷二）

东安施礼领乡荐。施礼，字仲节，生卒年不详，顺天府东安（今河北省廊坊市内）人。伟岸广颡，才识绝人。领本年乡荐，登丁丑科北榜进士，授行人司副奉，使交趾，以功升河南参议。母忧归服阕，起淮南知府，以墨误谪遣。永乐间，除山东道监察御史，执法甚严，后擢大理寺右丞。洪熙元年，授正卿，治狱详明，多所平反，历九载，进秩刑部侍郎。后授刑部尚书，历事五朝，名扬中外。（马钟英、马钟琇《安次县志》卷六）

安平张益由乡荐入太学。张益（？—1409），真定府安平县（属今河北省衡水市）人。本年中乡荐，入太学，以才能拜郢府典仪。成祖承大统，升刑科给事中，后历礼科给事中。永乐间，扈驾幸北京，被胡人执，忠烈不屈，卒于南逃路中。（孙奇逢《畿辅人物考》卷之二、《礼科右给事中张公益传》）

邢台张瑛由乡贡士授陕西宁州训导调武德卫，后再调宿迁县。（廖道南撰《殿阁词林记列传》卷一）雷礼《国朝列卿纪》卷四十二：“张瑛，字子玉，直隶顺德府邢台县人，自幼及长，丰伟凝峻，识者奇之。初补弟子员于乡校，克勤问学，日有进益，同辈咸推让之。甫弱冠，即以明经领丙子乡荐，授陕西宁州学训导，调武德卫学训导武臣子弟，再调淮安之宿迁县学，所至严教条责，效生徒多成才者。”

安平张凤生，颖异孝亲。雷礼《国朝列卿纪》卷三十四：“张凤，字子仪，直隶真定府安平县人。父，谥，故为礼科给事中。初，母李氏有娠，夕梦大星出怀中，觉而生凤，人以为异。三岁取父书读诵，状识者，知有奇志。邻有病者，召巫治之，凤往观之，竟不验，扣其神曰：‘卿相在此。’及去，神乃降，邻众惊异曰：‘此子殆不凡者。’稍长，从太常少卿郑雍言授春秋经，每有讲说，即能问难，颖悟异常。已而，母病躬侍汤药，衣不解带，母卒居丧尽哀，人服其孝。”张凤（1396—1461），字子仪，直隶真定府安平县人。张益子。宣德二年（1427）进士，授刑部主事，历官南京兵部尚书，参赞机务。景泰五年，召改户部尚书，出纳详慎，被人呼为“板张”。天顺元年，英宗复辟，仍调南京户部尚书，兼督粮储。天顺五年，以足疾请致仕，未允，于由京返任所途中卒。（雷礼《国朝列卿纪》卷三十四）

洪武三十年

（公元 1397 年　丁丑）

六月

山东韩克忠被擢为北榜状元，取士分南北始于本年。《明史·选举志》：“初制，礼闱取士，不分南北。自洪武丁丑，考官刘三吾、白信蹈所取宋琮等五十二人，皆南士。三月，廷试，擢陈䢿为第一。帝怒所取之偏，命侍读张信等十二人覆阅，䢿亦与焉。帝犹怒不已，悉诛信蹈及信、䢿等，戍三吾于边，亲自阅卷，取任伯安等六十一人。六月复廷试，以韩克忠为第一。皆北士也。”

景州吴盛中进士。雷礼《国朝列卿纪》卷五十八：“吴盛，直隶河间府景州人。洪武丁丑进士，授沔池知县。考满升户部员外郎。永乐初年，升刑部郎中。六年，升刑部右侍郎。七年，扈行在，十年卒于官。”

衡水李遵义中进士，授河南新郑县令，民咸服。过庭训《明分省人物考》卷七："李遵义，衡水人，性嗜学，博洽经史。洪武庚午乡荐，登丁丑进士，授河南新郑县令。政识大体，务合民情，尚廉介，抑苞苴，吏尤畏之。或政暇，常巡视闾里，以稽民瘼。有富民者贿里，书妄诉贫，遵义历述其富状以诘其伪，乃自惊服。至断讼，不劳多语，甫闻两造辞，即判曰：'某也诈某也。'实一言而决，人咸服其明允。"

东安施礼中夏榜进士，授行人司司副。（张弘道、张凝道《皇明三元考》卷二）

本年

宛平甄庸中举人。甄庸，顺天府宛平县（今属北京市区内）人。本年举人，授户部主事，有贤声，后升松江知府。永乐二年，坐累降右军都督府，复擢山西道监察御史，出巡广西地方，召还，升工部右侍郎。定鼎北京，掌部事。宣德元年，又掌兵部事，下年致仕。（雷礼《国朝列卿纪》卷四十九）

宛平董伦以事谪为云南教官。得皇太孙赠金。至滇，以身教，得人敬慕。廖道南撰《殿阁词林记》："三十年，以诖误坐事谪云南教官，皇太孙怜之，赐白金为道里费。伦涉淮溯汴，驱驰梁雍以达于蜀，蜀王闻而重之，赋诗八章以赠。其行时，云南初开，伦以身教，用夏变夷远人向慕。"

东安施礼升河南左参议，未几以事夺职。（雷礼《国朝列卿纪》卷五十七）

雄县刘观迁署左佥都御史。（张廷玉《明史》卷一百五十一《列传第三十九》）

洪武三十一年

（公元1398年　戊寅）

闰五月

建文即位，眷恋东宫旧臣，宛平董伦被召至京师，慰劳备至，拜嘉议大夫、礼部侍郎兼翰林院学士，与方孝孺皆入馆阁传经史。（焦竑《国朝献征录》卷三十五）

七月

十三日，皇帝为宛平董伦赐御书"怡老堂"三大字，赐床几、玉鸠杖各一，伦上表致谢。孙承泽《畿辅人物志》卷一："建文即位，眷念旧臣，屡询及之，左右亦多荐公者，召至京师，拜嘉议大夫、礼部右侍郎兼翰林院学士，与方公孝孺同入内阁侍经筵，御书‘怡老堂’及松几、玉鸠杖各一。”廖道南《殿阁词林记》卷六：“伦上表略云：臣素无阀阅功劳，兼乏智能才艺，徒知笃信于古道，自分无用于明时，幸蒙高皇帝之知，忝拜左春坊之命，任臣以两宫辅导之职，称臣为三叶帝王之师。兹者践阼之初，乃复驰书以召苍颜白发，万里来归，金马玉堂。十年如昨，自今持杖戒噎，则思兆民或阻于饥，凭几安身，则念一物或失其所。”

本年

大兴武周文以儒士明经入侍燕邸。（雷礼《国朝列卿纪》卷十九）武周文，大兴（今北京市大兴区）人，约活动于明初。洪武末，以明经入侍燕邸，通谙《易经》。本年，被召为侍讲学士，第二日以年老乞休。（《畿辅通志》卷七十八）

新安郭琎于本年或稍前授户部主事。郭琎，字时用，生卒年不详，保定府新安县（今河北省保定市安新县）人。本年或稍前由国子生授户部主事，累官工部右侍郎。命督武当山宫观。永乐十八年，回京补行在工部右侍郎。十九年，定鼎北京，命巡抚江西地方，考察官吏，安辑军民。本年事竣回部。二十二年，选吏部兼少詹事，后擢吏部尚书。为人宽厚简重，得大臣体。（雷礼《国朝列卿纪》卷六十五）

河间苏瓒在本年或稍前以人才授崇明县丞。雷礼《国朝列卿纪》卷六十八：“苏瓒，字廷献，直隶河间府河间县人。洪武末年以人才授崇明县承。永乐中，升工部主事，累迁工部郎中，营造北京督修行宫殿宇，多效勤劳，珍素贪鄙，谄事礼部尚书吕震。震数誉上前。洪熙元年，升工部右侍郎，上寻悔之。三月，复设行部，改行部右侍郎。”

建文元年

（公元1399年　己卯）

七月

五日，明成祖朱棣发动靖难之役。朱允炆准备削夺燕王权位，燕王朱棣公开反叛。五日，燕王聚集将士，誓师起兵，以“清君侧”“诛奸臣”为名，自称“奉天靖难”。建文帝闻知朱棣在北平举兵反叛，急命年过古稀的老将耿炳文为大将军，带领大军30万伐燕，从此揭开明王朝历史上长达四年之久的靖难之役的序幕。

清苑李友直以首告布政使张昺谋反功，被授北平布政司右参议。《国朝献征录》卷五十《行在工部尚书李友直传》："李友直，字居正，直隶清苑人。太宗皇帝在潜邸将举兵靖难，北平布政使张昺知其谋，会其僚欲奏发之时，友直为库吏密以告于太宗，得禽斩昺等，友直以功授北平布政司右参议。"雷礼《国朝列卿纪》卷六十二："李友直，字居正，直隶保定府清苑县人。读书通大义，兼习律法。成祖文皇帝举义靖难之初，友直时从事北平廉司，首发密事，用是深契宸衷，遂擢藩司参议。"

南和侯泰，擢为刑部尚书。燕王举兵，力主抗御之策。侯泰（？—1402），字顺怀，顺德南和（今河北省邢台市南和县）人。太祖洪武中，以荐举起家。尝督饷于济宁、淮安。建文四年（1402），朱棣即位，入狱被杀。（张廷玉《明史》卷一百四十二《列传第三十》、孙承泽《畿辅人物志》卷二）

本年

安肃赵豫以诸生身份督赋守保定城。赵豫（生卒不详），字定素。保定府安肃（今河北省徐水县）人，本年燕王朱棣发动"靖难之役"攻下保定后，赵豫以诸生身份督赋守城。永乐五年（1407）授泌阳主簿，未及上任，再擢升兵部主事，进员外郎。洪熙（1425）时任郎中。宣德五年（1430）出任松江府（治今上海松江）知府。甚得民望，乡民两次群请留任，前后在此任 15 年，清廉如一日，享名天下。（张廷玉《明史》卷二百八十一《列传一百六十九》）

靖难兵起，香河奈亨被命守城。雷礼《国朝列卿纪》卷三十六："奈亨，字□□，顺天府香河县人。由吏员革除。末年，靖难兵起，命守城。永乐元年，叙功授修武县丞。九年，升吏部文选司主事。十五年，升行部吏曹员外郎。十九年，改验封司员外郎。宣德二年，调文选司员外郎。三年，转光禄寺少卿。八年，升通政司左通政。十年，出使安南。正统元年，还京。三年，升光禄寺卿，十一年升户部左侍郎，未任，仍掌光禄寺事。十四年致仕。为人机警善干才，故久见委任云。"

沧州马昂生。马昂（1399—1476），字景高，又字凌霄，河间府沧州人。宣德中，以仪容声音选授行在鸿胪寺序班。正统二年，升监察御史。甘肃告警，改副都，参赞军务，被视为守边长城。两广不靖，起为总督两广兼巡抚。因功，晋右都御史、左都御史。后授兵部尚书，进太子少保，终户部尚书。成化十二年（1476）卒，赠少保，谥恭襄。（孙承泽《畿辅人物志》卷三、雷礼《国朝列卿纪》卷三十二）

大兴刘中敷被选守安定门中心敌台。当年，入王府办事。（佚名《靖难功臣录》）

高阳王逊中北平乡试解元。（张弘道、张凝道《皇明三元考》卷二）

大兴茅大芳擢右都副御使。（焦竑《国朝献征录》卷五十五）

建文二年

（公元 1400 年　庚辰）

燕王朱棣赴北平藩王府邸。《明史》卷五《本纪第五》：“十三年，之籓北平。王貌奇伟，美髭髯。智勇有大略，能推诚任人。”

宛平董伦与太常少卿高逊为考试官，精于去取，所录如胡广、吴溥、杨子荣、胡荣等，称为得人。（廖道南《殿阁词林记》卷十四）

建文三年

（公元 1401 年　辛巳）

大兴杨善被授典仪所引礼舍人。孙奇逢《畿辅人物考》卷之二《经济·杨忠敏公善》：“时年甫十七，文皇起义兵，已知善名，署典仪所引礼舍人，后进晋为卿。”

建文四年

（公元 1402 年　壬午）

七月

宛平董伦告老还乡，回家不久病逝，享年 80 岁，归葬宛平。《太宗实录》卷十上：“（洪武三十五年秋七月乙酉）命礼部侍郎兼翰林学士董伦致仕。伦，宛平人。端厚质实，志存利人。洪武中，为右春坊大学士，河南布政司参政，坐累谪云南。建文中，召还，以侍郎兼学士，礼遇甚厚，伦重厚老成，屡息言当务睦亲，不听。至是，年八十余。上命致仕，出京数日卒。”孙承泽《畿辅人物志》卷一：“燕王即位后，伦年八十余，致仕。每念革除事，悒悒吁叹，数日卒，归葬宛平。公敦大醇厚，行如古人。至于不仕于昏乱之时，而能委身于休明之世，不以内外夷险易其操，可谓贤也矣。”廖道南《殿阁词林记》卷六：“廖道南曰：‘予观顺天志称伦端厚质实，及考诸国史乃知其历履。夫方逊志（方孝孺）、解春雨（解缙）皆名儒也，或代之撰表，或受其荐剡，其人品高尚可征也已。’赞曰：‘真人启运，哲士景从，献策彤廷，授经青宫，出补大藩，入司坊学，侃侃大节，卓彼先觉。’”

八月

大兴茅大芳被靖难兵逮入狱，拒不降，与其子顺童、道寿、文生等一并论死，二孙亦死狱中。张廷玉《明史》卷一百四十一《列传第二十九》有传。孙奇逢《畿辅人物考》卷之三《忠节·茅副宪公大芳》：“大芳，大兴人。博学能诗文，少有奇名。或赠之诗曰：‘陆机此日能为赋，贾谊何时复著书。’洪武中，儒士应辟，典教淮南。考绩入朝，召对，悦之，擢秦府长史，勉以董子辅相之业。大芳感激，额其堂曰‘希董’。方正学为记，称大芳‘志意伟然，敦大和雅，不亢不谄，深有得于正谊明道之旨’。建文即位，擢右副督御史。靖难兵起，遗诗淮南守将梅殷云：‘幽燕消息近如何？闻道将军志不磨。纵有火龙翻地轴，莫教铁骑过天河。关中事业萧丞相，塞上功勋马伏波。若我不才无补报，西风一度一悲歌。’建文四年八月死之。其子扶柩，葬北平城西。”

本年

宁晋曹鼐生。曹鼐（1402—1449），字万钟，又字德恒[①]，号恒山，真定府宁晋县（今河北省邢台市宁晋县东王里村）人。少年豪爽，有大志，博览群书。宣德元年（1426），中乡试第二，任代州（今山西代县）训导，后改派江西泰和县典史。宣德八年（1433）成癸丑科一甲第一名进士（状元），初授翰林院修撰。正统元年，充经筵讲官。正统五年，因杨荣、杨士奇举荐，进入文渊阁，参预机务。正统十年，官至吏部左侍郎兼翰林学士。正统十四年（1449）随英宗亲征，遇土木堡之变，乱军中被杀。景帝继位后，赠少傅、吏部尚书、文渊阁大学士，谥文襄。英宗复位，加赠太傅，改谥文忠。（张廷玉《明史》卷一百六十七《列传第五十五》、孙承泽《畿辅人物志》卷四、廖道南撰《殿阁词林记列传》卷三）

---

① 据雷礼《国朝列卿纪》卷十。

南和侯泰（？—1402）被杀。张廷玉《明史》卷一百四十二《列传第三十》："京师不守，行至高邮，被执下狱，与弟敬祖、子玘具被杀。"孙奇逢《畿辅人物考》卷之三《忠节·侯尚书公泰》："建文四年，复令出淮安督饷，得便宜行事，经画苦心，常彻旦不寐。京师失守，行至高邮，与其隶上高县人茅卯仔同执，下锦衣卫，泰不屈，死之。"

第二章

永乐元年至天顺八年

（1403 ~ 1464）共 62 年

永乐元年

（公元 1403 年　癸未）

正月

将北平改为北京，设北京行部诸衙门，将大宁都司徒至保定。（《明太宗实录》卷十六）

二月

初三日，设置北京留守行后军都督府、北京行部、北京国子监。改北平府为顺天府，北平行太仆寺为北京行太仆寺。行都督府设置左右都督，都督同知、佥事无定员。行部设置尚书二人、侍郎四人、六曹吏户礼兵刑工郎中、员外郎、主事各一人。次日，遣命户部尚书郭资、刑部尚书雒佥为北京行部尚书。（《明太宗实录》卷十六）

设北京国子监，国子监置祭酒、司业、监丞各一员，博士、学正、学录、掌馔各一员，助教二员。（《明太宗实录》卷十七）

二十日，永清张敏生。张敏（1403—?），字懋学，顺天府永清县人。宣德八年（1433）进士，擢工科给事中，历吏科左给事中，以才干闻。正统十三年（1448），特拜工部右侍郎，管易州山厂。十四年（1449），命镇守山西地方。景泰元年（1450），取回部事。天顺元年（1457）致仕。

五月

依应天府学设置旧例，北京国子监既设，以顺天府学为之，革大兴、宛平二县，而以大兴学为顺天府。其顺天府及二县生徒通经能文者，令充北京国子监生。其余皆充顺天府学生。从之。（《明太宗实录》卷二十下）康熙《大兴县志》卷二《学校考》：“儒学在府治东南教忠坊。明洪武初以元太和观地为大兴县学，国子监为府学。永乐纪元，改北平布政司为顺天府，府学为国子监，大兴县学为府学。大、宛两县照应天府例，并属焉。三处共一学，而学中子弟员止用大、宛两县籍贯者充之，至所属各州县不得与焉。著为定例。”

本年

肇建北京，设行部，清苑李友直除左侍郎，后调任行在工部。（杨荣《资政大夫行在工部尚书清苑李公墓志铭》）

顺义李庆被召为刑部侍郎，刚直敢为。张廷玉《明史》卷一百五十《列传第三十八》："永乐元年，召为刑部侍郎。性刚果，有干局，驭下甚严。帝以为才，数命治他事，不得时至部。然属吏与罪人交通私馈饷，庆辄知之，绳以重法。"李庆（？—1427），字德孚，一字以善，顺天府顺义县（今北京市顺义区）人。洪武中，以国子生署右佥都御史，后授刑部员外郎，迁绍兴知府。本年，召为刑部侍郎。后历左副都御史、工部尚书，寻兼领兵部事。仁宗立，改任兵部尚书，加封为太子少保。宣德二年（1427），带病随军征讨黎利（今越南），卒于军中。一生刚直，勇于任事，有'生李'之号。（张廷玉《明史》卷一百五十《列传第三十八》）

大兴杨善改鸿胪寺序班，后进右寺丞。张廷玉《明史》卷一百七十一《列传第五十九》："永乐元年，改鸿胪寺序班。善伟风仪，音吐洪亮，工进止。每朝谒引进奏时，上目属之。累进右寺丞。"

新安郭琎约在本年迁户部主事，以勤敏著称，有政绩。雷礼《国朝列卿纪》卷二十四："郭琎，字时用，初名进。直隶保定府新安县（今河北省保定市安新县）人。由国子生出身，早不遑问学，然天资甚美，受气完厚，临事从容，喜怒不行于色，精于吏事，简切不泛。永乐初年为户部主事，以勤敏著称。已为文庙所知，历升福建参议、山东参政，俱有政绩。"

涿州李敩中经魁，入国子监。雷礼《国朝列卿纪》卷二十九："李敩，字居学，顺天府涿州人。生五岁，始能言。为州学生，永乐癸未经魁，入国子监。"

大兴刘中敷以功授陈留县丞。雷礼《国朝列卿纪》卷三十二："及入正大统，叙功授陈留县丞。性慈祥，不尚刑威，待民披见悃诚，未尝摘发阴私，以张智名。"

元氏李琦往说安南，收被侵广西地，擢广西道监察御史。雷礼《国朝列卿纪》卷四十四："永乐元年，上书陈情，召试御史。会交南侵广西地，命琦往，琦以书喻援引赵佗、吕嘉逆顺祸福之理，并道路辽远，炎凉俱不足恃，凛然可惧，安南感悟，遂归，侵地还。奏称旨，实授广西道监察御史。"

广宗左献升浙江左参议。雷礼《国朝列卿纪》卷五十八："左献，直隶顺德府广宗县人。洪武中，由大学生授户部主事。永乐元年，升浙江左参议。五年，升刑部右侍郎，本年以事谪为办事官。七年，复原职。九年卒于官。"

安平张益被荐升刑科给事中，后转礼科右给事中，奏事明辨称旨，有"响张"之称。代刑部、都察院科官引奏，自益始。焦竑《国朝献征录》卷八十《礼科右给事中张公益传》："成祖入承大统，吏科都给事中孙璘荐益才行卓越，升刑科给事中。益侃侃敢言，惟务申冤理枉。时有郭礼因视田殴死盗禾军人事，觉有司以杀死军人律抵罪，即与其僚张信曰：律有明条，罪人拒捕，主者格杀之勿论。今郭礼田主盗禾者罪人以田主而殴死罪人，法当免坐，若抵死于律有乖，竟为直其情。事闻，上特宥之，未几，转礼科右给事中。上临朝，群臣奏对多失序，益代陈。公奏事明辨称旨，特呼为响张以示宠渥。后刑部、都察院凡有所逮罪囚，皆令科官引奏，盖自益始。"

香河奈亨以功授修武县丞。（雷礼《国朝列卿纪》卷三十六）

宛平甄庸升松江知府。（雷礼《国朝列卿纪》卷四十九）

北榜状元韩克忠被谪贬为涿鹿县令。

雄县刘观擢云南按察使，未行，拜户部右侍郎。（雷礼《都御史刘观传》）

永乐二年

（公元1404年　甲申）

二月

定北方岁贡生员今年考试条例。《明太宗实录》卷二十八："永乐二年二月癸酉，礼部引奏：'北方岁贡生员，入学十年，考不中式者，例当充吏。'上曰：'人心志舒泰则能学，四体不劳则能学，衣食温饱则能学。责人之功当量其力，谕人之罪当明其情。北方近三四年间，兵戈扰攘，诸生舍俎豆而事军旅，飞刍挽粟之劳，奔走流离之苦，岂暇于学？今考不中式者，可发回原学，补其废学年数，以俟再试。再试不中，如例处之。'"

三月

广平贾铨中进士，擢刑科给事中，后出为云南大理府知府。"贾铨，字秉钧，先世山西太谷人，后徙居广平。铨纯谨敦厚，寡言笑，博通经史。永乐甲申进士，擢刑科给事中，寻掌科事，弹劾无所徇，当道惮之，出为云南大理府知府，至任革去一切宿弊以兴民利，而冰蘖之操，岂弟之政闻于上下。"贾铨（？—1467），字秉钧，广平府邯郸（今河北省邯郸市）人。本年进士。宣德四年（1429）授礼科给事中。英宗初，任大理知府，征麓川，运饷有劳，升云南左参政，仍管大理知府事。治行业绩为一时之冠。正统十二年（1447），被军民数万人赞颂，升为左布政使。景泰七年（1456），任职期满，军民挽留，还任。天顺四年（1460），以右副都御史巡视山东。成化初年，回京署理院事，二年卒于官。（张廷玉《明史》卷一百五十九《列传第四十七》）

七月

平谷黄绶生。此据《正统十年进士登科录》所记向前推算而得。另《畿辅通志》卷七十六记："黄绶，平谷人，洪武末以奇童召见，送国学肄业。宣德中，成进士，擢山东道御史。英宗北征，切谏不听，扈驾至土木，死之。"依作者所记，黄绶应出生在洪武末年或之前，成进士的时间为宣德中而非正统十年（1445），两者同为平谷人，是否为同一人，暂存疑。

八月

二十二日，任丘边永生。边永（1404—1484），字仕远，河间府任丘（今河北省任丘市）人。正统十年进士。十四年二月，授行人司行人。景泰元年出使南安。三年七月，充副使出使占城。四年八月，以九年秩满，升户部山西司员外郎。成化四年，以户部郎中致仕。后以子镛贵，封都察院右佥都御史。二十年卒。（刘珝《大明致仕户部郎中封都察院右签都御史边公合葬墓表》《国朝献征录》卷三十、《明分省人物考》卷六十七）

本年

浙江黄润玉迁至北京。《畿辅通志》卷三："十三岁时，改元永乐，命江南富民实北京，其父当行。先生诣官请代，官少之。对曰：'父去，日益老，儿去，日益长。'官异而从之。逾年，抵京，授廛北城外十里所，沙漠寒冱，茫无人烟，先生与同役筑室成比间，倾赀给徭赋，垦圃鬻疏以为生，人不堪其劬瘁，先生安之。"

宛平甄庸坐累降右军都督府。（雷礼《国朝列卿纪》卷四十九）

东安施礼擢山东道监察御史。（雷礼《国朝列卿纪》卷五十七）

香河奈亨守北平城之功劳，被授修武县丞。（《户部左侍郎奈亨传》，焦竑《国朝献征录》卷三十）

衡水李遵义擢浙江绍兴府同知，寻改除按察司签事。（过庭训《明分省人物考》卷七）

雄县刘观调左副都御史。（雷礼《都御史刘观传》）

永乐三年

（公元 1405 年　乙酉）

元城（今河北省邯郸市大名县境内）董芳中顺天府乡试解元。（张弘道、张凝道《皇明三元考》卷二）

大兴杨善以奏庶吉士章朴藏方孝孺文集进鸿胪寺鸣赞，历司丞，进寺卿。（雷礼《国朝列卿纪》卷四十一）

宛平甄庸以荐举擢山西道监察御史，出巡广西地方，激扬有体，吏畏民怀。（雷礼《国朝列卿纪》卷四十九）

永乐四年

（公元 1406 年　丙戌）

二月

宛平刘效祖为周定王朱橚所著《元宫词》一卷撰序，后署："永乐四年春二月朔日兰雪轩制"。（朱彝尊《静志居诗话》卷一）

三月

束鹿王骥中进士，授职兵科给事中，使山西，寻迁山西按察司副使。（张廷玉《明史》卷一百七十一《列传第五十九》）雷礼《国朝列卿纪》卷四十七："王骥，字尚德，直隶保定府束鹿县人。自幼警敏，年十三入邑庠为诸生，即有远大志。未几，父母相继以殁，哀毁尽礼，能自树立，遂领乡荐，登永乐丙戌进士，授兵科给事中，寻出使山西见徐沟，民困奏免盐池亏课二十余万。时应天府缺丞务，急且冗，委署之立办复署行在都察院事，持正不挠，升山西按察司副使。"

闰七月

大兴儒士武周文晓易经，被召为翰林侍讲学士，得冠带金织罗衣赏赐。明日入谢，以年老被令致仕。雷礼《国朝列卿纪》卷十九：“永乐丙戌，召至，慰劳备至，特命为侍讲学士，赐冠带织金罗衣一袭。上谓翰林侍读胡广等曰：‘朕守藩时，闲暇喜观《易》，时王府官寮间亦有知者，然未若武周文切实，但所言亦有拘滞不流动处。盖《易》贵知变，不失其宜。古人随时从道之说，最为要妙，亦在虚心以玩之耳。’又曰：‘为学不可不知《易》，只‘内君子，外小人’一语，人君用之，功效不少。’次日，周文入谢，上悯其老，乃命为侍读学士，赐之休沐。”

本年

始营建北京宫殿。《明鉴纲目》卷二：“纲：闰月，营北京宫殿。目：以泰宁侯陈珪董其役，宥杂犯死罪以下，令输作。命大臣往川湖各省采大木佐工。”

清苑李友直复原官，后改工部左侍郎，总营建北京宫宇之事。雷礼《国朝列卿纪》卷六十二：“四年，复原职及营宫宇，承命综理，沿河输运诸物，悉心殚虑，虽隆寒盛暑不替，利兴害去，人咸德之。”焦竑《国朝献征录》卷五十《行在工部尚书李友直传》：“既建北京，改布政司为行部，升左侍郎。时初作宫殿，营缮务殷，咸命友直董之，遂改为行在工部左侍郎。”

通州窦承芳以科道之选，拜山东道御史。过庭训《明分省人物考》卷一：“窦承芳，顺天通州人。洪武中以贡入太学。永乐四年，诏国子监选才识英敏者应科道之选，承芳擢拜山东道御史。大节磊磊，侃直不避，以建言下诏狱，赦复原职，寻建言忤旨，谪龙江典史，已复职，升浙江佥事卒。”

顺义李庆起复改都察院左副都御史，理院事。遇事有未便，侃侃争论，甚为文庙所眷注。（雷礼《国朝列卿纪》卷四十七）

宛平甄庸召还，升工部右侍郎，后坐事免官。（雷礼《国朝列卿纪》卷四十九）

雄县刘观奉命采木浙江。（雷礼《都御史刘观传》）

永乐五年

（公元 1407 年　丁亥）

九月

初九，东安李侃生。李侃（1407—1485），字希正，顺天府东安县（今河北省廊坊市市区内）人。正统进士，授给事中，事亲孝。也先入寇时，父母在容城。

侃晓夜悲泣，乞假冒白刃迎之。景泰中，户部尚书金濂违诏征敛，论其罪。英宗复辟，历官巡抚山西右佥都御史，力振风纪。母丧，归。军民拥泣，至不得行。服除，遂不出。年七十有九卒。子二人，德恢、德仁，皆进士。（焦竑《国朝献征录》卷六十三）

本年

顺义李庆改任左副都御史。（张廷玉《明史》卷一百五十《列传第三十八》）

新安郭琎进工部右侍郎。（雷礼《国朝列卿纪》卷二十四）

宛平甄庸复原职。（雷礼《国朝列卿纪》卷四十九）

永乐六年

（公元 1408 年 戊子）

四月

钱塘瞿佑被罪入锦衣卫狱，后流放保安，与胡子昂、孙碧云等诗文唱和。《归田诗话》卷下《和狱中诗》：“永乐间，予闭锦衣卫狱，胡子昂亦以诗祸继至，同处囹圄中。子昂每诵东坡《系御史台狱》二诗，索予和焉。予在因斋中，辞之不获，勉为用韵作二首。时孙碧云、兰古春二高士，亦同在圜室，见之过相赏叹。今子昂已矣，追念旧处患难，为之泫然。诗云：‘一落危途又几春？百忧交集未亡身。不才弃斥逢明主，多难扶持望故人。有字五千能讲道，无钱十万可通神。忘怀且共团圆坐，满炷炉香说替因。’‘酸风苦雾雨凄凄，愁掩圆扉坐榻低。投老渐思依木佛，受恩未许拜金鸡。艰难馈食怜无母，辛苦回文赖有妻。何日湖船载容酒，一篙撑过断桥西？’”《乐全诗集·至武定桥》注云：“永乐六年四月，进周府表至京，拘留锦衣卫。自汴梁起取家小十二口至此，蒙拨赐房屋居住，至今二十一年矣。”徐伯龄《蟫精俊》卷四《吕城怀古》：“寻以仁和山长历宜阳、临安二县，既而相藩。藩屏有过，先生以辅导失职，坐事系锦衣狱。寻窜保安为民。”（《中国文学编年史·明前期卷》）

雄县刘观擢礼部尚书。（雷礼《都御史刘观传》）

五月

十六日，宝坻芮钊生。芮钊（1408—1462），字宗远，顺天府宝坻县（今天津市宝坻县）人。正统七年（1442）举进士，授河南道监察御史，后历督察院御使、江西副史、陕西布政使等职。天顺初，拜都察院右副都御史，巡抚甘肃四年，以母丧夺情视事。又明年，卒于官。资性厚重，有清廉声。（过庭训《明分省人物考》卷一）

九月

二十九日，博野孟鉴生。孟鉴（1408—?），字克明，保定府博野（今河北省保定市博野县）人。宣德癸丑进士，吏科给事中，历户科都给事中。正统十四年，广东南海贼黄萧养起，升户部左侍郎，奉敕剿讨。景泰元年，留巡抚广东，二年回部管事。天顺元年，致仕。（雷礼《国朝列卿纪》卷三十六）

十二月

雄县刘观与刑部尚书吕震易官。（雷礼《都御史刘观传》）

本年

邢台张瑛九年秩满，擢吏科给事中。廖道南撰《殿阁词林记列传》卷一："永乐戊子，秩满九载，擢吏科给事中。时宣庙为皇太孙，瑛与选为伴读。"

永乐七年

（公元 1409 年　己丑）

二月

初九，车驾发京师巡狩，夏原吉、金幼孜、胡广、杨荣等文学之臣扈从。《明通鉴》卷一五："皇太子监国。命吏部尚书蹇义、兵部尚书金忠、右春坊大学士黄淮、左谕德杨士奇留辅太子，户部尚书夏原吉、右谕德金幼孜、翰林学士胡广、右庶子杨荣扈从。"

三月

十八日，朱棣车驾及夏原吉、金幼孜等扈从至北京。（《明通鉴》卷一五）

四月

二十四日，广宗崔恭生。刘珝《资政大夫南京吏部尚书赠太子少保谥庄敏崔公墓志铭》："惟某与公相知三十五年，谊宜志而铭，状谓公讳恭，字克让。其先博陵人，汉御史朝之裔，朝十一世孙曰伯谦者徙柏乡，至曾祖讳至刚仕元，为镇抚，再徙顺德广宗，因家焉。"崔恭（1409—1479），字克让，顺德府广宗县（今属河北省邢台市）崔南苏村人。正统元年进士，授户部主事，历莱州知府、湖广右布政使、江西左布政使。天顺二年，升右副都御史，巡抚苏松诸府。成化五年（1469）进吏部尚书，后参赞机务。致仕二年后卒于家。（《崔恭墓志铭》、张廷玉《明史》卷一百五十九《列传第四十七》、孙承泽《畿辅人物志》卷五）

二十四日，安平张益（？—1409）护驾北京，被北虏俘而不屈，出而卒于路。焦竑《国朝献征录》卷八十《礼科右给事中张公益传》："永乐己丑，扈驾幸北京，会胡虏数为边患，上命监军深入虏营，主将失利，益被执，虏持刃胁降，益不屈曰：'生为大明臣，死为大明鬼，非死无以报国。'虏怜其忠烈，竟弃之。时仲秋八月二十四日，天寒兼雨雪，跣足南行数百步，陨然而终。翰林院侍讲谢琏谓：'益之死，忠在朝廷，诚孚丑虏，天语褒嘉，与日月争光，盍得其死者欤！'"

九月

文士梁潜与朱文冕同适北京。《东里文集》卷一七《梁用之墓碣铭》："上幸北京，驿召赴行在。八年南还。"《泊庵集》卷四《楮窝记》："永乐七年秋，予与翰林编修朱公文冕偕被召来北京。既至，于五云坊之东得屋以居。然迫乎车马尘坋之中，寝处之外无尺寸地空。又垆酤之与邻，耿姬舞妓之嘈杂乎朝夕也。文冕病之，不得已，乃背衢反置其户，别为道出入，以稍绝市喧。"（《中国文学编年史·明前期卷》）

文士梁潜、朱文冕、李时勉、曾棨等于京旅邸重阳聚会。《泊庵集》卷七《九日燕巢诗野》："永乐七年九月丙辰，实惟重九之日。合侍从同官之士七人者，就北京旅邸饮酒欢甚。酒半，检讨王君希范摘'江涵秋影雁初飞'之句，即席分为韵，各赋诗，以纪一时之乐。既明日，侍讲曾君子棨以属予序之。于乎！余七人者，亦乐矣。……是皆上之赐也，夫何敢忘！由是七人之作，益宏大演迤，得盛时和平之音，盖所谓关乎风化者，信可观矣。予思钝而材拙，预在席，齿独长，故既赋之矣，又不辞而为之序。七人：王君，钱塘人；曾君，永丰人；侍讲林君崇璧，莆田人；编修朱君文冕，南丰人；庶吉士陈君光世，四明人；李君时勉，安成人；为之序者修撰梁潜，西昌人。"（何坤翁《中国文学编年史·明前期卷》）

本年

文士梁潜与金幼孜、胡广、杨荣于京唱和。王直《抑庵文集》卷一三《题梁先生诗后》："右七言近体诗一章，前翰林侍读兼右春坊右赞善西昌梁先生用之所赋，以呈内阁三先生者：胡公，吉水人，名广，字光大；杨公，建安人，名荣，字勉仁；金公，新淦人，名善，字幼孜。皆太宗皇帝所亲任，其文章德行天下所推仰，而与梁公最相好。梁公清修玉立，文字奇古，而每出新意，时辈争传诵之。三先生居宥密之地，在东角门内，故谓之内阁，常人所不能到。其外为文渊阁，梁先生辈处之。虽地位相悬，而四公情好之密，文字之娱，则无间也。当时唱和，盖不止于此。此诗今为刑科给事中廖庄安止所藏。安止与胡公同邑，故爱慕不忍置。诗末言'太液广寒'，盖广寒殿乃前元所建，在太液池上万岁山顶，当时极为华丽。太宗皇帝在潜邸时，去其甚者而存之，以为殷鉴，未尝增饰，恭俭之德，比隆尧舜。其初幸北京，三先生实从，尝特奉诏纵览焉。胡公有五言近体诗十首，诸公皆屈和。梁公此诗，犹有羡慕之意。安止若又得之以续于此，使观者得以考见其事，岂不美哉？梁公与胡、金二公相继即世，计赋诗已二十年矣。俯仰今昔，为之慨然。"（何坤翁《中国文学编年史·明前期卷》）

永丰曾棨《扈跸集》成于京。《泊庵集》卷七《扈跸集序》："永乐七年二月，皇上巡幸北京。于时翰林侍讲曾君子棨与二三近臣，以文学得预扈从，因次其道途所经，山河之胜，行宫连营，千乘万骑之壮，见于诗凡若干首，名曰《扈跸集》。余读之而叹曰：'于乎！盛哉！'夫朝廷之事，圣君贤臣之嘉谟雄烈，照耀古今者，史氏能书之。至于一时太平盛观，丰亨豫大之容，民情风俗之美，下至原野鸟兽草木之光华润泽，可以感发歆羡，而史氏之所不书与不及书者，则皆存乎诗人之铺张形容。……子棨既学博而材优，又遭逢圣主之治，故其发于言者宏博深厚，足以极一时之盛。百世之下读之，为之低徊俯仰，想见其时而追慕绎思于无已，则其言与古之作者，夫岂相远哉？于乎！是可传也已。"曾棨（1372—1432）字子棨，号西墅，江西永丰人。永乐二年状元，人称"江西才子"。富才思，廷对两万言不打草稿。曾出任《永乐大典》编纂。工书法，草书雄放，有晋人风度。

寓玉田薛瑄侍父至玉田。杨鹤、杨嗣昌编《薛文清公年谱》："七年己丑，先生二十一岁，侍教谕公官玉田。教谕公任满荥阳，徙玉田。时玉田多贤豪，长者济南王素亨、大梁范汝舟、东莱魏希文、永嘉徐蕴夫、安阳苑仲仁、海昌李大亨诸公皆年德老成，先生礼延之家，讲论经书子史，泛及天文地理二氏之谈。诸老退谓人曰，此子聪明特异，力行可畏，圣门有人矣。"

安平张凤父亡于军，与兄奉祖还家，竭力侍养。雷礼《国朝列卿纪》卷三十四："永乐己丑，北虏犯边，文庙亲征，父益以给事中赞理戎务，因主将失利，没于军。凤年十四，大父母垂白在堂，家道萧然，凤哀毁踰礼，与兄奉祖还家，竭力侍养，甚得欢心。"

永乐八年

（公元1410年　庚寅）

正月

金幼孜构轩北京，僚友赋诗为贺。梁潜《泊庵集》卷一三《冰雪轩赞》："右春坊谕德兼翰林侍讲金公幼孜，以扈从来北京之明年，治其轩以居，而名之曰冰雪轩。轩甚小而四壁皆白，公乐焉。既而自雪中见西山居庸之雄高拔出而壮之，命图之于其轩之壁间。公于是入处乎轩中，如在乎冰崖雪谷之下，至于长松古木纷披欹折之状，飞泉垂瀑淙泻而怒激，涧溪林壑开合而无穷者，皆不出于其轩，可坐而得之于图。故其轩非有高深靡丽之观，而所以擅夫幽逸之胜者，已超然乎尘埃之表矣。"王洪《毅斋集》卷七《冰雪轩铭》："春坊谕德兼翰林侍讲金公幼孜，尝名其燕休之所曰冰雪。交游文学之士，以为幼孜清白之志如此，咸颂而美之。此岂知幼孜之深者乎？夫至清物莫之挠，至白物莫之污，斯固足以自立矣。若夫不挠不污，而其利泽所及，举物莫能加焉者，不尤其大者乎？"金幼孜（1368—1431）名善，以字行，号退庵。江西新淦人。建文进士。成祖时迁文渊阁大学士。随成祖历次北征，所过山川险要处，成祖命记之，据马鞍立就。仁宗朝任礼部尚书兼武英殿大学士。宣宗时修两朝实录，任总裁官。谥文靖。有《北征录》《金文靖集》等。

本年

唐县寇深出使山东，稽正储积欺隐之弊，有能声。彭时《资善大夫都察院左都御史赠少保谥庄愍寇公深墓表》："公天性凝重，机警有奇志。永乐间，补郡庠弟子员，因陈言时务，文庙奇之，特命为国子生。公入国学，友四方士，志业益有造就。岁庚寅，出使山东，稽正储积欺隐之弊，能声津津著闻。"（焦竑《国朝献征录》卷五十四）

永乐九年

（公元1411年　辛卯）

三月

补行永乐七年廷试。《明通鉴》卷一六："三月甲子（初四），集己丑礼部贡士补赴廷对，赐萧时中等进士及第、出身有差。"

六月

吉水解缙下狱。张廷玉《明史》解缙传："永乐八年，缙奏事入京，值帝北征，缙谒皇太子而还。汉王言缙伺上出，私觐太子，径归，无人臣礼。帝震怒。缙时方偕检讨王偁道广东，览山川，上疏请凿赣江，通南北。奏至，逮缙下诏狱，拷掠备至。"解缙（1369—1415），字大绅，一字缙绅，号春雨、喜易，吉水（今江西吉水）人，洪武二十一年（1388）中进士，官至内阁首辅、右春坊大学士，参预机务。以才高好直言为人所忌，屡遭贬黜，于本年以"无人臣礼"下狱，永乐十三年（1415）冬被埋入雪堆冻死，卒年四十七。成化元年（1465）赠朝议大夫，谥文毅。自幼颖悟绝人，其文雅劲奇古，诗豪宕丰赡，书小楷精绝，行、草皆佳，尤善狂草，与徐渭、杨慎一起被称为明朝三大才子，著有《解学士集》《天潢玉牒》等；总裁《太祖实录》《古今列女传》；主持编纂《永乐大典》；墨迹有《自书诗卷》《书唐人诗》《宋赵恒殿试佚事》等。

七月

榜禁词曲。顾起元《客座赘语》卷十《国初榜文》："永乐九年七月初一日，该刑科署给事中曹润等乞敕下法司：'今后人民、倡优装扮杂剧，除依律神仙道扮、义夫节妇、孝子顺孙、劝人为善及欢乐太平者不禁外，但有亵渎帝王圣贤之词曲驾头杂剧，非律所该载者，敢有收藏、传颂、印卖，一时拿送法司究治。'奉圣旨：'但这等词曲，出榜后，限他五日都要干净，将赴官府烧毁了。敢有收藏的，全家杀了。'"

八月

盐山王翱乡试中举。雷礼《国朝列卿纪》卷二十四："永乐初，为邑庠弟子员，隆师亲友，益肆力于学，大有所成就。九年辛卯，中乡试。”

临漳石璞举于乡，后入国学，选授御史。石璞（？—1469），字仲玉，彰德府临漳县（今河北省邯郸市临漳县）人。永乐九年（1411），辛卯科举人，后入国学。初任陕西道监察御史。宣德元年（1426），因随驾征武定州有功，官职屡次升迁。此后，历仕江西按察使、山西布政司右布政、山西布政司左布政、资善大夫、工布尚书兼大理寺卿、荣禄大夫、太子太保兼兵部尚书。曾历仕五代帝王，关心民瘼，善断疑案，生活简朴，为明代著名清官。（张廷玉《明史》卷一百六十《列传第四十八》、汤斌《拟明史稿列传二十七》）

十月

诏重修《太祖实录》，文士杨荣、杨士奇、金幼孜等与。《明太宗文皇帝实录》卷一二〇“永乐九年冬十月乙巳（十七日）”：“命重修《太祖高皇帝实录》。上即位之初，命曹国公李景隆等监修，而景隆等心术不正，又成于急促，未极精详。上巡幸至北京之初，命翰林学士胡广等重修。至是，命太子少师姚广孝、户部尚书夏原吉为监修官，翰林院学士兼左春坊大学士胡广、国子祭酒兼翰林院侍讲胡俨、右春坊大学士兼翰林院侍读黄淮、右春坊右庶子兼翰林院侍讲杨荣为总裁官，左春坊左谕德兼翰林院侍讲杨士奇、金幼孜等为纂修官。皆赐敕勉励。”

本年

命新安郭琎往湖广武当山督宫观，事竣回部。（雷礼《国朝列卿纪》卷二十四）

大兴刘中敷以政绩擢工部员外郎，为避仁庙讳，将“中孚”名改为“中敷”。（雷礼《国朝列卿纪》卷三十二）

香河奈亨升吏部文选司主事。（雷礼《国朝列卿纪》卷三十六）

永乐十年

（公元1412年　壬辰）

盐山王翱为邑庠弟子员。（《明太子太保吏部尚书赠特进光禄大夫忠肃公王翱年谱》）

永乐十一年

（公元1413年　癸巳）

册立宣宗为皇太孙，选邢台张瑛与为伴读。（雷礼《国朝列卿纪》卷十）

永乐十二年

（公元1414年　甲午）

八月

北京行部请乡试考官，成祖命翰林院侍讲曾棨、翰林院侍讲兼左春坊左中允邹缉主之。此为皇帝首次钦命翰林官主顺天乡试。《明太宗实录》卷一百五十四："永乐十二年八月丙午，北京行部乡试，奏请考试官，上命翰林院侍讲曾棨、翰林院侍讲兼左春坊左中允邹缉考试，赐宴于本部。"

十一月

命胡广、金幼孜、杨荣等修《五经四书性理大全》。《明太宗文皇帝实录》卷一五八"永乐十二年十一月甲寅（十五日）"："上谕行在翰林院学士胡广、侍讲杨荣、金幼孜曰：《五经》《四书》，皆圣贤精义要道，其传注之外，诸儒议论有发明余蕴者，尔等采其切当之言，增附于下。其周、程、张、朱诸君子性理之言，如《太极》《通书》《西铭》《正蒙》之类，皆六经之羽翼。然各自为书，未有统会。尔等亦别类聚成编，二书务极精备，庶几以垂后世。命广等总其事，仍命举朝臣及在外教官有文学者同纂修，开馆东华门外，命光禄寺给朝夕馔。"张廷玉《明史》卷一百四十七《列传第三十五》："十二年，命与广、荣等纂《五经四书性理大全》，迁翰林学士。"

本年

祥符赵玨官保安州城。正德《宣府镇志》卷九节选赵玨《保安八景》诗前小序云："予自永乐十二年冬钦承上命待罪塞垣，是时隆庆州民未到，惟本州岛岛官吏穴居野处，左右四顾，荆棘萧然，鬼哭狼嚎，不胜悲惨。将谓其事，落落难成。

岂意不二三年间，民益日广。”据嘉靖《宣府镇志》卷二十八《国朝经略官·赵羾》：“十六年招入为兵部尚书。”可知赵羾在保安待了四年时间，后永乐十七年又奉命“按视保安州”。赵羾（1365—1436），诗文家。字云翰。祥符（今河南开封）人。洪武二十年（1387）举人，入太学。授兵部主事，迁员外，升浙江右参政。成祖时曾出使交趾，还擢刑部右侍郎，改工部，复任礼部尚书，改兵部、刑部尚书。致仕卒。历仕五朝，自奉如寒素。著有《伧父集》。生平事迹见《明史》卷一百五十、《国朝献征录》卷四十四。瞿佑《归田诗话》中提到的“赵云涧尚书”当为赵云翰尚书，乃后世传写之误。

东安施礼升大理寺右丞，命署行在大理寺事。（雷礼《国朝列卿纪》卷五十七）

永乐十三年

（公元1415年　乙未）

二月

本年会试在北京举行，以翰林院修撰梁潜、王洪为考试官。应试者三千人，录取洪英等三百五十人，或云三百四十九人。此为明代首次在北京举行会试。《明太宗实录》卷一百六十一（永乐十三年春二月）：“甲戌，行在礼部会试天下举人，奏请考试官，上命翰林院修撰梁潜、王洪考试，赐宴于礼部。”梁潜《泊庵集》卷七：“永乐十三年春二月，礼部将合天下贡士而考试之……于时，皇上巡狩北京，天下之士越万里而至者凡三千人。既撤棘，拔其粹，得三百五十人。盖试于北京，方自此始。而得士之众，亦前此未之有也。”

盐山王翱会试中第五名，得皇帝赏识。雷礼《国朝列卿纪》卷二十四：“《琐缀录》云：‘永乐乙未科始开会闱于北京，梁伯庵先生主考得一卷三场俱优，取定为会元，拆卷乃陈芳州循，先生以乡故为嫌，欲取林文秸，而又以秸字难识，进呈不便，因见第五名洪英，曰“此洪武间英才也”。遂取为会元，而循居第二，王翱第五。太宗见翱名，喜北京初启会闱，而经魁得一畿甸士，遂以布衣召见，赐酒饭后，翱至宫保太宰，寿禄名位非常可及，遭际有自来矣！’”

三月

朝廷录陈循、李贞、陈景著等三百五十一人进士及第、出身有差。洪英、王翱等六十二人改翰林院庶吉士。命行在工部建进士题名碑于北京国子监，此为明

代在北京国子监立进士题名碑之始。(《明太宗实录》卷一百六十二)

盐山王翱中殿试二甲第一名，授翰林院庶吉士。《明史》卷一百七十七《列传第六十五》：“永乐十三年，初会试贡士于行在。帝时欲定都北京，思得北士用之。翱两试皆上第，大喜，特召赐食。改庶吉士，授大理寺左寺正，左迁行人。”康熙《宛平县志》卷五下《人才》：“明王翱，字九皋，京师人。翱刻苦读书，永乐十三年进士，时上欲得北士为重，翱每试皆高等，上喜，召见，赐之食，改庶吉士。”李调元《制义科琐记》卷二《都北平》：“永乐十十三年乙未，会试贡士于行在。北京盐山县人王翱进呈卷在第五。上欲都北平，得翱人喜，擢二甲第一。”

九月

《五经四书性理大全》成。四库提要卷九三：“《性理大全书》七十卷，明胡广等奉敕撰。是书与《五经四书大全》同以永乐十三年九月告成奏进，故成祖御制序文，称二百二十九卷，统七部而计之也。……大抵庞杂冗蔓，皆割裂襞积以成文，非能于道学渊源真有鉴别。……以后来刻性理者，汗牛充栋，其源皆出于是书。将举其末，必有其本，姑录存之，著所自起云尔。”

本年

雍凯、许安，均于保安始为瞿佑门生。瞿佑《乐府遗音》中《水仙子》(赠雍生凯)附注：“雍生凯从学五年，最为亲密，今被选唱佛名歌曲，每乘夜来过，辄为余歌数首，或留宿不去，余嘉其情谊之笃。”此词作于永乐己亥(1419)保安城南寓舍，则雍凯于本年跟随瞿佑问学[①]。

雄县刘观改左都御史。(雷礼《都御史刘观传》)

永乐十四年

(公元1416年　丙申)

二月

二十七日，顺义李宾生。李宾(1416—1485)，字廷用，号敬庵，顺天顺义人。正统十年(1445)进士，授浙江道御史，有直名。超迁太仆寺卿，寻转右副

① 详见乔光辉：《瞿佑交游考》，《南京师范大学文学院学报》2005年第1期，第141页。

都御史提督永平（今河北卢龙）、山海等处军务，兼理粮储。天顺初，改大理寺卿，天顺四年（1460）父丧，直复升右都御史。成化初，进南京兵部尚书，参赞机务，因不愿南居而屡次上章求解职。成化五年（1469），改左都御史，寻加太子少保。成化十三年弹劾汪直，因恐得祸而致仕。成化二十一年五月十六日，卒。赠太子太保，谥襄敏。（雷礼《国朝列卿纪》卷七十二）

五月

初十日，固安王复生。王复（1416—1485），字初阳。顺天府固安县（今河北省廊坊市固安县沙垡屯）人。为文冲淡，善于讲解，人称“王训诂”。少年时即博闻强记，得到知县刘敬赏识，入县学。正统六年（1441）中举人，七年（1442）成进士。九年（1444），授刑科给事中，后升任通政参议。土木之变后，迁通政使。再历兵部右侍郎，后转左，并迁兵部尚书，经略北疆，屡出良策。还朝后，改任工部尚书，声名更胜兵部之时。成化十四年，加太子少保。任工部职十二年，多有建树，因被宦官汪直攻讦，奉旨致仕归里。卒赠太子太保，谥庄简。崇祀固安乡贤祠。（张廷玉《明史》卷一百七十七《列传第六十五》、嘉靖《固安县志》）

八月

初七日，漷县董方生。董方（1416—1483），字仲矩，顺天府漷县（今北京市大兴区内）人。正统十年（1445）进士，授大理左寺副，升寺卿，转刑部左侍郎。成化十年（1474）以右都御史巡抚大同，寻召为刑部尚书，成化十三年七月致仕，十九年三月卒，享年六十八。赠太子少保，谥襄敏。董方久任刑官，律令明习，得朝廷上下称许。（刘翊《资政大夫刑部尚书赠太子太保董公神道碑》）

永乐十五年

（公元1417年　丁酉）

五月

十六日，河间程信生。程信（1417—1479）字彦实，号晴洲钓者，人称晴洲先生，程敏政之父。祖籍安徽休宁，因祖杜寿被谪河间府，遂于此地生。正统六年，以《易经》中顺天府乡试，明年第进士，授吏科给事中。后历任左都御史、巡抚辽东、大理寺卿等职，官终兵部参赞。成化十年，因病乞归至安徽休宁。所著有《晴洲钓者集》《容轩稿》《榆庄集》《尹东稿》《南征录》等。（程敏政《资德大夫正治上卿南京兵部尚书兼大理寺卿赠太子少保谥襄毅程公事状》、张廷玉《明史》一百七十二卷《列传第六十》）

七月

广平马显生。马显（1417—1501），字文明，广平府广平县（今属河北省邯郸市）人，正统七年中进士，授户科给事中。景泰初，进都给事中。时奸佞用事，敢于指陈时政得失，多所裨益。寻为权贵所忌，出为河东盐运使，擢四川布政使，升南京兵部右侍郎，进左。成化二十三年（1487）致仕。弘治十四年（1501）七月，卒。

八月

北京行部请乡试，命翰林院侍讲左春坊左中允邹缉、侍讲王洪主之（后改命侍讲王英）。此为首次翰林、春坊官任北京乡试主考，后成定例。《明太宗实录》卷一百九十二："永乐十五年八月己丑，北京行部乡试，奏请考试官，上命行在翰林院侍讲兼左春坊右中允邹缉、侍讲王洪考试，赐宴于本部。"

深州杜时中北京行部乡试解元。张弘道、张凝道《皇明三元考》卷二："杜时，深州人。辛丑进士，授监察御史，操行方正，平居不妄发一语，至议论道理，谏诤奏对，则亹亹便便，必欲直以理而后已。后升顺天父尹，卒于官。"

十二月

初一，涿州殷谦生。殷谦（1417—1504），字文□，号逊斋，顺天府涿州人（今河北省涿州市）。英宗正统四年（1439），中进士，授南京户部主事。明英宗复辟，历右通政，以言事出为河南汝宁知府。改太原知府，官至户部尚书，总督京、通粮仓。

本年

香河奈亨升行部吏曹员外郎。（雷礼《国朝列卿纪》卷三十六）

京师韩定生。韩定（1417—1485），字世安，号静庵。其先居广平威县，以曾祖功，家京师。正统元年，以儒生选入翰林院习学夷字，后授鸿胪寺序班。景泰元年，选入内阁办事。三年，以兼精楷书，升中书舍人。成化初，入史馆修《英庙实录》及《大明一统志》，以功升本司郎中，提督四夷馆事。十三年，史馆续《资治通鉴》成，以预有劳升食正三品俸。二十一年，升本司卿，稍后卒。（过庭训《明分省人物考》）

永乐十六年

（公元1418年　戊戌）

九月

十二日，昌黎周斌生。周斌（1418—?），字国用，永平府昌黎人。景泰二年（1451）进士，授御史，后曾出巡南畿、河南、陕西诸地，申理究狱，摘伏如神。为河南道御史时，首倡纠劾石亨、曹吉祥之欺罔蒙乱十余事，被降为江阴知县。石、曹事败后，累升至广东右布政史。（孙承泽《畿辅人物志》卷六）

十月

初九，漷县岳正生。岳正（1418—1472），字季方，号蒙泉，又称蒙泉先生，顺天府漷县（今北京市通州区）人。正统十三年进士第三（探花），授编修。天顺初，以左赞善兼修撰，直文渊阁。因忤石亨、曹吉祥，谪钦州同知，戍肃州。成化初，诏复修撰，未几出为兴化知府。无子，大学士李东阳、御史李经为其婿。嘉靖中，追赠太常寺卿，谥文肃。工书，以画葡萄称绝，雕镌悉臻其妙。博于学问，为文风骨峭劲。曾参与纂修《英宗实录》，撰有《类博稿》十卷，又有《类博杂言》等。（张廷玉《明史》卷一百七十六《列传六十四》、孙承泽《畿辅人物志》卷五、《怀麓堂集》卷七十一《蒙泉翁补传》）

本年

重修《太祖实录》成。《明太宗文皇帝实录》卷二〇〇“永乐十六年五月庚戌朔”：“监修实录官行在户部尚书夏原吉、总裁官行在翰林院学士兼右春坊右庶子杨荣等，上表进《太祖高皇帝实录》。上具皮弁服，御奉天殿受之。”

永乐十七年

（公元 1419 年　己亥）

四月

二十九日，南宫白圭生。白圭（1419—1475），字宗玉，真定府南宫（今河北省邢台市南宫市南白塔村）人。正统七年（1442）进士，授江西道监察御史。正统九年（1444）正月，奉命征讨入侵广宁（今辽宁省镇）等地的兀良哈。后巡按山西，又历任湖广巡抚、工部尚书、兵部尚书等职，终领太子太保衔。曾受命督造裕陵（明英宗的陵墓）、修建承天门（即天安门）。（张廷玉《明史》一百七十二《列传第六十》）

十一月

十二日，昌黎杜谦生。杜谦（1419—1494），字益之，永平府昌黎县（今河北省秦皇岛市昌黎县）人。景泰五年（1454），登进士第。朝廷修《寰宇通志》，遣采事实于山东，还授工部都水司主事督吕梁洪政、礼部主客司。后任仪制司郎中、浙江布政司右参议、布政使等职。成化十六年（1480），召为顺天府尹，又升工部左侍郎。二十年，甲辰，初治漕河。二十三年（1487），勘事大同，还乞致仕，以诏恩进资善大夫。凡八年以疾卒。（焦竑《国朝献征录》卷五十一）

本年

盐山王翱被任命为大理寺左寺正。（《明太子太保吏部尚书赠特进光禄大夫忠肃公王翱年谱》）

涿州李敩升江西右参议。雷礼《国朝列卿纪》卷二十九："因言事切直，受知仁庙。命有司给以脚力，每朔望率诸生朝见，后授京卫经历，升户部主事，历礼部员外郎。持己严厉，临事刚决，锐于建立。十七年，升江西右参议。所至吏奸民隐，纤微洞烛，号令必行，无能挠者。"

寓玉田薛瑄随父离玉田。杨鹤、杨嗣昌编《薛文清公年谱》："十七年己亥，先生三十一岁，侍教谕公官鄢陵。教谕公任玉田九年徙鄢陵。"

雄县刘观受命巡抚陕西，考察官吏。（雷礼《都御史刘观传》）

永乐十八年

（公元1420年　庚子）

八月

命左春坊左中允兼行在翰林院侍讲邹缉、侍讲王英主顺天试。《明太宗实录》卷二百二十八：永乐十八年八月，“壬寅，北京行部乡试，奏请考试官，上命左春坊左中允兼行在翰林院侍讲邹缉、侍讲王英考试，赐宴于本部”。

九月

定都北京。《明通鉴》卷十七：“九月，己巳（初四），上定都北京。钦天监奏明年正旦吉，宜御新殿。遂遣户部尚书夏原吉赍敕召皇太子，寻敕太孙从行，期十二月终至京师。丁亥，诏：自明年正月，改京师为南京，北京为京师，设六部，去行在之称。并取南京各印信给京师诸衙门，别铸南京诸衙门印信，皆加‘南京’二字。”

十一月

革北京行部，所辖顺天等八府，保安、隆庆二州皆直隶京师。（《明太宗实录》卷二百三十一）

改北京国子监为国子监，太学生始有南北监之分。《明史·选举志》：“中都之置国学也，自洪武八年。至二十六年乃革，以其师生并入京师。永乐元年始设北京国子监。十八年迁都，乃以京师国子监为南京国子监，而太学生有南北监之分矣。”

初六日，涞水张鹏生。张鹏（1420—1491）①，字腾霄，号拙庵，保定府涞水县（今属河北省保定市涞水县）人。景泰二年进士，授御史。后超擢福建按察使，以右佥都御史巡抚广西，剿蛮寇有功，命还理南京都察院事。改督漕运，兼抚淮、扬四府。进副都御史，巡抚宁夏。召还，历兵部左、右侍郎。官至兵部尚书，资政大夫加太子少保。年七十二而卒，谥懿简。（张廷玉《明史》卷一百六十《列传

① 本卒年据《明史》卷一百六十《列传第四十八》所记“弘治四年卒”，未采。雷礼《国朝列卿纪》卷四十七记“丁未，以疾终”为误。

第四十八》、孙奇逢《畿辅人物考》卷四、雷礼《国朝列卿纪》卷四十七）

本年

瞿佑在保安，作《望江南》五首。瞿佑《归田诗话》卷下《塞垣风景》：“予谪保安，周府教授滕硕亦以事累继至。见予，每诵元遗山《送李参军赴塞上》长篇，谓‘旧读此诗，备悉塞垣之苦，岂料今日亲涉此境！’辄潸然堕泪，若不能堪者。……滕与予同庚，到此不半载，竟以忧卒。而予犹留滞于此，未得解脱云。”钱谦益《列朝诗集小传》乙集《瞿长史佑》：“其在保安，当兴河失守，边境萧条。永乐己亥，降佛曲于塞下，选子弟唱之。时值元宵，作《望江南》五首，闻者凄然泣下。”

顺义李庆以勤谨且敢于任事，得宠用，进升行在工部尚书。雷礼《国朝列卿纪》卷四十七：“七年、十一年、十五年、十八年，车驾巡狩北京，俱命扈行在，寻进行在工部尚书。”张廷玉《明史》卷一百五十《列传第三十八》：“时勋贵武臣多令子弟家人行商中盐，为官民害。庆言：‘旧制，四品以上官员家不得与民争利。今都督蔡福等既行罚，公侯有犯，亦乞按问。’帝命严禁如制。忻成伯赵彝擅杀运夫，盗卖军饷，都督谭青、朱崇贪纵。庆劾之，皆下吏。已，劾都督费瓛欺罔、梁铭贪暴、镇守德州都督曹得黩货。皆被责。中外凛其风采。十八年进工部尚书，寻兼领兵部事。”

武邑王勤生。王勤（1420—?），字而勉，真定府武邑县（今河北省衡水市武邑县）人。正统十三年进士，选庶吉士。历南京兵部主事。天顺五年任扬州府知府，凡九年，操持如一日。成化六年，任宁国府知府。九年，任河南怀庆府同知。十四年，升徽州府知府，以十七年十月升浙江右参政去。（嘉靖《维扬志》卷十八、弘治《徽州府志》卷四）

大兴刘中敷秩满，升江西左参议，持身清白，处事公平。（雷礼《国朝列卿纪》卷三十二）

永乐十九年

（公元1421年　辛丑）

正月

迁都北京。《明鉴纲目》卷二：“纲：辛丑十九年，春正月，迁都北京。目：

改京师为南京。以北京为京师，徙都之。”

瞿佑于保安第二次校订《剪灯新话》。瞿佑《重校剪灯新话后序》：“自戊子岁获遣以来，散亡零落，略无存者，投弃山后，与农圃为徒。念夙志之乖违，怜旧学之荒废，书中默坐，付之长太息而已。间遇一二士友，求索旧闻，心倦神疲，不能记忆，茫然无以应也。”又云：“今岁胡君子昂以《剪灯新话》四卷见示，则得之于四川之蒲江。子昂请为校正，而唐君孟高、汪君彦龄皆亲为誊录之。字划端楷，极为精致。盖是集为好事者传之四方，抄写失真，舛误颇多，或有镂板者，则又脱略弥甚。故特记之卷后，俾舛误脱略者见之，知是本之为真确，可从而改正云。……永乐十九年岁次辛丑正月灯夕，七十五岁翁钱塘瞿佑宗吉甫书于保安城南寓舍。”瞿佑于《重校剪灯新话后序》后又录《题剪灯录后》绝句四首，其一云：“午酒初醒啜茗余，香消金鸭夜窗虚。剪灯濡笔清无寐，录得人间未见书。”其二云：“风动疏帘月满苔，敲棋不见可人来。只消几纸闲文字，待得灯花半夜开。”其三云：“花落银釭半夜深，手书细字苦推寻。不知异日灯窗下，还有人能识此心？”其四云：“辛苦编书百不能，搜奇述异费溪藤。近来徒觉虚名著，往往逢人间《剪灯》。”诗后又有小字云：“昔在乡里编辑《剪灯录》前、后、续、别四集，每集自甲至癸，分为十卷。又自为一诗，题于集后。今此集不存，而诗尚能记忆，因阅《新话》，遂附写于卷末云。”

三月

开州刘矩中进士第二人。张弘道、张凝道《皇明三元考》卷二：“榜眼刘矩，直隶开州人，字仲方。甲午举人，廷试卷已拟状元矣，上梦鹤止殿上，翌日检卷得曾鹤龄，遂为第一，矩第二，升修撰。矩方正古朴，有志行，学问宏深，以理为宗，尝以程明道、张横渠为准范。平生未尝失口于人，为文温醇典则，笔力遒劲，至今乡榜称古君子以矩为首，卒祀乡贤。”张元祯《内翰刘公矩墓表》：“吾自幼则闻北方有醇雅君子，曰刘内翰先生。先生门人侯公世杰，吾同年也。历宪职江右有年。吾因益得其行履之详，深切叹仰。以风流波靡中，如先生可少哉。先生世家澶渊，矩其名，字曰中方。体貌魁梧，器宇凝重。垂髫时，恪执礼度，不苟过市，未尝一举目它顾，孜孜问学，未尝少以外物婴其心，乡党固已待以钜人长者。既长，从好直张先生受进士业，不数载，就试，行部侍讲曾子启，中允邹仲熙。见其文大嘉之。拔置第二。比廷对，太宗文皇帝复于群策中亲擢第二，盖永乐八科中，北士之及第者，自先生始也。先生官翰林，由编修升修撰，前后仅九载。引疾家居，逾二十年。其德性温粹如玉，生平殊无疾言遽色。尤孝爱天（亲），至外艰归毁瘠终，三年礼无少违，内艰亦然。方母疾，闻即疏乞归侍，时

《宣庙实录》成，立迁官，不俟也。在职忠敬其事，虽微必谨，一时朝野自宰执下见者，罔不称曰君子。家居，严于祀先，一疏果必荐，扫迹公门，人过失口，未尝一谈，犯者弗校，酒愈酣，语滋不轻，清苦之操，始终不渝，视非义物漠如也。尝有寄之金帛百千数者，死初无遗言，亟致书其子，悉归之。故人魏良夫以蒲守远戍，窘甚，即恻然出囊中赐金济焉。环所居，无远迩，强梗者率革而良，士夫无论及门与否，佥表式之；有过者，恒栗然惧先生之闻，人才籍以造就尤众。为文词黜华藻，务以理胜，若世杰及程鉴、纪钦、谷琰、刘辅，其门人之登甲科者，刘珙、张着、谷瑛、黄钦、李新之、卫英、彭英、杨俨、韩俨俊，其门人弟子领乡荐者，皆列职中外，卓卓时闻士于是乎，有以见先生之功矣！先生寿七十一，卒，葬郡城东冈祖茔之右，送者千余人哭无不尽哀者。”刘矩，生卒年不详，字仲方，大名府开州（今属河南省濮阳市）人。本年中进士第二人，授翰林院编修，后迁修撰。刘矩为人方正古朴，学问宏深，一生尊崇理学，以宋代理学大师程明道、张横渠为典范，德操为一时楷模。为文温醇典雅，笔力遒劲。终年 71 岁。（《明一统志》卷四、孙奇逢《畿辅人物考》卷五）

束鹿王文（强）中第三甲进士，授监察御史，有能声，与王翱、于谦齐名。本名强，钦命改名文，擢陕西按察使。廖道南撰《殿阁词林记列传》卷一：“辛丑登进士，擢监察御史，绰有能声，与同官王翱、于谦咸为都御史顾佐所称许。时彰德妖寇张普详谋逆，宣庙简命往治，事平还奏称旨，钦改名文，擢陕西按察使。”

六月

十七日，昌黎张文质生。焦竑《国朝献征录》卷三十三《礼部尚书张文质传》：“文质，字充中，直隶昌黎县人，正统七年，举进士，授工科给事中。景泰中，升都给事中，以音吐鸿畅选为通政司右参议。天顺初，进左通政，复进通政使。成化中，加兵部左侍郎、工部尚书，仍命掌通政司事，岁终以母丧去。服除，仍以礼部尚书掌通政司事，为言官所劾，致仕。至是卒，赐祭葬如例。文质为人重厚有容，居官以孝称，历官四十余年无过举，其子忱亦举进士，为兵部郎中。”张文质（1421—1493），字允中，永平府昌黎县（今河北省秦皇岛市昌黎县）人。正统七年进士，十年授户科给事中。成化中，加兵部左侍郎、工部尚书，俱仍掌通政司事。既而加太子少保，改礼部尚书，管部事。成化二十三年致仕，弘治六年四月卒，年七十三。与程信多有交往，政见颇合。（程敏政《资德大夫正治上卿掌通政使司事太子少保礼部尚书致仕张公墓志铭》）

本年

盐山王翱父亡故，乞归守制。（《明太子太保吏部尚书赠特进光禄大夫忠肃公王翱年谱》）

武安郭资复为户部尚书，时京师百兴皆赖资调度。（项笃寿撰《今献备遗》卷十）

特命新安郭琎安抚江西军民，考察官吏。（雷礼《国朝列卿纪》卷二十四）

香河奈亨改验封司员外郎。（雷礼《国朝列卿纪》卷三十六）

顺义李庆兼署兵部事。未几，改兵部尚书。（雷礼《国朝列卿纪》卷四十七）

清苑李友直署兵部事。（雷礼《国朝列卿纪》卷六十二）

大兴赵昂生。赵昂（1421—1500），字伯颙，号竹溪，顺天府大兴人。正统十年进士，授中书舍人，再擢翰林编修，官至通政司右参议，卒年八十。（李东阳《明故通政使司右参议致仕进阶朝列大夫赵先生墓志铭》）

永乐二十年

（公元 1422 年　壬寅）

七月

王绂遗稿《王舍人诗集》整理初成。曾棨《王舍人诗集序》：“故中书舍人毗陵王君孟端，自少以聪敏闻，好读书，喜吟咏，尤工山水墨竹。中更多故，厄穷连蹇于羁旅道路之间者，十有余年。其后乃用荐以善书选入翰林者。又十余年，始得拜官。未几，遂以疾殁于北京之官舍。……其所著凡若干篇，君没若干年，其长子阴阳训术默持以至京师，请余为序。嗟夫，诗之道大矣。以其时之高下，世之治乱，而音调见焉，是岂细故也哉？古之人常因此以观世道，尚矣！君之生也，幸际国家无事泰平之时，以得有官于朝，假之以年，则其惕厉奋发于和平之音，以鸣当世之盛者，宜何如其至耶？惜其仅止于此也。君讳绂，孟端其字，其别号曰友石生，又曰九龙山人云。永乐二十年壬寅秋七月下澣，翰林侍读学士、奉训大夫兼修国史庐陵曾棨书。”王绂，明初著名画家，字孟端，号友石生，别号九龙山人。元至正二十二年（1362）五月三日生，无锡人。善绘画，所绘墨竹被称“明朝第一”。曾于洪武十一年（1378）、洪武二十三年（1390）两次见招，均不利而返。永乐元年（1403），因善书被举荐至南京，供事文渊阁，参与编纂《永乐大典》。十年拜中书舍人，被派往北京，从事迁都的筹备工作。永乐十一年、十二年，两次随明成祖朱棣北巡，创作著名的《燕京八景图》。永乐十四年（1416）二月六日，病逝于北京馆舍。（《明史》卷二百八十六《列传一百七十四》）

八月

大学士杨士奇下狱。《明太宗文皇帝实录》卷二五一“永乐二十年九月癸亥（初九）”：“重阳节，赐文武群臣宴。以左春坊大学士杨士奇辅导有阙，下锦衣卫颂系。”《明通鉴》卷一七：“时皇太子屡遭谗构，上以士奇辅导有阙。会吕震壻张鹤朝参失仪，太子以震故，宥之。上闻之，怒义不能匡正，于是并震及士奇等，俱先后下狱。寻皆释之。逾年，皆复官。”

本年

新城刘庆生。刘庆（1422—1479），字本善，保定府新城县（今河北省高碑店市）人。少游学河间，以易举正统十二年乡荐，选授河南道监察御史。成化改元，被荐平定两广之乱，多出良策，以功升大理寺右寺丞，赉予益厚。后又升右少卿。成化十五年，以足疾卒，享年五十有八岁。（马中锡《大理寺右少卿刘公庆行状》）

永乐二十一年

（公元1423年　癸卯）

八月

沧州马昂中本年顺天乡试解元。（雷礼《国朝列卿纪》卷三十二）

本年

浚县[①]王越生。唐鹤征撰《皇明辅世编》卷一：“王越，字世昌，大名之浚人，少补诸生，躯长七尺余，风骨奇迈，博涉书史，为诗歌文章援笔立就，而藻思溢发。为人多力，善骑射，好谈说经济大略，睥睨顾眄，有天下志。”王越（1423—1498），字世昌，大名府浚县（今河南省鹤壁市浚县）人。景泰二年（1451）进士，拜监察御史。天顺庚辰（1460）擢山东按察使，以右副都御史巡抚大同。成化间奉命出征，

① 浚县，明时属大名府，今属河南省鹤壁市。

屡立边功，三迁至左都御史兼十二团营，赐蟒衣，历加太子太保，兵部尚书，封威宁伯。后因党汪直，结李广，被谪安陆，为士论所轻。弘治丁巳（1497），以左都御史加太子太保，总制甘肃宁夏、延绥军务，后又因功加少保兼太子大傅，卒赠太傅，谥襄敏。喜诗文，有《黎阳王太傅诗文集》二卷、《黎阳王襄敏公疏议诗文辑略》二卷存世。（张廷玉《明史》卷一百七十一《列传第五十九》）

永乐二十二年

（公元1424年　甲辰）

二月

沧州马昂会试下第，入国子监。（雷礼《国朝列卿纪》卷三十二）

三月

宛平梁禋中榜眼。张弘道、张凝道《皇明三元考》卷二："榜眼梁禋，顺天府宛平人，字以诚，终编修。"

蠡县杨瓒中进士。杨瓒，生卒年不详。保定府蠡县（今河北省保定市境内）人。本年进士。授赵城知县，课绩为山西之最，越级擢凤阳知府。正统十年大计群吏，被命举治行卓异者。上言民间子弟中可造者多，请广增生员不要限额，被礼部采用。后擢浙江右布政使，卒于任上。（张廷玉《明史》卷一百六十一《列传第四十九》）

八月

金幼孜、黄淮、"三杨"晋级。《明仁宗昭皇帝实录》卷二"永乐二十二年八月己未（十七日）"："升文渊阁大学士兼翰林院学士杨荣为太常寺卿，金幼孜为户部右侍郎，俱仍兼前职。左春坊大学士杨士奇为礼部左侍郎兼华盖殿大学士。升前右春坊大学士兼翰林院侍读黄淮为通政使司通政使兼武英殿大学士。荣、幼孜、士奇、淮，俱掌内制，不预所升职务。升前司经局洗马兼翰林院编修杨溥为翰林院学士。"

九月

杨士奇、杨荣、蹇义、金幼孜获银章之赐。《明通鉴》卷一八："上既设公、孤官，乃进蹇义少傅，杨士奇少保，又进杨荣太子少傅兼谨身殿大学士，金幼孜太子少保兼武英殿大学士。增设谨身殿大学士，自荣始为之。戊戌（二十六日），赐义等四人银章各一，曰‘绳愆纠缪’，谕以‘协心赞务，凡有阙失宜言者，用印密封以闻’。”

清苑李友直以大行皇帝丧，不斋戒，降顺天府丞，寻升工部右侍郎。（雷礼《国朝列卿纪》卷六十二）

本年

盐山王翱任职大理寺，期间谳狱公平，两法司颇敬惮。（雷礼《国朝列卿纪》卷二十四）

仁宗嗣位，邢台张瑛迁左春坊左中允，寻进左谕德。后复改司经洗马。（雷礼《国朝列卿纪》卷十）

郭登始居京师。郭登（？—1464），字符登，武定侯郭英之孙，永乐二十二年（1424）以勋居京师，遂入锦衣卫籍。幼英敏，及长，博闻强记，善议论，喜好谈论兵事。永乐中，官都指挥。景泰初年，以都督佥事守大同，以破敌功封定襄伯。天顺元年（1457）夺爵为都督佥事，掌南京中军府事。是年秋谪戍甘肃，未几，召还。天顺八年（1464）卒，赠侯，谥忠武。（张廷玉《明史》卷一百七十三《列传第六十一》）

新安郭琎改任吏部，会仁宗嗣位，兼詹事府少詹事。（雷礼《国朝列卿纪》卷二十四）

大兴杨善始掌鸿胪寺事[①]，至正统十一年，凡二十三年，于事俱称上旨。雷礼《国朝列卿纪》卷四十一：“善练习朝章，居官恭勤，自永乐二十二年掌寺事，至正统十一年，凡二十三年，于朝觐宴赏诸仪俱合典礼，称上旨，寻进礼部右侍郎。”

宛平甄庸升南京工部尚书。（雷礼《国朝列卿纪》卷四十九）

东安施礼升大理寺左少卿。（雷礼《国朝列卿纪》卷五十七）

洪熙元年

（公元1425年　乙巳）

正月

建弘文阁，杨溥掌阁事。《殿阁词林记》卷一《武英殿大学士杨溥》：“洪熙元

① 张廷玉《明史》卷一百七十一《列传第五十九》记在洪熙元年。

年正月己卯（初八），建弘文阁于思善门之左，命溥掌阁事。选侍讲王进侍直，改儒士陈继为博士，学录杨敬为编修，训导何澄为给事中。俱轮班奏对。上亲握阁印授溥曰：'朕用卿等于左右，非止助学问，亦欲广知民事，为理道助。卿等有所建白，即用封识以进。'" 廖道南撰《殿阁词林记》卷九《弘文》："洪武三年四月庚辰，置弘文馆，设学士一员及校书郎等官。九年闰九月，定官制，遂罢之。居是职者，刘基、詹同、罗复仁、胡镃也。仁宗即位，建弘文阁于思善门外，盖法国初遗意。永乐二十二年八月，命本院学士杨溥掌之，与侍讲王进时承顾问，讨论经籍。又擢编修杨敬、给事中何澄俾预焉。又起用检讨陈继。凡在阁者五人。驾尝临幸，讲论经史不倦。洪熙元年闰七月，溥等奏纳弘文阁印，各还原任。储闱可之，仍命溥与杨士奇等同治内阁事。"

三月

邢台张瑛以旧劳，升行在礼部右侍郎。（雷礼《国朝列卿纪》卷十）

四月

郑府长史司副理正俞廷辅言科举之弊，仁宗谕礼部分南北卷取士，南士六分，北士四分。《明仁宗实录》卷九下："洪熙元年四月庚戌，郑府长史司审理所副理正俞廷辅言：'伏读制敕有曰：为国以得贤为重，事君以进贤为忠。臣窃以为，进贤之路，莫重于科举。近年宾兴之士，率记诵虚文，为出身之阶，求其实才，十无二三，盖有年才二十者，虽称聪敏，然未尝究心修己治人之道，一旦侥幸挂名科目，而使之临政，往往束手无为，职事废隳，民受其弊。自今各处乡试，乞令有司先行审访，务得通今博古，行止端重，年过二十五者，许令入试。比试，则务选其文词典雅，议论切实者，选之。会试尤加慎选，庶几士务实学，而国家得贤才之用。'上谕礼部臣曰：'所言当理，其即行之。'又曰：'科举之士，须南北兼取。南人虽善文词，而北人厚重，比累科所选，北人仅得什一，非公天下之道。自今科场取士，以十分论，南士取六分，北士四分。尔等其定议各布政司名数以闻。'"

五月

诏修《太宗实录》。《明仁宗皇帝实录》卷十"洪熙元年五月癸酉（初四）"："敕行在礼部、行在翰林院修太宗体天弘道高明广运圣武神功纯仁至孝文皇帝实录，曰：恭惟皇考太宗文皇帝以元圣大德，顺天应人，君临万邦，为臣民之主者二十有三年。……上比隆于列圣，下宜范于万年。甫毕山陵，永怀继述。仰惟实录未有成书，卿等咸逮事先朝，职典斯事，往集贤俊，博稽简书，协恭纂修，务尽精悫，用宜昭我皇考盛德大业，华覆被于无穷。其以太师英国公张辅、少师兼吏部尚书蹇义、少保兼太子少傅户部尚书夏原吉为监修；少傅兵部尚书兼华盖殿大学士杨士奇、少保户部尚书兼武英殿大学士黄淮、太子少傅工部尚书兼谨身殿大学士杨荣、太子少保礼部尚书兼武英殿大学士金幼孜、太学寺卿兼翰林院学士杨溥为总裁。所有合行事宜，条列以闻。”

六月

二十九日，新城杨宣生。杨宣（1425—1497），字振方，保定府新城县（今河北省高碑店市）人。景泰五年（1454）进士，拜河南道监察御史，后徙鸿胪寺少卿，以礼部左侍郎职致仕，乡居二十而卒。（傅珪《礼部左侍郎掌鸿胪寺事杨公宣墓志铭》）

闰七月

敕修《仁宗实录》。《明宣宗章皇帝实录》卷五“洪熙元年闰七月乙巳（初八）”：“以纂修《仁宗昭皇帝实录》，敕礼部曰：朕惟皇考仁宗昭皇帝聪明容智之圣，刚健中和之德，广大配天地，诚孝通神明……自皇考仁宗昭皇帝留守南京，至嗣承天位，二十余年，圣德圣政。尔礼部悉恭依修皇祖《太宗文皇帝实录》事例，通行中外，辑采事实，送翰林院编纂《实录》。其以太师英国公张辅、太子太保成山侯王通、少师吏部尚书蹇义、少保兼太子少傅户部尚书夏原吉为监修，少傅兵部尚书兼华殿盖大学士杨士奇、少保户部尚书兼武英殿大学士黄淮、太子少傅工部尚书兼谨身殿大学士杨荣、太子少保礼部尚书兼武英殿大学士金幼孜、太常寺卿兼翰林院学士杨溥为总裁。夫述先朝之盛典，用垂宪于永世，所系甚重，勉罄厥诚。钦哉!”

八月

钱塘瞿佑《归田诗话》成，创于保安。《四库提要》卷一九七：“《归田诗话》三卷，明瞿佑撰。佑永乐中以作诗事系狱，戍保安，至洪熙乙巳始赦归。据所自序，援欧阳修《归田录》为例，则似成于放还后。而末一条叙塞垣事，称尚留滞于此，未得解脱，又似戍所之语。殆创稿于保安，归乃成帙欤。……此书所见颇浅，其以‘槌碎黄鹤楼’作李白语，以王建《望夫石》诗为陈克。讥张耒《中兴碑》‘玉环妖血无人扫’句，谓杨妃缢死未尝溅血，是忘《哀江头》‘血污游魂’句也。于考证亦疏。而犹及见杨维桢、丁鹤年诸人，故所记前辈遗文时有可采焉。”瞿佑《归田诗话》自序：“予久羁山后，心倦神疲，旧学荒芜，不复经理。每闲居默坐，追念少日笃于吟事，在乡里侍尊长，游湖山。及胜冠以来，结朋俦，入场屋。迨尸教席，登仕途，至履患难，谪塞垣。少而壮，壮而老，日迈月征，骎骎晚境，而呻吟占毕，犹不能辍。平日耳有所闻，目有所见，及简编之所纪载，师友之所谈论，尚历历胸臆间，十已忘其五六。诚恐久而并失之也，因笔录其有关于诗道者，得百有二十条，析为上中下三卷，目曰《归田诗话》。置几案间，时加披览，宛然如见长上而接师友，聆其训诲之勤，而受其劝勉之益也。不觉欣然而喜，喜极而悲，悲而掩卷堕泪者屡矣。……洪熙乙巳中秋日存斋瞿佑序。”本年瞿佑七十九岁，从戊子岁入狱至此已历十八年，年内他遭遇亡妻的打击。《归田诗话》卷上《一日归行》云：“予自遭难，与内子阻隔十有八年，谪居山后，路远弗及迎取，不意遂成永别。”瞿佑为作祭文。在这一年八月他写完了《归田诗话》作序。

冬

瞿佑回北京，入英国公府为塾师，自此结束保安的谪戍生活。瞿佑《乐全诗序》：“向以洪熙乙巳冬，蒙太师英国张公奏请，自关外召还，即留居西府。”徐伯龄《蟫精俊》卷四《吕城怀古》：“太师英国张公辅起以教读家塾。”钱谦益《列朝诗集小传》乃称“谪戍保安十年，洪熙乙巳英国公奏请赦还”，《杭州府志》《静志居诗话》也均称洪熙元年乙巳释归。①

十二月

满城袁洁生。《天顺元年进士登科录》：“袁洁，贯直隶保定府满城县军籍，县学增广生，治诗经，字士蓥，行二，年三十三，十二月初七日生。……顺天府乡试第二十二名，会试第二百四十二名。”袁洁（1425—?），字士蓥，保定府满城（今河北省高碑店市）人，天顺元年进士，初授刑部主事，历升外郎、郎中，旋授淮安府知府。扶植良善，恩威并用，吏民畏服。（陈宝生等《满城县志略》

① 李剑国、陈国军《瞿佑仕宦经历考》（见《文学遗产》1992年第4期）以为洪熙乙巳赦还之说乃是据《归田诗话》自序作于洪熙乙巳而误断，以为既曰“归田”必是此年赦还归田。其实瞿佑之意，是说“昔欧阳文忠公致仕后著《归田录》，叙在朝旧事”，“今予老，与农圃为徒，亦窃归田之号”，聊以自慰而已，自序说得很清楚。至于《小传》谓“请戍保安十年”，乃又本《西湖游览志余》所说“谪戍保安者十年，时兴和失守”而误解其意。据《柘轩集序》：“宣德初自山后召还北京”，木讷《归田诗话序》亦云：“闲居金台，太师英国张公延为西宾，甚加礼貌。”由此，瞿佑在北京闲居一段时间后才入主张府家塾。据《明史》卷一百五十四本传，张辅永乐六年封英国公，仁宗即位，掌中军都督府事，进太师。宣德元年扈从宣宗征汶王朱高煦，事平威名益盛。

卷十）

本年

始更定科举法，杨士奇建议多取北人。《圣谕录》卷中：“元年五月，礼部引郡县岁贡生入奏，请如例翰林出题考试。上召士奇至奉天门，谕之曰‘监生之不可用，皆由翰林不严试所致。此弊已数十年，非一朝夕之故。今不可复循旧弊，必严试之。即其中皆下，惟得一人亦可。即皆无可取，亦不妨。但须得实才。’上又言：‘科举弊亦须革。’臣士奇对曰：‘科举须兼用南北士。’上曰：‘北人学问远不逮南人。’对曰：‘自古国家兼用南北士。长才大器多出北方，南人有文多浮。’上曰：‘然将如何试之？’对曰：‘试卷例缄其姓名，请今后于外书南北二字。如一科取百人，南取六十，北取四十，则南北人才皆人用矣。’上曰：‘北士得进，则北方学士亦感发兴起。往年只缘北士无进用者，故怠惰成风。汝言良是。’往与蹇义、夏原吉及礼部计议，各处额数以闻，议定，未上，会宫车晏驾。宣宗皇帝嗣位，遂奏准行之。”刘孟雷《圣朝名世考》：“上尝论科举之弊，曰：‘北方学问不逮南人。’士奇曰：‘长材大器，多出北方，如取百人，则南六十北四十，南北人才皆就用矣。’命与礼部定议，未上而公车晏驾。宣宗即位，遂行之。”

顺义李庆改任兵部尚书，加封为太子少保。办事严正，有‘生李’之称。后留南京兵部。张廷玉《明史》卷一百五十《列传第三十八》：“仁宗立，改兵部，加太子少保。弋谦以言事忤旨，吕震等交口诋之，惟庆与夏原吉无所言。帝寻悟，降敕自责，并责震等，震等甚愧此两人。山陵事多，趣办中官有求，执不与，人多严惮之，号为‘生李’。奉命侍皇太子谒孝陵，在途约束将士，秋毫无所扰。太子欲猎，庆谏止。及太子还北京，遂留庆南京兵部。”

束鹿王骥获召入京任顺天府尹，因治理有方，得到仁宗赐诏嘉奖。雷礼《国朝列卿纪》卷四十七：“洪熙元年，仁庙素知其才名，召为顺天府尹，才敏决不滞，畿甸大治，特赐诰以褒之。”

东安施礼受命往祭山西海河渎等神。（雷礼《国朝列卿纪》卷五十七）

雄县刘观兼太子宾客，旋加太子少保，给二俸。（雷礼《都御史刘观传》）

盐山王翱因他人事件，无辜遭连累，左迁行人司行人。（《明太子太保吏部尚书赠特进光禄大夫忠肃公王翱年谱》）

东安施礼授大理寺正卿，治狱详明，多所平反。（马钟英、马钟琇《安次县志》卷六）

宣德元年

（公元 1426 年　丙午）

正月

清苑李友直改任工部尚书，宽严相济，凡朝廷有大兴作，悉以委之。雷礼《国朝列卿纪》卷六十二："宣庙继统，改行在工部，命往西蜀总董夫匠鸠工料材，宽不至纵，严不至苛，军民便焉。自是，凡有营建，一以董督之、任委之。友直夙夜敬慎，抚循慰劳，人思其劳而事必就。"

三月

邢台张瑛转左侍郎兼华盖殿大学士，入内阁参预机务。（雷礼《国朝列卿纪》卷十）

八月

命翰林院侍读学士王直、修撰王钰为顺天府乡试考官。《明宣宗实录》卷二十："宣德元年八月戊辰，命翰林院侍读学士王直、修撰王钰为顺天府乡试考官，赐宴于本府。"

九月

二十三日，肥乡郑贤生。过庭训《明分省人物考》卷九："郑贤，肥乡人，生而颖敏不凡，少孤力学，乡里推重，与封御史蒋凤、知州郭敏相友善，时称为肥乡三杰。登天顺庚辰进士，授南内尹，仁厚平恕。居二年，以母丧去士民追思之不已。服阙，改知新郑县，贤治之，一如河内。未几以疾解组，归田里，筑圃结庐。明农课子，为优游终老计。郑民德之，列名宦祠祀焉。贤退居凡二十年，足迹未尝轻入城府，人咸称其恬静俭饰，有古人之行云。"

秋

固安王骐（1376—1426）卒。嘉靖《固安县志》卷五："宣德丙午秋，以疾卒，年仅五十岁。大学士高榖撰墓表。"

本年

盐山王翱因重臣杨士奇的推荐，升任监察御史。张廷玉《明史》卷一百七十七《列传第六十五》：“宣德元年，以杨士奇荐，擢御史，时官吏有罪，不问重轻，许运砖还职。翱请犯赃吏但许赎罪，不得复官，以惩贪黩。帝从之。”

元氏李琦升行在礼部侍郎。李琦，生卒年不详，洪武末年，以文学授沧州训导。坐事，谪戍云南。后以明经行修，授监察御史。寻迁大理寺副，又复谪云南。永乐初，召试御史。安南侵广西地，往援使罢兵归侵地，还授监察御史。本年，授行在礼部侍郎，西洋诸番有事，悉令往，皆得款服。后历湖广布政使、行在都察院都御史，掌院事。卒于官。（孙奇逢《畿辅人物考》卷之二）

宛平李嘉升通政史，寻改北京刑部侍郎，念其不堪繁务，又改行至礼部左侍郎。虽精力日衰，犹勉强事事，未尝少闲。（雷礼《国朝列卿纪》卷四十四）雷礼《国朝列卿纪》卷四十四：“李嘉，字允坚，顺天府宛平县人。天资凝重，不妄言笑，自幼卓荦有立志，事亲孝。稍长，县大夫选邑学弟子员，前大学士董公伦时为学教谕，嘉从授业，旦暮自策励，所授书率诵读数百遍，四书注释，虽老不忘，已而念家贫亲老，丐罢归侍养，为师者初惜其去，遂献诗达意，其辞恳切，师悯而从之，后选奉祀所礼生事成祖文皇帝于藩邸，敬恭祀事，恒致其诚，无几，丁父忧，哀毁动人，终丧不饮酒食肉，览父手泽，未尝不流涕，而养母爱敬兼尽。”

元氏李琦升行在礼部右侍郎，令占城与安南两方和解。雷礼《国朝列卿纪》卷四十四：“宣德元年，升行在礼部右侍郎，后占城与安南交恶，复命琦往喻之，两国遂和，自是，西洋诸番有事悉令往焉，所至无不欸服。”

新安郭琎掌行在詹事府。（雷礼《国朝列卿纪》卷二十四）

沧州马昂以仪容俊伟，声音洪亮，授行在鸿胪寺序班。（雷礼《国朝列卿纪》卷三十二）

唐县寇深拜刑部主事，寻迁员外郎，操执坚确，决狱明敏，甚为嘉重。（焦竑《国朝献征录》卷五十四）

宛平甄庸兼掌兵部事。（雷礼《国朝列卿纪》卷四十九）

东安施礼复行在刑部右侍郎。（雷礼《国朝列卿纪》卷五十七）

宣德二年

（公元 1427 年　丁未）

正月

命取南京国子监生年深者二百名，送北监读书。黄佐《南雍志》卷二《事纪》："宣德二年春正月乙未，工科给事中郭永清奏言：'南京国子监生坐堂年深，久未取拨，以致年老不堪任用。'上命取年深者二百名，送北监读书，遇历事有阙，相参取拨。"

三月

新乐马谨中进士。马谨（？—1465），字守礼，新乐县（今河北省石家庄市境内）人。宣德二年，登进士。正统中，以御史按浙江，寻升验封司郎中。后历湖广右布政，督率官军平广西苗乱。景泰中，升左副都御史，巡抚河南。天顺初，致仕于家。事亲至孝，为事廉介，杨士奇尝称为"冰霜铁石"。（张廷玉《明史》卷一百七十二《列传第六十》、《明一统志》卷三、孙奇逢《畿辅人物考》卷之二）

安平张凤中进士。雷礼《国朝列卿纪》卷三十四："久之，有司闻其孝友，选为邑庠生，凤奋力于学，虽祈寒暑雨不辍，遂领荐入大学。时鸿胪序班缺员，例选北人为之，吏部尚书蹇义见而异之曰：'是生不可就此职也。'宣德丁未登进士。"

六月

两京国子监淘汰年高和病猥者。黄佐《南雍志》卷二《事纪》："夏六月，诏九卿及翰林院堂上官，六科给事中会同本监，简选两京监生年五十五以上及疾病鄙猥者放为民，仍令锦衣卫指挥一员巡视之。"

八月

初一，博野刘吉生。刘吉（1427—1493），字佑之，号约庵，保定府博野（今河北省博野县大程委村人）人。正统十三年（1448）进士，选庶吉士，任国史编修官，负责为皇帝讲解经传史传。因编纂《寰宇通志》有功，晋为修撰。预纂《英宗实录》，迁侍读学士，直经筵，累迁礼部左侍郎。成化十一年（1475），以侍郎兼翰林学士，入阁参预机务。不久，升为礼部尚书，并加太子少保，兼文渊阁大学士。主持编纂《文华大训》，加太子太保，再加武英殿大学士。后改任户部尚书、谨身殿大学士，兼太子太傅。弘治五年（1492），因忤逆皇帝意，被迫致仕。不久后辞世。卒后赠太师，谥“文穆”。（张廷玉《明史》卷一百六十八《列传五十六》）

十月

礼部请再取南京国子监生二百人入北监，照前例行。黄佐《南雍志》卷二《事纪》：“宣德二年冬十月乙丑，巡按监察御史何文渊奏言：‘南京国子监生，多有五十余岁，在监十五、六年未得出身者，由南京衙门取拨历事数少故也。若北监在监之日少而取用历事数多，宜查勘两监监生入监年月，循次相兼取拨。’礼部请再取二百人入北监，照前例行，从之。”

顺义李庆随安远侯柳升讨伐黎利，以轻贼，柳升等众中埋伏而死，李庆（？—1427)卒于军中。雷礼《国朝列卿纪》卷四十七：“宣德二年，交趾复叛，守帅奏请益兵。朝廷命安远侯柳升等将七万人往益之，命庆参赞军事，且敕庆凡六卿之属，才且贤者举以自助，所举十数人其最才且贤：礼部仪制郎中史安、祠祭主事陈镛、师行，庆与同卧起。九月，入交趾，贼于官军所经之处，悉列栅以守，升既连破之，直抵镇夷关，升有矜色。升虽勇，然不好谋，安镛言于庆曰：‘总戎之意骄矣，公宜力言之，且夷贼谲诈不可以其屡败，忽之安知其不示弱以诱我？况尔书数数戒饬，谓贼专以设伏取胜，不宜轻率待之。公宜速入言之。’时庆已病，强起与升言，升唯唯而已，实无戒慎意。明日，前进以数百骑独先，其副击等队皆在后，升前度桥遽坏，后军阻不得前，贼伏兵四起，升被创死。明日庆病不起，又明日副将崔聚整兵以进，聚固宿将，然仓猝，贼驱象赴斗，众乱聚被执，寇大呼官军降不杀。庆与安镛皆曰：‘吾辈见危授命尔！’皆死之。十月十八日也，世多惜之。”

十三日，雄县侯瓒生。侯瓒（1427—1508），字奉璋，保定府雄县人。景泰五年中进士，授户部主事。天顺中，升户部员外郎。成化二十一年，升督察院右签都御史，巡抚甘肃。二十二年，历兵部右侍郎，后改南京礼部。二十三年，转南京户部左侍郎，掌部事。弘治五年，升南京工部尚书。加封荣禄大夫致仕。（雷礼《国朝列卿纪》卷三十七）

二十七日，高阳田景旸生。田景旸（1427—1506），字时中，保定府高阳县（今河北省保定市内）人。景泰甲戌进士，授山东道监察御史，升大理寺丞，累升左、右少卿，进本寺卿。成化二十一年，致仕，归高阳，乡居二十余年而卒。（《明武宗毅皇帝实录》卷之九）

本年

宁晋曹鼐由乡举授代州（今山西代县）训导，愿授别职，改派江西泰和县典史。（张廷玉《明史》卷一百六十七《列传第五十五》）孙承泽《畿辅人物志》卷四："曹鼐，宁晋人。宣德二年以乙榜举人选署训导，疏言：'学问未充，不堪为人师，愿从太学读书，或授别职自效。'改泰和典史，鼐益肆立问学。"

束鹿王骥升行在兵部右侍郎，处事得宜。雷礼《国朝列卿纪》卷四十七："宣庙即位之明年，升行在兵部右侍郎，时虑南京根本重地，真定州畿内要冲，秦、蜀二王府护卫兵多，两遣分调屯驻皆处之得宜。"

涿州李敩任四川右布政使十六年，政通人和。雷礼《国朝列卿纪》卷二十九："宣德二年，升四川右布政使，益砺廉隅，官中物不私一毫。志锄奸豪，有犯法者绳之不少贷。蜀人称为铁面。李在川中十六年，威惠并行，治体用张。"

邢台张瑛加礼部尚书，仍兼大学士。修成祖、仁宗两朝实录，为总裁官。（雷礼《国朝列卿纪》卷四十二）

宛平李嘉以疾闻，命致仕，数月不起而卒。雷礼《国朝列卿纪》卷四十四："再岁，以疾闻，赐敕褒谕，命致仕，又数月不起，年七十。持身端谨，一介不苟取予，刚方严毅，人不得干以私。其任职细务必亲，故所历寡合终不为变。治家整肃，教子孙必务学，甚而闻暇道说国初以来，北京名贤故老流风余韵，娓娓不穷，故大学士杨士奇等皆重笃实云。"

霸州张涣平广东苗夷倡乱，宣布德威。过庭训《明分省人物考》卷一："张涣，霸州人。永乐初为兵部郎中。成祖召至便殿，问以急务，敷对剀切，上嘉之，赐衣一袭，玉砚一枚。寻擢山东左布政，继调陕西，值岁饥，赈恤全活甚众。宣德二年，广东苗夷倡乱，涣至宣布德威，遂平。秩满，诣阙，力陈休致。"

宛平甄庸致仕。其性凝重，言若不出口，遇事处之，绰有余裕。故人称为笃厚君子云。（雷礼《国朝列卿纪》卷四十九）

香河奈亨调文选司员外郎。（雷礼《国朝列卿纪》卷三十六）

宣德三年

（公元 1428 年　戊申）

五月

初五，赵州王诏生。王诏（1428—1491），字文振，真定府赵州（今河北省赵县）人。生有异姿，学士曹鼐奇之，妻以女。天顺末，登进士，授工科给事中，累迁都给事中。偕梁璟等论及宫闱事，忤帝大怒，召至文华殿面诘而杖楚，谪为湖广右参政。以父忧去职，起迁右布政使。弘治元年，转贵州左布政使，后以右副都御史巡抚云南。四年，召拜南京兵部右侍郎，未任而卒。（张廷玉《明史》卷一百八十五《列传第七十三》）

六月

雄县刘观被命出视河道，帝与召大学士杨士奇、杨荣议，刘观被指今日最贪者，其父子同被逮，下锦衣卫狱。雷礼《都御史刘观传》："三年六月中一日早朝罢，上召大学士杨士奇、杨荣，至文华门，谕曰：'吾三人商量一事，京师端本澄源之地，祖宗时朝臣无贪者，年来贪浊之风满朝，何也？'士奇对曰：'贪风永乐之末已作，但至今甚耳。'上问：'永乐何如？'对曰：'十五、六年以后，太宗有疾多不出，扈从之臣放肆无顾籍，请托贿赂，公行无忌。此事已彻九重，俱未举发。'仁宗尝谓臣言：'初到北京，上问两京臣僚有能守廉者否？'对曰：'无敢不守。'上曰：'扈从来此者，赃赂竞行，其能守廉惟吏部侍郎师逵一人，汝当知之。'荣曰：'是时，赃贪方宾最甚。'上问：'今日之贪谁最甚者？'荣对曰：'莫甚刘观。'士奇曰：'风宪所以警肃百僚，宪长如此，则不肖；御史皆效之，不肖；御史差出四方则不肖，有司皆效之。'上抚掌叹曰：'除恶务本。'又问廷臣中今谁可使掌宪？两人久未对，上曰：'未必都无一人。'士奇对曰：'通政使顾佐廉公有威，曾仕御史及按察使皆有风采。'荣曰：'佐亦尝为京尹，能防禁下吏，政清弊革。'上喜曰：'顾佐乃能如此。'命赐茶而退。数日有旨，令观巡阅河道。观既去数日，升顾佐右都御史，赐玺书令考黜不肖，洗涤积弊。佐奏黜其属官不肖者二十余人，罪甚者发辽东。于是，御史张循理等连章劾奏观贪赃狼籍，并奏其子辐胁制诸道骋私灭公，皆明着实迹。上大怒逮观父子皆至，出御史章示之，既承伏法司，坐观重法以辐同犯，免科具奏。"（焦竑《国朝献征录》卷五十四）

夏

武安郭资辍部务。（项笃寿撰《今献备遗》卷十）

九月

瞿佑自北京启程还乡。瞿佑《乐全诗集》自序："《乐全稿》者，自金台抵金陵水路纪行所作也。向以洪熙乙巳冬，蒙太师英国张公奏请，自关外召还，即留居西府。今及三载，又蒙少师吏部尚书蹇公奏准，恩赐年老还乡，太师仍以家舰送至南京。自九月十一日起程，至十月十五日抵武定桥长子进舍。历燕赵之郊，经齐鲁之境，过徐扬二州，溯长淮，逾大江，凡三千七百余里。舟中无事，览景兴怀，临风吊古，饭余酒后，技痒不能自抑，辄形诸吟咏，大小长短，积至一百二十首。皆率口而出，妍媸错杂，未经锻炼，因其先后次第，不复删改。汇成编帙，藏之于家。时出观览，以追想旧游之迹，用以自遣也。噫，予去乡三十五载，抛家亦二十一载矣。今以余生归见乡党，优游暮景，以享治平之乐。爵至五品，寿逾八帙，不亏其体，不辱其亲，俯仰两间，自谓无愧，庶几得为乡里之全人，未审识者许之否？姑以'乐全'题稿以自勖，抑亦卫武公求箴警之意也。宣德三年岁在戊申，阳月吉日，八十二岁翁钱塘瞿佑宗吉书。"李剑国、陈国军《瞿佑仕宦经历考》（《文学遗产》1992 年第 4 期）考：《津门诗抄》卷 25 有瞿佑《次直沽》一诗，诗云："长川波浪去漫漫，直指东南送客还。"又云："挂帆商舶秋风顺"，说明是这年秋天搭乘商船南行的。《乾隆天津府志》卷 39 有瞿佑《过静海》一诗，首联云"古县临河口，遗民住岸旁"，尾联云"舟人知往事，相对话偏长"。瞿佑南归是先走北运河由北京到天津，再沿南运河南下至长江，然后再顺长江而去，落脚于南京。

本年

大兴刘中敷升任为山东左参政，再升为左布政使，清介有守。雷礼《国朝列卿纪》卷三十二："宣德三年，升山东左参政。未几，进左布政使，清介有守，取予虽细不苟；值岁大祲，岁储久不能输，力言于部使，蠲三分之二。"

名儒薛瑄如京师，授广东道监察御史监湖广银场。杨鹤、杨嗣昌编《薛文清公年谱》："先生至都，上章愿就教职以卒所学。会上思振风纪，擢御史。既拜官，念养不逮亲，作《汾阴阡表》以扬先德焉。"

束鹿贾俊生。贾俊（1428—1495），字廷杰，保定府束鹿（今属河北省石家庄市）人。以乡举入国学。天顺中，选授御史。历巡浙江、山西、陕西、河南、南畿，所至有声。后为工部右侍郎、工部尚书等。太庙后殿成，加太子少保。因足疾致仕。逾年卒。（张廷玉《明史》卷一百八十五《列传第七十三》、孙奇逢《畿辅人物考》卷之四）

香河奈亨转光禄寺少卿。（雷礼《国朝列卿纪》卷三十六）

宣德四年

（公元1429年　己酉）

四月

雄县刘观之子戍边，其随居。雷礼《都御史刘观传》："次年四月，上召荣及士奇以奏示之且曰：'观负朝廷，处重非过。'士奇对曰：'观诚有罪，但经事四朝，数任显仕，愿姑屈法全其生。荣亦乞贷之。'上曰：'为汝二人曲贷其死，发为边吏。'曰：'辱之过甚，与死等耳。'上曰：'欲父子皆贷乎？'曰：'子发戍边，而令观随居，恩与法两尽矣。'遂命法司发辽东，天下耸然改观。"（焦竑《国朝献征录》卷五十四）

七月

三十日，邯郸郑铭生。郑铭（1429—1500），字德新，号碧峰老人，邯郸（今河北省邯郸市）人。自幼喜读诗书，天顺八年考中进士，任福建任监察御史。成化二年（1466），奉命巡视山海关武备，整肃关内外。后巡陕西禁茶，除奸剔弊，豪势屏息。成化十年春，调任山东任按察司副使，被朝内宦官所阻，降职到山西布政使右参议。成化二十年，擢陕西右恭议，奉命抚治商洛，并兼管汉中。弘治元年，调离商洛，百姓涕泪挽留。弘治四年春，升任右布政使。弘治九年，老疾于故里林下，葬于邯郸城西岩隅村北高山之下。

八月

命右春坊右庶子兼翰林院侍读学士王直、侍读李时勉为顺天府乡试考官。（《明宣宗实录》卷五十七）

十一月

初四，景州张玮生。张玮（1429—1511），字汝器，河间府景州（今河北省衡水市景县）人，成化二年进士，授监察御史。历升陕西按察司副使、按察使。弘治改元，升陕西布政使。其年冬，升右副都御史，巡抚宁夏。三年，改总督漕运，兼巡抚凤阳诸郡，有政绩。七年致仕。正德六年卒。（《武宗实录》卷七十四）

本年

新安郭琎迁吏部尚书，得重望。雷礼《国朝列卿纪》卷二十四："四年，蹇义以年老辍吏部政务，赞谋密勿，遂进尚书，代义理部务。为人宽洪简重，得大臣体，甄别七类，士人服其当。"

武安郭资复起户部尚书，奉职益勤。（张廷玉《明史》卷一百五十一《列传第三十九》）

武安郭资被召为太子太师，致户部事，免朝参。（项笃寿撰《今献备遗》卷十）

邢台张瑛调任南京礼部尚书。（雷礼《国朝列卿纪》卷九）

元氏李琦改任湖广布政使，甚得民心，后卒于官。（雷礼《国朝列卿纪》卷四十四）

安州吕雯生。吕雯（1429—1494），字天章，保定府安州（今河北保定东）人。早年为贡生，授陕西道监察御史，擢拔为南京通政司右参议，不久又改南京光禄寺少卿，再以考绩优等，升太仆少卿。再拔擢为右佥都御史，巡抚延绥，后升兵部右侍郎、左侍郎。弘治七年（1494）五月初九日卒。（《国朝献征录》卷四十）

宣德五年

（公元 1430 年　庚戌）

正月

邢台张瑛总裁两朝实录成，得赏赐，后调南京礼部。廖道南撰《殿阁词林记列传》卷一："五年，正月总裁两朝实录成，赏白金六十两，金织罗衣一袭，彩币十端，未几调南京礼部。"雷礼《国朝列卿纪》卷四十二："修成祖、仁宗两朝实录，为总裁官。于外议，命莅南京礼部。"

五月

朝廷在廷臣中选择九人出任知府，安肃赵豫被推至松江府（治今上海松江），奉敕令前往上任。初至郡时，患民俗多讼，每讼者至，则好言"明日来"。讼者过一宿，忿恨渐平，多不讼，民有"松江太守明日来"之谣，豫成当时著名循臣。张廷玉《明史》卷二百八十一《列传一百六十九》："宣德五年五月简廷臣九人为知府，豫得松江，奉敕往。时卫军恣横，豫执其尤者，杖而配之边，众遂帖然。

一念拊循，与民休息。择良家子谨厚者为吏，训以礼法。均徭节费，减吏员十之五。巡抚周忱有所建置，必与豫议。及清军御史李立至，专务益军，勾及姻戚同姓。稍辨，则酷刑榜掠。人情大扰，诉枉者至一千一百余人。盐司勾灶丁，亦累及他户，大为民害。豫皆上章极论之，咸获苏息。有诏灭苏、松官田重租，豫所辖华亭、上海二县，减去十之二三。正统中，九载考绩。民五千余人列状乞留，巡按御史以闻，命增二秩还任。及十年春，大计群吏，始举卓异之典。豫与宁国知府袁旭皆预焉，赐宴及袭衣遣还。在职十五年，清静如一日。去郡，老稚攀辕，留一履以识遗爱，后配享周忱祠。方豫始至，患民俗多讼。讼者至，辄好言谕之曰：'明日来。'众皆笑之，有'松江太守明日来'之谣。及讼者逾宿忿渐平，或被劝阻，多止不讼。始与豫同守郡者，苏州况钟、常州莫愚、吉水陈本深、温州何文渊、杭州马仪、西安罗以礼、建昌陈鼎，并皦皦著名绩，豫尤以恺悌称。是时，列郡长吏以惠政著闻者湖州知府祥符赵登，秩满当迁。民诣阙乞留，增秩再任，自宣德至正统，先后在官十七年。登同里岳璿继之，亦有善政，民称为赵、岳。"

盐山王翱巡按四川，盐山王翱巡按四川，辅助都督陈怀平定松潘（即四川阿坝藏族自治州一带）内乱，立乡寨民法，声震瑶寨藏乡。张廷玉《明史》卷一百七十七《列传第六十五》："五年巡按四川。松潘蛮窃发，都督陈怀驻成都，相去八百余里，不能制。翱上便宜五事：请移怀松潘；而松茂军粮于农隙齐力起运，护以官军，毋专累百姓，致被劫掠；吏不给由为民蠹，令自首毋隐；州县土司遍设社学；会川银场岁运米八千余石给军，往返劳费，请令有罪者纳粟自赎。诏所司议详运粮事，而迁蠹吏北京，余悉允行。"

本年

名儒薛瑄于京师购斋。杨鹤、杨嗣昌编《薛文清公年谱》："按先生自戊申官御史，五年于兹买宅京师，仅容卧榻，苦东壁暗甚，力不能办一牎。子淳取车辕为之，先生为作《车牎记》。"

东安施礼升刑部尚书。雷礼《国朝列卿纪》卷五十七："五年，时光禄厨役诉其寺官窃减外夷供给。通政司以闻，上命礼执而治之，因论礼光禄之弊不止此，勿谓饮食细致。故升刑部尚书。"

任丘边镛生。边镛（1430—1501），字克振，河间府任丘（今河北省任丘市）人。景泰四年举人，选授御史。历官河南道监察御史、南京通政司右参议、南京大理寺少卿、通政司右通政、都察院右签都御史巡抚山西地方兼提督雁门等三关、都察院左副都御史、南京刑部右侍郎等。弘治十四年卒。（黎淳《送御史边克振升

南京通政司右参议序》《明分省人物考》卷六、《国朝献征绿》卷四十九、《国朝列卿记》卷六十）

香河李泰生。李泰（1430—1472），字文通，顺天府香河（今河北省廊坊市香河县）人。正统戊辰进士，任庶吉士，授编修。景泰间，进左春坊左司直郎兼编修，再升右春坊右中允。英宗复辟，改尚宝司丞兼编修，既而以侍东宫讲读升侍讲。后升侍讲学士兼经筵官，寻侍文华日讲。修《英庙实录》成，升詹事府少詹事兼侍讲学士，未几，进詹事，兼职如故。年四十三而卒，赠礼部左侍郎，赐祭葬。（《馆阁漫录》卷六、《殿阁词林记》卷六）

寓京师耿裕生。耿裕（1430—1496），字好问。先祖为保定府束鹿县人。祖父耿刚于国初任河南卢氏县学教谕，遂入籍该县。后以父耿九畴于京为官，寓京师。本年中顺天乡试。景泰五年（1454），中进士。授为庶吉士，转户科给事中改工科。与父并以德行名著于世。弘治九年（1496），裕病逝，享年六十七岁。后赠太保，谥文恪。著有《耿裕集》《青涯稿》《淡庵稿》。（张廷玉《明史》卷一百八十三《列传第七十一》）

宣德六年

（公元1431年　辛亥）

正月

初二，沧州强珍生。强珍（1431—1505），字廷贵，河间府沧州（今属河北省沧州市）人。成化二年进士，授知泾县，成化九年迁御史，巡按辽东。十六年，以忤汪直故，谪戍辽东边卫。直败复官。弘治间历官至南京通政司右通政。弘治六年致仕，十八年卒，年七十五。（张廷玉《明史》卷一百八十《列传第六十八》）

四月

十二日，蠡县刘璚（1431—1503）生。刘璚，字汝器，保定府蠡县（今河北省保定市蠡县）人。成化二年进士，授监察御史，擢知苏州府，后升山西右参政。以事累降知四川保宁府，未几，仍升旧职。历升山西左布政使，迁都察院右副都御史，督南京粮储。弘治六年，乞致仕。（《孝宗实录》卷一百九十六）

五月

盐山王翱以巡按四川监察御史上便宜五事：……曰立社学，曰轻罪纳粟，会川卫银场给饷。上悉行之。(《国榷》卷二十一)

本年

大兴杨善被劾下狱，褫冠带，逾月。(张廷玉《明史》卷一百七十一《列传第五十九》)

鸡泽刘诚生。刘诚(1431—1480)，字敬之，广平府鸡泽县(今河北省邯郸市内)。天顺元年进士，授翰林院检讨，后升秀王府左长史、宁国府同知，终湖广布政司右参议。著有《周易衍辞》《典谟遗旨》《风雅遗音》《千秋日鉴录》等。(孙奇逢《畿辅人物考》卷之一)

宣德七年

(公元1432年　壬子)

二月

增顺天府举额如应天府，至八十名。《明宣宗实录》卷八十七："宣德七年二月己亥，顺天府奏：'本府乡试，额取举人五十人，乃与江西解额同。切缘京师监学，天下人才所聚，各处儒士亦有就试者。乞如南京应天府，额取举人八十人，庶广进贤之路。'从之。"

三月

宁晋曹鼐中会试第二人，得阁臣杨溥赏识。廖道南撰《殿阁词林记列传》卷三："宣德壬子，督部工匠赴阙，疏乞入试中第二人。杨文真(定)公一见奇之。"

四月

命行在工部为北京国子监生建房舍，给师生会馔什器。复命户部给监生有家室者月粮。《明宣宗实录》卷八十九：宣德七年夏四月，"己酉，北京国子监言：今监生不啻数千，多有挈家来者，僦屋以居。监之东金吾等三卫草场二所，乞赐诸生建房舍，其闲地给本监种蔬菜，以供会馔。悉从之。命行在工部为构房舍，给师生会馔什器。复命户部给监生有家室者月粮，皆如南京例。”

八月

命左春坊左庶子兼翰林院侍读周述、翰林院侍读学士钱习礼为顺天府乡试考官，赐宴于本府。（《明宣宗实录》卷九十四）

安次李伸中乡试，授馆陶训导。孙奇逢《畿辅人物考》卷之一《理学》：“伸，字希直，初安次人。宣德七年乡试，授馆陶训导，矜严师道，整理学规，有司惮之，罔敢怠忽。升谕容城，以元刘静修为一代大儒，应祀孔庙，章数上，虽未允，然立祠享祭多其力焉。升国子助教，祭酒邢公极为推重，曰：‘精专之学范乎?’诸生清白之操，孚于六馆。后乞骸归里，籍于容城。”

闰八月

十八日，蠡县冯贯生。冯贯（1432—1496），字大用，保定府蠡县（吾）（今河北省保定市内）人。十八岁始知自奋于学，天顺八年进士，授监察御史，升大理右寺丞，三转至左少卿，升都察院右副都御史，寻改大理卿。精于法，人不能夺。又擢南京工部尚书，逾三载乞致仕，允归。一月后卒，赐祭葬。贯魁岸美髯，朴茂能容，历官三十余年，以长厚见称。（徐溥《资善大夫南京工部尚书蠡吾冯公贯神道碑》）

十月

邢台张瑛上疏言天下儒学廪膳生员不可预为额数。廖道南撰《殿阁词林记列传》卷一：“七年十月，瑛上言：天下儒学廪膳生员计三万有奇，岁食廪米不下十数万石，朝廷养士之隆，自古鲜俪。洪熙定制，举人额数应天取八十人，宣德以来稍加增益，凡诸省皆然。臣愚以为人才与气云相为消长，不可预为额数，才寡而数盈，其失也滥；才多而数少，其失也隘；矧今各府州县教官多员缺，学政多废弛，士习多未正，请自今副榜中式悉补教官，其乡试额数量为加补。疏入，下之所司。”

本年

山海关萧显生。萧显（1432—1506），字文明，号履庵，又号海钓，永平府山海关（今属河北省秦皇岛市）人。天顺三年（1459）中乡举。成化八年（1472）进士。十年（1474），擢兵科给事中。仕终福建按察佥事。武宗即位，以恩进朝列大夫。为诗清简有思致，书法尤沉郁顿挫，自成一家，卷轴遍天下，传至外国。

传说山海关城楼的“天下第一关”五个大字为其所题。有《海钓遗风》四卷、《镇宁行稿》《归田稿》。（李东阳《福建按察司佥事萧公显墓志铭》）

宣德八年

（公元1433年　癸丑）

三月

宁晋曹鼐以太和典史运粮至京，乞会试，列第二名，后廷试中一甲第一名（状元），授翰林院修撰。孙承泽《畿辅人物志》卷四：“改泰和典史，鼐益肆力问学。令笑曰：‘典史欲状元耶？’鼐曰：‘不如是不已。’八年，督工匠入京，自陈愿就礼部试，遂登是年进士第一。”王圻《续文献通考》卷四十六《选举考·举士四》：“曹文襄鼐以太和典史运粮至京乞会试，得第二人，廷试复为第一人，不十年遂登相位。”廖道南撰《殿阁词林记列传》卷三：“明年，廷试宣皇策以义，禹河洛象数，鼐对称旨，上亲擢第一，授翰林修撰，从杨文定公游，所得益深。”张萱撰《西园闻见录》卷九：“曹鼐为太和典史日，因捕盗获一女子甚美，心窃悦之。晚至馆驿，令招侍左右，每目之心动，辄以片纸书‘曹鼐不可’四字，火之已复书，火之。如是者数十次，终夕竟不及乱，次日遣还家。后至京，会试中式，廷对时忽大风起，吹一纸条坠于公前，上有‘曹鼐不可’四字，宛然手书如新。公大惊毕，下笔如有神助之者，遂状元及第。”

任丘李溥曾就固安学谕刘鋧学易学，中本年乙榜进士，任巴陵训导。过庭训《明分省人物考》卷六：“李溥，字文博，号约庵，任丘人。生而神慧，稍长自能课学，不烦指谕。固安学谕刘公鋧明易学，溥往从焉，刘公器之，妻以女。刘卒，溥扶榇西归凤翔，竭力营葬，且曰：‘凤翔即吾土也！’因补凤翔学弟子员。宣德七年举陕西乡试，明年试礼部，中乙榜，遂就巴陵训导。”李溥，字文博，号约庵，任丘（今属河北省沧州市）人，生卒年不详。曾从固安学谕刘鋧学易学，宣德八年，中进士，任巴陵训导。正统八年，升怀仁藩府教授，后任高山卫、延安、顺庆、泰安等地为官。正统中，解官。一生为官清介，凡六任四十余年，始终清苦如秀才。博洽善文，尤精象纬星历。（过庭训《明分省人物考》卷六）

春

安平张凤擢刑部江西司主事，能誉大振。雷礼《国朝列卿纪》卷三十四："癸丑春擢刑部江西司主事，时江西豪民为逆者千余人，系狱未决，一讯皆博其情，狱上获生者数百人，能誉大振。大司寇嘉其才，令总阖部章奏及录在京逮狱者。"

十二月

武安郭资（1361—1433）卒，年七十三。赠汤阴伯，谥忠襄。官其子佑户部主事。一生以治钱谷有能称，对京师的初兴有较大贡献。张廷玉《明史》卷一百五十一《列传第三十九》："郭资，武安人。洪武十八年进士。累官北平左布政使，阴附于成祖。及兵起，张昺等死，资与左参政孙瑜、按察司副使墨麟、佥事吕震率先降，呼万岁。成祖悦，命辅世子居守。成祖转战三年，资主给军饷。及即位，以资为户部尚书，掌北平布政司。北京建，改行部尚书，统六曹事。定都，仍改户部。时营城郭宫殿，置官吏及出塞北征，工役繁兴，资举职无废事。仁宗立，以旧劳兼太子宾客。寻以老病，加太子太师，赐敕致仕。宣德四年，复起户部尚书，奉职益勤。八年十二月卒，年七十三。赠汤阴伯，谥忠襄。官其子佑户部主事。资治钱谷有能称，仁宗尝以问杨士奇。对曰：'资性强毅，人不能干以私。然蠲租诏数下不奉行，使陛下恩泽不流者，资也。'"项笃寿撰《今献备遗》卷十："卒年七十三，赠汤阴伯，谥忠襄。永乐后，文臣赠伯四人，金纯山阳伯、吴中茌平伯、金濂沭阳伯。"

本年

新安郭琎致仕。（雷礼《国朝列卿纪》卷二十四）

香河奈亨升通政司左通政。（雷礼《国朝列卿纪》卷三十六）

据《宣德八年进士登科录》，本年顺天府进士登科情况如下：

第一甲1名，赐进士及第。姓名及履历为：

曹鼐，贯直隶真定府赵州宁晋县，军籍。泰和典史。治《礼记》。字万钟，行二，年三十，正月初八日生。曾祖克柔。祖廷训。父祉。母孟氏。生母薛氏。继母吴氏。慈侍下。兄鼎。弟鼒、法宁、寿宁。娶司氏，继娶刘氏。顺天府乡试第二名，会试第二十七名。

第二甲 2 名，赐进士出身。姓名及履历分别为：

苏洪，贯直隶真定府晋州安平县，民籍。县学生。治《易经》。字大用，行二，年三十二，九月十五日生。曾祖显宗。祖士原，赠工部员外郎。父起，任工部员外郎。母李氏，封宜人。慈侍下。兄温。弟润。娶茅氏。顺天府乡试第三十五名，会试第二十八名。

徐瑆，贯顺天府宛平县，匠籍。儒士。治《□□》，字符玉，行三，年二十七，五月十一日生。曾祖文□。祖定□明。父孟升。母丁氏。严侍下。兄口璘。弟瑾。娶蔡氏。顺天府乡试第□□名，会试第六名。

第三甲 7 名，赐同进士出身，姓名及履历分别为：

宋雍，贯顺天府□□县，富户籍。府学生。治《书经》。字□□，行二，年四十，七月二十三日生。曾祖均履。祖彦章。父士秩。母郭氏。具庆下。弟庠、序、荫、唐。娶吴氏。顺天府乡试第一名，会试第三十九名。

陆矩，贯□□间府阜城县，民籍。国子生。治《易经》。字仲舆，行一，年二十六，七月初七日生。曾祖原□。祖子真。父斌。母潘氏。具庆下。弟平。娶王氏。顺天府乡试第□□五名，会试第九十六名。

王亮，贯顺天府□□城县，民籍。国子生。治《诗经》。字□□，行四，年三十九，十一月初八日生。曾祖彦实。祖□□。父甫林。母史氏。具庆下。□从政、从美、从让。娶吕氏。北京行部乡试第□三名，会试第十一名。

陈睿，贯直隶大名府开州，民籍。州学生。治《书经》。字文聪，行二，年三十八，十二月初八日生。曾祖宗□。□□。父义。母张氏。永感下。□□。弟中、钦。娶蒿氏。北京行部乡试第□□三名，会试第七十一名。

张敏，贯顺天府永清县，军籍。府学生。治《书经》。字时勉，行一，年三十一，二月二十日生。曾祖允中。祖原善。父亨，任河南卫经历。母吴氏。慈侍下。□□娶路氏。顺天府乡试第□□四名，会试第五十四名。

孟鉴，贯直隶保定府博野县，民籍。县学生。治《春秋》。字克明，行一，年二十六，九月二十九日生。曾祖甫安。祖遇春。父桓，任开封府通判。母牛氏。慈侍下。□□□□钧。娶展氏。顺天府乡试第□□名，会试第九十九名。

高峰，贯直隶大名府滑县，民籍。县学生。治《诗经》。字□□，行一，年三十九，七月十三日生。曾祖兴。祖□□。父山。母王氏。具庆下。弟□、崇、巑、岩、嵩。娶吕氏。顺天府乡试第□十三名，会试第九十八名。

宣德九年

（公元1434年　甲寅）

六月

二十三日，寓京师曾鉴生。曾鉴（1434—1507），字克明，原籍桂阳县（今湖南省郴州市汝城）土桥人。祖父曾得寿于永乐间从军，以戍籍居京师。与大学士李东阳同学国子监。景泰七年（1456），中举人，天顺八年（1464）举进士，初授刑部主事。成化二十三年（1487），调任通政司右通政，弘治三年至八年，历任太仆寺卿、工部右侍郎、左侍郎，弘治十三年（1500），升任工部尚书。从政勤慎，清正廉明，体察民瘼，兴利除弊，秉公办事。正德二年（1507）闰四月八日，病逝。（张廷玉《明史》卷一百八十五《列传第七十三》）

本年

徐有贞特进翰林院编修。吴宽《家藏集》卷五八《天全先生徐公行状》："有诏简进士绩学翰林为庶吉士，数视列宿，公与其列，所以作养而期待之者甚至。久之，一日宣宗御便殿，召所简二十八人者，亲命之题试之。上览公文粲然成章，擢居第一，即日授翰林编修。公之入翰林也，一时前辈若杨文贞、文敏诸公，皆雅知公名而器重之。而公不屑以文名也，益欲为有用之学，凡军旅、刑狱、水利之类，无不讲求其法而一欲通之。或曰：'公职业在文字，事此奚为？'公曰：'此孰非儒者事？使朝廷一日有事用我辈，吾恐学之已无及矣。'闻者以公有远大志。"王世贞《弇州续稿》卷八八《徐有贞传》："是岁（宣德八年）以三月选进士，尹昌等为庶吉士，仅六人。至十月而复选庶吉士，得十三人，有贞居首。命学士王直教之。上甚属意焉。居二载，特为御文华殿试之，有贞仍居首，即授翰林院编修，预修实录。"

邢台张瑛丁忧，夺情起复，受赐御诗十余轴，楮万缗。（雷礼《国朝列卿纪》卷十）

宣德十年

（公元 1435 年　乙卯）

七月

敕修《宣宗实录》。《明英宗睿皇帝实录》卷七“宣德十年秋七月丙子（初十）”：“少傅兵部尚书兼华盖殿大学士杨士奇等言：‘臣等仰惟宣宗皇帝临御十年，大功大德在国家在生民者，必当纪载，垂于万世。今宜依祖宗故事，纂修实录，以彰盛美。’上从之。敕谕礼部曰：‘朕惟古昔帝王功德之实，裁请简册，光昭万世。我皇考宣宗章皇帝，聪明睿智，文武圣神，备君德之大成，嗣祖宗之丕绪。仁惠黎元，威戢叛乱。在位十年，中国奠安，四夷宾服。太平之绩，允光前烈。宜有纪述，以示来世。朕以菲德，图惟继述。尔礼部宜遵祖宗故事，纂修实录。其以太师英国公张辅为监修，少傅兵部尚书兼华盖殿大学士杨士奇、少傅工部尚书兼谨身殿大学士杨荣、礼部尚书兼翰林院学士杨溥、詹事府少詹事兼侍讲学士王英、少詹事兼侍读学士王直为总裁。遴选文儒，协相纂述。其有合行事宜，条列以闻。钦哉！’”

本年

束鹿王文奉命治彰德妖贼张普祥狱，还奏称旨，赐名，此后称王文。（张廷玉《明史》卷一百六十八《列传第五十六》）

束鹿王骥进行在兵部尚书。（雷礼《国朝列卿纪》卷四十七）

盐山王翱升佥都御史。（唐鹤征撰《皇明辅世编》卷一）

香河奈亨出使安南。（雷礼《国朝列卿纪》卷三十六）

正统元年

（公元 1436 年　丙辰）

三月

宛平李震中进士，选庶吉士，后改工科给事中[①]。李震（？—1474），字用初，

① 雷礼《国朝列卿纪》卷五十二记为“兵科给事中”。

别号省庵。先世山西临汾人，元家宛平。天资颖敏，自幼嗜学，以荫补太学生，领宣德乙卯乡荐。本年举进士，选庶吉士，后改工科给事中，寻升右给事中。正统十四年，虏犯京师，命守东直门。景泰二年，升通政使司左参议，后历南京兵部右侍郎、左侍郎等官。成化十年，以病卒。（过庭训《明分省人物考》卷一）

广宗崔恭中进士，除户部主事。（张廷玉《明史》卷一百五十九《列传第四十七》）

四月

命右签都御史李仪巡抚宣府大同，宣府巡抚之设，自此始。李仪（？—1437），顺天府涿州（今河北省涿州市）人。永乐间以荐举授户部主事。出任九江知府，廉政爱民。英宗即位始设诸边巡抚，李仪被擢为首任。督粮参政刘琏不称职，为李仪所劾，乃被诬有淫乱事，遂被逮下狱，卒于狱。（张廷玉《明史》卷一百五十九《列传第四十七》、《畿辅通志》卷五十九）

二十二日，束鹿王宗彝生。原名王伦，字表纶，别号守拙，又号留耕。保定府束鹿人（今河北省辛集市），大学士王文之子。英宗复辟后，王文、于谦被杀，全家戍边，王伦改名王宗彝。明宪宗继位，为王文平反，并归还所籍家人。成化二年（1466），登进士，授户部主事，历郎中，出理辽东兵饷。太监汪直东征时，督饷有劳，升太仆寺少卿。弘治年间，累官至南京礼部尚书。卒谥安简。（马廷用《资政大夫南京礼部尚书赠太子少保谥安简王公传》《畿辅通志》卷七十四）

六月

名儒薛瑄以签事提督山东学政职，由京师赴任，通津驿有诗记："六月官船发潞阳，水村烟树共微茫，天门忽已如天上，只见青山一带长。"（《薛文清公年谱》）

十月

邢台张瑛（1376—1436）卒。张元忭《馆阁漫录》卷二："十月癸亥朔[①]。丙寅，礼部尚书兼华盖殿大学士张瑛卒。瑛字子玉，顺德府邢台人。洪武丙子，由乡贡士授陕西宁州训导调武德卫，再调宿迁县。永乐戊子，秩满九载，特擢吏科给事中。宣宗皇帝时为皇太孙，始亲学，遴选儒臣，俾司伴读，瑛与焉。仁宗皇帝践祚，升春坊中允。未几，升谕德，寻改洗马。宣宗皇帝继统之初，录瑛旧劳，升行在礼部右侍郎。宣德改元，迁左侍郎兼华盖殿大学士，入典内阁机务。丁未，升尚书，仍兼职。预修太宗、仁宗皇帝实录，为总裁官，既而调南京礼部。甲寅，

① 杨溥《赞善大夫礼部尚书兼华盖殿大学士邢台张公瑛墓碑》记卒在"秋九月"。

丁外艰，诏起复之，赐御制诗十余轴，楮万缗。至是卒，年六十二，遣官祭葬。”雷礼《国朝列卿纪》卷四十二：“瑛于经史善讲解，其侍宣宗，每于帝王传授心法与夫修齐治平切要之言，汉唐以下人君行事可为劝惩者，必反复敷陈之。以是，日见亲厚，先后赐赉攸（尤）多，当起复入见，时宣宗特出亲制诗词并缗钱二千锭赐之，退而陈之，语人曰：‘古人云“稽古之力”，予亦云。’然性宽厚，喜愠不见，待人接物一以真率为本，推让贤能，僚采协和，平居嬉嬉然，若无所介意，以此人称道之，而亦嘉其遭际之为盛云。”廖道南撰《殿阁词林记》卷一：“廖道南曰：‘予观国史，谓瑛仪观魁梧，持己庄重，文章政事非其所长，予窃惑焉。大浑朴多木强老成类，迟钝恂恂若不能言者，藏辩于讷，蹇蹇若无能为者，晦巧于拙，然则子玉若是班乎？迹其所言岂其然乎？’赞曰：‘俚哉，子玉历践清阶，扈日青宫，上应星台，排云华盖，中纾眷怀，彼何人斯已焉哉！’”

本年

盐山王翱任右佥都御史，镇守江西。张廷玉《明史》卷一百七十七《列传第六十五》：“英宗即位，廷议遣文武大臣出镇守。擢翱右佥都御史，偕都督武兴镇江西，惩贪抑奸，吏民畏爱。”唐鹤征撰《皇明辅世编》卷一：“正统元年，镇守江西，刚果孤介，去华就实，植善良，抑奸贪，风采凛然。未几，巡盐浙江，祛除土豪，监法以理。”

大兴刘中敷任户部尚书，六年免。雷礼《国朝列卿纪》卷三十二：“正统元年，召升户部尚书。初户部自宣德、洪熙以前，重熙累洽，宇内晏然，且干戈甫定，宗室未蕃，军职尚少，经费无几，国用有余。又法网未密，财利无制。自正统初，西虏阿台朵儿只怕寇甘肃，边患渐兴，中敷于先事措，理非其所长；但性恬淡不戾于利，颇知节以制度。”

京师韩定以儒生选入翰林院习学夷字。过庭训《明分省人物考》卷一：“韩定，字世安，号静庵。其先居广平威县（今属河北省邢台市），曾祖某洪武初从征有功，升锦衣卫千户，因家京师。定生而质确，好学不倦。正统元年，以儒生选入翰林院习学夷字。”

宁晋曹鼐充经筵讲官，赐三品章服。（张廷玉《明史》卷一百六十七《列传第五十五》）

束鹿王文迁陕西按察使。（张廷玉《明史》卷一百六十八《列传第五十六》）

束鹿王骥奉诏议边事，越五日未奏。帝怒，执其与侍郎邝埜下之狱。（张廷玉《明史》卷一百七十一《列传第五十九》）

香河奈亨还京。（雷礼《国朝列卿纪》卷三十六）

正统二年

（公元1437年　丁巳）

二月

涿州李仪（？—1437）死于狱中。张廷玉《明史》卷一百五十九《列传第四十七》："督粮参政刘琏不职，仪劾之。琏乃诬仪淫乱事。适参将石亨欲奏镇守中官郭敬罪，先咨仪。仪误缄咨牒于核饷主事文卷中，户部以闻，致亨、敬相奏讦。诏仪、琏自陈，而切责敬等。琏止停俸二岁。仪虽引罪，自负其直，词颇激，遂被劾下吏瘐死，正统二年二月也。仪居官廉谨，边人素德之。闻其死，建昭德祠以祀。"

十五日，东安施纯生。施纯（1437—1485）[①]，字彦厚，顺天府东安（今河北省廊坊市安次、广阳之地）人，成化二年（1466）进士，改翰林院庶吉士，授户科给事中，升鸿胪寺少卿、寺卿。因熟悉礼度得宠，得擢礼部右侍郎、尚书，再加太子少保，升迁之快，前所未有。成化二十一年闰四月，卒于官。（焦竑《国朝献征录》卷三十三《礼部尚书施纯传》）

三月

天津卫城内置静海县武学。嘉靖《河间府志》卷四《宫室志》："静海县武学，在天津卫城内，正统二年三月置。户部主事孟玘撰《创建武学明伦堂记》：天津三卫昔未有学。正统纪元，圣天子嗣位之初，以武臣子弟皆将继其祖父之职业以效用于时，不可不素养而预教之。乃命天下凡武卫悉建武学而立之师，选武生与军之俊秀者充弟子员。于是，天津卫及左右卫始有学。首掌学事则司训曲阜李君赐也。"

四月

二十四日，京师陈壮生。陈壮（1437—1504），字直夫。原籍浙江山阴，先祖因违法被派戍卫交趾，后调京卫，故寓居京师。本年中进士，授南京御史。因家丧，致仕归乡十余年。弘治中，被举荐，起官福建。上任二年，又请求致，被留，

---

① 又有记宣德十年（1435）生，此处从《成化二年进士登科录》所记。

再升为河南副使。如此者多次，终以致仕归。（《明史》卷一百五十九《列传第四十九》、孙承泽《畿辅人物志》卷五）

五月

甘、凉数寇乱，边将屡失利。束鹿王骥被命往，边境肃然。张廷玉《明史》卷一百七十一《列传第五十九》："二年五月命骥往，许便宜行事。骥疾驱至军，大会诸将，问'往时追敌鱼儿海子，先退败军者谁'。佥曰'都指挥安敬'。骥先承密旨戮敬，遂缚敬斩辕门，并宣敕责都督蒋贵。诸将皆股栗。骥乃大阅将士，分兵画地，使各自防御，边境肃然。"李贤《古穰集》卷十一："先是敌帅阿勒坦多尔、济巴勒军横于塞下，今皇上即位之明年，特遣公往视师，许以便宜行事。公至，见沿边城堡不坚，将无纪律，叹曰：'边防如此宜乎?'敌至翊日，大集官兵问曰：'往年出兵遇敌于鱼儿海，首先退缩者为谁?'咸曰：'都指挥安敬!'即命左右引出斩之，一军为之股栗。又誓于众曰：'自今遇敌，有不前者罪如之。'号令一新，兵威大振。既而敌帅巴图博啰入侵庄浪，公即遣都指挥魏荣授以方略率兵剿之，遂擒其部落以还，敌始知惧，遁走。公阅甘凉军冗，曰：'兵贵精强。'乃退其三之一。"

八月

束鹿王骥还京，得皇帝亲自慰劳。（雷礼《国朝列卿纪》卷四十七）

本年

盐山王翱被召回都察院。（张廷玉《明史》卷一百七十七《列传第六十五》）

沧州马昂升监察御史，后升云南道监察御史，所至有政声。孙承泽《畿辅人物志》卷三："正统丁巳，用廷臣荐，升监察御史，巡历所至，风裁凛然。"雷礼《国朝列卿纪》卷三十二："习典制仪章，有才略，不安于萎懦降趋。正统丁巳，用廷臣荐，升云南道监察御史。朗爽持大体，奉命整饬宣府、大同偏头关兵备及巡按陕西、淮扬、徽州等处，所至有声，宽猛相济，不为渊察。"

万全贺钦生。贺钦（1437—1510），字克恭，自号医巫闾山人，人称医闾先生。万全卫（今河北省张家口市内）人。[①] 其先祖为浙江定海县人，因戍边落户义

① 此处记据《畿辅人物考》卷之一《理学》："近从《舆地考》始知公隶万全卫，深幸为吴乡得此真儒。"据此知，孙奇逢以为其是万全卫人。另，一般史志多记其为义州卫人。义州卫，明代初年置，属辽东（今辽阳市）都指挥使司。

州（今辽宁省义县）卫。明成化二年1466年中进士，授户科给事中。后授陕西参议，抚治商洛，以母老多病辞。拜陈献章为师，精五经四书之学，老而好易。隐居医闾山下，有《医闾先生集》传世。（孙奇逢《畿辅人物考》卷之一）

正统三年

（公元1438年　戊午）

正月

柬鹿王文转右副都御史，巡抚宁夏兼理军务。（张廷玉《明史》卷一百六十八《列传第五十六》）

三月

北京国子监助教李洪言国学事宜。《明英宗实录》卷四十：正统三年三月，“北京国子监助教李洪言三事：‘一、国学乃养育天下贤才之所，粤自肇建北京，南北分为二监，例以南人入南监，北人入北监。原人情所居，固适风土之宜，论用人任事，实有繁简之异。切照北京内外诸司，所用监生，俱于北监选取，不惟北人精通书算者少，抑且在监人数差遣不专。乞敕该部，今后南人岁贡，愿入北监者，许之，则贤才遂观国之心，京师获多贤之用；一、师儒人才之表率，育贤兴化，实此之由。昔在洪武中，本监学官，悉如常朝官，例给赐牙牌悬带，所以崇国学而重儒臣也。其后被言官所论，革去。乞照洪武中例，仍赐悬带，庶俾文教增重，礼仪周至；一、国子监所用膳夫，有各州县粮佥者，有为事囚充者。其间粮佥者历年既久，因得隐避差徭，囚充者亦有刺字窃盗，一概混处国学。乞敕该部，自后以粮佥充者，悉准诸司皂隶例，令其一年一代。以事发充者，其系窃盗刺字之徒，宜责输役他所，不得概发本监，溷污学宫。’上命行在礼部议行之。”

山海卫郑己生。郑己（1438—?），原籍浙江宁波府鄞县（今浙江省宁波市鄞县）人，后山海军籍。成化元年中顺天府乡试第八名，下年中进士，授监察御史，又历任陕甘巡按等。（本书编纂委员会《山海关志》第十二章）

春

俄阿台复入寇，柬鹿王䮾任督军随征，转战千余里。论功，䮾兼大理寺卿，支二俸。寻召还，理部事。张廷玉《明史》卷一百七十一《列传第五十九》："俄阿台复入寇。帝以任礼为平羌将军，蒋贵、赵安为副，骥督军。三年春，偕诸将出塞，以贵为前锋，而自与任礼帅大军后继，与贵约曰：'不捷，无相见也。'贵击敌石城，敌走兀鲁乃。贵帅轻骑二千五百人出镇夷，间道兼行，三日夜及之。擒左丞脱罗，斩首三百余，获金银印各一，驼马兵甲千计。骥与礼自梧桐林至亦集乃，擒枢密、同知、佥院十五人，万户二人。降其部落，穷进至黑泉。而赵安等出昌宁，至刁力沟，亦擒右丞、达鲁花赤三十人。分道夹击，转战千余里，朵儿只伯远遁。论功，贵、礼皆封伯，而骥兼大理卿，支二俸。寻召还，理部事。"

八月

顺天乡试之夕，场屋起火，诏再试。《弇山堂别集》卷八十一："是岁，顺天初试之夕，场屋火，旋灭。试卷有残缺者，有司惧，不敢请更试，欲请修场屋，以终后两试。鹤龄曰：'必更试然后可以涤弊而不枉士子。'有司具二说以进，诏更试日。"

涿州殷谦中顺天乡试解元。张弘道、张凝道《皇明三元考》卷四："顺天殷谦，涿州人。治春秋，己未进士，仕至太子少保，户部尚书。"

九月

四日，清苑李友直（1369—1438）以疾卒于官。杨荣《资政大夫行在工部尚书清苑李公墓志铭》："正统戊午九月四日，以疾卒于官，讣闻上为嗟悼，赐棺谕祭，仍敕有司营葬事。其子昉卜以是月二十有七日举柩归葬于邑。其乡之原吏部尚书郭公与君同里，交久且厚，遂具述君之世系、履历之详，请铭于予。惟君为人谦和坦直，自筮仕迄今几四十年，小心慎密，弗逾礼度；待人接物，一以至诚；处宗党姻戚，各尽其道。人有善则称之不置，有过为之掩覆，冀其自改。禄俸有余悉均于族人，乡里有以不给，告者即损赀赒之。教诸子事耕读以足衣食，余无他营。"王鸿儒《掾曹名臣录·李友直》："其临事有条理而体恤下情，所行悉公。是以，人从事集，讪诽不兴，而屡举承劳锡（赐）焉。为人坦夷闿敏，虽不与物竞，而持己正直，亦不屈于物，有恤人之心，施济弗恡，与人言必归于忠厚，有之官往辞者，必勉以爱民之政，与人交悃款缓急率得其力。度量有容，属司之贪诡者，以友直长者数欺慢之，友直虽知弗校，清议以是益重之。其卒也，上赐祭，命工部营葬，礼部祭祀。公卿以下皆往祭之。"

冬

安平张凤授户部右侍郎，由主事而进侍郎者，于明前所未有。（雷礼《国朝列卿纪》卷三十四）

本年

东安齐章生。齐章（1438—1495），字廷璧，号慎轩，顺天府东安县（今河北省廊坊市安次、广阳之地）人。成化二年（1466）中进士，授户科给事中。后转鸿胪寺丞，进少卿、太常寺卿。累抗章论陈时政得失，以激直忤旨下狱。（《孝宗实录》卷九十九）

香河奈亨，升光禄寺卿。（雷礼《国朝列卿纪》卷三十六）

正统四年

（公元 1439 年　己未）

三月

涿州殷谦中进士，授南京户部主事。（雷礼《国朝列卿纪》卷三十二）

夏

以京城草厂出纳多弊，敕安平张凤巡督。（雷礼《国朝列卿纪》卷三十四）

冬

盐山王翱往捕处州贼，靖商巴之乱，得赏赐。张廷玉《明史》卷一百七十七《列传第六十五》："四年，处州贼流劫广信，命翱往捕，尽俘以还。是年冬，松潘都指挥赵谅诱执国师商巴，掠其财，与同官赵得诬以叛。其弟小商巴怒，聚众剽掠。命翱及都督李安军二万征之。而巡按御史白其枉，诏审机进止。翱至，出商巴于狱，遣人招其弟，抚定余党，而劾诛谅，戍得，复商巴国师。松潘遂平。"雷礼《国朝列卿纪》卷二十四："己未，四川松藩番贼为患，命将征之。翱奉制参赞军务，威声大振，贼惧，率所部来降。翱出，上赐白金三十两、宝钞三千贯，易买羊酒犒劳之。酋首商巴等感悦，尽邀各部落生番一十八寨来归受约束，地方获宁。"

本年

束鹿王文转右副都御史巡抚宁夏兼理军务。（廖道南撰《殿阁词林记列传》卷一）

据《正统四年进士登科录》，本年顺天府进士登科情况如下：

第二甲 1 名，赐进士出身。姓名及履历分别为：

殷谦，贯顺天府涿州，民籍。州学增广生。治《春秋》。字文扮，行三，年二十三，十二月初一日生。曾祖良輔。祖克恭。父礼，任陕西西安府儒学教授。母路氏。具庆下。兄纲、让。娶王氏。顺天府乡试第一名，会试第十三名。

第三甲 6 名，赐同进士出身，姓名及履历分别为：

马经，贯直隶河间府景州东光县，匠籍。国子生。治《诗经》。字用常，行一，年三十，四月二十三日生。曾祖德昭。祖视远，工部主事。父訚如。嫡母李氏。母鲍氏。重庆下。弟纶、纲、纪。娶徐氏。云南乡试第七名，会试第六十一名。

何子聪，贯直隶河间府景州吴桥县，民籍。县学生。治《书经》。字友闻，行一，年三十三，十一月十五日生。曾祖彦中。祖克敬。父福原，阴阳训术。母李氏。重庆下。兄宽。弟子安、子荣、子宁、子智。娶张氏。顺天府乡试第三十五名，会试第五十六名。

张斌，贯直隶广平府永年县，民籍。府学增广生。治《礼记》。字文质，行一，年二十五，正月十二日生。曾祖才，元任驿丞。祖成。父宗颜。母毕氏。具庆下。娶郭氏。顺天府乡试第二十八名，会试第八十名。

王锐，贯直隶永平府迁安县，民籍。府学生。治《易经》。字允威，行四，年二十七，十二月初五日生。曾祖克中。祖可敬。父通，河南许州判官，致仕。嫡母刘氏。母赵氏。具庆下。兄钦、铎、钊。娶傅氏。顺天府乡试第二名，会试第八十九名。

李时，贯直隶真定府真定县，民籍。府学生。治《书经》。字习之，行三，年三十四，九月十八日生。曾祖珏。祖思诚，庐州府知府。父纲。母萧氏。永感下。兄贵昭。娶王氏。顺天府乡试第二十一名，会试第八十六名。

王彧，贯直隶大名府开州，民籍。州学生。治《书经》。字秉文，行一，年三十四，十一月二十九日生。曾祖元善，元任河中府同知。祖辅。父勉。母班氏。继母马氏。重庆下。弟文、信、僖、仪、伸。娶李氏。顺天府乡试第六名，会试第七十六名。

正统五年

（公元1440年　庚申）

二月

因杨荣、杨士奇举荐，宁晋曹鼐进入文渊阁，参预机务。《御批历代通鉴辑览》卷一〇三："王振至内阁，语杨士奇、杨荣曰：'朝廷事久劳公等。公等皆高年，倦矣。当若何？'士奇曰：'老臣尽瘁报国，死而后已。'荣曰：'不然。吾辈衰残，无以效力。当择后生可任者，报圣恩耳。'振喜面退。士奇咎荣，荣曰：'彼厌吾辈矣。一旦内中出片纸，令某人人阁，且奈何？及此时进一二贤者，同心辅政，尚可为也。'士奇以为然。翌日，列愉、鼐及侍讲学士苗衷、侍讲高谷名以进。愉、鼐遂先被擢用。"

京师段正生，少颖悟。过庭训《明分省人物考》卷一："段正，字以中，号介庵。家世出山西泽州，宣德间，其祖始籍锦衣，居京师。正为文敏瞻，七岁赋鹦鹉，已有奇句。"段正（1440—1498），字以中，号介庵。原籍泽州（今山西省泽州县），宣德间，其祖籍锦衣，居京师。成化二年（1466）进士，由知县拜御史，两奉河南、江西巡按之命，迁浙江按察司副使，擢江西左参政、御史。年五十八而卒。于书无所不读，核博深厚。著有《介庵集》三十卷、《宦游纪》十卷、《柏台公案》十五卷、《课程日记》三卷。（过庭训《明分省人物考》卷一）

本年

束鹿王文被召为大理寺卿。（张廷玉《明史》卷一百六十八《列传第五十六》）

正统六年

（公元1441年　辛酉）

正月

束鹿王骥总督军务大发东南诸道兵十五万讨云南麓川宣慰使思任发叛乱。濒行，帝赐王骥等金兜鍪、细铠、蟒绣绯衣、朱弓矢。张廷玉《明史》卷一百七十一《列传第五十九》：“六年正月，遂拜蒋贵平蛮将军，李安、刘聚为副，而骥总督军务，大发东南诸道兵十五万讨之。刑部侍郎何文渊、侍讲刘球先后疏谏，不纳。濒行，赐骥、贵金兜鍪、细铠、蟒绣绯衣、朱弓矢。骥请得以便宜从事。驰传至云南，部署诸将，遣参将冉保由东路趋孟定，大军由中路至腾冲，分道夹击。”雷礼《国朝列卿纪》卷四十七：“先是云南麓川宣慰使思任发叛，累征不利，大学士杨士奇等议远夷不足较，只为耕守计，太监王振不从，骥阿其意，主用兵。辛酉春，复命蒋贵率诸道兵往讨之，仍命骥总督军务，赐以明铠雕弓，蟒龙绯袍以壮其行。比至，闻贼在大侯州，即遣都指挥马让授成算以往，斩首数百级，余贼遁去。”

春

安平张凤改南京户部右侍郎。（雷礼《国朝列卿纪》卷三十四）

七月

增顺天府乡试录取名额二十名，至一百名。《明英宗实录》卷八十一：“正统六年秋七月丙午，顺天府尹姜涛奏：‘本府八月乡试，例取举人八十名。近者浙江等布政司并应天府举人，俱视常例有增，惟顺天府仍旧。然本府与应天府，俱有监生并各处儒士吏典应试，乞准应天府例增二十名。’从之。”

八月

辛未，命行在翰林院学士钱习礼、编修萨琦为顺天府乡试考官，赐宴于本府。（《明英宗实录》卷八十二）

盐山王翱接替陈镒镇守陕西，当时军民借贷粮食有不能偿还的，均核实后免除。（张廷玉《明史》卷一百七十七《列传第六十五》）

河间程信以《易经》举顺天府乡试。（刘文和《兵部尚书程襄毅公墓志铭》）

固安王复中顺天府乡试。（嘉靖《固安县志》）

十一月

束鹿王骥督师云南平乱。张廷玉《明史》卷一百七十一《列传第五十九》：“是年十一月，与贵以二万人趋上江，围其寨，五日不下。会大风，纵火焚栅，拔之，斩首五万余级。进自夹象石，渡下江，通高黎贡山道。闰月至腾冲，长驱抵杉木笼山。贼乘高据险，筑七垒相救。骥遣参将宫聚、副将刘聚分左右翼缘岭上，而自将中军奋击之，贼大溃，乘胜至马鞍山。”

十二月

束鹿王骥云南平乱，贼首父子逃遁。张廷玉《明史》卷一百七十一《列传第五十九》：“逾月，抵贼巢。山陡绝，深堑环之。东南面江，壁立不可上。骥遣前军觇贼，败其伏兵。贼更自间道立栅马鞍山，出大军后。骥戒军中无动，而令都指挥方瑛以六千人突贼寨，斩首数百，复诱败其象阵。会东路军冉保等已合木邦、车里、大侯诸土军，破乌木弄、戛邦诸寨。遣别将守西峨渡，防贼轶，刻期与大军会。骥乃督诸将环攻其七门，积薪纵火。风大作，贼焚死无算，溺江死者数万人。思任发携二子走孟养。获其虎符、金牌、宣慰司印及所掠腾冲诸卫所印章三十有奇。犁其巢穴，留兵守之而还。”雷礼《国朝列卿纪》卷四十七：“是岁冬，分道并进，会弓上江以火攻之，因风纵火，斩获无算，贼首父子逃遁不可得，荡平其窠寨。捷闻，敕奖劳，召北还。”

本年

大兴刘中敷以事忤权奸，罢户部尚书。（雷礼《国朝列卿纪》卷三十二）

束鹿王文与刑部侍郎何文渊录在京刑狱，寻迁右都御史。（张廷玉《明史》卷一百六十八《列传第五十六》）

东安施礼改本部为南京刑部，下年致仕。（雷礼《国朝列卿纪》卷五十七）

正统七年

（公元1442年　壬戌）

三月

河间程信中礼部会试，比廷试，赐进士出身。（刘文和《兵部尚书程襄毅公墓志铭》）

南宫白圭赐进士及第，授江西道监察御史。此前，南宫士未有中举者，由进士而授御史也久未有。雷礼《国朝列卿纪》卷四十七：“白圭，字宗玉。先世河南磁州人，经乱徙隆庆州。祖进忠仕元，为千户，因避地又徙真定之南宫，后遂为南宫人。自幼天资英伟，识度过人。登正统壬戌进士，除监察御史。先是，南宫士未有中科者，有之，实自白圭始；至是，进士久未有即授御史者，有之亦自圭始。圭持宪秉律，恒存大体，尝奉命，监出塞捕虏军及巡山西。”

昌黎张文质举进士，授工科给事中。程敏政《资德大夫正治上卿太子少保礼部尚书掌通政使司事昌黎张公墓志铭》：“始公侍学于沙涧，早卒，遗腹得公，赖王夫人亲抱育之。少长，遣入县为生员，公茹悲苦不堪而刻意问学，期自立以亢其宗。正统辛酉，遂举京闱乡试第二人。明年，登进士第，授工科给事中。”

宝坻芮钊中进士，观政都察院，后授河南道，得能声。过庭训《明分省人物考》卷一：“芮钊，字宗远，其先世居应天溧阳。父琦徙家顺天之宝坻，遂为宝坻人。正统壬戌登进士，观政都察院，掌院事者见钊姿宇魁梧，及试刑名辄出伦辈，甚器之。奏请遴选进士为御史，得二十有四人，钊其首也，授河南道，未几掌道事。是道分隶皆剧司，兼考覈郎署以下及畿内百职政绩，激扬有方，考察明允，一时声名籍甚。”

广平马显中进士，授户科给事中。（雷礼《国朝列卿纪》卷五十三）

固安王复中进士，擢刑科给事中，谨厚识大体。（雷礼《国朝列卿纪》卷六十二）

四月

东鹿王骥遣师讨西南维摩之乱。张廷玉《明史》卷一百七十一《列传第五十九》：“明年四月遣偏师讨维摩土司韦郎罗。郎罗走安南，俘其妻子。传檄安南，缚之以献。”雷礼《国朝列卿纪》卷四十七：“时蛮贼郎罗造衅于维摩州，乃遣指挥万诚先声率士兵讨之。贼溃散，郎罗逃之安南，复传檄谕之边人，遂函其首来献。广南富州土官侬郎与沈政仇杀十余年，乃宣谕朝廷恩威，两仇顿释。”

五月

东鹿王骥班师回京，受封赠犒赏。《明史》卷一百七十一《列传第五十九》：“五月，师还。帝遣户部侍郎王质赍羊酒迎劳，赐宴奉天门。封推诚宣力武臣、特进荣禄大夫、上柱国、靖远伯，岁禄千二百石，世袭指挥同知，赐貂蝉冠玉带。”

八月

东鹿王骥被命总督云南军务，率军图缅甸，再讨思任发。《明史》卷一百七十一《列传第五十九》：“是年八月复命骥总督云南军务，帅参将冉保、毛福寿以往。未至而思机发遣弟招赛入贡，缅甸亦奏获思任发，要麓川地。朝廷不纳其贡，且敕骥图缅甸，骥因请济师。”雷礼《国朝列卿纪》卷四十七：“未几，思任发窜入缅甸，谋复叛。上曰：'劳卿再一行尔。'复总诸军至金齿遣人促缅甸送思任发至军前，缅人佯诺不遣，骥曰：缅人党贼不可不加兵，乃至腾冲分为五营，与蒋贵及都督沐昂分督以进，木邦宣慰使统兵万余驻于蛮江浒，观我兵容，骥责以忠义，赏以牛酒，遂感悦而退。缅人拥众大至，密令贵率兵匝江而下，焚其舟数百艘，大战一昼夜，贼溃，首恶又遁去不可得。捷闻，召班师，加禄三百石。"

冬

盐山王翱提督辽东军务。张廷玉《明史》卷一百七十七《列传第六十五》："七年冬，提督辽东军务。翱以军令久驰，寇至，将士不力战，因诸将庭谒，责以失律罪，命左右曳出斩之。皆惶恐叩头，愿效死赎。翱乃躬行边，起山海关抵开原，缮城垣，浚沟堑。五里为堡，十里为屯，使烽燧相接。练将士，室鳏寡。军民大悦。又以边塞孤远，军饷匮，缘俗立法，令有罪得收赎。十余年间，得谷及牛羊数十万，边用以饶。"

本年

新乐马谨改吏部验封郎中，秉公不阿势要，用人悉遵常格，无敢越者。（张廷玉《明史》卷一百七十二《列传第六十》）

清苑张谦生。张谦（1442—1493），字益之，保定府清苑县人，成化二年进士，除礼科给事中，晋都始事。签长谏垣，遇峙政阕失，每进说，有裨峙政。得上眷，特升鸿胪寺左少卿，官至南太璞少卿，卒于官，年五十二。（程敏政《大中大夫资治少尹南京太仆卿张公神道碑铭》《篁墩集》卷四十七、焦竑《国朝献徵录》卷七十二）

据《正统七年进士登科录》，本年顺天府进士登科情况如下：

第二甲4名，赐进士出身，姓名及履历分别为：

王复，贯顺天府固安县，军籍。县学生。治《书经》。字初阳，行四，年二十七，五月初十日生。曾祖逊。祖得玉。父骐，州同知掌舞阳县事。母杨氏。继母许氏。慈侍下。兄徽、径、徧。弟德、徼、征。娶齐氏。顺天府乡试第十一名，会试第九十名。

翟敬，贯顺天府大兴县，匠籍。府学生。治《书经》。字致恭，行三，年二十五，八月初六日生。曾祖子寿。祖能可。父文英。母陈氏。具庆下。兄忠、义，弟信。聘徐氏。顺天府乡试第三十八名，会试第一百四十三名。

干璠，贯顺天府霸州，民籍。府学生。治《春秋》。字廷玉，行二，年二十四，正月初十日生。曾祖文理，祖仲璇，父时中，母褚氏。重庆下。兄璩，弟琳、玭、理。聘翁氏。顺天府乡试第五十三名，会试第一百三十二名。

韩雍，贯顺天府宛平县，民籍。府学生。治《诗经》。字永熙，行一，年二十一，十一月初九日生。曾祖彦杰，祖举一，父贵，母赵氏。具庆下。弟睦。娶王氏。顺天府乡试第五十九名，会试第一百二十四名。

第三甲 12 名，赐同进士出身，姓名及履历分别为：

廿泽，贯直隶大名府开州，军籍。州学增广生。治《诗经》。字洪济，行一，年二十七，二月十二日生。曾祖周臣。祖汝为。父本忠。母丘氏。继母郝氏。具庆下。弟润、澄。娶卢氏。顺天府乡试第□□□名，会试第六十七名。

马显，贯直隶广平府广平县，民籍。县学生。治《易经》。字文明，行二，年二十六，七月初八日生。曾祖驷，祖德，父祯，母段氏。具庆下。兄宗，弟容、宝、富。娶武氏。顺天府乡试第三名，会试第六十四名。

毕鸾，贯直隶真定府井陉县，民籍。府学生。治《书经》。字冲霄，行三，年三十九，四月初四日生。曾祖诚，祖思中。父贵，莒州学正。母李氏。永感下。兄麟、凤，弟鹏，娶焦氏。顺天府乡试第十三名，会试第七十名。

芮钊，贯顺天府通州宝坻县，民籍。国子生。治《书经》。字宗远，行二，年三十五，五月十六日生。曾祖宏甫，祖仲琚，父琦。嫡母陈氏。生母陈氏。具庆下。兄贵清，弟鉴、钟、铜。娶许氏。顺天府乡试第七十二名，会试第二十名。

刘怀，贯顺天府大兴县，富户籍。国子生。治《诗经》。字以德，行一，年三十，五月初九日生。曾祖宝二，祖仲善，父升宗，母李氏。具庆下。弟鉴。娶于氏。顺天府乡试第四十八名，会试第五十九名。

董昱，贯顺天府通州漷县，民籍。县学生。治《诗经》。字文昭，行二，年三十二，十二月十二日生。曾祖成，祖恭，父子和，母张氏。慈侍下。兄暹。娶武氏。顺天府乡试第三十一名，会试第一百十二名。

王凯，贯直隶保定府庆都县，民籍。县学生。治《书经》。字舜举，行三，年二十九，正月二十九日生。曾祖士安，元唐县县丞。祖郁，沂州永丰仓大使。父俊，母刘氏。慈侍下。兄名、原。娶李氏。顺天府乡试第五十名，会试第一百一十七名。

李侃，贯顺天府东安县，民籍。县学增广生。治《礼记》。字希正，行三，年三十六，九月初九日生。曾祖彦闻，元翰林承旨，封楚国公。祖继本，元进士。父东，行人司左司副，致仕。母陈氏。具庆下。兄俣、伸，馆陶县学训导。娶张氏。顺天府乡试第四十六名，会试第五十八名。

张文质，贯直隶永平府昌黎县，民籍。县学生。治《诗经》。字允中，行一，年二十二，六月十七日生。曾祖继和。祖广，陕西庄浪卫仓大使。父鉴。母杨氏。慈侍下。娶王氏。顺天府乡试第二名，会试第一百二十九名。

白圭，贯直隶真定府冀州南宫县，民籍。县学生。治《易经》。字宗玉，行三，年二十四，四月二十九日生。曾祖文举。祖进忠。父友谅。母郭氏。继母何氏。具庆下。兄钦、璇。弟瑄、珍。娶秦氏。顺天府乡试第四十六名，会试第四名。

刘让，贯直隶河间府沧州，民籍。州学生。治《诗经》。字伪谦，行二，年三十，月初九日生。曾祖彦和。祖通甫。父浩。母李氏。慈侍下。兄敬。娶王氏。顺天府乡试第十二名，会试第九十三名。

薛干，贯直隶真定府赵州临城县，民籍。县学生。治《诗经》。字景廉，行一，年三十二，十二月初八日生。曾祖敬，祖弘友，父志刚，母员氏。具庆下。弟彬、端。娶张氏。顺天府乡试第九十七名，会试第四十九名。

正统八年

（公元1443年　癸亥）

二月

初四日，景州孙博生。孙博（1443—?），字约之，河间府景州（今河北省衡水市景县）人。初为历城教谕。成化十四年（1478）中进士，授礼科给事中。官至山西按察佥事而致仕。（《畿辅通志》卷七十二）

五月

東鹿王骥发檄缅甸令送交思任发。张廷玉《明史》卷一百七十一《列传第五十九》："八年五月复命蒋贵为平蛮将军，调土兵五万往，发卒转饷五十万人。骥初檄缅甸送思任发。缅人阳听命，持两端。"雷礼《国朝列卿纪》卷四十七："未几，思任发窜入缅甸，谋复叛。上曰：'劳卿再一行尔。'复总诸军至金齿，遣人促缅甸送思任发至军前，缅人佯诺不遣，骥曰：'缅人党贼不可不加兵。'乃至腾冲分为五营，与蒋贵及都督沐昂分督以进。"

九月

十七日，任丘李桀生。李东阳《莱州府知府李君桀墓志铭》："君姓李氏讳棨，字从质，其先望于陇西。元季有讳成者，居凤翔。国朝永乐中，徙河间之任丘为巨族。考讳溥登陕西乡荐，累官山东东昌府学教授，赠儒林郎光禄寺丞。生四子，君其长也。生而凝重不浮，儒林公邃易学，历湖蜀秦鲁间，多所迁就，因以授君。君补县学生，提学阁御史禹锡，赏所为文，试必居首，游从至四十余辈，任丘士多业儒，传易者实自君始。”（焦竑《国朝献征录》卷九十六）李棨（1443—1509），字从质，河间府任丘县（今河北省任丘市）人。少从父教，治《易经》。成化十四年（1478）戊戌科三甲进士。次年任南直隶上海县知县，勤政爱民，政绩卓著，因丁忧去职。当地百姓立祠祭祀，又入祀名宦祠。服阙后，升任光禄寺丞，又升光禄寺少卿。官至莱州府知府。乞休，特进山东参政致仕。

冬

东鹿王骥率军趋者蓝，破思机发巢，其父首恶独脱去。张廷玉《明史》卷一百七十七《列传第六十五》：“是年冬，大军逼缅甸，缅人以楼船载思任发觇官军，而潜以他舟载之归。骥知缅人资木邦水利为唇齿，且虑思机发将以献其父故仇之，故终不肯献思任发。骥乃趋者蓝，破思机发巢，得其妻子部落，而思机发独脱去。”雷礼《国朝列卿纪》卷四十七：“木邦宣慰使统兵万余驻于蛮江浒，观我兵容，骥责以忠义，赏以牛酒，遂感悦而退，缅人拥众大至，密令贵率兵匝江而下，焚其舟数百艘，大战一昼夜，贼溃，首恶又遁去不可得。捷闻，召班师，加禄三百石。”

本年

设永定卫儒学，遵制同西北诸卫，制与县埒。康熙《永定卫志》卷二《文教》：“天下郡邑皆有学，惟卫学设自胜国。然附府州之卫所又无学，惟北直、山东、山西、陕西、福建、四川贵州七直省，在边之卫所六十七学外，楚亦有四学，盖荆楚之地，苗蛮徭獠所丛聚，威之以武，又必绥之以文，使革心而向化也。永定之学，礼仪师生与县学等，武弁之余子，司峒之秀彦，皆许入学，彬彬然化为文物之区焉。”

涿州李敩任吏部左侍郎。雷礼《国朝列卿纪》卷二十九：“正统八年[①]，召为吏部左侍郎，协王文端公直，持衡公平，人有定守，后以疾卒于官。”

沧州马昂升刑部右侍郎，未几改右副都御使，参赞甘肃军务，虏不能犯。雷

① 《英宗实录》卷一百三十三记在正统六年。

礼《国朝列卿纪》卷三十二："癸亥，行在刑部狱禁失严，囚因劫狱逃窜。尚书以下咸禁锢迹捕，乃升昂右侍郎，未几改右副都御使，参赞甘肃军务，日夕讲求边务，谨斥堠明烽火，筑城设险，声势联络，虏不能犯。"

盐山王翱升任右副都御史①。（唐鹤征撰《皇明辅世编》卷一）

束鹿王文代陈鉴抚镇陕西。（廖道南撰《殿阁词林记列传》卷一）

京师韩定授鸿胪寺序班。（过庭训《明分省人物考》卷一）

正统九年

（公元 1444 年　甲子）

正月

宁晋曹鼐由翰林侍讲升为本院学士。张元忭《馆阁漫录》卷二《正统九年》："正月辛亥朔。壬戌，以大祀礼成，上御奉天殿，大宴文武群臣及四夷朝使，特命翰林侍讲曹鼐升殿班，列学士之下。乙丑，升翰林侍讲曹鼐为本院学士。先是，鼐入内阁参预机务，至是升之。鼐具疏辞，上不从。"

三月

少师、兵部尚书兼盖华殿大学士杨士奇卒于京。士奇名寓，以字行，江西泰和县人。《英宗实录》卷一百一十四："士奇处心公正，论事存大体。在上前有德者，必扶，有过者必掩。取人必先德行而后才能。且博询于众论，故所荐皆名士。为人秉谦执虚，薄利笃义。文章谨严有法，议论往返，卒归于理表，然为一世之望。临终自志其墓云：'越自授官，所觊行道，心存体国，志在济人，惟理无穷，而学殖未充；事有至难而智虑弗逮。故进慕陈善，退勤省躬，而施以公，而守以约，始终一意，夙夜不忘。'考之平日，盖无愧其言云。"

秋

束鹿王驥被命与都御史陈镒巡延绥、宁夏、甘肃诸边。张廷玉《明史》卷一百七十一《列传第五十九》："明年召还，加禄三百石，命与都御史陈镒巡延绥、

① 张廷玉《明史》卷一百七十七《列传第六十五》亦如此记，雷礼《国朝列卿纪》卷二十四记："癸亥，九载秩满，升左副都御史。"

宁夏、甘肃诸边。”雷礼《国朝列卿纪》卷四十七：“壬戌秋[①]，北虏近边，上复命出巡，仍许便宜行事，乃自宁夏抵甘肃，凡寨堡烽堠悉增修之，仍授边将以破贼，及练兵方略。事竣，还京。”

本年

本年考绩。松江百姓5000多人列名上书请求安肃赵豫留任知府，巡按御史上奏朝廷，命令增两个品级还任。（张廷玉《明史》卷二百八十一《列传第一百六十九》）

唐县寇深升山西按察副使，至则访民隐，清吏敝，绳顽剔蠹，不畏强御。后，奉命行县录囚，察其情可矜疑者，悉平反之，凡活五十余人。条上边务数十事，多见施行。（焦竑《国朝献征录》卷五十四）

安次纪谆以父忧归乡，哀毁成疾，于本年卒，年七十六。葬于大纪庄，当地尚存残断墓碑。（马钟英、马钟琇《安次县志》卷六）

束鹿王文出视延绥、宁夏边务。劾治定边营失律都督佥事王祯、都督同知黄真等罪，边徼为肃。（张廷玉《明史》卷一百六十八《列传第五十六》）

固安王复授刑科给事中。（嘉靖《固安县志》）

正统十年

（公元1445年　乙丑）

春

朝廷对众官进有考核，开始树立卓异的典型。时任松江知府的安肃赵豫与蠡县杨瓒都被选中，皇帝赐宴及礼服。杨瓒，生卒不详，保定府蠡县（今河北省保定市蠡县）人。永乐末年（1424）中进士，知赵城县，业绩为山西省最突出，破格提拔为风阳知府。建议礼部增设附学，天下学校有附学生，自此开始。后擢升浙江右布政使，逝于任上。（张廷玉《明史》卷一百六十一《列传第四十九》）

① 疑此为误记，实当为本年甲子秋。

三月

宁晋曹鼐充廷试读卷官，后擢吏部右侍郎兼翰林学士。廖道南撰《殿阁词林记列传》卷三："乙丑，廷试读卷，得商辂为第一，是岁陟吏部右侍郎，仍兼学士。"

任丘边永中进士，授行人司行人。李杰《封都察院右佥都御史前户部郎中边公永神道碑》："公讳永，字仕远，少业儒，不恃荫废学，入邑庠。遂以书经领正统辛酉乡荐，第乙丑进士，拜官行人。"（焦竑《国朝献征录》卷三十）

滹县董方中进士，试政兵部。闻父卒，急归，极哀毁。服阕，授大理左寺副。周洪谟《刑部尚书董公方墓志铭》："公讳方，字仲矩，姓董氏。其先太原忻州人，高祖讳提礼，曾祖讳才友，祖讳兴，考讳政，皆乐肥遁，后祖考以公贵，皆累赠资政大夫、刑部尚书。叔祖都永乐中，应召募徙居滹阴。公父母偕来，公生于旅次，暨长随叔祖还忻，识先人兆域，复归滹阴为县庠生。正统甲子荐秀京闱，乙丑登进士第，试政兵部。闻父疾革，急归，父既瞑目，复苏而喜，俄顷卒。公哀毁屡绝，水浆不入口者五日，寝苫枕块，不食酒肉者三年。服阕，授大理左寺副。"（焦竑《国朝献征录》卷四十四）

江阴卞荣中进士，试政大司马，后官户部主事员外郎郎中、南畿监税河西务等职，有文名于京畿。薛章宪《前户部郎中卞公荣墓志铭》："公讳荣，字华伯，姓卞氏。甫二十以明经中正统乙丑进士第，试政大司马，历官户部主事员外郎郎中，能为古歌诗，客京师邸舍，卷册填委几上，每公退食，辄磨墨泚笔，顷刻就数十篇，初若不经意，而人或抵死所不能道也。尝奉上命检校戎马，南畿监税河西务，干办金沙洲公事，所至皆能其官，驱驰中外二十年，稍以鞅掌为烦，后归陶城私第，尽取古人书读之，益肆力于诗，隐然名动吴越间。"（焦竑《国朝献征录》卷三十）

顺义李宾中进士，授浙江道御史。（雷礼《国朝列卿纪》卷七十二）

九月

涿州李敩（？—1445）卒。《英宗实录》卷一百三十三："（正统十年九月辛卯）吏部左侍郎李敩卒。敩，字居学，顺天府涿州人。永乐初，诏开北京国子监，敩以郡痒生被选。时仁宗以皇太子居守北京，发策以奉圣德安民生为问，敩以敬对，擢居第一，赐衣一袭、钞四十锭，命为监生首。久之，授京卫经历，升礼部主事，屡护驾巡幸及北征。十五年，迁祠祭员外郎. 奉使陕西。还，奏关中旱甚，诏如所言赈之。又明年，升江西左参议，寻改四川。洪熙初，入朝，奏除四川岁买茶课。宣德五年，奏请松潘边饷宜从近地转输以便民，得许著为令。秩满，迁右参政。正统初，升右布政使。疏言军食盐待民运不便，宜从军自请给，从之。及奏罢岁造水战鞍等军器，丁母忧，家居。又奏成都各处抽分物货局及盐井岁久淡竭，宜定减课额，皆从之。夺情复任。六年，以大臣举迁吏部左侍郎。至是，疽发于首，朝迁遣医往视。及卒，命有司谕祭，为治坟葬。敩，刚直勤慎。在蜀十余年，不以家随，政绩著闻，蜀人称之。及居吏部，人望有不足云。”

十月

诏选六科官，河间程信授吏科给事中。程敏政《资德大夫正治上卿南京兵部尚书兼大理寺卿赠太子少保谥襄毅程公事状》：“乙丑十月，诏遴选六科官，著其令曰：行止端庄，人物丰伟，语言正当，学识优长。吏部阅诸进士，而以公一人名上，授吏科给事中。”

十二月

初十，河间程敏政生①。程敏政（1445—1499），字克勤，中年后号篁墩，又号篁墩居士、篁墩老人、留暖道人。程信之子，祖籍安徽休宁，因先祖杜寿被谪河间府，故籍于此②。10 岁时，以“神童”被荐入朝，由皇帝下诏，就读于翰林院，成化二年中一甲二名进士，为同榜三百五十余人中最少者。历官左谕德，直讲东宫。孝宗嗣位，擢少詹，直经筵，官终礼部右侍郎。后涉徐经、唐寅科场案被诬鬻题而下狱。出狱后，愤恚发痈而卒，赠礼部尚书。学识渊博，为一时之冠，史称：“学问该博称程敏政，文章古雅称李东阳，性行真纯称陈音，各为一时冠。”（张廷玉《明史》卷二百八十六《列传第一百七十四》）

---

① 此处所记依《成化二年进士登科录》记其时年二十二岁，以之上推而得（详见下文）。安徽大学 2003 届硕士论文刘彭冰撰《程敏政年谱》记为正统九年十二月十日，主要依据为《篁墩文集》卷六十三有“成化癸巳腊月十日，予生盖三十年矣”之语，且诗云：“渐愁华发镜中生，三十年来数贱庚。未拂朝衣渐戏彩，每沾宫醞想遗羹。传声自愿如春好，守训何妨似水清。忽记夜深芸间梦，渡江称寿最分明。”又，《篁墩文集》卷八十一有“小女以乙巳岁腊月八日生，与予生辰隔一日，人以为奇”。《明史》卷二百八十六《列传第一百七十四》记其“十岁侍父官四川，巡抚罗绮以神童荐”。其父程信入蜀任官在景泰七年（1456），与“十岁”差距大，不取。

② 据程敏政《资德大夫正治上卿南京兵部尚书兼大理寺卿赠太子少保谥襄毅程公事状》，敏政父程信于正统辛酉（1441）举顺天府乡试，壬戌（1442）中礼部会试，乙丑（1445）十月，授吏科给事中，丙寅（1446）二月，以父忧去。故推知，程敏政极有可能生于京师。程敏政曾自称“仆徽人也而寓于瀛”（《篁墩集》卷 53《与何宪使廷秀书》）“瀛”为河间的古称。成化十四年程敏政奏请归省云：“臣原籍直隶徽州府休宁县人，直隶沈阳中屯卫官籍。”（《篁墩集》卷 10《奏乞省亲》）沈阳中屯卫，明隶河间府，“在府治东南，永乐元年建”，今属河北沧州河间市。因此，本书视程敏政为寓居河间。

本年

束鹿王文代陈镒镇守陕西，平凉、临洮、巩昌饥，奏免其租。寻进左都御史。（张廷玉《明史》卷一百六十八《列传第五十六》）

固安王复以奏对洪亮，特升左参议，补通政司之缺官。（雷礼《国朝列卿纪》卷六十二）

新乐马谨升湖广右布政使。（张廷玉《明史》卷一百七十二《列传第六十》）

据《正统十年进士登科录》，本年顺天府进士登科情况如下：

第二甲3名，赐进士出身。姓名及履历分别为：

崔玙，贯顺天府宛平县，官籍。府学生。治《诗经》。字宗器。行一，年二十四，三月十五日生。曾祖士原，元都水监丞，赠太仆寺少卿。祖奎，太仆寺少卿。父佑，母郭氏。重庆下。弟瓒、瑺。娶董氏。顺天府乡试第七十六名。会试第八十五名。

李宾，贯顺天府顺义县，民籍。国子生。治《诗经》。字廷用，行二，年三十，二月二十七日生。曾祖福受，祖仁敬。父容，海宁县知县。母卢氏。具庆下。兄贤。弟宝、贯。娶杨氏。顺天府乡试第四十一名。会试第一百九名。

张春，贯直隶真定府真定县，民籍。县学生。治《书经》。字时中，行一，年三十四，十一月十五日生。曾祖义，祖敬祖，父俊，母韩氏。具庆下。弟晏、升、晟。娶刘氏。顺天府乡试第四十九名。会试第七名。

第三甲9名，赐进士出身，姓名及履历分别为：

赵昂，贯永清左卫左所，军籍。顺天府学军生。治《诗经》。字伯颙，行一，年二十四，六月初八日生。曾祖士达。祖源清，常山中护卫正千户。父杰，羽林前卫正千户。母张氏。具庆下。弟昱。娶李氏。顺天府乡试第三十五名。会试第六十四名。

吕正，贯直隶真定府晋州，民籍。州学生，治《书经》。字孟端。行二，年二十五，正月初五日生。曾祖伯文、祖成、父杰，仓大使。母刘氏，继母董氏。具庆下。兄敬，弟敏、孜。娶刘氏。顺天府乡试第七十四名。会试第三十六名。

董方，贯顺天府滦县，民籍。县学生。治《书经》。字中矩，行一，年三十，八月初七日生。曾祖友才。祖兴。父政。母张氏。具庆下。弟直。娶张氏。顺天府乡试第五十五名。会试第九十六名。

刘琏，贯顺天府大兴县，民籍，府学增广生。治《书经》。字宗器。行三，年二十五，九月初二日生。曾祖达，赠户部尚书。祖正，赠户部尚书。父中敷，户部尚书。母梁氏，封夫人。具庆下。兄玘、瑛，弟琛、理。娶房氏。顺天府乡试第六十七名。会试第六十三名。

边永，贯直隶河间府任丘县，军籍。国子生。治《书经》。字仕远，行二，年四十二，八月二十二日生。曾祖汉兴。祖友成。父福聚，任百户。母李氏。具庆下。兄礼。弟甫、序。娶郑氏。顺天府乡试第七十九名。会试第一百二十三名。

黄绶，贯直隶顺天府平谷县，军籍。县学生。治《易经》。字文玺，行二，年四十二，七月二十九日生。曾祖进卿。祖仲礼，兖州府司狱。父义，母王氏，继母潘氏。严侍下。兄经。弟纶。娶张氏。顺天府乡试第三十三名。会试第一百三十一名。

高安，贯直隶广平府威县，民籍。县学增广生。治《诗经》。字子宁，行一，年二十六，十月初九日生。曾祖文礼。祖勤。父清，本县医学训科。母张氏。具庆下。弟宣、富、宾、容。娶杨氏。顺天府乡试第二十二名。会试第一百三十六名。

沈纪，贯顺天府宛平县，匠籍。国子生。治《易经》。字文振，行二，年二十八，十一月十八日生。曾祖德兴，祖时中，父崇善，母梁氏。重庆下。兄纲。娶吴氏。顺天府乡试第四十名。会试第六十九名。

李和，贯直隶永平府迁安县，匠籍。府学生。治《易经》。字时中，行二，年二十八，七月二十六日生。曾祖善后，祖伯安。父贵，嫡母刘氏，生母张氏。具庆下。兄泰。娶王氏。顺天府乡试第九十六名。会试第八十三名。

正统十一年

（公元1446年　丙寅）

二月

释奠先师孔子，遣吏部左侍郎兼翰林学士曹鼐行礼。（张元忭《馆阁漫录》卷二《正统十一年》）

一日，涿州田景贤生。杨廷和《荣禄大夫太子太保礼部尚书掌太常寺事赠太子太傅西郭田公墓志铭》：“公讳景贤，字宗儒，号西郭。先世保定府涞水县人，曾祖行简，洪武初徙居顺天之涿州，遂占籍焉。”“公自幼聪颖，早通大义，未冠遭父艰，哀毁欲绝，丧葬咸如礼，乡人知焉。”“正德己卯六月二十三日，偶以疾卒，距生正统丙寅二月一日，春秋七十有四。”田景贤（1446—1519），字宗儒，号西郭，保定府涿州（今河北省涿州市）人。成化十一年（1475）进士，历户科给事中、通政参议，官至礼部尚书。时刘瑾窃弄权柄，陷害大臣，田景贤刚正自持，不阿权贵。后加太子少保，署太常寺事。景贤居官四十余载，廉谨如一日，死时至无资治丧，时人颇称清贫。

二十七日，东安李德恢生。沈榜《宛署杂记》三："李德恢，侃子。成化己未进士，历官严州知府。严俗健讼，公摘发如神，民莫敢欺，讼因以简。每单骑亲历田间，视土所宜，教以池塘沟洫之法。访严子陵后，复其家，俾奏祠事，民咸德之。仕终参议。所著有《节庵集》。子铭昊、光霁，俱登进士第。铭昊历礼部主事、户部员外、工部郎中，终参议，所至有声，著《洪范要旨》《道学指南》《兵家机要》等书，时称有父祖之风。光霁仕终南京寺副。"李德恢（1446—?），字叔恢，顺天府东安（今河北省廊坊市区）人，李侃子。成化十一年进士，历官大理左寺正谳、威州知府、浙江参政等。著《节庵集》二卷，纂修有《严州府志》二十三卷。（沈榜《宛署杂记》三、程敏政《送太守李君考绩还严州序》）

三月

十六日，故城马中锡生。孙绪《沙溪集》卷六《资善大夫都察院左都御史东田先生马公行状》："公生于正统十一年三月十六日。幼警颖不群，三岁识字，八岁能赋小诗。时处州方为唐府长史，王多不法。处州每谏，不能为委曲语，王怒处州，械送京师。姚淑人以下，皆下之狱，公以幼免。分巡刘佥事按部适至，公具牒投诉，辞语清辩若成人。刘悯泣，乃诣王，晓譬怵以法。王悟，家得释。公依母走讼于朝，事卒得白。"马中锡（1446—1512），字天禄，号东田。河间府故城（今河北省衡水市故城县）人。成化十年（1474），参加乡试高中第一，一年后中进士。曾任刑科给事中、大理右少卿、兵部侍郎等职。为人刚直，因得罪宦官和贵戚被削职入书狱。曾统兵镇压刘六刘七农民起义军，因主张招抚，下狱死。长于散文，其文横逸奇崛，成就颇高。根据传说而创作的寓言故事《中山狼传》，写东郭先生以"兼爱"之心救狼，险被狼所害，说明对狼一样的恶人绝不可讲仁慈或抱任何幻想。亦工诗，善写景，尤长于借景抒怀、感叹兴亡。"其体格早类许浑，晚入刘长卿、陆龟蒙之间。"著《东田漫稿》6卷、《别本东田集》15卷、《宣府志》10卷存世。（张廷玉《明史》一百八十七卷《列传第七十五》、钱谦益《列朝诗集小传》丙集）

七月

宁晋曹鼐入内阁，多决大事，为士林所重。雷礼《国朝列卿纪》卷八："鼐自正统十一年七月以吏部左侍郎兼翰林院学士为元辅，至正统十四年八月扈英宗睿皇帝征胡，没于土木，凡三年。”李贤《天顺日录》：‘予榜状元曹鼐为人疏通爽俊，初为校官不乐，愿得繁剧一职。改泰和典史，益进学不倦。复修举子业，遂登进士第。西杨先生嘉其志，荐入经筵，复入阁秉政，士林荣之。自东杨没后，议大事多决于鼐，明敏之才相类焉。虽王振恣横，亦曲加礼敬。’”

少保、礼部尚书兼武英殿大学士杨溥卒于京。杨溥，字弘济，湖广石首县人。《英宗实录》卷一百四十三：“溥在内阁，与士奇、荣皆杨姓，时号三杨。三人者，各有所长，士奇有学行，荣有才识，溥有雅操，天下引领望焉。溥尤谦恭小心，趋朝循墙而走，儒之淳谨者也。”

八月

香河奈亨与朝臣王直、赵新等相争斗，遭惩处。二十五日，吏部尚书王直、右侍郎赵新、光禄寺卿奈亨等下狱。时奈亨谄事王振，被擢为户部侍郎。奈亨曾与吏部郎中赵新有隙，心怀怨而构陷之，涉及王直与侍郎曹义，一并下狱。三法司及六科廷鞫，奈亨论斩，王直、曹义、赵新俱流放。英宗原宥王直、曹义，夺赵新、奈亨之俸，不久释复奈亨职。奈亨，字彦通，生卒不详，顺天府香河人。燕王起兵后，预守北平。以守城劳授修武县丞。英宗正统初，累迁为光禄寺卿，谄事太监王振。升户部左侍郎，仍掌寺事。以奸赃事下狱坐死，蒙宥致仕。

本年

唐县寇深剿抚松潘夷乱。孙承泽《畿辅人物志》卷三：“丙寅，四川松潘夷乱，守臣请出师剿之，朝廷念抚治非其人，乃命廷臣卜之，签谓深可，即日升右佥都御史以往，遂破贼寨，擒其渠魁，送京师，诸番詟伏，继后入贡不绝。”彭时《资善大夫都察院左都御史赠少保谥庄愍寇公深墓表》：“在官未三载，会四川边夷弗靖，须才臣以制之。佥谓公宜，上即日召拜都察院佥都御史，俾镇松潘，抚治苗夷。公至严号令，信赏罚，激励士卒，修筑关隘、城堡、哨台四百余所，以固边防；平治饷道，开凿山泉，以便利人，且躬诣贼寨，搜擒首恶数十人。归之京师，其余款服者谕以祸福，俾皆向化。苗夷相戒曰：‘公神人也，吾属慎毋犯焉！’自是敛迹业生，屡以方物进献，边境为之晏然。以功最升左副都御史，食二品禄，兼赐银币甚厚。”（焦竑《国朝献征录》卷五十四）

正统十二年

（公元 1447 年 丁卯）

六月

九日，京师李东阳生于京师。李东阳（1447—1516），字宾之，号西涯。祖籍湖广长沙府茶陵，因家族世代为行伍出身，洪武初隶燕山左护卫，后改金吾左卫籍。八岁时以神童入顺天府学。天顺六年中举，天顺八年举二甲进士第一，授庶吉士，官编修，累迁侍讲学士，充东宫讲官，弘治八年以礼部右侍郎、侍读学士入直文渊阁，预机务。立朝五十年，柄国十八载，清节不渝。官至特进、光禄大夫、左柱国、少师兼太子太师、吏部尚书、华盖殿大学士。死后赠太师，谥文正。茶陵诗派的核心人物，主持文坛数十年。为诗文典雅工丽，又工篆书、隶书。著有《怀麓堂稿》《怀麓堂诗话》《燕对录》等。后有清人辑编《怀麓堂集》和《怀麓堂全集》等。（张廷玉《明史》卷一百八十一《列传第六十九》、孙承泽《畿辅人物志》卷五、焦竑《国朝献征录》卷十四）

八月

命翰林院侍读习嘉言、侍讲邢宽为顺天府乡试考官，赐宴于本府。（《明英宗实录》卷一百五十七）

新城刘庆举乡荐，后选授河南道监察御史，威声四震。马中锡《大理寺右少卿刘公庆行状》："公沉毅渊默，重信少许可，不肯脂卓世俗。少游学河间，既成，瀛鄚之士敛手避，莫敢当其锋，遂以易举正统丁卯乡荐。卒业成，均谒选授河南道监察御史。持斧行郡，国威声四震，污吏解绶于范滂，贵戚敛手于鲍恢，有未足多者。"（焦竑《国朝献征录》卷六十八）

宛平莫灏中顺天乡试解元。（张弘道、张凝道《皇明三元考》卷四）

本年

盐山王翱进右都御史。张廷玉《明史》卷一百七十七《列传第六十五》："十二年与总兵曹义等出塞，击兀良哈，擒斩百余人，获畜产四千六百，进右都御史。"

大兴杨善进礼部左侍郎。（过庭训《明分省人物考》卷一）

邯郸贾铨任云南云南左参政，兼大理知府，有善政，为军民颂。本年，左布政使阙，得众望而任，后于此职达十余年之久。张廷玉《明史》卷一百五十九《列传第四十七》：“秩满，出为大理知府。王骥征麓川，馈运有劳。骥荐之。麓川平，擢云南左参政，仍知府事。寻以骥言，还治司事。正统十二年，左布政使阙，军民数万人颂铨，参赞军务侍郎侯琎等亦疏请，铨遂得擢。土官十余部，岁当贡马输差发银及海肥，八府民岁当输食盐米钞。至景泰初，皆积逋不能偿。铨等为言除之。治行闻，赐诰旌异。景泰七年，九载满，当入都，军民乞留。命还任。”

正统十三年

（公元1448年　戊辰）

三月

滦县岳正会试第一，廷试中探花。《尧山堂外纪》：“岳正，字季方，号蒙泉，顺天漷县人。正统戊辰会试，考官误置落卷，侍讲杜宁取第一。廷试前一月，上梦儒、释、道三人来见。至揭晓，状元彭时，由儒士；榜眼陈鉴幼曾为神乐观道童；正为探花，幼曾为庆寿寺书记云。”

博野刘吉中进士，改庶吉士，授编修。张廷玉《明史》卷一百六十八《列传五十六》：“刘吉，字祐之，博野人。正统十三年进士。改庶吉士，授编修，充经筵官。《寰宇通志》成，进修撰。”雷礼《国朝列卿纪》卷十一：“刘吉，字佑之。直隶保定府博野县人，号约庵，自幼动履异常，稍长读书从江右刘御史克彦学，颖敏勤励，甚见称许。正统丁卯登顺天府乡试，戊辰第进士，选入翰林为庶吉士，寻授编修。”

四月

名儒陈献章入国子监读书。阮榕龄《编次陈白沙先生年谱》：“入京赴春闱。四月中副榜进士，告入国子监读书。”

春

東鹿王骥被命总督军务，帅师十五万人往伐云南思机发叛乱。张廷玉《明史》卷一百七十一《列传第五十九》：“当是时，缅人已以思任发来献，而思机发窃驻孟养地，屡遣使入贡谢罪。中外咸愿罢兵。振意终未慊，要思机发躬入朝谢。沐斌帅师至金沙江招之，不至。谕孟养执之以献，亦不听命。于是振怒，欲尽灭其种类。十三年春复命骥总督军务，宫聚为平蛮将军，帅师十五万人往。”

十一月

罢怀来、怀安、龙门等儒学。（《国榷》卷二十七）

颁历，夏冬二至昼夜各六十一刻。翰林院编修岳正提出异议：“求诸古历家，无有也。以私智揆之，国其摇乎！”（《国榷》卷二十七）

十二月

景州戈瑄生。戈瑄（1448—1519），字良玉，别号蓚溪，河间府景州人（今河北省景县）。成化十一年（1475）进士及第，授河南嵩县知县。后迁广东道监察御史督通州仓、广东道监察御史。弘治七年（1494）擢升四川按察司兵备副使，又任山东按察使、浙江右布政使。正德年间，任江西左布政使、南京都察院右副都御史与左副都御史、京刑部右侍郎与左侍郎、南京刑部尚书等职。正德十年（1515），上书致仕未被批准，诏赐祖父母、父母、夫人诰命荣身。正德十四年（1519），再次上书申请致仕，获准，于当年病逝。（雷礼《国朝列卿纪》卷五十九）

本年

擢临漳石璞为工部尚书。（汤斌《拟明史稿列传二十七》）

据《正统十三年进士登科录》，本年顺天府进士登科情况如下：

第一甲第三名，赐进士及第。姓名及履历为：

岳正，贯顺天府通州漷县，军官籍。国子生。治《书经》。字季方，行三，年三十一，十月初九日生。曾祖德甫，祖思铭。父兴，府军前卫指挥同知。嫡母王氏，生母陈氏。慈侍下。兄端；祥，府军前卫正千户。从弟海。娶宋氏。顺天府乡试第六十五名，会试第一名。

第二甲4名，赐进士出身。姓名及履历分别为：

曹鼐，贯直隶真定府赵州宁晋县，军籍。县学生。治《礼记》。字万镒，行四，年二十六，正月初二日生。曾祖克柔。祖廷训，赠吏部左侍郎兼翰林院学士。父祉，赠吏部左侍郎兼翰林院学士。前母孟氏，赠淑人，薛氏，赠淑人，母吴氏，封太淑人。慈侍下。兄鼎；鼐，吏部左侍郎兼翰林院学士；鼒。弟聂。娶韩氏。

顺府乡试第六十四名，会试第六十三名。

刘吉，贯直隶保定府博野县，军籍。儒士。治《礼记》。字佑之，行二，年二十二，八月初一日生。曾祖绍先，祖洁，父辅，母齐氏。重庆下。兄庆。弟宁、泰、亨。聘段氏。顺天府乡试第九十三名，会试第五十八名。

沈义，贯武成后卫，官籍。直隶江都县人。顺天府学武生。治《书经》。字时宜，行一，年二十五，二月二十二日生。曾祖士名，元万户，赠武成后卫指挥同知。祖谅，武成后卫指挥同知。父文。母温氏。重庆下。叔英，武成后卫指挥同知。弟礼、璇、玑。娶孟氏。顺天府乡试第十二名，会试第九十七名。

王勤，贯直隶真定府武邑县，军籍。县学生。治《诗经》。字而勉，行一，年二十九，六月十七日生。曾祖士贞。祖斌，济阳县知县。父循，阜城县学训导。母吕氏。重庆下。娶沈氏。顺天府乡试第七十一名，会试第五十九名。

第三甲九十七名，赐同进士出身。姓名及履历分别为：

王琮，贯顺天府大兴县，民籍。府学生。治《易经》。字良璧，行一，年二十五，十月十七日生。曾祖茂华。祖文诚。父孟宜，钦天监五官司历。母张氏。具庆下。弟巧。娶沈氏。顺天府乡试第四名，会试第一百十一名。

秦敬，贯顺天府涿州，军籍。州学生。治《诗经》。字克恭，行一，年二十八，十一月十九日生。曾祖富，祖仲杰，父文，母沈氏，继母杨氏。具庆下。弟敏、斅。娶刘氏。顺天府乡试第四十六名，会试第九十五名。

彭广，贯顺天府宛平县，富户籍，江西安福县人。国子生。治《春秋》。字深博，行三，年四十，闰四月二十七日生。曾祖仁端，祖名卿，父学旭，母谢氏。慈侍下。兄深资、深规。娶李氏。顺天府乡试第九十九名，会试第一百二名。

王让，贯顺天府宛平县，富户籍，常州府武进县人。国子生。治《诗经》。字克让，行一，年四十，八月初二日生。曾祖茂林，祖志中，父肃，母余氏，继母狄氏。具庆下。弟端。娶朱氏。顺天府乡试第十四名，会试第一百四十九名。

戴昂，贯顺天府怀柔县，民籍。县学生。治《易经》。字时举，行一，年三十八，二月初十日生。曾祖亨，祖成。父俨，河南府学教授，致仕。母许氏。具庆下。弟时荣。娶郑氏。顺天府乡试第二十名，会试第九名。

华显，贯顺天府宛平县，匠籍。府学生。治《诗经》。字用明，行一，年三十一，八月初九日生。曾祖君瑞，祖士清。父昱。母樊氏。具庆下。娶徐氏。顺天府乡试第五十二名，会试第一百二十四名。

周骙，贯顺天府大兴县，富户籍，直隶华亭县人。国子生。治《诗经》。字世良，行二，年一十九，十月二十四日生。曾祖道贤，祖贵义，父彦吉。嫡母黄氏，生母顾氏。具庆下。兄瞵。娶孙氏，继聘杨氏。顺天府乡试第三十九名，会试第四十一名。

成章，贯直隶河间府景州，民籍。州学生。治《诗经》。字文达，行二，年三十八，正月十五日生。曾祖通甫、祖恩、父材。母杨氏，继母刘氏。永感下。兄文贵。弟文友、文礼。娶吴氏。顺天府乡试第九十九名，会试第三十九名。

李泰，顺天香河人，缺。

正统十四年

（公元 1449 年　己巳）

春

安平张凤得赏赐。雷礼《国朝列卿纪》卷三十四："己巳春，赐玺书，嘉劳有清勤公慎之褒，赉以白金文绮。"

二月

二十三日，寓宛平夏昂生。李东阳《通议大夫工部左侍郎夏君昂慕志铭》："君姓夏氏，讳昂，字景德，其先苏州吴县人。国朝洪武初，以闾右徙实南京。永乐间，再徙京师，占籍顺天之宛平。祖仲文、考福敬皆赠通议大夫工部侍郎。君举成化丁酉京闱乡试，甲辰登进士第。丙午，被简为工科给事中。弘治己酉，选右给事中。壬子，迁礼科左给事中。甲寅，擢湖广布政司右参议。久之，始迁福建右参政。正德丙寅，进陕西右布政使，迁南京太仆寺卿。己巳，擢都察院右副都御史，总督南京粮储。庚午，召入为工部左侍郎。甲戌十月十三日，卒。距其生正统己巳二月二十三日年，六十有六。"（焦竑《国朝献征录》卷五十一）夏昂（1449—1514），字景德，号懋齐，南直隶吴县（今江苏吴县）人，占籍顺天府宛平县。成化二十年（1484）进士，授工科给事中，升右给事中，历礼科左、右给事中、湖广右参议、福建右参政、江西左、右布政使、南京太仆寺卿。进右副都御史，总督南京粮储。迁工部左侍郎。为人醇谨刚直，居官以廉著称。（李东阳《通议大夫工部左侍郎夏君昂慕志铭》）

五月

宁晋曹鼐荐举侍讲刘铉、修撰王振等人。廖道南撰《殿阁词林记》卷三："己巳五月戊申，鼐奏侍讲刘铉、修撰王振堪教庶吉士，修撰许彬、郎中潘勤堪督四夷馆，从之。"

七月

河间程信偕廷臣谏止英宗北征。（雷礼《国朝列卿纪》卷四十九）

宁晋曹鼐护驾寻边，至张家口境内。廖道南撰《殿阁词林记》卷三："七月，俄闻额森大举入境，中官王振力请亲征。上命武官英国公张辅等，文官兵部尚书邝埜等，及鼐与侍读学士张益扈从巡边。是月壬寅，车驾次鸡鸣山；癸卯次万全峪，是夕，金星犯亢；甲辰，次怀安，是夕黑气四塞。"

八月

大兴杨善护驾北征，及土木堡，明军溃散，英宗帝被俘，善从间得脱。张廷玉《明史》卷一百七十一《列传第五十九》："十四年八月，扈驾北征。及土木，师溃，善间行得脱。也先将入寇，改左副都御史，与都督王通提督京城守备。寇退，进右都御史，视鸿胪如故。"

宁晋曹鼐（1402—1449）卒。随英宗亲征，遇土木堡之变，乱军中被杀。明景帝继位后，赠少傅、吏部尚书、文渊阁大学士，谥文襄。英宗复位，加赠太傅，改谥文忠，子孙亦得封赠。能诗善文，所撰七言律诗《金山寺》《中秋》较出色。（张廷玉《明史》卷一百六十七《列传第五十五》）廖道南撰《殿阁词林记》卷三："八月辛酉，次土木，命太监吴亮相地布营，阵未定敌已据南河。次日，敌伪退，王振复矫制起营追之，大为蹂躏，我师败绩，死者十余万人，鼐及诸臣五十二员皆死之。景帝闻之，赠鼐荣禄大夫、少傅、吏部尚书、文渊阁大学士，谥文襄，遣官谕祭，官其子恩为大理评事。英宗复辟，加赠太傅，改谥文忠，又官其孙为锦衣百户。"《英宗实录》卷一百八十一："鼐明敏爽阁，临事善断，言议佩侃。事继母，委曲顺从，得其欢心，经筵进讲，明节畅达，启发宸聪，虽左右侍从亦乐闻焉。王振专政，狠愎自和，人莫敢忤，惟鼐随事调护，所言多见从。及上驻跸宣府，鼐力劝勿轻进，振不听。鼐死，人尤惜之。时有传鼐在者，朝廷悬重赏，召人求之，卒不可得。久之，乃知其讹云。"

平谷黄绶护驾死。《畿辅通志》卷七十六："黄绶，平谷人，洪武末以奇童召见，送国学肄业。宣德中，成进士，擢山东道御史。英宗北征，切谏不听，扈驾至土木，死之。"

广平马显护驾北征，几没于阵。（雷礼《国朝列卿纪》卷五十三）

九月

河间程信向景帝疏劾兵将违纪败阵者，荐举薛瑄等人。程敏政《资德大夫正治上卿南京兵部尚书兼大理寺卿赠太子少保谥襄毅程公事状》：“九月，景皇帝即位，公与言官上疏劾兵将扈从者失律败事，诏追罪首，祸及其党。与命公籍录中官王振家事竣，公以国兵新败之余，宜得人才为用，乃上疏荐除名大理卿薛瑄等数人，皆下诏征用之。”

顺义李宾招募民壮，操练以法，逼寇去。雷礼《国朝列卿纪》卷七十二：“己巳，值边关有警，四月，往大同查看虏情。九月，虏寇深入，奉敕招募河南、怀庆诸处民壮，得壮丁万余，操练以法，军威遥振，虏遂遁去。”

十月

也先挟明英宗进犯京师，固安王复自请出迎，以礼部侍郎职出使，不为慑。归，仍理通政司事。张廷玉《明史》卷一百七十七《列传第六十五》：“也先犯京师，邀大臣出迎上皇。众惮行。复请往，乃迁右通政，假礼部侍郎，与中书舍人赵荣偕。敌露刃夹之，复等不为慑。还仍莅通政事，再迁通政使。”雷礼《国朝列卿纪》卷六十二：“十七日，以复为礼部侍郎，中书舍人赵荣为鸿胪寺卿，持羊酒往也。也先其弟伯颜帖木儿擐甲胄操弓矢，太上带刀引复等，前露刃夹之，复等拜讫。也先指却羊酒，取敕是番字。太上取敕是汉字也。也先谓复尔等皆小官，可令胡濙、王直、于谦、石亨、杨善等来。复辞归，时四方兵渐集，虏夜遁，从居庸关出，遗所掠人口牛羊于路以缓追兵，复使还，仍理通政司事。”

河间程信守京西城，言五事皆见采纳，督军援都督孙镗。程敏政《资德大夫正治上卿南京兵部尚书兼大理寺卿赠太子少保谥襄毅程公事状》：“十月，北敌遂犯京师，时中外戒严，廷臣荐公及户科给事王竑谙军事。诏公分守西城，竑分守北城，各赐玺书，有事与中外重臣协议而行。”雷礼《国朝列卿纪》卷四十九：“已而，师溃土木。虏遂南侵，京师戒严，命守西城，上言五事曰：新号令以振军威、募勇敢以备警急、召勤王以遏南侵、设武备以防内变、养锐气以备战守，皆见采纳。虏首也先自西山一带进薄都城，都督孙镗御之失利，乞领众入城。信坚不可，躬督军自城上以火枪礮石鼓噪，为镗援，虏引去。”

广宗崔恭自募民兵勤王。雷礼《国朝列卿纪》卷五十：“己巳，虏酋也先率丑类犯京师，闻之泣曰：‘此臣子效力之秋也！’乃多方集民兵若干，各给器械，委官统领，先期勤王。虏既退，公卿大臣皆以为忠。”

宛平李震被命守东直门。（过庭训《明分省人物考》卷一）

本年

盐山王翱迁左都御史，遭寇偷袭，被罚停俸半年。张廷玉《明史》卷一百七十七《列传第六十五》：“十四年，诸将破敌广平山，进左。脱脱不花大举犯广宁，翱方阅兵，寇猝至，众溃。翱入城自保。或谓城不可守，翱手剑曰：‘敢言弃城者斩。’寇退，坐停俸半载。”

束鹿王骥督师出麓川千里，震怖诸蛮，与思任发少子思陆订盟约。张廷玉《明史》卷一百七十一《列传第五十九》：“明年造舟浮金沙江，蛮人栅西岸拒守。官军联舟为浮桥以济，拔其栅，进破鬼哭山，连下十余寨，坠溺死者无算。而思机发终脱去，不可得。是时，官军逾孟养。至孟那海。地在金沙江西，去麓川千里，自古兵力所不至，诸蛮见大军皆震怖。而大军远涉，骥虑馈饷不继，亟谋引还。时思机发虽遁匿，而思任发少子思陆复拥众据孟养。骥度贼终不可灭，乃与思陆约，立石表，誓金沙江上，曰：‘石烂江枯，尔乃得渡。’遂班师。”

昌黎白弘生。邵宝《浙江都指挥同知白君弘墓志铭》：“君姓白氏，讳弘，字宗大，别号松庵。其先出元部落有把思台者，以功受王封。国初有士颀者始受籍永平之昌黎，君曾祖也。君祖诚从文皇靖难有功，后再以克虏功累升永平卫指挥使。君父廷玉袭，尝推总三千营事，俱赠如君官。母苏氏封太夫人，苏氏娠君有梦祥，既而君生，器宇果异，六岁读书，日记数百言。与群儿嬉，有一误堕沟中者，众奔去，公独垂绳援焉。十三能属文，选补武学生，从翰林刘先生戬受易学，三应科举，更习书经，司马余公子俊、保国朱公永临试弓骂策署，屡优奖之。时京营候参帅者若干人，君为之首。”白弘（1449—1513），字宗大，别号松庵，永平府昌黎（今属北京市）人。十三岁能属文，选补武学生。弘治弘治元年（1488），始开武举，举第二，升署都指挥同知，后被荐举总理神机营事、总浙漕、总督海道、湖广都司等务。雅好吟咏，著有《松庵集》。（邵宝《浙江都指挥同知白君弘墓志铭》）

南宫白圭以能升陕西按察副使。雷礼《国朝列卿纪》卷四十七：“己巳之变，廷议简朝臣有文武才干者俾守要害。圭得泽川募士练兵，悉可就用。会虏退，召还，以能升陕西按察副使。”

大兴刘中敷升太子宾客兼户部左侍郎。（雷礼《国朝列卿纪》卷三十二）

边郡隆里等处发生苗乱，新乐马谨以历练多谋被派总军事，兼督粮饷。（张廷玉《明史》卷一百七十二《列传第六十》）

景泰元年

（公元1450年 庚午）

年初

东鹿王骥佩平蛮将军印带兵破苗。雷礼《国朝列卿纪》卷四十七："景泰初，都督宫聚征湖广，苗贼失利，乃命佩平蛮将军印代总其兵，遂大破苗贼，获其酋，伪称划平王苗虫富槛送京师，余党悉平，振旅而还。复增禄一百石，子孙世袭。"张廷玉《明史》卷一百七十一《列传第五十九》："当是时，湖广、贵州诸苗，所在蜂起，围平越及诸城堡，贵州东路闭。骥至武昌，诏还军讨苗。会英宗北狩，群臣劾王振并及骥。以骥方在军，且倚之平苗，置弗问。命佩平蛮将军印，充总兵官，侍郎侯琎总督军务。已而苗益炽，众至十余万。平越被围半岁，巡按御史黄镐死守，粮尽掘草根食之，而骥顿军辰、沅不进。景泰元年，镐草疏置竹筒中，募人自间道出，闻于朝。更命保定伯梁瑶为平蛮将军，益兵二万人。侯琎自云南督之前，疾战，大破贼，尽解诸城围。而骥亦俘划平王虫富等以献。"

正月

顺义李宾升太仆寺卿，马政为之修举。雷礼《国朝列卿纪》卷七十二："庚午，正月，升太仆寺卿。以扰攘之秋，所重在马，司其政者，必在得人。故有是命，实厘革宿弊，马政为之修举。"

二月

香河奈亨致仕，寻即卒。《英宗实录》卷一百八十九："十四年，病不欲退，力疾视事，惟乞免朝参。虑人以老，乃染白髭为黑。厨役杜清窃笑之，亨怒挞清。清因发其奸赃数事，下狱坐死，蒙宥致仕。至是卒，遣官谕祭。亨为人有才，谓克举职务，弟素无学术，不修士行，惟阿附权贵，狠□自用，稍有拂其意者，辄构讦不少贷。时论薄之。"

四月

河间程信出使册封蜀府华阳王妃。上疏言赈贷畿内流民，复河间府学，邀同僚疏言迎英宗之礼。程敏政《资德大夫正治上卿南京兵部尚书兼大理寺卿赠太子少保谥襄毅程公事状》："景泰纪元四月，充副使持节册，封蜀府华阳王妃。归途适畿内荒歉，民流移相属，上疏言：畿郡安则京师安，请发官廪四出赈贷，仍着令抚民，官以民流之多寡议罪责；又河间县因兵后罢学官，生徒并于府学非便宜，复学育材以见朝廷投戈讲艺之美，皆见采纳。英宗还自敌中，方议奉迎，礼未决。有龚千戶者投密书于学士高谷之家，言礼宜从厚，语渐闻，众相顾未敢发。公曰：'武臣尚知礼，而大臣乃持之不言，谏官又不言之，朝廷无人矣！'乃要同列具疏言之，有旨取其书以入，虽留中不下，而一时正论藉之以伸。"

六月

以边事困窘，令天下纳粟、纳马者入监读书，限千人止，此例监之始。张廷玉《明史》卷六十九《选举志》："例监始于景泰元年，以边事孔棘，令天下纳粟纳马者入监读书，限千人止。行四年而罢。"

命诸处生员于倒马、紫荆关纳粮者，给予冠带，有志科目者，仍许入试。（《明英宗实录》卷一百九十三）

七月

大兴杨善以己家财出使瓦剌，成功劝说也先放还英宗。张廷玉《明史》卷一百七十一《列传第五十九》："时①也先欲还上皇，而敕书无奉迎语，自赍赐也先外，善等无他赐。善乃出家财，悉市彼中所需者，携以往。既至，其馆伴与饮帐中，诧善曰：'土木之役，六师何怯也？'善曰：'彼时官军壮者悉南征，王司礼邀大驾幸其里，不为战备，故令汝得志耳。今南征将士归，可二十万。又募中外材官技击，可三十万。悉教以神枪火器药弩，百步外洞人马腹立死。又用策士言，缘边要害，隐铁椎三尺，马蹄践辄穿。又刺客林立，夜度营幕若猿猱。'伴色动。善曰：'惜哉，今皆置无用矣。'问：'何故？'曰：'和议成，欢好且若兄弟，安用此？'因以所赍遗之。其人喜，悉以语也先。明日谒也先，亦大有所遗，也先亦喜。善因诘之曰：'太上皇帝朝，太师遣贡使必三千人，岁必再赉，金币载途，乃背盟见攻何也？'也先曰：'奈何削我马价，予帛多剪裂，前后使人往多不归，又减岁赐？'善曰：'非削也，太师马岁增，价难继而不忍拒，故微损之。太师自度，价比前孰多也？帛剪裂者，通事为之，事露，诛矣。即太师贡马有劣弱，貂或敝，亦岂太师意耶？且使者多至三四千人，有为盗或犯他法，归恐得罪，故自亡耳，留若奚为？贡使受宴赐，上名或浮其人数，朝廷核实而予之。所减乃虚数，有其

① 《英宗实录》卷一百九十四记在"景泰元年秋七月"。

人者，固不减也。’也先屡称善。善复曰：‘太师再攻我，屠戮数十万，太师部曲死伤亦不少矣。上天好生，太师好杀，故数有雷警。今还上皇，和好如故，中国金币日至，两国俱乐，不亦美乎？’也先曰：‘敕书何以无奉迎语？’善曰：‘此欲成太师令名，使自为之。若载之敕书，是太师迫于朝命，非太师诚心也。’也先大喜，问：‘上皇归将复得为天子乎？’善曰：‘天位已定，难再移。’也先曰：‘尧、舜如何？’善曰：‘尧让舜，今兄让弟，正相同也。’其平章昂克问善：‘何不以重宝来购？’善曰：‘若赍货来，人谓太师图利。今不尔，乃见太师仁义，为好男子，垂史策，颂杨万世。’也先笑称善。知院伯颜帖木耳劝也先留使臣，而遣使要上皇复位。也先惧失信，不可，竟许善奉上皇还。”

八月

大兴杨善迎取英宗归。张元忭《馆阁漫录》卷三《景泰元年》：“八月壬申朔，虏酋也先、伯颜、帖木儿宴饯都御史杨善等。癸酉，太上皇帝驾将启行，虏酋也先为土台，设座于上，率众拜辞，进良马、貂鼠、银鼠皮，其妻妾亦来拜辞。”孙奇逢《畿辅人物考》卷之二《经济·杨忠敏公善》：“岁寒老人曰：忠敏生平无不可相与之人，一圆熟者流耳。而归上皇一事，则忠恳淋漓，作用敏妙。天生此人，总为上皇。故论安社稷之功，于忠肃为首；而归上皇之功，则杨忠敏第一，各完一大件事而已。全副精神，分用则杂。两家舡，两头马，不止误人，且成自误耳！说者曰：‘景泰君臣绝无迎上皇之意，故上皇得以无意而归之。惟景泰君臣为无意，乃见忠敏真有意之人哉！’”

翰林院侍讲学士刘铉、侍讲陈文为顺天府乡试考官，赐宴于本府。卢龙军士刘宣中解元。廖道南撰《殿阁词林记》卷十四《乡试》：“景泰庚午，侍讲学士刘铉主考顺天府，及揭晓，第一人刘宣乃卢龙军士也，同事者欲更之。铉争曰：‘朝廷立贤无方，不可。’乃止。时论韪铉。”

卢龙刘宣中顺天乡试解元。张弘道、张凝道《皇明三元考》卷五：“顺天刘宣。卢龙卫军，江西安福人，字绍和，治《春秋》。辛未进士，选庶吉士，累官南京工部尚书。宣厚重优容，喜怒不形，然性刚直，不苟同于时，在翰林同官多忌之，居太常十一年无躁进色。为祭酒，因其才而成就之，琉球诸国遣子就学，诱导谆至，曰：‘不如是是，遏其良心也。’琉球子弟以金赀，却之至再，其子弟以闻上，命受之。卒赠太子少保，谥文懿。子秉监，正德戊辰进士，时同考官以宣为军士，欲更之。主考刘争曰：‘朝廷立贤，无方不可，乃止。’”

成安李果举于乡，初授山西平阳通判，分理易州厂柴薪。李果，成安（今属河北省张家口市）人，生卒年不详。本年举于乡，初授山西平阳通判，分理易州厂柴薪。官终济南府守。著有《四书音考》《大学明解》《小学摘义》，及《校补卫生宝鉴》诸书版行于世。（过庭训《明分省人物考》卷九）

束鹿贾俊中举人。（雷礼《国朝列卿纪》卷六十二）

九月

河间程信升吏部左给事中。（程敏政《资德大夫正治上卿南京兵部尚书兼大理寺卿赠太子少保谥襄毅程公事状》）

冬

束鹿王骥还，命总督南京机务，以所驭军法教。（张廷玉《明史》卷一百七十一《列传第五十九》）

本年

束鹿王文掌院事，外严内媚，为给事中林聪等劾，下诏狱。张廷玉《明史》卷一百六十八《列传第五十六》："景泰改元，召掌院事。文为人深刻有城府，面目严冷，与陈镒同官，一揖外未尝接谈。诸御史畏之若神，廷臣无敢干以私者，然中实柔媚。初，按大理少卿薛瑄狱，希王振指，欲坐瑄死。至是治中官金英纵家奴不法事，但抵奴罪。给事中林聪等劾文、镒畏势长奸，下诏狱。二人俱伏，乃宥之。"

京师李东阳四岁能作径尺大的书法，被称为神童，明景帝亲自验试，并赐给李东阳果钞。张廷玉《明史》卷一百八十一《列传第六十九》："四岁能作径尺书，景帝召试之，甚喜，抱置膝上，赐果钞。"法式善、唐仲冕《明李文正公年谱》："凌迪知《名世类苑》：东阳四岁能作大书，顺天府以神童荐。入见文华殿，过门限，太监云'神童脚短'，李高声答云'天子门高'。上命给纸笔，作'麟''凤''龟''龙'字；抱置膝上，赐上林珍果及内府镪宝。"

广平马显进都给事中，后转河东都转盐运使。雷礼《国朝列卿纪》卷五十三："景泰初，进都给事中，适权奸用事，显指陈得失，多所裨益，寻忌者出为河东都转盐运使，盐法流通，国计用欲。"

任丘边永使安南，严礼节。李杰《封都察院右佥都御史前户部郎中边公永神道碑》："景泰庚午，使安南，王率其臣馆次迎谒，将拜于阶上。公正色责之曰：'外藩名知礼义者，惟安南与朝鲜耳。今傲慢若此，礼义安在？'众皆矍然，退拜阶下。"

博野刘吉充经筵官，预修《君鉴》。（雷礼《国朝列卿纪》卷十一）

沧州马昂以乞疾忤旨，致仕。（雷礼《国朝列卿纪》卷三十二）

临漳石璞兼大理寺卿往督军务御也先寇，事平进太子太保。（汤斌《拟明史稿列传二十七》）

新乐马谨升左布政，后论平苗乱功，升二品俸。（张廷玉《明史》卷一百七十二《列传第六十》）

景泰二年

（公元 1451　辛未）

二月

东安李侃奏请分南、北取士。《明英宗实录》卷二百一："景泰二年二月癸酉，户科给事中李侃等奏：今年会试，礼部奏准取士不分南北。臣等切惟，江北之人，文词质实，江南之人，文词丰赡，故试官取南人恒多，北人恒少。洪武三十年，太祖高皇帝怒所取之偏，选北人韩克忠等六十一人，赐进士及第、出身有差。洪熙元年，仁宗皇帝又命大臣杨士奇等定议，取士之额，南人什六，北人什四。今礼部妄奏变更，意欲专以文词多取南人。乞敕多官会议，今后取士之额虽不可拘，而南、北之分，则不可以改。"

束鹿贾俊会试不利，后由国子学授山西道监察御史，振纪有为。雷礼《国朝列卿纪》卷六十二："景泰庚午应顺天乡试，会试不利，入太学，肄业需用。吏部尚书王翱选科道专以体貌为主，推擢山西道监察御史，居官廉慎谨饬，不取非义钱，在台能振纪有为。"

三月

浚县王越举进士。唐鹤征撰《皇明辅世编》卷一："二十六举进士。方对策，大廷忽有旋风起，摄其策，云表已而不见，皆怪之。监试御史为请得再给卷。及秋，而朝鲜贡使附越策来而曰：'其王方视朝，有旋风卷一物下者，则进士卷也，敢以闻。'景皇帝阅而得姓名，谓吏部曰：'识之，此当任风宪。'于是擢进士，选得监察御史。"

涞水张鹏中进士，授山西道监察御史，为务能持大体。过庭训《明分省人物考》卷四："张鹏，字腾霄，号拙庵，世为保定涞水人。父榘，官兵部职方主事。鹏幼已负卓异，不与里中群儿嬉，年十四失所怙，继失所恃。虽处茕疚而向学，则勤励不懈，及入邑庠，才思日充。正统丁卯领顺天乡荐，景泰辛未登进士，授山西道监察御史。立朝謇谔有才名，凡百施为务持大体，略苛细常。条奏时事，关民之休戚者十，而人服其切直，朝廷嘉纳，悉下有司施行之，寻按治隆庆等处。”

昌黎周斌中进士，授御史。（孙承泽《畿辅人物志》卷六）

七月

初五，大兴刘机生。刘机（1451—1522）字世衡，号省斋，顺天府大兴县（属今北京市大兴区）人。户部尚书中敷之孙，光禄寺卿琏之子。袭荫为国子生，成化十四年进士，选翰林庶吉士，升修撰，进侍讲经筵。正德二年，升礼部尚书，寻加太子少保，后迁吏部尚书。后起南京兵部尚书，参赞机务。请致仕，家居九年而卒，赠太子太保。为诗文惟取达意，不事雕琢。（孙奇逢《畿辅人物考》卷五、雷礼《国朝列卿纪》卷五十）

九月

河间程信上《中兴固本十事》，建议敬天、求贤、纳谏等。程敏政《资德大夫正治上卿南京兵部尚书兼大理寺卿赠太子少保谥襄毅程公事状》：“辛未九月，公以英庙还自北狩居南宫而朝廷阙朝谒之礼，天象屡变上《中兴固本十事》曰：敬天、求贤、纳諌、谨灾、节用、详刑、选将、练兵、尚俭、隆师。反复数千言，皆切当世务；而敬天一事则请景帝隆孝友之实，以答天心之仁爱。闻者壮之。”

本年

滱县董方迁大理寺左寺正，用法平恕，多雪冤抑。周洪谟《刑部尚书董公方墓志铭》：“景泰辛未，大理卿萧公荐为左寺正。公用法平恕，克雪冤抑。有巨室被盗，东河人蒋杰与盗遇并执之，讷弗能辨，不胜捶楚，遂诬服，公缓其刑讯之，证验皆实，始得免。锦衣旗军铁坚与百户谢海鬬伤脑，夺银簪，官拟白昼夺财伤人者死，公谓事起忿争，非造意攘夺，从轻典。金吾卫卒入内领官铜出，中道窃铜板尺余，觇卒执之，有司拟以盗内库物律斩。公谓物领出非潜入内库盗者，宜论监临自盗，得减从徒。”（焦竑《国朝献征录》卷四十四）

任丘郑宗仁生。郑宗仁（1451—1522），字体元，直隶任丘香城里（今任丘市李各庄东凉村）人，成化二十三年进士，授户科给事中。弘治十七年（1504）转南京太仆寺少卿。正德四年（1509）改光禄卿。正德七年擢右副都御史提督雁门等关兼抚山西。正德九年召为户部右侍郎提督仓场。三年后兼左佥都御史督宣大军饷。正德十六年，世宗即位，以户部尚书总督仓场。嘉靖元年（1522）十一月二十四日卒于官，年七十二。（雷礼《国朝列卿纪》卷三十八）

房山诸生傅宁先陷虏来归，献马求入国子监，从之。（《国榷》卷三十）

唐县寇深归理院事，番人耄稚泣送于道，不忍舍。廷见，慰劳以羊酒。（焦竑《国朝献征录》卷五十四）

宛平李震升通政使司左参议，后改南京通政。（过庭训《明分省人物考》卷一）

据《景泰二年进士登科录》，本年顺天府进士登科情况如下：

第二甲 3 名，赐进士出身。姓名及履历分别为：

李秉彝，贯顺天府大兴县，匠籍。直隶苏州府昆山县人，顺天府学生。治《易经》。字好德。行一，年二十八，二月二十七日生。曾祖云，祖巩，父恭，母毛氏。具庆下。娶王氏。顺天府乡试第六名，会试第五十三名。

李观，贯直隶保定府唐县，民籍。国子生。治《礼记》。字用宾。行一，年一十八，三月十四日生。曾祖时中，祖庚，父达，母刘氏。具庆下。弟用亨、用正、用明、用让、用进、用和。娶牛氏。继娶俞氏。顺天府乡试第五名，会试第一百七十五名。

相杰，贯顺天府大兴县，匠籍。直隶松江府华亭县人，儒士。治《春秋》。字世英。行一，年二十四，七月初二日生。曾祖元，祖国贤，父荣，母鲍氏。具庆下。兄俊。聘刘氏。顺天府乡试第三十七名，会试第十九名。

第三甲 3 名，赐同进士出身。姓名及履历分别为：

王越，贯直隶大名府睿县，民籍。县学增广生，治《易经》。字世昌，行一，年二十六，十一月初五日生。曾祖显道，元金牌千户。祖子忠，阴阳学训术。父颐，阴阳学训术，致仕。母张氏。具庆下。娶孙氏。顺天府乡试第三名，会试第三十三名。

朱锐，贯顺天府通州，军籍。州学生，治《诗经》。字廷钺，行二，年三十一，六月初十日生。曾祖子贵。祖成。父玉。母刘氏。具庆下。兄铭。娶王氏。顺天府乡试第九十三名，会试第一百二十六名。

莫灏，贯顺天府宛平县，民籍。国子生，治《诗经》。字景渊，行一，年二十九，四月初七日生。曾祖子琪，全州知州。祖孟恭。父伯旸。母李氏。重庆下。弟觊、颙。娶金氏，继娶张氏。顺天府乡试第一名，会试第一百八十六名。

杨福，贯直隶永平卫，官籍。永平府学武生，治《易经》。字孟禧，行一，年二十九，四月二十九日生。曾祖鹏飞，元兴州知州。祖成。伯兴，所镇抚，致仕。父旺。母俞氏。具庆下。弟□、祥。从弟清。娶李氏。顺天府乡试第二百十六名，会试第一百八十名。

张鹏，贯直隶保定府易州涞水县，军籍。国子生，治《诗经》。字腾霄，行一，年三十二，十一月初六日生。曾祖思义。祖彝，庆府长史。父架，兵部主事。母初氏。永感下。娶于氏，继娶左氏。顺天府乡试第十四名，会试第一百八十二名。

李胜，贯直隶永平卫，官籍。国子生，治《易经》。字惟吉，行三，年三十二，八月二十八日生。曾祖成。祖虎，永平卫指挥佥事。父广，永平卫指挥使。嫡母闫氏，母刘氏。慈侍下。兄刚。弟英，雄，进。娶曹氏。顺天府乡试第二十七名，会试第七十五名。

李宏，贯直隶保定府蠡县，军籍。国子生，治《书经》。字有容，行四，年三十二，十月二十三日生。曾祖德全，祖执中，父忠信，母刘氏。具庆下。兄顺、云、宽，娶刘氏。顺天府乡试第八十一名，会试第一百九十一名。

杨昶，贯顺天府大兴县，匠籍。浙江仁和县人。府学生，治《诗经》。字来明，行一，年二十六，四月二十六日生。曾祖景元，祖彦殉，父孟仁，母沈氏，继母张氏。具庆下。弟昱。娶周氏。顺天府乡试第二十七名，会试第一百八十九名。

张瑄，贯顺天府大兴县，匠籍，浙江仁和县人，儒士，治《春秋》。字廷玺，行一，年二十五，十一月初六日生。曾祖得中，祖文玉，父义。母黄氏。具庆下。弟珩、琳、琛，娶王氏。顺天府乡试第十七名，会试第一百六名。

郑佑，贯顺天府大兴县，民籍。浙江衢州府常山县人。儒士，治《春秋》。字孔佐，行十，年三十一，三月初十日生。曾祖辰表，祖善同，父景元，母王氏。严侍下。兄伦、亿，弟倘、俊。娶徐氏。顺天府乡试第二十六名，会试第一百二十二名。

黄重，贯顺天府宛平县，富户籍。江西吉水县人，顺天府学生。治《诗经》。字金重，行五，年三十五，八月初三日生。曾祖寿庆、祖学渊、父贵复、母彭氏。具庆下。兄金振、金声、金徽、金鼎，弟金相。娶王氏。顺天府乡试第八名，会试第一百七十七名。

周斌，贯直隶永平府昌黎县，民籍。府学生，治《礼记》。字国用，行三，年三十四，九月十二日生。曾祖正三，祖胜八，父全。前母霍氏，母乐氏。永感下。兄刚、璟。弟广。娶乐氏。顺天府乡试第五十三名，会试第一百三十七名。

景泰三年

（公元1452年　壬申）

正月

大兴杨善加太子太保。（张廷玉《明史》卷一百七十一《列传第五十九》）

二月

十六日，霸州张恕生。张恕（1452—1508），字希仁，顺天府霸州（今河北省霸州市）人。成化十七年进士，初授山东夏津知县，后为南京山西道监察御史。弘治十二年，迁河南按察司副使，专修河道。后迁云南按察使。正德初，擢南京都察院右佥都御史，提督操江，官终南京工部右侍郎。正德三年，卒于官，有廉介名。（焦竑《国朝献征录》卷五十三）

四月

初九，肃宁张泰生。张泰（1452—1513），字世亨，河间府肃宁（今河北省沧州市肃宁县）人。成化十四年进士，授邹县令。晋监察御史，巡视河东盐课，继按苏松。后升陕西副使，饬洮、岷等处兵备。又历按察使、山东右布政使、陕西左布政使、大理卿、刑部左侍郎、右都御史等职。卒于边，赠太子少保、刑部尚书。（《武宗实录》卷一百七十）

束鹿王骥得代宗赐敕书，解除其职务，须定期朝见帝。骥年七十余，仍跃马吃肉，盛情于声妓之中。（张廷玉《明史》卷一百七十一《列传第五十九》）

春

束鹿王文加太子太保，后巡视江、淮北大水；又以高谷疏请，改吏部尚书，兼翰林院学士，入文渊阁参预机务，开二品大臣入阁之始。张廷玉《明史》卷一百六十八《列传第五十六》："三年春，加太子太保。时陈镒镇陕西，将还，文当代。诸御史交章留之，乃改命侍郎耿九畴。南京地震，江、淮北大水，命巡视。偕南九乡议上军民便宜九事。又言徐、淮间饥甚，而南京储蓄有余，请尽发徐、淮仓粟振贷，而以应输南京者输徐、淮，补其缺。皆报可。是时，陈循最任，好刚自用。高谷与循不相能，以文强悍，思引与共政以敌之，乃疏请增阁员。循举其乡人萧维祯，谷遂举文。而文得中官王诚助，于是诏用文。寻自江、淮还朝，改吏部尚书，兼翰林院学士，直文渊阁。二品大臣入阁自文始。”

河间程信复上修君、德慎刑狱、苏民困三事，负雅望，升山东右参政，总理辽东粮饷。程敏政《南京兵部尚书兼大理寺卿赠太子少保谥襄毅程公事状》：“壬申春多雪恒阴，公复上修君、德慎刑狱、苏民困三事，而铨曹除拜有未善者，言之尤力。时公雅负公辅之望，台部阙员多进拟而廷议复以宣府、辽东两镇边饷为重，请增右参政两人督其事，吏部尚书何文渊具公与兵科都给事中叶盛名，诏以公为山东，叶为山西，士论盖不满焉。”过庭训《明分省人物考》卷六：“壬申，升山东右参政，总理辽东粮饷。时巡抚都御史奏管仓官吏卒，盗粮几石以上者死，乃造新斛加二寸付信。信立碎而火之曰：‘使彼真盗，死不足惜！今故为此斛，置人于死地，岂情也哉？’辽平至今能道其事。”

本年

盐山王翱被召回掌管都察院事务，后加授太子太保。浔、梧瑶乱，于谦荐往任两广总督，两广有总督自翱始。张廷玉《明史》卷一百七十七《列传第六十五》：“景泰三年，召还掌院事。易储，加太子太保。浔、梧瑶乱，总兵董兴、武毅推委不任事，于谦请以翁信、陈旺易之，而特遣一大臣督军务，乃以命翱。两广有总督自翱始。翱至镇，将吏善服，推诚抚谕，瑶人向化，部内无事。”雷礼《国朝列卿纪》卷二十四：“翱在边十数年间，设法处置，积银万余两、粮数万石、马千余匹，边用充足，器械鲜利。军士饱暖，人乐于战，所举总兵参将如施聚、焦礼辈，自众中拔起，皆智勇有统驭才，为夷狄所惮，近边建州、毛连及海西诸夷来则厚以款待，去则严加堤备，故老少男妇莫不感翱之恩，而畏其威，皆以王爷爷呼之。”孙承泽《畿辅人物志》卷三：“景泰三年，召还，加太子太保。会两广有蛮寇，议置总督而难其人，兵部尚书于谦曰：‘非王翱不可。’遂命之。明年，蛮平，召还。”

景帝召请京师李东阳讲读《尚书》大义。（张廷玉《明史》卷一百八十一《列传第六十九》）

安平张凤任升本部左侍郎，未几，进本部尚书。南京户部尚书。（雷礼《国朝列卿纪》卷三十四）

广平崔恭升湖广布政使，尽革旧例。（孙承泽《畿辅人物志》卷五）

南宫白圭擢浙江右布政使。（民国二十五年刊《南宫县志》）

滦县岳正迁左赞善兼编修。（王兆云《皇明词林人物考》卷三）

涿州殷谦任通政司右通政。（雷礼《国朝列卿纪》卷三十二）

景泰四年

（公元1453年 癸酉）

二月

东安李延兴之子方曙、方晌主持刻印父所著《一山文集》，卷前有门人李敏、福建侯官县教谕黎颖所撰序。全书共九卷，含诗二卷、序传赞书及杂著七卷，仅为李延兴生前作品的一小部分。李敏《一山文集原序》："今年春，先生之子方曙、方晌访予于金台客邸，酒边询及先生之文，皆览涕而言曰：'先人平日撰述最多，今之所存乃兵灾散落之余，仅二百余篇耳。幸有以序之，敏于先生之文固不敢妄议，姑述其梗概如此。'"

四月

束鹿王文时任太子太保兼吏部尚书翰林院学士，请御史及布按二司回京、各举刺属官，否则罚。（《国榷》卷三十一）

大兴刘中敷（1380—1453）卒。《大明英宗睿皇帝实录》卷之二百二十九："四月乙卯，户部左侍郎兼太子宾客刘中敷卒。中敷初名中孚，顺天府大兴县人。太宗皇帝举兵靖难，中孚以府学生守城有功，授河南陈留县丞，迁工部营缮司员外郎。仁宗皇帝尝命署掌部事，改赐今名。满九载，升江西布政司右参议。宣德二年，迁山东布政司左参政，寻升左布政使。正统初，升户部尚书。尝坐事，枷项于长安门，寻释之。一日被召问，瓦剌来朝其马驼留養于大同者几何？合用草料几何？中敷不能对，遂下狱论死罪。禁锢久之，宥为民，时中官王振方窃威柄故也。景泰初，复起为户部左侍郎，寻兼太子宾客。卒年七十有四，遣官赐祭，命有司具棺殓并营葬事，以其子给事中琏乞恩，复尚书仍兼太子宾客。中敷为人谨约，食不重味，每与僚友会飡，殽品虽多，惟食其近者一味而已。居官几四十年，家无厚赀云。"雷礼《国朝列卿纪》卷三十二："景泰四年卒于官，寿七十四。命复原官，仍兼太子宾客。《一统志》称其所至，以爱人称，亦无愧于官箴云。子琏，举进士，历光禄寺卿，琛历虞衡郎中，孙机历吏部、南京兵部尚书。"

五月

束鹿王文闻母丧，诏以内阁机务至重，命乘传奔丧，即起任事。文两乞终丧，

不允。（张元忭《馆阁漫录》卷三《景泰四年》）

六月

三十日，涿州邓璋生。邓璋（1453—1531），字礼方，号烟村，顺天府涿州（今河北省涿州市）人。成化二十三年（1487）进士，授南昌府推官，升大理寺丞，复勘太监苗达等人功次，务绝知友宾客请托，停勒豪贵冒功者九百余人，时论称快。正德初，曾巡抚辽东、河南、宣府等地，为政严明，智勇公勤，曾有“邓铁面”之称。官终南京户部尚书。正德十六年（1521）六月二十二日致仕，嘉靖十年（1531）十月二十一日卒，赠太子太保。

夏

盐山王翱两广平蛮乱归，召为吏部尚书。唐鹤征《皇明辅世编》卷一：“明年，蛮平，召还台。是年夏，吏部尚书下狱致仕，翱以太子太保兼吏部尚书。”

八月

命顺天府严格审察冒籍入试者。任陈询、吕原为顺天府乡试考官。《明英宗实录》卷二百三十二：景泰四年八月，“礼科给事中张轼奏：‘今顺天府乡试取士，闻各处举保儒士，其间多有文理不通，已为翰林院考黜为民，乃久延京师，冒军民籍入试，以图侥幸。谨敕礼部，转行顺天府严加审察，不许入试。违者连坐其罪。’从之”。

京师耿裕中举人。雷礼《国朝列卿纪》卷二十五：“癸酉，清惠公方以刑部侍郎巡抚于外，裕侍母太夫人居京师，当顺天府举乡试，奏乞就试，遂中其选。”

任丘边镛中举人，选授监察御史。（《南京刑部右侍郎边公镛传》（实录））

九月

命太子太保兼吏部尚书，翰林院学士王文复任，以奔母丧回京也。（张元忭《馆阁漫录》卷三《景泰四年》）

冬

顺义李冰升都察院右副督御史，敕提督永平、山海诸处军务兼总粮储。（雷礼《国朝列卿纪》卷七十二）

本年

京师李东阳跟从老师展毓读书学习，稍长，拜展毓为外傅。《怀麓堂集》卷四五《明故文林郎河南道监察御史展公墓志铭》：“公与家君友且二十年。东阳七岁时，始知读书为文，皆藉公启迪。稍长，因公为外傅，从之游，食饮于公数年。东阳举进士仅五年，而公卒。卒之日，门人进士李绅为状，东阳乃泣而铭之。”

顺义李宾升都察院右副都御史，提督军务，兼巡抚天永平地方。雷礼《国朝列卿纪》卷四十九：“景泰四年，升都察院右副都御史，提督军务，兼巡抚天永平地方。初因己巳土木之变，疆圉孔棘，朝廷敕都御史邹来学提督军务，总理粮储，兼巡抚天永平二府，整饬紫荆、倒马等关边备。”

安平张凤转南京兵部参赞，守备机务。（雷礼《国朝列卿纪》卷三十四）

景泰五年

（公元1454年　甲戌）

正月

命今年会试取人照宣德、正统间例：定额数，分南北中。《明英宗实录》卷二百三十七：“礼部奏：永乐间会试取人，不拘额数，不分南北中。宣德、正统间，定额数，分南北中。景泰二年，依永乐间例。近者工科给事中徐廷章奏准，依宣德、正统间例。今会试在迩，合请圣裁。帝命照宣德、正统间例。”

二月

涞水张鹏监会试，得赞誉。（雷礼《国朝列卿纪》卷四十七）

三月

束鹿王文巡视江南大水，因功进少保，兼东阁大学士，再进谨身殿大学士。张廷玉《明史》卷一百六十八《列传第五十六》：“五年三月，江、淮大水，复命巡视。先是苏、松、常、镇四府粮四石折白银一两，民以为便。后户部复征米，令输徐、淮，凡一百十余万石。率三石而致一石，有破家者。文用便宜停之。又发廪振饥民三百六十余万。时年饥多盗，文捕长洲盗许道师等二百人。欲张其功，坐以谋逆。大理卿薛瑄辨其诬。给事中王镇乞会廷臣勘实，得为盗者十六人置之法，而余得释。还进少保，兼东阁大学士。再进谨身殿大学士，仍兼东阁。”廖道南撰《殿阁词林记》卷一：“甲戌，应天苏松大水，命往巡视，苏人鼓术惑众，互相屠戮，文悉捕获诛之，加少保兼东阁大学士，修寰宇通志，充总裁官，进谨身殿大学士。”

新城杨宣中进士，后拜河南道监察御史。傅珪《礼部左侍郎掌鸿胪寺事杨公宣墓志铭》：“公生而颖拔不群，入县庠为生，累举不中选。叹曰：‘是我造诣未至也。’乃抵京从内翰淳安商公游，学业大进，遂领景泰癸酉乡荐，甲戌登进士第。未几，拜河南道监察御史。公刚毅有气略，每慨然以激扬清浊为己任。”（焦竑《国朝献征录》卷七十六）

雄县侯瓒中进士，授户部主事。（《武宗实录》卷三十四）

高阳田景旸中进士，授山东道监察御史。（《明武宗毅皇帝实录》卷之九）

六月

束鹿王文升太子太保兼吏部尚书、翰林院学士、吏部尚书兼东阁大学士，仍于内阁参预机务。（张元忭《馆阁漫录》卷三《景泰五年》）

十月

初一，迁安才宽生。才宽（1454—1509），字汝栗、汝励，永平府迁安县（属今河北省唐山市）人。本年进士，初迁西安知府。后迁副都巡抚甘肃、又抚陕西，历刑部左侍郎、工部尚书等。后卒于贼乱。（孙奇逢《畿辅人物考》卷三）

十一日，雄县侯观生。侯观（1454—1522）公讳观，字士宾，保定府雄县人。南京兵部尚书侯瓒子。本年举乡荐。第二年第进士，试政户部，又明年授河南登封令。历南京太仆寺少卿、太常寺少卿、户部右侍郎等职。至户部尚书职。四致书乞致仕，正德十六年归里，卒于乡。赠太子少保。其父侯瓒曾官南京工部尚书，父子皆官尚书者，于明为罕。（雷礼《国朝列卿纪》卷三十八、过庭训《明分省人物考》卷四）

本年

京师李东阳再次被景帝召请讲《尚书》大义，并降旨准入顺天府学为诸生。朱景英编《李文正公年谱》：“五年甲戌八岁。景皇帝再召见。案《列朝诗传》云：‘公六岁、八岁两召见讲《尚书大义》，命入京学。’案《公邵先生墓表》云：‘东阳髫时，籍顺天府学为生。’又《陈先生墓志铭》：‘景泰初，东阳以童子奉诏入奉天府学为诸生。’”

安平张凤改户部尚书，为政详慎严明，得“板张”之名。雷礼《国朝列卿纪》卷三十二：“景泰五年，召改户部尚书，时边务方殷，钱谷之费，动以万计，多以不给为忧。凤处之裕如，国用不老而足，又出纳详慎，人以其执法，呼为‘板张’。”

沧州马昂代王翱总督两广军务，兼巡抚便宜行事①，后升右都御史。雷礼《国朝列卿纪》卷三十二：“甲戌，两广夷寇扰攘，朝廷召王翱还为吏部尚书，起昂代总督两广军务，兼巡抚便宜行事，乃大布朝廷威德，帅总兵方岳并士官兵民剿其为暴害者，生致其伪将军周铁盛，盘马蹄等献阙下，上道行人劳以采币宝钞，升右都御史。”

昌黎杜谦中进士，适朝廷欲辑天下郡志为一编，简新进士分往诸藩服，采摭事实。奉命往山东，还授工部都水司主事。（焦竑《国朝献征录》卷五十一）

南宫白钺生。白钺（1454—1510），字秉德，真定府南宫（今河北省南宫县）人。兵部尚书白圭次子。成化二十年（1484）中探花，授翰林院编修。弘治九年（1496），升为翰林侍读。以修《大明会典》成，升为侍讲学士。正德元年（1506），升翰林学士。官礼部右侍郎。再拜礼部尚书。博闻广识，词翰清美。卒后，赠太子太保，谥文裕。著有《怡靖稿》若干卷。（张廷玉《明史》卷一百七十二《列传第六十》、廖道南《殿阁词林记》卷五、雷礼《国朝列卿纪》卷十六）

据《景泰五年进士登科录》，本年顺天府进士登科情况如下：

第二甲10名，赐进士出身。姓名及履历分别为：

高宗本，贯直隶保定府雄县，军籍。镇海太仓卫学军生。治《易经》。字茂卿，行一，年三十五，六月十六日生。曾祖彦温，祖良佐，父以仁，嫡母范氏，继母张氏，生母严氏。慈侍下。弟宗立。娶倪氏。应天府乡试第三十五名。会试第三百六名。

曾会，贯直隶河间府盐山县，民籍。县学生。治《易经》。字以文，行一，年二十七，十二月十六日生。曾祖仲祥，运判。祖由正，知府。父任重。母张氏。重庆下。兄鲁、顺、贯。弟辅、确、诚。娶李氏。顺天府乡试第六十名。会试第九十四名。

程鉴，贯直隶大名府开州，民籍。国子生。治《诗经》。字孔昭，行二，年三十四，十二月十四日生。曾祖大老，祖仲谦，父义，通判。前母胡氏，母宋氏，继母张氏。严侍下。兄镛。弟铎、钟、钛、钺。娶纪氏。顺天府乡试第八十一名。

① 孙奇逢《畿辅人物考》卷之二记在景泰四年。

会试第一百六十二名。

刘瑄，贯顺天府昌平县，军籍。国子生。治《书经》。字廷璧，行五，年三十一，正月十七日生。曾祖德辅，祖福顺，父敬，母温氏。具庆下。兄珍、璟、玘。弟珵、确、琮。娶王氏。顺天府乡试第一百七十七名。会试第二十三名。

牛纶，贯顺天府涿州，民籍。国子生。治《书经》。字大经，行一，年三十，五月十一日生。曾祖道兴，祖得川，父贵。叔王，监丞。母王氏。重庆下。弟绶。娶浦氏。顺天府乡试第一百四十名。会试第三百十三名。

孟勋，贯直隶河间府沧州，军籍。国子生。治《书经》。字守谦，行五，年二十八，十一月二十三日生。曾祖继文，祖启源，父思鲁。母汪氏，继母张氏。具庆下。兄广、勉、勤、淳。弟勖、绩。娶张氏。顺天府乡试第二名。会试第十二名。

侯瓒，贯直隶保定府雄县，民籍。国子生。治《诗经》。字奉璋，行二，年二十八，十二月十三日生。曾祖世昌。祖文质。父林，大使。母王氏。慈侍下。兄琰。弟琪。娶王氏。顺天府乡试第一百十九名。会试第一百三十五名。

高举，贯顺天府宛平县，匠籍。直隶上海县人，国子生。治《春秋》，字汝贤，行一，年二十六，六月十四日生。曾祖文显，祖德源，父敬。母倪氏。具庆下。弟爵、禄。娶郑氏。顺天府乡试第五十二名。会试第十五名。

杜谦，贯直隶永平府昌黎县，民籍。国子生。治《诗经》。字益之，行三，年三十六，十一月十二日生。曾祖彦文，祖复祖，父敏。前母杨氏，母王氏，继母董氏。严侍下。兄恭、升。娶杨氏。顺天府乡试第七十七名。会试第二十八名。

郭仲珣，贯河间卫，军籍。直隶开州人，国子生。治《书经》。字叔玉，行二，年三十六，九月二十三日生。曾祖元礼，元中书左丞，今赠崇化宣力效忠功臣，谥忠烈公。祖希道，元枢密经历。父宗一。母张氏。慈侍下。兄仲璐。娶吕氏。顺天府乡试第九十四名。会试第三百三十九名。

第三甲 22 名，赐同进士出身。姓名及履历分别为：

崔忠，贯直隶保定府新城县，民籍。（下缺）治《春秋》。字诚之，行五，年二十八，三月十四日生。曾祖进，祖兴，父礼。（下缺）具庆下。兄聪；明，贡士；睿；智□□□。弟（下缺）顺天府乡试第三十六名。会试第二百九十一名。

孟淮，贯直隶保定府博野县，民籍。国子生。治《春秋》。字宗海，行一，年二十五，四月初二日生。曾祖遇春，赠户部右侍郎。祖桓，府通判，赠户部右侍郎。父鉴，户部左侍郎。母展氏，封淑人。具庆下。弟潮、洪、瀛、濂。娶姚氏。顺天府乡试第七十七名。会试第一百八十六名。

李溥，贯直隶大名府长垣县，军籍。国子生。治《诗经》。字大济，行三，年三十三，二月二十三日生。曾祖文瑞。祖士原。父纯，固堤场副使。母王氏。具庆下，兄润、泽。弟洪、浩、洲。娶王氏。顺天府乡试第一百十四名，会试第二百二十九名。

李巽，贯顺天府宛平县，官籍。国子生。治《易经》。字用经，行四，年三十，五月初六日生。曾祖师曾，赠礼部左侍郎。祖嘉，礼部左侍郎。伯栗，赠南京通政司左参议。父直。母甄氏。具庆下。从兄震，南京通政司左参议；谦；泰。弟颐、豫、升。娶徐氏。顺天府乡试第八十二名，会试第三百十名。

吕恕，贯直隶河间府（下缺）生。治《书经》。字希仁，行一，年二十五，二月□□日生。曾祖顺。祖臻，主簿。父敬。母刘氏。慈侍下。兄忠。娶李氏。顺天府乡试第十八名，会试第二百九十名。

秦玘，贯顺天府蓟州，民籍。国子生。治《书经》。字伯玉，行二，年二十九，八月二十六日生。曾祖九成。祖定，鸿胪寺序班。父谆，巡检。母李氏。具庆下。兄琮。弟瑄。娶张氏。顺天府乡试第五十五名。会试第三百二十九名。

张岐，贯直隶河间府兴济县，军籍。国子生。治《春秋》。字来凤，行二，年三十，四月十二日生。曾祖希信。祖迪，府知事。父缙，教谕。母逯氏。具庆下。兄兴，锦衣将军。弟嶙、峦、峋。娶储氏。顺天府乡试第十三名，会试第二百七十五名。

董渊，贯直隶真定府灵寿县，军籍。国子生。治《礼记》。字宗本，行三，年三十二，十二月初五日生。曾祖世恩。祖赐。伯正，县丞。父端。母李氏。慈侍下。兄俊；人杰，贡士。弟伟。娶吉氏。顺天府乡试第二十五名，会试第一百三十三名。

王升，贯顺天府密云县，民籍。国子生。治《诗经》。字起东，行一，年三十四，一月二十六日生。曾祖勉，祖纲，父俊，母张氏。具庆下。兄信、兴。弟麟、凤。娶李氏。顺天府乡试第八十六名，会试第三百三名。

郑瑞，贯顺天府大兴县，富户，浙江西安县人。国子生。治《春秋》。字孟祥，行一，年三十三，五月初六日生。曾祖德清。祖爱，义民。父履。母方氏，继母娄娄氏。庆下。弟斑、玺、玛、玭、珂、珪、璋、琦、顼、琰。娶徐氏。顺天府乡试第一百五十九名，会试第九十六名。

刘瑄，贯直隶真定府深州，军籍。国子生。治《诗经》。字宗器，行三，年三十一，十一月十六日生。曾祖七老。祖福德。父愉。母周氏。永感下。兄潭、安。弟宽。娶葛氏。顺天府乡试第八十名，会试第二百六十五名。

田景旸，贯直隶保定府高阳县，民籍。县学增广生。治《书经》。字时中，行一，年二十八，十月二十七日生。曾祖于中。祖稼。父用，教授。母邵氏。重庆下。弟景昭、景暎、景防、景曦、景晖、景障。娶刘氏。顺天府乡试第七名，会试第一百十二名。

李岳，贯直隶大名府长垣县，民籍。府学生。治《诗经》。字世瞻，行三，年二十五，十一月二十二日生。曾祖廷璧，元医学提举。祖敬恒，正科。父士德，正科。母张氏。具庆下。兄岱、崇。弟巍、昆。娶步氏。顺天府乡试第十二名，会试第三百二十三名。

杨懋，贯顺天府宛平县，匠籍。浙江钱塘县人，国子生。治《春秋》。字克勤，行四，年三十，闰七月二十日生。曾祖纯素。祖敬先。父存忠。母章氏。慈侍下。兄清。弟正。娶何氏。顺天府乡试第六十九名，会试第一百五十名。

赵章，贯直隶保定府清苑县，军籍。县学增广生。治《诗经》。字彦达，行三，年三十，五月初四日生。曾祖士温。祖文礼。父郁，仓副使。母李氏。具庆下。兄璘管。弟琮。娶王氏。顺天府乡试第七十七名，会试第一百七十一名。

杨宣，贯直隶保定府新城县，民籍。县学生。治《书经》。字振方，行一，年三十，六月二十九日生。曾祖敬礼，赠武德将军。祖斌。父仕能。母苏氏。重庆下。弟宜，定。娶王氏。顺天府乡试第四十名，会试第二百六十六名。

李文，贯直隶永平府迁安县，民籍。国子生。治《易经》。字载道，行三，年二十六，正月十二日生。曾祖大宽。祖谦。父原友。母刘氏。重庆下。兄刚、荣。弟质。娶杨氏。顺天府乡试第四十三名，会试第四十九名。

金纯，贯大宁都司营州中屯卫，军籍。顺天府平谷县学军生。治《书经》。字文明，行二，年二十五，八月二十二日生。曾祖子荣。祖庭玉。父恺。母秦氏，庶母刘氏。具庆下。兄绶，贡士。弟缙、绅、纹。娶敬氏。顺天府乡试第一百九十五名，会试第二百六十九名。

王聪，贯顺天府通州三河县，军籍。国子生。治《礼记》。字彦闻，行一，年三十七，三月二十五日生。曾祖代亨。祖思齐。父惟善。母李氏。慈侍下。弟鉴、杰。娶刘氏。顺天府乡试第一百名，会试第一百六十九名。

阎鼐，贯直隶永平府滦州，官籍。国子生。治《诗经》。字仲辅，行七，年二十九，四月初八日生。曾祖流琅。祖从德，赠武德将军。父泰，永清卫右所正千户。母李氏，封宜人。慈侍下。兄铭；震；铎；钟，正千户；铠；鼎。弟鼒，百户。娶杨氏。顺天府乡试第一十九名，会试第二百五十六名。

陈俨，贯顺天府宛平县，富户籍。江西庐陵县人，国子生。治《诗经》。字时庄，行四，年二十九，六月二十六日生。曾祖子隆，祖思行，父庭焕。前母刘氏，母高氏，继母刘氏。具庆下。弟僖。娶萧氏，继娶宋氏。顺天府乡试第二十一名，会试第二百八十九名。

王诏，贯顺天府怀柔县，军籍。县学生，治《诗经》。字廷征，行一，年三十，九月十七日生。曾祖德彬，祖甫义。父礼，府知事。叔恂，前吏部主事。母牛氏。严侍下。娶李氏，继娶沈氏、万氏。顺天府乡试第五十名。会试第六十四名。

景泰六年

（公元1455年　乙亥）

正月

二十八日，东光廖纪生。李时《光禄大夫少保兼太子太保吏部尚书赠少傅廖公纪墓志铭》："公讳纪，字廷陈，别号龙湾，世居闽，父瑄商于东光，因家焉。公幼有至性，好学不喜嬉饮为乐。"（焦竑《国朝献征录》二十五）廖纪（1455—1532），字廷陈，号龙湾，民间称作廖天官，原籍为海南万宁市礼纪镇三星村一带（原属陵水县）人，出生于河间府东光县（今属河北省沧州市），杰出政治家、儒学家。成化十六年（1480），领京闱乡荐，十年后中进士。历考功主事、太仆太常、工部右侍郎等职，终至少保兼太子太保、吏部尚书，是明代得到最高地位和最高荣誉的文臣之一。曾荐举"全能大儒"王阳明及尊称明朝"三大才子"之首的杨慎等国家栋梁之才。卒赠少傅，谥僖靖。传世著作有《大学管窥》《中庸官窥》。（孙奇逢《畿辅人物考》卷之五）

八月

新城杨潭生。杨潭（1455—1534），字宗渊，别号紫泉，保定府新城（今河北省高碑店市）人。成化二十二年，魁顺天乡荐。次年，登进士第，观吏部政。后授刑部主事，能悯囹圄之苦，狱无冤滞。历光禄寺少卿、南京大理寺丞、户部右侍郎等职，官至户部尚书，诏进荣禄大夫。（焦竑《国朝献征录》卷五十二）

本年

盐山王翱乞致仕，未得允，为起第于县西，于官颇整肃。雷礼《国朝列卿纪》卷二十四："乙亥，上疏乞致仕，不允。诏命有司为翱起第于县郭之西，时冢宰泰和王文端公尚在位，而选法一委于翱。于是，洗剔垢弊，严考察、公铨注、抑幸进、杜请托，故事吏典，以资格出身，积久过冗。”

滁县董方被命往山西，多雪冤狱。周洪谟《刑部尚书董公方墓志铭》：“乙亥，命往山西，虑囚太原民白政杀雠人王选，投尸汾河，事觉政怀宿怨诬选妻私于己，同谋杀夫。狱已成，公谓彼为夫妇三十余年，生子十余人，何得至此，尽拘乡邻证验，政始服，选妻得释。罗理妻为盗所杀，有司诬刘达夫妇害之，俱应死。公至始白其冤，得免。事觉乃知杀之者达婿也，其余活死者、情可疑者，凡若干人。”（焦竑《国朝献征录》四十四）

京师程敏以神童荐入翰林读书。明孝宗敬皇帝实录卷之一百五十一：“（程敏政）蚤慧，年十岁侍父信官蜀，巡抚侍郎罗绮以神童荐于朝，命读书翰林院。”据李贽《续藏书》卷十六，敏政父信于本年官蜀，理饷松番，因知敏政当于本年或稍后人荐，姑系于此。郎瑛《七修类稿》卷四十《神童对》：“阁老李西涯、学士程敏政，成化间各以神童举于京。方朝见，适直隶贡蟹至焉。英宗即出一对试之云：‘螃蟹浑身甲胄。’程对曰‘凤凰遍体文章。’李封曰：‘蜘蛛满腹经纲。’俟西涯入相，经济天下。程则终于学士，以文章名。”

少保于谦以病在告，调临漳石璞任兵部尚书，协理部事。（汤斌《拟明史稿列传二十七》）

大兴杨善以衰老乞致仕，优诏不许。（张廷玉《明史》卷一百七十一《列传第五十九》）

新乐马谨升都察院左副都，巡抚河南。（张廷玉《明史》卷一百七十二《列传第六十》）

景泰七年

（公元 1456 年　丙子）

四月

程敏政随父至四川。程敏政《篁墩文集》卷二十《送内兄林文秀之官淮阴序》：“内兄林文秀与余同学诗于家君晴洲先生。时先生参政于蜀，余与文秀侍行。道荆江，溯巴峡以达成都。”程敏政《篁墩文集》卷四十一《襄毅程公事状》：“四月抵任，分巡所至，问民疾苦，不惮险远。”

夏

以《寰宇通志》成，命束鹿王文兼谨身殿大学士。（雷礼《国朝列卿纪》卷十）

博野刘吉与修《寰宇通志》成，升修撰。（雷礼《国朝列卿纪》卷十一）

八月

命太常寺少卿兼翰林院侍读刘俨、左春坊左中允兼翰林院编修黄谏主顺天试。内阁大学士陈循、王文等言，考中译字官刘淳送试不中为失旧制。诏刘俨等回话，得宽宥。《明英宗实录》卷二百六十九："景泰七年八月乙巳，命太常寺少卿兼翰林院侍读刘俨、左春坊左中允兼翰林院编修黄谏为顺天府乡试考官，赐宴于本府。""辛酉，少保太子 太傅户部尚书华盖殿大学士兼文渊阁大学士陈循、少保吏部尚书兼谨身殿大学士王文等奏：'永乐年间，四夷馆译字官监生人等，俱许入乡试会试，其所作文字俱是番书，例不属考官定其去取，俱送翰林院考试，中者送回科场，第入正榜。此是旧制，永当遵守。今顺天府乡试送译字官刘淳、马珙二人三场文字到院，臣等委本院修撰陈鉴从公考得一人中式，一人不中，发回试场施行。及科场已毕，而二人皆不中。其提调考试监等官，不无互有情弊。况千数百人之卷，岂能一一从公辨别是非，其间显有未当者，俱当究问。'帝曰：'取人旧制，提调等官何不遵守？其具情以闻。'""于是考试官太常寺少卿兼翰林院侍读刘俨、左春坊左中允兼翰林院编修黄谏言：'臣等入院之初，会同监试等官焚香告天，誓说：若有孤负朝廷委任挟私作弊者，身遭刑戮，子孙灭绝。如此誓词，非特内外执事官吏人等之所共闻，而天地鬼神实所共鉴。设使臣等阳为正大之言，阴为诡诈之行，纵苟逭于国法，亦难逃于阴谴。第恐才识短浅，鉴别未精，或有遗材，若曰徇情作弊，实所不敢。'帝曰：'考官虽无情弊，终是作事不精，有失旧制。姑宥之。'"

束鹿王文之子王伦应顺天府乡试落第，王文因讦奏主考刘俨、黄谏。特赐王伦举人，准明年与会试。《明英宗实录》卷二百六十九："景泰七年八月丙寅，先是，少保、吏部尚书、谨身殿大学士兼东阁大学士王文言：'洪武年间殿试不公，考试官并状元皆明正典刑，而有钦取状元进士之制。永乐年间，会试不公，考试官悉皆究问，复有再考举人之例。七八十年，人皆知惧，科目得人。奈何近年以来，充考官者贤能固有，不才坏法者亦多，有受赃卖题者，有入院腌肉馁牲口者，又有酣饮高卧全不视考卷者。及至揭晓，将朦胧醉眼，不分美恶，任意批取，无才者得以侥幸，有私者一概滥充，以致沮误后进。如今岁顺天府乡试，颠倒是非，不惬舆论。臣子伦充原籍束鹿县学增广生，习《诗》，应试三场既毕，臣令背诵所作《四书》本经义及策论，皆行文通畅，辞理详明。臣以为必中前列，及至开榜无名。令人于顺天府取伦所作三场墨卷朱卷验之，委与口诵相同。思得考试官太常寺少卿刘俨、编修黄谏、同考试官教谕姚富，大肆奸懒，将伦第一场文字止看三篇，余者不读，第一第三场文卷全未尝通阅。富批云：此卷平平，亦可取。但本房好者多，取之不及者，解额所拘也。观此则富固不能无罪矣。俨、谏略无一字批断，又安得逃其罪乎？且取中举人文字不如伦者尤多。乞依洪武、永乐年间事例，命翰林院官二员，同六科给事中、各道监察御史，将伦所作三场文字，并取中举人徐泰等一百三十五人朱墨卷，从公考较，高下自见。若伦文字胜过见取中者，听各官奏请定夺，仍治俨等罪，庶几公道昭明，宿弊消除。'有旨：'令礼部取中式文卷与王伦文卷，会翰林院、六科、十三道重行考对，定其优劣以闻。'"

江阴徐泰被取为解元，被疑有私，令再试禁中。李调元《制义科琐记》卷一《钦赐举人》："刘学士俨，景泰中典北畿秋试，取江阴徐泰解元。泰本富族，当道奏俨有私，召《五经》魁士亲试禁中，弥封以示阁臣，覆阅取次。拆封，一与原榜无异，仍赐泰为解元。时目泰为钦赐举人。"

寓京师曾鉴举乡荐。（李东阳《荣禄大夫工部尚书赠太子太保曾公墓志铭》）

九月

因六科给事中言坏科目之制，束鹿王文请致仕，未得允。《明英宗实录》卷二百七十："景泰七年九月。少保、吏部尚书兼谨身殿大学士王文自陈：'臣以遇直，久招怨尤。近者臣男伦应试京闱，被主司故意黜落。臣不得已陈奏，蒙命礼部、翰林院、科道等官从公较得，伦所作三场本应中式。复蒙允令会试。臣正当感恩效职，第念臣犬马之年，六十有五，齿落目昏，精神衰惫，记前忘后，岂堪任职，伏乞放归田里，庶得保全以终余年。'不允。"

本年

京师李东阳在顺天府学读书，生母刘氏去世。

唐县寇深巡边思母至切，本年得归省。过庭训《明分省人物考》卷四："景泰甲戌，北虏入境，深议巡边之策，因其势便斩首贼七十余级，获马六百余匹。在边岁久，思亲益切，或与同事者言及母老，辄流涕，终日不食，累上章乞归，不允。丙子，得还京议边事。时母年九十有四，已感风疾，曰：'吾得见吾儿即瞑目矣。'深悲泣恳求归省。至家，母一视而逝，哀毁逾礼。"

沧州马昂平斗峒贼，转左都御史。（项笃寿《今献备遗》卷十）

涞水张鹏清理京畿马政。（雷礼《国朝列卿纪》卷四十七）

天顺元年

（公元1457年 丁丑）

正月

束鹿王骥以拥立功，仍兼兵部尚书理部事，封奉天翊卫推诚宣力守正文臣、光禄大夫，其余依照旧例。子王祥被任为指挥佥事。雷礼《国朝列卿纪》卷四十七："丁丑，景帝有疾，同石亨等夺门，奉英宗复位，仍兼兵部尚书理部事，再阅月解职。赐诰加号奉天翊卫推诚守正文臣，特进光禄大夫，礼遇甚厚。"张廷玉《明史》卷一百七十一《列传第五十九》："久之，石亨、徐有贞等奉英宗复辟，骥与谋。赏稍后，上章自讼，言：'臣子祥入南城，为诸将所挤，堕地几死。今论功不及，疑有蔽之者。'帝乃官祥指挥佥事。而命骥仍兵部尚书，理部事，加号奉天翊卫推诚宣力守正文臣、光禄大夫，余如故。"

大兴杨善因迎返英宗并预复辟之谋，被加官封赏。张廷玉《明史》卷一百七十一《列传第五十九》："天顺元年正月，亨、吉祥奉上皇复辟。善以预谋，封奉天翊卫推诚宣力武臣、特进光禄大夫、柱国、兴济伯，岁禄千二百石，赐世券，掌左军都督府事。尚书胡濙颂善迎驾功，命兼礼部尚书，寻改守正文臣。善使瓦剌，携子四人行，至是并得官。又为从子、养子乞恩，得官者复十数人。"

束鹿王文（1393—1457）被言官劾与于谦等谋立外藩，与谦同被斩于市。成化初，赠太保，谥毅愍。张廷玉《明史》卷十二《本纪第十二》："天顺元年春正月壬午，昧爽，武清侯石亨，都督张軏、张𫐄，左都御史杨善，副都御史徐有贞，太监曹吉祥以兵迎帝于南宫，御奉天门，朝百官。徐有贞以原官兼翰林学士，入阁预机务。日中，御奉天殿即位。下兵部尚书于谦、大学士王文锦衣卫狱。太常寺卿许彬、大理寺卿薛瑄为礼部侍郎兼翰林学士，入阁预机务。丙戌，诏赦天下，改景泰八年为天顺元年。论夺门迎复功，封石亨忠国公，张𫐄太平侯，张軏文安伯，杨善兴济伯，曹吉祥嗣子钦都督同知。丁亥，杀于谦、王文，籍其家。"张廷玉《明史》卷一百六十八《列传第五十六》："英宗复位，即日与于谦执于班内。言官劾文与谦等谋立外藩，命鞫于廷。文力辩曰：'召亲王须用金牌信符，遣人必有马牌，内府兵部可验也。'辞气激壮。逮车驾主事沈敬按问，无迹。廷臣遂坐谦、文召敬谋未定，与谦同斩于市，诸子悉戍边。敬亦坐知谋反故纵，减死，戍铁岭。文之死，人皆知其诬。以素刻忮，且迎驾、复储之议不惬舆论，故冤死而民不思。成化初，赦其子还，寻复官，赠太保，谥毅愍。”《明英宗实录》卷二百七十四“天顺元年正月丁亥（二十二日）”：“命斩于谦、王文、王诚、舒良、张永、王勤于市，籍其家。谪陈循、江渊、俞士悦、项文曜充铁岭卫军。”“文初名强，字千之，直隶束鹿县人。永乐中会试下第，时太宗皇帝欲振作士类，命礼部选下第举人，给冠带，送国子监进学，文预焉。后登辛丑进士，擢四川道监察御史，持廉奉法，宣庙贤之，为改名文。宣德十年，升陕西按察使，赐敕之任。正统初，以廷臣荐升右佥都御史，巡抚宁夏兼理军务，寻迁右副都御史。未几，被召赴京，转大理寺卿。久之，升右都御史，风纪大振，朝野惮之。十年，命代陈镒镇守陕西，镇静不扰。十四年，转左都御史，仍镇其地，寻以疾求退。召还京，复留掌院事。景泰初，加太子太保。三年，山东及南直隶被灾，奉命往抚安之。事竣还朝，以少保高谷荐转吏部尚书兼翰林院学士，入文渊阁，典机务疏言举官赈民数事，悉得其当。五年，应天、苏松大水，命往巡视。时苏州妖人惑众雠杀，所司以反报，文令捕获，悉坐反罪，解京诛之，时以为冤。及还，进少保兼东阁大学士，修《寰宇通志》，充总裁官。书成，加谨身殿大学士。上复登宝位，石亨等欲大己功，嗾言官劾文与于谦等有迎立外藩邪谋，命鞫于廷。文辩曰：‘召亲王须用金牌信符，事之有无，稽此可知。’词直气壮，众不敢达其情，遂坐诛，籍没其家，诸子悉发戍边卫。久之，上悟，乃宥还其子。文为人深沉有岸（崖）谷，刚果廉介。每廷议，百官会集，莫先发言，文以一二语裁决，众皆帖服。屡镇大藩，两总宪政，振举纲维，无敢干以私者。景泰初，与陈镒同事，一揖之外，未尝交谈，诸御史仰其风裁若神明。及入阁，毅然欲以身任众务，事有不可，多所匡正。然性强忮少恕，而又恩仇显白。文学不能逮人，其子不中乡试，讦考官，得恩泽，尤为时论所鄙云。”廖道南撰《殿阁词林记列传》卷一：“英庙复辟，言者首论于谦、王文迎立外藩，擅易储宫廷鞫，文力辩，谦不言，遂同戮于市。后其子伦改名宗彝，仕至尚书，请雪父冤，诏复其官，加太保，谥毅愍。”过庭训《明分省人物考》卷四：“天顺丁丑，值英庙复辟，时权奸石亨等以文在都察院时曾劾之，乘机报复，设计诬陷而卒，四方冤之，年六十有五。久之，英宗亦悟，成化己丑复原官论祭，录其一孙入成均。弘治戊午，特赠太保，谥毅愍文。为人严毅廉介，寡言笑，熟知国家典故。虽贵极人臣，自奉无异布衣时。每廷议，百官会集，莫敢先发，文以一二语裁决，众自贴服，屡镇大藩，两总宪纪，振举纲维，无敢干以私者。景泰初，与陈镒同事，一揖之外，未尝交谈，诸御史仰其风采若神明。及入阁，毅然自任，尽心奉国，知无不为，事有可否，多所匡正。朝廷眷重，锡以白金印章，其文曰：‘忠诚匪懈’云。”

昌黎张文质得帝嘉许，升通政使。程敏政《资德大夫正治上卿太子少保礼部尚书掌通政使司事昌黎张公墓志铭》："英宗复位初，廷臣多不当意者，独嘉公，升左通政，进通政使，数被赏赉。"

二月

甲辰，东安李侃改詹事府府丞为太常寺丞。（张元忭《馆阁漫录》卷四《天顺元年》）

三月

顺义李宾充廷试读卷官。（雷礼《国朝列卿纪》卷七十二）

新城韩文中进士。韩文，保定府新城（今河北省高碑店市）人。本年中进士，授行人。尝出使琉球，遵礼制，辞馈赠。历户部郎中、陕西参议、右布政使等。终官副都御史。

献县陈钺中进士。雷礼《国朝列卿纪》卷三十二："陈钺，字廷威，直隶河间府献县人。天顺丁丑进士，授兵科给事中，历督察院右副督御史，巡抚辽东。成化十五年，任十七年改兵部尚书。

鸡泽刘诚中进士，授翰林院检讨，辅导德王。过庭训《明分省人物考》卷九："刘诚，字敬之，世家广平之鸡泽，诚赋质明粹，幼知向学，不烦督劝，弱冠登天顺丁丑进士，擢翰林院检讨。辅导德王，寻升秀王府左长史，从王之国，赐四品章服。王薨，改宁国府同知，仍食正四品奉。在郡，有贤声，迁湖广布政司右参议。"

满城袁洁中进士，初授刑部主事。（陈宝生等《满城县志略》卷十）

六月

滦县岳正得礼部尚书王翱举荐，被英宗召见文华殿，甚得赏识；虽受石亨、张軏二人之谗言，终以原官入阁。张廷玉《明史》卷一百七十六《列传六十四》："天顺初，改修撰，教小内侍书。阁臣徐有贞、李贤下狱，帝既用吕原预政，顷之，薛瑄又致仕，帝谋代者。王翱以正荐，遂召见文华殿。正长身美须髯，帝遥见，色喜。既登陛，连称善。问年几何，家安在，何年进士，正具以对。复大喜曰：'尔年正强仕，吾北人，又吾所取士，今用尔内阁，其尽力辅朕。'正顿首受命。趋出，石亨、张軏遇之左顺门，愕然曰：'何自至此?'比入，帝曰：'朕今日自择一阁臣。'问为谁，帝曰：'岳正。'两人阳贺。帝曰：'但官小耳，当与吏部左侍郎兼学士。'两人曰：'陛下既得人，俟称职，加秩未晚。'帝默然，遂命以原官入阁。"孙承泽《畿辅人物志》卷六："天顺丁丑，改修撰。英宗廉知其名，吏部尚书王翱亦荐之，召见文华殿。上遥见正，遽曰‘好!’即升陛登殿，连曰：‘好！好!’问年若干，对曰：‘四十’。上曰：‘正好’。问何处人，对曰：‘漷县。’上曰：‘又是我北方人。’问治何经，曰‘尚书’。问举进士何科，对曰：‘正统十三年。’上益喜，曰：‘朕固取汝，朕今用汝，内阁凡事为朕主张，许彬老矣，不足恃也。”

七月

承天门灾遇火灾，漷县岳正为帝草罪己诏，石亨、曹吉祥言其“卖直谤讪”，帝怒，被谪钦州同知；又被告曾夺公主田，再下诏狱，戍肃州。张廷玉《明史》卷一百七十六《列传六十四》：“会承天门灾[1]，正极言亨将为不轨，且言：‘陈汝言，小人。今既为尚书，可用卢彬为侍郎。二人者俱谲悍，若同事必相龋龁，乘其隙可并去之。’徐有贞再下狱，复云：‘用有贞则天变可弭。’帝皆不纳。及敕谕廷臣，命正视草。正草敕曰：‘乃者承天门灾，朕心震惊，罔知所措。意敬天事神，有未尽欤？祖宗成宪有不遵欤？善恶不分，用舍乖欤？曲直不辨，刑狱冤欤？征调多方，军旅劳欤？赏赉无度，府库虚欤？请谒不息，官爵滥欤？贿赂公行，政事废欤？朋奸欺罔，附权势欤？群吏弄法，擅威福欤？征敛徭役太重，而闾阎靡宁欤？谗谄奔竞之徒幸进，而忠言正士不用欤？抑有司阘茸酷暴，贪冒无厌，而致军民不得其所欤？此皆伤和致灾之由，而朕有所未明也。今朕省愆思咎，怵惕是存。尔群臣休戚惟均，其洗心改过，无蹈前非，当行者直言无隐。’敕下，举朝传诵。而亨、吉祥构蜚语，谓正卖直谤讪。帝怒，命仍授内侍书。明日，谪钦州同知。道漷，以母老留旬日。陈汝言令巡校言状，且言正尝夺公主田。遂逮系诏狱，杖百，戍肃州。行至涿，夜宿传舍。手拲急，气奔且死。涿人杨四醉卒酒，脱正拲，刓其中，且厚赂卒，乃得至戍所。”

漷县岳正谪为钦州同知，所居京第为人夺，至涿州得市人救助。《明英宗实录》卷二百八十：“天顺元年秋七月辛未（初十）：调翰林院修撰岳正为广东钦州同知。”李东阳《怀麓堂集》卷七十一《蒙泉公补传》：“公间为上言曹、石势太盛，虑有变，宜早为节制。上曰：‘汝以朕意告之。’公径造亨，讽令稍自敛戢。二人怨之益深。会承天门灾，上下诏罪躬。公视草，历陈弊政，词极切直，天下传之。遂有飞语指为谤讪，七月内批，降广东钦州同知。道漷，以母老留阅月。尚书陈某者，曹、石党也，憾公尝言其不可用，至是嗾逻者以私事中之，逮系诏

[1] 据张廷玉《明史·五行志》记载，明代北京城门失火的案例就有九起，承天门火灾发生于天顺元年（1457）七月丙寅夜。

狱，考掠备至。谪戍肃州镇夷所，所居京第为幸臣都督李铎所夺。至涿州，夜宿传舍，手梏急，气奔且死。涿人杨四者，颇尚意气，为祈哀解人，其人怒不肯，杨醉以醇酒，伺其酣睡，谓公曰：'梏有封印，奈何?'公教之曰：'可烧鏊令热，以酒将纸就炙之。'纸得燥，皆昂起，因去钉脱梏，刳其中，复钉封之。其人觉有异，杨说之曰：'业已然矣。今奉银数十两为寿，不如纳之。'公乃得至戍。时太监猛虎石镇甘肃，相传有密谕：须生不须死。镇巡而下，亦雅重之，致客礼焉。"

九月

盐山王翱辞太子太保职，累乞致仕，未得允，以曾在边效劳，特官其子为锦衣卫左千户。雷礼《国朝列卿纪》卷二十四："天顺改元丁丑，英宗皇帝复正大位，翱即辞太子太保职，屡乞致仕，俱不允。时有欲倾陷翱于罪者，赖上素知保护得无事。九月以翱在边效劳，特官其子竤为锦衣卫左千户。"

本年

京师李东阳在顺天府学读书，受教于翰林院黎淳之门。杨一清《特进光禄大夫左柱国少师兼太子太师吏部尚书华盖殿大学士赠太师谥文正李公东阳墓志铭》："天顺丁丑，受举业于华容黎文僖之门。"黎淳（1423—1492），湖广华容（今湖南华容县）人，字太朴，号朴庵，学者称为朴庵先生，谥号文僖。博学多才，尤以经史著称，除参与修撰《大明一统志》外，著有《龙峰集》《明试录》《黎文僖集》等传世。

盐山王翱始专吏部事，荐李贤留内阁，受皇帝倚任，得行其志。张廷玉《明史》卷一百七十七《列传第六十五》："天顺改元，直致仕，翱始专部事。石亨欲去翱，翱乞休。已得请，李贤力争乃留。及贤为亨所逐，亦以翱言留，两人相得欢甚。帝每用人必咨贤，贤以推翱，以是翱得行其志。"唐鹤征撰《皇明辅世编》卷一："天顺改元丁丑，英宗皇帝复正大位，翱即辞太子太保职，累乞致仕，俱不允。时有欲倾陷翱于罪者，赖上素知翱，保护得无事。李贤为石亨逐去，内阁乏人，欲用翱。翱力辞荐岳正，寻又谪去。裕陵召见翱问贤何如人？翱力言贤才行，得复留内阁，益见倚任。事详贤传。贤在内阁亦左右翱，上进退大臣时时召翱面质可否。翱亦以用贤报国为己任，称翱先生。屡乞休，不允。翱以故得行其志。"袁袠《皇明献实》卷十六："英皇复辟，罢宫保。大学士李贤坐事罢内阁。上欲用翱，固辞，遂荐岳正罢。上问李贤何如人，翱顿首曰：'贤与臣处久，始终如此本分人也。'遂复贤内阁，益亲信之，翱之力也。上每用人必问翱、所荐必以公。尝言：'北方人老实可用。'由是北士多进用，然未尝使人知为己功。"雷礼《国朝列卿纪》卷二十四："翱用人未尝使人知，要为己功，必曰：'朝廷用人，岂若小丈夫汲汲沽恩吊誉，待人求而后与，或荐之，惟恐人不知出己者，可同日语哉？'上于燕殿呼翱必曰'老王'而不名，尝召翱与李文达等同游西苑，每至胜处驾辄留片时，赐茶及晚宴，醉命人扶还其家。南城五花楼成，召翱落之。上元节赐观灯于武英殿，燕赐优渥。每引选入奉天门，或遇雨雪，命中贵扶而上下之。有所游幸，召翱与俱，宣传侍郎选官。翱游毕，虽晚必莅阅所选，讫放榜，惟恐有未当也。"

唐县寇深升都御史，正风肃纪，风采为之一变。彭时《资善大夫都察院左都御史赠少保谥庄愍寇公深墓表》："天顺纪元，今上复辟，升公都御史。公率励台属，振肃宪纲，风采为之一变。然莅政以敏，用法严而恕，恒语其属曰：'焦涸之地，非雨露不濡，寒冱之谷，非阳春不涣，常于明慎，中存矜恻之意可也。'每戒典狱者洁狱具时食饮而顾恤之，俾不庾死外，台以重狱呈详公，必注意其间直枉辨疑克恊众心。"（焦竑《国朝献征录》卷五十四）

新城杨宣被荐为鸿胪寺少卿，日见宠遇。傅珪《礼部左侍郎掌鸿胪寺事杨公宣墓志铭》："英庙复辟，简黜臧否以更新治化。公举劾奸蠹，无所避忌，风裁凛然，上默重之。会鸿胪寺少卿缺，吏部以请，即擢公为之，凡朝廷宴享朝贺大礼皆出职掌。公修干美髯，奏对明畅，日见宠遇，自余皆不敢望也。"（焦竑《国朝献征录》卷七十六）

涞水张鹏因率同官劾石亨、曹吉祥，俱得罪，下诏狱，被谪辽东、广西。张廷玉《明史》卷一百六十《列传第四十八》："天顺元年，同官杨瑄劾石亨、曹吉祥。鹏亦偕刘泰、魏瀚、康骥论劾。俱得罪，下诏狱。诸御史多谪官，而鹏、瑄戍辽东。顷之赦免，复戍南丹。"雷礼《国朝列卿纪》卷四十七："天顺丁丑，武臣石亨恃宠作威福，人莫敢犯，鹏奋不顾身，率同列极诋其罪。亨憾之，竟被诬构，谪戍辽东铁岭卫，寻改广西南丹卫。"

南宫白圭升都察院右副都御史，巡抚湖广、贵州，有善政。雷礼《国朝列卿纪》卷四十七："天顺改元，湖广、贵州苗贼弗靖，升都察院右副都御史，巡抚其地。时贼据险我兵不能讨，至设法多为疑兵，分道进攻，贼遂不能支，遁去，擒其渠首斩之，余党悉平。在湖三年，兴利除害，善政尤多。"

宝坻芮钊迁都察院右副都御史，巡抚甘肃地方。过庭训《明分省人物考》卷一："天顺丁丑，召拜都察院右副都御史，仍食从二品禄。奉玺书，巡抚甘肃地方，至则首寻兵民利病而罢行之，其于练士卒，谨斥堠，精器械，广储蓄，尤尽心焉。"

文安邢表生。邢表（1457—?），字居正，顺天府文安县（今河北省文安县）

人。本年中进士。授获嘉知县，擢彰德知府，有善政。又历四川布政使，官至右副都御史巡抚四川。

命博野刘吉祀汉文帝、唐太宗诸陵。（雷礼《国朝列卿纪》卷十一）

沧州马昂致仕，复留命巡视山西。（项笃寿撰《今献备遗》卷十）

香河李泰改尚宝司丞兼编修，后以侍东宫讲读升侍讲。（廖道南《殿阁词林记》卷六）

临漳石璞致仕。（汤斌《拟明史稿列传二十七》）

安平张凤仍调南京户部尚书，兼督督储。（雷礼《国朝列卿纪》卷三十二）

涿州殷谦调汝宁府知府。（雷礼《国朝列卿纪》卷三十二）

顺义李宾改为大理寺卿。（雷礼《国朝列卿纪》卷四十九）

河间程信迁为太仆卿。（雷礼《国朝列卿纪》卷四十九）

固安王复改兵部右侍郎。（雷礼《国朝列卿纪》卷六十二）

天顺二年

（公元1458年　戊寅）

正月

初八，滦州许庄生。许庄（1458—?），字德征，永平府滦州（今河北省唐山市滦县）人。弘治六年（1493）进士，授山西临汾知县，改陕西宝鸡知县，平阳府同知，迁陕西参议、山西粮储。庄以安边四事上言武宗，不报，遂乞休，专心著述。纂修《孝宗实录》《三十二郡志》《先天方舆图说》《山西总志》《宝鸡县志》等。另著有《康衢集》一百卷、《梅花百咏》一卷、《养心鉴》一卷、《三礼仪注》四卷等。（杨文鼎等纂《滦州志》卷十五）

四月

河间程信升都察院左佥都御史，仍食三品禄，巡抚辽东。程敏政《南京兵部尚书兼大理寺卿赠太子少保谥襄毅程公事状》：“戊寅四月，升都察院左佥都御史，仍食三品禄，巡抚辽东，召至文华殿顾问良久，道及边事，命公与内外守臣协和行事，公顿首奉命。”过庭训《明分省人物考》卷六：“二年，升巡抚辽东左佥都御史。辽守将海宁伯董兴姻联曹钦，信一切裁之以正；又造战车、创义仓、行赎罪法。设月轮簿凡百，号令一新。”

五月

大兴杨善（1384—1458）卒。年七十五，赠兴济侯，谥忠敏。张廷玉《明史》卷一百七十一《列传第五十九》："善负才辨，以巧取功名，而憸忮为士论所弃。其为序班，坐事与庶吉士章朴同系狱，久之，相狎。时方穷治方孝孺党，朴言家有孝孺集，未及毁。善从借观，密奏之。朴以是诛死，而善得复官。于谦、王文之戮，陈循之窜，善亦有力焉。子宗袭爵，后革'夺门'功，降金吾指挥使。"《英宗天顺实录》卷二百九十一："（五月丁亥朔），掌礼部事兴济伯兼尚书杨善卒。善字思敬，顺天府大兴县人。年十七为府学生，太宗皇帝举兵靖难，善与守城，除典仪所引礼舍人。永乐纪元，擢为鸿胪寺序班，改鸣赞，累升至寺卿。正统十三年，升礼部左侍郎，十四年迁都察院左副都御史，督守九门，寻升右都御史。景泰元年，使北虏，迎车驾回京，迁左都御史。先已遣使迎请，虏酋也先以为非大臣不许。及善至，虏知其为大臣，善又有机变，能动虏酋，且自出财帛以啖其众，遂得迎回。三年以易储加太子太保，俱仍理鸿胪寺事。天顺元年，上复位，封奉天翊卫推诚宣力守正文臣，特进光禄大夫、柱国、兴济伯、掌左军都督府事，食禄千二百石，给赐诰券，复录其子并養子，出使功得禄秩者十数人。上眷顾甚隆，已而为石亨辈谮言疏之。寻命兼掌礼部事。卒年七十有五，上悼惜之，辍视朝一日，遣官谕祭，赠兴济侯，谥忠敏，命有司营葬事。善容貌魁梧，应对敏捷，在鸿胪寺五十余年，其朝会、庆贺、燕飨之礼及四夷朝之仪未有熟于善者。然素无学术，为人外若柔和，中实阴忮。凡事之可以利己自便者，不顾义理，无不为之。永乐初严治方孝孺之党，庶吉士章朴与善同坐事朴言家有《孝孺文集》，善即借观，密以奏闻，遂戮朴而复善官。正统中太监王振用事，善媚事之，不惮屈已。迨上复位，辄恃功陵人，招权纳赂，亚于石亨、张軏。出讽言官举劾奸党，而人称为公论。王文、于谦之死，陈循等之窜，善力居多。已而被疏，间悒悒不乐，病且作矣。濒死若有所见，或者以为文与谦为之厉云。"

十月

十一日，容城王寅生。王寅（1458—1514），字敬夫，号敬斋，保定府容城县（今河北省保定市容城县）人。成化十七年（1481）进士，历任大理寺右评事、大理寺副、福建按察司佥事、陕西副使、广西按察使、四川右布政使、太仆寺卿。进工部右侍郎，专理易州山厂。改户部右侍郎，迁刑部右侍郎。正德九年（1514）九月初八日，因病致仕，为人驯谨笃实，同年十一月二十九日卒，年五十七。（杨一清《嘉议大夫刑部右侍郎王寅墓志铭》、雷礼《国朝列卿纪》卷五十九）

本年

沧州马昂代为兵部尚书，甚为英宗倚重。雷礼《国朝列卿纪》卷四十七：“天顺二年，陈汝言以赃败，昂仪表庄肃，甚为英庙眷注，特升兵部尚书。时上励精图治，慎简六卿，于文则委诸吏部尚书王翱，于武则委诸昂，而参决于大学士李贤。贤有所荐举，亦必曰：‘臣所知如此，还须召某等再审，昂与翱至御前，畴咨多与李贤相符’。”

南宫白圭进右副都御史，往讨贵州东苗之乱。后以湖广灾，被擢巡抚。张廷玉《明史》卷一百七十二《列传第六十》：“天顺二年，贵州东苗干把猪等僭号，攻劫都匀诸处。诏进右副都御史，赞南和侯方瑛军往讨。圭以谷种诸夷为东苗羽翼，先剿破百四十七寨。遂会兵青崖，复破四百七十余寨，乘胜攻六美山。干把猪就擒，诸苗震詟。湖广灾，就命圭巡抚。”

宁王朱宸濠横行不法，广平崔恭时任江西按察使，劾且削其护卫。（张廷玉《明史》卷一百五十九《列传第四十七》）

广宗崔恭升右副都御使，巡抚苏、松诸郡，所至进耆老，询利害，为兴革。（孙奇逢《畿辅人物考》卷之二）

广平马显擢四川布政使，时蛮寇猖獗，常赞画戎务，调度军饷。（雷礼《国朝列卿纪》卷五十三）

宛平李震升南京兵部右侍郎。（过庭训《明分省人物考》卷一）

天顺三年

（公元1459年　己卯）

二月

禁私自教习译习番字走漏夷情。《明英宗实录》卷三百：“天顺三年二月。辛巳，礼部左侍郎邹干等奏：‘永乐年间，翰林院译写番字，俱于国子监选取监生习用。近年以来，官员军民匠作厨役子弟，投托教师，私自习学，滥求进用。况番字文书，多关边务，教习既滥，不免透漏夷情。乞敕翰林院，今后各馆有缺，仍照永乐间例，选取年幼俊秀监生送馆习学，其教师不许擅留各家子弟私习，及循私举保。’上命今后敢有私自教习走漏夷情者，皆重罪不宥。”

命本年两京乡试，将《诗》《书》《易》三经，每经添同考一员。《明英宗实录》卷三百：“天顺三年二月。壬午，顺天府尹王福言：‘今年八月本府乡试，看得应试生员《春秋》《礼记》二经数少，《诗》《书》《易》三经，每经各有四五百卷。若各以同考官一人校阅，虑恐涉猎不详，而有玉石不分之弊。乞令礼部将《诗》《书》《易》三经，每经添同考官一员。’上从之，仍命南京亦照此例。”

八月

三日，藁城张子麟生。张子麟（1459—1546），字符瑞，别号恒山。真定府藁城（今河北省石家庄市藁城区）人。其先代州人。永乐中，徙真定，占籍藁城。成化二十年（1484）进士，历任南京大理寺评事、河南汝宁府知府、山西参政、河南布政司、湖广都察院提督、刑部侍郎等职。官至刑部尚书，加太子太保，勋柱国公。历事四圣，践迹中外四十余年。晚年致仕归乡，徜徉林泉二十余载，嘉靖三十五年卒，享年八十八岁。（严嵩《光禄大夫柱国太子太保刑部尚书恒山张公墓志铭》）

十月

初六日，宛平冯清生。雷礼《国朝列卿纪》卷五十二：“冯清，字□□，顺天府宛平县人，弘治癸丑进士，历右佥都御史，巡抚宁夏。九年，升户部右侍郎兼左佥都督陕西粮饷。奏改本色为折色，至有米珠草桂之谣，边用大窘。十年改巡抚陕西。十一年升刑部右侍郎，十三年升兵部左侍郎兼左佥都御史，总督宣大。”

秋

顺天主考倪谦为落第考生讦陷，谪戍宣府。廖道南撰《殿阁词林记》卷五《学士拜礼部侍郎倪谦》：“已卯主考顺天乡试，以举子奏发阴事，下诏狱，谪戍开平。”刘珝《都察院右都御史韩公雍墓志铭》（《国朝献征录》卷五十八）：“翰林院学士倪谦主考乡试，得罪于当路缉事校尉，发其结交辽府仪宾事，下狱坐重典。公复力诤，得戍宣府。”

山海关萧显以第二名中京闱乡举。（李东阳《福建按察司佥事萧公显墓志铭》）

本年

博野刘吉预修《大明一统志》。（雷礼《国朝列卿纪》卷十一）

固安王复转兵部左侍郎。（雷礼《国朝列卿纪》卷六十二）

清苑傅珪生。傅珪（1459—1515），字邦瑞，号北潭，保定府清苑（今河北保定市）人。成化二十三年（1487）进士，选庶吉士，授翰林院编修，与修《会典》《孝宗实录》。先后升左中允兼编修、左谕德兼侍讲、教庶吉士、充日讲官。刘瑾借故降其为修撰。后又迁左中允、历侍讲学士、翰林院学士、吏部左右侍郎。正德六年（1511）十二月迁礼部尚书。八年六月十四日致仕，十年四月十四日卒。赠太子少保，谥文毅。有《北潭集》八卷、《傅文毅公集》八卷附录一卷。（张廷玉《明史》卷一百八十四《列传第七十二》）

大兴徐翊生。徐翊（1459—?），字中行，号瘦石。顺天府大兴县（今北京市大兴区）人，弘治六年进士，授青州推官，历延安府知府、陕西都转运使司运使、陕西布政司右参政等嘉靖七年左右在世。《弘治六年进士登科录》："徐翊，贯顺天府大兴县，民籍，国子生，治《易经》。字中行，行二，年三十五，六月初十日生。曾祖国祥。祖彦礼。父廷玉。母陕氏。永感下。兄辅。娶周氏。顺天府乡试第一百二名，会献第一百七十六名。"

天顺四年

（公元1460年　庚辰）

正月

河间程信巡边三月，得风湿之疾。因事被劾，调任南京太仆少卿，闲暇间多于滁地游。过庭训《明分省人物考》卷六："自率师巡边营于境外者凡三月，得风湿之疾。自此始都指挥夏霖事多不法，与董兴相结纳。佥事胡鼎按其罪四十条具以状闻，诏中官及锦衣卫指挥逮霖籍之。不意，中途受赂，乃奏虚实相半，都御史寇深因并劾信轻听胡佥事言，调南京太仆寺少卿。"程敏政《资德大夫正治上卿南京兵部尚书兼大理寺卿赠太子少保谥襄毅程公事状》："庚辰正月，调南京太仆少卿。南京太仆治滁州，事简多暇。公日与滁人游琅琊诸山，寻王元之、欧阳公遗迹，吟啸其间，若将终身。"

五月

十一日，束鹿王骥（1378—1460）在家中病逝，终年八十三岁。英宗闻讯后，为其辍朝一日，按旧例赐葬祭。追封靖远侯，谥号忠毅。明朝，文臣因有武功而封爵邑者，仅此一人。（《明史》卷一百七十一《列传第五十九》《明史纪事本末·卷三十·麓川之役》）　李贤《古穰集》卷十一《光禄大夫柱国兵部尚书靖远伯追封靖远侯谥忠毅王公神道碑铭》："天顺四年，五月十一日以疾薨于正寝。公天资通敏，遇事敢为，正色立朝，欲以身殉天下，每陈国家利害，生民休戚，辞气恳切，孜孜不已。襟怀开爽，好贤乐善，人有寸美必极口称，道见人材沈滞，必拔起任用，始终成就之，未尝有德色。与人交不立崖岸，循循和易，虽位兼将相，望重累朝，曾无一毫骄矜之意见于颜面。体貌清癯，风仪俊整，尤善谈论，见者为之愯然。当大事屹若砥柱之在中流，功名事业视前古为无愧矣！疾亟，家人皆惶惧，公曰：‘古人以死为归，何至是邪?’且对故人大理卿龚永吉叙间，阔神思如常，客甫出门，公就席而逝，享年八十有三。上闻讣哀悼，辍视朝一日，祭葬赙仪悉从典礼，追封靖远侯谥忠毅。士大夫莫不茹泣相吊。公娶张氏累封伯夫人，生子二曰玉、瑢，俱早卒；侧室刘氏生子二曰瑺，嗣公爵，曰珩为勋卫；孙男二女二。卜以是年七月吉日归葬于東鹿祖茔之右，铭曰：‘天生豪杰，作我邦家，大其抱负，弘彼声华。乃若斯人，世岂多有，乃凤乃麟出也。非偶惟忠毅公，间气所钟，纷纷茅苇，挺见孤松，早奋于庠，入奉廷对，羽仪公朝，展也无愧，历试繁剧，如剑断犀，佐持宪节，名震山西，召尹京畿，畿内安堵。贰我夏官，折冲樽俎，进大司马，出巡边陲，斩其怯将，大振兵威，于甘于凉，于彼沙漠，矫矫劲敌，罔不就缚，麓寇弗靖，以跳以梁，公来督战，如鹰之扬，歼厥渠魁，荡其巢穴，滇南之境，遗患斯絶，报功有典，迥出群流，河山带砺，与国同休，将相之才，一代之望，寿考哀荣，孰与公抗，東鹿之原，卜此牛眠，丰碑有铭，百世之传。”张弘道、张凝道《皇明三元考》卷二：“为人资兼文武，遇事敢为。以身殉国，好贤乐善，望重士林。”焦竑编次、翁正春校《皇明人物考》卷四：“天顺元年复兼兵部尚书，寻请老。卒年八十三，赠侯，谥忠毅。公天资沉毅，识量宏伟，有文武长才。遇事刚果，剔繁治剧，不以为难。行师征讨，用法言明，而料敌制胜，虽老于军旅者有不及，故所至辄能成功。及其晚节保身全名节守以谦虚而忠爱之心始终如一，诚一代伟人也。”

河间程敏政纂成《瀛贤奏对录》十卷，此书收录河间先贤奏封之文。

六月

初四，邢台王震生。归有光《京兆尹王公震传》：“京兆尹王公震，字威远，曾祖景贤初自燕南徙任县，遂占籍于邢，今为邢台人。祖罍宣德间以乡进士为平度州同知，抗中使谪戍滦川，数岁病，思归。子整上疏代父，整戍又二十八年始赦还，整妻亦死于战。后妻生公，体貌丰伟，善骑射，博涉经史。”（焦竑《国朝献征录》卷七十五）王震（1460—1541），字威远，邢台人。弘治六年（1493）进士，授户部主事，奉使部送犒军银于西夏。后以郧阳太守职协助讨寇，以功升河南右参政、河南左布政。嘉靖初年（1522），任应天府知府，减赋兴农，甚赢民望。晚年杜门家居，颐养天年，年八十二而终。

本年

博野刘吉充任侍讲侍读于东宫，以丁忧归。雷礼《国朝列卿纪》卷十一：“庚辰郑世子及泾阳王以事召至，命侍讲读。时宪宗为皇太子，因命侍讲读于青宫。癸未，丁内艰。”

盐山王翱欲荐铨广平贾铨任户部尚书，以“貌寝”被帝拒，改以右副都御史巡抚山东，寻兼抚河南。张廷玉《明史》卷一百五十九《列传第四十七》：“天顺四年与梁楘等举政绩卓异。户部初阙尚书，王翱欲擢铨。帝问李贤，贤曰：‘闻其名，未见其人也。’及是来觐，帝命贤视之，还奏貌寝。乃以为右副都御史巡抚山东，寻兼抚河南。”过庭训《明分省人物考》卷九：“天顺四年，入觐赐燕，升都察院左副都御使，巡抚山东，未几，兼抚河南，往来二省，便宜行事，为政务实而耻浮名，或面称其美，即推而不受，喻之曰：‘此某同僚之所主，而某受委任者之所行也。’故人莫究所自。”

广宗崔恭以王翱之荐，迁吏部右侍郎①，得倚任。汤斌《拟明史稿列传一》：“四年，英宗以王翱请老，命举一人佐之。翱以恭对，帝喜，以为右侍郎。恭佐翱，用人无偏党，翱亦倚任不疑。帝尝与李贤论王翱，因言恭与姚夔亦佳。贤对曰：‘恭、夔才器，异日皆尚书选。’帝以为然。”

临漳石璞再被帝召，命以左都御史掌院事于南京。汤斌《拟明史稿列传二十七》：“四年，帝谓大学士贤曰：‘石璞纯臣也。闻尚健然苦贫，盍为我召之。既至，青袍角带以入。帝问前赐尔绯玉安在？璞顿首谢言：‘臣孤忠无援，自分填沟壑矣！陛下无故召臣，臣惧无状，必有罪当陈诛谴耳。’帝悦。是时，璞微聩，故命以左都御史掌院事于南京。”

浚县王越擢山东按察使，以右副都御史巡抚大同。（唐鹤征撰《皇明辅世编》卷二）

南宫白圭被召为兵部右侍郎。（民国二十五年刊《南宫县志》）

据《天顺四年进士登科录》，本年顺天府进士登科情况如下：

第二甲 5 名，赐进士出身。姓名及履历分别为：

刘恭，贯直隶永平府滦州乐亭县，民籍，国子生，治《诗经》。字敬之，行一，年三十四，十二月初八日生。曾祖孝义，祖志，父贵，母李氏，继母李氏。具庆下。弟贤、进、忱。娶张氏。顺天府乡试第一百二十九名，会试第一百六十一名。

---

① 孙奇逢：《畿辅人物考》卷之二记为“吏部左侍郎”。

李温，贯顺天府通州漷县，军籍，国子生。治《书经》。字景和，行三，年二十七，十月二十二日生。曾祖万，元万户。祖太，赠昭信校尉。父兴，母姜氏。永感下，兄浚，庚午贡士；哲，娶周氏。顺天府乡试第一百九十三名，会试第九十三名。

纪钦，贯直隶大名府开州，民籍，国子生。治《易经》。字敬之，行一，年三十五，三月十六日生。曾祖着，右佥都御史。祖彦常。父振，吏部员外郎。母倪氏。慈侍下。弟锡、铨。娶李氏。顺天府乡试第十六名，会试第一百四十二名。

孙瑜，贯直隶顺德府□□县，民籍，国子生。治《诗经》。字孟修，行二，年二十六，十二月十七日生。曾祖世谅、祖伍。父能，剑州吏目。母乔氏。具庆下。兄琮，弟琏、理、珉、珂。娶张氏。顺天府乡试第三十四名，会试第三十六名。

国泰，贯直隶真定府冀州武邑县，民籍，国子生。治《书经》。字时雍，行一，年三十三，八月十二日生。曾祖孝先、祖大有。父璧，江都县知县。母魏氏。具庆下。弟安、亨、宁。娶倪氏。顺天府乡试第二十九名。会试第一百六名。

第三甲 13 名，赐同进士出身。姓名及履历分别为：

刘琛，贯直隶保定府唐县，民籍，国子生。治《书经》。字献之，行四，年三十六，六月十一日生。曾祖大荣，祖思诚，父圮。娶齐氏。顺天府乡试第一百十二名，会试第一百二十二名。

马孝祖，贯顺天府昌平县，民籍，国子生。治《书经》。字德源，行一，年三十五，四月十七日生。曾祖得兴，祖从善。父玉，兰县知县。嫡母张氏，母张氏。具庆下。弟孝宗、孝忠、孝诚、孝敬。娶郝氏，继娶贺氏。顺天府乡试第九名，会试第五十五名。

侯英，贯直隶大名府开州，匠籍，国子生。治《书经》。字世杰，行二，年三十一，十二月初七日生。曾祖贵。祖隆，赠监察御史。父春，浙江按察司副使。母钟氏，赠孺人。慈侍下。兄佐。弟佑、傅、侃。娶谢氏。顺天府乡试第十五名，会试第三十名。

刘宾，贯直隶大名府魏县，民籍，国子生。治《书经》。字廷臣，行一，年三十六，九月二十一日生。曾祖启渊、祖敏、父仲礼、母包氏。慈侍下。兄凯。弟寰、宇。娶石氏，继娶张氏。顺天府乡试第二百十九名，会试第一百三十八名。

王范，贯直隶大名府开州，民籍，国子生。治《礼记》。字子仪，行二，年二十七，三月二十五日生。曾祖玉。祖福荣，仓副使。父信，母张氏，继母张氏，具庆下。兄聪。弟忠、慧、普，懋、宪。娶张氏。顺天府乡试第八十九名，会试第四十七名。

何广，贯直隶滑县，官籍，交趾扶宁县人，国子生。治《易经》。字博之，行三，年三十一，十一月二十六日生，曾祖飞景，交趾安潭令。祖春，交趾□郎令。父汝隆，滑县主簿。母莫氏，继母陈氏。具庆下。兄俊利，长寿。弟廙、偟。娶周氏。顺天府乡试第三十五名，会试第五十七名。

王聪，贯顺天府通州漷县，民籍，国子生，治《书经》。字师德，行一，年三十四，八月十七日生。曾祖贵、祖云、父俊。母汪氏。具庆下。弟睿。娶管氏。顺天府乡试第二百二十八名，会试第八十六名。

谷琰，贯直隶大名府开州，匠籍，国子生。治《书经》。字邦器，行一，年三十，十一月十五日生。曾祖友增、祖升、父礼，母王氏，继母靳氏。具庆下。弟琬、锈、珙。娶王氏。顺天府乡试第三十一名，会试第十九名。

郑贤，贯直隶广平府肥乡县，民籍，国子生。治《诗经》。字时举，行三，年三十五，九月二十三日生。曾祖积善，祖海，父兴，母胡氏。慈侍下。兄源、杰。娶姚氏。顺天府乡试第八十九名，会试第六十名。

王甫，贯直隶保定府易州，军籍，国子生。治《礼记》。字君美，行一，年三十二，八月十九日生。曾祖从善，祖铭，父杰，母李氏。具庆下。弟銮、琛、瓏。娶齐氏。顺天府乡试第一百九十三名，会试第一百四十一名。

彭昭，贯直隶河间府献县，民籍，县学生。治《礼记》。字景辉，行四，年三十三，十二月初九日生。曾祖聚，祖友信，父仕敬，母杨氏，继母孟氏。永感下。兄敏、政、显。弟宣、陆。娶刘氏，继娶孙氏。顺天府乡试第五十九名，会试第一百十七名。

汪宽，贯顺天府大兴县，民籍，府学生。治《春秋》。字汝中，行六，年二十五，正月十九日生。曾祖行三，祖士弘，父仲礼，前母朱氏，母杜氏。具庆下。兄宇、宾、容，中书舍人；宣、宏。聘杨氏。顺天府乡试第五十六名，会试第一百四十八名。

王玺，贯直隶大名府开州长垣县，军籍，国子生。治《诗经》。字大用，行一，年三十一，九月十六日生。曾祖六，祖克铭，父时佐，母张氏。具庆下。弟琦、瑀、璇、琎。娶焦氏，继娶李氏。顺天府乡试第四名，会试第一十七名。

天顺五年

（公元1461年　辛巳）

三月

十八日，安平张凤（1396—1461）卒于赴南京官邸路上。一生为人正直而心地平易，被称为朴实君子。李贤《资政大夫南京户部尚书安平张公神道碑》："辛巳春，以考绩赴阙，上慰劳有加，公以足疾恳辞休致，不允。舟还疾作，未抵任而卒，是岁三月十八日也。距生洪武丙子九月四日，享年六十有六。公为人直正而心地平易，遇事敢为，人不敢以私干之，尤笃于友义。同门蹇于仕途者，必极力助之。故人李恂为太常赞礼郎，母老子幼，夫妇相继而卒。凤恻然，遂养其母以终，聘其女为子妇，教养其子至于成立。又急于济人，尝渡江，偶遇一舟覆于急流，即捐白金购人救之，舟中之人赖以全活。性尤真率，客至即出酒殽对酌为乐，不计丰约，与之接者未尝不称为朴实君子云。历官几四十年，勤慎如一日。"

四月

河间程信升刑部右侍郎。程敏政《资德大夫正治上卿南京兵部尚书兼大理寺卿赠太子少保谥襄毅程公事状》："辛巳，刑部阙佐贰，英宗与辅臣论人材及公，辅臣因言公性直不阿，宜在法司。英庙以为然。四月召还，升刑部右侍郎。公自守益笃，凡事必从公。又以刑系民命之大者，取《大明律》条分目析为律学指掌，一编随以自益。"

南宫白圭以兵部侍郎职督陕西诸边。（张廷玉《明史》卷十二 本纪第十二）

七月

二日，唐县寇深（1391—1461）遭曹钦害，赠少保，谥"壮愍"。彭时《资善大夫都察院左都御史赠少保谥庄愍寇公深墓表》："五年之间，凡活死囚三百余人，蒙赐金带绣衣银币等物者，屡或召见便殿，恒以姓呼之，而不名。当是时，公尽心所职，颇为势要所忌。有武臣曹钦者，骄纵越法，公率台属劾正之，见忌滋甚。既而钦反，先令人执公，公骂贼不屈，遂遇害。实天顺五年七月初二日也。事闻，上悼惜不已，追赠少保，谥庄愍，命有司厚赙，弁给葬祭。公平居喜观书史，于古人行事历历能记，尤熟先朝典故。廷议大政大事，众方致思。公辄引故实一言以决之，确乎不易。然气貌刚毅，每谦抑自将人犹望而畏之，不敢近。虽年钧官埒者，亦避逊焉。其以严见惮若此，识敏才高，人所不能言者巳。敢言之人所难为者，巳易为之。以故历官余三十年，所至克树声绩，卓然一代之大臣宜也，年六十有九。”（焦竑《国朝献征录》卷五十四）《英宗实录》卷三百三十：“深，为人强劲，敢任事，百僚敬惮之。然无学术、重以贪鄙残刻。朝士有忤之者，虽睚眦必报。初谄事曹钦父子，已而疏之，故及于祸云。”

曹钦反，执李贤于市，盐山王翱勇救，加太子少保。雷礼《国朝列卿纪》卷二十四：“曹钦反，夜执李贤于长安，砍伤其首，血满面，奔翱卧所求救。贼并执翱，翱曰：‘朝廷何负汝，汝乃反邪？杀他人宁杀我。’贼素畏服翱，因谢曰：‘岂敢杀长者耶？’遂上马去，李乃得释。事闻，加太子少保。”

沧州马昂总督军务平陕西虏寇。以平曹钦之功，加太子太保，仍掌部事。自是，得宠待特厚。雷礼《国朝列卿纪》卷三十二：“辛巳，虏寇陕西势甚急，命怀宁伯孙镗为总兵，昂仍总督，刻日出师。是夕，曹钦反，昂与镗讨之，钦伏诛。进太子少保，仍掌兵部事。自是，上宠待特厚，赏赉以金玉束带，绣金麒麟，服其银币玩器，书画禽鸟，时鲜之赐，岁无虚日。衣有号撒哈喇者，虽勋戚有不可得，昂与赐焉。屡召游西苑、南宫及扈从较猎南海子，一时进退，廷臣亦必咨访。”

顺义李宾挺身奋击曹吉祥叛，升都察院左都御史。焦竑《国朝献征录》卷五十四下：“是年七月初五日，吉祥构逆，焚长安左门，众官惊散。宾独率子弟家人挺身奋击。贼平，上大喜，本月十二日，诏升都察院左都御史。”

滹县岳正被释为民，归乡里。张廷玉《明史》卷一百七十六《列传六十四》：“亨、吉祥既诛①，帝谓李贤曰：‘岳正固尝言之。’贤曰：‘正有老母，得放归田里，幸甚。’乃释为民。”

十一月

唐县马恭卒。《英宗实录》卷三百三十四：“（天顺五年十一月乙丑）致仕都察院副都御史马恭卒。恭，直隶唐县人。由监生授杭州府推官。正统二年，除陕西道监察御史。八年，奉命往陕西巡边。寻又奉命协赞延绥等处军务。九载任满，升都察院右佥都御史，仍理前事。景泰二年，以杀贼功，升右副都御史。恭，在边十余年，军政修明，下人悦服。四年，以老疾致仕，至是卒，遣官谕祭。”

---

① 天顺四年（1460），石亨得罪瘐死狱中；天顺五年（1461）七月，曹吉祥发动兵变，被处以分裂肢体的酷刑而死。故，此记当在本年七月之后。

本年

京师李东阳与刘大夏、杨一清同在老师黎淳门下读书。（法式善《明李文正公年谱》卷一）

宝坻芮钊率军驱凉州等处寇，建功颇多。过庭训《明分省人物考》卷一：“辛巳，虏众寇凉州甚急，钊率轻骑驰赴，凉州不可近，复分部属散掠庄浪诸处，钊随机应变，分兵追剿，所向克捷，虏势屈，乃遁去。是时，虏出没边境几一载，而城守无虞，居人不致流散者，钊调度抚循之功居多。”

天顺六年

（公元1462年　壬午）

八月

李东阳十六岁中举。李东阳《怀麓堂集》卷二十六《京闱同年会诗序》云：“天顺壬午，予同举顺天乡试者百三十有五人。”

九月

宝坻芮钊（1408—1462）以病卒[①]。一生勤谨清廉，为众所敬。过庭训《明分省人物考》卷一：“尝奉命按治辽东、河南、江西，所至持风裁，锄强击贪，不少宽纵，吏民惕息畏服。其在江西，能声尤著。盖江西地大民众，讼狱繁剧，钊处断明敏，庭无滞囚，不逾时，令行禁止，阖境清肃。既代去，良善怀慕，不忍舍。居无何，朝廷擢钊按察副使，从民望也。钊至，振扬风纪有加于前。顷之，以外艰去任。江西十三郡之人群诉于部使者，冀夺情莅职。部使者以闻，事寝得终制起复，迁陕西右布政使。陕西地方接戎虏，三边尝屯重兵，供饷为难。钊夙夜尽心区画有方，边储以足。”“壬午，以疾卒。下人感叹有殒涕者，总戎暨中贵视其装，惟衣服簿书，又相与叹服其清操云。讣闻，上深悼惜，赐祭营丧如礼。”《英宗实录》卷三百三十四：“钊，仪观丰伟，资性厚重。历官二十余载，虽未大有建明，然所至人敬惮之。但其人为郡御史时，进非其道，士论不满云。”

---

① 依《大明英宗睿皇帝实录》卷三百四十四所记，卒在本月。

秋

顺天府乡试陈鉴为主考官，刘宣为副主考官。程敏政以《尚书》中顺天府乡试第一，同年中举者有李东阳、倪岳、章镒等人。程敏政《篁墩文集》卷二十四《户部郎中官君挽诗序》："平度官君汝清，与余同治《尚书》，就天顺壬午之试。君魁山东，余亦缪魁畿北，盖相闻而未相识也。"

天顺七年

（公元1463年　癸未）

二月

贡院火，死举子多人，命改试于八月。《明史·五行志》："二月戊辰（初九），会试天下举人。火作于贡院，御史焦显扃其门，烧杀举子九十余人。"《明英宗实录》卷三百四十九："戊辰，是日大风，至晚试院火，举人死者甚众。翌日，礼部以闻，上命改试于八月。"

七月

唐县许资卒。《英宗实录》卷三百五十二："（天顺七年五月丁巳）致仕陕西左布政使许资卒。资，字文素，直隶唐县人。由举人授介休县知县，擢监察御史。正统间，升湖广按察司佥事。寻升河南副使，继又升陕西左布政使。景泰甲戌岁，考绩来京，以老疾致仕。至是卒。资明习吏事，自县职累官至方岳，所历绰有能声。然在陕西尝以贪鄙，为御史所劾，用是清议弗与焉。"

八月

释奠先师孔子。遣太子少保、吏部尚书王翱行礼。（张元忭《馆阁漫录》卷四）

南宫白圭进工部尚书。（民国二十五年刊《南宫县志》）雷礼《国朝列卿纪》卷四十七："七年，工部尚书员缺，帝意属圭。执政者欲举所知，讬以俸浅为言。"帝曰："卿所举乃方岳尔？白圭由方岳历都宪，至此不可授乎？卒授之。"

京师李东阳参加延时的会试，中进士。本次会试彭时为主考，钱溥为副主考。（法式善《明李文正公年谱》卷一）

初六，藁城石玠生。石玠（1463—1521），字邦秀，北直隶真定府藁城县（今河北省石家庄市藁城区）人。本年中进士，由汜水县令召为御史。正德时，以兵部侍郎巡视辽东。后任副使督学山西，历布政使、大司农等职，屡迁户部尚书。因疏救谏阻皇帝南巡的廷臣，忤帝意，引疾致仕。卒赠太子太保。著有《东滹漫稿》。(《畿辅通志》卷七十二、孙承泽《畿辅人物志》卷七)

本年

广东黄瑜因抗疏言事，忤权贵，议削籍，盐山王翱等共求，得免。黄佛颐辑《双槐公年谱》："七年癸未，三十八岁。是岁，公再试不定。会天变求言，公抗疏言六事，以斥中官远畅优，为说凡数千言。忤权贵，议削公仕籍，赖王太宰翱、薛侍郎远救之得免，由是誉日章（彰）。"黄瑜字廷美，香山（今广东中山市）人，明景泰七年中乡举，入国子监肄业，继而在户部任职，前后在京师八年。出为长乐（属惠州府，治所在今广东五华华城镇）知县。归居广州，以著述自娱。所著除《双槐岁钞》外，尚有《双槐集》《书传旁通》等。

盐山王翱求致仕，未得允。雷礼《国朝列卿纪》卷二十四："癸未乞致仕，上谕：卿虽年高迈，精力未衰，朕方依托，不允。"

浚县王越得李贤荐，任右副都御史巡抚大同。张廷玉《明史》卷一百七十一《列传第五十九》："七年，大同巡抚都御史韩雍召还，帝难其代，喟然曰：'安得如雍者而任之。'李贤荐越，召见。越伟服短袂，进止便利。帝喜，擢右副都御史以行。甫至，遭母忧，夺情视事。越乃缮器甲，简卒伍，修堡寨，减课劝商，为经久计。"

天顺八年

（公元1464年　甲申）

正月

河间程信母张氏卒京师，扶柩还河间，朝廷遣官谕祭营葬。程敏政《篁墩文集》卷四十一《襄毅程公事状》："甲申春正月，母夫人张氏卒京师，公扶柩还河间，朝廷遣官谕祭营葬。"

二月

宪宗即位，盐山王翱再乞致仕，未得允。雷礼《国朝列卿纪》卷二十四：“甲申，宪宗即位首召翱，赐银钞若干，遂乞致仕。上谕：卿才力老成，朕方倚重，不允所辞。”

三月

顺义李宾读廷试卷。（雷礼《国朝列卿纪》卷七十二）

京师李东阳殿试取得二甲第一，被选为庶吉士。在翰林院中受教于刘定之、柯潜。朱景英编《李文正公年谱》：“八月甲申十八岁。三月，廷试，公赐进士出身，选翰林庶几士。案《公学士柏诗序》云：‘翰林后堂之后有双柏焉，学士竹嵒柯先生所植也。先生当天顺甲申奉诏授诸吉士业，东阳辱在十八人之列。”

藁城石瑶、石玠之父石玉中进士。雷礼《国朝列卿纪》卷三十三：“石玠，字邦秀，直隶真定府藁城县人。父讳玉，天顺甲申进士，由监察御史历官山西按察使。”

赵州王诏中进士。赵之有进士，自诏始。雷礼《国朝列卿纪》卷五十三：“王诏，字文振，直隶真定府赵州人，领顺天府乡举。十年而得进士，赵之有进士，自诏始。”

蠡县冯贯以苦学中进士，初授官即有政声。雷礼《国朝列卿纪》卷六十三：“冯贯，字大用，直隶保定府蠡县人。少起田亩。十八年始知自奋于学。正统己巳之变，士民惊溃失业，独诵读不废。及领乡荐，入国学，贫无膏烛，每夜挟册随月光，晦则燎薪以续明，其勤如此。登天顺甲申进士，授监察御史，尝出巡边关，按州县搜吏弊，索民隐，贪廉才顽多见褒黜。”

寓京师曾鉴中进士，授刑部主事。（张廷玉《明史》卷一百八十五《列传第七十三》）

八月

十六日，宪宗下诏修撰《英宗睿皇帝实录》。由太保会昌侯孙继宗任监修，少保大学士李贤、吏部左右侍郎兼翰林学士陈文、彭时为总裁，礼部右侍郎李绍、太常寺少卿兼翰林侍读学士刘定之、南京国子监祭酒吴节为副总裁，学士柯潜等为纂修，至成化三年（1467）八月修成，凡八十七卷。

顺义李宾升南京兵部尚书，参赞机务。雷礼《国朝列卿纪》卷四十九：“八月，升南京兵部尚书，参赞机务。受命之初，见饿殍载道，首以民食为急，奏发仓廪赈贷，赖以全活者甚众，复令有司各设常平义仓，俾饥馑无流移之患。……

参赞几年，奉玺书二十余道，夙夜勤劳，王事未始怠忽，处事公平，人心悦服。”

九月

博野刘吉总纂《英宗实录》，复翰林院修撰岳正官，亦预纂修。张元忭《馆阁漫录》卷四《天顺八年》：“癸亥，以纂修英庙实录，起复翰林院修撰刘吉至京。吉上疏乞终制，不允。甲子，复翰林院岳正官，预纂修实录。以纂修实录，赐监修、总裁、纂修等官。太保、会昌侯孙继宗，少保、吏部尚书、华盖殿大学士李贤等宴于礼部，尚书王翱、姚夔待宴。”

秋

河间程敏政谒告归省，居家之别业。程敏政《篁墩文集》卷六十《瀛东别业赋井序》：“予家有别业，在濠城东之青陵乡，皆先世所遗者。出东门十里余，萦纡而北，过桃园，望之有堂，翼然高出，即其处。别业有三十又二楹，榜曰：‘晴洲’，晴洲者，家君别号，距屋后不百武，为金沙岭，先茔在焉。……予以天顺甲申秋谒告归省，始获居之，爱其地之偏，先茔之在即，可以业进修而却世纷也。乃撮其景而书之，又从而赋之。”程敏政《篁墩文集》卷二十一《送内兄林文秀之官淮阴序》：“天顺末，余谒告归省晴洲先生于金沙岭之别墅。文秀乃复相余行马上，时时说旧事，数日不了。”

十月

初一，阜城沈冬魁生。沈冬魁（1464—1530），字伯贞，号立斋，又号漳涯，河间府阜城县（今河北省衡水市阜城县）人。弘治三年（1490）年进士，授中书舍人，历光禄卿，裁浮靡供费。正德十三年（1518）升右副都御史巡抚河南，条例兴革事宜，揭榜示众，无不贴伏。嘉靖元年，召任户部右侍郎，二年十月迁南京礼部尚书。七年四月，致仕。九年十一月，卒。（雷礼《国朝列卿纪》卷三十八）

冬

盐山王翱被允遇雨雪免朝参。（雷礼《国朝列卿纪》卷二十四）

本年

博野刘吉组织编纂《英宗实录》，撰成，升为侍读学士，兼经筵讲官，后迁为礼部左侍郎。张廷玉《明史》卷一百六十八《列传第五十六》：“宪宗即位。召纂《英宗实录》。至京，上疏乞终制。不允，进侍读。《实录》成，迁侍读学士，直经筵。累迁礼部左侍郎。”雷礼《国朝列卿纪》卷十一：“三年丁亥，《实录》成，升侍读学士，仍充经筵官侍讲读，赐金带等物。”

南宫白圭奉敕营建裕陵。（民国二十五年刊《南宫县志》）

沧州马昂任户部尚书，加太子少保。（雷礼《国朝列卿纪》卷三十二）

任丘边宪生。边宪（1464—1524），字汝成，号桂岩，河间府任丘（今河北任丘市）人。边镛子。成化二十年（1484），中进士。授青州府推官，擢监察御史，按山西。历浙江按察使、右布政使，以右副都御史巡抚山东，后巡抚宁夏，在花马池红儿山遇鞑靼军，五日七捷。累官至南京户部左侍郎。嘉靖三年卒于故里。（孙奇逢《畿辅人物考》卷五）

故城马中锡始为诸生。《沙溪集》卷六《资善大夫都察院左都御史东田先生马公行状》：“年十六，丁内艰。服阕，入邑庠为诸生……酷嗜读书。始为诸生，厌弃俗学，日取六经百氏骚人才士之作及史牒治乱得失之迹，讽咏而玩索之，以求驰骋贯穿于古作者之域。事或毛密，随机应酬，手抄口诵不辍。同舍生颇讶其迂，亦有窃笑之。公不顾。提学阎御史禹锡见其文，极口称叹，公益自信。”

京师郭登（？—1464）卒。赠侯，谥忠武。长于诗，与其父、兄的作品合编为《联珠集》，未见流传。《畿辅明诗》选录其诗歌十三首，古体诗三首，余皆为五、七言律绝，清词丽句，颇见才情。李东阳评其诗为“国朝武臣之冠”。

据《天顺八年进士登科录》，本年顺天府进士登科情况如下：

第二甲 4 名，赐进士出身。姓名及履历分别为：

李东阳，贯湖广茶陵县人，金吾左卫军籍，顺天府学军生，治《书经》。字宾之，行一，年十八，六月初九日生。曾祖文祥，祖允兴，父淳，母刘氏，继母麻氏。具庆下。弟东山、东川、东溟。聘刘氏。顺天府乡试第四十四名，会试第一百八十五名。

郑铭，贯直隶广平府邯郸县，民籍，国子生，治《书经》。字德新，行二，年三十六，七月三十日生。曾祖思忠，祖参，父弘，嫡母王氏，生母王氏。慈侍下。兄举。弟鉴、锦。娶和氏。顺天府乡试第一百二十二名，会试第七十三名。

郑玉，贯顺天府大兴县，民籍，□□□，治《诗经》。字时用，行三，年三十三，五月三十日生。曾祖文显，祖士荣，父□□。母俞氏。慈侍下。兄镦、□□。娶潘氏。顺天府乡试第一百名，会试第六十五名。

潘琚，贯浙江金华府金华县，民籍，□□□，治《诗经》。字廷用，行四，年二十六，十二月十九年生。曾祖仲德，祖士可，父惠，母朱氏。具庆下。兄瑾，医士；珎。娶赵氏，继娶方氏。顺天府乡试第三十一名，会试第一百八十一名。

第三甲22名，赐同进士出身。姓名及履历分别为：

李进，贯直隶保定府清苑县，民籍，县学生，治《书经》。字廷用，行三，年三十四，十一月二十二日生。曾祖敬原，祖守中，父信，母张氏。慈侍下。兄敬、谨。娶石氏，继娶徐氏。顺天府乡试第三十三名，会试第二十三名。

王璒，贯顺天府大兴县，民籍，国子生，治《书经》。字器之，行三，年二十八，四月二十九日生。曾祖成，祖福顺，父勋，教授。母孟氏。具庆下。兄璔、玶，贡士。娶岳氏。顺天府乡试第五十七名，会试第八十一名。

侼祥，贯直隶保定府易州，军籍，国子生，治《书经》。字符吉，行四，年三十五，十一月二十四日生。曾祖得林，祖玉，父巽，母卢氏。慈侍下。兄访、询、志。娶杨氏。顺天府乡试第二百十五名，会试第四十七名。

段誉，贯直隶河间府肃宁县，军籍，国子生，治《礼记》。字德实，行五，年三十六，八月初七日生。曾祖福原，祖文秀。父整，典史。母王氏。慈侍下。顺天府乡试第四名，会试第一百七十八名。

戴玉，贯顺天府宛平县，匠籍，国子生，治《春秋》。字德润，行一，年三十二，三月十六日生。曾祖善，祖垂裕，父通。母顾氏。具庆下。弟珏、瑶。娶鲍氏。顺天府乡试第二名，会试第九名。

刘珙，贯直隶永平府抚宁县，民籍，府学生，治《诗经》。字廷献，行一，年二十五，六月初八日生。曾祖源。祖本，知府。父钺，吏部郎中。母单氏，赠宜人；继母冯氏，封宜人。具庆下。弟玟、瑭。娶张氏。顺天府乡试第三十四名，会试第九十八名。

王诏，贯直隶真定府赵州宁晋县，民籍，国子生，治《礼记》。字文振，行二，年三十七，五月初五日生。曾祖思义。祖理，绛州判官。父昂。母张氏，继母毕氏。具庆下。兄铭，序班；谦。弟让、诰、銮。娶曹氏。顺天府乡试第五十五名，会试第八十五名。

李衍，贯直隶真定府武强县，民籍，县学生，治《易经》。字尚文，行一，年三十七，十二月初一日生。曾祖胡，祖士能，父敬，母张氏。具庆下。弟振、铎、术。娶王氏。顺天府乡试第一百二十七名，会试第九十七名。

马骢，贯直隶河间府景州故城县，民籍，国子生，治《书经》。字德良，行二，年三十五，十一月初一日生。曾祖从周，驿丞。祖显。父仪。母张氏。慈侍下。兄恒、泰。弟骥、骐、元喆、升、中锡。娶高氏。顺天府乡试第一百三十名，会试第三十五名。

王昭，贯顺天府蓟州遵化县，民籍，国子生，治《诗经》。字克明，行一，年四十，七月十二日生。曾祖士能，祖八恭，父斌，母董氏。严侍下。弟茂、兴、福、全。娶董氏。顺天府乡试第二十六名，会试第二百十一名。

张铎，贯直隶真定府真定县，军籍，国子生，治《易经》。字廷用，行一，年三十九，十月十五日生。曾祖才卿，祖聪，父翥，母程氏。具庆下。弟鉴、铭、锡、镛、录、锺。娶陈氏。顺天府乡试第一百十九名，会试第二百十三名。

吴樌，贯直隶保定府博野县，民籍，国子生，治《诗经》。字大用，行二，年三十四，十月初四日生。曾祖孝义。祖兴，县丞。父泽。母田氏。重庆下。兄春，弟桐、梓。娶陈氏，继娶赵氏。顺天府乡试第五十八名，会试第一百三十名。

冯贯，贯直隶保定府蠡县，军籍，国子生，治《书经》。字大用，行三，年三十二，闰八月十八日生。曾祖守道，元御史。祖彦举，主簿。父吉。母朱氏。具庆下。兄欢、悦。娶李氏。顺天府乡试第一百九十一名，会试第九十九名。

毛鳞，贯直隶大名府长垣县，民籍，县学生，治《易经》。字廷瑞，行一，年二十九，十一月二十八日生。曾祖敬忠、祖弘、父信。母杨氏。具庆下。兄鹗，县丞。弟鹏、鹑、鸢、鸸、鸷、鹳。娶张氏。顺天府乡试第七十一名，会试第三十七名。

石玉，贯直隶真定府藁城县，民籍，国子生，治《易经》。字大器，行二，年二十九，十一月二十二日生。曾祖永，祖友智。父麟，教谕。前母时氏，母徐氏。慈侍下。兄玺。娶赵氏。顺天府乡试第六十五名，会试第一百七十六名。

王崇之，贯直隶大名府滑县，民籍，县学增广生，治《诗经》。字守节，行三，年二十四，闰十一月二十五日生。曾祖景新，祖循理。父宪，府同知。母郑氏。重庆下。兄淮、泽。弟爱之、敬之。娶周氏。顺天府乡试第九十四名，会试第二百三十九名。

曹铨，贯直隶保定府满城县，军籍，国子生，治《礼记》。字秉衡，行一，年三十一，二月初六日生。曾祖伯通、祖彬。父端，教谕。母田氏。慈侍下。弟锐、钺、锡、銮、镗。娶王氏。顺天府乡试第一百十七名，会试第十名。

费臻，贯直隶保定府安州，民籍，国子生，治《诗经》。字时和，行一，年三十四，十一月二十二日生。曾祖用广，祖茂，父琏，母钟氏，继母于氏。重庆下。弟致、郅。娶曾氏。顺天府乡试第二十八名，会试第三十六名。

邓铉，贯直隶河间府青县，民籍，国子生，治《书经》。字文鼎，行三，年四十，六月十七日生。曾祖士达，祖成。父斌，主簿。母陈氏。严侍下。兄鉴、铎。娶林氏。顺天府乡试第一百五名，会试第二百四十名。

李鸣凤，贯直隶保定府定兴县，民籍，国子生，治《春秋》。字时阳，行三，年二十五，十二月初六日生。曾祖士成，赠后府都事。祖福，山西佥事。父俊，陕西按察使。母张氏，封孺人。具庆下。兄翔凤，贡士；仪凤。弟岐凤、来凤、翱凤、梧凤、冈凤、韶凤。娶魏氏。顺天府乡试第一百一名，会试第二百名。

史芳，贯直隶保定府易州，民籍，州学生，治《春秋》。字世馨，行二，年二十八，三月十二日生。曾祖七公，祖刚。父泰，兵马副指挥。母张氏。具庆下。兄茂。弟英、兰、蓁、蕃。娶郑氏。顺天府乡试第五十八名，会试第一百二十一名。

刘俊，贯顺天府顺义县，民籍，国子生，治《诗经》。字时用，行二，年三十，九月二十二日生。曾祖大恭，祖义，父清。母张氏。重庆下。兄杰。弟侄。娶□氏。顺天府乡试第三十二名，会试第一百十七名。

第三章

成化元年至正德十六年

（1465 ~ 1521）共 57 年

成化元年

（公元 1465 年　乙酉）

正月

盐山王翱又乞致仕，未允，准其只朔望朝参。（雷礼《国朝列卿纪》卷二十四）

滁县岳正得复官及宅第，然仍未得大用，不悦。张廷玉《明史》卷一百七十六《列传六十四》：“宪宗立，御史吕洪等请复正与杨瑄官，诏正以原官直经筵，纂修《英宗实录》。初，正得罪，都督佥事季铎乞得其宅，至是敕还正。正还朝，自谓当大用，而贤欲用为南京祭酒，正不悦。忌者伪为正劾贤疏草，贤嗛之。”

二月

盐山王翱加太子太保、荣禄大夫。（雷礼《国朝列卿纪》卷二十四）

四月

新乐马谨卒。《宪宗实录》卷十六：“（成化元年夏四月戊寅）致仕都察院右副都御史马谨卒。谨，字守札，直隶新乐县人。宣德初进士授监察御史。正统间，升吏部验封司郎中，后升湖广右布政使。时苗贼窃发，奉命同参将等官总军事，兼督粮饷，所至事集，而民安之，寻升左布政使。景泰间，升副都御史，巡抚河南，承敕考察官吏，黜陟允当。天顺初，命致仕。至是卒，年七十七。讣闻，赐葬祭如礼。谨早以廉介见称于时。当御史时，大学士杨士奇以诗赠之，有‘直道而行马御史，冰霜节操铁心肝’之句。尚书胡濙亦称其‘虽临势力炎凉，不改其操。’谨历官所行，于二人之言无愧云。”

滁县岳正出为兴化知府。张廷玉《明史》卷一百七十六《列传六十四》：“成化元年四月，廷推兵部侍郎清理贴黄，以正与给事中张宁名并上。诏以为私，出正为兴化知府，而宁亦补外。”

八月

京师李东阳被授翰林院编修之职。《明宪宗实录》卷二十：“成化元年八月。辛丑，擢庶吉士李东阳、倪岳、谢铎、焦芳、陈音为翰林院编修，吴希贤为检讨、刘淳为中书舍人，仍旧译字，张敷华等九人为各部主事。”

九月

十一日，藁城石瑶生。雷礼《国朝列卿纪》卷十二："石瑶，字邦彦，直隶真定府藁城县人。父玉，由进士历官山西按察使。瑶自幼颖异庄重，为诸生时，年未弱冠，与兄户部尚书公玠俱有文学名，以公命谒大学士杨文襄公，以文为贽。文襄公甚奇之。"石瑶（1465—1528），字邦彦，号熊峰，人称"熊峰先生"。真定府藁城（今河北省石家庄市藁城区）人。成化二十三年（1487）进士，选庶吉士，授检讨。孝宗末，进修撰。正德间，擢南京侍读学士。历两京祭酒，迁南京吏部右侍郎、左侍郎。正德十六年（1521），拜礼部尚书，掌詹事府。世宗时，任吏部尚书兼文渊阁大学士，参予机务。进太子太保、武英殿大学士，加少保。嘉靖六年春，致仕。卒谥文隐。隆庆初年，改谥文介。为诗"淹雅清峭，讽喻婉约"。著有《熊峰集》十卷、《别本熊峰集》四卷、《恒阳集》四卷。（张廷玉《明史》卷一百九十《列传第七十八》、钱谦益《列朝诗集小传》丙集）

十二月

长（冬）至日，京师李东阳与同年诸僚友燕集罗璟第。定一年诸节日，其人均有诗会。黄佐《翰林纪》卷二十："天顺甲申庶吉士同馆者罗璟辈为同年燕会。定春会元宵、上巳，夏会端午，秋会中秋、重阳，冬会长至。叙会以齿，每会必赋诗成卷。上会者序之以藏于家。非不得已而不赴会者与诗不成者，俱有罚。有宴集文会录行于时。"罗璟，字明仲，号冰玉，泰和（今江西省吉安市泰和县）人。天顺八年进士。历官编修、修撰、侍读、福建提学副使、南京祭酒。

命直隶容城县立祠祀元儒刘因。张元忭《馆阁漫录》卷五："成化元年。庚子，命直隶容城县立祠祀元儒刘因。初，国子监助教李伸奏请因及国朝故礼部左侍郎兼学士薛瑄从祀，历述因之墓表祠记，与荐因从祀章奏，谓因'物故太早，复当兵燹之余，故其著述多残缺不备。观其遗文所载《河图辩》《太极图后记》诸篇，皆足以继往开来，有功名教，不必在于著述之多。而况当时请列因从祀者，皆以许衡、吴澄并称，衡既从祀于当时，而澄亦褒崇于今日，独因未得通祀，实为缺典。'谓瑄'潜心体道，笃志力行，所著《读书录》《河汾集》诸书，足以发明往来，垂惠后学，亦宜从祀。'"

本年

固安王复迁兵部尚书。张廷玉《明史》卷一百七十七《列传第六十五》："成化元年，延绥总兵官房能奏追袭河套部众，有旨奖劳。复以七百里趋战非宜，且恐以侥幸启衅，请敕戒谕，帝是之。进尚书。"

南宫白圭被命提督军务，发京军及诸道兵讨荆襄贼刘千斤等。以功加太子少保，增俸一级。张廷玉《明史》卷一百七十二《列传第六十》："成化元年，荆、襄贼刘千斤等作乱。敕抚宁伯朱永为总兵官，都督喜信、鲍政为左右参将，中官唐慎、林贵奉监之，而以圭提督军务，发京军及诸道兵会讨。""圭等至南漳，贼迎战，败之，乘胜逼其巢。通奔寿阳，谋走陕西。圭遣兵扼其道，通乃退保大市，与苗龙合。官军又破之雁坪，斩通子聪及其党苗虎等。贼退保后岩山，据险下木石如雨。诸军四面攻，圭往来督战，士皆蚁附登。贼大败。擒通及其众三千五百余人，获贼子女万一千有奇，焚其庐舍，夷险阻而还。石龙与其党刘长子等逸去，转掠四川，连陷巫山、大昌。圭等分兵蹙之，长子缚龙以降，余寇悉平。录功，加圭太子少保，增俸一级。遭父忧，葬毕，视事。"

河间程敏政自天顺八年（1464）谒告归省时丁内艰的程信于河间，于本年返京（《篁墩集》卷六十二有《乙酉岁瀛東别业杂兴集古》，知程敏政返京当在成化元年乙酉）。期间，程敏政吟诗作赋，曾撰《瀛东别业赋》（《篁墩集》卷六十）咏其河间别业；与多年未见的表兄林文秀多有遨游，《篁墩集》卷二十一《送内兄林文秀之官淮阴序》回忆："时深秋旷野，天长木落，颇快人意。既出瓦桥关、过雄县，余与文秀因驰马游郑州古城上。有骑而剑者数人，群僧荷殳拥其后。文秀以为暴客，心甚恐，余时独挟三矢跃而出。适有奔犬起起薄闲，客僧相谓曰：'公子能追殪之乎？'余控弦应声一发而毙。客与僧相顾愕眙，散去。"

河间程信升为兵部右侍郎。程敏政《资德大夫正治上卿南京兵部尚书兼大理寺卿赠太子少保谥襄毅程公事状》："成化纪元有事于西广、四川。今上皇帝诏起复公为兵部右侍郎，公上疏固辞不允。"

新城刘庆被荐平两广，多出良策，以功升大理寺右寺丞，赉予厚。马中锡《大理寺右少卿刘公庆行状》："成化改元，两广弗靖，廷议须命文武兼备御史往大司马白公圭遂以公名奏请以行。比至广，贼锋甚锐，豨突豕奔，众婴城自守。盖自元戎以至偏裨，莫知计所从出。公为之出奇决胜，进三军而谕之，勖以温言，责以大义，倡勇敢，禁掳掠，民间一丝一粟不敢（取），临敌虽矢石交下，亦不敢轻有动移。公曰：'士用命可以战矣！'翌日，元戎整兵而出，号令严肃，部伍齐整，器械鲜明，贼望风而遁。两旬间，大功遂成，公之力居多焉。班师之日，行李萧然，以赤子视潢池，以文事饬武备，戒贵介以张皇，分将士之甘苦，怀郄縠诗书儒将之风，而不罹马援薏，茹明珠之谤，朝廷嘉之，升大理寺右寺丞，赉予益厚。"（焦竑：《国朝献征录》卷六十八）

新城杨宣以旧臣得眷注尤笃，寻升鸿胪卿，满三载进阶中宪大夫，赐诰褒封

父如其官、母恭人。（傅珪《礼部左侍郎掌鸿胪寺事杨公宣墓志铭》）

香河李泰升侍讲学士，兼经筵官，寻侍文华日讲，预修《英庙（宗）实录》。（廖道南《殿阁词林记》）

滦县董方迁刑部右侍郎。（焦竑《国朝献征录》卷四十四）

沧州马昂改户部尚书。（项笃寿撰《今献备遗》卷十）

赵州王诏拜工科给事中，论事持大体而不为顾忌，尝出副藩府册，封使不受馈遗。（雷礼《国朝列卿纪》卷五十三）

任丘邝璠生。邝璠（1465—1505），字廷瑞，山东任丘人（今河北任丘），明弘治七年（1493）进士，翌年任苏州府吴县（今江苏吴县）知县，历官瑞州（今江西高安县）知府、河南右参政。著《便民图纂》十六卷，是我国明代优秀"通书"类型的农书，在江浙一带传播甚广。（《畿辅通志》卷七十四、孙奇逢《畿辅人物考》卷之二）

成化二年

（公元1466年　丙戌）

正月

京师李东阳与同年诸僚友披雪燕集谢铎第，为元宵之会。谢铎《桃溪净稿》文卷一《元宵燕集诗序》："皇帝御极之三年，朝廷熙洽，乃休假文武群臣于元宵前后各五日，得燕饮为乐。先是，铎同年诸僚友相与约：岁时假杯席叙平生以为常。去年长至日，明仲为首举，铎以次得元宵之会。及期，天大雨雪，竟日夕弗止。诸友无违约，悉至。至乃举爵，爵无算。垂酣，明仲主席抗言曰：'乃今日虽故旧之欢，实维君之赐。故事会有纪，今故已乎哉！遂举"金吾不夜禁，玉漏莫相催"之句阄为韵。'已乃复举酒，明仲曰：'因以为令，凡于声吟哦作推敲势者，有罚。主人主劝客，诗成许后。客贵速，迟亦弗罚也。'师召寡言语，得'金'字，诗最先成，罚弗及。汝贤次之。余诗成，鲜不入于罚者，明仲亦坐焉。窦之故不饮，得惰令，以离席背书为长旬。鼎仪耽诗兴特浓，每出口吻间，辄触令，泉竞罚因之，未终篇，夜已三鼓矣。明仲乐不可极，因披雪以出。时鳌火烛天，惊鸟群噪，尚质马逸去，众亦弗之觉。"

二月

京师耿裕同考礼部会试，后预修《英宗实录》，进修撰，仍充经筵讲官。（徐溥《荣禄大夫太子太保吏部尚书赠太保谥文恪耿公裕神道碑》）（焦竑《国朝献征录》卷二十四）

三月

河间程敏政举一甲二名进士及第，授翰林院编修。张弘道、张凝道《皇明三元考》卷七："王冢宰一夔以敏政字精楷，力荐于李文达曰宜为第一，李曰论文不论书，遂取伦第一，而敏政次之。"

京师段正中进士，初令元城，后拜监察御史，巡按河南、江西。过庭训《明分省人物考》卷一："由京学生领乡荐第一人，明年登进士，令元城。召拜监察御史，河南、江西两奉巡按之命，迁浙江按察司副使，寻坐累，谪柳州同知。"

东安施纯中进士，改翰林院庶吉士。（《礼部尚书施纯传》）

清苑张谦中进士，除礼科给事中。（《孝宗实录》卷七十九）

东安齐章中进士。授户科给事中。（《孝宗实录》卷九十九）

山海卫郑己中进士，授监察御史，后升任陕甘巡按等。（本书编纂委员会《山海关志》第十二章）

沧州强珍中进士，授知泾县。

十月

京师李东阳、程敏政与罗璟、谢铎、倪岳、焦芳同饮彭教宅。程敏政《篁墩文集》卷六十二《出塞行》题下记云："与罗璟明仲、谢铎鸣治、李东阳宾之、倪岳舜咨、焦芳孟阳同饮彭教敷五宅，喜官军将征迤北而作。丙戌十月。"

河间程信升兵部左侍郎。程敏政《资德大夫正治上卿南京兵部尚书兼大理寺卿赠太子少保谥襄毅程公事状》："丙戌，复有事于陕西、荆襄，奏牍山委，日不暇给。时尚书缺员，公独任之区，画边事如在目中。举劾将帅皆当人意，朝廷倚重，边阃畏服；若修马政、举将材，以待四方之用，皆至今行之。十月，升本部左侍郎，时公旧疾作辍不时，弗良于行，移告家居。"

十一月

诏河间程信起，力疾视事，暂免常朝，赐一子入太学。（程敏政《资德大夫正治上卿南京兵部尚书兼大理寺卿赠太子少保谥襄毅程公事状》）

本年

盐山王翱有疾，再乞致仕，未得允。雷礼《国朝列卿纪》卷二十四：“丙戌，翱有疾，恳疏辞归，上曰：‘卿德望老成，为国柱石，朕方倚毗以成用贤图治之功，不允所辞，有疾着太医院便带好要去看。’”

易州王宪尚景帝长女固安郡主。《明孝宗实录》卷四十八：“（壬戌）固安郡主卒。主景皇帝之女，母后汪氏，成化二年下嫁仪宾王宪，至是卒，命礼部议葬祭礼义，礼部主郡主葬祭宜视嘉祥公主例，从之。”王宪，字司言，河北易州人。成化六年三月授以仪寅牙牌，为有明首例。宪好文学，喜交游，日从缙绅大夫游。

涿州殷谦起复补太原府知府，宽猛得中，寻升山西左参政。（雷礼《国朝列卿纪》卷三十二）

临漳石璞致仕归。（《宪宗实录》卷六十四）

雄县侯瓒升凤翔知府。（雷礼《国朝列卿纪》卷三十七）

超擢涞水张鹏为福建按察使。（雷礼《国朝列卿纪》卷四十七）

广平贾铨回京掌都察院事。（过庭训《明分省人物考》卷九）

据《成化二年进士登科录》，本年顺天府进士登科情况如下：

第一甲第二名，赐进士及第。姓名及履历为：

程敏政，贯直隶徽州府休宁县，官籍，口院秀才，治《书经》。字克勤，行一，年二十二，十二月初十日。曾祖杜寿，赠太仆寺卿。祖晟，赠太仆寺卿。父信，兵部左侍郎。母林氏，封淑人。具庆下。弟敏德，敏行。聘李氏。顺天府乡试第二名，会试第十八名。

第二甲 14 名，赐进士出身。姓名及履历分别为：

刘钰，贯湖广沔阳州人，直隶天津左卫军籍，卫学军生，治《礼记》。字世美，行二，年二十九，三月初一日生。曾祖添佑。祖应祖。父弦。母朱氏。具庆下。兄鉴。娶许氏。顺天府乡试第二十二名，会试第二十六名。

朱铎，贯顺天府大兴县，民籍，国子生，治《诗经》。字文鸣，行一，年三十一，十月初八日生。曾祖兴，元千户。祖敬，序班。父谦，通政司知事。母吴氏，继母王氏、李氏。具庆下。弟铨、铉。娶赵氏。顺天府乡试第二十五名，会试第三百二十六名。

王玶，贯顺天府大兴县，民籍，国子生，治《书经》。字信之，行二，年三十四，正月二十三日生。曾祖成。祖福顺。父勋，教授。母孟氏。具庆下。兄璔。弟璒，户部主事。娶杨氏。顺天府乡试第十二名，会试第六十七名。

翟瑛，贯河南洛阳县人，太医院医籍，国子生，治《春秋》。字廷光，行一，年二十八，三月初七日生。曾祖伯常，医学正科。祖蛊，医士。父观，御医。母庞氏。具庆下。兄瑄，进士。娶颜氏，继娶董氏。顺天府乡试第八十七名，会试第一百七十名。

张渊，贯应天府江宁县，锦衣卫军籍，国子生，治《春秋》。字宗本，行二，年三十八，四月十五日生。曾祖谷英，祖公亮，父颢，母周氏。慈侍下。兄海，弟淳、浚。娶虞氏。顺天府乡试第八名，会试第一百五十三名。

陆渊之，贯浙江绍兴府上虞县人，留守中卫军籍，国子生，治《诗经》。字克深，行四，年二十三，八月二十九日生。曾祖仲彰，祖士衡。父全，仓副使。母周氏。慈侍下。兄义之，译字官；信之、浩之。娶周氏。顺天府乡试第一百二名，会试第二名。

林凤，贯浙江温州府乐清县人，锦衣卫官籍，国子生，治《诗经》。字应道，行一，年二十七，十月初六日生。曾祖子俊，祖茂，父峦，锦衣卫百户。母张氏。具庆下。娶王氏。顺天府乡试第四十六名，会试第九十七名。

张敏，贯江西临江府清江县人，锦衣卫军籍，国子生，治《诗经》。字志学，行一，年二十六，七月初十日生。曾祖继荣。祖文质。父以实。母王氏。重庆下。娶胡氏。顺天府乡试第十名，会试第二百六十三名。

张玉，贯直隶河间府景州吴桥县，民籍，国子生，治《诗经》。字廷瓒，行一，年三十，正月初一日生。曾祖士能。祖翔，运司同知。父本。母许氏。慈侍下。弟珍、瑄、瓘、琥、环、琚。娶周氏。顺天府乡试第二百三十三名，会试第一百六十二名。

魏景钊，贯顺天府东安县，民籍，国子生，治《诗经》。子大用，行一，年二十九，十二日生。曾祖良，祖整，父仲实，母张氏，继母曹氏。具庆下。娶张氏。顺天府试第六十三名，会试第三百三十名。

王宗彝，贯直隶保定府束鹿县，军籍，县学生，治《诗经》。字表伦，行五，年三十一，四月二十二日生。曾祖璧，祖绪，父文，母赵氏。永感下。兄敬、元、中、宸，弟宗弼。娶封氏。顺天府乡试第三十四名，会试第二百二十六名。

郑已，贯浙江宁波府鄞县人，直隶山海军籍。卫学□□，治《易经》。字克修，行二，年二十九，三月□□。曾祖道荣。祖子敬。父弘。母何氏。慈侍下。兄纲。娶乔氏，继娶张氏。顺天府乡试第八名，会试第十一名。

齐章，贯直隶永平府滦州人[①]，燕山左卫官籍，国子生，治《诗经》。字应璧，

① 此记与《孝宗实录》卷九十九所记为“东安县人”有异。

行三，年二十九，七月二十三日生。曾祖进中。祖贵，赠指挥佥事。父安，指挥佥事。母郭氏，封恭人。具庆下。兄文，贡士；端。娶张氏。顺天府乡试第九十七名，会试第二百四十二名。

金鼐，贯直隶苏州府吴江县人，武功中卫军匠籍，国子生，治《书经》。字公器，行三，年三十八，十二月□□日生。曾祖四翁。祖仲铭。父福成。母张氏。永感下。兄鼎、鼒。弟增。娶解氏。顺天府乡试第五十一名，会试第一百十一名。

第三甲41名，赐同进士出身。姓名及履历分别为：

张谦，贯直隶保定府清苑县，军籍，府学生，治《诗经》。字益之，行一，年二十五，五月初四日生。曾祖材兴，祖旺。父纲，监生。母王氏。具庆下。弟让、谨、诚。娶龙氏。顺天府乡试第六十七名，会试第一百四十七名。

邢谨，贯顺天府三河县，民籍，国子生，治《易经》。字汝敬，行一，年三十四，九月十五日生。曾祖德良，祖仲和，父贵，母刘氏。具庆下。娶胡氏，继娶胡氏。顺天府乡试第十七名，会试第一百三名。

陈琦，贯直隶苏州府吴县人，太医院籍，监生，治《诗经》。字粹之，行一，年二十八，二月初九日生。曾祖孚敏，祖纪，父茂，母钱氏，继母张氏。具庆下。兄琳，弟瑄。娶吴氏。顺天府乡试第十二名，会试第五十二名。

刘瑀，贯直隶保定府蠡县，民籍，国子生，治《诗经》。字汝器，行六，年三十六，四月十二日生。曾祖福觉，祖士美。父亨，典史。母李氏。慈侍下。兄政、俊、璇、玑、琮。娶杨氏。顺天府乡试第七十四名，会试第三百十名。

章镒，贯浙江鄞县人，顺天府大兴县富户籍，国子生，治《易经》。字符益，行五，年二十六，九月初八日生。曾祖礼荣，祖杰，父经，母陈氏。具庆下。兄锜、镕、锐。弟铎、铨、铣、巨、鉴、铠、钊、铭、钺。娶袁氏。顺天府乡试第五十一名，会试第四十二名。

顾福，贯直隶吴县人，顺天府大兴县匠籍，府学增广生，治《诗经》。字天锡，行三，年二十七，五月十四日生。曾祖仁达，祖忠。父贤，封光禄寺署丞。母陶氏，封孺人。慈侍下。兄祯，光禄寺署丞；祥。弟禄。娶李氏。顺天府乡试第六十五名，会试第一百七十三名。

萧谦，贯四川重庆府巴县人，直隶永平卫军籍，国子生，治《易经》。字有终，行四，年二十八，五月初一日生。曾祖忠，祖诚，父凤，母陈氏。具庆下。兄豫、临、泰、颐。弟观。娶李氏。顺天府乡试第一百十六名，会试第一百八十名。

李绅，贯直隶徐州沛县人，锦衣卫军匠籍，顺天府学军生。治《诗经》。字缙卿，行二，年二十三，五月初五日生。曾祖成聚。祖毅。父钊。母周氏。慈侍下。兄玄真。聘刘氏。顺天府乡试第二十三名，会试第五十八名。

袁祯，贯江西丰城县人，山东兖州府曹州民籍，国子生，治《书经》。字贞吉，行二，年三十八，十月二十日生。曾祖汝能，赠监察御史。祖秉彝。父勖起。母徐氏。严侍下。弟裕、祥、祉、禧、祝。娶熊氏。顺天府乡试第四十一名，会试第三百十二名。

杨祥，贯直隶永平卫，官籍，国子生，治《易经》。字孟祯，行四，年二十八，五月十一日生。曾祖鹏飞，元知州。祖成。父兴，镇抚。嫡母高氏，生母许氏。具庆下。兄福，监察御史；清，镇抚；裿。娶杜氏。顺天府乡试第九十名，会试第三百五十名。

薛恭，贯顺天府蓟州，民籍，国子生，治《礼记》。字士容，行一，年三十七，正月初四日生。曾祖先，祖友谅，父贵，母王氏，继母刘氏。永感下。弟敬、谦。娶田氏。顺天府乡试第八十二名，会试第六十六名。

赵杲，贯直隶河间府沧州，军籍，国子生，治《书经》。字德辉，行二，年四十，十一月二十七日生。曾祖世安，祖士成，父信，母阎氏。具庆下。兄景。弟全、宣。娶王氏。顺天府乡试第一百名，会试第二百八十名。

桂廷圭，贯浙江宁波府慈溪县，军籍，办事官，治《诗经》。字公瑞，行七，年四十三，正月二十五日生。曾祖彦良，晋府右傅。祖慎，中书舍人。父抱孙。嫡母朱氏，生母邵氏。严侍下。兄廷琰；廷禄，训导。弟廷墦、廷巧、廷璋、廷锈、廷珍。娶邵氏，继娶纪氏。顺天府乡试第一百三十五名，会试第二十四名。

管昌，贯直隶昆山县人，锦衣卫军籍，国子生，治《书经》。字世隆，行五，年三十，七月初二日生。曾祖子铭。祖仲彬。父璲。母沈氏。慈侍下。兄升，训导；昂；昱；昇。娶朱氏。顺天府乡试第二名，会试第三十九名。

张玮，贯直隶河间府景州，军籍，国子生，治《诗经》。字汝器，行一，年三十八，十一月初四日生。曾祖敬祖，祖景初。父显，教授。母宋氏。慈侍下。弟珩、璇、玑、琚。娶辛氏，继娶侯氏。顺天府乡试第六十四名，会试第二百十名。

强珍，贯直隶河间府沧州，民籍，国子生，治《诗经》。字廷贵，行三，年三十六，正月初二日生。曾祖福六。祖仲祥。父武。母袁氏。具庆下。兄信、琮。弟琳、瑄、瑾、璜、玢。娶王氏。顺天府乡试第八十二名，会试第二百五十名。

傅鼐，贯直隶真定府冀州新河县，民籍，国子生，治《诗经》。字天和，行三，年三十，十月十一日生。曾祖原善。祖贵文，赠知府。父子篆。母李氏。慈侍下。兄楫、广；琏，监生。弟鼎、鼒。娶贾氏。顺天府乡试第一百十五名，会试第八十六名。

刘本，贯顺天府大兴县人，广西桂林中卫军籍，国子生，治《易经》。字尚文，行一，年三十五，三月二十四日生。曾祖庆，祖端，父俊，母傅氏。具庆下。弟立，义官；策，同科进士；昱。娶卢氏，继娶鲁氏。广西乡试第十五名，会试第三百三十六名。

段正，贯山西泽州人，锦衣卫军籍，顺天府学生，治《诗经》。字以中，行一，年二十六，六月二十八日生。曾祖赟。祖奉先。父善。母常氏。具庆下。娶周氏。顺天府乡试第四名，会试第二百十二名。

王浚，贯直隶广平府威县，民籍，国子生，治《诗经》。字克深，行七，年三十六，十二月十九日生。曾祖伯成，祖志刚。父荣，嫡母李氏，生母王氏。慈侍下。兄宽、友才、泽、通、恭、振。娶姜氏。顺天府乡试第八十二名，会试第一百三十名。

苏盛，贯直隶大名府元城县，军籍，国子生，治《易经》。字文盛，行三，年三十一，十月二十五日生。曾祖名旺，知县。祖弘。父宗，锦衣卫镇抚。母杨氏。慈侍下。兄荣，镇抚；兴。娶齐氏。顺天府乡试第二十四名，会试第一百三十七名。

徐英，贯直隶广平府永年县，民籍，国子生，治《礼记》。字文华，行一，年三十三，七月二十八日生。曾祖谦，晋府伴读。祖瑄，赠户部郎中。父敬，福建右参政。母段氏，封宜人。慈侍下。弟芳、蕙。娶魏氏。顺天府乡试第十名，会试第二百名。

徐辉，贯浙江嘉兴县人，富峪卫军籍，国子生，治《易经》。字孔昭，行一，年四十二，正月初四日生。曾祖原堤。祖彦升。父朗。母彭氏。具庆下。弟耀、炫、焕、熙。娶王氏。顺天府乡试第四十二名，会试第二百四十六名。

吕赞，贯直隶安庆府太湖县，军籍，国子生，治《诗经》。字廷扬，行四，年三十六，七月十二日生。曾祖谷宝。祖衡，监察御史。父梁。母郑氏。严侍下。兄谦、综、咏。弟谧、誧、中。娶章氏。顺天府乡试第八十五名，会试第二百四十四名。

刘乔，贯江西吉安府万安县，官籍，国子生，治《易经》。字述宪，行八，年三十六，四月二十六日生。曾祖昭年，赠刑部尚书。祖俊英，赠刑部尚书。父广衡，刑部尚书。母康氏，封夫人。慈侍下。兄述古；易，贡士。弟述朴、述轲、贤、述章。娶欧阳氏。顺天府乡试第二名，会试第一百二名。

端澄，贯直隶大名府南乐县，民籍，国子生，治《诗经》。字本清，行一，年三十五，六月初三日生。曾祖士能，祖宣，父信，母孙氏。具庆下。弟澍、源、洪。娶李氏。顺天府乡试第一百二十三名，会试第三百十六名。

刘钺，贯直隶保定府易州涞水县，民籍，国子生，治《诗经》。字廷肃，行一，年三十三，十月二十一日生。曾祖进忠。祖名。父琦，司狱。母褚氏，继母周氏。重庆下。弟锐、镛、镐。娶卢氏。顺天府乡试第六十四名，会试第六十四名。

余瓒，贯直隶丹徒县人，武功中卫军籍，译字官，治《春秋》。字宗震，行四，年三十，十月初三日生。曾祖文，祖渊，父成，母杜氏，继母刘氏。慈侍下。兄琎、玺、琰。弟瑄；琏，译字官；瑞；理。娶杨氏。顺天府乡试第三十五名，会试第二百九十七名。

南鹏，贯直隶保定府满城县，民籍，县学生，治《诗经》。字腾霄，行三，年二十八，四月初四日生。曾祖，祖仲成，父秉彝，嫡母张氏，生母王氏。慈侍下。兄秀，监生；通。娶戴氏。顺天府乡试第四十名，会试第一百六十四名。

王琮，贯直隶保定府清苑县，民籍，府学生，治《诗经》。字德润，行一，年三十一，二月十四日生。曾祖进，司狱。祖恕。父彰。母李氏。具庆下。娶田氏。顺天府乡试第五十一名，会试第一百七名。

李廷章，贯直隶池州府石埭县，民籍，国子生，治《书经》。字子纯，行四，年三十二，四月十一日生。曾祖性明，祖用质，父士奇，母王氏。永感下。兄子良、子茂、子铭。弟贯盛。娶胡氏。顺天府乡试第七名，会试第五十一名。

唐章，贯直隶河间府献县，民籍，国子生，治《书经》。字宗明，行二，年三十一，正月十五日生。曾祖伯亮。祖广。父镐。母周氏。具庆下。兄表。弟凤、鸾、朋。娶刘氏，继娶段氏。顺天府乡试第六十八名，会试第一百三十三名。

汪洪，贯湖广蒲圻县人，顺天府大兴县官籍，府学生，治《诗经》。字克容，行一，年二十九，十一月二十八日生。曾祖衡，祖秀。父胜，顺天府经历。母徐氏。具庆下。弟浩。娶张氏。顺天府乡试第一名，会试第二百七十六名。

李敬，贯直隶保定府安州高阳县，民籍，县学生，治《易经》。字成学，行一，年二十八，十月二十日生。曾祖居仁，祖公正，父端，母阴氏。具庆下。弟瞰。娶张氏。顺天府乡试第三十九名，会试第二百八十七名。

刘吉和，贯直隶保定府容城县，民籍，国子生，治《礼记》。字中节，行三，年三十三，十一月初六日生。曾祖士原。祖义之。父汝励，知县。母牛氏。具庆下。兄泽、澄。弟吉顺、吉祯、吉昌。娶李氏。顺天府乡试第四十二名，会试第二百三十六名。

戴佑，贯顺天府大兴县，民籍，府学增广生，治《诗经》。字符吉，行二，年三十五，正月初三日生。曾祖逊，祖子期，父宗，母钟氏。慈侍下。兄福，弟裕。娶陶氏。顺天府乡试第十五名，会试第四十五名。

沈浩，贯应天府上元县人，锦衣卫军籍，顺天府学军生。治《诗经》。字惟广，行六，年三十二，六月二十八日生。曾祖元成。祖贵。父管。母景氏。具庆下。兄俨、旻、昌、顺、杰。弟信。娶潘氏。顺天府乡试第十六名，会试第七十二名。

施纯，贯顺天府东安县，民籍，县学增广生。治《书经》。子彦厚，行五，年三十，二月十五日生。曾祖翁祖，元万户，赠尚书。祖伯诚，赠尚书。父礼，刑部尚书。嫡母冯氏，封夫人，生母马氏。慈侍下。兄纶；缙；绅，通政司右参议；纨，训科。娶许氏。顺天府乡试第九十九名，会试第九十名。

赵祯，贯直隶长洲县人，顺天府大兴县匠籍，府学生，治《诗经》。字汝吉，行三，年三十，六月二十六日生。曾祖天祥。祖彦良。父达。母王氏。具庆下。兄永、福。弟祥。娶宋氏。顺天府乡试第五十三名，会试第一百四十二名。

刘俊，贯直隶真定府深州，民籍，国子生，治《书经》。字君佐，行一，年二十九，十月二十二日生。曾祖士成。祖深。父敬让。母韩氏。具庆下。娶王氏。顺天府乡试第七十七名，会试第三百六名。

李能，贯直隶大名府内黄县，民籍，县学生，治《书经》。字时举，行一，年三十五，五月初四日生。曾祖大成，祖荣，父敬，母赵氏。具庆下。弟能。娶袁氏。顺天府乡试第五十三名，会试第三百二十名。

成化三年

（公元 1467 年　丁亥）

三月

固安王复由兵部尚书改任工部，声名胜前。雷礼《国朝列卿纪》卷六十二：“成化元年，升兵部尚书。时边患渐兴，众议戎政非其所优，特改白圭为兵部，改复为工部尚书，加太子少保。在部谨法识体，又善节缩财料，止无名之役，声名胜于在本兵时。”《大明宪宗纯皇帝实录卷》之二百六十七：“成化初，擢本部尚书，以陕西多事，命出巡边，得便宜行事。凡所建置，多合时宜。言者谓复居兵部非宜，改工部。”

南宫白圭代固安王复任兵部尚书。（张廷玉《明史》卷一百七十二《列传六十》）

六月

河间程信任兵部尚书。程敏政《资德大夫正治上卿南京兵部尚书兼大理寺卿赠太子少保谥襄毅程公事状》："丁亥六月，边报益急。上用廷议，进公兵部尚书，提督军务。与襄城伯李瑾发川广云贵蕃汉兵讨之，赐白金、彩币、金织麒麟衣一袭以行。"

广平贾铨疾竟不起，朝廷遣官葬祭，谥曰："恭靖。"铨曾在在云南为官十余载，治行为一时冠。后为巡抚，清静不自表暴，吏民亦安之。（张廷玉《明史》卷一百五十九《列传第四十七》、过庭训《明分省人物考》卷九）

七月

盐山王翱病重，上疏乞骸归乡，帝准。雷礼《国朝列卿纪》卷二十四："复疾乞归，上遣太监许安率御医仲昶、宁瓒来视，且有白米酒物之赐。七月，疾益笃，上疏恳乞骸归乡。上悯之，谕曰：'卿历事累朝，为国老臣。朕方倚托，今病既笃，勉从所请。'"

八月

《英宗实录》修纂成书，皇帝赐京师李东阳白金文绮，品秩升为从六品。（《宪宗实录》卷四十五）

《英宗实录》成，香河李泰升少詹事兼侍讲学士。未几，进詹事兼职如故。（雷礼《国朝列卿纪》卷十五）

以《英宗实录》成，博野刘吉迁侍读学士，得赏赐。雷礼《国朝列卿纪》卷二十："三年丁亥，《实录》成，升侍读学士，仍充经筵官，侍讲读，赐金带等物。"

河间程信凯旋，得赏赐，进兼大理寺卿。程敏政《南京兵部尚书兼大理寺卿赠太子少保谥襄毅程公事状》："时公营大坝余两月，淫雨不时，瘴疠荐兴，旧疾益甚。凯旋，上大悦，赐彩币四表里，金织麒麟衣一袭，白金五十两及羊酒以劳，进兼大理寺卿。"

秋

浚县王越兼巡抚宣府。张廷玉《明史》卷一百七十一《列传第五十九》："成化三年，抚宁侯朱永征毛里孩，以越赞理军务。其秋，兼巡抚宣府。"

十一月

六日，盐山王翱（1384—1467）卒。年八十有四。赠太保，谥忠肃。（孙奇逢

《畿辅人物考》卷二、《国榷》卷三十五） 雷礼《国朝列卿纪》卷二十四："居无何，上遣太监高斋，敕谕及赐白金三十两、金织衣一袭、宝楮三千缗，即欲舆疾出关，以病不能举。至十一月初六日卒，年八十四。讣闻，赠太保，谥忠肃，仍命礼部谕祭。闻丧、下葬及七七皆有祭，工部造坟、安葬给舟车送还其乡。"张弘道、张凝道《皇明三元考》卷二："翱端方强毅，清白俭约，立心制行，循守礼法。居第三十余年，不改于旧。"袁袠《皇明献实》卷十六："翱端方强毅，清白俭约，事无巨细，一涉历终身不忘。有所当行，不遑寝食，居第三十年不易。公余退缩朝房，门无私谒，权势请嘱，婉而拒之。忘情恩仇，尝口：'吏部岂报恩仇地邪?'"焦竑编次，翁正春校《皇明人物考》卷四："南阳李文达曰：'皋陶言九德，王公有其五：乱而敬，扰而毅，简而廉，刚而塞，强而义。'彭惠安赞曰：'祇事五朝，始终如一，为国元老，为士矜式。官跻一品，寿逾八旬，推今较古，如公几人。淡然无欲，不识姬而况苞苴，莫我敢施。古称三不惑，于公见之矣！'"《宪宗实录》卷四十八："翱性方严，心平易，寡嗜欲。质直，不尚文艺，久在边方，莅下外事，一惟镇静，人重其名。及典铨衡，不通干谒，权幸有所属，虽或从之，然不假以辞色。历仕五十三年，第宅服食，未尝加侈，身后家无余赀，人谓其始终清白，名节不失，视古大臣无愧云。"

十二月

二十三日，平谷张禬生。张禬（1467—?），贯顺天府蓟州平谷县，军籍，国子生。弘治八年中顺天府乡试第一名，后举进士，选庶吉士，历刑科都给事中、大理寺丞等职。张弘道、张凝道《皇明三元考》卷八："顺天张禬。平谷人，治书，壬戌进士，改庶吉士。兄禴己未进士。正德中，禴以刑部郎中，禬以刑科都给事中俱改御史。禴迁太仆寺少卿，转佥都，禬迁大理寺丞。逆瑾败，俱为言官所劾，禴谪，禬无恙。后禬累官右副都，禴亦累迁旧官以卒。"

本年

顺义李宾乞归田里，不允，进级资德大夫。（雷礼《国朝列卿纪》卷七十二）

宛平李震升兵部左侍郎，进级勋正议大夫，资治尹，食正二品俸。（过庭训《明分省人物考》卷一）

任丘边镛征建州有功，擢南京通政司右参议。（过庭训《明分省人物考》卷六）

成化四年

（公元 1468 年　戊子）

正月

江西何乔新于京预同年会。《椒丘文集》卷九《同年燕集诗序》："成化戊子春正月，上以元夕令节，百官各予假十日。员外郎广信周宗用，语凡同年官秋台者曰：'吾曹终岁讯鞫，不遑燕私。今天子幸赐休暇，盍相与为会，以罄一日之欢乎？'众咸以为然。期以是月十八日，合醵治具予宗用之家。至期毕会，会者永丰刘宽仁、永新刘主敬、古嵊谢永清、丰城范彦声、南昌熊迪吉、华亭王廷玉、羊城韩阜民、庐陵陈时庄、会稽吴文漠暨予与宗用也。是会也，坐以齿为序，尚齿也；酒以醉为度，极欢也；献酬进退必以礼，违礼者辄罚一巨觥，崇礼也。……予在京师者八年，公卿贵人酒食伎乐之燕，未尝赴。虽寮友之会，亦鲜预。预焉而乐者，莫兹会若也。于是诸君子取苏子卿《赠李陵诗》'愿言崇令德，随时爱景光'之句为韵，各赋诗一章以志之而退。予为序，予因循未暇为。又二月，而予有福建宪副之命，念暌违之有日，而兹乐之不可再也。乃序之以归宗用。"

五月

河间程敏政与汪伯谐、彭教、倪岳、李东阳等于京城南游梁园，随后，饮于东阳斋。程敏政《篁墩文集》卷二十八《梁园赏花诗引》："京师养花人联住小城南古辽城之麓，其中最盛曰梁氏园。园之牡丹、芍药几十亩，每花时，云锦布地，香苒苒闻里余，论者疑与古洛中无异。成化戊子春夏交，予以诗约同寅汪伯谐、彭敷五、倪舜咨、李宾之、宋尔章五太史及同年张汝弼驾部，倡为兹游。是日，诸君子以予诗分韵各当四章，而饮宴歌呼，相与竟日。故诗或成，或不成，或半成。"彭教有诗四首（《东泷遗稿》卷三《戊子五月五日同饮宾之家席上和韵》），云：

> 朝回日日闭幽轩，朝一盘蔬暮一餐，惭愧故人情独厚，疏帘青簟为开尊。
> 把酒题诗有旧盟，殷勤向复主人情。吟身扰觉腰围减，刚被人嘲太瘦生。
> 搜尽枯肠未有诗，屡将吟吻合残卮。柳荫渐遇檐头去，又是鸦啼日暮时。
> 着脚嫌于闹处行，水光山色有深盟。自知野趣真成癖，莫笑先生爱出城。

夏

涞水张鹏以都察院左佥都御史职巡抚广西，凡政令之出，甚合时宜。雷礼《国朝列卿纪》卷四十七："戊子夏，广西缺官巡抚，擢都察院左佥都御史以往。鹏常谪居其地，谙民夷土俗，凡政令之出，甚合时宜，而边境用宁已，言官劾中外大臣不职者及之，上知其直，独留巡抚如故。"

八月

涿州史俊中顺天乡试解元。张弘道、张凝道《皇明三元考》卷七："顺天史俊。涿州人，治书，乙未进士。按察司佥事，赠右副都御史。父仲善，户部主事，赠副都。子道，正德癸酉解元，尚书。"

十月

名儒陈献章入京。据《编次陈白沙先生年谱》。《陈白沙集》卷六《九月送吴廷介归开化七绝》序："戊子秋，开化吴廷介县博校文于我省，念太夫人初度之辰在十月八日，撤棘之后，幸公程之便，趋归。为寿诗以送之。"

十一月

河间程信以病屡请致仕，未允，命入侍经筵。程敏政《南京兵部尚书兼大理寺卿赠太子少保谥襄毅程公事状》："凡四疏告病请老，上俱不允，褒谕有加曰：'卿年未老，当勉力効用，不允休致。'曰：'朕以卿功能方隆委任，未可就闲，且卿才堪任用，不允归老。既有疾，待调理痊可理事。最后，公移文住常禄弗支，上亦不允。戊子十一月，命公入侍经筵。"

冬

涞水张鹏罢巡抚官，还理南京都察院事，是非予夺一以至公，台纲振肃。（张廷玉《明史》卷一百六十《列传第四十八》、雷礼《国朝列卿纪》卷四十七）

本年

沧州马昂力求致仕，被允并赐宴饯和宝钞若干。（雷礼《国朝列卿纪》卷三十二）

成化五年

（公元1469年　己丑）

闰二月

滳县岳正致仕。《宪宗实录》卷六十四："岳正，（成化五年闰二月己巳）兴化府知府岳正乞致仕，许之。"张廷玉《明史》卷一百七十六《列传第六十四》："正至官，筑堤溉田数千顷，节缩浮费，经理预备仓，欲有所兴革。乡士大夫不利其所为，腾谤言。正亦厌吏职，五年入觐，遂致仕。"

临漳石璞卒。其为官多廉政，善断疑案，有"断鬼石"之称和"石璞罢宴"等佳话。《宪宗实录》卷六十四："（成化五年闰二月）甲子，南京都察院致仕左都御史石璞卒。"汤斌《拟明史稿列传二十七》："石璞，字仲玉，临漳人。永乐间贡士，授监察御史。宣德间，迁江西按察使，再迁山西布政使。璞性刚介，有治才。在江西时，有民妇娶三日，妇归宁失之。妇翁讼婿杀女，婿不胜榜掠，自诬弃尸前塘中，使求尸，果得之。狱成，璞独心疑之，曰：'杀人而弃尸，非深怨者不如时也。彼初婚，方燕好，胡乃尔？'祷于神，夜梦人画一'麦'字。璞思曰：'麦者，两人夹一人也。'比明械囚趣行刑。囚未出，遥见一童子从门屏窥，亟捕之。童子惧悉吐，实则二道士素与妇通，匿之稿麦中，实未尝死，前塘所得者，盖他人尸也。人号璞曰'断鬼石'。""成化元年，致仕归。璞在山西时，其妻与诸僚妻宴归而有愠色，璞怪之对曰：'今日比肩列坐者皆金珠绮绣，冠帔甚都。吾萧然荆布，甚不称布政妻也！'璞曰：'尔何坐？'曰：'席首。'璞曰：'使吾墨于官，汝安得此座？彼金珠绮绣者，后欲居汝席者得乎？'璞归，无室庐，假官署以居，后于城西作屋三楹，卑暗殆不可处。邑人有为典史归者治具延璞，陈金银杯斝十余。璞遽问：'尔宦几年？'曰：'未一考也，然则尔胡归？'曰：'奸民以贪蔑我耳！'璞怫然曰：'使吾治尔，尔尚得还乡里哉？'拂衣出。"

冬

浚县王越帅师入河套平寇。张廷玉《明史》卷一百七十一《列传第五十九》："五年冬，寇入河套，延绥巡抚王锐请济师，诏越帅师赴之。河套者，周朔方、秦河南地，土沃，丰水草。东距山西偏头关，西距宁夏，可二千里。三面阻河，北拊榆林之背。唐三受降城在河外，故内地。明初，阻河为守，延绥亦无事。自天顺间，毛里孩等三部始入为寇，然时出没，不敢久驻。至是始屯牧其中，屡为边患。越至榆林，遣游击将军许宁出西路龙州、镇靖诸堡，范瑾出东路神木、镇羌诸堡，而自与中官秦刚按榆林城为声援。宁战黎家涧，瑾战崖窑川，皆捷；右参将神英又破敌于镇羌，寇乃退。”

本年

李东阳官翰林编修，与同官多有唱和。朱景英编《李文正公年谱》：“五年己丑二十三岁。公官翰林编修，是时，公与同官谢鸣治铎、张亨父泰诸公切劘为诗。古文有李谢唱和同声集，当时又有李、张并称云。”

广平崔恭于吏部一路升迁，本年擢尚书。张廷玉《明史》卷一百五十九《列传第四十七》：“吏部缺右侍郎，李贤、王翱举恭。遂召用。置‘劝惩簿’，有闻皆识之。翱甚倚恭，转左。父忧起复。宪宗即位，乞致仕。不允。成化五年，尚书李秉罢。商辂欲用姚夔，彭时欲用王概，而北人居言路者，谓时实逐秉，喧谤于朝。时称疾不出，侍读尹直以时、概皆已乡人，恐因此得罪，急言于辂，以恭代秉。”

河间程敏政考礼部贡举，时欲刊布《大明一统志》《洪武正韵》《资治通鉴纲目》，皆同校勘正韵。（雷礼《国朝列卿纪》卷十五）

博野刘吉进礼部右侍郎。（雷礼《国朝列卿纪》卷十一）

涿州殷谦升山西右布政使。（雷礼《国朝列卿纪》卷三十二）

涞水张鹏被言官劾，留巡抚如故，后改职南京都察院。（雷礼《国朝列卿纪》卷四十七）

顺义李宾留京掌都察院事，后进太子少保。焦竑《国朝献征录》卷五十四下：“己丑，满考来朝，命留京掌都察院事，首言荆襄流民啸众，恐为深患，请命都御史原洁清理户户，设立郧阳府县。又奉命进太子少保”。

据《成化五年进士登科录》，本年顺天府进士登科情况如下：

第二甲10名：赐进士出身。姓名及履历分别为：

舒春，贯浙江绍兴府余姚县人，武功中卫军籍，国子生，治《诗经》。字景熙，行一，年四十，十一月十七日生。曾祖惠贰，祖志，父道辉，母陈氏。永感下。弟英、秦、泰、晋、晟。娶袁氏。顺天府乡试第一百十三名，会试第二百三十九名。

郑宏，贯浙江宁波府鄞县，民籍，国子生，治《易经》。字符之，行四，年四十，二月十五日生。曾祖德名，祖章可，父厚一，母王氏。慈侍下。兄洪、澄、涌。弟淦、海。娶王氏。顺天府乡试第一名，会试第七名。

郁庠，贯直隶河间府景州，民籍，国子生，治《诗经》。字从周，行一，年三十，四月十八日生。曾祖仲贤，祖贵，父新，母常氏。慈侍下。弟庆、廉、广、康、唐、庭、府、座。娶杜氏。顺天府乡试第六名，会试第一百八十名。

徐尋，贯直隶苏州府嘉定县，军籍，国子生，治《易经》。字以质，行一，年四十，五月二十一日生。曾祖公行。祖茂宗，赠右佥都御史。父煊，右佥都御史。母李氏，封恭人。具庆下。弟冕，承事郎；勖；杲。娶封氏，顺天府乡试第四十五名，会试第一百八十六名。

张忱，贯直隶永平府昌黎县，民籍，国子生，治《诗经》。字伯恂，行一，年二十九，八月二十一日生。曾祖广，赠通政使。祖鉴，赠通政使。父文质，兵部左侍郎。母王氏，赠淑人，继母刘氏，封淑人。具庆下。弟恺；怀，国子生。娶卞氏。顺天府乡试第七十二名，会试第一百四十八名。

朱绅，贯直隶苏州府昆山县人，锦衣卫军匠籍，国子生，治《书经》。字仪中，行二，年三十三，十一月十四日生。曾祖士英，祖本善，父孟贤，母黄氏。重庆下。兄缙。弟经、纶、组。娶王氏。顺天府乡试第五十名，会试第五十四名。

解宾，贯直隶保定府安州高阳县，民籍，国子生，治《诗经》。字尚敬，行一，年三十七，十二月十三日生。曾祖原，祖宽。父海，母苏氏。具庆下。弟宣，义官。娶张氏。顺天府乡试第四十六名，会试第五十二名。

郭忠，贯直隶广平府肥乡县，民籍，国子生，治《诗经》。字廷臣，行一，年三十四，四月二十九日生。曾祖仁美。祖晟，卫经历。父谦，县丞。母石氏。严侍下。弟恕、懋、忿、慧、宪。娶梁氏。顺天府乡试第七名，会试第六十九名。

胡赞，贯浙江绍兴府余姚县人，兴州中屯卫籍，良乡县学军生，治《礼记》。字克襄，行二十二，年三十七，二月十九日生。曾祖思敏，祖闰初，父宽，封刑部主事。母郑氏，赠安人，继母王氏。具庆下。兄明；弘；恭，刑部主事；俨；伦；铨，仓副使。娶黄氏。顺天府乡试第十五名，会试第一百八十八名。

王臣，贯江西吉安府庐陵县，官籍，国子生，治《书经》。字世赏，行二，年十六，七月二十二日生。曾祖子善，赠按察使。祖仲起，封按察使。父槩，大理寺卿。嫡母刘氏，封淑人，生母齐氏。具庆下。兄世弼。弟世延、世选、世用、世卿。聘蒋氏。顺天府乡试第三十三名，会试第二百八名。

第三甲 18 名，赐同进士出身。姓名及履历分别为：

陆珩，贯浙江湖州府归安县人，直隶阜城县民籍，国子生，治《易经》。字用节，行六，年三十一，十一月初六日生。曾祖子真。祖斌，封刑部郎中。父矩，右佥都御史。母王氏，封宜人。慈侍下。兄璠；璇，锦衣百户；珂；玙；铖。弟珈；琛，冠带舍人；璋。娶严氏。顺天府乡试第八十一名，会试第一百七十一名。

李茂，贯江西吉安府庐陵县人，顺天府大兴县官籍，国子生，治《诗经》。字世荣，行三，年三十九，十月十五日生。曾祖文林，长史。祖立武，序班。父玉。母曾氏。严侍下。兄源、荣。弟景；华，中书舍人；英；蕙；兰。娶郭氏。顺天府乡试第一百二名，会试第二十七名。

张和，贯直隶淮安府山阳县，民籍，国子生，治《诗经》。字宗礼，行二，年四十五，二月初九日生。曾祖得中，元知县。祖仲理。父鹏辉。母孙氏。永感下。兄种。娶孙氏，继娶仉氏。顺天府乡试第七名，会试第六十五名。

张镛，贯直隶河间府沧州盐山县，民籍，国子生，治《易经》。字大器，行一，年三十九，十二月初六日生。曾祖士名。祖有德。父醇。母董氏。永感下。弟钱。娶刘氏。顺天府乡试第一百六名，会试第一百七十六名。

李恭，贯直隶永平府昌黎县人，辽东都司定辽左卫官籍，国子生，治《诗经》。字思敬，行一，年三十七，八月二十日生。曾祖伯彦，祖士中。父谦，指挥同知。母洪氏，继母郭氏。具庆下。弟宽、信、敏、惠。娶郭氏。山东乡试第五十九名，会试第二百四十八名。

王京，贯江西赣州府信丰县，官籍，交趾人，国子生。治《书经》。字宗周，行一，年三十九，七月十三日生。曾祖乐山，元太史。祖道原。父学古，知县。母范氏。严侍下。弟珙、宗、素、秦、柰。娶郑氏。顺天府乡试第八十四名，会试第二百四名。

孙中，贯直隶保定府新城县，军籍，国子生，治《诗经》。字时中，行一，年四十，十一月二十八日生。曾祖七公。祖勉。父友，巡检。母雷氏。具庆下。弟申、车。娶杨氏。顺天府乡试第六十四名，会试第四十二名。

刘琼，贯顺天府顺义县，军籍，儒士，治《诗经》。字德温，行一，年二十八，十二月二十五日生。曾祖义。祖铎，主簿。父澈，府同知。母董氏，继母张氏。具庆下。弟瑶、璁。娶马氏。顺天府乡试第二十八名，会试第一百三十三名。

徐瑁，贯直隶广平府永年县，军籍，国子生，治《春秋》。字廷璧，行一，年二十七，九月十六日生。曾祖仲良，祖友谅，父宣，母陈氏。具庆下。娶王氏。顺天府乡试第二十名，会试第十五名。

徐谦，贯河南开封府陈州太康县人，羽林前卫官籍，顺天府学生，治《春秋》。字伯亨，行二，年三十三，五月十六日生。曾祖普义，祖彦方，父文祥，母王氏。严侍下。兄让。弟谨、赞、志。娶潘氏，继娶陈氏。顺天府乡试第七十名，会试第七十二名。

叶祚，贯直隶苏州府吴县人，武功左卫军籍，军余，治《春秋》。字应福，行三，年三十二，二月二十三日生。曾祖长。祖敏。父华。母陈氏，继母吴氏。慈侍下。兄舷，佑。弟冕、时、昱。娶蔡氏，继娶王氏。顺天府乡试第十三名，会试第一百六十二名。

徐瓒，贯浙江嘉兴府秀水县人，太医院医生，治《诗经》。字国用，行三，年三十四，五月二十八日生。曾祖润德。祖秉中。父文昭，典史。母范氏。严侍下。兄珪，国子生；璋，弟璧、玉。娶庄氏。顺天府乡试第一百二十名，会试第七十六名。

周郁，贯直隶河间府阜城县，军籍，县学生，治《诗经》。字文盛，行三，年四十，二月初十日生。曾祖耀先，祖士英，父全，母赵氏。永感下。兄敬、荣。弟林。娶王氏。顺天府乡试第四十七名，会试第一百二十名。

王玹，贯直隶河间府沧州盐山县，民籍，国子生，治《书经》。字邦器，行一，年二十七，六月初一日生。曾祖能。祖贵。父干。母杨氏。重庆下。弟璃、瑞、琼、瑶。娶徐氏。顺天府乡试第四十四名，会试第二百十一名。

薛珪，贯直隶真定府赵州临城县，民籍，国子生，治《诗经》。字廷器，行四，年三十三，十月二十六日生。曾祖弘友。祖志刚，封户部员外郎。父千，苑马寺少卿。母张氏，封宜人。具庆下。兄玑；理，贡士；琦，贡士。弟璋。娶李氏。顺天府乡试第七十八名，会试第一百五十八名。

郭铨，贯直隶广平府威县，民籍，国子生，治《诗经》。字秉衡，行五，年三十，九月十六日生。曾祖友谅。祖士贤，赠刑部员外郎。父碥，刑部郎中。前母潘氏，赠宜人，母庄氏。慈侍下。兄铜、镛、钦、镞。娶王氏。顺天府乡试第一百十三名，会试第二百二十七名。

齐文，贯直隶永平府滦州人，燕山左卫官籍，国子生，治《易经》。字应奎，行一，年三十八，五月二十七日生。曾祖进中。祖贵，赠指挥佥事。父安，指挥佥事。母郭氏，封恭人。具庆下。弟端；章，给事中。娶宁氏。顺天府乡试第一百一十名，会试第二十二名。

刘源，贯顺天府宛平县，民籍，儒士，治《诗经》。字汝洁，行一，年三十三，五月初三日生。曾祖孝先。祖英。父俊。嫡母周氏，生母黄氏，继母卢氏。慈侍下。弟涌、泽、淮、浙、淳、滋、温、润、澄、江、汉。娶张氏。顺天府乡试第八十八名，会试第八十三名。

成化六年

（公元1470年　庚寅）

正月

浚县王越以捷还，譬再起，进右副督御史。张廷玉《明史》卷一百七十一《列传第五十九》："明年正月以捷闻，越引还。抵偏头关，延绥告警。兵部劾越擅还。诏弗罪，而令越屯延绥近地为援。寇万余骑五路入掠，越令宁等击退之。进右副都御史。"

三月

浚县王越随抚宁侯朱永剿阿罗出乱，进右都御使。张廷玉《明史》卷一百七十一《列传第五十九》："是年三月，朝廷以阿罗出等扰边不止，拜抚宁侯朱永为将军，与越共图之。破敌开荒川，诸将追奔至牛家寨，阿罗出中流矢走。论功，进右都御史。"

九月

十三日，河间程信改任南京兵部尚书。《国榷》卷三十六：（宪宗成化六年九月）条，"戊子，兵部尚书兼大理寺卿程信改南京。"《明史》卷一百七十二《程信传》："（成化）六年，……改南京兵部，参赞机务。"

本年

大城梁材生。梁材（1470—1540）字大用，号俭庵，顺天府大城人①。弘治十二年（1499）中进士，授德清知县。正德初，迁刑部主事，再改御史。出为嘉兴知府，调杭州，迁浙江右参政，进按察使。嘉靖初，起补云南，历贵州、广东左、右布政使，以廉名著称天下。嘉靖六年（1527），拜右副都御史，巡抚江西。后两历户部尚书，加太子少保。嘉靖十九年削职闲住，同年十月卒，赠太子太保，谥端肃。（张廷玉《明史》卷一百九十四《列传第八十二》）

---

① 《明史》卷一百九十四《列传第八十二》记为南京金吾右卫人，孙奇逢《畿辅人物志》卷四、雷礼《国朝列卿纪》卷五十九记为顺天府大城人，此处依后说。

新安刘恺生。刘恺（1470—1524），字承华，又字西皋，保定府安州新安县（今河北省保定市安新县）人。弘治三年进士，官刑曹。常与乔希大、边廷实、傅卯瑞结社谈诗。历副都御史、兵部侍郎、礼部尚书等职。著有《西皋吟》《谘奏稿》等。（孙奇逢《畿辅人物考》卷之四、《明诗纪事》丁籤卷六）

广平马显擢南京兵部右侍郎，后转左侍郎。（雷礼《国朝列卿纪》卷五十三）

成化七年

（公元 1471 年　辛卯）

三月

己丑，顺天府府尹李裕等奏："顺天等八府，比岁民饥，流亡颇多。今秋乡试生员人等，无令滥入，及中式举人供给筵宴等项，乞减省以苏民困。"从之。（《明宪宗实录》卷八十九）

十一日，任丘李时生。李时（1471—1538），字宗易，河间府任丘（今河北任丘）人。弘治十五年（1502）进士，授庶吉士。正德中，历侍读、右谕德。世宗嗣位，迁侍读学士。嘉靖三年（1524），擢礼部右侍郎。后进本部尚书，改吏部尚书，历文渊阁、谨身殿、华盖殿大学士，入参机务。屡加太子太保、少保、少傅、太子太师。嘉靖十七年十二月十六日卒于官，赠太傅，谥文康。善书，嘉靖初，钱俊民所撰明资福寺碑为其所书。有《南城召对录》《薇花堂稿》等。（《明史》卷一百九十三《列传第八十一》、孙承泽《畿辅人物志》卷十二）

春

河间程信上疏言兵事之弊与更革。程敏政《南京兵部尚书兼大理寺卿赠太子少保谥襄毅程公事状》："辛卯春，上以雨雪不降，将诣山川坛致祷，令群臣条陈阙失，公上言兵事可更张者四、兵弊可伸理者五。"

涞水张鹏复改都察院总漕运，巡抚淮扬等处。（雷礼《国朝列卿纪》卷四十七）

涞水张鹏寻解漕务，专理巡抚事。（张廷玉《明史》卷一百六十《列传第四十八》）

八月

赵州王珩中顺天乡试。王珩，字美器，直隶真定府赵州人。本年中顺天乡试，乙未取进士。弘治初年，升工科给事中。后历太仆寺少卿、光禄寺卿、南京户部右侍郎等职。正德四年致仕。（雷礼《国朝列卿纪》卷三十七）

九月

复用廷议，诏改河间程信任南京参赞机务。（程敏政《南京兵部尚书兼大理寺卿赠太子少保谥襄毅程公事状》）

十一月

十六日，永年胡瓒生。胡瓒（1471—1529），字伯珩，号紫山，广平府永年（今河北永年县小龙马乡西张固村人）人。弘治六年（1493）中进士。嘉靖四年，官户部左侍郎，预平大同兵变。七年，转任南京工部尚书，不久致仕归。有《巡边录》八卷、《秦义》八卷、《紫山诗稿》若干。（孙承泽《畿辅人物志》卷三）

冬

新城杨宣平荆襄叛。傅珪《礼部左侍郎掌鸿胪寺事杨公宣墓志铭》："辛卯冬，朝廷因灾变下诏修省。时荆襄叛，寇刘千斤者既伏诛，戎帅械系余党献俘于京，属官引奏。公询知徒众有误陷于辜者，亟上章论救，大要欲重人命，谨天戒，辞甚婉切，有诏法曹详鞫以闻，竟得矜宥，论者服公之见云。"（焦竑《国朝献征录》卷七十六）

本年

诗人彭民望自本年始，居于京师李东阳寓所两年左右。两人交游频繁，往来唱和之作编为《玉堂联句》，凡百余首。李东阳《怀麓堂玉堂联句原序》："成化辛卯，民望实寓余家，凡再阅岁。风晨月夕清谈小酾之暇，辄为诗。诗多联句。余诗固非所及，然其神交兴洽，率然而成诗，比意续之，幸不至于抵牾者亦多矣。越三年，偶阅旧稿，怅然感之，因录为一卷。是岁甲午夏六月二十日，西涯老史书。"李东阳《赠彭民望三首》："我屋虽萧条，欣与子同居。嘉辰与永夕，觞咏得相俱。而胡好出游，十日九跨驴。明月照万里，停云在庭除。入门坐我床，探我囊中书。读之莞尔笑，谓我兴有余。我诗世不好，见者掷道隅。君情倘相契，赠比双明珠。"彭民望，名泽，字民望，以字行，湖广长沙府攸县人，景泰七年（1456）举人，除应天通判，著有《老葵集》，成化十五十五月卒。早有诗名，与李东阳交往甚密。

浚县王越辞大同巡抚，专办西事，南宫白圭曾加难。张廷玉《明史》卷一百七十一《列传第五十九》："又明年，越以方西征，辞大同巡抚。诏听之，加总督军务，专办西事。然是时寇数万，而官军堪战者仅万人，又分散防守，势不敌。永、越乃条上战、守二策。尚书白圭亦难之，请敕诸将守。其年，寇复连入怀远诸堡，永、越御却之。圭复请大举搜套。"

宛平李震奉敕巡视紫荆关一带山场。过庭训《明分省人物考》卷一："辛卯，奉敕巡视紫荆关一带山场，置立界牌，禁养林木，卫护关隘，防御贼寇，还奏称旨。"

赵州王诏迁都给事中，尝与六科偕奏事，辞极剀直。（雷礼《国朝列卿纪》卷五十三）

成化八年

（公元1472年　壬辰）

二月

京师李东阳奉父携弟，南归祖籍茶陵扫墓，居十八日，途中所见所闻编写成《南行稿》一书，为其文学作品的第一次结集。朱景英编《李文正公年谱》："八年壬辰二十六岁。公官翰林编修。是年，公随父归茶陵省墓。案《公南行稿序》云：成化壬辰岁二月，予得告归，茶陵奉家君编修公以行至则省始祖州佐，公及高祖处士府君之墓。既合族序，燕居十有八日，乃北返。以八月末入见于朝，盖阅七月而毕事。"

八月

二十七日，京师李东阳到达潞河，将此次返程所作诗文与茶陵长辈们认可的诗文汇编成《南行稿》，共收诗一百二十六首，散文五篇，前有序文一篇。（尚永亮、薛泉《李东阳评传》）

九月

十一日，滏县岳正（1418—1472）卒。享年年五十五。善书画，人称"岳仙"。无子，大学士李东阳、御史李经为其婿。嘉靖中，追赠太常寺卿，谥文肃。

著《类博稿》十卷、《深衣纂误》一卷。《四库全书总目》卷一百七十评："正统、成化以后，台阁之体，渐成啴缓之音，惟正文风格峭劲，如其为人。东阳受学于正，又娶正女，其《怀麓堂集》亦称一代词宗，然雍容有余，气骨终不逮正也。"雷礼《国朝列卿纪》卷十一："忽丧幼子，恸而成疾，壬辰九月十一日卒，年五十五。正于书无所不读，谓天下事无不可为，高自负许，俯视一世。其为文高简峻拔，追古作者。诗亦雅健脱俗，字法精邃，大书尤伟。旁及雕绘镌刻，悉臻其妙。尝戏画葡萄，遂称绝品。晚好《皇极书》，有所论述及经解，皆未及就。惟《类博稿》仅存十卷行于世。《深衣纂疏》一卷，藏于家。"焦竑编次，翁正春校《皇明人物考》卷三："公伟貌修髯，言论洒洒，动循矩度，文章节气名满四海，居孝家弟，交友有终始之谊，抱负经济屹屹不肯下人，有古豪杰风。曹石事或议其迂，又曰未信而谏直，应曰：'渠谓我谏官耶？我道当如是人，有不可意事，虽权贵人当言即言，无藏府。'以故奇公者虽多，忌公者亦众云。"王世贞《明诗评》三："修撰不以诗名家，微吐一二，颇有风旨，至于格调，概乎未闻。"张弘道、张凝道《皇明三元》卷四："正文章气节名满海内，抱负经济慨然，欲树功业，再起再废，不竟其用。所著有《类博稿》。"《宪宗实录》卷六十四："正，豪隽负气，博学多才识，为文善锻炼，严整有法，慨然欲树功业于时。守兴化，多所兴作，莆之士夫多谤之，始正遭际仅逾月，每与人言，恒自夸诩若柄用数岁者。及颠踬，不偶识者谓浚恒起凶，不密失身，正得善终，亦未为不幸云。"

十一月

香河李泰（1430—1472）卒。张元忭《馆阁漫录》卷六（成化八年）[1]："十一月癸巳朔。己酉，詹事府詹事兼侍读学士李泰卒。泰字文通，顺天府香河人。正统戊辰进士，改庶吉士，授编修。景泰间，进左春坊左司直郎兼编修，再升右春坊右中允。英宗复辟，改尚宝司丞兼编修，既而以侍东宫讲读升侍讲。上即位，升侍讲学士兼经筵官，寻侍文华日讲。修《英庙实录》成，升詹事府少詹事兼侍讲学士。未几，进詹事，兼职如故。至是卒，年四十三，赠礼部左侍郎，赐祭葬。泰继伯父太监永昌，在正统中掌章奏。泰初应乡试，京尹进录，英宗问左右：'李泰中否？'见其名甚喜。及官翰林，颇向学，矜己自足，不事华侈。但生长富贵，性狷僻，与人寡合，而所与者则相朋比汲引，士论以是薄之。"

---

① 《宪宗实录》卷一百十所记卒时相同，雷礼《国朝列卿纪》卷十四、五均记为成化五年卒，年四十三。

冬

河间程敏政同年友金鬳考绩至京，倡为同年友之会，会者百十有四人，以为衣冠盛事。《篁墩集》卷二十一《送南京工部主事金公器序》："成化壬辰之冬，金公器以工部主事考绩来自南京，倡为同年友之会，会者百十有四人，以嗣岁春正月多赐假，乃以上元后一日毕集于朝天宫之东堂，结彩，署其门曰'瀛洲佳会'，而教坊又盛张乐以佐酒。酒半，群起谓曰：'非公器则兹会有弗成，因举觞为公器寿，薄暮方归。骑从塞道，道旁观者，咸啧啧叹赏，以为衣冠盛事'。"金鬳(1424—1484)，字公器，江蓟吴江人，武功中卫籍。景泰四年举人，成化二年进士。历仕南京工部主事。卒年五十一。

本年

博野刘吉进礼部左侍郎。(雷礼《国朝列卿纪》卷十一)

涿州殷谦升督察院右副都御史，巡抚宣府、大同地方。(雷礼《国朝列卿纪》卷三十二)

拜武靖侯赵辅为平虏将军，敕陕西、宁夏、延绥三镇兵皆受节制，浚县王越越总督军务。(张廷玉《明史》卷一百七十一《列传第五十九》)

雄县侯瓒升山西右参政。(雷礼《国朝列卿纪》卷三十七)

成化九年

(公元1473年　癸巳)

正月

十六日，河间程敏政与诸同年友会于朝天官东堂。《篁墩文集》卷二十一《送南京工部主事金公器序》："会者百十有四人，以嗣岁春正月多赐假，乃以上元后一日，毕集于朝天宫之东堂，结彩署其门曰：'瀛洲佳会。'而教坊又盛张乐以佐酒。……薄暮方归，骑从塞道，旁观者咸啧啧叹赏，以为衣冠盛事。……夫丙戌之春，同日奉廷对者三百五十七人。七八年来，或物故、或以事去、或宦走四方者强半，在朝者亦各有职事之拘，虽同舍郎，岁不三、四见。今乃与诸君子为乐于一日之间，而晤言于一堂之上，则岂直杯酒之足乐乎？是必相责以善，使相顾无惭色，则庶几斯会之不辱，而友道成矣……若留连光景，以为好事之举，则友道无所藉，而斯会不足齿矣！"

东安李侃以右佥都御史职致仕。(《国榷》卷三十六)

夏

时旱，遣博野刘吉祀东岳等神。(雷礼《国朝列卿纪》卷十一)

九月

浚县王越以左都御史职率师平定河套。张廷玉《明史》卷一百七十一《列传第五十九》:“明年，越与聚败寇漫天岭，进左都御史。是时三遣大将，皆以越总督军务。寇每入，小击辄去，军罢即复来，率一岁数入。将士益玩寇，而寇势转炽。其年九月，满都鲁及孛罗忽、乩加思兰留妻子老弱于红盐池，大举深入，直抵秦州、安定诸州县。越策寇尽锐西，不备东偏，乃率延绥总兵官许宁、游击将军周玉各将五千骑为左右哨，出榆林，逾红儿山，涉白盐滩，两昼夜行八百里。将至，暴风起，尘翳目。一老卒前曰：‘天赞我也。去而风，使敌不觉。还军，遇归寇，处下风。乘风击之，蔑不胜矣。’越遽下马拜之，擢为千户。分兵千为十覆，而身率宁、玉张两翼，薄其营，大破之。擒斩三百五十，获驼马器械无算，焚其庐帐而还。及满都鲁等饱掠归，则妻子畜产已荡尽，相顾痛哭。自是远徙北去，不敢复居河套，西陲息肩者数年。”

本年

蠡县冯贯进大理寺右司丞。(雷礼《国朝列卿纪》卷六十三)

顺义李宾进太子少保，乃兼前职，虽恩宠屡加，愈自祗栗。(雷礼《国朝列卿纪》卷七十二)

宛平陈澜生。陈澜(1473—1507)，字本初。顺天府宛平县(今北京市大兴区)人。弘治九年(1496)朱希周榜进士第三人，授翰林院编修。少有才名。登第后参修《大明会典》，为纂修官，后升为翰林院修撰。正德元年(1506)，与修《孝宗实录》时，因病去世，年仅35岁。其人相貌堂堂，为文沉思良久而后落笔，一字不苟。

晋州张璇生。张璇(1473—1538)，字仲齐，号恒山，晋州(今属河北省石家庄市)人。少即向学，为文得李梦阳赏识。弘治十七年(1504)乡试第一，正德戊辰三年(1508)举进士。曾巡按山东，治刘六、刘七等贼劫掠之患。后历大理右寺丞、左寺丞、右少卿、都察院提督等官。晚年因忤官归乡，以酿酒栽花。著有《家藏集》《东巡录》《抚宁录》若干卷。(过庭训《明分省人物考》卷七)

成化十年

（公元1474年　甲午）

正月

李东阳的三弟李东川病死，李东阳写有祭文。（法式善《明李文正公年谱》卷一）

四月

定兴宋杰卒。《宪宗实录》卷一百二十七："（成化十年夏四月壬申）致仕都察院左副都御史宋杰卒。杰，直隶定兴县人。登进士，授兵科给事中。升光禄寺少卿。进陕西左布政使。擢左副部御史，参赞甘肃军务。天顺元年，左迁山东右参政，改湖广，寻升右布政使。成化初，仍左副都御史，巡抚苏，松等府。未几，致仕，至是卒。讣闻，赐祭葬如例。杰性和易质实，而量有容。景泰中，御史多暴横，杰在甘肃，有巡按者见之不下桥，杰略不介意。在浙西，行其无事，人以镇静称之。盖平生履历，虽无能名，亦无怨声，不失为君子云。"

春

浚县王越代蒋琬为三边总制。以功加太子少保，增俸一级，后称疾回朝。张廷玉《明史》卷一百七十一《列传第五十九》："十年春，廷议设总制府于固原，举定西侯蒋琬为总兵官，越提督军务，控制延绥、宁夏、甘肃三边。总兵、巡抚而下，并听节制。诏罢琬，即以越任之，三边设总制自此始。论功，加太子少保，增俸一级。纪功郎中张谨、兵科给事中郭镗等论刘聚等滥杀冒功，并劾越妄奏。越方自以功大赏薄，遂怏怏，称疾还朝。"

六月

名儒丘浚自琼山入京供原职，预修《宋元续通鉴纲目》，河间程敏政等参予。《明宪宗纯皇帝实录》卷一二九"成化十年六月癸未（三十日）"："翰林院侍讲学士丘浚起复还任。"《明宪宗纯皇帝实录》卷一二二"成化九年十一月戊子朔戊申（二十二日）"："上谕大学士彭时等曰：朱文公《通鉴纲目》，可以辅经而行。顾宋、元二代至今未备，卿等宜遵朱子《凡例》，编纂宋、元二史，上接《通鉴》，共为一书。时等因奏：太常寺卿兼侍读学士刘珝，学士王献，侍读学士彭华，侍讲学杨守陈，尹直，左春坊左庶子黎淳，左谕德谢一夔，翰林院修撰郑环、刘健、汪谐、罗璟，编修程敏政、陆简、林瀚，分为七馆编纂。明年，侍讲学士丘浚丁忧起复，时等请令浚同编纂，再加一馆，为八馆云。”

夏

涞水张鹏仍还南京理院事，擢右副都御史，巡抚宁夏。（雷礼《国朝列卿纪》卷四十七）

八月

故城马中锡参加乡试高中第一。（毛奇龄撰《西河文集传十》）

十二月

榜示妖书名目。《明宪宗纯皇帝实录》卷一三六“成化十年十二月甲午（十三日）”：“都察院左都御史李宾等奏：‘锦衣卫镇抚司累问妖言罪人，所追妖书图本，举皆妄诞不经之言，小民无知，往往被其幻惑，乞备录其妖书名目，榜示天下，使愚民咸知此等书籍决无证验，传习者必有刑诛，不至再犯。’奏可。其书有：《番天揭地搜神记经》《金龙八宝混天机神经》《安天定世绣莹关九龙战江神图》《天宫知贤变愚神图经》《镇天降妖铁板达通天混海图》《定天定国水晶珠经》《金锁洪阳大策金锋都天玉镜》《六甲明天了地金神飞通黑玩书》《通天彻地照仙炉经》《三天九关夜海金船经》《九关七返纂天经》《八宝擎天白玉柱夫子金地历》《刘太保泄漏天机伍公经》《夺天册收门纂经》《佛手记》《三煞截鬼经》《金锁拦天记》《紧关周天烈火图》《玉盆经》《换天图》《飞天历》《神工九转玉瓮》《金灯记天形图》《天髓灵经》《定世混海神珠》《通玄济世鸳鸯经》《锦珊瑚》《通天立世滚云裘》《银城论》《显明历》《金璋紫绶经》《玉贤镜四门记》《收燕破国经》《通天无价锦包袱》《三圣争功聚宝经》《金历地经》《夺天策海底金经》《九曜飞光历》《土伞金华盖》《水鉴书》《照贤金灵镜经》《朱书符式》《坐坛记》《普济定天经》《周天烈火图》《六甲天书》《三灾救苦金轮经》《智锁天关书》《感天迷化经》《变化经》《镇国定世三阳历》《玄元宝镜》《玉伞锦华盏》《换海图》《转天图》《椎背书》《九曜飞天历》《弥勒颂》《通天玩海珠》《照天镜》《玄天宝镜经》《上天梯等经》《龙女引道经》《穿珠偈天形图》《应劫经天图形首妙经》《玉贤镜透天关尽天历》《玄娘圣母亲书太上玄元宝镜降妖断怪伍家经》《金光妙品夺日金灯红尘三略照天镜》《九关番天揭地神图》《金锋都天玉镜》《玉树金蝉经》《玄娘圣母经》《七返无价紫金船银城图样》《龙凤勘合》。”

十二月

四日，河间程敏政进翰林侍讲。《国榷》卷三十七“宪宗成化十年十二月”条：“乙酉，翰林编修程敏政为侍讲。”

京师李东阳九年任期满，迁升为侍讲，仍支原任俸，加一级。（法式善《明李文正公年谱》卷一）

太子少保兼兵部尚书白圭（1419—1474）① 卒。圭，字宗玉，南宫人。身后诸子讼产，清议讪焉。赠少傅，谥恭敏。《国榷》卷三十七　张廷玉《明史》卷一百七十二《列传第六十》：“十年卒官，年五十六。赠少傅，谥恭敏。圭性简重，公退即闭阁卧，请谒皆不得通。在贵州时，有愤中官虐而欲刺之者，误入圭所。圭拥衾问之，其人惊曰：‘乃吾公耶?’即自刎，不殊，仆于地。圭呼烛起视，傅以善药，遣之，人服其量。”刘吉《白圭神道碑志铭》：“公在任，文识见明，裁处边务，动中机宜。每以师出，糜费害于地方，感伤天和，不敢轻议。平生孝友勤敬，居父丧，竭尽哀礼；痛母早逝，作紫薇云舍以系思。伯仲之间，老而弥笃。夫妻相敬如宾。家人毋得侈，严戒子弟，毋得臧否人物。笃于故旧，所受师沈彦常没，殡于南宫，岁时展谒不忘。遇同僚及所知丧事，猝不能办者，辄为助棺具。在荆湖，当泛舟中折，暮风大作，舟人震恐，公神色不变。甫登岸，舟溺焉。在贵州时，有人愤中贵严酷，欲刺之者夜误入公所。公拥衾问之，刺者惊曰：‘乃吾公耶?’即自刎，不及，仆于地。公呼烛持视，略无恶意，善遣之。其度量优宏，类如此。生永乐十七年己亥四月，卒成化十年甲午十二月辛丑，享年五十六岁。”《宪宗实录》：卷一百三十六：“圭，伟仪状，有才识，历宫中外，数从军旅之事。累有劳效，而荆襄之功为最，人称其能。然乏清誉，既没而诸子以分财不均阋讼，闻者嗤之。”

本年

河间程信旧病复作，恳辞机务，仍未得允。程敏政《南京兵部尚书兼大理寺卿赠太子少保谥襄毅程公事状》：“甲午，旧恙复作，恳辞机务。上重违公请，赐敕还乡曰：‘卿其勉进药食，用臻康宁，疾若脱然去体，其勿久安于家。’”

---

① 其卒年一般以为公历为 1475 年 1 月 27 日，雷礼《国朝列卿纪》卷四十七记卒于成化十一年；王世贞《弇山堂别集》卷五十记：“白圭，直隶南宫人，正统壬戌进士。成化二年任，十一年卒。”亦有异，备考。

山海关萧显擢兵科给事中，勇于任事。李东阳《福建按察司佥事萧公显墓志铭》："甲午，擢兵科给事中，有武臣中官怙势求赏者，公批奏尾驳其功，坐是贾怨弗恤也。涿州有巫矫邪神自东方来，京城男女争负土为筑祠宇，公抗章劾之，并禁私创庵观等数事，言极剀切，留不报，外间传言祸且不测。忽召至左顺门，令中官谕遣之。人始知事后数日，询之，则巫已逐矣，然权幸人嫉之不置。"（焦竑《国朝献征录》卷九十）

滦县董方巡抚大同，治理边务，寻迁刑部尚书。周洪谟《刑部尚书董公方墓志铭》："甲午，命公巡抚大同，节制诸军。戍大同者，无营房，多僦民居，公相地造屋若干，众论称便。战马数死者以千计，公为区画，不数月马遂足。寻迁刑部尚书，驿召还京，辞职不允。"

故城孙绪生。过庭训《明分省人物考》卷六："孙绪，字诚甫，沙溪其别号也。世为东海人，曾大父元季避地来故城，因占籍焉。父振富而尚义，乡邻赖之举火。尝以岁荒焚券，里中父老为相率立祠生祀之。前一日，寝后忽产异花，奇香袭人。凡七日乃已。绪生而警敏异常，五岁未能言，尝手书一贵字，父见之喜，屡试弗爽。八岁出就外傅，能赋诗。十七入邑庠，声称卓然。"孙绪（1474—1547），字诚甫，号沙溪。河间府故城人。弘治十二年（1499）进士，历郎中、太仆少卿，后晋正卿。为权官所诬陷，递为民。万历初，诏复太仆卿。因被中伤而革职，嘉靖初起太仆卿。富才华，文学造诣颇深，在世时已获"瀛州才子"美誉。著有《沙溪集》二十三卷，包括文八卷，赋一卷，杂著一卷，《无用闲谈》六卷，诗七卷。另有《沙溪稿》《无用闲谈》《大学中庸方言》《易经奇语》《陂东新论》《四书小说》《语孟毛诗尚书杂议》等。（过庭训《明分省人物考》卷六、孙承泽《畿辅人物志》卷十）

晋州吕秉彝生。吕秉彝（1474—1521），字性之，真定府晋州（隶属于河北省石家庄市）吕家营村人。幼年聪颖。正德三年（1508）中进士，任章邱（今山东章邱县）县令，赈济灾民，有清正声。后来，升任御使，稽察宣大（今宣化、大同）。不久，因病去世，士咸哀悼。（焦竑《国朝献征录》卷六十五）

宛平李震（？—1474）卒。过庭训《明分省人物考》卷一："甲午，忽遘疮疾，竟勿起。震赋性醇厚，才识高迈。居家孝友，莅官勤慎。任两京所至，除弊兴利，政声籍籍。尤厚于故旧，冬官孟侍郎初任南京，住部堂后庑，忽得疾卒。同官讳之，移饮庑外。震往吊叹曰：'孟公生为卿佐，死可委于此乎？'立命舁还旧寝。宛平陈定与其祖为友，及殁，其弟安留金陵，年老家贫，且食指众，弗克返故里。震至即为助舟车归之，其急于尚义类此。"

广宗崔恭参赞南京守备机务，与成国公开心见诚，协力政令，军民皆翕然畏

服，城中恃以为安。（雷礼《国朝列卿纪》卷二十七）

命涿州殷谦专抚宣府。（雷礼《国朝列卿纪》卷三十二）

成化十一年

（公元1475年 乙未）

三月

河间程敏政廷试充受卷官，后诏侍讲经筵，再兼皇太子读讲。（雷礼《国朝列卿纪》卷十五）

浙江谢迁会试中第三名，廷试中状元。廷试之朝，京城忽由雨转晴，缙绅乙未得人之兆。倪宗正原编、谢钟和重编《文正谢公年谱》："十一年乙未，会试礼部，学士琼台丘公得卷甚称赏，取置第三名，犹以得卷晚不（能读）其文为恨。廷对擢第一甲第一名，授翰林院修撰。先是京中苦霔雨，廷试之朝，制策甫降，天忽晴霁，缙绅皆喜，以为得人之征。"

故城马中锡中进士，授刑科给事中。张弘道、张凝道《皇明三元考》卷七："顺天马中锡。故城人。字天禄，号东田，治易。早慧，三岁识字，七岁已能赋诗。父为唐府长史，以直谏忤王，械至京师，家众皆下狱，中锡独以幼免，诉辩如成人，感动部使者，家遂得释。乙未登进士，授刑部科给事中。"

景州戈瑄中进士，授官，有政声。雷礼《国朝列卿纪》卷五十九："戈瑄，字良玉，直隶河间府景州人。成化乙未登进士，授河南嵩县知县，乃宽徭役，广措置，专务以德化民。邑人歌思之。"

宝坻王傅中进士。雷礼《国朝列卿纪》卷六十七："王傅，字□□，顺天府宝坻县人，成化乙未进士。弘治元年，任通政司右通政。九年，以太仆寺卿督厂事。"

四月

博野刘吉以侍郎兼翰林学士，入阁参预机务。（雷礼《国朝列卿纪》卷八）

春

广平崔恭参赞机务。（张廷玉《明史》卷一百五十九·列传第四十七）

本年

河间程信还休宁里第，日与乡人耆旧徜徉山水间，饮宴为乐。（程敏政《资德大夫正治上卿南京兵部尚书兼大理寺卿赠太子少保谥襄毅程公事状》）

浚县王越掌院事，始与群小关通。张廷玉《明史》卷一百七十一《列传第五十九》：“明年与左都御史李宾同掌院事，兼督十二团营。越素以才自喜，不修小节，为朝议所龁。至是乃破名检，与群小关通。”

赵州王诏迁湖广右参政。雷礼《国朝列卿纪》卷五十三：“乙未，擢湖广右参政。政尚宽简，会屡歉民，流徙颇众，极力区画，多所全活。”张廷玉《明史》卷一百八十五《列传第七十三》：“偕梁璟等论及宫闱事，帝大怒，召至文华殿面诘之，诏仰呼曰：‘臣等言虽不当，然区区犬马之诚，知为国而已。’乃杖而释之。出为湖广右参政。”

蠡县冯贯转左寺丞。（雷礼《国朝列卿纪》卷六十三）

昌黎张文质进工部尚书，并掌通政事。（程敏政《资德大夫正治上卿太子少保礼部尚书掌通政使司事昌黎张公墓志铭》）

据《成化十一年进士登科录》，本年顺天府进士登科情况如下：

第二甲 13 名：赐进士出身。姓名及履历分别为：

吴钦，贯浙江仁和县人，顺天大兴县匠籍，国子生，治《易经》。字禹邻，行六，年三十，九月十一日生。曾祖均实，祖朝宗，父本，母任氏。慈侍下。兄铭；鉴；锺，贡士；铎；钰。弟镗。娶金氏，继娶陈氏。顺天府乡试第三十七名，会试第五十一名

马中锡，贯直隶河间府景州故城县，民籍，县学生，治《易经》。字添禄，行二，年三十，三月十六日生。曾祖从周，驿丞；祖显；父伟，知府，进阶大中大夫。前母李氏，母姚氏，继母朱氏。具庆下。兄恒；泰；骢，户部员外郎；元喆；骥；升。娶吴氏。顺天府乡试第一名，会试第二十四名。

史俊，贯顺天府涿州，民籍，国子生，治《书经》。字邦彦，行二，年三十三，十月二十九日生。曾祖彦明，祖成；父仲善，典史。前母王氏，母王氏。慈侍下。兄玘，弟璃、杰、俭、珍。娶窦氏。顺天府乡试第一名，会试第二百五名。

曹元，贯直隶含山县人，大宁前卫官籍，国子生，治《诗经》。字以贞，行四，年二十七，七月十二日生。曾祖赟，赠都督佥事。祖忠。父深，前教授。母陈氏。严侍下。兄鼎、鼐、鼒。弟方、冕。娶孙氏。顺天府乡试第九十六名，会试第十四名。

王敏，贯万全宣府前卫，军籍，都司学军生，治《诗经》。字逊之，行一，年

四十四，二月初七日生。曾祖胜受，祖成，父能，母赵氏。慈侍下。弟敬。娶李氏。顺天府乡试第三名，会试第二百七十三名。

毛伦，贯山西太平县人，直隶镇朔卫官籍，国子生，治《礼记》。字秉彝，行三，年三十二，正月初八日生。曾祖中正。祖清。父德，义官。母董氏。具庆下。兄整、永；弟仪。娶钱氏。顺天府乡试第一百十名，会试第一百七十八名。

许弼，贯顺天府东安县，军籍，国子生，治《诗经》。字佑之，行四，年三十七，十二月十九日生。曾祖得友；祖忠，署正；父瑛，县丞；母石氏，继母张氏。慈侍下。兄震、宣、辅，户部主事。弟文、武。娶孙氏。顺天府乡试第一百十七名，会试第八十九名。

第三甲 21 名：赐同进士出身。姓名及履历分别为：

刘瓒，贯直隶保定府清苑县，军籍，府学生，治《易经》。字国用，行一，年三十一，十月十三日生。曾祖显，祖全，父胜，母白氏。慈侍下。弟瑀。娶米氏。顺天府乡试第一百三十二名，会试第二百八名。

戈瑄，贯直隶河间府景州，民籍，国子生，治《书经》。字廷玉，行五，年二十八，十二月二十一日生。曾祖惟善，祖本，父宁，母朱氏，继母杨氏。具庆下。兄瑞、敏、瓒、敬。弟孜，贡士；敞；琰；叙；珍。娶郭氏。顺天府乡试第七十一名，会试第三十八名。

堵升，贯浙江山阴县人，锦衣卫军籍，国子生，治《诗经》。字文旭，行一，年四十一，九月初九日生。曾祖祥显。祖得名。父让，文思院副使。母褚氏，继母高氏。具庆下。娶徐氏。顺天府乡试第一百八名，会试第一百二十四名。

乐镛，贯浙江定海县人，太医院籍，国子生，治《诗经》。字声远，行三，年四十二，正月二十六日生。曾祖孟杰，祖均黼，父振，母傅氏。严侍下。兄锺、鉴。弟铭；鐩，医官；钺；经；纯；缓；敏；政。娶冯氏，继娶冯氏、吴氏。顺天府乡试第十四名，会试第二百三十四名。

潘隆，贯直隶大同中屯卫，军籍，国子生，治《诗经》。字逢吉，行四，年四十，九月二十八日生。曾祖彦可。祖敏学。父智。母邓氏，继母章氏。具庆下。兄敬、赟、璘。弟纹、让、盛、凤、敦。娶成氏。顺天府乡试第十八名，会试第一百九十七名。

张鼎，贯河南信阳县人，府军卫官籍，京卫武学生，治《书经》。字宗器，行一，年三十，二月十六日生。曾祖道，赠指挥同知。祖林，赠指挥同知。父贤，指挥同知。母枚氏，封淑人。永感下。弟鼐、鼒。娶汪氏。顺天府乡试第二十二名，会试第八十四名。

张宏，贯顺天府大兴县人，龙骧卫官籍，国子生，治《诗经》。字克容，行一，年三十四，十一月二十九日生。曾祖七功；祖礼；父信，百户；母姚氏。永感下。弟宁、定。娶高氏。顺天府乡试第七十八名，会试第一百三十三名。

张广，贯顺天府通州，民籍，州学生，治《书经》。字弘仁，行四，年十九，十一月初十日生。曾祖从礼，祖志芳，父昙，母任氏。具庆下。兄恕、忠、刚。弟林。娶徐氏。顺天府乡试第一百十名，会试第一百七十一名。

王傅，贯顺天府通州宝坻县，军籍，国子生，治《春秋》。字舜臣，行一，年二十七，九月二十三日生。曾祖福庆；祖宁，司狱；父缙，听选官；母赵氏。具庆下。弟伦、侃、保、修、僩。娶刘氏。顺天府乡试第一百八名，会试第二百七十一名。

孙宾，贯直隶交河县人，锦衣卫军匠籍，国子生，治《诗经》。字敬之，行一，年二十六，十一月初八日生。曾祖成，祖礼，父宣，母周氏。具庆下。娶王氏。顺天府乡试第九十二名，会试第二百四名。

李旻，贯直隶真定府赵州人，锦衣卫小旗，治《易经》。字仁甫，行三，年三十一，十月二十八日生。曾祖成，祖福盛，父顺，母陆氏。具庆下。兄广、鉴。弟昂、杲、暹。聘茅氏。顺天府乡试第三十四名，会试第一百三十名。

张瓒，贯武功中卫，军籍，顺天府学增广生，治《书经》。字器之，行三，年二十八，六月初四日生。曾祖彦真，祖仕铉。父伯澄，前母郭氏，母赵氏。具庆下。兄瑀、璟。弟琦。娶章氏。顺天府乡试第七十三名，会试第二百二十二名。

赵琮，贯直隶保定府清苑县，军籍，国子生，治《诗经》。字彦玉，行四，年三十九，十月十三日生。曾祖士温，祖文礼；父郁，封刑部主事；母李氏，封安人。严侍下。兄璘，管；璋，按察司佥事。娶李氏。顺天府乡试第一百二十二名，会试第一百十七名。

魏琮，贯直隶永平府迁安县，军籍，国子生，治《书经》。字廷玉，行一，年四十三，七月十四日生。曾祖思诚；祖原，府知事；父纲，母赵氏。永感下。弟琳。娶赵氏，继娶陆氏。顺天府乡试第七名，会试第一百七十四名。

朱瓒，贯直隶河间府肃宁县，民籍，府学生，治《易经》。字朝用，行一，年二十九，八月二十二日生。曾祖得成；祖辉；父鉴，大使；顾氏。具庆下。弟琇、瑁。娶缪氏。顺天府乡试第八十六名，会试第二百八十四名。

马通，贯燕山右卫，军籍，儒士，治《书经》。字文达，行一，年三十一，九月十八日生。曾祖士能，祖方，父荣，母于氏。具庆下。弟逊，进。娶赵氏。顺天府乡试第五十五名，会试第八十八名。

张贵，贯直隶保定府蠡县，匠籍，县学增广生，治《诗经》。字一之，行二，年二十七，正月二十六日生。曾祖士能，祖清。父友，母王氏。具庆下。兄悦，弟愉。娶冯氏。顺天府乡试第四十三名，会试第二百十八名。

滑浩，贯浙江余姚县人，太医院籍，国子生，治《礼记》。字宗源，行十六，年三十二，二月十九日生。曾祖伯仁。祖孟骥，医学训科。父志镛，良医正。母吴氏。具庆下。兄思让、深、思述，思杰，医学训科。弟思贤、瀚。娶夏氏，继娶徐氏。顺天府乡试第一百十六名，会试第二百八十名。

李德恢，贯顺天府东安县，民籍，县学生，治《春秋》。字叔恢，行三，年三十，二月二十七日生。曾祖继本，翰林检讨；祖东，行人司司副，赠太仆少卿；父侃，右佥都御史；母张氏，封恭人。严侍下。兄德容；德章，贡士；弟德仁，贡士。娶延氏。顺天府乡试第四十四名，会试第一百二十二名。

贺思聪：贯直隶广平府永平县，民籍，国子生，治《礼记》。字时敏，行一，年四十一，正月初八日生。曾祖宽，祖整，父海，母秦氏。慈侍下。弟思敬、思恭。娶胡氏。顺天府乡试第十三名，会试第二百二十六名。

张勋，贯直隶保定府完县，军籍，县学增广生，治《诗经》。字纪常，行一，年二十，十二月初二日生。曾祖喜，冠带；祖彬，教授；父官，贡士；母田氏。重庆下。弟绩、勤。娶刘氏。顺天府乡试第一百二十三名，会试第七十三名。

赵溥，贯直隶常州府武进县，民籍，国子生，治《礼记》。字以周，行二，年四十四，七月二十日生。曾祖彦清；祖敏政；父叔震，七品散官。母徐氏。慈侍下。兄昂，训导。弟宗立，县丞；宗继，同知；仲寿，知州；以康。娶彭氏。顺天府乡试第九十二名，会试第二十二名。

王珩，贯直隶真定府赵州，民籍，国子生，治《书经》。字美器，行七，年二十八，十月十二日生。曾祖成甫，祖翥，父惟政，前母张氏，母张氏。具庆下。兄瑛；玺；瑄，县丞；玑；琮；琳。弟瑠、珙、璠。娶牟氏，继娶刘氏。顺天府乡试第七十七名，会试第六十名。

李智，贯直隶真定府赵州柏乡县，民籍，国子生，治《易经》。字宗哲，行一，年四十三，三月初四日生。曾祖荣，祖均美，父秉中，母张氏，继母韩氏。永感下。弟明。娶崔氏。顺天府乡试第一百三十二名，会试第七十名。

马铨，贯直隶顺德府南和县，军籍，国子生，治《书经》。字秉衡，行二，年二十九，正月初四日生。曾祖才。祖骥，府经历；父震，母贾氏，继母祝氏。重庆下。兄镛；弟钺、釴。娶刁氏。顺天府乡试第一百二十四名，会试第一百三十四名。

赵绣，贯山西阳曲县人，直隶永平府抚宁县民籍，国子生，治《礼记》。字希锦，行二，年三十七，十月二十五日生。曾祖士文，医学训科。祖泉。父杲，大使。母郭氏。永感下。兄维，弟纯、绘。娶张氏，继娶陈氏。顺天府乡试第九十二名，会试第二百九十七名。

田景贤，贯顺天府涿州，军籍，州学生，治《诗经》。字宗儒，行一，年三十，二月初一日生。曾祖行简；祖文质，赠户部主事；父宽，前母李氏，母□氏。慈侍下。弟景昂、景哲、景良、景明。娶□氏。顺天府乡试第七十四名，会试第一百□□名。

成化十二年

（公元1476年　丙申）

正月

十九日，河间程敏政与同榜进士近百人会于京城东报恩僧舍。程敏政《篁墩文集》卷十三《同年会记》："成化丙申春，今天子郊祀既成，百官皆有赐假。吾榜之士乃以上元后四日，会于城东报恩僧舍，会者几百人。……会之日，春阴熹微，天气清淑，列坐以齿核肴，旅陈教坊又盛张乐以佐酒。酒酣，各赋一诗留席上，相顾甚欢，薄暮分散。"

华亭张弼等同年在京者聚会。张弼《东海张先生文集》卷三《同年会诫》："同年会，非古也，以义举也。衣冠之盛事也。古之道存焉。丙戌进士三百五十有二人，受职中外。越十年岁，乃丙申正月甲子（十九日），在京师者几百人，会于报恩寺。有议所以处同年之道者，华亭张弼遂述其意，作五诫。"

五月

五日，沧州马昂（1399—1476）卒，赠少保，谥恭襄。雷礼《国朝列卿纪》卷三十二："既归八年，精力犹健，暇则教子读书，或跨马诣村庄课童仆耕种。耆德晚福，士林忻羡。至丙申五月五日卒，年七十有八。讣闻，赠少保，谥恭襄。遣官谕祭营葬事。昂天性孝友，事母极孝，有疾，忧形于色。视诸犹子爱之愈己，出祖产悉推让与之。其在官时，部属持堂稿咨，禀略窜数语，而事理明允，虽积思者不能过云。"汤斌《拟明史稿列传十七》："昂屡任边陲，晓畅兵事。英宗委任昂与吏部王翱埒，每召见，询将官短长，用边镇巡抚必令李贤、王翱与昂议，故一时边镇督抚多得其人。及为户部，亦欲理财裕国，顾会计非其所长，功名损于兵部。时卒年七十八，赠少保，谥恭襄，录子忠国子生，恕锦衣世百户。"《宪宗实录》卷一百五十三："至是卒，年七十八。讣闻，赐葬祭，赠少保，谥恭襄。录其长子忠为国子生，官次子恕为锦衣卫百户。昂，仪表魁硕，天性孝友，自奉俭约。居官有才，遇事敢为，但颇任智，数观时势，凡事关权幸，则委曲随徇，惟恐拂一人意。然亦持重不挠，睹其容气者，或亦足以折伏其心。"

京师李东阳的二弟李东山病亡，撰祭文。入经筵侍班，同时兼撰讲章。（法式善《明李文正公年谱》卷一）

十一月

《续〈资治通鉴〉纲目》成，翰林院侍讲程敏政为纂修官之一。（《国榷》卷三十七）

十二月

十日，程敏政与倪岳、陆釴、李杰、陆简斋居，喜雪之至，有联句之举。程敏政《篁墩集》卷六十三《斋居喜雪联句》附记云："成化丙申岁腊月十日，倪侍读舜咨、程侍讲克勤、陆修撰鼎仪、陆编修廉伯同以祷雪致斋于翰林之东署。是夜雪大作，遂用欧公禁体故事，相与阄韵联句以志喜。钩奇竞胜，达旦弗能休。时所得尚富，澄汰仅存此。次晚出以见示，复分二韵，俾予窜入之，且志于后云。李杰世贤书。"

冬至日，京师李东阳、河间程敏政等于天顺六年秋中顺天府乡试者四十一人在京师举有乡举同年会，析邵雍《冬至》诗为韵，赋诗倡和。李东阳《京闱同年会铸诗序》云："天顺壬午，予同举顺天乡试者百三十有五人……乃成化丙申冬至日（二年十一月丙寅），兵科都给事中四明章君元益合同举之在京师者，会于武学之署，得四十有一人焉。会既成，谓不可以无记，因析邵康节《冬至》诗为韵，各赋一诗、而暗其一以为序。"（李东阳：《怀麓堂集》卷 26 文稿 6）程敏政《篁墩集》卷 76《乡举同年会集武学得请字》所分邵雍诗写《击壤集》卷 18《冬至吟》云："冬至子之半，天心无改移。一阳初起处，万物未生时。玄酒味方淡，大音声正希。此言如不信，更请问庖牺。"

本年

京师韩定升太仆寺少卿，授中宪大夫诰命。（过庭训《明分省人物考》卷一）

广宗崔恭两抗章，乞致仕，不允。（雷礼《国朝列卿纪》卷五十）

蠡县冯贯改通政左参议。（雷礼《国朝列卿纪》卷六十三）

新城刘庆升大理寺右少卿。（马中锡《大理寺右少卿刘公庆行状》）

成化十三年

（公元 1477 年　丁酉）

正月

八日，河间程敏政与倪岳、张泰、陆釴、陆简、李杰复有焚香联句，《篁墩集》卷六十三《焚香联句》附记云："成化丁酉正月八日斋居焚香清寂之际，相与书三十韵，次第拈押以遣夜怀。既成，俾予各录一通。时与者六人，太仓张亨父、陆鼎仪、毗陵陆廉伯、海虞李世贤、新安程克勤云。钱塘倪岳舜咨题。"

春

京师李东阳成《集句录》一卷。李东阳告假养病，戒不作诗，而戏集古句，略代讽咏，间以应酬。两月间得数十首，集为此卷。后此稿收于《怀麓堂稿》之杂记部分刊行。（钱振民《李东阳年谱》）

夏

广平崔恭得致仕。雷礼《国朝列卿纪》卷五十："明年夏，以不视事者三月，复乞归田。上特赐玺书以荣其归，文武士饯于国门外者千人。道旁观者十里不绝，啧啧共言其贤。"

十二月

京师李东阳与谢铎、陈音，罗璟、张泰、陆釴、彭教，傅瀚、吴希贤、焦芳、刘淳十同年燕集倪岳第，诸工绘图，各赋诗于后。宾之复有《翰林同年会赋》以咏佳会。倪岳《青溪漫稿》卷十六《翰林同年会图记》："成化丁酉之岁，傅君曰川肇为续会，以叙同年之好。……时予辈同年之士之在翰林者，离合之余，始获萃处京师，而予复将有归省之举。闻滇南高司训雅善绘事，乃于是岁十二月二日谨治具予家，折柬以速诸君。次第毕至，即席请如故事，命高为诸君写小像为图，各赋诗系于后。"

本年

束鹿贾俊升都察院右签都御史，巡抚宁夏，得赞誉。雷礼《国朝列卿纪》卷六十二："十三年，升都察院右佥都御史，巡抚宁夏。在边八年，不挟妻子，严明刚果，决摘如神。凡军务区处无遗，豪滑屏迹，军民豪富，迄今父老称不绝口。”

滹县董方致仕，得赏赐，于里徜徉肆志数年。刘珝《资政大夫刑部尚书赠太子太保董公神道碑》：“丁酉，复陈衰老，上不欲重违其意，从之。陛辞，赐宝镪酒馔，进阶资政大夫。公既归，杜门谢客，人罕有见其面者。城南百溪泉之左，构绿野堂，春日池塘，秋风黍稷，徜徉肆志其间者数年。”

沧州张瓒生。张瓒（1477—1542），字廷献，河间府沧州人。弘治十八年（1505）进士，授吏科给事中，累升兵部侍郎兼副都御史，总制宣大偏保等处军务。嘉靖十四年（1533）三月升任兵部尚书，屡加阶至少保兼太子太保。卒赠太保，谥恭襄。（严嵩《光禄大夫柱国少保兼太子太子太保兵部尚书赠太保谥恭襄张公神道碑》）

史馆续《资治通鉴》成，京师韩定以有劳升食正三品俸。（过庭训《明分省人物考》）

博野刘吉升礼部尚书，仍兼学士。（雷礼《国朝列卿纪》卷十一）

涿州殷谦升户部右侍郎，后升本部左侍郎。（雷礼《国朝列卿纪》卷三十二）

涞水张鹏迁为兵部右侍郎。（雷礼《国朝列卿纪》卷四十七）

顺义李宾复以衰老恳辞，蒙允，时年方六十有二。（焦竑《国朝献征录》卷五十四下）

安州吕雯升南京光禄寺少卿。（雷礼《国朝列卿纪》卷五十二）

昌黎杜谦转浙江左布政使。（雷礼《国朝列卿纪》卷六十五）

寓京师黄润玉（1389—1477）卒。张廷玉《明史》卷一百六十一《列传第四十九》：母忧归，起官湖广。论罢巡抚李实亲故二人。实愤，奏润玉不谙刑律，坐谪含山知县。以年老归。归二十年，年八十有九卒。学者称“南山先生”。

成化十四年

（公元 1478 年　戊戌）

三月

寓京师胡谅中本年进士。胡谅（？—1513），字允夫，河南灵宝人[①]，籍腾骧左卫，家京师。本年进士，后任广西道御史、南京太仆寺少卿。历六年升南京

① 四库本《畿辅通志》卷七十四记为“大兴人”。

光禄寺卿，又三年升工部右侍郎，总理易州山厂。胡谅与太监李荣连姻。授推官，居官无可称述，素以贪墨闻，纳赂致通显，屡为科道所论劾。正德八年（1513）卒。卒后葬于廊坊市安次区西马圈村胡谅家族墓地。（《明代胡谅家族墓诰敕碑》）

任丘李棨中进士，后授上海上海知县，得民望。李东阳《莱州府知府李君棨墓志铭》："成化甲午举京闱，戊戌登进士，知上海县，赋讼丛沓，持以镇静，和而不狎，每有鞫问，人称为明。以外艰去，民遮道攀送，有下泣者。"（焦竑《国朝献征录》卷九十六）

迁安才宽中进士，初迁西安知府。（孙奇逢《畿辅人物考》卷三）

景州孙博中进士，授礼科给事中。（四库本《畿辅通志》卷七十二）

雄县侯观举进士，试政户部。（过庭训《明分省人物考》卷四）

肃宁张泰中进士，授邹平知县。（雷礼《国朝列卿纪》卷五十九）

七月

河间程敏政回安徽祖籍侍父两月。程敏政《南京兵部尚书兼大理寺卿赠太子少保谥襄毅程公事状》："戊戌七月，丧其季子。时长子敏政方侍皇太子讲读，惧公忧伤，请归省。诏驰驿慰公，侍膳两月。公饮食起居如常，且趣敏政还朝曰：'吾不能报国厚恩，汝当勉力，勿恋恋于此。'"

十一月

二日，河间程敏政过河间，扫先人墓。程敏政《篁墩文集》卷五十一《赐假还河间扫墓告文》有记，并述其曾祖父母及祖父母墓均在河间郡。

本年

博野刘吉加太子少保兼文渊阁大学士。（廖道南撰《殿阁词林记列传》卷一）

固安王复加太子少保。（张廷玉《明史》卷一百七十七《列传第六十五》）

邯郸孙修生。孙修（1478—1533），字用吉，号广原，广平府邯郸（今河北省邯郸市）人。弘治十八年（1505），中进士。授户部主事；进员外郎，改御史。后擢陕西佥事，备兵延绥，储粮训卒，敌不敢犯。官改任南京操江。嘉靖八年，特允致仕。（孙奇逢《畿辅人物考》卷之二）

定兴王尧封生。王尧封（1478—?），字伯圻，保定府定兴县（今河北省保定市定兴县）人。弘治十八年进士，授襄阳推官。谳狱详明，擢御史，按两浙，有声绩。累官至戸部尚书卒。（《畿辅通志》卷七十四）

据《成化十四年进士登科录》，本年顺天府进士登科情况如下：

第二甲15名，赐进士出身。姓名及履历分别为：

毛科，贯浙江绍兴府余姚县，民籍，国子生，治《礼记》。字应奎，行五，年三十二，八月．一十一日生。曾祖伯咸；祖仕均，赠刑部主事；父吉，按察副使，追赠按察使；母熊氏，封安人。慈侍下。弟秩。娶胡氏。顺天府乡试第一百十六名，会试第三百二十七名。

蔡相，贯顺天府大兴县，匠籍，儒士，治《诗经》。字符鼎，行一，年二十二，九月二十三日生。曾祖亮；祖润，封工部郎中；父志，右参政；母屠氏，封宜人。重庆下。弟栻、楷、楫。娶杨氏。顺天府乡试第一百十九名，会试第一百三十七名。

戈孜，贯直隶河间府景州，军籍，国子生，治《书经》。字勉学，行四，年三十，七月十一日生。曾祖惟善，祖本，父启宗，母马氏。具庆下。兄敏、敬、敩。弟敞、叙。娶曹氏。顺天府乡试第一百二十六名，会试第二百六十二名。

纪振，贯直隶大名府内黄县，军籍，县学生，治《易经》。字文声，行一，年二十四，二月十一日生。曾祖大，祖斌，父浩，母于氏。具庆下。弟抡、擢、择。娶密氏。顺天府乡试第一百名，会试第二百四十名。

徐佑，贯直隶河间府□□县，民籍，国子生，治《春秋》。字允言，行一，年三十，二月二十二日生。曾祖德岳。祖福，封监察御史。父清，前监察御史。母□氏，封孺人。具庆下。弟俊、信、伟、侃。娶朱氏。顺天府乡试第五名，会试第一百七十二名。

刘济，贯直隶真定府赵州，民籍，国子生，治《诗经》。字泽民，行二，年四十，十月□二日生。曾祖麟，祖贵才，父能，母□氏。具庆下。兄□，弟惠、江、澜。娶郭氏。顺天府乡试第八十四名，会试第一百七十三名。

赵璧，贯府军卫，军籍，山东历城县人，国子生，治《书经》。字润夫，行一，年三十，八月二十五日生。曾祖肆，祖捌，父兴，母金氏。慈侍下。弟玺、堡。娶王氏，继娶洪氏。顺天府乡试第七十五名，会试第二百十四名。

沈元，贯直隶苏州府长洲县，匠籍，□□□，治《书经》。字善之，行一，年四十七，□□□。曾祖宗德，祖公济。父如美，母□氏。严侍下。弟见。娶陈氏，继娶□氏。顺天府乡试第□□名，会试第一百四十九名。

杨肃，贯□□□昌府丰城县，军籍，国子生，治《诗经》。字杰和，行六，年四十二，四月□□日生。曾祖民则；祖□，刑部员外郎；父敬容，母李氏。重庆下。兄□。弟肃。娶游氏，继娶□氏。顺天府乡试第一□□名，会试第二百八十八名。

徐鹏，贯直隶保定府清苑县，民籍，国子生，治《诗经》。字大游，行二，年二十八，正月□□日生。曾祖友良，祖庆，父振，母常氏，继母□氏、张氏。具庆下。兄鸾。娶傅氏。顺天府乡试第一百二十三名，会试第一百五十八名。

刘昭，贯直隶保定府安州新安县，军籍，国子生，治《书经》。字大章，行一，年三十四，三月二十四日生。曾祖德甫，祖原；父沧，巡检；前母张氏，母朱氏。永感下。娶李氏。顺天府乡试第三十九名，会试第一百三十八名。

孙博，贯直隶河间府景州，民籍，山东济南府学训导，治《诗经》。字约之，行二，年三十六，二月初四日生。曾祖景让。祖□□。父胜。母杜氏。永感下。兄恺。弟恒，悦。娶刘氏。顺天府乡试第四名，会试第六十一名。

车玺，贯顺天府宛平县，匠籍，山西泽州人，府学增广生，治《易经》。字一之，行二，年二十五，九月二十八日生。曾祖铎，祖宣，父昱，母沈氏。具庆下。兄□，弟瑛、玘、琮、玹、□、珙、瑢。娶□氏。顺天府乡试第□□名，会试第九名。

宋礼，贯顺天府大兴县，匠籍，浙江钱塘县人，府学增广生，治《易经》。字惟寅，行三，年二十三，二月□□日生。曾祖恭，祖永寿，父廷玉，母蔺氏，继母闻氏。具庆下。兄祥、福。弟裕、祺、佑。聘潘氏。顺天府乡试第一名，会试第三十名。

宋明，贯直隶大名府浚县，军籍，国子生，治《书经》。字惟远，行二，年三十二，二月初二日生。曾祖叔昭，祖春，父恕，母邹氏，继母武氏。具庆下。兄良。娶卢氏，继娶刘氏。顺天府乡试第九十五名，会试第二百二十名。

第三甲 36 名，赐同进士出身。姓名及履历分别为：

沈清，贯浙江归安县籍，直隶抚宁卫人，治《春秋》。字廉夫，行一，年三十，九月二十二日生。曾祖宗本。祖来祺。父闻礼。母朱氏。慈侍下。娶徐氏。顺天府乡试第三十七名，会试第八名。

刘翔，贯直隶河间府献县，民籍，国子生，治《诗经》。字九霄，行三，年四十，十月初三日生。曾祖彦中，祖希贤；父瑄，府经历；母韩氏。永感下。兄翀；翱，贡士。娶萧氏，继娶苏氏。顺天府乡试第七十六名，会试第二百十名。

李棨，贯直隶河间府任丘县，民籍，国子生，治《易经》。字□□，行一，年三十六，九月十七日生。曾祖忠，祖荣；父溥，教授；母刘氏。具庆下。弟桀、杲、棠。娶边氏。顺天府乡试第一百名，会试第一百四十五名。

王宏，贯锦衣卫镇抚司，军籍，山东日照县人，军余，治《诗经》。字仲广，行二，年三十二，九月二十八日生。曾祖大公。祖福。父贵。母宗氏。慈侍下。

兄宇。弟实、宁。娶燕氏，继娶吴氏，聘娄氏。顺天府乡试第四十三名，会试第一百八十一名。

高璁，贯直隶永平府滦州，民籍，国子生，治《春秋》。字润之，行四，年三十，九月二十五日生。曾祖敬仝，祖显。父昺，巡检；前母王氏、李氏，母段氏。永感下。兄玑、琎、玘。弟珙。娶谢氏。顺天府乡试第五十八名，会试第二百八十名。

孙珩，贯直隶徐州，民籍，国子生，治《诗经》。字邦玉，行一，年三十七，十二月二十六日生。曾祖希文；祖顺，知府；父绍，母徐氏。永感下。弟瑀、纪、瑶、璘、环、珍。娶荏氏。顺天府乡试第五十六名，会试第一百八十九名。

陈宽，贯直隶真定府冀州新河县，民籍，国子生，治《诗经》。字裕夫，行三，年四十三，五月十二日生。曾祖茂人，祖元庄，父诚，母周氏。永感下。兄安、宏。娶王氏。顺天府乡试第一百二十六名，会试第一百十五名。

李德仁，贯顺天府东安县，民籍，国子生。治《诗经》。字季仁，行四，年二十四，四月二十八日生。曾祖继本，翰林院检讨；祖东，行人司副，赠太仆寺少卿；父侃，右佥都御史；母张氏，封恭人。严侍下。兄德容；德章，贡士；德恢，大理寺□□□。娶董氏。顺天府乡试第十名，会试第四十四名。

管通，贯直隶河间府景州东光县，民籍，国子生，治《礼记》。字彦亨，行一，年四十二，八月十二日生。曾祖新，祖友才；父胜，典史；母王氏。慈侍下。弟达、道、逊、遵、迪、遂、逵。娶任氏。顺天府乡试第七十三名，会试第一百二十一名。

连盛，贯直隶广平府永年县，民籍，国子生，治《诗经》。字文昌，行三，年三十一，二月十二日生。曾祖友文，祖旺，父玘。前母李氏，母高氏。具庆下。兄荣，资。弟茂。娶李氏。顺天府乡试第一百一名，会试第七十四名。

赵瑛，贯神武右卫，军籍，直隶江都县人，国子生，治《诗经》。字廷光，行一，年三十一，三月十九日生。曾祖忠，祖旺，父演，母李氏。具庆下。弟璁，琪。娶晁氏。顺天府乡试第一百七名，会试第三百十六名。

刘机，贯顺天府大兴县，民籍，府学增广生，治《书经》。字世衡，行三，年二十八，七月初五日生。曾祖正，赠尚书；祖中敷，户部尚书，太子宾客；父琏，苑马寺卿；前母房氏，赠淑人；母张氏，封宜人；继母王氏，封淑人。慈侍下，兄林，知县；彬。弟相、桓、楷、木。娶林氏。顺天府乡试第四十九名，会试第二百三十四名。

胡谅，贯腾骧左卫军籍，□□灵宝县人，顺天府学增广生，治《书经》。字允夫，行二十五，四月初十日生。曾祖祥，祖甫荣，父忠，母李氏。具庆下。弟谊。

聘王氏。顺天府乡试第三名，会试第二百九十五名。

张冕，贯直隶大名府长垣县，民籍，国子生，治《书经》。字服周，行二，年三十一，三月二十二日生。曾祖进，祖亨；父璁，教授；母黄氏，继母许氏。永感下，兄旻，弟晁、升、昺、昙、杲、晔、㫚。娶伍氏。顺天府乡试第四十五名，会试第一百六十八名。

杜瑄，贯直隶广平府永年县，民籍，国子生，治《诗经》。字怀玉，行一，年四十五，五月十二日生。曾祖从义，祖友直，父芳，母李氏。慈侍下。兄琮，弟瑾、瑛。娶焦氏。顺天府乡试第八十名，会试第九十七名。

李经，贯万全都司，官籍，直隶临淮县人，国子生，治《诗经》。字士常，行六，年三十六，三月十一日生。曾祖济，千户，赠指挥佥事；祖庸，都指挥佥事；父徽，都指挥佥事；母董氏，赠淑人。永感下。兄绂，署都指挥佥事；缙；绅；缜；纯。弟缮。娶岳氏，继娶王氏。顺天府乡试第四十六名，会试第八十七名。

张泰，贯直隶河间府□□□，民籍，县学增广生，治《诗经》。字世亨，行三，年二十七，四月初九日生。曾祖真，祖敬祖，父□喜，母马氏。具庆下。娶李氏。顺天府乡试第六十名，会试第二百九十八名。

李俨，贯直隶保定府安州高阳县，民籍，国子生，治《易经》。字仲威，行四，年四十一，正月二十九日生。曾祖德明，祖进，父甫荣，母颜氏，继母梁氏。具庆下。兄兴、信、原。娶郭氏。顺天府乡试第一百五名，会试第四十五名。

张琏，贯彭城卫，军籍，□□□县人，军余，治《诗经》。字□器，行二，年三十，十月初七日生。曾祖升，祖杰，父宁，母李氏。具庆下。兄珣，弟瑄、玹。娶宋氏，继娶贺氏。顺天府乡试第九十三名，会试第二百三十名。

郑仁宪：贯顺天府□□□，富户籍，浙江会稽县人，国子生，治《易经》。字□□，行□，年四十一，十月二十一日生。曾祖邦贤、祖思恭；父文贞，按察司佥事；母张氏。永感下。兄仁、恕、□、恩。弟仁愈。娶王氏。顺天府乡试第三十五名，会试第七十八名。

茆钦，贯直隶永平府卢龙县，民籍，国子生，治《书经》。字宗尧，行二，年三十，七月初五日生。曾祖贤；祖得，巡检；父端，母瞿氏，继母路氏。具庆下。兄铠。弟萱、森、芊。娶王氏。顺天府乡试第一百二十名，会试第三百十一名。

王和，贯直隶永平府迁安县，民籍，国子生，治《诗经》。字以节，行三，年三十一，十二月十三日生。曾祖敬先，祖斌；父政，巡检；母张氏，继母李氏。具庆下。兄聪、荣。娶高氏，继娶马氏。顺天府乡试第七十二名，会试第三百四十一名。

王铉，贯大宁中卫，军籍，国子生，治《诗经》。字伯举，行一，年三十三，十月二十九日生。曾祖公甫，祖克名，父文信，母许氏。具庆下。弟锳。娶李氏，继娶葛氏。顺天府乡试第六十二名，会试第六十名。

才宽，贯直隶永平府迁安县，民籍，县学增广生，治《诗经》。字汝栗，行二，年二十五，十月初一日生。曾祖仁美，祖整；父通，府经历；母张氏。具庆下。兄宏，弟宜。娶赵氏。顺天府乡试第八十三名，会试第四十九名。

赵宽，贯直隶保定府清苑县，民籍，国子生，治《春秋》。字德宏，行三，年三十九，六月初十日生。曾祖干成、祖资；父清，知县；母张氏，继母田氏。具庆下。兄宣，训导；宁；弟容、宗。娶张氏。顺天府乡试第十七名，会试第三百三十二名。

杜桓，贯富峪卫官籍，江西吉水县人，国子生，治《书经》。字德□，行一，年三十五，二月初二日生。曾祖玄德，祖大鹏；父邦，□□□；母韦氏。慈侍下。弟楷，□。娶邓氏。顺天府乡试第一百三十名，会试第三十五名。

翟能，贯直隶河间府口间县，民籍，国子生，治《诗经》。字本善，行一，年四十三，五月初三日生。曾祖成，祖用，父信，母赵氏。慈侍下。弟干、清、廉、俊、秀。娶卢氏，继娶牛氏。顺天府乡试第□□□名，会试第一百十七名。

李增，贯直隶保定府□□县，官籍，国子生，治《诗经》。字廷重，行一，年二十六，五月二十四日生。曾祖德，百户；祖友，百户；父良，母马氏。具庆下。弟堂、城。娶唐氏。顺天府乡试第七十九名，会试第二百九十一名。

吴文，贯江西吉安府庐陵县，民籍，国子生，治《诗经》。字载道，行四，年四十一，十月二十三日生。曾祖以和，祖如礼，父伯埙，前母沈氏，母萧氏。永感下。兄溥，国子生；杰、涣。娶刘氏。顺天府乡试第十九名，会试第一百三十□名。

张经，贯腾骧右卫军籍，陕西长安县人，国子生，治《诗经》。字天常，行一，年二十七，二月初三日生。曾祖中，祖郁；父善，义官；母王氏。具庆下。弟纶、缙、绅、绂、绶、绰。娶李氏。顺天府乡试第三十三名，会试第二十三名。

马懋，贯腾骧右卫官籍，山东馆陶县人，顺天府学增广生。治《诗经》。字昭德，行一，年二十一，正月二十一日生。曾祖羽，赠都督同知；祖俊，赠都督同知；父□，义官；母潘氏。具庆下。弟德。娶翟氏。顺天府乡试第□十八名，会试第五十四名。

尹世昌，贯直隶真定府□州，民籍，国子生，治《诗经》。字廷□，行一，年三十五，八月三十日生。曾祖文献；□□□；祖颢，知县；父琮，教谕；母张氏。永感下。弟世隆。娶彭氏，继娶彭氏。顺天府乡试第一百十四名，会试第一百十一名。

刘聪，贯直隶蓟州卫军籍，江西宜春县人，国子生，治《礼记》。字守愚，行一，年三十六，十月十七日生。曾祖德成，祖真，父能，母郭氏。重庆下。弟纲、纪、绅。娶钱氏。顺天府乡试第五名，会试第二百八十六名。

郑惟桓，贯顺天府大兴县，富户籍，浙江常山县人，国子生，治《春秋》。字用文，行二十，年三十二，九月十一日生。曾祖善□，义官；祖沂，赠监察御史；父佑，按察司副使；母徐氏，封孺人。慈待下。兄惟楠，贡士；惟植。弟惟樟、惟梓。娶高氏。顺天府乡试第七十名，会试第九十名。

侯观，贯直隶保定府雄县，民籍，儒士，治《诗经》。字仕宾，行三，年二十五，十月十一日生。曾祖文质；祖林，库大使，赠主事；父瓒，光禄寺卿；母王氏，封安人。具庆下。兄泰、豫；弟节、巽、颐。娶何氏。顺天府乡试第七十九名，会试第三十八名。

金福，贯锦衣卫军籍，浙□□□□□，国子生，治《书经》。字天锡，行一，年二十九，二月初九日生。曾祖子昭，祖仲成，父宗浩，母张氏。具庆下。弟裕、祥。娶张氏。顺天府乡试第七十六名，会试第二百七十三名。

成化十五年

（公元1479年　己亥）

九月

二日，新城刘庆（1422—1479）以足疾卒。马中锡《大理寺右少卿刘公庆行状》：“成化己亥九月二日以足疾卒，年五十有八。呜呼！公之闻望德业孚于公卿间，种种可述，而平广贼一事尤奇伟，抚剑辕门，挽弓革车者，视书生以为易与？观公之行而于稽其类，书生果可易乎？”（焦竑《国朝献征录》卷六十八）

初九，京师李东阳受侍讲陈音邀同游，因与僧瑢有旧约，以诗谢绝。李士实、屠勋等众人次第而至，沿杨柳湾，经菜园，参观了稻田，来到海子，望钟鼓楼，访桔槔亭，留连竟日，彼唱我和，共得三十六首。之后，又作联句诗数首。（法式善《明李文正公年谱》卷一）

二十七日，河间程信（1417—1479）病卒。程敏政《资德大夫正治上卿南京兵部尚书兼大理寺卿赠太子少保谥襄毅程公事状》：“己亥五月，忽因吐致疾转为风痰，既差而复者三，竟不起。时九月二十七日辰时也，享年六十有三。有司以讣闻，上悼惜诏赠太子少保，谥曰襄毅。遣使谕祭于家，命官督有司治葬事，诏临圹复赐祭焉。”刘文和《兵部尚书程襄毅公墓志铭》：“公仪观魁伟，性资刚果。六籍百子无不涉猎，为诗文略不经意而雄浑可传。事亲孝，少时尝力耕以养居，忧庐墓侧有芝产之瑞，教子弟严而有方，待内外族恩义兼尽，遇故人子矜恤振拔，惟恐不及，凡百玩物一不以挂目。为谏官，知无不言，言必达大体而嫉恶。”孙奇逢《畿辅人物考》卷之二《经济·程襄毅公信》：“信性资刚果，六籍诸子无不涉猎，为诗文略不经意，而雄浑可传。”陈田《明诗纪事》丙签卷五选诗三十二首，并记：“克勤少慧，四川巡抚罗绮以神童荐，英宗召试，命赐食。即日赋《圣节》及《瑞雪》诗并经义各一篇，援笔立就，文采粲然，诏读书翰林。大学士李贤妻以女。弱冠成进士，学问该博，为一时冠，数遭龉龁，未竟其用。《篁墩集》存诗甚伙，撷其精华，不愧一时作者。特以芜蔓不剪，为世訾议，亦可为存诗太多之诫云。”朱彝尊《静志居诗话》卷八：“篁墩数与西涯酬和，集中存诗数千，究乏警策，至其缉录诸书，若《明文衡》《新安文献志》甄综有法，余如《宋纪受终考》《宋遗民录》皆有功史学。”

十一月

十日，京师郑绅生。孙升《掌通政司事工部尚书赠太子少保郑公绅神道碑》：“公讳绅，字公佩，别号敬庵。其先保安州望族，高祖思明徙保定府之涞水县。思明生秀，秀生友，以从兄征进都匀东苗西堡有功，授锦衣百户世袭，遂定居都城。友生表，以从征大同有功，晋副千户，累指挥佥事，赠百户，君如其官。两世近臣，又皆功能表见，而都城之郑渐著。”（焦竑《国朝献征录》卷六十七）郑绅（1479—1559），字公佩，号敬庵。原籍保定府涞水县（今河北省保定市涞水），祖郑友，为锦衣百户世袭，因此移居京城。父郑表，官至指挥佥事。正德九年（1514）中进士。十年（1515）授户部主事。十六年（1521）补职户部，晋升员外郎，累迁至工部尚书，掌通政司事。嘉靖年间，疏请辞官，于京南修筑南池书院以居，后又于京城西山筑成北泉书院。嘉靖三十八年（1559）六月十七日去世。赠太子少保。

十二月

四日，广平崔恭（1409—1479）卒于家。赠太子少保，谥“庄敏”。刘珝《资政大夫南京吏部尚书赠太子少保谥庄敏崔公墓志铭》：“皇明成化己亥冬十二月四日致仕南京吏部尚书崔公卒于家。疏闻，诏遣官谕祭营葬，赠太子少保，谥庄敏。同朝旧臣无不交相叹惜。”雷礼《国朝列卿纪》卷二十七：“归二年，足迹不入城府，静坐一庵，教子孙读书而已。疾急，谓诸子曰：‘吾平生无益于国，勿乞恩烦渎。'竟不及家事，卒年七十有一。子二：珂、璇。珂本从子，璇生之明年，恭以为后，荫国子生。君子又谓'不私其子'云。恭为人宽，平坦易中，无芥蒂，好善恶恶，出于天性，遇后生必谈政事，刚而能断，然仁爱之意未尝不行乎其间。爱惜人才，奖拔后进，唯恐不及。初广宗地僻，士不见全书，出赀市书及五经四书，时义之，工者贻之，后广宗之士科不乏人。"焦竑《国朝献征录》卷二十七《南京吏部尚书崔恭》："两以疾乞致仕，不许。于后，再乞，乃许之。成化十五年十二月，卒，年七十一。讣闻赠太子少保，谥庄敏，赐葬祭，官其子璇中书舍人。恭和厚坦夷，靖恭自守，遇人不为矫饰，而是非臧否未尝不公。临事惟求合理便民，虽难不避。其为政知大体，爱惜人才，尤亲善类。卒之日，远近闻之，莫不悼惜。亦一时之名臣云"。

本年

河间程敏政重订《河间府志》二十卷成。此书为成化间程敏政应知府贾忠等之请，重加订正。成书于本年（1479）左右[①]。《篁墩集》卷二十一《河间府志后序》："河间郡守太原贾君忠及其倅宁夏褚君廷仪取郡志梓行，而走书京师，请敏政序其后。敏政邦人也，不可以辞，则为之言曰……贾君守河间八年，威行惠流，治益闲暇，而诸君赞成此举之力尤多。其同寅者，亦皆淑慎自持，故议以克合，使数百年之阙典，于是而备，其视世之汲汲于簿书案牍之间者，其相去顾不速哉。志凡二十卷，本多挂漏讹舛。敏政不佞，为之博采群搜，重加订正，凡古迹、山川、人物、诗文之类，彪分胪列，颇详整于旧云。"

献县陈钺任户部尚书。（雷礼《国朝列卿纪》卷三十二）

涞水张鹏转为兵部左侍郎。（雷礼《国朝列卿纪》卷四十七）

新城杨宣升礼部左侍郎，仍掌寺事。（焦竑《国朝献征录》卷七十六）

安州吕雯迁为太仆寺少卿，马政修举。（雷礼《国朝列卿纪》卷五十二）

束鹿王宗彝以督饷升太仆寺少卿，寻改右签都御史，镇辽东。（雷礼《国朝列卿纪》卷五十二）

---

① 据《明宪宗实录》卷一百九十六记，贾忠成化十五年闰十月辛酉由河间府知府升陕西苑马寺卿。又，樊深《（嘉靖）河间府志》卷十七《宦迹志》载："贾忠，山西谆县人，沧州知州擢任。赋性耿直，居河间八年，威行惠流，治益闲暇。又见沧州。"又《程序》中有"贾君守河间八年"语，故书当重订于成化十五年左右。

成化十六年

（公元1480年　庚子）

春

浚县王越以至大同靖虏有功，封越威宁伯，仍领院事。张廷玉《明史》卷一百七十一《列传第五十九》："十六年春，延绥守臣奏寇潜渡河入靖虏，越乃说直出师。诏拜保国公朱永为平虏将军，直监军，而越提督军务。越说直令永率大军由南路，己与直将轻骑循塞垣而西，俱会榆林。越至大同，闻敌帐在威宁海子，则尽选宣、大两镇兵二万，出孤店，潜行至猫儿庄，分数道。值大风雨雪晦冥，进至威宁，寇犹不觉，掩击大破之。斩首四百三十余级，获马驼牛羊六千，师不至榆林而还。永所出道迂，不见敌，无功。由是封越威宁伯，世袭，岁禄千二百石。越受封，不当复领都察院，而越不欲就西班。御史许进等颂其功，引王骥、杨善例，请仍领院事，提督团营。从之"。

六月

鸡泽刘诚（1431—1480）卒。一生孝友敬亲，博学多识，清直廉介。过庭训《明分省人物考》卷九："童时丧父，悲哀毁瘠如成人，事母以孝闻，家贫为童子师，资束脩为养。既仕，凡俸禄所入，悉归于母，锱铢不入私室。每有宾客宴会，先具甘旨进母，然后出以待客，终其身以为常。尝以公事莅施州，久不见母，一日方治文书，忽潸然不自胜，从吏请其故，诚曰：'吾思吾母不得见耳！'兄早丧，事寡嫂敬而有礼。其孝友盖天性也，少从国子丞阎子与学易。既登第，穷探力索，务求四圣之旨，尝谓焦赣《易林》专取纳甲飞伏非圣法，乃作《周易衍辞》，其文奥雅，深于易者韪之。又取汉唐宋诏诰章表可为训者作典谟遗旨，楚汉以降，词人之作散见诸书，采其得三百之旨者，作《风雅遗音》。邵子《皇极经世》自鄱阳傅氏后，知之者鲜，诚深究其理，欲加之训释而未就也。蔡氏《洪范皇极内篇》揲法不传，精思潜玩，遂得其法；且为补其释数之缺。盖其立志，直欲与濂洛关闽诸儒同归，不欲以文词名也。其为长史，以礼辅王，多所启沃，作《千秋日鉴录》以献，王嘉纳之。""居官廉，俸禄之外，毫不妄取。成化十六年六月，疽发于背，虑遗母忧，有问者辄曰：'无伤也。'疾亟，以手拊床曰：'我死不足惜，第念老母不获终养耳！'遂卒。享年四十有八，卒之日，囊无寸帛，几不能殓，赖僚属相率致赙乃克归其丧。”

七月

京师李东阳被命与司经局洗马罗璟一起为应天府乡试考官。《馆阁漫录》卷六（成化十六年）李东阳《怀麓堂集》卷二十六《应天府乡试录序》：“成化十六年庚子秋八月癸酉，应天府乡试录成。盖自奉诏以来，凡二十有六日而试，越三日再试，又三日三试。既试之十有一日而毕。录诸中外臣名在执事者三十有六人，士之中选者百三十有五人，文之尤粹者二十篇。”

八月

京师李东阳主考南畿，推重邵宝。陈鼎辑《东林列传·邵宝传》：“举南畿，受知于李东阳。为诗文典重和雅，以东阳为宗。至于原本经术，粹然一出于正。”杨一清《资善大夫南京礼部尚书赠太子少保谥文庄邵公宝神道碑》：“文正公成化庚子主考南畿，得公，归以诧于予曰：‘吾得天下士。’”

京师李东阳成《北上录》一卷。本年秋李东阳与同年罗璟赴南都主考应天府乡试。恐妨职事，戒作诗文。试毕，世与南都士大夫燕会，唱和。得赋一、诗一百零二、联句二、杂文三共作一卷。此稿收于《怀麓堂稿》之杂记部分刊行，今存。（钱振民《李东阳年谱》）

东光廖纪领京闱乡荐，但后试于礼部落榜。（雷礼《国朝列卿纪》卷二十六）

南宫白钺参加顺天府乡试，获得第一名解元。（张弘道、张凝道《皇明三元考》卷七）

容城王寅少补邑庠生，本月领京闱乡荐。（杨一清《嘉议大夫刑部右侍郎王寅墓志铭》）

本年

本年前后，京师李东阳与京中友人李经、李士实、李杰、傅瀚、曾文甫，吴希贤、杨守址、周庚，陈璚、陆容、林瀚等有瓜祝唱和诗，风雅一时，盛行缙绅间。李东阳《怀麓堂诗稿》卷十三收有《若虚馈瓜，仍叠前韵奉谢》《曰川馈无花果答丝瓜之赠，叠前韵奉和》《馈瓜，杨维立编修以桃见答，叠前韵》《馈瓜，曾文甫编修以冬瓜见答，叠前韵》《汝贤馈西瓜及槟榔，叠前韵》《李世贤侍讲一产二子，用瓜祝韵贺之》《贺周原已得男，再用瓜祝韵》诸诗，卷十四收《陈玉汝得孙，归瓜祝，用旧韵和之》《林亨大修撰得第四男，用旧韵贺之》二诗。程敏政《篁墩文集》卷二十八《瓜祝唱和诗序》：“西涯李学士宾之家有蔬圃，种丝瓜，岁结实甚盛。偶分以馈友之未有子者，取绵之义，而祝以诗。适友人得男，以瓜祝为验。自是凡未有子者，必徯其馈。石城李学士世贤适未有子，西涯馈而祝之，一乳两男，由是益自神其瓜与诗。诗出必要人和，不肯但已，士友间相传为嘉话。而石城之卷自西涯倡之，和者数十，其事在成化己亥、庚子之间……西涯才名满天下，经史之余，时出善谑，最蕴藉一时，名流多乐从之。瓜祝其最雅者，因序而归之石城。”

固安王复致仕。雷礼《国朝列卿纪》卷六十二：“十五年，六科三道给事中张海等劾四方水旱皆，复与户书杨鼎、南京兵书薛远、吏部侍郎钱溥四人妨政失职所致，宜加斥罢，俱不允。十六年致仕。”张廷玉《明史》卷一百七十七《列传第六十五》：“复好古嗜学，守廉约，与人无城府，当官识大体。居工部十二年，会灾异，言官言其衰老，乞休。不许。居二月，汪直讽言官更劾复及邹干、薛远。乃传旨，并令致仕归。”

景州孙博以上疏论汪直盗弄国柄，遭忌恨，被用随军北伐云中，以能得尊敬。后以功，升山西按察司佥事。石珤《山西按察司佥事孙博传》：“孙博，字约之，河间景州人也。倜傥有志节，通毛诗，博极群籍，尤精语孟，酣饫沉潜，著为论说，深得圣贤之指，诸儒竞传诵之。释褐为历城教谕，登进士授礼科给事中。论事不避强梗，声振琐闼。成化庚子，汪直用事，立西厂密令左右亲校觇察，公卿以下官得失辄注考语，乘间闻奏，有所黜陟。或径自捕系考鞫，内外恐慑，里巷细人争诣厂污蔑官吏，权柄下移，谒私门行苞苴者益大起。博上疏论直盗弄国柄，作福作威，使君相废职，渐不可长。疏入，上令毁西厂，直大恨之。会北虏寇云中，直与都御史王越、保国公朱永受诏北伐，将团营军五万人出山。后直乃奏用博纪官军功，阴欲中伤，缙绅危之。博曰：‘论谏吾职也，荣辱生死命也，将安避乎？’遂行，既抵云中，虏势猖獗，每出战，辄令纪功官随行营。博虽书生，意气峭拔，兆鍪绣袄，弯两石弧，驰突万众间如健将。时或聚议机务，益侃侃雄辩，指画利害不少挫衄，直始心敬之，越亦从旁，时时救护，得不死。师还，论功升山西按察司佥事。”（焦竑《国朝献征录》卷九十七）孙博（？—1504），字约之，河间府景州（今属河北省衡水市）人。博极群籍，通毛诗，尤精语孟。初为历城教谕，登进士授礼科给事中。论事不避强梗，以忤汪直被令随军北伐云中，以功升山西按察司佥事。不久即归乡隐居，耕读自娱。弘治十七年（1504）因揭地方官不法事，被阴毒而死。

昌黎杜谦召为顺天府尹。（雷礼《国朝列卿纪》卷六十五）

成化十七年

（公元1481年　辛丑）

三月

容城王寅中进士，授大理寺右评事，后进寺副。（杨一清《嘉议大夫刑部右侍郎王寅墓志铭》）

霸州张恕中进士，授夏津知县。雷礼《国朝列卿纪》卷六十六："张恕，字□□，顺天府霸州人。成化辛丑进士，授夏津知县，擢御史。正德二年，累升南京右佥都御史。三年，升南京工部右侍郎，本年致仕。"

五月

浚县王越复出师大同，擒斩寇百二十余人，进太子太傅，增岁禄四百石。本月，佩平胡将军印率师赴宣府。张廷玉《明史》卷一百七十一《列传第五十九》："明年复与直、永帅师出大同。适寇入掠，追击至黑石崖，擒斩百二十余人，获马七百匹。进太子太傅，增岁禄四百石。明制，文臣不得封公侯。越从勋臣例，改掌前军都督府，总五军营兵，督团营如故。自是真为武人，且望侯矣。其年五月，宣府告警，命佩平胡将军印，充总兵官。复以直监督军务，率京军万人赴之。"

十二月

十五日，京师李东阳与友在同僚家中聚会，夜深至家，见童仆瑟缩而俟，老父孤灯相守且作诗相劝，深悔，写诗一首自警。《诗前稿》卷六《家君以诗戒夜归，因用陶韵自止》："吾生苦多欲，有戒方一止。胡为省身戒，又落多言里。古人不远游，此义闻孔子。又闻父母年，可惧复可喜。向来风雪夜，偶阙问居起。严训当过庭，微辞有深理。为怜童仆劳，当以人视己。仁哉长者言，为利斯溥矣。内观恒惕若，若在深渊涘。朝出暮必归，盟言自今始。"（法式善《明李文正公年谱》卷一）

本年

山海关萧显迁镇宁州同知。李东阳《福建按察司佥事萧公显墓志铭》："辛丑，迁镇宁州同知，时方作草书，手阅朝报，付其子趣治装，仍终数纸乃罢。镇宁非人所居，至普定卫居焉。夷俗每献馈，流官纳则喜，拒则疑且恚，至相戕害。公孙谢理谕，皆敬服无敢怨者。”（焦竑《国朝献征录》卷九十）

献县陈钺任兵部尚书。（雷礼《国朝列卿纪》卷三十二）

涿州殷谦升户部尚书，总理仓储。（雷礼《国朝列卿纪》卷三十二）

雄县侯瓒升光禄寺卿。（雷礼《国朝列卿纪》卷三十七）

景州戈瑄迁为广东道监察御史，督通州仓，剔抉宿弊。（雷礼《国朝列卿纪》卷五十九）

蠡县冯贯进大理右少卿。（雷礼《国朝列卿纪》卷六十三）

新城杨宣上疏乞休致仕。（焦竑《国朝献征录》卷七十六）

据《成化十七年进士登科录》，本年顺天府进士登科情况如下：

第二甲 6 名，赐进士出身。姓名及履历分别为：

范瑺，贯直隶河间府阜城县，军籍，国子生，治《书经》。字惟善，行一，年四十，十月十四日生。曾祖仲文，祖成；父亮，州同知；嫡母周氏，生母王氏。永感下。弟璘、瑀、珍。娶高氏。顺天府乡试第五十四名，会试第二百三十一名。

章启，贯武功中卫，军匠籍，直隶丹徒县人，国子生，治《易经》。字际亨，行一，年三十，正月二十三日生。曾祖彦，祖宣，父全，母蒋氏。重庆下。弟敏、敌、敦。娶刘氏。顺天府乡试第五十四名，会试第二百六名。

刘富，贯义勇前卫，军籍，顺天府密云县人，国子生，治《诗经》。字文华，行四，年三十三，三月十八日生。曾祖汉臣，祖聚，父通，母张氏。具庆下。兄宽、宁、容。弟宪。娶韩氏。顺天府乡试第四十一名，会试第二百六十九名。

康绍宗，贯永清右卫，军籍，山东武定州人，国子生，治《易经》。字孝隆，行二，年二十八，十月初二日生。曾祖士贤，祖荣，父瑄，前母赵氏，母刘氏。慈侍下。兄显宗。娶王氏。顺天府乡试第八十二名，会试第二百五十三名。

沈庠，贯应天府上元县，匠籍，直隶吴江县人，国子生，治《诗经》。字尚伦，行一，年四十二，八月初二日生。曾祖伯义，祖仕澄，父安，母童氏。具庆下。娶韩氏，继娶罗氏。顺天府乡试第二十四名，会试第一百六十七名。

张铠，贯顺天府蓟州平谷县，军籍，国子生，治《书经》。字廷仪，行四，年三十，八月二十八日生。曾祖道明、祖弼；父云，知府；母韩氏。慈侍下。兄铭，义官；铸，贡士；锐；弟锡、镃、钲。娶祝氏。顺天府乡试第五十九名，会试第一百九十名。

第三甲26名，赐同进士出身。姓名及履历分别为：

王寅，贯直隶保定府容城县，民籍，县学增广生，治《书经》。字敬夫，行一，年二十四，十月十一日生。曾祖兴，祖能，父志广，母胡氏。重庆下。弟宪、宸、宥。娶李氏。顺天府乡试第一百十八名，会试第六十四名。

张寅，贯直隶真定府冀州，民籍，国子生，治《书经》。字敬之，行一，年三十五，正月三十日生。曾祖旦，训导；祖运，父平，母曾氏。慈侍下。弟讷、宓。娶康氏。顺天府乡试第八十名，会试第一百十名。

王定安，贯顺天府大兴县，富户籍，福建怀安县人，国子生，治《诗经》。字至善，行一，年三十七，十月初三日生。曾祖惟一，祖宣，父福，母高氏，慈侍下，弟定宁，娶陈氏。顺天府乡试第八十一名，会试第一百七十三名。

李玑，贯右军都督府官籍，陕西西宁卫人，儒士，治《易经》。字德贞，行二，年三十一，十月二十八日生。曾祖南奇，封会宁伯。祖英，会宁伯。父杲，都督佥事。母胡氏。严侍下。兄珇，国子生。弟珊，义官；璠；玙；珵；琦；璘；佩。娶王氏，继娶许氏。顺天府乡试第一百三十名，会试第二百六十名。

蒋勋，贯直隶广平府肥乡县，民籍，国子生，治《诗经》。字世功，行三，年二十七，九月十三日生。曾祖彦深；祖祥，卫经历；父凤，知县；母颜氏。具庆下。兄雍、隆。娶祝氏。顺天府乡试第九十九名，会试第二百四名。

胡昂，贯直隶保定府定兴县，官籍，国子生，治《书经》。字文谦，行二，年二十六，十月二十八日生。曾祖林，百户；祖本，百户；父玑，百户；母李氏。具庆下。兄昱，弟升、晟、杲、昪、景。娶陈氏。顺天府乡试第十五名，会试第二百五十五名。

王璇，贯直隶大名府开州长垣县，军籍，国子生，治《诗经》。字虞用，行四，年三十七，七月初六日生。曾祖陆，祖克铭；父时佐，推官；母张氏，封安人。慈侍下。兄玺，知府；琦，义官；瑀，承事郎；弟琎，训导。娶栾氏。顺天府乡试第三十三名，会试第二百八十六名。

宁贤，贯直隶定边卫，军籍，山西稷山县人，国子生，治《诗经》。字国征，行一，年三十九，九月初七日生。曾祖郁，祖实嗣，父刚，母刘氏。具庆下。娶朱氏。顺天府乡试第八十九名，会试第一百二十五名。

张智，贯直隶顺德府巨鹿县，民籍，国子生，治《诗经》。字守愚，行四，年三十二，十月三十日生。曾祖伯川，祖宽；父钦，运司知事；母王氏。具庆下。兄衮，义官；明、睿；弟仁、义。娶尹氏。顺天府乡试第八十五名，会试第二百二十五名。

张祺，贯武功中卫，军籍，直隶仪真县人，国子生，治《诗经》。字允吉，行三，年三十八，九月三十日生。曾祖选，祖恕，父仪，母马氏。严侍下。兄福、佑。娶赵氏。顺天府乡试第三十九名，会试第一百五十五名。

李厚，贯直隶顺德府任县，民籍，国子生，治《诗经》。字弘载，行一，年三十七，十一月二十一日生。曾祖得；祖素，县丞；父仁，母陈氏。具庆下。弟彦洪、彦英。娶郝氏。顺天府乡试第八十三名，会试第二百六十一名。

韩春，贯直隶保定府蠡县，民籍，县学生，治《诗经》。字时元，行一，年三十七，九月初九日生。曾祖继祖，祖玉，父林，嫡母丘氏，生母张氏。慈侍下。弟景旸、景和。娶李氏。顺天府乡试第七十七名，会试第二百五十四名。

李咨，贯直隶河间府故城县，军籍，国子生，治《易经》。字汝弼，行三，年三十二，二月二十三日生。曾祖成，祖显清，父荣，母朱氏，继母沈氏。具庆下。兄赟、赈。娶吴氏。顺天府乡试第十九名，会试第五十六名。

张恕，贯顺天府霸州，军籍，国子生，治《书经》。字希仁，行二，年三十，二月十六日生。曾祖思温，祖恭；父安，巡检。母田氏。慈侍下。兄忠。娶江氏。顺天府乡试第八名，会试第一百三名。

吴裕，贯武功中卫，军籍，浙江余姚县人，国子生，治《礼记》。字天弘，行一，年三十五，十一月二十日生。曾祖汉英，祖敏成，父文海。前母翁氏，母陈氏，继母潘氏、翟氏。重庆下。弟祥、祚。娶韩氏。顺天府乡试第五名，会试第一百六名。

刘继，贯直隶真定府藁城县，民籍，国子生，治《诗经》。字缵绪，行一，年三十六，七月二十三日生。曾祖聚；祖聪，县丞；父清，母贾氏。慈侍下。娶侯氏。顺天府乡试第九十五名，会试第一百七十六名。

何淮，贯顺天府大兴县，民籍，国子生，治《易经》。字德清，行二，年三十四，七月二十二日生。曾祖俊民；祖顺，左参政；父贵，母王氏。慈侍下。兄溥，弟淙、汉。娶桂氏。顺天府乡试第四十七名，会试第二百三十八名。

杜源，贯直隶永平府昌黎县，民籍，国子生，治《诗经》。字永靖，行一，年三十二，十月三十日生。曾祖复祖；祖敏，封工部主事；父谦，顺天府尹；母杨氏，封安人。具庆下。弟浚、汉。娶唐氏。顺天府乡试第十七名，会试第五十四名。

徐钦，贯锦衣卫，军籍，应天府江宁县人，国子生，治《诗经》。字敬之，行一，年四十六，正月十四日生。曾祖□，祖福广，父智，母周氏。永感下。娶康氏。顺天府乡试第二名，会试第九十九名。

顾景祥，贯顺天府大兴县，匠籍，直隶长洲县人，儒士，治《书经》。字瑞卿，行一，年三十九，九月二十日生。曾祖万一郎。祖文兴，父子澄，母何氏。慈侍下。娶杨氏，继聘梁氏。顺天府乡试第一百二十九名，会试第七十五名。

陈润，贯浙江杭州府临安县，匠籍，国子生，治《诗经》。字维泽，行一，年三十八，正月十五日生。曾祖□，祖文，父贵，母赵氏，继母范氏。具庆下。弟浚、澄。娶赵氏，继娶邵氏。顺天府乡试第十四名，会试第二百三十七名。

孙衍，贯顺天府大兴县，匠籍，浙江余姚县人，国子生，治《礼记》。字世昌，行三，年三十六，七月初八日生。曾祖权，祖日新，父乂，母张氏，继母杨氏。永感下。兄懋、衎。娶黄氏，继聘陈氏。顺天府乡试第一百二名，会试第二百十九名。

朱英，贯直隶保定府博野县，民籍，国子生，治《春秋》。字德彰，行一，年四十，六月二十四日生。曾祖士安，祖显；父谅，司狱；前母赵氏，母夏氏。具庆下。弟杰，国子生；雄。娶葛氏。顺天府乡试第一百八名，会试第六十三名。

韩庭，贯直隶真定府晋州，民籍，国子生，治《书经》。字凤集，行四，年四十一，二月二十一日生。曾祖荣福，祖仲礼；父恭，训导；母雷氏。永感下。兄广，贡士；庆；廉。娶焦氏。顺天府乡试第三十八名，会试第一百六十五名。

畲璘，贯直隶永平府滦州，军籍，广德州人，国子生，治《诗经》。字德润，行二，年四十五，正月二十五日生。曾祖庆，祖亨；父显忠，所大使。母杜氏。永感下。兄珉。娶张氏。顺天府乡试第九十七名，会试第二百七十五名。

崔瓒，贯直隶保定府易州，民籍，国子生，治《书经》。字宗器，行一，年四十四，七月初十日生。曾祖文升，祖秉真，父林，母田氏。具庆下。娶梁氏，继娶刘氏。顺天府乡试第二十一名，会试第二百九十四名。

黄琪，贯顺天府大兴县，匠籍，浙江余姚县人，国子生，治《礼记》。字文瑞，行五，年三十三，三月初一日生。曾祖道昌，祖德受，父仕仁，嫡母沈氏，生母陈氏。具庆下。兄珉、珣、琳、琛；弟璘。娶熊氏。顺天府乡试第一百十六名，会试第一百五十四名。

张昶，贯直隶大名府开州长垣县，民籍，县学生，治《诗经》。字孟明，行三，年三十二，正月十九日生。曾祖进，祖亨；父璁，教授；母黄氏，继母许氏。永感下。兄旻；冕，知县；弟升、昺、昙、杲、晔、昮。娶焦氏。顺天府乡试第一百二十一名，会试第十名。

成化十八年

（公元 1482 年　壬寅）

四月

十八日，京师谢丕生于京。倪宗正原编、谢钟和重编《文正谢公年谱》："十八年壬寅，公次子丕生于京邸。公亟以书报简庵公，即命为仲弟于五公后。先是于五公蚤世，简庵公邹安人痛惜不置，公亦念未有为其后者。徐安人自生长子正后十四年而复生丕，人以为孝友所感。"徐九皋《吏部左侍郎兼翰林院学士赠礼部尚书谢公丕行状》："汝湖先生讳丕，字以中，姓谢氏，少傅户部尚书、谨身殿大学士、赠太傅、文正公仲子也。母夫人徐氏，成化壬寅四月十八日，生先生于京邸。"（焦竑《国朝献征录》卷二十六）谢丕（1482—1556），字以中，号汝湖，晚年自号留园野老。原籍浙江余姚，生于京师，明朝著名宰相、成化十一年（1475）乙未科状元谢迁之子。弘治十八年（1505）乙丑科顾鼎臣榜进士第三人，父子鼎甲，终明一朝仅有两例。初授编修，后迁至吏部左侍郎兼翰林院掌院学士。正德二年（1507），回乡省亲。正德四年（1509），谢迁因劾奸宦刘瑾，被罢官遣乡，谢丕遭牵连被贬斥为民，归乡达十六年之久。嘉靖初年，复翰林编修之职，后升左春坊左赞善、太常卿，充经筵日讲官。又转吏部左侍郎兼翰林学士仍掌院事。十六年，丁继母忧，修谱牒、创宗祠、置义仓、办义学、拯贫病、造津梁，乡人德之。嘉靖三十五年卒，赠礼部尚书。参与编纂《武宗实录》《大明会典》《累朝宝训实录》，参与修订《永乐大典》。著有《归省录》。（徐九皋《吏部左侍郎兼翰林院学士赠礼部尚书谢公丕行状》）

七月

博野刘吉起复，予修《文华大训》成，得封赠。雷礼《国朝列卿纪》卷八："七月，起复。历少傅兼太子太师、吏部尚书、谨身殿大学士。"雷礼《国朝列卿纪》卷十一："十八年，丁外艰，去位。上特起复之，因降敕遣官召还视事。时孝宗在青宫，命儒臣修《文华大训》以资讲读，书成，进太子太保兼武英殿大学士，尚书如旧。寻进阶光禄大夫勋柱国。"廖道南撰《殿阁词林记列传》卷一："壬寅守制诏起，复之修《文华大训》成，加太子太保武英殿大学士，给一品诰命。"

十一月

沙河朱裳生。朱裳（1482—1539），字公垂，号安贫子、安斋，顺德府沙河县（今属河北省邢台市）人。正德九年（1514）进士，授监察御史。历任巩昌知府，温处兵备道、浙江副使、浙江左参政、福建按察使、浙江左布政使、都察院右副都御史总理河道。所到之处，勤政爱民，兴利除弊，为官一任，造福一方。嘉靖十八年（1539），迎章圣太后梓宫，中暑而逝，年五十八。隆庆中，追赠户部右侍郎，谥端简（一说恭简）[①]。（张廷玉《明史》卷二百三《列传第九十一》、孙承泽《畿辅人物志》卷七）

本年

名儒王守仁随父入京，显示异才，其后至弘治元年，凡寓京师六载。《王文成全书》卷三二《年谱》："十有八年壬寅，先生十一岁，寓京师。龙山公迎养竹轩翁，因携先生如京师，先生年才十一。翁过金山寺，与客酒酣，拟赋诗未成。先生从傍赋曰：'金山一点大如拳，打破维扬水底天。醉倚妙高台上月，玉箫吹彻洞龙眠。'客大惊异，复命赋《蔽月山房》诗，先生随口应曰：'山近月远觉月小，便道此山大于月。若人有眼大如天，还见山小月更阔。'明年就塾师。先生豪迈不羁，龙山公常怀忧，惟竹轩公知之。一日与同学生走长安街，遇一相士异之曰：'吾为尔相，后须忆吾言：须拂领，其时入圣境；须至上丹台，其时结圣胎；须至下丹田，其时圣果圆。'先生感其言，自后每对书，辄静坐凝思。尝问塾师曰：'何为第一等事？'塾师曰：'惟读书登第耳。'先生疑日：'登第恐未为第一等事，或读书学圣贤耳？'龙山公闻之，笑曰：'汝欲做圣贤耶？'"

涞水张鹏代陈钺迁为兵部尚书。（张廷玉《明史》卷一百六十《列传第四十八》）

束鹿王宗彝因附权阉遭言官劾首相万安曲庇，降四川左参议。（雷礼《国朝列卿纪》卷五十二）

昌黎杜谦升工部左侍郎。（雷礼《国朝列卿纪》卷六十五）

---

① 张廷玉：《明史》卷二百三《列传第九十一》如是记，孙承泽《畿辅人物志》卷七记为"恭简"。

成化十九年

（公元 1483 年　癸卯）

三月

十九日，滁县董方（1416—1483）无疾而卒。赠太子少保。刘珝《资政大夫刑部尚书赠太子太保董公神道碑》："忽一夕，无疾而卒。时成化十九年三月十九日也。讣闻，上悼惜甚，遣官谕祭，命有司营葬事，赠太子少保。其生则永乐丙申八月七日，得寿六十有八。以某年某月某日葬某山之原。惟公倬有威仪，好文学，博书史，富才思，有诗文若干卷藏于家。所交多天下士，门下生仕有至卿尹、绣衣暨府佐县政者，皆尝亲被其指教。乡人之贫者，周济之，未尝有德色。"《宪宗实录》卷二百三十八："方，久任刑官，明习律令能记累朝条例，堂审时，属官口诵狱辞一过，即能了其颠末，立为剖决，人服其才。但颇任恩怨，或伤于刻急。于仕进好为结纳。操履亦不其检饬，卒以杨晔事。被谤去官。子宁亦举进士，今为知州。"

三十日，名儒陈献章到京。阮榕龄编《编次陈白沙先生年谱》卷二："三月三十日到京，先生初聘到京时，公卿大夫日造其门数百，咸谓圣人复出。"《陈白沙集》卷一《乞终养疏》："成化十五年以来，广东左布政使彭韶钦差总督两广军务，兼理巡抚，右都御史朱英前后具本，荐臣堪充任使。吏部移文广东布政司等衙门，趣令起程。臣以旧疾未平，母年加老，未能辄行。府县官吏承行文书，日夕催逼，不免强起就道。而沿途病发，随地问医，扶衰补羸，仅不大惫。于成化十九年三月三十日，到京朝见，赴部。"黄瑜《双槐岁抄》卷十《丘文庄公言行》："成化癸卯，陈白沙至京，与谈不合，人谓公阻之，不得留用。时犹未入阁也，安有阻之之事乎？"

五月

二十九日，河间程敏政舟次沧州，祭奠妹程贞闲之墓。（程敏政《篁墩文集》卷五十一《沧州祭赵氏妹文》）据《篁墩文集》卷四十四《明威将军沈阳中屯卫指挥佥事程公墓志铭》知，程贞闲为敏政叔父程佑次女，适沧州守御千户赵瑛。

八月

藁城石玠以易，魁顺天乡荐。雷礼《国朝列卿纪》卷三十三：“玠幼警悟倜傥，按察公教之易画卦爻，推奇偶错综，画六十四卦，试之辄不谬。成化癸卯，以易魁顺天乡荐。”

九月

京师李东阳任职九年秩满，升为翰林院侍讲学士。(《国榷》卷三十九)

十二月

冬至日，谒陵，京师李东阳与程敏政有联句诗二十首。程敏政《篁墩文集》卷七十三收《成化癸卯冬至谒陵，与李宾之学士联句二十首》:《宾之约德胜关土城寺侯同行，予误出安定关土城，过道赴约》《清河会费廷言司业》《沙河道中大风》《宿昌平新城刘谏议祠下，兼怀镜川杨翰长》《刘谏议祠旧在学东，谈本彝府尹移奉于此》《不寐，有怀廷言司业，时屠朝宗都宪遣人相闻约同行》《将发》《早发，暂过守备杜都阃》《道中》《斋所》《相赠·时与黄（或为董）尚矩侍读同宿》《晚眺》《夜坐》《恭诣长陵景陵行礼》《下陵》《饮杜山守备宅·乃先公旧部曲》《至日归途有作》《游清河惠应寺》《望阙》《入城》。

本年

浚县王越被劾，诏夺爵除名，谪居安陆。张廷玉《明史》卷一百七十一《列传第五十九》:“明年，直得罪，言官并劾越。诏夺爵除名，谪居安陆，三子以功荫得官者，皆削籍，且使使赍敕谕之。越闻使至，欲自裁，见敕有从轻语，乃稍自安。越既为礼法士所疾，自负豪杰，骜然自如。饮食供奉拟王者，射猎声乐自恣，虽谪徙不少衰。故其得罪，时议颇谓太过，而竟无白之者。”

故城马中锡因忤权贵，被排挤出朝，遭贬为云南按察司金事。后因丁外艰，未及赴任。毛奇龄撰《西河文集传十》:“万贵妃弟通骄而侈，中锡疏斥之，予杖；再疏，再予杖。公主侵畿甸民田，奉命往勘，以其田还民。乃劾中贵汪直不法十数事，直怒使贼曹诇其门，无所得。满考，调云南佥事，以忧去。服阙，改陕西。”

任丘边宪幼年聪颖，过目成诵，十岁能作诗，本年中举人。(雷礼《国朝列卿纪》卷三十六)

束鹿贾俊，召入为工部右侍郎。(孙承泽《畿辅人物志》卷五)

完县刘大宁领乡荐。刘大宁，生卒年不详。字汝功，完县（今河北省保定市

内）人。谙《太极图说》，以理学名。本年领乡荐，授陇西知县，改广陵，调西陆，有政声。（孙奇逢《畿辅人物考》卷之一）

安州吕雯迁为都察院右签都御史，巡抚延绥。（雷礼《国朝列卿纪》卷五十二）

成化二十年

（公元 1484 年　甲辰）

二月

京师李东阳充当殿试读卷官。（《明宪宗实录》卷二百四十九）

三月

南宫白钺中廷试第二名。张弘道、张凝道《皇明三元考》卷七：顺天白钺。南宫人，字秉德，治诗，年二十八甲辰榜眼。仕至太子少保，礼部尚书。

阜城（今河北保定）周东中进士。周东（？—1510）字伯震，号雨村。本年进士。历官大理寺少卿，以伉直忤刘瑾，使勘事陕西。逢时乱，殉节而死。著有《雨村集》四卷，马保超《河北古今编著人物小传》。

任丘边宪中进士，授青州府推官。雷礼《国朝列卿纪》卷五十七："十岁能为韵语，书过目辄成诵。既长，学于少傅杨公一清、太宰乔公宇、司马金公献民，为同门蔚有文誉。杨以远大期之，成化甲辰登进士，授青州府推官。甫弱冠，人皆以少易之，宪发奸谳狱如老吏，郡中无不畏服。"

安刘永中进士，授庐州府推官。雷礼《国朝列卿纪》卷六十五："刘永，字□□，顺天府固安县人。成化甲辰进士，授庐州府推官，有声。弘治十年，升吏部文选司主事。十二年，升考功司员外郎。十六年，改文选。十七年，升验封司郎中。十八年，改考功司。正德二年，改文选司郎中，三年，升誊黄右通政。七年，升太仆寺卿。九年，升工部右侍郎，寻督易州山厂。十二年，转左。十六年致仕。"

藁城张子麟中进士，授南京大理寺评事，后升寺副、寺正。（严嵩《光禄大夫柱国太子太保刑部尚书恒山张公墓志铭》）

寓宛平夏昂中进士，后丙午间，被录为工科给事中。（李东阳《通议大夫工部左侍郎夏君昂慕志铭》）

二十日，任丘边永（1404—1484）卒于乡。李杰《封都察院右佥都御史前户部郎中边公永神道碑》："成化二十年三月二十日封都察院右佥都御史、前户部郎中任丘边公卒于家，上特遣官谕祭兼营葬。毕，其子右佥都御史镛奉兵部尚书涞水张公所状事行，以神道碑文为请。”“甲辰春二月，朝廷推恩封公如子镛官。时次孙宪适中进士，公得报喜甚，具冠服望阙谢恩，越再旬，遂病不起，春秋八十有一。”（焦竑《国朝献征录》卷三十）

春

涞水张鹏进阶资政大夫。（雷礼《国朝列卿纪》卷四十七）

冬

涞水张鹏加太子少保，自是多疾。戴铣《资政大夫太子少保兵部尚书谥懿简张公传》：“冬，加太子少保。自是多疾常在，告蒙遣中贵与汤药之资，偕太医视疗，累乞致仕不获允。”

本年

京师李东阳以侍讲学士选侍东宫。（李东阳《怀麓堂讲讲录序》）

涿州殷谦改理部事，加太子少保。（雷礼《国朝列卿纪》卷三十二）

博野刘吉改户部尚书，谨身殿大学士。（廖道南撰《殿阁词林记列传》卷一）

文安王仪生。王仪（1484—1561），字克敬，号肃庵，顺天府文安县（今属河北省廊坊市）人。嘉靖二十三年（1523）中进士。除灵璧知县，以能，调任嘉定知县。嘉靖七年（1528），擢御史，巡按陕西。又巡按河南、任苏州知府、浙江副使、山西右参政、签都御史等。因触权臣仇鸾，被逮讯斥为民，退居九年而逝。明穆宗隆庆初，子王臹讼冤，复官赐恤。著有《吴中田赋录》。（张廷玉《明史》二百三《列传第九十一》、孙奇逢《畿辅人物考》卷之二）

束鹿贾俊升工部右侍郎。（雷礼《国朝列卿纪》卷六十二）

成化二十一年

（公元 1485 年　乙巳）

三月

故城马中锡迁云南按察佥事。《明宪宗纯皇帝实录》卷二六三“成化二十一年三月戊戌（十七日）”：“升兵科给事中仰升为四川按察司佥事，刑科给事中马中锡为云南佥事，俱九年秩满也。”《沙溪集》卷六（资善大夫都察院左都御史东田先生马公行状）：“以故久不得迁。既考绩，迁云南按察佥事。旧例，给事中满九载，多授京秩四品或外藩三品，公独得远方五品。缙绅愕然，已而知其出于直嗦，莫敢问。寻丁外艰。服阕，复除陕西佥事，督粮延绥分司。”张廷玉《明史》马中锡传：“中锡举成化十年乡试第一，明年成进士，授刑科给事中。万贵妃弟通骄横，再疏斥之，再被杖。公主侵畿内田，勘还之民。又尝劾汪直违恣罪。历陕西督学副使。”

闰四月

十四日，东安施纯卒于官。焦竑《国朝献征录》卷三十三《礼部尚书施纯传》：“纯字彦厚，顺天府东安县人。成化丙戌进士，改翰林院庶吉士，初授户科给事中，升鸿胪寺少卿，再升本寺卿。纯习礼度，每旦侍朝为磬折状甚恭。又诸司奏事，上是之，语颇涩纯。请以照例易之，用是蒙宠眷，遂擢礼部右侍郎，未几升尚书。一旦与殷谦等八人同加太子少保。卒年五十一，无子，以例赐祭葬。纯身长伟然，出群类表，不十数年得骤登峻秩，前此未有也。但在鸿胪怙宠不循分守，多有所建请，为士论所少云。”[1]

涞水张鹏复请致仕不已，得赐还。戴铣《资政大夫太子少保兵部尚书谥懿简张公传》：“后复请不已，上察其意坚，赐之敕俾驰驿以还。命有司月给米二石，岁给役夫四人。陛辞，复赐钞二千缗，皆异数也。实乙巳之夏，闰四月焉。”

五月

十六日，顺义李宾卒。赠太子太保，谥襄敏。焦竑《国朝献征录》卷五十四下：“乙丑，五月十六日，以病卒于正寝，寿七十。讣闻，上震悼辍朝。七月初九日，命礼部尚书周洪谟谕祭，赠太子太保。八月十二日，又遣顺天府通判张寿谕祭，命有司营葬事，仍命礼部左侍郎徐溥谕祭，赐谥襄敏。据侍讲商辂行状：宾为人沉毅简默，每议国家事，神闲气定，动中事机。凡一再临边，两读廷试卷。方锦衣卫指挥门达有罪，上令多官杂讯，达皆强词抗辨，至宾则曰：‘惟公宜讯我’，遂服罪。且未老引年不殆，不辱始终，无毫发玷缺，可称一代巨人矣!”雷礼《国朝列卿纪》卷七十二：“丁酉，被言官劾指，乞休。时年，六十有二，优游林下者几十年，置别业于乡山，日与故老徜徉诗酒间。乙巳春，忽沾微疾，竟弗起。有司以仆闻，特命工部营葬事，礼部谕祭，进赠太子太保，谥襄敏。”《大明

---

① 又见焦竑《国朝献征录》卷七十六《太子少保礼部尚书掌鸿胪寺事施纯传》（实录）。

宪宗纯皇帝实录》卷之二百六十六："乙丑，致仕太子少保都察院左都御史李宾卒。宾字廷用，顺天府顺义县人。正统乙丑进士，初授监察御史。有伉直名，时俞士悦为都宪，宾面抗之，无所屈。超迁太仆寺卿，循名责实，虽乡里亦无所回护，寻转都察院右副都御史，提督永平、山海诸处军务，兼理粮储。天顺初，改大理寺卿。庚辰遭父丧，起复升右都御史。成化改元，进南京兵部尚书，参赞机务。宾北人，不乐居南，屡上章求解职职，不许。己丑三年，秩满来京，因得改都察院左都御史，寻加太子少保。岁丁酉，以忤汪直私人韦瑛，恐得祸，恳求致仕，上许之。居京邸，至是卒。讣闻，赠太子太保，赐祭葬如例。宾持重不妄言，刚直自用，与人谈，亹亹皆公事，不及于私。其画奏处置荆襄流民最为得宜，及择人往彼抚视众，谓都御史原杰为宜杰，时年暮且新续弦不欲行。及命下，知御史薛为学为宾所任用，意为学陷己，遂奏带为学同行。既至，建城郭、制田里、安逋逃、禁奸盗，凡关治教之事，以次举行，荆襄流民至今宁谧者皆杰之功，亦由宾建白所致也。会吏部尚书缺，众皆拟宾，而尹旻得之或不以为然。及后有奏杨晔不法者，宾以晔先正杨文敏之曾孙文敏有大功于朝廷，其子孙当从宽处治，遂奏行福建臬司勘报；而晔以逃难至京见获，词连二三大臣，宾其一也。遂自陈致仕，家居数年而卒。人或将议之，然多不得其实云。"

六月

固安王复（1416—1485）卒。因有功边备，为史称。《大明宪宗纯皇帝实录》卷之二百六十七："致仕太子少保工部尚书王复卒。复，字初阳，顺天府固安县人。正统壬戌进士，初授刑科给事中，升通政使司右参议，寻转左。也先入寇时，选能使虏迎驾者，复请行，遂充礼部右侍郎与中书舍人赵荣同往。还，升右通政，再转左。丁继母忧，夺情起复。踰年，升通政使，遂迁兵部左侍郎，命清武职贴黄。成化初，擢本部尚书，以陕西多事，命出巡边，得便宜行事，凡所建置多合时宜。言者谓复居兵部非宜，改工部。久之，加太子少保。已而，乞致仕，从之，赐敕而行，仍令有司如例给夫米终身。至是，卒年七十。赠太子太保，谥庄简，赐葬祭如例。复重厚寡言，雅志冲澹，遇人不设城府，临事审处绰有条理，与人言未常有矜异色，一时公卿有大臣体者惟复，人不尽知也。且好古嗜学，廉约自守，不事矫亢，故能以德量保其禄位而终。近时大臣殁而得谥者多出于同年当道，子居显位，惟复以公道得之。"张廷玉《明史》卷一百七十七《列传第六十五》："久之，卒。赠太子太保，谥庄简。赞曰：天顺、成化间，六部最称得人。王翱等正直刚方，皆所谓名德老成人也。观翱与李秉、年富之任封疆，王竑之击奸党、活饥民，王复之筹边备，姚夔之典秩宗，林聪、叶盛之居言路，所表见，皆自卓卓。其声实茂著，系朝野重望，有以哉。”

八月

初一，涿州史道生。史道（1485—1553），字克弘，号鹿野，顺天府涿州（今河北省涿州市）人。正德八年（1513）中解元。十二年（1517），赐进士出身，选授翰林院庶吉士，改授兵科给事中。使朝鲜为副使，擢山西按察司佥事，因劾奏大学士杨廷和不法 30 余事，下诏狱，谪官外任。后任江西按察司佥事、河南佥事。回朝任光禄寺少卿、左少卿、佥都御史。再迁大理寺卿，又掌都察院印。嘉靖十五年（1536），以左佥都御史巡抚大同。嘉靖二十年（1541），升兵部左侍郎，入朝理兵部事，官终兵部尚书。三十一年（1552）致仕，加太子少保。三十二年四月，病逝。（《兵部尚书鹿野史公道行状》、焦竑《国朝献征录》卷三十九、孙承泽《畿辅人物志》卷八）

本年

京师韩定升为太仆寺卿，后卒。过庭训《明分省人物考》：“二十一年，升本司卿。定自幼事亲孝，处兄弟友爱。亲有疾，躬视汤药，衣不解带。既卒，哀毁骨立，依礼殡葬。天性俭约，虽禄渐丰，平居饮食、衣服、宅第器用，未尝奢靡。至于姻族乡里有贫不能嫁，丧不能葬，凡穷独无告者，则极力周恤，无所吝。居官四十余年，在内阁书制诰，朝入暮出，无或少怠。处僚宷以义，待生徒以礼，一时人馆习夷字者无不暗晓。天顺间英宗皇帝诏求通夷字者，大学士李贤以定应诏入奏夷音译字之说，上悦赐钞锦绮。一日，造朝，适曹钦反，杀朝臣，定避难民舍。适有火千户同与避匿，乱定，各散。火被仇家诬执为，钦党拟死罪。临刑诉，言与定同避，定力争，火遂得释。成化乙巳卒，年六十有九，赐祭葬。”

涿州殷谦任户部尚书。（雷礼《国朝列卿纪》卷三十二）

雄县侯瓒升督察院右佥都御史，巡抚甘肃。（雷礼《国朝列卿纪》卷三十七）

景州戈瑄复除广东道监察御史，疏劾万妃舞宠，被之午门。雷礼《国朝列卿纪》卷五十九：“癸卯，以父丧去任，服阕，复除广东道监察御史。会万妃舞宠，瑄奉同官，上章论之。宪庙震怒，挞之午门，或尤其戆。复上疏，独论不报。”

束鹿贾俊奉敕振饥河南。（雷礼《国朝列卿纪》卷六十二）

蠡县冯贯擢都察院右副督御史。（雷礼《国朝列卿纪》卷六十三）

成化二十二年

（公元1486年　丙午）

六月

初七日，宁晋蔡瑷生。蔡瑷（1486—?），字天章，号汶滨，宁晋（今河北省邢台市宁晋县）人。初师真定张睿，后从韩邦奇、湛若水游。举嘉靖八年（1529）进士，除行人。擢浙江监察道御史，后巡按河南，刚直敢言。劾汪鋐廷杖为民。寻以原官起用，再谪山东按察知事。隆庆初，复职致仕。谢官后，居家教授，修举庙，置膳日，设义举，行乡约，筑书院于汶水之滨，故学者称为汶滨先生。蔡瑗一生以讲学著称，著述也较丰富。除《汶滨文集》以外，还有《汶滨语录》二十卷。又曾著有《四书碑传》《书经便注》，佚。（民国十八年《宁晋县志》卷之四）

七月

河间程敏政以左春坊左谕德职被命同右春坊右庶子汪谐为应天府乡试考官，赐宴本部。（张元忭《馆阁漫录》卷六）

八月

己卯，京师李东阳以侍讲学士职被命同左春坊左谕德傅瀚为顺天府乡试考官，赐宴本部。（张元忭《馆阁漫录》卷六）

顺天府乡试录士一百三十五名。李东阳《怀麓堂集》卷二十七《顺天府乡试录序》："成化丙午……秋八月，实天下乡试之期。顺天府……赴试之士二千三百人，试而中者百三十有五人。遵制额所定，弗敢过也。"

京师李东阳主考顺天乡试，令其妻弟刘钊回避，不得入试。

固安杨和中顺天乡试。杨和，生卒年不详。固安人。自少孝亲睦族，勤学好问；及长，刚方严正。本年领乡荐，授直隶徐州学正，后升国子监学正，擢代府左长史，卒于官。平生不务蓄积，惟严于教子。所至必为择师，以讲明义理。其在徐州路当水陆之冲，名公巨卿道经徐者，必使诸子执贽求教，子维聪、维杰，分中正德末和嘉靖初年的状元、榜眼，为史所罕。（孙承泽《畿辅人物志》卷六、咸丰九年《固安县志》卷七上）

清苑傅珪中乡试。（雷礼《国朝列卿纪》卷四十一）

十二月

三十日，京师李东阳父李淳病故，东阳守制。《明宪宗实录》卷二百八十五成化二十二年十二月辛丑（三十日）："翰林院侍讲学士李东阳以父丧去任。"《国榷》卷四十："（成化二十二年十二月）辛丑，翰林侍讲学士李东阳忧去。"

本年

名儒王守仁游居庸关并赋诗。钱德洪编、罗洪先考订《阳明先生年谱》上卷："二十二年丙午，先生十五岁，寓京师。先生十五岁，游居庸三关，慨然有经略四方之志。一日，梦谒伏波将军庙，赋诗曰：'卷甲归来马伏波，早年兵法鬓毛皤。云埋铜柱雷轰折，六字题文尚不磨。'时畿内石英、王勇、秦中石和尚、刘千斤作乱，屡欲献书于朝，龙山公斥之为狂，乃止。"

寓京师耿裕擢吏部尚书，俄改南京礼部。（徐溥《荣禄大夫太子太保吏部尚书赠太保谥文恪耿公裕神道碑》）（焦竑《国朝献征录》卷二十四）

博野刘吉进少保兼太子太傅。（雷礼《国朝列卿纪》卷十一）

涿州殷谦致仕，赠太子太保。（雷礼《国朝列卿纪》卷三十二）

雄县侯瓒历兵部右侍郎，又改南京礼部。（雷礼《国朝列卿纪》卷三十七）

安州吕雯擢兵部右侍郎。（雷礼《国朝列卿纪》卷五十二）

成化二十三年

（公元1487年　丁未）

二月

成化以后：始有八股之号。戴名世《戴名世集》卷四《丁丑房书序》："经义之文，自天顺以前，作者第敷衍传注，或整或散，初无定式。而成化以后，始有八股之号。嗣是以来，文日益盛，而至于隆万之初，其法益巧以密。然而其波澜意度各有自然者，历数百年未之有异也。"

三月

藁城石玠、石瑄兄弟同中进士。石瑄选庶吉士，授检讨；石玠授汜水知县。

（雷礼《国朝列卿纪》卷三十三）

新城杨潭中进士，观吏部政。后授刑部主事，狱无冤滞。张文宪《荣禄大夫户部尚书紫泉杨公潭墓志》：“公始生母梦火光入室，资政公异之曰：‘是文明之象也。’公后果颖敏书史，日记千言。成化丙午，魁顺天乡荐，丁未，登进士第，观吏部政。冢宰三原王公嘉其老练，初授刑部主事，审克简孚，狱无冤滞，尝冬月提牢，悯囹圄之苦，令馈食以时，兼给椒饮，众囚德之。”（焦竑《国朝献征录》卷二十九）

栾城张举从京口杨一清学，举进士，授户部主事。其人一生刚直廉洁，为众所敬。焦竑《国朝献征录》卷八十九《岳州府知府张公举传》：“张举，栾城人，世以农为业，至举始读书，即刻志绩学，师事学官，讲求唐虞三代之学，迥绝流类。既闻京师多名公硕儒，乃裹粮负书徒步至都下，从京口杨舍人一清问道德性命之说，侍立终日，未尝倦倚，诸儒咸异之。客居甚窭，日提一油罂诣馆宿，乘间请问，辨难古今。舍人惕然曰：‘士未有如此笃信者也。’成化丁未，擢进士，授户部主事。初监京城，明智坊诸草场及巡象马牛等房，即剔刔奸蠹，悉论如法，贿赂不得行时，仓场多储貂珰，督收半归囊橐，多供张设乐以娱部官，往往掣肘结舌举独不受，自携菜果裁度饥渴，虽所乘马鞚终日不与少秣，岁以为常，内外惮之无敢犯法者。后监宣武诸税，日往稽阅，出其不意，诸课始入公家。门官患之请于大司徒，大司徒教下执不从，乃泣诉于司礼，司礼曰：‘主事为谁?’对曰：‘张举。’司礼曰：‘是吊马张乎！汝慎避之。’复督天津，运军采秋青草，举身督率，复廉知运官奸贪、隳废、冒廪，及督运总兵故纵不问诸事，上疏论列，请置于法，不报；然上下皆称其鲠直。会岳州知府缺，东山刘大夏方求为守，举到郡，考能激汗首，罢民所不便十余事，郡前湖水多鱼，故事守以下得有之。至是，未尝举网，岁办鲊贡，裁取足用，有余悉付渔户为课。家贫亲且老，俸悉以供养妻子，未尝衣纨绮，食重肉。天资挺直，不能依违诡随，数与监司因事曲直词色凌厉，上官积不能平，亦屡诎辱之，辄愤叹曰：‘张举亦男子也，何至为富贵下人哉！’即遗书欲求去，会御史复出行部有所意望棰挞主簿一人至死举仰天恸曰：‘以吾忤物之故，乃不能庇其属哉！’方草劾欲上求直其事，不胜愤投笔而卒。”

涿州邓璋中进士，授南昌推官。夏言《荣禄大夫南京户部尚书赠太子太保烟村邓公墓表》：“公少读书即知为文业举，长领庚子乡荐，继登丁未进士，授南昌推官。”（焦竑《国朝献征录》卷三十一）

任丘郑宗仁中进士，授户科给事中。（雷礼《国朝列卿纪》卷三十八）

蠡县丁凤中进士。雷礼《国朝列卿纪》卷五十二：“丁凤，字□□，直隶保定府蠡县人。成化丁未进士，弘治十八年任南京鸿胪寺卿。正德五年升应天府尹。

本年升总督粮储都察院右副都御使。七年，改通政使，九年升兵部右侍郎，十二年，兼佥都总督。”

清苑傅珪中进士，选庶吉士，授翰林院编修。（雷礼《国朝列卿纪》卷四十一）

九月

东安李侃（1407—1487）卒。焦竑《国朝献征录》卷六十三《都察院右佥都御史李侃传》：“成化二十一年九月卒，年七十有九。讣闻，遣官谕祭，常例外，特赐葬。侃气节方刚，论议持正，无所回挠。好学嗜书，平居手不释卷。性尤孝友事亲，备极孝道①。虏犯京畿，二亲在容城请告，冒白刃迎之，人以为难。晚年家居贫甚，死之日几无以为殓。子二人，中进士，德恢今为严州知府、德仁刑部员外郎。”

十月

博野刘吉再进少傅兼太子太师、吏部尚书，为庶吉士邹智等劾弹。雷礼《国朝列卿纪》卷十一：“二十三年丁未，孝宗即位，再进少傅兼太子太师、吏部尚书，大学士如故，知经筵事。吉自入相以来，阿附万安，欺上瞒下，漫无可否，故庶吉士邹智辈劾安必及吉，至于台谏指摘及其丑诋。安既去位，吉为首相，尽逐排己者中伤之。又善取名，阳为正论以盖阴私。”

本年

束鹿贾俊迁工部左侍郎，寻又迁尚书，为由举人至六卿中的佼佼者。雷礼《国朝列卿纪》卷六十二：“寻转左，数月拜尚书。时专重进士，举人无至六卿者，俊独以重望得之。及孝宗践阼，尚书王恕、李敏、周洪谟、余子俊、何乔新，都御史马文升，皆一时民誉，俊参其间，亦称职。”

宛平张诗生。张诗（1487—1536），字子言，本姓李，顺天府宛平人，自号昆仑山人，“状貌魁杰，戟髯如武夫，人以燕山豪士称之”曾初学举子业于吕柟，继学诗文于何景明。参加顺天府试，本当自负几入，诗使家童代，试官不许，遂拂衣出。后乃一意为诗，与翰林江晖、马西玄、林楙易、廖洞野、吕柟游，一时唱和称胜。曾至汝南视何景明疾，并相守七月，卒后而还京。杭州太守李士行称其“不狂、不屈、不惰、不骄、春风不足融其情，醇醪不足味其况”。著《骂思》《结

---

① 原文“备极”二字不能辨识，此据过庭训《明分省人物考》卷一所记校补。

发》《笑琳》《七子》等文，雄奇变怪，大有古风。书法亦精，得旭颠、素师等遗意，有骇俗之概。今存诗文集《昆仑山人集》。陈田《明诗纪事》丁籤卷十七选诗三首。（孙承泽《畿辅人物志》卷十九、李开先《闲居集》卷十《昆仑张诗人传》）

蠡县冯贯改大理寺卿。（雷礼《国朝列卿纪》卷六十三）徐溥《资善大夫南京工部尚书蠡吾冯公贯神道碑》："成化中，上疏言时事，曰慎爵赏、恤穷民、处流移、修兵政、广储蓄、禁盗贼、平刑狱、息边患、节冗费、重宪职数事。上嘉纳之。及掌三法司事，治山西妖民及劾兵部大臣不法事，闻者肃然。九年，进大理寺右寺丞，转左寺丞进少卿。不数年，遂擢都察院右副都御史，又改大理寺卿。法律精明，持心仁恕，尝曰：'大理平天下狱狱之不平，咎在谁执，故当奏谳，必反复讯鞫，无憾而后已。'每廷议参酌得宜，其言载在条例，有司至今遵行之。尝应诏举所知，众称得人。"（焦竑《国朝献征录》卷五十二）

弘治帝即位，涞水张鹏进贤德大夫、正治上卿。（戴铣《资政大夫太子少保兵部尚书谥懿简张公传》）

孝庙践祚，河间程敏政迁詹事府少詹事兼翰林院侍讲学士，充日讲官。（雷礼《国朝列卿纪》卷十五）

雄县侯瓒转南京户部左侍郎，掌部事。（雷礼《国朝列卿纪》卷三十七）

昌黎杜谦勘事大同，还乞致仕，诏恩进资善大夫。（雷礼《国朝列卿纪》卷六十五）

据《成化二十三年进士登科录》，本年顺天府进士登科情况如下：

第二甲 21 名，赐进士出身。姓名及履历分别为：

董威，贯直隶广平府威县，民籍，国子生，治《诗经》。字德隅，行五，年三十六，正月十六日生。曾祖海，祖兴，父辙瓛、母刘氏。慈侍下。兄文、章、福、庆。弟仪。娶高氏。顺天府乡试第八十七名，会试第二百九十五名。

谢通，贯江西南安府大庾县人，顺天府大兴县匠籍，国子生，治《诗经》。字伸伯，行二，年三十八，四月十七日生。曾祖原辛、祖福贤、父荣、母刘氏。永感下。兄鉴，弟达、暹。娶赵氏。顺天府乡试第十六名，会试第二百八十一名。

欧钲，贯四川眉州，民籍，翰林院秀才，治《诗经》。字时振，行二，年三十四，七月十三日生。曾祖均祥，祖斌；父廉，监察御史；嫡母杨氏，赠安人；生母黄氏，赠安人。永感下。兄锐，吏部员外郎；弟釪，检校。娶余氏。顺天府乡试第四十三名，会试第二百六十二名。

屈伸，贯直隶河间府任丘县，民籍，国子生，治《书经》。字引之，行一，年二十八，八月二十一日生。曾祖贵能，祖庆，父忠，母张氏，继母孙氏。重庆下。

弟正、端、方、楷。娶边氏。顺天府乡试第二十八名，会试第九十六名。

郑宗仁，贯直隶河间府任丘县，民籍，国子生，治《书经》。字体元，行一，年三十七，五月十三日生。曾祖辉；祖铎，副使；父纲，义官；母宋氏。具庆下。弟宗义，义官。娶边氏，继娶朱氏。顺天府乡试第六名，会试第一百七十三名。

张赞，贯直隶苏州府吴县人，锦衣卫镇抚司军籍，国子生，治《书经》。字希皋，行一，年二十九，正月初七日生。曾祖以勖，冠带官；祖德崇，赠刑部员外郎；父玘，按察使；母李氏，赠宜人；继母梁氏，封宜人。具庆下。弟宾、贯、贡、资。娶康氏。顺天府乡试第一名，会试第七十名。

陈玉，贯直隶涿鹿中卫，官籍，涿州学生，治《礼记》。字润夫，行一，年三十七，二月十九日生。曾祖峻，卫镇抚；祖信，父通，母刘氏。具庆下。弟玘。娶王氏。顺天府乡试第五十一名，会试第二百三十九名。

傅珪，贯直隶保定府清苑县，军籍，府学生，治《诗经》。字邦瑞，行一，年二十九，六月二十七日生。曾祖贵；祖信，主簿；父泰，国子生；母刘氏。具庆下。弟璋、瓒、琮、珩。娶王氏。顺天府乡试第九十八名，会试第八十二名。

仲渠，贯直隶扬州府高邮州宝应县，医籍，医生，治《易经》。字与成，行六，年二十二，十月十四日生。曾祖恭；祖旺，赠尚宝司卿；父兰，通政使司右通政；母杨氏，封宜人。重庆下。兄森；楷，监生；槟；本；槩。弟相、桂、机、模、采、柯。娶高氏。顺天府乡试第二十五名，会试第一百一名。

熊祥，贯江西丰城县人，贵州镇远府偏桥长官司民籍，国子生，治《诗经》。字文应，行二，年三十三，正月十八日生。曾祖国用，祖本静，父鼎，嫡母涂氏，生母罗氏。慈侍下。弟裕。娶李氏。顺天府乡试第九十三名，会试第二百四十一名。

孟逵，贯顺天府蓟州玉田县，民籍，府学生，治《易经》。字道亨，行二，年二十八，二月二十五日生。曾祖得元，祖三公，父诜，母孙氏，继母王氏。慈侍下。兄达。娶邹氏。顺天府乡试第八名，会试第二百七名。

张举，贯直隶真定府栾城县，民籍，国子生，治《书经》。字孟贤，行一，年二十九，三月初三日生。曾祖参，祖恭，父才。母武氏。具庆下。弟黉、觉。娶梁氏。顺天府乡试第八十六名，会试第二百二十二名。

丁凤，贯直隶保定府蠡县，军籍，府学生，治《诗经》。字应韶，行二，年二十六，十月二十二日生。曾祖士友；祖杰，赠知府；父政，太仆寺丞；前母张氏，赠孺人；母张氏，封孺人。具庆下。兄鸾，国子生；弟鸿，知府；鹍。娶陈氏。顺天府乡试第十八名，会试第一百三十名。

周琰，贯直隶河间府阜城县，军籍，国子生，治《诗经》。字载文，行二，年三十五，正月初四日生。曾祖本初，祖佑，父真，母张氏。慈侍下。兄瑄、瓒；弟璟、藩、瑛、璞、瑢、璇、玑。娶常氏，继娶常氏。顺天府乡试第十名，会试第一百四十名。

马子聪，贯直隶广平府广平县，民籍，国子生，治《书经》。字舜达，行三，年三十一，十一月初五日生。曾祖德，赠南京兵部右侍郎；祖廉，国子生；父昭；母范氏。具庆下。兄秉、彝、周。弟钺。娶靳氏。顺天府乡试第六十名，会试第二百十六名。

房鉴，贯直隶淮安府山阳县人，锦衣卫官籍，国子生，治《诗经》。字宗明，行一，年三十二，五月二十五日生。曾祖忠，祖孟和；父以文，义官；母沈氏。慈侍下。弟镐、镃、铭、钦、镛、釴、镇。娶柯氏。顺天府乡试第二十九名，会试第三十二名。

范庆，贯直隶隆庆州，民籍，国子生，治《诗经》。字天锡，行三，年三十七，九月二十六日生。曾祖德；祖从善，驿丞；父瑄，知县。前母綦氏，母盛氏。永感下。兄宁，驿丞；泰。娶吕氏，继娶刘氏。顺天府乡试第一百一名，会试第二百二十五名。

崔玺，贯河南怀庆府武陟县，军籍，万全都司学军生，治《诗经》。字符祯，行七，年三十一，八月初九日生。曾祖孝先，祖信，父亨，母华氏。具庆下。弟玉、璨、玹。娶陈氏。顺天府乡试第三十三名，会试第一百七十六名。

辛礼，贯顺天府良乡县人，万全都司永宁卫官籍，国子生，治《诗经》。字用和，行二，年四十一，八月二十二日生。曾祖少三；祖英，千户，赠武略将军；父刚，千户武略将军；母刘氏，封宜人。具庆下。兄福，千户；弟祯，千户；祥、祺。娶李氏，继娶周氏。顺天府乡试第二十一名，会试第二百三十名。

杨潭，贯直隶保定府新城县人，锦衣卫官籍，顺天府学生，治《书经》。字宗渊，行二，年三十三，八月二十五日生。曾祖云，赠锦衣卫百户；祖玉，锦衣卫百户；父能，冠带总旗；母宋氏。严侍下。兄濂；弟泽、溥。娶高氏。顺天府乡试第六名，会试第一百六十八名。

李鸾，贯顺天府固安县，军籍，国子生，治《书经》。字天瑞，行一，年三十八，九月二十七日生。曾祖士兴，祖忠；父荣，前仓副使；母王氏，继母侯氏。严侍下。娶张氏。顺天府乡试第一百三十三名，会试第二百五十五名。

第三甲二百三十26名，赐同进士出身。姓名及履历分别为：

马政，贯直隶河间府青县，民籍，国子生，治《书经》。字公敏，行一，年三十八，闰正月十六日生。曾祖名远，赠征仕郎；祖福善；父能，知县；母赵氏。

具庆下。弟凡。娶朱氏。顺天府乡试第四十二名，会试第一百五十七名。

魏玒，贯顺天府大兴县人，大宁前卫官籍，京卫武学生，治《易经》。字秉德，行六，年三十，九月二十六日生。曾祖钦，百户；祖整；父信，千户；前母田氏，母何氏，继母田氏。具庆下。兄璁，正千户；琳，永，安，宁。娶李氏，继娶王氏。顺天府乡试第三十二名，会试第一百八十名。

彭敷，贯直隶松江府华亭县，民籍，国子生，治《春秋》。字汝言，行二，年五十，九月初三日生。曾祖安，祖龄，父玮，母陆氏。永感下。弟启。娶陈氏。顺天府乡试第五十七名，会试第五名。

赵缙，贯直隶真定府晋州，民籍，国子生，治《易经》。字廷仪，行一，年三十一，十月二十一日生。曾祖清，阴阳典术；祖宁；父文纪，五官司辰。母苑氏。慈侍下。弟绅、丝。娶茅氏，继娶王氏。顺天府乡试第一百四名，会试第一百二十名。

李珍，贯直隶真定府赵州高邑县人，辽东广宁中屯卫旗籍，国子生，治《诗经》。字相儒，行一，年四十七，八月十三日生。曾祖安，祖荣；父鉴，遇例冠带；母侯氏，继母俞氏。具庆下。弟琏，总旗；瓒，璠。娶程氏。顺天府乡试第一百五名，会试第三百五十名。

邓璋，贯顺天府涿州，校尉籍，国子生，治《诗经》。字礼方，行一，年三十五，六月三十日生。曾祖仕能，祖平；父诚，典史；母萧氏，继母王氏。具庆下。弟琬。娶李氏。顺天府乡试第十四名，会试第七十一名。

徐文英，贯河南汝宁府西平县，匠籍，国子生，治《春秋》。字景华，行一，年四十二，正月二十六日生。曾祖有才，祖宁，父忠，母董氏。慈侍下。娶李氏。顺天府乡试第六十四名，会试第一百七十二名。

徐纪，贯直隶河间府任丘县，匠籍，国子生，治《诗经》。字大纪，行四，年三十，十一月初八日生。曾祖彦礼，祖敬；父海，通判。母于氏。慈侍下。兄经，贡士；纶，义官；纲。娶孙氏。顺天府乡试第六十一名，会试第三百四十八名。

欧阳鹏，贯江西吉安府泰和县，民籍，国子生，治《诗经》。字时举，行二，年四十三，五月二十一日生。曾祖观民，祖永仁，父广浚，母康氏，继母胡氏。具庆下。兄宁，蜀府纪善；弟鹗、凤、鸿、鷃。娶梁氏。顺天府乡试第十四名，会试第一百二十二名。

邓颐，贯四川泸州，军籍，国子生，治《书经》。字行正，行二，年四十七，八月初二日生。曾祖胜祖，祖陈斌；父俊，封主事；母杨氏，封安人。永感下。兄顺，按察司念事；弟颜。娶冼氏。顺天府乡试第二十五名，会试第二百六十五名。

李溥，贯直隶真定府定州，民籍，国子生，治《诗经》。字宗大，行四，年三十八，三月二十八日生。曾祖进忠，祖荣；父琰，州吏目。母边氏，继母曹氏。具庆下。兄源；浒，知县；澍。娶马氏。顺天府乡试第六名，会试第二百四十三名。

王济，贯直隶永平府滦州人，河间卫军籍，河间府学生，治《易经》。字用楫，行一，年二十八，六月初八日生。曾祖大，祖显；父能，七品散官；前母李氏，母颜氏。重庆下。弟泽。娶李氏。顺天府乡试第五十七名，会试第二十二名。

石瑶，贯直隶真定府藁城县，民籍，县学增广生，治《易经》。字邦彦，行二，年二十三，九月十一日生。曾祖友智；祖麟，教谕，赠御史；父玉，按察司副使；母赵氏，封孺人。具庆下。兄玠，同科进士；弟珝。娶王氏。顺天府乡试第三名，会试第一百八十八名。

石玠，贯直隶真定府藁城县，民籍，国子生，治《易经》。字邦秀，行一，年二十五，八月初六日生。曾祖友智；祖麟，教谕，赠御史；父玉，按察司副使；母赵氏，封孺人。具庆下。瑶，同科进士；珝。娶刘氏。顺天府乡试第三名，会试第一百三十五名。

倪天民，贯直隶苏州府长洲县人，武功中卫军匠籍，国子生，治《诗经》。字秀夫，行一，年三十六，四月十九日生。曾祖荣，祖觉清，父信，母曹氏。慈侍下。娶朱氏，继娶纪氏。顺天府乡试第四名，会试第二十七名。

晁尽孝，贯直隶保定府高阳县，军籍，县学生，治《书经》。字克仁，行三，年三十，七月初九日生。曾祖敬先，祖荣，父刚，前母李氏，母翟氏，继母张氏。严寺下。兄胜昱，省祭官；弟贤良、尽礼、尽义。娶李氏。顺天府乡试第五十八名，会试第三百九名。

李良，贯山东齐河县人，神武左卫官籍，儒士，治《书经》。字遂之，行一，年三十二，十月二十日生。曾祖杰，百户；祖震，百户；父让，母杨氏。慈侍下。弟宗。娶金氏，继娶陈氏。顺天府乡试第二名，会试第二百八十七名。

刘章，贯直隶隆庆州，民籍，州学生，治《诗经》。字德润，行一，年三十二，三月二十三日生。曾祖思温，祖铎，父钦，前母卫氏，母王氏。具庆下。弟奇。娶王氏。顺天府乡试第四十七名，会试第二百七十七名。

王洧，贯直隶大名府浚县，军籍，国子生，治《易经》。字清之，行三，年三十一，正月二十八日生。曾祖礼；祖述，县丞；父宸，义官；母韩氏，继母郭氏、张氏。重庆下。兄涿，义官；溱，贡士；弟澜、济。娶李氏。顺天府乡试第七十八名，会试第二百三十七名。

徐璘，贯直隶苏州府昆山县人，山东登州卫军籍，国子生，治《书经》。字文璧，行五，年三十七，十二月初五日生。曾祖福肆，祖添福，父能。前母吴氏、吴氏，母陈氏。慈侍下。兄琮、璟、瑛、珍。弟瑾、璋、瓒。娶刘氏，顺天府乡试第一百十名，会试第二百二十九名。

王贯：贯四川重庆府荣昌县人，锦衣卫校籍，国子生，治《诗经》。字一之，行二，年三十三，正月初四日生。曾祖汉卿，祖用，父玘。母刘氏。具庆下。兄翀。弟昭纯，娶徐氏。顺天府乡试第二十二名，会试第一十三名。

张廷珍，贯直隶常州府武进县人，直隶大同中屯卫军籍，国子生，治《诗经》。字效儒，行二，年三十六，七月二十日生。曾祖彦真，祖存礼，父翊，嫡母周氏，生母马氏。慈侍下。兄瑄，弟璁。娶韩氏。顺天府乡试第十六名，会试第二百二十三名。

胡显宗：贯直隶凤阳府临淮县人，羽林左卫官籍，国子生，治《书经》。字世荣，行一，年四十六，四月十八日生。曾祖文，指挥佥事，封明威将军；祖善，指挥佥事，封明威将军；父鉴，指挥佥事，封明威将军；前母陈氏，封恭人；母韩氏，封恭人。永感下。弟绍宗、继宗。娶高氏。顺天府乡试第十一名，会试第一百七十四名。

刘泰，贯顺天府固安县，民籍，国子生，治《诗经》。字世亨，行一，年四十，十月十六日生。曾祖文举，祖奉先，父信，母葛氏。永感下。娶陈氏。顺天府乡试第一百三十五名，会试第五十二名。

潘楷，贯应天府溧阳县人，锦衣卫官籍，京卫武学生，治《易经》。字以正，行二，年三十，七月二十七日生。曾祖贵名；祖道信，赠昭信校尉；父庸，百户；母金氏，封安人。具庆下。兄杰；弟相、榘、栗。娶宋氏。顺天府乡试第五十三名，会试第二百七十四名。

张锳，贯浙江宁波府鄞县人，锦衣卫校籍，顺天府儒士，治《易经》。字声远，行一，年四十三，正月二十七日生。曾祖泰齐，元冠带儒士；祖罗，父瑾。母邵氏，继母李氏、吴氏。具庆下。弟鋹。娶陈氏。顺天府乡试第一百三十五名，会试第五十七名。

弘治元年

（公元1488年　戊申）

闰正月

京师李东阳被皇帝命任纂修官修《宪宗实录》。法式善纂集、唐仲冕增补《明李文正公年谱》卷二："张元忭《馆阁漫录》：'闰正月丙寅朔，修宪宗皇帝实录，召南京翰林院侍读曾彦、杨守址、给假左谕德林瀚、侍读谢铎、编修张元桢、江澜丁忧、侍读学士李东阳、右谕德陆简、编修梁储、刘忠、邓焲、张天瑞、检讨杨时畅，驰驿赴京。'"

三月

河间程敏政经筵进讲《尚书》《孟子》《大学衍义》。廖道南撰《殿阁词林记》卷十五："孝宗时尤重经筵，学士程敏政记其事云：弘治元年三月十二日，初开经筵，赐宴及白金宝镪。十三日，文华后殿早进读《尚书》《孟子》，及午进读《大学衍义》以为常。讲毕赐茶，上皆呼先生而不名。"

四月

河间程敏政以经筵进讲，多得赏赐，记之以诗。廖道南撰《殿阁词林记》卷十五："四月二十八日以后，屡赐桃杏、郁李、莲房、鲜笋、青梅、枇杷、杨梅、雪梨、鲜藕。敏政等具表称谢，且记之以诗，有曰：'黄封尽带干清字，朱实平分上苑香。'"

七月

河间程敏政因经筵又得赏赐。廖道南撰《殿阁词林记》卷十五："七月二十日，文华后殿讲，上顾中官赐讲臣冠带靴袍，敏政预赐织金云雁绯袍一副，金带一，及乌纱帽、皂靴，面谢讫。上顾谓曰：'先生辛苦。'咸对曰：'此皆职分当为。'顿首而退。有诗记之云：'日映罘罳晓殿清，湛恩稠叠驾亲临。裒衣红濯天机锦，束带黄分内帑金。久幸清班容宦履，渐惭华发点朝簪。经生职分寻常事，消得君王念苦辛。'"

八月

河间程敏政请孔庙罢马融、刘向、贾逵、王弼、何休、戴圣、王肃、杜预，祀郑众、卢植、郑玄、服虔、范宁于乡。……上是之。（《国榷》卷四十一）

冬

赵州王诏转贵州左布政使。其冬，以右副都御史巡抚云南。（张廷玉《明史》卷一百八十五《列传第七十三》）雷礼《国朝列卿纪》卷五十三：“弘治戊申，迁贵州左布政使，独携二仆往，未几擢右副都御史，巡抚云南。”

本年

山海关萧显迁同知衢州府。李东阳《福建按察司佥事萧公显墓志铭》：“越八年为弘治戊申，稍迁同知衢州府，勾稽戎籍，取非法刑具，悉焚之，而所得隐丁甚众。他如抚嫛婗，修学舍，士民赖之。”（焦竑《国朝献征录》卷九十）

博野刘吉进少傅兼太子太师吏部尚书，知经筵事。（廖道南撰《殿阁词林记列传》卷一）

寓京师耿裕被召为礼部尚书。（徐溥《荣禄大夫太子太保吏部尚书赠太保谥文恪耿公裕神道碑》）

南宫白钺同修《宪庙实录》，以内艰去。（雷礼《国朝列卿纪》卷十六）

束鹿王宗彝升河南右参议。（雷礼《国朝列卿纪》卷四十二）

弘治二年

（公元 1489 年　己酉）

二月

帝令儒臣撰文祷雨，博野刘吉谏阻。张廷玉《明史》卷一百六十八《列传五十六》：“弘治二年二月旱，帝令儒臣撰文祷雨。吉等言：‘迩者奸徒袭李孜省、邓常恩故术，见月宿在毕，天将阴雨，遂奏请祈祷，觊一验以希进用。幸门一开，争言祈祷，要宠召祸，实基于此。祝文不敢奉诏。’帝意悟，遂已之。”

四月

京师李东阳守制期满，除服，进左春坊左庶子，仍兼任侍讲学士。（《国榷》

卷四十一）

八月

故城马中锡监乡试。《沙溪集》卷六《资善大夫都察院左都御史东田先生马公行状》：“弘治己酉，监乡试，所刊文字尽出公笔。太宰三原王公读试录，数曰：‘奇才！奇才！’遂改提学，寻升副使。公立条约，谨章程，士习丕变。登巍科者相望。”

本年

京师李东阳服除，入京供职。法式善、唐仲冕《明李文正公年谱》：“免服，补原官，加左庶子，预修《宪宗实录》。”

藁城石珤授翰林院检讨，与修《大明会典》。雷礼《国朝列卿纪》卷十二：“弘治己酉，授翰林院检讨。德器刚毅，知识不群，馆阁重之，与修《大明会典》，同考礼部会试少师李文正每曰：‘诸后进，可托以柄斯文者，其石氏季方乎？’”

大兴刘机转翰林修撰。（雷礼《国朝列卿纪》卷二十）

清苑傅珪授编修。（雷礼《国朝列卿纪》卷二十）

景州戈瑄受命刷南京文卷，所至著有风裁。（雷礼《国朝列卿纪》卷五十九）

故城马中锡迁提学副使，入为大理寺右少卿。（毛奇龄《西河文集传十》）

固安杨维杰生。杨维杰（1489—?），字英甫，固安人。嘉靖五年年廷试一甲第二，授翰林编修，七年充经筵展书官，八年会试同考试官，十四年九载考满，升本院侍讲，充武举考试官，明年校录累朝实录宝训成。升司经局洗马，充经筵讲官。十八年升右春坊右庶子兼翰林院侍讲，明年告归养疾。二十二年复职。二十四年校录皇祖列圣御集并经史诸书成，升左春坊左庶子兼翰林院侍读，加从四品服俸。卒祀乡贤祠。其兄杨维聪中正德十六年状元。（嘉靖《固安县志》卷五）

弘治三年

（公元1490年　庚戌）

三月

京师李东阳充当殿试读卷官。（法式善《明李文正公年谱》卷二）

东光廖纪中进士。（雷礼《国朝列卿纪》卷二十六）

阜城沈冬魁中进士，授中书舍人。（雷礼《国朝列卿纪》卷三十八）

五月

京师李东阳挚友谢铎被任命为南京国子监祭酒。临行前，东阳将自己近年与谢的唱和之作五十首汇集成《后同声集》，赠予他留念。因以前二人唱和有卷帙巨大的《同声集》，此次结集系以“后”字，以示区别。集中所录多是李东阳之作，谢铎诗只收联句，此集与《同声集》皆已不存。（尚永亮、薛泉《李东阳评传》）

春

余姚谢迁接父至京，至冬，送父还乡且省母。倪宗正原编、谢钟和重编《文正谢公年谱》：“三年庚戌春，简庵至京邸就养。迄冬，思归。公再疏恳乞送父还乡且省母，上嘉其孝诚特许之。赐白金文绮及宝钞，为道里费，且诏驰驿往，促令速来。是岁冬十一月抵家。”

七月

阜城左钰卒。《孝宗实录》卷四十：“（弘治三年七月）壬申，致仕都察院右佥都御史左钰卒。钰，字廷珍，直隶阜城县人。自举人选授监察御史，升陕西按察司佥事，理环庆等处兵备，迁副使。成化十四年，预征岷州番贼，以功升从三品俸。十八年，进按察使。十九年，召入为都察院右佥都御史，给俸如故。巡抚辽东，改莅大同。既而召入，理院事。二十二年，复命巡抚山西，兼提督雁门诸关。弘治改元，以言官劾，致仕。至是卒。赐祭如例。钰为人通敏有权略，善以言语中人意。初韩王取假子自绍，事败，连岁不决。钰为佥事，承按之，一讯得实，时称其才。又常以事忤太监汪直，辄以辩说免祸云。”

九月

九日，京师李东阳为张泰《沧州集》撰写序文。其与谢铎、吴宽共将稿子整理成十卷，交付门人文林校订付梓，并就校订、刊刻、版式等一系列细节性问题提出不少建议。《怀麓堂文稿》卷五《沧洲诗集序》：“沧洲张先生于文无所不能，而尤工诗，纵手迅笔，众莫能及。及其凝神注思，穷深骛远，一字一句，宁阙焉而不苟用。晚乃益为沉著高简之辞，而尽敛其峭拔奔涌之势，盖将极于古人，而不意其遽止也……先生之卒，其孤琏尚在襁褓，求其遗诗不可得。后静逸陆先生取诸其从子献以留予家，而静逸亦卒。因与谢方石，吴匏庵二先生录其若干篇为十卷。文太仆宗儒以其所部成府判桂刻于淮安。书成，属予序，因为题其编之首。”（《沧洲诗集》载是序署曰：“弘治庚戌闰九月九日，奉议大夫左春坊左庶子兼翰林侍讲学士经筵官兼修国史长沙李东阳序”。）张泰（1436—1480），本姓姚，字亨父，太仓（今江苏太仓）人。天顺八年（1464）进士，选庶吉士，授简讨，迁修撰，工诗。

冬

《宪宗实录》成，博野刘吉以总裁职，得赏赐甚厚。徐溥《刘公吉神道碑》：“三年，《宪宗实录》成，以总裁之劳，加少师兼华盖殿大学士。其冬，秩一品，降敕奖论勋加，特进兼支大学士俸，赐赉甚厚。”（焦竑《国朝献征录》卷一四）

《宪宗实录》成，大兴刘机进侍讲经筵。（雷礼《国朝列卿纪》卷五十）

本年

寓京师谢丕七岁习句读，应对颖敏，动止若成人，得李东阳器重。徐九皋《吏部左侍郎兼翰林院学士赠礼部尚书谢公丕行状》：“先生颖异不凡，甫七岁，塾师授以句读，过目辄成诵，应对敏给，动止若成人。文正公与西涯李公同入政府，李公文名振海内，文正公遣先生从之游，大器之。”（焦竑《国朝献征录》卷二十六）

安州吕雯迁兵部左侍郎。（雷礼《国朝列卿纪》卷五十二）

文安邢表擢都察院右副都御史。（汤斌《拟明史稿列传十四》）

据《弘治三年进士登科录》，本年顺天府进士登科情况如下：

第二甲9名，赐进士出身。姓名及履历分别为：

宁举，贯直隶保定府新城县，民籍，国子生，治《书经》。字惟臣，行一，年三十二，七月初五日生。曾祖，祖允贤，父鉴，母杨氏。慈侍下。娶张氏，继娶薛氏。顺天府乡试第三十四名，会试第十五名。

黄绣，贯旗手卫力士籍，江西清江县人，国子生，治《诗经》。字文卿，行二，年二十九，八月二十日生。曾祖季衡，祖东毅，父能，母杨氏。具庆下。兄缙。娶温氏，继娶李氏。顺天府乡试第一百十七名，会试第一百五十五名。

仲本，贯太医院医籍，直隶宝应县人，医生，治《易经》。字与立。行四，年二十七，十一月十四日生。曾祖恭；祖旺，封尚宝司卿；父兰，太医院院使；母杨氏，封宜人。重庆下。兄森；楷，监生；槟。弟概；棐，礼部主事；相、桂、机、模、采、柯。娶赵氏，顺天府乡试第一百十四名，会试第二百七十二名。

时中，贯顺天府大兴县匠籍，直隶常熟县人，府学生，治《易经》。字大本，行二，年二十六，三月初二日生。曾祖名远、祖锭、父洪。母邬氏。具庆下。兄正。娶万氏，顺天府乡试第十二名，会试第二百五十名。

张定，贯锦衣卫官籍，福建同安县人，国子生，治《书经》。字子静，行一，年二十五，八月初六日生。曾祖益初，赠南京通政使；祖太常，赠锦衣卫中所正千户；父苗，南京通政使；母杨氏，封淑人。重庆下。弟宜、宁。娶田氏。顺天府乡试第六十二名，会试第七十五名。

李宗商，贯直隶永平府滦州乐亭县，民籍，县学生，治《诗经》。字尚质，行二，年三十四，七月初二日生。曾祖伯通；祖升，赠知县；父霖，府通判；前母王氏，母田氏，封孺人，继母徐氏。具庆下下。兄宗夏。弟宗周、宗儒。娶张氏。顺天府乡试第四十五名，会试第四十六名。

吕杰，贯锦衣卫军籍，扬州府泰州人，国子生，治《春秋》。字廷臣，行一，年三十七，八月初六日生。曾祖法真，祖清；父洪，鸿胪寺序班；母张氏。慈侍下。弟效、傅。娶陈氏。顺天府乡试第十一名，会试第一百七十二名。

王宸，贯神武右卫官籍，河南郏县人，真定府学生，治《诗经》。字具瞻，行一，年三十八，五月二十二日生。曾祖成。祖能，赠百户；父霖，百户；母李氏，赠安人；继母任氏，封安人；史氏。具庆下。弟官。娶张氏。顺天府乡试第一百四名，会试第一百五十名。

廖纪，贯直隶河间府东光县，民籍，国子生，治《诗经》。字廷陈，行一，年三十六，正月二十八日生。曾祖召兴，祖有能。父瑄，前母陈氏，母王氏。具庆下。弟纯。娶郭氏，继娶李氏。顺天府乡试第七十五名，会试第二百八十九名。

第三甲 205 名，赐同进士出身。姓名及履历分别为：

祝祥，贯直隶河间府沧州，民籍，国子生，治《礼记》。字廷瑞，行一，年四十四，十二月二十二日生。曾祖成，典史；祖赞，教谕；父茂，知县；母赵氏。慈侍下。娶张氏。顺天府乡试第三十一名，会试第二百三十九名。

石棣，贯直隶滁州，军籍，国子生，治《易经》。字允升，行二，年二十七，十一月二十七日生。曾祖玉；祖铨，封右少卿；父澄，鸿胪寺右少卿；母王氏。封宜人。慈侍下。兄柱，弟林。娶刘氏。顺天府乡试第八十四名，会试第二百十四名。

尹洪，贯锦衣卫籍，浙江上虞县人，国子生，治《礼记》。字德容，行六，年四十二，五月初四日生。曾祖克顺，前刑部主事；祖孟璞，父岐，母罗氏。永感下。兄渟、湘、溏，弟河、溓。娶胡氏。顺天府乡试第十七名，会试第二百八十六名。

洪钟，贯江西抚州府崇仁县，军籍，翰林院秀才，治《诗经》。字肇和，行七，年十八，二月初四日生，曾祖子庸，祖孟庄；父朝宗，左长史；母吴氏。具庆下。兄本、彝、卣、罍、鼎。娶吴氏。顺天府乡试第六名，会试第一百九十五名。

钟永，贯顺天府大兴县民匠籍，直隶吴县人，府学生，治《诗经》。字世昌，行一，年三十一，三月三十日生。曾祖徐保，祖文，父振，母张氏。慈侍下。弟王瑀、举。娶富氏。顺天府乡试第二十二名，会试第二百八十三名。

沈冬魁，贯直隶河间府阜城县，民籍，国子生，治《书经》。字伯贞，行一，年二十七，十月初一日生。曾祖尔卿，祖景景先，父泉，母陆氏。慈侍下。弟夏元。娶李氏。顺天府乡试第二十一名，会试第二百五十一名。

谭升，贯营州中屯卫籍，江西赣县人，国子生，治《易经》。字时晋，行一，年三十九，二月初九日生。曾祖景辉，祖子和，父伦，母孙氏。具庆下。弟泉。娶王氏。顺天府乡试第二名，会试第一百八十六名。

宋凤，贯直隶真定府赵州，民籍，国子生，治《书经》。字应韶，行四，年三十七，七月二十五日生。曾祖文德；祖征，蕃育署署丞；父安，母董氏。慈侍下。兄麒，监生；麟；鸾；弟鹏、鹦、鹉。娶王氏。顺天府乡试第一百二十名，会试第二百六十二名。

尹颂，贯江西吉安府泰和县，儒籍，国子生，治《书经》。字庆成，行二，年四十，二月二十七日生。曾祖传道；祖英，教谕；父纶，右长史；母王氏，继母陈氏。具庆下。兄项。弟君郡頟、顿、颋、题。娶王氏。顺天府乡试第三名，会试第五十五名。

石瑽，贯锦衣卫军匠籍，浙江嘉兴县人，国子生。治《诗经》。字德和，行三，年三十九，十二月十二日生。曾祖显一，祖仲玉，父佑，母盛氏，继母张氏。具庆下。弟瑢、城。娶王氏。顺天府乡试第二十六名，会试第一百七十三名。

王凯，贯直隶保定府蠡县，民籍，国子生，治《诗经》。字文相，行二，年三十一，正月二十九日生。曾祖弘，祖忠；父举，监生；母刘氏。永感下。兄元。弟杰、定、宁。娶张氏。顺天府乡试第八十五名，会试第一百二十八名。

徐锐，贯直隶广平府永年县，军籍，国子生，治《春秋》。字钝之，行三，年四十二，正月初八日生。曾祖仲良，祖友谅；父宁，听选官；前母白氏，母程氏，继母张氏。慈侍下。兄钺、锜。娶李氏，继娶李氏。顺天府乡试第七十二名，会试第二百九十九名。

王钦，贯顺天府固安县，军籍，国子生，治《诗经》。字日恭，行一，年四十，十月二十八日生。曾祖友信，祖贵，父端，母杨氏。慈侍下。娶吕氏，继娶祖氏。顺天府乡试第一百九名，会试第六十六名。

王纶，贯直隶大名府开州，军籍，国子生，治《书经》。字大经，行三，年三十五，三月十七日生，曾祖浩；祖佑，县丞；父琮，母李氏，继母苏氏。具庆下。兄铎、铭，弟纬。娶侯氏。顺天府乡试第三十八名，会试第九十六名。

丘经，贯锦衣卫籍，浙江安吉县人，国子生，治《易经》。字正夫，行一，年三十一，六月二十六日生，曾祖信，祖伟，父英，母顾氏。具庆下。弟纶。娶李氏。顺天府乡试第二十八名，会试第五十名。

曹敬，贯直隶真定府藁城县，民籍，国子生，治《诗经》。字德舆，行三，年三十一，十月初六日生。曾祖文中，祖彬，父志刚，母姚氏。严侍下。兄能；玉，听选官。娶樊氏。顺天府乡试第八十七名，会试第一百十一名。

赵维藩，贯直隶真定府元氏县，民籍，县学生，治《诗经》。字价夫，行一，年二十九，七月二十六日生。曾祖鉴。祖福贵，巡检。父彝，监生。母魏氏，继母刘氏。慈侍下。弟维垣，维屏、维宁、维有。娶王氏。顺天府乡试第一百二十六名，会试第十八名

郭浚，贯直隶真定府平山县，军籍，国子生，治《诗经》。字舜德，行一，年四十，九月初七日生。曾祖祖，祖清；父敦，县丞；母贾氏。慈侍下。弟濠。娶吴氏，继娶彭氏。顺天府乡试第六十五名，会试第二百十七名。

刘文宠，贯武骧左卫，军籍，顺天府蓟州玉田县人，府学生，治《诗经》。字符锡，行二，年二十八，正月十一日生。曾祖福川，祖海，父春，母张氏。具庆下。娶彭氏。顺天府乡试第六十五名，会试第二十六名。

杜楷，贯富裕卫籍，江西吉水县人，国子生，治《书经》。字公式，行二，年三十八，五月十六日生。曾祖玄德，祖大鹏；父邦，训导，赠主事；母韦氏，赠安人。永感下。兄桓，礼部员外郎。娶王氏。顺天府乡试第二十五名，会试第二十一名。

胡雍，贯宽河卫，官籍，山西临县人，国子生，治《春秋》。字伯雍，行一，年三十三，七月初九日生。曾祖斌，正千户。祖全，指挥佥事。父安，指挥佥事。母赵氏，封恭人。严侍下。娶吕氏，继娶申氏。顺天府乡试第四十名，会试第二百八十七名。

吕镗，贯直隶真定府晋州，民籍，州学生，治《书经》。字廷韶，行一，年三十七，九月二十三日生。曾祖成；祖杰，仓大使，赠主事；父正，右参政；前母刘氏，赠宜人，母刘氏。永感下。弟锜，医学典科；铉，监生；铠。娶王氏，继娶刘氏。顺天府乡试第一百十一名，会试第二百四十名。

陈曦，贯锦衣卫籍，直隶江都县人，国子生，治《易经》。字景和，行一，年三十五，十一月十二日生，曾祖泰，祖震，父忠，母王氏。永感下。弟暄、暲。娶张氏，继娶张氏。顺天府乡试第一百四名，会试第二百六十九名。

杨滋，贯直隶保定府定兴县，军籍，府学生，治《诗经》。字天泽，行一，年三十五，九月二十九日生。曾祖增，祖谦；父斌，宣慰司经历。母申氏，继母孔氏严待下。弟洵、润。娶水氏。顺天府乡试第四十三名，会试第二百七十七名。

刘纲，贯直隶河间府任丘县，民籍，国子生，治《诗经》。字克立，行五，年三十五，三月十二日生。曾祖奉，祖玉；父珍，布政司照磨。母王氏，继母李氏。具庆下兄经，监生；纶；缙，义官；绅，义官。弟纪。娶徐氏。顺天府乡试第二十名，会试第二百三十八名。

李师儒，贯直隶保定府安州高阳县，民籍，国子生，治《易经》。字宗正，行九，年三十二，十一月初四日生。曾祖进；祖甫荣，赠主事；父俨，南京户部郎中；母郭氏，封安人。具庆下。兄俊、聪、敏、师、孔、睿。娶于氏。顺天府乡试第十九名，会试第八十八名。

王鼎，贯直隶顺德府巨鹿县，民籍，国子生，治《诗经》。字重器，行一，年三十三，五月十五日生。曾祖得名；祖文贵，主簿；父惟，母李氏。永感下。兄镛，训导；弟鼐、镇。娶乔氏。顺天府乡试第三十九名，会试第一百二十五名。

房瑄，贯直隶河间府任丘县，民籍，国子生，治《易经》。字廷献，行二，年三十九，闰九月二十五日生。曾祖午，祖礼，父钦，母党氏。慈侍下。兄璿，弟琮、瓒。娶刘氏。顺天府乡试第一百十名，会试第二百二十七名。

丘俊，贯直隶真定府冀州新河县，匠籍，县学生，治《诗经》。字邦彦，行二，年二十八，八月初五日生。曾祖智，祖信，父嵩。母安氏。重庆下。兄仁，弟杰、佐、佑。娶李氏。顺天府乡试第九十八名，会试第一百十五名。

刘芳，贯顺天府通州武清县，民籍，国子生，治《书经》。字德馨，行一，年二十八，八月二十一日生。曾祖德全。祖荣。父忠。母张氏，继母王氏。具庆下。娶郝氏。顺天府乡试第四十名，会试第二百五十六名。

吕贤，贯直隶真定府真定县，军籍，国子生，治《诗经》。字邦佑，行一，年三十五，正月初二日生。曾祖二，祖忠；父谅，听选官；母张氏。具庆下。弟能、杰。娶李氏。顺天府乡试第一百二十七名，会试第一百九十二名。

刘恺，贯直隶保定府安州新安县，军籍，县学生，治《书经》。字承华，行三，年二十一，十二月十五日生，曾祖原；祖沧，巡检，赠主事；父昭，刑部员外郎；母李氏，封安人。慈侍下。兄鈇、釪。娶李氏。顺天府乡试第五十名，会试第一百十名。

王序，贯直隶真定府平山县，军籍，县学生，治《诗经》。字天秩，行一，年三十气五，十二月十四日生。曾祖仁美，祖让；父章，鸿胪寺署丞。母张氏。永感下。弟庆，贡士。娶曹氏。顺天府乡试第六十九名，会试第二百八十二名。

弘治四年

（公元1491年　辛亥）

四月

山海关萧显擢福建按察司签事。（李东阳《福建按察司佥事萧公显墓志铭》）

六月

涞水张鹏（1416—1491）卒，谥懿简。《孝宗实录》卷五十二："（弘治四年六月癸亥）致仕太子少保、兵部尚书张鹏卒。""二十年，进阶资政大夫，加太子少保，二十一年，得请休致，俾乘传归，命有司给米。二十三年，覃恩诏，进资德大夫、正治上卿。至是卒，赐祭葬，谥懿简，鹏，刚直自将，少能自见。居显要，自奉如寒素。虽尝为言者所论，；然物议亦无贬云。"戴铣《资政大夫太子少保兵部尚书谥懿简张公传》："居家优游自适，凡七年而终，享年七十有二[①]。讣闻，诏有司营祭葬如故事，赐谥曰懿简。公之刚直贞介，夷险一致，凡六为台宪，历内地边方者八，所至必感激自效，竭尽心力，而谓民非得风宪大臣治之不可其意，盖自荐也。公言是在人，不在官，如其怠旷，虽风宪大臣何益？而事遂寝。公临政简约，每以生事喜功为戒，当岁饥四方，奏多盗贼，陕西河南诸处尤甚，公报言此辈时逼于饥，不得已而然耳。惟罪首恶者一二余，悉宥之，则其党自散矣。各道奉行，未几，果无事，其居官处事盖如此。为人悃朴无华，虽居显要，自奉如寒士，资性乐易庄重，不立崖岸，不轻笑语，其色侃侃若不可进，然待人真诚，故多乐为之用云。"雷礼《国朝列卿纪》卷四十七："丁未，以疾终。年七十二，谥懿简。为人刚直，凡六为台宪，历内外边者八，所至必感激自效。其为兵部，责任益重，以身殉国，不计利害。尝戒僚属曰：'处事不患不明，特患不公耳。公

① 据前载，张鹏于乙巳之闰四月致仕，至今凡七载，且《明史》卷一百六十《列传第四十八》亦记"弘治四年卒"，故有本记。雷礼《国朝列卿纪》卷四十七所记"丁未，以疾终"，为误。

则何事不可为耶?’京营团操，军士多为将领私役，力陈其弊，上即日命内外大臣并台谏官简阅，得数既多，得人且精，遂严私扰之弊，申训练之条，营伍肃然。故事主将偏裨，缺人必集廷臣，各举所知以待兵部请而用之。年久，寝废，或举亦未尽，公乃请复实具名以闻，否则有罚。自是号称得人。”

八月

《明宪宗实录》成，京师李东阳以纂修实录有功，职位升为太常寺少卿，其它兼官如故。（王鸿绪《李东阳列传》）

《宪宗实录》成，大兴刘机进侍读，侍经筵。（雷礼《国朝列卿纪》卷二十）

以宪庙实录成，博野刘吉加少师兼太子太师、华盖殿大学士。（《大明孝宗敬皇帝实录》卷之八十二）

九月

赵州王诏（1428—1491）迁南京兵部右侍郎，未任而卒。《孝宗实录》卷五十五：“（弘治四年九月戊寅）南京兵部右侍郎王诏卒。”“病卒，六十四，时诏三品未及考，上特赐祭葬。诏，仪观魁岸中坦夷，自处不苟。历官显要，请约如平生。时卒，无子弟在侧，官属为治后事，囊无长物，世称其谅直，而惜其弗究于用云。”雷礼《国朝列卿纪》卷五十三：“辛亥，始升南京兵部侍郎，道得疾，既至而剧，命官属治棺椁，教以敛法，且呼其孙属后事甚悉，至瞑不乱。寿六十有四。”

十二月

二十三日，卢龙赵得佑生。赵得佑（1491—?），字符吉，永平府卢龙县（今属河北省秦皇岛市）人。嘉靖二年（1523），中进士。授陕西道监察御史，巡按应天。纠劾辅臣，群党侧目，升贵州按察司佥事。终陕西行太仆寺卿。居官二十七年，以清介终始。（《陕西行太仆寺卿赵得佑传》（永平志））

文安邢表卒。《孝宗实录》卷五十八：“（弘治四年十二月）己酉，巡抚四川都察院右副都御史邢表卒。表。字居正，顺天府文安县人。天顺元年进士，授获嘉县知县。升彰德府知府，调卫辉府。历升山东左参政、右布政使。改四川，进左布政。弘治三年，升右副都御史，巡抚四川。至是卒，赐祭葬如例。表有才识，所至皆克举其职。”

本年

東鹿贾俊，受命修太庙夹室，建成后，加太子少保。（孙承泽《畿辅人物志》卷五）

東鹿王宗彝升河南右布政使。（雷礼《国朝列卿纪》卷四十二）后又升都察院右副都御使，巡抚陕西地方，为父曾官之地，以父昔日之法为法。马廷用《资政大夫南京礼部尚书赠太子少保谥安简王公传》："关中天下重镇，公之先太保公旧抚镇之地。公至一以先君是法，陕人咸谓无愧乃等。士夫且以父子相继巡抚一方，先后为声，如公父子，此我朝少见。"

怀安岳伦生。岳伦（1491—1542），字云石，怀安卫（今河北省张家口市怀安县）① 人。嘉靖五年进士，授行人。奉使河南，见饿殍载路，请蠲赋算发粟赈之。又抗疏论宰相专擅，谪齐东丞。累晋工部主事、员外郎、郎中，因谏南巡下狱。放还卒，赠太常寺少卿。长于《诗经》研究。清代和民国县志均收录他写的序、记、诗、疏多篇。另著有《岳云石集》五卷。（《畿辅通志》卷七十五、孙奇逢《畿辅人物考》卷四、孙承泽《畿辅人物志》卷七）

弘治五年

（公元 1492 年　壬子）

三月

京师李东阳受命供事日讲，兼经筵讲官。后擢吏部右侍郎兼侍读学士，专典诰敕。法式善编、唐仲冕补编《明李文正公年谱》卷七、王鸿绪《李东阳列传》："东阳盛有文名，不为当轴所喜，至五年始得与讲筵。旱灾求言，东阳条摘孟子七篇大义，附以时政得失，累数千言上之，帝称善。阁臣徐溥等以诏敕繁请如先朝王直故事设官专领，乃擢东阳吏部右侍郎兼侍读学士，入内阁专典诰敕。"

五月

京师李东阳进讲《孟子》。此次进讲《孟子》："孟子曰：'求也，为季氏宰，无能改于其德，而赋粟倍他日'。孔子曰：'求非我徒也。小子鸣鼓而攻之可也。'"（《怀麓堂集》卷九十五《经筵讲章》）

---

① 孙承泽《畿辅人物志》卷七记为保定人。

八月

博野刘吉致仕。张廷玉《明史》卷一百六十八《列传第五十六》："吉柄政久，权势烜赫。帝初倾心听信，后眷颇衰。而吉终无去志。五年，帝欲封后弟伯爵，命吉撰诰券。吉言必尽封二太后家子弟方可。帝不悦，遣中官至其家，讽令致仕，始上章引退。诏赐敕，驰驿如故事。"雷礼《国朝列卿纪》卷八："刘吉自成化二十三年十月为元辅，历少师兼太子太师、吏部尚书、华盖殿大学士，至弘治五年八月以怙权令致仕，凡五年。""雷礼《国朝列卿纪》卷十一："五年，壬子。修撰张升上疏论之，吉至是以老数上章求退，上允之。益加赐，赍令有司月给米五石，岁拨仆夫八名，仍降敕护吉还乡。"

十月

河间程敏政起复。张廷玉《明史》卷二百八十六《列传第一百七十四》："五年起官，寻改太常卿兼侍读学士，掌院事。"

本年

山海关萧显以万寿圣节入贺，上疏致仕。李东阳《福建按察司佥事萧公显墓志铭》："越三年，辛亥，擢福建按察司佥事，领屯田事，劝督交至，民相率输纳岁无留。逋又一年，以万寿圣节入贺，刑部尚书白公昂欲有所荐，拟亲戚有力者，亦乐为之援，公不复顾恋，上疏径归。归数日而命下，乃治别墅与骚人使客游衍其间，有乞书千文者秉烛终卷，遂得目贵而赋咏不辍。"（焦竑《国朝献征录》卷九十）

故城马中锡被召为大理右少卿。（张廷玉《明史》卷一百八十七《列传第七十五》）

名儒王守仁随父至京师，读《考亭遗书》，格竹求理而不得。钱德洪编、罗洪先考订《阳明先生年谱》上卷："始在京师，遍求考亭遗书读之，因思先儒谓'众物必有表里精粗，即一草一木，皆涵至理，不可不察'。官署前多竹，即取竹格之，苦求其理不得，病作而止，乃贬志为辞章之习。"

东光廖纪授吏部考公司主事。（雷礼《国朝列卿纪》卷二十六）

容城王寅升福建签事。（雷礼《国朝列卿纪》卷三十六）

雄县侯瓒升南京工部尚书。（雷礼《国朝列卿纪》卷三十七）

固安杨维聪生。杨维聪（1492—1550）[①]，字达甫，号方城，顺天府固安县城内（今河北省廊坊市固安县）人。正德十四年（1519）以第一人举于乡，明年（1520）成进士，名列第十。辛巳（1521）廷试一甲第一，授翰林院修撰、右春坊右中允。嘉靖二年（1523）充会试同考官。预修《武宗实录》成，迁太子中允。嘉靖三年（1524）因反对明世宗朱厚熜尊生父为皇考，被廷杖，外调为山西按察司副使。嘉靖九年，任河南学正。后历山东布政司参政、山西布政右使、太仆寺卿。嘉靖十九年（1540）致仕，后卒于家。辑有《性理诸家解》三十四卷。父杨和曾任徐州学正，后升国子监学正等职；兄维杰为嘉靖丙戌科一甲第二名（榜眼），官至左春坊左庶子兼翰林院侍读；弟维诚为举人。（嘉靖《固安县志》卷五）

弘治六年

（公元1493年　癸丑）

二月

京师李东阳受命为会试主考官，得汪俊为第一，其妻弟刘钊已中乡试，仍不得入试。王圻《续文献通考》卷四十六《选举考·举士四》："六年二月，会试天下举人，命太常少卿兼侍讲学士李东阳、少詹事兼侍讲学士陆简为考试官，取汪俊等三百人。"李东阳《怀麓堂集》卷二十八《会试录序》："弘治六年春二月，礼部当会试天下士。……合士之与试者，几四千。经分地析，取其醇者三百人。文七万有奇，刻其尤者二十二篇而汇书为录。"

三月

文安刘六、刘七反，擢故城马中锡为右都御史提督军务，与惠安伯张伟统禁兵南征。（张廷玉《明史》卷一百八十七《列传第七十五》）

名儒王守仁会试下第，为京师李东阳等所赏识。钱德洪编、罗洪先考订《阳明先生年谱》上卷："明年（作于弘治五年）春，会试下第。宰相李西涯东阳戏呼为来科状元，且曰试以吾言作赋。先生悬笔立就，诸老惊曰：'天才！天才！'丙

① 据张弘道、张凝道《皇明三元考》卷九记杨维聪为庚辰（正德十五年，公元1520年）进士，年二十九。故上推得此生年。

辰会试，竟为忌者所抑。同舍有以不第为耻者，先生慰之曰：'世以不得第为耻，吾以不得第动心为耻。识者服之。'"

邢台王震中进士，授户部主事，奉使部送犒军银于西夏。归有光《京兆尹王公震传》："弘治癸丑进士，观政大理，授户部主事，奉使部送犒军银于西夏，至红城堡后又使云中，至阳和堡猝为虏围。公皆率众守御，虏以解去。"（焦竑《国朝献征录》卷七十五）

蠡县冯兰中进士，授吏部考功司主事。雷礼《国朝列卿纪》卷六十七："冯兰，字□□，直隶保定府蠡县人。弘治癸丑进士，授吏部考功司主事。十二年，升验封司员外郎。十四年，升稽勋郎中。丁忧，正德二年起复，改考功。三年，改文选郎中。四年，升南京右通政。七年，升光禄寺卿，八年，升工部右侍郎，督易州山厂。十一年致仕。"

开封李梦阳中进士，授户部主事于京。（何乔远《名山藏列传》卷四）

四月

六日，河间程敏政乘舟过杨村遇暴风，野泊，遇风沙。程敏政《篁墩文集》卷八十八有"四月初六日，杨村道中遇暴风野泊，入夜尤甚，舟人大恐，皆不寐待旦，灯下有感"。诗云："黄沙如雾昼冥冥，一夜狂飙吼不停。何物阳侯翻地轴，有时风伯畏天刑。盗窥客舫悬孤注，神忌吾书走六丁。篷底故乡应入梦，清溪修竹旧岩扃。"

二十六日，昌黎张文质（1421—1493）卒①。程敏政《资德大夫正治上卿太子少保礼部尚书掌通政使司事昌黎张公墓志铭》："弘治癸丑夏四月二十有六日，掌通政使司事太子少保礼布尚书致仕张公卒于京师之第，讣闻，诏遣官谕祭其家，仍命有司为营兆域如礼。""会同官有以左道进者，谋夺公位。公觉之，遂引疾去。盖家居凡七年，及见左道者之败，而公等被阴嫉者或起用于时，或令终于家，然后论者知天道之不爽如此。公为人谨厚，雅度有容，终日恂恂不妄言笑，典出纳前后余四十年，每朝廷有大政刑必预议，有大典必在列公，亦感列圣眷知，夙夜奉公，思以济时泽物而局于官守，不克自见，然其存心制行，不苟为异同以趋时好，望而知福人君子也。性孝友，每思王夫人恩，荐享之日，或哽涕不已。至有官，始克迎杨夫人以归，奉养备至。待异父弟妹无间，言于故旧乡党无论戚疏贵贱，在困中者，极力拯之，必济乃已。"《孝宗实录》卷七十四："文质，为人重厚有容，居家以孝称，历官四十余年，无过举。其子忱亦举进士，为兵部

① 《明宪宗纯皇帝实录》卷之二百四十五记为："弘治五年四月卒。"

郎中。”

五月

一日，复经筵日讲，河间程敏政有诗与陆廉伯、李宾之。（程敏政《篁墩文集》卷八十九《五月一日复经筵日讲，简陆廉伯、宾之二学士》）

京师李东阳上封事，俱引《孟子》，以近事证之。章下所司。（《国榷》卷四十二）

六月

京师李东阳与傅瀚受命教导新晋庶吉士。《明孝宗实录》卷七十七（弘治六年六月）：“癸酉，选进士顾清、赵士贤、萧柯、沈焘、曹琼、吴一鹏、杨升、曹镤、汪俊、周玉、黄澜、胡爟、王缜、任良弼、吴蕣、许天锡、薛格、陈玉、陈阳、王崇文二十人为翰林院庶吉士，命太常寺卿兼翰林院侍读学士傅瀚、太常寺少卿兼翰林院侍讲学士李东阳教之。给酒食器具如例。”

八月

藁城石珤病痊至京，复翰林检讨职。（张元忭《馆阁漫录》卷七（弘治六年））

清苑张谦（1442—1493）卒。《孝宗实录》卷七十九：“（弘治六年八月）丙戌。南京太仆寺卿张谦卒。谦，字益之，保定府清苑（今河北省保定市清苑县）人。成化二年（1466）进士，授礼科给事中。历都给事中。宪庙识其音吐洪畅，迁鸿胪寺左少卿。寻改尚宝司卿，升南京太仆寺卿。弘治三年，服阕还任。至是卒于官。讣闻，赐葬祭如例。谦体貌魁梧。居官无失德，居家能孝友，乐施予，人颇称之。”

十月

二十六日，河间程敏政约陆廉伯、李宾之赏雪小饮。（程敏政《篁墩文集》卷八十九《十月廿六日大雪，约廉伯、宾之二学士启昭庶子小饮》）

十一月

博野刘吉（1427—1493）卒。成化二十三年十月至弘治五年八月（1487—1492）任首辅，深得帝宠。曾参与撰《寰宇通志》《大明一统志》《英宗实录》《文华大训》《宪宗实录》等。卒后赠太师，谥“文穆”。张元忭《馆阁漫录》卷七（弘治六年）：“十一月壬辰朔。丁未，致仕少师兼太子太师、吏部尚书、华盖殿大学士刘吉卒。吉字祐之，直隶博野县人。正统十三年进士，改庶吉士，授编修。景泰年充经筵官，预修《寰宇通志》，升修撰。天顺年侍宪庙于春坊讲读，预修《大明一统志》，丁内艰，起复。成化年升侍读，《英庙实录》成，升侍讲学士兼经筵讲官。寻升礼部右侍郎，转左。五年，命兼学士，入内阁参预机务。十三年，升本部尚书。十四年，加太子少保、文渊阁大学士。十八年，以外艰去位，诏起复之。修《文华大训》成，进太子太保、武英殿大学士。十九年，给一品诰命，追赠三代。二十年，升户部尚书兼谨身殿大学士。弘治改元，升少傅兼太子一品诰命，追赠三代。二十年，升户部尚书兼谨身殿大学士。弘治改元，升少傅兼太子太师、吏部尚书，知经筵事。修《宪庙实录》，充总裁官。四年，《实录》成，加少师、华盖殿大学士。一品秩满，加特进，兼支大学士俸，并赐敕谕金币羊酒以宠异之。五年，乞致仕，久之乃许，仍遣中官就其第赐白金宝钞金织袭衣，乃命有司月给米五石，岁拨夫八名应用，赐敕给驿以归。逾年卒。讣闻，辍视朝一日，赠太师，谥文穆，命有司营葬。自闻丧至掩圹，遣中官谕祭者三，遣有司谕祭者十。吉性沉毅，喜怒不形于色，遇事能断，在内阁最久。上始即位，尤委任之，恩遇最盛。凡改纪政事，进退人才，言率见听，隐然有内相之重。然所与厚者，多谗谄面谀之人，致不能自闻其过。廷臣有不悦者，或使言官劾去之，故议者谓其乏休休之量，而其后圣眷亦渐散云。”张廷玉《明史》卷一百六十八《列传第五十六》：“吉多智数，善附会，自缘饰，锐于营私，时为言路所攻。居内阁十八年，人目之为‘刘绵花’，以其耐弹也。吉疑其言出下第举子，因请举人三试不第者，不得复会试。时适当会试期，举子已群集都下，礼部为请。诏姑许入试，后如令。已而吉罢，令亦不行。吉归，逾年卒。赠太师，谥文穆。”雷礼《国朝列卿纪》卷十一：“逾年，癸丑。疾暴作不起，年六十有七。吉容貌魁伟，举止凝重，性善记忆，能历道往事，为文章平实不浮。凡考乡试一、会试二、廷试读卷三，或朝廷大礼，辄持节为使。盖入仕四十五年，居内阁者十八年，富贵荣显已极。为尚书时，尤及封其父如其官而忌害忠直，世多斥之。”《孝宗实录》卷八十二：“吉性沉毅，喜怒不形于色，遇事能断。在内阁最久，上始即位，尤委任之，恩遇最盛。凡改纪政事，进退人才，吉率见听，隐然有内相之重。然所与厚善者，多谗谄面谀之，人致不能自闻其过。廷臣有不说者，或使言官劾去之。故议者谓其乏休休有容之量，而其后圣眷亦渐衰云。”

本年

南宫白钺同考礼部。（雷礼《国朝列卿纪》卷十六）

藁城石玠迁河南道监察御史。（雷礼《国朝列卿纪》卷三十三）

蠡县冯贯拜南京工部尚书。（焦竑《国朝献征录》卷五十二）

任丘郑宗仁升尚书宝司丞。（雷礼《国朝列卿纪》卷三十八）

任丘边宪擢湖广道御史，按宣大、山西，复辽东储所，至有声，升淮安知府，以忧归，后改凤阳。雷礼《国朝列卿纪》卷五十七："弘治癸丑，擢湖广道监察御史，奉命按山西，复按宣大，所在别白贤否，裁抑贵势，风采凛然。陈边务数事皆为上所嘉纳，又奉命至辽东复实边储诸宿蠹，剔抉殆尽。兵出宣大，受纪功之命，人不敢请寄冒赏，升淮安知府。"

蠡县冯贯拜南京工部尚书。（雷礼《国朝列卿纪》卷六十三）

寓京师耿裕仍为吏部尚书。（徐溥《荣禄大夫太子太保吏部尚书赠太保谥文恪耿公裕神道碑》）

据《弘治六年进士登科录》，本年顺天府进士登科情况如下：

第二甲7名，赐进士出身。姓名及履历分别为：

刘焕，贯直隶真定府藁城县，民籍，县学增广生，治《诗经》。字尧章，行二，年二十六，七月十七日生。曾祖聪，大宁县丞；祖清；父继，淅川知县；母侯氏。慈侍下。兄炜。弟煛、炅。娶张氏。顺天府乡试第七名，会试第七十一名。

汪获麟，贯腾骧左卫官籍，浙江山阴县人，国子生，治《易经》。字仁甫，行一，年三十二，十一月初一日生。曾祖贵，试百户；祖友，实授百户；父海，百户；母胡氏，封安人。严侍下。弟鸣凤。娶孟氏。顺天府乡试第八十三名，会试第二百十名。

冯兰，贯直隶保定府蠡县，军籍，国子生，治《书经》。字子佩，行一，年三十三，正月十二日生。曾祖吉，封监察御史，赠大理寺卿；祖欢，义官；父经，监生；母李氏，继母张氏。重庆下。弟莲、蓁、芝、苓、葵。娶解氏。顺天府乡试第四十六名，会试第四十二名。

郝海，贯直隶保定府祁州，民籍，国子生，治《春秋》。字汝容，行三，年三十六，十二月十四日生。曾祖大初，祖渊；父文清，遇例冠带；母崔氏。慈侍下。兄强、廷玉；弟林。娶郑氏。顺天府乡试第四名，会试第二百六十四名。

张宧，贯直隶保定府完县，军籍，国子生，治《诗经》。字惟臣，行二，年三十三，九月十三日生。曾祖敬祖；祖喜，遇例冠带；父彬，教授，封知州；前母赵氏，赠宜人；母高氏，赠宜人；继母李氏。具庆下。兄官，知府。娶刘氏。顺天府乡试第三十七名，会试第一百五十三名。

王大用，贯直隶松江府上海县，民籍，国子生，治《书经》。字世显，行四，年三十三，九月二十日生。曾祖允中，祖彦明，父衡，母沈氏。慈待下。兄大本、大忠、大信。第大启、大猷。娶沈氏。顺天府乡试第九十三名，会试第一百三十六名。

杨寿，贯顺天府涿州，民籍，国子生，治《礼记》。字德邵，行五，年二十八，六月二十二日生。曾祖永富，祖渊，赠吏部员外郎；父景，江西左参议。母都郜氏，封宜人。永感下。兄佑，义官，祺、禧、禶。娶王氏。顺天府乡试第百二十八名，会试第二百六十八名。

第三甲 37 名，赐同进士出身。姓名及履历分别为：

于瑁，贯顺天府霸州，军籍，国子生，治《书经》。字朝瑞，行一，年三十二，二月十七日生。曾祖效贤，祖兴；父恺，义官；母陈氏。具庆下。弟璇、瑭。娶孟氏。顺天府乡试第七十名，会试第二百四十六名。

李元，贯直隶真定府真定县，民籍，国子生，治《书经》。字德元，行一，年三十三，十一月十二日生。曾祖纲，赠府同知；祖时，知府；父贤，知县；母丁氏，继母氏。具庆下。弟仁、冕、冠。娶吕氏，继娶张氏。顺天府乡试第一百十三名，会试第一百二十八名。

杜晏，贯锦衣卫官籍，直隶山阳县人，儒士，治《诗经》。字德仁，行六，年二十三，十二月初二日生。曾祖保，千户；祖方，赠千户；父春，副千户；前母陈氏，杨氏，母江氏。具庆下。兄亨、义、昱、升、礼。弟杲。娶陈氏。顺天府乡试第十一名，会试第一百十五名。

徐翊，贯顺天府大兴县，民籍，国子生，治《易经》。字中行，行二，年三十五，六月初十日生。曾祖国祥，祖彦礼，父廷玉，母陈氏。永感下。兄辅。娶周氏。顺天府乡试第一百二名，会试第一百七十六名。

邝璠，贯直隶河间府任丘县，民籍，县学生，治《书经》。字廷瑞，行三，年三十六，八月二十七日生。曾祖可端，祖福；父观政，县丞；母尹氏。具庆下。兄珣、瑀；弟珩、琚、琮。娶徐氏。顺天府乡试第三名，会试第二十七名。

马陟，贯锦衣卫官籍，直隶合肥县人，国子生，治《诗经》。字文明，行二，年三十五，六月初二日生。曾祖福，赠锦衣卫指挥同知。祖顺，锦衣卫指挥同知。父弁，锦衣卫千户致仕。嫡母纪氏，封宜人，生母许氏。具庆下。兄隆，锦衣卫正千户。娶周氏，继娶延氏、朱氏。顺天府乡试第九名，会试第二百十八名。

冯清，贯顺天府宛平县，匠籍，国子生，治《诗经》。字汝扬，行二，年三十五，十月初六日生。曾祖安道，祖冀，父贤，前母巴氏，母陈氏，继母曹氏。永感下。兄澄，弟浩、濂、渊、瀚。娶严氏，继娶谢氏。顺天府乡试第五十四名，会试第一百六十二名。

徐澜，贯顺天府通州武清县，军籍，国子生，治《书经》。字文渊，行一，年三十，四月二十七日生。曾祖斌；祖思孝，东阿知县；父璟，稷山知县；母刘氏。具庆下。兄溥、淳。弟演、沂、注、洁、治。娶苏氏。顺天府乡试第九十名，会试第二百三十八名。

李钦，贯龙骧卫官籍，山东滨州人，国子生，治《书经》。字符肃，行一，年二十九，七月二十日生。曾祖福，百户。祖敏，百户。父慧，百户。母石氏。慈侍下。弟锐、鉴、釴、铉、铠、椝、樟。娶张氏。顺天府乡试第五十八名，会试第一百七十一名。

院宾，贯府军前卫籍，山西振武卫人，顺天府学生，治《易经》。字君聘，行一，年二十九，九月十二日生。曾祖谅，祖贵，父达，母黎氏。具庆下。娶李氏。顺天府试第九十三名，会试第五十六名。

庞璁，贯武功左卫官籍，山东恩县人，顺天府附学生，治《书经》。字润夫，行二，年三十一，十月初二日生。曾祖友直，百户；祖贵，百户；父福，百户；母金氏，封安人。具庆下。兄理，弟瓒、玉。娶童氏。顺天府乡试第一百三名，会试第一百十一名。

夏时，贯锦衣卫校籍，直隶冀州人，国子生，治《书经》。字寅正，行一，年三十二，正月初一日生。曾祖显，祖斌，父广，母易氏。具庆下。兄诚，弟景、昌。娶汤氏。顺天府乡试第七十二名，会试第二百三十一名。

郭瑀：贯和阳卫官籍，直隶滦州人，京卫武学生，治《诗经》。字佩之，行二，年四十，十月二十七日生。曾祖道童，赠昭勇将军指挥使；祖玉，指挥使；父亨，指挥使；母郑氏，封淑人；继母王氏。永感下。兄瑛，本卫指挥使。娶党氏。顺天府乡试第一百三十五名，会试第七十五名。

胡瓒，贯直隶广平府永年县，民籍，县学生，治《礼记》。字伯珩，行二，年二十三，十一月十六日生。曾祖忠，祖贵，父文举，母武氏。重庆下。兄琮，弟璋、琏、璇。娶李氏。顺天府乡试第五十名，会试第一百三十三名。

田佑，贯府军前卫官籍，直隶赣榆县人，顺天府增广生，治《诗经》。字廷相，行六，年二十三，五月十八日生。曾祖子才，赠指挥使；祖贵，都指挥同知充左参将；父通，指挥使；前母门氏，封淑人；丁氏；母王氏，封淑人。具庆下。兄英，锦衣卫百户；淥；辅；佐，指挥使；芳。弟弼、源。聘张氏。顺天府乡试第二名，会试第五十二名。

王庆，贯直隶真定府平山县，军籍，国子生，治《诗经》。字天德，行二，年三十五，九月十七日生。曾祖仁美，祖让；父璋，鸿胪寺署丞；母张氏。永感下。兄序，进士。娶朱氏，继娶汪氏。顺天府乡试第三十一名，会试第六十六名。

王廷，贯直隶永平府迁安县，军籍，国子生，治《诗经》。字惟极，行一，年三十五，九月二十四日生。曾祖俊，祖玺，父伦，母申氏，继母霍氏。具庆下。弟臣、璋。娶卢氏。顺天府乡试第五十五名，会试第二百六十一名。

王雄，贯顺天府永清县，军籍，国子生，治《诗经》。字世杰，行二，年四十二，四月十三日生。曾祖四，祖文质，父海。母高氏。永感下。兄宣，弟琪。娶杨氏，继娶勇氏。顺天府乡试第四十七名，会试第一百二十七名。

王献臣，贯锦衣卫镇抚司匠籍，直隶吴县人，儒士，治《书经》。字敬止，行一，年二十五，二月初六日生。曾祖文荣，祖成，父瑾，母宋氏。具庆下。弟献民、献夫。娶陈氏。顺天府乡试第四十名，会试第二百九名。

奚自，贯顺天府宛平县，匠籍，儒士，治《易经》。字从之，行二，年三十三，十二月二十六日生。曾祖澄；祖伯通，赠监察御史；父铭，监察御史；母周氏，封孺人。二月二十六日生。曾租澄；祖伯通，赠监察御史；父铭，监察御史。母周氏，封孺人。具庆下。兄冠，弟先、有、取。娶蔡氏，继娶许氏。顺天府乡试第八名，会试第十五名。

许庄，贯直隶永平府滦州，民籍，国子生，治《春秋》。字德征，行二，年三十六，正月初八日生。曾祖道隆，祖孟清；父晋，布政司理问；母张氏。慈侍下。兄临；弟相，听选官。娶周氏。顺天府乡试第一百二十三名，会试第二百八十六名。

胡旸，贯直隶河间府任丘县，民籍，县学生，治《易经》。字景和，行一，年二十六，十二月初七日生。曾祖智，祖福；父钦，义官；母徐氏。慈侍下。娶崔氏。顺天府乡试第一百二十五名，会试第二百八十九名。

杨奎，贯直隶真定府冀州武邑县，民籍，国子生，治《诗经》。字天章，行一，年三十，九月十八日生。曾祖让，祖茂；父昭，听选官。前母曹氏，母王氏。具庆下。弟奇。娶李氏。顺天府乡试第一百三十一名，会试第二百五十五名。

董锐，贯直隶兴州左屯卫籍，山东昌邑县人，顺天府玉田县学增广生，治《诗经》。字抑之，行二，年二十四，三月二十日生。曾祖仪。祖胜。父雄。母戴氏。具庆下。兄镐，弟链、铸。娶李氏。顺天府乡试第一百二十六名，会试第一百七十三名。

潘衍，贯金吾左卫官籍，直隶兴化县人，国子生，治《诗经》。字世昌，行一，年三十五，十二月初八日生。曾祖谅，指挥使；祖辅；父浩，冠带舍人；母郭氏。重庆下。弟衢。娶颜氏。顺天府乡试第十三名，会试第九十九名。

冉继志，贯直隶保定府蠡县，民籍，国子生，治《诗经》。字孝隆，行一，年三十五，十月三十日生。曾祖春，赠经历；祖艺，州同知；父诚，义官。母郭氏。具庆下。弟续宗。娶绳氏。顺天府乡试第四十七名，会试第二百八十名。

李金，贯直隶永平府迁安县，民籍，国子生，治《易经》。字宗干，行二，年三十三，十一月初二日生。曾祖斌，祖林；父友，海州卫学训导；母王氏，继母郑氏。重庆下。兄锐，弟锦、钱、钰、银、鏐。娶徐氏。顺天府乡试第五名，会试第一百八十九名。

曹恕，贯顺天府霸州，军籍，州学增广生，治《书经》。字本忠，行一，年二十六，八月二十七日生。曾祖显，监察御史；祖珑珊；父纪，白水主簿；前母高氏，母杨氏，继母王氏。具庆下。弟态、悦、恩、宪。娶于氏。顺天府乡试第一百八名，会试第一百五十名。

黄信，贯留守中卫籍，福建晋江县人，顺天府学增广生，治《诗经》。字君实，行一，年二十六，七月初六日生。曾祖端，祖仝，父忠，母曹氏。严侍下。娶杨氏。顺天府乡试第五十一名，会试第五十四名。

尹雄，贯直隶大名府浚县，民籍，国子生，治《诗经》。字文英，行一，年三十三，四月十四日生。曾祖仕贤，祖荣，父宾，母卢氏。慈侍下。弟杰、仁。娶张氏。顺天府乡试第七十一名，会试第二百四十三名。

焦泽，贯直隶广平府永年县，民籍，国子生，治《诗经》。字克济，行二，年三十，十一月二十三日生。曾祖钦，知县；祖迪，太原府经历；父祺，贡士；母郑氏。慈侍下。兄溥，弟渊、浚。娶李氏。顺天府乡试第一百二名，会试第一百三十八名。

居达，贯顺天府大兴县，匠籍，府学生，治《易经》。字德亨，行二，年三十，九月二十日生。曾祖礼，祖子诚，父福。母黄氏。慈侍下。兄胜，弟荣。娶燕氏。顺天府乡试第一百十名，会试第一百三十名。

孙瑞，贯顺天府东安县，军籍，国子生，治《诗经》。字季祯，行一，年三十二，二月二十二日生。曾祖彦礼；祖升，府仓大使；父进，义官；母徐氏，继母吴氏。具庆下。兄琳，听选官；珍、璁。弟瑾、璋、玥、玠、珂。娶胡氏。顺天府乡试第八十一名，会试第一百七十八名。

姚学礼，贯府军前卫籍，四川巴县人，儒士，治《易经》。字以立，行一，年三十四，闰十一月三十日生。曾祖文，祖常，父伯高。母舒氏。具庆下。娶万事。顺天府乡试第一名，会试第一百二十一名。

张彧，贯直隶真定府元氏县，民籍，国子生，治《春秋》。字文翰，行三，年三十，正月二十二日生，曾祖思义，祖钦，父绅，母何氏。慈侍下。兄通、彪。娶李氏。顺天府乡试第七十二名，会试第一百二十二名。

黄清，贯武功中卫匠籍，直隶昆山县人，国子生，治《诗经》。字源洁，行二，年三十五，七月二十九日生。曾祖用中。祖思聪。父琮。母胡氏。具庆下。兄澄，弟溥、流。娶岳氏。顺天府乡试第一百二十八名，会试第二百六十七名。

杨志学，贯彭城卫籍，湖广长沙县人，儒士，治《易经》。字逊夫，行一，年二十七，十一月二十三日生。曾祖受，祖福胜，父春。前母刘氏、罗氏，母王氏。具庆下。娶王氏，顺天府乡试第十二名，会试第四十名。

石确，贯直隶真定府藁城县，民籍，国子生，治《易经》。字德坚，行一，年三十九，十月二十九日生。曾祖友忠，祖鼎，父瑛，母邓氏。慈侍下。娶高氏。顺天府乡试第六十名，会试第一百四十二名。

惠隆，贯武骧右卫籍，浙江仁和县人，儒士，治《易经》。字从道，行一，年二十五，正月十九日生。曾祖宗茂，祖谦；父达，百户；母陈氏，继母吴氏。慈侍下。弟鸾，聘江氏。顺天府乡试第一百二十一名，会试第九名。

李世亨，贯直隶保定府容城县，民籍，国子生，治《书经》。字时雍，行一，年三十九，八月二十九日生。曾祖素；祖敬，赠卫经历；父腾，遇例冠带；母陈氏，继母赵氏。具庆下。弟世卿、世相、世登、世显。娶王氏，继娶张氏。顺天府乡试第五十四名，会试第四十七名。

王震，贯直隶顺德府邢台县，民籍，国子生，治《诗经》。字威远，行四，年三十四，六月初四日生。曾祖景贤；祖罍，平度州同知；父整。前母吴氏，母张氏。具庆下。兄文、章、满。弟霓、霆。娶郝氏。顺天府乡试第二十七名，会试第二百九十名。

弘治七年

（公元1494年　甲寅）

正月

京师李东阳又奉命与程敏政一同教授庶吉士。都察院左都御史屠滽以诗祝贺，二人皆次韵答之，又往复作诗十多首。一时名卿大夫闻而属和者云集，多至数十百篇，汇编成《简命育英唱和诗卷》，杨守址为之作序。（钱振民《李东阳年谱》）

三月

昌黎杜谦（1419—1494）卒。《孝宗实录》卷八十六："（弘治七年三月）乙未，致仕工部左侍郎杜谦卒。""谦少有孝行，居浙江，时人称为重厚长者。子源亦第进士，官至青州知府；汉以官生，今为上林苑署丞。"焦竑《国朝献征录》卷五十一《工部左侍郎杜公谦墓志铭》："公性宽大深厚，而其心仁慈恻怛，人无贵贱皆为之尽礼，虽欺罔诞谩，一以诚报之，尤乐道人之善，人有过多为掩覆芘护，甚者相负背亦不忍伤其意，平居怡然能自娱。适待宗戚乡里，极恩厚与人，交游始终无间。其为政，以忠厚仁恕为本，所至有惠利于人。在浙藩久，浙之士民至今称颂其德。晚年家居，以身为教，卒之日，阖郡之人无不嗟悼。公天性孝爱，跬步不忍离父母。方为郡庠生，即以家事付诸兄，奉二亲居郡城。既入胄监，亦奉以行，其后之官吕梁及前后侍朝署，未尝一日不在亲侧。及任浙藩俸益厚，而亲不待矣！时兄姊已老，乃迎于浙藩，事之如所生。南方多珍味，每遇佳景，对盛馔必恻然动思亲之念。若公者，非但国之良臣，其亦家之孝子也欤！"

五月

九日，安州吕雯（1429—1494）卒，年六十六岁。（雷礼《国朝列卿纪》卷五十二）《孝宗实录》卷八十八："（弘治七年五月）丙申，兵部左侍郎吕雯卒。雯，字天章，直隶安州人。举乡试，选授陕西道监察御史。时东夷弗靖，左都御史李秉出师，雯奉旨纪功。还耀南京通政司右参议。丁内艰。服阙，改南京光禄寺少卿。出纳有度，以事简。故名益彰。未几，升太仆寺少卿，不避劳剧，马政克举。以荐，擢都察院右佥都御史，巡抚延绥，有防御功。寻擢兵部右侍郎，迁左侍郎，练达边务。至是卒，讣闻，赐祭葬如例。雯性夷旷不为矫激，遇事善裁决，待物多从厚。博涉群艺，论象纬有验，禄命亦多奇中云。"

八月

由徐溥等奏请，京师李东阳升礼部右侍郎，兼任侍讲学士，专门负责内阁诰敕撰写。《明孝宗实录》卷九十一"弘治七年八月己巳（十三日）：内阁大学士徐溥等奏：'正统年间，王直系侍郎兼学士，职事专管内阁诰敕。今惟太常寺少卿兼翰林院侍讲学士李东阳，文学优赡，兼且历任年深，乞量升一职，令在内阁专管诰敕。庶委任专一，事不稽误。'得旨：'李东阳升礼部右侍郎兼翰林院侍读学士，专管诰敕。"

本年

京师李东阳成《讲读录》二卷。此录所收为李东阳在成化十二年至弘治七年间任翰林讲读时所撰写的讲章和直解。此稿收于《怀麓堂稿》之杂记部分刊行，今存。此间，另成《三谟直解》，亦为任翰林讲读之职间所撰，今不存。

京师李东阳成《新旧唐书杂论》。此为李东阳读唐史心得之作，成稿于本年入阁之前，后作为杂著，收编为《怀麓堂文稿》第十七卷，名为“读唐史”。原稿不见于书，今有手抄本存世。

浚县王越屡疏讼冤，诏复左都御史，致仕。（张廷玉《明史》卷一百七十一《列传第五十九》）

涿州邓璋擢江西道监察御史。（雷礼《国朝列卿纪》卷三十四）

景州戈瑄升四川按察司兵备副使。（雷礼《国朝列卿纪》卷五十九）

南宫刘濂生。刘濂（1494—1567），字浚伯，真定府南宫（今河北省邢台市南宫刘河沟村）人。正德十四年（1519）中举人，次年中进士，任河南杞县知县。嘉靖四年（1525）升任监察御史。嘉靖十一年（1532），弹劾严嵩不成，愤忾归乡。于南宫县城东郭外建书院，整日闭门读书，偶有所得便撰写成篇，著有《易象解》八卷、《乐经元义》十二卷、《九代乐章》十二卷、《兵说》十二卷、《杂著》四卷，学者称其为“微山先生”。隆庆元年（1567）病逝。（民国廿五年刊《南宫县志》卷十七）

弘治八年

（公元 1495 年　乙卯）

二月

京师李东阳以原官与谢迁受命入内阁参预机务。张元忭《馆阁漫录》卷七《弘治八年》：“乙丑，命礼部右侍郎兼侍读学士李东阳、詹事府少詹事兼侍讲学士谢迁入内阁参预机务。时内阁缺员，有旨命吏部会六部、都察院、通政司、大理寺及科道官推举行止端方、学术纯正者六人以闻。于是吏部尚书耿裕、礼部尚书倪岳、礼部右侍郎兼侍读学士李东阳、吏部左侍郎周经、礼部右侍郎傅瀚、詹事府少詹事兼侍讲学士谢迁，并在推举，上特命东阳、迁内阁供职。戊辰，礼部右侍郎兼侍读学士李东阳上疏辞内阁之命，上曰：‘卿学行素著，特兹简任，所辞不允。”

四月

东安齐章（1438—1495）卒。《孝宗实录》卷九十九：“（弘治八年四月甲寅）太常寺卿齐章卒。章，字廷璧，东安县人。成化二年进士，授户科给事中。升礼科都给事中，转鸿胪寺丞。进少卿、太常寺卿。卒，赐祭葬如例。章虽家于都邑。能以俭约自持，不随时习靡，尝再持节使藩府，其赆馈悉辞不受，然性度唯唯同人、故虽当言贵而无可纪之迹云。”

六月

束鹿贾俊（1428—1495）卒。《孝宗实录》卷一百〇一：“俊为人清慎俭约，终始不谕。在工部数年，饬材训艺，动必信度，人无间言。累以足疾，上疏乞休。久之，乃命驰驿归，仍敕有司岁给食米舆隶。弘治八年六月卒，年六十八赐祭葬如例，自俊之去工部也继者鲜能及之，俊可谓无愧大臣云。”孙奇逢《畿辅人物考》卷四：“俊历事三朝，始终完名。巡抚六年，不携家眷，敝靴瀚服，至今犹有传颂之者。宦官汪直权倾中外，六卿咸屈膝下之，俊独奋然与之抗礼。直虽改容起敬，然百计倾陷，竟莫能动。孝庙欲建水亭，俊谓财用匮乏，不宜兴此无益之工，疏凡三上。上虽寝其事而中不怿，会太监李广方为上理发，前跪曰：‘罢此老可也。’上怒曰：‘工书为朕省费，渠安敢出此言！’以靴尖踢其一齿。俊闻之，累上疏乞休，上再出温旨慰留。俊之直节劲气受知孝庙如此。”

八月

平谷王禬中顺天府乡试第一名。（张弘道、张凝道《皇明三元考》卷八）

九月

十三，衡水杨宜生。杨宜，卒年不详，字伯时，号裁庵，北直隶衡水县（今河北衡水）人。嘉靖二年（1523）中进士，任监察御史，以风力著称。又督学南畿，厘正文体，敦崇行谊，被比之以司马光。后出按河南，迁南京户部右侍郎。嘉靖年间，代周琉总督浙、直、闽军务，专事讨倭，以无功为浙江巡抚胡宗宪所代。后即赋闲家居。（孙承泽《畿辅人物志》卷八）

本年

寓大兴周盛以贡生选南直隶沭阳令。周盛，生卒年不详。字永昌，其先为吴县人，永乐间迁江南大姓实京师，乃入籍大兴。为府学诸生，七试不售，岁贡入太学，本年任官。次年移牒告归，令未下，飘然而行。家徒四壁，终日陶陶赋诗，

著诗集四卷。（孙承泽《畿辅人物志》卷六）

藁城石玠为大同边储。（雷礼《国朝列卿纪》卷三十三）

赵州王珩升太仆寺少卿。（雷礼《国朝列卿纪》卷三十七）

束鹿王宗彝升兵部右侍郎。（雷礼《国朝列卿纪》卷四十二）

弘治九年

（公元1496年　丙辰）

三月

京师李东阳受命为殿试读卷官。（法式善《明李文正公年谱》卷二）

清苑傅珪充礼部会试同考官，后为经筵展书官及教内书馆。（雷礼《国朝列卿纪》卷二十）

名士顾璘与储巏、邵宝等于京相交游。《息园存稿文》卷一《关西纪行诗序》："弘治丙辰间，朝廷上下无事，文治蔚兴，二三名公方导率于上。于时，若今大宗伯白岩乔公宇、少司徒二泉邵公宝、前少宰柴墟储公巏、中丞虎谷王公云凤，皆翱翔郎署，为士林之领袖。砥砺乎节义，刮磨乎文章，学者师从焉。璘方举进士，得从宴游之末，奉以周旋。窃见诸公契谊笃厚，切切以艺业相窥疑，无猜嫌，虽古道德之世，无以加也。"

三河邢昭中进士。邢昭（？—?），字仲明，顺天府三河（今河北省三河市）人。本年中进士，授洪洞知县，擢浙江道监察御史。忤刘瑾，廷杖一百不死，人称"铁铸邢昭"。谪高平知县。刘瑾诛，复山西道监察御史。终汝宁府知府。

宛平陈澜礼部试中会元，廷试中探花。（张弘道、张凝道《皇明三元考》附《科名生身录》）王九思《翰林院修撰陈公澜行状》："本初年十七为学宫弟子，学宫弟子未有如本初者。然无能识本初，少师洛阳刘公则奇之，府丞毕公嘉会，亦有以奇之也。弘治乙卯举顺天府乡试第二人，丙辰会试礼部第一。天子策问，赐进士及第第三人，官翰林院编修，年二十四也。"（焦竑《国朝献征录》卷二十一）

名儒王守仁进士落第，归余姚。《王文成全书》卷三二《年谱》："同舍有以不第为耻者，先生慰之曰：'世以不得第为耻，吾以不得第动心为耻。'识者服之。归余姚，结诗社龙泉山寺。"

五月

南宫白钺升为翰林侍读。（雷礼《国朝列卿纪》卷十六）

九月

二日，蠡县冯贯（1432—1496）卒。徐溥《资善大夫南京工部尚书蠡吾冯公贯神道碑》："九年，以疾乞致仕，诏可，且命驰驿以归。抵家一月而卒，九月二日也，寿六十有四。公魁岸美髯，为人详审沉静而有谋，谟度量汪如莫窥其际。在大理，尝承诏会同三法司录囚有饩羊，上尊之赐会勘，肃府汾川王承奉。及廷试为读卷官，皆有宝镪之赐。弘治改元，上太皇太后及皇后徽号诰封二代皆三品。又有白金文绮之赐，及卒，上遣官谕祭治其丧葬。"（焦竑《国朝献征录》卷五十二）《孝宗实录》卷一百一十七："贯，魁岸美髯，朴茂能容。历官三十余年，虽无大功绩，然不乏长厚之称云。"

本年

寓京师耿裕（1430—1496）卒，一生廉洁，为人所称。（徐溥《荣禄大夫太子太保吏部尚书赠太保谥文恪耿公裕神道碑》）张萱撰《西园闻见录》卷十三："耿公裕为礼部尚书，尝曰：'吾暮自部归，必经过三原之门，见其老苍头每持称买油，吾入仕未尝买油，故每过辄面城而行，盖愧也。'后耿公代王公为吏部，尝以此语人，其心服如此。又朝士尝言：'公之子自三原来京省公，只如贫士，骑一骡而已，有司驿递何曾承奉之。'又公女适宋监生者，只乘市井所顾两人小轿。尝以银二两托云南张凤仪知印买宝石，叮咛切勿使公知之，其刑于之化非一日矣。"

故城马中锡升右副都御使，巡抚宣府。（毛奇龄撰《西河文集·传十》）

弘治十年

（公元1497年 丁巳）

三月

京师李东阳与徐溥、刘健、谢迁受命为总裁官，修撰《大明会典》。《明孝宗实录》卷一百二十三（弘治十年三月戊申（初六））："敕谕少傅兼太子太傅吏部尚书书谨身殿大学士徐溥、太子太保礼部尚书兼武英殿大学士刘健、礼部右侍郎兼翰林院侍读学士李东阳、詹事府詹事兼翰林院侍讲学士谢迁，曰：'朕嗣承丕绪，以君万邦，远稽古典，近守祖宗成法，夙夜祗惧，罔敢违越。惟我太祖高皇帝创业定制，所以为子孙计者至矣。御制之书，连篇累帙，宏纲众目，极大而精。随制随改，靡有宁岁。后所施行，未尽更定。迨我太宗文皇帝继正大统，益弘远图。列圣相承，至于皇考，皆因时制宜，或损或益，盖有不得不然者，期不失乎圣祖之意而已。顾其条贯散见于简册卷牍之间，凡百有司，艰于考据，下至闾里，或未悉知。皇祖英宗睿皇帝尝有志纂述，事弗克竟，以遗朕躬，是不可缓。兹欲仰遵圣制，遍稽国史，以本朝官职制度为纲，事物、名数、仪文、等级为目，一以祖宗旧制为主，而凡损益同异，据事系年，汇列于后，梓而为书，以成一代之典。”

八月

己未，命礼部右侍郎兼侍读学士李东阳之子兆先为国子监生。（张元忭《馆阁漫录》卷八）

十月

二十四日，固安苏志皋生。苏志皋（1497—1569），字德明，号寒村，又号岷峨山人。顺天府固安县（今河北省廊坊市固安县）通关厢人。嘉靖十年（1531）举人，嘉靖十一年（1532）进士，授湖广浏阳知县、江西进贤县知县。嘉靖二十九年（1550），推升雁门等关兵备副使，历任陕西左参政，山西按察使、左布政使。嘉靖三十三年（1554），推升都察院右佥都御史，巡抚辽东，兼襄助军务。考绩期满，升右副都御史。著有《寒村集》四卷、《抱罕集》一卷、另有《益知录》《画跋》《兵机纂》《恒言》等。陈田《明诗纪事》戊签卷十八：“寒村诗，风调自佳，北平诗人，品在顿鸥汀之次。”（嘉靖《固安县志》卷五、蒋一葵《尧山堂外纪》卷九十八）

十月

九日，新城杨宣（1425—1497）卒于乡。傅珪《礼部左侍郎掌鸿胪寺事杨公宣墓志铭》：“既归，日与乡旧酌酒赋诗为乐，优游林下垂二十年而卒，时弘治丁巳十月九日也，距生洪熙乙巳六月二十九日，春秋七十有三。公为人端悫谨密，居家孝友，处族党惇睦，待人一以诚，所与交无不意满者。立朝号得君，公亦克自勤恪，虽大寒暑风雨，未尝一日阙朝，前后蒙赏赉甚多，若《御制连环诗》《一统志》《通鉴诸书》之赐尤殊恩也。讣闻，今上遣官谕祭，复命有司营葬，事于乎公，所遭亦可谓不偶矣！”（焦竑《国朝献征录》卷七十六）

冬

浚县王越起原官，加太子太保，总制甘、凉边务兼巡抚，后改兼制延、宁两镇。张廷玉《明史》卷一百七十一《列传第五十九》："十年冬寇犯甘肃。廷议复设总制官，先后会举七人，不称旨。吏部尚书屠滽以越名上，乃诏起原官，加太子太保，总制甘、凉边务兼巡抚。越言甘镇兵弱，非籍延、宁两镇兵难以克敌，请兼制两镇，解巡抚事。从之。"

本年

大兴刘机任侍读学士。（雷礼《国朝列卿纪》卷二十）

京师陈儒生。陈儒（1497—1561），字懋学，号芹山。出生在交趾，其祖复宗因从征有功，于宣德年间赐第京师，诏子孙世补京学。嘉靖二年中进士，历官右都御史、陕西参政、山东布政、总督漕运（巡抚淮扬）等。早以能文名，当时的学者吕泾野、薛西原诸人对他极为称赏。及致仕，避居西山，杜门谢客，绝口不道时事，日以耆老结社，诗酒酬唱。著有诗文集《芹山集》三十四卷和《安边十事》等。（孙承泽《畿辅人物志》卷九、《中国名人志》第十卷）

弘治十一年

（公元1498年　戊午）

二月

皇太子出阁读书，赐京师李东阳加太子少保、礼部尚书衔兼文渊阁大学士，负责教导太子。张元忭《馆阁漫录》卷八（弘治十一年）："丙申，敕吏部，少傅兼太子太傅、吏部尚书、谨身殿大学士徐溥加少师兼太子太师、华盖殿大学士，尚书如故；太子太保、礼部尚书兼武英殿大学士刘健加少傅兼太子太傅、户部尚书、谨身殿大学士，礼部右侍郎兼侍读学士李东阳升太子少保、礼部尚书兼文渊阁大学士，詹事府詹事兼侍讲学士谢迁升太子少保、兵部尚书兼东阁大学士。"

河间程敏政为詹事兼翰林院学士。（谈迁《国榷》卷四十三）

三月

二十八日，河间程敏政进礼部右侍郎兼翰长入侍东宫。程敏政《篁墩文集》卷五十二《至京转官告文》：“某被召，三月廿四日至京。廿八日上荷天恩，进副宗伯仍兼翰长，入侍东宫。”谈迁《国榷》卷四十三“孝宗弘治十一年三月”条，“詹事程敏政为礼部右侍郎，仍兼翰林院学士，署詹事府”。

七月

九日，河间程敏政与孔弘泰、傅翰、焦芳等会于京师李东阳之西第新堂，成《西堂雅集》诗。钱振民《李东阳年谱》：“七月，衍圣公孔弘泰归鲁，饯之于西第新堂。傅瀚，程敏政、焦芳、屠滽、白昂，朱辅、侣钟等皆赴，赋诗唱和，刘大夏亦有和诗，汇为《西堂雅集》诗卷。”程敏政《篁墩文集》卷三十五《西堂雅集诗序》：“弘治戊午秋，衍圣公以贺圣节来京师，礼成，将东归。大学士长沙李公于公有姻娅之好，以七月九日宴于西第之新堂，与席者九人。……司徒太原周公即席赋诗一章，太宰四明屠公倚而和焉。明日，二公再叠一章，而成国朱公、司寇武进白公、少宰郓城侣公、少司徒华容刘公、少宗伯新喻傅公、学士泌阳焦公及不佞亦次第和焉。书以成卷，将致之公，而屠公题曰《西雅堂集》，嘱予为之引。……”

八月

十三日，涿州杨淪生。杨淪（1498—?），字南郛，涿州人（今河北省涿州市）。嘉靖十一年进士。初授户部主事，翰林院编修，撰《九庙实录》。充嘉靖乙未（1535）会试同考官，视学山东。巡检湖南书院，得优等者李攀龙、许邦才等六人。后谢病归里，教授生徒。著《翰林集》《南郛集》行于世。（民国二十五年《涿县志》第六编）

雄县袁宗儒领顺天乡荐。过庭训《明分省人物考》卷五：“袁宗儒，字醇夫，号静庵，其先为山西郭县人，徙保定之雄县。宗儒幼而颖特，举动不凡。笃志力学，博极极群书，弘治戊午领顺天乡荐。”袁宗儒（？—1539），字醇夫，号静庵，保定府雄县（今河北省保定市雄县）人。本年举人，正德三年（1508）进士，授御史。勇于直谏，语多危切。历大理寺丞、右佥都御史、左副都御史等职，数被罢免，嘉靖三年，曾以争“大礼”，遭廷杖。（张廷玉《明史》卷二百八《列传第九十六》）

故城孙绪中顺天乡试第二。（过庭训《明分省人物考》卷六）

九月

名士邵宝等于京约为同乡诗会。邵宝《容春堂前集》卷一三《重阳会诗序》："重阳会诗者，吾乡诸公官于东署者作也。继是将不一作焉，故诗以节名。夫诗以节名者，会以节举也。剂暄凉之候，酌疏数之宜，莫大乎节。天时且然，况于人乎！故今为会，始元夕，次上巳，次清明，次端午，次七夕，次中秋，次重阳，次长至，循还终始，拟诸天时，以寓无穷之意。而我同乡在朝者虽有二十余人，然署各疏隔，不能时时相与也。""戊午重阳，实惟初会。而予不敏，敢僭为约曰：凡会人为诗一章，章书一简者九，主藏其一，宾分其八，积之一岁，为简八十有一，各成巨帙，彼此相通，随在具备，不亦可常矣乎？而命题限韵之类，则会之日定焉。诸公曰：'然。'遂如约。所赋之诗，题用古句，庶几古诗吾诗，古人吾人也。"

冬

浚县王越（1423—1498）卒，赠太傅，谥襄敏。张廷玉《明史》卷一百七十一《列传第五十九》："明年，越以寇巢贺兰山后，数扰边，乃分兵三路进剿。斩四十三级，获马驼百余。加少保，兼太子太傅。遂条上制置哈密事宜。会李广得罪死，言官连章劾广党，皆及越。越闻忧恨，其冬卒于甘州。赠太傅，谥襄敏。越姿表奇伟，议论飙举。久历边陲，身经十余战，知敌情伪及将士勇怯，出奇制胜，动有成算。奖拔士类，笼罩豪俊，用财若流水，以故人乐为用。又尝荐杨守随、侣钟、屠滽辈，皆有名于世。睦族敦旧，振穷恤贫，如恐不及。其胆智过绝于人。尝与朱永帅千人巡边，寇猝至，永欲走，越止之，列阵自固，寇疑未敢前。薄暮，令骑皆下马，衔枚鱼贯行，自率骁勇为殿，从山后行五十里抵城，谓永曰：'我一动，寇追击，无噍类矣，示暇以惑之也。下马行，无军声，令寇不觉耳。'性故豪纵。尝西行谒秦王，王开筵奏妓。越语王：'下官为王吠犬久矣，宁无以相酬者？'因尽乞其妓女以归。一夕大雪，方围炉饮，诸妓拥琵琶侍。一小校诇敌还，陈敌情。未竟，越大喜，酌金卮饮之，命弹琵琶侑酒，即以金卮赐之。语毕益喜，指妓绝丽者目之曰：'若得此何如？'校惶恐谢。越大笑，立予之。校所至为尽死力。越在时，人多咎其贪功。及死，而将馁卒惰，冒功糜饷滋甚，边臣竟未有如越者。赞曰：人非有才之难，而善用其才之难。王骥、王越之将兵，杨善之奉使，徐有贞之治河，其才皆有过人者。假使随流平进，以干略自奋，不失为名卿大夫。而顾以躁于进取，依附攀援，虽剖符受封，在文臣为希世之遇，而誉望因之隳损，甚亦不免削夺。名节所系，可不重哉！"《孝宗实录》卷一百四十五："越，姿表奇迈，聪慧绝人，慷慨自许，事一见即决。久膺帅寄，凡边徼险易，虏情真伪，将士强弱，历历在胸臆。遇敌，意度安闲，计定而后发。颠倒才智中，自为操纵，而人乐为之用。其所拔擢，后往往多为名将。赋诗属文，草奏判案，虽仓卒立就，俊逸可观。但急于功利，自负其才，至破崖岸为之，中多机变，人莫能测，坐是为士论所非。然河套、贺兰之捷，实有功于边，论者概指为开衅生事亦过矣。自后守边出帅者，多庸懦无能，而冒功费财者滋甚，求如越比，盖亦难其人焉。”

本年

河间程敏政初编成《皇明文衡》九十八卷补缺二卷目录二卷。此书为敏政辑绿明人作品总集，又名《明文衡》。本真得秀《文章正宗》之旨，收明洪武至成化间诸大家之作，分三十七类，得九百七十二篇。辑录时间颇长，始于天顺间，初成于弘治七年至十一年之间。程敏政生前未得付刊，逝后门生程曾得其目录，重加缉访，几十余年成编。初刊于正德五年。

京师段正（1440—1498）卒。一生清勤廉介，学博著丰。过庭训《明分省人物考》卷一：“所至吏畏民怀，嘉声勃蔚。汝宁、江西闻其再来，多沥酒相庆。巡抚藩宪上其治行章，前后亡虑数十。生平严于自律，寡言笑，棋酒无所好，服食无重，帛无兼品。清勤廉介，夷险始终一致。自入仕来，先庐久僦，无一椽一瓦创。学业该博深厚，于书无不读，恒以通儒自期，少暇即卷不去手，所著有《介庵集》三十卷、《宦游纪》十卷、《柏台公案》十五卷、《课程日记》三卷。弘治戊午卒，至无赀以殓，无冢以葬，年仅五十有八。”

京师李东阳撰《重建深州庙学记》。（法式善《明李文正公年谱》卷二）

束鹿王宗彝由兵部右侍郎转左。（雷礼《国朝列卿纪》卷四十二）

弘治十二年

（公元 1499 年　己未）

正月

监生江瑢劾奏京师李东阳与刘健杜绝言路，嫉贤妒能，请求罢黜二人官职。（法式善《明李文正公年谱》卷二）

二月

六日，京师李东阳、河间程敏政受命主考会试。《孝宗实录》卷一四七“弘治十二年二月”条：“丙申，命太子少保礼部尚书兼文渊阁大学士李东阳、礼部右侍郎兼翰林院学士程敏政为会试考试官。”谈迁《国榷》卷四十四“弘治十二年二月”条，“丙申，太子少保礼部尚书兼文渊阁大学士李东阳、礼部右侍郎兼翰林学士程敏政主礼闱”。

户科给事中华昶奏程敏政会试作弊事，京师李东阳被命会同五经同考试官，将场中朱卷凡经程敏政看中者，皆加翻阅。《明孝宗实录》卷一百四十七（弘治十二年二月）：“丁巳，户科给事中华昶奏：‘国家求贤，以科目为重，公道所在，赖此一途。今年会试，臣闻士大夫公议于朝，私议于巷，翰林学士程敏政假手文场，甘心市井，士子初场未入，而《论语》题已传诵于外；二场未入，而表题又传诵于外；三场未入，而策之第三、四问又传诵于外。江阴县举人徐经、苏州府举人唐寅等，狂童孺子，天夺其魄，或先以此题骄于众，或先以此题问于人，此岂科目所宜有？盛世所宜容？臣待罪言职，有此风闻。愿陛下特敕礼部，场中朱卷，凡经程敏政看者，许主考大学士李东阳与五经同考官重加翻阅，公为去取，俾天下士就试于京师者，咸知有司之公。’上礼部即议处以闻。礼部言：‘昶必有所闻，故陈此奏。但恐风闻之事，犹或未真，况未经开榜，不知所指实之人曾取中否？乞如所奏，行令李东阳会同五经同考试官，将场中朱卷凡经程敏政看中者，重加翻阅，从公去取，以息物议。开榜日期，亦乞改移本月二十九日或三月初二日。’上从之，命以三月初二日发榜。”

三月

名儒王守仁登进士第。《王文成全书》卷三二《年谱》：“是年春会试，举南宫第二人，赐二甲进士出身第七人，观政工部。”

大城梁材中进士，授德清知县，勤敏有异政。（张廷玉《明史》卷一百九十四《列传第八十二》）

三河萧选中进士。萧选，字廷举，生卒年不详，通州三河（今河北省三河市）人。本年中进士。初为周至知县，因与宦官抗礼，左迁扬州卫经历。寻拜山西道监察御史，按盐河东。累官都察院右佥都御史。（乾隆二十五年《三河县志》卷十二）

任丘邝珩中进士。邝珩，生卒年不详，任丘人，邝璠弟。本年进士，历户部郎中、平凉知府。嘉靖中，奏举修河有功，收入史馆，为缙绅推重。（孙奇逢《畿辅人物考》卷之二）

长垣胡锭中进士，授南京刑部山东司主事。胡锭，直隶大名府长垣县人。本年进士，授南京刑部山东司主事。后于南京刑部任职，正德四年，改兵部武选司

郎中，升黄州府知府。又擢山西按察使、浙江按察使、浙江布政使。官至南京户部右侍郎。（雷礼《国朝列卿纪》卷三十七）

任丘边亿中式己未科伦文叙榜二甲五十五名进士。边亿，生卒年不详，字本一，宪从子。北直隶任丘县（今河北省任丘市）人，历陕西签事，汉南兵备副使、湖广参政等职。（《畿辅通志》卷七十四）

故城孙绪殿试中二甲第一名进士，授户曹主事。（过庭训《明分省人物考》卷六）

四月

因唐寅科场案，下程敏政于狱。张元忭《馆阁漫录》卷八（弘治十二年）："既而给事中尚衡、监察御史王绶皆请释昶而逮敏政。徐经亦奏曰：'昶挟私诬指。'敏政复屡奏自辨，且求放归。及置对镇抚司，以经、昶等狱辞多异，请取自宸断。上命三法言及锦衣卫鞫之，经即自言敏政尝受其金帛。于是左都御史闵珪等请逮敏政对问。奏留中十余日，乃可之。"

吴县唐寅入京会试，因牵涉科场舞弊案下狱，黜为吏，不就，归家闲居。后以鬻文卖画为生，与徐祯卿，文微明，祝允明时号"吴中四才子"。（刘德重《中国文学编年录》）

六月

河间程敏政（1444—1499）出狱，愤恚发痈而卒。程敏政于书无所不读，文意为一代宗匠。喜接贤士大夫，虽遭谗忌至于逮系，举动如平日。所著有《皇明文衡》《程篁墩集》，书十数种行于世。张廷玉《明史》卷二百八十六《列传第一百七十四》："十二年，与李东阳主会试。举人徐经、唐寅预作文与试题合，给事中华昶劾敏政鬻题。时榜未发，诏敏政毋阅卷。其所录者，令东阳同考官官覆校。二人卷皆不在所取中，东阳以闻。言者犹不已，敏政、昶、经、寅俱下狱。坐经尝贽见敏政，寅尝从敏政乞文，黜为吏。敏政勒致仕，而昶以言事不实调南太仆主簿。敏政出狱，愤恚发痈，卒。后赠礼部侍郎。或言敏政之狱，傅瀚欲夺其位，令昶奏之。事秘，莫能明也。"《孝宗实录》卷一百五十一："敏政，以少年擅文名，以文学跻侍从，自是以往，名位将不求而自至。乃外附权贵，内结奥援，急于进取之心恒汲汲然，士夫多有议之者。但言官劾其主考任私之事，实未尝有，盖当时有谋代其位者，嗾给事中华昶言之。遂成大狱，以致愤恨而死，有知者至今多冤惜之。"雷礼《国朝列卿纪》卷十五："敏政致仕未行，卒年五十五，赠礼部尚书。敏政秀眉长须，风神清茂。于书无所不读，文章为一代宗匠。天秉既高而又上溯伊洛，渊源深探而精择。尝考合朱陆二家，始之所以异而终之所以同。为道一编，其造诣概可见矣。侍经筵久，每进讲篇终，必有规谏，讽切深至，上每欣然听纳。喜接士大夫，不以贵自倨，不以才自负。升其堂者，屡谈不厌，叩之者不能测其涯涘。虽遭多言，至于被逮系，言动如平日，未尝有几微不平意。新安之篁墩以多竹故名，且开府旧赐第，庙食处也。唐广明中，巢贼尝经其第，与己姓同者则不动。民惧其戕害，乃迁就之，改篁为黄。公成化间，省襄毅公，归考于图牒，询于父老，恶其以忠臣故第为逆巢所污，乃复为篁墩，因以自号。故所著有《篁墩稿·续稿·三稿·新稿》共百二十卷、《行素》一卷、《编类皇明文衡》一百卷、《苏氏梼杌》若干卷、《道》一编六卷、《瀛贤奏对录》若干卷、《新安文献志》一百卷、《宋逸民录》十五卷、《修定程氏统宗谱》四十卷、《陪郭支补》三卷、《程氏贻范集》四十卷、《附注真文忠公心经》三卷，《大学》有重定本。子埙，以襄毅公功官锦衣卫千户。赞曰：'君子修身以俟命，身修矣，而祸患毁辱之来有不可御者，岂非命欤？若张琴夫之不寿，吕伯恭之痼疾，蔡季通之窜死，朱元晦之追夺，岂其自取之邪？况失斧妄意于邻叟，盗金见诬于同舍，自昔然矣！噫！克勤而罹此，悲夫！'"

九月

真定贾应春生。贾应春（1499—1559），字东阳，号樵村，北直隶真定县（在今河北石家庄市）人。嘉靖二年（1523）中进士，授南阳知县，迁和州知州。累官至右副都御史巡抚陕西。嘉靖三十二年，进兵部右侍郎，总督陕西三边军务。次年，改为宣、大总督，筑边墙一万一千八百余丈，开屯田二万顷，边民颂其功。其后历南京户部尚书、刑部尚书、户部尚书。不久，于嘉靖三十八年六月十四日致仕卒，赠太子太保。（张廷玉《明史》卷二百二《列传第九十》）

本年

故城马中锡致仕。张廷玉《明史》马中锡传："擢右副都御史，巡抚宣府。劾罢贪耄总兵官马仪，革镇守以下私役军士，使隶尺籍。寇尝犯边，督军败之。引疾归，中外交荐。"孙绪《沙溪集》卷六《资善大夫都察院左都御史东田先生马公行状》："己未二月，北敌扰边，公督兵斩俘甚众。捷奏，赐白金文币。三月以疾辞，得如请。宣人万计具疏叩阙愿留，上亦惜其去，顾诏旨已下，特敕有司：'待病痊起用。'里居七年，足不及官府。筑西庵独啸亭、抱瓮亭、半里桥以自适，亲旧李怀庆、翟鸿胪辈，日夕与尽醉。图籍花卉，若将终身。而在廷诸君子论荐不息，自太宰以下，给事中张文、许天锡，御史刘淮、费铠，知府施盘，前后凡十有三疏。”

南宫白钺充经筵讲官。（雷礼《国朝列卿纪》卷十六）

弘治十三年

（公元1500年　庚申）

五月

京师李东阳和刘健、谢迁被明孝宗召，面议军政。张元忭《馆阁漫录》卷八（弘治十三年）：“五月甲寅朔。丙辰，上复召内阁大学士刘健、李东阳、谢迁至平台，出兵部推举各官疏，逐名访问，面赐裁决。仍命司礼监具纸笔，亲书手敕，兵部行之。”

九月

命翰林编修蒋冕、傅珪俱兼司经局校书，侍东宫讲读，纂修《大明会典》。书成，升左春坊左中允兼编修，赐以金币。（张元忭《馆阁漫录》卷八（弘治十三年）、雷礼《国朝列卿纪》卷四十一、过庭训《明分省人物考》卷五）

本年

束鹿王宗彝升都察院右都御史，协理院事。时左都戴珊以硕望在台风纪振肃，宗彝仰承休美，无所抵牾。（雷礼《国朝列卿纪》卷四十二）又，其父曾为是官，父子相继，世为罕。马廷用《资政大夫南京礼部尚书赠太子少保谥安简王公传》：“特升都察院右都御使，管院事。先太保曾为是官，振肃纪纲，为当代第一。公又居是任，父子相继掌内台，尤为不多见。”

山海卫詹荣生。詹荣（1500—1551），字仁甫，山海卫（今河北省秦皇岛市内）人。本年进士，任户部郎中。督饷大同，值病变，以靖乱功，擢光禄少卿。再迁右签都御史，巡抚甘肃，移大同。时俺达数犯边，荣多方计，战守数败之，筑边墙开屯田，边备大饰，终兵部左侍郎。年五十二而卒。万历中，追赠工部尚书。（《大清一统志》卷十四、孙奇逢《畿辅人物考》卷之二）

大兴刘机以《大明会典》撰成，擢翰林学士。（雷礼《国朝列卿纪》卷二十）

永年胡瓒擢监察御史。（翟銮《南京工部尚书胡公瓒神道碑》）

寓京师曾鉴升工部尚书。（张廷玉《明史》卷一百八十五《列传第七十三》）

弘治十四年

（公元1501年　辛酉）

二月

初六日，任丘边镛（1430—1501）卒。以孝友称。《南京刑部右侍郎边公镛传》（实录）："弘治十四年二月卒，镛仪状魁梧有治事才，以孝友称于乡。镛父永尝为户部郎中有声以考察退。公议称屈至，镛乃位通显，子宪、孙亿皆进士，群从子弟亦多显者，人以为永忠厚之报云。"（焦竑《国朝献征录》卷四十九）

三月

京师李东阳以眩晕等疾病为由请辞，皇帝不准。（《明孝宗实录》卷一百七十四）

四月

京师李东阳再次上疏请求辞职，皇帝再次不准。（《明孝宗实录》卷一百七十四）

五月

京师李东阳再上书请辞，皇帝依然不准。（《明孝宗实录》卷一百七十四）

七月

初七日，威县石永生。石永（1501—1560），字寿卿，广平府威县（属今河北省邢台市）人。嘉靖十一年（1532）进士，授中书舍人。后擢御史，巡山海关，后按淮扬、四川，皆振风纪。又为陕西副使，巡抚延绥，御寇于怀庆，均有功。总督川、湖、贵州军务，擒苗酋沈亚当等。累擢户部侍郎，历官以清节称。（《大清一统志》卷二十一）

初八日，广平马显（？—1501）卒。雷礼《国朝列卿纪》卷五十三："未几，丁内艰，服除，以年至乞老，诏许之，退休林下十五载卒，享年八十有五。讣闻，朝廷遣官谕祭马晋，显居家孝友，忠厚称重乡邦，出处大致，不愧于古人矣。"《孝宗实录》卷一百七十六："（弘治十四年七月）甲寅，致仕南京兵部左侍郎马显卒。显，字文明，直隶广平县人。正统年进士，授给事中。扈跸土木归，升都给事中，寻转河东盐运使，擢四川布政使。秩满，会蛮寇起，巡抚者奏，复留三年。升南京兵部右侍郎，支从二品俸。九年，进左侍郎。成化二十二年，请老归。弘治五年，以诏例加散官一阶。至是卒，赐祭葬如例。显，居官勤瘁，性雅清介，蔬食布袍，至贵不易。尝巡视南畿民溪，民多赖以全活，在蜀久，人尤思之。”

京师李东阳的长子李兆先病殁。钱振民《李东阳年谱》：“七月，长子兆先殁之，恸甚，为撰墓志铭。傅瀚、谢铎、王佐、李士实、屠勋、陈卿、邵寳、石珤、顾清、钱福、何孟春等皆有诗慰吊。宾之悲歌当哭，皆次韵答之，多至数十首，汇编为《哭子录》诗卷。”

八月

寓京师谢丕举顺天乡试第一人。倪宗正原编、谢钟和重编《文正谢公年谱》：“辛酉，先生年十九，以文正公三品考绩，恩入国学读书。秋，举顺天乡试第一人。”

十一月

京师李东阳去房山为自己挑选墓地，成《房山山房相墓，道中纪事八首》诗。(《怀麓堂诗后稿》卷六)

京师李东阳成《哭子录》一卷。东阳长子李兆先不幸于本年病死，年27岁。友人多赋诗吊慰，东阳答之，多至数十首。此稿收于《怀麓堂稿》之杂记部分刊行，今存。

本年

任丘邝璠知吴县八年，有政声，本年转徽州府同知。孙奇逢《畿辅人物考》卷之二《经济·邝知府公璠》：“弘治癸丑进士，知吴县，有折狱才，不惮势要。或冒贵戚来谒，势张甚，发其奸，余党拟配。在吴八年[1]，奏蠲洞庭荒山之税六千三百石。梁西成之渡，疏普安归泾之壅，皆便于民；辟学宫，建社学，为德于士。以忤权贵，仅转徽州府同知。”

著名文人杨慎入京，作《黄叶诗》，得京师李东阳赏识，并晋之门下。简绍芳编《杨文宪升庵先生年谱》：“十四年辛酉。升庵年十四。春，石斋服阙，诏趣入

① 又，崇祯《吴县志》“弘治”一节说：“邝璠廷瑞，任邱人，进士，弘治七年任，十二年升徽州同知”。依此记，邝璠于吴县任上仅五年。

阁。先生随侍北上，过咸阳，有吊马嵬诗。至都，习四书文，受业于闽之乡贡士魏浚。秋，偶作《黄叶诗》，尚书李东阳读之，喜曰：'若可为吾小友也。'乃晋之门下，令拟武乡侯《出师表》及傅奕《请汰僧尼表》，东阳以为不减唐宋文人。”杨慎（1488—1559），著名文学家，明代三大才子之首。字用修，号升庵，后因流放滇南，故自称博南山人、金马碧鸡老兵。杨廷和之子，四川新都（今成都市新都区）人，祖籍庐陵。正德六年状元，官翰林院修撰，豫修武宗实录。因“大礼议”受廷杖，谪戍终老于云南永昌卫。记诵之博，著述之富，可列有明之首。著作达百余种，后人辑为《升庵集》。

藁城石珤充经筵展书官。（雷礼《国朝列卿纪》卷二十）

藁城石玠复按陕西边务，兴革悉中机宜，监临乡试号得人。（雷礼《国朝列卿纪》卷三十三）

容城王寅升陕西副使，分理马政。（雷礼《国朝列卿纪》卷三十六）

赵州王珩升光禄寺卿。（雷礼《国朝列卿纪》卷三十七）

弘治十五年

（公元1502年 壬戌）

三月

京师李东阳充当殿试读卷官。（法式善《明李文正公年谱》卷二）

任丘李时中进士，授庶吉士，授编修。王世贞《嘉靖以来内阁首辅传》卷二：“李时，字宗易，河间之任丘人，父嫠。举进士，累官山东右参政致仕。时生而端重，沉默有大人度，三十余岁成进士，改翰林院庶吉士，授编修。”

十一月

明孝宗赐京师李东阳玉带织金衣。法式善纂辑、唐仲冕增补《明李文正公年谱》卷二：“十一月丁丑，以东宫讲读劳赐大学士刘健、李东阳、谢迁玉带各一束、大红织金衣三袭。”

十二月

京师李东阳参与编纂的《大明会典》成书，共一百八十卷。未刊行。（钱振民《李东阳年谱》）

宛平陈澜预修《大明会典》。以功晋修撰。（王九思《翰林院修撰陈公澜行状》）

本年

南宫白钺复同考礼部。（雷礼《国朝列卿纪》卷十六）

涿州升大理寺丞。（雷礼《国朝列卿纪》卷三十四）

任丘郑宗仁升尚宝司卿。（雷礼《国朝列卿纪》卷三十八）

雄县侯观升户部郎中。（雷礼《国朝列卿纪》卷三十八）

束鹿王宗彝升南京礼部尚书，在部已衰龄，苟延岁月。（雷礼《国朝列卿纪》卷四十二）

景州戈瑄授山东按察使。（雷礼《国朝列卿纪》卷五十九）

据《弘治十五年进士登科录》，本年顺天府进士登科情况如下：

第一甲 2 名，赐进士及第。姓名及履历分别为：

孙清，贯直隶武清卫籍，浙江余姚县人，国子生，治《书经》。字直卿，行二，年二十三，四月初十日生。曾祖栖，祖弭，父铁，□□，母陈氏，继母徐氏。具庆下。兄澄，弟堪、墀。娶陈氏。顺天府乡试第一名，会试第二十六名。

李廷相：贯锦衣卫籍，山东濮州人，顺天府学附学生，治《诗经》。字梦弼，行一，年二十二，五月二十二日生。曾祖俊；祖贤，义官，封刑部主事；父瓒，刑部员外郎；母赵氏，封安人。重庆下。娶佀氏，继娶夏氏。顺天府乡试第六名，会试第三十二名。

第二甲 24 名，赐进士出身。姓名及履历分别为：

苏干，贯直隶隆庆州民籍，顺天府昌平县人，州学生，治《诗经》。字体健，行一，年二十五，七月十六日生。曾祖义；祖荣，经历；父明，贡士；母丁氏，继母张氏。重庆下。弟翰、轸、辑、轩。娶郭氏，继聘李氏。顺天府乡试第四十六名，会试第二百七十六名。

李璋，贯锦衣卫官籍，浙江景宁县人，国子生，治《易经》。字德方，行四，年三十六，九月二十二日生。曾祖恭；祖信，赠忠显校尉锦衣卫百户；父贵，封昭信校尉锦衣卫百户；前母张氏，赠安人；母高氏，封安人。慈侍下。兄珍，授昭信校尉锦衣卫百户；琮，通奉大夫左布政使；瑞，恩例冠带。娶齐氏，继娶赵氏。顺天府乡试第二十五名，会试第七十九名。

杨节，贯锦衣卫官籍，直隶合肥县人，国子生，治《书经》。字本中，行二，年二十六，五月初七日生。曾祖遇；祖顺，赠明威将军；父升，锦衣卫指挥佥事；嫡母马氏，生母刘氏。具庆下。兄谦，锦衣卫指挥佥事。娶庄氏。顺天府乡试第一百二十七。

曹昆，贯锦衣卫镇抚司官籍，应天府句容县人，国子生，治《春秋》。字来凤，行二，年三十三，二月二十八日生。曾祖安善；祖政，锦衣卫百户；父宏，按察司副使。母何氏，封孺人。永感下。兄岐，同科进士；弟岫，锦衣卫所镇抚；岷。娶刘氏。顺天府乡试第五名，会试第二百四名。

李时，贯直隶河间府任丘县，民籍，国子生，治《易经》。字宗易，行一，年三十二，三月十一日生。曾祖荣；祖溥，教授，赠光禄寺寺丞；父檠，知府，前光禄寺少卿；母边氏，封安人。具庆下。娶张氏。顺天府乡试第三十四名，会试第七名。

汪举，贯顺天府香河县官籍，浙江仁和县人，国子生，治《易经》。字用之，行二，年三十二，九月初十日生。曾祖仲仁；祖士渊，赠翰林院编修；父谐，礼部右侍郎兼□□□大学士，赠礼部尚书；前母章氏，赠孺人；母唐氏，封孺人。慈侍下。兄登，中书舍人。弟赐。娶何氏。顺天府乡试第二十一名，会试第一百九名。

滕霄，贯济阳卫军籍，福建建安县人，国子生，治《易经》。字子冲，行一，年二十九，九月十八日生。曾祖文寿，祖钺；父琮，听选官；母陈氏。重庆下。弟云、汉、霁。娶阎氏。顺天府乡试第十六名，会试第十七名。

徐天泽，贯顺天府昌平县校尉籍，浙江余姚县人，顺天府学附学生，治《礼记》。字惠民，行七，年二十一，五月初八日生。曾祖伯昂，祖禄；父云，听选官；母阙氏。具庆下。兄义。弟天衡。娶潘氏。顺天府乡试第十六名，会试第八十三名。

朱衮，贯营州左屯卫军籍，浙江上虞县人，国子生，治《诗经》。字朝章，行四，年二十三，三月初九日生。曾祖俊璋；祖颢，赠卫经历；父蕙，卫经历；母钟氏，赠孺人；继母柴氏，封孺人。具庆下。弟袍。娶郑氏。顺天府乡试第一百三十名，会试第九十七名。

赵永，贯长陵卫官籍，直隶临淮县人，国子生，治《书经》。字尔锡，行一，年三十四，十二月十五日生。曾祖仲良，赠怀远将军指挥同知；祖云，父贵，母胡氏。慈侍下。弟昶。娶李氏，继娶王氏。顺天府乡试第一百三名，会试第十五名。

徐儯，贯武功中卫籍，江西新淦县人，国子生，治《易经》。字允升，行二，年三十五，十二月初九日生。曾祖万斌，祖旺，父通，母田氏。慈侍下。兄仁。

娶刘氏。顺天府乡试第五十九名，会试第十三名。

徐麟，贯锦衣卫军籍，浙江龙游县人，儒士，治《书经》。字仁伯，行一，年三十二，五月初十日生。曾祖添志，祖文和。父舜，前母李氏，母杨氏，继母李氏。具庆下。弟鸾。娶胡氏。顺天府乡试第八十七名，会试第一百七十二名。

王显道，贯直隶河间府沧州盐山县，民籍，国子生，治《诗经》。字微之，行四，年四十五，十月二十四日生。曾祖原鲁；祖聪，布政司右参议；父文，母刘氏。永感下。兄弘道，监生；宗道、友道；弟凝道，仓副使；志道、立道。娶周氏。顺天府乡试第九十七名，会试第一百五名。

王宗，贯腾骧左卫勇士籍，山西猗氏县人，国子生，治《春秋》。字惟本，行五，年三十八，十二月十七日生。曾祖思礼，祖荣，父臣，母何氏。慈侍下。兄锡；宁，府照磨；宏，宇。娶荆氏，继娶范氏。顺天府乡试第一百十七名，会试第一百四十二名。

张秉清，贯直隶永平卫，军籍，国子生，治《易经》。字符量，行一，年三十六，正月初二日生。曾祖杰，祖征；父廷纲，行人；母徐氏，继母周氏。具庆下。弟秉忠。娶萧氏，继娶刘氏。顺天府乡试第二十八名，会试第二百四十四名。

廖俊，贯锦衣卫校尉籍，江西新淦县人，国子生，治《书经》。字德章，行一，年二十七，正月初九日生。曾祖真，祖信，父忠，母寇氏。重庆下。弟伸。娶王氏，继娶吴氏。顺天府乡试第三十二名，会试第二百六十二名。

赵祜，贯直隶大名府开州长垣县，民籍，县学增广生，治《易经》。字汝承，行三，年二十四，十月十九日生。曾祖荣，祖让；父铭，义官。母李氏。具庆下。兄禄、祯。娶王氏。顺天府乡试第三名，会试第一百三十三名。

张禬，贯顺天府蓟州平谷县，军籍，国子生，治《书经》。字汝吉，行二，年三十五，十二月二十三日生。曾祖弼；祖云，知府；父铸，府同知；母李氏，继母吴氏，王氏。严侍下。兄佑，弟禴，户部主事；祚、祉、袷。娶胡氏。顺天府乡试第一名，会试第四十九名。

第三甲一百九十九名，赐同进士出身。姓名及履历分别为：

尹纶，贯神策卫军籍，直隶深州人，国子生，治《诗经》。字大经，行一，年三十三，十二月十二日生。曾祖成，祖敬，父祥，母贾氏。永感下。弟缙、纮、绍。娶李氏。顺天府乡试第十九名，会试第四十一名。

段豸，贯锦衣卫军籍，山西泽州人，儒士，治《易经》。字世高，行一，年三十一，六月初九日生。曾祖奉先；祖善，封监察御史，赠知府；父正，大中大夫，布政司左参政；母周氏，封恭人。慈侍下。娶焦氏。顺天府乡试第十五名，会试第二百七名。

何义，贯直隶涿鹿左卫，军籍，国子生，治《诗经》。字时宜，行四，年三十八，十二月二十日生。曾祖福六，祖仲仁，父海，前母顾氏，嫡母陈氏，继母韩氏，生母王氏。永感下。兄金、祥、信。娶翟氏。顺天府乡试第三十三名，会试第一百五十六名。

鲁铎，贯直隶永平府抚宁县，军籍，国子生，治《书经》。字文振，行一，年三十四，正月二十日生。曾祖资；祖敬，税课司大使；父海，母邢氏。具庆下。弟钧。娶乔氏，继娶张氏。顺天府乡试第八十六名，会试第四十名。

霍恩，贯大宁都司茂山卫，军籍，直隶易州学官生，治《诗经》。字天锡，行一，年三十三，六月二十九日生。曾祖旺，正千户；祖敬，正千户；父贽，正千户；母李氏，继母赵氏。重庆下。弟恕、天爵。娶蔺氏，继娶崔氏，继聘刘氏。顺天府乡试第九十五名，会试第二百二十五名。

蒋琼，贯武骧右卫勇士籍，浙江长兴县人，顺天府学增广生，治《诗经》。字尚德，行二，年三十，十月初三日生。曾祖希文，祖宗道；父富，听选官；母韦氏。慈侍下。兄璠，弟瑗。娶王氏。顺天府乡试第四十九名，会试第六十五名。

曹岐，贯锦衣卫镇抚司官籍，应天府句容县人，国子生，治《诗经》。字鸣凤，行一，年三十八，七月初五日生。曾祖安善；祖政，锦衣卫百户；父宏，按察司副使；母何氏，封孺人。永感下。弟昆，同科进士；岫，锦衣卫所镇抚；岷。娶周氏。顺天府乡试第四十一名，会试第八十四名。

王注，贯直隶河间府献县，军籍，国子生，治《书经》。字禹成，行四，年三十九，七月初七日生。曾祖九宁；祖谅，寿官；父琮，知州；母杨氏。永感下。兄淇，义官；淮，主簿；泽，驿丞。娶鲁氏。顺天府乡试第八十二名，会试第二百一名。

董铸，贯直隶保定府安肃县，军籍，国子生，治《书经》。字克成，行五，年三十八，二月二十三日生。曾祖义辛，祖仲拳，父喜，母阎氏。慈侍下。兄智、浩、敬、镗。娶刘氏。顺天府乡试第五十二名，会试第二百三十七名。

杨恭，贯武骧左卫官籍，顺天府永清县人，国子生，治《诗经》。字秉虔，行二，年三十七，六月初七日生。曾祖朗，百户；祖友，百户；父信，前母张氏，母周氏。永感下。兄玘，弟敬、泰。娶孙氏，继娶郭氏、郭氏。顺天府乡试第三十七名，会试第二百五名。

仇惠，贯直隶保定府安州新安县，民籍，国子生，治《诗经》。字泽民民，行五，年四十，六月初三日生。曾祖富，祖贵；父志，训导；母徐氏。永感下。兄恭、宽、信、敏。弟忠、恕。娶韩氏。顺天府乡试第七十七名，会试第二百五十名。

王倖，贯顺天府通州三河县，民籍，国子生，治《书经》。字天爵，行一，年三十六，二月初七日生。曾祖敬，知县；祖祥，赠员外郎；父文琮，郎中；前母蔡氏、张氏，母宋氏。慈侍下。弟俊、仪、儒、伦。娶李氏，继娶李氏。顺天府乡试第一百三十名，会试第二百九名。

贺洪，贯旗手卫籍，浙江慈溪县人，儒士，治《诗经》。字禹畴，行一，年三十二，十一月初四日生。曾祖勖，祖师言，父钦，母陈氏。严侍下。弟浚、源、淇。娶苏氏。顺天府乡试第二十八名，会试第二百十四名。

李鉴，贯直隶永平府滦州，军籍，国子生，治《书经》。字孔昭，行一，年三十六，二月二十五日生。曾祖贰，祖贵，父聚，母王氏。永感下。弟镗、镇。娶吴氏。顺天府乡试第一百十五名，会试第二百七十七名。

雷宗，贯直隶隆庆卫军籍，直隶桐城县人，国子生，治《书经》。字希曾，行二，年四十一，七月初七日生。曾祖忠，祖昶，父信，母陈氏。永感下。兄宣，义官。娶陈氏。顺天府乡试第九十名，会试第一百五十二名。

田中，贯锦衣卫校籍，直隶新城县人，国子生，治《书经》。字立夫，行一，年三十，七月初七日生。曾祖世能，祖祯，父顺，母张氏。具庆下。弟和。娶金氏。顺天府乡试第一百三十一名，会试第一百八十九名。

张天锡，贯顺天府霸州，军籍，国子生，治《书经》。字惟范，行二，年三十五，四月二十日生。曾祖复初；祖显，大使；父瓘。嫡母彭氏，生母王氏。慈侍下。兄天佑，弟天福、天禄、天叙。娶贾氏。顺天府乡试第十八名，会试第一百三十六名。

万英，贯顺天府顺义县民籍，福建邵武县人，国子生，治《诗经》。字子俊，行一，年三十八，四月二十七日生。曾祖光祖，卫经历；祖谅；父洪，前母萧氏，母王氏，继母刘氏。具庆下。弟宣、芳。娶赵氏。顺天府乡试第九十八名，会试第一百九十一名。

陈鼐，贯直隶永平府迁安县民籍，江西新淦县人，国子生，治《易经》。字汝和，行一，年三十，正月二十七日生。曾祖子伦，祖诰，父瑛，母王氏。重庆下。弟燕。娶杨氏。顺天府乡试第一百三十二名，会试第一百九十五名。

宁溥，贯直隶淮安府山阳县，医籍，国子生，治《易经》。字公父，行一，年二十九，二月十七日生。曾祖有祯；祖瑛，御医；父昱，母侯氏。慈侍下。弟濂。娶鲁氏。顺天府乡试第八十八名，会试第二百二十三名。

高屿，贯锦衣卫籍，直隶昆山县人，顺天府学生，治《诗经》。字子洲，行三，年三十一，三月十六日生。曾祖著，祖显；父拴，光禄寺署丞。母许氏。永感下。兄峦，译字官；岫，冠带通事；弟岑。娶康氏。顺天府乡试第三十二名，会试第一百六十二名。

李锡，贯顺天府东安县，军籍，县学生，治《诗经》。字天爵，行三，年三十三，十一月十四日生。曾祖义，祖文振，父实，母曹氏。慈侍下。兄锦、钰。娶张氏。顺天府乡试第二名，会试第二百八十六名。

李深，贯金吾右卫，军籍，顺天府学附学生，治《易经》。字渊之，行一，年三十三，十二月初五日生。曾祖三公，祖英；父让，知县；母孙氏。永感下。娶萧氏。顺天府乡试第八十名，会试第二百五十二名。

姚钦：贯武功左卫匠籍，直隶吴县人，顺天府学生，治《春秋》。字敬夫，行一，年三十五，九月二十七日生。曾祖思善，祖忠，父福通，母皮氏。慈侍下。弟锐、锦、镇。娶陈氏，继娶韩氏。顺天府乡试第一百七名，会试第一百九十二名。

李际可，贯直隶河间府景州故城县，军籍，国子生，治《易经》。字公遇，行十，年二十一，五月十七日生。曾祖显清；祖荣，赠知县；父咨，监察御史；母吴氏，封孺人。具庆下。兄辙；献可，贡士。弟邪。娶韩氏。顺天府乡试第九十三名，会试第一百七十五名。

弘治十六年

（公元1503年　癸亥）

二月

以纂修《大明会典》成，明孝宗赐京师李东阳红蟒衣一件，又升太子太保户部尚书兼谨身殿大学士，其他人员亦得封赏。张元忭《馆阁漫录》卷八（弘治十六年）：“二月戊戌朔。翰林院编修罗玘病痊，复除原职。乙巳，赐大学士刘健、李东阳、谢迁大红蟒衣各一袭。内阁之赐蟒衣自此始。乙丑，以纂修《大明会典》成，敕吏部加总裁官少傅兼太子太傅、户部尚书、谨身殿大学士刘健为少师兼太子太师、吏部尚书、华盖殿大学士，太子少保、礼部尚书兼文渊阁大学士李东阳为太子太保、户部尚书兼谨身殿大学士，太子少保、兵部尚书兼东阁大学士谢迁为太子太保、礼部尚书兼武英殿大学士；副总裁吏部左侍郎兼学士吴宽礼部尚书，仍兼学士，掌詹事府事、南京吏部右侍郎杨守阯为本部左侍郎，加俸二级。健等及宽俱上疏辞，不允。”又见《明孝宗实录》卷一百九十六。

南宫白钺以修《大明会典》成，升为侍讲学士，赐宴礼部，后与修《历代通鉴纂要》。(雷礼《国朝列卿纪》卷十六)

大兴刘机进少詹事兼学士，充日讲，进礼部右侍郎，寻转左兼学士，管内阁诰敕兼实录副总裁。(雷礼《国朝列卿纪》卷五十)

蠡县刘瑀（1431—1503）卒。《孝宗实录》卷一百九十六："（弘治十六年二月）癸亥，致仕都察院右副都御史刘瑀卒。""瑀，躯干丰伟，性刚毅，与物寡合，为山西参政，会泽、潞、沁、汾岁饥盗起，招徕赈贷，民颇赖之。初守苏时，亦称简静，然始廉而终贪。有巡按御史张淮者，行部所至，知府而下送迎悉行跪礼，瑀独不为屈。后瑀私钞关缗钱为淮所廉得，遂屈膝，故苏之谣有曰：'白面虎遇张猎户。'以瑀面白性猛故云。"

三月

诏修《历代通鉴纂要》。《翰林记》卷十三《修史》："弘治十六年三月，诏修《历代通鉴纂要》。"又见谢铎撰《与李西涯论历代通鉴纂要书》。

五月

京师李东阳等，推吴宽、谢铎等为《历代通鉴纂要》编纂官员。张元忭《馆阁漫录》卷八（弘治十六年）："辛卯，大学士刘健、李东阳、谢迁言：'昨二十四日，司礼监太监扶安传奉圣旨，《通鉴纲目》并《续编》，深切治道，命臣等撮取节要，撰次一本，仍分卷帙，陆续进来，以便观览。次日，安又传谕圣意，欲自三皇五帝以来历代事迹，通为一书。臣等云云。合用编纂官员，今推得詹事府掌府事、礼部尚书兼学士吴宽，礼部右侍郎、管国子监祭酒事谢铎，南京太常卿张元祯，詹事府少詹兼学士王华，学士刘机、江澜，左春坊大学士兼侍读学士杨廷和，侍讲学士刘春、白钺，左春坊左庶子张天瑞，左谕德兼侍讲靳贵，右春坊右中允蒋冕，左春坊左赞善费宏，编修罗玘、徐穆、王瓒，俱各堪任。其王华等，各分馆整理；吴宽、谢铎、张元祯，通行润色；臣等总加详定，陆续进呈。"

冬

寓京师曾鉴向帝多进良谏。张廷玉《明史》卷一百八十五《列传第七十三》："十六年，帝纳诸大臣言召还织造中官，中官邓瑢以请，帝又许之。鉴等极言，乃命减三之一。其冬，言诸省方用兵，且水旱多盗贼，乞罢诸营缮及明年烟火、龙虎山上清宫工作。帝皆报从。"

本年

前七子领袖何景明同张夫人至京，与李梦阳、边贡都相交游。刘海涵编订《何大复先生年谱》："十六年癸亥二十一岁。是年先生同张夫人至京。时关中李梦阳、济南边贡以文章雄视都邑，先生往造，语和先生。李大夫行诗：'忆年二十当弱冠，结交四海皆豪彦。'而梦阳送昌穀诗亦云：'是时少年谁最文？太常边贡何舍人。'按，此则先生所交名流，多在壬癸两年之间。"何景明（1483—1521），字仲默，号白坡，又号大复山人，信阳（今属河南）人。八岁能文，十九岁（弘治十五年，1502年）中进士，授中书舍人，并任内阁。正德初，宦官刘瑾擅权，谢病归。后复职，官至陕西提学副使。性耿直，淡名利。与李梦阳并为"前七子"领袖，主张取法汉唐，倡导文学改革。著有辞赋32篇，诗1560首，文章137篇，著《大复集》38卷。

东光廖纪丁忧满，补稽勋司主事。（雷礼《国朝列卿纪》卷二十六）

弘治十七年

（公元1504年　甲子）

正月

京师李东阳《拟古乐府》成编，作引。《拟古乐府》二卷。于弘治年间间取史册所载忠臣义士、幽人贞妇、奇踪异事，后拟作古乐府一百零一首，于弘治十七年初成两卷。后友人谢铎、潘辰评点，门生何孟春为之作注。今存顾佖刻本、魏春刻本、李一鹏刻本、释祩宏刻本、唐尧臣刻本、长寿刻本、何泰吉刻本等。日本有朕腋活字本、高丽刻本等。此稿收于《怀麓堂稿》中。（钱振民《李东阳年谱》）

二月

京师申谶讳妖书之禁。《明孝宗敬皇帝实录》卷二〇八"弘治十七年二月己未（二十七日）"："吏部尚书马文升言：法司每秋后会审重囚，其中坐收藏妖书惑众问拟重刑者甚多。传信妖言多系愚民，与其诛于已犯，不若禁于未然。乞敕都察院出榜，下各巡抚巡按官翻刊谕众：但有收藏谶纬妖书者，许半月内首官其书，即许烧毁。官司有私录者，厥罪惟均。仍令地方人等，访有以妖术妖言惑众者，即捕送于官。都察院覆奏，从之。"

大兴赵竑卒。《孝宗实录》卷二百九："（弘治十七年二月癸酉）光禄寺卿赵竑卒。竑，顺天府大兴县人。父昂有词学，善交结，仕至通政司参议，竑，成化二十年进士，选刑科给事中，历升左、右给事中，迁都给事中，光禄寺少卿，至卿。卒，赐葬祭如例。竑，在谏垣所上十余疏，多见采纳。但为人未免有都城儇薄之习，士论以是少之。"

闰四月

弘治十六年，阙里孔庙毁于火灾，本年重建。庙成，遣太子太保户部尚书兼谨身殿大学士李东阳前往祭告立碑。（法式善《明李文正公年谱》）

京师李东阳过故城县，马中锡来会于舟中。《怀麓堂稿·东祀录·纪行杂志》："又过故城县，马都御史中锡方家居，会于舟中。"

五月

京师李东阳成《东祀录》三卷。闰四月至五月，东阳奉诏代祀阙里。自发轫至返棹，得记序辩各一、铭二、文四、奏疏五、诗二十有八，汇为本书。此录有弘治本和正德元年王麟刻本单行。后此稿收于《怀麓堂稿》之杂记部分刊行，包括单行本今皆存。（钱振民《李东阳年谱》）

京师李东阳首倡编写《阙里志》，并亲定凡例。具体时间难考，暂记于此。（钱振民《李东阳年谱》）

二十五日，京师李东阳上疏请求致仕，皇帝不准。三十日，以灾异事件上疏求致仕，皇帝仍不准。（钱振民《李东阳年谱》）

六月

涿州殷谦（1417—1504）卒。《孝宗实录》卷二百一十三："（弘治十七年六月）戊子，致仕太子少保、户部尚书殷谦卒。谦，字文撝，涿州人。正统四年进士，授南京户部主事。景泰中，升兵部郎中，通政使司右通政。天顺元年，坐言事，出知妆宁府。以内艰，改太原府。成化年升陕西右参政。复以外艰，改山西，寻升右布政使、都察院右副郡御史，巡抚大同，改宣府。初宣府、大同例各自守，谦令二边，有寇警，合势救援。召为户部右侍郎，转左侍郎，本部尚书，加太子少保。乞致仕，许之。家居逾十九年，以诏书恩进阶荣禄大夫。至是卒，寿八十八。赠太子太保，赐祭葬如例。谦，为人性本淳朴。其为知府及巡抚，所至政绩亦有可纪云。"

八月

南宫白钺出任应天府乡试主考官。（雷礼《国朝列卿纪》卷十六）

晋州张璇（璇）中顺天乡试解元。张弘道、张凝道《皇明三元考》卷八："顺天张璇。晋州人，字仲斋，治书。年二十八，戊辰进士，授监察御史，持法不回。历迁大理寺少卿，参驳允当，寻擢南京，操江都御史，振纪纲，勤教阅，威名大著；然刚介峭直，为人所嫉，卒坐诬免归，甘贫忘势，绝迹公门，惟教授生徒，出其门者多名士。门人私谥曰'贞靖先生'。兄瑜，教谕。子集，嘉靖癸未进士，知府。"过庭训《明分省人物考》卷七："张璇，自仲斋，号恒山，晋州人。生而聪慧，英发自为。儿时即有大志，年十四入郡庠，刻励向学，一时并游者皆推让之，户曹李君梦阳见其文，遂大惊异，弘治甲子乡试第一。"

十二月

十五日，京师李东阳以生病为由乞求退休，皇帝不准。二十五日，再上疏求退休，皇帝仍不准。（法式善《明李文正公年谱》卷二）

本年

涿州邓璋转大理寺右少卿。（雷礼《国朝列卿纪》卷三十四）会勘宁藩钟陵王，得人叹服。夏言《荣禄大夫南京户部尚书赠太子太保烟村邓公墓表》："甲子，奉命会勘宁藩钟陵王，无所回忌，一意穷诘，有干逆濠者悉置于法，人皆叹之。"

景州孙博（？—1504）因揭知州不发事，被阴毒而死。石珤《山西按察司佥事孙博传》："博既禁闼旧臣，又襟韵疏畅，居法司郁郁不得志。会当道时欲有所指擿，遂乞致仕还乡里。茅茨萧然，未尝有戚色。日役苍头课田园，或遇故人宾客觞咏不倦。凡仕宦至景州者，犹时时劳问。弘治甲子知州马某贪虐毒民，博谏之不怿，遂以事侵之。博发愤诣京师，论其罪恶及人命十余事，得赐诏狱问。且遣使者诣州核实，知州度不可解，乃佯为谢罪，置酒毒死，闻者莫不愤叹。初，公且死，嘱其夫人曰：'吾以孤直不容于朝，幸奉先人之业，得休息田亩，教诲子弟，百无所恨。今乃为群小所害，命也。夫我死，勿埋吾尸，庶几朝廷觉悟，得为百姓除暴去乱，吾且含笑地下矣！'遂死。马后竟伏诛。太史氏曰：先子按察晋阳，尝与孙公为寮寀，珤兄弟又尝侍几杖，质问九经，亲见其为人，卓荦开爽，有古国士之风，然虑事不欲为太深，又不设城卫。故始以此立节，中以此去位，终以此致死。语曰：'直如弦，死道边，'信然哉！"（焦竑《国朝献征录》卷九十七）

东光廖纪前稽勋司员外。（雷礼《国朝列卿纪》卷二十六）

长垣胡锭升南京刑部广东司员外郎。（雷礼《国朝列卿纪》卷三十七）

任丘郑宗仁升南京太仆寺少卿。（雷礼《国朝列卿纪》卷三十八）

束鹿王宗彝致仕。（雷礼《国朝列卿纪》卷四十二）

弘治十八年

（公元1505年　乙丑）

正月

京师李东阳以疾病原因乞求退休，皇帝不准。法式善编、唐仲冕补编《明李文正公年谱》卷二："《怀麓堂集》：'十八年正月，大学士李东阳以病在告满三月移文，欲如例住俸户部，为请上，命俸不必住，令安心调理'"。

二月

京师李东阳撰《集句后录》一卷成。弘治十七年冬至本年年春，东阳于病中复集古句，抒怀酬赠，得数十首，诸体略具，集为一卷。后此稿收于《怀麓堂稿》之杂记部分刊行，今存。（钱振民《李东阳年谱》）

三月

京师李东阳充殿试读卷官。（法式善《明李文正公年谱》卷二）

户部主事李梦阳下锦衣卫狱。《御批历代通鉴辑览》卷一〇七："帝颇优礼外家。皇后弟寿宁侯鹤龄、建昌伯延龄并骄纵，多犯法。梦阳上书陈二病三害六渐，累数千言。末云：'寿宁侯鹤龄招纳无赖罔利贼民，势如翼虎。'鹤龄奏辨，摘疏中陛下厚张氏语，诬梦阳讪母后为张氏，罪当斩。后母金夫人复泣诉帝，帝不得已，下梦阳狱，寻即内批：'宥出。'仅夺俸三月。金夫人诉不已，帝弗听。左右知帝护梦阳，请毋重罪而予杖，以泄金夫人愤。帝亦不许，谓刘大夏曰：'若辈欲以杖毙梦阳耳。朕宁杀直臣，快左右心乎？'他日帝游南宫，鹤龄兄弟人侍，酒半，皇后及金夫人起更衣。因出游览，帝独召鹤龄语，左右莫闻也。遥见鹤龄免冠，首触地。自是稍敛迹。"崔铣《洹词》卷六《江西按察司副使空同李君墓志铭》："乙丑，应诏陈二病、三害、六渐之弊，末言皇亲横则外戚骄，恣之，渐为掩义之害。张侯辩诉，摘奏中张氏字为讪母后，遂令回话。乃列张侯不法状，悉实可按。遂下狱，众为栗栗。已，仅夺俸三月。上语尚书刘大夏曰：'朕欲置梦阳轻典，左右谓当廷杖，渠忿则泄。如朕杀谏臣何？’”

寓京师谢丕中探花。其父谢迁曾中成化十一年（1475）乙未科状元，父子鼎甲，终明一朝仅有两例。（倪宗正原编、谢钟和重编《文正谢公年谱》）

永年申纶中进士。申纶，生卒年不详，字廷言，广平府永年（今属河北省邯郸市）人。本年进士，自户部郎迁卫辉太守，后历四川、云南按察使。永年申氏文运之盛，由其始。孙奇逢《畿辅人物考卷八补遗·申按察公纶》："风裁端严，得宪臣体。告归，筑室滏水之侧，日夕徜徉其间，倡郡之耆宿，效古人为真率；会郡邑大夫，每就其家咨访治道。均田赋，开闸河，多出其议焉。按申氏之来旧矣，至公而著，嗣后，文章节义代不乏人。所谓仁者有后，殆天道亦人事也。”

任丘闵槐、闵楷兄弟同中进士。闵楷选庶吉士，后官至户部尚书。（张弘道、张凝道《皇明三元考》卷八）

沧州张瓒中进士，选为吏科给事中。（严嵩《光禄大夫柱国少保兼太子太子太保兵部尚书赠太保谥恭襄张公神道碑》）

五月

京师李东阳受顾命，武宗即位，凡诏册谥议诸大制作皆出其手。雷礼《国朝列卿纪》卷十二："十八年乙丑，孝宗不豫，召入玉几前受顾命。武宗登极，凡诏册谥议诸大制作皆出其手。是岁之诏，兴革利弊，禁治奸宄最为严正，天下诵之。寻加光禄大夫柱国少傅兼太子太傅、户部尚书、谨身殿大学士。”

六月

藁城石珤以九年任满，由检讨职升为修撰，同修《孝庙实录》。（张元忭《馆阁漫录》卷八（弘治十八年）、雷礼《国朝列卿纪》卷十二）

七月

京师李东阳以辅导太子之功与谢迁同升少傅仍兼太子太傅。李东阳请辞，皇帝不准。（法式善《明李文正公年谱》卷二）

涿州牛纶（1425—1505）卒。张元忭《馆阁漫录》卷八（弘治十八年）："七月甲申朔。庚寅，授故大学士商辂曾孙承庆中书舍人。壬辰，致仕南京太常少卿牛纶卒。纶，顺天府涿州人。景泰甲戌进士改庶吉士授编修升左春坊左赞善天顺甲申升太常少卿兼侍读成化壬寅改南京太常少卿，弘治改元致仕。至是卒，与祭一坛，以尝充宪庙东宫官并经筵日讲故也。纶为人滑稽，又以太监玉之侄，善张权要，为士论所鄙。”

八月

十三日，京师李东阳与谢迁同授光禄大夫，勋柱国，皇帝赐京师李东阳以己身并曾祖父母、祖父母、父母、妻诰命。当时，李东阳与谢迁、刘健同被称贤相。张廷玉《明史》卷一百八十一《列传第六十九》："迁仪观俊伟，秉节直亮。与刘健、李东阳同辅政，而迁见事明敏，善持论。时人为之语曰：'李公谋，刘公断，谢公尤侃侃'，天下称贤相。"

沧州强珍（1431—1505）卒。焦竑《国朝献征录》卷六十七《南京通政司右通政强珍传》（实录）："强珍，沧州人，字廷贵。成化丙戌进士，初知泾县，奏减赋额，人为立祠。为御史，负气敢言，尝按甘肃及江北诸府，人凛然畏之。按辽东，会权阉汪直挑衅偾事，时无敢论者。珍独上其罪，下诏狱，挞辱备至，谪戍辽东。三年有旨复职，致仕。弘治初，起为山东按察司副使，未几为大理少卿。迁右佥都御史，巡抚宣府，坐言官论，列召还，改南京右通政，以母老乞归。弘治十八年八月，卒。珍性强鲠，政尚严刻，所至有风釆，为时所重。"

十二月

京师李东阳奉命修纂《孝宗实录》。（法式善《明李文正公年谱》卷二）

故城马中锡起抚辽东。明武宗即位后，众朝臣轮番上疏奏凡十三疏，请求起用马中锡，武宗遂降旨命其巡抚辽东。孙绪《沙溪集》卷六《资善大夫都察院左都御史东田先生马公行状》："乙丑十二月，今上命公巡抚辽东。"

吴桥张玉（1637—1505）卒。《武宗实录》卷八："（弘治十八年十二月甲戌）致仕都察院右副都御史张玉卒。玉，字廷瓒，河间府景州吴桥县人。成化二年进士，授云南道监察御史，升浙江按察司佥事，福建按察司副使、按察使，布政司右布政使，顺天府府尹。都察院右副都御史。巡抚辽东兼赞理军务。弘治十三年，致仕。至是卒，赐祭葬如例。玉，居官三十余年，虽无赫赫之声，然端朴谨饬，不为阿徇。治俭约，子孙能奉其教，人亦以是称之。"

本年

名儒王守仁在京师，始收门徒，与湛若水订交，共倡圣学。钱德洪编、罗洪先考订《阳明先生年谱》上卷："十有八年乙丑，先生三十四岁，在京师。是年先生门人始进。学者溺于词章记诵，不复知有身心之学为何等。先生首倡言之，使人先立必为圣人之志。闻者渐觉兴起，有愿执贽及门者。至是专志授徒讲学。然师友之道久废，咸目以为立异好名，惟甘泉湛先生若水时为翰林庶吉士，一见定交，共以倡明圣学为事。”①

涿州邓璋复勘太监苗逵等功次，务绝知友宾客之请，停勒豪贵冒晋功者九百余人，时论快之。（夏言《荣禄大夫南京户部尚书赠太子太保烟村邓公墓表》）

清苑傅珪转左谕德兼侍讲，充经筵讲官。（廖道南撰《殿阁词林记》卷五）

南宫白钺进翰林学士，加从四品奉，充日讲官，赐纱帽等物。（雷礼《国朝列卿纪》卷十六）

藁城石玠推综三法司事左都御史，浮梁戴公珊素知之，事无巨细，委推理。（雷礼《国朝列卿纪》卷三十三）

赵州王珩改南太仆寺卿。（雷礼《国朝列卿纪》卷三十七）

长垣胡锭升南京刑部广东司郎中。（雷礼《国朝列卿纪》卷三十七）

雄县侯观升南京太仆寺少卿。（雷礼《国朝列卿纪》卷三十八）

景州戈瑄升浙江右布政使。（雷礼《国朝列卿纪》卷五十九）

任丘邝璠（1465—1505）卒。《畿辅通志》卷七十四：“邝璠　字廷瑞，任丘人。弘治进士，知吴县。下车即有能名，决狱若神，奸民慑伏。迁徽州同知，改金华，属县兰溪民居栉比，素患于火，璠命拓其衢，率五门潴水一瓮。自是不复延烧居民，因名曰邝公街。擢瑞州知府，剧寇陈福一寨，华林拥众来犯，璠亲甲御之。贼乘风纵火，璠吁天风反乃率兵进斩，直薄华林，福一穷蹙率妻孥降。又奉檄剿饶之姚源盗殲之。都御史上其功，降敕褒奬，后以忤宸濠罢归，郡民肖像祀之。”

据《弘治十八年进士登科录》，本年顺天府进士登科情况如下：

第一甲 1 名，赐进士及第。姓名及履历为：

谢丕，贯浙江绍兴府余姚县，民籍，国子生，治《礼记》。字以中，行三，年二十四，四月十八日生。曾祖莹，布政司都事，赠太子少保兵部尚书兼东阁大学士；祖恩，封右谕德，赠太子少保兵郎尚书兼东阁大学士；父选②；母陆氏，旌表节妇。慈侍下。兄正。弟豆、亘。娶毛氏。顺天府乡试第一名，会试第四名。

第二甲 14 名，赐进士出身。姓名及履历分别为：

翟銮，贯锦衣卫籍，山东青州府诸城县人，国子生，治《诗经》。字□□，行二，年二十九，正月二十六日生。曾祖吉胜，祖顺，父碹，嫡母郭氏，生母黄

① 据《王阳明全集》顺生录之八《年谱》校补。

② 谢丕本为谢迁子，但因叔谢选早亡，过继为嗣子。

氏。慈侍下。兄镔，弟镤。娶蔡氏。顺天府乡试第二十六名，会试第一百七十三名。

王綎，贯直隶大名府开州，民籍，国子生，治《书经》。字邃伯，行二，年二十九，四月初六日生。曾祖福荣，仓副使；祖贵；父溥，县丞；母牛氏。具庆下。兄约，义官。娶吴氏。顺天府乡试第一百十三名，会试第三百七十六名。

崔杰，贯锦衣卫匠籍，直隶苏州府吴县人，国子生，治《易经》。字世兴，行二，年三十八，十一月十三日生。曾祖仲祥，祖士源；父忠，工部文思院大使。母许氏。永感下。兄俊。娶彭氏，继娶李氏。顺天府乡试第四十二名，会试第五十八名。

徐缙，贯留守后卫军籍，直隶苏州府吴县人，国子生，治《易经》。字子容，行一，年二十七，九月十一日生。曾祖仪；祖震，遇例冠带；父潮，七品散官；嫡母沈氏，生母王氏。慈侍下。弟绅。娶王氏。顺天府乡试第十五名，会试第二百三名。

牛鲁，贯顺天府通州宝坻县，民籍，国子生，治《春秋》。字道宗，行四，年二十六，十月初十日生。曾祖敬；祖富，义官；父鸿，义官；母吕氏。具庆下。兄奂；召，义官；曾。弟逸、詹、象、勉、夐、鱼。娶芮氏。顺天府乡试第五十二名，会试第十九名。

宁河，贯直隶定边卫军籍，山西稷山县人，顺天府通州学生，治《诗经》，字伯东，行一，年三十七，十月初十日生。曾祖实嗣；祖刚，寿官；父贤，知县；母朱氏。慈侍下。娶张氏。顺天府乡试第三十六名，会试第二百十四名。

柴义，贯锦衣卫官籍，浙江杭州府仁和县人，京卫武学生，治《易经》。字时中，行二，年三十三，二月二十九日生。曾祖秀春，赠锦衣卫百户；祖清，赠锦衣卫百户；父润，锦衣卫百户。母黄氏，封安人。具庆下。兄仁；弟礼，义官。娶孙氏。顺天府乡试第八十五名，会试第二百九十三名。

孙修，贯锦衣卫旗籍，直隶广平府邯郸县人，国子生，治《诗经》。字用吉，行四，年二十八，五月二十六日生。曾祖世安；祖贵，赠指挥同知；父显，指挥同知；前嫡母王氏，生母孙氏。慈侍下。兄俊，指挥同知；杰、儒、小旗。娶顾氏。顺天府乡试第十九名，会试第六十五名。

张继孟，贯锦衣卫籍，浙江仁和县人，顺天府学生，治《书经》。字子醇，行一，年二十九，六月二十六日生，曾祖彦和，祖全，父泰，母刘氏。具庆下。娶郎氏。顺天府乡试第四十三名，会试第十六名。

闵槐，贯直隶河间府任丘县，民籍，国子生，治《诗经》。字公甫，行一，年二十九，九月初五日生。曾祖彝，贡士；祖琦；父定，听选官；母卞氏。具庆下。

弟楷，同科进士。娶颜氏。顺天府乡试第十四名，会试第四十一名。

张绶，贯锦衣卫籍，直隶河间府沧州盐山县人，国子生，治《易经》。字朝用，行二，年三十四，正月初二日生，曾祖宗演，祖管，父鉴，前母胡氏，母刘氏。具庆下。兄绅。娶马氏。顺天府乡试第三十四名，会试第一百十一名。

蔡需，贯金吾右卫官籍，顺天府宝坻县人，国子生，治《易经》。字时用，行三，年二十八，十月二十九日生。曾祖贵，都指挥佥事；祖祥，都指挥佥事；父英，都指挥佥事充左参将；前母赵氏，封淑人，母尚氏。慈侍下。兄霖，见任指挥使；雯；弟霆、露、沾、霪。娶魏氏。顺天府乡试第七十七名，会试第四十六名。

杨皦，贯直隶苏州府嘉定县，民籍，县学增广生，治《诗经》。字厚甫，行三，年三十一，八月二十三日生。曾祖畦；祖蓁；父琛；前母周氏，母陈氏。永感下。兄岊、嶅；弟嵒、峈、山。娶孙氏。顺天府乡试第六十一名，会试第三十五名。

张麟：贯锦衣卫官籍，陕西澄城县人，国子生，治《易经》。字子仁，行一，年二十九，九月初八日生。曾祖升，祖智；父真，锦衣卫大汉将军百户；母卢氏。具庆下。弟□。娶蒋氏。顺天府乡试第七十六名，会试第二百三十五名。

第三甲 20 名，赐同进士出身。姓名及履历分别为：

王镗：贯大宁都司营州中屯卫官籍，直隶徐州人，国子生，治《诗经》。字彦声，行五，年三十五，七月二十八日生。曾祖春，祖瑁，父林，母李氏。具庆下。兄雄，百户；锐，鉴，英。娶许氏。顺天府乡试第七十六名，会试第二百二十九名。

王尧封，贯直隶保定府定兴县，民籍，县学生，治《书经》。字伯圻，行二，年二十八，七月十六日生。曾祖兴，祖得辛，父谅，母韦氏。具庆下。兄尧卿，弟尧咨。娶宋氏。顺天府乡试第七十九名，会试第一百六十五名。

李珏：贯直隶大名府开州，民籍，州学生，治《书经》。字廷重，行一，年二十五，三月初十日生。曾祖宽，祖敬，父成，前母吴氏，母孙氏，继母张氏。慈侍下。娶秦氏。顺天府乡试第五十九名，会试第四十名。

张镕，贯府军左卫军籍，直隶大名府东明县人，国子生，治《易经》。字从范，行二，年三十三，十二月初八日生。曾祖本，祖林，父资，前母李氏，母米氏。具庆下。兄钰，弟钊。娶刘氏。顺天府乡试第十五名，会试第二百九十八名。

杨璁，贯锦衣卫籍，顺天府涿州房山县人，国子生，治《书经》。字克平，行一，年二十九，闰二月十一日生。曾祖得春，祖清；父礼，锦衣卫百户；母田氏。

具庆下。弟锐，贡士；□。娶王氏，继娶王氏、刘氏。顺天府乡试第一百九名，会试第一百二十九名。

袁经，贯直隶河间府青县，军籍，县学生，治《书经》。字载道，行一，年三十二月二十一日生。曾祖通，祖琮，父亨，母范氏。具庆下。娶胡氏。顺天府乡试第十四名，会试第一百八十九名。

李旸，贯直隶真定府冀州枣强县，民籍，国子生，治《易经》。字义修，行五，年三十一，二月二十七日生。曾祖士忠，祖大亮，父方。前母黎氏，郝氏，母鲁氏。慈侍下。兄焞、烬、煸、焕。弟灼、炫。娶吕氏。顺天府乡试第一百名，会试第一百七十四名。

滕远，贯济阳卫军籍，福建建宁府建安县人，儒士，治《易经》。字士毅，行二，年二十九，三月初一日生。曾祖景义，祖文寿，父钺。前母袁氏、汪氏，母常氏。具庆下。兄琮，听选官。弟□。娶林氏，继娶娄氏。顺天府乡试第一百八名，会试第一百九十九名。

张翰，贯腾骧右卫军籍，辽东广宁后屯卫人，国子生，治《诗经》。字汝祯，行一，年二十九，九月初三日生。曾祖福山，祖旺，父云，母刘氏。重庆下。弟诩、翚、翕。娶程氏。顺天府乡试第八十五名，会试第二百四名。

冯时雍，贯直隶河间府交河县，军籍，国子生，治《诗经》。字子口，行二，年三十三，十一月初七日生。曾祖友谅，祖刚，父让，□□□；前母王氏，母杨氏。具庆下。兄瓒。娶罗氏。顺天府乡试第八十八名，会试第一百六十二名。

苏明，贯直隶隆庆州民籍，顺天府昌平县人，国子生，治《诗经》。字视远，行一，年四十三，七月十二日生。曾祖德，祖义；父荣，经历；母杨氏。慈侍下。弟昭、暐。娶丁氏，继娶张氏。顺天府乡试第一百十三名，会试二百五十名。

李淳，贯顺天府密云县，匠籍，国子生，治《易经》。字德厚，行四，年三十七，八月初九日生，曾祖忠；祖鉴，封光禄寺典簿；父琚，义官；母朱氏。具庆下。弟泽、澍；沧，贡士。娶王氏。顺天府乡试第一百二十四名，会试第一百三十三名。

刘守达，贯直隶大名府开州，民籍，州学增广生，治《书经》。字应征，行二，年二十六，十月十七日生。曾祖顺，祖和，父锡，母傅氏。慈侍下。兄守穷、弟守节。娶陈氏。顺天府乡试第七十五名，会试第二百九十九名。

申纶，贯直隶广平府永年县，民籍，国子生，治《诗经》。字廷言，行二，年三十六，十二月十七日生。曾祖达，知府；祖宁，贤良方正；父广，主簿；前母王氏，母岳氏。具庆下。兄纪。弟绪、缙。娶王氏。顺天府乡试第一百十六名，会试第二百三十六名。

倪璋，贯顺天府苑平县匠籍，直隶吴县人，国子生，治《易经》。字献□，行三，年三十八，九月初一日生。曾祖本益，祖公苏，父镜，前母包氏，母方氏。永感下。兄，□；□，礼科给事中。娶陈氏。顺天府乡试第口口名，会试第一百四十五名。

石宗太，贯直隶保定府清苑县，民籍，县学生，治《书经》。字乐山，行一，年五十，十月十九日生。曾祖增；祖坚，主簿；父瓒，母宋氏，继母李氏。慈侍下。弟宗鲁。娶李氏。顺天府乡试第六十七名，会试第八十五名。

滕纪，贯留守前卫旗籍，山东莱阳县人，国子生，治《诗经》。字子振，行二，年三十五，十月初六日生。曾祖周，祖升，父俊，母杨氏。永感下。兄纲。娶苏氏，继娶江氏。顺天府乡试第二十六名，会试第二百六十八名。

顾瑄，贯锦衣卫旗籍，浙江平湖县人，国子生，治《春秋》。字玉卿，行一，年三十六，七月二十四日生。曾祖祥；祖敬，总旗；父荣，总旗；母余氏，继母牛氏。永感下。弟璋，总旗；瓒，瓛、瑭。娶高氏。顺天府乡试第五十五名，会试第二百八十八名。

陈渊，贯直隶涿鹿左卫，官籍，国子生，治《书经》，字德深，行三，年三十三，二月二十三日生。曾祖肃，昭勇将军指挥使；祖玉，昭勇将军指挥使；父广，母厥氏。具庆下。兄灏，昭勇将军指挥使，润；弟溥、濡、瀚、潭、滋、泽。娶郭氏。顺天府乡试第三十一名，会试第一百四名。

刘宓，贯顺天府昌平县民籍，山西大同府怀仁县人，国子生，治《诗经》。字德羲，行五，年二十七，正月初四日生。曾祖清，鸿胪寺寺丞；祖晟，进士，封户部郎中；父道，左布政使；母韩氏，封宜人。慈侍下。兄宇、守；德，锦衣卫冠带小旗；寰。娶曹氏，继娶杨氏。顺天府乡试第二十一名，会试第二百九十名。

王瑶，贯顺天府大兴县，民籍，国子生，治《诗经》。字佩之，行一，年三十一，十二月十六日生。曾祖庸；祖文，府照磨；父纪，教授；母朱氏。慈侍下。弟琏。娶许氏，继娶荀氏、蔡氏。顺天府乡试第五十三名，会试第一百五名。

正德元年

（公元 1506 年　丙寅）

正月

京师李东阳与谢迁等受命共同知经筵事。（法式善《明李文正公年谱》卷三）

高阳田景旸（1427—1506）卒。焦竑《国朝献征录》卷六十八《大理寺卿田景旸传》（实录）："大理寺卿田景旸，字时中，保定高阳人，登景泰甲戌进士，授山东道监察御史，升大理寺丞，累升左、右少卿，进本寺卿。成化乙巳，致仕，归景（高）旸（阳）。为人峭直，精敏有干局。为御史，甚著风裁，按治所至，贪墨多敛迹，推掌三法司事，弹劾无所避。在大理，持法不挠，详谳平允。后因子无行，自度戒不能悛，阴使人杀之，事浸露，景旸惧，遂引疾去，时年五十九。在林下余二十年。正德元年正月卒。"

二月

初二，武宗即位以来的第一次讲读开讲。作为首场讲官，京师李东阳先讲《大学》第一章，余姚谢迁讲《尧典》第一章。讲毕，武宗赐宴左顺门，并赐参与经筵的侍班大臣、执事官白金宝钞、彩缎表里有差。（法式善《明李文正公年谱》卷三）

二十三日，京师李东阳与刘健、谢迁上疏乞退休，皇帝不准。（法式善《明李文正公年谱》卷三）

二十九日，京师李东阳再次与刘健、谢迁乞求退休，皇帝不准。（法式善《明李文正公年谱》卷三）

名儒王守仁在京师，因为替戴铣等说情，下诏狱、遭廷杖，被谪贵州龙场驿驿丞。钱德洪编、罗洪先考订《阳明先生年谱》上卷："武宗正德元年丙寅，先生三十五岁，在京师。二月，上封事，下诏狱，谪龙场驿驿丞。武宗初政，奄瑾窃柄。南京科道戴铣、薄彦徽等以谏忤旨，逮系狱。先生抗疏救之，其言：'君仁臣直。铣等以言为责，其言如善，自宜嘉纳；如其未善，亦宜包容，以开忠谠之路。今赫然下令，远事拘囚，在陛下不过少示惩创，非有意怒绝之也。下民无知，妄生疑惧，臣切惜之！自是而后，虽有上关宗社危疑不制之事，陛下孰从而闻之？陛下聪明超绝，苟念及此，宁不寒心？伏愿追收前旨，使铣等仍旧供职，扩大公无我之仁，明改过不吝之勇；圣德昭布，远迩人民胥悦，岂不休哉！'疏入，亦下诏狱。已而廷杖四十，既绝复苏。寻谪贵州龙场驿驿丞。"

六月

九日，京师李东阳六十寿诞，著名文人李梦阳赋长句三十八韵寿之，颂其书法、功业及文章。（钱振民《李东阳年谱》）李梦阳（1472—1530），字献吉，号空同子，庆阳府安化县（今甘肃省庆城县）人，迁居开封。举弘治六年进士，官至江西提学副使。献吉才思雄鸷，与何景明莹树复古之帜，遂为七子之冠，称大家。所著有《空同集》行世。张廷玉《明史》卷二百八十六有传。

七月

皇帝册立皇后，京师李东阳充当副使行纳吉、纳征、告期礼。（《明武宗实录》卷十五）

九月

京师李东阳充当副使行册妃礼。（《明武宗实录》卷十七）

藁城石珤赴任南京翰林院侍读学士，京师李东阳送之以诗。《怀麓堂诗后稿》卷七有《石学士珤之任南京》诗。《明武宗实录》卷十七："正德元年九月……戊子，升翰林院修撰石珤为南京翰林院侍读学士。"雷礼《国朝列卿纪》卷十二："正德丙寅，武宗初开经筵充讲官，赐宴及银币。因士风渐漓多巧，宦作媒说以讽，寻迁南京翰林侍讲学士。"

十月

十三日，京师李东阳与刘健、谢迁上疏乞求退休。皇帝批准刘、谢二人离职，却独留京师李东阳。倪宗正原编、谢钟和重编《文正谢公年谱》："时政多缺失，自劾不职，上疏乞辞，避重任。又条陈论列，恳辞重任，俱温旨勉留。既又抗章乞休，仍温旨勉留。冬十月，再引疾恳疏乞休，奉敕给驿还乡，并赐人夫食米。"

十五日，京师李东阳再次上疏乞求退休，皇帝不准。（《明武宗实录》卷十八）

十六日，京师李东阳奏请乞求暂免朝参，只求能够扶病入阁供事，皇帝准。（《明武宗实录》卷十八）

二十四日，京师李东阳劝焦芳辞去兼任的吏部尚书职位。（《明武宗实录》卷十八）

寓京师谢丕以父故，遭刘瑾削职为民。（倪宗正原编、谢钟和重编《文正谢公年谱》）

十一月

京师李东阳上疏乞求退休，皇帝不准。（《明武宗实录》卷十九）

二十六日，山海关萧显（1432—1506）卒。李东阳《明故福建按察司签事致仕进级朝列大夫萧公墓志铭》："乙丑，今天子践阼，以恩进朝列大夫。正德丙寅十一月二十六日乃卒。纩未属，犹忧及时事，且口占对句，课其孙，其至死不乱如此。距生宣德辛亥十二月二十一日，寿七十六。公德性醇笃，不妄言笑，早失怙恃，终身孝慕，事伯兄文清甚谨。抚其孤引凤，为之婚娶。比死，又厚葬之。

交友尚意气，久而不变。当官尽职，视患难若所当得。至于几先勇退，顺时正命，尤士君子所难。虽所蕴蓄未尽见于世，顾以刘文安公为主司而得《易》魁，以三原王公为吏部而得荐为方面，则其人可知已。山海本用武地，举科第，攻词翰皆自公始。公诗清简有思致，所著《海钓集》《镇宁行稿》《归田稿》若干卷，其为书尤沉著顿挫，自成一家，卷轴遍天下，传至外国，后来者殆鲜及云。”（李东阳《怀麓堂文后稿》卷二十七）

十二月

十二月十六日，皇帝赐京师李东阳少师兼太子太师、吏部尚书、华盖殿大学士。(《明武宗实录》卷二十)

因忤刘瑾，故城马中锡先改南京工部左侍郎，后令致仕。孙绪《沙溪集》卷六《资善大夫都察院左都御史东田先生马公行状》：“正德丙寅六月，升兵部右侍郎，寻转左侍郎。刘瑾方用事。朱瀛者，瑾之腹心，以边功当得官，应预者数十百人，实皆攘夺冒报。瑾胁兵部为之论奏，阎司马亦既许之矣。公曰；‘如此，则冗员日增，边疆解体，正当据实上请耳。’司马有难色，公不可夺，卒如所论上事得已，而瑾之憾深矣。十二月，矫诏改南京工部左侍郎。未几，复令致仕。”

宛平沈禄卒。焦竑《国朝献征录》卷六十七《掌通政司事礼部右侍郎沈禄传》(实录)：“掌通政司事礼部右侍郎沈禄，字汝学，顺天府宛平县人。由举人授通政司经历，禄妻为今昭圣慈寿皇太后之姑。弘治改元，皇太后正位中宫，禄遂超迁本司右参议，俄转左。甲寅，进右通政。戊午，进通政使。壬戌，改礼部右侍郎，仍掌司事。正德元年十二月卒于官，赐祭葬，赠礼部尚书。禄以恩泽致位九卿，遭逢之异，近世所无有。然其人笃于友爱，少失怙，其兄浙江佥事举教之有成，后举致政家居，禄事之甚恭，抚遗孤曲尽恩义，人以是多之。”

本年

盐山杨文卿生。杨文卿（1506—1558），字子质，号鸥海，盐山镇杨牛村人。童年喜文，明以前的经史艺文，皆熟谙胸中。15 岁中秀才，嘉靖九年（1530），参修第一部《盐山县志》。嘉靖十年（1531）中举人，授山西稷山令。嘉靖二十八年(1549)，应聘为乡试校士，后擢升南京都察院经历。因思乡心切，卒于官府。喜游山水名胜，游必即景赋诗。在南京时，写诗最多，与名冠南京的诗人朱射坡相颉颃，以诗享誉，为后代钱谦益、朱彝尊等诗选家所重。杨诗高华质直，不拘一格，无卑靡之音。刊行于世的诗集有《鸥海集》《秣陵吟》，皆佚。

寓京师曾鉴谏止重修南京报恩寺塔。张廷玉《明史》卷一百八十五《列传第七十三》:“正德元年，雷震南京报恩寺塔，守备中官傅容请修之。鉴言天心示儆，不宜重兴土木以劳民力，乃止。”

大兴刘机升礼部右侍郎，后转左；未几入内阁，典诰敕兼《实录》副总裁，继转礼部尚书。(过庭训《明分省人物考》卷一)

南宫白钺以曾为东宫讲读升翰林学士，充日讲官，赐白金彩币。(雷礼《国朝列卿纪》卷十六)

清苑傅珪预修《孝庙实录》。(过庭训《明分省人物考》卷五)

宛平陈澜预修《孝宗皇帝实录》。(王九思《翰林院修撰陈公澜行状》)

藁城石玠以副使督学山西，教人以修德行务经学为本。(雷礼《国朝列卿纪》卷三十三)

涿州邓璋巡抚辽东，被呼为“邓铁面”。雷礼《国朝列卿纪》卷三十四:“正德元年，升都察院右佥都御史，巡抚辽东。智勇公勤，虏人畏之。辽东人呼为‘邓铁面’。”

景州戈瑄转江西左布政使。(雷礼《国朝列卿纪》卷五十九)

正德二年

(公元 1507 年　丁卯)

正月

南宫白钺与状元李旻教习庶吉士，掌翰林院事。(雷礼《国朝列卿纪》卷十六)

闰正月

八日[①]，寓京师曾鉴(1434—1507)卒，赠太子太保。李东阳《荣禄大夫工部尚书赠太子太保曾公墓志铭》:“公与予同出湖南，同籍京卫入京学，同举进士第，前后四、五十年交最稔。去冬，公访予病，弗果见，为之怅叹以去。今春，予始入觐而公已病，越数日，遂不起”。“庚申，拜尚书，修诸禁门、社稷坛及京城垣堞，凡涉公帑民力者，时执艺以谏。”“既病亟，具疏乞休，上念公勤慎勉，从所

① 张廷玉《明史》卷一百八十五《列传第七十三》记:“其年闰正月致仕。旋卒。”故记在本月。

请，进阶荣禄大夫，令有司月给米三石，岁给与隶四人，命下而公已卒矣。讣闻，上悼惜，赠太子太保，遣中官此宝镪万贯为赙，遣礼部官赐祭者再祭者再仍令有司治葬事如制。公云温纯乐易，不事矫饰，虽风寒暑不废朝谒。官事未毕，继之以夜，性敦孝友，兄弟同居，白首无间言。族里穷急，力为周施，而自奉简约，不为禄位所移易。部吏少俊者教以举业且为给膏火费，后举乡贡者，二举进士者，一皆德之终身。下至仆隶，亦感慕无饮怨者，是亦可谓难已。公生宣德甲寅六月二十三日，卒于正德丁卯闰正月八日，得寿七十四。以三月二十日葬于都城南五基之原。"

十六日，京师李东阳应山海关萧鸣凤之请，为其父萧显撰写墓志铭。（李东阳《怀麓堂稿·文后稿》卷二十八）

三月

朝臣刘健、谢迁等五十三人被权阉刘瑾斥为奸党，矫诏榜示于朝堂。《明鉴纲目》卷五："纲：丁卯二年，春三月，刘瑾矫诏榜奸党于朝堂。目：刘健、谢迁虽去，瑾憾不已，矫诏列健、迁及尚书韩文、杨守随、林瀚，都御史张敷华（字公实，安福人）、戴珊并词臣（检讨刘瑞，瑞字德符，内江人）、台谏（陶谐、赵佑等）、部曹（李梦阳等），凡五十三人为奸党，榜示朝堂，召群臣跪金水桥南，宣戒之。已而更敕各镇守太监预刑名政事。"

四月

南宫白钺迁为礼部右侍郎，赐御制蟠龙诸物。不久，改吏部。（雷礼《国朝列卿纪》卷十六）

六月

《历代通鉴纂要》编成，凡九十二卷，京师李东阳进献，得帝赐宴。李东阳《进历代通鉴纂要表》："臣某等恭承先帝敕旨，纂修《历代通鉴纂要》，今已成书，谨奉上进者。臣东阳诚惶诚恐，稽首顿首上言。……求多闻于古训，发涣命于群臣。谓先儒纲目之书本明正统，顾上古帝皇之世未粹成编。下逮宋元，尤多卷帙，盈箱充栋，实繁四库之藏，旰食宵衣，岂有三余之暇？亲分义例，预锡名称。寒暄阅二载之期，朱黑更数人之手。攀龙髯而莫逮，抚蠹简以增悲。不敏是惭，无功可录。兹盖伏遇皇帝陛下英明出类，刚健居中，上同舜哲之重华，下轶启贤之继道。实录方修于金匮，余功载续于汗青。非徒撮要以删繁，抑亦要终而原始。政必稽其得失，行必著其忠邪，词虽省而事已该，人既往而言独在。博采诸家之断，略致品评；间陈一得之愚，代为讲说。法多从旧，理贵折衷。不求敝力于难知，务期开卷而有益。……谨以所修《历代通鉴纂要》九十二卷，目录凡例一卷，共六十册，随表上进以闻。”《馆阁漫录》卷九《正德二年》：“六月癸酉朔。丁酉，修《历代通鉴纂要》成，少师兼太子太师、吏部尚书、华盖殿大学士李东阳等于文华殿进呈，赐东阳等宴于礼部，以孝宗敬皇帝禫祭未举，不簪花作乐。”

七月

权阉刘瑾遍摘《历代通鉴纂要》之讹以为罪，京师李东阳亦在其内，二十余人遭罚黜。张元忭《馆阁漫录》卷九《正德二年》：“七月壬寅朔。癸卯，《通鉴纂要》进呈后，司礼监官即至内阁传示圣意，任刊刻板本中官督刊刻者检其中有一二张纸装潢颠倒，复持至内阁见示，欲更定其序耳。是日，值大学士（李东阳）家居，惟同官焦芳、王鏊在阁，芳以为编纂总于东阳，非可责也，慢其人不加礼遇，其人怒，遂以白于瑾。瑾方欲以事裁抑儒臣，初一日早朝毕集，府部大臣科道等官于左顺门，以进呈本出示，遍摘其中字画之浓淡不均及微有差讹者百馀处以为罪。给事中潘铎、御史杨武等遂劾礼部左侍郎兼翰林学士刘机等受命编纂，光禄寺卿周文通等职专誊写，不能研精其事，俱宜究治，东阳等失于检点，责亦难辞。瑾矫诏是其言，令所司详核书内差讹及誊写书官姓名以闻。于是东阳等认罪。有旨：‘卿等政务繁冗，其勿问。’既而纂修、誊写等官各具疏自劾，乃夺机及学士刘春、太常寺少卿兼翰林院侍读费宏、侍读徐穆、编修王瓒俸两月……”

癸丑，清苑傅珪以左春坊左谕德兼翰林院侍读职，任应天府乡试考试官。（张元忭《馆阁漫录》卷九（正德二年））

八月

京师李东阳上书乞求退休，仍未获准。（《明武宗实录》卷二十九）

初五，宛平陈澜（1473—1507）卒。王九思《翰林院修撰陈公澜行状》：“本初姓陈，讳澜字。本初京师宛平人也，其先山阳人。……本初年十七为学宫弟子，学宫弟子未有如本初者。然无能议本初，少师洛阳刘公则奇之，府丞毕公嘉会，亦有以奇之也。弘治乙卯举顺天府乡试第二人，丙辰会试礼部第一。天子策问，赐进士及第第三人，官翰林院编修其年，年二十四也。又二年，以父丧归，又三年复其官，供奉经筵。已而考其功，称赠其父翰林院编修，母封太孺人。壬戌，同考礼部会试。其年冬，预修《大明会典》。成，晋修撰。后二年甲子，太孺人终，又以丧免。丧毕，会天子新即位，为正德。丙寅，诏复其官，修《孝宗皇帝实录》。其明年丁卯八月五日，病卒，年三十五岁。配蔡氏，一子二女。子曰田，田生六岁矣。居官者半，中又病；其半则丧居，然以后日有适也。孰意其死，死之日，甚贫，盖禄之所入者，尽以养其家余二十口。又葬其亲，又为其二弟取妇，又归其二妹。故间尝有称贷焉。然其处人伦者，与其所守可知也。且其貌丰粹有威仪，又慎其口，皆可不死。先是，星者云死相者，云死果死。死矣！恨太早耳。盖其科举之文式之者众，后乃脱去。为古文又能古文，为诗又能诗。当其为之也，沉思久而后下笔，虽一字不苟。至于一奕一谑皆有思虑，使不死，岂仅若是已也。方其病也，予往问焉，后又往问焉，曰：'愈矣'。又数日也，以为愈且起，乃一旦死矣。所与厚者，会哭尽哀，闻者叹息。其弟某等卜以是年九月二十一日葬于都城北沟泥河之原，以九思为行状，请执事为墓志铭。"（焦竑《国朝献征录》卷二十一）

广宗撖大经乡试第七。撖大经，生卒年不详。顺德府广宗县（今河北省邢台市广宗县）人。少聪慧，笃志于学，李东阳称其"海内人豪也!"平生著述甚多。孙承泽《畿辅人物志》卷十九："撖大经，字守道，广宗人。正德丁卯乡试第七。少聪慧，日记数千言，笃志于学，以圣贤自期。家贫无书，躬借于广宗崔尚书家，未几还之，曰'吾已得其概矣!'以病就医京师，上书少师，西涯称其才曰：'海内人豪也!'甚礼重之。读书郡东官舍，郡守高其人，往见之，值母忌，不出接，守怒，扬言欲以官舍与人。大经即移归，守遣人谢之，不至。又招其弟兄，再三谢，终不至。其介类如此。平生著述甚多，每贻士夫书，惟劝以圣贤为笃准。"《畿辅通志》卷七十九："撖大经，字守道，广宗人。少聪颖，日记数千言，笃志好学，领正德丁卯乡荐。生平著述甚富，大学士李东阳见其文曰：'此海内人豪也!'年三十二卒，士大夫惜之。"另见，民国二十二年铅印本《邢台县志》卷十四。

十月

故城马中锡下锦衣狱，后械送辽东。孙绪《沙溪集》卷六《资善大夫都察院左都御史东田先生马公行状》："故事，沿边粮刍，每三岁遣官核实奏请，事下户部，有缺乏则预处之，且防侵盗，实分司督粮诸司及仓氏之责。丁卯十月，使辽者以闻瑾。即矫上命，诬公巡抚重臣，边储腐损溢常数，自原籍系至京，下锦衣狱。台阁诸老多为申解，瑾怒愈甚，必欲置公死地。戊辰三月，械送辽东狱。"张廷玉《明史》卷一百八十七《列传第七十五》："刘瑾初得志，其党朱瀛冒边功至数百人。尚书阎仲宇许之，中锡持不可。瑾大恚，中旨改南京工部。明年勒致仕。其冬，逮系诏狱，械送辽东，责偿所收腐粟。逾年事竣，斥为民。"

束鹿王宗彝以不满刘瑾揽政，罢归。马廷用《资政大夫南京礼部尚书赠太子少保谥安简王公传》："正德丁卯，瑾贼擅权，廷议狱咨，会推公堪任兵部等部尚书，皆不见允。且以不通，宥见尤。或谓公少通，憖以解福。公曰：'得罪不屋吾，节遂见行。'致仕，公欣然归田。"（朱大韶《皇明名臣墓铭》（二））

迁安才宽以副都巡抚甘肃。（雷礼《国朝列卿纪》卷五十九）

本年

任丘边宪升浙江副使，忤逆瑾，至罪米二千石，竟不少挫。（雷礼《国朝列卿纪》卷三十六）

赵州王珩任南京户部右侍郎。（雷礼《国朝列卿纪》卷三十七）

任丘郑宗仁年，改太常寺少卿。（雷礼《国朝列卿纪》卷三十八）

景州戈瑄授南京都察院右副都御史。（雷礼《国朝列卿纪》卷五十九）

容城王寅迁广西按察使。（杨一清《嘉议大夫刑部右侍郎王寅墓志铭》）

大城梁材任刑部广东司主事。（雷礼《国朝列卿纪》卷五十九）

正德三年

（公元1508年　戊辰）

正月

著名文人李梦阳下锦衣卫狱，康海力救得免。王世贞《弇山堂别集》卷二九《史乘考误十》："康对山海卒……张治道为行状则甚详，云韩文率诸大臣劾瑾等擅权，而弹文出李梦阳手。恨之，以他事构梦阳下狱，欲致之死。人情汹汹，莫敢拯救。梦阳自狱中传帖甚急曰：'对山救我！救我！'何柏斋对众曰：'对山肯救之瑾，李尚可活也。'人以语先生，先生曰：'我何惜一往而不救李耶？'先生虽承往，而人犹难之。明日，先生同御史某往左顺门，值柏斋自内阁出，曰：'此为献吉来耶？'先生曰：'是。'柏斋附先生耳曰：'此可独往，不可与他人同也。'先生遂不之往，且谓柏斋曰：'瑾横恶肆权人也，性好名，可诡言而夺，不可正言而论也。'柏斋曰：'此惟先生能之，他人不能也。'又明日，先生往瑾所。瑾闻先生至，倒屣迎之，留饮坐话。久之，瑾谓先生曰：'人谓自来状元俱不如先生，真为关中增光。'先生诒言曰：'海何足言。今关中有三才，古今所稀少也。瑾惊曰："何三才古今稀少也。"先生曰："李郎中之文章张尚书之政事，老先生之功业。瑾曰：'李郎中为谁？乃与我并耶？'先生曰：'是今之狱中李郎也。'瑾曰：'非李梦阳耶？'先生曰：'是。'瑾曰：'若应死无赦。'先生曰：'应则应矣，杀之关中少一才矣！饮晚罢出。明日瑾奏，上赦李梦阳。"

雄县侯瓒（1427—1508）卒。《武宗实录》卷三十四："（正德三年正月庚申）致仕南京工部尚书侯瓒卒。""弘治十年，以老乞致仕。十八年，进阶一级。至是卒，年八十有一。子观举进士，亦至尚书。"

二月

会试天下贡士。王鏊《震泽集》卷一二《会试录序》："正德戊辰二月，会试天下士。于时知贡举则礼部尚书臣机、侍郎臣澯，考试则大学士臣鏊、学士臣储，同考试则修撰臣海、编修臣一鹏、臣俊、臣仁和、臣时、臣霄、臣瑭、臣铣、臣若水、都给事中臣承裕、给事中臣潮、署郎中事员外郎臣庭棉、主事臣子熙、臣中道，监试则御史臣鉴、臣玉。天下士抱艺就试者三千八百八十余人，三试之遵制诏。预选者凡三百五十人。刻其文之粹者以传，凡二十篇，名之曰《会试录》。臣鏊谨序其首。"

三月

京师李东阳充当殿试读卷官。（《明武宗实录》卷三十六）

雄县袁宗儒中进士。（过庭训《明分省人物考》卷五）

晋州张璇举进士。（过庭训《明分省人物考》卷七）

六月

发现历数权阉刘瑾罪之匿名信，瑾怒，责罚百官，欲下三百人于诏狱，遣家属戍边。京师李东阳从中周旋，得免。法式善编、唐仲冕补编《明李文正公年谱》卷七《李东阳列传》："三年六月，朝退有遗匿名书与御道数（刘）瑾罪者，诏百官悉跪奉天门外；顷之，令大僚及翰林皆出执，庶僚三百余人下诏狱。次日，东阳等力救未报，瑾廉知乃同类所为，众获宥。东阳又疏言数事，章下所司，覆奏有所轻减。瑾大怒，矫旨诘责数百言，中外骇叹。瑾患盗贼曰：'滋欲戍其家属。'东阳力争或自陈捕盗七十人功，所司乞诘邻伍及为之囊橐者，将以新例处之。东阳言如是，则百年之案皆可追论也。由是，俱得免。"

七月

霸州张恕（1452—1508）卒于官，有廉介名。焦竑《国朝献征录》卷五十三《南京工部右侍郎张恕传》（实录）：“南京工部右侍郎张恕，字希仁，顺天府霸州人。成化辛丑进士，初授山东夏津知县，入为南京山西道监察御史。弘治己未，迁河南按察司副使，专修河道。乙丑，迁云南按察使。正德改元，擢南京都察院右佥都御史，提督操江。寻进南京工部右侍郎。正德三年七月，卒于官，赐祭葬如例。恕清慎笃厚，性俭素，虽老且贵，如未仕时。始终三十余年，田庐无所增益。卒之日，家无遗财，士论贤之。”

八月

京师李东阳患上血痰嗽诸病症，并以病求告休息。（李东阳《怀麓堂稿·求退录》二）

九月

京师李东阳乞求退休，皇帝不准。（李东阳《怀麓堂稿·求退录》二）

十月

己卯，南宫白钺任礼部尚书，赐玉带。（张元忭《馆阁漫录》卷九）

庚辰，大学士李东阳上疏乞休，不允。（李东阳《怀麓堂稿·求退录》二）

献县牛鸾中进士。牛鸾，生卒年不详，字鸣世，献县（今属河北省沧州市）人。本年进士，任益都令。剧贼刘六纵兵围城三匝，而鸾所守城邑屹若巨镇。后擢按察司签事，备兵青州。再迁副使，仍理兵务。嘉靖初，又平颜镇贼、山西马五寨贼等，声望赫然。（孙奇逢《畿辅人物考》卷之二）

迁安才宽改抚陕西，寻迁刑部左侍郎。（雷礼《国朝列卿纪》卷五十九）

本年

清苑傅珪复典武举。（廖道南撰《殿阁词林记》卷五）

涿州邓璋升左佥都御史，巡抚宣府。（雷礼《国朝列卿纪》卷三十四）

阜城沈冬魁任吏部验封司郎中。（雷礼《国朝列卿纪》卷三十八）

景州戈瑄改南京都察院左副都御史。（雷礼《国朝列卿纪》卷五十九）

正德四年

（公元1509年　己巳）

正月

著名文人杨慎谪戍至滇。四年乙酉。简绍芳编《杨文宪升庵先生年谱》："修撰年三十八，春正月谪戍至滇。"

二月

京师李东阳等请考选四夷馆教师。张元忭《馆阁漫录》卷九（正德四年）："二月癸亥。辛未，大学士李东阳等言：'四夷馆教师，必番字番语与汉字文义俱通，方能称职。故事，于本馆推选，或于各边访保，务在得人，顷来教师多缺，宜令本馆提督官从公考选，送内阁覆试，照缺委用。仍乞敕陕西、云南镇巡等官，访取精晓鞑靼、西番、高昌、西天、百夷言语文字，兼通汉字文义之人，照例起送赴部，奏请量授官职，与本馆教师相兼教习，务使译学有传，不致临期误事。'诏可。"

四月

《明孝宗实录》成，凡二百二十四卷。书内多以焦芳好恶定臧否，失于持正。京师李东阳率百官上表进呈，编纂者均得赏赐。张元忭《馆阁漫录》卷九（正德四年）："四月，壬午，进呈《孝宗实录》成，奉表以闻。总裁大学士焦芳人品庸劣，不为士论所重。弘治间，垂涎台鼎，久不得进，每以为恨。至是附瑾，获柄用，与操史笔。凡其所褒贬，一任己私，以好恶定之，如叶盛、何乔新、彭韶、谢迁，天下皆所称许，以为端人正士，而芳肆其诋诬，不恤公论。同官李东阳等畏避其恶，皆不敢为异同，故表中有'传疑传信，庶以备于将来'之语云。以纂修实录成，赏监修太师兼太子太师、英国公张懋，（总裁）少师兼太子太师、吏部尚书、华盖殿大学士李东阳，少傅兼太子太傅、吏部尚书、谨身殿大学士焦芳，少保兼太子太保、户部尚书、文渊阁大学士杨廷和，各银五十两，纻丝罗共六表里，鞍马一匹……"

清苑傅珪因不依附刘瑾，被矫旨降修撰，后复左中允，升礼部尚书。廖道南撰《殿阁词林记》卷五："己巳命授庶吉士，业充日讲官。时刘瑾擅权，降修撰，寻以实录成，复左中允，进侍讲学士。”项笃寿撰《今献备遗》卷二十七：“正德四年，逆瑾恶翰林不附己，矫旨《大明会典》文讹舛，夺预修者官。珪降修撰，瑾败，复中允，寻升礼部尚书。”

五月

京师李东阳被命与焦芳、杨廷和等复视更定《大明会典》。十一月，武宗作序，敕司礼监刻梓。

二十五日，京师李东阳焚《孝宗实录》底稿，作焚稿纪事诗。李东阳《怀麓堂集》卷五十八《西苑焚稿纪事》：“史家遗草尽成编，太液池头万炬烟。天上六丁元下取，人间一字不轻传。先朝故事非今日，内苑清游亦胜缘。却上广寒云雾里，禁城东指是文渊。自注：‘五月二十五日，在海子西岸事毕，尚膳供宴。是日，入西苑门，望南台，登广寒殿，过芭蕉园而还。’”

六月

藁城石瑶升为南京国子监祭酒。（《明武宗实录》卷五十一）

八月

任丘王江中解元。王江，生卒年不详。字宗岷，号海一，河间府任丘县（今河北任丘市）人。本年乡试中解元，次年进士及第，授礼部给事中，改刑部给事中，正德十二年（1517），外补凤翔知府。在任主修《凤翔府志》并为其作序。序中认为：志书必须从实出发，记一方之绩，要巨细不遗，善恶必记，使之成为一方之全书；修志要有所继承，但不能摹仿；志书要取信于天下后人，等等。该志序比较全面地阐述了地方志的作用、特点及编修方法，是我国旧方志学理论的重要著述。

九月

清苑傅珪教庶吉士于翰林院，进日讲官。后以《大明会典》字多舛讹，遭贬官。（张元忭《馆阁漫录》卷九（正德四年））雷礼《国朝列卿纪》卷四十一：“四年，命教庶吉士于翰林院，进日讲官。是岁，《实录》成，甫进呈，执事者例当升职，时逆瑾窃政，以翰林官不附己，欲摧抑之，乃搜索往事，以《大明会典》字多舛讹，珪尝预修，诏夺其官，降修撰；寻以《实录》恩升中允。”

十月

东光廖纪升文选郎中，又擢太仆寺少卿。（《大明武宗毅皇帝实录》卷五十六）

十一月

初一日，柏乡魏谦吉生。魏谦吉（1509—1560），字子惠，号槐川。真定府柏乡县（今河北省邢台市柏乡县）人。嘉靖十七年进士，历任云南道监察御史、右佥都御史、右副都御史、兵部右侍郎等官。据其墓志所载，他在职期间，弹劾贪官，赈济灾民，大兴学校，颇受嘉靖皇帝赏识。著有《春秋大旨》《周礼集略》《大学衍义摘要》《五经类语》《槐川文集》《三边奏议》等书。

初四，滦州厉汝进生。焦竑《国朝献征录》卷八十《都给事中厉汝进传》（州志）："厉汝进，字子修，滦州人。生岐嶷若玉垂髫，补弟子员而苦学博览，尤长于《史记》。先达高京兆、王中丞皆虚心接引之。贫为里中师，名士多出其门，束修一钱不私。侍父疾，汤药三月余，疾愈，方还帷室。"厉汝进（1509—1567），字子修。永平府滦州（今河北省唐山市滦县）人。嘉靖十七年中进士，授池州推官，征拜吏科给事中。三迁至户科给事中。上疏劾严嵩父子柄政为虐，被廷杖八十，谪云南亦佐县典史，直名大震。次年，严嵩借岁察，夺其晋职机会。隆庆初，起故官，未至京而卒。（孙承泽《畿辅人物志》卷七、光绪二十年《滦州志》卷十五）

迁安才宽升工部尚书，后被命以本官兼副都御史，总制陕西三边军务，遇伏兵，中流矢而亡。张廷玉《明史》卷十六《本纪第十六》："闰九月，小王子犯延绥，围总兵官吴江于陇州城。冬十一月甲子，犯花马池，总制尚书才宽战死。"

本年

藁城石玠山西按察司按察使。（雷礼《国朝列卿纪》卷三十三）

赵州王珩四年致仕。（雷礼《国朝列卿纪》卷三十七）

长垣胡锭改兵部武选司郎中，又升黄州府知府。（雷礼《国朝列卿纪》卷三十七）

阜城沈冬魁升顺天府丞。（雷礼《国朝列卿纪》卷三十八）

容城王寅迁四川右布政使，召拜太仆寺卿。（杨一清《嘉议大夫刑部右侍郎王寅墓志铭》）

大城梁材升贵州司员外郎，称名法家。（雷礼《国朝列卿纪》卷五十九）

晋州张璇考御史第一，再考实授，复居第一。过庭训《明分省人物考》卷七："己巳，考御史第一，再考实授，复居第一。台卿屠公滽每指所试狱词曰：'是书生乃有老吏笔。'如此寻掌道事，会边帅马澄乞讨蟒衣，上疏劾之，风采动朝宁。"

任丘李檠（1443—1509）病卒。李东阳《莱州府知府李君檠墓志铭》："会《孝庙实录》成有日，又朝廷将行黜陟之令，君手书止之，自制棺敛，处分家务，曰：‘无以为吾儿累也!’时忧甚，弗暇他恤，亟具疏以请逾。月乃获命，比抵家，君已逝七日矣。君夙敦孝慕每见儒官辄加礼遇曰：‘吾父尝为是也世。’所遗田宅悉让诸弟群从子女皆为婚嫁处已慎密，澹然无所利，有治事才而为宽厚所掩，又耻自衒，故鲜有知者。时亦用家学，显才器甚伟，所进未可量云。”（焦竑《国朝献征录》卷九十六）时，李棨之子。

正德五年

（公元1510年　庚午）

五月

清苑傅珪迁翰林院学士。（张元忭《馆阁漫录》卷九（正德五年））

七月

清苑傅珪与侍讲学士毛澄被命主顺天乡试。（《弇山堂别集》卷八十二）

清苑傅珪升吏部右侍郎，寻转左。雷礼《国朝列卿纪》卷四十一：“五年，升学士，主考顺天乡试。顷之，升吏部右侍郎，寻转左。”

八月

权阉刘瑾被判以凌迟。本月伏诛。邯郸孙修治其狱，得能声，擢陕西签事。

任丘王江中顺天乡试解元，治诗，国子生。（张弘道、张凝道《皇明三元考》卷九）

大城梁材撰文榜谕天下刘瑾倒台事，得京师李东阳赏识。雷礼《国朝列卿纪》卷五十九：“五年，改山东道监察御史。逆瑾诛，榜谕天下，李东阳见而爱之，令作《史纪事稿》，喜云：‘法史能兼，以付史馆，令勿增减。’”

任丘王江乡试中解元。王江，生卒年不详，字宗岷，号海一，河间府任丘县（今河北任丘市）人。本年乡试中解元，次年进士及第，授礼部给事中，改刑部给事中。正德十二年（1517），外补凤翔知府。在任主修《凤翔府志》并为其作序，较全面地阐述了地方志的作用、特点及编修方法，是我国旧方志学理论的重要著述。

九月

京师李东阳因为宁夏民乱平定，被皇帝加勋为特进左柱国，恩荫其继子李兆蕃为尚宝丞。（法式善《明李文正公年谱》卷三）

京师李东阳成《与陆釴简札》一卷。此卷收李东阳写给友人陆釴的简札，有其本年所题标序跋。未见有刻本，稿本今不存。（钱振民《李东阳年谱》）

刘瑾失宠被杀，故城马中锡再次出山，被授以都察院左副都御史。后起抚大同。张廷玉《明史》卷一百八十七《列传第七十五》：“瑾诛，起抚大同。中锡居官廉，所至革弊任怨，以故有名。”

大兴刘机服阕，改为吏部尚书，加太子少保。（张元忭《馆阁漫录》卷九）雷礼《国朝列卿纪》卷五十：“五年，瑾伏诛，吏部尚书张彩以同谋下狱死，机营内臣魏彬等改吏部，机生长都城，员（圆）活不羁，与阉竖绸缪日深，请托贿求如水决防，不能砥止，于铨选条例漫不经心，众论轻之”。过庭训《明分省人物考》卷一：“明年，丁继母忧。服阙，拜吏部尚书，加太子少保。居数月，乞致仕，从之。”

永年胡瓒在刘瑾被诛后，升南京大理寺右司丞。雷礼《国朝列卿纪》卷五十九：“时逆瑾窃柄，嫉瓒违己，伪旨留瓒二年，又追论辽东事，罚米三百石。瑾诛，瓒乃升南京大理寺右寺丞。”

南宫白钺兼学士，掌詹事府事，入内阁，专典诰敕，加太子太保。[①]（张元忭《馆阁漫录》卷九）

调南京国子监祭酒石珤为国子祭酒。（《明武宗实录》卷六十七）

十月

十五日，易州张时生。张时（1510—?）字宗易，保定府易州（今河北省保定市易县）人。少年时曾与杨继盛同学，杨继盛以兄礼事之。嘉靖二十九年（1550）中进士。值蒙古俺答汗部入侵，上书朝廷建议抗敌。杨继盛上书弹劾仇鸾，致祸，多方说情以救。四年后，杨继盛因弹劾严嵩父子被杀，主动为其料理后事。嘉靖三十六年（1557），补刑部主事，后升员外郎，以山西按察佥事，致力加强晋北到宣化一线防务，曾亲率精骑大败来犯蒙古军。（过庭训《明分省人物考》卷五）

南宫白钺（1454—1510）病逝。赐祭葬，赠太子太保，谥文裕。大学士李东阳为其撰写墓志铭，称白钺“为人重厚，政尚宽简”。著有《怡靖稿》若干卷。雷礼《国朝列卿纪》卷十六：“庚午复命兼学士，入内阁，专典诰，敕掌詹事府，以

① 廖道南《殿阁词林记》卷五记为年在庚辰，疑为本年之误。

宁夏平，赐赉加金牌加太子少保，居余月，以疾卒。年五十，赠太子太保，谥文裕。遣官谕祭，敕有司治丧事。钺以公卿子习闻朝廷典故，加之问学博涉强记，词翰清美，见称于时，而久职文字，专礼乐，无甲兵钱谷之寄，故以此终其身。”张元忭《馆阁漫录》卷九《正德五年》：“壬子，太子少保、礼部尚书兼翰林院学士白钺卒。钺字秉德，真定府南宫县人，兵部尚书圭之子。成化甲辰举进士廷试第二，授翰林院编修，迁侍读。弘治己未，充经筵并东宫讲官，升侍讲学士。甲子，主考应天府乡试。正德初，以恩升学士，充日讲官。丁卯，授庶吉士业，掌院事，擢礼部右侍郎。寻改吏部，迁礼部尚书，赐玉带。庚午，命兼学士，入内阁专管诰敕，掌詹事府事，加太子少保。卒于官，赐祭葬，赠太子太保，谥文裕。钺博览子史，长于记诵，与修《宪庙实录》及《大明会典》《通鉴纂要》诸书，体貌魁梧，器局凝重。为礼部尚书时，刘瑾方用事，值所难处，宁稍逊避而亦不失其正云。”廖道南撰《殿阁词林记》卷五：“李文正公铭其墓曰：‘世绍科第家为公卿，我（钺）自得之，匪禄荫是。膺兄翘弟华业擅文武，我（钺）以文试，匪甲胄为伍。士门有学，惟经史子曰，我（钺）所以任，固其在此。官则有职天地人，曰帝有命，我曷敢弗？寅进敷讲幄，入掌纶诰，凡有施用，类皆文教。父曰恭敏，子曰文裕，惟千百禩以永终誉。’廖道南曰：‘予观西涯所撰墓志称钺为人重厚，政尚宽简，不为觭觭之行，琐屑之节；及读国史谓钺值逆瑾时多所逊避，亦不失正，其然乎？其不然乎？赞曰：‘惟韩魏公忠彦相继，惟张魏公南轩为嗣，恭敏为父，文裕为子，尚友古人庶几在此。’”《武宗实录》卷六十八：“钺，博览子史，长于记诵。与修《宪庙实录》及《大明会典》《通鉴纂要》诸书。体貌魁梧，器局凝重。为礼部尚书时，刘瑾方用事，值所难处；宁稍逊避而亦不失其正云。”

文安县民刘六（名宠）、刘七（名宸）、齐彦名起义于霸州。曾率众往来攻战于文安、大城、霸州等地。（《明鉴纲目》卷五）

十一月

十九日，京师李东阳被南京监察御史张芹弹劾其尸位素餐。（《明武宗实录》卷六十九）

名儒王守仁入京，与黄绾、甘泉（湛若水）遇。钱德洪编、罗洪先考订《阳明先生年谱》上卷：“冬（十有一月[①]），入觐。先生入京，馆于大兴隆寺，时黄宗贤绾为后军都督府都事，因储柴墟罐请见。先生与之语，喜曰：‘此学久绝，子何所闻？’对曰：‘虽粗有志，实未用功。’先生曰：‘人惟患无志，不患无功。’明日

① 此据《王阳明全集·顺生录之八·年谱》校补。

引见甘泉，订与终日共学。后嘉靖壬午春，闻先生致良知之旨，大加叹服，执贽称门人。”

十二月

东光廖纪由太仆寺卿升为太常寺少卿提督四夷馆。（《大明武宗毅皇帝实录》卷七十）

本年

邢台王震以郧阳守职协助剿寇，为川人感德。归有光《京兆尹王公震传》：“庚午，川湖盗刘烈起，猖獗甚。上命兵部尚书洪钟讨之，洪尚书奏公知兵请以为郧阳守。迄平寇，甚得郧阳之力。历升河南右参政，颍川盗小张虎啸聚，公往捕之，不四月小张虎就擒戮，小张虎余党全活甚众，川人感其德，立祠祀之。”（焦竑《国朝献征录》卷七十五）

故城孙绪被擢升太仆寺少卿，旋又晋升为正卿，主管马政。（过庭训《明分省人物考》卷六）

藁城石玠升右布政使，寻转左。雷礼《国朝列卿纪》卷三十三：“庚午，升右布政使，寻转左。至是去按察公旧治仅二十年，而吏民安其政如按察公。时人以为世美，常作瞻柏以志感。”

任丘边宪升按察使，寻转右布政使。（雷礼《国朝列卿纪》卷三十六）

雄县侯观补太常寺少卿，后升太常寺卿，提督四夷馆。（雷礼《国朝列卿纪》卷三十八）

景州戈瑄迁南京刑部右侍郎。（雷礼《国朝列卿纪》卷五十九）

容城王寅擢工部右侍郎。（杨一清《嘉议大夫刑部右侍郎王寅墓志铭》）

正德六年

（公元1511年　辛未）

正月

名儒王守仁在京师，调吏部验封清吏司主事。（钱德洪《阳明先生年谱》卷上）

二月

名儒王守仁在京师，任会试同考试官，僚友方献夫受学。钱德洪编、罗洪先考订《阳明先生年谱》卷上："二月会试，为同考试官。吏部郎中方叔贤献夫位在先生上，比闻论学，遂执贽纳拜，事以师礼。是冬，告病归西樵，先生为叙别之。"

三月

故城马中锡南征，讨文安寇刘六、刘七。张廷玉《明史》卷一百八十七《列传第七十五》："六年三月，贼刘六等起，吏部尚书杨一清建议遣大臣节制诸道兵。乃荐中锡为右都御史，提督军务，与惠安伯张伟统禁兵南征。刘六名宠，其弟七名宸，文安人也，并骁悍善骑射。先是，有司患盗，召宠、宸及其党杨虎、齐彦名等协捕，频有功。会刘瑾家人梁洪征贿于宠等不得，诬为盗。""中锡等受命出师，败贼于彰德，既又败之河间，进左都御史。然贼方炽，诸将率畏懦，莫敢当其锋，或反与之结。参将桑玉尝遇贼文安村中。宠、宸窘蹙，跳民家楼上，欲自刭。而玉素受贼赂，故缓之。有顷，彦名持大刀至，杀伤数十人，大呼抵楼下。宠、宸知救至，出，射杀数人。玉大败。参将宋振御贼枣强，不发一矢，城遂陷，死者七千人。当是时，宠、宸等自畿辅犯山东、河南，南下湖广，抵江西。复自南而北，直窥霸州。"雷礼《国朝列卿纪》卷七十三："辛未之春，霸州盗魁刘七、杨虎等拥众抄山东、河北，远近骚然。上乃召为右都御史，授钺往督军务，固辞不允，即兼程而行，与战于彰德；又追奔至泊头镇，皆败之。前后斩馘，赐敕奖励，升左都御史，掌院事。"

京师李东阳充殿试读卷官。法式善编、唐仲冕补编《明李文正公年谱》卷四："公六十五岁，官特进左柱国少师兼太子太师、吏部尚书、华盖殿大学士充殿试读卷官。"

涿州顿锐中进士。顿锐（1522年前后在世），字叔养，号鸥汀先生。顺天府涿州（今河北省涿州市）人。少负诗名，时称"涿郡有才一石，锐得八斗"。本年进士，选高淳知县，后官代府右长史。二十六岁时，补户部主事，以病乞归，卜居于郡西之怀玉山，吟咏自适，有怀玉山人之别号。工于古诗，五言诗尤气韵清拔。朱彝尊《静志居诗话》评："诗颇警拔，微嫌冗长耳。"著有《鸥汀集》（古集2卷、前集2卷、别集2卷、续集1卷）、《渔啸集》2卷、《顿诗》1卷、《涿鹿先贤传》。陈田《明诗纪事》选诗二十四首。（《畿辅通志》卷七十九、孙奇逢《畿辅人物考》卷之五）钱谦益《列朝诗集小传》："北人云'涿郡有才一石，人得其二，锐得其八'。"陈田《明诗纪事》戊签卷六："田按：'叔养古诗微嫌冗长，竹垞所评良然。至五律音节高亮，对仗鲜明；七言律、绝亦复翩翩振响，在正、嘉之际，不失为第二流。'”

东安许复礼中进士。许复礼，字稺仁，生卒年不详。顺天府东安（今河北省廊坊市内）人。本年中进士。改庶吉士，授给事中。官至河南布政司参政。（《大清一统志》卷九）

四月

景州张玮（1429—1511）卒。《武宗实录》卷七十四："玮，质直端谨，确然自守不求人知。独为三原王恕所器重。其改漕运，用恕荐也。平生清苦，不殖产业。子尝为州垦田十余顷，玮知之，怒甚，尽以畀其弟玑。然褊忽少容，人亦以是少之。"

五月

京师李东阳以患鼻衄、痔漏等病上疏求致仕。（李东阳《怀麓堂稿·求退录》三）

七月

故城马中锡你招抚刘六、刘七，未成。雷礼《国朝列卿纪》卷七十三："寇奔入山西，数月复还，有众数万，我军势不能遏矣。七月，围枣强，中锡调参将宋振摭其前，而自引兵蹑之，振与所部皆怯斗，不敢前战。及枣强陷，令以下死者近千人。中锡提孤军止七八百人，知进战决无成功，乃便服单车，从数仆直抵寇垒，谕以朝廷恩威，具开其自新之路。寇感泣横刀，誓永愿丐余命。"张廷玉《明史》卷一百八十七《列传第七十五》："杨虎等由河北入山西，复东抵文安，与宠等合，破邑百数，纵横数千里，所过若无人。中锡虽有时望，不习兵。伟亦纨绔子，见贼强，诸将怯，度不能破贼，乃议招抚。……中锡欲战，则兵未集，欲抚，则贼时向背，终不得要领。既建议主抚，不能变。会宠等闻边兵且至，退屯德州桑园。中锡肩舆入其营，与酒食，开诚慰谕之。众拜且泣，送马为寿。宠慷慨请降，宸乃仰天咨嗟曰：'骑虎不得下。今阉臣柄国，人所知也。马都堂能自主乎？'遂罢会。"

八月

故城马中锡下狱。《明武宗毅皇帝实录》卷七八"正德六年八月乙巳（二十八日）："下总制都御史马中锡、惠安伯张伟、参将宋振于狱。"张廷玉《明史》卷一百八十七《列传第七十五》："而是时方诏悬赏格购贼。宠等侦知之，益疑惧，径去，焚掠如故。独至故城，戒毋犯马都堂家。由是，中锡谤大起，谓其以家故纵贼，言官交劾之，下诏切责。中锡犹坚持其说以请。兵部尚书何鉴谓贼诚解甲则贳死，即不然，毋为所诳。既而宠等终不降，乃遣侍郎陆完督师，而召中锡、伟还。"孙绪《沙溪集》卷八《资善大夫都察院左都御史东田先生马公行状》："未几，复纵兵焚掠。言者遂论公信贼愚诳，以重民祸，乃并总兵官惠安伯张公伟、巡抚御史边公肃、萧公翀，俱征下之狱。"

九月

初一日，文学家冯惟敏生于晋州官舍。本年，其父冯裕携家眷由南方的松江华亭县，来至北方的直隶晋州为知州。郑大进纂《乾隆正定府志》（乾隆二十七年刻本）卷26（职官）："冯裕，临朐人，进士，正德六年任，有传，见《名宦》。"卷30（名宦）："冯裕，临朐人，进士。资禀英迈，识见博洽. 正德六年知晋州，剔蠹刮陋，振刷无遗。"《冯氏世录·奉祀神主》："显考……府君冯公讳惟敏，……生于正德六年辛未九月初一日子时，……孝子子升奉祀。"

十月

名儒王守仁在京师，升文选清吏司员外郎，与湛若水、黄绾等常相论学。后湛若水将使南安，撰文相送。钱德洪编、罗洪先考订《阳明先生年谱》上卷："十月，升文选清吏司员外郎。先是，先生升南都，甘泉与黄宗贤言于冢宰杨一清，改留吏部。职事之暇，始遂讲聚。方期各相砥切，饮食启处必共之。至是，甘泉出使南安将行，先生惧圣学难明而易惑，人生别易而会难也，乃为文以赠曰：'……吾与甘泉，有意之所在，不言而会，论之所及，不约而同，期于斯道，毙而后已者。今日之别，吾容无言？夫惟圣人之学，难明而易惑，习俗之降愈下而抑不可回，任重道远，虽已无俟于言，顾复于吾心，若有不容已也，则甘泉亦岂以予言为缀乎？'"

十一月

京师李东阳因九载功绩被皇帝下令兼食大学士俸禄，并赐给其诰命，恩赏礼部宴，辞。(《明武宗实录》卷八十一)

本年

易州霍恩卒。霍恩（？—1511），生年不详。字天锡，保定府易州（属今河北省保定市易县）人。弘治十五年（1502）进士，授上蔡知县，本年，贼攻上蔡，与妻及同僚等节烈而死。张廷玉《明史》卷二百八十九《列传第一百七十七》："霍恩，字天锡，易州人。弘治十五年进士。正德中，历知上蔡县。六年，贼四起，中原郡邑多残破。畿内则枣强知县段豸、大城知县张汝舟，河南则恩及典史梁逵，西平知县王佐、主簿李铨，叶县知县唐天恩，永城知县王鼎，裕州同知郁采、都指挥詹济、乡官任贤，固始丞曾基，夏邑丞安宣，息县主簿刑祥，睢宁主簿金声、丘绅，西华教谕孔环，山东则莱芜知县熊骖，莱州卫指挥佥事蔡显，南畿则灵璧主簿蒋贤，皆抗节死。而恩、佐、采、环死尤烈。恩与梁逵共守，当贼至时，语妻刘曰：'脱有急，汝若何?'刘愿同死，乃筑台廨后，约曰：'见我下城，即贼入矣。'及城陷，恩拔刀下城，刘台上见之，即缢，未绝，以簪刺心死。恩被执，贼胁之跪。骂曰：'吾此膝肯为贼屈乎!'贼日杀人以慑之，骂益厉。贼以刀抉其口，支解之。逵自经死。"

清苑傅珪代费宏为礼部尚书，振举刚维。廖道南撰《殿阁词林记》卷五："三载陟礼部尚书。瑾初败，事多变革，珪振举纲维，悉守成法，杜絶请谒，人不敢干以私。尝条陈十余事，不报，遂致仕去。"

藁城石玠升督察院右副督御史，巡抚大同，习谙戎务，后迁兵部右侍郎。雷礼《国朝列卿纪》卷三十三："辛未，升都察院右副督御史，巡抚大同。玠久历边陲，习谙戎务，凡将领而下量才任使，皆得其宜，间有违法者，裁以大体，不为深文小苛，故人争尽力，边境用宁。未几，为兵部右侍郎。时辽东诸夷不靖，命以左侍郎兼右佥都御史，往谕之。玠宣布，威德即相率归服使还，诏荫一子为国子生，仍加俸一级。"

新城杨潭升户部右侍郎，以讨流贼，改随军督饷。贼平，得封赏。张文宪《荣禄大夫户部尚书紫泉杨公潭墓志》："辛未，升户部右侍郎，总理仓场。命初下，会征讨流贼，改公随军督饷。公请发帑银，分路籴复取，存留者从权协济，储悉盈羡。公以兼宪职，乃劾奏山东巡抚张凤酗酒怠政、捕盗都宪宁果及指挥江彬贪功妄杀，并论诸将老师玩寇。疏入，上嘉之，凤坐落职，余罚治有差，仍降旨切责董师者，一时风裁凛然。盖自是诸师始协谋戮力，而贼平矣。捷奏，晋公俸一阶，荫子入监，赐宴于礼曹，兼有金币银牌之赐。"（焦竑《国朝献征录》卷二十九）

任丘边宪升右佥都御史，巡抚山东，以分御斩贼得褒奖。雷礼《国朝列卿纪》卷五十七："辛未，升都察院右副都御使，巡抚山东畿甸，流贼入界内，遣官分御，多所斩获。尝荷敕奖励且有金帛之赐。"

晋州张璇巡按山东。过庭训《明分省人物考》卷七："辛未，复巡按山东，是时大盗刘六、刘七劫掠诸省，而山东为甚，台中被差者多假告而去，璇则慨然请行。比至，檄下诸郡县城池，练兵士严诘察，为守御计巡历所及，问民疾苦，去吏贪残，复请蠲赋税，表忠烈，东人以得更生为幸。”

大城梁材知嘉兴府，再调杭州，贤声日着。《太子少保户部尚书赠太子太保梁公材谥端肃传》（京学志）：“六年出知嘉兴，未几调杭州。杭以繁富名，公至愈以清约自励，入觐具一书二帕，贽京贵橐中无一长物，而公之廉干益有闻。”（又见雷礼《国朝列卿纪》卷五十九）

涿州邓璋升巡抚河南，右副都御史。值流贼作乱，运谋剿平。（雷礼《国朝列卿纪》卷三十四）

容城王寅改户部，以外艰归。（雷礼《国朝列卿纪》卷三十六）

长垣胡锭升江西副使。（雷礼《国朝列卿纪》卷三十七）

任丘郑宗仁升南京太仆寺卿，后改光禄寺卿。（雷礼《国朝列卿纪》卷三十八）

景州戈瑄迁南京刑部左侍郎。（雷礼《国朝列卿纪》卷五十九）

正德七年

（公元 1512 年　壬申）

四月

大兴刘机再起为南京兵部尚书，参赞守备机务。（张元忭《馆阁漫录》卷十、过庭训《明分省人物考》卷一）

五月

二日，故城马中锡（1446—1512）卒，年六十七。靳贵《资善大夫都察院左都御史东田马公中锡墓志铭》：“凡入越月，感疾卒，实壬申五月二日也，年六十七。公性孝友，事继母能得其欢，抚诸孤侄有恩。居官刚介，不受私嘱。其子当荫，或请援例陈乞，公曰：‘乞字岂宜出吾口。’竟弗乞。慷慨尚义，挥金如土。苴博学工诗，豪于文，语多奇丽可传。尤长四六，所著有《甘陵志族谱》《笺经》《寓言》，宦迹所至各有藁。”（焦竑《国朝献征录》卷五十四）张廷玉《明史》马中锡传：“初，中锡受命讨贼，大学士杨廷和谓杨一清曰：‘彼文士耳，不足任也。’竟无功，与伟同下狱论死。中锡死狱中，伟革爵。”孙绪《沙溪集》卷六《资善大夫都察院左都御史东田先生马公行状》：“廷议以寇日猖獗，终非膏粱纨绮所能办，乃檄诸边劲卒并力蹙之，改命大臣往莅其事。师众之盛，比公时殆将十百。诸将又素出边陲，累建战功，旬月之间，事势顿异。公在狱闻之时，疾已革，叹曰：'古人有言，虽有智慧，不如乘势。虽有镃基，不如待时。吾值其难，人袭其易，奈何！且吾惜生灵供亿，欲不劳以成功，而一败至此，岂非天哉？'在狱八月，感疾而卒，壬申五月二日也，年六十七。""文纵横阖辟，变幻百出，迄无一凡近语。荒裔绝徼，胜衣总角之士，皆知诵习景慕，谓列法从久矣！公甫弱冠也。既筮仕，文益横逸奇崛，尤工四六。片言只语，往往脍炙人口。诗早慕许浑，晚入刘长卿、陆龟蒙间。"孙绪《马东田漫稿序》："东田先生马公，早以诗名海内，海内士翕然宗之。半联一语，篇什未成，辄远播数百里外。公何以独雄一世哉？观其所存可知已。……遗稿十丧七八。公子监生师言得诗赋、歌辞、乐府若干于虫鼠之余，属绪为评。时议拟公诗足迈许浑高者当在刘长卿、陆龟蒙之列。今三子之集俱在，试取而读之，有公之胸次乎？使公得列庙堂，虚衷融心，和鸣国家之盛，昌言远韵，当与李、杜、昌黎下上。惜哉，公不值也。"钱谦益《列朝诗集小传》丙集《马左都中锡》："天禄早慧，三岁识字，七岁能赋诗，为文有俊才，刊落凡近，于诗尤工。评者谓其体格早类许浑，晚入刘长卿、陆龟蒙之间。"《明诗综》卷二九《马中锡》存诗三首：《西掖晚归有感时事聊赋述短章用呈同志者》《晚渡咸阳》《谒元世祖庙》。《四库提要》卷一七五《东田漫稿》："是集为其子师言所编。同邑孙绪序之，称其诗卑者亦迈许浑，高者当在刘长卿、陆龟蒙之列，而其末力诋窃片语，挦数字，规规于声韵步骤，摹仿愈工，背驰愈远，盖为李梦阳而发。其排斥北地，未为不当，然中锡诗格实出入于《剑南集》中，精神魄力尚不能逮梦阳也。"《明诗纪事》丙签卷三选诗三十二首，并记："孙绪《沙溪集》：'东田诗悯时痛俗，以极于体物尽性，而要诸变雄浑深沉，无急蹙狭小之病，间于闺情幽思，旅怀宫怨以自况，而闲情逸兴时得之讽咏之外。'田按：'《东田集》句律浑成，有明珠走盘、弹丸脱手之妙。是时茶陵执盟诗坛，东田别派孤行，可谓特立之士。'"

七月

东光廖纪由太常寺少卿升寺卿，仍提督四夷馆。(《大明武宗毅宗实录》卷九十)

八月

初六日，开州晁瑮生。晁瑮（1512—1560），大名府开州（今河南濮阳市）人，字君石，号春陵。嘉靖二十年（1541）进士，授翰林院检讨，官至国子监司业。喜访录收藏图书。家富藏书，藏书楼曰"宝文堂"。工词赋，平喜刻书，所刻之书，有饮月圃、百忍堂等版。嘉靖中，编著有《晁氏宝文堂书目》，广泛著录元、明时话本、小说、杂剧和传奇，为研究我国古代小说史、剧曲史提供有价值的资料。《晁氏宝文堂书目》凡3卷，收书7829种，每书下都注明是某刻本，可资考查明人版刻源流，是清末民初藏书家们比较重视的目录之一。在分类体系上，打破四库法，分上、中、下3编，上编12类，中编6类，下编15类，共分为33小类。其中在子杂、乐府2类目下，收元、明话本、小说、杂剧、传奇，为明代其他书目中少见。又有《镜湖文集》《足征录》传世。（孙奇逢《畿辅人物考》卷之八）

九月

文安刘六乱被平，京师李东阳以运筹定议功劳被皇帝下旨赏银两表裹，并恩荫其子侄一人世袭锦衣卫正千户。后李东阳上疏恳求谢辞，皇帝下诏改荫其子侄为六品文职。法式善编、唐仲冕补编《明李文正公年谱》卷四：“《辅世编》：巨寇刘六众至数十万，初至畿甸，势张甚。王师屯德州，惠安伯张伟不敢出，提督马中锡以乡党坟墓所在，倡议招抚，司礼张永以问。东阳愤然曰：‘此贼本朝廷编氓，今攻破州县，赤子遭其荼毒，朝廷养兵百五十年，用在今日，且方出师而以招抚为计，可乎哉?’永等叹曰：‘终是老成之见。’议遂定。既而贼平，以东阳等运筹功荫一子锦衣卫世袭千户。东阳力言文墨之臣不当与矢石之功，疏四上，改荫文职六品，再辞不允。”

十一月

二十三日，东安刘体乾生。（1512—1576），字子元，号清癯，顺天府东安县（在今河北省廊坊市安次区）人。嘉靖二十三年（1544）进士，历行人、兵科给事中、户部尚书。留心国计，屡次疏请革冗员、冗费，爱惜民力，反对增赋。隆庆中，内供所费无算，数下诏征取太仓银，以国计绌乏，亟力疏争，积怨于穆宗，竟被削职夺官。神宗即位，起为南京兵部尚书，上防守四事，朝廷允从。万历二年致仕，四年卒，赠太子少保。（张廷玉《明史》卷二百十四《列传第一百二》、民国二十三年《安次县志》卷六）

二十七日，京师李东阳以身老生病恳求退休，皇帝准许，赐敕褒誉，令有司时加存问，给月食八琉待遇，恩荫其侄李兆延为中书舍人。[①] 法式善编、唐仲冕补编《明李文正公年谱》卷四：“十一月丁卯[②]，少师兼太子太师、吏部尚书华

---

① 又有记为十二月。《明鉴纲目》卷五：“纲：十二月，李东阳罢。目：东阳以老疾乞休，前后章数上，至是始许之。”

② 《明武宗实录》卷九十五记在十二月。

盖殿大学士李东阳屡以老病乞休不允，至是复上疏云：'每当具疏乞休，实是哀鸣恳诉，未蒙览察，曲荷涵容，顾在告之辰，岁过其半，素餐旷职，累积愆尤。况今岁暮袷享不能陪列，正旦朝贺不能随班郊坛，大祀不能看牲分献，而深居饱饭，偃仰在床，寤寐不宁。臣之狼狈实不知所以自处也。伏望许臣休致，则进退之节庶全始终。'上始可其请，赏银五十两，文绮四袭，荫其侄兆延为中书舍人。"

十二月

三十日，京师李东阳上疏谢恩。（李东阳《怀麓堂稿·求退录》三）

本年

天津卫刘焘生。刘焘（1512—1598），字仁甫，号带川。天津卫（今天津市）[①]人。嘉靖十七年（1538）进士。精骑射，通韬略，历任济南府推官、兵部职方主事、陕西佥事。嘉靖三十二年（1553），海盗汪直、徐海等勾结倭寇攻入浙江，任杭嘉湖副使，参与抗倭，以功加为按察使。后历福建巡抚、右副都御史、左副都御史。嘉靖四十二年（1563），任山西巡抚，总督蓟辽保定军务，寻升兵部右侍郎。四十三年（1564），任两广福建总督。隆庆四年（1570），因水土不服患病，上疏告归。万历二十六年（1598）卒，赠太子少保。（孙奇逢《畿辅人物考》卷之二、《畿辅通志》卷七十四）

任丘边宪以贼势益炽而就逮系狱。费宏《资政大夫都察院左都御史桂岩边公宪神道碑》："辛未，升都察院右都御史，巡抚山东，畿甸贼流入内界，公遣官分御，多所斩获。尝荷敕奖励，且有金帛之赐。明年贼势益炽，至命近臣统诸将，以边兵剿之。师久无功，言者请罪一二重臣以示警，公与保定巡抚萧公翀俱就逮系狱。旬岁贼平，始得释以旧职谢病家居。公处之恬然，未尝有怨。"（焦竑《国朝献征录》卷五十四）

任丘郑宗仁升都察院右副督御史，巡抚山西。（雷礼《国朝列卿纪》卷三十八）

景州戈瑄迁南京都御史，掌院事。（雷礼《国朝列卿纪》卷五十九）

永年胡瓒擢北寺右少卿，寻转左少卿。（雷礼《国朝列卿纪》卷五十九）

---

① 另有说为河北省沧州市刘辛庄人。

正德八年

（公元 1513 年　癸酉）

正月

二十四日，京师李东阳编成《求退录》，自为序。是集汇集了他从弘治八年至正德八年间他多次请求退休以及辞谢恩荫的奏疏。《怀麓堂稿·求退录序》："弘治乙卯春，东阳辱先帝简入内阁，参预机务。自揣凉薄，弗克膺重任，具疏辞，不许，黾勉就职。辛酉春，属以疾告，三具疏乞休。继以灾异辞，以不职辞，前后十余上，皆不许。自受顾命以来，恭遇今上皇帝嗣大历服，自度无所补益，当正德丙寅秋，与少师洛阳刘公、少傅余姚谢公并辞，亦不许。疏再上，二公皆得请以去，而东阳独被留命。旋值权奸窜柄，国是动摇，既不获退，则曲为匡救，十不能一二，累疾累辞。及《会典》《实录》次第告成，藩贼外平，逆臣内殄……中间疢疾时作，辄不得已而辞。……故虽冒威渎听，有所不避，或浃月再陈，或期岁十上，诚悃之积上通于天，乃于壬申之冬岁未尽四日，特赐俞旨，许令致仕。恩典之厚，复加于前。惭负之极，竟莫知所以为报也。居闲无事，检阅旧章，仰念两朝眷注之德，一代之典礼存焉。不敢以芜陋自弃，汇录之，得若干篇，为三卷，总名曰《求退录》。而辞荫之章、谢恩之奏，亦以事附焉。正德癸酉春正月二十四日……致仕李东阳谨序。"

六月

四日，昌黎白弘（1449—1513）卒。邵宝《浙江都指挥同知白君弘墓志铭》："三年，江西盗侵衢州，镇巡谓公练达，委以疆事，君极力备御，未几舆疾还卒。是为癸酉六月四日，享年六十有五。君雅好吟咏，与客倡和动，成卷帙有《松庵集》藏于家。"（焦竑《国朝献征录》卷一百十）

七月

藁城石珤奏请照弘治十五年例管理监生，得诏许。（《明武宗实录》卷一百二）

八月

涿州史道中顺天府乡试第一。其父史俊曾为成化戊子（1468）科解元，父子皆魁，成地方佳话。《兵部尚书鹿野史公道行状》：“正德癸酉顺天府乡试，翁栢庵见公三场文字，即封一柬遗公令勿发。及公闻报中解元，视之乃对一联云：‘二三千人中文章魁首，四五十年来父子解元。’比时相传以为美谈。”（焦竑《国朝献征录》卷三十九）

藁城石瑶赴南京任吏部右侍郎，京师李东阳送之以诗。《怀麓堂诗续稿》卷二《石邦彦少宰告别，席间用所赋寿诗韵以赠》：“几向金陵梦玉堂，不胜吟思绕离觞。……故人若问西园景，庭树犹青菊正黄。”①

清苑傅珪致仕。张廷玉《明史》卷一百八十四《列传第七十二》：“八年五月，复奏四月灾，因言：‘春秋二百四十二年灾变六十九事。今自去秋来，地震天鸣、雹降星陨、龙虎出现、地裂山崩，凡四十有二，而水旱不与焉，灾未有若是甚者。’极陈时弊十事，语多斥权幸。权幸益深嫉之，会户部尚书孙交，亦以守正见忤，遂矫旨令二人致仕。”

十二月

肃宁张泰（1452—1513）卒。《武宗实录》卷一百七：“（正德八年十二月丁酉）总制陕西等处军务，都察院右都御史张泰卒。泰，字世亨，直隶肃宁县人。成化戊戌进士，授邹县令。晋监察御史，巡视河东盐课，继按苏松。弘治丙辰，升陕西副使，饬洮、岷等处兵备。寻升按察使，洮、泯为建祠，以昭遗爱，其后，升山东右布政使，转陕西左布政使。正德丙寅，升右副都御史，巡抚陕西。明年，召为大理卿，会逆瑾用事，罢归。己巳，复起为刑部左侍郎。辛未，升右都御史，总制陕西等处军务，以剿贼功屡荷玺书奖赉。癸酉，卒于边。讣闻，赐祭葬如制，赠太子少保、刑部尚书。泰，美姿仪，性度坦率，居官能守职，然无所树立随时俯仰云。”

本年

涿州郝勋生。郝勋（1513—1584），字孟直，涿州（今属河北省保定市）人。中嘉靖丁酉经魁，长期隐居于乡，世称涿州先生。生平所友多名儒，所学渊邃，著文多遗失，有《川上存草》传世。（孙奇逢《畿辅人物考》卷之七）

---

① 王世贞《弇山堂别集》卷五十四纪石瑶于本年迁南京吏部右侍郎，宾之于诗中称之少宰，又有“几向”句，所言正合。

雄县袁宗儒巡按浙江，力改旧习俗。过庭训《明分省人物考》卷五："癸酉，巡按浙江。浙俗嫁女费侈，或因以贫，家故多有不举女者。即严为之禁，仍戒谕使节省，于是女生始免沉溺。又多惑风水说，有亲死，除丧而未葬者，宗儒论以人死归藏之意及人子不忍之心，其惑遂解。于是，始无暴露其棺者。又贫民不克葬者，多畀诸水火。宗儒乃为置义冢，至今赖焉。"

涿州邓璋升南京刑部右侍郎，改兵部，未及履任，奉敕赈济江西，事完升督察院右都御使，总制陕西三边军务。（雷礼《国朝列卿纪》卷三十四）

藁城石玠升右都御使。（雷礼《国朝列卿纪》卷三十三）

阜城沈冬魁升四夷馆太常寺少卿。（雷礼《国朝列卿纪》卷三十八）

正德九年

（公元1514年　甲戌）

二月

涿州史道会试中为贡士，但因父去世，未及殿试。（《兵部尚书鹿野史公道行状》）

三月

真定吕阼、吕陶兄弟二人联中同榜进士。（张弘道、张凝道《皇明三元考》卷九）

沙河朱裳苦学而中进士。崔铣《都察院右副都御史安斋朱公神道碑》："君讳裳，字公垂，沙河人。少历清节，为诸生衣食不续，裕如也。正德丙寅，御史顾潜试士，知其贤，檄府守资之，俾学于京师，旅于郊寺，无仆从，自炊汲同门生，或办甘脆而食之不往，读朱氏诗讽诵不辍口，乃大明习。明年举乡试，甲戌登进士。积官至九卿大夫，寒约如一日，号安贫子，既显，改安斋。"

交河及宦举进士，授兵科给事中。孙升《通议大夫户部左侍郎及公宦墓志铭》："及氏世为交河人，其先有名伯恭者，亢宗起家。伯恭，生善，业儒游太学，仕为齐东县丞。善生升，升生琮，琮生淮，公父也。两世俱以公贵，赠通议大夫户部左侍郎，大母高氏，母张氏，俱赠太淑人。自齐东县丞后，家世力田，至公始振儒业，补学官弟子，骎骎有时名。正德癸酉领乡荐，明年举进士，选授兵科给事中。夫不由倅令庶官，不得任台郎给舍，自唐制则然，至于今弗改；而公以进士得之，才望可知已。”（焦竑《国朝献征录》卷三十）及宦，生卒年不详，字士显，别号二河，河间府交河人（今河北省泊头市）。本年中进士，授兵科给事中。后历工科右兵科，左迁宁国府知府。再迁浙江按察副使，巡视海道。又擢陕西按察司副使、山西按察使、山西右布政使、光禄寺卿等官。嘉靖二十四年九月，迁南京都察院右副都御史提督操江。嘉靖二十六年四月，升户部右侍郎后以左侍郎职被准致仕。（孙升《通议大夫户部左侍郎及公宦墓志铭》）

京师郑绅中进士。孙升《掌通政司事工部尚书赠太子少保郑公绅神道碑》：“公为指挥君长子，当承荫乃顾，雅嗜文墨，年十余受书不释手，指挥君侍朝早起，公必先焉。归入户，辄闻读书声，定省唯时，色词以恭，指挥君暨毋胡相顾，喜曰：‘世称读书人，明理道，习孝敬，吾儿信然，大吾门必此儿也！’令就学于司徒李公。李公大奇之，一时同学多士鲜或之先焉，名起都城籍甚。举正德丁卯顺天乡试，甲戌进士。”（焦竑《国朝献征录》卷六十七）

成安张润身登进士。张润身，生卒年不详，广平府成安县（今河北省邯郸市成安县）人。登本年进士，初知西安县事，以贤能著闻，后选授户科给事中，历转工、吏二科，又任兵科给事中、平阳太守等官。晚年归乡隐居，著《四科奏议》传世。（过庭训《明分省人物考》卷九）

九月

初十，邢台王本固生。王本固（1514—1586），字子民，顺德府（今河北省邢台市）南关人。嘉靖二十三年（1544）进士，为乐安令。后历任监察御史、大理寺少卿、副都御使、刑部侍郎。隆庆初，改吏部，敢与首辅高拱辩争，被迁为南京吏部尚书。次年，以二品考绩还，被允致仕。为人厚道，为官期间政治廉洁、重于民事，史称“本固历事三朝，伟节丰功，昭人耳目”①。逝世后葬于邢台百泉村。（孙承泽《畿辅人物志》卷八、光绪三十一年《邢台县志》卷六）

---

① 今人对其在任职浙江巡按使间，扣杀倭寇的主要首领汪直之事多有非议。嘉靖年间，东南沿海一带倭寇横行。其中的主要首领汪直为中国人，富可敌国，且势力强大。他手下大小头目均已成气候，如果杀掉汪直，可能自立为王。因此，浙直总督胡宗宪和其幕僚徐渭用计将汪直诱致浙江本地，采取怀柔政策。但汪直到杭州时，被时任浙江巡按使的王本固拿下入狱，上报朝廷，弹劾胡宗宪包庇汪直。一时间，朝野不明就里的言官纷纷上书要求处死汪直。胡宗宪为求自保只得上书请求处死汪直。汪直死后，两浙大乱十年。

十月

寓宛平夏昂（1449—1514）卒。李东阳《通议大夫工部左侍郎夏君昂墓志铭》："甲戌十月十三日，卒。距其生正统己巳二月二十三日年，六十有六。朝廷遣官谕祭赐葬。君少精易学，根据经传文理鬯达，丘文庄公为祭酒试诸生，屡置首选，梓其文以传，四方学者执经问业，前后百余人，分布中外。有长台宪列卿佐者，居官奉职为给事，时多所建白，如议科举条格、论妖僧左道，皆切治体。南屏潘先生时用文行闻天下，累荐弗用。君言之最力，乃擢官翰林，遂入史局，尤为时论所韪。同考礼部会试，得士为多。为参政，每至公邸，食箪服笥必露检而后入；为布政诹访民瘼，动存俭节。在南京患马政久，弛务除奸慝，知修仓兵多匿籍，密加勘核汰冗，卒千计以充营伍，人以为能。在工部，每夙兴治事，督修京城及通州仓场，不惮往返。事皆就绪，以劳赐二品服。尝微疾，上疏乞休，优诏弗许。资望渐久，两京卿佐莫先积历，竟不及大拜，而君未始一见辞色，论者益以是验君之贤。君居家尤笃孝友，早失怙，当母朱淑人丧，三日不食，葬祭用文公家礼。事寡嫂抚其孤祚，若己出。俾齿宦籍为五官灵台郎，接物谦巽至折辈行。故人无疏戚迩远。皆称长者，如出一口云。"（焦竑《国朝献征录》卷五十一）

东光廖纪由提督四夷馆、太常寺卿职升为工部右侍郎，管理易州山厂柴炭。（《大明武宗毅皇帝实录》卷一百十七）

十一月

十三日。沧州戴才生。戴才（1514—1586），字子需，号晋庵。沧州人①。嘉靖寅卯（1543）、甲辰（1544）联捷进士，授行人司行人。历升户科给事中，巡视光禄寺，后任吏科右给事、左给事中，兵科都给事中，又擢南京太仆寺少卿、都察院右佥都御史巡抚陕西、河南，大理寺卿，再调任刑部右侍郎、左侍郎，都察院左佥都御史督理粮饷，又任都察院右都御史兼兵部右侍郎总督陕西三边、兵部尚书兼右都御史仍督三边、南京都察院掌院刑部尚书、南京兵部尚书参赞机务。诰授资政大夫，卒赠太子少保。赐祭四坛，崇祀乡贤、忠义两祠。正德九年（1514）甲戌十一月十三日卯时生，万历十四年（1586）九月卒，寿七十三。配田氏，诰赠夫人；继配穆氏，诰封夫人。葬沧州城东茔。著《沧州戴氏族谱》《二十五史补编》。（孙承泽《畿辅人物志》卷九）

---

① 过庭训：《明分省人物考》卷六记为景州（今河北省衡水市景县）人。

十二月

初七，南皮汤宾生。汤宾（1514—1585），字继寅，号交川，河间府南皮县（今河北省沧州市南皮县）人。嘉靖二十九年（1550），中进士。任安福知县，历常州知府，擢湖广按察副使，兵备苏松。官至右副都御史巡抚郧阳。张佳胤《通议大夫都察院右副都御史交川汤公宾墓表》："公讳宾，字继寅，交川其号也。上世为楚齐安人，有远祖徙顺义。永乐间祖庆暨曾祖福春者，始卜南皮而家焉。福春生澄，澄生某太学生。初封户部主事，再封中宪大夫、湖广按察司副使，娶于刘封太恭人，是为公父。母太恭人孕公时，中宪公梦一少年冕笏入户，公遂生中宪公。通星家学知公大贵。公自幼颖敏殊凡儿，书口授辄成诵，属对应声而荅，皆奇丽惊人。五岁时，忽向中宪公前朗诵《大学·康诰章》，意若有风人，益奇之。已而，中宪公授吴江丞。公时可八岁，随侍行道里二千而遥，中所经行山川郡邑、水陆交际下极娓琐，一一能举其详。"（焦竑《国朝献征录》卷六十二）

本年

京师李东阳成《燕对录》二卷。李东阳自弘治八年入阁至正德七年致仕，先后辅政十八年，此编为他在辅政期间被召议政的记录，成编于本年。今存明嘉靖时期刊《交泰录》本、明抄《国朝典故》本。

大兴刘机再乞致仕，准归。居南京，流贼犯江上，以其力拒退。雷礼《国朝列卿纪》卷五十"甲戌，再乞致仕，疏三上，给驰驿以归，月廪岁隶之，赐视前有加。机之在南京也，适流贼犯江上，机谋曰：'今日之事，唯立主帅、定赏格、修营栅，恤军士为急，时李都督昂自贵州罢，镇还南京，乃邀致之，而委重焉。'李以未得朝命，辞机曰：'朝廷敕吾辈有曰：敕内该载不尽者，尔等从宜区处，此即朝命也。'亟取瓦屑坝竹木为营，使军士免暴露之苦，发官银七千余两犒军，防守有备，贼不敢南，皆其力也。"

藁城石玠升南京吏部右侍郎。（雷礼《国朝列卿纪》卷十二）

任丘郑宗仁升总储户部右侍郎。（雷礼《国朝列卿纪》卷三十八）

雄县侯观升户部右侍郎，寻以本官迁右签都御史，总督宣大军务。（雷礼《国朝列卿纪》卷三十八）

阜城沈冬魁升光禄寺卿，改太常寺卿，督四夷馆。（雷礼《国朝列卿纪》卷三十八）

任丘边宪复起巡抚宁夏，以剿贼功，得奖赉。雷礼《国朝列卿纪》卷五十七："甲戌，复起巡抚宁夏，至则筑垣堑蓄刍粮，凡边之备罔有不饰。尝御虏于花马池，斩馘若干，虏遭挫劫而遁。又御之于红儿山，五日七捷，事闻，奖赉有加。"

涿州田景贤致仕。杨廷和《崇禄大夫太子太保礼部尚书掌太常寺事赠太子太傅西郭田公景贤墓志铭》："正德甲戌以年近七十，两疏乞休未允，复连引疾，上念其恳切，特从所请，加太子太保　赐玺书，给驿还乡，令有司月给米三石，岁拨舆隶四名备用。陛辞之日，复命中官赉宝镪三千锭充路费，盖异数也。既乘传，公卿祖饯盛集郊外，各绘图赋诗赠之。比归，杜门晏息，课诱子孙，怡如也。"（焦竑《国朝献征录》卷三十三）

容城王寅改职刑部，到官几一月而病，再疏乞休致，不允，疏三上。诏许归养，疾愈起用，归两月而卒。（杨一清《嘉议大夫刑部右侍郎王寅墓志铭》）

景州戈瑄任南京刑部尚书。（《戈氏族谱》）

正德十年

（公元1515年　乙亥）

四月

清苑傅珪（1459—1515）卒。赠太子少保，谥文毅。孙承泽《畿辅人物志》卷七："俄有旨令珪致仕去，即束装就道。既归清苑，杜门谢客，迹不至郡。辟园城西，莳花植木，日与亲旧饮酒赋诗为乐，绝口不谈朝政，不通书朝贵。中有佳山水，趣携亲友往游，浃旬而返，峻绝幽邃，人所不至之地，皆留题焉。十年四月，以疾卒，年五十有七。公为人厚重朴直，沉毅端方，耻浮薄，寡嗜好，内刚外和，与人言侃侃无所隐伏，自检甚严，于绳墨不失尺寸，居闲浑然，遇事则精核明审，人不敢欺。……为文平生不事剜刻，有《北潭集》八卷，藏于家。卒之日，棺椁衣殓之具皆自处分，书籍词翰之类皆封以付诸弟，且戒死后勿乞恩祭葬，勿求墓志铭，勿作佛事。既卒，抚巡官以闻，上命赐葬祭。公在翰林时，无事表见，及柄用则刚大之气、忠贞之节、经济之才、镇定之力，卓然不群，而其处进退死生之间，尤为俊伟，求之古人，盖无愧云。赠太子少保，谥文毅。"廖道南撰《殿阁词林记》卷五："卒，以从子棨为后，荫中书舍人，升礼部主事，大学士梁储铭其墓曰：嗟北潭古遗直，曰为臣惟举职事，感中义，形色言必详，行必立，虽贲获靡能易。廖道南曰：予从中书省尝见棨之为人，和易温雅。及棨奉使长沙，过予蒲野，寄兴高远，怡情恬愉，可以想见北潭公也。夫王谢之门多奇士，房杜之后无佳儿，其然岂其然乎？赞曰：'和而能介，刚而能潜，处蛊能饬，处困能亨，不激以抗，不随以迁，断断无他北潭有焉！'"张弘道、张凝道《皇明三元考》

卷七："傅珪，清苑人。字邦瑞，选庶吉士，授编修，仕至礼部尚书。致仕卒，赠太子少保，谥文毅。珪朴直端谅，自检甚严，孝友之行，孚于乡曲。正德中，前则刘瑾以惨行其毒，中则张永以巧弄其恶，终则张忠张雄钱守江彬以愚暴肆其妄，士靡靡矣。全臣节者，大学士刘忠、尚书傅珪及牟锦衣斌三人云。"《武宗实录》卷一百二十三："珪，强毅有执，人不能干以私。在礼部守法持正，尝因类奏四方灾异，陈时弊十事，言甚剀切，以此忤权幸，忽传旨逾令乞休，珪抗疏得归。两京言官交章留之。不报，家居杜门谢宾客，绝迹公府。遗言诫子弟：'忝窃大官，无以报国，慎毋以恤典请。'御史卢雍等以为言，给祭葬如例。"

蓟州卫燕忠卒。《武宗实录》卷一百二十三："（正德十年夏四月丁巳）大理寺卿燕忠卒。忠字良臣，直隶蓟州卫人。成化甲辰进士。任常州宁国府推官，有能声。弘治癸丑，擢监察御史，多所建白。壬戌，升陕西按察副使，整饬环、庆兵备。正德丙寅，升陕西苑马寺卿。戊辰，升陕西按察使。庚午。升左布政使。辛未，升都察院右副都御史，巡抚宣府。寻升大理寺卿。至是卒，赐葬祭如例。忠为人有执不阿，与物多忤，人亦不能干以私，扬历中外，政行多可观。居大理寺时，疾恶似伤于刻，然亦不失为君子也。"

本年

蔚州尹耕生。尹耕（1515—?），字子莘，号朔野，宣化府蔚州卫（今河北省蔚县）人[①]。嘉靖辛卯（1531）中举，次年（1532）中进士，由兵部郎中出知河间府，授蒿城知县，后升河南按察签史，因被人弹劾，遣戍辽东，遂不复用。后归里，筑"九宫山房"，读书著书其中。边塞诗成就较高，钱谦益称"作为歌诗，沉雄历落，《秋兴》《上谷》诸篇，有河朔侠烈之风"。朱彝尊《静志居诗话》卷十二："李何诗派竞行，曾未及时，而学李者渐少，宗何者日多。学李得其风骨者，前有凌溪，后有朔野而已。朔野以边才自负，一蹶不振，坎壈而终。诗如晓角秋笳，听者凄楚。"著有《塞语》一卷，实为三镇三关志，另有《南泰纪略》一卷、《朔野山人集》等。陈田《明诗纪事》戊签卷十八选六首。（《明诗综》卷四十六、钱谦益《列朝诗集小传》丁集上）

邯郸孙修偶以公事过秦垅，率军拒虏，咸高其绩。孙奇逢《畿辅人物考》卷之二《经济·孙副都公修》："乙亥，虏犯秦陇，别部万余，奄至平凉。藩臬重臣，有事于土者皆不至。修偶以公事过其地，关柝弛备，宗室内震，城且陷，急令塞诸门，召哈指挥率敢死士百余人，发劲矢射之。虏大詟，乃环城数里而阵，于是

① 钱谦益《列朝诗集小传》丁集上记为代州人。

城守始严。虏遽引去，中外咸高其绩。”

文学家冯惟敏随父冯裕离开晋州。《乾隆正定府志》卷二十六（职官）：“尚继美，东平人，举人，正德十年任。”尚继美为晋州知州后任，可知冯裕本年调离。文学家冯惟敏亦当随迁，其当在晋州生活了一生最初的五年。

藁城石瑶转任礼部。（雷礼《国朝列卿纪》卷十二）

藁城石玠升户部尚书。雷礼《国朝列卿纪》卷三十三：“乙亥，升户部尚书。时，武宗数北巡，日有调集，军费不赀，玠经营筹画，未尝告匮。”

京师郑绅授户部主事。（孙升《掌通政司事工部尚书赠太子少保郑公绅神道碑》）

景州戈瑄上书致仕未被批准。朝廷下诏赐予戈瑄祖父母、父母、夫人诰命荣身。（《戈氏族谱》）

正德十一年

（公元 1516 年　丙子）

五月

十七日辰时，容城杨继盛（1516—1555）生。杨继盛，字仲芳，号椒山，保定府容城（今河北容城县）北河照村人。嘉靖二十六年（1547）进士，初任南京吏部主事，师从南京吏部尚书韩邦奇，后官兵部员外郎。因上疏弹劾仇鸾开马市之议，被贬为狄道典史。再被起用为诸城知县，迁南京户部主事、刑部员外郎。调兵部武选司员外郎，以“十不可”“五谬”反对仇鸾在西北边境开设互市，被下锦衣狱、贬官。后复官至兵部，上疏力劾严嵩“五奸十大罪”，再遭诬陷下狱，被迫害致死。穆宗时赠太常少卿，谥忠愍。（徐阶《明兵部武选司员外郎赠太常少卿谥忠愍杨公墓志铭》、孙承泽《畿辅人物志》卷八）

六月

二十七日，遵化张守直生。张守直（1516—1590），字时举，号笔峰。系元代右丞相忙古歹的九世孙。嘉靖十六年（1537）举人，二十三年（1544）进士。初任浙江省嘉定县知县，因任间刚方正直，厚重清俭，兴学劝农，三载后升为兵部主事，又调任吏部考功文选郎中。善选人才，曾推荐王锡爵、郭泰、许劭等人，不谄媚权相严嵩。后升大理寺少卿，审理严世蕃案，又擢光禄寺卿。其为官素以廉洁著称，以工部左侍郎，主持显陵修建。隆庆四年（1570）升户部尚书，采取节约财政开支的举措。隆庆六年（1572）七月致仕回乡。闲居十七载而亡。（《畿辅通志》卷七十四）

七月

京师李东阳《怀麓堂稿》编成。此为李东阳仕宦期间诗文作品集，有《诗稿》二十卷、《文稿》三十卷、《诗后稿》十卷、《文后稿》三十卷，杂记七种，即《南行稿》《北上录》《讲读录》等，为李东阳生前自辑。《诗后稿》《文后稿》系门生何孟春编次。前有杨一清撰《怀麓堂集原序》，后署“正德丙子秋七月朔，光禄大夫、柱国少傅兼太子太傅吏部尚书武英殿大学士知诰兼经筵官石淙杨一清撰”。清代刻本名《怀麓堂集》或《怀麓堂全集》。清代刻本与明代刻本有较大差异。（钱振民《李东阳年谱》）

二十日，京师李东阳（1447—1516）以病辞世。追赠太师，谥文正。张元忭《馆阁漫录》卷十（正德十年）：“己亥，致仕特进光禄大夫、左柱国、少师兼太子太师、吏部尚书、华盖殿大学士李东阳卒。东阳字宾之，先世本湖广茶陵人，以戎籍居京师。生四岁能作径尺大书，景皇召见，抱置膝上，且试之书，赐果及钞。六岁、八岁，两召见试对偶。讲《书》大义称旨，赐皆如初，命肄业京学。年十六，举乡试。十八，登进士，改翰林庶吉士，授编修。秩满，迁侍讲。秩再满，迁侍讲学士，寻侍东宫讲读。丁内艰，弘治二年服阕，以从龙恩，迁春坊左庶子，仍兼侍讲学士。四年，《宪庙实录》成，迁太常少卿，兼官如故。七年，大学士徐溥等奏文臣诰敕，当如旧专官撰拟，遂擢礼部右侍郎兼侍读学士，以领其事。寻被命兼文渊阁大学士，参与机务。十一年，进太子少保、礼部尚书。十六年，进太子太保、户部尚书，改谨身殿大学士。武宗即位，进少傅兼太子太傅，寻加少师兼太子太师、吏部尚书、华盖殿大学士。正德七年，累疏恳辞致仕，至是卒。讣闻，上辍朝一日，祭葬如例，仍赐米布五十石匹，新钞万贯，赠太师，谥文正。”张廷玉《明史》卷一百八十一《列传第六十九》：“为文典雅流丽，朝廷大著作多出其手。工篆隶书，碑版篇翰，流播四裔。奖成后进，推挽才彦，学士大夫出其门者，悉粲然有所成就。自明兴以来，宰臣以文章领袖缙绅者，杨士奇后，东阳而已。”《武宗实录》一百三十九：“东阳在翰林，以文学名，前辈或忌之。迁侍讲学士数年，始与经筵，然不以为意也。尝大旱，应诏陈言剖析《孟子》中语，切治道者数条，附以时政得失为献，孝庙甚嘉纳之。既入阁，不时召对，遇事多所规益。末年受顾命，缕缕数百言，东阳感激思报。正德初.群小坏政，遂与同官刘健、谢迁条陈十事，指斥贵近，言甚剀切。因自劾求退。

健、迁皆罢，而东阳独留，命下，据案涕泣，连疏乞归。不许。于是刘瑾威权日盛，狎视公卿，惟见东阳则改容起敬。时焦芳与东阳同官，又助瑾煽虐，东阳随事弥缝，去太去甚，或疏论廷辩，无所避忌。所以解纾调剂，潜消默夺之功居多，否则衣冠之祸不知何所极也。或者乃以其依违隐忍，不即决去，非之过矣。所著有《怀麓堂前后续稿》百余卷。凡朝廷诏册谥议，诸大制作多出其手，诗篇、碑板传播四裔，虽字书小技，亦精绝逼古人罕及之。”廖道南撰《殿阁词林记列传》卷二：“廖道南曰：予观杨邃庵《叙怀麓堂稿》云：‘高才绝学，独步一世，如大河之源，出昆仑至积石、至龙门、至底柱，吞吐百川，涵浴日月，顷刻万变而不知所穷。’邵二泉《叙续稿》云：‘盛德嘉谟，泽被海内，如大将御戎，不闻号令，一节一麾，无不如意。’嗟乎！可谓知言矣！予以为，弘治间薄海外内泰和流行。兵以不试为威，财以不蓄为富，刑以不措为治，伊谁之力耶？君子是以知文正之不可及也。”张弘道、张凝道《皇明三元考》卷六：“东阳慧悟夙成，文章潇洒，代言敷奏，明畅尔雅。又能奖进才隽，推挽声誉，事孝宗称忠勤。武宗时周旋曲济，保护善类。清谨弗渝，休休有容，人顾思之。”刘侗《帝京景物略》：“墓在畏吾村，万历中，邻人取土几露，前和宛平方公从哲封树之坎掩而已。”“一祠近皇城迤西，孝宗赐第也，第久析为民居。嘉靖乙酉麻城耿公定向首议赎还为公祠。”

九月

二十八日，京师李东阳葬于京西城西直门外畏吾村祖茔。（杨一清撰《墓志铭》）

藁城石珤由礼部右侍郎升为左侍郎。（谈迁《国榷》卷五十）

十一月

赐故城马中锡祭。《武宗实录》卷一百四十三：“（正德十一年十一月乙巳）赐都御史马中锡祭。”“十一年，巡按御史卢雍追讼其冤，谓贼实听招而佥事许承芳忌之，密请益兵以疑其心，后虽更受中锡约束，方至军门而征入之命下矣。朝廷是其言，赐祭一坛。中锡，历官俱有可观，而忤瑾得罪，尤为时所重，招降之谬，未必尽如言官所论。而刘七辈横行猖獗．其可招者或不免于怯云。”

本年

新安刘恺升礼部尚书。（孙奇逢《畿辅人物考》卷之四）

东光廖纪升工部右侍郎，督厂事。（雷礼《国朝列卿纪》卷二十六）

藁城石玠加太子少保，赐蟒衣、玉带，允赐敕乘传还乡。雷礼《国朝列卿纪》卷三十三：“丙子，二品秩满，加太子少保，赐蟒衣、玉带。玠恪守成宪，会钱宁窃权，阻坏盐法，累执奏与之忤，被谗夺俸，因恳疏乞骸，得允赐敕乘传还乡，有司月给米四石，岁拨夫四名。”

新城杨潭奉敕修京东运河桥道，后督饷，立功于宣、大。张文宪《荣禄大夫户部尚书紫泉杨公潭墓志》：“丙子，奉敕修理京东运河桥道，甫落成，复拜命督饷。于宣、大时，虏压境，兵马大集，公区画有方，远迩城堡胥各充备，事竣还，上赐麟袍及金币，复荫子如初。”（焦竑《国朝献征录》卷二十九）

永年胡瓒升都察院左佥都御史，巡抚大同，兴利革弊，剔蠹除奸，宗室有遗毒地方，皆疏其罪锢之高墙，复上边务六事，上皆嘉纳之。（翟銮《南京工部尚书胡公瓒神道碑》）

大城梁材进右参政，寻晋按察使，平定朱宸濠之乱有功。（《太子少保户部尚书赠太子太保梁公材谥端肃传》（京学志））

长垣胡锭升山西按察使。（雷礼《国朝列卿纪》卷三十七）

正德十二年

（公元1517年　丁丑）

三月

任丘袁淮中进士。袁淮（1525年前后在世），字伯昭。河间府任丘（今河北任丘）人。本年进士。初仕郏县，累调杞县、临川、临汾，所任有政声。升户部郎，出知淮安府。学问博洽，多所著述。著有《川汾别集》《淮泗小稿》《西征集》等，兵燹后仅存诗集。

涿州史道服阕，被赐进士出身及官。《兵部尚书鹿野史公道行状》：“公哀毁过礼，庐于墓侧三年，服阕，赐二甲进士出身，选授翰林院庶吉士，改授兵科给事中。”（焦竑《国朝献征录》卷三十九）

赵州刘世盛中进士，选庶吉士。

任丘邝显中进士，选庶吉士。

良乡赵锦中进士，后赠太子少保。

六月

东光廖纪升吏部右侍郎。(《大明武宗毅皇帝实录》卷一百五十)

九月

束鹿王宗彝（1436—1517）卒。《武宗实录》卷一百五十三："（正德十二年九月[1]）乙酉，致仕礼部尚书王宗彝卒。宗彝，字表纶，直隶束鹿人，初名伦，文之子也。尝乡试不第，景皇帝以文故，钦赐举人。天顺初，文被法，宗彝亦谪戍。事白，复领乡荐。以成化丙戌进士，授户部主事，寻用荐迁郎中，督理辽东军饷。后讨建州夷，以督饷有劳，擢太仆寺少卿。久之，擢右佥都御史，巡抚辽东。时建州以方受讨疑惧不贡，又遮掠朝鲜贡使，宗彝谓用兵费且不赀，请贯之，许令修贡。癸卯，坐累左迁四川参议。会番夷毁松茂饷路，宗彝出彼不意，窘以兵，俾修复之。累迁右副都御史，巡抚陕西，入为兵部右侍郎，阅潮河川等路兵马城池，寻转左，庚申，虏犯大同，经略居庸等关晋右都御史虏犯辽东以宗彝提督军务，亡（无）何擢南京礼部尚书。正德丁卯，逆瑾用事，乃罢归。瑾败，言者屡荐不起。至是卒。如例祭葬，谥安简。宗彝仪干修癯，端谨重厚，所至靡不尽力，然不事表暴，故无赫赫之名。"马廷用《资政大夫南京礼部尚书赠太子少保谥安简王公传》："公生质清典雅，才识名敏通变，练达边务，熟知国朝典故，遇事敢为。年后八旬，耳目聪明，步履康健，足以当朝廷重托。惟吏部两京科道，连章奏焉，荐公宜重用。公乐于晚年简散，杜门谢客，手不释卷，不头起云。"[2]

本年

京师李东阳的门生张汝立等在苏州刊行《怀麓堂续稿》二十一卷。此稿主要收录李东阳致仕后四年间的诗文作品，包括诗八卷、文十二卷、补遗一卷。今存版均有不同程度的残缺。(钱振民《李东阳年谱》)

乐亭王好问生。王好问（1517—1582），字裕卿，别号西塘，永平府乐亭（今河北省唐山市乐亭县）双庙村人。楚雄知府王好学之弟，嘉靖丙午（1546）举乡试，庚戌（1550）成进士。初授太常博士，迁御史。为官廉正，不畏权暴。后又任大理少卿、太仆、通政使、工部侍郎，刑、户两部侍郎，旋又升任南京右都御史、户部尚书。曾四次奏疏皇上请求辞退，终被批准。归家后数月病逝。赐

---

① 张元忭：《馆阁漫录》卷十记卒在八月。

② 朱大韶编：《皇明名臣墓铭》(二)。

祭葬，赠太子少保衔。（孙承泽《畿辅人物志》卷八、光绪三年《乐亭县志》卷九）

藁城石珤兼翰林学士掌院事，授庶吉士业。（雷礼《国朝列卿纪》卷十二）

任丘边宪升南京刑部右侍郎。（雷礼《国朝列卿纪》卷三十六）

任丘郑宗仁以户部右侍郎兼右签都御史，总督宣大军饷。（雷礼《国朝列卿纪》卷三十八）

正德十三年

（公元1518年　戊寅）

十二月

京师李东阳《怀麓堂稿》刻成。此集在其去世前不久开始刊刻。正德十一年，其门人徽州郡守熊桂从所知处得到《怀麓堂稿》稿本的副本，与州同知王仲仁等在郡斋开刻。同年挚友杨一清曾于正德十一年七月初写成《怀麓堂稿序》。本月初一，门人靳贵又为之撰写后序。此本即为正德本，也是《怀麓堂稿》最早的刻本。（钱振民《李东阳年谱》）

本年

吐鲁番复攻哈密，寇兰州，羽檄日至，上以旧绩，复起涿州邓璋提督军务，便宜从事，迫寇乞和，越十余年不敢犯。（夏言《荣禄大夫南京户部尚书赠太子太保烟村邓公墓表》）

新城杨潭升户部尚书，以刚正为人服。张文宪《荣禄大夫户部尚书紫泉杨公潭墓志》："戊寅，升本部尚书，总理仓场。公具疏辞，上以温旨慰留。先是督仓中贵率凭籍专愎，公接遇以礼，而事不与议，且归并剩粮，革久滥官，攒以祛烦扰，平收斛面以绝通贿，人咸服公刚正。"（焦竑《国朝献征录》卷二十九）

东光廖纪升吏部右侍郎。（雷礼《国朝列卿纪》卷二十六）

阜城沈冬魁升右副督御史，巡抚河南。（雷礼《国朝列卿纪》卷三十八）

新安刘恺加蟒玉。（孙奇逢《畿辅人物考》卷之四）

正德十四年

（公元1519年　己卯）

二月

武宗自加太师，敕谕南巡，黄巩、舒芬等一百四十六人先后疏谏，悉杖于廷，死者十余人。《明鉴纲目》卷五："纲：帝自加太师，敕谕南巡，郎中黄巩（字伯固，莆田人）、修撰舒芬（字国裳，进贤人）等百四十六人，先后疏谏，悉杖之，死者十一人。"

四月

十八日，藁城石玠致仕。因上疏救谏阻南巡诸臣，为权幸所怒，遂引疾归家。孙承泽《畿辅人物志》卷七："上欲南幸，群臣切谏，悉杖之于朝，乃上疏论救，诸侧目因而构毁，乃令自陈夺俸，遂称病归。杜门却埽，意致澹然，喜读《国语》《左传》，尤好靖节、香山二公诗，行坐不释手，每花晨月夕，辄朗诵之以当歌曲。"

东光廖纪转吏部左侍郎。（《大明武宗毅皇帝实录》卷一百七十三）

五月

初七日，邢台赵孔昭生。赵孔昭（1519—1584），字子潜，号玉泉，北直隶顺德府邢台人。嘉靖二十三年（1544）中进士。授鄢陵知县，擢御史，出按两浙。历时官至协理京营戎政、兵部左侍郎兼右佥都御史。万历元年（1573）十月初一日致仕。（焦竑《国朝献征录》卷四十一）

涿州邓璋起抚甘肃地方。（雷礼《国朝列卿纪》卷三十四）

六月

宁王朱宸濠叛乱，大城梁材时为浙江按察使，力稳局面。孙承泽《畿辅人物志》卷四："宸濠之乱，公方为按察浙中，浙去南昌非远，镇守太监毕真与濠通，人心汹汹，御史张缙就谋于公，公即案调兵食方略，一日悉具。乃自往说毕撤兵卫，二浙遂安。"

二十三日，涿州田景贤（1446—1519）卒，赠太子太傅。杨廷和《荣禄大夫太子太保礼部尚书掌太常寺事赠太子太傅西郭田公墓志铭》："正德己卯以疾卒，春秋七十有四。讣闻，上思悼久之，赠太子太傅，遣官谕祭者五，命工部营葬事。公器宇恢弘，天性孝友，在仕途四十四年，始终一节不徇，私比不营产业。当逆瑾用事，煽毒缙绅，于公靡所中伤，人咸谓公盛德，奸雄亦敬服也。尤笃于行义，乐于施予，居官所入俸资，仅供日用，囊无铢两之积。"焦竑《国朝献征录》卷七十《太子太保礼部尚书掌太常寺田景贒传》："太子太保礼部尚书田景贤，字宗儒，顺天府涿州人。成化乙未进士，授户科给事中，升通政使司右参议。弘治辛亥升太常寺少卿通政使，寻升礼部右侍郎，掌太常寺事。正德戊辰升礼部尚书，掌寺事，屡赐玉带及金织麒麟衣。庚午，加太子少保。引年乞休，疏志上，乃加太子太保，赐玺书，乘传以归，命有司给月廪岁隶。正德十四年六月卒，赐祭葬如制。景贤体貌魁岸，音吐洪畅。为人淳实，守官四十余年，廉谨如一日。晚年清洁寡欲，人所罕及。卒之日几无以为敛，士论称之。"

八月

固安杨维聪中顺天府乡试第一名。张弘道、张凝道《皇明三元考》卷九："顺天杨维聪，固安人，字达甫，号方城，治诗。年二十九庚辰进士第十名，廷试一甲第一名。累官光禄寺卿。父和，举人，长史；兄维杰，丙戌榜眼。"

东光廖纪以吏部左侍郎职同内外坐营官防守都城九门。（《大明武宗毅皇帝实录》卷一百七十七）

秋

涿州邓璋迁南京户部尚书，综理宸濠变后事物，得南都人信赖。夏言《荣禄大夫南京户部尚书赠太子太保烟村邓公墓表》："己卯，宸濠变起。上自将驻跸南都，秋以公为南京户部尚书。公与兵部尚书乔公协心同规，综理应给，凡中官一切无名之索皆力却之。政有纷更者，亦抗疏止之，南都人深赖焉。"

本年

新城杨潭莅部事，适宁藩遘变，善为计处，中外倚之。张文宪《荣禄大夫户部尚书紫泉杨公潭墓志》："己卯，改莅部事，寻赐蟒服玉带以荣之。适宁藩遘变，上亲征，百官景从，供应急于星火。加以恩幸之，赏赉无纪，客兵之支费益增。公剂量计处日：'不暇给，随取具足'，中外倚之。"（焦竑《国朝献征录》卷二十九）

任丘边宪改户部，以忧归。服除，以右侍郎总督太仓疏漕运数事，未几转左，

莅部事。（雷礼《国朝列卿纪》卷三十六）

雄县侯观迁户部尚书，督仓储。（雷礼《国朝列卿纪》卷三十八）

景州戈瑄再次上书申请致仕，获准退休回家。并于当年病逝。（雷礼《国朝列卿纪》卷五十九）

正德十五年

（公元1520年　庚辰）

二月

藁城石珤以礼部左侍郎翰林院学士职被命与翰林院侍讲学士李廷相同为会试考试官，取中张治等三百五十名。因明武宗南巡，廷试延至明年五月。（王世贞《弇山堂别集》卷八十二）

三月

固安杨维聪等进士及第，杨维聪中新科科状元，授翰林院修撰。明代状元共八十九名，河北仅两名，维聪即为其一。《明史·选举志》："（正德）十五年庚辰，武宗南巡，未及廷试。次年，世宗即位，五月御西角门策之，擢杨维聪第一。而张璁即是榜进士也，六、七年间，当国用事，权侔人主矣。"王世贞《弇山堂别集》卷八十二《科试考二》："十五年庚辰，命礼部左侍郎翰林院学士石珤、翰林院侍讲学士李廷相为考试官，取中张治等，时武庙狩南京，及秋而退。辛巳夏五月，上登极始试之，赐杨维聪、陆釴、费懋中及第，选进士廖道南、江汝璧、詹泮、郑一鹏、童承叙（1495—1542）、黄佐（1490—1566）、赵廷瑞、张逵、杜桐、王相、葛鸿、张治（1488—1550）、张衮、王同祖（1497—?）、李佶、伦以谅、卢焕、王用宾、陈讲、李默、李春芳、吴文之、董中言、丁汝夔凡二十五人为庶吉士，命掌詹事府尚书兼学士刘春、侍讲学士刘龙教习。"查继佐《罪惟录》志卷十八《科举志》"科举盛事·兄弟鼎甲：'固安杨惟聪，正德己卯解元，庚辰状元；兄惟杰，嘉靖丙戌榜眼。'"

南宫刘濂中进士，授河南杞县知县，有民望。黄容惠修，贾恩绂纂《南宫县志》卷十七："刘濂，字浚伯，锡长子。少慷慨有大节，未尝学问，其父自沁水罢官归，贫甚，无以供朝夕。濂时年二十六，始折节读书，文思骤进。正德十四年举人，连捷进士，出知杞县。公明爱人，声动遐迩，杞人恃如父母。"

冬

新城杨潭得帝赐赠。以无隙可乘，避江彬加害。张文宪《荣禄大夫户部尚书紫泉杨公潭墓志》："庚辰，考绩，上遣中使颁赐羊酒楮币授资政大夫。上赐二代及元配高氏，封继配王氏如制。是岁冬，驾自南旋，驻跸通州，时江彬擅权矫诏召公欲报复加害，公刍粟赢余，无隙可乘，竟弗遂。"（焦竑《国朝献征录》卷二十九）

本年

藁城石珤主考会试，又主武举事。（雷礼《国朝列卿纪》卷十二）

涿州邓璋任南京户部尚书①。（雷礼《国朝列卿纪》卷三十四）

长垣胡锭补浙江按察使。（雷礼《国朝列卿纪》卷三十七）

永年胡瓒督官军大破虏寇，得褒美及厚赏，并上疏请帝回銮。为江彬妒，请休致。雷礼《国朝列卿纪》卷五十九："武宗驾幸云中，值虏寇大举，瓒帅众御之，躬事行阵，虏乃遁去，斩获甚众。捷闻，赐以玺书及蟒衣三袭、白金三十两，荫一子为锦衣百户。时随驾者多怙势挠法，瓒上疏极言且请早回銮舆，大略以沙漠之地，虏寇出没无常，万一有失，臣死不足惜，如宗庙社稷何？援《袁盎谏文帝西驰峻坂》之论，言甚剀切。月余不得旨，人皆为惧。瓒曰：'宁祸身家，毋祸军民也。'幸将江彬因嫉瓒，瓒请休致，不报，复恳请，乃令养疾。"

江东才子徐霖被招在北京随驾。《金陵琐事》《诗话》云："山人徐霖：武宗皇帝召命禁直，霖作诗纪之云：'久嗣《豳风》学老农，圣恩忽漫起疏慵。身离陆海三千里，目睹天门十二重。封禅无书何献纳，清平有调幸遭逢。临流久洗巢由耳，也许来听长乐钟。'及放归作诗云：'放归吾愿遂，计日便还乡。免上乞骸疏，将求辟谷方。无心判恩怨，有道管行藏。耿耿恩君念，他生亦不忘。'夫霖以召对，除夕应制百韵立成。虽雅俗并陈，词多谲谏。在帝左右，从容顾问，游从竟日夕，可谓不世之奇遇。武宗屡命以官，辞而不拜。终更事变，拂衣遂初。冥鸿高骞，弋人徒慕。此其人岂与嗜甘腐鼠，蹇（搴）裳濡足，卒与祸会者同日语哉。既归而名益震，词翰益奇。又几二十年竟以隐终。"徐霖（1462—1538），字子仁，号九峰、髯仙，又称徐山人。生于华亭（今上海松江），后移居金陵。工书法，兼善绘画。填曲富有才情，且颇精于格律，与散曲作家陈铎在当时并有"曲坛祭酒"之称，并与谢承举一起被称为"江东三才子"。所填词曲颇为皇帝欣赏，曾作传奇8种，仅存《绣襦记》。

---

① 夏言：《荣禄大夫南京户部尚书赠太子太保烟村邓公墓表》记在上年秋，两种有异，暂记备考。

正德十六年

（公元 1521 年　辛巳）

正月

庚申，藁城石瑶由礼部左侍郎兼翰林学士升为礼部尚书，仍兼学士，掌詹事府。（张元忭《馆阁漫录》卷十）

东光廖纪升南京吏部尚书。（《大明武宗毅皇帝实录》卷一百九十五）

二月

初六日，藁城石玠（1463—1521）卒，赠太子少傅。著有《东滹漫稿》。雷礼《国朝列卿纪》卷三十三："归，杜门却扫，意绪澹然，居二年以疾卒，年五十九。赠太子少保。玠天性孝友，待物宽厚，居官以诚信爱民为本。自俸禄外，无一毫妄取，及请老归，葺所居，仅避风雨，与弟文隐公友爱备至，喜读《国语》《左传》，尤好渊明、乐天诗，所著有《东滹漫稿》。"

五月

御史周宣劾前江西提学副使李梦阳比宸濠，忌郑岳、江万实致狱。逮梦阳下狱。（《国榷》卷五十二）

春

涿州邓璋致仕，赠太子太保。（雷礼《国朝列卿纪》卷三十四）夏言《荣禄大夫南京户部尚书赠太子太保烟村邓公墓表》："辛巳夏，以疾恳乞骸骨，上留弗得，从之。归则徜徉田园，课训子孙，足不一至州县门，过宾罕得见者。"

七月

东光廖纪以南京礼部尚书职乞去，上以其历事先朝，老成练达慰留。（《大明武宗毅皇帝实录》卷四）

夏

新城杨潭恳乞致仕，始得允。（焦竑《国朝献征录》卷二十九）

本年

长垣胡锭升浙江布政使。(雷礼《国朝列卿纪》卷三十七)

任丘郑宗仁升户部尚书，仍兼总储。(雷礼《国朝列卿纪》卷三十八)

雄县侯观致仕。(雷礼《国朝列卿纪》卷三十八)

阜城沈冬魁升工部右侍郎，督易州山厂。(雷礼《国朝列卿纪》卷三十八)

京师郑绅补职户部，晋升员外郎。(孙升《掌通政司事工部尚书赠太子少保郑公绅神道碑》)

易县万民英生。万民英（1521—1603），字汝豪，号育吾，其先祖为江夏人。永乐年间，祖父万义由御史贬为戍大宁都司卫，居易州城内，嘉靖二十八年中举，二十九年中进士，先后任河南道监察御史、福建兵备参议等职。因直言遭陷害，借机扶母灵柩回故里。隐居三十多年，建乡学，收弟子，热衷慈善与教育，李时新等二十几名弟子多有建树。编著有《易经会解》《三命通会》《星学大成》《兰台妙选》《荫符经》《相字心经》刊行于世。另有《道德经解》《宗教易简录》《言志漫稿》《菊花谱》等著作收藏于家。

永年胡瓒于家撰《操江留都疏》，皆为采纳。寻升右副都御史。翟銮《南京工部尚书胡公瓒神道碑》："辛巳，即家，起《操江留都疏》，陈江洋事宜。大略：专委任、明约束、实军伍、示激赏、处战舰、时操练，上皆从之。寻升右副都御史。"

晋州吕秉彝（1474—1521）卒。吕柟《监察御史静轩吕君秉彝墓碑》："距生成化甲午，寿四十有八岁云。君形貌伟长庄厚，人望之知其为端士，且醇悫明坦，人皆乐与之游。至其辨析物理，皆该括群书，超迈众见，足动人听闻，若乃持正不干人以私宽厚，不忮奉身俭约，则自为诸生已然矣。使天假之以年，究其所蕴蓄，虽古贤相名卿何难到乎？伤哉!"(焦竑《国朝献征录》卷六十五)

第四章

嘉靖元年至隆庆六年

(1522 ~ 1572) 共 51 年

嘉靖元年

（公元1522年　壬午）

四月

东光廖纪从南京吏部尚书转南京兵部尚书，参赞机务。（《大明世宗肃皇帝实录》卷十三）

五月

藁城石珤取代王琼，任吏部尚书。（黄佐《南雍志列传》二）

七月

藁城石珤仍兼翰林院学士，在内阁专管制诰。（黄佐《南雍志列传》二）

八月

怀安岳伦中顺天府乡举。孙承泽《畿辅人物志》卷七："岳伦，字厚夫，别号云石，保定人。少负奇节，以上谷僻陋寡见闻，挟册来京，从诸名人游，问学日博。嘉靖壬午，领袖乡荐。"

十月

十七日，大兴刘机（1451—1522）卒，赠太子太保。杨廷和《资政大夫太子少保南京兵部尚书进阶荣禄大夫赠太子太保乐忘刘公机墓志铭》："家居九年乃卒，嘉靖壬午十月十七日也。讣闻，赠太子太保，命礼部谕祭者四工部治茔域。公仕三朝，历践华要，同考会试主考、应天乡试并会试者各一，教庶吉士者再，自侍郎[①]至尚书皆兼日讲，银币冠履，金玉束带之赐不一足。公长身玉立，音吐洪畅，见者生敬。为诗文惟取达意，不事雕琢。在翰林时，本业之外从事律学，每取法家所谓疏义者，细书各条之上。盖志在建立，不屑章句间也。喜谈名理，亹亹不倦，善辩者莫能夺。代世子以酗酒革爵，卒后，朝廷葬以世子之礼。""公性孝友

① 原文难识，据过庭训《明分省人物考》卷一校补。

事继母甚谨，苑马公所遗尽以分诸弟，公一无所取，诸弟蚤逝，又为婚嫁其遗孤。待宗族有恩，礼雅尚俭，素薄于自，奉无世禄之习，别号‘乐忘’，人因以称之。”（焦竑《国朝献征录》卷四十二）

十一月

东光廖纪为南京给事中郑庆云所劾，引疾乞致仕，得许。（《大明世宗肃皇帝实录》卷二十）

十二月

涿州史道由兵科给事中升迁山西按察司佥事，上疏弹劾首辅大学士杨廷和。（《兵部尚书鹿野史公道行状》）

涿州史道以副使身份出使朝鲜，获清介好评。《兵部尚书鹿野史公道行状》：“嘉靖改元，公奉命赐玉带一品服，出使朝鲜。至其国，馈赆一无所受，虽《皇华集》亦却之。朝鲜国王以公之清介奏闻，且以《皇华集》封进。敕礼部颁给。”（焦竑《国朝献征录》卷三十九）

本年

司礼监刊刻《三国志通俗演义》，凡二十四卷二百四十则。题“晋平阳侯陈寿史传”，“后学罗本贯中编次”。首弘治甲寅庸愚子序，次修髯子引。庸愚子系蒋大器别号，金华人。嘉靖元年刊本是现存《三国演义》的最早版本，庸愚子序是现存最早的评论《三国演义》的序文。

沙河朱裳常茹菜连旬，有清苦名，列内外清正臣八人之列。崔铣《都察院右副都御史安斋朱公神道碑》：“常茹菜连旬，无肉食。御史按山东时，鲁人为传曰：‘长斋云’。嘉靖初，诏举先朝故典，选天下方面知府治行高者赐燕劳止得八人，君为巩昌守，以清苦与列。后给事中刘世杨等举内外清正臣，大学士石珤而下八人，君在中。”

理守正文臣，赠清苑傅珪太子太保，谥文毅。（项笃寿撰《今献备遗》卷二十七）

遣藁城石珤祀阙里及东岳少昊陵。（雷礼《国朝列卿纪》卷十二）

长垣胡锭升督察院右副督御史，巡抚山西。（雷礼《国朝列卿纪》卷三十七）

任丘边宪转刑部左侍郎，莅部事。（雷礼《国朝列卿纪》卷五十七）

涿州邓璋进阶荣禄大夫，秩从一品。（夏言《荣禄大夫南京户部尚书赠太子太保烟村邓公墓表》）

大城梁材按察云南。（雷礼《国朝列卿纪》卷五十九）

任丘郑宗仁（1451—1522）卒于户部尚书任上。（雷礼《国朝列卿纪》卷三十八）

阜城沈冬魁回理部事，改户部右侍郎，总督仓储。（雷礼《国朝列卿纪》卷三十八）

枣强毛鹏生。毛鹏（1522—1565），字汝南，号双渠，父泽。初为邑掾，后弃去。生而颖异，总角补邑庠。试辄冠诸生，中嘉靖丙午举人，联捷进士，知江阴。廉明有为，以筑城功，擢御史。出按宣大二镇，条边务百六十余疏。后历巡按山东、太仆寺少卿、签都御史等职。官终右副都御史，提督雁门等关，巡抚山西，以尽瘁边事，遘疾不起。（民国二十年《枣强县志》卷五《人物》上、孙奇逢《畿辅人物考》卷之二、殷士儋《都察院右副都御史毛公鹏墓表》）

嘉靖二年

（公元1523年　癸未）

正月

初一，任丘刘勃生。刘勃（1523—1603），字仲安，号柱峰，河间府任丘（任丘市）青塔乡陈王庄人。嘉靖二十九年（1550）进士。官江西新建知县、户部主事、河南按察司佥事。年八十一而卒，因子元震、元霖贵赠工部左侍郎、工部尚书、太子太保。（乾隆二十七《任丘县志》卷九）

二月

命少傅太子太傅户部尚书谨身殿大学士蒋冕、掌詹事府吏部尚书翰林院学士石珤为会试考试官，取中李舜臣等四百人。（《弇山堂别集》卷八十二）

涿州史道因劾杨廷和被下诏狱，且贬谪为陕西金县县丞，言官数十人上章论救，改史道复任兵科给事中。不久，又改任河南佥事兼兵备颍州（治今安徽阜阳）。因其父史俊曾任同职，复为当地佳话。（《兵部尚书鹿野史公道行状》）

三月

卢龙赵得佑中进士，选陕西道监察御史。以敦雅之质，又历贵州佥事、贵州毕节道、陕西行太仆寺卿等官。《陕西行太仆寺卿赵得佑传》（永平志）：“赵得佑，字符吉永平卢龙县人。曾祖忠由永乐甲子举人任御史，改刑部郎中致仕，以行谊为乡饮宾，殁举祀乡贤，得佑三岁失怙。稍长好读书，为诸生，邻人有加以横逆者，读书自如，人服其雅量，登嘉靖癸未进士。凡公服以布为之，当道有司皆重其敦雅，甫三月急缺风宪，选陕西道监察御史，封其父章巡按应天，掌南京畿道，而严翻松苏等府案牍及于纠劾辅臣，群党侧目，升贵州佥事以去。未几，以边材调辽东巡海，省筑边金费，调山西兵备，分巡冀南道，转贵州毕节道，升山东参议，而分守辽海东宁道，升陕西副使备兵肃州，其在贵州却金而服蛮夷，及抚哈密、酒泉颂之，升陕西行太仆寺卿。”（焦竑《国朝献征录》卷一百四）

任丘纪资中进士，初任官青州，遇事敢为。张萱撰《西园闻见录》卷十二：“纪资，任丘人，嘉靖癸未进士，丙申守青州，言动质直，遇事敢为，狱讼清平，豪右敛手，属吏有不自识者，必庭诘之。尝曰：‘少年入仕，情多恣傲，上复优容，是姑息也。’一时俊锐之士始不自堪。”

四月

苏州文人文征明（1470—1559）至京，授翰林待诏，杨慎、黄佐礼敬有加。文嘉《先君行略》：“巡抚李公充嗣露章荐公，督学欲越次贡之，公曰：‘吾平生规守，岂既老而自弃耶?’督学亦不能强，竟以壬午贡上。癸未四月，至京师，甫十八日，吏部为覆前奏，有旨授公翰林院待诏。翰林诸公见诸公推与太甚，或以为过。及见公，咸共推服。而新都杨公慎、岭南黄公佐，爱敬尤至。故事，翰林以人之先后为坐次，公年既长，其中又有为公后辈者，遂以齿让公。公竟上坐，众亦不以为忤。”

七月

初五日，寓宛平刘效祖生（据《嘉靖二十九年进士登科录》）。刘效祖（1523—1589），字仲修，号念庵，著名散曲家。原籍滨州（今山东惠民），寓居宛平（今属北京）人。嘉靖二十九年（1550）进士。历任卫辉府推官、户部主事，官至陕西按察副使。因负才不偶，与时龃龉，因故罢官。以散曲创作著称，郑振铎《中国俗文学史》称其散曲是“做了破天荒的一种工作”。词曲小令在当时颇有名，曾流传宫中散曲有《都邑繁华》《中一笑》《混俗陶情》《裁冰剪雪》《良辰乐事》《空中语》《云林稿》《莲步新声》等多种，但当时多已散佚。后由其从子孙在诸家选本中搜集残存，编为《词脔》，收小令112首、套数1篇，仅为原作的极少部分。另有《四镇三关志》十二卷、《春秋稿》二卷、《刘仲修诗集》及文若干卷、《塞上言》一卷、《清时行乐》二卷、《长门词》二卷、《灯市谣》《盛世宣威》等行

于世。(《畿辅通志》卷七十四、孙承泽《畿辅人物志》卷十四)

秋

容城杨继盛从沈姓老儒发蒙。所受书，凡读四五遍，即能成诵。(杨继盛《椒山先生自著年谱》)

霸州王遴生。王遴（1523—1609），字继津，顺天府霸州（今河北省霸州市）人。嘉靖二十六年（1547）进士，授绍兴推官。入为兵部主事，历员外郎。同官杨继盛弹劾严嵩及其孙严效忠冒功事，杨继盛论死，王遴为资粥膳。及杨继盛死，收葬之，且将女许配其子杨应箕。严嵩父子大恨，摘他事下之诏狱。事白复官，迁山东佥事，再迁岢岚兵备副使。嘉靖四十五年（1566），擢为右佥都御史，巡抚延绥。以御边不利被劾，改官巡抚宣，大兴屯田。秩满，又为右副都御史、兵部右侍郎等职，终官兵部尚书。万历三十六年（1608），逝。赠太子太保。明熹宗天启中，追谥恭肃。著有《大隐堂集》四卷、《二镇疏草》八卷、《奏议》十卷。(孙承泽《畿辅人物志》卷八)

本年

沙河朱裳迁迁浙江副使，日啜菜羹，清廉耿介，寻得屡迁。张廷玉《明史》卷二百三《列传第九十一》:“嘉靖二年举治行卓异，迁浙江副使。日啜菜羹，妻操井臼，迎父就养。同列知其贫，制衣一袭为寿，父亦拒不纳。三迁至浙江左布政使，以右副都御史总理河道，数条上方略。”

东光廖纪改吏部尚书加太子太保。(雷礼《国朝列卿纪》卷二十六)

任丘边宪升南京刑部尚书。(雷礼《国朝列卿纪》卷三十六)

大城梁材以服阕，任云南按察使。(《太子少保户部尚书赠太子太保梁公材谥端肃传》(京学志))

邯郸孙修擢河南右布政使，寻升浙江左，以母病，未及抵任。(孙奇逢《畿辅人物考》卷之二)

长垣胡锭改南京督察院右副督御史兼督操江西。(雷礼《国朝列卿纪》卷三十七)

阜城沈冬魁升南京礼部尚书。(雷礼《国朝列卿纪》卷三十八)

永年胡瓒升南京刑部右侍郎，寻转北刑部。(翟銮《南京工部尚书胡公瓒神道碑》)

京师郑绅升鸿胪寺左少卿。(孙升《掌通政司事工部尚书赠太子少保郑公绅神道碑》)

据《嘉靖二年进士登科录》，本年顺天府进士登科情况如下：

第二甲18名，赐进士出身。姓名及履历分别为：

张琛，贯大宁都司保定左卫官籍，顺天府顺义县人，都司学生，治《诗经》。字廷献，行三，年二十四，十二月十七日生。曾祖旺，百户；祖清，百户；父宏，百户；母王氏，封安人。具庆下。兄瑗，百户；珑。弟琏。娶孙氏。顺天府乡试第五十五名，会试第五十六名。

宋圭，贯直隶保定府新城县，民籍，国子生，治《易经》。字符锡，行二，年三十二，十二月二十日生。曾祖贵，旌表义民；祖文；父麟，知县；母张氏。永感下。兄奎。娶许氏。顺天府乡试第八名，会试第一百十一名。

陈儒，贯锦衣卫官籍，国子生，治《诗经》。字汝宗，行四，年三十六，七月初五日生。曾祖仕，锦衣卫百户，赠武略将军；祖复宗，锦衣卫副千户；父贤，纪善。前母黄氏、田氏，母田氏，继母尹氏。慈侍下。兄俊，副千户；伟，副千户；杰；弟仁、佐、仪。娶侯氏，继娶杨氏。顺天府乡试第二十一名，会试第六名。

胡伟：贯武功中卫匠籍，山西五台县人，顺天府学增广生，治《诗经》。字士奇，行二，年二十五，十一月十七日生。曾祖玉，百户；祖瑾，镇抚；父忠；母李氏。具庆下。兄俊，弟儒、侨。娶董氏，继娶陈氏。顺天府乡试第七十六名，会试第二百六十名。

茹鸣金，贯太医院医籍，直隶无锡县人，国子生，治《诗经》。字声父，行四，年三十四，十二月十八日生。曾祖文中，寿官；祖吉；父海，封南京户部主事；前母谢氏，母吴氏，赠安人。永感下。兄鸣玉，知州；鸣鸾；鸣凤，知县，前光禄寺寺丞。娶陈氏，继娶徐氏。顺天府乡试第三名，会试第四十四名。

沈韩，贯直隶苏州府常熟县，民籍，国子生，治《诗经》。字师德，行一，年四十二，七月初二日生。曾祖福；祖达，赠刑部主事；父海，知府进阶亚中大夫；嫡母朱氏，封安人，生母周氏。永感下。弟范，监生；虞，监生。娶钱氏，继娶时氏。顺天府乡试第六十六名，会试第九十三名。

屠应坤，贯浙江嘉兴府平湖县人，营州卫军籍，国子生，治《书经》。字文厚，行二，年三十一，正月二十日生。曾祖湘，赠刑部尚书；祖机，赠刑部尚书；父勋，刑部尚书，赠太保，谥康僖；嫡母陈氏，赠夫人；林氏；牛氏，封夫人；生母杨氏。慈侍下。兄奎，布政司参议；垔、学；垚，监察御史；垕、举、堂；应埙，前礼部郎中。弟应埘、应垣、应圻、应坊、应竣、应埏。娶陆氏。顺天府乡试第二十四名，会试第一百七十六名。

张文宪，贯武功右卫军籍，浙江崇德县人，国子生，治《诗经》。字廷鉴，行五，年三十三，三月初九日生。曾祖如成；祖善，寿官；父溥；前母薛氏，母李氏。永感下。兄文英、文睿、文奇、文华。弟文奎。娶随氏，继娶陈氏。顺天府乡试第四十二名，会试第一百十名。

乔祺，贯顺天府涿州，民籍，国子生，治《礼记》。字景福，行十，年三十五，正月二十九日生。曾祖礼，祖兴，父江，母赵氏。永感下。兄能，锦衣卫千户；鸾、凤、鹏、云、大、川、深、德甫、德录；弟祐。娶张氏。顺天府乡试第一百三十一名，会试第一百八十五名。

李仁，贯直隶广平府曲周县，民籍，县学生，治《诗经》。字士元，行二，年三十二，十月初七日生。曾祖智，祖彪；父梅，听选官；前母张氏，母吕氏。具庆下。兄仪，弟仿、效。娶方氏。顺天府乡试第一百十六名，会试第三百二十一名。

赵得佑，贯直隶永平府卢龙县，民籍，县学生，治《诗经》。字符吉，行二，年三十三，十二月二十三日生。曾祖忠，监察御史进阶中顺大夫；祖定，知县；父章；母胡氏，继母徐氏。具庆下。兄经。弟纶、得福、得禄、得祯、得祥、得佑、得祺、得祚、得祚、得禧、得禋、得礼。娶俞氏。顺天府乡试第四十四名，会试第二百九十六名。

王亿，贯直隶河间府献县，民籍，国子生，治《书经》。字万成，行一，年三十四，六月十五日生。曾祖寿，祖玉，父明。母刘氏，继母董氏。具庆下。弟仲。娶孙氏。顺天府乡试第四十八名，会试第二百六十三名。

刘珂，贯直隶大名府开州，民籍，国子生，治《诗经》。字伯玱，行一。年四十二，正月初六日生。曾祖聚，祖整，父浩，母傅氏。慈侍下。弟玦、璐、瑂。娶孙氏，继娶董氏。顺天府乡试第三名，会试第一百五十五名。

王松，贯顺天府固安县，民籍，国子生，治《书经》。字汝节，行十，年三十，十月初八日生。曾祖徽；祖彀，知县；父鸑，主簿；前母辛氏，母董氏，继母史氏。具庆下。兄盘、干，栋，主簿；桂，楫，大使；栻、栗；桓，义官；机、祝；弟梯。娶曹氏，继娶曹氏。顺天府乡试第一百二十七名，会试第九十六名。

卢耿麒，贯直隶永平府滦州乐亭县，军籍，县学生，治《书经》。字仁叔，行一，年二十四，十月二十七日生。曾祖斌，寿官；祖敬，司务；父梁，母王氏，继母蔺氏。具庆下。弟九畊、耿麟、耿鹏、耿鵰、耿麡、耿凤、耿光。娶郁氏。顺天府乡试第五十名，会试第三百三十三名。

吕璋，贯锦衣卫官籍，湖广荆门州人，国子生，治《诗经》。字尚德，行一，年三十九，四月初十日生。曾祖鉴。祖通，赠千户；父海，正千户。母孙氏，赠宜人，继母张氏，封宜人。慈侍下。弟阶。娶王氏。顺天府乡试第十一名，会试第六十四名。

黄玠，贯直隶河间府任丘县，民籍，国子生，治《诗经》。字国信，行三，年四十，九月初六日生。曾祖斌，祖节，父礼，母张氏。具庆下。兄珏、琇。弟瑢、佩、珩、珂、琮、瑞、宗文、宗武。娶李氏，继娶段氏、潘氏。顺天府乡试第一百九名，会试第一百九十三名。

王允修，贯直隶保定府容城县，民籍，县学增广生，治《易经》。字克成，行四，年二十四，正月初九日生。曾祖能，赠工部右侍郎；祖志广，封工部右侍郎；父寅，刑部右侍郎；前母李氏，赠淑人；母崔氏，封淑人。慈侍下。兄允中、允塞、允言。娶韩氏。顺天府乡试第一百十二名，会试第二百二十八名。

第三甲 32 名，赐同进士出身。姓名及履历分别为：

石瓘，贯燕山左卫军籍，直隶威县人，国子生，治《易经》。字廷陈，行三，年四十，三月十二日生。曾祖全，祖政，父洪，母唐氏。慈侍下。兄环、珍。娶倪氏，继娶郄氏。顺天府乡试第一百三名，会试第一百六十七名。

张珩，贯直隶保定府安州，民籍，州学生，治《诗经》。字汝节，行五，年二十八，十二月初七日生。曾祖清，祖敏，父学，母郝氏。严侍下。兄琮、琛、瑜、玠；弟珍、瑶、琳、琚、玶、璠。娶马氏。顺天府乡试第二名，会试第十一名。

李涵，贯直隶永平府迁安县，民籍，府学生，治《易经》。字容之，行五，年二十六，三月二十六日生。曾祖林；祖友，教谕；父金，按察司副使；母徐氏，封宜人。慈侍下。兄洪、濡、沾、润；弟泳、治、沐、涞、洲、浦。娶廖氏。顺天府乡试第八十五名，会试第一百七名。

纪资，贯直隶河间府任丘县，民籍，国子生，治《易经》。字廷言，行一，年四十，七月十五日生。曾祖信，祖友，父论，母林氏，继母李氏。具庆下。兄晋，弟赞、宾。娶边氏。顺天府乡试第一百二十九名，会试第二百七十八名。

王仪，贯顺天府霸州文安县，民籍，国子生，治《诗经》。字克敬，行三，年四十，二月三十日生。曾祖表；祖能，主簿；父贤，义官；母封氏。永感下。兄价，义官；杰。弟相、伦、宗尧、宗舜、楫。娶邢氏，继娶宋氏。顺天府乡试第九十八名，会试第一百十八名。

项锡，贯浙江嘉兴府嘉兴县，官籍，嘉善县人，国子生，治《春秋》。字秉仁，行三，年三十四，十一月二十八日生。曾祖衡，赠资政大夫都察院左都御史；祖忠，兵部尚书，赠太子太保，谥襄毅；父经，布政司右参政，进阶嘉议大夫；嫡母赵氏，赠孺人；田氏、王氏，生母王氏。具庆下。兄镛，千户；镗，千户；

铠，官生；镇，监生。弟铧、金。娶祝氏。顺天府乡试第一百七名，会试第一百十四名。

蔡锐，贯永清右卫官籍，直隶滦州人，国子生，治《书经》。字晋伯，行一，年三十二，十二月二十九日生。曾祖贵，赠指挥使；祖宣，指挥使；父通；母刘氏，继母胡氏。具庆下。弟锜、锡、铭。娶张氏。顺天府乡试第三十五名，会试第一百四十七名。

王庚，贯直隶永平府滦州，民籍，国子生，治《易经》。字文祥，行二，年三十九，十月十六日生。曾祖通，祖益；父得春，寿官；母卫氏。具庆下。兄奎。娶李氏。顺天府乡试第三十五名，会试第三百七十九名。

龚治，贯羽林前卫官籍，山东堂邑县人，顺天府学增广生，治《春秋》。字汝登，行一，年二十八，十二月十一日生。曾祖俊，指挥使，赠昭勇将军；祖顺，都指挥佥事，封昭勇将军；父铎，指挥使，封昭勇将军；母刘氏，封淑人。重庆下。弟浚、瀚。娶陈氏。顺天府乡试第九十五名，会试第三百六十六名。

尚志，贯金吾左卫军籍，山西高平县人，国子生，治《书经》。字士先，行十二，年四十八，十月十一日生。曾祖整。祖鹤。父宽。母刘氏。永感下。兄寿、福、禄。娶王氏，继娶萧氏。顺天府乡试第六十七名，会试第一百六十九名。

徐淮，贯锦衣卫旗籍，山东武定州人，国子生，治《诗经》。字仲川，行二，年四十一，十一月二十六日生。曾祖文善，祖广，父政。母方氏，继母董氏。永感下。兄江，弟济。娶谷氏，继娶范氏。顺天府乡试第二十三名，会试第三百四十一名。

杨宜，贯直隶真定府深州衡水县，灶籍，县学生，治《易经》。字伯时，行六，年二十九，九月十三日生。曾祖文理，祖青，父惠，前母刘刘氏，母张氏，继母张氏。具庆下。兄宠、宇、宿，弟宦、宾、宷。娶张氏。顺天府乡试第四名，会试第八十八名

贾应春，贯直隶真定府真定县军籍，国子生，治《诗经》。字东阳，行一，年二十五，九月二十五日生。曾祖福，寿官；祖瑄，父隆。母李氏。重庆下。弟应奎、应璧、应翼、应轸。娶吴氏。顺天府乡试第一百名，会试第三百五十八名。

刘宗仁，贯直隶大名府大名县，民籍，县学生，治《诗经》。字容甫，行一，年四十，八月二十四日生。曾祖四，祖福，父允；母来氏。慈待下。弟宗礼、宗智、宗道、宗顺、宗禹、宗汤、宗文、宗武。娶郭氏。顺天府乡试第一百二十名，会试第三百四名。

范箕，贯顺天府大兴县匠籍，直隶吴江县人，国子生，治《书经》。字斗南，行三，年四十一，九月十三日生。曾祖世昌，祖进，父麟。前母萧氏，母冯氏。

永感下。兄文章、奎璧。弟翼。娶穆氏，继娶董氏，张氏。顺天府乡试第一百十四名，会试第二百二十一名。

周原，贯顺天府大兴县民籍，浙江鄞县人，儒士，治《易经》。字惟一，行五，年三十八，六月二十一日生。曾祖敦和，祖瑜，父说。母张氏，严侍下。兄夔；弟薇，贡士；满。娶管氏。顺天府乡试第三十七名，会试第一百三十名。

杨铨，贯武功右卫官籍，直隶邳州人，国子生，治《诗经》。字秉衡，行二，年三十四，七月二十日生。曾祖荣，正千户；祖瑛，正千户；父懋，正千户；前母王氏，母王氏，封宜人。具庆下。兄锦，弟钧。娶任氏，继娶王氏、李氏。顺天府乡试第七十八名，会试第二百六十六名。

王侑，贯锦衣卫校籍，广东万州人，顺天府学附学生，治《易经》。字廷献，行二，年二十六，九月初八日生。曾祖显政，祖智魁；父景和，文思院副使。母盛氏。慈侍下。兄佐，皮作局副使。娶彭氏，继娶严氏。顺天府乡试第一百三名，会试第三百九十六名。

钦昊，贯顺天府东安县，民籍，国子生，治《诗经》。字子翼，行二，年三十八，四月初五日生。曾祖东，行人司司副，赠太仆寺少卿；祖侃，都察院右佥都御史；父德恢，布政司右参政，赠中大夫；母延氏，封恭人，赠淑人。永感下。兄曦；弟光霁，南京大理寺寺副；光需。娶孟氏。顺天府乡试第八十六名，会试第三百四十三名。

钟英，贯武骧右卫军籍，山东滋阳县人，国子生，治《诗经》。字汝积，行一，年三十，十一月十一日生。曾祖升，祖刚，父瓒，母陈氏。具庆下。弟美。娶刘氏。顺天府乡试第三十四名，会试第三十八名。

张集，贯直隶真定府晋州，民籍，国子生，治《书经》。字汝思，行二，年二十八，正月二十七日生。曾祖信；祖名矩，封监察御史，赠大理寺左寺丞；父璇，都察院右佥都御史；母邵氏，封宜人。具庆下。兄棐，弟渠、檠、筑、臬、盘。娶王氏。顺天府乡试第四十八名，会试第三百七十七名。

王道，贯直隶涿鹿卫军籍，浙江海宁县人，涿州学生，治《诗经》。字弘济，行一，年三十四，六月初九日生。曾祖胜，祖瑄，父庆。母纪氏，继母田氏。具庆下。弟迁、逊。娶李氏，继娶顾氏。顺天府乡试第四十名，会试第八十七名。

杨锐，贯锦衣卫官籍，顺天府房山县人，国子生，治《书经》。字克成，行二，年三十八，八月十九日生。曾祖得春；祖清，赠武略将军管军副千户；父礼，锦衣卫百户，前副千户，封武略将军；母田氏，赠宜人。严侍下。兄锪，户部郎中；弟镃，前锦衣卫百户。娶陈氏。顺天府乡试第二十六名，会试第九十二名。

余升，贯大宁营州右屯卫军籍，浙江开化县人，国子生，治《书经》。字德阳，行二，年三十六，十二月十八日生。曾祖谷祥，祖谅，父惠，母李氏。永感下。兄昂，弟昊。娶张氏，继娶刘氏，潘氏。顺天府乡试第一百十九名，会试第八十五名。

单钺，贯武功中卫匠籍，直隶嘉定县人，国子生，治《书经》。字廷仪，行三，年三十六，八月初二日生。曾祖信，祖政，父纪，母姜氏。慈侍下。兄钦、鉴。弟锦、镗、铠、镃、锐、錤、镮、鏊、鏠、钧。娶苏氏。顺天府乡试第一百十四名，会试第八十一名。

王民，贯直隶河间府景州故城县，军籍，国子生，治《易经》。字敬夫，行一，年三十七，七月十九日生。曾祖举政，祖英，父玑，母李氏。严侍下。娶马氏。顺天府乡试第一百二十三名，会试第二百七十六名。

李錞，贯顺天府通州官籍，浙江景宁县人，府学附学生，治《易经》。字伯和，行一，年二十五，七月十六日生。曾祖信，赠百户；祖贵，百户；父璋，右布政使；前母齐氏，赠安人；母赵氏，封安人。具庆下。兄汝钦，贡士；铉，义官；鈜、镗、镇，弟鉼。娶张氏。顺天府乡试第一百二十三名，会试第三百四十四名。

张问之，贯直隶河间府沧州庆云县，民籍，县学生，治《诗经》。字子审，行三，年二十九，八月十九日生。曾祖仲礼，祖荣；父琮，省祭官。母徐氏。慈侍下。兄相、学之。娶陈氏，继娶马氏。顺天府乡试第九十八名，会试第二百十六名。

张鹏，贯直隶涿鹿左卫，官籍，国子生，治《书经》。字伯化，行一，年三十六，五月二十七日生。曾祖礼。祖敬。父玉。母野氏。严侍下。娶李氏，继娶王氏。顺天府乡试第一百三十三名，会试第一百六十二名。

张镗，贯武功中卫，匠籍，浙江余姚县人，国子生，治《书经》。字德扬，行四，年三十四，三月初三日生。曾祖安，祖华；父逵，寿官；前母陈氏，母余氏。具庆下。兄镃、钺、铭。娶许氏。顺天府乡试第九十七名，会试第三百八十八名。

杨行中，贯顺天府通州，民籍，国子生，治《书经》。字惟慎，行一，年三十五，二月初十日生。曾祖秀，祖礼，父昪。母陆氏，继母马氏。具庆下。弟行直、时泽、行谨、时雍、行恭、时泰、行恕、时宜、行简、行敬、行仁。娶贾氏。顺天府乡试第二十八名，会试第二百四十一名。

万义，贯直隶山海卫军籍，江西奉新县人，卫学生，治《易经》。字质夫，行二，年三十五，十一月十六日生。曾祖能，祖全，父贵；嫡母马氏，生母余氏。永感下。兄仁。娶张氏，顺天府乡试第四十五名，会试第三百二十八名。

乔英，贯直隶保定府祁州束鹿县，民籍，县学生，治《诗经》。字伯藏，行五，年四十一，九月十二日生。曾祖士忠，祖青；父深，寿官；前母张氏，母贾氏。永感下。兄宽、檼、聚、全，弟俊。娶任氏，继娶周氏。顺天府乡试第四十名，会试第七十名。

嘉靖三年

（公元 1524 年　甲申）

三月

藁城石珤署詹事府事、吏部尚书与国子祭酒赵永各论大礼，报闻。（谈迁《国榷》卷五十三）

五月

谨身殿大学士蒋冕致仕，藁城石珤入阁，不称帝意。《明鉴纲目》卷六：“纲：五月，谨身殿大学士蒋冕罢，以石珤（字邦彦，玠之弟）为吏部尚书，兼文渊阁大学士，预机务。目：自杨廷和罢，冕以首辅当国。帝逐汪俊，用席书，召张璁、桂萼，悉由中旨。追尊建室，亲自裁决，不关阁臣。冕言：有官守者，不得其职则去。臣备员内阁，于朝廷事，无所匡救，溺职甚矣。因连疏求罢。帝以珤为廷和所不悦，欲引以赞大礼，乃听冕致仕，命珤入阁。珤据理力争，持论坚确，大失帝意。”

七月

大礼议复起，各部群僚跪谏于庭。帝怒，逮一百九十余人入狱，编修王相等十八人被杖死，为首者遭戍边。《明鉴纲目》卷六：“纲：诏章圣皇太后尊号去‘本生’字，群臣伏阙谏，戍学士丰熙等于边，杖员外郎马理（字伯循，三原人）等于廷。目：帝召见群臣左顺门，示以手敕，言章圣皇太后命去本生字，群臣骇愕。而张璁、桂萼复列上礼官欺罔十三事，且斥为朋党。于是九卿、詹事、翰林、给事、御史六部，大理行人诸司，各上章争之，皆留中不下。尚书金献民（字舜举，绵州人）、少卿徐文华（字用光，嘉定州人）倡言曰：‘诸疏留中，必改称孝宗为伯考矣。’吏部右侍郎何孟春曰：‘宪宗朝，议慈懿太后葬礼，姚夔率百官伏哭文华门，此我朝故事也。’杨慎曰：‘国家养士百五十年，杖节死义，正在今日。’编修王元正（字舜卿，盩厔人）、给事中张翀曰：‘万世瞻仰，在此一举。有不力争者，共击之。’遂会群僚（九卿二十三人、翰林二十二人、给事二十人、御史三十人，诸司郎官，吏部十二人、户部三十六人、礼部十二人、兵部二十人、刑部二十七人、工部十五人、大理寺属十二人。）跪伏左顺门，有大呼高皇帝、孝宗皇帝者。帝方斋居文华殿，命中官谕之退，不听。帝怒，遣锦衣先执为首者。丰熙、张翀及御史余翱、郎中余宽（浙江临海人）、黄待显（莆田人）、陶滋、相世芳（安邑人）、大理寺正毋德纯（南充人），八人下狱。杨慎等乃撼门大哭，众皆哭，声震阙廷。帝益怒，命尽录诸臣姓名。（时有不在列者，其亲故以不预义举为嫌，多为代书。）遂系马理等一百九十人于狱，孟春等待罪。越数日，为首者戍边，四品以上夺俸，五品以下予杖，编修王相（字懋卿，鄞人）等十六人，杖死。自是衣冠丧气，璁、萼等势益张。”

固安杨维聪与舒芬、杨慎等人等伏左顺门哭争，被廷杖。（张廷玉《明史》卷一百七十九《列传第六十七》）

十月

十二日，任丘边宪（1464—1524）卒。改任北京都察院左都御史，北上赴任途中，在船上得病，后卒于故里，年六十一岁。（雷礼《国朝列卿纪》卷五十七）

十一月

东光廖纪起为吏部尚书。张廷玉《明史》卷二百二《列传第九十》：“嘉靖三年，‘大礼’议既定，吏部尚书杨旦赴召，道劾张璁、桂萼。璁、萼之党陈洸遂劾旦而荐纪。帝罢旦，以纪代之。纪疏辞，言：‘臣年已七十，精力不如乔宇，聪明不如杨旦。’时宇、旦方为帝所恶，不许。”

十二月

东光廖纪以病辞召，未得允。《大明世宗肃皇帝实录》卷四十六：“起用礼部尚书廖纪复称病不能赴召，得旨以卿老成才望，故特寄之铨衡，如有疾当善调摄，疾愈，亟来，毋故辞。”

本年

新安刘恺（1470—1524）卒。孙奇逢《畿辅人物考》卷四：“世庙御极，以疾连章乞休，上曰：‘是善理河夫失也。’允致仕。归三载卒。上念其劳勋，赐祭二坛，命有司营葬。所著有《西皋吟》《咨奏稿》。”

任丘李时进侍读学士，又擢礼部右侍郎。（张廷玉《明史》卷一百九十三《列

传第八十一》)

大城梁材晋贵州左布政使，寻调广东。颂声载途，所至之处多立专祠祀公。(《太子少保户部尚书赠太子太保梁公材谥端肃传》(京学志))

永年胡瓒擢升升户部左侍郎。(翟銮《南京工部尚书胡公瓒神道碑》)

容城杨继盛仅九岁，不得爱于兄，分屋一间、米数斗、驴一头，每日早起自做饭，乘驴出牧，乡人皆为流涕。(杨继盛《椒山先生自著年谱》)

陕西许宗鲁升副使，兵备霸州。(乔世事《督察院右副都御史许公宗鲁墓注铭》)

嘉靖四年

(公元1525年　乙酉)

三月

诏修《献皇帝实录》，东光廖纪为监修官、藁城石珤为总裁、任丘李时为副总裁，另有多重臣预修。(孙承泽《畿辅人物志》卷十二、《大明世宗肃皇帝实录》卷四十九)

六月

《武宗实录》修成，藁城石珤加太子太保、武英殿大学士及厚赏。(黄佐《南雍志列传》二)雷礼《国朝列卿纪》卷十二："乙酉，《武宗实录》成，赐宴礼部，加太子太保、武英殿大学士，赐白金八十两、衣四袭、鞍马一具，寻赐玉带蟒衣"。

京师谢丕以《武宗实录》成，升左春坊左赞善，得赐白金文绮。(倪宗正原编、谢钟和重编《文正谢公年谱》)

八月

浚县孟思中顺天府乡试。孟思，生卒年不详。字正甫，一字叔正，别号龙川，大名府浚县（今河南省鹤壁市浚县）人。举本年乡试，屡试进士不第。后授南阳通判，未上任而卒。与布衣文人谢榛、卢柟交游甚密，诗赋布置谨严，用事精切。著有《春圃集》，佚。《畿辅明诗》录有五古《覃怀早发望济源》、五律《秋日访李仫东幽居》两首。刘德新《浚县志》（康熙十八年版）卷三《列传》："（孟思）警敏英伟，博极群书，为古文辞，下笔千言立就，声称极甚，一时巨公折节与交。

侍御倪公宗岳，宪副刘公秉鉴，行县则造其庐。”

本年

南宫刘濂升任监察御史，劾杀武定侯郭勋，人咸服其明。黄容惠修，贾恩绂纂《南宫县志》卷十七：“嘉靖乙酉，入为御史，摧权折奸，风纪震肃。凡所指劾，后多良验，人咸服其明。时武定侯郭勋骄恣不法，于武举宴上与尚书争坐，大言诮让。濂劾之曰：‘如勋，本以市井无赖谬袭高爵，礼法之地，敢于上凌，凶暴之渐，何所不至，后日必以欺罔被戮，宜早黜之。’上夺其职掌，岁余，复用，以有罪诛，失侯。”

大城李松生。李松（1525—1598），字子节，号小峰，顺天府霸州大城县（今河北省廊坊市大城县）人。嘉靖三十七年（1558）顺天府乡试举人，嘉靖四十一年（1562）壬戌科进士，历任浙江归安县知县、河南邓州判官，山东滕县知县，后擢山东按察使，山东右布政使，辽东巡抚兼都察院右佥都御史，加兵部左侍郎衔等。晚年归里，万历二十六年卒。光绪二十二年（1896）重修《大城县志》卷九上《李松传》：“李松，号小峰，邑苏庄里人，鄢陵簿淮子。生警悟不群，弱冠补博士弟子员，偶小试不利，因下帷，攻苦历三冬。嘉靖戊午举于乡，壬戌成进士。筮试浙之归安，严明清介。时巡方使者按浙，立‘清’、‘廉’、‘贪’、‘酷’牌四，论所考官自审政绩立各牌下。一时同察者竞趋‘清’、‘廉’，公独立‘酷’牌下。使者惊异，诘之，公曰：‘职读圣贤书，叨甲第，颇知自爱。贪则断不敢为，清、廉亦自分未能，归安豪右势族非严弗治，酷或有之。’使者动色称奇，密嘱以缉捕毫（豪）势。因构祸，几不免。谪州判，正直之气不以微官故少贬。复升山左滕县，继主工部曹政，皆有状。历任山东按察使佥事，备兵宁前，丰棱表著，威惠并施，辛勤十有二载，晋秩至布政使司。后升右都御史，节钺辽左三年，悉心抚字，军民悦戴，后以艰归里。服阕，绝意仕进，优游林泉，与乡人处，恂恂如布衣，毫无贵倨气，诚一代间气人伦楷模。大中丞刘公其甥也，尝道其详，因传记之。”

永年胡瓒平定大同卒乱，得褒奖。有流言于上，不与辩。乞休，未允。翟銮《南京工部尚书胡公瓒神道碑》：“乙酉，大同卒乱，戕害抚臣，劫掠库藏，朝廷命大臣抚之，益骄悖。天子乃赫然震怒，敕公提督军务，偕总兵官都督鲁纲统兵往。公曰：‘此首恶数人耳，岂宜滥及无辜。吾惟歼厥渠魁，当自定耳’。未至大同，四十里驻兵，授方略于群将、都督桂勇、朱振，由是首恶就诛，地方悉平。还京，上嘉公功，有白金、彩币、羊酒之赐。时有短公于上者，公自计虞置事宜无踰于此不与辩，第屡疏乞休，温诏勉留之。”

长垣胡锭改南京户部右侍郎。（雷礼《国朝列卿纪》卷三十七）

嘉靖五年

（公元1526年　丙戌）

三月

固安杨维杰中一甲第二名（榜眼）。张弘道、张凝道《皇明三元考》卷十："榜眼杨维杰，顺天府固安人，辛巳状元杨维聪兄也。字英甫，治诗。年三十七乙酉举人。"

山海关詹荣中进士，授户部广东司主事，有廉干声。过庭训《明分省人物考》卷三："詹荣，字仁甫，号角山，其先为龙溪人。洪武间，曾祖旺者以戎籍隶山海卫。荣少即英敏，年十二补卫诸生。嘉靖四年举于乡，明年成进士，授户部广东司主事，榷税河西监，兑湖广，皆有廉干声。"

本榜进士另有陆绑、吕希周、石文睿、江以达、闻人铨、田汝成（约1503—1563后）、樊鹏、袁袠（1502—1547）、范言、王慎中（1509—1559）、苏佑等。《明史·文苑传》载："王慎中，字道思，晋江人。四岁能诵诗，十八举嘉靖五年进士，授户部主事，寻改礼部祠祭司。时四方名士唐顺之、陈束、李开先、赵时春、任瀚、熊过、屠应埈、华察、陆铨、江以达、曾忭辈，咸在部曹。慎中与之讲习，学大进。"

名儒王畿、钱德洪以当国者压制阳明心学，不与廷试而离京。王、钱皆受业于阳明。《徐渭集》补编《畸编·师类》："王先生畿，正德己卯十四年举人，不赴会试，至嘉靖丙戌五年，会试中进士，不廷试，至嘉靖十一年壬辰，始廷试。"《明史·儒林传》载："钱德洪，名宽，字德洪，后以字行，改字洪甫，余姚人。王守仁自尚书归里，德洪偕数十人共学焉。四方士踵至，德洪与王畿先为疏通其大旨，而后卒业于守仁。嘉靖五年举会试，径归。""王畿，字汝中，山阴人。弱冠举于乡，跌宕自喜。后受业王守仁，闻其言，无底滞，守仁大喜。嘉靖五年举进士，与钱德洪并不就廷对归。"《明儒学案》卷十二载：王畿欲不赴嘉靖五年会试，"文成（王守仁）曰：'吾非以一第为子荣也，顾吾之学，疑信者半，子之京师，可以发明耳。'先生乃行，中是年会试。时当国者不说学，先生谓钱绪山（德洪）曰：'此岂吾与子仕之时也？'皆不廷试而归。"

永年连矿中进士，选翰林庶吉士，以时例出补日照。（过庭训《明分省人物考》卷九）

怀安岳伦登进士第，授行人。（孙承泽《畿辅人物志》卷七）

六月

嘉靖帝招藁城石珤等入见，且各赐一诗。余继登《典故继闻》卷十七：“世庙于万机之暇，留心篇章，嘉靖五年六月御平台，召大学士费宏、杨一清、石珤、贾咏入见，各作一诗相勖。赐宏诗云：‘眷兹忠良副倚赖，舜皋仿佛康哉赓。朕缵大服履昌运，天休滋至卿其承。沃心辅德期匪懈，来让前贤专令名。’赐瑶诗云：‘黄阁古政府，辅导须才良。卿以廷荐入，性资特刚方。在木类松柏，在玉如硅璋。可否每献替，忠实无他肠。’赐咏诗云：‘卿本中州俊，简在登台衡。君臣际良难，所贵德业并。朕固亮卿志，夙夜怀忠贞。《卷阿》有遗响，终听凤凰鸣。’赐一清诗云：‘迩年西陲扰，起卿督边方。宽朕西顾忧，威名满华羌。予承祖宗绪，志欲宣重光。卿展平生猷，佑朕张皇纲。’”杨一清《宸翰录》卷一《御制五言古诗》：“嘉靖五年六月十三日，朝罢，宣内阁诸臣至谨身殿左平台。上先召大学士费宏等三人至前，各手赐诗一首，宣谕：‘卿等前日恭和朕制诗章，朕亦偶成一诗以赐卿等，其用心辅导。’臣宏等致词谢，命赐酒馔出。乃召臣一清至前，手赐五言古诗一章，宣谕：‘卿去年提督边方，劳勋昭著，特兹召还。朕作一诗以赐卿，卿其用心供职。’臣奉职叩头谢曰：‘臣本老病无用之人，荷蒙陛下召还内阁，分当委身报国。今又蒙赐诗面谕，不胜感戴，凡事岂敢不竭尽心力。’上命赐酒馔出。次日，上表谢恩。臣一清顿首谨记。”《四库全书总目》卷一九三集部总集类存目二著录费宏编《宸章集录》一卷，提要云：“此书乃嘉靖五年六月十三日，世宗御平台，召宏及大学士杨一清、石瑶、贾咏入见，各赐御制诗。宏得七言古诗一章，一清、珤、咏各得五言古诗一章。宏等疏谢，并依原韵和进，帝复赐以批答。宏因集为一帙，梓而传之。《明史》宏本传称，帝尝御平台，特赐御制七言诗一章，命辑倡和诗集，署其衔曰内阁掌参机务辅导首臣。其见尊礼，前此未有。张璁、桂萼滋害宏宠，萼言诗文小技，不足劳圣心。且使宏得凭宠灵，凌压朝士。帝置不省云云。然则此书乃承世宗之命所编也。”《弇山堂别集》卷四十五《内阁辅臣年表》：“贾咏字鸣和，河南临颖人。由弘治丙辰进士，嘉靖四年以礼书、文渊阁学入，六年以少保、武英殿学致仕，卒，年八十三。”

藁城石珤以进《恭睿献皇帝实录》，加少保赐宴如前。以灾异，自劾乞免，未允。（雷礼《国朝列卿纪》卷十二）

七月

东光廖纪因监修《恭睿献皇帝实录》成，受封太子太保（从一品），赐鞍马金

币。(《大明世宗皇帝实录》卷六十六)[1]

本年

七月之后[2]，东光廖纪被允致仕，闲适乡居。过庭训《明分省人物考》卷六："丙戌，请老，上不夺其志，加少保，给人夫月粮以示优遇，仍乘传归。既抵家，日惟杜门研索古义，尝著《庸学》《论孟管窥》。少业毛诗，晚年尤嗜易纪，卒赠少傅，谥僖靖，赐祭九坛，命工部营葬，恩礼稠至，士林荣之。"

嘉靖六年

(公元1527年　丁亥)

正月

敕纂修《大礼全书》。藁城石珤与大学士费宏、杨一清、贾咏，礼部尚书席书共为总裁。(谈迁《国榷》卷五十三)

二月

藁城石珤致仕。张廷玉《明史》卷一百九十《列传第七十八》："珤为人清介端亮，孜孜奉国。数以力行王道，清心省事，辨忠邪，敦宽大，毋急近效为帝言。帝见为迂阔，弗善也。议'大礼'时，帝欲援以自助，而珤据礼争，持论坚确，失帝意，璁、萼辈亦不悦。璁、萼朝夕谋辅政，攻击费宏无虚日，以珤行高，不能有所加。至明年春，奸人王邦奇讦杨廷和，诬珤及宏为奸党，两人遂乞归。帝许宏驰驿，而责珤归怨朝廷，失大臣谊，一切恩典皆不予。归，装幞被车一辆而已。都人叹异，谓自来宰臣去国，无若珤者。自珤及杨廷和、蒋冕、毛纪以强谏罢政，迄嘉靖季，密勿大臣无进逆耳之言者矣。"雷礼《国朝列卿纪》卷十二："丁亥，锦衣官有构飞语讦辅臣者，并中伤之，遂逮下廷鞫，台谏皆白珤无他。大学士杨一清三上章为珤等力辩之，珤不自白，惟求去，疏再上，许之。既入谢，僦民车归私第，自是闭门不出，邑人稀识其面，而人望益归重之。"

---

① 此处依《大明世宗皇帝实录》卷六十六所记在本月，实际与上所记当应在同月。

② 雷礼《国朝列卿纪》卷二十六记致仕在嘉靖六年。

春

陕西许宗鲁往霸州，作赋以别诸君子。《少华山人前集》卷二《留别楚台诸君子有序》："丁亥春，余副宪东台，饰武霸州，行且即途，眷怀诸君子寮友之雅情，郁于中不能自已，感交惜别，人赋一篇。"许宗鲁（1490—1560），字伯诚，一字东侯，号少华山人。陕西西安府咸宁人。长安三才之一，其诗与书法被誉为"二绝"。正德十二年（1517）进士，选庶吉士，擢监察御史，嘉靖初视湖广学政，以义倡士，楚风益振。后以佥都御史巡抚保定、辽东。年七十而卒，有《少华山人文集》《诗集》《前集》等作品传世。

六月

大城梁材拜右副都御史，巡抚江西。(《大明世宗肃皇帝实录》卷七十七)

八月

大城梁材又擢刑部左侍郎。(《太子少保户部尚书赠太子太保梁公材谥端肃传》(京学志))

十月

余姚谢迁年八十，应召入京，任户部尚书、谨身殿大学士，轰动京师。倪宗正原编、谢钟和重编《文正谢公年谱》："六年丁亥，时公年虽八十，朝野尤望复起。少师鹅湖费公尝荐公甚力，不果用。至是以邃庵杨公荐，遣官斋敕起公于家。""公感上恩礼过隆，义不容已，乃八月发程。十月抵京，陛见之日，天颜甚悦，举朝士大夫门生故吏咸以复见公为喜。下至卫庄途人，众观如堵。越数日，敕改户部尚书，谨身殿大学士，余如故。复命充《明伦大典》总裁官。"

十二月

余姚谢迁乞还不果，帝准常朝免公朝参。倪宗正原编、谢钟和重编《文正谢公年谱》："公入朝后，自度衰年不能久居位，遂力求生还，二疏不果（上）。十二月，上以天寒且见公拜起颇艰，特旨凡常朝免公朝参。除夕，赐诗一帙，内有恭和御制诗。"

本年

真定梁梦龙生。梁梦龙（1527—1602），字乾吉，号鸣泉。北直隶真定（今河北省正定县）北圣板村人。嘉靖三十二年（1553）进士，改庶常。后授兵科给事中、吏科都给事中。隆庆四年（1570），擢右佥都御史，巡视山东。后迁右副都御史，移抚河南。万历初，召为户部右侍郎，进右都御史。后总督蓟、辽、保定军务，以破土蛮有功，加兵部尚书、太子少保，入掌部务。有边功，又加太子太保。官至吏部尚书，被劾去官，家居19年[①]。崇祯末，追谥“贞敏”。著有《赐麟堂集》《效忠录要》《历官表奏抄》《史要编》《海运新考》。（张廷玉《明史》卷二百二十五《列传第一百十三》、《畿辅通志》卷七十二、孙承泽《畿辅人物志》卷九）

文安王仪擢御史，巡按陕西。（张廷玉《明史》二百三《列传第九十一》）

怀安岳伦奉旨巡视河南，沿途看见许多百姓饥饿而死，上书朝廷请求免去赋税，发放粮食，赈济灾民。（孙承泽《畿辅人物志》卷七）

邯郸孙修拜右副都，巡抚湖湘，墨吏闻声而弃职去。（孙奇逢《畿辅人物考》卷之二）

嘉靖七年

（公元1528年　戊子）

二月

著名文人谢迁以老病，帝准致仕。倪宗正原编、谢钟和重编《文正谢公年谱》：“七年戊子正月，从上郊祀，赐锦织大带，赐翊学诗一帙。时公偶婴微疾，上遣中官赐酒米食菜等物，遣太医院官诊视，复遣鸿胪寺卿郑绅谕旨，令即出供职。二月，公以衰疾恳辞，上亦念公老，允之，赐勑遣官护送人夫食米照旧，陛辞赐宴，仍赐白金、文绮、宝钞、袭衣。”

京师谢丕充经筵日讲官，以父谢迁老病，欲请告服侍南归。徐九皋《吏部左侍郎兼翰林院学士赠礼部尚书谢公丕行状》：“戊子，先生充经筵日讲官，士林荣之。无何，文正公乞休，先生欲请告扶（服）侍南归。文正公止之曰：‘日讲臣子，効忠启沃时也，毋苟旷。’弗果”。倪宗正原编、谢钟和重编《文正谢公年谱》：“内阁杨公等请遣公子正护送为便上可。时丕亦欲请假待行。公曰：‘日讲在迩，汝宜尽心职业，勿以我为念。’止之。我朝父子翰林固多，未有先后为日讲官者。又庆成宴班，父子俱在殿上，皆殊遇也，缙绅荣之。公归，适生玄孙，五世相见，人尤以为罕。”

---

① 此处依《明史》所记，《畿辅人物志》记为“又十六年而公卒”。

四月

二十五日，阜城沈冬魁致仕。（雷礼《国朝列卿纪》卷三十八）

八月

永年胡瓒升南京工部尚书。翟銮《南京工部尚书胡公瓒神道碑》：“戊子，升南京工部尚书，奏裁内监局冗食工役之半。履任九阅月致政归。”

闰十月

二十二日，藁城石珤（1465—1528）卒[①]。官至太子太保至少保，谥文隐。隆庆初年，改谥文介。曾师事李东阳，为茶陵派的重要成员之一，诗文具有较高成就。著有《熊峰集》，版本有二，一为明刻四卷本，另一为清康熙九年刻十卷本。《四库全书》收录十卷本。杨一清《大明故光禄大夫少保兼太子太保吏部尚书武英殿大学士致仕谥文隐石公神道碑铭》：“明年戊子，而公亡矣，闰十月二十二日也。”“公生成化乙酉，得年六十有四。”“公讳珤，字邦彦，姓石氏，熊峰其别号也。系出真定之藁城。”“屡典文衡，以平正简要取士，力去浮夸险怪之说，文体为之一变。自为文亦称是。诗歌冲淡沉着，成一家言。文正公曰：‘邦彦诗词皆中矩度，而七言古诗尤超脱凡近，众所不及。博极群书，而根于理性，意会心契，有已所独得之妙。世有非考亭之学者，公力诋之曰：微考亭，吾辈莫适为学，非之亦何所见，第好名耳。”纪昀《四库全书总目·熊峰集提要》：“珤出李东阳之门，东阳每称后进可托以柄斯文者惟珤一人。皇甫汸尝删定其集为四卷，岁久版佚，国朝康熙丁未余姚孙光燚为藁城知县，得别集遗稿于其家，为合而重刊之，嗣闻真定梁清标家有全稿，乃购得续刊，共为十卷，即此本也。自一卷至四卷为诗，五卷、六卷为文，七卷至九卷又为诗，十卷又为文，盖刊版已定，不能依类续入，故其体例丛脞如是也。瑶诗文皆平正通达，具有茶陵之体，故东阳特许之。当此地信阳骎骎代兴之日，而珤独坚守师说，屡典文衡，皆力斥浮夸，使粹然一出于正。虽才学皆逊东阳，而澧澧持正，不趋时好，亦可谓坚立之士也。”钱谦益《列朝诗集小传》：“其为诗歌，淹雅清峭，讽喻婉约，有词人之风焉。”王世贞《明诗评》三：“文隐清修之士，风调尔雅，诗亦仅类之。”王世贞《艺苑卮言》：“石少保诗如披沙拣金，时时见宝。”朱彝尊《静志居诗话》：“少保爰立在永陵初年，是时诸臣以议礼忤旨，帝初欲爰以自助，而鲠直自守，至三封内批，帝心弗

① 《世宗实录》卷九十七、《国榷》记石珤卒于嘉靖八年正月，《明史》卷一百九十《列传第七十八》记“七年冬卒”。

善也。故虽位列中台，其诗多蹇产而不释，如云：‘黾勉二十年，十事九失意。’又云：‘人生值命薄，所遇多不平。’又云：‘谁云日偃仰，亦复成局促。’又云：跐发物已迕，意行悔相连。’又云：‘轩冕岂不华，一喜生众惕。’又云：‘幡幡鸣春鸟，解使朝变昏。’又云：‘古来忠与邪，往往激褊浅。’又云：‘苟移造化炳，黄士亦易祟。’又云：‘宁为白璧碎，不作脂与韦。宁为钝剑折，不作钩与锥。’又云：‘事去朝露空，安辨穷与达？’又云：‘笺诰日纷纶，君臣互相谀。但闻都俞声，无复咈与吁。’又云：‘终然千古下，忽有知己欢。’盖当日纶扉之间，未尽和衷之雅，一传众咻，谁与为善？’乃知人生不得行胸怀，作相与不遇等也”。所撰《滹沱河赋》宏阔雄健，堪称佳品。陈田《明诗纪事》丙籤卷九选诗二十首，并按：“少保立朝，岳岳怀方，不肯随人作计，诗亦清音亮节，不愧词人。”

冬

大城梁材升户部尚书，益尽职。京学志《子少保户部尚书赠太子太保梁公材谥端肃传》：“七年，改户部兼右佥都御史，总督云贵川广粮饷，偕总制伍。公往平云南，至澧州闻捷还，辞兼职。冬，晋尚书。”张廷玉《明史》卷一百九十四《列传第八十二》：“历贵州、广东左、右布政使。吏民输课，令自操权衡，吏不得预。时天下布政使廉名最著者二人，材与姚镆也。六年拜右副都御史，巡抚江西。甫两月，召为刑部左侍郎。寻改户部，遂代邹文盛为尚书。自外僚登六卿，不满二载。自以受恩深，益尽职。”

本年

邯郸孙修以右副都职改巡抚南京，以治盗得赏赐。孙奇逢《畿辅人物考》卷之二：“戊子，改南京操江，巨盗陈表出没，剽江上诸民居。乃严立赏格，躬率舟师鏖之，三月就缚，有白金、文绮之赐。”

任丘李时起户部左侍郎，复改礼部。（孙承泽《畿辅人物志》卷十二）

嘉靖八年

（公元 1529 年　己丑）

二月

著名文人唐顺之参加会试被录为第一名。李开先《荆川唐都御史传》：顺之

“戊子乡试第六名，己丑会试第一名，廷试二甲第一名，御批其策，‘条论精详’，海内传以为荣。会试卷，见者以为前后无比，气平理明，而气附乎理，意深辞雅，而意包乎辞。学者无长幼远近，悉宗其体。如圆不能加于规，方不能加于矩矣。选作庶吉士，一二大臣不相能，遂即罢之。主者犹以二甲前三名制策曾经御览，欲各授以检讨，唐子力请同罢，一事而有去留非体，始进即能恬退如此。试政吏部，选除兵部主事。”唐顺之（1507—1560），字应德，一字义修，号荆川。武进（今属江苏常州）人。著名儒学大师、散文家。本年会试第一，于京官翰林编修，嘉靖十四年二月，因忤权臣张璁被贬官乡居。后调兵部主事，曾亲率兵船于崇明破倭寇于海上。又升右佥都御史，巡抚凤阳。提倡学习唐、宋文，反对七子模拟、剽窃的风习，呼吁文章应“如谚语开口见喉咙者”。文尚简雅清深，间用口语，不受形式束缚。著《荆川先生文集》十七卷，辑《文编》六十四卷，近代林纾辑有《唐顺之集》。

三月

本榜取罗洪先（1504—1564）为状元，唐顺之亦以优等被取中进士。王世贞《弇山堂别集》卷八十二《科试考二》：“八年己丑，命少傅太子太傅吏部尚书谨身殿大学士张孚敬、詹事府詹事翰林院学士霍韬为考试官，皆大礼贵人也，张距登进士八年耳。初变文格，以简劲为主，其程式文仅三百言云。取中唐顺之（1507—1560）等。廷试，赐罗洪先、程文德、杨名及第。先是，大学士杨一清等以洪先、文德、名及唐顺之、陈束、任瀚六卷进览，上一一品题，首卷各御批，于洪先曰：‘学正有见，言说而意必忠，宜擢之首者。’于文德曰：‘探本之论。’于名曰：‘能守圣学，以为此知要之说。’于顺之曰：‘条论精详殆尽。’于束曰：‘仁智之用，著之吾心，此不易之说。’于瀚曰：‘勉吾敬一之为主，忠哉。’六策以有御批刻录中。是岁大学士杨一清考庶吉士，以唐顺之、任瀚、陈束三名为上御批取首列，而卢淮、诸邦宪、汪大受、郭宗皋、蔡云程、杨祐、汪文渊、王表、曾忭、王谷祥、熊过、安如山、郑大同、李实、孙光辉、吴子孝次之。居数日，有旨：迩年以来，每为大臣徇私选取，市恩立党，唐顺之等一体除用。”

阁臣杨一清以同乡故，欲擢唐顺之为廷试第一，遭顺之父子拒。简绍芳编《杨文宪升庵先生年谱》：“先是内阁杨一清奇公才，欲以大魁天下，使乡人索试策，公以年少筮仕，守己当严，遂置公二甲首。《行状》：先时，常之阖郡未尝有魁天下者，时镇江邃庵杨公一清为相公既首会试，名遂大显，即欲以公为廷试最。遣一乡人夜半来索策，公与有怀公皆辞之，一夜数往返。杨公怒曰：‘其少者无知，故若是；老举人亦为此乎？’少者指公也，乡人复以语有怀翁，翁素畏惧，欲与之。公曰：‘一殿元何足为人轻重，始进身之初而遽若此，悔何及？翁竟弗之强也。杨公于是博访其卷，置之第三。已而为人所易，置之第四。公是时年才二十三，其制行之严，能不以高下动其心，盖自少然矣。’然二甲之有御批自公始。”

章丘李开先中进士。李开先《江峰吕提学传》：“人言遇丑科则才盛，如乙丑、丁丑、己丑，谓之三丑，而己丑多性气，士所以傲视权臣，谏白大疏，举行难事，因而摧折，少有崇品高位者。以今三十余年观之，不亦信然矣乎！”皇甫访《徐文敏公集序》：“夫文关气运，讵虚语哉！……逾一纪而为丁丑（1517），舒芬榜也，时则江子晖、颜子木、王子廷陈、许子宗鲁，彬彬盛矣。又一纪而为己丑（1529），罗洪先榜也，时则唐子顺之（1507—1560）、陈子束、任子瀚、熊子过、李子开先，不能悉数。”序署“隆庆二年冬十月既望，司勋氏门生皇甫汸顿首谨书”。李开先（1502—1568），字伯华，号中麓子、中麓山人及中麓放客，山东章丘人。著名文学家、戏曲作家。本年进士，自嘉靖十一至二十一年（1532～1542），于京历任吏部考功司主事、稽勋司员外、文选司郎中、太常寺少卿，并曾提督四夷馆等官。此期内和王慎中、唐顺之、陈束、赵时春、熊过、任瀚、吕高等人诗文唱和，人称“嘉靖八子”，反对“文必秦汉，诗必盛唐”的文风，主张学习韩愈、柳宗元、欧阳修和曾巩，强调作品的思想内容，要求文字平易朴实。因抨击权臣夏言和严嵩，于嘉靖二十一年（1542）被削职归里。《宝剑记》为其戏曲名作。

文安纪常中进士。纪常，字符正，顺天府文安县（今河北省廊坊市文安县）人。本年进士，历布政。子诚，己未进士，任副使。孙大章，乙丑进士，任给事中。（凌迪知《万姓统谱》卷七十四）

宁晋蔡叆中进士。蔡叆（1496—1567?），字天章，号洨滨。真定府宁晋（今河北省宁晋县）人。初师真定张睿，后从韩邦奇、湛若水游。本年中进士。累官监察御史，巡按河南，刚直敢言。与杨爵等因事系狱旋罢归。居家教授，修举庙，置膳日，设义举，行乡约，人称洨滨先生。著有《洨滨集》十卷、《洨滨语录》二十卷。（《四库全书总目提要》卷九十六）

春

邯郸孙修以灾异自陈，乞致仕。即日由南京任上北归，杜门谢客，数有荐者，若不闻。年五十六而卒。（孙奇逢《畿辅人物考》卷之二）

六月

二十四日，永年胡瓒（1471—1529）病卒，著有《柴山诗稿》若干卷。翟銮《南京工部尚书胡公瓒神道碑》：“履任九阅月，致政归。逾月，以疾卒于正寝。实惟嘉靖己丑六月二十四日也。寿五十有九。天性亮直，事亲孝，处兄弟不私其财，俸入辄付其兄，令营生产；二弟令进学京师，不靳其费。以故累大官囊无厚积。尝居言路，举刺务，存大体，不事苛细以取时誉；荐历台省要惟自信、自守，不为探刺趋避，盖长者云。好为诗，有唐人风致。所著有《柴山诗稿》若干卷。”

七月

怀安岳伦上书弹劾大学士张璁、桂萼等专制擅权，被诬构陷害，贬谪至山东济南府齐东县任主簿，后掌蒲台、章丘、淄川三县政务，后又迁任山西平阳府曲沃知县。（孙承泽《畿辅人物志》卷七）

八月

工科给事中陆粲上疏劾张璁、桂萼，下狱，贬贵州都匀驿丞，出京。事见《明史·陆粲传》。《陆子余集》卷五收有《劾张、桂诸臣疏》。王世贞《吴中往哲像赞》“陆贞山先生粲”：“时张与桂俱继相，拟杨公（杨一清）后，先生遂露章劾其奸，上为之罢二相，一时朝廷肃然望治。而上寻入霍詹事韬语，谓先生缘杨公指，于是首召张，而杨公不自安，更请去，而先生更下诏狱以谪矣。先生之自都镇驿丞迁永新令，有善政。”张璁、桂萼因陆粲之疏被罢。陆粲（1494—1551）字子余，一字浚明，南直隶苏州府长洲（今江苏苏州）人。嘉靖五年（1526）中进士。早入词馆，负盛名。补工科给事中，挺直敢言。以论张璁、桂萼，谪贵州都镇驿丞，又迁永新知县。深谙经史，学问宏博。著有《陆子余集》八卷等，所撰历史笔记《庚己编》为后世所重。

本年

任县达其道生。达其道（1529—？），字行甫，初名潜。顺德府任县（今河北省邢台市任县）人，嘉靖三十七年（1558）年中顺天府解元，下年中进士，授工部主事，管榷济宁诸闸。后转员外郎、郎中、河南按察司副使。隆庆二年致仕。（孙承泽《畿辅人物志》卷七、民国四年《任县志》卷五）

故城孙绪（1474—1529）卒，享年七十四岁。因忤权宦而归乡以居，自号陂东居士，常杜门著书，寄情诗酒，有较多著述传世。诗歌成就前人评价不一，《明诗统》：“沙溪瀛州才子，所作清新典丽，足以名世。”《四库全书总目提要》：“其诗格颇近李东阳。”朱彝尊《静志居诗话》卷九以为：“沙溪无用闲谈，足资国史之采择，诗不见佳。”陈田《明诗纪事》丁籤卷八录诗二首。过庭训《明分省人物考》卷六：“南陵丞韩思义贪残日著，绪庭杖之，而按以法。思义席权宦张雄，凡与思义素者皆为之言，雄亦托亲信寇锦衣来致意，皆不答。会思义以病死，雄以故劾诬绪，乃系御史台。阅月，幸庵彭公力救还职，雄乃矫报褫为民，世宗龙飞诏复太仆卿致仕。家居足不及官府，朝夕侍母，愉愉如也。母性严急或怒，绪长跪，暑月挥汗如雨。遇出度，愀然块坐，终日蔬食曰：'吾念母氏劬老也。'母没后，筑汉荫亭、剪韭轩于陂东柳曲，自署陂东居士，迹入城市者岁不二三。闲招朋旧游乐，累日夜不倦。绪生而美风神，颀身玉立，须髯望之如画。重交游，慎然诺，与人语必倒衷曲，至于嫉邪恶佞，则又毫发莫之假借；然性慈惠，虽草木鱼虫之细，罔不欲其生。喜音乐，生平不饮，乃劝人饮，则又弗之厌也。为文响振汉魏，雄视屈宋，诗则冲淡含蓄，浸浸乎逼大雅矣！博极群书，天文地理、老佛医卜以及国家仪文典礼，莫不洞究。所著有《沙溪稿》四十卷、《无用闲谈》十二卷、《蒙求族谱》《大学中庸放言》《易经奇语》《陂东新论》《四书小说》《语》《孟》《毛诗》《尚书》杂义各若干卷藏于家。邃庵公至评其作为近代宗匠，允哉！嘉靖丁未卒，是夕有巨星殒于巽隅，其光如炬，空中有声如雷，其异如此，年七十有四。"

任丘李时升礼部尚书。（孙承泽《畿辅人物志》卷十二）

据《嘉靖八年进士登科录》，本年顺天府进士登科情况如下：

第二甲10名，赐进士出身。姓名及履历分别为：

黄卷，贯锦衣卫军籍，湖广麻城县人，顺天府增广生，治《诗经》。字景文，行二，年二十六，十月十六日生。曾祖文质，祖子华；父隧，义官；母胡氏。具庆下。兄春，弟甲。娶武氏。顺天府乡试第十四名，会试第一百九十一名。

黎晨，贯直隶河间府任丘县民籍，四川阆中县人，县学附学生，治《诗经》。字光启，行四，年三十六，八月十九日生。曾祖真，教授；祖恺，典史；父颙，知州；母张氏，继母王氏。具庆下。兄琎、瑛、璋；弟瓆、升、瓒、昺、琳、杲、杲、璜。娶房氏。顺天府乡试第三十一名，会试第一百四十九名。

陈词，贯直隶常州府江阴县，民籍，国子生，治《书经》。字子达，行二，年三十，九月初六日生。曾祖升远；祖玘，义官；父凤，贡士；母吴氏，继母胡氏。重庆下。兄情，监生。弟编、力。娶吴氏。顺天府乡试第一百三十二名，会试第七十六名。

周臣，贯顺天府霸州民籍，直隶吴县人，府学生，治《书经》。字子忠，行一，年二十五，正月初二日生。曾祖信，义官；祖瑾，刑部员外郎；父缙，义官。母王氏。重庆下。弟士、民、宦。娶杜氏。顺天府乡试第二十四名，会试第三十六名。

高鸾，贯大宁前卫官籍，直隶永年县人，国子生，治《诗经》。字应治，行一，年二十九，闰七月初四日生。曾祖能，正千户。祖举，正千户，赠武德将军。

父恕，正千户，封武德将军。母李氏，封宜人。具庆下。弟鹭。娶张氏。顺天府乡试第一百名，会试第七十五名。

费渊，贯顺天府大兴县富户籍，浙江慈溪县人，国子生，治《诗经》。字汝进，行二，年四十二，十一月二十九日生。曾祖伯昂，赠知县；祖璨，通判，赠大理寺左寺丞；父铠，奉政大夫大理寺左寺丞；母任氏，赠宜人；继母李氏，封宜人。永感下。弟沐，通判；泗。娶李氏，继娶句氏。顺天府乡试第九十名，会试第一百九十四名。

安如山，贯直隶常州府无锡县，民籍，国子生，治《书经》。字子静，行三，年二十七，七月二十四日生。曾祖公俊；祖祚，义官；父国，义官；母周氏。具庆下。兄荣梁。弟如盘，监生；如石、如京、如岗。娶郭氏。顺天府乡试第十七名，会试第八十八名。

张文藻，贯直隶真定府深州，民籍，州学生，治《礼记》。字美中，行五，年三十四，十一月十五日生。曾祖荣，祖让；父翰，县丞；母郑氏。慈侍下。兄文渊，知县；文华、文萃、文溥；文学，监生；文博、文莘；文弼，贡士；文芊。弟文灿、文运。娶魏氏。顺天府乡试第二十八名，会试第一百八十六名。

常时平，贯直隶河间府交河县，军籍，国子生，治《易经》。字允升，行一，年三十三，十二月初九日生。曾祖增；祖安，寿官；父秀，母王氏。具庆下。弟时稳、时在、时新、时习。娶曹氏。顺天府乡试第二十八名，会试第七十九名。

杨守谦，贯彭城卫军籍，湖广长沙县人，顺天府学增广生，治《易经》。字允亨，行二，年二十五，十月十六日生。曾祖福胜；祖春，封户部郎中，赠中宪大夫都察院右佥都御史；父志学，都察院右副都御史；前母王氏，赠宜人；母陈氏，封宜人。严侍下。兄守愚，弟守约、守默、守鲁、守让、守朴、守初、守介。娶王氏。顺天府乡试第十三名，会试第三百十八名。

王仲锦，贯锦衣卫旗籍，江西吉水县人，国子生，治《诗经》。字纲之，行一，年三十五，五月初八日生。曾祖永祺，寿官；祖时阜，封管军百户；父先明，前副千户；母廖氏，封安人。具庆下。弟仲铨、仲镛、仲镃。娶龙氏。顺天府乡试第七十六名，会试第一百六十八名。

第三甲 28 名，赐同进士出身。姓名及履历分别为：

沈谧，贯浙江嘉兴府秀水县，灶籍，国子生，治《书经》。字靖夫，行一，年二十九，五月十一日生。曾祖渊，义官；祖度，义官；父复，母贺氏。具庆下。弟谏、讷。娶盛氏，继娶盛氏。顺天府乡试第十一名，会试第一百六十二名。

王宗恒，贯直隶真定府冀州武邑县，民籍，县学生，治《诗经》。字秀高，行三，年三十一，十一月二十四日生。曾祖旭，祖恕，父播，母安氏。具庆下。兄宗岱、左、宗华。娶张氏。顺天府乡试第一百十一名，会试第三百名。

杜彰，贯大宁前卫军籍，顺天府东安县人，国子生，治《诗经》。字德明，行二，年四十，十月二十九日生。曾祖荣，祖裕，父福，母纪氏。慈侍下。兄彬，弟彩。娶谭氏。顺天府乡试第七十六名，会试第一百八十二名。

陈鈛，贯留守前卫军籍，直隶常熟县人，国子生，治《诗经》。字惟铉，行三，年三十九，四月初四日生。曾祖党礼，祖俊，赠奉直大夫南京刑部员外郎；父瑜，右长史进阶朝议大夫、前南京刑部郎中。母谢氏，赠宜人；继母石氏，封宜人。慈侍下。兄锐、金，弟镕、镆、锭。娶徐氏。顺天府乡试第六名，会试第一百九十九名。

张敕，贯直隶保定府完县，军籍，国子生，治《诗经》。字汝钦，行一，年三十三，十一月十一日生。曾祖喜，寿官；祖彬，教授，封知州；父宦，行太仆寺卿；前母刘氏，赠孺人；母蔡氏，封孺人。慈侍下。弟勃、勖、勉、励。娶徐氏，继娶孙氏。顺天府乡试第四十名，会试第二百十七名。

崔三畏，贯直隶保定府蠡县，民籍，国子生，治《春秋》。字敬父，行二，年三十三，八月十八日生。曾祖甫仪；祖翔，署教谕举人；父岑，知县；母杨氏。慈侍下。兄三聘。娶段氏。顺天府乡试第五名，会试第二百九十九名。

王绅，贯直隶河间府沧州，军籍，州学生，治《春秋》。字子书，行二，年四十三，三月二十二日生。曾祖惟德，县主簿；祖吉，父国宁，母骆氏。具庆下。兄缙，弟绩、絖、绪。娶曾氏。顺天府乡试第七十一名，会试第三百九名。

张舜元，贯直隶保定府庆都县，民籍，山西广灵县人，县学生，治《诗经》。字伯才，行一，年三十二，四月二十八日生。曾祖震，户部员外郎；祖翰，县丞；父大本，义官；母安氏。重庆下。弟舜恺、舜夔、舜龙、舜慕。娶周氏。顺天府乡试第一百九名，会试第二十九名。

徐九皋，贯顺天府大兴县富户籍，浙江余姚县人，府学附学生，治《礼记》。字远卿，行五，年二十六，五月十八日生。曾祖昂，祖遂；父惠，工部织染所副使；母诸氏。具庆下。娶黄氏。顺天府乡试第四名，会试第一百二十三名。

张忠，贯直隶河间府任丘县，民籍，县学生，治《诗经》。字显父，行二，年三十六，十一月初六日生。曾祖广，祖政；父轨，义官；母徐氏。慈侍下。兄恩，弟恕、思，贡士。娶章氏。顺天府乡试第八十四名，会试第二百五十一名。

蔡瑷，贯直隶真定府赵州宁晋县，民籍，县学生，治《书经》。字天章，行二，年三十四，六月初七日生。曾祖逊，祖钦，父正，母康氏。重庆下。兄沾、说建。娶陈氏。顺天府乡试第六十九名，会试第二百八十六名。

刘瑜，贯直隶大名府元城县，民籍，国子生，治《诗经》。字贵卿，行一，年四十，十一月十五日生。曾祖有源。祖增。父迁，寿官。母张氏。具庆下。弟玑。娶傅氏。顺天府乡试第三十一名，会试第一百四十四名。

高大经，贯直隶顺德府任县，民籍，国子生，治《易经》。字以仁，行八，年二十八，六月二十一日生。曾祖泰，祖逢；父时，监生；母吴氏。慈侍下。兄拱。娶骆氏。顺天府乡试第六十九名，会试第六十六名。

杨时泰，贯直隶真定卫军籍，高邮州人，国子生，治《易经》。字道亨，行三，年四十二，九月二十一日生。曾祖仁，祖克睦，父贤，母赵氏，继母郑氏。具庆下。兄时雍、时熙。娶师氏。顺天府乡试第五十五名，会试第二百五十二名。

钱澍，贯万全都司兴和所军籍，直隶迁安县人，国子生，治《书经》。字天泽，行二，年四十，十二月初二日生。曾祖郁，祖德，父璧，母吴氏。永感下。兄澄，弟泡。娶李氏。顺天府乡试第七十九名，会试第二百八十二名。

张镐，贯直隶真定府定州，民籍，州学生，治《易经》。字叔京，行二，年二十六，正月初一日生。曾祖通，祖祥，父宪，母傅氏。具庆下。兄金，弟磁、钥、铨、录。娶刘氏。顺天府乡试第九十二名，会试第一百十四名。

欧思诚，贯顺天府蓟州民籍，福建连江县人，国子生，治《礼记》。字纯甫，行二，年三十二，二月十五日生。曾祖宝，赠户部郎中；祖俊；父弘惪，通判；母孟氏。重庆下。兄思廉，九品散官；弟思忠、思孝、思贤，贡士；思齐，九品散官；思进、思法、思元。娶李氏，继娶刘氏。顺天府乡试第一百二十八名，会试第九十二名。

曹濡，贯顺天府固安县，民籍，县学生，治《书经》。字汝育，行四，年三十五，二月初九日生。曾祖成；祖琰，义官；父镒，县主簿；母毕氏，继母许氏。慈侍下。兄泽，县丞；济，义官；润；弟湜。娶梁氏。顺天府乡试第三十一名，会试第一百十五名。

叶洪，贯直隶德州卫官籍，浙江余姚县人，国子生，治《书经》。字子源，行六，年三十四，十二月二十八日生。曾祖亮，百户。祖韶，百户。父瑁。母王氏。具庆下。兄树。弟济、梅。娶张氏。顺天府乡试第六名，会试第十三名。

王镐，贯直隶永平府滦州，民籍，国子生，治《易经》。字宗周，行五，年三十二，十月初六日生。曾祖贵，寿官；祖暹；父璋，县丞；母李氏。慈侍下。兄铠、钥、钲，贡生；镛。弟钿、锷、链炼。娶陈氏。顺天府乡试第六十五名，会试第二百八十一名。

高进，贯锦衣卫校籍，直隶昆山县人，国子生，治《诗经》。字维荩，行一，年二十九，五月初八日生。曾祖显；祖恮，光禄寺署丞，赠工部郎中；父屿，按察司副使；母康氏，封宜人。具庆下。娶李氏。顺天府乡试第八名，会试第二十五名。

范来贤，贯直隶苏州府常熟县，军籍，国子生，治《诗经》。字昌国，行一，年二十八，八月初三日生。曾祖基；祖钦，义官；父霖，母吴氏。慈侍下。兄来卿，弟来相、来宾、来俞、来朋、来王、来元、来庭。娶钱氏。顺天府乡试第一百三十二名，会试第五十九名。

冯惠，贯直直隶河间府沧州盐山县，灶籍，国子生，治《诗经》。字天佑，行二，年四十四，七月初六日生。曾祖贵，祖翱；父昱，知县；母单氏。永感下。兄恩，弟惪。娶高氏。顺天府乡试第一百十九名，会试第一百七十五名。

荣恺，贯顺天府大兴县，民籍，国子生，治《易经》。字舜举，行一，年四十，四月十五日生。曾祖秉忠，祖叁，父俊，前母张氏，母杜氏。慈侍下。娶田氏。顺天府乡试第九十五名，会试第一百六十五名。

郭圻，贯直隶河间府任丘县，民籍，国子生，治《易经》。字维望，行四，年三十八，十一月十六日生。曾祖廷珪，祖铭，父浩，前母王氏，母李氏。慈侍下。兄坦，义官；增；域，驿丞。娶史氏，继娶何氏。顺天府乡试第八十名，会试第一百三十名。

王祚，贯大宁保定右卫，官籍，国子生，治《诗经》。字永锡，行一，年三十五，二月二十八日生。曾祖海，百户；祖鉴，寿官；父守宪，训导。母丁氏。具庆下。弟禧、杂、祯。娶李氏。顺天府乡试第一百三十三名，会试第二百七十二名。

高擢，贯直隶永平府滦州，民籍，州学生，治《诗经》。字士元，行三，年三十六，七月十九日生。曾祖昺，巡检；祖璁，知县，赠文林郎；父谦，知府；母吴氏，封孺人。慈侍下。兄尚，弟廪、官。娶郝氏。顺天府乡试第三十五名，会试第二百四十四名。

高澄，贯顺天府固安县，官籍，国子生，治《诗经》。字肃卿，行三，年三十四，六月十二日生。曾祖全，百户；祖文，百户；父大琳。前母胡氏，母陈氏。慈侍下。兄清，百户，源；弟洪、涌、治、深、浦。娶杨氏。顺天府乡试第十六名，会试第一百五十六名。

嘉靖九年

（公元1530年　庚寅）

正月

二十二日[①]，故城宋诸生。于慎行《兖州府知府宋公诸墓志铭》："公讳诺，字子重，河间故城人。生有奇质，九岁能属文，父封郎中公，故诸生也；而公甫垂髫，亦为诸生，郎中公从邑先达受经，所闻师说归以语公，无不解，郎中公窃自喜。""公之先山西屯留人，洪武中五世祖德成奉诏徙故我德成子一公，一公生云，云生鸾，皆服田有隐德，或推择□吏亦不遂而至封郎中公。郎中公讳良筹，娶封宜人王氏，以嘉靖庚寅生公距卒得年五十有六。"（焦竑《国朝献征录》卷九十六）宋诺（1530—1585），字子重，号金斋，河间府故城（今河北省衡水市故城县）人。九岁能文，登嘉靖四十四年（1565）进士，授户部主事。后召为南京户部员外郎，未至，擢郎中。未几拜知东昌府视事，累官兖州府知府。有《金斋集》四卷传世，其中文集三卷，诗一卷，大抵为宦游应酬之作。（《畿辅通志》卷七十四）

十一月

初六日，安肃郑洛生，少颖异而德善。刘延昌总裁，刘鸿书等编纂《徐水县新志》卷十："公生嘉靖庚寅，六岁而孤，刘夫人鞠教之。八岁就外傅辄颖异，风期日上。任丘边中丞试以俪句，应对甚工。十八岁补郡诸生，二十廪饩高等，公即以养母地四十亩让于兄滨。初刘太夫人鲜举子，赠公业将从兄子滨为之后，乃始生公"。郑洛（1530—1600），字禹秀，号范溪。安肃遂城（今河北省徐水县）人。曾祖郑臻，曾任浙江织染局大使。祖郑隆、父郑显均为兵部尚书。少事寡母，博览好学。嘉靖三十五年（1556）中进士，授登州府推官。擢广东道御史，累官兵部尚书兼右都御史，赠太保。总理宣、大西北军务十余年。卒谥襄敏。著《白贲堂诗草》十四卷。（张廷玉《明史》卷二百二十二《列传第一百十》、冯琦《郑襄敏公墓志》）

---

① 《嘉靖四十四年进士登科录》记宋诺当年进士，年三十二，据其推当生于嘉靖十三年（1534），此处不取。

三十日，阜城沈冬魁卒。（雷礼《国朝列卿纪》卷三十八）

本年

浚县王越撰《黎阳王太傅诗文集》刊行。凡二卷，无目录，分体编辑，附录杂文。其中，卷之上为五言绝句（12首）五言律诗（33首）七言绝句（122首）七言律诗（226）；卷之下为五言杂体（9首）七言并长短句杂体（共13首）诗余（22首）杂体（诗歌、序文、铭、赞、墓志）。书前有吴洪作《王太傅诗文集序》，后署“嘉靖九年正月吉旦”。

京师郑绅起任通政司右通政。（孙升《掌通政司事工部尚书赠太子少保郑公绅神道碑》）

盐山杨文卿应盐山知县时尚儒之召，同宋宇、赵润等纂修第一部《盐山县志》。固安杨维聪任河南学政。

嘉靖十年

（公元1531年　辛卯）

夏

陕西许宗鲁等人游京邑之西山，收录各人诗若干篇，并为之序。《少华山人文集》卷七《录游西山诗序》：“夫西山者，京邑之名区也。揽胜神都，著灵天阙。左挹海岱之秀，右拱云朔之雄，王气葱郁而长鲜，帝基磅礴而永固，真皇居之巨镇，紫府之伟观。故观光者皆愿登游，采秀者咸思寄赏。辛卯之夏，予与太华何子联衔卿寺，接武班行，朝参多暇，休沐维期，乃卜兹游，用谐宿约。藉兰攀桂，结幽好于岩阿……盘桓五日而返驾，各为诗古今杂體若干篇，兹所录者，是维荒什。何子雅调，副在别方。”

七月

四郊成，任丘李时加太子太保。（《明史·卷一百九十三·列传第八十一》）

八月

吴惠、蔡昂任顺天乡试主考。《弇山堂别集》卷八十二《科试考二》：“嘉靖十年辛卯，命翰林院侍读学士吴惠、右春坊右赞善蔡昂主顺天试。”

盐山杨文卿中举人，初授山西稷山令，常与诸生研讨诗文。

固安苏志皋中举人。

九月

召任丘李时为武英殿（文渊阁）大学士，入参机务。孙承泽《畿辅人物志》卷十二："九月，召为武英殿大学士，参赞机务。"《明史》卷一百九十三《列传第八十一》："其秋，桂萼卒，命时兼文渊阁大学士入参机务。时张孚敬已罢，翟銮独相。时后入，以宫保官尊，反居銮上。两人皆谦逊，无龃龉。帝御无逸殿，召时坐讲《无逸篇》，銮讲《豳风·七月》诗，武定侯郭勋及九卿翰林俱入仕。讲毕，帝退御豳风亭赐宴。自是，数召见，咨谋政务。"

十月

二十一日，涿州邓璋（1453—1531）卒。夏言《荣禄大夫南京户部尚书赠太子太保烟村邓公墓表》："嘉靖十年十月二十一日，以疾薨于里第。天子闻之，震悼，赐以葬祭，诸恤典有加焉。公天性流亮，机警恢豁，轶宕务大体，有经国干略，遇有急烦，片纸立辨。慷慨倜傥，不苟委巷小已，奇异细介。读书务在采高标，大归不屑章句训诂。""然刚举敢为，遇事虽权势弗夺，宇量弘邈，喜惮莫测其际。有孝友至性，弟琬早逝，保恤其妻杨氏获成完郎底旌其间，抚教二孤皆得成立。公扬历中外四十年，所至声绩辄暴著，尤急于荐贤，长于知人。凡所甄拔，文臣多跻省台，武多应阁帅。平（生）所著文有《奏议》三十册。"（朱大韶编《皇明名臣墓铭》八集）

十二月

著名文人田汝成上言忤旨，停俸二月。《明史·文苑传》："田汝成，字叔禾，钱塘人。嘉靖五年进士。授南京刑部主事，寻召改礼部。十年十二月上言：'陛下以青宫久虚，祈天建醮，复普放生之仁，凡羁蹄铩羽禁在上林者，咸获纵释。顾使囹圄之徒久缠徽墨，衣冠之侣流窜穷荒，父子长离，魂魄永丧，此独非陛下之赤子乎！望大广皇仁，悉加宽宥。'忤旨，切责，停俸二月。屡迁祠祭郎中，广东佥事，谪知滁州。"御史喻希礼、石金亦以请宥议礼诸臣罪，下锦衣卫狱。

本年

"嘉靖八才子"之称始于今年。嘉靖八才子，谓陈束、王慎中、唐顺之、赵时春，熊过、任瀚、李开先、吕高也。李开先《吕江峰集序》云："古有建安七子，大历十才子。今嘉靖十年后，更有八才子之称。八人者，迁转忧居，聚散不常，而相守不过数年，其久者亦止八九年而已，不知天下何以同然有此称。详其所作，任忠斋以奇警，熊南沙以简古，唐荆川以明畅，而陈后冈之精细，王遵岩之委曲，赵浚谷之雄浑，各随其材力。吕江峰独以雅致擅名。七子所长，果是不可及，但任失之靡丽，熊失之悭涩，唐失之软弱，而失之深晦者陈，失之疏荡与缠绕者乃赵与王也。吕亦自谓有方板之失，其短处自不可掩。古人多不讳短，如曹子建贻杨德祖书，备论同时数子，不少假借。雪浪斋等，与大历诗人，各有评驳，惟予兼有七病，素无一长，亦幸得厕名于其间。任有《考功集》，熊有《内外集》，并《周易象旨决录》，唐集十二卷，陈集不分卷二册，王有《家居》《玩芳堂》二集，各七卷；而赵集十五卷，予自杂著外，集亦不分卷，凡十二厚册。惟江峰不知其集之多少存亡。忽其长子克念致书云：'编定先君遗稿，颇有次第，已托桂陵胡子为之后序。'而以前序属予。予方为其集系心，闻此不胜喜慰，遂为之序其概，以见诸子同游之美，及得誉之隆如此。虽为之作序，尚未得其全集，止据平日所见，诗则沉着痛快，文则平正详明，而雅致不足以尽之，方板不足以病之矣。"（《闲居集》之五）《明史·文苑传》载："时有'嘉靖八才子'之称，谓（陈）束及王慎中、唐顺之、赵时春、熊过、任瀚、李开先、吕高也。"陈束（1508—1540），字约之，鄞人。有《后冈集》。赵时春（1509—1567），字景仁，平凉人。有《浚谷集》。熊过，字叔仁，富顺人。任瀚，字少海，南充人。李开先，字伯华，章丘人。吕高，字山甫，丹徒人。唐顺之、陈束、任瀚、熊过、李开先、吕高均为嘉靖八年进士，王慎中、赵时春为嘉靖五年进士。钱谦益《列朝诗集小传》丁集上："开先，字伯华，章丘人。嘉靖己丑进士，授户部主事，调吏部，历文选郎中，擢太常少卿，提督四夷馆。罢归家居，近三十年。隆庆戊辰岁卒。伯华七岁能文，博学强记，弱冠登朝，奉使银夏，访康德涵、王敬夫于武功鄠杜之间，赋诗度曲，引满称寿，二公恨相见晚也。嘉靖初，王道思、唐应德倡论，尽洗一时剽拟之习。伯华与罗达夫、赵景仁诸人，左提右挈，李、何文集，几于遏而不行。"

故城周世选生。周世选（1531—1606），字文贤，号卫阳。北直隶故城县（今属河北省衡水市）人。幼年家贫，靠苦读成才。嘉靖四十一年（1562）进士。身事嘉靖、隆庆、万历三帝，历常州府推官、礼科给事中、南京兵部尚书等职，始终忧国忧民，以忠直声震朝内。晚年因眼疾辞归故里。著有《卫阳先生集》十四卷、《故城县志》五卷传世。

定兴薛论道约生于本年。薛论道（约1531—约1600），散曲家，字谈道，又字谈德，号莲溪居士，保定府定兴（今河北易县）人。少有疾，跛一足。八岁能文，试辄第一。读兵书，自负智囊，说剑都下公卿间，被呼为刖先生。中年，为许襄毅辟作参谋。神堂谷有警，用其策，却敌十万众，升指挥佥事。万历初，戚继光屯蓟，谋不为用，官至神枢参将而归里。现存小令1000首，最善描写边塞军旅生活的作品。与陈铎、王盘、冯惟敏并为明代四大散曲家，著散曲集《林石逸兴》十卷，存明万历十八年刻本。(《畿辅通志》卷七十四)

广宗崔恭任南京吏部尚书，士风为之一新。上疏请南雍生于南纪选。雷礼《国朝列卿纪》卷二十七："崔恭，字克让，直隶顺德府广宗县人。辛卯起补南京。南京属官中恃才放恣，交通贿赂者多，乃黜其郎中方嵩、门相等十数人，士风为之一新。南雍生历事满，必抵北纪选而还卒业。其中贫乏者，病于往复，率多淹滞，乃疏其不便，南士得纪选于南部者，实自恭始。"

柏乡魏谦光、谦吉兄弟于本年及下年相继入太学。民国二十三年《南宫县志》卷六："魏谦光，字子观，号慎斋。笃志嗜学，尝冬夜读书，以雪拭目。嘉靖辛壬间，与弟谦吉相继拔置太学。"

大城梁材以丁内艰辞官。《太子少保户部尚书赠太子太保梁公材谥端肃传》(京学志)

嘉靖十一年

（公元1532年　壬辰）

三月

林大钦等进士及第。大钦时年二十有二。其文明德可诵，御批第一。王世贞《弇山堂别集》卷八十二《科试考二》："十一年壬辰，命詹事府少詹事兼翰林院学士张潮、翰林侍读学士郭维藩为考试官，取中林春等。廷试，赐林大钦、孔天胤、高节及第。先是，礼部尚书夏言上疏请正文体，诸刻意骋词浮诞、磔裂坏文体者，摈不得取。诏可。既廷试，言复令仪制郎中约束，诸士咸拱听，而大钦独后至，不闻也，起不用对冒，而文气甚奇。吏部尚书汪鋐得之，诧曰：'怪哉。'以示大学士张孚敬。已定二卷，览之曰：'虽破格，甚明健可诵也。'取为第三。既呈览，上御批第一。大钦时年二十有二，第二名孔天胤，以王亲例补外为湖广提学佥事。"林大钦（1511—1545），字敬夫，号东莆，潮州府海阳县东莆都仙都村（今潮州市潮安区金石镇仙都村）人。幼家贫，聪颖嗜学。本年中状元，授翰林院修撰。以母老乞归，结讲堂于桑浦华岩山，与乡子弟讲贯六经，究性命之旨，有

《东莆先生文集》传世。

阳明学派的重要人物王畿暂寓京师，唐顺之叩以阳明之说，受影响颇深。李贽《佥都御史唐公传》："时则王龙溪以阳明先生高弟寓京师，公一见之，尽叩阳明之说，始得圣贤中庸之道矣。"唐鼎元《明唐荆川先生年谱》卷一："王畿廷对第进士，寓京师。公与晤，尽叩阳明之学，自是与罗洪先弥笃志圣贤之学矣。唐顺之《荆川集·林东城墓铭》：是时，缙绅之士以讲学会京师者数十人，其聪明解悟能发挥师说者，则多推山阴王君汝中，其志行愊实则多推君与吉水罗君达夫。（东城，林仁春别字，泰州人，是岁成进士）"

任丘边涔、边沆从兄弟与叔侁（铣）同登进士，侁选庶吉士。（张弘道、张凝道《皇明三元考》卷十）

威县石永中进士，授中书舍人。（《大清一统志》卷二十一）

固安苏志皋中进士，授湖广浏阳知县。（过庭训《明分省人物考》卷二）

四月

壬辰，陕西许宗鲁升为督察院右愈都御史，巡抚保定等府地方，兼攫督紫荆等关。《世宗肃皇帝实录》卷之一百三十七："嘉靖十一年四月……壬辰，升大理寺左少卿许宗鲁为督察院右签都御史，巡抚保定等府地方，兼提督紫荆等关。"

五月

十九日，陕西许宗鲁出抚真定，赋诗一首。《少华山人前集》卷三《壬辰夏五月鲁被命出抚真定是月十九日升辞瞻望阙庭依依逞发赋诗一篇》："阊阖晓谒，承明严陛辞。簪笏戒夙兴，镛鼓警朝仪，晋趋铜龙观，伏舞丹凰墀，瞻天意惝怳，恋阙心委迟。玺书藉光宠，珍燕荷恩私。煌煌被命重，凛凛惧身微。优游替朝列，仓皇即路歧，岂不耽禁近，臣职在驱驰。南国纪行化，东土载保厘。往哲靡不然，今行一何违。念彼均劳義，出入咸所宜。但轸中泽咏，多谢北山诗。"

十月

东光廖纪（1465—1532）卒。赠少傅，谥僖靖。《大明世宗肃皇帝实录》卷一百四十三："（嘉靖十一年冬十月）甲午，赠故少保兼太子太保、吏部尚书廖纪少傅，赐祭葬如例，谥僖靖。纪，河间府东光县人。由进士授吏部考功主事，历员外郎中、太仆、太常少卿、太常卿、工部右侍郎，改吏部，升南京吏部尚书，改兵部致仕。起吏部尚书，加太子太保，乞致仕，许之，加少保。命有司月给米五石，岁夫六名，赐敕褒奖，至是岁八月卒。纪，端亮古朴，一切世味不入其心，居闲以简籍自娱，孜孜著述，晚岁犹不倦云。”

本年

大名穆文熙生。穆文熙（1532—1617），字敬甫，大名府东明县（今山东省菏泽市境内）人[①]。嘉靖四十一年（1562）举进士，官历任工部郎中、尚宝寺寺丞、吏部考功司员外郎、广东按察使、户部侍郎、兵部侍郎等职。曾因同乡好友石星遭廷杖，愤而辞官，为士人所赞。晚年以父老终养请归，遂不复出。归里后，建一“逍遥园”研习老庄，专事著书。精通史略，文武兼备。今存《逍遥园集》二十卷，为南师仲所编，前十卷为诗，后十卷为文。另撰《四史洪裁》《七雄策》《文浦玄珠》《百将提衡》等。

南宫刘濂弹劾严嵩不成，愤忾归乡，于南宫县城东郭外建书院，整日闭门读书，偶有所得便撰写成篇，著有《易象解》《乐经元义》《九代乐章》等书。容惠修，贾恩绂纂《南宫县志》卷十五：“疏上，上答温旨，分宜竟相。逾时，濂遂病归，绝不与世务，结庐东郭之外，日以读书为事。时有所得，辄为论著。谓易原于象也，泥其辞者失之，作《易象解》八卷；乐起于声，古人之度，具在古今一和，而泥古者过之，作《乐经元义》十二卷、《九代乐章》十二卷；兵虽凶器，国不可忘也，不辨于古，其何以变？作《兵说》十二卷。多所杂著，有《四述》四卷。”

知县尹耕在藁城县治东建滹阳书院。嘉靖十三年刊《藁城县志》卷二：“滏阳书院在县志东，旧为尼寺。嘉靖二十三年，知县尹耕乃毁之，建堂二所、馆四所，余饰其旧，并树门二座，榜曰‘滏阳书院’。按，藁城旧无书院，创之自今始。”

据《嘉靖十一年进士登科录》，本年顺天府进士登科情况如下：

第二甲11名，赐进士出身。姓名及履历分别为：

杨瀹，贯顺天府涿州，民籍，国子生，治《书经》。字弘功，行三，年三十五，八月十三日生。曾祖春，祖瓒；父镃，知县；母樊氏。永感下。兄泽，判官；沛；弟潮、溱、泾、沔。娶池氏，继娶李氏。顺天府乡试第三十一名，会试第五十三名。

贾士元，贯锦衣卫籍，陕西凤翔府凤翔县人，国子生，治《诗经》。字仁甫，行一，年三十，八月十三日生，曾祖整，祖振；父清，教谕；母史氏。具庆下。

---

① 东明县：明属北直隶大名府的开州。

娶蔡氏。顺天府乡试第二十七名，会试第七十三名。

唐国相，贯顺天府大兴县，匠籍，松江府上海县人，顺天府学增广生，治《诗经》。字舜举，行二，年二十八，九月十六日生。曾祖海，祖荣，父英，母徐氏。具庆下。兄国栋，弟国柱。娶严氏。顺天府乡试第六十三名，会试第六十二名。

白悦，贯锦衣卫官籍，直隶常州府武进县人，国子生，治《诗经》。字贞夫，行六，年三十四，十二月二十五日生。曾祖珂，教谕，赠光禄大夫柱国太子太保刑部尚书。祖昂，光禄大夫柱国太子太傅刑部尚书致仕，赠特进太保，谥康敏。父圻，通议大夫都察院右副都御史。母何氏，封淑人。永感下。兄谏，监生；诏，鸿胪寺序班；诩，监生；诫，监生；訑，监生；弟诲，监生；怡，官生；谱，监生。娶邹氏，继娶杨氏。顺天府乡试第二十名，会试第十八名。

刘玺，贯济州卫官籍，直隶保定府唐县人，顺天府学生，治《诗经》。字国符，行一，年二十五，四月十七日生。曾祖清，正千户；祖安，正千户；父颐，正千户；母赵氏。重庆下。弟玮、瑀。娶滕氏，继娶董氏。顺天府乡试第一百十一名，会试第二百五十八名。

张愚，贯直隶天津左卫军籍，山东诸城县人，卫学生，治《诗经》。字子明，行一，年三十三，九月三十日生。曾祖士能，祖洪，父凤。母董氏。永感下。娶季氏。顺天府乡试第七十四名，会试第一百十一名。

刘继禄，贯万全都司永宁卫官籍，顺天府三河县人，国子生，治《诗经》。字承德，行一，年三十八，十二月初六日生。曾祖政，副千户；祖俊，副千户；父希武；母张氏，继母王氏。具庆下。弟继爵，副千户；继位、继相、继善、继志。娶丁氏，继娶吕氏。顺天府乡试第二十一名，会试第二百一名。

边铣，贯直隶河间府任丘县，官籍，国子生，治《书经》。字行甫，行四，年三十，十一月二十七日生。曾祖永，户部郎中，赠左副都御史；祖镛，南京刑部右侍郎；父宪，应天府府尹；母郑氏，封孺人，继母张氏。具庆下。兄伟，盐运司运使；亿，布政司左参政；备；侨，知州；偕，散官；仲，刑部郎中；偶，光禄寺署正；佃；弟偲，贡士；任、倓、僖；傒，贡士。娶张氏。顺天府乡试第六名，会试第一百三十七名。

王椿，贯浙江杭州府钱塘县，匠籍，国子生，治《易经》。字符龄，行二，年二十八，六月初九日生。曾祖复初；祖镛，义官；父璘，卫经历，嫡母吴氏，继母丘氏，生母凌氏。具庆下。兄相，弟材。娶张氏。顺天府乡试第十八名，会试第五十五名。

王珩，贯直隶河间府交河县，民籍，县学生，治《易经》。字节甫，行一，年三十一，六月十三日生。曾祖英，巡检；祖永，父浩，母史氏。慈侍下。兄琚，弟理。娶张氏。顺天府乡试第九十五名，会试第一百五十九名。

赵一中：贯直隶河间府青县，民籍，国子生，治《诗经》。字立夫，行一，年二十九，七月初二日生。曾祖宽，祖荣，父播。母萧氏，继母夏氏。重庆下。弟一厚。娶白氏。顺天府乡试第五十六名，会试第一百二十七名。

韩勖，贯直隶保定府安州高阳县，军籍，府学生，治《易经》。字德懋，行一，年三十一，八月初一日生。曾祖得春；祖敬，县主簿；父鹤。母郭氏。具庆下。弟旦、最、昪。娶李氏。顺天府乡试第二名，会试第一百二名。

第三甲 32 名，赐同进士出身。姓名及履历分别为：

王京，贯府军前卫军籍，直隶高邮州人，京卫武学生，治《春秋》。字得师，行一，年三十六，十二月二十二日生。曾祖纪，主簿；祖业；父民，散官；母季氏，继母骆氏。重庆下。弟云鹏、云瑞。娶孙氏，继娶唐氏。顺天府乡试第四十名，会试第一百三十五名。

韩威，贯直隶河间府官籍，顺天府丰润县人，国子生，治《诗经》。字德隅，行二，年四十五，六月十九日生。曾祖真，祖聪，父钦，母郭氏。永感下。兄升，弟陵。娶张氏，继娶杨氏。顺天府乡试第十六名，会试第一百十四名。

翟镐，贯镇南卫旗籍，广东东莞县人，国子生，治《易经》。字周甫，行三，年三十一，八月初九日生。曾祖旦鹭；祖荣，冠带总旗；父全，冠带总旗；母石氏。具庆下。兄镇、鉴，弟钺、钦。娶王氏。顺天府乡试第一百二十七名，会试第二百六十三名

何思，贯直隶保定府雄县，民籍，国子生，治《易经》。字慎之，行一，年二十五，十一月初四日生。曾祖贤，祖旺；父鲁，知县；母韩氏。重庆下。弟虑、感、应、念、慈、志、忍。娶苏氏。顺天府乡试第六十七名，会试第二百八十八名。

王联，贯直隶河间府任丘县，民籍，国子生，治《书经》。字应奎，行二，年三十三，十二月初五日生。曾祖福，祖瓒，父良，母张氏，继母高氏。具庆下。兄职，弟聆、聘、耿。娶张氏。顺天府乡试第六十七名，会试第八十二名。

张世亨，贯直隶真定府晋州安平县，民籍，县学生，治《易经》。字达卿，行一，年二十三，八月十二日生。曾祖果，祖鉴，父绮，母李氏，继母范氏。具庆下。弟世隆、世光。娶吕氏。顺天府乡试第一百二十三名，会试第二百五十七名。

刘世用，贯直隶保定府祁州束鹿县，民籍，国子生，治《诗经》。字汝贤，行二，年三十，正月初九日生。曾祖全，祖良，父宪，母赵氏。具庆下。兄世迁，

弟世豪、世征、世选。娶王氏。顺天府乡试第五十四名，会试第一百五十七名。

张棐，贯直隶广平府邯郸县，民籍，国子生，治《诗经》。字体周，行二，年三十七，八月十九日生。曾祖晋，训导；祖锡，行太仆寺少卿；父瀚。母谭氏。慈侍下。兄杲，监生，弟渠。娶谢氏。顺天府乡试第十一名，会试第二百十六名。

刘素，贯直隶保定府祁州深泽县，民籍，国子生，治《礼记》。字文之，行一，年四十一，三月初五日生。曾祖海，祖逵，父洁，母李氏。永感下。娶焦氏。顺天府乡试第一百十名，会试第六十一名。

吴希孟，贯太医院医籍，直隶武进县人，顺天府学增广生，治《诗经》。字子醇，行三，年二十五，十二月二十一日生。曾祖圮，寿官；祖宁，封太医院院判；父杰，前太医院院使；前母周氏李氏，封安人，母朱氏，继母廖氏。严侍下。兄希颜，冠带医士；希曾，冠带医士。弟希周、希程。娶王氏。顺天府乡试第一百十五名，会试第二百五名。

苏志皋，贯顺天府固安县，匠籍，县学生，治《书经》。字德明，行一，年三十六，十月二十四日生。曾祖郁，祖伦，父子良。母宋氏。慈侍下。娶温氏。顺天府第三名，会试第一百名。

陈时，贯直隶涿鹿中卫官籍，福建长乐县人，国子生，治《礼记》。字宜之，行四，年四十，十二月十七日生。曾祖信；祖通，封户部员外郎；父玉，知府；母王氏，封宜人。慈侍下。兄暐、旸、寿；弟爵，卫镇抚。娶王氏。顺天府乡试第二十名，会试第七十九名。

孙简，贯直隶沈阳中屯卫军籍，山东招远县人，河间府学增广生，治《诗经》。字维敬，行一，年三十一，六月十五日生。曾祖昭；祖宗尧，通判；父复初，甲戌进士。母张氏。慈侍下。兄厚。弟默、高、远、深、邃、成。娶郑氏。顺天府乡试第四名，会试第一百七名。

边沆，贯直隶河间府任丘县，官籍，县学生，治《书经》。字文灏，行一，年二十三，二月初九日生。曾祖铨，百户；祖宏，百户；父儒。母吕氏。重庆下。兄湜，百户；洿，同科进士；弟渥、沧。娶于氏。顺天府乡试第三十四名，会试第一百八十五名。

史褒善，贯直隶大名府开州，民籍，国子生，治《易经》。字文直，行一，年三十四，十二月初十日生。曾祖敬，祖英，父记，前母王氏，母马氏，继母孙氏。严侍下。弟扬善、旌善。娶张氏。顺天府乡试第一百一名，会试第一百四十三名。

杨镃，贯锦衣卫旗籍，山西壶关县人，国子生，治《易经》。字应时，行二，年三十七，十二月初五日生。曾祖通，赠指挥佥事；祖庆，义官；父伸，义官；嫡母仝氏，生母顾氏。慈侍下。兄钺，弟锳、鈬。娶刘氏，继娶张氏。顺天府乡试第四十一名，会试第二十九名。

张寿，贯顺天府宛平县匠籍，陕西宜川县人，顺天府学增广生，治《书经》。字汝静，行四，年二十八，十一月十七日生。曾祖文贵，祖兴，父翱，前母郭氏，嫡母吴氏，生母赵氏。慈侍下。兄福、禄；爵，义官。娶于氏。顺天府乡试第九十三名，会试第一百九十七名。

赵允亨，贯直隶保定府安肃县，军籍，县学生，治《易经》。字伯通，行七，年二十七，正月十三日生。曾祖英，祖宗，父廷仪，母杨氏。具庆下。兄允恭、允道、允中、允迪、允高、允怀，弟允修。娶张氏，继娶刘氏。顺天府乡试第一百一名，会试第二百七十四名。

石永，贯直隶广平府威县，民籍，国子生，治《诗经》。字寿卿，行五，年三十二，闰七月初七日生。曾祖贵，祖荣，父坚，母李氏。慈侍下。娶孙氏。顺天府乡试第一百七名，会试第二百四十名。

侯佩，贯山东东昌府濮州范县，民籍，国子生，治《书经》。字天和，行三，年四十五，七月十四日生，曾祖钦，祖荣；父聪，卫经历；母翟氏。永感下。兄璋；珪；蹯，听选官。娶崔氏。顺天府乡试第二十六名，会试第一百八十一名。

李谨，贯富峪官籍，广东四会县人，国子生，治《书经》，字常甫，行二，年四十一，正月初五日生。曾祖安，百户；祖福，百户；父淮，百户；母张氏，封安人。永感下。兄赞，百户；弟谏，义官。娶卞氏，继聘何氏。顺天府乡试第一百十六名，会试第七十一名。

张舜臣，贯直隶真定府晋州安平县，民籍，县学生，治《易经》。字希皋，行二，年二十四，二月十一日生，曾祖恺；祖伦，县主簿；父天秩。母王氏，继母刘氏。重庆下。兄尧臣，弟汉臣。娶王氏。顺天府乡试第八十三名，会试第二百八十二名。

吕怀健，贯锦衣卫军籍，直隶扬州府泰州人，国子生，治《诗经》。字思顺，行三，年三十四，七月十一日生。曾祖清；祖洪，序班，赠刑部郎中；父杰，知府；前母陈氏，赠宜人；母马氏，封宜人。慈侍下。兄怀秀，弟怀德。娶唐氏。顺天府乡试第九十一名，会试第二百五十三名。

王继芳，贯顺天府固安县，民籍，县学生，治《诗经》。字世昌，行一，年三十九，十一月二十三日生。曾祖贵；祖端，赠刑科给事中；父钦，按察司副使。前母吕氏，赠孺人；母祖氏，封孺人。永感下。娶陈氏。顺天府乡试第一百七名，会试第一百六十二名。

范爱，贯大宁都司营州中屯卫军籍，山东汶上县人，国子生，治《诗经》。字体仁，行二，年三十三，九月初一日生。曾祖锦。祖清。父山。母袁氏。永感下。

兄璋，弟纯。娶巩氏。顺天府乡试第一百二十六名，会试第三百一名。

张思，贯直隶河间府任丘县，民籍，国子生，治《诗经》。字慎父，行四，年三十三，九月初九日生。曾祖广，祖政；父轨，义官；母徐氏。慈侍下。兄恩；忠，己丑进士；恕。娶朱氏。顺天府乡试第二十三名，会试第一百三十二名。

边涔，贯直隶河间府任丘县，官籍，国子生，治《书经》。字文跃，行三，年三十，十一月初九日生。曾祖镛，南京刑部右侍郎；祖寅，主簿，封户部主事；父亿，布政司左参政，加俸二级；母解氏，封安人。永感下。兄瀛，监生；淞，贡士；弟津；沆，同科进士；泽。娶史氏。顺天府乡试第二十八名，会试第一百三十一名。

程琉，贯直隶德州左卫军籍，山东掖县人，州学军生，治《诗经》。字子彬，行三，年二十一，二月二十一日生。曾祖清，祖恕，父贤，母李氏。重庆下。兄璠、琳。弟瑀、琛。娶吴氏。顺天府乡试第二十五名，会试第二百九十名。

樊深，贯直隶大同中屯卫，军籍，国子生，治《易经》。字希渊，行一，年三十二，二月十三日生。曾祖谦，寿官；祖资，寿官；父景时，义官；母潘氏。具庆下。弟潜，义官；娶徐氏。顺天府乡试第七名，会试第一百三十三名。

夏应元，贯直隶河间府景州，民籍，州学增广生，治《礼记》。字体仁，行一，年二十七，九月二十五日生。曾祖通，河泊所大使；祖钺，父商，母王氏。重庆下。弟庆元、庠元。娶姚氏。顺天府乡试第六十二名，会试第二百五十五名。

尹宇，贯直隶真定府冀州南宫县，民籍，县学增广生，治《诗经》。字光甫，行二，年三十二，十月十七日生。曾祖升，祖全，父付，母苏氏。具庆下。兄宪，弟官、宥、容、宁。娶石氏。顺天府乡试第四十一名，会试第八十三名。

王佩，贯顺天府霸州文安县，军籍，国子生，治《诗经》。字朝鸣，行二，年三十四，九月初三日生。曾祖辅；祖翱，听选官；父深；母周氏，继母周氏。重庆下。兄珂，弟璞、偎、玻、价。娶陈氏。顺天府乡试第一百三十五名，会试第九十名。

嘉靖十二年

（公元 1533 年　癸巳）

四月

任丘李时同游环碧殿等，得赏赐并有诗奉和。雷礼《列卿纪》：“嘉靖十二年，帝幸南内，召张孚敬、李时、方献夫、翟銮同游西苑。制古乐府、七言、五言各二章命和。”田艺衡《留青日札》：“嘉靖十二年四月十三日，上演马南城，召大学士张孚敬、李时、方献夫、翟銮同游环碧殿、嘉乐馆，锡宴重华殿，赐孚敬蟒服，时飞鱼服。上赐律诗二首纪之，群臣应制奉和，张公句云：‘环碧殿前先试马，苍龙阙外更观花。’李公句云：‘内苑草茵迎玉辇，行宫花气袭雕鞍。’翟公句云：‘巧剪绯罗缠宝镫，分题玉篆佩花骔。’方公句云：‘应制渐无天马赋，南熏惟诵舜廷歌。’”

六月

陕西许宗鲁因治河间诸河功成，初得赏赐，后被责致仕。《世宗肃皇帝实录》卷之一百五十一云：“河间诸郡河工成，赏都御史许宗鲁彩币羊酒……己丑，南京科道官以例拾遗，纠劾南京刑部尚书周伦，右侍郎刘节、巡抚应天都御史陈轼、汀赣都御史钱宏、顺天都御史于湛、保定都御史许宗鲁、太仆寺少卿刘序，各不职，宜罢。吏部复伦，先已有旨；拟轼留用；宏，致仕；湛、宗鲁、序，冠带闲住，诏宗鲁致仕，余俱如拟。”

七月

著名文人唐顺之与陈束、杨瀹、卢淮、陈节之、胡经试、周文烛等七人改翰林院编修。《明世宗实录》卷一百五十二：“庚午，改吏部考功司主事唐顺之、礼部仪制司署外郎陈束、户部山西司主事杨瀹、兵部车驾司主事卢淮、武选司主事陈节之、河南道监察御史胡经试、御史周文烛俱为翰林院编修。先是，上以翰林侍从人少，诏吏部博采方正有学术，为众望所归者充其选。于是部臣疏顺之等十人名上，诏七人改补如拟。”

夏

著名文人唐顺之与高叔嗣、王慎中、李开先等同官京师，常相论学。唐作，为众心服，名入八才子之列。唐鼎元编《明唐荆川先生年谱》：“时高叔嗣、王慎中、华察、孟洋（字荃之，号有涯，信阳卫人，弘治乙丑进士）、江以达（午坡是时在刑部以鞠郭勋、邱聚狱，不随尚书聂□旨，直声振天下）、曾汴（字汝诚，号前川，泰和人）、屠应埈、陈束、任瀚、熊过、李开先、皇甫氏涍汸诸名士，咸官京师，公与之游，而上下其议论，学大进。高、王诗文尤负盛名，一见公作，敛手心服。时以公与王、陈、任、熊、李，及赵时春、吕江峰高为八才子。”

本年

任丘李时随帝同游南内、西苑，受赏赐、和诗。孙承泽《畿辅人物志》卷十二："十二年，帝幸南内，召孚敬、时等阅马观花，赐蟒服，上制古乐府七言二章，命各和以进。复同游西苑，制七言、五言各二章，命和。"

霸州张维生。张维（1533—1613），字四维，号范吾，顺天府霸州（今属河北省廊坊市）人，嘉靖三十八年（1559）选入司礼监掌印张宏名下，博学好书，深为器许。隆庆戊辰（1568），选为神庙东宫伴读。历升乾清宫管事，御马监太监，深得神宗信任。能诗善文，且精琴画。万历十六年（1588），随帝从山陵阅寿宫回，不幸腿被轹伤，归家调治。手不释书，昼夜披读。晚年双目失明，尚能写行草。万历四十一年夏卒，享年八十。著《皇华集》《归来篇》《莫金山人集》《苍雪斋稿》等书行世。（钱谦益《列朝诗集小传》闰集）

威县贾待问生。贾待问（1533—1602），字学叔，广平府威县人。隆庆二年（1568），中进士。授陕西咸宁知县，召为礼科给事中，历吏、工科左、右给事中。以论劾太监冯保，出为怀庆知府。后历山西参政、湖广右布政、以右副都巡抚福建、甘肃、以兵部侍郎兼右签都巡抚陕西等，累官至兵部尚书兼右副都御史，加太子少保。年八十而卒。（孙奇逢《畿辅人物考》卷之二）

邯郸孙修（1478—1533）卒。孙奇逢《畿辅人物考》卷之二："己丑春，以灾异自陈词，甚恳恻，特赐俞允。即日北归，杜门谢客，数有荐者，若不闻也。卒年五十六。岁寒老人曰：用吉负经济之才，所到立功，而清直亦自足色。本兵欲薄巡抚避事之罚，赏不称功，院长抑之于后来者之下，待不以礼。人情险巇固如此，而当日之公论未始不彰明也。"

京师郑绅升通政司左通政。（孙升《掌通政司事工部尚书赠太子少保郑公绅神道碑》）

嘉靖十三年

（公元1534年　甲午）

正月

涿州史道升大理寺卿，未几，又兼都察院掌院事，院寺两印俱一人掌管相传以为旷典。（焦竑《兵部尚书鹿野史公道行状》）

二月

“嘉靖八才子”之一吕高被命募兵辽东，唐顺之、陈束、皇甫涍作诗赠行。(李开先《江峰吕提学传》《世宗实录》卷一五九)

三月

著名文人王慎中谪判常州，名士唐顺之、陈束、李开先、吴檄、吕高、熊过、张元孝、李遂饯于海甸，作诗文赠别。李开先《游海甸诗序》：“王遵岩慎中，年十八举进士，负时名，颇能违众自立，久为当国者所不悦。历官吏部司封郎，为张方山衍庆以副都请封其父参政君继，虽父子同品，前此刘编修春，封其父御史君规，杨主事子器，封其父通判君禄，张罗峰（璁）不以为例也。票拟获谴，谪判毘陵，将行，叮嘱同志饯别海甸，夙闻其胜，而未尝一游，过此则终身或无复见期。于是武选吴皖山檄、吕江峰高、熊南沙过、翰林唐荆川顺之、陈后冈束、礼部张少室元孝、李克斋遂及予共八人焉，以嘉靖乙未三月望日[①]，出阜城门。至则荒凉殊甚，盖张昌国以癸巳（1533）罹祸，及游日，已三年矣。亭台倾圮，惟水声潺潺，不异旧时。樵牧纷纭，牛羊蹂践，其水边诸洞，四面旋绕，藏歌妓，曳绮罗而奏弦管者，俱不可踪迹矣！主客两忘，酒酣赋诗，有颦眉者，有昂首者，有口呻吟而身屈伸者。予因大笑曰：‘本为游乐，而乃愁苦如此。或罚酒，或罚席，予首甘之，而诗则不能也。’遍阅诸友，有得数句者，有欠结句者，独皖山先成，意高辞雅，不亚唐之名家。继而诸作悉具，而予亦终篇，八句全美，无如皖山者，可谓压倒元、白矣。昌国在孝庙，宠绝当朝，科道交章论劾无虚月。钦命置酒陪礼，且传谕守科及该道接本者俱赴席，今日暂不发本，临时又赐御物助杯盘，翌日谢恩本上，而劾本亦上矣。孝庙乃叹曰：‘既享其家酒食，劾待数日，亦不为迟。亟戒其家，凡事早收敛。’可见大君德量，如天地之无不容，独恨其曾入禁闼，有干国宪，然亦为解辩。李崆峒弹章诗中，正点缀其事，所以高不可及。夏桂洲（夏言）遂劾张、李二司属，无事漫游海甸，并私诘李之兄逢，及曾汴二兵科同下狱。大同事不协其意，夫以一日不入部，则处之过重，而大同则又关系天下之公是非，亦以其不苟同于平日，而快其忿于一朝耳。未久，七人相次罢谪，皖山幸而独免。大臣忌才，往往挤其不党己者，岂惟古有之，今殆有甚焉者矣。诗卷归予手，事如隔世，而人多下世，怆然作序，不惟感诸友之易消歇，而且叹大臣之善倾陷也。诸诗字迹宛然如新，丰神则杳然不可复睹矣。‘含情瞻北阙，酒

---

① 唐鼎元编：《明唐荆川先生年谱》记于十三年内，王慎中遭谪亦为本年，故李开先记为嘉靖乙未三月，当为误记。

泪向西风。'三复读之，更觉吴诗出色，特著序中，而他固不及详云。'五侯台榭竞芳菲，三月花深车马稀。弦管不随流水奏，绮罗应化暮云飞。空传玉馔分天府，曾睹金葩到禁闱。借问旧时桃李月，由来此地几人非?'"

五月

任丘李时随帝同游南内，受赏赐、和诗。孙承泽《畿辅人物志》卷十二："十三年五月，上幸南内，召孚敬、时随行，赐扇及酒食，复留阅《宣宗舆地图》，时及御和诗。"

六月

名士唐顺之、李元阳、任瀚、王与陵等同游长城。唐鼎元编《明唐荆川先生年谱》卷一："与李中溪、熊南沙、任少海、王湛泉谒陵，并往观长城。(熊南沙以是年六月起，复到京)"李元阳《游银山铁壁记》："嘉靖甲午夏谒陵，同熊南沙、任少海、唐荆川、王湛泉既竣事，约往观长城，东北行二十余里，路人云此去密云仅八十里。诸人相谓曰：'且访赤独子于密云，遂策马东行。暮投村寺，有温泉，浴罢止宿。凌晨登寺台，因指顾长城，论天下形势。'"李元阳（1497—1580)，字仁甫，号中溪，大理人。嘉靖丙戌进士。初以议礼忤旨，出令分宜、江阴，多善绩。为部曹，与唐顺之、屠应竣等并称"十才子"。为御史有直谏声。官终荆州知府。有《中溪集》。生平详见李选《侍御中溪李元阳行状》。《明诗纪事》戊签卷十六《李元阳》陈田按："仁甫为'杨门六子'之一，诗品在弘山（杨士云)、愈光（张含）之次。"

八月

本年乡试，辽东生儒始附顺天府考试。嘉靖《辽东志》卷六《人物·举人》："辽东应试生儒，旧起赴山东布政司。嘉靖初，生员徐潮等屡乞附近，至甲午科，始改附顺天府。"

吏部尚书汪铉以其子试顺天不第，上书指摘科场事。王世贞《弇山堂别集》卷八十二《科试考二》："十三年甲午，命翰林院侍讲学士廖道南、翰林院侍读张衮主顺天试。以初场进题迟，下礼部参，道南辞鹿门宴，不许。时吏部尚书汪铉有子不第，上疏指摘场事，以太祖诛刘三吾为言。道南引刘俨事答之，俱不问。"

武强欧阳�中顺天乡试解元。张弘道、张凝道《皇明三元考》卷十："顺天欧阳晩，武强人，字学章，号强斋，治诗，国子生。年二十八乙未进士第八名，选庶吉士，擢编修。"

九月

以顺天乡试初场进题迟慢，府尹胡铎、考官廖道南等受惩处。《明世宗实录》卷一百六十七：“嘉靖十三年九月甲子朔。先是，顺天乡试初场进题迟慢，有旨诘责，府尹胡铎等对罪由考官廖道南等迟误。上怒其饰词，诏以铎调南京用，夺府丞张汉俸三月，考官廖道南、张衮各俸一年。监试御史不行纠举，试毕，礼部参奏。主是礼部言，御史钱学、孔𥙿隐黜回护。诏下法司逮问。已乃赎罪还职。”

固安杨维聪由山东布政使司右参政升山西右布政使。（《明世宗实录》卷一百六十七）

本年

大城梁材复任户部尚书。《太子少保户部尚书赠太子太保梁公材谥端肃传》（京学志）

京师谢丕任太常寺少卿兼翰林院学士，掌院事，得赐云雁袭衣、《四书大全书传》。（徐九皋《吏部左侍郎兼翰林院学士赠礼部尚书谢公丕行状》）

新城杨潭（1455—1534）卒。官至户部尚书，诏进荣禄大夫。（焦竑《国朝献征录》卷五十二）

永年连矿升户部主事，督理易州仓厂，后掌崇文门税。过庭训《明分省人物考》卷九：“甲午升户部主事，督理易州仓厂，豪滑皆望风遁去，掌崇文门税，大司徒梁公姻属有匿税者，论如律，梁公叹服，谓其相信之深。”

嘉靖十四年

（公元1535年　乙未）

二月

著名文人唐顺之疏病乞归。张璁拟旨，令以吏部主事致仕，永不叙用。《世宗实录》卷一七二：“（嘉靖十四年二月）己酉，翰林院编修唐顺之疏请回籍养病，上曰：顺之方改史职，又属校对《训录》，何辄以疾请？令以原职致仕，永不起用。”洪朝选《荆川唐公行状》：“公常以学问文章未成，意常思归。会校《累朝宝训》将完，心不欲受升赏，族子音会试期近，意避作考官，复上章告病。是时萝峰张公柄国，张公故敬公，常欲引公自近，而公每有远嫌意。僚友之衔公者，遂倡言公养病在远嫌以激张公。张公果怒，使人以危言动公，而留其疏不下，促公供职。公曰：吾谢病疏上，即此足不可出户限矣，岂有复出供职之理。且祸福有定数，既告复出，何以为人？张公怒不已，遂取旨以原职吏部主事致仕，永不许起用。公浩然以为得遂己意，无几微怍色。”李开先《荆川唐都御史传》：“萝峰张国老，虽会试举主，恶其不相亲近，有庆贺事，远投拜简，跃马径过其门，因其上疏养病，则票一旨意云：‘唐顺之方改史职，又见校对《训录》，乃辄告病，着以原职致仕去，不许起用。’报出，士夫骇之，而唐子安之，曾无愠色。父在浙，泛闻有事，不知其何事，及得致仕消息，喜谓所知曰：‘此有甚事，原以秀才得官，今还其官矣，固无损于秀才也！’议者以萝峰险毒，而唐子高亢。后萝峰有悔心，家居日，尝言：‘倘蒙宣告，务荐用之，了此一事，仍复还山。’嗣是为相者宁复有此意哉？唐子既抵墟里，鸡犬柴门，依依桑梓，谢却业缘，便有终焉之计矣。诗文更进一格，以其侍从庆成朝堂雍容之作，而为村樵渔父歌咏太平之词，又以其暇日，精究天文，而问数学于顾箬溪，久之，乃有独得处，以古历惟大衍为精，被僧一行藏却金针，世徒传其鸳鸯谱耳。郭守敬别有一法，曰弧矢圈算，弧矢有横立，赤黄白道，变转最为活法，三道之畸零可齐，而气数之差可定。知历理又知历数，此其异于儒生，知死数又知活数，此又其异于历官者也。所著《弧矢论》《勾股测望论》，真乃千古不传之秘，而历家作历之本也。”按，嘉靖八才子之唐顺之、王慎中、陈束诸人与张璁之间积怨甚深。

固安杨维杰由翰林编修升侍读。（谈迁《国榷》卷五十六）

三月

任丘李时复随帝同游南内，作赋以献，后加太子太保、吏部尚书等官职。孙承泽《畿辅人物志》卷十二：“十四年三月，复召同游南内，时等各作《奉制记乐赋》以献，帝亦作一诗，命曰《御制记乐同游》，命刊示群臣。本年，加少保，进少傅，兼太子太保、吏部尚书，谨身殿大学士。”

顺天陈尧举进士。陈尧，生卒年不详，字敬甫，顺天人。生而颖异，日诵千言。仕至刑部左侍郎，告归。少从吕柟游，既仕，常以文学饰吏治，所至即聚生徒讲学，遇形胜之地无不去游观。南安人在龙屏山为他筑“醉翁亭”，说他的品谊可与欧阳修媲美，只是不饮酒。尧听后很高兴，因号“醒翁”。著有《醒翁集》（孙承泽《畿辅人物志》卷六）

涞水卢宗哲中进士。卢宗哲，生卒年不详，字浚卿，保定府涞水县（今河北省保定市内)[1] 人。本年中进士，授检讨。后参修《大明会典》，擢南京国子监司业。以杵严嵩，迁南京尚宝卿、南太仆寺卿，终光禄寺卿。以疾告归，年七十而卒。平生著述甚富，一日尽焚不存。(孙承泽《畿辅人物志》卷六)

临漳李泰中进士，且选庶吉士，《嘉靖十四年进士登科录》未载，据张弘道、张凝道《皇明三元考》卷十录。

本年

永年连矿迁山西道监察御史，后改浙江道。过庭训《明分省人物考》卷九："十四年，诏改风力部属为台谏，遂授山西道监察御史，巡陕西茶马，条陈种马牧地事宜，皆见实用，后改浙江道。恭送章圣梓宫葬承天，复蒙纻丝白金之赐。"

据《嘉靖十四年进士登科录》，本年顺天府进士登科情况如下：

第二甲 11 名，赐进士出身。姓名及履历分别为：

高耀，贯直隶保定府清苑县，民籍，增广生，治《诗经》。字子潜，行一，年二十一，五月初六日生。曾祖安，闸官；祖仲章；父显宗，监生；母季氏。重庆下。弟灿。娶黄氏。顺天府乡试第一百十六名，会试第七十名。

刘澍，贯腾骧右卫籍，陕西西安府蓝田县人，国子生，治《易经》。字汝霖，行二，年四十一，九月二十八日生。曾祖得川，祖杰；父亨，教谕赠征仕郎吏科给事中；母宗氏，赠孺人。永感下。兄瀹；弟济，刑科都给事中；汲，潜。娶白氏。顺天府乡试第九名，会试第二百六十八名。

欧阳唤，贯直隶真定府武强县，民籍，国子生，治《诗经》。字学章，行三，年三十，六月十六日生。曾祖鉴；祖瓒，省祭官；父伦；母李氏。具庆下。兄时，监生；晖。弟曜、晓、暄。娶郭氏。顺天府乡试第一名，会试第八名。

王崇，贯保定后卫前所，官籍，直隶任丘县人，国子生，治《诗经》。字子谦，行一，年三十二，十月十六日生。曾祖衍，百户；祖英，父钊，母高氏，继母赵氏。具庆下。兄彝，璨，玺；鼎，副千户；爵，璋，琦，鼐；琴，贡士；庆；官。弟阛、岳、宫。娶刘氏。顺天府乡试第十九名，会试第三十五名。

王珉，贯直隶真定府深州，军籍，国子生，治《诗经》。字玉中，行一，年二十七，二月初四日生。曾祖政，祖铨；父思义，义官；母孟氏。重庆下。兄爵、

[1] 又有说卢宗哲为山东德州左卫人，其祖籍在涞水县，父卢径于弘治年间，到德州左卫注册军籍落户。

禄。弟璞。娶杨氏。顺天府乡试第九十六名，会试第三百二十名。

王朝相，贯直隶广平府永年县，军籍，县学生，治《春秋》。字志尹，行二，年三十三，八月初十日生。曾祖纯，知县；祖藩，义官；父翺，州吏目；母常氏。具庆下。兄朝卿，弟朝聘、朝举、朝贡、朝弼，娶刘氏。顺天府乡试第二十八名，会试第九十二名。

张天麟，贯直隶真定府深州，民籍，州学生，治《诗经》。字允祯，行八，年二十五，十二月二十九日生。曾祖让；祖佐，义官；父文弼，贡士；母刘氏。重庆下。兄天祥，弟天衢、天宠、天秀、天启、天彝。娶祖氏。顺天府乡试第九十六名，会试第六十七名。

薛孟，贯浙江嘉兴府嘉善县，民籍，国子生，治《书经》。字惟亚，行四，年三十九，五月十五日生。曾祖圭；祖瑜，义官；父寅，典膳；母陶氏。具庆下。兄学，典膳；孚、孳；弟字、季，俱监生；享，厚，存，孝，教。娶唐氏，继娶沈氏。顺天府乡试第三十三名，会试第一百名。

姚良弼，贯武功中卫，匠籍，浙江钱塘县人，府学增广生，治《易经》。字梦贤，行二，年二十八，正月初四日生。曾祖庆；祖福，寿官；父钺，寿官；前母章氏，嫡母侯氏，生母吴氏。具庆下。兄良相。娶章氏，继娶庞氏。顺天府乡试第六十七名，会试第一百七十二名。

刘栋，贯直隶河间府任丘县，军籍，县学附学生，治《诗经》。字曰隆，行一，年二十四，正月二十七日生。曾祖惠。祖淮，典史。父珏，引礼；母苏氏。重庆下。娶吕氏。顺天府乡试第三十一名，会试第一百四十九名。

吴九经，贯浙江金华府永康县，民籍，岁贡生，治《书经》。字子诚，行一，年三十五，九月十八日生。曾祖铛，祖盛，父海，母李氏。永感下。弟九畴、九峰、九霄。娶王氏。顺天府乡试第五十三名，会试第一百三十四名。

第三甲 18 名，赐同进士出身。姓名及履历分别为：

章甫，贯武骧左卫军籍，直隶常州府武进县人，国子生，治《诗经》。字梦甫，行一，年四十二，十一月十三日生。曾祖玉。祖鉴，父明，母金氏，永感下。弟瓒。娶冯氏。顺天府乡试第十一名，会试第八十名。

杨守约，贯彭城卫籍，湖广长沙县人，国子生，治《易经》。字允中，行三，年二十六，三月十八日生。曾祖福胜，赠通议大夫右副都御史；祖春，赠中宪大夫右佥都御史加赠通议大夫右副都御史；父志学，通议大夫刑部右侍郎；前母王氏，赠淑人；母陈氏，赠淑人。严侍下。兄守愚；守谦，兵部员外郎；弟守默；守鲁，贡士；守让、守朴、守初、守介。娶潘氏，继娶茹氏。顺天府乡试第九十一名，会试第二百二十七名。

高时，贯浙江杭州府临安县，民籍，岁贡生，治《易经》。字中行，行十八，年三十，正月初一日生。曾祖澄浩，义官；祖良毓，义官；父文华；母童氏。具庆下。兄圻、升，弟埗、法、陛、陵、隅、墅、陆。娶胡氏。顺天府乡试第七十名，会试第一百七十六名。

焦琏，贯顺天府涿州，民籍，州学生，治《礼记》。字子重，行一，年二十八，七月二十八日生。曾祖升；祖森，训导；父镗，母马氏，继母尚氏、谢氏。具庆下。兄瑞、环，弟珙、璨、玳、珉。娶梁氏，继娶李氏，顺天府乡试第二十名，会试第一百二十三名。

周尚忠，贯直隶河间府景州吴桥县，民籍，国子生，治《诗经》。字伯显，行二，年三十五，二月二十五日生。曾祖政。祖裕，阴阳官。父冕，寿官。嫡母牟氏，生母李氏。具庆下。兄尚志，贡士。弟尚勤、尚友、尚恩。娶王氏。顺天府乡试第五十二名，会试第二十七名。

马九德，贯直隶德州卫军籍，山东青州府益都县人，州学生，治《诗经》。字子懋，行二，年二十四，正月初七日生。曾祖雄，祖昌；父亨衢，知县；母焦氏。具庆下。兄九皋；弟九鼎、九畴、九迁、九万、九功、九渊。娶王氏。顺天府乡试第十二名，会试第十名。

闵煦，贯直隶河间府任丘县籍，松江府上海县人，县学生，治《诗经》。字和卿，行三，年二十九，十月初十日生。曾祖琦，赠山西左布政使；祖定，赠山西左布政使；父槐，按察司副使；母颜氏，封恭人。具庆下。兄勋，义官；寿，监生；然，杰，监生。弟照、鱼。娶李氏。顺天府乡试第四十八名，会试第二百三十五名。

张维岳，贯浙江杭州右卫，军籍，岁贡生，治《易经》。字尧臣，行一，年四十一，十一月初三日生。曾祖义；祖颙，遇例冠带；父琪，遇例冠带；母柴氏，继母傅氏。具庆下。兄霆、维藩。弟维翰、维中。娶曹氏。顺天府乡试第四十七名，会试第六十六名。

刘凤池，贯陕西西安府渭南县，军籍，国子生，治《书经》。字文甫，行一，年三十二，三月二十二日生。曾祖孝征；祖才，巡检；父潮；母田氏。慈侍下。弟凤山。娶任氏。顺天府乡试第八名，会试第三十六名。

刘汀，贯直隶真定府冀州南宫县，民籍，县学生，治《春秋》。字叔南，行二，年二十六，五月十五日生。曾祖明；祖干，寿官；父锡，知县封监察御史；母张氏，封孺人。具庆下。兄濂，监察御史。弟涛、藻、沱、渚。娶李氏。顺天府乡试第一百八名，会试第一百九十六名。

张良贵，贯顺天府霸州文安县，军籍，国子生，治《易经》。字子元，行一，年三十五，十月二十九日生。曾祖彝，祖伟；父珏，主簿；母孙氏。重庆下。兄良翰、良相。弟良寿、良忠、良能、良筹、良材、良栋。娶孟氏。顺天府乡试第三十六名，会试第二百五十七名。

徐祚，贯忠义后卫官籍，直隶宣城县人，国子生，治《书经》。字子厚，行三，年三十一，正月初五日生。曾祖敏，百户；祖麟，百户；父永昌，百户；母倪氏，封安人。具庆下。兄禄，百户；佑。娶沈氏，继娶郝氏。顺天府乡试第一百二十名，会试第二百八十九名。

徐守道，贯直隶大名府开州长垣县，民籍，江西进贤县人，县学生，治《易经》。字子中，行一，年三十四，二月十六日生。曾祖汝成，祖华，父江，母王氏，继母孙氏。具庆下。弟守志、守义。娶高氏。顺天府乡试第五十三名，会试第一百二名。

朱尚质，贯直隶河间府沈阳中屯卫，军籍，应天府句容县人，国子生，治《易经》。字宗商，行一，年四十一，十二月三十日生。曾祖福；祖钦，知县；父伟，贡士；母李氏。慈侍下。娶张氏。顺天府乡试第三十名，会试第一百二十六名。

彭相，贯直隶真定府晋州安平县，军籍，教谕，治《书经》。字良仲，行四，年三十九，十一月二十九日生。曾祖真。祖翼。父谦。母逯氏。永感下。兄辅、岳、仁。娶吴氏。顺天府乡试第六十二名，会试第二百七十五名。

李文升，贯直隶宁山卫，军籍，浚县人，国子生，治《书经》。字子蔚，行二，年三十六，九月二十六日生。曾祖广；祖铭，寿官；父节，母陈氏，继母张氏。具庆下。兄文进，弟文通、文献、文奎。娶秦氏，继娶孙氏。顺天府乡试第八十七名，会试第三十三名。

卢梗，贯直隶苏州府常熟县，医籍，昆山县人，国子生，治《书经》。字木伯，行一，年三十二，二月二十六日生。曾祖辅；祖常，赠太医院院判；父志，前太医院判；母陈氏，封安人；生母薛氏。具庆下。弟楠。娶许氏。顺天府乡试第五十六名，试第五十六名。

钱萱，贯浙江嘉兴府海盐县，军民籍，国子生，治《书经》。字懋孝，行三，年三十三，四月十八日生。曾祖寔；祖达，赠南京刑部郎中；父琦，知府；母王氏，加封宜人。具庆下。兄颙，岳，着，兰；蓡，监生；蕙；芹，贡士；薇，行人；弟葵、菲。娶孙氏。顺天府乡试第六名，会试第七十一名。

卢孝达，贯浙江金华府东阳县，民籍，岁贡生，治《诗经》。字维周，行四十五，年三十二，闰四月初十日生。曾祖淙，祖梁，父焯，母吕氏。具庆下。兄孝通，弟孝逸、孝逊。娶龚氏。顺天府乡试第九十名，会试第九十八名。

孙国，贯直隶大名府开州，军籍，国子生，治《书经》。字道甫，行五，年三十三，十月初五日生，曾祖应；祖盛，训导加赠知府。父愚。母常氏。慈侍下。兄因、困、冏、白，弟向、可、召、石、占。娶常氏。顺天府乡试第九十七名，会试第一百二十一名。

嘉靖十五年

（公元1536年　丙申）

五月

端午，任丘李时被召泛舟同游西苑，受赐宴，进谢表。孙承泽《畿辅人物志》卷十二："十五年端午，召时同夏言、郭勋泛舟西苑，命荡浆近龙舟被顾问，赐宴无逸殿。翌日，时等谢表以为自宣宗赐蹇义同游万寿山、杨荣同游西苑后，迨此乃再见云。"

七月

《皇史宬》成，任丘李时兼任太子太师。（雷礼《国朝列卿纪》卷十三）

九月

《宝训实录》成，任丘李时加少傅、华盖殿大学士。（孙承泽《畿辅人物志》卷十二）

十月

初一日，任丘李汶生。叶向高《明特进光禄大夫左柱国少师兼太子太师协理京营戎政兵部尚书赠太师次溪李公墓志铭》："公讳汶，字宗齐，次溪其别号也，世为河间任丘人。曾大父鹏，大父穆，父登，俱以公贵，累赠特进光禄大夫、左柱国、少师兼太子太师、兵部尚书，配皆一品夫人。赠公娶于边，继娶王，生三子，公其仲也。公生之夕，雷火破壁，赠公须发为焦，而母夫人弗闻，众咸异之。少即魁杰，不类凡儿。九岁时，会赠公有践更役，公辄走谒郡守，极陈不任役状，守奇其占对，瞩目久之，命人拜其夫人，诧为伟器。稍长，就学，辄屈其塾师。"李汶（1536—1609），字宗齐，号次溪，河间府任丘县（今河北省任丘市）人。自幼好学，聪颖过人。嘉靖辛酉（1561）中第三名举人。次年，中壬戌科（1562）进士。曾任工部都水主事。隆庆元年（1567），改补武选司郎中，又改任职方司郎中，主管升迁将吏。隆庆五年（1571），任山东按察司副使，次年改任河南督学使。后转任云南督学使、陕西右参政、山东按察使。万历十年升任陕西右布政使，期间被征调至浙江平乱，归任都察院右检都御使，兼陕西巡抚。万历二十一年（1593），升任兵部右侍郎，次年又兼协理京营戎政。再督察院右督御使兼兵部左侍郎，总督三边军务，镇守西北边陲十二年，多有功绩。朝廷加授特进银青光禄大夫、左柱国。晚年致仕归乡，闭门谢客，不问外事，布衣素食，吟诗著文。万历三十七年（1609）十一月，卒，赠太师。（乾隆二十七年《任丘县志》卷九）

十二月

十日，北平张诗（1487—1536）卒。李开先《昆仑张诗人传》："北平张子言，八岁入小学，其童子师名之曰诗，字之曰子言，长果以诗名天下，师或有先见，抑偶合欤？……子言生成化丁未，卒嘉靖乙未十二月十日，少二十日不五十也。"（李开先《闲居集》卷十）陈田《明诗纪事》丁签卷十七："《中麓闲居集》：昆仑山人张诗，在大梁与李空同歌诗酬赠，空同称为燕山豪士。夜宴瓶之忽堕，以为栟行觞焉，亦一奇事也，与空同各作《芝盘行》，俱有李、杜风骨。孙太初作诗赠山人有'张子自高格，入山从我游'，山人怒曰：'吾岂汝门弟子耶！从此绝交'。《今雨瑶华》：'昆仑山人镂金刻玉，咀凤含麟。'《艺苑卮言》：'张子言诗如甘州石斗，色泽如玉，肤理粗漫。'《列朝诗集》：昆仑山人在武林时，与孙太白论诗。太白自夸其'青压贴天日，下照芝草斑'之句不减曹氏父子。子言掉头大笑，太白为之夺气。子言谓坐客：'今日昆仑山压倒太白矣。田按：'山人诗亦有奇致，以较太初，去之尚远。李开先推之过甚，何耶？'"朱彝尊《清志居诗话》："岳氏《今雨瑶华》以昆仑山人诗压卷，然诗实不工。方棠陵诮之曰：'君诗固佳，第乏情实。如无山称山，无水赋水，非欢而畅，不戚而哀是已。'是亦切中其病。"

本年

涿州史道起为左签都，抚大同，奉母而行，慨然身先。《兵部尚书鹿野史公道行状》："嘉靖十五年，特起公左佥都御史巡抚大同。时值总兵李瑾之变，有劝公勿携家者。公乃奉王太淑人以行，年八十余，人心遂安。公见连年失事，系将官不能奋勇遂慨然以身先之。"（焦竑《国朝献征录》卷三十九）

广宗崔恭两乞致仕，未允。（雷礼《国朝列卿纪》卷二十七）

威县石永巡山海关，核部伍，校技艺，焯著风采。（孙奇逢《畿辅人物考》卷之二）

京师郑绅任通政史。（孙升《掌通政司事工部尚书赠太子少保郑公绅神道碑》）

固安杨维聪转山东布政左使（从二品）。

固安杨维杰校录累朝实录、实训成，升司经局洗马，充经筵讲官。

嘉靖十六年

（公元1537年　丁酉）

二月

涿州史道亲自督兵击寇，大捷。焦竑《国朝献征录》卷三十九《兵部尚书鹿野史公道行状》："次年二月内，亲自督兵会同总兵官梁震玉、林川，斩首一百二颗，夺□达马三百六十二匹，盔甲夷器八千七百八十余件。奉敕奖励，升一级，赏银四十两、纻丝四表里。"

三月

涿州史道于沙河等处击寇连捷。焦竑《国朝献征录》卷三十九《兵部尚书鹿野史公道行状》："本年三月内，沙河等处斩首一百四颗，夺获马二百八十九匹，盔甲夷器七千五百一十余件，奉旨云：这各官一月之间，两次斩获虏首，数多劳续，委有可嘉。史道赏银五十两，纻丝四表里，升都察院右副都御史，照旧巡抚。本月内又因达贼率众攻鏊，斩首九颗，获达马四匹，夷器四十六件。云中军民杂处，兼以宗仪之府第日繁，民居益促甚苦之，镇城之北旧有一城，古草场也。公奏许令民间居住，民极称便。"

春

容城杨继盛岁考名列第二，有名于乡里。（杨继盛《椒山先生自著年谱》）

夏

广宗崔恭乞归成，有贤声。雷礼《国朝列卿纪》卷二十七："明年夏，以不视事三月，复乞归田，上特赐《尔书》以荣其归，文武士饯于国门外者千人，道旁观者十里不绝，啧啧共言其贤。”

八月

姚淶、孙承恩任顺天乡试主考。王世贞《弇山堂别集》卷八十二《科试考二》：“十六年丁酉，命翰林院侍讲学士姚淶、左春坊左中允孙承恩主顺天试。命右春坊右谕德江汝璧、司经局洗马欧阳衢主应天试。”孙承恩《文简集》卷三十《同年录序》：“嘉靖丁酉之岁，予与学士四明姚明山主北畿乡试。未几，诸中式之士葺有斯录，欲予二人各系一言。逮兹十余稔矣，于是诸士凡四上礼闱，而获隽者致五十余人。咸以是科得人为盛，乃今五十一人之仕于朝者。”

本年

令今后顺天府乡试，凡以“儒士”身份入试者，务要查明其籍贯所在，其附籍可疑之人，取有同乡正途出身官印信保结，方许应试。（万历《大明会典》卷七十七《礼部》三十五《贡举·科举·乡试·凡应试》）

京师谢丕以丁陆太淑人忧，出京返邑不归，安心于乡里。徐九皋《吏部左侍郎兼翰林院学士赠礼部尚书谢公丕行状》：“岁丁酉，丁陆太淑人忧，遣官谕祭，赐宝镪，给驿归其丧，仍遣官祭葬。服阕，巡按传公具疏荐起，而先生卧弗应，因修谱牒，创宗祠，置义仓、义学，施药饵以拯贫病，造桥梁以济往来，乡人多德之。后有被召当国者与先生寮旧道武林，先生避不一见。京华权近亦不一通问，遗暇即汝湖胜处，葺东岩辟留园，逸老所盘桓其间，因自号留园野老。盖先生至是绝意于世用矣。”

涿州郝勋中本年经魁。（孙奇逢《畿辅人物考》卷之七）

嘉靖十七年

（公元1538年　戊戌）

三月

临朐冯惟敏同兄惟重、弟惟讷到北京，参加会试，长兄惟健也陪进至京。榜发，惟重、惟讷同榜中进士。惟敏落第，撰诗抒发感慨。冯惟敏《上巳日作时落第客京师》：“飞空不解作红雨，著土岂得为香泥。”（《冯氏家传·冯惟敏传》）冯惟敏（1511—1578），字汝行，号海浮，又号石门，山东临朐人。著名散曲、戏曲作家。著有诗文集《冯海浮集》《石门集》，散曲集《海浮山堂词稿》4卷，以及杂剧《不伏老》《僧尼共犯》。

唐县刘乾中进士。刘乾，生卒年不详，字仲坤，自号易庵道人，保定府唐县（今河北省保定市唐县）人。登嘉靖戊戌（1538）进士，授知县，改教授，历官国子监丞。生平好读书，喜为诗文，对诗、词、赋、记、杂文均有涉及，著有《鸡土集》六卷（诗词二卷、赋记杂文四卷）。《四库全书总目》卷一百七十七评“其以鸡土命名者，自序谓梦入太极宫见玉鸡以为文章之兆，其诗颇荒唐不经。”另有《易庵初稿》《滩上集》。（《畿辅通志》卷七十九）

滦州厉汝进中进士，授池州府推官，有神明之颂。焦竑《国朝献征录》卷八十《都给事中厉汝进传》（州志）：“嘉靖甲午，举于乡，或有出百金助息者，谢曰：‘书中自有之，不愿闻命矣。’戊戌，成进士，授池州府推官，束带坐堂，判十年疑狱者七。抚按贤之，凡诸郡大狱皆质成，道路有神明之颂。”

十二月

十六日，任丘李时（1471—1538）卒于官，赠太傅，谥文康。著有《南城召对录》等。其诗语言清新雅丽，意境清幽，《明诗纪事》录有其《城南萧寺呈同游》诗。张廷玉《明史》卷一百九十三《列传第八十一》：“屡加少傅、太子太师、吏部尚书、华盖殿大学士。会夏言入辅，时不与抗，每事推让言，言亦安之。帝待时不如孚敬、言，然少责辱，始终不替。孚敬、言亦不敢望也。十七年十二月卒官，赠太傅，谥文康。”

本年

马中锡撰《马东田漫稿》刊行。凡六卷，题“东田马中锡著，沙溪孙绪评，笔山文三畏校”，录诗1300余首，大部分诗歌后有孙绪所作评语。卷前有序两篇，一为孙绪撰《马东田漫稿序》，署“嘉靖丙戌东十月望”；另为王崇庆撰《序马东田漫稿》，“明嘉靖十七年秋九月甲午”。卷前另有许来学《东田漫稿跋》。

任丘刘元震生。刘元震（1538—1620），字符东，号复斋。北直隶顺德府任丘（任丘市）青塔乡陈王庄人。刘勃长子。隆庆五年（1571）进士[①]，选庶吉士，授编修。神宗时，历国子祭酒，检束诸生，置旌善纪过二簿，示惩劝。因《诗经注疏》规讽切至，帝嘉纳之，累迁吏部侍郎。为孝敬双亲，曾十余次上奏乞休。乡

① 孙奇逢：《畿辅人物考》卷之五记为“万历丁丑进士”。

居二十年，年八十一岁而终。与刘楚先合著有《新刻乙未科翰林馆课东观弘文》10卷。（《大清一统志》卷十六、孙承泽《畿辅人物志》卷九）

东明石星生。石星（1538—1599）字拱辰，号东泉，东明城内石家井（今山东省菏泽市东明县解放街仁义胡同）人。明嘉靖己未进士。从政四十年，经嘉靖、隆庆、万历三朝，历任给事中、大理丞、太仆卿、右副都御史、工部尚书加太子少保、户部尚书、兵部尚书加太子太保等职。后以封贡日本中蜚语，下狱死。邹元标《石星传》（《畿辅通志》卷一百四）

晋州张璇（1473—1538）晚年归乡自娱，本年卒。过庭训《明分省人物考》卷七：“璇归矣。璇子已成进士，以工部郎过家，乃率诸孙捧觞膝下，璇及其兄太守君欢甚，且曰：‘彼忌我者将以去官为辱，安知其乐如是耶?’于是，酿酒栽花治田种圃，日惟为娱老之计。戊戌，诏复致仕，而两京部院台谏多连疏荐之者，方拟起用，竟以疾卒，享年六十又六。所著有《家藏集》《东巡录》《抚宁录》若干卷。”

大城梁材以考满解职。《太子少保户部尚书赠太子太保梁公材谥端肃传》（京学志）

固安杨维聪授南京光禄寺卿。（《世宗实录》卷二百五）

柏乡魏谦吉中进士，授监察御史。

据《嘉靖十七年进士登科录》，本年顺天府进士登科情况如下：

第二甲16名，赐进士出身。姓名及履历分别为：

张惟一，贯直隶保定府安肃县，民籍，国子生，治《诗经》。字守中，行二，年三十六，九月十五日生。曾祖嵩，祖亨；父玉，教谕；母李氏。具庆下。兄惟精，弟惟时、惟几、惟允、惟翰。娶胡氏。顺天府乡试第一名，会试第六十八名。

朱应云，贯浙江嘉兴府海盐县，医籍，国子生，治《书经》。字从龙，行二，年四十六，正月十八日生。曾祖全；祖玉，寿官；父缙，母冯氏。永感下。兄雷，弟电、霁、沾。娶孙氏。顺天府乡试第六十名，会试第二百八十八名。

莫如忠，贯直隶松江府华亭县，民籍，岁贡生，治《书经》。字子良，行一，年三十，四月初七日生。曾祖昂；祖昊，通判；父愚，贡士；母朱氏。具庆下。弟如信、如德、如爵、如义。娶富氏，继娶杨氏。顺天府乡试第二名，会试第二百三十八名。

吴春，贯江西广信府贵溪县，民籍，国子生，治《书经》。字以容，行十九，年二十七，八月二十四日生。曾祖嘉谋，寿官；祖守绪，赠奉政大夫兵部郎中；父道南，兵部郎中。母舒氏，封宜人。具庆下。兄秦；奉，监生；奏，监生；弟蓁、劵，监生。娶夏氏。顺天府乡试第十名，会试第七十四名。

杨濂，贯直隶保定府安州，民籍，州学生，治《易经》。字伯清，行二，年三十五，六月二十七日生。曾祖珪；祖勉，进士；父汉卿，训导；母庄氏。慈侍下。兄澜，贡士。娶张氏。顺天府乡试第一百二十四名，会试第一百十三名。

王健，贯浙江温州府永嘉县，军灶籍，国子生，治《易经》。字伟纯，行十，年三十七，二月初三日生。曾祖文燠，赠通议大夫礼部左侍郎；祖祚，封翰林院编修文林郎赠通议大夫礼部左侍郎；父瓒，南京礼部左侍郎赠礼部尚书；母应氏，封淑人。永感下。兄僎；偶，监生；侨、备；传，监生；儀、儆；促，南京都察院都事、幸，弟佐。娶戴氏。顺天府乡试第二名，会试第十一名。

郭乾，贯直隶河间府任丘县，民籍，国子生，治《书经》。字易甫，行四，年二十八，五月二十九日生。曾祖钦，县主簿；祖源，父胜，前母郝氏，母张氏。慈侍下。兄节。娶刘氏。顺天府乡试第九十五名，会试第三百一名。

燕楫，贯直隶真定府真定县，民籍，府学生，治《礼记》。字廷济，行三，年二十七，正月十八日生。曾祖恕，所吏目；祖云，赠监察御史；父澄，府同知前监察御史；母李氏，封孺人。永感下。兄樒，监生；桂，七品散官。娶张氏。顺天府乡试第二十四名，会试第三百十四名。

谢淮，贯直隶河间府任丘县，民籍，高阳县人，国子生，治《诗经》。字禹汇，行二，年三十八，十月十二日生。曾祖聚，祖镇，父仿。母王氏。慈侍下。兄溱，弟江、淯。娶卞氏，继娶卞氏。顺天府乡试第十六名，会试第一百六十一名。

白若圭，贯直隶常州府武进县，官籍，国子生，治《礼记》。字德纯，行二，年二十七，七月初四日生。曾祖昂，光禄大夫柱国太子太傅刑部尚书赠特进太保谥康敏；祖竣，镇国将军锦衣卫都指挥同知；父诏，鸿胪寺序班；嫡母张氏，继母陈氏、胡氏、蒋氏，母吴氏。具庆下。兄僖，弟偁；若思，监生；倬，监生；启、登；儒，监生；侃；若水，监生；伟、启常、启京、启嘉、若璧，若泉。娶胡氏。顺天府乡试第二十名，

吴元璧，贯江西饶州府安仁县，军籍，国子生，治《书经》。字君锡，行十，年四十，五月二十八日生。曾祖克己；祖玙，义官；父上达，母徐氏，继母李氏。具庆下。兄元诚、元翰。弟元功。娶艾氏，继娶李氏。顺天府乡试第二十三名，会试第八名。

张镐，贯直隶保定府定兴县，民籍，陕西泾阳县人，国子生，治《春秋》。字启周，行三，年三十八，六月二十日生。曾祖见，祖材；父景芳，寿官；母李氏。具庆下。兄锦；铨，冠带将军。弟鐩。娶赵氏，继娶徐氏。顺天府乡试第五名，

会试第一百四十七名。

王楠，贯直隶兴州后屯卫，官籍，浙江会稽县人，三河县学生，治《诗经》。字惟乔，行四，年四十六，九月二十日生。曾祖忠，指挥佥事赠锦衣卫都指挥同知；祖鉴，指挥佥事赠锦衣卫都指挥同知；父玉，锦衣卫都指挥同知充漕运参将；母邢氏，封夫人。永感下。兄桐；弟杨，兵部员外郎；栋、椆；栩；槐。娶袁氏。顺天府乡试第四十三名，会试第一百六名。

翁相，贯浙江杭州府钱塘县，军籍，杭州右卫人，国子生，治《书经》。字长卿，行三，年四十，六月二十三日生。曾祖祥，祖茂，寿官；父浩，母周氏。具庆下。兄橙、椿，弟梗、楠。娶孙氏。顺天府乡试第四十六名，会试第六十五名。

唐臣，贯大兴左卫官籍，直隶天长县人，国子生，治《易经》。字止敬，行一，年三十一，四月初九日生。曾祖钰，祖杰，父祥，前母魏氏。母张氏。具庆下。娶任氏。顺天府乡试第九十七名，会试第二百五十八名。

张涣，贯直隶直定府定州，民籍，国子生，治《诗经》。字文甫，行一，年三十一，九月初九日生。曾祖纶，知府；祖璇，义官；父镛，母王氏，继母周氏。重庆下。弟洙、泗、潢、湘。娶田氏，继娶罗氏。顺天府乡试第八十二名，会试第二百二十三名。

第三甲 34 名，赐同进士出身。姓名及履历分别为：

刘洵，贯江西饶州府鄱阳县，军籍，国子生，治《礼记》。字睿甫，行六十，年三十，闰九月十三日生。曾祖烈，布政使司左参政赠大中大夫资治少尹；祖城，都察院右副都御史赠通议大夫；父录，工部主事；母赵氏，赠安人。严侍下。弟泌、法、沾、治、泳、冲、沚、浚。娶戴氏。顺天府乡试第五名，会试第二名。

李纶，贯万全都司怀安卫，官籍，直隶颍上县人，国子生，治《诗经》。字德言，行一，年二十七，九月十五日生。曾祖洪，所镇抚；祖献，所镇抚；父琉。前母陈氏，母韩氏。具庆下。弟绅、缉、维。娶张氏。顺天府乡试第六十四名，会试第一百二十五名。

厉汝进，贯直隶永平府滦州，民籍，州学增广生，治《易经》。字子修，行三，年三十，十一月初四日生。曾祖翱，祖友谅，父鉴，母杨氏，继母王氏。具庆下。兄章汝成。娶薛氏。顺天府乡试第九名，会试第三十八名。

薛尚义，贯直隶河间府河间县，民籍，府学生，治《诗经》。字仲行，行一，年三十二，三月二十一日生。曾祖景春，祖胜，父隆，母巩氏。具庆下。兄尚仁，弟尚礼，尚智。娶张氏。顺天府乡试第三十三名，会试第六十六名。

步允迁，贯顺天府蓟州军籍，山东高苑县人，州学生，治《礼记》。字子安，行一，年二十四，八月初五日生。曾祖瀛，祖雄，父天衢，贡士；母李氏。具庆下。娶孟氏。顺天府乡试第九十八名，会试第一百六十二名。

卜大同，贯浙江嘉兴府秀水县，匠籍，国子生，治《书经》。字吉夫，行一，年三十，六月二十日生。曾祖颙；祖周，义官；父宗洛，监生。前母周氏，母贺氏。具庆下。弟大有、大观、大顺。娶周氏。顺天府乡试第七十名，会试第一百二名。

高节，贯大兴左卫官籍，直隶永清县人，顺天府学增广生，治《易经》。字尔瞻，行一，年二十六，五月初二日生。曾祖钦，指挥使赠昭勇将军；祖深，指挥使封昭勇将军；父镇，指挥使；母陈氏。具庆下。弟箕、第。娶郭氏。顺天府乡试第六十一名，会试第一百七十二名。

刘廷仪，贯太医院籍，浙江慈溪县人，顺天府学生，治《诗经》。字汝修，行二十，年二十七，六月二十三日生。曾祖竣；祖镜；父藩；母邵氏。重庆下。弟廷诰，同科进士；廷制；廷咏；廷諲。娶冯氏。顺天府乡试第二十九名，会试第二百四十三名。

冯时雨，贯直隶河间府景州，军籍，国子生，治《诗经》。字慰民，行二，年三十五，七月二十八日生。曾祖得才；祖宁，寿官；父积德，知县。嫡母孙氏，生母庞氏。慈侍下。兄时通，弟时选。娶王氏。顺天府乡试第九十八名，会试第二百六十一名。

李廷松，贯直隶保定府安肃县，民籍，国子生，治《春秋》。字茂贞，行二，年三一十七，十一月二十九日生。曾祖德，祖铭；父正，县丞；母张氏。具庆下。兄廷桂，府通判；廷槐。弟廷梧、廷梅。娶王氏。顺天府乡试第一百十名，会试第八十一名。

李孔阳，贯直隶真定府冀州武邑县，民籍，国子生，治《诗经》。字子朱，行三，年二十九，八月初二日生。曾祖斌，祖鼐；父好实，听选监生；母高氏。具庆下。兄孔嘉，监生；孔厚。弟孔时。娶滕氏。顺天府乡试第七十五名，会试第二百二十六名。

朱尚文，贯直隶保定府新城县，民籍，国子生，治《书经》，字质卿，行一，年四十三，十一月初八日生。曾祖英，祖海全；父逵，典史；前母齐氏、崔氏，母郑氏。永感下。弟博文。娶张氏。顺天府乡试第一百六名，会试第一百十八名。

齐宗道，贯辽东广宁右卫军籍，山东日照县人，国子生，治《诗经》。字叔鲁，行二，年三十三，十月十二日生。曾祖参，祖斌；父友，寿官；母陈氏。具庆下。兄春；宗贤，贡士。弟泰、宗睿、宗哲。娶耿氏。顺天府乡试第五十九名，会试第一百六十五名。

郑光溥，贯山东青州府益都县，民籍，国子生，治《诗经》。字伯公，行一，年三十七，十月二十五日生。曾祖赟，祖堂；父貕，引礼舍人。母于氏。永感下。娶马氏。顺天府乡试第一名，会试第八十五名。

吴相，贯直隶顺德府内丘县，民籍，县学生，治《书经》。字汝立，行一，年二十五，八月十六日生。曾祖叁，祖真，父聪，嫡母张氏，生母吕氏。慈侍下。娶冀氏。顺天府乡试第四十九名，会试第二百九十一名。

张思诚，贯顺天府固安县，民籍，陕西长安县人，县学生，治《诗经》。字子修，行三，年三十五，十一月二十八日生。曾祖霖，祖丁，父永。前母章氏，母辛氏。慈侍下。兄思敬、思明。弟思懋、思睿、思元。娶孙氏，继娶王氏，顺天府乡试第三十名，会试第一百三十一名。

董懋中，贯直隶保定府安州，高阳县人，国子生，治《书经》。字德甫，行二，年二十三，九月二十四日生。曾祖荣，祖纹，父兵，母王氏。具庆下。兄用中；执中，贡士；立中，贡士；秉中；化中；韦。弟黄中、协中、一中、龙中、虚中、就中、适中。娶苑氏。顺天府乡试第二十六名，会试第二百二十四名。

郭惟清，贯武功中卫，匠籍，直隶昆山县人，顺天府学附学生，治《书经》。字寅仲，行一，年三十，十月初二日生。曾祖福敬，祖泰，父升，母杨氏。具庆下。弟惟和、惟一。娶文氏。顺天府乡试第一百六名，会试第二百二十八名。

刘乾，贯直隶保定府唐县，军籍，国子生，治《诗经》。字仲坤，行三，年三十二，十一月十一日生。曾祖着，教谕；祖瑜，翰林院检讨；父汝教；母左氏。慈侍下。兄鼎、泰，弟恒。娶王氏，继娶徐氏。顺天府乡试第一百十七名，会试第二百十九名。

孟廷相，贯顺天府霸州，军籍，州学生，治《书经》。字爰立，行一，每三十五，十一月十二日生。曾祖安，府照磨；祖钦，七品散官；父瑛，州学正；母胡氏。具庆下。弟廷芳，廷邻。娶司氏。顺天府乡试第二十八名，会试第二百四十五名。

唐时，贯直隶保定府雄县，民籍，县学生，治《诗经》。字学孔，行一，年二十七，十月二十二日生。曾祖兴，祖全，父林，母高氏。具庆下。娶李氏。顺天府乡试第一百二十一名，会试第四十一名。

魏谦吉，贯直隶真定府柏乡县，民籍，国子生，治《春秋》。字子惠，行四，年三十，十一月初一日生。曾祖鉴；祖寿，训导；父岩，儒官；母赵氏。具庆下。兄谦光，监生；谦亨、谦利；弟谦贞、谦荣、谦劳、谦扐。娶李氏。顺天府乡试第二名，会试第五名。

刘泰，贯直隶天津左卫，军籍，河南项城县人，卫学生，治《诗经》。字仁甫，行三，年二十七，正月二十二日生。曾祖兴，祖清；父气，寿官；母石氏。具庆下。兄勋，臣。娶陈氏。顺天府乡试第四十七名，会试第四十三名。

阮高，贯直隶保定府大宁都司，官籍，中卫人，国子生，治《诗经》。字思抑，行二，年二十九，二月初一日生。曾祖璇，都指挥使；祖洪，父泰，母李氏。慈侍下。兄登。娶李氏，继娶尹氏。顺天府乡试第十一名，会试第二百二十九名。

李遇春，贯直隶苏州府常熟县，民籍，吴县人，国子生，治《诗经》。字时芳，行三，年三十八，八月二十四日生。曾祖邕。祖梗。父乾。母杭氏。具庆下。兄应春，省祭官、秀春。娶蒋氏。顺天府乡试第八十七名，会试第一百七十名。

坑进良，贯直隶保定府安肃县，民籍，山西安邑县学教谕，治《诗经》。字汝率，行三，年四十四，九月二十八日生。曾祖恭，祖奉；父大纲，县主簿；母阎氏。具庆下。兄进贤、进善；弟进臣、进言、进道、进友。娶李氏，继娶郭氏、李氏、李氏。顺天府乡试第九十二名，会试第三百十二名。

李仪可，贯直隶广平府清河县，民籍，国子生，治《诗经》。字子与，行一，年三十五，正月初三日生。曾祖祥，祖玺，父隆，母阎氏。具庆下。弟学可、许可。娶张氏。顺天府乡试第三十一名，会试第一百二十七名。

陈珂，贯直隶涿鹿左卫官籍，顺天府蓟州遵化县人，州学附学生，治《书经》。字仲声，行六，年二十八，七月二十四日生。曾祖玉，昭勇将军指挥使；祖广，昭勇将军指挥使；父渊，户部员外郎。母郭氏，赠安人。永感下。兄佩，昭勇将军指挥使；瑞，七品散官；珍，七品散官。弟昆、璜、瑶、珙。娶王氏。顺天府乡试第一百五名，会试第一百八十三名。

周山，贯直隶常州府武进县，民籍，国子生，治《诗经》。字子仁，行一，年四十八，十二月十二日生。曾祖仲杰，祖昱，父荣，母吴氏。慈侍下。娶徐氏。顺天府乡试第一百二十八名，会试第二百六十名。

欧思贤，贯顺天府蓟州民籍，福建连江县人，国子生，治《书经》。字希甫，行五，年三十五，十月初七日生。曾祖宝，赠户部郎中；祖俊；父弘惠，府通判进阶承德郎；母孟氏，封安人。具庆下。兄思廉，义官；思诚，大理寺右寺副；思孝，弟思齐，义官；思法、思元、思迁。娶贾氏。顺天府乡试第六十名，会试第二百六十二名。

荆应春，贯河可南怀庆府武陟县，军籍，国子生，治《易经》。字子元，行二，年三十四，七月二十二日生。曾祖钦，义官；祖鸾，寿官；父华，母赵氏。具庆下。兄应节，弟应夏、应秋、应冬。娶王氏氏。顺天府乡试第五十二名，会试第六十九名。

谷峤，贯直隶兴州前屯卫，官籍，河南息县人，国子生，治《易经》。字惟升，行一，年三十一，二月二十三日生。曾祖亮，指挥佥事；祖涌，父选，母董氏。具庆下。弟峦。娶杨氏。顺天府乡试第二十二名，会试第三百三名。

张玶，贯直隶河间府景州东光县，民籍，县学生，治《诗经》。字子珍，行一，年三十四，六月十九日生。曾祖荐，祖安，父庆，母息氏。永感下。娶王氏，继娶庄氏。顺天府乡试第一百十四名，会试第八十二名。

徐文亨：贯辽东定辽后卫，官籍，江西余干县人，国子生，治《书经》。字道行，行二，年三十四，十月十三日生。曾祖伯迪，百户；祖昂，赠千户；父渊；母万氏。慈侍下。兄文贤、文方，弟文贞、文中、文和、文征。娶王氏。顺天府乡试第一百十三名，会试第三百四名。

嘉靖十八年

（公元1539年　己亥）

二月

雄县袁宗儒（？—1539）卒。过庭训《明分省人物考》卷五："己亥春二月，上南巡，宗儒黾跸勤劳，旋京浃旬而卒。讣闻，上甚哀悼，命礼、工二部给祭葬焉。宗儒考历中外三十余年，冰蘖之操有如一日。其居第卑隘，自奉甚约，虽淑人之冠绅衣帔，尚未克备，乃割香城里田数亩，置义冢曰：'使吾乡之贫不能葬者有所归。'生平无私书私谒，闲居则兀坐静室，不妄接人，虽隆寒盛暑手不释卷，尝曰：'吾以忠孝事吾君亲，以勤俭示吾子孙，吾事毕矣！'当随驾南狩时，民有以子易鹅献者，宗儒知之，顾同坐者曰：'吾辈食人婴儿也！'亟命持去赎其子。霍文敏尝曰：'文官不要钱，惟户部侍郎宗儒而已。'"

夏

沙河朱裳（1482—1539）卒。迎章圣太后梓宫，中暑而逝，年五十八。明穆宗隆庆三年，追赠户部右侍郎，谥端简。张弘道、张凝道《皇明三元考》卷九："朱裳，真定人[①]。右都御使，性峭直，有清操。嘉靖初，宗核吏治，举五人卓行而裳第一。历官三十年，攻苦食淡，若一日，有先朝名臣之风。卒谥端肃。"过庭训《明分省人物考》卷八："十八年，再起原官，仍前任。本年夏卒于官，谥端

① 张廷玉：《明史》卷二百三《列传第九十一》记为沙河人。

简，性淳笃朴直，目所见必行，言虽久可复。凡在官钥户远嫌堂如寺妻子甘菲恶，益穷经探赜以圣贤自饰，谓尊德性道问学，其的旨也。衍而成论，士颂其廉，知友服其不市名，民惠其不取，享年五十有八而卒。”

秋

考察京官，特命大城梁材以户部尚书职监，后又掌刑部事，颇受倚重。《太子少保户部尚书赠太子太保梁公材谥端肃传》（京学志）：“明年廷臣上议言：司徒乃国计大臣，总领财赋，得人实难。窃见材操心廉直，终始不渝，且综理既闲，出纳有执，实清朝人才之望，及今未衰，尚堪任使，乞早召用以尽其材。上俞之，起公原官，加太子少保。”张廷玉《明史》卷一百九十四《列传第八十二》：“明年，户部尚书李廷相罢。帝念材廉勤，大臣亦多荐者，乃召复故官，加太子少保。三掌国计，砥节守公如一日，帝眷亦甚厚。其秋，考察京官，特命监之。有大狱不能决，又命兼掌刑部事。帝叹曰：‘尚书得如材者十二人，吾无忧天下矣。’”

本年

柏乡魏谦吉等出资修整封龙书院，聚徒讲学。魏谦吉撰《封龙山新建圣像藏室记》记述元代封龙书院所存孔、颜、曾三石像被遗弃、埋没又重新被发现并建室保存的经过，从一个侧面反映了封龙书院在元明两朝的盛衰变迁，为封龙山重要碑刻。

怀安岳伦因谏阻皇帝南巡，遭廷杖、下狱，并由此致仕。世宗欲南巡，当时湖广、河南等地连年灾害，民不聊生，北方蒙古骑兵也常骚扰边境。岳伦以社稷江山为重，上疏劝阻皇帝南巡。之后，九卿科道官员也先后上书劝阻。最终，其他留驾大臣都得到恩赐，只有岳伦被奸臣严嵩等人诬陷，遭到廷杖，下狱监禁七月有余，出狱后被革职为民。有朝臣曾推荐他复出任职，结果被权臣所压制，终未被重新起用。（孙承泽《畿辅人物志》卷七）

涿州史道于大同筑五堡以御虏，拓膏腴田土数万余顷，为士民所颂，升兵部右侍郎。焦竑《国朝献征录》卷三十九《兵部尚书鹿野史公道行状》：“先年二次议修五堡，都御史张文锦、总兵贾鉴俱各遇害。公至即身任其事，镇城迤东南车房创一堡名镇边小，尽头创一堡名镇川二堡，相距虏贼遂不敢犯、采掠安子等山矣。镇城正北当诸堡适中之处，创一堡名弘赐，稍西获堡村创一堡名镇虏，好女村创一堡名镇河，则东援红寺，北据河险，与护堡声势联络，一应零星之贼无从潜地而入矣。开拓出膏腴田土数万余顷，此皆二百余年虏贼常川住牧之地，一旦收而入之版图真足以为国家万亿年无穷之利，五堡军士追思公为立生祠于祁皇山至今存焉。工完，赏银五十两，纻丝四表里，升兵部右侍郎，照旧巡抚。”

南和朱正色生。朱正色（1539—1606），字应明，号和阳，顺德府南和（今属河北邢台南和县）人。明神宗万历二年（1574），中进士。授偃师知县，有政声。调知江陵县，敢于秉公执法，有“南都六君子”之称。后升南京驾部郎，历官甘肃宪副。万历二十年（1592），参与平定宁夏的反叛有功，进右副都御史。万历三十四年（1606），逝于自己的书院“十方院”，年六十八。著有《涉世雄谈》。

涿州史道升兵部侍郎。（孙承泽《畿辅人物志》卷八）

京师郑绅晋尚书，掌通政司事，俸食一品。（孙升《掌通政司事工部尚书赠太子少保郑公绅神道碑》）（焦竑《国朝献征录》卷六十七）

固安杨维杰升右春坊右庶子，兼翰林院侍讲、经筵讲官如旧。

嘉靖十九年

（公元 1540 年　庚子）

一月

一日，文安姜璧生。姜璧（1540—1598），字符卿，别号蒲汀，顺天府文安县（今河北省廊坊市内）人，隆庆五年（1571）进士，令乐安。后擢河南道监察御史、两淮盐法等职，官终佥都御史，抚治郧阳。以母老致仕，归乡三年后卒于乡。余继登《都察院右佥都御史蒲汀姜公璧墓志铭》：“中丞姜公，讳璧，字符卿，别号蒲汀，顺天文安人。世以孝弟力田为德于里，里长老言此其后当有兴者。及公生而驯谨笃学，以三礼起家，领隆庆庚午乡荐。明年辛未，成进士，即以其年令乐安。万历丁丑入为河南道监察御史。戊寅，出按两淮盐法，既报命，以外艰归。癸未，服阕出按中州，以疾归。丙戌起原官，巡视京营戎政，复巡视京畿兼掌河南道事，大计群吏。公在西台，先后十三年，始进大理右丞，寻转左，晋左右少卿。辛卯春，晋佥都御史，抚治郧阳。壬辰秋，有言公速化者，诏改公留都。公以太夫人老，不复出。又三年疾，卒于正寝。距生嘉靖庚子，得年五十有七。”（焦竑《国朝献征录》卷六十三）

二月

浚县卢楠系狱三年。《明文海》卷二百四《上李东岗推府书》：“柟不佞，不能奉先王之教，违孔子之训以奸时王之典，逮系浚狱三年，迷惑顿踣，殊苦万状，冤颈缩喙，不敢长鸣而自陈。”卢楠（？—1559），字子木，大名府浚县（今属河南省鹤壁市）人。以赀为国学生，博闻强识。因负才忤县令，令诬以杀人，榜掠论死，系狱数年。在狱益奋读书，作成《幽鞠赋》《放招赋》及多首诗篇。好友谢榛为救卢楠到京游走，未得结果。适平湖陆光祖代为县令，乃平反其狱，得不死。榛客赵康王，楠往访，康王亦召为上客。后遍游吴会，无所遇。归，益落魄，病酒三日而卒。著有《蠛蠓集》五卷，集中所收诗赋，颇受王世贞推崇，称“真气坌涌，不随‘七子’步趋。”较著名的如《幽鞠赋》《放招赋》《怀隐赋》等，皆是有感而发。万恭（南京光禄寺少卿）赞其诗作“激烈悲怆，有古先秦汉策士之风”。（张廷玉《明史》卷二百八十七《列传第一百七十五》）

涿州高儒作《百川书志》自序。《百川书志》系藏书目录，高儒编，凡二十卷。卷六野史门、外史门、小史门著录若干小说戏曲作品，所附评介亦颇有价值。如野史门著录《三国演义》，称此书“据正史，采小说，证文辞，通好尚，非俗非虚，易观易入。非史氏苍古之文，去瞽传诙谐之气。陈叙百年，该括万事”。小史门著录瞿佑《剪灯新话》等十二种文言小说，评论《娇红记》等六种作品云：“皆本《莺莺传》而作，语带烟花，气含脂粉，凿穴穿墙之期，越礼伤身之事，不为庄人所取，但备一体，为解睡之具耳。”均为珍贵小说评论资料。高儒，字子醇，号百川子，顺天府涿州（今属河北省涿州市）人，嘉靖间武弁而特喜藏书。

涿州史道以筑五堡之功，得封赏。焦竑《国朝献征录》卷三十九《兵部尚书鹿野史公道行状》：“本年五月内为增添五件工程，奉旨五堡修设已成，委有益边防大计，史道尽心边务，忠勤可嘉，赏银四十两、纻丝三表里、荫一子送监读书。”

六月

皇帝以为大城梁材“沽名误事，似忠实诈”，令其削职闲住。张廷玉《明史》卷一百九十四《列传第八十二》：“大工频兴，役外卫班军四万六千人。郭勋籍其不至者，责输银雇役，廪食视班军。廷相尝量给之，材坚持不予。勋劾材，帝命补给。勋又以军不足，籍逃亡军衣棉折饷银募工。材言：‘今京班军四万余，已足用，不宜借口耗国储。’帝从其奏。勋益怒，劾材变乱旧章。先是，醮坛须龙涎香，材不以时进，帝衔之。遂责材沽名误事，落职闲住。”

八月

固安杨维杰为顺天乡试主考。《弇山堂别集》卷八十二《科试考二》：“十九年庚子，命左春坊左庶子童承叙、右春坊右庶子杨维杰主顺天试。”

昌平刘一麟中顺天乡试解元。张弘道、张凝道《皇明三元考》卷十：“顺天刘一麟，昌平州人，字子仁。治书，年二十六庚戌进士。曾祖泰，知县，祖嗣荣，长史。”

京师刘效祖早善属文，领顺天乡荐。家中落，日夜侍父汤药，人以孝称。过庭训《明分省人物考》卷二：“刘效祖，字仲修，别号念庵，其先出山东滨州。始祖当文庙时，徙宝都下，占籍武骧左卫，祖达以明经为御史大夫。效祖在襁褓即喜弄图书，早善属文。嘉靖庚子领顺天乡荐，时年甫十九。已而御史大夫殁，家中落，效祖侍养尽欢。父疾，日夜侍汤药，吁天愿代，父不起，哭几绝，人以孝称。”

乐亭王好学举顺天府乡荐。王好学，生卒年不详，永平府乐亭（今河北省唐山市乐亭县）人，父王臣、弟王好问。领本年乡荐。初为陈留令，继擢刺泽州。历任户部郎中、楚雄知府等。著有《游艺集》。（光绪三年《乐亭县志》卷九）

大名张师伊与同乡申逶、晁瑮同登本年乡试。过庭训《明分省人物考》卷十：“张师伊，大名人，少与申考功逶、晁司业瑮齐名。勤学实行，相期以古贤圣之业，俱登嘉靖庚子乡书。后，申、晁成进士有名，乃益下帷发奋，为诸先辈祭酒，竟阨数奇，历任浮山项城浙川，俱有声，迁黄州叛，无何即致仕归。行李萧然，箧中惟图书数十卷，抚书而笑曰：‘他人以金，吾以今古贤圣归，所得岂不奢哉?’乃即其故所居张家潭者，构一室，拥书籍其中，朝夕游咏，绝迹城市，暇则荷笠披蓑，与田父牧儿坐茂林语桑麻，若忘其为张别驾也者。当道高其风，屏于旌，往候者后先相望，第柢一刺相答报已耳。生平恬淡，寡欲而獣有书癖。所著有札记、诗文若干卷藏于家。”张师伊，生卒年不详，大名（今属河北省邯郸市）人。少与申燧、晁瑮齐名，勤于学。本年举乡试。后历仕浮山、项城、淅川，具有政声，迁黄州通判。致仕，惟书数十卷，于所居，构一室，拥书其中，朝夕吟咏。著有札记、诗文若干卷。（过庭训《明分省人物考》卷十、孙奇逢《畿辅人物考》卷之八）

固安杨维聪任太仆寺卿，不久，致仕。（《世宗实录》卷二百十八）

南皮汤宾举乡试。

十月

初四日，大城梁材（1470—1540）卒。隆庆初赠太子太保，谥端肃。《明实录世宗实录卷》二百四十二：“闲住户部尚书梁材卒，赐葬祭如例。材，顺天府霸州大域县人，弘治己未进士，授知县。升刑部主事员，外改御史。累升都察院右副都御史巡抚江西，召为刑部左侍郎。以云贵用兵改户部左侍郎，总理粮饷升户部尚书。六年，考满得旨致仕，寻复召为户部尚书加太子少保。……劾郭勋侵擅不法事，遂以冠冠闲住，卒于家。材扬历中外，清节著闻。司国计前后十年，是时工作繁兴，边费无艺，材谨守筦钥，出入有度，一切滥请妄费，靳弗予。功臣侵占土田者，断给还民，增新庾房以便漕运，申明守令给由例，天下不加赋而用亦足。当嘉靖中，士大夫颇尚圆通，大臣或阿上取，宠而材独屹然自守，中流砥柱，无愧古人焉！后追谥曰端肃。”寻因与郭勋不合且不会帝意，被落职闲住。《太子少保户部尚书赠太子太保梁公材谥端肃传》（京学志）：“明年廷臣上议言：司徒乃国计大臣，总领财赋，得人实难。窃见材操心廉直，终始不渝，且综理既闲，出纳有执，实清朝人才之望，及今未衰，尚堪任使，乞蚤召用以尽其材。上俞之，起公原官，加太子少保。”张廷玉《明史》卷一百九十四《列传第八十二》：“归，旋卒，年七十一。隆庆初，赠太子太保，谥端肃。当嘉靖中岁，大臣或阿上取宠，材独不挠，以是终不容。自材去，边储、国用大窘。世宗乃叹曰：‘材在，当不至此。’”

本年

真定梁梦龙得大学士高拱赞。《梁氏宗谱》卷四《梁梦龙大传》：“庚子（1540）大学士高公拱计偕北上过真定遇于逆旅，谈论终日谓公父曰，郎君可谓家之麟子、国之宝臣，订交而去。”

永年连矿按山西，勤于政务，忠直感言，帝亦知名。过庭训《明分省人物考》卷九：“庚子，按山西，议类解额，办钱粮，而三晋民力少苏。时秋警方殷兼乡试重务，矿昼夜勤，理疏五上，皆切中机宜，科目亦称得人。议寝马地余银，广平八郡阴受其惠。条陈防虏八事，语过直切，罚俸三月，上由此益知其名。”

虏犯原州（今宁夏回族自治区固原市），京师陈儒随兵部尚书刘公督战，创作诸多充满激情之诗，如《偕谢兵宪杨总戎登镇戍楼一首》《原州夜行》等。

嘉靖二十年

（公元 1541 年　辛丑）

三月

沈坤等进士及第。王世贞《弇山堂别集》卷八十二《科试考二》：“二十年辛丑，命掌詹事府礼部尚书翰林院学士温仁和、翰林院侍讲学士张衮为考试官，取中陆树声等。廷试，赐沈坤、潘晟、邢一凤及第。改进士高仪、董份、严讷、高拱、梁绍儒、熊彦臣、晁瑮、陆树声（1509—1605）、陈升、裴宇、陈以勤、王材、徐养正、潘仲骖、杨宗气、王显忠、何云雁、张铎、王交、徐南、金忭、林懋和、王三聘、王言、何光裕、万士和、叶镗、夏子开为庶吉士，命仁和及太子宾客吏部左侍郎翰林院学士张潮教习。”沈德符《万历野获编》卷十六《嘉靖三丑状元》：“嘉靖二十年辛丑状元沈坤，直隶太和卫人也。历官南祭酒，忧居，以倭事起，将吏奔溃，坤率壮勇保其乡里，遂以军法榜笞不用命者。其里中虽全，而人多怨之。有儒生辈为谣言构之，御史林润弹治之。时坤起为北祭酒，上命捕至诏狱拷治，瘐死狱中。润所劾枭败卒之首，并剁住房人两手，皆无其事也。”

开州晁瑮等进士，选翰林庶吉士，一时海内俊髦悉推让。过庭训《明分省人物考》卷十：“晁瑮，字君石，别号春陵，开州人。性至孝，少失侍，奉继母以孝闻。及长博极群籍，工于词赋，高古冲雅，出汉唐诸家右。嘉靖辛丑，登进士，第选翰林庶吉士，一时海内俊髦悉推让焉。寻任检讨，专制诰，修会典，习于典故，多所裁定，分主会试，甄选尤精，继以父疾，恳疏求养，得告家居于城隅之西，筑精舍，奉养其间，亲卒哀毁，尽礼服阕升太子洗马旅授国子司业以疾卒于官瑮居翰林二十年，称词坦宗匠。生平雅慕鉴湖高风，更号镜湖，所著有《镜湖文集》《晁氏足征录》。卒祀乡贤。”

昆山归有光至京应礼部试，下第南还。（张传元、余梅年著《归震川年谱》）

容城杨继盛会试落第。（杨继盛《椒山先生自著年谱》）

六月

涿州史道转兵部左侍郎，适遇大虏入犯，二次身亲督战，皆捷。以王太淑人病，回籍守制，当地居民立生祠以志。焦竑《国朝献征录》卷三十九《兵部尚书鹿野史公道行状》：“本年六月初十日，奉旨升兵部左侍郎回部管事，适遇大虏入犯，内西本镇诸将俱各随贼以往复，有守营贼众动以数千入犯。公二次身亲督战，一次于长安岭，斩首一百三十一颗，夺获战马七十六匹，盔甲夷器一万二千六十余件；一次于三山墼，斩首一百一十颗，夺获战马一百三十一匹，盔甲夷器一万四千五十余件。本月二十一日王太淑人病，故乃回籍守制，云之军民于镇城南关起一楼名望野，盖以鹿野为公之号也，于内立有生祠，至今存焉。公在云中行边出塞斩将擒王，先后首功数千，俘获马驼牛羊数万，风声赫播，虏贼远遁，大边之三百里内外绝无一营账敢住，牧者每遇会兵南抢虞酋之妻哭以止之，令勿犯大同边界。”

秋

山东冯惟敏在北京结识了比他年长十岁的散曲家李开先（1501—1568），两人谈文论艺，甚为相投。冯惟敏《仙吕点绛唇·李中麓归田》序："吾乡中麓李公，博学正谊，予心慕之。都中邂逅，彼此尘鞅。未缘请益，顷抗疏归田，娱情述作，绍作大雅，讨论秘文，杂兴所及，时涉新谱。其亦游戏翰墨故邪，抑定乐之无繇也。仆因得而听之，意真味婉，气正声平。……秋夕共话，悉所未闻。偶论乐声，深契予意。"

冬

容城杨继盛入北监。（杨继盛《椒山先生自著年谱》）

本年

邢台王震（1460—1541）卒。归有光《京兆尹王公震传》："公天性纯孝有厚德，尝在京师郧人张得才为部，从事病死，妻子贫不能归。公闻之怆然，捐金助其丧还。后其子寅中乡举，来谢，言其父丧前至金陵欲寄其乡人舟，乡人负约遂寄他舟经小孤山，乡人之舟覆。过吉水欲寓山寺，寺僧固拒不纳，经夕而寺焚，以公之施惠孤丧与神明符也。公既归，所蓄书数千卷，悉辇送郡学以资学者讲习，家居杜门，足迹不至公府。今邢州士大夫虽隆贵门第，不改布素，至以造官府为耻，子弟敛戢，市无绮纨之游，繇公之化也。嘉靖辛丑，年八十二卒。讣闻，赐葬祭。赞曰：'予至邢，访其先贤士大夫，近代皆称王京兆。京兆所居官，其条教方略无文字可考，仅仅得其家状履历。然今邢中风俗之厚，本于京兆。予数过学宫，取其遗书读之，为之叹息！其高风可仰矣！予以是论次之。'"（焦竑《国朝献征录》卷七十五）

滦州厉汝进征拜户科给事中，后转都掌科，疏劾严嵩，遭廷杖，谪云南。焦竑《国朝献征录》卷八十《都给事中厉汝进传》（州志）："辛丑，征拜户科给事中，赐封父鉴，历转都掌科，论柄相疏指嵩为国大毒，子世蕃弄权纳贿，其势方张，童牛之牿，宜禁于始。疏上，嵩党黄珰者御前绐之曰：'当大雩斋戒时，何得又来救杨杲？'上大震怒，不及览，命廷杖八十，谪云南，亦佐县典史慨然曰：'生即悬蓬，弧长何计秦越，即日就道。'"

据《嘉靖二十年进士登科录》，本年顺天府进士登科情况如下：

第二甲14名，赐进士出身。姓名及履历分别为：

贾鹤年，贯顺天府蓟州平谷县，民籍，国子生，治《诗经》。字惟仁，行一，年三十二，十二月十九日生。曾祖全；祖智，封文林郎知县；父真儒，府通判进阶奉训大夫；母金氏，封孺人。具庆下。弟鹏年、鸥年、松年。娶张氏。顺天府乡试第一百一十二名，会试第一百三十三名。

吕时中，贯直隶大名府清丰县，匠籍，县学生，治《诗经》。字道夫，行一，年二十七，二月二十九日生。曾祖廷训，祖凤，寿官；父应魁，母阎氏，继母赵氏。具庆下。弟建中、协中。娶孟氏。顺天府乡试第九十四名，会试第二百名。

杜秉彝，贯直隶广平府永年县，民籍，国子生，治《春秋》。字性之，行三，年二十，六月初六日生。曾祖彬，祖春，父浩，母郭氏。慈侍下。兄秉钧、秉臣，弟秉伦。娶韩氏。顺天府乡试第七十一名，会试第一百二十六名。

杨周，贯浙江杭州府仁和县，民籍，国子生，治《易经》。字道甫，行一，年三十九，五月二十九日生。曾祖镛，赠推官；祖玘；父俊，母朱氏，继母俞氏。具庆下。兄万春，弟东。娶张氏。顺天府乡试第三名，会试第一百名。

刘梦元，贯直隶保定府安州，民籍，国子生，治《易经》。字伯始，行一，年三十四，五月初三日生。曾祖珪，岁贡生；祖表，义官；父伦，监生；母张氏。慈侍下。弟希元。娶张氏。顺天府乡试第十三名，会试第二百四十八名。

阴标，贯直隶保定府容城县，民籍，国子生，治《书经》。字时准，行一，年二十九，十一月十二日生。曾祖祜，巡检；祖廷玺，寿官；父从光，母何氏。重庆下。弟樽、梯、料、椽。娶孙氏。顺天府乡试第一百十三名，会试第六十五名。

陆杲，贯锦衣卫官籍，浙江嘉兴府平湖县人，国子生，治《礼记》。字符晋，行四，年三十六，二月初九日生。曾祖珪，义官；祖钱，知县累赠南京鸿胪寺卿加赠都察院右副都御史；父淞，南京光禄寺卿赠都察院右副都御史，母王氏，封太淑人。慈待下。兄楷，监生；东；杰，工部右侍郎兼都察院右副都御史；棐，贡士；樟；槩；弟集，贡士；炳，锦衣卫指挥使；炜，中书舍人；标；檠。娶沈氏。顺天府乡试第四名，会试第八十一名。

沈桥，贯浙江绍兴府会稽县，民籍，国子生，治《易经》。字宗周，行二十七，年四十六，八月二十日生。曾祖性，知府；祖璞，教授；父茏，母章氏。具庆下。弟桢、梓、根、柷。娶车氏，继娶鲁氏。顺天府乡试第五十六名，会试第八十七名。

夏子开，贯武城中卫军籍，直隶无锡县人，翰林院生员，治《诗经》。字本初，行一，年三十三，正月二十三日生。曾祖灵寿，祖必繁；父铭，锦衣卫百户；母陶氏。慈侍下。兄廷璋、廷玉。弟廷璧。娶张氏。顺天府乡试第五十一名，会试第九十五名。

吴天寿，贯顺天府宛平县，匠籍，直隶松江府上海县人，国子生，治《易经》。字平甫，行三，年三十二，十月二十九日生。曾祖辅，祖玉，父凤，母李氏。慈侍下。兄天福，铸印局副使；天禄。娶陆氏。顺天府乡试第十七名，会试第九十六名。

刘鉴，贯直隶真定府晋州安平县，民籍，国子生，治《诗经》。字汝照，行四，年二十八，正月初七日生。曾祖昶，贡士；祖澍，省祭官。父以孝。母王氏。具庆下。兄金、银、碹。娶姚氏。顺天府乡试第一百六名，会试第一百七十六名。

朱乾亨，贯武骧左卫军籍，直隶徐州人，国子生，治《易经》。字子贞，行一，年二十九，四月十五日生。曾祖鉴，祖明，父华，前母宋氏，母刘氏。永感下。娶李氏，继娶方氏、邵氏。顺天府乡试第二十六名，会试第三十七名。

张浛，贯浙江杭州府仁和县，民籍，县学附学生，治《易经》。字子德，行十二，年二十六，十二月二十二日生。曾祖鹏，遇例冠带。祖绘，医学正科，封刑部主事；父应佑，贡士；母王氏。具庆下。兄洪、江、潮、深、源；瀚，工部主事；濂，刑部主事；浙、淳；洵，贡士；澜，弟浩；溥，贡士；溉、治、沐、泽、溧、洲、渠、瀛、涵、沾、滐。娶柴氏。浙江乡试第四十一名，会试第一百四十六名。

王抚民，贯直隶真定位右所军籍，山西清源县人，真定府学生，治《易经》。字仁甫，行一，年二十七，二月十三日生。曾祖璋，祖连，父佑，母石氏。具庆下。弟育民、新民、泽民。娶任氏。顺天乡试第七十六名，会试第二百六十七名。

第三甲 20 **名，赐同进士出身。姓名及履历分别为：**

陈王道，贯直隶大名府滑县，民籍，县学生，治《诗经》。字子敬，行二，年二十四，十二月初三日生。曾祖松，寿官。祖富。父绪。母赵氏。重庆下。兄进、暹，弟王化、善道。娶史氏。顺天府乡试第九十二名，会试第三十八名。

陈松，贯直隶河间府青县，屯种军籍，河南裕州人，县学增广生，治《诗经》。字子乔，行一，年二十八，五月十八日生。曾祖胜，祖智，父诗。母金氏。重庆下。弟梅。娶张氏。顺天府乡试第七十五名，会试第二百二十五名。

白璧，贯直隶河间府河间县，民籍，国子生，治《诗经》。字石仲，行一，年二十八，十二月初六日生。曾祖友谅，寿官；祖晟；父允经，母南氏。重庆下。兄琇，弟壍、奎。娶曹氏。顺天府乡试第二十名。会试第一百七十一名。

赵绅，贯顺天府通州武清县，民籍，县学生，治《诗经》。字子缙，行二，年二十九，十一月二十二日生。曾祖文行，祖俨，父景镗，母张氏。具庆下。兄恩、迪、经。弟纬、纯、绶。娶孙氏。顺天府乡试第一百九名，会试第一百六十三名。

王显忠，贯顺天府霸州保定县，匠籍，国子生，治《诗经》。字符孝，行二，年二十七，闰四月二十四日生。曾祖兴；祖宗，仓副使赠知县加赠奉政大夫应天府治中；父诰，奉政大夫应天府治中；前母徐氏，赠宜人；母徐氏，封宜人。具庆下。兄尚宾，义官；尚忠，七品散官；尚贤，听选官；轲；弟轩。娶任氏。顺天府乡试第七十九名，会试第一百十六名。

陈九德，贯直隶真定府栾城县，民籍，县学生。治《易经》。字吉夫，行五，年三十，二月初一日生。曾祖贵，祖正，巡检；父鸾，训导；母许氏，继母张氏。重庆下。兄九功、九韶、九畴、九皋。弟存仁，存礼。娶魏氏。顺天府乡试第八十九名，会试第九十二名。

莫如爵，贯龙骧卫军籍，广东广州府新会县人，国子生，治《易经》。字子修，行一，年三十六，十二月初八日生。曾祖满，祖雄；父违仁，前锦衣卫正千户；母苏氏。严侍下。弟如齿、如德；如善，贡士；如士，贡士；如学、如诚、如俭。娶朱氏。顺天府乡试第一百十八名，会试第一百十三名。

张重，贯顺天府昌平州顺义县，官籍，国子生，治《诗经》。字汝任，行三，年三十二，十二月二十五日生。曾祖钦，指挥佥事；祖瑀，指挥佥事；父绪，义官。前母赵氏、郭氏，母宋氏。具庆下。兄维藩，指挥佥事；乔，监生；弟香，阴阳官；秉、里、厚、簪、策。娶郭氏。顺天府乡试第三名，会试第一百一十四名。

晁瑮，贯直隶大名府开州，匠籍，州学生，治《书经》。字君石，行二，年三十，八月初六日生。曾祖信，祖驻，父德龙。前母赵氏，母刘氏，继母徐氏。具庆下。兄琦，省祭官；弟璞，驿丞；璋、璠、管、琇。娶张氏。顺天府乡试第一百十七名，会试第一百六十五名。

赵介夫，贯直隶河间府阜城县，匠籍，县学生，治《诗经》。字士节，行三，年三十，十一月二十九日生。曾祖名瓒；祖茂，巡检；父珊，听选官。母李氏，继母宋氏。具庆下。兄廉夫、乾夫。弟坤夫、中夫、晓夫、哲夫、晚夫。娶刘氏。顺天府乡试第四十名，会试第九十九名。

刘九章，贯锦衣卫匠籍，湖广衡州府衡阳县人，国子生，治《诗经》。字公仪，行六，年四十二，正月二十四日生。曾祖潮德，祖通；父旦，文思院副使；母王氏。永感下。兄九成，贡士；九德，监生；九泽、九畴、九河、九叙、九采。娶李氏，继娶孙氏、张氏。顺天府乡试第一百二十九名，会试第九十一名。

史载德，贯直隶河间府任丘县，民籍，国子生，治《诗经》。字惟一，行三十六，正月初三日生。曾祖璘，祖文信，知州；父济。母于氏。具庆下。兄载道，弟载事；载言，监生；载贤，监生；载范。娶边氏。顺天府乡试第七十二名，会试第二百七十七名。

崔峨，贯直隶保定府新城县，民籍，国子生，治《诗经》。字汝瞻，行一，年三十八，五月十一日生。曾祖礼，驿丞，赠兵科给事中；祖睿，义官；父海，知县；母侯氏。具庆下。兄崇，锦衣卫千户；勋、岩、冈，弟峕、山。娶李氏。顺天府乡试第四十三名，会试第二百九十六名。

孙士仪，贯直隶真定府栾城县，民籍，国子生，治《诗经》。字文范，行一，年三十三，正月二十二日生。曾祖贵；祖显，知县；父宗周，母张氏。永感下。娶韩氏。顺天府乡试第八十五名，会试第一百八十三名。

吴俊，贯直隶苏州府常熟县，军籍，武功左卫人，国子生，治《春秋》。字伯英，行一，年二十九，十一月二十二日生。曾祖福海，祖全，父迪。母王氏，继母张氏。具庆下。兄仪、佐、佶，弟伟、杰、伸、价、像。娶贾氏，继娶李氏。顺天府乡试第一百二十五名，会试第二百六十三名。

华云，贯直隶常州府无锡县，民籍，国子生，治《书经》。字从龙，行一，年五十四，八月十三日生。曾祖本盛，祖栋；父麟祥，布政司都事；母张氏。严侍下。弟电，贡士；露。娶杨氏。顺天府乡试第七名，会试第一百八十五名。

朱应奎，贯锦衣卫匠籍，直隶丹阳县人，国子生，治《易经》。字士征，行一，年三十八，六月十五日生。曾祖福海，祖玉，父文，嫡母毛氏，生母徐氏。慈侍下。娶王氏。顺天府乡试第五十三名，会试第二百七十六名。

汪来，贯直隶天津卫军籍，直隶宁国县人，国子生，治《书经》。字伯阳，行一，年二十七，四月二十一日生。曾祖礼，祖瀛，父宦，母张氏。具庆下。弟末。娶王氏。顺天府乡试第一百十八名，会试第一百二十七名。

段炼，贯顺天府固安县，民籍，国子生，治《诗经》。字文纯，行一，年三十，十一月十二日生。曾祖纪，祖裕之；父进，训导。前母王氏，母陶氏。具庆下。兄锦、录；镳，贡士；鈇。弟铠、錞。娶王氏。顺天府乡试第六十三名，会试第一百五十一名。

马慎，贯顺天府霸州大城县，民籍，县学生，治《诗经》。字自修，行一，年二十六，四月初十日生。曾祖志广，赠文林郎；祖永，寿官；父龄，知县。前母孙氏，母郭氏。具庆下。弟恪、惺。娶魏氏。顺天府乡试第四十七名，会试第二百五名。

嘉靖二十一年

（公元1542年　壬寅）

十月

三十日，沧州张瓒（1477—1542）卒，赠太保，谥恭襄。严嵩《光禄大夫柱国少保兼太子太子太保兵部尚书赠太保谥恭襄张公神道碑》：“嘉靖壬寅冬十月三十日，大司马东瀛张公卒于位。明年二月十二日，葬于都城南魏村社之原。予与公同举进士，同官于朝几四十年，义恶乎可辞？公讳瓒，字廷献，姓张氏，河间沧州人。”

本年

“后七子”之一谢榛寓居京师，有《醉歌行》等诗。《醉歌行》题下自注：“嘉靖壬寅寓京，崔太傅席上作。”

山海卫厉汝进以考察罢职，例不复录，容城杨继盛为之疏辩。过庭训《明分省人物考》卷三：“次年，竟以考察罢，例不复录。杨忠愍继盛疏云：‘嵩考察外官，时逼吓吏部将汝进罢黜。夫言官纵言不当，既降之为典史，则无过可指也，乃以私怨罢黜之，则外臣被中者，又何可胜数耶？’”

南乐魏允贞生。魏允贞（1542—1606），字懋忠，号见泉，大名府南乐县（今河南南乐）人。万历五年（1577）进士，与其弟允中、允孚（均为进士）并称“南乐三魏”。初授荆州府推官，荆州是首辅张居正故乡，能不畏其权势，廉洁奉公，照章行事。后擢监察御史，历许州判官、南京吏部主事、顺天府丞、通政司右通政、山西巡抚等职。一生刚直不阿，直言敢谏，“以卓荦宏伟之概，为众望所归”。卒谥“介肃”。著有《魏伯子集》四卷。（张廷玉《明史》卷二百三十二《列传》一百二十、孙承泽《畿辅人物志》卷十）

怀安岳伦（1491—1542）罢归于乡，于本年病卒。孙奇逢《畿辅人物考》卷四：“累晋工部主事、郎中职，所宜举不遗余力。会朝议群臣才可往谕安南者，伦与焉。上幸承天，伦道谏止，诏下狱六阅月，罢归上谷。平生愤激之气时于声诗发之。伦美髯长身，伟然万夫之望。性刚，遇事辄发，然恤困抚危，古人不过。俚夫有一言当理，亦不忍弃，尝欲上书阙下。遍历九边，分屯建戍，选锐募勇，起辽海、迄蜀川，修洪公旧业以扼潮河之险；追王涣遗迹以复兴和之城。徙朵颜诸夷于开平废垒，以大宁地内属，振哈密孱弱之裔以制吐蕃。又欲仿金元故事，立瀛海、平滦诸镇，羽翼神京。诸所经略既定，则西羌无不敢窥甘凉，而吉囊、俺答无能猾夏也。有志未就，惜哉！年仅五十有一。”

文安王仪擢右佥都御史，巡抚宣府。（张廷玉《明史》二百三《列传第九十一》）

嘉靖二十二年

（公元1543年　癸卯）

三月

大名卢楠成《蠛蠓集》。凡杂文二卷、赋一卷、诗二卷。前有作者自序，记："蠛蠓者，酰鸡也。取其洁于自奉，介于自守，不如蚊蚋之侵秽强啖。又以事系狱，类蠛蠓之厄燕吭、罹蛛网，振其音而喑喑者。故以名集。"后署"嘉靖癸卯春三月朔六日黎阳卢楠撰"。

衡水杨宜中进士。杨宜，生卒年不详，字伯时，号裁庵，真定府衡水县（今河北省衡水市内）人。本年进士，官御史，出按河南，以平师尚诏起义，迁南京户部右侍郎。京学志《都察院副都御史前提督□□学校监察御史杨公宜传》："公讳宜，字伯时，直隶衡水人。嘉靖癸未进士，任监察御史，以风力著称，督学南畿，藻鉴精确，士一经其赏识，无不得隽以去，如瞿文懿、陆宗伯诸公，位卿寺、登八座者数十人。厘正文体，敦崇行谊，时以司马文正公方之。后总计留京，开府两浙，所至声绩蔚然，至今士子称正直忠厚者，必曰裁庵先生云。"（焦竑《国朝献征录》卷六十二）

八月

秦鸣夏、浦应麒任顺天乡试主考。《弇山堂别集》卷八十二《科试考二》："二十二年癸卯，命左春坊左中允秦鸣夏、左赞善浦应麒主顺天试。"

东安刘体乾中举人。（民国二十三年《安次县志》卷六）

嘉靖二十三年

（公元1544年　甲辰）

三月

世宗梦中闻雷，遂拔秦鸣雷为状元。《万历野获编》卷八《命名被遇》："我朝世宗极重命名，如甲辰状元，以梦闻雷，即取秦鸣雷为首。"《明史·选举志》："嘉靖二十三年廷试，翟銮子汝俭、汝孝俱在试中。世宗疑二人滥首甲，抑第一为第三，以第三置二甲。及拆卷，而所拟第三者，果汝孝也，帝大疑之。给事中王交、王尧日因劾会试考官少詹事江汝璧及诸房考朋私通贿，且追论顺天乡试考官秦鸣夏、浦应麒阿附銮罪，乃下汝璧等镇抚司狱。狱具，诏杖汝璧、鸣夏、应麒，并革职闲住，而勒銮父子为民。"

邢台赵孔昭中进士，任鄢陵知县。焦竑《国朝献征录》卷四十一《兵部左侍郎赵公孔昭传》："赵孔昭，字子潜，邢台人。少有奇质，言动不凡。年十八，举于乡。甲辰成进士，任鄢陵知县。清慎明敏，尤长听断，百姓尸祝之。后诏为监察御史。"

邢台王本固中进士，任乐安县令。《南京吏部尚书王公本固传》："王本固，字子民，邢台人。老成持重，不轻言笑。甲辰进士，仕乐安县令，滨海，夙号难治。公惟清净持大指，首事农桑，重学校，罢诸不急务。当时，屡有良吏称□，累荐征拜御史。"

沧州戴才中进士，授行人司行人。（孙承泽《畿辅人物志》卷九）

本年

后七子社的前身"刑部诗社"成立。临海（今属浙江）人王宗沐、松江华亭（今属上海）人袁福征中进士，授刑部主事。孝丰（今属浙江）人吴维岳到北京任刑部主事，始结诗社，品评诗文，唱和酬答（钱谦益《列朝诗集小传》丁集上"吴佥都维岳"），史称"刑部诗社"。结诗社是京城中下层官员自发的文学活动，以南方人为主，论诗追随唐宋派，与前后七子的主张大不相同。

南乐魏允中生。魏允中（1544—1585），大名府南乐（今河南南乐）人，字懋权。早年乡试第一，为王世贞所赏识，与顾宪成、刘廷兰并称"三解元"。万历时与其兄魏允贞、弟魏允孚先后举进士，时称"三魏"。历任太常博士、吏部主事，因弹劾执政，为时人侧目。以病卒。为政与顾宪成齐名，为诗文与李维桢、屠隆、胡应麟、赵用贤并称末五子，有《魏仲子集》八卷。（张廷玉《明史》卷二百三十二《列传》一百二十、孙承泽《畿辅人物志》卷十）

柏乡魏谦吉重建宗儒祠、斋舍、整理器用，清理洞田，选南康府、九江府生童三十余人入洞肄习，聘南丰教谕郑守道主教事。魏谦吉时任江西巡抚。（郑守道《重兴白鹿洞记》）

京师郑绅以功，祖孙三代得封赠。孙升《掌通政司事工部尚书赠太子少保郑公绅神道碑》："甲辰，考绩赠祖若、父如公官，祖母、母皆夫人。公自入官三纪，凡九迁，不出都城门，而累绩近列，晋位上卿，恩每逮其先人。时子珑由荫阶典禁狱，累晋今官。孙崇孝以公荫补太学生且向用。郑氏数世武文迭兴，语都城华阀咸推毂郑氏。"（焦竑《国朝献征录》卷六十七）

交河余继登生。余继登（1544—1600），字世用，号云衢，河间府交河县（今属河北省沧州市）人。万历五年（1577）进士，改庶吉士，授翰林院检讨，参加纂修《大明会典》，进修撰，直讲经筵。后进右中允，充日讲官。再历少詹事兼侍读学士、詹事、礼部右侍郎。万历二十六年（1598），以礼部左侍郎署部事，上疏请罢一切诛求开采害民之矿税，撤回税使，又请明神宗亲临御政、册封皇太子，皆不为用。郁郁成疾，于万历二十八年七月卒，赠太子少保，谥文恪。著《典故纪闻》十八卷、《淡然轩集》八卷、《通鉴进讲录》五十卷。（张廷玉《明史》第二百十六卷《列传》第一百四、孙承泽《畿辅人物志》九）

广平王世扬生。王世扬（1544—1608），字孝甫，号怀棘，广平县李白营村（今属河北省邯郸市）人。万历五年（1577）进士。初任行人司行人，后擢湖广道监察御史。万历二十一年（1593），世扬任都察院右金都御史，巡抚宣府等处赞理军务。因抚定蒙古部落史、车二部，加右副都御史，晋兵部侍郎，总督宣大诸边，后晋兵部尚书。卒赠太保。（《大清一统志》卷二十一、孙奇逢《畿辅人物考》卷之二）

东安刘体乾擢户部尚书。（雷礼《国朝列卿纪》卷三十二）

涞水卢宗哲参修《大明会典》。（孙承泽《畿辅人物志》卷六）

据《嘉靖二十三年进士登科录》，本年顺天府进士登科情况如下：

第二甲 6 名，赐进士出身。姓名及履历分别为：

李懿，贯直隶河间府景州吴桥县，民籍，国子生，治《诗经》。字美卿，行二十九，年二十九，四月二十八日生。曾祖兴；祖昱，寿官；父顺，寿官；母于氏。具庆下。兄时，省祭官；尚纲；尚仁，俱岁贡生；桐，贡士；栋，监生；文学、文举。娶梁氏。顺天府乡试第七十二名，会试第一百五十二名。

许应亨，贯浙江杭州府钱塘县，民籍，顺天府东安县人，县学增广生，治《易经》。字子嘉，行九，年三十，九月十七日生。曾祖九皋，祖绅；父龟年，赠奉直大夫工部员外郎；母陈氏，封太宜人。慈侍下。兄应爵；应元，工部虞卫司郎中；奎、龙、宿、禄、能、期，弟德、台、衡、岳、鹰、其、庚、山、科、参。娶张氏。顺天府乡试第九十九名，会试第一百四十三名。

查懋昌，贯太医院籍，直隶苏州府长洲县人，国子生，治《易经》。字允言，行一，年三十九，十月十五日生。曾祖文，府同知，赠中大夫布政使司右参政；祖恂，累赠中大夫布政使司右参政；父应臣，训导；母陈氏，继母孙氏、雷氏。具庆下。弟懋光，前刑部主事；懋昭，贡士；懋钦、懋芳、懋贤、懋元。娶徐氏。顺天府乡试第七十九名，会试第二百三十九名。

戈九章，贯锦衣卫匠籍，直隶吴县人，国子生，治《礼记》。字惟衷，行三，年三十二，十月初六日生。曾祖宁，祖瑀；父裕，鸿胪寺司宾署署丞；母雷氏。具庆下。兄九功、九成、九德；弟九仪；九寿，贡士；九经。娶叶氏，继娶杜氏。顺天府乡试第四十八名，会试第一百七十四名。

陆炜，贯锦衣卫官籍，浙江嘉兴府平湖县人，试中书舍人，治《诗经》。字文蔚，行二，年二十三，正月十七日生。曾祖轼，赠骠骑将军后军都督府都督佥事；祖墀，赠骠骑将军后军都督府都督佥事；父松，管锦衣卫事后军都督府都督佥事赠荣禄大夫后军都督府都督同知；前母张氏，赠夫人；范氏，赠夫人；母李氏。慈侍下。兄炳，壬辰武举，锦衣卫管卫事指挥使。娶刘氏。顺天府乡试第一百名，会试第三百十八名。

周冉，贯直隶永平府滦州，民籍，国子生，治《易经》。字子云，行十三，年三十四，正月初一日生。曾祖贤，祖通，父珍，母张氏。具庆下。兄尚文、尚质、府。弟邑、户。娶张氏，继娶张氏。顺天府乡试第三十六名，会试第二十三名。

第三甲32名，赐同进士出身。姓名及履历分别为：

申价，贯直隶广平府永年县，民籍，府学生，治《诗经》。字懋德，行二，年二十九，十月初二日生。曾祖广，主簿赠兵部员外郎；祖纶，按察司副使；父翰，州判官；母张氏。具庆下。兄仕；弟伟，贡士；储、备、倬、侨、俨。娶张氏。顺天府乡试第四十二名，会试第二百九十名。

赵世奎，贯神武右卫右所军籍，直隶江都县人，国子生，治《诗经》。字启文，行八，年三十九，七月二十日生。曾祖旺；祖演，赠文林郎云南道监察御史；

父琪，寿官；母张氏，继母王氏。永感下。兄世瞻；世普，岁贡生；世显、世焕、世卿。娶姬氏。顺天府乡试第三十二名，会试第一百二十七名。

王本固，贯直隶顺德府邢台县，军籍，府学生，治《诗经》。字子民，行一，年三十一，九月初十日生。曾祖信，祖瑛，父钊。前母张氏，母陈氏。慈侍下。娶曹氏，继娶刘氏。顺天府乡试第三十五名，会试第二百九十八名。

王光祖，贯直隶大名府魏县，民籍，山西黎城县人，县学生，治《易经》。字子孝，行一，年二十七，二月初七日生。曾祖玘，祖文，父烦。母申氏。具庆下。弟光考。娶马氏。顺天府乡试第十四名，会试第一百十七名。

胡景荣，贯直隶扬州府江都县，民籍，京卫武学生，治《礼记》。字子仁，行一，年四十四，七月二十八日生。曾祖志大，祖海，父宁，母贾氏。慈侍下。弟景华、景富、景贵。娶张氏。顺天府乡试第十四名，会试第七十九名。

张承叙，贯顺天府固安县，民籍，国子生，治《书经》。字怀德，行一，年三十二，十二月十三日生。曾祖祯，县丞；祖铎；父材，大使；前母高氏。母侯氏。永感下。兄承恩，弟承祚。娶辛氏。顺天府乡试第二十三名，会试第七十六名。

蔡朴，贯直隶河间府沧州，灶籍，州学生，治《易经》。字子初，行一，年三十，十二月初三日生。曾祖祥，知州；祖英，父汶，母顾氏。具庆下。兄恭，弟栻。娶王氏。顺天府乡试第一百十五名，会试第一百二十三名。

吉澄，贯直隶大名府开州，匠籍，国子生，治《书经》。字静甫，行二，年三十八，六月十三日生。曾祖宣，祖伦；父陈，长史；母刘氏。具庆下。兄荐，弟肃、慎、芳、演、沾、芬、洽、冲、湛。娶张氏，继娶李氏。顺天府乡试第八十五名，会试第一百七十八名。

赵孔昭，贯直隶顺德府邢台县，民籍，县学生，治《易经》。字子潜，行三，年二十六，五月初七日生。曾祖英，祖仿，父用，母张氏。具庆下。兄孔阳，监生；孔仪，省祭官；弟孔嘉。娶郝氏。顺天府乡试第十二名，会试第一百五十三名。

申旞，贯直隶大名府魏县民籍，山西潞城县人，县学生，治《诗经》。字仪卿，行一，年三十六，二月二十七日生。曾祖铸，主簿；祖清，巡检；父乾；母王氏。严侍下。娶李氏。顺天府乡试第七名，会试第五十九名。

马快，贯直隶广平府广平县，民籍，县学生，治《诗经》。字汝励，行二，年二十九，正月二十五日生。曾祖祥，祖宏；父政，训导；母李氏。永感下。兄慎。娶郑氏。顺天府乡试第六名，会试第一百四十二名。

孙坊，贯锦衣卫籍，浙江余姚县人，国子生，治《易经》。字志国，行六十，年二十九，五月二十三日生。曾祖孟宏，赠礼部尚书；祖彬，教谕；父炼。母郑氏。具庆下。兄达，仓官；堪，前府都督佥事；墀，大理寺寺正；升，翰林院编修；玉，听选官；住，贡士；弟垍。娶夏氏，继娶汪氏。顺天府乡试第三十四名，会试第五十五名。

马汝松，贯直隶河间府景州东光县，民籍，山西灵川县人，县学生，治《书经》。字节甫，行一，年二十九，八月二十三日生。曾祖进，祖杲；父尧辅，驿丞；母杨氏。重庆下。娶曲氏。顺天府乡试第十七名，会试第一百八十九名。

刘体乾，贯直隶顺天府东安县，民籍，县学生，治《礼记》。字子元，行四，年三十三，十一月二十三日生。曾祖原，祖旺；父景，教谕。嫡母马氏、万氏，生母高氏。慈侍下。兄荣；九思，省祭官；九经，阴阳官；娶张氏。顺天府乡试第五名，会试第四十名。

段镳，贯直隶顺天府固安县，民籍，国子生，治《诗经》。字文贵，行二，年三十九，正月初十日生。曾祖纪。祖补之，知县。父贡，驿丞；母高氏，继母韩氏。重庆下。兄锦，弟鈛；炼，工部主事；錞、铠、锐。娶袁氏。顺天府乡试第九十名，会试第二百三十一名。

朱木，贯直隶苏州府常熟县，民籍，国子生，治《礼记》。字子乔，行二，年四十，正月二十六日生。曾祖塈，祖丙；父寅，工部主事；母邹氏，继母汤氏。慈侍下。兄栋，省祭官；弟本。娶邹氏，继娶卢氏、李氏。顺天府乡试第六十二名，会试第九十五名。

郝鸣阴，贯顺天府通州宝坻县，民籍，县学生，治《书经》。字子和，行一，年三十二，四月十二日生。曾祖伦；祖钦，寿官；父瑜，岁贡生；母孟氏，继母邵氏。重庆下。兄良栋、良佑、鸣远；弟鸣亮。娶田氏。顺天府乡试第八十二名，会试第八十九名。

边洵，贯直隶河间府任丘县，官籍，国子生，治《书经》。字文允，行四，年三十四，三月初七日生。曾祖铨，百户；祖宏，百户；父伟，运使；母刘氏，封安人。永感下。兄湜，百户；清、浦。弟沆，知府。娶闵氏，继娶朱氏。顺天府乡试第九十一名，会试第一百八十一名。

汪一中，贯直隶徽州府歙县，匠籍，国子生，治《礼记》。字正叔，行二，十，六月三十日生。曾祖隆胜，祖福琛，父文显，母方氏。具庆下。兄一贯；弟一诚，监生。娶程氏。顺天府乡试第十六名，会试第十七名。

孙慎，贯大宁都司保定右卫官籍，河南武安县人，国子生，治《诗经》。字用修，行一，年三十，九月十八日生。曾祖镇；祖濂，百户；父经，百户；母贾氏。重庆下。娶刘氏。顺天府乡试第二十八名，会试第二百八名。

赵宸，贯直隶保定府定兴县，民籍，国子生，治《书经》。字德聪，行二，年三十九，正月初三日生。曾祖刚，祖让，父自。母张氏。慈侍下。兄寅，弟宇、宦。娶马氏。顺天府乡试第一百二十二名，会试第四十九名。

张守直，贯顺天府蓟州遵化县，民籍，国子生，治《礼记》。字时举，行三，年二十九，六月二十七日生。曾祖成；祖士能，知县进级六品；父继本，州吏目；嫡母王氏，生母高氏。慈侍下。兄希载、希戬。弟守简、希儒、守约。娶李氏，继娶赵氏。顺天府乡试第四十四名，会试第二百五十名。

马汝骥，贯辽东都司金州卫，官籍，国子生，治《书经》。字德甫，行三，年二十七，十一月初一日生。曾祖雄，寿官；祖钊；父昂，通判；母刘氏。重庆下。兄汝献、汝豸；朝宗，指挥佥事；弟汝龙、汝骢、汝骅。娶孙氏。顺天府乡试第八十七名，会试第一百五十一名。

李恕，贯直隶河间府献县，民籍，县学生，治《书经》。字道夫，行一，年三十一，十一月初八日生。曾祖贵，祖鉴，父综，母于氏。具庆下。弟应。娶唐氏。顺天府乡试第五十五名，会试第一百八十五名。

赵彦章，贯直隶真定府定州，民籍，州学生，治《春秋》。字征甫，行一，年三十，四月十五日生。曾祖腻，祖刚，父锐，母史氏。重庆下。兄彦文，弟彦武。娶王氏。顺天府乡试第一百三十二名，会试第一百三十五名。

万善，贯辽东都司定辽前卫官籍，江西抚州府临川县人，国子生。治《书经》。字一之，行二，年四十，九月初四日生。曾祖俊，百户；祖瑛，百户；父钺，百户。母王氏。具庆下。兄堂，百户；弟言、喜。娶刘氏，继娶陈氏、孙氏。顺天府乡试第七十七名，会试第二百三名。

杨允绳，贯直隶松江府华亭县，匠籍，国子生，治《诗经》。字翼少，行一，年三十五，十月初三日生。曾祖云，赠承德郎工部主事；祖玮，四川按察司副；父秉道；母戴氏。永感下。娶黄氏。顺天府乡试第六十二名，会试第一百七十二名。

申仲，贯河间府任丘县，军籍，山西潞安府屯留县人，县学生，治《诗经》。字次孟，行四，年三十五，十一月十九日生。曾祖清，大使；祖瑛，父序。母高氏。具庆下。兄佑、信、伟。弟修、杰。娶庞氏。顺天府乡试第八十三名，会试第一百九名。

张廷槐，贯万全都司兴和守御千户所官籍，顺天府蓟州人，国子生，治《诗经》。字子征，行六，年三十六，九月二十一日生。曾祖信，正千户；祖鉴，赠文林郎监察御史；父濂，山西按察司佥事前监察御史；前母叶氏，赠孺人；母茹氏，封孺人。严侍下。兄瑾，正千户；玹、廷相、廷栋、廷楫，弟廷桂、廷松、廷柏、廷桩。娶刘氏。顺天府乡试第三十八名，会试第八十三名。

李燧，贯山东兖州府金乡县，军籍，县学生，治《诗经》。字晦夫，行一，年三十，八月初一日生。曾祖纲；祖淮，贡士赠工部员外郎。父檠，行太仆寺少卿。母周氏，封宜人。重庆下。弟炎、燮、燚、燃。娶高氏。山东乡试第四十二名，会试第二百四十名。

戴才，贯直隶河间府沧州，民籍，州学生，治《诗经》。字大需，行一，年二十九，十一月十三日生。曾祖庆，祖宣，父臣，母萧氏。具庆下。兄珑，弟环。娶田氏。顺天府乡试第五十六名，会试第一百四十五名。

范充浊，贯顺天府霸州，民籍，国子生，治《书经》。字清夫，行一，年二十五九月二十二日生。曾祖延寿，巡检；祖昭；父魁，岁贡生；母王氏。重庆下。弟充愚、充钝。娶曹氏。顺天府乡试第八十二名，会试第二百七十八名。

嘉靖二十四年

（公元 1545 年　乙巳）

春

李濂（1489—1566）为太行诸山之游，成《春游稿》。柯相《乙巳春游稿序》："春游有记，大梁嵩渚李子卜嬴靖乙巳之春为太行诸山之游，书其事藏之名山，以贻诸好事者也。间以贻予，予受而读之竟，窃叹夫兴寄高远，足以为李子平生一壮游焉。……记中游之次第，首王屋，讫韩庄，凡十有二处。李子分日遍历，纵日周览，所至操笔砚以从。景与情会，文思泉涌，信口走笔，诸体咸备。文一十五首，杂体诗并诗余共六十九首。……赐进士、嘉议大夫、奉敕巡抚河南、都察院右副都御史，池阳柯相撰。"《盛明百家诗·李嵩渚集》："嵩渚李公，名濂，字川父，河南祥符人，人称大梁才子。……归后二十年，乙巳，有《春游稿》一册传于士林。"李濂于熹靖丙戌年（1526）免归，时年三十有八。

十二月

唐宋派文人茅坤召为礼部仪制司主事；寻徙吏部司勋司主事。茅坤《三黜纪事》："予补丹徒，会岁饥，而天子诏求救灾异政，抚按并以予首江南郡县以闻，他使君又例以贤能闻者凡十余上。又适唐渔石公为吏部尚书，公人吏部三日：而予擢仪制，又未几，徙司勋。"查《明史·七卿年表二》，唐龙于今年十二月任吏部尚书。唐龙字虞佐，号渔石，兰溪人。正德三年进士。

本年

京师郑绅以工部尚书职辞官，避谢访客，于京南修筑南池书院、京城西山筑北泉书院，怡然自乐。孙承泽《畿辅人物志》：“公自入官，三十年，凡九迁，不出都城门。以工部尚书掌通政司事，食一品禄，慨然曰：‘吾其止足时矣。’遂上疏乞老，得谕旨，是为岁乙巳。绅既赐休，甚适，乃故都城居也。朝大夫旧游及诸后进知绅名，数就绅访政理，舆马相属，绅一切谢避之，乃于都城之南里许，筑居号‘南池书院’，引泉种树，鼓棹中流，就访者又至，乃又去都城数十里，于西山得冷泉之胜，筑居号“北泉书院”，偕朋旧子姓数辈以往，间来南池，复往探幽寻乐。绅之诗曰：‘世多君子扶皇极，天放闲人养太和。’都城人诵焉。”

真定梁桥撰《冰川诗式》刊刻。十卷，前有朱睦㮮撰《刻冰川诗式序》，后署“隆庆辛未孟夏吉日”；张涣撰《冰川诗式序》，后署“嘉靖己酉冬吉日”；梁桥自撰《冰川诗式引》，以及自撰《诗原》一篇，卷后有梁梦龙撰《冰川诗式题辞》，后署“隆庆庚午季冬”，序云：“余伯父冰川先生，有志用世，不售。晚年著述颇多，《诗式》一种，竭思疲力，越四年始脱稿，盖最所注爱。云蜀中旧梓，格小字细，览者不便。余至历下走，使汴，口托西亭先生重刊，既完，览者宝之。伯父宏雅，藉以不朽。”据卷首作者自序，书成于本年。每卷卷首题“真定梁桥著，弟梁相校”，并于第十卷卷末题“乡进士执友王舟；门人王秉彝、晏饫；生员门人赵崇德、解一元；监生男梁梦龄同校”。书分“定体”“练句”“贞韵”“审声”“研几”“宗赜”六门，历数各类诗歌体式。

固安杨维杰校录《皇祖列圣御集》及经史诸书成，升左春坊庶子兼翰林院侍读，加从四品。

嘉靖二十五年

（公元 1546 年　丙午）

六月

初五日，藁城张子麟（1459—1546）卒。严嵩《光禄大夫柱国太子太保刑部尚书恒山张公墓志铭》：“兄子麒卒，尝哀疏乞休。既又以父亲病乞休，以父母老乞休，皆温旨勉留。最后，得请归养，天语谆切，促其复来，而公浩然杂志，徜徉林泉者二十余年，享年八十有八，以遐寿终。”

八月

李本、吴山任顺天乡试主考。两京及各布政司举行乡试。王世贞《弇山堂别集》卷八十三《科试考三》：“二十五年丙午，左春坊左中允李本、右春坊右赞善吴山主顺天试。”

李攀龙还京师，充顺天乡试同考官。殷士儋《墓志铭》。“丙午（1546）还京师，聘充顺天乡试同考试官，简拔多奇士。”

本年

唐宋派文人茅坤由吏部司勋司主事谪广平府通判。屠隆《鹿门茅公行状》云：“公在丹徒廉甚，尺帛寸缕不以入署。姚孺人布素浣濯，萧如也。已召为仪部郎，检囊装，仅十六金耳。寻改吏部司勋郎。是时，公文学吏治，声冠海内；海内贤豪名士，亡弗延颈悉纳交公，而忌者亦蜂起。华亭徐公，以词臣出督浙学政。公登贤书，实非徐公所录士；徐公心欲公执北面为重，公不能屈，意衔之。会徐公居丧，闻公且赴吊，大喜；而公行以病返。徐公既惭且恚，曰：‘吾不足以辱茅子。’公入吏部，徐公官少宰，遂中公，谪广平别驾。”莫如忠《崇兰馆集》卷六有《送茅吏部顺甫谪官广平》，诗曰：“清朝籍籍揽其其，君去漳河众所悲。最是高才多负俗，非关明主不同时。离愁对酒醺人浅，承谴之官策马迟。莫向秋风太萧索，少年分手易前期。”

任丘闵楷任南京户部尚书。（雷礼《国朝列卿纪》卷三十四）

嘉靖二十六年

（公元 1547 年　丁未）

二月

唐宋派文人归有光至京应礼部试，下第南还。（张传元、余梅年著《归震川年谱》）

三月

著名文人李春芳等进士及第。王世贞《弇山堂别集》卷八十三《科试考三》：

“二十六年丁未，命掌詹事府吏部左侍郎翰林院学士孙承恩、吏部左侍郎翰林院学士张治为考试官，取中胡正蒙等。廷试，赐李春芳、张春、胡正蒙及第。选进士孙世芳、张思静、汪镗孙、朱大韶、亢思谦、胡杰、毛起、张居正、殷士儋、林燫、马一龙、张勉学、谢登之、蓝璧、黎澄、李敏、刘泾、赵镗、刘锡、任士凭、任有龄、蔡文、陈一松、马三才、孙袞、莫如士为庶吉士，命张治及吏部左侍郎兼学士徐阶教习，后续命吏部左侍郎兼学士欧阳德。林燫，翰林廷机子也。”同榜进士有张居正（1525—1582）、杨巍（1517—1608）、王樵、孙永思、杨继盛（1516—1555）、彭辂、王世贞（1526—1590）、汪道昆（1525—1593）等。

容城杨继盛中进士，列二甲第十一名。六月，选南京吏部验封司主事。（杨继盛《椒山先生自著年谱》）

濮州李先芳等鲁籍诗人于京成立诗社。李先芳（1511—1594）进士及第，在北京等候分配职务。李先芳原籍是监利（今属湖北）人，寄籍濮州（今山东鄄城一带），他与殷士儋（1522—1582）、李攀龙（1514—1570）、靳学颜（1514—1571）、谢榛等鲁籍诗人于京结社吟诗（钱谦益《列朝诗集小传》丁集上“李同知先芳”），被称为“鲁籍诗社”。

太仓王世贞中进士，授刑部主事，入鲁籍诗社；与李攀龙诸子修词赋之业，过从无日夜。钱谦益《列朝诗集小传》丁集上：“始伯承（李先芳字）未第时，诗名籍甚齐鲁间，先于李于鳞。通籍后，结诗社于长安，元美隶事大理，招延入社，元美实攀附焉。又为介元美于于鳞。嘉靖七子之社，伯承其若敖、蚡冒也。厥后李、王之名已成，羽翼渐广，而伯承左官落薄，五子七子之目皆不及伯承。”何乔远《名山藏列传》卷四：“明年成进士，则嘉靖二十六年也，授刑部主事，闭户读书，与李攀龙诸子修词赋之业，过从无日夜，相弹射复相称诩，动曰：‘吾党’，动曰‘我辈’，动乐‘我二三兄弟’，动曰‘海内’、动曰‘中原’。其声华意气睥睨，诸公闲至，前无古人。”

昌平刘斯洁中进士。刘斯洁生平不详，顺天府昌平人（今北京市昌平区），入易州籍。本年进士。历任祠祭郎中、光禄寺卿。隆庆四年擢右副都御史、巡抚四川，平九丝蛮。万历六年，巡抚江西。官至南京礼部尚书。著作有《太仓考》。

束鹿贾衡中进士。贾衡，字守准，生卒年不详。保定府束鹿（今河北省辛集市）人。本年中进士。历刑部主事、工部营缮司员外郎。因得罪严世蕃，出为河北道按察佥事，后罢归。

霸州王遴中进士，除绍兴推官。（过庭训《明分省人物考》卷二）

枣强毛鹏中进士，初令江阴，廉明方正。（孙奇逢《畿辅人物考》卷之二）

十月

著名文人谢榛（1495—1575）与新科进士李先芳（1511—1594）游北京西山，有诗。《诗家直说》卷三："予初冬同李进士伯承游西山，夜投碧云寺，并憩石桥，注目延赏。时薄霭濛濛，然涧泉奔响，松月流辉，顿觉尘襟爽涤，而兴不可遏，漫成一律。及早起临眺，较之昨夕，仙凡不同，此亦逼真故尔。附诗云：'并马寻名寺，登高藉短筇。飞泉鸣古涧，落月在寒松。石路经千转，云岩复几重。人间多梦寐，谁听上方钟？'"谢榛诗题为《初冬夜同李伯承过碧云寺》。李先芳，字伯承，今年中进士。其《东岱山房诗集》中有《碧云寺》五律一首。

本年

著名文人茅坤时任广平府（今属河北省）通判，肆力于古。朱赓《鹿门茅公墓志铭》曰："广平，古赵地，有悲歌感慨之风。公以其牢骚不平一发于文章，沉郁顿挫，若河津吕梁，触石而走万里。自昔三闾、两司马之流，往往出于穷愁，而文乃益工，良不虚哉!"茅国缙《先府君行实》曰：于时省簿书,谢客，大肆力于古。先孺人尝语孤曰："汝父官广平，屈首诵读，数已寐复披衣起，篝灯达曙，攻苦甚于诸生时。"一作《首春次安肃县二首》（见《吟稿》卷四，原注作于丁未），《甑桥下憩坐》（见《吟稿》卷四，原注"广平道中作"）、《灌室园记》（见《文集》卷二十）约作于是年。其《灌室园记》曰："予之谪判广平也，……予是以以其暇日，相私署之左，得隙地可亩许，乃翦茅治洼，而为之设畦。……予往往躬汲其上，而疏流以灌。……当其灌之久而疲也，入而偃卧，讽咏以自适。间览《小雅·巷伯》之什，楚屈原《卜居》《渔父》诸篇，为之泫然嗟咨，长啸而歌；歌阕，复就灌。"沈炼《得茅鹿门别驾广平消息》（见《青霞集》卷六）约作于是年。

据《嘉靖二十六年进士登科录》，本年顺天府进士登科情况如下：

第二甲 14 名，赐进士出身。姓名及履历分别为：

杨继盛，贯直隶保定府容城县，民籍，国子生，治《书经》。字仲芳，行三，年三十二，五月十七日生。曾祖俊，祖青，父富，母曹氏。永感下。兄继昌、继美。娶张氏。顺天府乡试第二十一名，会试第三十八名。

莫如士，贯龙骧卫军籍，广东新会县人，国子生，治《易经》。字子元，行四，年三十六，六月二十四日生。曾祖满，祖雄；父违仁，封监察御史；母苏氏，赠孺人。严侍下。兄如爵，监察御史；如齿、如德；如善，贡士。弟如学、如诚。娶黄氏，继娶蒋氏。顺天府乡试第二十九名，会试第一百七十三名。

史阙疑，贯顺天府涿州，民籍，州学生，治《书经》。字子慎，行二，年三十三，十一月十一日生。曾祖敬，祖玉，父书。前母王氏，母崔氏。具庆下。兄阙文。娶张氏，继娶李氏。顺天府乡试第六十九名，会试第二百三十四名。

徐陟，贯直隶松江府华亭县，民籍，国子生，治《易经》。字子明，行十，年三十五，五月初六日生。曾祖贤；祖礼，赠通议大夫吏部右侍郎；父黼，县丞，累赠通议大夫吏部右侍郎；前母林氏、钱氏。母顾氏，封太恭人赠淑人。永感下。兄隆，义官；盛；亨，省祭官；随、附；阶，吏部左侍郎；陛、陈、防，弟邻。娶宋氏。顺天府乡试第二十五名，会试第一百九十四名。

耿随朝，贯直隶大名府滑县，军籍，县学生，治《书经》。字子衡，行二，年三十一，十一月二十日生。曾祖表，祖润，父节，母母氏。重庆下。兄随国；弟随卿，同科进士；随相、随行、随佐、随谏、随用、随孝、随弟。娶张氏。顺天府乡试第三十九名，会试第九十九名。

蔡用乂，贯锦衣卫旗籍，浙江海宁县人，国子生，治《易经》。字楹甫，行一，年三十九，四月初五日生。曾祖雨，祖晟，父祯，嫡母夏氏、王氏，生母马氏。永感下。兄麒，弟俊乂、惟乂、时乂。娶王氏。顺天府乡试第一百二十五名，会试第一百九十七名。

丘瓒，贯留守中卫军籍，福建惠安县人，顺天府学生，治《诗经》。字献卿，行二，年三十三，十一月十七日生。曾祖亦民，祖俊，父锐，母葛氏。严侍下。兄璋，弟珎、璃、琦、瑗。娶宁氏。顺天府乡试第一百三十名，会试第六十六名。

刘斯洁，贯直隶保定府易州，民籍，顺天府昌平州人，州学生，治《书经》。字原静，行四，年二十九，三月二十九日生。曾祖鉴，赠府同知；祖维宗，义官；父晟，州判官；前母李氏，母陈氏。具庆下。兄似澜、如渤、若清。娶万氏。顺天府乡试第四名，会试第五十六名。

史直臣，贯顺天府涿州，民籍，国子生，治《书经》。字子忠，行一，年三十七，八月二十八日生。曾祖仲善，户部主事赠通议大夫都察院右副都御史；祖俊，按察司佥事通议大夫都察院右副都御史；父道，前通议大夫兵部左侍郎；母安氏，封淑人。具庆下。兄钦臣、寅臣、良臣、儒、佐、尚德。弟献臣，官生；朝臣、纯臣、吉臣、聘臣、佑、仪、尚仁。娶张氏。顺天府乡试第六十六名，会试第一百四十五名。

何镗，贯浙江处州卫军籍，顺天府宛平县人，国子生，治《诗经》。字振卿，行五，年三十，二月初二日生。曾祖孟昙；祖允恭，父珙；母章氏。重庆下。兄钫、鏻、鏊。弟钥、鋹、镔、镐、铤、铣、键。娶陈氏。浙江乡试第八十六名，会试第三名。

李景萃，贯直隶顺德府任县，民籍，县学生，治《诗经》。字德聚，行一，年二十五，三月初二日生。曾祖铭，祖志皋；父璋，寿官；母陈氏，继母陈氏。具庆下。弟景茂。娶张氏。顺天府乡试第一百二十八名，会试第一百四十七名。

朱天俸，贯忠义后卫军籍，直隶浚县人，国子生，治《书经》。字子学，行三，薛三十二，七月十一日生。曾祖绍，祖荣，父鉴，前母林氏，母林氏，继母谢氏、柴氏。严侍下。兄天爵。娶洪氏。顺天府乡试第七名，会试第一百九名。

王良贵，贯直隶河间府宁津县，匠籍，县学生，治《书经》。字少思，行一，年三十一，四月初二日生。曾祖宪；祖锦，教谕；父玶，都司都事；母张氏。具庆下。弟良材、良士、良器、良忠。娶詹事，继娶潘氏。顺天府乡试第三十一名，会试第二百七十五名。

纪璇，贯顺天府蓟州，军籍，国子生，治《书经》。字天仪，行四，年三十八，三月二十五日生。曾祖能，祖聪，父镇，前母李氏，母徐氏。慈侍下。兄璋、瓒、汉。娶王氏。顺天府乡试第八名，会试第一百八十一名。

第三甲23名，赐同进士出身。姓名及履历分别为：

张谧，贯直隶河间府沧州南皮县，匠籍，县学生，治《礼记》。字子靖，行三，年三十一，九月二十二日生。曾祖璇，盐运司副使；祖璇，主簿；父继宗。母毕氏。慈侍下。兄说、谟。弟讱、言。娶马氏。顺天府乡试第七十四名，会试第二百七十二名。

孙世芳，贯万全都司宣府右卫军籍，直隶安东县人，国子生，治《诗经》。字克承，行一，年三十七，九月初八日生。曾祖海，祖昱，父继先，母张氏，继母童氏。慈侍下。娶王氏。顺天府乡试第七十二名，会试第六名。

郝成性，贯锦衣卫官籍，直隶江都县人，国子生，治《易经》。字存甫，行三，年三十一，六月初六日生。曾祖钦；祖泰，锦衣卫百户；父理，前母方氏，母靳氏。具庆下。兄惠；弟应，监生。娶李氏。顺天府乡试第一百十九名，会试第四十七名。

李秋，贯顺天府蓟州，民籍，国子生，治《书经》。字伯成，行一，年三十八，十月初一日生。曾祖文友，祖敖；父杲，寿官；母郭氏。具庆下。弟秩，将军；积、稚、稶。娶张氏。顺天府乡试第三十八名，会试第二百九十五名。

张来征，贯锦衣卫籍，山西临汾县人，国子生，治《易经》。字献孚，行七，年三十八，十二月初五日生。曾祖能，将军；祖武，冠带总旗；父诏，前锦衣卫指挥佥事；母杨氏。具庆下。兄梦征，知州。娶魏氏，继娶杨氏。顺天府乡试第一百十五名，会试第一百六十三名。

周如斗，贯浙江绍兴府余姚县，民籍，国子生，治《书经》。字允文，行二十九，年三十六，十一月十四日生。曾祖庭兰，祖沄，父璟，母陈氏。慈侍下。兄如底，太仆寺少卿；如山，县丞；弟如登；如纶，监生；如江、如汉。娶毛氏。顺天府乡试第十四名，会试第十七名。

王遴，贯顺天府霸州，民籍，州学生，治《诗经》。字慎征，行四，年二十五，六月初二日生。曾祖富。祖聪。父宗义，州判官。母宋氏。重庆下。兄叙、道、遵，弟选。娶高氏。顺天府乡试第一百十六名，会试第一百七十一名。

萧汝默，贯直隶河间府静海县，军籍，国子生，治《春秋》。字时言，行一，年三十五，九月初八日生。曾祖盘，卫经历；祖韶，寿官；父邦奇，母张氏。具庆下。弟汝简、汝厚；汝器，监生；汝重、汝柔、汝慎。娶李氏，继娶王氏、漆氏。顺天府乡试第一百六名，会试第一百五十七名。

陆灿，贯直隶河间府景州东光县，军籍，国子生，治《易经》。字晦甫，行二，年三十五，十二月十四日生。曾祖用亨，主簿；祖源，教授；父松，母张氏，继母樊氏。具庆下。兄焕、弈炜、耀、烨、照、炼、爔、焯、煜。娶穆氏。顺天府乡试第一百三十五名，会试第二百三十二名。

祝天保，贯直隶顺德府唐山县，民籍，国子生，治《诗经》。字惟忠，行一，年十四，八月二十三日生。曾祖荣；祖宾，寿官；父明，义官；前母郭氏，母李氏。永感下。弟天祐、天眷、天祚。娶许氏。顺天府乡试第一百二二名，会试第一百九十五名。

蒋勋，贯锦衣卫旗籍，顺天府霸州人，国子生，治《书经》。字子忠，行一，年四十一，三月初十日生。曾祖英、祖庆、父钦、母赵氏。慈侍下。娶吴氏，继娶褚氏。顺天府乡试第一百二十五名，会试第二百四十三名。

杨海，贯江西吉安府泰和县，民籍，国子生，治《易经》。字汝容，行一，年四十，九月十五日生。曾祖秝，刑部司务；祖昺，通政司经历；父忠。母严氏。严侍下。娶郭氏，继娶刘氏。顺天府乡试第一百八名，会试第二百十八名。

毛鹏，贯直隶真定府冀州枣强县，民籍，县学生，治《诗经》。字汝南，行一，年二十六，十月初二日生。曾祖福，祖从善，父泽。母贺氏。重庆下。弟鸷、鹜、鹇、鹗。娶陆氏。顺天府乡试第十五名，会试第二百五十二名。

叶应乾，贯直隶武清卫军籍，浙江慈溪县人，国子生，治《礼记》。字际清，行九十三，年三十，十月初九日生。曾祖蕃，七品散官；祖一模，赠卫经历；父允扬，州同知；母魏氏，封孺人。严侍下。兄应春；应时，知州；应期、应充；应璧，监生；应前，卫经历；应魁、应冀，弟应箕、应斗。娶葛氏。顺天府乡试第一百二十名，会试第一百八十四名。

庄莅民，贯直隶河间府景州东光县，民籍，国子生，治《春秋》。字善甫，行二，年三十九，十月十四日生。曾祖忠；祖显，省祭官；父纲，寿官；母刘氏。慈侍下。兄爱民，弟保民、御民、济民、治民。娶李氏，继娶杨氏。顺天府乡试第五名，会试第一百二名。

耿随卿，贯直隶大名府滑县，军籍，县学生，治《书经》。字子承，行三，年三十一，十二月二十六日生。曾祖表，祖润，父腾；母郭氏，继母朱氏、何氏。重庆下。兄随国；随朝，同科进士；弟随相、随行、随佐、随谏、随用、随孝、随弟。娶刘氏。顺天府乡试第四十一名，会试第七十九名。

沈绍德，贯直隶保定府安州，民籍，州学生，治《诗经》。字纯甫，行二，年二十五，十月二十一日生。曾祖文；祖瑄，义官；父元成，前母陈氏，母邵氏。具庆下。兄绍代。娶谷氏。顺天府乡试第五十六名，会试第二百三十三名。

陈瓒，贯直隶河间府献县，民籍，国子生，治《诗经》。字敬夫，行二，年三十七，十二月二十九日生。曾祖英，祖思义，父大川，母刘氏。具庆下。兄珰。弟现、璜。娶李氏，继娶郭氏、韩氏。顺天府乡试第一百二十三名，会试第二百三十八名。

贾天爵，贯山西潞安府襄垣县，民籍，国子生，治《春秋》。字子修，行一，年三十五，五月十七日生。曾祖聪，府知事；祖儒，训术；父良相，驿丞。母郝氏，继母申氏。具庆下。弟天叙、天秩、天民、天伦、天佑、天章、天衢。娶李氏，继娶赵氏。顺天府乡试第三十五名，会试第二百八名。

陆光祖，贯锦衣卫官籍，浙江平湖县人，国子生，治《礼记》。字与绳，行十，年二十七，二月初一日生。曾祖鏓，知县累赠都察院右副都御史；祖淞，南京光禄寺卿赠都察院右副都御史；父杲，刑部主事。母沈氏。具庆下。弟光裕；光祚，贡士；光儒；光弼，官生；光宅。娶陶氏。顺天府乡试第一百十六名，会试第一百三十六名。

刘锡，贯直隶广平府鸡泽县，民籍，县学生，治《诗经》。字德纯，行二，年二十四，二月初三日生。曾祖禹，祖仲良，父雷。母李氏。具庆下。兄恰。娶戴氏。顺天府乡试第一百七名，会试第二百七名。

张愉，贯直隶大名府长垣县，民籍，国子生，治《诗经》。字孝征，行二，年三十五，十月初八日生。曾祖亨；祖璁，教授赠监察御史；父升。前母郑氏，母齐氏。永感下。兄恺，弟悱。娶杨氏。顺天府乡试第六十名，会试第一百四十名。

贾衡，贯直隶保定府祁州束鹿县，民籍，国子生，治《书经》。字守准，行二，年三十八，十一月初八日生。曾祖；祖瓒，封监察御史；父运，按察司副使；母魏氏，封孺人。慈侍下。兄衢。弟卫。娶徐氏，继娶张氏。顺天府乡试第一百二十八名，会试第一百八十六名。

嘉靖二十七年

（公元 1548 年　戊申）

六月

太仓王世贞授刑部主事，入吴维岳等诗社，得赏识。钱大昕《弇州山人年谱》："六月，同舍八人皆授官去，独公留。未几，亦授刑部主事，与同官吴维岳峻伯、王宗沐新甫、袁履善为诗社。吴偁前辈名文章家，独于公文，每一篇出，未尝不击节称善。"王世贞《艺苑卮言》卷七：余"十八（1543）举乡试，乃间于篇什中得一二语合者。又四年（1547）成进士，隶事大理，山东李伯承烨烨有俊声，雅善余，持论颇相下上。明年为刑部郎。同舍郎吴峻伯（维岳）、王新甫（宗沐）、袁履善（福征）进余于社。吴时称前辈，名文章家，然每余一篇出，未尝不击节称善也。"钱谦益《列朝诗集小传》丁集上（吴佥都维岳）："维岳，字峻伯，孝丰人。嘉靖戊戌进士，知江阴县，入为刑部主事，升山东提学副使，以佥都御史，巡抚贵州。峻伯在郎署，与濮州李伯承、天台王新甫攻诗，皆有时名。峻伯尤为同社推重，谓得吴生片语，如照乘也。已而进王元美于社，实弟畜之，及李于鳞出，诗名笼盖一时，元美舍吴而归李。峻伯愕眙盛气，欲夺之不能胜，乃罢去，不复与七子、五子之列。元美后为广五子诗，追录伯承、峻伯，而二公皆讳言之，颇以牛后为耻。元美《诗评》云：'峻伯诗小巧清新，足炫市肆，无论风格。'诗之风格，有出于清新二字者乎？元美少年之论如此。"

嘉靖二十八年

（公元 1549 年　己酉）

正月

初三，宣城梅鼎祚生于京师。梅鼎祚《鹿裘石室集》卷一《释闵赋》："唯祝犁（己）冠于作噩（酉）兮，月毕陬（正月）而为阳。贞焉逢（甲）之淹茂（戌）兮，予乃谢阊阖而以降。"同书卷二《昔游》云："皇昔揽揆予乃在古幽燕，予时给事中户外纷辎軿。"其时，其父梅守德（1510—1577）于京任给事中，母郭氏

(1514—1581)为顺天(北京)府通判说之孙女。梅鼎祚(1549—1615),字禹金,号胜乐道人,宣城(今属安徽)人。著名戏曲、小说家。中年以后,专注诗文典籍的搜集编辑和戏剧创作,所作《玉合记》在我国戏曲史上具有一定影响,有杂剧数种,诗文有《梅禹金集》二十卷;小说《才鬼记》十六卷、《青泥莲花记》十三卷。又辑有《唐乐苑》《古乐苑》《宛雅》《鹿裘石室集》等书。(徐朔方《晚明曲家年谱·赣皖卷》)

八月

康太和、阎朴任顺天乡试主考。两京及各布政司举行乡试。王世贞《弇山堂别集》卷八十三《科试考三》:"二十八年己酉,命翰林院侍读康太和、右春坊右赞善兼翰林院检讨阎朴主顺天试。"

太仓王世贞与李攀龙于京师定交,并倡导复古。钱大昕《弇州山人年谱》:"二十八年乙酉,二十四岁。在刑部任时,伯承、竣伯、新甫、履善,或以使事出,或迁去,始与同官历城李攀龙于鳞订交。自是诗宗大历以前,文宗西京而上矣。"王世贞《艺苑卮言》卷七:"亡何,各用使事及迁去。而伯承者,前已通余于于鳞,又时时为余言于鳞也。久之,始定交。自是诗知大历以前,文知西京而上矣。已于鳞所善者布衣谢茂秦来。已同舍郎徐子与、梁公实来,吏部郎宗子相来。休沐则相与扬扢,冀于探作者之微,盖彬彬称同调云。"王世贞《李于鳞先生传》:"成进士,试政吏部文选司。其明年移疾归,久之疾良已,同考顺天试,获奇隽居多。又明年,授刑部广东司主事。于鳞既以古文辞创起齐鲁间,意不可一世学,而属居曹无事,悉取诸名家言读之,以为纪述之文厄于东京,班氏姑其佼佼者耳,不以规矩不能方圆,拟议成变,日新富有。今夫《尚书》、庄、左氏、《檀弓》《考工》、司马,其成言班如也,法则森如也,吾摭其华而裁其衷,琢字成辞,属辞成篇,以求当于古之作者而已。操觚之士不尽见古作者语,谓于鳞师心而务求高,以阴操其胜于人耳目之外而骇之。其骇与尊赏者相半。而至于有韵之文,则心服靡间言。盖子鳞以诗歌自西京逮于唐大历,代有降而体不沿,格有变而才各至,故于法不必有所增损,而能纵其夙授,神解于法之表。句得而为篇,篇得而为句,即所称古作者,其已至之语,出入于笔端而不见迹,未发之语为天地所秘者,创出于胸臆而不为异。亡论建安而后,诸公有不偏之调,于鳞以全收之,即其偏至而相角者,不啻敌也。当于鳞之为主事,迁员外郎以至山西司郎中,曹事寖以剧,守文法无害,而其业日益进。大司寇有著作,辄以属于鳞,籍籍公卿间。然于鳞竟无所造请干贽,不为名计,出曹,一羸马蹩躠归,杜门手一编矣。"

著名文人谢榛、李攀龙、王世贞等于中秋夜相聚论诗。谢榛《诗家直说》卷三载："己酉岁中秋夜，李正郎子朱延同部李于鳞、王元美及予赏月，因谈诗法。予不避谫陋，具陈颠末。于鳞密以指掐予手，使之勿言。予愈觉飞动，直立不辍，月西乃归。于鳞徒步相携曰：子何太泄天机？予曰：更有切要处不言。曰：何也？曰：其如想头别尔。于鳞默然。"时谢年五十五，李年三十六。

本年

昆山归有光计偕北行，是为四上公车。张传元、余梅年著《归震川年谱》："嘉靖二十八年乙酉（1549），先生年四十四岁，筑思子亭，自为文记之。冬，计偕北行。先生每上春官，辄赁骡车以行。先生俨然中坐，后生弟子执书夹侍。嘉定徐宗伯学谟年最少，从容问：'李空同（梦阳）文云何？'因取集《于肃愍庙碑》以进。先生读毕，挥之曰：'文理那（哪）得通？'偶拈一帙，得曾子固《书魏郑公传后》，挟册朗诵，至五十余过。听者皆欠伸欲睡，先生沉吟讽咏，犹有余味。宗伯每为人道之，叹其好学深思，不可几及。宗伯即次年成进士。"

容城杨继盛从南京吏部尚书韩邦奇攻律吕。韩善律吕、河洛、天文、兵阵之学，杨甚钦服，认真学习，亲手制十二律之管器，声韵和美。（杨继盛《椒山先生自著年谱》）

安肃邢云路生。（1549—?），字士登，号泽宇，保定府安肃（今河北省保定市徐水县）人。自幼聪慧好学，博闻强记，登万历庚辰（1580）进士。孙承宗《陕西按察使邢公墓志》载："公邢姓，讳云路，字士登，号泽宇，世为安肃龙山里人。……五岁授句读，每过不忘。八岁就塾师，日记数百言。十八岁，里选茂材第一人，试辄高等。二十八举于乡，又四年，庚辰成进士。"历任繁峙知县、兵部主事、河南佥事、陕西按察使等官。晚明较有名的天文历法学家，著《古今律历考》七十二卷、《戊申立春考证》一卷。另著诗文集《泽宇先生集》十卷，今存北图藏善本。《畿辅明诗》收诗4首，《明诗纪事》收诗4首。（《畿辅通志》卷一百九）

新安宁化龙生。宁化龙（1549—1599），字文明，号云田，保定府新安县（今河北省保定市安新县）人。万历五年中进士，后授中书舍人。万历十年，升工部都水司员外郎，视慈宁宫、养心殿诸工程，后转督理京城街道。十五年，又督修胡良、巨马二桥，均得声名之颂。后历山西按察司副使、右参政、陕西按察使、山西右布政使等职。万历二十七年，升陕西左布政使，以便归省，抵家疾作而卒。（余继登《陕西布政使司左布政使宁公化龙墓志铭》）

盐山杨文卿生应聘为乡试校士，后擢升南京都察院经历。

嘉靖二十九年

（公元1550年　庚戌）

三月

唐汝揖等进士及第。王世贞《弇山堂别集》卷八十三《科试考三》："二十九年庚戌，命礼部尚书文渊阁大学士张治、吏部左侍郎翰林院学士欧阳德为考试官，取中傅夏器等。廷试，赐唐汝楫、姜金和、吕调阳及第。时以汝楫与首相有连，故得第云。"同榜进士有梁有誉（1519—1554）、宗臣（1525—1560）、徐中行（1517—1576）、吴国伦（1524—1593）、余曰德（1514—1583）、魏裳、张佳胤（1527—1588）、徐学谟（1522—1593）、刘效祖（1522—1589）、方宏静（1516—1611）、栾尚约、潘季驯（1521—1595）等。

太仓王世贞与新进士徐中行、吴国伦、宗臣、梁有誉、魏裳等交游，以气谊相激昂。王世贞《陈于韶先生卧雪楼摘稿序》云："余为郎燕京时，颇得游诸名隽间，而诸名隽独盛于庚戌之对公车者。若吴兴徐子与（中行）、武昌吴明卿（国伦）、广陵宗子相（臣）、南海梁公实（有誉），以气谊相激昂，还往至穷昕夕亡间。未几而豫章余德甫（曰德）、铜梁张肖甫（佳胤）、郢上高伯宗（岱）、吾郡徐子言（诗）亦阑人焉。相与修觞酒觚翰之政。"（《弇州续稿》卷四十四）王世贞《魏顺甫传》："魏顺甫者，名裳，世为蒲圻人。……十六试诸生高等。是时廖学士雅自负博而辨，又贵倨也，所引说经史连拄诸生口，独顺甫避席奏对不穷，又所请益，时出其表。学士自失曰：'何物少年乃尔，足三冬耶？'诸生亦大喜谓：'阿游何渠使五鹿少府角折也？'盖又十余年而举乡试，又四年而成进士，授刑部山西司主事。丧其妇刘恭人，请急归，复守故官。始与予及李于鳞辈游，而好为古文词。顺甫自以材不称诸子，益自刻苦，昼从曹中治司空城旦，小间即开卷，非夜分弗释也。"钱大昕《弇州山人年谱》："二十九年庚戌，二十五岁。在刑部任，与于鳞以诗文相切磨。山人临清谢榛茂秦与于鳞善，而长兴徐中行子与、南海梁有誉公实、广陵宗臣子相，先后入社，彬彬称同调焉。"

昆山归有光至京应礼部试下第，张治为之惋惜。孙岱编《归震川先生年谱》："（张曰）：'吾阅天下士多矣，若子者可谓入水不濡，人火不爇者也。'"辄留就乙科，欲有所他处，先生辞不就。张治于丁未、庚戌连主南宫试，见有光不第，辄不怿者经旬，对客曰："吾为国得士三百人不为喜，而以失一士为恨。"

乐亭王好问中进士，初授太常博士。（过庭训《明分省人物考》卷三）
任丘刘勃中进士，官江西新建知县。（乾隆二十七《任丘县志》卷九）
易县万民英生中进士。
固安杨维聪状元卒。辑有《性理诸家解》三十四卷。

四月

初三日寅时，高邑赵南星生。赵南星（1550—1627），著名散曲作家，明后期著名的政治家。字梦白，号侪鹤，别号清都散客。真定府高邑县（今河北高邑县）人。官至吏部尚书，是东林党的首领之一。万历二年（1574）进士，任汝宁推官，历户部主事、吏部考功郎中、吏部文选员外郎。后起太常少卿，改右通政，进太常卿，擢工部侍郎。拜左都御史，进吏部尚书，以忤魏忠贤谪戍代州。崇祯初，赠太子太保，谥忠毅。著《赵忠毅公集》《味檗斋文集》《史韵》《学庸正说》等，曲作有《芳茹园乐府》传世。姚希孟《荣禄大夫太子太保吏部尚书赵忠毅公墓志铭》："公生于嘉靖庚戌四月三日，殁于天启丁卯十二月十七日，得年七十有八。"《雍正畿辅通志》七二载："字梦白，高邑人。万历进士，授汝宁府判官，称廉平。历文选郎，方严嫉恶。上疏陈四事，乞归。再起考功郎，主京察，与政府忤，削籍归。光宗立，起左都御史，主大计，弹劾无所避，人多震慄。改吏部尚书。魏忠贤矫旨夺爵，戍代州，卒。崇祯初，复官，追谥忠毅。"（张廷玉《明史》卷二百四十三《列传》第一百三十一）

七月

十四日，临城乔璧星生。姚希孟《临城县乔中丞墓志铭》："公讳璧星，字文见，别号聚垣。其先山西乐平人，与先朝名臣庄简公同族。洪武初，有士进者至临城家焉。士进生景新，京新生兴，兴生深，深生直，至直始从乙科起家，为龙泉令，著廉吏声。直生宗华，以选贡授济阳丞。宗华生辅世，增广生，封文林郎，中牟知县，赠中议大夫，都察院右佥都御史，即公父也。其生平具《申文定志》中，娶于王而生公。"乔璧星（1550—1613），字文见，号聚垣，原名北星，后改名璧星。万历八年（1580）进士，授河南中牟县令，以善政被召授山东道御史，后又任大理寺左少卿，以签都御史抚四川。（光绪间刊《赵州属邑志》卷七）

八月

俺答大举入寇，攻古北口，京师戒严。谢榛、钱薇有诗纪时乱。谢榛有《哀哉四首》。题下自注："庚戌岁八月十六日虏犯京师。"写"燕京老人鬓若丝""忽惊杂虏到门巷”“燕京小儿眉目青”“兄妹散失身伶俜”“燕京少妇殊可怜”“一去龙沙断归路”“燕京女儿何盈盈”“驱之北去悲吞声”。《诗慰初集·谢茂秦诗选》陈允衡评曰：“终不能仿佛老杜万一，然已无七子气，盖其志向在杜以前也。”钱薇《庚戌虏警》诗云：“蓟门寒色散高秋，易水萧萧咽不流。闻道北门虚锁钥，左贤阑骑下凉州。”钱薇字懋垣，海盐人。嘉靖壬辰（1532）进士，除行人。擢礼科给事中，转右给事中。隆庆初，赠太常少卿。有《承启堂稿》二十九卷。《明诗纪事》戊签卷十八录钱薇诗三首。按，嘉靖一朝，南倭北虏，少有宁日。

寇抵通州，文安王仪率兵往守，寇退，被告虐大同军，斥为民。《明鉴纲目》卷六：“方寇薄通州时，诏副都御史王仪，以兵二千往守。巡按王忬奏其虐大同军。大同军者，仇鸾兵也。及寇退，帝立命逮仪，斥为民，而擢忬佥都御史代之。”

虏贼入犯畿辅，涿州史道被复召为兵部左侍郎。事定，乞休。仅七日，复召处宣大边务。(《兵部尚书鹿野史公道行状》（焦竑《国朝献征录》卷 39））孙奇逢《畿辅人物考》卷之二：“二十九年，虏犯畿辅，召复兵部左侍郎，道携家僮数人，即仓皇奔赴。时虏猖獗，卢沟桥一带行旅绝者数日。道既行，旅人皆荷锸执梃随之，京师路遂通。道至部，人心遂安。后事定，以目疾乞休。甫七日，复召，命处置宣大边务，严旨不许退避。宗属亲党无不为道危者，道但已慷慨激发承之。及至，调停区画，殚尽心力，虏即缚妖逆萧芹等为献。”焦竑《国朝献征录》卷三十九《兵部尚书鹿野史公道行状》：“二十九年秋，虏贼入犯畿辅，蒙恩召，复兵部左侍郎。公以腥膻犯，顺君父忧怀正臣子捐□之日，乃携家僮数人即仓皇就道。时虏猖獗，芦沟桥一带肆行劫杀行旅，绝者数日巳。公既行，旅人数千皆荷锸执梃随之于后，京师之路遂得相通。此时，乡人殊极壮公之行。及抵京，中外人心皇惑，部中危疑特甚，公至即署事，部中正色直言，每有题覆多见嘉纳，人心遂安。”

虏逼都城，军需乏，沧州戴才反对增赋。（孙奇逢《畿辅人物考》卷之二）

十月

容城杨继盛考满，自南之北，至曲阜，谒孔颜庙；又登泰山，题绝句：“志欲小天下，特来登泰山，仰观绝顶上，犹见白云连。”（杨继盛《椒山先生自著年谱》）

十二月

刑部郎中徐学诗（1517—1567）上疏，请罢严嵩、严世蕃，杖责削籍为民。

日暮出都，惟有谢榛策蹇相送。徐学诗，字以言，上虞人。嘉靖甲辰（1544）进士，授刑部主事。历员外，郎中，以劾严嵩被杖，削籍为民。隆庆初，起南通政参议。赠大理少卿。有《石龙庵集》四卷。《明诗纪事》己签卷八录其诗一首，陈田按："以言劾相嵩，被杖削籍为民，例须向礼部除名、户部注籍。日暮，负创疾驰出都，知交无从者。俄闻有策蹇朗吟'去国一身轻似叶，高名千古重如山'者，乃谢茂秦也。茂秦豪气，可以挽来世浇薄之风。"谢榛字茂秦。

丁卯，陕西许宗鲁被以原任巡抚保定督察院右愈都御史职起用，镇守昌平。乔世宁《督察院右副都御史许公宗鲁墓志铭》云："而当庚戌之冬，复愈都御使驻昌平。"《国朝列卿纪》卷九十四云："许宗鲁字伯诚，陕西西安府咸宁县人……（嘉靖）十一年升大理寺左少卿，本年升巡抚保定都察院右佥都御史，十二年闲住，二十九年以原官镇守昌平，三十年改抚辽东，三十一年闲住，详辽东巡抚。"

刑部诗社李攀龙延纳新进士、刑部徐中行（1517—1578）、梁有誉（1519—1554）和吏部的宗臣（1525—1560）入社，声势渐盛，有新诗社之形。

本年

南宫刘濂作《乐经元义》自序。（纪昀《钦定四库全书总目》卷三十九）

蔚州尹耕撰《塞语》一卷，皆言捍御塞北诸部之术，颇纵横博辩。

据《嘉靖二十九年进士登科录》，本年顺天府进士登科情况如下：

第二甲 9 名，赐进士出身。姓名及履历分别为：

游天廷，贯福建镇海卫铜山所，军籍，岁贡生，治《诗经》。字士达，行二，年三十七，十二月初三日生。曾祖存凯，祖洪珍，父晃，前母杨氏，母高氏。慈侍下。兄天衢。娶刘氏。顺天府乡试第二十二名，会试第二十九名。

李玳，贯顺天府霸州，民籍，国子生，治《易经》。字廷实，行二，年四十三，十一月二十二日生。曾祖达，义官；祖铭，义官；父绍，主簿；母杨氏。慈侍下。兄佩，弟瑚、珠。娶许氏。顺天府乡试第六十八名，会试第九十四名。

陈应和，贯浙江湖州府归安县，军籍，国子生，治《诗经》。字文祥，行三，年四十七，三月十九日生。曾祖琦，七品散官；祖学，赠知县；父恪，大理寺卿；母朱氏，封太淑人。永感下。兄应期，盐课司提举；应奎，推官。娶潘氏。顺天府乡试第二名，会试第八十一名。

莫如善，贯龙骧卫，军籍，广东恩平县人，国子生，治《易经》。字子明，行一，年四十，九月初二日生。曾祖寅；祖牛；父疑，锦衣卫冠带总旗；母朱氏，旌表节妇。慈侍下。兄如爵，监察御史。弟如士，监察御史。娶凌氏。顺天府乡试第十四名，会试第二百十七名。

田汝麟，贯顺天府涿州，民籍，直隶涞水县人，国子生，治《诗经》。字子仁，行七，年三十六，四月十一日生。曾祖宽，累赠资政大夫礼部尚书；祖景贤，光禄大夫柱国太子太保礼部尚书赠太子太傅；父穗，上林苑监署丞；母翟氏。永感下。兄汝耕、汝耘、汝耔、汝麒、如耜，弟汝彩。娶杨氏。顺天府乡试第一百二名，会试第二百十四名。

柳宗葵，贯直隶河间府河间县，民籍，国子生，治《诗经》。字公献，行一，年二十九，七月十四日生。曾祖祥，祖凤；父志学，恩荣官；母张氏。具庆下。弟宗熏。娶魏氏，继娶陈氏。顺天府乡试第一百二十八名，会试第一百七十四名。

黄大节，贯福建泉州府南安县，民籍，国子生，治《易经》。字克完，行一，年四十一，七月初三日生。曾祖添。祖逸。父存实。嫡母张氏，继母张氏，生母王氏。慈侍下。弟大范、大礼、大乐、大闰、大芳。娶戴氏，继娶谢氏。顺天府乡试第四十六名，会试第三百五名。

崔学履，贯顺天府昌平州，民籍，直隶吴县人，国子生，治《易经》。字伯和，行一，年三十六，十月二十日生。曾祖忠，工部文思院大使赠光禄寺卿；祖杰，光禄寺卿；父子才，通判；母吴氏，封孺人。具庆下。弟学谦，岁贡生；学观。娶马氏。顺天府乡试第一百二十四名，会试第一百五十八名。

聂瀛，贯直隶真定府冀州新河县，匠籍，山西阳曲县人，国子生，治《诗经》。字汝登，行三，年二十九，十月初九日生。曾祖祥。祖富，寿官。父俊。母苗氏。具庆下。兄濂，监生；汀，贡士；弟洲、洛、渭、浃、洵、洽、淇、澜、滨、涣。娶王氏，继娶鲁氏、李氏。顺天府乡试第一百一十八名，会试第九十五名。

第三甲 43 名，赐同进士出身。姓名及履历分别为：

赵锵，贯直隶保定府易州，民籍，州学生，治《书经》。字子振，行七，年二十五，四月初六日生。曾祖祜；祖温，府知事；父景荣，义官；前母秦氏，母王氏。慈侍下。兄鎜，典膳；鏊，县主簿；钥；锡；铿，监生；铉。娶徐氏。顺天府乡试第七名，会试第二百六十八名。

王价，贯锦衣卫，旗籍，山东胶州人，顺天府学增广生，治《诗经》。字维藩，行一，年二十三，十月初十日生。曾祖昂，祖缙，锦衣卫副千户；父简，母方氏。具庆下。弟仲、佃、何、攸、佺。娶戴氏。顺天府乡试第四十五名，会试第二百七名。

傅鸣会，贯直隶真定府灵寿县，校尉籍，县学生，治《礼记》。字汝嘉，行三，年二十九，十二月初九日生。曾祖宽；祖千，寿官；父洧，嫡母李氏，生母王氏。具庆下。兄鸣世；鸣元，监生；弟鸣运。娶罗氏。顺天府乡试第九十三名，会试第二百十八名。

李凤毛，贯四川成都府彭县，民籍，国子生，治《书经》。字于翔，行一，年三十六，闰四月十四日生。曾祖燧，教谕；祖岳，府教授；父培，母邓氏。具庆下。弟凤阁。娶陈氏。顺天府乡试第六十三名，会试第二百八十九名。

符允中，贯顺天府永清县，民籍，国子生，治《诗经》。字汝执，行一，年三十，十一月十四日生。曾祖让；祖钦，卫学教授；父存心，母胡氏。具庆下。弟美中、建中。娶石氏。顺天府乡试第九十名，会试第二百十六名。

王极，贯顺天府蓟州，官籍，直隶无为州人，国子生，治《书经》。字伯准，行一，年三十五，九月二十日生。曾祖臣，正千户；祖锐，正千户；父济，正千户；母张氏。重庆下。弟栋、桂、桧、楹、柱。娶邢氏。顺天府乡试第七十八名，会试第二百二十七名。

刘一麟，贯顺天府昌平州，民籍，国子生，治《书经》。字子仁，行一，年三十六，八月二十六日生。曾祖泰，知县；祖嗣荣，右长史进阶亚中大夫；父相，义官；母王氏。慈侍下。娶王氏。顺天府乡试第一名，会试第一百六名。

叶恩，贯锦衣卫军籍，直隶山阳县人，国子生，治《礼记》。字嗣光，行一，年三十八，二月二十九日生。曾祖洋，赠都察院右都御史。祖宝。父策，监生。母王氏。永感下。兄科、稼、儒。弟思、稷、愚、恕、愿。娶盛氏，继娶刘氏。顺天府乡试第三十六名，会试第一百二十一名。

刘勃，贯直隶河间府任丘县，军籍，国子生，治《书经》。字仲安，行二，年二十八，正月初一日生。曾祖赋，仓大使；祖璟，父蓁，前母房氏，母张氏。具庆下。兄动，弟勖、劭。娶章氏。顺天府乡试第二十三名，会试第二百九十四名。

陈典，贯大宁都司保定中卫，官籍，都司学生，治《诗经》。字子厚，行一，年三十，十月二十日生。曾祖宁，祖大纲；父世昌，县丞；母李氏，继母刘氏。严侍下。弟奥。娶宋氏。顺天府乡试第十一名，会试第一百四十三名。

唐世隆，贯直隶河间府献县，民籍，国子生，治《书经》。字德亨，行二，年三十五，六月初三日生。曾祖凤；祖岷，州吏目；父宪，教谕；母陈氏。重庆下。兄世勋，弟世显。娶刘氏。顺天府乡试第三十九名，会试第二百二十二名。

王用贤，贯直隶保定府祁州，民籍，国子生，治《春秋》。字伯纯，行一，年三十六，闰四月二十四日生。曾祖伟，祖子鲁，父瑶，母张氏，继母李氏。重庆下。弟尚贤、进贤、梦贤。娶刘氏。顺天府乡试第四十三名，会试第一百二十八名。

宋登，贯直隶保定府定兴县，民籍，县学生，治《春秋》。字子瀛，行一，年二十五，正月十五日生。曾祖胜，祖琛，父世华，母刘氏。具庆下。娶赵氏。顺天府乡试第十名，会试第二百八十六名。

汤宾，贯直隶河间府沧州南皮县，军籍，国子生，治《易经》。字继寅，行一，年二十七，十二月初七日生。曾祖福春；祖澄，义官；父殷，县丞；前母李氏，母刘氏。具庆下。娶谢氏。顺天府乡试第一百十九名，会试第一百八名。

沈绍庆，贯直隶苏州府昆山县，民籍，国子生，治《易经》。字子善，行一，年二十七，十二月十五日生。曾祖存，知县；祖沛，赠奉政大夫南京吏部郎中；父大楠，知府；母盛氏，封宜人。重庆下。兄思忠、绍孙。弟具庆、衍庆、征庆。娶顾氏，继娶施氏。顺天府乡试第一名，会试第四十五名。

屠仲律，贯直隶营州中屯卫，军籍，浙江平湖县人，国子生，治《书经》。字宗豫，行二，年三十，十二月初八日生。曾祖机，赠刑部尚书；祖勋，太子太保，刑部尚书赠太保，谥康僖；父应竣，右春坊右谕德；母项氏。慈侍下。兄鉟，监生；钶，监生；铸，监生；釴，监生；盂；玄，监生；钺，监生；鐩，监生。弟仲行、铀、钺、锐、鐄、镮叔、方叔、章、集。娶张氏，继娶沈氏。顺天府乡试第四十九名，会试第一百四十八名。

陈经，贯直隶涿鹿左卫，旗籍，国子生，治《书经》。字汝济，行一，年四十五，八月初十日生。曾祖景春，祖信；父松，寿官；母龚氏。永感下。弟纶。娶顾氏。顺天府乡试第四名，会试第九十八名。

崔棟，贯顺天府蓟州卫，军籍，州学生，治《礼记》。字孔材，行一，年三十六，二月十五日生。曾祖富，祖继英，父江。前母卢氏，母卢氏。重庆下。弟杨、榛、槟、接、检、榆。娶尹氏。顺天府乡试第三十六名，会试第一百五名。

纪凤鸣，贯锦衣卫旗籍，陕西榆林卫人，国子生，治《诗经》。字明瑞，行一，年三十六，九月十三日生。曾祖滐，赠承德郎太常寺寺丞；祖世梁，太常寺寺丞；父汴，七品散官；母陈氏。严侍下。弟凤仪。娶于氏，继娶王氏、茹氏。顺天府乡试第八十八名，会试第二百九十名。

王漷，贯锦衣卫官籍，直隶长垣县人，国子生，治《易经》。字公沛，行四，年四十一，正月十一日生。曾祖斌，正千户封武德将军；祖宇，正千户封武德将军；父钺，正千户封武德将军。母陈氏，封宜人。慈侍下。兄洧，正千户；沂，副千户；泽。弟洋。娶万氏，继娶季氏。顺天府乡试第一百二十九名，会试第二百八十八名。

刘效祖，贯武骧左卫籍，山东滨州人，国子生，治《春秋》。字仲修，行二，年二十九，七月初五日生。曾祖能，赠都察院左副都御史；祖通；父寓，官生。

母彭氏。永感下。兄希祖，弟继祖、绳祖、同祖、顺祖。娶杜氏。顺天府乡试第一百三十三名，会试第四十八名。

杨惟平，贯直隶真定府冀州南宫县，民籍，县学生，治《诗经》。字君正，行一，年三十六，正月十三日生。曾祖辅，县丞；祖懋，父仑，母李氏。慈侍下。弟惟聪、惟中、惟一。娶张氏。顺天府乡试第十九名，会试第一百九十名。

周国卿，贯锦衣卫校籍，浙江海海宁县人，国子生，治《易经》。字台仲，行一，年三十六，十月初二日生。曾祖敞；祖珍，义官；父经，义官；母陈氏。具庆下。弟国相、国柱、国良。娶陈氏。顺天府乡试第二名，会试第三十二名。

孙佳，贯锦衣卫籍，浙江余姚县人，国子生，治《易经》。字志完，行五十六，年三十八，九月初七日生。曾祖孟宏，赠礼部尚书；祖彬，教谕；父炼。母郑氏。具庆下。兄堪，前军都督府都督佥事；墀，尚宝司司丞；升，国子监祭酒；玉，省祭官；弟坊，刑部主事；埙。娶汪氏。顺天府乡试第十名，会试第一百六十名。

王汝安，贯直隶保定府雄县，军籍，国子生，治《春秋》。字子乐，行一，年四十一，十月初一日生。曾祖明，祖伦，父举，母李氏。具庆下。弟汝宁、汝宜、汝宠、汝寀。娶李氏。顺天府乡试第四名，会试第一百八十七名。

段顾言，贯顺天府蓟州遵化县，军籍，山西临汾县人，国子生，治《易经》。字汝行，行一，年二十九，四月二十七日生。曾祖敬，祖璟；父永常，知县；前母郭氏，母张氏。慈侍下。娶李氏。顺天府乡试第三十七名，会试第二百三十名。

张灯，贯江西饶州府浮梁县，民籍，国子生，治《易经》。字文辉，行十七，年四十，九月十九日生。曾祖仕宁，祖浒，父乐。母郑氏。永感下。兄炫、爛、炣、美、炽，弟熖、炛。娶朱氏。顺天府乡试第一百二十九名，会试第三百八名。

时通，贯锦衣卫匠籍，应天府上元县人，国子生，治《诗经》。字睿夫，行二，年三十五，三月二十九日生。曾祖良，祖纶，父铎，前母张氏，母单氏。永感下。兄逵。弟达、逢、迁。娶孙氏。顺天府乡试第九十名，会试第二百五十四名。

高敏学，贯顺天府宝坻县，民籍，县学生，治《诗经》。字希曾，行二，年三十二，十月十二日生。曾祖俊，祖升；父琦，巡检；母陈氏。具庆下。兄文学，州判官；弟致学、敬学。娶王氏。顺天府乡试第七十名，会试第一百五十九名。

王如纶，贯直隶真定府晋州安平县，民籍，国子生，治《易经》。字汝言，行一，年四十，十月二十七日生。曾祖鉴，祖昭；父杰，散官；母刘氏。具庆下。娶李氏。顺天府乡试第六名，会试第一百九十名。

樊钟岱，贯直隶保定府清苑县，民籍，府学生，治《诗经》。字东望，行一，年三十五，四月初六日生。曾祖琎；祖昺，知县；父衎，训导；母郁氏，继母刘氏。具庆下。弟钟恒。娶常氏，继娶张氏。顺天府乡试第二十四名，会试第二百三十七名。

钱铸，贯顺天府大兴县，匠籍，直隶吴县人，国子生，治《书经》。字宗颜，行二，年三十八，十月二十四日生。曾祖通，祖昭，父洪。母张氏，继母于氏。慈侍下。兄铎，弟镛、镐、录、铉。娶阎氏。顺天府乡试第六十五名，会试第一百七十六名。

张云霖，贯辽东广宁左卫，官籍，山西应州人，国子生，治《诗经》。字子润，年四十二，正月二十六日生。曾祖端，祖铭，父春，母郭氏，继母吴氏。慈侍下。弟云瑞。娶郑氏，继娶陈氏。顺天府乡试第六十二名，会试第三十三名。

杨守愚，贯直隶大名府大名县，军籍，国子生，治《诗经》。字子发，行二，年四十五，三月十九日生。曾祖安；祖辂，散官；父希哲，母李氏。慈侍下。兄智，弟守鲁、守纯、守约、守悫、光、守木、守默。娶张氏。顺天府乡试第一百二十八名，会试第二百三十六名。

万民英，贯大宁都司茂山卫右所，军籍，湖广江夏县人，直隶易州学生，治《书经》。字子才，行四，年二十九，十二月十八日生。曾祖源；祖敬，义官；父魁，县主簿。嫡母周氏，生母赵氏。慈侍下。兄民和，义官；民俊、民杰，弟民平；民范，贡士。娶岳氏。顺天府乡试第六十六名，会试第一百三十六名。

郑逢阳，贯顺天府固安县，民籍，国子生，治《诗经》。字道亨，行一，年三十七，三月二十五日生。曾祖嗣恭，祖纯，父恕，母庞氏。慈侍下。弟逢时，贡士。娶方氏。顺天府乡试第一百三十二名，会试第三十六名。

陶应龙，贯直隶真定府冀州枣强县，军籍，县学生，治《诗经》。字文化，行一，年四十二，十一月二十一日生。曾祖源，祖全，父明，母杨氏。具庆下。弟应麒。娶高氏，继娶李氏。顺天府乡试第一百十八名，会试第二百四十六名。

康世耀，贯直隶保定府完县，军籍，大宁都司保定中卫人，县学增广生，治《诗经》。字子潜，行一，年二十四，二月二十一日生。曾祖有能，祖旺。父驯，母冀氏。重庆下。弟世辉、世炫、世光。娶石氏。顺天府乡试第一百十四名，会试第二百八十一名。

王鈇，贯武骧左卫军籍，浙江东阳县人，国子生，治《书经》。字德威，行四，年三十七，四月十四日生。曾祖邦治，祖通，父睿。前母郭氏，母和氏。慈侍下。兄钺、钊、铎。弟鏃。娶董氏。顺天府乡试第五十二名，会试第二百五十九名。

钱之选，贯辽东铁岭卫，民籍，直隶常熟县人，卫学生，治《诗经》。字舜臣，行一，年三十三，七月二十六日生。曾祖泰，祖元衿，父表，母王氏。严侍下。兄庶，同科进士。弟之逵。娶徐氏，继娶常氏。顺天府乡试第二十六名，会试第四十二名。

王好问，贯直隶永平府滦州乐亭县，民籍，国子生，治《诗经》。字裕卿，行二，年三十四，六月二十三日生。曾祖钦。祖茂。父臣，省祭官。母史氏，继母杨氏。严侍下。兄好学，贡士。娶李氏。顺天府乡试第二十二名，会试第一百十二名。

张时，贯直隶保定府易州，民籍，国子生，治《易经》。字宗易，行一，年四十一，十月十五日生。曾祖宁，祖世英；父受恩，典膳；母郝氏，继母王氏。重庆下。弟旸，省祭官；昭。娶贾氏，继娶胡氏。顺天府乡试第一百二十九名，会试第一百二十名。

杨得春，贯直隶保定府清苑县，民籍，国子生，治《书经》。字东卿，行二，年二十八，十月十五日生。曾祖斌，祖进，父镛，母张氏。具庆下。兄舒春。娶彭氏。顺天府乡试第七十一名，会试第二百八十名。

嘉靖三十年

（公元 1551 年　辛亥）

正月

锦衣卫经历沈炼（1507—1557）上疏劾首辅严嵩，请诛之以谢天下，被谪保安（今河北省张家口市涿鹿县内）。《明鉴纲目》卷六："纲：辛亥三十年，春正月，戍锦衣卫经历沈炼（字纯甫，会稽人）于边。目：初，赵贞吉请勿许谙达求贡，廷臣无敢是贞吉者，炼独大言以为是。吏部尚书夏邦谟目之曰：'若何官?'炼曰：'锦衣经历沈炼也。大臣不言，故小吏言之。炼愤国无人，致寇猖獗，请以万骑护陵寝，万骑护通州军储，合勤王师十余万，击其惰归，可大得志。'帝不省。时严嵩用事，边臣争致贿遗，及失事惧罪，益辇金贿嵩，炼时时扼腕。一日从尚宝丞张逊业饮，酒半，及嵩，因慷慨詈骂，流涕交颐。遂疏劾嵩黩贿十罪，并及邦谟谄谀状，请均斥罢。帝怒，榜之数十，谪佃保安。"钱谦益《列朝诗集小传》丁集中："炼字纯甫，会稽人。嘉靖戊戌进士，知溧阳、茌平、清丰三县，入为锦衣卫经历。庚戌（1550）岁，虏薄城下，廷议乞贡事，群臣畏严氏，莫敢发言。纯甫越阶抗论，当从赵司业贞吉议，拒贡劫虏，明日上疏，请得二万骑，护陵寝通饷道，合勤王之旅，击其堕归，俾只轮不返。疏报闻，朝廷壮之。明年正月，抗疏劾相嵩父子，请诛之以谢天下，杖四十，谪田保安州。”《明文远》卷四七评沈炼《早正奸臣误国以决大策疏》曰：“忠愤郁结，发为谠言，真有罄南山、决东海之意，亦有鹰鹤逐鸟雀之意，杀机从此伏矣。虽然，志士仁人舍生取义，与日月争光可也。”

三月

容城杨继盛以兵部车驾司员外郎至京师。因上疏反对仇鸾与俺答讲和、通马市，被下锦衣狱并谪狄道（今甘肃临洮县）典史。徐阶《明兵部武选司员外郎赠太常少卿谥忠愍杨公墓志铭》：“初，公举嘉靖丁未（1547）进士，授南京吏部验封主事，师事大司马苑洛韩公，尽通其天文地理太乙壬奇兵阵之学，名声重一时。辛亥（1551）迁兵部车驾员外郎。当是时，大将军仇鸾骄，然心惮虏，欲利啖之以缓兵，请与虏为马市，有成议矣。公上疏斥其不可者十，辩其说之谬者五，鸾因诋公挠边计，惑众心，诏锦衣卫逮公置讯，狱具，贬狄道典史。”

六月

涿州史道以目病乞休，甫及七日，复召处置宣大边务，慷慨而赴，殚尽心力，升兵部尚书。后以同事之人难相处，再乞休。焦竑《国朝献征录》卷三十九《兵部尚书鹿野史公道行状》：“暑月，值太淑人大故，昼夜号泣，且复从事锋镝之下，遂成目疾。后虽少愈，每遇多劳辄复患作，乃恳以目病乞休，荷蒙俞允归休，甫及七日，随复召还，勑令处置宣大边务，且有严旨不许退避。比时，宗属亲党以及远近大小无不为公寒心，若不敢以生还为期者。公阶辞九卿以下及诸朝士，祖饯比郊，无异荆轲易水之别。公独苦之心，但以慷慨激发，承之且对众人言曰：‘堂堂天朝尽有冠冕，大样题目好做，却以大臣为牙行，于此行大有所未堪尔。’斯言九卿诸公皆闻之，至今尤有能记之者。及发，二子泣以相送，公慰之曰：‘勿恐，吾之与虏临也，以恩信结纳。初若彼之变诈，一无所计，而万一得彼之倾心向焉，则乘机构会，一有所图，可以缚名王而献之阙下矣。尔曹第安之，岂可但效儿女子辈相与对泣耶？’及至就事之日，调停区画，殚尽心力，虏即缚妖逆萧芹等为献。奉旨，史道忠诚尽职，升兵部尚书，赏银五十两、纻丝四表里。公以酋首俺答为诸虏枭雄，设能剪除此贼，则贼之诸子素不相下，必不攻自溃，可以杀其势而为中国之利。乃密以方略授，指挥林丛兰等即万一成功，虑有追者，乃出虏营北行且转而向东可达阳和，达阳和则达大同矣。先是，公有此意，恐验功时无以为真伪之辨，乃犒赏之际，令善写真者暗描俺答之像以归，虽丛林等莫能测识其故也。惜其事方在计，会有旨催取协理戎政，公遂行。公入居庸以同事之人难于相处，但称目病侵甚，即于途次上疏乞休，奉旨勉留史道尽心边事，着竭忠协力。已而，复具疏恳辞，圣明见其情词恳切，特赐俞允，史道既连日自陈着致仕。”

八月

著名文人梁有誉授刑部山西司主事。自是梁有誉、宗臣、徐中行等来从太仓王世贞游。后有“五子”“后七子”之称。（郑利华《王世贞年谱》）

十月

壬申，升陕西许宗鲁为左副都御史，巡抚辽东。《世宗肃皇帝寅录》卷之三百七十八云：“嘉靖三十年十月……壬申，诚孝昭皇后忌辰，遣定国公徐延德祭献陵。升驻守昌平部察院右签都御史许宗鲁为左副都御史，巡抚辽东。”

本年

著名文人宗臣（1525—1560）由刑部广西司主事改吏部考功司主事，与李攀龙、王世贞诸人游，相切磋为古文辞。欧大任《广陵十先生传·宗臣》：“宗臣字子相，兴化人。……嘉靖己酉（1549）以《戴氏礼》举于乡。庚戌（1550）登进士第，授刑部主事。辛亥调吏部考功司主事。”“为郎时与临清谢榛、济南李攀龙、长兴徐中行、南海梁有誉、吴人王世贞、楚人吴国伦结社燕中，为一时词人之冠。臣尝言：人世只有二道，上焉者乘青云，弄紫霞，而次则宏词丽句，照耀千古，名并日月。”王世贞《明中宪大夫福建提学副使方城宗君墓志铭》：“按状，君讳臣，子相其字，尝自称方城山人。其先世居吾吴郡，寻迁盱眙，最后迁兴化，遂为兴化人。……十四试诸生第一，自是连试辄第一，而又十余载始成乡荐，明年成进士高第，授刑部广西司主事。太宰李公默见君文而奇之，调为其属，得考功。故事：吏部郎自相贵，绝不复通他曹郎，而君日夜与其旧曹李于鳞、徐子与、梁公实及不佞世贞游，益相切劘为古文辞。”

新喻知县李先芳（1511—1594）擢为户部主事，与后七子往还，称盛京城。于慎行《明故奉直大夫尚宝司少卿北山先生李公墓志铭》：“北山先生姓李氏，讳先芳，字伯承，其先湖广监利人也。国初以士伍北徙，因籍濮州。”嘉靖丁未（1547）进士。“明年选为新喻知县。……三年政成，擢为户部主事。旋丁外艰，复补刑部。先生既负时名，不得一当艺苑，又出试吏，仆仆对牒，非其好也。及入为曹郎，居多暇日，而海内名能诗家，吏部宗子相、张助甫，兵部张肖甫，同部王元美、徐子与辈，云集阙下，先生尽与之交，朝夕为咏，期为复古，而诸子之名大噪，长安称一代盛际矣。”

山海卫詹荣（1500—1551）卒，后赠工部尚书，曾与剿抚大同乱而享名。过庭训《明分省人物考》卷三：“晋山西司郎中，督饷大同。大同帅李瑾者，驭士严，军中不附属，虏窥塞下，瑾令卒浚濠四十里遏虏骑，刻日竣工，众哗攻杀瑾。守臣以闻，诏遣谷永为帅，刘源清督师讨之。叛卒惧，欲诛首乱自赎，源清不许，辄攻之，终不能下，乃相与谋，城可灌也。荣曰：‘云中重镇，以数十叛卒嚣其城，非计，且镇人何罪?’而以为谬。乃与都指挥纪镇等歃血盟讨贼，而私察贼党马升、杨麟者有才略，可用也，为请贷其死，升三十金，使自募士，升、麟遂计擒乱首黄镇等九人斩之。又捕斩许章等二十六人，缚献王宝等二十八人，内外詟伏。荣乃开城门延诸制府，大帅直指使者以次导从鼓吹，入拊循城中，城中人皆欢呼动地，曰：‘微詹公，我曹皆鱼肉矣!’自变起，至事平，凡五阅月，焚掠无算，独荣所部，钱谷储胥，秋毫莫敢犯，论功晋光禄寺少卿。”“随召入，以右侍郎摄曹事，属当防秋，荣条上十策，皆施行，随转左，而荣病矣。其卒为嘉靖三十年，年仅五十二，赠工部尚书。”

嘉靖三十一年

（公元1552年　壬子）

正月

著名文人李攀龙、王世贞、梁有誉访谢榛于华严庵，分韵6诗，极一时之盛。王世贞诗《早春同于鳞公实访谢茂秦华严庵》，今年作；《正月六日雨阻江上，因记昨岁同于鳞诸君访茂秦于华严庵，分韵赋诗，一时之盛，怅焉有怀，爰赋十韵》，明年作。谢榛《诗家直说》卷四：“嘉靖壬子春，予游都下，比部李于鳞、王元美、徐子与、梁公实、考功宗子相诸君延入诗社。”又《诗家直说》卷三：“予客京时，李于鳞、王元美、徐子与、梁公实、宗子相诸君招予结社赋诗。一日，因谈初唐、盛唐十二家诗集，并李杜二家，孰可专为楷范?或云沈宋，或云李杜，或云王孟。予默然久之，曰：‘历观十四家所作，咸可为法。当选其诸集中之最佳者，录成一帙，熟读之以夺神气，歌咏之以求声调，玩味之以裒精华。得此三要，则造乎浑沦，不必塑谪仙而画少陵也。夫万物一我也，千古一心也，易驳而为纯，去浊而归清，使李杜诸公复起，孰以予为可教也。’诸君笑而然之。是夕，梦李杜二公登堂谓余曰：‘子老狂而遽言如此。若能出入十四家之间，俾人莫知所宗，则十四家又添一家矣。子其勉之！’”“宗考功子相过旅馆曰：‘子尝谓作近体之法，如孙登请客。未喻其旨，请详示何如?’曰：‘凡作诗先得警句，以为发兴之端，全章之主。格由主定，意从客生。若主客同调，方谓之完篇。譬如苏门山深松草堂，具以琴樽，其中纶巾野服，兀然而坐者，孙登也。如此主人，庸俗辈不得跻其阶矣。惟竹林七贤，相继而来，高雅如一，则延之上坐，始足其八数尔。’子相曰；‘若作古体，亦用此法，可乎?’曰：‘凡作古体近体，其法各有异同，或出于有意无意之间，妙之所由来，不可必也。妙则天然，工则浑然，二体之法，至矣尽矣。’”钱大昕《弇州山人年谱》：“三十一年壬子二十七岁。在刑部任，是岁公实以病告归，茂秦亦出都，于鳞乃倡为五子诗以纪一时交游，彼此各有和诗，实六子也。”王世贞《李于鳞先生传》：“李于鳞者讳攀龙，其家近东海，因自号沧溟云。……于鳞以诗歌自西京逮于唐大历，代有降而体不沿，格有变而才备至，故于法而不必有所增损，而能纵其夙授神解于法之表。句得而为篇，篇得而为句，即所称古作者，其已至之语，出入于笔端而不见迹，未发之语为天地所秘者，创出于胸臆而不为异，亡论建安而后诸公，有不遍之调，于鳞以全收之。即其偏至而相角者，不啻敌也。当于鳞之为主事，迁员外郎以至山西司郎中，曹事寖以剧，守文法无害，而其业日益进。大司寇有著作辄以属于鳞，籍籍公卿间。然于鳞竟无所造请干贽，不为名计，出暂一羸马蹩躠归，杜门手一编矣。其同舍郎徐中行、梁有誉、不佞世贞及吴舍人国伦、宗考功臣，相与切剧千古之事，于鳞咸弟蓄之。为社会时，有所赋咏，人人意自得，最后于鳞出片语，则人人自失也。”王世贞《明承直郎刑部山西司主事梁公实墓表》：梁有誉字公实。“公实为诸生，即名能歌诗，倾岭南矣。已成进士燕中，即又倾燕中人。而居恒不自得，郁郁思归。补尚书邢部郎，间与其同舍郎李攀龙、王世贞游，乃稍自愉快，曰：‘世故有人哉！’而郎宗臣已去为吏部，休浣辄一来。俄而郎中徐中行来。中行故尝与公实游南太学，深相结者也。以是日相与切劘为古文辞，甚欢。”

涿州史道获准致仕。又立功，加太子少保，荫一子。焦竑《国朝献征录》卷三十九《兵部尚书鹿野史公道行状》：“公入居庸，以同事之人难于相处，但称目病侵甚，即于涂次上疏乞休。奉旨勉留史道尽心边事，着竭忠协力。已而，复具疏恳辞，圣明见其情词恳切，特赐俞允。史道既连日陈，着致仕。三十一年正月，复为擒获叛逆，事该兵部议，覆奉旨云史道加太子少保，荫一子与做锦衣卫百户。”

八月

郭朴、秦聪雷任顺天乡试主考。两京及各布政司举行乡试。《弇山堂别集》卷八十三《科试考三》："三十一年壬子，命左春坊左庶子兼翰林院侍读郭朴、翰林院修撰秦鸣雷主顺天试。"

丰润房有容，治诗，中顺天乡试解元。（张弘道、张凝道《皇明三元考》卷十一）

十月

庚午，陕西许宗鲁致仕。《世宗肃皇帝实录》卷之三百九十云："嘉靖三十一年十月……庚午，勒辽东巡抚都御史许宗鲁致仕。"

冬

浚县卢楠以上命平反，赴赵谢赵王，撰《酬德赋》以谢恩。

本年

容城杨继盛一岁四迁官。四月，得升山东诸城知县之报。七月十二日，到诸城任。八月初一日，得迁南京户部云南司主事职之宝。十月初六日，离诸城赴任。二十二日到南京任上，即有任北刑部湖广司员外之报。十一月初八日离南京，十六日至淮安，又有调兵部武选之报。于十二月十六日抵京，十八日到任。（杨继盛《椒山先生自著年谱》）

沧州戴才转吏科右，后升兵科都。（孙承泽《畿辅人物志》卷九）

枣强毛鹏以治倭功，擢御史，按宣大。

嘉靖三十二年

（公元1553年　癸丑）

正月

容城杨继盛上疏劾严嵩十大罪、五奸，系刑都狱。《明鉴纲目》卷六："癸丑三十二年，春正月，兵部员外郎杨继盛上疏，劾严嵩，下诏狱。"徐阶《明兵部武选司员外郎赠太常少卿谥忠愍杨公墓志铭》："辛亥（1551）迁兵部车驾员外郎。……贬狄道典史。逾年擢知诸城，寻迁南京户部主事，又迁刑部员外郎，调兵部之武选。尝独居深念至夜分，配张安人间其故，公曰：‘吾受上恩，思有以报耳。’安人曰：‘严相国方用事，此岂君直言时耶？’公不应而心自计，欲报恩，其道莫如去奸人，使不得乱政。遂以癸丑正月疏论少师严嵩十罪五奸，请召二王问状。公意以嵩在位久，其党羽布满中外，上即问必不肯言，而今皇帝以明圣在东府，冀一召问，可尽得其实。嵩更借以为谗，诏逮公，讯所以引二王者，公具对侃侃，至断指出胫，不易词。诏杖公百，送刑部狱。郎史君朝宾议从轻比，而其长贰皆嵩党，竟当公诈传亲王令，旨绞。”

霸州王遴与杨继盛肝胆相许。杨继盛《椒山先生自著年谱》：“方予未上本之前，司中日相与议论者汪子少泉（名宗伊，湖广人）、周子松崖（名冕，四川人）王子继津（名遴，霸州人）。少泉则与谋议冒功一节，乃其所见；松崖则与知而不见其稿；继津则知其欲为而不知为何事。上本后，入部交牙牌，辞僚友，众方知予有此举，各疾仇远避，而一二知己，岁有眷恋之情，尚多畏缩之状，独继津则肝胆相许，若亲兄弟然。予观其义气激发，情爱恳至，遂托云：‘予二子一女，一子已聘有妻，一子尚未有，一女尚未许人。长而娶嫁，皆兄之事也。’继津遂面许云：‘此尽在弟，而一小女正与三令郎年岁相当，遂许焉。’自予入狱，镇抚司刑部之保护，皆继津也。”

三月

陈谨等进士及第，真定梁梦龙等选庶吉士。王世贞《弇山堂别集》卷八十三《科试考三》：“三十二年癸丑，命少保太子太保礼部尚书东阁大学士徐阶（1503—1583）、翰林院侍讲学士敖铣为考试官，取中曹大章等。廷试，赐陈谨、曹大章、温应禄及第。是岁特开科，凡四百人。改进士张四维、王希烈、姜宝、万浩、南轩、孙铤、吴可行、梁梦龙、孙应鳌、晁东吴、孙九功、冯叶、陆泰、马自强、李贵、赵祖鹏、吕曼、方万有、胡汝嘉、徐师曾、王文炳、姚弘谟、张巽亩、王学颜、郭敬言、李蓑、蒋淳、王咏为庶吉士，命吏部左侍郎翰林院学士程文德、礼部左侍郎翰林院学士闵如霖教习。晁东吴，翰林瑮子，孙铤，吏侍升子。”《万历野获编》卷十六《嘉靖癸丑状元》：“三十一（二）年癸丑科，状元为陈谨，福建闽县人。以中允丁忧归，忤其乡戍海之卒，被众聚殴而死。”

肥乡张学颜中进士。张学颜（？—1598），字子愚，号心斋，广平府肥乡县（今属河北邢台市肥乡县）人。本年进士，授曲沃令。隆庆五年（1571），用为右佥都御史巡抚辽东，进右副都御史。万历六年，拜户部尚书，为张居正所倚重。撰《会计录》《清丈条例》，多为邦治所用。张居正卒后被劾，致仕，官终兵部尚书。（张廷玉《明史》卷二百二十二《列传第一百十》孙承泽《畿辅人物志》

卷八）

寓宛平郭文辅中进士。郭文辅，生卒年不详。字共臣，宛平（今北京市内）人，原籍为太原府阳曲县，故自号阳曲山人。父隽，仕至两浙运司。举本年进士，授行人。佯亲严世蕃，授御史。后改户部主事、常州知府。家贫困，藏书数万卷，无所不窥。骠骑将军马应乾与为友，称其“虚不逆物，卑不失己”。（孙承泽《畿辅人物志》卷六）

四月

二十六日，涿州史道（1486—1553）病卒，合郡痛悼。孙承泽《畿辅人物志》卷八：“累乞休，允之。明年，擒叛功加太子少保，荫子锦衣百户。又明年，癸丑卒。”焦竑《国朝献征录》卷三十九《兵部尚书鹿野史公道行状》：“公偶遍诣诸乡里，亲识投刺；且于十六日邀请老友诣庄所，杯酒相欢。至十八日病，二十六日遂故。是日，合郡之人无虑识否，虽童稚妇女亦皆流涕赴吊，而哭且尽哀，主家至，有不能认识其谁为者。[①] 公天性孝友，柏庵翁早卒，事二母昏夜归，必揖于卧次问其饮食居启。公事诸兄，极其爱亲。有早卒者抚其遗孤，携之随任。已复捐俸，各治一产给之。凡乡人有危急者，无虑识否，悉极力拯救。年荒，收其老衰弗能动及孩幼之委于道者养之，全活甚多。公位大臣，虽乡之布衣贱士，必礼接之，未始或忽。生平弗置侧室，惟独宿外舍，以故健强无比，每有宴会立饮通宵，乡后生辈倦甚，公之精神益觉倍发。生成化乙巳八月初一日，享年七十。”

六月

浚县王越撰《黎阳王襄敏公疏议诗文辑略》刊行。凡二卷。书前有“弘治十二年十二月”皇帝诏令一篇、王越画像一幅及其生平仕宦之官职、封赠等。后附录有李东阳撰、屠滽书、张懋篆《黎阳王襄敏墓志》、崔铣撰《王公神道碑》、王绍思撰《刻襄敏公文集跋》，后署“嘉靖癸丑夏六月吉”。

本年

霸州王乐善生。王乐善（1553—?），字存初，顺天府霸州人。中明万历二十年（1592）进士，除行人，曾奉诏使赵使吴，迁吏部主事。《畿辅通志》卷二百十七说他“方正质直，年四十登万历壬辰进士”，据此可以断定其生年应在1553年。著有《鸡适轩集》《扣角集》。今北京图书馆藏有其所著《王考功鷃适轩诗集六卷

① 广陵书社2013年版《国朝献征录》所据徐象槼曼山馆本仅有以上所引文字，无下文所引字。

文集四卷》及《鹖适轩词》。陈田《明诗纪事》庚签卷十七选诗二首。

南皮汤宾转户部主事，初榷崇文门税，再巡通州草场，三转边镇粮饷，又省淮安仓政，所至以勤廉著声。（张佳胤《通议大夫都察院右副都御史交川汤公宾墓表》）

归安茅坤迁大名兵备副使，效古法做战车，且亲提兵御敌，被举以细事夺官。朱赓《大名兵备按察司副使鹿门茅公坤墓志铭》："癸丑，迁大名兵备副使，仿古偏箱车法作车五百两以御虏冲，尝提兵戍倒马关。制府杨公博视其营垒叹为奇才，特疏荐于朝，而生平所龃龉者竟讽部使毛举公细事夺其官以归，而黄冠之梦践矣。盖公初下车，梦若黄冠者从云中招摇，相和而歌，白云盖其兆焉。归而作《岛人传》《三益先生传》以见志海夷之讧东南也。"（焦竑《国朝献征录》卷八十二）茅坤（1512—1601），著名散文家、藏书家。字顺甫，号鹿门，归安（今浙江吴兴）人，明末儒将茅元仪祖父。嘉靖十七年进士，官广西兵备佥事时，曾领兵镇压广西瑶族农民起义。茅坤文武兼长，雅好书法，提倡学习唐宋古文，反对"文必秦汉"的观点，至于作品内容，则主张必须阐发"六经"之旨。编选《唐宋八大家文钞》，对韩愈、欧阳修和苏轼尤为推崇。茅坤与王慎中、唐顺之、归有光等，同被称为"唐宋派"。有《白华楼藏稿》，刻本罕见。行世者有《茅鹿门集》。

著名文人李攀龙出任顺德府（今河北邢台）知府，有善政，案牍山积，顷刻剖决，吏卒经目，辄记忆不忘，号为神明人。为百姓减轻赋税，教诸生以诗歌、古文词，傅来鹏、朱正色等出其门，多所成就。有《沧溟集》三十卷，另编有《古今诗删》《唐诗选》等。于顺德为官期间，谢榛在京师散布李攀龙治理不力的谣言，李写《戏为绝谢茂秦书》进行回击。多与师友往来唱和，撰《内丘县学田记》《枣强县刘村新建三官庙记》《与殷检讨正甫书》《送大条罗公虞臣之山西序》《送河南按察副使王公元美自大名之任浙江左参政序》等文。（王长华《河北文学通史》第二卷下）

寓宛平刘效祖升户部主事。（过庭训《明分省人物考》卷二）

著名文人吴国伦（1525—1593）加入刑部诗社，成"七子"之名，称"七子社"。

据《嘉靖三十二年进士登科录》，本年顺天府进士登科情况如下：

第二甲 10 名，赐进士出身。姓名及履历分别为：

胡麟，贯直隶真定府藁城县，民籍，国子生，治《诗经》。字伯祥，行二，年三十四，四月十六日生。曾祖宾，祖全，父胜，母高氏，继母董氏。具庆下。兄麒，弟麂。娶李氏。顺天府乡试第四十二名，会试第二百七十七名。

梁梦龙，贯直隶真定府真定县，民籍，县学生，治《礼记》。字乾吉，行一，年二十七，十一月十一日生。曾祖钊，训导；祖泽，省祭官；父相，岁贡生；前母郝氏，母崔氏，继母张氏。重庆下。弟梦熊、梦弼、梦龄。娶武氏，继娶马氏。顺天府乡试第百二十六名，会试第二百五十二名。

杨彩，贯虎贲右卫军籍，江西吉安府泰和县人，顺天府学生，治《诗经》。字质甫，行三，年二十五，二月十一日生。曾祖兴，祖洪，父瑭，母王氏。慈侍下。兄缙、纲、纪、绅。娶刘氏。顺天府乡试第三十二名，会试第二百三名。

夏惟纯，贯锦衣卫籍，直隶真定府冀州人，国子生，治《诗经》。字德卿，行一，年三十，五月初五日生。曾祖广，封监察御史；祖时，左布政使；父麟，知县；母应氏。严侍下。弟惟和、惟勤、惟安、惟一、惟康。娶杨氏。顺天府乡试第二十四名，会试第九十四名。

孙铤，贯锦衣卫官籍，浙江绍兴府余姚县人，顺天府学增广生，治《易经》。字文和，行二十五，年二十六，正月十月十七日生。曾祖新，赠礼部尚书；祖燧，巡抚江西右副都御史，赠礼部尚书谥忠烈；父升，礼部左侍郎；母韩氏，赠孺人；继母杨氏，封孺人。重庆下。兄镆，光禄署署丞；钶，监生；镃，贡士；钰，会举官；鏊，监生；鑨，贡士。弟钧、矿。娶魏氏。顺天府乡试第一名，会试第一百二十三名。

张大化，贯顺天府宛平县，民籍，府学附学生，治《书经》。字原德，行一，年三十三，七月二十四日生。曾祖敬，祖林，父禄，母潘氏。慈侍下。弟大礼、大治、大经、大乐、大纶。娶高氏。顺天府乡试第三十四名，会试第二百七十五名。

杨一鹗，贯直隶广平府曲周县，民籍，县学生，治《诗经》。字子荐，行一，年二十，七月十九日生。曾祖廉，县主簿；祖泽，州吏目；父世爵，理问；母阎氏，继母阎氏。重庆下。弟一鹏、一鹤、一凤。聘黄氏。顺天府乡试第一百三十五名，会试第一百二十四名。

毛术，贯直隶顺德府任县，民籍，府学生，治《书经》。字仲和，行三，年三十五，二月二十九日生。曾祖玘，进士；祖鏓，父淮，母李氏。慈侍下。兄桢；枢，省祭官。娶刘氏。顺天府乡试第九十五名，会试第二百三十九名。

林敬，贯福建漳州府漳浦县，民籍，国子生，治《诗经》。字确成，行三，年三十四，十一月初五日生。曾祖用硕，封南京户部员外郎；祖表，知府；父赉，母赵氏。永感下。兄敷、敏。弟效，监生；牧；敕。娶吴氏。顺天府乡试第二十八名，会试第四十四名。

张问行，贯直隶定边卫军籍，山西蒲州人，国子生，治《诗经》。字维诚，行三，年三十一，三月二十五日生。曾祖得让，祖玘，父清，母李氏。具庆下。兄儒、问明。娶李氏。顺天府乡试第七十二名，会试第五十八名。

第三甲 43 名，赐同进士出身。姓名及履历分别为：

郭文辅，贯金吾左卫匠籍，山西阳曲县人，国子生，治《易经》。字共臣，行一，年三十三，二月十三日生。曾祖聪。祖智，封礼部员外郎；父俊，运司副使；母张氏。具庆下。弟文度、文弼、文寿、文和、文恺。娶范氏。顺天府乡试第十二名，会试第一百九十名。

周京，贯直隶广平府永年县，军籍，县学生，治《诗经》。字子依，行一，年三十八，十一月十七日生。曾祖安，祖祥，父富，前母张氏，母张氏。具庆下。弟书、策、冕。娶王氏，继娶许氏。顺天府乡试第七十一名，会试第三百九十名。

苑囿，贯顺天府通州宝坻县，民籍，国子生，治《书经》。字公甫，行一，年三十，九月二十一日生。曾祖能，祖礼，父章，母吴氏。具庆下。弟因、固。娶彭氏。顺天府乡试第六十一名，会试第八十一名。

江北，贯顺天府霸州，民籍，江西广口府铅山县人，国子生，治《书经》。字拱北，行四，年二十七，十月二十一日生。曾祖均善、祖源；父谦，训导，前母田氏、李氏，母王氏。慈侍下。兄西；东，知县；南，训导。娶王氏，继娶金氏。顺天府乡试第五十九名，会试第一百六十名。

梁淮，贯锦衣卫镇抚司军籍，浙江金华县人，顺天府学增广生，治《诗经》。字中行，行三，年三十，十月二十六日生。曾祖宗德，祖景辉，父宣，母陈氏。严侍下。兄清，弟澄。娶俞氏。顺天府乡试第三十名，会试第三百三十名。

殷仁，贯龙骧卫官籍，顺天府怀柔县人，国子生，治《易经》。字静夫，行二，年二十九，五月十一日生。曾祖杰，副千户封武略将军；祖老，副千户封武略将军；父辂，副千户封武略将军；母崔氏，封宜人。慈侍下。兄礼，署指挥佥事。娶陈氏。顺天府乡试第二十五名，会试第二百三十四名。

李琏，贯顺天府蓟州遵化县，民籍，国子生，治《易经》。字从商，行三，年三十三，正月二十五日生。曾祖恩，祖全，父文寓，母郭氏，继母彭氏。慈侍下。兄璋、瑚，弟斑。娶王氏。顺天府乡试第五十名，会试第一百七十八名。

李从宜，贯直隶大名府开州长垣县，民籍，县学生，治《诗经》。字宗贤，行一，年二十七，十二月十四日生。曾祖泰；祖埙，训导；父体，行人。母陈氏。具庆下。弟从众。娶尹氏。顺天府乡试第一百二十三名，会试第三百九十四名。

杨文光，贯直隶保定府安州，民籍，州学增广生，治《诗经》。字诚甫，行一，年二十六，三月十八日生。曾祖勉，推官；祖舜卿，兵马指挥；父澜，知州。

母沈氏。重庆下。弟文盛、文政、文训。娶于氏。顺天府乡试第十二名，会试第三十三名。

胡应文，贯直隶广平府永年县，民籍，国子生，治《诗经》。字子会，行一，年三十五，四月二十日生。曾祖景山，祖安，父瑁。母杜氏。具庆下。弟应荐、应宣。娶郑氏。顺天府乡试第九名，会试第三百八十五名。

沈琏，贯武功左卫匠籍，浙江德清县人，国子生，治《诗经》。字邦重，行一，年三十五，三月二十二日生。曾祖福义，祖铨，父谧。母赵氏。永感下。弟珊。娶王氏。顺天府乡试第六名，会试第三十一名。

杨君玺，贯彭城卫军籍，山东文登县人，国子生，治《诗经》。字廷信，行一，年三十五，二月初三日生。曾祖能，祖逵，父鸾，母韩氏，继母冯氏、孙氏。具庆下。弟君璧。娶徐氏，继娶方氏、王氏。顺天府乡试第六十名，会试第二百三十七名。

程熟，贯直隶大名府开州，军籍，国子生，治《易经》。字伯生，行一，年三十四，九月二十八日生。曾祖鉴，山西按察使。祖宣仁；父万殊，知县；母张氏。具庆下。弟焘；照，监生。娶马氏。顺天府乡试第九十一名，会试第一百三十四名。

黄吉，贯直隶大名府开州长垣县，民籍，国子生，治《易经》。字子修，行二，年三十八，十月初十日生。曾祖玉，祖钊，父诚。母宋氏。重庆下。兄檠，弟甲。娶毛氏。顺天府乡试第一百十名，会试第二百三十名。

魏济民，贯直隶保定府定兴县，民籍，国子生，治《春秋》。字子仁，行二，年三十，正月十三日生。曾祖守正，训导；祖宗武，州吏目；父恒，母张氏。具庆下。兄保民，弟抚民、泽民。娶张氏。顺天府乡试第二十七名，会试第三百十三名。

沈维藩，贯直隶定州卫，军籍，江西德化县人，国子生，治《春秋》。字岳卿，行一，年三十四，二月二十一日生。曾祖望，祖鉴；父雄，教授；嫡母高氏，生母宋氏。慈侍下。弟维宁、维屏。娶殷氏，继娶刘氏、张氏。顺天府乡试第一百二十六名，会试第二百七十九名。

萧九峰，贯直隶兴州后屯卫军籍，江西庐陵县人，三河县学生，治《易经》。字寿夫，行二，年三十，六月初六日生。曾祖升；祖锐，通判；父选，右佥都御史；前母刘氏，母赵氏。慈侍下。兄九成，同科进士。弟九锡、九思、九叙、九皋、九官。娶刘氏，继娶刘氏。顺天府乡试第三十六名，会试第九十八名。

张待化，贯直隶大名府开州，民籍，国子生，治《书经》。字子鱼，行二，年三十九，七月初六日生。曾祖文，祖鉴；父天民，寿官；母王氏，继母章氏。永感下。兄待元。娶陈氏。顺天府乡试第三十一名，会试第一百六名。

吴道直，贯直隶真定府定州，民籍，国子生，治《易经》。字敬甫，行四，年三十四，十月十七日生。曾祖瑛，祖洪；父森，知县；母董氏。慈侍下。兄道公、道正、道平，弟道明、道中。娶刘氏。顺天府乡试第六十八名，会试第三百三十一名。

徐行，贯直隶保定府博野县，民籍，国子生，治《诗经》。字之弟，行一，年二十五，十二月十九日生。曾祖恭；祖廷璋，省祭官；父鸾，贡士；母刘氏。重庆下。弟州、化。娶陈氏。顺天府乡试第一百二名，会试第九十五名。

王汝正，贯顺天府蓟州，民籍，州学生，治《春秋》。字养之，行一，年三十，四月二十五日生。曾祖清，祖义，父锐，母李氏。具庆下。娶潘氏。顺天府乡试第五十四名，会试第三百名。

穆宁中，贯府军前卫官籍，直隶永平府山海卫人，国子生，治《易经》。字允执，行一，年三十四，十月二十九日生。曾祖聚，祖清，父谦，前母郭氏、石氏，母刘氏，继母赵氏。慈侍下。弟恕。娶刘氏。顺天府乡试第八十四名，会试第二百七十二名。

牛山木，贯直隶广平府曲周县，民籍，国子生，治《诗经》。字子美，行一，年三十，正月二十六日生。曾祖隆，祖绅，父玺，母张氏。具庆下。弟山松、山梁、山柏、山峰、山桂。娶方氏，继娶刘氏。顺天府乡试第九十八名，会试第三百四十三名。

王彦民，贯直隶顺德府商丘县，民籍，国子生，治《书经》。字子惟，行四，年二十八，十月十九日生。曾祖梦祥，府照磨；祖经；父宗周，知县；母宁氏。慈侍下。兄献民、俊民、秀民，弟慧民。娶严氏。顺天府乡试第八十七名，会试第二百十七名。

张学颜，贯直广平府肥乡县，民籍，国子生，治《春秋》。字子愚，行二，年三十，十一月二十日生。曾祖韶，巡检。祖悦，训导；父应麒，府同知；母宋氏，继母陶氏。重庆下。兄学尹。娶刘氏。顺天府乡试第三名，会试第四十九名。

归大道，贯直隶苏州府长洲县，民籍，国子生，生，治《易经》。字懋庸，行二，年三十一，三月二十四日生。曾祖玑，祖椿，父俸。母张氏。具庆下。兄大德，弟大中、大有、大宾。娶陈氏。顺天府乡试第七十四名，会试第三百七十二名。

叶期远，贯福建漳州府漳浦县，民籍，国子生，治《易经》。字士毅，行一，年四十二，二月初六日生。曾祖聪，祖谏，父元浩，母丘氏，继母郑氏。慈侍下。弟期逮、期遘、期暹、期逢。娶徐氏，继娶柳氏。顺天府乡试第六名，会试第二百二十八名。

王宫用，贯直隶广平府成安县，民籍，国子生，治《礼记》。字近臣，行四，年三十，九月初九日生。曾祖端。祖口。父隆。母张氏。慈侍下。兄朝用、君用、廷用。娶李氏。顺天府乡试第四十二名，会试第三百五十五名。

晁东吴，贯直隶大名府开州，匠籍，州学增广生，治《书经》。字叔泰，行三，年二十一，六月初八日生。曾祖旺，祖德龙，封翰林院检讨；父瑮，翰林院检讨；母张氏，赠孺人；继母张氏，封孺人。重庆下。兄东周、东山，弟东郊、东鲁、东国、东都，东齐。娶程氏。顺天府乡试第七十八名，会试第三百九十五名。

江奎，贯辽东广宁中卫，官籍，应天府句容县人，国子生，治《易经》。字国祥，行二，年三十五，九月初八日生。曾祖通，祖锺，父澄，母唐氏。严侍下。兄平，弟壁、室。娶朱氏。顺天府乡试第四十六名，会试第三百八十六名。

边傒，贯直隶河间府任丘县，官籍，国子生，治《书经》。字志甫，行二，年三十六，六月初六日生。曾祖永，户部郎中赠都察院右佥都御史；祖镛，南京刑部右侍郎；父宁，按察司副使；母杨氏，封宜人。永感下。兄伟，运使；亿，参政；备；侨，知州；偕，教官；仲，郎中；偶，长史；佃，户部检校；侊，知州；任；像，知县；倓，监生；倩，弟仪、倕，伽，俱监生。娶冯氏。顺天府乡试第三十七名，会试第三百十六名。

徐大壮，贯直隶大名府开州长垣县，民籍，国子生，治《春秋》。字子贞，行一，年三十九，八月初十日生。曾祖清，祖鸾，父泉。母黄氏。严侍下。弟大夏。娶李氏，继娶王氏、侯氏。顺天府乡试第八十名，会试第三百七十四名。

党绪，贯锦衣卫旗籍，直隶常州府无锡县人，国子生，治《书经》。字汝承，行一，年三十八，正月初六日生。曾祖平，百户；祖能；父璟，百户；嫡母陈氏，生母陈氏。永感下。兄绶，弟绅；淮，会州卫指挥同知；潮。娶李氏。顺天府乡试第七十二名，会试第三百六十二名。

王汝言，贯武骧左卫官籍，山东济南府滨州人，国子生，治《易经》。字子慎，行一，年二十九，二月三十日生。曾祖福，百户；祖弘，百户；父镰。母张氏。具庆下。兄淮、潮、瀛、浩、汉。弟汝、济。娶马氏，继娶倪氏。顺天府乡试第一百十五名，会试第三百六名。

萧九成，贯直隶兴州后屯卫军籍，江江西庐陵县人，三河县学生，治《易经》。字汝和，行一，年三十一，十一月二十九日生。曾祖升；祖锐，府通判；父进，母孙氏。永感下。弟九峰，同科进士；九锡、九思、九叙、九皋、九官。娶沈氏，继娶韩氏。顺天府乡试第八十七名，会试第一百六十七名。

苏存，贯直隶河间府任丘县，民籍，国子生，治《书经》。字性甫，行一，年三十，七月三十日生。曾祖深，祖彪，父臣，前母张氏，母王氏。重庆下。弟汝困。娶李氏。顺天府乡试第七十一名，会试第二百三十一名。

杜鹏翔，贯顺天府天府霸州民籍，山西隰州人，国子生，治《书经》。字云翀，行四年三十六，八月二十九日生。曾祖敏，知县；祖清，岁贡生；父铭，母刘氏。慈侍下。兄延龄；鹏举，县丞；鹏远。娶王氏，继娶田氏。顺天府乡试第六十九名，会试第二百九名。

毛钢，贯顺天府蓟州，官籍，山西太平县人，州学生，治《书经》。字伯炼，行一，年三十一，十二月二十七日生。曾祖伦，通议大夫南京通政使；祖应时，通判；父杲，母史氏。具庆下。弟铨。娶孟氏。顺天府乡试第五十六名，会试第一百二十六名。

季永康，贯直隶沧州守御千户旗籍，天津左卫人，国子生，治《诗经》。字克雍，行一，年三十二，六月二十四日生。曾祖荣；祖琮，寿官；父道，卫经历。母刘氏。重庆下。弟永立。娶丘氏。顺天府乡试第九十六名，会试第二百名。

王可信，贯贯直隶顺德府平乡县，民籍，国子生，治《易经》。字子忠，行一，年三十六，十二月初五日生。曾祖璧，典史；祖寅，知县；父崇德，教授；母孙氏。具庆下。弟可任、可倚、可使、可佳。娶吴氏。顺天府武第三十三名，会试第二百六十四名。

安谦，贯直隶广平府成安县，儒籍，县学生，治《易经》。字汝光，行一，年二十三，七月初三日生。曾祖通，祖贤，父继绩。母常氏，继母韩氏。重庆下。弟详、诺。娶史氏，继娶韩氏。顺天府乡试第六名，会试第三百八名。

武金，贯直隶真定府井陉县，民籍，县学生，治《礼记》。字砺甫，行一，年二十八，五月初八日生。曾祖文，知县；祖相，父邦卫。母毕氏。慈侍下。弟铉、炼、镐、鋆。娶吕氏。顺天府乡试第六十九名，会试第一百六十四名。

赵宗轨，贯直隶河间府沧州，灶籍，州学生，治《诗经》。字希清，行一，年三十三，十二月二十九日生。曾祖瑄，祖子荣；父济，训导；前母程氏，母强氏。慈侍下。弟宗鼎。娶王氏。顺天府乡试第九十四名，会试第六十六名。

嘉靖三十三年

（公元 1554 年　甲寅）

三月

初十，长垣李化龙生。李化龙（1554—1611），字于田，号霖寰。大名府长垣

（今属河南省新乡市）人。万历二年（1574）进士，除嵩县知县。又迁南京工部主事，历郎中，改吏部，出为河南签事，迁参议。历山东副使、河南参政，入为太仆少卿。迁右通政史，以右佥都御史巡抚辽东，进兵部侍郎，乞归。起故官，总督湖广、川贵军务，兼巡抚四川，再乞归。起工部侍郎，总理河道，叙平播公，晋兵部尚书，加少保，再加柱国、少傅，兼太子太保。谥襄毅，赠少师，加赠太师。有《李于田诗集》十二卷、《场居策》二卷，《田居稿》一卷，《河上稿》一卷，及《平播全书》《治河奏疏》。（张廷玉《明史》卷二二八《列传第一百十六》陈田《明诗纪事》庚签卷十一）

七月

太仓王世贞父王忬进右都御史，总督蓟辽，李攀龙作《送右都御史太仓王公总督蓟辽序》。据李序。

后七子之一李攀龙致书与另一人谢榛绝交。（《沧溟集》卷二五《戏为绝谢茂秦书》）

固安苏志皋推升都察院右佥都御史，巡抚辽东，兼襄助军务。

秋

京师陈儒兼签都剿抚宣大。孙奇逢《畿辅人物考》卷之二："甲寅秋，虏入宣大，杀总兵官岳懋。时儒在刑部，廷推兼佥都以抚其地。儒至边，宣布上意，清屯田，劾冒滥，边务肃然。凡六阅月，复命。陈安边十事，悉见施行。"

冬

后七子之一李攀龙谒大名兵备副使茅坤于大名。李攀龙《送河南按察副使王公元美自大名之任浙江左参政序》云："始河南之按察大名者，大名、广平二郡耳。自某之为顺德，犹往谒山西之按察真定者于获鹿。逾年，盖茅公始得并按察顺德，凡三郡云。余后往谒茅公大名，习知大名故重镇，又并顺德。"（《沧溟先生集》卷十六）时李攀龙在顺德任。茅坤于本年内中吏议罢归。王世贞在刑部郎中任。

开州晁瑮子东吴卒。过庭训《明分省人物考》卷十："晁东吴，字叔泰，翰林检讨瑮次子也。幼负奇质，弱冠登进士，选翰林庶吉士，读中秘书，操觚翰雅，追秦汉语，耻与俗轨轩轾，尤善搨古书法，每自心得，临赵松雪书，散置卷中，明者莫能辨也。在馆中相劘切，必曰强学慎行，宰相以下折节与交，比之黄叔度云。咸以为卿辅，不足为而得年仅二十三耳。当甲寅上书移疾归，遂以是冬卒。检讨君大恸哭，曰：'儿至性孝友，不妄言笑，卓然有当世志，尝观时事非是，为之愤恤不食者，竟日寻其端萌，知其末绪，斯非纯硕而可以诣远者耶?’手录其遗文，总四卷墨迹一卷，名之曰‘诚痛录’。”晁东吴（1532—1554），字叔泰，大名府开州（在今河南省濮阳市附近）人。以进士选翰林庶吉士，能文善书，才冠一时，年二十三而卒。

本年

通州杨行中任南京吏部尚书，三十五年致仕。（雷礼《国朝列卿纪》卷二十七）

嘉靖三十四年

（公元1555年　乙卯）

春

后七子成员王世贞、宗臣、吴国伦等为位哭梁有誉于燕邸。梁有誉卒于去年十月。王世贞《哀梁有誉》序云：“嘉靖甲寅孟冬，友人梁有誉以疾卒于南海。明年乙卯春，讣至自南海。故善有誉者武昌吴国伦、广陵宗臣、吴郡王世贞，相与为位哭泣燕邸中。又走书西南报李攀龙、徐中行，哭如三人。又十月，而友人户部郎张佳胤奉輶粤中，国伦等乃寓椒絮而南，为文授张生，使告于梁氏之丧。”

六月

衡水杨宜代周琉总督浙、直、闽军务，专事讨倭。

夏

京师陈儒巡抚漕运，复条陈漕正事宜，无不切当。（孙奇逢《畿辅人物考》卷之二）

八月

王维桢（1507—1556）、袁炜（1508—1565）为顺天乡试主考。两京及各布政司举行乡试。王世贞《弇山堂别集》卷八十三《科试考三》：“三十四年乙卯，命右春坊右谕德王维桢、翰林院侍读袁炜主顺天试。”

邢台赵孔昭严秋试考纪。焦竑《国朝献征录》卷四十一《兵部左侍郎赵公孔昭传》："乙卯秋试前，督抚阴置所私，欲其子中式，微以意示公，公即出示令勿唱名，其计遂沮。及《试录》成某序多溢美，公尽削之，帘内外诸执事相视有变色吐舌者。"

九月

容城杨继盛之狱已定谳，太仓王世贞于京为之画策，奔走解救。杨继盛《杨椒山先生集·椒山先生自著年谱》："乙卯年四十岁。……九月，朝审复议情真，奏请或云：张经任南直隶总督，因倭寇失事，皇上先已告庙，打科官必欲杀之。经用厚赂买免，嵩费银两万两及诸奸党，欲为彼出脱者，判与予同。奏本请，意以予乃皇上所系念之人，或得混免伊死；或曰嵩知经为皇上所必杀，欲因以及予也。奏上，皇上一见经，各旨意遂云：'依律处决。'予知之，付命而已。平昔予同志辈若王继津、徐望湖、王凤洲、杨朋石，杨毅斋、龚全山、孙联泉、应养虚、李鹤峰诸公，为予奔走解救，凤洲为余画策。"

十月

容城杨继盛（1516—1555）卒。严嵩授意刑部尚书何鳌，将杨继盛与张经、浙江巡抚李天宠、苏松副总兵汤克宽等九人处决，弃尸于市。朱彝尊《静志居诗话》卷十三："《附录》皇甫子循云：'杨忠愍辞尚宏丽，语罕怨诽，江河一泄乃征其才，光焰万丈，悉由于气。'"徐阶《明兵部武选司员外郎赠太常少卿谥忠愍杨公墓志铭》："公讳继盛，字仲芳，号椒山，忠愍者谥也。……公举嘉靖丁未进士，授南京吏部验封主事……辛亥（1551）迁兵部车驾员外郎。……贬狄道典史。逾年擢知诸城，寻迁南京户部主事，又迁刑部员外郎，调兵部入武选。""公之将受杖也，或遗之蚺蛇胆，却不受曰：'椒山自有胆。'或谓公勿怕。公笑曰：'岂有怕打杨椒山者。'及系刑部，创甚，吏畏祸莫敢睨公，公乃自破甆盌，刺右股出血数升，已复手小刃割左股去其腐肉，有观者咸为战悚，公顾自如。在狱三年，以乙卯十月晦死西市。临刑赋诗云：'浩气还太虚，丹心照万古。平生未报恩，留作忠魂补。'天下相与涕泣传诵之。""公生以正德丙子五月十七日，年仅四十。""公死之岁，刑部郎今藩参王君世贞为求救于嵩所厚，嵩曰：'行卜之。'其子世蕃不可，而其党鄢懋卿等亦相与争曰：'不杀某，所谓养虎自贻患也。'故公竟死。"《明诗纪事》已签卷九录杨继盛诗一首。兵科给事中吴国伦因杨继盛事倡众赙送，得罪严嵩。四库全书收录《杨忠愍集》三卷，含奏疏一卷，杂文一卷，诗歌一卷，另附录一卷。诗文以气胜，朱彝尊《静志居诗话》卷十三引皇甫子循评价云："杨忠愍辞尚宏丽，语罕怨诽，江河一泄，乃征其才。光焰万丈，悉由于气。"

容城杨继盛与著名文人王世贞相交厚，杨被斩于市，王为之殓，并代草讼状。钱大昕《弇州山人年谱》："三十四年乙卯，三十岁。在刑部任。初公与杨忠愍公继盛同年相厚。迨忠愍以言事下狱，公常省志。至是年，忠愍公论死西市，公棺殓之。忠愍公妻张宜人讼冤疏，公又为代草，由是为首辅严嵩所恶。"陈继儒《陈眉公先生全集》卷三十三《王元美先生墓志铭》："寻椒山受辟之次日，又出宜武斗，酹酒泣奠，津遣嫠弱。严氏微闻之，意不乐。"

易州张时与杨继盛交往久，志趣颇相投。闻杨继盛以谏死，为发丧于易水，且为力存其后。过庭训《明分省人物考》卷五："张时，字宗易，保定易州人也。少与杨太常继盛同学，杨兄事之。嘉靖中先后举进士，杨拜南京吏部主事，稍迁员外郎，而时方待次公车。会北虏入寇，长驱薄都，城下，京师戒严。时倡言于当事者，请与虏决战，尝事不能用，虏退复来，以入贡为名，大将军鸾上言请令塞上得纳胡马，因稍易以缯帛塞南侵之望，诏许之。其年，杨适入考调兵部，客于时所，遂草书劾鸾误国不道，以稿示时。时曰：'此疏正不可少，第必无听；如听之，将令为之，当谁属乎?'杨曰：'请以属余，某有死以报国而已。'时勃然作色曰：'丈夫死必济国家事，岂徒死耶?'因私往见陆太傅炳说曰：'大将军议开马市，杨员外以职事宜言，主上幸而见，原大善有加，圣怒不测，使汉有杀计臣之名，为夷狄笑，窃为大将军不取也，此其责宜在太傅。'太傅深然之，及疏上，下杨继盛诏狱责问，坐谪边尉得不死。后岁余，鸾伏诛，杨复召还兵部。甫至京，十九日，又坐劾奏严氏父子事论弃市。先是，杨既之边，时亦寻以忧免，至闻杨召还谏死，独恨弗能救。又复念业已往，即救俱死无为也。因为之发丧于易水之上而服焉。且为力存其后，或问君与杨子异乎？答曰：'昔者伯夷太公两人者同归周，岂其志不同哉；然而孟津之会，尚父鹰扬，夷齐叩马，彼固各有谓耳！'"

本年

北京讲学之风盛行，尤以灵济宫讲阳明学之讲会为盛，延续五、六年。黄宗羲《明儒学案》卷二十七《文贞徐存斋先生阶》："聂双江初令华亭，先生（徐阶）受业其门，故得名'王氏学'。及在政府，为讲会于灵济宫，使南野（欧阳德）、双江（聂豹）、松溪（程文德）分主之。学徒云集，至千人，其时癸丑甲寅，为自来未有之盛。丙辰以后，诸公或殁或去，讲坛为之一空。戊午，何吉阳自南京来，复推先生为主盟，仍为灵济之会，然不能及前矣。"按，徐阶于嘉靖三十一年三月入阁。张廷玉《明史》卷二百八十二《列传第一百七十》："当是时，（欧阳）德与徐阶、聂豹、程文德并以宿学都显位。于是集四方名士于灵济宫，与论良知之学。赴者五千人。都城讲学之会，于斯为盛。"

真定梁桥撰成《冰川诗式》十卷。梁桥（1565年前后在世），真定（今河北省正定县）人。由选贡生授四川布政司经历。著有《冰川诗式》10卷，由其弟梁相校。书分定体、炼句、贞韵、审声、研几、综绩六门，多为杂录旧说。本书现存美国国会图书馆。《四库全书总目》卷一百九十七。

枣强毛鹏巡按山东。

嘉靖三十五年

（公元1556年　丙辰）

二月

初十日，衡水杨宜被夺职。杨宜虽总督浙、直、闽军务讨倭，而宠臣赵文华督察军务，威在其上，难以为功，故为浙江巡抚胡宗宪所代。

三月

安肃郑洛中进士，授登州府推官。（张廷玉《明史》卷二百二十二《列传第一百十》）

四月

太仓王世贞以刑部郎中为治狱使者，北察燕赵。过土木堡，作《土木赋》。经卢龙、谒伯夷、叔齐祠，作《吊夷齐》辞。驻上谷，有诗。（郑利华《王世贞年谱》）

太仓王世贞夜访沈炼于保安。（徐朔方《晚明曲家年谱·苏州卷》）

春

京师陈儒感病乞休，不允。

浚县卢楠壮游邺都（在今河北省临漳县），撰《遂虚赋》。

七月

太仓王世贞察狱而南，途经河间、高阳，经安州，抵保定。沿途作《雨后河间道中》《自安州改陆泛小艇趋保定即事五首》《阻水高阳，夜大风雨》《行部高阳，遇河决，不浸三板，遂成二首》等诗纪行。（郑利华《王世贞年谱》）

八月

太仓王世贞复谳狱广平、大名府。时得与卢柟、谢榛、王道行、罗良、樊献科游处，有诗，且为卢氏集作序。有诗赠别王、罗二子，卢氏作诗送行，谢榛、顾圣少追会卫河。（郑利华《王世贞年谱》）

太仓王世贞于大名与卢柟饮三日酒，恨相见晚。王世贞《弇州山人四部稿》卷八十三《卢柟传》云："吴人王世贞治狱大名，飞书大伾山中，勒邑吏具笔札，受柟所著集若干卷。柟故亦慕称世贞，尝为文托谢榛先生致之，不达。至是见世贞郡台，把臂为布衣饮三日酒，语慷慨，恨相见晚也。"

秋

太仓王世贞为谢榛（1495—1575）编选《谢茂秦集》并作序。时王世贞以刑部郎中按察大名府，与谢棒等聚会游处，"为一时盛事"。（王世贞《太仆寺卿罗公传》）十月，王世贞由刑部云南司郎中升山东按察司尉使。明春赴任。

太仓王世贞邀谢榛、徐中行、吴国伦、蔡汝楠诸友饮酒赋诗。《艺苑卮言》卷七："余为比部郎，尝与蔡子木臬副、徐子与主事、吴明卿舍人、谢茂秦布衣饮。谢时再游京师，诗渐落。子木数侵之。已被酒，高歌其夔州诸咏，亦平平耳。甫发歌，明卿辄鼾寝。鼾声与歌相低昂。歌竟，鼾亦止，为若初醒者。子木面色如土，虽予辈亦私过之。子与复与子木论文，不合而罢。后五岁，子木以中丞抚河南，子与守汝宁，明卿谪归德司理，张肖甫谪裕州同知，皆属吏也。子木张宴，备宾主，身行酒炙，曰：'吾乌得有其一以慢三君子。'寻具疏荐之。"据《明督抚年表》，嘉靖四十年（1561），蔡汝楠巡抚河南，且当在吴国伦赴外任之前。蔡汝楠字子木，徐中行字子与，吴国伦字明卿，谢榛字茂秦。

武昌吴国伦（1524—1593）以忤严嵩故，由兵科给事中左迁江西按察司知事。冯梦祯《吴明卿先生传》：嘉靖癸丑（1553）拜兵科给事中。"相严虽意忌先生，而阳好之，且冀其为己用。拜兵给谏，德之，而先生所论列自若，一不规相严意。会杨忠愍以曹郎言事，丑诋相严论死，而倡为奔哭赙赠，作诗挽之，且经纪其丧者，皆六子之属。先生所作挽诗六章，犹称悲愤。飞语既闻，相严大恚曰：'吾故疑吴生非长者，果然。'时以星变察吏，谪先生江西按察司知事，久之量移南康推官。"王世贞作《于郡城送明卿之江西》诗云："青枫飒飒雨凄凄，秋色遥看人楚迷。谁向孤舟怜逐客，白云相送大江西。"

十二月

太仓王世贞自檀州赴任山东按察司副使，道别医友王昌年、过静海、沧州、吴桥，有《岁暮自檀州发赴青州有述》《将赴青州，道别医友王昌年》《晓行静海道中》《吴桥道中》《赴青任，晓行沧州道中》等诗纪行。（郑利华《王世贞年谱》）

本年

任丘刘元霖生。刘元霖（1556—1614），字符泽，号用斋，河间府任丘县（今河北任丘市青塔乡陈王庄）人。父刘勃，兄刘春震，皆名宦。万历八年（1580）进士，历任安阳县令、吏部主事、郎中、太常少卿。其后巡抚浙东、西，加右副都御史，升工部右侍郎、工部尚书。万历四十二年三月初九日卒于官，年五十九。赠太子太保。著有《抚浙奏疏》6卷。（《中国名人志》第9卷、乾隆二十七年《任丘县志》卷九）

京师谢丕以病卒。徐九皋《吏部左侍郎兼翰林院学士赠礼部尚书谢公丕行状》："病时命诸子曰：'吾生荷国恩已溢涯分，莫可报，身后慎勿乞恤典。'卒年七十有五，讣闻，上悯悼，勅吏、礼二部举恤典，赠礼部尚书，赐祭二坛。"

邢台赵孔昭以平倭功，升俸一级，赏银二十两、纻丝二表里。寻升南京大理封右寺丞，一时疑狱多所平反。（焦竑《国朝献征录》卷四十一）

威县石永转山西左布政，未抵任，升都察院右签都，巡抚延、绥。

据《嘉靖三十五年进士登科录》，本年顺天府进士登科情况如下：

第二甲7名，赐进士出身。姓名及履历分别为：

孙鑨，贯锦衣卫官籍，浙江绍兴府余姚县人，国子生，治《易经》。字文中，行二十三，年三十二，十月十一日生。曾祖新，封刑部主事赠礼部尚书；祖燧，巡抚江西右副都御史赠礼部尚书，谥忠烈；父升，吏部右侍郎；母韩氏，赠孺人；继母杨氏，封孺人。具庆下。兄镆，光禄寺署丞；钶，监生；镃，贡士；钰，锦衣卫指挥同知；鏊，监生。弟铤，编修；钧；矿，镶。娶钱氏。顺天府乡试第二十名，会试第二百十名。

曹子朝，贯直隶兴州后屯卫军籍，直隶苏州府长洲县人，三河县学生，治《易经》。字以立，行一，年二十九，十一月二十八日生。曾祖鼎，御医；祖逵，太医院吏目；父应龙；母黄氏。重庆下。兄良辅，弟子登、子良、子学、子邦。娶胡氏。顺天府乡试第四十三名，会试第六十三名。

陆梦韩，贯锦衣卫官籍，浙江嘉兴府平湖县人，国子生，治《书经》。字与文，行一，年四十三，十二月初三日生。曾祖钱，知县，累赠都察院右副都御史；

祖淳，散官；父楷，监生；母吴氏。永感下。弟美照，监生；光祖，南京礼部主事；光裕、光祚，俱贡士；光儒、光宅。娶陶氏。顺天府乡试第一百十六名，会试第一百三十六名。

阮自嵩，贯直隶安庆府桐城县，民籍，国子生，治《易经》。字惟中，行一，年三十，十一月初七日生。曾祖暹；祖廷瓒，赠刑部主事；父鹏，监生；母胡氏。具庆下。弟自岱；自仑，监生；自岩。娶周氏。顺天府乡试第十一名，会试第二十名。

曹梅，贯直隶河间府沧州盐山县，民籍，国子生，治《书经》。字子和，行一，年三十九，九月初一日生。曾祖海，祖孜，知县；父显，义官；嫡母姜氏，生母乔氏。慈侍下。娶周氏。顺天府乡试第五十八名，会试第一百十二名。

柴涞，贯光禄寺厨籍，浙江宁波府鄞县人，顺天府学生，治《易经》。字季东，行二，年二十六，四月初十日生。曾祖祚，教谕；祖文达，父金。母王氏。具庆下。兄源。娶胡氏。顺天府乡试第三名，会试第一百五十九名。

叶应春，贯浙江绍兴府会稽县，军籍，国子生，治《易经》。字叔华，行八，年二十五，三月二十日生。曾祖仁晓，寿官；祖圆，散官；父统，县主簿；母俞氏。具庆下。弟应旸，贡士；应时。娶吴氏。顺天府乡试第二十四名，会试第二百七十名。

第三甲 30 名，赐同进士出身。姓名及履历分别为：

沈寅，贯浙江绍兴府山阴县，民籍，国子生，治《诗经》。字敬叔，行十，年三十，十月二十三日生。曾祖仲廉，祖鐳，听选官；父大经。母王氏。重庆下。弟宏；宠，听选官；宾、完、守、寀、察、官。娶徐氏。顺天府乡试第一百十六名，会试第五十八名。

刘行素，贯直隶保定府安州高阳县，民籍，国子生，治《春秋》。字易甫，行一，年三十六，二月二十五日生。曾祖铭；祖景祥，封刑部员外郎；父恩，布政司左参议；母高氏，封宜人。具庆下。弟行可、行简、行忠、行恕、行义。娶王氏。顺天府乡试第八十名，会试第二百十五名。

杨铨，贯直隶松江府华亭县，民籍，岁贡生，治《诗经》。字朝明，行七，年四十，八月初七日生。曾祖霖、祖萱；父溥，七品散官；嫡母张氏，生母姚氏。永感下。兄钦，典膳正，赠推官；钺；缪，听选官；弟铣。娶陶氏。顺天府乡试第一百二名，会试第九十三名。

瓮蕙，贯直隶保定府安肃县，民籍，县学生，治《易经》。字季芳，行一，年三十三，三月十五日生。曾祖良器，训导；祖富，训导；父大伦，岁贡生；母国氏。具庆下。兄兰，弟观。娶李氏，继娶张氏。顺天府乡试第五十一名，会试第二百八十三名。

陈旌，贯直隶河间府景州故城县，民籍，县学附学生，治《书经》。字仪甫，行一，年三十五，十二月二十八日生。曾祖俭，知县；祖汝为；父治己，岁贡生。母靳氏。重庆下。弟旗、旟、旞。娶苏氏。顺天府乡试第一百十八名，会试第二百六十一名。

张学古，贯直隶真定府冀州南宫县，民籍，国子生，治《诗经》。字道夫，行二，年二十八，七月十九日生。曾祖通，祖智，父岑；母马氏。具庆下。兄稽古，引礼舍人。娶白氏。顺天府乡试第六名，会试第一百八十六名。

张天驭，贯直隶真定府深州，民籍，州学生，治《诗经》。字叔驾，行十七，年三十四，六月二十四日生。曾祖让；祖翰，县丞赠刑部员外郎；父文芊，知县；母冯氏，继母刘氏。具庆下。兄天与、天祜、天枢、天眷、天衡、天祚，弟天维、天祉、天益、天亨、天元。娶郑氏，继娶魏氏。顺天府乡试第六十名，会试第二百三名。

王尚直，贯直隶永平府昌黎县，民籍，国子生，治《易经》。字举之，行一，年二十九，二月二十九日生。曾祖英；祖恭，赠监察御史；父乾，母郭氏。永感下。兄尚质，听选官；尚志；尚贤，岁贡生。娶白氏。顺天府乡试第七十八名，会试第二百八十五名。

杨进道，贯直隶广平府曲周县，民籍，县学生，治《诗经》。字自勉，行二，年三十九，十二月初一日生。曾祖清；祖玉，寿官；父礼，典膳；母聂氏。具庆下。兄进科，弟进第。娶任氏。顺天府乡试第三十五名，会试第一百六十二名。

龚芝，贯浙江绍兴府会稽县，民籍，国子生，治《书经》。字应生，行一，年三十六，五月十一日生。曾祖□；祖锷，赠兵马司指挥；父溥，兵马司指挥；母金氏，赠孺人；继母朱氏，封孺人。具庆下。弟芹，巡检；茝、莘、着。娶朱氏。顺天府乡试第三十九名，会试第六十二名。

何廷锦，贯福建邵武府邵武县，匠籍，国子生，治《诗经》。字实夫，行一，年四十四，四月十六日生。曾祖琼，祖宽，父洪，母虞氏，继母吴氏。具庆下。弟廷钰，前监察御史；廷铣，医官；廷铭、廷锐、廷锺。娶高氏。顺天府乡试第一百二十一名，会试第五十六名。

杨衍庆，贯牧马千户所籍，江西袁州宜春人，顺天府学生，治《礼记》。字善甫，行一，年三十四，十月二十六日生。曾祖一清。祖滋，父隆，嫡母李氏，生母李氏。永感下。弟衍福、衍德。娶李氏。顺天府乡试第九十七名，会试第二百三十二名。

乔伊，贯顺天府通州三河县，民籍，县学生，治《易经》。字良相，行四，年三十，六月十七日生。曾祖盛，税课司大使；祖景淳，寿官；父志泰，县丞；母管氏。具庆下。兄伦；佐，监生；佑；弟傅。娶孙氏。顺天府乡试第七十四名，会试第二百六十二名。

刘子延，贯直隶河间府沧州，灶籍，州学生，治《诗经》。字体仁，行一，年二十八，十月十九日生。曾祖庆；祖㻋，典史；父金，听选官；母王氏，继母张氏。具庆下。弟子建。娶傅氏。顺天府乡试第四十八名，会试第一百八十三名。

傅希挚，贯直隶真定府深州衡水县，军籍，国子生，治《春秋》。字承弼，行二，年三十五，五月十三日生。曾祖能，祖山；父广，卫经历；母高氏，继母马氏。慈侍下。兄希说。娶刘氏。顺天府乡试第五十九名，会试第二十五名。

郜大经，贯直隶河间府吴桥县，民籍，山西潞安府陵川县人，县学生，治《诗经》。字汝修，行一，年三十二，八月初四日生。曾祖淮，寿官；祖琛，岁贡；父良臣，岁贡；母杜氏。具庆下。弟大观、大鲲、大纲、大壮、大绶、大年、大有、大乐。娶周氏，继娶冯氏、田氏。顺天府乡试第四十名，会试第二百三十五名。

申佐，贯直隶广平府永年县，民籍，府学生，治《诗经》。字懋良，行一，年三十四，九月二十四日生。曾祖广，县主簿赠兵部员外郎；祖纪，寿官；父成。嫡母魏氏，生母李氏。慈侍下。娶刘氏，继娶苏氏。顺天府乡试第一百四名，会试第八十四名。

杜华，贯顺天府霸州，民籍，国子生，治《书经》。字敛甫，行一，年三十一，正月十四日生。曾祖清，岁贡生；祖铭，父延龄，母司氏。具庆下。弟芍。娶张氏。顺天府乡试第十六名，会试第二百四十三名。

郑洛，贯直隶保定府安肃县，民籍，府学生，治《书经》。字禹秀，行八，年二十七，十一月初六日生。曾祖臻，大使，赠都察院右副都御史；祖隆，散官；父昱，贡士；母刘氏。慈侍下。兄浙、汴、滨、湖，渭，知州；济、泾，弟潜、瀛。娶陈氏。顺天府乡试第八十六名，会试第一百八十四名。

韩宰，贯直隶真定府赵州隆平县，民籍，县学生，治《诗经》。字子衡，行三，年三十，十月二十一日生。曾祖纯，寿官；祖虎，父儒，母王氏。慈侍下。兄守用，听选官；相。弟臣。娶张氏。顺天府乡试第八十二名，会试第五十二名。

李潒，贯直隶河间府景州，民籍，国子生，治《春秋》。字世田，行三，年三十五，十二月初四日生。曾祖士昌，祖景，父钺。前母邢氏，母王氏。慈侍下。兄清、源。娶于氏。顺天府乡试第五名，会试第二百二十七名。

倪光荐，贯顺天府蓟州平谷县，民籍，国子生，治《诗经》。字允贤，行二，年二十六，四月二十三日生。曾祖升，知县；祖恕，义官；父汝廉，教谕。母张氏。具庆下。兄光远，弟光久、光先。娶王氏。顺天府乡试第三十五名，会试第二百名。

李世藩，贯直隶真定府赵州临城县，民籍，国子生，治《诗经》。字邦镇，行二，年三十五，十月二十四日生。曾祖恭，医学训术；祖凰，寿官；父权；母刘氏。慈待下。兄世芳。娶孙氏。顺天府乡试第三十名，会试第一百八名。

牛镜，贯直隶河间府秄献县，民籍，县学增广生，治《诗经》。字公照，行二，年三十，十一月十二日生。曾祖贞；祖凤，训导；父垠，岁贡生；母吕氏。具庆下。兄钥，弟钿、锳、锦。娶赵氏。顺天府乡试第五十二名，会试第八十七名。

左钧，贯直隶保定府唐县，民籍，国子生，治《书经》。字鸣和，行二，年三十七，十二月二十八日生。曾祖祥，祖暹，父汝祯。前母李氏，母陈氏。慈侍下。兄镛，县丞。娶韩氏。应天府乡试第八十二名，会试第二百四十八名。

李齐芳，贯直隶广平府成安县，民籍，国子生，治《诗经》。字洁夫，行一，年三十，五月初三日生。曾祖雄，祖堂；父靖，听选官。母冯氏。具庆下。娶蔡氏。顺天府乡试第七十九名，会试第二百三十七名。

郭志选，贯万全都司万全右卫军籍，山西汾州平遥县人，卫学生，治《诗经》。字舜举，行三，年二十七，十月十八日生。曾祖恩，祖钺，父冕，母冀氏。具庆下。兄志忠，知县；志廉；弟志魁。娶朱氏。顺天府乡试第七十九名，会试第二百六十六名。

陈善道，贯直隶保定府蠡县，军籍，国子生，治《诗经》。字伯敬，行二，年三十二，正月二十七日生。曾祖浩，祖秀，父邦佑。母李氏。慈侍下。兄王道。娶冯氏。顺天府乡试第一百二十一名，会试第六十四名。

范宗吴，贯直隶真定府晋州，民籍，国子生，治《书经》。字希淹，行二，年三十六，六月二十一日生。曾祖兴，祖友才；父荩，县主簿；前母赵氏，母李氏。永感下。兄宗道。娶谷氏。顺天府乡试第二十一名，会试第一百九十四名。

任福民，贯锦衣卫籍，山东青州府乐安县人，国子生，治《诗经》。字锡之，行二，年三十一，十一月二十六日生。曾祖荣，祖全，父宜，母裴氏。具庆下。弟育民、济民、惠民。娶杨氏，顺天府乡试第五十四名，会试第二百六十九名。

嘉靖三十六年

（公元1557年　丁巳）

四月

固安苏志皋《寒村集》得张珩为撰序。据郭秉聪《明通议大夫都察院右副都御史食从二品俸致仕寒村苏公暨配恭人温氏合葬墓志铭》："甲寅（1554）吏部会推，（苏志皋）晋都察院右佥都御史，巡抚辽东地方，兼赞理军务。"又张珩《寒村集序》："《寒村集》，寒村苏公所著，其属辽东口口许卿庭元辈得而刻之。"知《寒村集》刊于1554～1557年间，刊行者为许庭元。《寒村集》凡四卷，前二卷为诗，后二卷为文，另附录一卷。每卷卷首题"固安寒村苏志皋德明存稿"。前有石州南川张珩和有天津汪来序。

九月

临城乔壁星职四川巡抚都御史，奏擒阿克于东川贼。（张廷玉《明史》卷二十一）

十月

沈炼（1507—1557）以忤严嵩被杀于保安，生前于此地得乡民助，子弟多从其学，而恨严嵩之心不改。王世贞《明故锦衣卫经历赠奉议大夫光禄寺少卿青霞沈公墓志铭》："沈公讳炼，字纯甫，别号青霞山人。其死以丁巳之十月十七日，距其生丁卯得年五十有一。""沈公当田保安，仓卒寄妻子广柳车，未有舍，而保安贾某者傍睨公曰：'公非上书请诛严氏人耶?'揖之入，徙家而家沈公，公始有居久。里长老问知沈公状，咸大喜，助薪粲而遣其子弟来从学。公稍与语忠义大节，则又大喜。而塞外人戆，争为公詈相嵩以快公，公亦大喜，日相与詈嵩父子以为常，至为偶人三，象唐相林甫、宋相桧及相嵩而射之，语稍稍闻，嵩父子衔之切骨，思有以报公。"

秋

天津汪来为固安苏志皋诗文集《寒村集》作序。汪来《寒村集》序署"嘉靖丁巳秋"撰。序云："公弱冠能诗文，文皆类秦汉，不作秀才语，诗祖风骚，宗汉魏，尤长于赋，赋《纪行》等篇，可等《长杨》《上林》诸作。诗二卷，文二卷，《巡抚奏议》十八卷，《译语》《画跋》《恒言》各一卷，余皆藏之箧中，独斯集得传刻，因得于少司马家。仆尝知庆阳，昔于公为属吏，故赘数言于后。”序所云“巡抚奏议”以下各书，今已失传。《明诗纪事》戊签卷十八录苏志皋诗四首，陈田按：“寒村诗，风调自佳，北平诗人，品在顿鸥汀之次。”顿锐，号鸥汀，涿州人，著名诗人。郭秉谦有《明通议大夫都察院右副都御史食从二品俸致仕寒村苏公暨配恭人温氏合葬墓志铭》。

十一月

总督漕运都察院右都御史王诰卒，赐祭葬如例。（《明实录世宗实录大卷》四百五十二）

本年

通州马坤任南京户部尚书。（雷礼《国朝列卿纪》卷三十四）

威县石永升南京大理寺卿。

枣强毛鹏阅京营，戎务大振。

嘉靖三十七年

（公元1558年　戊午）

七月

唐宋派文人唐顺之奉敕往核蓟镇兵额，九月还奏，谓蓟镇兵员不足，羸老不任战，总督王忬、总兵欧阳安、巡抚都御史马佩等贬秩，据马美信《唐宋派文学活动年表》。李慈铭《越缦堂读书记》：“阅《荆川文集》。荆川为人，王弇州极诋之，至谓其父民应之死，由荆川谮于分宜所致。野史中遂有谓王氏兄弟子荆川为不共之仇，其卒于泰州舟中，乃王氏兄弟所鸩，此固无稽。而荆川晚出从戎，骤膺节钺，则人多议之。然荆川立身自有本末，其官翰林而忤时两黜，直声炳然，盖亦负气之士，思欲自见于天下。既久不用，则遁而讲学以自高，一旦得效尺寸之地，遂攘袂而起，力疾驰驱，经营海上，指臂不应，尽瘁以殁，此其遇亦可悲而心亦良苦矣。是时当国者严分宜，视师者赵文华，凶德参会。荆川方思自效，不得不委蛇其间，形迹疑似，易生嫌谤。观其集中有《与赵甬江司空书》，力辞其修葺先墓，则亦皭然不滓。《与杨椒山书》推以豪杰，而劝其含蓄沉几，少养其锐，其相爱亦甚挚。《答曾石塘总制书》亦极致推许，而微劝止其河套之役。与胡宗宪素相善，又共事行间，而集中有与胡默林总督十三书，皆惓惓兵事，未尝及私。其与白伯仑仪部书，有云三十余年中第一老翁，偶得一淮扬都堂，世间便有许多摇撼，其牢骚不平之气，溢于言外。而今之论者，尚讥其媚权躁进，或谓其轻出无功，徒累晚节，皆责备过甚者也。惟荆川本文士近名之流，而自谓悟道，妄思以讲学名，遂过为高论，唾弃一切，此固文人之通病，而荆川尤为其拙者欤?七月二十二日。”

八月

初二，盐山杨文卿因思乡卒于南京官邸，终年52岁。稷山梁承斋曾从之受业，助杨的灵柩安葬故里。

董份、高拱任顺天乡试主考。两京及各布政司乡试。王世贞《弇山堂别集》卷八十三《科试考三》:“戊午，太常少卿兼翰林院学士董份、侍读高拱主顺天试。”

任县达其道举顺天乡试第一。张弘道、张凝道《皇明三元考》卷十一:“顺天达其道，任县人，号潜斋，治诗，年三十己未进士，授工部主事，累迁河南提学副使。”

本年

真定贾应春任户部尚书[①]。(雷礼《国朝列卿纪》卷三十二)

涞水卢宗哲升光禄寺卿。(孙承泽《畿辅人物志》卷六)

邢台赵孔昭升南京都察院右佥都御史，提督操江兼管巡江。命甫下，以丁忧归。(焦竑《国朝献征录》卷四十一)

柏乡魏谦吉以兵部右侍郎任陕西三边总督，总督陕西三边军务。

威县石永改南京兵部右侍郎。

枣强毛鹏掌河南道。

---

① 雷礼《国朝列卿纪》卷三十四记“嘉靖三十六年任南京户部尚书”。

嘉靖三十八年

（公元1559年　己未）

三月

三河蔡茂春中会元。张弘道、张凝道《皇明三元考》卷十一："会元蔡茂春，顺天府三河人，号苍宇，治诗。年三十五乡试第二十八名，廷试二甲第一名。授兵部主事，历升归德府知府，降州同。累迁南礼部郎中。"

昆山归有光至京会试下第南还。人言藉藉，有光乃作《解惑》一文，将七试不第归之于天命。《解惑》："嘉靖己未，会闱事毕，予至是凡七试，复不第。或言：翰林诸学士素怜之，方入试，欲得之甚，索卷不得，皆缺然失望。盖卷格于帘外，不入也。或又言：君名在天下，虽岭海穷徼，语及君，莫不敛衽。独其乡人必加诋毁：自未入试，已有毁之者矣；既不第，帘外之人又摘其文毁之。闻者皆为之不平。予曰：不然。……昔年张文隐公为学士主考。是时内江赵孟静考《易》房，赵又为公门生，相戒欲得予甚，而不得。后文隐公自内阁复出主考，属吏部主事长洲章楙实云：'君为其乡人，必能识其文。'而章亦自诡必得，然又不得。当是时，帘外谁挤之耶？子路被愬于公伯寮。孔子曰：'道之将行也与，命也；道之将废也与，命也。'孟子沮于藏仓，而曰：'吾之不遇鲁侯，天也。'故曰有天命焉。……今或者之言，皆杯中之蛇类也，作《解惑》。"（归有光《震川先生集》卷之四）

五月

太仓王世贞父、总督蓟辽右都御史王忬被逮。王世贞《弇山堂别集》卷六十三《总督蓟辽保定都御史年表》："王忬，直隶太仓人。由进士，三十四年以兵部左侍郎兼佥都御史（任），三十五年以军功加右都御史，仍前任，三十八年罢。"《明史》王忬本传云："二月，把都儿辛爱数部屯会州，挟朵颜为乡导。将西入，声言东。忬遽引兵东，寇乃以其间由潘家口入，渡滦河而西。大掠遵化、迁安、蓟州、玉田，驻内地五日。京师大震。御史王渐、方辂，遂劾忬、（总兵欧阳）安及巡抚王轮罪。帝大怒，斥安贬轮于外，切责忬，令停俸自效。至五月，辂复劾忬失策者三，可罪者四。遂命逮忬及中军游击张伦下诏狱。刑部论忬戍边，帝手批曰：诸将皆斩，主军令者顾得附轻典耶？改论斩。明年冬，竟死西市。忬才本通敏，其骤拜都御史及屡更督抚也，皆帝特简。所建请无不从。为总督数以败闻，由是渐失宠。既有言不练主兵者，益大恚，谓忬怠事，负我。（严）嵩雅不悦忬，而忬子世贞复用口语积失欢于嵩子世蕃。严氏客又数以世贞家琐事构于嵩父子。杨继盛之死，世贞又经纪其丧。嵩父子大恨。滦河变闻，遂得行其计。”又《明史纪事本末》卷五十四云：“严嵩以忬憝杨继盛死，衔之。忬子世贞又从继盛游，为之经纪其丧，吊以诗。嵩因深憾忬。严世蕃尝求古画于忬，忬有临幅类真者，以献。世蕃知之，益怒。会滦河之警，鄢懋卿乃以嵩意为草，授御史方辂，令劾忬。嵩即拟旨逮系。爰书具，刑部尚书郑晓拟谪戍。奏上，竟以边吏陷城律弃市。”

六月

十七日，京师郑绅（1479—1559）卒，赠太子少保。一生孝亲善友，德操有声。孙升《掌通政司事工部尚书赠太子少保郑公绅神道碑》：“工部尚书致仕郑公卒，子锦衣卫指挥佥事珑以闻，诏赠太子少保，赐祭葬。公讳绅，字公佩，别号敬庵。”“公事父母孝，事仲父如所生。仲父持家政有干济劳，公念之为文，勒石墓所示不忘，与诸从兄弟约曰：‘毋尔我视也，毋有余不足论也。吾党今则七人矣！其先一身耳。愿世世同堂合食，毋改于今日。’约定俸入，不问所费，久之食指以千计，势不得终合。公乃悉捐先世遗业，让诸兄弟曰：‘吾固食公家人也，乌用此。’诸兄弟感泣。弟纹幼，公教之学，后以乡进士，仕至济南府同知。故所师事李公寝疾，独招公受，遗嘱如子。公为治后事如所生，同学友病疫且死，不能语，执公手授之千金，竟不语。乃后公为卜居定业，安处其妻子，子长以所余金还焉。居官门无私谒，而公亦未尝干人以私。涞水迩都城邑，侯有为夫役之馈者，公曰：‘吾家世邑人也，乃今讵可私役邑人?’谢之。居身不喜为无益之劳，所在正襟屏息坐，竟日因以敬名庵。卒之前数日，手为书遗亲戚朋旧，备道情故曰：‘吾其长别矣！’呜呼，达哉！公宦箧凉薄无厚遗，乃后卜筑两地，乐隐十余年，供具不乏，则今指挥君竭情善承之也！余闻之都城人，又闻之先伯兄，伯兄与今指挥君同官锦衣，同试武科，称莫逆交，乃语曰：‘水积泽深，善积福臻，若公者行善终身，承先启后，以称于世，曰德门宜矣。’公卒为嘉靖己未六月十七日，距生成化己亥十一月十日，享年八十有一。”（焦竑《国朝献征录》卷六十七）

太仓王忬入狱，子世贞入都。钱大昕《弇州山人年谱》：“三十八年己未，三十四岁。六月，尚书公以御史论劾逮下狱，公在任，闻之即自劾罢，入都。橐膳之暇，杜门幽处，惟吏部张助甫旬一再至。”

七月

顺天王嘉谟生。王嘉谟（1559—?）字伯俞，顺天府（今北京市）人。万历十四年进士，授行人，奉使列藩。以才望授礼科给事中，一时称为“朝阳鸣凤”。后任河南参议、川南按察使。以父老告归，卒于家。生平好读书，手不释卷，著有《蓟丘集》四十七卷行世。（孙承泽《畿辅人物志》卷十）

八月

开州晁瑮由翰林检讨升为修撰。（谈迁《国榷》卷六十二）

九月

太仓王世贞以父王忬下狱，休官入京。王世贞《亡弟中顺大夫太常寺少卿敬美行状》：“俄而御史之白简上矣。盖是时御史受相严客鄢中丞指，中丞受相严指，以是上而得天子怒，逮下狱，以失守论。当是时，变出叵测，太恭人跳（逃）而之燕中邸，与弟抱首哭。亡何，不谷解青齐绶，亦至，欲与弟上书请代。而大司马公闻而曰：上怒方炽，是沃之膏也。毋速我死，而客亦摭相严意，更以危言胁之，不果上，第相与楚服奔走搏颡诸政地，涂炭委顿以间橐饘，或人而视疾，强颜以进，含辛而出，盖无日不若形影偕矣。会事小挺，几且得长系，弟始从不谷操管为诗，悲歌憔悴，大司马公见之，为泣数行下。已而破颜曰：‘而乃得从而兄雁行，吾愿奢矣，何必膏腴其门也。’盖明年之庚申，而公竟不免。”

十二月

浚县卢楠（？—1559）卒。王世贞《弇州四部稿》卷八十三《卢柟传》：“柟死时，世贞方坐家难，浮系长安邸中，不得其状也。其文辞散失毋收者，故为之传其行略，欲令后世知有卢柟耳。”王世贞之父王忬于今年五月月被逮，明年十月以边将陷城律弃市。《明史·文苑传》：“柟骚赋最为王世贞所称，诗亦豪放如其为人。”

开州晁瑮为司经局洗马，署国子司业。（谈迁《国榷》卷六十二）

本年

定兴薛论道被襄毅公许论辟为开府密云的参谋。

涞水卢宗哲得痹疾，辞官告归。（孙承泽《畿辅人物志》卷六）

任县达其道进士，授工部主事，管榷济宁诸闸。

威县石永升兵部左侍郎兼右签都，总督湖广、川贵等处军务。

霸州张伟被选入司礼监掌印张宏名下，深得期许。

真定贾应春致仕。（雷礼《国朝列卿纪》卷三十二）

枣强毛鹏监会试。

大名成基命生。成基命（1559—1635），大名（今属河北）人。字靖之，避明宣宗讳以字行。万历三十五年（1607）进士，经庶吉士，授编修，历洗马、少詹事，迁礼部侍郎，兼太子宾客，改掌南翰林院事，以忤魏忠贤落职闲住。崇祯初，起吏部侍郎，拜礼部尚书，兼东阁大学士，参预机务。加太子太保，进文渊阁大学士，赠少保，谥文穆。著有诗文集《云石堂集》二十四卷。（张廷玉《明史》卷二百五十一《列传一百三十九》）

咸宁许宗鲁（1490—1559）卒。生前曾在霸州、保定、昌平等地任职，诗书皆善。乔世宁《都察院右副都御史许公宗鲁墓志铭》："嘉靖己未，少华许公卒。""壬辰（1532）升大理少卿，未几升佥都御史巡抚保定，自保定归十七年，而当庚戌（1550）之冬复佥都御史驻昌平，已又升副都御史巡抚辽东，壬子（1552）乃致仕归。""所著《少华集》《续集》与《陵下》《辽海》《归田》诸集数十卷。其诗足继唐音，文复精典有汉魏风。而作字又精诣古法，诸行草大小楷书杂置法帖中，人莫能辩。公即老犹能作小楷字。当其得意时，一挥辄数十纸不倦，得公诗翰者咸珍玩藏之，谓当代二绝云。"

据《嘉靖三十八年进士登科录》，本年顺天府进士登科情况如下：

第二甲13名，赐进士出身。姓名及履历分别为：

陆光祚，贯锦衣卫官籍，浙江嘉兴府平湖县人，国子生，治《书经》。字与培，行三，年三十一，五月初七日生。曾祖錕，知县，累赠都察院右副都御史；祖淞，南京光禄寺卿，赠都察院右副都御史；父概，母张氏。永感下。兄梦韩，工部主事；美；光祖，南京礼部郎中；光裕，贡士，弟光儒、光伦；经，锦衣卫指挥使；光弼，官生；光宅；绪，锦衣卫指挥使；光畿，官生；绎，锦衣卫千户。娶朱氏。顺天府乡试第三名，会试第一百四十三名。

何子寿，贯锦衣卫衣中所，官籍，国子生，治《春秋》。字康伯，行一，年三十二，十月初十日生。曾祖玉，祖完；父濂，副千户；前母郭氏，母查氏，继母任氏。具庆下。弟子颖，百户。娶杜氏。顺天府乡试第十名，会试第一百七十四名。

蔡茂春，贯顺天府三河县民籍，福建福州府闽县人，国子生，治《诗经》。子元卿，行一，年三十四，十二月二十四日生。曾祖振，祖进；父义，所吏目；母林氏。具庆下。弟华春、芳春、蕃春，取章氏。顺天府乡试第二十名，会试第一名。

吴绍，贯浙江嘉兴府嘉兴县，民籍，秀水县人，国子生，治《书经》。子汝复，行三，年二十四，十一月二十九日生。曾祖昭，赠资政大夫吏部尚书；祖方，赠资政大夫吏部尚书；父鹏，吏部尚书；母戴氏，封夫人。具庆下。兄继，后军都督府都事；续；缉，中书舍人；弟绅，监生；经、纶、缵、绪、绶。娶郁氏，继娶顾氏。顺天府乡试第三名，会试第二百二十五名。

达其道，贯直隶顺德府任县，匠籍，县学生，治《诗经》。字行甫，行一，年二十，九月初九日生。曾祖山，祖志义，父臣，母陈氏。具庆下。弟渊，贡士。娶骆氏。顺天府乡试第一名，会试第一百三十八名。

陈觐，贯浙江绍兴府余姚县，民籍，国子生，治《礼记》。字忠甫，行三十八，年三十九，九月初六日生。曾祖雷，封府同知，加赠布政司左参政；祖廷敬，州判官，累赠布政司左参政；父焕，光禄寺卿；母胡氏，累封淑人。慈侍下。兄陛；墀，按察司副使；升，左春坊左谕德兼翰林院侍读。弟垦。娶谢氏，继娶毛氏。顺天府乡试第十四名，会试第二百五十七名。

吕鸣珂，贯锦衣卫官籍，浙江处州府丽水县人，顺天府学生，治《书经》。字声甫，行二，年三十，二月初一日生。曾祖璧，赠怀远将军；祖文英，封怀远将军，锦衣卫指挥同知；父升，州同知；前母陈氏，赠孺人；母王氏，封孺人。具庆下。兄鸣岐、鸣玚；弟鸣佩，文思院副使。娶王氏。顺天府乡试第四十四名，会试第一百九十四名。

蔡国熙，贯直隶广平府永年县，匠籍，府学生，治《书经》。字梦羲，行一，年二十八，三月十九日生。曾祖智，祖芳，父廷光，母李氏。重庆下。弟国相、国宾。娶郭氏。顺天府乡试第三十四名，会试第三十六名。

刘大受，贯顺天府霸州大城县，民籍，县学生，治《书经》。字子可，行一，年三十三，十二月初七日生。曾祖振，祖德；父钺，巡检；嫡母李氏，生母徐氏。慈侍下。娶陈氏，继娶周氏。顺天府乡试第三十一名，会试第一百八十九名。

吴兑，贯浙江绍兴府山阴县，匠籍，国子生，治《诗经》。字君泽，行七，年三十五，四月二十一日生。曾祖源，封南京刑部主事；祖便，按察司副使；父意，母周氏。慈侍下。兄恒、恂；悦，监生；弟忱、兖、沈、忳、志、念。娶骆氏。顺天府乡试第四十五名，会试第三十五名。

李檖，贯顺天府蓟州，民籍，州学生，治《书经》。字伯实，行三，年三十二，正月十三日生。曾祖文友，祖敖；父杲，赠监察御史；嫡母郭氏，赠孺人；生母庾氏。慈侍下。兄秋，监察御史；秩；弟稶、稳。娶张氏。顺天府乡试第九十三名，会试第九十六名。

王阒，贯直隶保定府清苑县，民籍，县学生，治《诗经》。字维振，行四，年三十六，三月初三日生。祖浩，寿官；祖恩，知县赠左副都御史；父德纯，县丞；母孙氏。永感下。兄闔，府同知；问；阀，贡士；弟启；开，贡士；阙、闵。娶裴氏。顺天府乡试第一百名，会试第二百八十五名。

戈九畴，贯锦衣卫匠籍，直隶苏州府吴县人，国子生，治《礼记》。字惟范，行一，年三十四，六月十二日生。曾祖升，寿官；祖麟，训导；父贵，七品散官；前母汤氏，母王氏。慈侍下。兄九功、九韶、九成、九德；九章，苑马寺少卿；九仪。弟九经。娶任氏。顺天府乡试第九十三名，会试第二百七十三名。

第三甲31名，赐同进士出身。姓名及履历分别为：

潘一桂，贯顺天府忠义中卫，军籍，直隶河间府故城县人，国子生，治《易经》。字子高，行一，年三十三，十一月二十八日生。曾祖钊，祖杰，父梅。嫡母席氏，生母李氏。慈侍下。弟一龙、一麟。娶贾氏。顺天府乡试第三十三名，会试第二百七十名。

蔡可教，贯直隶广平府成安县，民籍，县学生，治《易经》。字子受，行一，年二十七，十月十九日生。曾祖和，祖果；父绍先，岁贡生；母刘氏。重庆下。兄可畏，弟可成；可贤，贡士；可嘉、可敬、可久。娶张氏。顺天府乡试第二十六名，会试第一百九十名。

董文寀，贯金吾前卫，军籍，山西平阳府临汾县人，顺天府学附学生，治《易经》。字汝和，行三，年二十九，十月初七日生。曾祖旺，祖俊，父茂，母李氏。严侍下。兄文宾、文容，弟文实、文宇、文宪、文宗、文宧。娶王氏，继娶杨氏。顺天府乡试第五十七名，会试第二百八十七名。

李思柱，贯直隶真定府冀州武邑县，民籍，国子生，治《春秋》。字子胜，行二，年三十八，二月二十日生。曾祖强，祖瓒，父义，母宋氏。具庆下。兄思栋，弟思桢。娶张氏。顺天府乡试第二十七名，会试第六十九名。

杨廷选，贯锦衣卫镇抚司，匠籍，浙江宁波府鄞县人，国子生，治《易经》。字子庸，行二，年二十七，八月初四日生。曾祖杰，祖吉；父缙，国子监助教；母沈氏。严侍下。兄廷相；廷秀，钦天监絜壶正；廷佐，光禄寺录事；廷儒、廷爵，弟廷献、廷猷。娶米氏。顺天府乡试第二十九名，会试第六十七名。

沈如麒，贯顺天府霸州，民籍，浙江嘉兴府嘉兴县人，国子生，治《诗经》。字朝珍，行二，年三十七。正月十五日生。曾祖盛；祖祥，巡检；父贤，母谢氏。永感下。兄如凤，弟如麟。娶刘氏。顺天府乡试第五十五名，会试第三十八名。

李江，贯锦衣卫，校籍，山东济南武定州人，国子生，治《礼记》。字汝贡，行三，年三十，十月二十五日生。曾祖刚，祖麟；父锦，文思院副使；前母吕氏，母张氏。慈侍下。兄淮；沛，文思院副使；弟淳，文思院副使；濂。娶徐氏，继娶高氏、詹氏。顺天府乡试第五名，会试第二百四十五名。

蒋彬，贯直隶苏州府吴县，民籍，国子生，治《礼记》。字原中，行二，年三十五，八月初一日生。曾祖礼，祖镐，父访，母邓氏。具庆下。兄懋，监生；弟樊、梵；森，监生。娶陈氏。顺天府乡试第十四名，会试第八十四名。

金定，贯顺天府蓟州平谷县，军籍，直隶松江府上海县人，国子生，治《易经》。字汝济，行一，年三十，九月初三日生。曾祖恺，封奉议大夫刑部郎中。祖绅，教谕；父瀛，引礼舍人；母郝氏。永感下。兄宋、宪；宦，义官；宙，贡士；守、官，弟宽、寓、宾、宴、字。娶刘氏。顺天府乡试第八十九名，会试第二百三十八名。

石星，贯直隶大名府东明县，民籍，县学生，治《书经》。字拱辰，行二，年二十三，十二月十五日生。曾祖文增，祖能。父魁，母燕氏。具庆下。兄昱。娶郑氏。顺天府乡试第一百二十名，会试第二百七十五名。

陈于陛，贯直隶广平府曲周县，民籍，县学生，治《诗经》。字子纳，行一，年二十四，闰十二月二十五日生。曾祖全，祖思孝，父善礼。母张氏。具庆下。弟于阶。娶谷氏。顺天府乡试第三十五名，会试第二百六十九名。

李尧德，贯贯直隶广平府永年县，民籍，府学生，治《诗经》。字性夫，行一，年三十三，七月二十二日生。曾祖杲；祖铨，州吏目；父一卿，驿丞；母白氏，继母董氏。具庆下。娶王氏，继娶胡氏。顺天府府乡试第三十三名，会试第一百三百三十一名。

严大纪，贯太医院医籍，浙江杭州府余杭县县人，顺天府学附学生，治《易经》。字汝肃，行一，年二十四，五月二十六日生。曾祖伦；祖耔，仓副使；父元，御医；前母林氏，母郑氏。严侍下。兄大经、大邦。聘高氏。顺天府乡试第六十七名，会试第二百十三名。

潘儧，贯江西南昌府武宁县，民籍，岁贡生。治《诗经》。字文起，行十，年四十，九月初五日生。曾祖长贵；祖忠銮，寿官；父玑，寿官；母黄氏。永感下。弟佶、份。娶王氏，继娶陈氏。顺天府乡试第二名，会试第十三名。

纪诚，贯顺天府霸州文安县，民籍，县学生，治《易经》。字勉夫，行二，年四十一，八月初十日生。曾祖亨，卫经历，赠右长史；祖纮，右长史；父常，左布政使；母马氏，封宜人；严侍下。兄言，监生，弟谨。娶李氏。顺天府乡试第三十八名，会试第一百四十一名。

刘芬，贯直隶真定府真定县，民籍，县学生，治《诗经》。字世馨，行一，年三十五，十二月二十七日生。曾祖春，祖彪。父子鹏，母张氏。具庆下。娶曹氏。顺天府乡试第一百十九名，会试第二百名。

杨起元，贯直隶真定府栾城县，民籍，府学生，治《易经》。字体仁，行二，年三十，十一月二十九日生。曾祖馨，教谕；祖鸾，父时雍；母程氏。永感下。兄允。娶胡氏。顺天府乡试第七十四名，会试第一百七十三名。

王世懋，贯直隶苏州府大仓州，军籍，昆山县人，国子生，治《易经》。字敬美，行二，年二十四，五月二十六日生。曾祖辂，赠通议大夫南京兵部右侍郎；祖倬，通议大夫南京兵部右侍郎；父忬，总督军务都察院右都御史兼兵部左侍郎；母郁氏，封安人。具庆下。兄世芳，提学副使；世德，詹事府主簿；世业，四夷馆译字官；世贞，按察司副使；世闻、世望。娶章氏。顺天府乡试第四十三名，会试第七十四名。

郭天禄，贯直隶保定后卫军籍，定兴县人，大宁都司学生，治《春秋》。字子学，行二，年三十四，正月十四日生。曾祖甫原，祖本；父进，义官；前母田氏、韦氏，母胡氏。具庆下。兄安邑，弟禋、祚、悌。娶王氏。顺天府乡试第二十二名，会试第二百十五名。

赵莘，贯直隶大名府开州长垣县，民籍，国子生，治《易经》。字师尹，行四，年三十八，六月初四日生。曾祖让；祖铭，封吏部主事；父祜，苑马寺卿赠中大夫；母王氏，封安人。慈侍下。兄庄、苏、万。娶崔氏。顺天府乡试第三名，会试第二百八十九名。

庞澜，贯直隶河间府任丘县，军籍，国子生，治《诗经》。字观吾，行一，年三十六，四月初一日生。曾祖质；祖璟，寿官。父钦；母许氏。严待下。娶潘氏。顺天府乡试第一百二名，会试第二百七十七名。

李琦，贯光禄寺厨籍，直隶常州府江阴县人，顺天府学附学生，治《书经》。字伯玉，行一，年二十五，十月二十三日生。曾祖昂；祖安，寿官；父禄，典膳；母王氏。具庆下。弟珍、斑。娶朱氏。顺天府乡试第八十名，会试第二百八十六名。

平康裕，贯直隶保定府新城县，民籍，国子生，治《诗经》。字德远，行二，年二十九，八月二十五日生。曾祖鉴；祖洪，省祭官。父旦，岁贡生；母范氏。具庆下。兄康祚，弟康祈、康衢、康佑、康祐。娶张氏。顺天府乡试第五十八名，会试第六十六名。

孙汝翼，贯顺天府密云县，民籍，国子生，治《书经》。字舜臣，行一，年二十九，七月初九日生。曾祖海，祖宽；父填，知县；母祝氏。具庆下。弟汝为、汝砺、汝明、汝听。娶杨氏，继娶杜氏，郑氏。顺天府乡试第八十七名，会试第一百四十九名。

冯珊，贯直隶真定府藁城县，民籍，国子生，治《诗经》。字仲鸣，行一，年三十二，十月二十八日生。曾祖选，祖世隆，父守之，前母王氏，母张氏。慈侍下。弟瑚。娶张氏。顺天府乡试第四十五名，会试第二百四十九名。

鲍宗沂，贯直隶扬州府江都县，民籍，顺天府大兴县人，国子生，治《易经》。字志同，行六，年三十三，二月初十日生。曾祖景暹，祖荣，父庆，母刘氏。永感下。弟宗泗。娶朱氏。应天府乡试第七十名，会试第四十一名。

夏永，贯辽东广宁前屯卫，官籍，卫学生，治《诗经》。字吉甫，行一，年三十六，十月十四日生。曾祖进，祖贤；父景明，贡生；母康氏。永感下。弟昶。娶张氏。顺天府乡试第八十十六名，会试第二百八名。

周美，贯浙江杭州府富阳县，民籍，国子生，治《诗经》。字子充，行二十七，年三十二，三月初五日生。曾祖岐，祖绎，父柯，母赵氏，继母华氏。具庆下。兄鳌；弟燮，监生；烄；勋、耀、羔、爖。娶陈氏。顺天府乡试第八十八名，会试第九十五名。

高甲，贯大宁都司中卫后所，军籍，国子生，治《易经》。字一卿，行一，年三十七，十一月初一日生。曾祖友谅，祖钦；父岑，教谕；母申氏，继母申氏。具庆下。弟科、第、登、举。娶齐氏。顺天府乡试第一百八名，会试第一百四十八名。

郭大纶，贯锦衣卫，校籍，山东青州府博兴县人，国子生，治《诗经》。字子理，行二，年三十三，八月二十日生。曾祖敬，祖通，父泰，前母王氏，母穆氏。慈侍下。兄大经，弟大本。娶王氏。顺天府乡试第七名，会试第二百三名。

马文学，贯直隶保定府雄县，民籍，县学生，治《书经》。字行先，行一，年四十，四月初六日生。曾祖珍，监生；祖隆，父智，母高氏，继母高氏。慈侍下。弟文奇。娶韩氏。顺天府乡试第一百五名，会试第二百三十一名。

嘉靖三十九年

（公元1560年　庚申）

六月

初三日，柏乡魏谦吉卒，年五十二。本年升兵部左侍郎，卒赠右都御史。

七月

威县石永（1501—1560）卒于官，赠右都御史。焦竑《国朝献征录》卷三十《户部左侍郎石永传》："户部左侍郎石永，广平府威县人。嘉靖壬辰进士，由中书舍人选授监察御史，出为南阳府知府，未几坐御史事，左迁滨州判官。稍迁南京太仆寺丞、平阳府知府。历升佥都御史，巡抚延绥，转南京大理寺卿，满三载迁南京兵部右侍郎，寻进兵部左侍郎兼佥都御史，总督湖广川贵军务。明年召改前职。嘉靖三十九年七月卒于官，赠右都御史，赐祭葬如例。永鲠介廉静，历官以风裁著称，所至肃然。时方尚通士多失其所守，永独持清节，端执自信，皭然不受变流俗。殁之日行李萧然，家无余储，可以为贞士矣。"

十月

太仓王忬之子世贞、世懋泣求于严嵩之门，终不得而斩忬于西市。王世贞《先考思质府君行状》（《国榷》卷六十三）："初府君就逮时，二子独世懋在，而世贞为山东按察副使，自劾解印绶去。与世懋谋为伏阙请代者。府君力止之，曰：'我于国家无少负。上幸念我，或庶几忘之，奈何复激之耶？且严氏为阱深，蹈其一矣，若兄弟奈何行复蹈也。'世贞等不得已，则时时从相嵩门蒲伏泣请解。相嵩亦时时为谩辞相宽，戒以毋激上意。亦无他，第不欲遽释，弛边臣心耳。而辽左核功状至，相嵩阴摄削府君名。兵部郎徐君善庆复以练兵出。相嵩嗾之，令追论府君。徐坚不从。久之，移病归。相嵩既已陷府君，谋为下石益切。然愈益诡秘，世贞兄弟不知也。"钱大昕《弇州山人年谱》："三十九年庚申，三十五岁。在都下。有《幽忧集》二卷。时狱事少缓，尚书公促公归视先垅，甫返里，又有恶耗，复北行入都省视。十月朔，尚书公论大辟，公号恸欲绝，与敬美扶榇南下。"

本年

开州晁瑮（1512—1560）卒。《四库全书总目》卷八十七史部目录类存目著录《宝文堂分类书目》三卷，提要曰："明晁瑮撰。瑮字君石，号春陵，开州人。宋太子太傅迥之后。嘉靖辛丑（1541）进士。官至国子监司业。其子东吴，字叔权，嘉靖癸丑进士选翰林院庶吉士。父子皆喜储藏，尝刊行诸书，有饮月圃、百忍堂诸版。此本以御制为首。上卷分总经、五经、四书、性理、史、子、文集、诗词等十三目。中卷分类书、子杂、乐府、四六、经济、举业等六目。下卷分韵书、政书、兵书、刑书、阴阳、医书、农圃、艺谱、算法、图志、年谱、姓氏、佛藏、道藏、法帖等十五目。其著录极富。虽不能尽属古本，而每书下间为注明某刻，亦足以考见明人版本源流。特其编次无法，类目丛杂，复见错出者不一而足，殊妨检阅。盖爱博而未能精者也。”

清苑高耀任户部尚书，改太子太保。（雷礼《国朝列卿纪》卷三十二）

嘉靖四十年

（公元1561年　辛酉）

二月

京师陈儒（1488—1561）本年卒。孙奇逢《畿辅人物考》卷之二：“倭贼既退，儒病益甚。累疏，得致仕。乃避居西山，闭门谢客，绝口不道时事。视财若仇，积数十金，便不能寝，必散尽乃已。以故，罢官后家益贫。徙居宜兴，惟日与一二耆老结社，以诗酒唱酬。辛酉二月，病卒。”

八月

裴宇、胡正蒙任顺天乡试主考。两京及各布政司举行乡试。王世贞《弇山堂别集》卷八十三《科试考三》：“四十年辛酉，命司经局洗马裴宇、翰林院侍读胡正蒙主顺天试。”

任丘金一凤，治诗，中顺天乡试解元。（张弘道、张凝道《皇明三元考》卷十一）

容城孙臣本年中举人。孙臣，字敬所，生卒年不详。保定府容城县北城村人，明末清初著名文人孙奇逢的祖父。仕至河东盐运司运判。居官清慎，居乡克忍。（赵御众、汤斌编《征君孙先生年谱》）

本年

文安王仪（1484—1561）卒。孙承泽《畿辅人物志》卷六：“（仇）鸾忿，密中仪。会御史助之，论仪不宜责入卫军。时上方倚注鸾，遂逮仪，夺其官。未几，鸾以逆败，天下多以此益重公。退居，九年卒。”[1] 过庭训《明分省人物考》卷二：“仪有吏治才，举措事事有法，后人所罕及，生平清约自持。既贵，食不重肉，衣

① 据此记载知，王仪曾得罪仇鸾，被逮下狱、失官；鸾被惩后，王仪出狱退居，九年后卒。仇鸾1552年卒，故王仪当卒于本年。

不裁绮，兢兢如少时。所历履，诸郡县民皆思之，饮食必尸祝。每守令至辄相告语曰：‘得母如王公否?’其荐引士类多为名臣，所劾治，俱应法，莫有怨者。退居九年卒，春秋七十有八。”

嘉靖四十一年

（公元1562年　壬戌）

正月

天下诸司官员朝觐，吏部会同都察院举行考察，令致仕、闲住、为民、酌调者近五千人。李开先曾以此制作灯谜。黄元吉《诗禅跋》：“嘉靖四十一年春王正月，例该天下诸司官员朝觐。吏部会同都察院堂上官举行考察，堪任者存留管事，不堪者分列等第，开具职名，奏请发落；年老有疾者致仕；罢软无为及索行不谨者，冠带闲住；贪酷并在逃者为民，才力不及者酌量调用。太宰郭东野，左右少宰严养斋、张临溪，院长潘笠江，院副李罗村，司功正郎吴少泉，副郎罗月岩，刘养且、部北溪二主政，河南道则李沽渠，及蒋浙江等布、按二司，及苑马、行太仆二寺，南北直隶各府州县等衙门，在任与夫升迁、丁忧、任满、降词、听勘各项各色，凡在三年以内者，遵照旧例查据抚按开送考语，先令论劾奏抄，参以询访舆论，从公考察，四千九百五十五人，兼拾遗冒滥京堂十余人，几有五千之数。世传代官，盖一笔代去者也。邸报到日，值中麓延客，即席以此作灯谜：在《西厢记》中，一句九字，中者免酒，不则罚一巨觥。至末座一少年，厉声曰：‘笔尖儿横扫了五千人。’中麓笑曰：‘是也。’众客各抚掌大笑哄堂。三年一次，去官如是之多，此朝廷大典，无非为民而已。因详述之，聊作《诗禅》一跋。前《壬戌会试录序》，备陈考察事由，今复壬戌矣，有感于中，小跋亦窃效之云耳。邑人孔村黄元吉跋。”《诗禅》，李开先所编谜语集。

三月

长洲申时行等进士及第。申时行（1535—1614）为进士第一，授修撰。王锡爵（1534—1610）举会试第一，廷试第二，授编修。王世贞《弇山堂别集》卷八十三《科试考三》：“四十一年壬戌，命太子太保户部尚书武英殿大学士袁炜、吏部左侍郎兼翰林院学士掌詹事府事董份为考试官，取中王锡爵等。廷试，赐申时行、王锡爵、余有丁及第。是岁炜承恩，特赐白金文绮御膳于棘院，份亦与焉，盖异数也。少保兵部尚书杨博、左都御史潘恩以子中式，辞读卷，不许；工部尚书雷礼以督工辞读卷，许之，仍敕列名于录。又特用吏部左侍郎李春芳，不为例。”徐时行，即申时行。申时行初冒徐姓。张瀚《松窗梦语》卷六：“《吴郡记》云：‘国朝大魁，前甲戌张信无闻；丙戌林环、戊戌李琪、庚戌林震，皆终修撰；壬戌刘俨、甲戌孙贤，终太常卿；丙戌龚用卿，终祭酒；戊戌曾彦，终侍讲；庚戌钱福、壬戌康海、丙戌罗伦、甲戌唐皋，皆修撰；丙戌杨维聪，太常卿；戊戌茅瓒，吏侍；庚戌唐汝楫，修撰；无一登台辅者。’至今壬戌申时行，入殿阁年未五十，在位极久。且一甲三人，余有丁、王锡爵同时入阁，俱至一品，为一时之胜事云。”

顺天王嘉谟中进士，授行人，得美誉。孙承泽《畿辅人物志》卷十：“万历丙戌成进士，授行人，奉使列藩，馈遗一无所受。以才望授礼科给事中，侃侃伟议，一时称为‘朝阳鸣凤’。”

任丘李汶辛酉、壬戌联捷进士，治水受倚重。乾隆二十七年《任丘县志》卷九：“李汶，字宗齐，号次溪。嘉靖辛酉壬戌联捷进士，授工部主事，历都水郎中，治河徐、邳，奏绩。旋治通惠河，转补职方，大司马郭乾倚重之。”

故城周世选中进士，出高拱之门，至刑部实习。

大城李松中进士。

六月

山东冯惟敏（1511—约1580）以举人谒选，授涞水知县。弟惟讷赴浙江任，经惟敏官邸，小住数日。冯惟讷《发涞水后寄别家兄》六首，其序云：“壬戌仲夏，家兄海浮解褐补涞水令。时余祇役浙江，过邑相存，淹留积日乃发。兄送余白河之南，感怆仳别，赋此寄呈。”

七月

六日（嘉靖四十一年七月己丑），明世宗下诏重录《永乐大典》。

本年

邢台赵孔昭起为都察院右佥都御史，巡捕宣府赞理军务。焦竑《国朝献征录》卷四十一《兵部左侍郎赵公孔昭传》：“服阕，起都察院右佥都御史，巡捕宣府赞理军务。时点虏入寇，京师震动，公同总督江公统兵星驰，直走岔道，虏遂遁。初宣大巡按董公欲以功状上，且云当得升荫。公力辞之。会科臣媒孽论劾，公不俟终日以行。时库有羡金数万，守者为公请，公竟不取。”

邢台傅梅生。傅梅（1562—1642），字符鼎，顺德府邢台（今河北邢台县）人。万历十九年（1591）中举。万历三十五年（1607）授登封知县。任职五年，有政绩，擢刑部主事。因得罪权贵，被罢官。崇祯中，被重新起用，任台州（今属浙江）知府。后解职归家。崇祯十五年（1642），清兵围邢台，捐金助知府吉孔嘉守城，城池被攻破，不屈而卒。死后，朝廷追赠太常寺少卿。清乾隆时，谥“忠节”。有《雉园集》《嵩书》传世。（孙奇逢《畿辅人物考》卷之三、光绪三十年《邢台县志》卷六）

枣强毛鹏巡抚宁夏。

据《嘉靖四十一年进士登科录》，本年顺天府进士登科情况如下：

第二甲11名，赐进士出身。姓名及履历分别为：

潘允端，贯直隶松江府上海县，民籍，国子生，治《礼记》。字仲履，行二，年三十七，四月十四日生。曾祖庆，赠都察院右都御史；祖奎，封按察司佥事，赠都察院左都御史；父恩，都察院左都御史；前母包氏，赠夫人；母曹氏，封夫人。具庆下。兄允哲，官生；弟允穆；允修，监生；允亮，詹事府录事；允臧、允征；允达，监生；弁肃、允重、允合、允台、允吉。娶顾氏。顺天府乡试第五名，会试第二百十一名。

郭文和，贯金吾左卫，匠籍，山西太原府阳曲县人，国子生，治《易经》。字有臣，行五，年二十七，正月十三日生。曾祖聪；祖智，封礼部员外郎；父俊，运司副使，前礼部郎中；母张氏，封宜人。慈侍下。兄文辅，州判官，前监察御史；文度、文弼、文寿；弟文恺。娶任氏，继娶王氏。顺天府乡试第□名，会试第七十四名。

叶以蕃，贯浙江处州府遂昌县，民籍，国子生，治《诗经》。字承叔，行二十六，年二十七，十二月十六日生。曾祖昭，祖魁，父弘渊，母王氏。具庆下。兄以升、以芬、以芳；弟以萃、以蓁。娶黄氏。顺天府乡试第五十二名，会试第十九名。

曹子登，贯直隶兴州后屯卫，军籍，苏州府长洲县人，国子生，治《易经》。字以渐，行二，年二十六，十一月十九日生。曾祖鼎，御医；祖逵，太医院吏目；父应龙，封刑部主事；母黄氏，封安人。具庆下。兄子朝，知府；良辅；子和、子邦，弟子良、子学、子觐、子晋、子聘。娶张氏。顺天府乡试第二十九名，会试第一百二十一名。

成钟音，贯顺天府遵化县，民籍，山东青州府益都县人，县学生，治《诗经》。字本谐，行三，年三十，十二月初九日生。曾祖海；祖善，封知县；父英，按察司副使；嫡母李氏，赠孺人；继母李氏，封孺人；生母王氏。慈侍下。兄钟奇、钟彦；弟钟意、钟产、钟竟。娶张氏。顺天府乡试第八名，会试第二名。

陈有年，贯浙江绍兴府余姚县，民籍，国子生，治《书经》。字登之，行三十七，年三十二，二月初九日生。曾祖孟昂，赠都察院右副都御史；祖巨理，赠都察院右副都御史；父克宅，都察院右副都御史；母唐氏，封淑人。慈侍下。兄有勋，监生；有济；有孚，监生；娶邵氏。顺天府乡试第□名，会试第八十一名。

张允济，贯顺天府固安县，民籍，国子生，治《书经》。字爱甫，行六，年二十七，九月十九日生。曾祖玺，祖志，府同知，父仕运，州吏目，嫡母李氏，继母李氏、王氏，生母朱氏。慈侍下。兄允承、允升、允立、允谐、允熙，弟允继、允修。娶金氏。顺天府乡试第五十六名，会试第二百三十六名。

蔡可贤，贯直隶广平府成安县，民籍，国子生，治《易经》。字子齐，行二，年二十七，闰十二月十二日生。曾祖和，祖果；父绍先，贡生；母刘氏。具庆下。兄可教，府推官；弟可久。娶武氏。顺天府乡试第六名，会试第二百十九名。

贾应元，贯顺天府遵化县，军籍，山西平阳府临汾县人，县学附学生，治《易经》。字仁甫，行一，年二十七，十一月二十五日生。曾祖凤，恩例冠带；祖荣，父相，母傅氏。具庆下。弟应文、应魁、应鸿。娶高氏。顺天府乡试第四十七名，会试第一百五十名。

李汶，贯直隶河间府任丘县，官籍，县学增广生，治《书经》。字宗齐，行二，年二十七，十月初一日生。曾祖鹏；祖穆，驿丞；父登；前母边氏，母王氏。重庆下。兄泮，贡士；弟渭。娶武氏。顺天府乡试第三名，会试第六十五名。

朱应时，贯羽林左卫，军籍，浙江绍兴府余姚县人，国子生，治《易经》。字子中，行一，年二十八，正月三十日生。曾祖莹，祖祥；父师曾，中书舍人；母陈氏。具庆下。兄应登、应期、应诏、应宿，弟应斗、应寿、应旸。娶梁氏。顺天府乡试第三十六名，会试第二百三十名。

第三甲39名，赐同进士出身。姓名及履历分别为：

吉大同，贯直隶大名府开州，匠籍，州学生，治《书经》。字伯从，行一，年三十四，十月初五日生。曾祖伦；祖陈，封监察御史；父澄，巡抚辽东，都察院右佥都御史；母张氏，赠孺人；继母李氏，封孺人。重庆下。弟大韶、大夏、大武、大壮、大观、大临、大宾、大顺、大宁。娶王氏。顺天府乡试第一百一十八名，会试第一百四十九名。

刘之蒙，贯顺天府霸州，民籍，国子生，治《书经》。字淑正，行一，年三十，十二月二十二日生。曾祖源，义官；祖璲，七品散官；父伟，县主簿；母任氏，继母张氏。严侍下。弟起蒙。娶顾氏，继娶孔氏。顺天府乡试第一百二十名，会试第二百九十八名。

吴一琴，贯直隶广平府成安县，民籍，县学生，治《诗经》。字子清，行三，年二十七，四月二十四日生。曾祖森；祖泽，寿官；父琩。母刘氏。慈侍下。兄一麟、一桂，弟一诚、一鹤。娶刘氏，继娶李氏、杨氏。顺天府乡试第一百二十三名，会试第二百十八名。

范爱众，贯东胜右卫，军籍，山西平阳府临汾县人，顺天府遵化县学生，治《书经》。字同人，行一，年二十八，九月十三日生。曾祖铭，祖聪，父恭，前母孙氏，母袁氏。具庆下。弟御众、与众。娶高氏。顺天府乡试第六十四名，会试第二百九名。

严镃，贯光禄寺，厨籍，顺天府丰润县人，国子生，治《易经》。字应时，行二，年三十三，十月十七日生。曾祖文，祖瑾，父雄，母周氏。慈侍下。兄镳，弟镇、铭。娶何氏，继娶陆氏。顺天府乡试第一百二十四名，会试第二百九十一名。

秦峥，贯直隶大名府开州长垣县，匠籍，国子生。治《易经》。字思谦，行一，年三十六，十二月二十九日生。曾祖浩，祖忠，父佐，母朱氏。慈侍下。弟岍。娶顾氏。顺天府乡试第七十三名，会试第二百八十名。

李鹗，贯直隶真定府灵寿县，民籍，国子生，治《诗经》。字凌秋，行一，年三十一，九月二十八日生。曾祖元，祖敬，父珦。嫡母陈氏，生母聂氏。慈侍下。兄鹤，弟凤鸣、凤腾、凤翱、凤凰、凤仪。娶彭氏。顺天府乡试第九十四名，会试第四十四名。

王汝梅，贯直隶保定府安肃县，民籍，国子生，治《书经》。字德和，行一，年三十二，十月初八日生。曾祖辂，递运所大使；祖天章；父廷珪，听选官；母张氏。重庆下。弟汝枢、汝极、汝霖。娶张氏。顺天府乡试第四十四名，会试第一百七十六名。

王泽，贯燕山前卫，军籍，山西平阳府临汾县人，顺天府学附学生，治《春秋》。字子仁，行二，年三十六，九月初三日生。曾祖玉，祖缙，父镛，母李氏。永感下。兄润。娶苏氏，继娶刘氏。顺天府乡试第一百十一名，会试第一百一名。

王以纁，贯顺天府霸州文安县，民籍，县学生，治《诗经》。字伯聘，行六，年二十七，三月初五日生。曾祖能，县主簿；祖诏，县主簿；父楫。母温氏。具庆下。兄绪，仓副使；维、绲；绅，监生；缙；缵，守训；彩、织、络、缮、统，弟缄、练、□、组。娶段氏。顺天府乡试第三十六名，会试第二百九十名。

王时举，贯锦衣卫，军籍，顺天府通州人，国子生，治《诗经》。字晋卿，行一，年二十九，正月十七日生。曾祖瓒，祖纪，父仪。母李氏，继母张氏、李氏。具庆下。弟时用、时中。娶何氏，继娶何氏、董氏。顺天府乡试第一百四名，会试第四十六名。

刘寅，贯直隶保定府博野县，民籍，国子生，治《书经》。字宗夏，行三，年三十三，十月初十日生。曾祖政，祖春，父文强，母马氏。具庆下。兄孟、仲。弟卯、午。娶王氏。顺天府乡试第十六名，会试第二百四十三名。

盛时选，贯锦衣卫籍，直隶苏州府吴县人，国子生，治《易经》。字以仁，行，年二十三，八月二十日生。曾祖芳，恩例冠带；祖玥；父峦，教授；母毛氏。具庆下。兄时进，弟时聘、时通、时达、应霖。娶王氏，继娶何氏。顺天府乡试第十九名，会试第二百六十七名。

祝尚义，贯腾骧左卫军籍，直隶淮安卫人，国子生，治《诗经》。字质甫，行二，年三十三，四月二十五日生。曾祖辙瓛。祖英，训导；父舜卿；母王氏。慈侍下。兄禄、尚礼，弟尚忠、尚质、尚文、尚信、尚行、尚德。娶刘氏。顺天府乡试第一名，会试第二百八十二名。

郜永春，贯直隶大名府长垣县，民籍，县学生，治《易经》。字子元，行二，年三十，正月二十一日生。曾祖果，祖信，父壬，母邵氏。慈侍下。兄永年。娶苗氏。顺天府乡试第九十六名，会试第一百七十八名。

黄学海，贯广宁左屯卫军籍，直隶常州府无锡县人，卫学生，治《春秋》。字宗于，行三，年二十八，七月十七日生。曾祖萱；祖坤，赠监察御史；父正色，前监察御史。母萧氏，封孺人；继母薛氏。严侍下。兄学充、学道、学文、学夔、学诗、学易、学礼、学宪、学初，学古、学书、学颜。娶华氏。顺天府乡试第三十三名，会试第一百十四名。

乔应春，贯武骧左卫勇士籍，河南彰德府安阳县人，顺天府学生，治《诗经》。字仁卿，行一，年二十七，八月十十三日生。曾祖显，祖琮；父文，知州；前母徐氏，母沈氏。具庆下。弟应时、应节、应光。娶郭氏。顺天府乡试第五十一名，会试第一百八十一名。

周世选，贯直隶河间府景州故城县，民籍，国子生，治《易经》。字文贤，行一，年三十一，十一月初六日生。曾祖稼，祖珎，父良佐，母李氏，继母夏氏。慈侍下。弟世懋。娶黄氏。顺天府乡试第五十七名，会试第二百九十三名。

刘时秋，贯彭城卫官籍，顺天府通州宝坻县人，国子生，治《易经》。字义甫，行三，年三十二，六月十二日生。曾祖忠，指挥佥事；祖风，指挥佥事；父承宗，指挥佥事。母王氏，封恭人，继母余氏。具庆下。兄时春，指挥佥事；时夏。娶倪氏。顺天府乡试第二十六名，会试第一百五十三名。

张国彦，贯直隶广平府邯郸县，军籍，国子生，治《春秋》。字熙载，行四，年三十二，十一月二十五日生。曾祖鸾，祖滕，父绣，寿官；前母李氏，母郑氏。具庆下。兄国岩，散官；国臣、国士。娶蔚氏。顺天府乡试第六十二名，会试第四十九名。

武尚贤，贯顺天府永清县，民籍，国子生，治《易经》。字君进，行一，年三十一，十一月初八日生。曾祖清，祖敞，父伯。母何氏。永感下。弟尚登、尚科，尚学。娶苑氏。顺天府乡试第一百十七名，会试第二百十名。

吴镇，贯腾骧左卫军籍，直隶苏州州府常熟县人，顺天府学附学生，治《易经》。字子静，行二，年二十四，十月初七日生。曾祖启，祖玺，父思诚，母王氏。具庆下。兄铎、钦、镧；弟轸。娶王氏。顺天府乡试第一百十二名，会试第一百十七名。

李学思，贯直隶保定府易州，民籍，国子生，治《书经》。字充道，行三，年三十五，十月二十六日生。曾祖佑，监生；祖穆；父冠，教授；母黄氏。慈侍下。兄学颜、学曾，弟学孟。娶赵氏。顺天府乡试第五十九名，会试第二百四十八名。

杨子实，贯直隶河间府河间县，民籍，县学附学生，治《易经》。字中孚，行一，年三十七，十一月二十五日生。曾祖健，州判官；祖纬，父时利，母陈氏。具庆下。兄子成。弟子明，子通。娶李氏。顺天府乡乡试第一百十五名，会试第二百五十名。

李贞元，贯湖广德安府应山县，军籍，县学生，治《诗经》。字淳甫，行五，年三十二，十一月二十一日生。曾祖通，祖邦厚。父麟，母戴氏。具庆下。兄承元，粹元，肇元，秉元，弟时元、敏元。娶裴氏。顺天府乡试第九十名，会试第二百九十六名。

单讷，贯直隶真定府冀州枣强县，军籍，国子生，治《易经》。字希仁，行二，年四十一，八月十三日生。曾祖祥，寿官；祖辅，父通，□□□□。前母郑氏，母吴氏。永感下。兄问，贡士。娶谷氏，继娶危氏。顺天府乡试第四十四名，会试第二百七名。

陈于阶，贯东胜右卫军籍，山西平阳府临汾县人，国子生，治《诗经》。字允升，行二，年三十三，十月初九日生。曾祖良，祖礼；父聪，监生；前母孙氏，母郭氏。慈侍下。兄于廷。弟于陛，王府典仪。娶成氏。顺天府乡试第八十五名，会试第一百三十五名。

廖际可，贯直隶卢龙卫官籍，湖广湘潭县人，国子生，治《书经》。字以礼，行二，年三十七，十二月二十八日生。曾祖清；祖杰，县主簿；父自泰，州吏目；母郑氏。具庆下。兄行可，监生：献可，贡士；尚可，阴阳官；近可、适可；简在，监生；简能。娶朱氏。顺天府乡试第八十二名，会试第一百名。

李勋，贯旗手卫军籍，山东德州卫人，国子生，治《诗经》。字世臣，行一，年三十三，八月初四日生。曾祖贵，祖龙，父鸾，母邵氏。慈侍下。兄安，百户；弟默。娶张氏，继娶王氏、郑氏。顺天府乡试第八十一名，会试第一百八十三名。

张应福，贯直隶大名府魏县，民籍，山西潞安交府襄垣县人，县学生，治《春秋秋》。字子承，行一，年三十五，十二月二十三日生。曾祖奉，祖武；父惟高，寿官；母常氏。具庆下。弟应禄、应祯、应祚。娶崔氏，继娶赵氏。顺天府乡试第十名，会试第二百九十九名。

牛应龙，贯顺天府固安县，民籍，国子生，治《诗经》。字时见，行一，年三十九，九月初一日生。曾祖睿；祖复，阴阳训术；父孔昌，县丞；母郑氏，继母赵氏、陈氏。永感下。弟友龙，监生；应蛟；育龙，监生；腾蛟、攀龙、瑞龙。娶苏氏，继娶陈氏。顺天府乡试第六十二名，会试第一百七十五名。

陈廷芝，贯忠义后卫军籍，山东登州府黄县人，顺天府学附学生，治《诗经》。字季馨，行二，年二十八，二月初八日生。曾祖贵，县主簿；祖宗，父雄。嫡母孙氏，生母刘氏。慈侍下。兄廷兰。娶欧氏。顺天府乡试第一百三十五名，会试第三百名。

刘继文，贯直隶凤阳府宿州灵璧县，民籍，国子生，治《易经》。字永谟，行一，年三十二，五月二十三日生。曾祖通，递运所大使；祖镕，父贞。母黄氏。慈侍下。娶王氏，继娶王氏。顺天府乡试第一百二名，会试第一百二十三名。

齐康，贯直隶广平府永年县，民籍，国子生，治《诗经》。字太和，行一，年三十七，六月二十八日生。曾祖盘，祖复胜，父祥，母陈氏。具庆下。弟唐、赓。娶张氏，继娶李氏。顺天府乡试第二十八名，会试第七十名。

马明谟，贯直隶广平府广平县，民籍，县学生，治《书经》。字君献，行二，年二十八，九月十七日生。曾祖云，祖进；父人慈，学正；母潘氏。慈侍下。兄明典，弟明命。娶张氏，继娶刘氏。顺天府乡试第一百十名，会试第二百七十一名。

郭崇嗣：贯直隶广平府肥乡县，民籍，国子生，治《诗经》。字承芳，行一，年三十，二月十二日生。曾祖忠，知府赠中宪大夫；祖郭，监察御史。父东。母王氏。慈侍下。兄崇登，医官；第崇教。娶白氏。顺天府乡试第十六名，会试第一百七十七名。

李松，贯顺天府霸州大城县，民籍，县学增广生，治《书经》字子节，行一，年三十八，十一月初一日生。曾祖海，祖祥；父淮，县主簿。母缴氏，继母王氏。慈侍下。娶裴氏。顺天府乡试第一百十名，会试第二百三十一名。

李师孔，贯直隶大名府开州，民籍，州学附学生，治《易经》。字子肖，行一，年三十八，五月十九日生。曾祖让，祖表，父珏，母赵氏。严侍《易经》。字十月，行一，年第七十二名，会试第二百六十四名

吴善言，贯直隶广平府成安县，民籍，县学生，治《诗经》。字子远，行一，年二十六，八月十八日生。曾祖云，祖铭，父渊。母史氏。具庆下。兄道、田、乐、芹。娶史氏。顺天府乡试第五十七名，会试第一百三名。

何文维，贯辽东定辽后卫，官籍，江西饶州府余乾县人，辽东都司司学生，治《书经》。字卫正，行五，年一十九，十一月初二日生。曾祖能；祖琮，赠知州；父镔，府同知；前母缪氏，赠宜人；母孙氏，封宜人；继母徐氏。具庆下。兄纶、文缙、文絪；文绍，所镇抚；文绮；文纯。弟文彩。娶张氏。顺天府乡试第九十八名，会试第一百八十名。

嘉靖四十二年

（公元 1563 年　癸亥）

正月

高阳孙承宗生。[①] 孙承宗（1563—1638），字稚绳，号恺阳。保定府高阳（今河北省保定市境内）人。万历三十二年（1594）进士，历翰林院编修、左春坊中允等官。天启二年（1622）任兵部尚书，经略蓟、辽，在关四年，练兵屯田，修城筑堡。后被魏忠贤一党排挤去职。崇祯二年（1629）清兵入大安口，以原官起守通州，后移镇山海关，收复永平、迁安、滦州、遵化等地，于定辽东事颇有盛功。崇祯四年（1631），罢职归里。清军侵袭，以不屈而终。著有《孙文正文集》十八卷、《督师记略》二十六卷、《督师全书》一百卷、《督师事宜》十八卷、《车营百八扣》一卷、《孙文正公奏议》三十卷、《历官旧纪》四卷、《抚裔志》十卷、《高阳县志》十四卷等。（孙承泽《畿辅人物志》卷十一）

永年宋学道生。宋学道（1563—1626），字仲明，号哲扬先生，永年（今河北省邯郸市内）人。早有慕道之志，万历三十八年（1610）中进士，知山西长子县，以孝友礼让教民。尝上宰相书二千余言，期能用人。辛酉后，归乡兴学社，士类景从。著《中语》《心语》《广道诠》《根心解》《兴学社编》等书，行于世。（孙奇

① 孙铨《孙文正公年谱》记为："嘉靖四十三癸亥正月，公始生"。癸亥，当为本年。

逢《畿辅人物考》卷之一、《畿辅通志》卷七十八)

春

著名诗人欧大任以明经入贡，旅寓北京，成《旅燕稿》四卷。欧必元《家虞部公传》:“公讳大任，字桢伯，广州顺德人。以岁荐起家，历仕至南京工部虞衡司郎中，故又称虞部公。……夫公八战棘闱，俱弗获隽。当世庙癸亥春，以明经入贡，需次于阙下，一时天下郡邑士千八百余人，待试大廷。瞿文懿公景淳为宗伯，读公卷，大惊曰：‘此一代才也，必当以古文词登坛艺苑。’特进御览，列名第一。都人士无论识不识，无不知南海有欧桢伯先生。已值太仓相国王文肃公读书中秘，固麟经宗匠，深赏公经艺，延归家塾，与其弟督学公元驭结社课文，更索览其所为家乘而序之，语详其序中。”徐枢《旅燕集后序》:“吾师欧桢伯先生，早以经学闻粤中，部使者及督学诸公莫不称重为五岭以南第一人也。嘉靖壬戌(1562)岁荐北上，文赋翩翩起，一日名动燕市。馆阁部台诸称文章家者，辐辏毂接于旅食之馆，而海内翰卿词客畸人逸士，什久论交焉。先生通而介，乐于过从，倦于请谒，不以一褐自惭，不为千金动色。游于诸公间，引觞谈艺，逡逡如也。汇其所作为《旅燕稿》四卷。”《顺德县志・欧大任传》:“当大任北游时，历下(李攀龙)、琅琊(王世贞)诸大夫主盟词坛，见大任，争推毂严重之，日相唱和，名益起，与七才子并驱，才或过焉，海内无不知有大任者。”欧大任(1516—1596)字桢伯，号仑山。因曾任南京工部虞衡郎中，别称欧虞部。广东顺德陈村人。明正德十一年(1516)出生于世代书香之家，自幼聪颖好学，博涉经史，工古文辞诗赋，并喜体育运动，擅长踢球、击剑。14岁时，十郡优等生会考，三试皆列第一，名噪诸生。与梁有誉、黎民表、梁绍震等人相友好，首教于著名学者黄佐门下。八次乡试均落榜，直到嘉靖四十二年(1563)，47岁之时才一鸣惊人，以岁贡生资格，试于大廷，被特荐御览，列为第一。曾阻滞京师七年，与蜚声明代文坛的后七子李攀龙、王世贞等人结成诗社，过从甚密，酬唱也多，对他砥砺诗艺大有裨益，但不免受到后七子复古文学主张的影响。后授官江都(今江苏扬州)训导。不久，奉命进京参加修纂《世宗实录》。功成后，转荐光州(今河南横川)学正，升邵武(今福建邵武县)教授。万历三年(1575)，升国子监助教。与王世贞、李攀龙等日与唱酬，声名益起，万历皇帝书“不二”两大字相赐。后，又任大理寺左评事、南京工部屯田司主事等职。万历十二年(1584)，告老乞休，致仕回乡，万历二十三年(1596)去世。

山东冯惟敏在涞水作《春雪行》。《春雪行》(《诗稿》卷二)注：“在涞水作。”

秋

山东冯惟敏被上司以“量才改邑”为由解官，后改做镇江教授。咸丰《青州府志》卷四四：“嘉靖十六年举于乡，谒选授直隶涞水知县。清静不扰，每出行县，以壶飧自随，民无丝粟之费。缮学宫，浚城隍，树以榆柳，行旅歌颂之。邑去京师近，豪右杂处，中贵人势尤赫灼，兼并地无算，多逋租，惟敏请托不行，摘其最负者惩之以法，贫民德之，而势族群不便，谤诟腾起，坐谪镇江教授。”《词稿》附录之《县官卖柳》跋语：“邑去京师近，豪右杂处，中贵人势尤赫灼，兼并土地无算，多逋租。惟敏……摘其最负者，痛惩以法。”《词稿》卷二《解官至舍》跋语：“余以癸亥秋解官，自分优游山水，无意世事。”

任县达其道转工部员外郎。（孙承泽《畿辅人物志》卷七）

冬

山阴徐渭应李氏友召，入京。徐渭《徐文长三集》卷七收《子遂以尊人墓碣故抵燕，至腊始去，送之》《将别，复偕游碧云，流觞枯柳之下》两诗。子遂，李有秋字，福建建阳人，文长同门学友。碧云寺，在北京西郊。

本年

寓宛平刘效祖被中伤罢官，隐居乡野，撰《关镇志》等书。过庭训《明分省人物考》卷二：“癸亥大计，为忌者所中，当东归，原人扶老携幼，号泣车前者，声震四十里。归则辟日涉园，陶情觞咏。间少醺，作乐府数阙，击节歌之，乃肆力修词人业，与海内词客为词林盛会。诸大夫或就而问政，多所指画，语不及私。会王大成变有欲以奇祸中素隙者，事属白金吾。白诣决策则握手示曰：‘族人徇人毋论，非丈夫所为，如冥冥何第，讯罪人自得其情。’白如其言，大成伏辜，几中者得无恙。京兆曹公念京畿首善地，阙专志，欲征载笔，督府刘公以蓟门边乘先聘之，因而如檀州作《关镇志》，凡三阅岁，以是得纵游诸塞上，所至辄有纪。效祖一日闻主上问其姓名，因赋诗志盛曰：‘更生双鬓已萧骚，敢谓文章擅彩毫，过误偶承明主问，因缘不是郁轮袍。’”沈榜《宛署杂记》卷十六：“勋业日隆，忌者日盛，先生不顾也。无何京察，吏垣某尝衔先生，辄中伤焉。时大司徒高公力争之，不得，竟夺先生官。归田之岁，才四十耳。先生略不介意，首斥俸余，散之宗党，不令别藏一长物，惟一意著作自娱，有《关镇志》、诗文集若干卷行世。”先皇时，先生名传禁中，尝特传中綍，征诗缙绅，隐然有东山之望，而先生遂益韬晦，杜门不出云。生平懿行，详《大司马王公志》中。卒后数年，士民举入本府乡贤祠。其子孙蕃衍，至今为京师右族。沈榜曰：“予至宛，不及见先生，然谈者犹啧啧不已。已谋记宛访地方故实，则此举实先生有志未就者，安得起先生九原，为我上下议论也，惜哉！”

宁晋蔡瑗撰《汶滨蔡先生文集》刊行。前有序两篇，一为李登云撰《汶滨蔡先生文集序》，后署“嘉靖癸亥中秋既望日”；一为吴三乐撰《汶滨蔡先生文集序》，后署“嘉靖乙丑清明日”。

嘉靖四十三年

（公元1564年　甲子）

二月

山阴徐渭辞友出京南归。徐渭《畸谱》：“（去年）冬，赴李氏招入京。四十四岁，仲春，辞李氏归。”徐渭《徐文长三集》卷四《入燕》三首第三：“春冬递迁谢，倏忽两月中。卧席不得暖，来往何憧憧。”徐渭三十一岁后四度进京。一为嘉靖四十二年冬，次年仲春归；一为嘉靖四十三年秋，一为万历四年四月至次年仲秋返越，一为万历八年北上，十年二月南行。（徐朔方《晚明曲家年谱·浙江卷》）

八月

司经局洗马兼翰林院侍讲林燫、右春坊右赞善兼翰林院检讨殷士儋主顺天试。林燫偶得眼疾，命人遍读所取卷以选。梁章巨《制义丛话》卷十二：“李雨村曰：嘉靖甲子顺天乡试，主考林对山先生偶患眼疾，不能阅卷，命人遍读所取卷，谓皆非解元。时题为‘舜有臣五人而天下治’，寻落卷中得一卷，读至总提五人处云：‘斯五人者，天生之而授之舜，非私舜也，将畀之以代天之工也；舜得之而分之职，非私五人也，特畀之以辅世之寄也。’瞿然曰：‘此真解元也。’遂置第一，榜发为章礼。”

十二月

直隶提学御史徐爌议革宛平大兴冒籍诸生五十余人，诸生嚣然不平。给事中何起鸣罪爌失士心，致互相诋。各夺月俸。时深以爌谬也。（谈迁《国榷》卷六十四）

本年

吴门王稚登北游太学，得大学士袁炜青目。李维桢《征君王百谷先生墓志铭》："时申少师时行、王文肃锡爵、余文敏有丁初入翰林，文荣数举先生文视之：'吾得王生与若辈同称门下士，幸甚。"钱谦益《列朝诗集小传》丁集中《王较书稚登》："稚登，字伯谷，先世江阴人。移居吴门。十岁为诗，长而骏发，雕香刻翠，名满吴会问。嘉靖甲子，北游太学，汝南公方执政，阁试《瓶中紫牡丹》诗，伯谷有'色借相君袍上紫，香分太极殿中烟'之句，汝南赏叹击节，呼词馆诸公，数之曰：'公等以诗文为职业，能道得王秀才十四字耶?'，引入为记室，较书秘阁，将令以布衣领史事，不果而罢。"袁炜（1507—1565），字懋中，号元峰。浙江余姚人。嘉靖十七年（1538）戊戌科探花，累官至户部尚书，少傅兼太子太傅、建极殿大学士。死后赠少师，谥文荣，有《袁文荣公集》传世。

任县达其道迁工部郎中。（孙承泽《畿辅人物志》卷七）

嘉靖四十四年

（公元 1565 年　乙丑）

三月

三日，枣强毛鹏（1522—1565）遘疾乞归，竟以不起而卒。殷士儋《都察院右副都御史毛公鹏墓表》："甲子，擢都察院右副都御史，提督雁门等关。巡抚山西，公尽瘁边事，遂遘疾乞归，竟以不起。时嘉靖乙丑三月三日也，距生嘉靖壬午某月某日，享年四十有四。公体貌魁梧，丰神爽朗，赋性刚介，持身端严，博典籍，工诗文。孝友姻睦之行素孚于里闾，至其经济酝藉，尤为时所推重，方虚倚毗而竟尔赍志。呜呼伤哉！"（焦竑《国朝献征录》卷六十二）

故城宋诺中进士，后授户部主事，历员外郎郎中，咸有能名。（于慎行《兖州府知府宋公诺墓志铭》）

东光王嘉言中进士。王嘉言（1540—?），著作家，字孔彰。河间府东光县（今属河北省沧州市）人。本年进士。选庶吉士，改御史。历夔州知府。著有《王太史文集》。（《御选宋金元明四朝诗·御选明诗》姓名爵里四）

昆山归有光中进士，除授长兴县（今属浙江）知县，时年六十岁。其制举业被艾南英推为三百年来第一。归庄《归庄集》卷四《重刻先太仆府君论策跋》："太仆府君之文章，久为世所宗师，制举业则艾千子先生推为三百年来第一，古文则钱牧斋先生推为三百年来第一，后人更无容赞一辞矣。至于应试论策，特其绪余，昔年刻文集时，置之不录。既而以其便于后学，乃别刻单行，然镂板粗恶，岁久复多损坏。兹以时尚论策，同邑朱、陆诸君子谋重梓之，问序于府君之曾孙庄，庄则何敢？抑论策虽曰应举之业，然亦存乎其人。以举业之手作论策，则举业矣；以古文手作论策，论策亦古文也。董广川、孙丞相、元学士、白太傅、刘谏议诸贤良策，岂非应制举者乎？苏文忠公集，其所自定，乃以应举策居首。岂得薄视论策乎!"

卢龙赵得佑（约 1493—1565）卒。《陕西行太仆寺卿赵得佑传》（永平志）："以丁内艰，请致仕。历任二十七年，以清介终始焉。林居泊然如书生，时其勤仍下帷，枕席皆典籍也。薪粟之乏不问，盖其所好在斯焉。居第敝甚，知府纪公巡，以罚锾置瓦甓于城扃，命役守将为葺，闻而艴然曰：'得佑薄官，时无敢，取一芥恐虐地方赤子耳。今顾累及桑梓耶?'乐引后辈而企前，修乡族称其孝友无间言，应事接物坦如也，其乡饮十有五年，寿七十三卒。至今称官家不以财累者，赵氏也!"（焦竑《国朝献征录》卷一百四）

据《嘉靖四十四年进士登科录》，本年顺天府进士登科情况如下：

第一甲一名，赐进士出身。姓名及履历为：

范应期，贯浙江湖州府乌程县，民籍，国子生，治《书经》。字伯桢，行一，年三十九，十月初七日生。曾祖缙，祖完，父萱，母陆氏。慈侍下。弟应明，监生；应光、辉、嘉、朝。娶沈氏。顺天府乡试第七十名，会试第一百九十三名。

第二甲 6 名，赐进士出身。姓名及履历分别为：

宋诺，贯直隶河间府故城县，民籍，山西潞安府屯留县人，国子生，治《易经》。字子重，行一，年三十二，正月二十二日生。曾祖云，祖鸾，父良筹，母王氏。具庆下。弟语、诏、諮。娶李氏。顺天府乡试第一百八名，会试第九十二名。

王嘉言，贯直隶河间府景州东光县，民籍，县学生，治《书经》。字孔彰，行二，年二十六，十月初七日生。曾祖绅，祖信，父畿，母梁氏。慈侍下。兄嘉宾。娶李氏。顺天府乡试第九十三名，会试第一百三十九名。

王楣，贯顺天府遵化县，民籍，国子生，治《诗经》。字光大，行四，年三十五，十一月十一日生。曾祖林，祖镗，父经，母孟氏。永感下。兄栋、楹、楼，弟桥、松、楠。娶赵氏。顺天府乡试第二十三名，会试第三百四十名。

张思忠，贯直隶广平府肥乡县，军籍，县学生，治《诗经》。字子贞，行二，年三十，四月二十三日生。曾祖本，典史；祖维，父东，嫡母乔氏，继母樊氏，生母魏氏。具庆下。兄思诚，监生；弟思廉；娶赵氏，继娶王氏。顺天府乡试第九名，会试第七十九名。

王轩，贯直隶保定府清苑县，民籍，县学增广生。治《诗经》。字临卿，行二，年二十，十一月初十日生。曾祖让，祖景升；父世官，散官；母贾氏。具庆下。兄辑，弟辙、轼。娶樊氏。顺天府乡试第二十名，会试第一百五十四名。

霍维萗，贯直隶广平府曲周县，民籍，国子生，治《诗经》。字爰夫，行四，年三十五，十一月初五日生。曾祖云；祖俊，知县；父光先，知毋县；母刘氏，继母杨氏。慈侍下。兄维翰；维藩，主簿；维垣；弟维谏。娶魏氏。顺天府乡试第二十名，会试第一百六名。

第三甲 35 名，赐同进士出身。姓名及履历分别为：

蒋劝能，贯浙江绍兴府余姚县，军籍，国子生，治《易经》。字汝才，行二，年三十，十二月初九日生。曾祖澺；祖械，封兵部主事；父坎，知府；母黄氏，封安人。具庆下。兄劝贤，监生；弟劝廉、劝良、劝诚、劝和。娶宋氏。顺天府乡试第一百三名，会试第九十七名。

樊世绪，贯顺天府霸州，民籍，州学生，治《书经》。字子述，行一，年三十四，五月十二日生。曾祖琮，祖昂；父夔，义官；嫡母章氏，生母陶氏。永感下。娶庞氏，继娶王氏。顺天府乡试第一百名，会试第一百十二名。

许大亨，贯直隶保定府安肃县，民籍，府学生，治《易经》。字贞甫，行二，年三十六，七月十三日生。曾祖成，祖林，父景先，母李氏。慈侍下。兄大朝，弟大吉。娶尹氏。顺天府乡试第七十三名，会试第三百三十三名。

许守谦，贯直隶真定府藁城县，民籍，国子生，治《诗经》。字子受，行一，年二十九，十二月十九日生。曾祖清，祖瓒；父金，训导；母苏氏；继母张氏。具庆下。兄守约，弟守鲁、守成。娶张氏。顺天府乡试第三十名，会试第二百三十九名。

刘尧卿，贯直隶保定府清苑县，民籍，国子生，治《诗经》。字宗舜，行一，年三十三，八月初十日生。曾祖旺，祖琦；父海潮，散官；母李氏。具庆下。弟禹卿、文卿、武卿。娶耿氏。顺天府乡试第九十一名，会试第三百七十七名。

徐维楫，贯锦衣卫旗籍，山东济南府武定州人，顺天府学生，治《春秋》。字汝进，行四，年三十三，四月二十九日生。曾祖广；祖政，赠工部郎中；父淮，户部郎中；前母谷氏，母范氏。永感下。兄良栋，锦衣卫总旗；维干，贡士；维梅、维霖。娶李氏。顺天府乡试第六十七名，会试第七十六名。

潘允哲，贯直隶松江府上海县，民籍，国子生，治《礼记》。字伯明，行一，年四十二，十月二十日生。曾祖庆，赠都察院左都御史；祖奎，累赠都察院左都御史；父恩，都察院左都御史，致仕；前母包氏，赠夫人；母曹氏，封夫人。具庆下。弟允端，南京工部主事；允穆；允修，监生；允亮，詹事府录事；允臧、允征；允达，监生；允肃、允重；允合，监生；允台、允吉。娶王氏，继娶项氏。顺天府乡试第五名，会试第二百二十四名。

李芳，贯浙江嘉兴府嘉兴县，民籍，国子生，治《易经》。字叔承，行二，年三十二，八月十三日生。曾祖伯珪，祖江，父湘，嫡母胡氏，生母陈氏。慈侍下。兄敷、辉。娶王氏。顺天府乡试第八十一名，会试第一百五十九名。

岳维华，贯直隶广平府曲周县，民籍，县学生，治《诗经》。字汝西，行一，年三十，八月二十日生。曾祖高，祖龄，纪善，父充，母李氏。重庆下。弟维霍、维嵩、维昆、维仑。娶李氏。顺天府乡试第三十八名，会试第二百六十六名。

张博，贯浙江绍兴府会稽县，军籍，山阴县人，国子生，治《诗经》。字子约，行七，年三十五，八月二十六日生。曾祖玘，义官；祖慈，封监察御史；父洽，监察御史；母钮氏，封孺人。永感下。弟怍。娶陈氏。顺天府乡试第一百二名，会试第二百三十二名。

张一通，贯直隶河间府宁津县，军籍，县学生，治《书经》。字汝达，行三，年三十六，十二月十三日生。曾祖廉，知府；祖盛，父存性，母路氏，继母杨氏。严侍下。兄一贯、一乐。弟一变。娶段氏。顺天府乡试第八十七名，会试第三百九十四名。

李充实，贯直隶兴州左屯卫，官籍，玉田县学生，治《书经》。字中虚，行一，年三十一，七月十七日生。曾祖伟，正千户；祖敬，父聘旸，母张氏。具庆下。弟充蔚、充美、充养、充荣、充周、充大。娶刘氏。顺天府乡试第三十五名，会试第二百九十二名。

吕子桂，贯直隶河间府沧州，民籍，州学生，治《书经》。字公攀，行一，年三十，十二月二十八日生。曾祖钦，祖迪，父大韶，嫡母高氏，生母孟氏。具庆下。弟子英，省祭官；子才。娶贾氏，继娶宋氏。顺天府乡试第二十一名，会试第三百二十三名。

成宪，贯直隶蓟州卫，官籍，国子生，治《诗经》。字君迪，行二，年二十七，四月二十六日生。曾祖鹏，百户，赠都督同知。祖用，百户，封都督同知；父勋，镇守总兵官，都督同知；嫡母黄氏，封夫人；生母杨氏。慈侍下。兄恩。娶李氏。顺天府乡试第一百名，会试第一百十二名。

季膺，贯直隶松江府华亭县，民籍，国子生，治《诗经》。字符服，行一，年三十七，五月初六日生。曾祖丙，祖浩，父锦，母汤氏。重庆下。娶姜氏。顺天府乡试第十三名，会试第九十三名。

章甫端，贯直隶河间府任丘县，民籍，直隶镇江府丹徒县人，国子生，治

《易经》。字子相，行二，年三十七，六月二十八日生。曾祖全，封户部主事；祖启，府同知；父懋臣；母刘氏。具庆下。兄甫绪，弟甫庆、甫冠。娶曹氏。顺天府乡试第九十六名，会试第二百一十七名。

李采菲，贯直隶沈阳中屯卫，军籍，江西临江府新喻县人，国子生，治《易经》。字君采，行一，年二十九，三月二十八日生。曾祖琼，赠昭勇将军都指挥佥事；祖锐，知州赠昭勇将军都指挥佥事；父涵，义官；母樊氏。具庆下。弟采苹、采蘩。娶赵氏。顺天府乡试第八名，会试第二百二十五名。

郑金，贯直隶河间府沧州南皮县，民籍，国子生，治《易经》。字伯纯，行一，年三十九，四月初八日生。曾祖喜，祖富，父宗学，母李氏，继母孙氏。慈侍下。弟锺、铭、锜、鈬、钱。娶崔氏，继娶徐氏。顺天府乡试第七十六名，会试第一百九十一名。

申维岱，贯直隶遵化卫，官籍，遵化县学生，治《易经》。字国镇，行二，年三十六，正月初六日生。曾祖宣，指挥佥事，赠明威将军；祖大节，参将，赠镇国将军；父元勋，提督，赠明威将军；母刘氏，封恭人。慈侍下。兄维岳，参将。娶甘氏，继娶张氏、朱氏。顺天府乡试第十名，会试第三百九十五名。

殷渠，贯直隶大名府开州长垣县，民籍，县学生，治《易经》。字伯清，行四，年三十九，二月初一日生。曾祖翥；祖富，七品散官；父轼，巡检；母杨氏。永感下。兄桓，省祭官；楹；采，训导。弟格，监生；鹤、龄。娶赵氏。顺天府乡试第九十九名，会试第八十一名。

宋豸，贯直隶保定府容城县，民籍，县学生，治《春秋》。字思直，行二，年三十，五月十五日生。曾祖鉴，祖世昂；父文德，监生；母郑氏。具庆下。兄麒，监生。娶王氏。顺天府乡试第三十三名，会试第一百七十三名。

张体乾，贯直隶真定卫右所，旗籍，山西汾州人，国子生，治《书经》。字惟健，行一，年三十九，二月初一日生。曾祖隆，祖瓒，父志淳，前母孙氏，母李氏。慈侍下。弟体震、体壮、体观、体节。娶吕氏。顺天府乡试第六十三名，会试第三百五十二名。

张孔修，贯直隶大名府大名县，民籍，县学生，治《诗经》。字允治，行四，年三十五，八月初十日生。曾祖祖伦，知府；祖珂，检校。父希贤，母王氏。慈侍下。兄孔惠；孔时，训导；孔硕，弟孔明。娶王氏。顺天府乡试第一百二名，会试第二百九十八名。

纪大纲，贯顺天府霸州文安县，民籍，县学生，治《易经》。字允立，行二，年二十五，十月十三日生。曾祖纮，右长史，进阶正四品；祖常，布政司布政使；父诚，行人司司正。母李氏。具庆下。兄大统，鸿胪寺署丞；弟大经、大纶、大绩、大绪、大蕴。娶王氏。顺天府乡试第三十七名，会试第一百八十名。

胡效才，贯直隶安庆府桐城县，匠籍，国子生，治《书经》。字用甫，行一，年四十七，六月二十日生。曾祖中和；祖邦，寿官；父其聪，母黄氏，继母吴氏。慈侍下。弟效良，效贤。娶彭氏，继娶周氏。顺天府乡试第九十五名，会试第一百三十四名。

李冲奎，贯直隶真定府栾城县，民籍，国子生，治《春秋》。字拱北，行三，年三十四，十二月十八日生。曾祖友，祖春，父枚，母赵氏。具庆下。兄冲霄；冲汉，知县，弟冲斗，贡士。娶赵氏，继娶郭氏。顺天府乡试第四名，会试第一百八十三名。

张崇功，贯直隶大名府大名县，民籍，县学生，治《诗经》。字惟志，行五，年四十，六月初四日生。曾祖信；祖瓘，教谕。父自东，母郭氏。具庆下。兄崇献、崇素、崇俭、崇庆，弟崇质、崇雅。娶杨氏，继娶钱氏。顺天府乡试第十二名，会试第三十七名。

秦吉士，贯直隶广平府曲周县，民籍，县学生，治《诗经》。字子敬，行三，年二十八，十一月初一日生。曾祖福，典史；祖麟；父瀛，义官。母周氏。严侍下。兄邦彦，贡士；善士，弟国士。娶张氏。顺天府乡试第四十一名，会试第三百十六名。

吴道明，贯直隶大名府元城县，民籍，国子生，治《诗经》。字行甫，行一，年三十，十月二十二日生。曾祖端，祖钺；父敏，岁贡生；母程氏。永感下。兄道亨，监生；弟道公、道通、道东、道立、之翰、子顺、道弘。娶刘氏。顺天府乡试第一百四名，会试第三百五十三名。

窦如兰，贯直隶大名府大名县，民籍，府学生，治《诗经》。字子化，行一，年十八，正月十一日生。曾祖广，祖绍，父宝，前母陈氏，母范氏。具庆下。弟如桂，监生；如芝。娶钱氏。顺天府乡试第五十九名，会试第一百九十名。

李溥，贯直隶真定府定州，民籍，国子生，治《诗经》。字公甫，行一，年三十七，二月十三日生。曾祖杰，祖銮，父美，母陈氏。慈侍下。弟溱、济、涣。娶穆氏。顺天府乡试第八十三名，会试第三百六十七名。

岳凌霜，贯直隶真定府赵州高邑县，民籍，县学生，治《诗经》。字子肃，行三，年三十五，十月初三日生。曾祖着，祖和，父山，母柳氏。慈侍下。兄凌云、凌汉。娶张氏。顺天府乡试第一百七名，会试第三百五十七名。

吕若愚，贯浙江绍兴府新昌县，民籍，国子生，治《春秋》。字可明，行一，年三十五，闰六月三十日生。曾祖止；祖经训；父益宗，前母俞氏，母吴氏。慈侍下。弟若敬、若仁。娶何氏。顺天府乡试第一百二十四名，会试第二百七十二名。

何玉德，贯直隶保定府雄县，民籍，县学生，治《书经》。字彦贵，行二十七，九月初一日生。曾祖旺；祖鲁，通判，封户部郎中；父思，都察院右佥都御史；母苏氏，封安人。具庆下。兄玉鸣，弟玉振、玉琢、玉铉、玉节。娶袁氏。顺天府乡试第五十九名，会试第九十六名。

张燏，贯顺天府固安县，民籍，国子生，治《书经》。字子行，行一，年三十六，十月十八日生。曾祖拱，祖宗武；父瀛，主簿。母高氏，继母鲁氏。严侍下。娶王氏。顺天府乡试第六十一名，会试第二百八十五名。

嘉靖四十五年

（公元 1566 年　丙寅）

十月

十六日，顺天冯有经生。冯有经（1566—1615），字正子。顺天府人（今北京市）。杨守勤《奉议大夫左春坊左庶子兼翰林院侍读冯孝子源明先生行状》："先生讳有经，字正子"，"系出四明，故号源明云"。"先生生嘉靖丙寅闰十月十六日，享年五十"。钱谦益《慈溪冯氏先茔节孝碑》："公讳有经，字正子，五岁而孤……年二十，举乡试。又三年己丑（1589），举进士，选翰林院庶吉士。甲午（1594）除编修。戊戌（1598），升右春坊右中允。庚子（1600），充东宫讲读官。"事母孝。母丧，不胜悲痛而卒。追录旧学，赠礼部右侍郎。《明诗纪事》庚签卷十六录冯有经诗二首。（《畿辅通志》卷七十四、钱谦益《列朝诗集小传》丁集下）

本年

太仓王世贞以《艺苑卮言》第一次修订本寄李攀龙。该修订本于去年刊行。李攀龙致许邦才书颇示不满。书云："适姑苏梁生以元美书至，出《卮言》以示。大较俊语辩博，未敢大书。英雄欺人，所评当代诸家，语如鼓吹，堪以捧腹矣。梁生亦致元美书足下，并《卮言》云。且付长君。生今东探海市。计南旋，足下恐不及作问。"（《沧溟集》卷二十九《许殿卿》）许邦才，钱谦益《列朝诗集小传》丁集上有传。传云："邦才，字殿卿，历城人。嘉靖癸卯解元，官永宁知州，迁德周二府长史。隆庆初，相周藩。六年，周王崇易序其诗曰《梁园集》，鲁藩观姬曰：‘殿卿与李于鳞同调相唱和，气格不逮，然于鳞诗多客气，而殿卿温厚或过之。’殿卿与于鳞相友善，著《海右倡和集》，因于鳞以闻于当世。今之尊奉济南者，视殿卿直附骥之蝇耳。而齐鲁间之论乃如此。于鳞与人书云：‘殿卿《海右集》，属某中尉为序。不佞尝欲畀诸炎火，元美亦以为然。’一时文士护前树党，百年而后，海内人各有心眼，于鳞亦无如之何也。”《静志居诗话》卷十四《许邦才》：“殿卿如锐头年少，骋猎平原，耳后生风，鼻头出火。长歌有云：‘长卿慕人千载前，何似与君俱少年？子云慕人千载后，何似与君俱白首？’爽气殊伦，令张正言为之，不过此也。王元美赠诗云：‘是时历下李攀龙，往往道汝文章伯。’乃《卮言》评诗，竟不之及，又夷之‘四十子’之列，取舍似未公也。”《寄怀元美》云：“鸿雁惊秋海上还，片云孤月蓟门关。如何昨夜西窗梦，不道千山与万山。”

温陵李贽赴京，补礼部司务。以宏父自命，有志于学。李贽《焚书》卷三《卓吾论略》：“至京，补礼部司务。人或为居士曰：司务之穷，穷于园子；虽子能堪忍，独不闻‘焉往而不得贫贱’语乎？盖讥其不知止也。居士曰：吾所谓穷，非世穷也。穷莫穷于不闻道，乐莫乐于安汝止。吾十余年奔走南北，只为家事，全忘却温陵、百泉安乐之想矣。吾闻京师人士所都，益将访而学焉。人曰：‘子性太窄，常自见过，亦时时见他人过。苟闻道，当自宏阔。’居士曰：‘然。予实窄。’遂以宏父自命，故又为宏父居士焉。”《明儒学案》卷十四《徐用检传》：“（用检）在都门，从赵大洲讲学，礼部司务李贽不肯赴会，先生（用检）以手书《金刚经》示之曰：‘此不死学问也。若亦不讲乎？’贽始折节向学。尝晨起候门，先生出，辄摄衣上马去，不接一语。如是者再，贽信向益坚，语人曰：‘徐公钳锤如是。”一自本年至隆庆四年，李贽均在礼部任职。

任县达其道升河南按察司副使提督学校，重世教行谊。孙承泽《畿辅人物志》卷七：“丙寅，转河南按察司副使，提督学校，叹曰：‘今之督学者，弊在重文艺斯道化衰，徇干请斯巾裳滥，此其系于世教者，非渺小也。’乃程业兼稽行谊，以树标立极，要使人名不爽。”

霸州王遴生擢为右佥都御史，巡抚延绥。后以御边不利被劾，改官巡抚宣，大兴屯田。（孙承泽《畿辅人物志》卷八）

邢台赵孔昭以丁张淑人忧除，复以都察院右佥都御史提督军务，起用巡抚浙江。焦竑《国朝献征录》卷四十一《兵部左侍郎赵公孔昭传》：“会穆庙即位，复以都察院右佥都御史提督军务，起用巡抚浙江，旧宫闱服御倚办东南，中官织造岁不停遣，克减骚扰，民不胜苦，公抗疏罢之。又条陈时政十事，上多嘉纳焉。”

隆庆元年

（公元1567年　丁卯）

二月

太仓王世贞为父辨冤，北上进京，沿途经阜城、河间等地，有《阜城道中》《早行河间道中》等诗纪行。（郑利华《王世贞年谱》）

三月

太仓王世贞于京师上疏请雪父冤，与弟宿都门外寺院中，相与洒泣。投书徐阶、李春芳、高拱、陈以勤、张居正、杨博、黄光升、赵炳然、王廷请执政者，请为父冤辨察。钱大昕《弇州山人年谱》："穆宗隆庆元年丁卯，四十二岁。春初，北行伏阙上疏，为尚书公辨冤，言为嵩所害。时华亭徐文贞公阶为首辅，颇左右之，得旨，准复原官，公遂归。"又见郑利华《王世贞年谱》。

八月

丁士美与张四维任顺天乡试主考。王世贞《弇山堂别集》卷八十三《科试考三》："隆庆元年丁卯，命右春坊右谕德兼翰林院修撰丁士美、右春坊右中允兼翰林院编修张思维主顺天试。"

南皮李腾鹏举于乡。李腾鹏，生卒年不详。字时远，号槐亭，南皮人。少颖迈，为文奇丽横溢，变化百端，抑且气宇轩昂，有高世绝尘之概。隆庆丁卯（1567）举于乡，七上公车不第。因此于城西辟一地曰"小隐亭"，曰"澹然"，吟啸自适。授潞安推官，迁凤阳通判。委疏漕河，以劳卒官。腾鹏少长于文，奇丽横溢，变化百端。曾创修《南皮县志》。

吴门王稚登复游京师，自认袁炜门人不讳，入太学不第而归。钱谦益《列朝诗集小传》丁集中《王较书稚登》："汝南卒，无子伯谷渡江往哭其墓。丁卯复游长安，华亭（徐阶）当国，颇修姚张之怨。客或戒伯谷毋自白袁公门人，伯谷谢曰：'冯欢、任安，彼何人哉！'刻《燕市》《客越》二集，备书其事，所以志也。"李维桢《征君王百谷先生墓志铭》："文荣（袁炜）贵时傲倪公卿，其卒也，门人故吏，掉臂不顾。先生千里往临，部署丧事，书请赠恤，政府修隙者引大义与争。每岁省袁夫人于家，终其身不替。隆庆初载再入试京兆，而太学中式者已溢额，复不收。先生引镜自笑：‘若故非食肉相，无庸仆仆道路也。’姜宗伯宝、林文恪嫌留之，不可：‘吾有千载之业，宁在一第？’归卜一亩宫，名庵半偈，名堂解嘲，读书与著书日富。”又，郑利华《王世贞年谱》记，太仓王世贞曾与王稚登、朱正初游处，有诗贻赠，且为王稚登《客越志》作序。

诏复太仓王世贞父忬原官，友张凤翼、欧大任为赋诗。世贞启程归里。（郑利华《王世贞年谱》）

秋

滦州厉汝进（1509—1567）卒，有声名。焦竑《国朝献征录》卷八十《都给事中厉汝进传》（州志）：“曩在池州，建德徐绅为诸生以事逮系，汝进奇其才特释之，后绅举进士至都御史巡抚顺天而称，门下士人咸服其识鉴。直声远震外夷，高丽使入贡时，问曰‘厉给事安否？’其名重如此。居乡二十余年，徜徉泉石，诗酒自娱，好谊乐施，济贫赴急，不计劳之轻重，囊之有无也。隆庆践祚，方复原官。秋，寻以疾卒，讣闻。京师朝士大夫罔不咨嗟曰：‘正人未究其用，世可无斯人哉？’年五十有九。”

本年

隆庆帝继位，抚恤直谏诸臣，以杨继盛为首。追赠太常少卿，谥号忠愍，予以祭葬，并任命他一子为官。

高邑赵南星随祖父赴陕西武功知县任所，当年冬天回乡参加督学考试，路经河南修武，夜宿吴自省家，受到热情款待。（《赵南星年谱》）

清苑高耀致仕。（雷礼《国朝列卿纪》卷三十二）

邢台王本固任吏部右侍郎，后转左。（雷礼《国朝列卿纪》卷二十八）

东安刘体乾任南京户部尚书。（雷礼《国朝列卿纪》卷三十四）

南宫刘濂（1494—1567）病逝。黄容惠修，贾恩绂纂《南宫县志》卷十五：“学者称为微山先生，先生居官立朝，侃侃论列，不少假借。其与人交，雍容款曲，言必由衷，不修城府。延纳文学，接引后生，吐握抗礼，恒若不及，士以此多附之。善容修髯，翩翩雅度，即之蔼然，见者饫德，海内时切公辅之望。及分宜之败，先生老且死矣。人甚惜之，年七十三。”

隆庆二年

（公元 1568 年　戊辰）

正月

东明石星时任给事中，上疏陈六事勿沉溺声色，被杖阕下几毙，谪贬为民。同乡好友穆文熙奋力遮护解救，石星元配夫人误信传言触柱亡。张廷玉《明史》卷十九《本纪第十九》："二年春，正月乙卯给事中疏陈六事，杖阙下，出为民。"孙承泽《畿辅人物志》卷六《穆宪副文熙》："庄庙初，给事石公星以言忤，廷杖几毙，文熙奋不顾身，周旋医药，得不死。解官归，士论壮之。"邹元标《石星传》（《畿辅通志》卷一百四）："穆庙改元，授吏科给事中，疏六事曰：'保圣躬，讲圣学，勤视朝，速俞允，广听纳，察谗僭。'时阉滕祥为蛊，公疏其奸状，忤旨，廷杖六十。祥为监。公复詈之。祥怒，杖益厉，以故濒死者数。友人穆铨部护持得不死。是时，里中纷传公已毙杖下，元配郑闻之，触柱死。"

三十日，大名黄立极生。黄立极（1568—1637），字石笥，又字中五，号我范。大名府元城（今河北大名营镇乡黄庄村）人，生于隆庆戊辰正月三十日，卒于崇祯丁丑九月十六日。万历三十二年进士，累官少詹事，礼部侍郎。天启五年（1625）八月，魏忠贤以同乡的原因，擢礼部尚书兼东阁大学士，入阁参预机务，旋晋太子太保，文渊阁大学士。次年迁武英殿、建极殿大学士，为首辅。崇祯即位，阉党案定，落职。崇祯十年（1637）去世，年七十。著《留笏草堂集》，《畿辅诗传》谓其诗"雄深雅健，不落大历之后"。（张廷玉《明史》卷三百六《列传第一百九十四》）

三月

任丘田乐中进士。田乐，生卒年不详。字希智，号东洲，河间府任丘（今属河北省沧州市）人。隆庆二年（1568）中进士，初授东阿令。后授中丞，在河西等地区平虏乱，以功晋兵部尚书，加太子太傅。（孙奇逢《畿辅人物考》卷之二）

威县贾待问中进士，授陕西咸宁知县。

四月

太仓王世贞起河南按察使司副使，初以病辞，后赴任，整饬大名等处兵备，并至易州等地。钱大昕《弇州山人年谱》:“二年戊辰，四十三岁。三月诏求直言，公疏人事四月，以言官荐起为河南按察使司副使，整饬大名兵备，公以病辞，不允。六月，赴任途中，再以病辞，仍不允。会于鳞辈诒书以大义晓公，乃以八月抵大名任，奉檄赴易州，往返千余里，又阅视龙泉、娘子诸关口。”

五月

蓬莱戚继光（1528—1587）以都督同知总理蓟、昌、辽、保练兵事务，节制四镇，与总督同。自是在镇长达十六年：边境赖以晏然。任内作《盘山绝顶》诸诗。《静志居诗话》卷十四：“少保平倭之功，战胜攻克，撰有《纪效新书》。在蓟日，与总制谭公纶，樽俎折冲，撰有《练兵实纪》。论者比之孙、吴、韩、白焉。军中有暇，辄与文士接席赋诗，集名《止止》，稿曰《愚愚》，居曰梦梦，是亦好奇矣。《盘山绝顶》云：‘霜角一声草木哀，云头对起石门开。朔风虏酒不成醉，落叶归鸦无数来。但使玄戈销杀气，未妨白发老边才。勒名蜂上吾谁与，故李将军舞剑台。’《度梅岭》云：‘溪流百折绕青山，短发秋风夕照间。身入玉门犹是梦，复从天末出梅关。’”《明诗评选》卷六评《盘山绝顶》:“寄慨不激，南塘自非粗官。”《明诗别裁集》卷九亦评曰：“无意为诗，自足生趣。郭定襄直于诗坛中位置之。”按，《度梅岭》作于万历十一年（1583）七月赴粤途中。戚于万历十一年二月调广东镇守。

十月

太仓王世贞于大名府任上，结识南乐魏允中，与之酬唱，多所推许，且作诗赠之，意有所属。魏允中《魏仲子集》四《余在黄寺将归之前一日，观察王公邀宴北山，晚复移尊水亭，遂作饯别，各赋一章》有记。（郑利华《王世贞年谱》）

十二月

容城杨继盛子应尾、应箕拟刊印其父自撰年谱，南行八百里至大名索行状于太仓王世贞。世贞遂为作《杨忠愍公行状》，大恸几绝，至投笔者三。王世贞《杨忠愍公行状》:“天子旌公之明年，而应尾谋改葬公，持公所自著年谱，徒步冰雪中八百里而谒世贞，曰：‘先子之殁，乡者实藁葬焉，而未有志铭也，将渡江以请于少师华亭相公，而籍吾子之状为先容。’……不佞不获已为著状，而泪涔涔淫流弗已。至于序录公遇难事，则大恸几绝，投笔者三矣。”

本年

太仓王世贞于大名府任上定婚丧礼。时有言增大名赋者，力争之。（陈继儒《王元美先先生墓志铭》）

直隶监察御史郝杰，在保定民众的强烈要求下，上奏穆宗：保定府是杨继盛的故乡，本地官吏和百姓请为杨继盛立祠，以做永久的纪念，请求批准。皇帝很快批复，并定名为“旌忠祠”。此祠建于金线胡同，正殿三间，正中塑杨继盛像，正殿两旁各建碑亭一座，亭内各竖一碑，一碑刻杨继盛劾仇鸾的《罢马市疏》，一碑刻《劾严嵩疏》。

邢台赵孔昭升户部右侍郎，寻升左侍郎兼都察院右佥都御史，总督漕运。后被劾回籍。焦竑《国朝献征录》卷四十一《兵部左侍郎赵公孔昭传》：“戊辰升户部右侍郎，寻升左侍郎兼都察院右佥都御史，总督漕运，兼提督军务，巡抚凤阳地方。时徐淮间大水，民甚苦之，公夙夜修荒政题　请蠲赈外，仍发官藏数万金招商易菽粟哺之，全活不可胜计，淮人至今为诵公德云。科臣有忌公名望者，承人风旨，乃以河淤诬奏，公回籍。”

任县达其道以病致仕，谦然以居。民国四年《任县志》卷五：“隆庆戊辰，以病乞休。谦退弱儒生，莫知为达官也。卒嗣乡贤。”孙承泽《畿辅人物志》卷七：“隆庆戊辰，乞休归，箧惟古书数帙，了无长物，人称其清。”

真定梁梦龙迁山西按察使。

霸州张维被选为神庙东宫伴读。

隆庆三年

（公元1569年　己巳）

正月

太仓王世贞由大名府任上程赴浙江参政任。（郑利华《王世贞年谱》）

春

临朐冯惟敏自镇江教授迁保定通判，有《燕州别驾行》。许穀有《送冯海桴教授赴保定兼讯少洲方伯》（《许太常归田稿》卷八）。是岁大水，惟敏有诗《午泊安州，将赴雄县，连邑之地泛滥浊波，亢旱未几，晚禾寻没，老稚悲啼，所不忍闻，摇曳舟中惘然赋此二首》纪其事。是秋，患脑疾。《词稿》卷一《郡亭自寿》序：

“己巳菊月，余至保郡阅半年矣。每念桑梓在东齐，而余又西来；余弟治江南，而侄领北县，或远或近，均莫之聚也，恒切忆之。是岁燕赵齐楚大水伤稼，而吾家佥有贡赋之职，不易报塞，更相念也。”《庚午春试笔》序：“自去秋出城，毒雾淫于五内，医慎宣泄，遂婴脑疾。”

六月

三日，固安苏志皋（1479—1569）卒。郭秉聪《明通议大夫都察院右副都御史食从二品俸致仕寒村苏公暨配恭人温氏合葬墓志铭》：“隆庆己巳夏六月三日，致仕都察院右副都御史苏公卒。”“公生于弘治丁巳十月二十四日，享年七十有三。”“公讳志皋，字德明，号寒村，又号岷峨山人。其先直隶延庆州人。国初徙顺天之固安县，遂为固安人。”“嘉靖辛卯领顺天乡荐第三人，明年壬辰登进士第。”著有《益知录》三十卷，皆御虏、平倭、治河、弭盗等策，咸当今要务。其用世之志，不以老衰困沮如此，固振古之豪杰哉！又有《固安县志》《寒村集》《巡抚奏议》《战守图法》《译语》《恒言》《画跋》各若干卷。《列朝诗集小传》丁集上：“右都才情富丽，沾沾自喜，好作长短句，有《寒村集》。”《四库全书总目》集部别集类存目四著录《寒村集》四卷，提要曰：“此集凡诗二卷，杂文二卷。有汪来后序，称其尚有《巡抚奏议》十八卷，《译语》《画跋》《恒言》各一卷。今并不传。”《明诗纪事》戊签卷十八录苏志皋诗四首，陈田按：“寒村诗，风调自佳，北平诗人，品在顿鸥汀之次。”

秋

临朐冯惟敏之侄冯子履除固安知县。此前，他曾为母亲蒋氏请求旌表，得旨。冯琦《府君行略》：“丁卯举于乡，戊辰成进士，诣阙下上书，言母守节状，天子下诏表其间。是岁秋，授固安令。”

本年

宛平梁应泽（1569—1634），字射侯，号悬藜。先世为保定之清苑（今河北省保定市内）人。永乐初以护驾功，家世锦衣徙宛平。万历二十三年（1595）进士，初授户部主事，后迁徽州知府、河南副使摄河道事、陕西凤翔平凉道副使、云南按察使、河南右布政使、山东左布政使。累迁郧阳巡抚御史，后加中议大夫、右副都御史。著有《守征录》《关西末议》《泾原考》《臬晋议》《东藩稿》《抚郧疏草》《国朝成献考》《人物志》《朝政记》等。（孙承泽《畿辅人物志》卷十四、《畿辅通志》卷七十四）

任丘郭乾任南京户部尚书。（雷礼《国朝列卿纪》卷三十四）

威县石永掌河南道，大计京朝官，持公秉正，谢绝私交。

隆庆四年

（公元1570年　庚午）

八月

丁士美与申时行任顺天乡试主考。王世贞《弇山堂别集》卷八十三《科试考三》："四年庚午，命右春坊右谕德兼翰林侍读丁士美、翰林院修撰申时行主顺天试。进乡试录有重页者，夺府丞宋纁、谕德丁士美、修撰申时行俸各两月。"

高邑赵南星参加乡试，考中第十名举人，申时行为主考，从落选的试卷中发现其才华。

本年

真定梁梦龙擢右佥都御史，巡视山东。

著名书画家周天球（1514—1595）初游北京。其诗为胡应麟所称赏，而诗名颇为书法所掩。于慎行《周幼海先生小传》："周幼海先生者，吴门高隐也，名天球，字公瑕。其少时游文待诏（文徵明）门下，习为书法，待诏亟许可之：'他日得吾笔者周生也。'及籍诸生，不喜治帖括语，治亦不工。顾独好古文辞，诸同舍少年相与窃笑先生，先生益自喜不顾。以故游日益因，度终不能委蛇逐时，则谢诸生去，深自闭，绝外交，陈百家所论著，日夜切劘，求一当古作者。久之其业乃成，而书法亦日有名，为吴人所宗。于是先生曰：'嗟乎，吾有以自见矣！'乃出……隆庆庚午，大司空朱公、御史大夫王公使使奉书，迎先生游长安，先生为一来。当是时，成国弟太傅好客，舍先生上舍，日造门下，供具甚恭，客皆严事先生。而台省贵游，日相与过谒先生，舆骑罗户外。先生幅巾大带，出与语，至移日夕。或操斗酒与游湖山间，先生亦间往。然不自驾修谒候，即平生故人甚昵者，亦未尝请问有言也。"钱谦益《列朝诗集小传》丁集中：天球"隆庆中，游长安，燕集唱酬之作，一时词客皆为让坐，而诗名颇为书法所掩。胡应麟《诗薮》，盛称其《观象台》诸作，以为绝伦。大率声调雄壮，规摹王、李，去吴中风雅远矣"。钱谦益所称胡应麟语，见《诗薮》续编卷二《国朝下》："周公瑕以书名一代，诗五言律沉婉有致，七言律尤工，合作处高华整丽，足上下嘉、隆诸子，而世率以书名掩之。如《游燕》诸作，《昆卢阁》《观象台》等篇，皆必传于后世者，异世自当有定论也。朱司空、汪司马、王长公、次公，咸亟称其诗。以公瑕不近名，故其语罕传云。”汪司马谓汪道昆，王长公谓王世贞，次公谓王世懋。

京师米万钟生。米万钟（1570—1631），字仲诏、子愿、二仲，号友石、湛园、文石居士、勺海亭长、海淀渔长、研山山长、石隐庵居士。原籍陕西安化（今甘肃庆阳市庆城县）人，米芾后裔，后以锦衣卫籍入迁顺天府宛平县。万历二十三年（1595）进士，官太仆寺少卿，江西按察使等职。性好石。人谓无南宫（芾）之癫而有其癖。行草得芾家法，与董其昌齐名。时有南董北米之誉。尤善署书，擅名四十年，书迹遍天下。著篆隶考讹。山水得倪瓒法，花卉似陈淳。又善画石，间亦泼墨仿米法作巨幅，气势灏瀚，烟云滃郁，令人叹绝。画花卉，宗陈白阳。画山水，细润精工，皴处幽秀，演彩妍洁。一生著述甚丰，有《澄澹堂文集》十二卷、《诗集》十二卷、《易义》四卷、《象纬兵钤》十二卷、《石史》十六卷、《南北宫词》二卷、《琴史》八卷、《弈史》四卷、《篆隶考伪》二卷等，惜多已散佚，现仅存《湛园杂咏》等。（孙承泽《畿辅人物志》卷十四）

献县纪坤生。纪坤（1570—1642），字厚斋、诗人。河间府献县（今河北沧县）人，纪晓岚高祖。少有经世志，久而不遇。迷恋科举考试，一直坚持到六十多岁。诗学苏轼，多伤感之音。曾自编其诗6卷，毁于兵燹，今存《花王阁剩稿》一卷，系其子纪钰搜集残剩辑成。

曲周刘荣嗣生。刘荣嗣（1570—1638?），字敬仲，号简斋，别号半舫，广平府曲周县（今河北省保定市曲周县）西四夫人寨村人。著名诗人、书画家、水利专家。万历四十四年丙辰科进士，授户部主事管银库，后官吏部验封司主事、山东左布政，光禄寺正卿，顺天府尹，户部右侍郎等职，直至工部尚书兼副都御使，以总督河道并督军务。遭人所陷，卒于狱中。一生从政，声名显赫，功绩卓著，后人尊称他为“刘总河”。又为能诗，善书画。诗宗贾岛、黄庭坚，冲淡闲远著有《半舫集》《简斋集》等诗文集十余部，又有与钱谦益唱和集《钱刘唱合诗》；书学王羲之，晚仿苏东坡，造诣颇深；作画有云林笔致，与童文敏齐名，被视为珍品，争相收藏。（钱谦益《列朝诗集小传》丁集下）

临朐冯惟敏署满城县（时属保定府）事，旋辞。行唐石臻为作写真及海浮山村图。《词稿》卷二小令《庚午郡亭自寿》第六：“正管着府厅，又署着满城，忽然夜半报边声，自披衣点灯。”卷一《辞县署印》：“重来此郡中，安心守自然，从今再不去歪厮战。你不将这印去呵，断送我走上东山高的你远。”可知，任满城事为时不长。《六秩写真》序：“林山山人数年前以绘事谒余于涞水，今年至保州见余，山人谓余貌犹昔也。余笑而不答。……因问之曰：‘若能为海翁画像乎？’山人笑人而诺焉，乃帧绡匀采，作画二幅，其一则海浮山村图云。山人石臻，行唐人。”

柏乡冯时化所撰《酒史》刊行。《酒史》，凡二卷，本年独醒居士刊刻。卷前有隆庆庚申年赵惟卿《酒史序》，书分酒系、酒品、酒献、酒述、酒余、酒考六篇。皆酒之诗文与故实。《中国古籍善本总目》子部谱录类著录。冯时化，字兴川，真定府柏乡（今河北省邢台市内）人。博涉经史，为诗文骀荡不羁，有人伦。鉴赵南星为童子时，时化见其文曰：“此他日名臣也”，遂以女妻之。屡试不第，遂肆意饮酒，述前代酒人及酿酒事，为《酒史》六篇。此书是我国酒类的第一部专著，与陆羽所著的《茶经》具有一样的权威。

本年前后，山东冯惟敏在保定任，修府志、集杨继盛遗文行世、陈郡利害十六事。《光绪临朐县志》：“奉檄修府志，为集《杨忠愍遗文》行于世。陈郡利害十六事，皆中窾綮。”事亦或在明年，或在去年。

南皮汤宾转河南按察使，便道省家，中父上九十寿，乡里以为荣。（张佳胤《通议大夫都察院右副都御史交川汤公宾墓表》）

东安刘体乾闲适家居。（雷礼《国朝列卿纪》卷三十二）张廷玉《明史》卷二百十四《列传第一百二》：“是时内供已多，数下部取太仓银，又趣市珍珠黄绿玉诸物。体乾清劲有执，每疏争，积忤帝意，竟夺官。给事中光懋、御史凌琯等交章请留，不听。”

隆庆五年

（公元 1571 年　辛未）

二月

临朐冯惟敏弟惟讷自江西左布政使入觐，乞致仕。二十日，以光禄卿归。惟敏送之雄州，约同归隐。刘效祖寄惟敏散曲数首。《明穆宗实录》卷五十四“隆庆五年二月”：“甲辰，诏进江西布政使司左布政使冯惟讷光禄寺卿致。惟讷居官清慎，至是以疾乞休，故特优之。”《词稿》卷一《舍弟乞休》序：“余弟少洲子，辛未自江省左辖入觐，寻朝万寿节……恐奉职无状，乃请老。余闻之，忻然曰：‘是可以老矣。吾与尔同归乎？’……迩刘廉访念庵寄词数种，余览之心动；又闻弟将归，乃述此以志喜。”《量移东归述喜》序：“是年春，余弟得旨东归，余是以有雄州之会，相将同隐南山中。弟不可，曰：‘不告而去，非礼也。’”

三月

任丘刘元震连捷进士，选庶吉士，授编修。刘统修，刘炳纂《任丘县志》卷九："刘元震，字元东，号复斋，佥事勃长子。母章氏梦龙鸣于幄而生震，丰神隽秀，负性端方，年十三举神童，食饩韫椟，六经斐然作者。隆庆庚午、辛未连捷进士，改庶吉士，授编修，一时制敕章奏及会典诸书，多所裁定。"

高邑赵南星会试落榜。入太学，得大司成（祭酒）丁美士赏识，每次考试均名列第一，文章轰动京城。（贾梦元《赵南星年谱》）

文安姜璧中进士，令乐安。余继登《都察院右佥都御史蒲汀姜公璧墓志铭》："中丞姜公，讳璧，字符卿，别号蒲汀，顺天文安人。世以孝弟力田为德于里，里长老言此其后当有兴者。及公生而驯谨笃学，以三礼起家，领隆庆庚午乡荐。明年辛未，成进士，即以其年令乐安。"（焦竑《国朝献征录》卷六十三）

本年

平江艾穆任阜城教谕，邻郡诸生赵南星、乔璧星皆就学。张廷玉《明史》卷二百二十九《列传一百十七》："艾穆，字和父，平江人。以乡举署阜城教谕，邻郡诸生赵南星、乔璧星皆就学焉。"姚希孟《临城县乔中丞墓志铭》："生负异姿，十八补弟子员，三十以高等授饩。是时，督学使者罗四郡誉髦卒业恒阳书院，艾先生穆拥皋比司其月旦。公每试，必首。"艾穆，字和甫，号熙亭，平江杨坊里（今湖南省平江县大坪乡普安村杨各庄组）人。以乡举署阜城教谕。万历初擢刑部主事，进员外郎。张居正居丧不奔，疏言有失纲常，遭杖刑，戍凉州卫（今甘肃武威）。后复起户部员外郎，迁右佥都御史，巡抚四川。

肥乡张学颜为高拱、魏学曾所推，进右佥都御史，巡抚辽东。张廷玉《明史》卷二百二十二·一百十卷："隆庆五年二月，辽抚李秋免，大学士高拱欲用学颜，或疑之，拱曰：'张生卓荦倜傥，人未之识也，置诸盘错，利器当见。'侍郎魏学曾后至，拱迎问曰：'辽抚谁可者?'学曾思良久，曰：'张学颜可。'拱喜曰：'得之矣。'遂以其名上，进右佥都御史，巡抚辽东。"

临朐冯惟敏之侄子履因治行著闻，除固安知县，迁兵部车驾司主事。于慎行《仰芹冯公墓志铭》云："除固安知县，治行著闻，征为兵部车驾司主事，满考课最，进职方员外郎。"《仰芹冯公行状》："辛未擢兵部车驾司主事。"冯琦《府君行略》："辛未擢兵部车驾司主事，历职方员外郎。"名将谭纶在《举劾有司官员以昭劝惩疏》中奏道："固安县知县冯子履，人如精金美玉，操比烈日严霜，催科能屏绝鞭笞，逋负独少拯溺，则胼胝手足，全活何多. 法不挠于权豪，惠每先施茕独。"

交河孟兆祥生。孟兆祥（1571—1644），字允吉，号肖形。河间府交河（今河北省沧州市泊头）人。天启间进士，授大理寺评事，后主考四川。崇祯年间，担任吏部要员，拒绝请托，清操自励，有包公之谓。崇祯末为刑部右侍郎，李自成军至，不屈而死于门下，妻儿等随举家殉国。弘光登基后，追赠孟兆祥刑部尚书，谥忠贞。赠子孟章明河南道御史，谥节愍。同祀旌忠祠。

题准将遵化、密云、永平各附近卫所官舍严加遴选，分拨各学，如法教养。各兵备官以时校阅，仍照京卫武学事例，考入优等者，每名月给馔米。所用钱粮，即于缺官银米开荒粮内动支。至于民间技能之士，必须超群绝伦、真有实用者，方许入选，勿得滥收。（《大明会典》卷一百五十六《兵部·武学》）

据《隆庆五年进士登科录》，本年顺天府进士登科情况如下：

第二甲 5 名，赐进士出身。姓名及履历分别为：

赵鹏程，贯顺天府大兴县，匠籍，直隶扬州府通州人，国子生，治《诗经》。字汝图，行二，年二十八，四月初二日生。曾祖瑢，知县；祖显，父子春，母鲍氏，继母孙氏。具庆下。兄云程，知州。娶章氏，继娶何氏。顺天府乡试第十四名，会试第三百四十三名。

曹时聘，贯直隶真定府获鹿县，军籍，赞皇县学生，治《易经》。字希尹，行一，年二十八，五月初九日生。曾祖瑀，寿官；祖芳，医学正科；父椿，贡士；母高。重庆下。弟时举、时清、时彦、时正、时髦、时选、时熙、时旸、时升、时明。娶张氏，继娶全氏。顺天府乡试第三十四名，会试第一百四十五名。

任天祚，贯直隶河间府天津卫，军籍，卫学生，治《诗经》。字良锡，行一，年三十，七月二十三日生。曾祖昭，祖伦，父铎，母王氏。具庆下。娶何氏。顺天府乡试第十二名，会试第三百五十名。

赵国璧，贯直隶大名府东明县，民籍，国子生，治《诗经》。字子完，行二，年三十，三月初三日生。曾祖贵，祖鉴，父来凤，母欧氏。永感下。兄国珠，弟国玺。娶李氏。顺天府乡试第四十六名，会试第二百十七名。

刘元震，贯直隶河间府任丘县，军籍，县学生，治《书经》。字衍亨，行一，年二十九，九月二十日生。曾祖璟；祖蓁，赠户部郎中；父勃，按察司佥事；母章氏，封安人。重庆下。弟元翰、元泰、元霖、元冲。娶张氏。顺天府乡试第四十四名，会试第六十二名。

第三甲 42 名，赐同进士出身。姓名及履历分别为：

郭子直，贯浙江杭州府海宁县，民籍，嘉兴府崇德县人，国子生，治《易经》。字舜举，行一，年三十七，七月十七日生。曾祖权；祖皜，医学正科，封推官；父□，运司副使；前母沈氏，赠孺人；母吴氏，封孺人。具庆下。弟子立，冠带医士；子宣。娶沈氏。顺天府乡试第五十三名，会试第一百十名。

吴道卿，贯山东平山卫，军籍，国子生，治《诗经》。字公辅，行一，年三十，十一月初二日生。曾祖英，祖天锡；父江，寿官。母孙氏，继母胥氏。严侍下。娶周氏。顺天府乡试第七十二名，会试第一百七十九名。

王缄，贯顺天府霸文安县，民籍，国子生，治《诗经》。字伯默，行四，年三十，十二月初四日生。曾祖能，县主簿；祖哲，赠监察御史，加赠按察司副使；父仪，都察院右副都御史；前母邢氏，赠恭人；宋氏，封孺人；母董氏，封恭人。慈侍下。兄绪，府司狱；绾，监生；绲；绅，监生；守训；彩、织、络、缮、统；以纁，知府；弟练、丝、组。娶樊氏。顺天府乡试第一百四名，会试第一百四十四名。

沈涵，贯武功左卫，匠籍，浙江德清县人，国子生，治《诗经》。字维敬，行一，年三十一，六月二十四日生。曾祖铨，祖谧；父□，兵部主事；母王氏。慈侍下。弟潜。娶吴氏。顺天府乡试第七十六名，会试第一百三十四名。

庄鹏举，贯直隶河间府景州东光县，民籍，国子生，治《礼记》。字图南，行一，年三十五，八月二十七日生。曾祖钦，祖铎；父敬，贡士。母刘氏。永感下。弟鹏程。娶刘氏。顺天府乡试第四十八名，会试第二百八十三名。

丁宾，贯浙江嘉兴府嘉善县，军籍，国子生，治《书经》。字礼原，行三，年二十九，正月初一日生。曾祖弼，祖乾；父衮，典仪；母吕氏，继母陆氏。重庆下。兄寅，监生。娶吴氏。顺天府乡试第五十五名，会试第三百九十一名。

田管，贯福建延平府大田县，民籍，国子生，治《诗经》。字希玉，行四，年三十二，十一月十七日生。曾祖赐禄，寿官；祖广荣，父鋹，母陈氏。慈侍下。兄项，按察司提学副使；华；洙，武学训导；瑚，弟圭。娶林氏。顺天府乡试第六十四名，会试第八十三名。

费标，贯顺天府大兴县，富户籍，浙江慈溪县人，国子生，治《诗经》。字孟立，行一，年四十，八月初四日生。曾祖灿，通判，赠大理寺右寺丞；祖铠，大理寺右寺丞；父沐，通判；前母刘氏，赠安人；母王氏，封安人。永感下。弟桐，府知事；桂，知县。娶张氏，继娶许氏。顺天府乡试第一百名，会试第一百八十九名。

高自治，贯山西太原右卫，官籍，国子生，治《礼记》。字思勉，行一，年三十，四月十八日生。曾祖谦，寿官；祖泰，父云，母张氏，继母马氏、李氏。具庆下。弟自强、自学、自立、自明、自新。娶萧氏。顺天府乡试第四十八名，会试第二百三十四名。

汪彦冲，贯直隶徽州府歙县，民籍，浙江仁和县人，国子生，治《诗经》。字懋中，行一，年二十九，二月十六日生。曾祖社贞，祖尚，父世明，母姚氏。具庆下。兄彦衡。娶叶氏。顺天府乡试第二名，会试第二百二十九名。

祁鲸，贯直隶河间府阜城县，民籍，国子生，治《诗经》。字孟化，行一，年三十三，正月十三日生。曾祖钊；祖杰，典史；父贤，母葛氏。慈侍下。弟鲲，贡士；鲤。娶米氏。顺天府乡试第六十八名，会试第三百七十六名。

赵楫，贯顺天府大兴县，民籍，浙江山阴县人，府学生，治《易经》。字汝进，行三，年二十七，十二月初八日生。曾祖名，祖镗，父瀚，母李氏。慈侍下。兄桐、栋，弟松。娶卫氏。顺天府乡试第九十四名，会试第三百六十五名。

贾如式，贯直隶真定府晋州武强县，军籍，国子生，治《诗经》。字孝征，行二，年二十九，七月二十一日生。曾祖泰，祖天佑；父亘，岁贡生。母李氏。具庆下。兄如儿，弟如纶、如玉。娶于氏。顺天府乡试第一百二十名会试第二百九十八名。

李梯，贯直隶河间府任丘县，民籍，县学增广生，治《诗经》。字子登，行四，年三十四，三月初五日生。曾祖山，祖滕；父州，省祭官；母明氏。永感下。兄楠、朴、杭。娶谢氏。顺天府乡试第九十八名，会试第三百七十名。

崔应麒，贯直隶真定府获鹿县，民籍，府学生，治《易经》。字献可，行一，年二十八，正月十一日生。曾祖彪，祖鸾；父珍，教谕；母范氏。具庆下。弟应鹏。娶黄氏。顺天府乡试第六十六名，会试第三百六十三名。

王蔚，贯直隶真定卫，军籍，山西清源县人，真定县学生，治《易经》。字国光，行一，年三十，三月初二日生。曾祖连；祖佑，封知府；父抚民，按察司副使；母任氏，封恭人。重庆下。弟藻，推官；文荐、文英、文艺。娶张氏。顺天府乡试第一百四十七名，会试第一百五名。

李安仁，贯直隶兴州右屯卫，军籍，山西万泉县人，迁安县学生，治《易经》。字体元，行二，年三十，九月初五日生。曾祖通，祖昂，父臣，前母雷氏，母徐氏。具庆下。兄志仁。娶张氏。顺天府乡试第九十一名，会试第三百五十五名。

茹宗舜，贯直隶东胜右卫，军籍，山西临汾县人，遵化县学生，治《诗经》。字子效，行一，年三十二，十一月三十日生。曾祖仁，祖彪，父璋，母马氏。具庆下。弟宗禹、宗汤。娶石氏。顺天府乡试第八十九名，会试第二百四十一名。

韩铠，贯顺天府昌平州，军籍，河南嵩县人，国子生，治《易经》。字德威，行二，年三十七，四月二十九日生。曾祖福林，祖达，父仪，母李氏。永感下。

兄锡，岁贡生。娶翁氏。顺天府乡试第七十二名，会试第一百七十五名。

王一乾，贯江西吉安府泰和县，民籍，国子生，治《诗经》。字符卿，行四，年三十，正月初六日生。曾祖懋，祖语；父如瓒，知府；前母刘氏，母廖氏。慈侍下。兄一凯、一能、一光，弟一兑，监生；一忱。娶郭氏，继娶刘氏。顺天府乡试第一百七名，会试第一百五十名。

郗据德，贯顺天府涿州，民籍，国子生，治《诗经》。字守之，行二，年三十三，十月十三日生。曾祖甫成，祖贡，父珏，母杨氏。永感下。兄惟中、惟正、志道，弟依仁、明德。娶张氏，继娶何氏。顺天府乡试第九名，会试第二百四十八名。

连三元，贯直隶广平府永年县，民籍，国子生，治《诗经》。字子先，行四，年二十六，五月二十九日生。曾祖智，祖华，父锡，母李氏。具庆下。兄三畏；三省；三聘，恩贡生。娶郑氏。顺天府乡试第十二名，会试第七十八名。

张纶，贯直隶保定府清苑县，民籍，国子生，治《诗经》。字子合，行三，年三十九，六月初六日生。曾祖进，祖智，父翱，前母杨氏，母赵氏，继母冉氏、瞿氏。慈侍下。兄经、纬，弟绩、绶。娶王氏。顺天府乡试第一百二十一名，会试第三百五十四名。

宋儒，贯贵州都匀府麻合州，官籍，直隶定州人，国子生，治《诗经》。字醇夫，行一，年三十五，四月二十七日生。曾祖钺，州同知；祖鼎，州同知；父珠，州同知；母萧氏。具庆下。弟仟、伯、佼、修、偰、伊。娶金氏。贵州乡试第二十二名，会试第二百五十二名。

王胤祥，贯直隶抚宁卫，军籍，直隶丹徒县人，抚宁县学生，治《易经》。字邦瑞，行一，年三十三，十二月十五日生。曾祖喜，祖潾，父枕，前母祁氏，母单氏。具庆下。弟胤祜。娶傅氏。顺天府乡试第一百三十四名，会试第一百七十二名。

徐学礼，贯留守中卫，官籍，直隶灵璧县人，国子生，治《礼记》。字子立，行二，年三十一，四月初十日生。曾祖瓒，指挥使封昭勇将军；祖行，指挥使封昭勇将军；父继勋，指挥使封昭勇将军；母袁氏，封淑人。具庆下。兄学诗，大理寺右寺正。娶申氏，继娶申氏。顺天府乡试第四十七名，会试第一百三十五名。

张惟诚，贯锦衣卫籍，顺天府永清县人，国子生，治《诗经》。字汝思，行五，年二十七，九月十一日生。曾祖清；祖鹏翰，封明威将军锦衣卫指挥佥事；父麟，母扈氏。具庆下。兄乾、坤、震、巽，弟兑、惟谨。娶易氏。顺天府乡试第九十二名，会试第三百十名。

刘思中，贯大宁都司保定左卫，官籍，山东安丘县人，国子生，治《礼记》。

字子睿，行二，年三十九，九月二十一日生。曾祖毅，百户；祖经，百户；父怜，百户；母张氏，封安人。具庆下。兄建中，指挥佥事，弟允中、惟中、企中、懋中、虚中。娶李氏，继娶茂氏、王氏、李氏。顺天府乡试第二十七名，会试第一百十八名。

程逊，贯直隶大名府长垣县，民籍，国子生，治《诗经》。字惟谦，行一，年三十三，七月十五日生。曾祖磊，祖岱。父宦，母朱氏，继母王氏。严侍下。兄迁，弟文、选、通、述、莲、蘧、蓬、邁、迈。娶赵氏。顺天府乡试第一百十三名，会试第二百五十九名。

马允登，贯直隶河间府景州东光县，民籍，山西陵川县，县学生，治《书经》。字叔先，行六，年二十四，十一月十一日生。曾祖杲；祖尧辅，封中书舍人；父汝松，工科都给事中；母曲氏，封孺人；继母徐氏。永感下。兄允升、允众、允恭、允述、允谦；弟允端、允执。娶王氏。顺天府乡试第三十九名，会试第二百六十四名。

周应中，贯顺天府府军卫籍，浙江会稽县人，府学附学生，治《易经》。字正甫，行二，年二十七，六月初五日生。曾祖玘，祖拱，父珊，母王氏。具庆下。兄允中，弟时中、用中。顺天府乡试第二十六名，会试第三百四十八名。

高文炳，贯直隶松江府上海县，军籍，国子生，治《书经》。字象南，行三，年三十八，十月十一日生。曾祖铉，赠奉政大夫修政庶尹府同知；祖祚，父钦，嫡母韩氏，生母宋氏。永感下。兄鄂，弟文节。娶刘氏，继娶曹氏。顺天府乡试第三名，会试第二百八十二名。

姜壁，贯顺天府霸州文安县，民籍，县学生，治《礼记》。字完卿，行一，年三十二，一月初一日生。曾祖洪，祖隆，父师吕，前母董氏，母刘氏。具庆下。弟玺、莹、玳、瑶。娶王氏。顺天府乡试第二十七名，会试第三百四十七名。

苗浡然，贯直隶广平府曲周县，民籍，府学附学生，治《诗经》。字秀卿，行一，年二十八，正月初一日生。曾祖富，祖子用，父虎，母陈氏。慈侍下。弟油然、沛然、滋然。娶李氏。顺天府乡试第二十三名，会试第三百六十八名。

王致祥，贯万全都司龙门卫，官籍，山西忻州人，卫学生，治《春秋》。字德征，行四，年二十八，十一月二十二日生。曾祖永；祖懋，训导；父金，州同知；母张氏。具庆下。兄致中；国勋，指挥佥事；致和，恩贡生；致道。娶刘氏。顺天府乡试第一百十一名，会试第一百七十一名。

王度，贯直隶保定府祁州深泽县，民籍，国子生，治《诗经》。字惟贞，行一，年三十六，三月初五日生。曾祖献，祖溥，父朝栋，母曹氏。具庆下。弟府、廉、庶。娶吕氏。顺天府乡试第一百九名，会试第三百十六名。

秦绅，贯锦衣卫校籍，江西建昌县人，国子生，治《诗经》。字子佩，行四，年三十三，二月十九日生。曾祖明，千户；祖荣；父禄，光禄寺监事；母李氏，继母王氏。永感下。兄经、纶、缙。娶邓氏，继娶陈氏。顺天府乡试第一百三十五名，会试第三百三十名。

刘谐，贯湖广黄州府麻城县，民籍，国子生，治《春秋》。字凤和，行二，年三十，二月初四日生。曾祖名山；祖浚，赠奉政大夫刑部郎中；父廷举，按察司副使；母李氏，封宜人。具庆下。兄谦，监生；弟诲、诚。娶汪氏。顺天府乡试第十六名，会试第二十八名。

宋范，贯直隶广平府永年县，民籍，国子生，治《诗经》。字希范，行二，年三十，九月二十二日生。曾祖达，祖杰；父子贞，岁贡生；母杨氏。慈侍下。兄韩，弟程、朱。娶成氏。顺天府乡试第一百三十三名，会试第三百六名。

洪声远，贯顺天府和阳卫，军籍，浙江黄岩县人，府学增广生，治《书经》。字子实，行一，年三十二，九月初八日生。曾祖庆，祖瑛，父伦，母谷氏，继母邢氏。重庆下。弟振远、裕远、光远。娶俞氏，继娶乔氏。顺天府乡试第七十六名，会试第二百五名。

石应岳，贯福建漳州府龙岩县，官籍，直隶来安县人，国子生，治《易经》。字锺贤，行一’年三十一’九月十九日生。曾祖坤，百户。祖正，百户。父珍，百户。母林氏。具庆下。弟应崧、应岐、应仑。娶丘氏。顺天府乡试第一百七名，会试第二百八十六名。

夏潜，贯直隶大名府长垣县，民籍，国子生，治《易经》。字孔昭，行一，年三十一，九月十一日生。曾祖友，祖晨，父锋，母宋氏。具庆下。兄港、淘，弟溥。娶王氏。顺天府乡试第一百十五名，会试第三百四名。

隆庆六年

（公元 1572 年　壬申）

春

临朐冯惟敏自保定任上辞职归乡。《词稿》卷一《归田自寿》序：“壬申归田，方幸亲姻弟侄，相与称寿，而是岁吾弟不禄，吾服期年之制，废祝寿之礼。”《词稿》卷二《辛未量移东归》小令有：“急回头恰过年，有花有酒是神仙。”据此可知，惟敏在上年末辞官。

六月

归安嵇元夫作《立秋日芦沟送新郑少师相公》诗，一时传诵，谓《阳关》三叠，深含凄楚。朱彝尊《静志居诗话》卷十八《嵇元夫》载："嵇元夫字长卿，归安人。有《白鹤园集》。长卿父编修世臣，嘉靖辛丑分校礼闱，高文襄出其门。长卿少年简傲，获罪嘉兴某推官，坐死，文襄营救获免，招入都，执其手语朝士曰：'此天下才也。'及文襄去位，乘牛车出国门，次日，始有驰传后命。长卿《芦沟送新郑相公》诗云：'单车去国路悠悠，绿树鸣蝉又早秋。燕市伤心供帐薄，凤城回首暮云浮。徒闻后骑宣乘传，不见群公疏请留。三载布衣门下客，送君垂泪过芦沟，盖纪其实也。一时传诵，谓《阳关》三叠，《河满》一声，无此凄楚。比还里，困甚，岁暮大雪，李给事乐语家人曰：'此时嵇公子必大困。'因载酒炽炭棹舟从之，见嵇方坐涯次酌水，相与剧饮而别。苕中传为佳话云。"新郑少师相公，指高拱。高拱（1512—1578）字肃卿，新郑人。嘉靖辛丑进士。官至吏部尚书，中极殿大学士。谥文襄。事迹具《明史》本传。

本年

邢台赵孔昭复起为兵部左侍郎兼都察院右佥都御史，后以痰火剧发请致仕。焦竑《国朝献征录》卷四十一《兵部左侍郎赵公孔昭传》："今上即位，复起公以兵部左侍郎兼都察院右佥都御史，提督雁门等关，兼巡抚山西地方。时顺义虽称款塞，事实叵测。公徧历险隘，指画方略，每秋防未尝解严也。岁报赏银二十两，纻丝二表里，及遣大臣阅视，疏公功最。又蒙钦赏银三十两，纻丝二表里。寻奉诏以右司马原官协理京营戎政，比回部管事，痰火剧发遂请致仕。"

高邑赵南星在京设馆任教，用心攻读《史记》，与孙矿同笔共砚，切磋学问。（贾梦元《赵南星年谱》）孙矿（1543—1613）字文融，号月峰、湖上散人，明朝大臣、学者，浙江余姚人。隆庆举人，万历二年会试第一，殿试成二甲第四名进士。官至南兵部尚书，加封太子少保。

保定通判冯惟敏（1511—约 1580）辞官归田。冯惟敏于隆庆三年（1569）迁保定通判。（陈文新《中国文学编年史·明中期卷》）

第五章

万历元年至万历四十八年

(1573 ~ 1620) 共 48 年

万历元年

（公元1573年 癸酉）

八月

王锡爵、陈经邦任顺天乡试主考。王世贞《弇山堂别集》卷八十三《科试考三》：“万历元年癸酉，命右春坊右谕德兼翰林院侍读王锡爵、左春坊左中允兼翰林院编修陈经邦主顺天试。”

南乐魏允中文被主考王锡爵从落卷中发现，得叹赏，期许甚高。王衡编、王时敏续编《王文肃公年谱》：“八月，主顺天乡试，府君悉心考校，所拔多知名之士。试录至今，奉为程序。府君从落卷中见魏允中文，击节叹赏，而以二三场违式落第。府君出而访其人，以大魁期之。后于丙子科领解庚辰魁，其经一如府君所鉴云。”

十月

初一日，邢台赵孔昭致仕。《明神宗显皇帝实录》卷十八：“（万历元年十月戊申朔）原任巡抚山西改协理京营戎政兵部左侍郎兼都察院右佥都御史赵孔昭致仕。”

太仓王世懋（1536—1588）起补祠曹，寻迁尚宝丞，与文人黎民表、李维桢、欧大任、沈思孝等于京相与征逐诗酒之社。王世贞《亡弟中顺大夫太常寺少卿敬美行状》：“明年（1573）正月服除，以四月抵都下，十月始补祠曹，意泊如也。祠曹诸郎王君象坤、刘君应麒、孙君鑨博雅名士，弟皆与之善，以志行相砥砺，悉取古今子史益于经济者，朝夕讨论不倦。寻迁尚宝丞。盖是时同年故人有莅其上者，意不自安，而弟事之益恭，以是得谨厚声。尚宝居闲无事，益以其间致力古文辞，而故人黎惟敬在东掖，李本宁在玉堂，欧桢伯在成均，丘齐之、沈纯甫在郎署，李惟寅在环卫，刘子大、史元秉在缇帅，日相与征逐诗酒之社，而弟时时握牛耳。又善书，所挥染篇翰流艳人目，忌者缘饰，有‘游闲公子’之称。”

本年

霸州兵备副使钱藻下令修葺霸州城内东北隅东岳庙前的一处闲置馆舍，再建益津书院，选拔当地各村优秀子弟来院学习。钱藻，字自文，江苏如皋人。嘉靖三十八年（1559）取进士，授南京礼部主事，历任广信县令、直隶密云兵备、湖北布政使、顺天府尹等职。

霸州文人王遴升为南京工部尚书。（孙承泽《畿辅人物志》卷八）

定兴薛论道献策戚继光，未得用。光绪十六年《定兴县志》卷十一："万历初，戚继光镇蓟，建议弃黑古关，论道自制府，力陈不可，状事竟寝，以是失戚意，移疾罢。"

邢台王本固以病乞休，杜门家居，谢绝人事。（孙承泽《畿辅人物志》卷八、光绪三十一年《邢台县志》卷六）　焦竑《国朝献征录》二十七《南京吏部尚书王公本固》："万历元年，以二品考绩还，移疏乞休，准调理。疾愈，公以江陵憾，故家居不起，日谢人事，阅医药，周贫恤族，外无他羡焉。迨江陵殁，屡被抚臣荐扬科道，交举起用，公裕如也。"

新河宋登春自荆州至濮州与李先芳会。钱谦益《列朝诗集小传》丁集中《鹅池生宋登春》："濮阳李先芳《清平阁唱和序引》曰：'岁癸酉，鹅池山人至自荆州，能诗画，性嗜酒作狂。高贵之族，非造门不见。尝著僧帽，啖犬肉，读楞伽经，今隐峄山间寄山中之作。'"　宋登春（？—1585），字应元，自号海翁，晚居江陵天鹅池，更号鹅池生，又称宋布衣。著名诗人、画家。真定府冀州新河县六户村（今河北省邢台市新河县新河镇六户村）人。嘉靖、隆庆、万历年间在世，当卒于万历十三年（1585）[①] 30岁间，妻子儿女五人具丧，因悲愁而须发皆白。此后，带义子（侄子）宋鲸弃家远游，以书画为资，行程5万余里，北出居庸，南涉扬子，西越关陕，东泊沧海，广泛结交诗画文人。万历五年，还乡里。逾年后复返江南。徐学谟守荆州，深礼敬之。后寓云间徐氏家中，乘舟出海，落水而卒。一生诗作甚多，五言尤佳，清代才子纪昀对其五言诗评价极高。清代御史陆陇其赞曰"遗稿十存一，光芒若鼎彝"。诗文遗著《宋布衣集》三卷被收入《四库全书》，存诗340余首，文30多篇，多以游历览胜、思乡交友、即景抒情为题，语言质朴清丽，犹有杜甫陆游之风。另有《鹅池山人集》2卷、《燕石文集》《布衣诗集》《清平唱和诗》等。（孙承泽《畿辅人物志》卷十九、钱谦益《列朝诗集小传》丁集中、徐学谟《宋登春传》（《畿辅通志》卷一百五））

南皮汤宾抚郧阳，军政修明，万口称颂。后以父忧归。张佳胤《通议大夫都察院右副都御史交川汤公宾墓表》："癸酉，会郧阳抚治都御史缺，廷推公以右副都御史往。公领节抵镇，讥察山寇，招抚流移，军政修明，地方宁谧，四陲颂声，万口如一；而中宪公卒于家矣，公扶服代归，几不欲生。"（焦竑《国朝献征录》卷六十二）

---

① 有记约1517年生，1584年寒食节投钱塘江而死，不知所出。据钱谦益《列朝诗集小传》所记，卒年在1585年，详见下文当年所记。

万历二年

（公元1574年 甲戌）

三月

高邑赵南星中进士，主考卷内批“冲淡萧散之气，寄之乎高足阔步之中”。（贾梦元《赵南星年谱》）

孙继皋（1550—1609）等进士及第。王世贞《弇山堂别集》卷八十三《科试考三》：“万历二年甲戌，命太子太保礼部尚书武英殿大学士吕调阳，吏部左侍郎兼翰林院学士掌詹事府事王希烈主会试，取中孙爌（1542—1613）等三百人。廷试，赐孙继皋、王应选、余孟麟及第。张嗣文与中式。”同榜进士有李化龙（1554—1611）、邢侗（1551—1612）、赵南星（1550—1627）、邹迪光（1550—1626）、沈琛（1553—1610）、李三才（？—1623）、吕坤（1536—1618）、陈与郊（1544—1611）等。

通州李三才中进士。李三才（？—1623），字道甫，号修吾，祖籍陕西临潼，世代为武功右卫的军官，落籍顺天府通州（今北京市通州）张家湾。本年进士，历官户部主事、山东佥事、河南参议、大理少卿。二十七年以右佥都御史总督漕运，巡抚凤阳，官至南京户部尚书。三十九年，以党争而引退家居，朝廷因辽东经略乏人，欲加荐用，以议论相持未决而罢。天启三年（1623）起用为南京户部尚书，未赴任而死。（张廷玉《明史》卷二百三十二《列传第一百二十》、孙承泽《畿辅人物志》卷十）

固安傅好礼中进士。傅好礼，生卒年不详。字伯恭，顺天府固安县（今河北省固安县）马庆里人。本年进士。知安徽泾县，擢御史，疏请节游宴，停内操，罢外戚世封等，语皆切直。后巡按浙江、浙江、山东，又招光禄少卿，改太常。上疏劾近畿虐征，帝大怒，降广昌典。未几，辞归，家居十五年卒。（张廷玉《明史》卷二百三十七《列传第一百二十五》）

著名文人邢侗（1551—1612）除南宫知县，清廉有为。李维桢《陕西行太仆寺少卿邢公墓志铭》：“庚午（1570）举京兆，甲戌成进士，授南宫令。请于父：‘若何为政？’父曰：‘吾家故温，不需若养，祓除其心，以和惠民。’子愿敬诺。之官，一切供亿，率取诸家。削邑市货者籍，不复用问遗。训咨故实，不干不犯。民有讼，悉其聪明尽之，两造俯首无言。……南宫今特以廉令祠。征拜山西道御史。”邢侗（1551—1612），字子愿，号知吾，自号啖面生、方山道民，晚号来禽济源山主，世尊称来禽夫子。临邑县（今属山东德州）人。明万历二年进士，官至陕西太仆寺少卿。善画，能诗文，工书，书法为海内外所珍视。与董其昌、米万钟、张瑞图并称“晚明四大家”。

南和朱正色中进士，授偃师知县，有政声。

长垣李化龙中进士，除嵩县知县。

冬

渭南南宪仲任枣强知县，有政声。后其卒于任上，同僚邢侗为其经纪后事。《枣强县志》：“万历初，有南宪仲，号次原，渭南人，甲戌进士。是年冬莅任，实心行政，清查地亩得三百余顷，开垦荒地几二千亩，抚流移复业者四百余家，修城垣，兴学校，广储蓄以备赈贷，锄强暴以安善良，乃以积劳致疾，卒于官。士民如失怙恃焉，斯皆诸令中最贤者也！”王士祯《池北偶谈》卷七：“吾乡太仆邢公子愿（侗），以书法文章名神宗朝，然其行谊甚高。初知南宫县，同年渭南南公（宪仲，工书，居益之父）为枣强令。会御史按真定，皆在郡候察，而南公病殁，后事一无所备。先生直入白御史曰：‘南枣强死，无为经纪后事者，某愿请旬日之假，驰往治丧，毕事后，赴郡听察。幸甚！’御史素重公名，许之，竟为停察事，听往治丧。至今南氏子孙感公高谊不忘。御史亦贤者，惜逸其姓字。”

本年

东安刘体乾致仕。张廷玉《明史》卷二百十四《列传第一百二》：“神宗即位，起南京兵部尚书，奏言：‘留都根本重地，故额军九万，马五千余匹。今军止二万二千，马仅及半，单弱足虑。宜选诸卫余丁，随伍操练，发贮库草场银买马。’又条上防守四事。并从之。万历二年致仕。”

安肃郑洛由浙江左布政使改右佥都御史，巡抚山西。（张廷玉《明史》卷二百二十二《列传第一百十》）

顺天崔子忠约生于本年。崔子忠（约1574—1644），初名丹，字开予，又字道母，号北海，又号青蚓，顺天府诸生。兼有魏晋豪洒与燕赵慷慨之风，与宋继登、史可法等相友善。遭寇乱，潜避委巷，无以给朝夕，以饥死。善丹青，以画见赏于华亭董其昌，与陈洪绶并称为“南陈北崔”。博学善文，有唐李贺遗风。（孙承泽《畿辅人物志》卷十九、孙奇逢《畿辅人物考》卷八、钱谦益《列朝诗集小传》下集中）

万历三年

（公元1575年　乙亥）

五月

著名诗人欧大任由南康府教授升国子监助教，于京与沈懋学、王世懋，邢侗等交往颇密。《广州乡贤传》："欧大任字桢伯，顺德人。……万历乙亥国子监助教。"欧必元《家虞部公传》："隆庆己巳（1569），漕运中丞方公濂首荐于朝，迁河南光州学正。……迁邵武府教授，以孔太宜人丧归，服除补南康府，未任，即擢国子监助教，专以作人劝学为本，六馆诸生大半执经门下，人谓韩愈四门、胡瑗直讲不能过也。值显皇帝幸太学，赐衣一袭，公赋《临雍颂》以纪盛事。上亦先闻公才名，一日万几稍暇，亲沥宸翰，躬作'不二'二字赐之，字大如斗，笔法遒劲，字画楷整。时上犹冲龄也。公日夕焚香披对，致政归里日，特筑宝翰楼藏之，以为世珍。时馆阁诸公，称诗者云集辇毂，如许歙县、张新建、沈四明、赵兰豁四相国，王定安、刘邱任、何信阳三宗伯，沈君典、赵汝师、王胤昌、范伯桢、黄懋中数太史，王奉常敬美、方银台允治、邱计部谦之、邢侍御子愿、汤尧文、韦显纯两国子、李宛平袭美及吾岭南梁舍人思伯，争相把臂。至郢中大司空曾公则最为昵好，称尔汝交。其后有张羽王、魏懋权、喻邦相、沈纯甫、胡元瑞、田子艺、胡孟弢、屠长卿、郭建初、莫云卿、张元易、马用昭，门人则程无过、程虞仲、潘子朋，诗僧如镇继、正秀、德淹、如序，问引为方外交。都市诗坛，曾无虚日，亦一时之盛也。公有季弟人燕访兄，亦以诗画鸣，得阑入社会，称为大小欧。"张鸣凤序欧大任《南翥集》，署"万历乙亥长至"，提及大任"迁（太学）今官"，其任命时间据以推定。"长至"兼指夏至或冬至，即农历五月或十一月。

七月

二十一日，著名文学家王思任生于北京。王思任编，王鼎起、王霞起订《王季重先生自叙年谱》："万历三年，乙亥，先生一岁。诞于七月二十一日辰时。在京都西江米巷药肆中。"王思任（1575—1646），著名文学家。字季重，号谑庵，又号遂东、稽山外史。祖籍浙江山阴（今浙江省绍兴市）。万历年进士，曾知兴平、当涂、青浦三县，又任袁州推官、九江佥事。清兵破南京后，鲁王监国，以思任为礼部右侍郎，进尚书。顺治三年，绍兴为清兵所破，绝食而死。为文笔意放纵诙谐，时有讽刺时政之作。以《游唤》《历游记》两种游记成就最高，《小洋》《天姥》诸篇尤为著名。诗重自然，才情烂漫，惜放纵太甚，有《王季重十种》传世。

十月

十三日，定兴鹿善继生。陈鋐编《鹿忠节公年谱》卷之上："是为十月十三日，太恭人田年十六而鞠先生于江村。"钱谦益《鹿公墓志铭》[1]："公讳善继，字伯顺，其先小兴州人也。国初有讳荣者，徙居定兴南之西江村。曾祖讳府，封文林郎，山西平阳府襄垣县知县。祖讳久征，江西道监察御史，赠光禄寺少卿，直言厉行，蔚为名臣。考讳正，累封如公官。妣田氏，赠恭人。正贵公子，少为诸生，县令宋继登请与相见，正方粪田，投畚锸而往，县令叹息，逆奄时，倾身急诸公之难，所谓鹿太公者也。"鹿善继（1575—1636），保定府定兴县（今河北省保定市定兴县）人，字伯顺，号乾岳，鹿正之子。晚年自号江村渔隐，谥号"忠节"。因为明死节，追赠大理寺卿，谥"忠节"，并敕建祠祭奉。万历四十一年进士，历户部山东司主事、户部主事、兵部职方主事、尚宝卿等职。崇祯九年，因守定兴卒。崇扬王学，重志节、事功、实践。工诗善文。所作文章多讲论学问，受王守仁影响较明显。著有《无欲斋诗钞》《认真草》《四书说约》等。（张廷玉《明史》卷二百六十七《列传第一百五十五》、孙承泽《畿辅人物志》卷十一、孙奇逢《畿辅人物考》卷之一、陈鼎辑《东林列传》卷五）

大名刘遵宪生。刘遵宪（1575—1644），字可权，大名府（今河北省大名县）人，万历三十二年进士，历寿张、滋阳知县，升户部主事，改兵部，进职方郎中。历山东副使、陕西兵备副使、陕西按察使、兵部侍郎加太子太保、工部尚书等官。著有《挥尘亭集》《云西稿》《筹边余咏》《来鹤楼集》《会心录》《惺心录》《恕罪斋录》《友声亭集》《归田小记》。

本年

高邑赵南星授河南汝宁推官，政务之余，授徒马犹龙、赵寿祖等。（贾梦元《赵南星年谱》）

高阳孙承宗应童子试，为州里称异，郡守亦奇。

① 《鹿公墓志铭》为《太常寺少卿管光禄寺丞事赠大理寺卿赐谥鹿公墓志铭》简称，见钱谦益《初学集》卷五十，下同。

任丘李汶除（按察司）山东副使，随阅宣、云边务，慨然有封狼居胥之意。（乾隆二十七年《任丘县志》卷九）

南皮汤宾中谗言，得旨致仕。

万历四年

（公元 1576 年　丙子）

四月

山阴徐渭入京，赴宣大巡抚吴兑幕。

五月

初四日，东安刘体乾（1512—1576）卒，赠太子少保。《明神宗显皇帝实录》卷五十："原任南京兵部尚书刘体乾卒，赠太子少保，予祭葬，仍予谥。体乾北直隶人，由嘉靖二十三年进士授行人，选授兵科给事中，升吏科右兵科左，历升通政使、刑部右侍郎、户部左，总督仓场；南京户部尚书。改户部未几，罢。万历元年，起南京兵部尚书。前后历俸五年，因疾乞归，至是卒。为人清劲有执，居谏垣不诡随、不矫异。司国计樽节敦大，晚起为本兵，卒引疾，拂衣进礼，退义有大臣风，晋秩易名宜其隆矣！四川乌思藏护教主差国师喃哈星吉等、番僧铿吉等，各贡珊瑚方物给赏如例。"张廷玉《明史》卷二百十四《列传第一百二》"赞曰：明之中叶，边防堕，经费乏。当时任事之臣，能留意于此者鲜矣。若杨博、马森、刘体乾、葛守礼、靳学颜之属，庶几负经济之略者。就其设施与其所建白，究而行之，亦补苴一时而已，况言之不尽行，行之不能久乎！自时厥后，张居正始一整饬。居正殁，一切以空言从事，以迄于亡。盖其坏非朝夕之积矣。"

八月

何洛文、许国任顺天乡试主考。王世贞《弇山堂别集》卷八十三《科试考三》："万历四年丙子，命右春坊右中允兼翰林院编修何洛文、右春坊右赞善兼翰林院检讨许国主顺天试。"

南乐魏允中中乡试第一，第二年与兄允贞、弟允孚，皆举进士，称"三魏"；同年中进士中的顾宪成、刘应兰皆乡试第一，号庚辰三解元。钱谦益《列朝诗集小传·魏考功允中》："懋权为诸生，王元美以兵使行部，赠之诗曰：'还将代兴意，对酒颂如渑。’丙子秋试，元美偕同官饮于使院，戒阍吏曰：‘小录至，非魏允中第一，无伐鼓以传也。’抵暮，鼓发，相与欢叫绝倒，其赏异如此。懋权与其兄允贞、弟允孚，皆举进士，称三魏。与其同年顾宪成、刘应（庭）兰皆乡试第一，号庚辰三解元，咸相与镞砺志节，以名世相期许。”沈德符《万历野获编》卷十六《科场·畿元取乡人》：“顺天乡试，大抵取南士为解元，盖以胄监多才，北人不敌。间取一二北士，多不惬众论，其推服者，仅今上丙子魏允中一人耳。顷乙卯科，给事中刘文炳，真定人也，为其乡人不平，请取北人为解者，谓燕赵乃至尊丰镐，不当使他方人得之。上允其议，且定为永制。时首揆方中涵，京师人，亦欲私其桑梓也。窃以故元用蒙古人为状元，而中华人次之，此陋俗何足效？善乎世宗之言曰：‘天下皆是我秀才，何云冒籍？’圣哉！”王世贞《魏懋权时义序》：“余治魏郡兵，识魏子允中于诸生中。魏子年尚少，所为文义奇甚，然不能俯就格。而又善诗，先后奏余诗数章，往往有少陵氏风。余异之，赠以五言长韵，致代兴意，今在集中。余既已去魏，则数闻魏子小试辄居首，而独不利于乡。又有李化龙者晚出，而与之角，相甲乙，至癸酉（1573）秋，李子举乡之第二人。又三年为丙子（1576）秋，而余解郧节还，晤吾郡兵使者永嘉王公。王公实后余而守魏，亦尝奇二子，迎而顾余曰：‘吾向者谓李当遂举，举不能第一人也。谓魏迟之，是必第一人矣。使急足当孔道得试目，即魏子第二人，毋以溷我。’而亡何试目至，果如公所属。余怪问之，王公曰：‘凡为文义而尚辞者，华而远其实，尚理者，质而废其采，洁则病藻，短则病气，此四者未有能剂者也。今骤而求魏子长，则备之，苛而求魏子短，无是也。凡为时义者，则未有能超魏子乘者也。’寻又有传魏子所试文及它试与居平之业若干篇至者，余得而读之，而后知王公之所得于魏子者深也。余不暇他举，以耳目所睹记，吾省之王文恪、储文懿、钱与谦，是三四君子，一试而其所自期与试之者之期之，若取诸寄不爽。夫固一时之操觚者少，而人自披靡，然亦以试者有定诣，而试之者有定识也。”

寓宛平刘效祖撰成《四镇三关志》。《四镇三关志》十卷，万历二至四年（1574—1576）成书，姑记于此。全书分建置考（图画、分野、沿革），形胜考（疆域、山川、乘障），军旅考（版籍、营伍、器械），粮饷考（民运、京帑、屯粮，附盐法），骑乘考（额役、免给，附互市胡马赔补），经略考（前纪、令制、杂防），制疏考（诏制、题奏、集议），职官考（部署、文秩、武阶），才贤考，勋考（勋劳、谋勇、节义），夷部考（外夷，附入贡、属贡、入犯等）。明代边务志书有数十种，以此志最详。四镇指蓟州、辽东、保定、昌平四镇；三关指居庸关、紫荆关、山海关三关。

万历五年

(公元 1577 年　丁丑)

三月

丁丑科考生杨起元始以禅说入制义，八股文风气自是大变。顾炎武《日知录》卷十八《举业》："东乡艾南英《皇明今文待序》曰：呜呼！制举业中，始为禅之说者，谁与原其始？盖由一二聪明才辩之徒，厌先儒敬义诚明穷理格物之说，乐简便而畏绳束。其端肇于宋南渡之季，而慈湖杨氏之书为最著。国初功令严密，匪程朱之言弗遵也。盖至摘取良知之说，而士稍异学矣。然予观其书，不过师友讲论，立教明宗而已，未尝以入制举业也。其徒龙溪（王畿）、绪山（钱德洪），阐明其师之说，而又过焉，亦未尝以入制举业也。龙溪之举业不传，阳明、绪山，班班可考矣。衡较其文，持论矜重，若未始肆然欲自异于朱氏之学者。然则今之为此者，谁为之始与？吾姑为隐其姓名，而又详乙注其文，使学者知，以宗门之糟粕为举业之俑者，自斯人始（万历丁丑科杨起元）。呜呼！降而为传灯，于彼教初说，其浅深相去已远矣。又况附会以援儒入墨之辈，其鄙陋可胜道哉！今其大旨不过曰：耳自天聪，目自天明。犹告子曰生之谓性而已。及其厌穷理格物之迂而去之，犹告子曰不得于言，勿求于心而已，任其所之，而冥行焉，未有不流于小人之无忌惮者，此《中庸》所以言性不言心，孟子所以言心而必原之性，《大学》所以言心而必曰正其心，吾将有所论著，而姑言其概如此，学者可以废然返矣。"梁章钜《制义丛话》卷五："俞桐川曰：以禅入儒，自王龙溪诸公始也，以禅入制义，自杨贞复起元始也。贞复受业罗近溪，辑有《近溪会语》一书，故其文率多二氏之言，艾东乡每以为訾。乃文之从禅入者，其纰缪处固不堪入目，偶有妙悟精洁之篇，则亦非人所及，故归、胡以雄博深厚称大家，而贞复与相颉颃，其得力处固不可诬也。贞复尝入侍经筵，崇志勤学，几于醇儒。又以扶丧哀毁，感寒成疾，近于笃行，其可议者独在文耳。然披沙得金，凿石成璞，宝光自著于宇宙，乌得以一家之论掩之哉？"

临川汤显祖下第南归，作《别沈君典》诗。邹迪光《临川汤先生传》："丁丑会试，江陵公属其私人啖以巍甲而不应。"沈懋学，字君典，宣城人。曾与汤显祖同受学于罗汝芳。今年及第，授修撰。万历六年请告归，十年卒。年四十四。

交河余继登聪慧而苦学，中本年进士。选庶吉士，好考究史事，笔锋纵横，为人所重。于慎行《资政大夫礼部尚书兼翰林院学士赠太子少保谥文恪云衢余公继登墓志铭》："公生八岁而考妣客死，茕茕千里扶两棺以归，宗人睨而弱之，欲谋其产，所以齮龁百方竟得无恙，而谒里师受经，诵习日力，年甫十三补邑弟子，宗人之谋寝。嘉靖甲子以诗举京兆。万历丁丑，乃成进士。选庶吉士，卒业馆中。好考览国家故实及前代治乱，所繇至校大制作，笔锋纵横，超乘而上，诸公交重焉。"（焦竑《国朝献征录》卷三十四）

新安宁化龙中进士，后授中书舍人。余继登《陕西布政使司左布政使宁公化龙墓志铭》："公生五岁始能言，比就外傅一意问学，十一能文，十四补弟子员，十八廪于庠。万历丙子举于乡，丁丑第进士，戊寅授中书舍人。"（焦竑《国朝献征录》卷九十四）

文安邢孔阳中进士。邢孔阳，生卒年不详，字公昭，顺天府文安人。本年中进士。授户部主事。累迁郎中，管通州漕储河道事。时河屡决，邢孔阳条议疏浚，百姓利之。

广平王世扬中进士，任行人司行人。

任丘徐三畏中进士，官至兵部尚书，二品。（张弘道、张凝道《皇明三元考》卷十三）

南乐魏允中进士，授职荆州推官。

春

山阴徐渭自宣府归寓北京。于宣府间曾作五言排律《宣府槐龙篇》《上谷歌》七绝九首、《宣府校场歌》《自燕京至马水竹枝词》二首、《上谷边词》八首等。（徐朔方《晚明曲家年谱·浙江卷》）

十月

著名文人赵用贤、吴中行、邹元标、艾穆、沈思孝等以论张居正"夺情"事相继罢黜谪戍。焦竑《澹园集》续集卷十六《光禄大夫少保兼太子太保吏部尚书建极殿大学士赠太保谥文肃荆石先生行状》："丁丑，升礼部右侍郎。是岁，江陵父死，谋夺情视事，编修赵用贤、检讨吴中行疏劾之。先生忧祸叵测，约秩宗而下数十人诣江陵求解，拒不见。先生径造丧次，切让之，江陵不知所对，泣且拜曰：'上强留我，而诸子力逐我，我何以处？第有自刭而已。'竟入不顾。卒取中旨廷笞此两人。先生持之大痛，且首倡赆赠，皆人所缩朒不敢前者"。朱彝尊《静志居诗话》卷十七《艾穆》："艾穆字和甫，一字纯卿，岳州平江人。嘉靖中举人，初仕为国子监助教，万历初迁刑部主事，历员外郎，抗疏论张居正夺情，廷杖，遣戍西宁。久之，起禄少卿，转鸿胪寺卿，再转太仆寺卿，以都察院右佥都御史，巡抚四川。有《终太山人集》。艾公与吾乡沈纯甫先生，同论江陵夺情，其谪戍一西一南。艾公《出都》诗云：'病向西风一促装，寥寥征雁寒云长。流沙万里无愁远，去国孤踪信若狂。楚客江鱼身可葬，汉臣马革骨犹香。青山到处皆吾土，岂必湘南是故乡。'是亦达人之言。西窜之后，诗律颇效空同，自公而后，南风多死声矣。"

著名文人邹元标以论张居正夺情受杖于庭。陈鼎辑《东林列传》卷十三《邹元标赵南星列传》："邹元标，字尔瞻，江西吉水人。万历五年进士，观政刑部。首辅张居正父丧夺情，抗疏指斥，入朝门，适翰林吴中行、赵用贤以诤居正，杖于廷，血肉狼藉，亟叹曰：'奇男子也！'出袖中疏上之，略曰：'居正才虽有，为学术则偏；志虽不小，忌刻过甚；进贤不广，自用太滥，言路未通，民隐未达；用深刻之吏，阻豪杰之才，以居正而在京守制，纲常以斁，人心以坏，安望其弼成帝学、辅翼圣志哉？居正且大言曰不顾旁人之谤议，不恤匹夫之小节，将以三年之丧为小节乎？台省诸臣不言已为旷职，又有御史曾士楚出疏保留省臣，陈之谟效之。朝廷为首善之地，台省为公论所出，持论至此可胜叹哉！'疏入，杖八十，谪贵州都匀卫，徒跣就道，数濒死。"

秋

山阴徐渭秋后离京归越，于京曾作诗《燕京五月歌》《燕京歌》等。（徐朔方《晚明曲家年谱・浙江卷》）

本年

任丘李汶转神木道，迁右参政，分守西宁；后再转山东按察使。（乾隆二十七年《任丘县志》卷九）

文安姜璧入为河南道监察御史。（过庭训《明分省人物考》卷二）

真定梁梦龙，以兵部左侍郎进右都御史，总督蓟、辽、保定军务。

新河宋登春远游还乡里，拜邱垅邑令，结庐以处。

万历六年

（公元 1578 年　戊寅）

夏

肥乡张学颜拜户部尚书，受张居正倚重，撰《会记录》《清丈条例》，通行天下。张廷玉《明史》卷二百二十二《列传一百十卷》：“逾年，拜户部尚书。时张居正当国，以学颜精心计，深倚任之。学颜撰《会计录》以勾稽出纳。又奏列《清丈条例》，厘两京、山东、陕西勋戚庄田，清溢额、脱漏、诡借诸弊。又通行天下，得官民屯牧湖陂八十余万顷。民困赔累者，以其赋抵之。自正、嘉虚耗之后，至万历十年间，最称富庶，学颜有力焉。”

本年

滑县宋讷《西隐集》刊行。《西隐集》，凡十卷附录一卷，前四卷为赋、诗，后六卷为杂文，附录一卷。卷前有顾尔行撰《宋祭酒西隐集序》，署“万历戊寅孟夏”，后有《西隐集后序》，署“万历戊寅孟夏”。目录后原题：“滑台后学王崇之编次，东莱后学刘师鲁校刊。”

文安姜璧出任两淮盐法。（过庭训《明分省人物考》卷二）

高阳孙承宗以《易经》补博士弟子员，名列第二。

威县贾待问升山西参政，驻节汾州。

万历七年

（公元 1579 年　己卯）

正月

诏毁天下书院。时士大夫竞相讲学，张居正恶之，尽改为公廨。（《明史·神宗本纪》）

八月

陈思育、周子义任顺天乡试主考。王世贞《弇山堂别集》卷八十三《科试考三》："七年，命左春坊左谕德兼翰林院侍读陈思育、司经局洗马兼翰林院修撰周子义主顺天试。"

柏乡冯嘉遇中顺天乡试解元。冯嘉遇，号曙白，治易。（张弘道、张凝道《皇明三元考》卷十三）

本年

著名诗人欧大任由国子监助教破格升迁大理寺左评事，任内所作诗，集为《西署集》。王世懋《欧桢伯西署集序》："欧先生桢伯岭南人也。岭南故多娴于文辞，而欧先生为最，尤好为古今诗歌。当其有名诸生间，气盖岭南，俯一第不足拾取，然数上有司辄不利，几以常调为文学掌故。故事：掌故历郡国学即止，不复迁。欧先生所历皆上考，遂破选人格，为国学掌故。居久之，将选入中秘，弗果。已遂迁为廷尉平。廷尉平皆以进士秩居，海内谈艺者欣欣然思破藩篱，冀上征用，皆口实欧先生矣。先生无他嗜好，所居不携家，尝以一二奚奴自从，时拥被吟，而从者化之，亦以能诗闻。所与交海内贤豪长者，一倾盖语，或偕赏眺，必贻有诗歌，而人亦争愿得先生言以自愉快，故所在成轶，若《浮淮》诸集弦诵海内，而及是则称《西署》云。廷尉署与比部鳞比而西，故皆得称西署。比部事简而徒众，诸郎多肆力为文章，若李、徐辈及余兄元美，先后声施矣。廷尉属不称剧于比部，而寡德鲜唱，弘正间仅得一徐迪功，无几何下迁博士去，所称翩翩年少以廷尉属名者，常评事伦一人而已。今其诗具在，以当欧先生，孰多且旨，亡待其所私故能辩也。上下百年内，徐迪功由廷尉平左迁博士，欧先生由博士右迁廷尉平，相望两人耳。……吴郡友人王世懋撰。"

交河余继登得授翰林院检讨。（焦竑《国朝献征录》卷三十四）

安肃郑洛以左侍郎总督宣、大、山西军务。（张廷玉《明史》卷二百二十二《列传第一百十》）

保定王仲撝生。王仲撝（1579—1667），字正中，保定府人。崇祯十年（1637）中进士。因附和高唐知州以向清兵献朝廷银杠救百姓之议，被牵连入狱。数年后，知长兴县。南明鲁王到绍兴，以兵部职方司主事知余姚，多次弹压乱兵，保护百姓。又升监察御史。曾在狱中随福建人柯仲炯学星象，数年后通天官、律吕、星象、壬遁等。喜欢读经世致用之书，曾受学于著名学者黄宗羲，被视为仅有之传人。明亡后，避居山中，以种田行医为生。著有《周易注》《律书详注》等。（黄宗羲《王仲撝墓表》）

万历八年

（公元 1580 年　庚辰）

三月

著名文人顾宪成中殿试第二甲第二名，与魏懋权、刘国征号“三解元”。顾与沐记略、顾枢编，顾贞观补定《顾端文公年谱》：“三月，殿试第二甲第二名，赐进士出身。吏部分送本部办事。公与魏公懋权、刘公国征号榜中三解元，以名世相期许，慷慨论列。江陵相一日语吴县曰：‘贵门生有三元，会日评骘时事，居然华衮，斧钺一世矣。’三公正约上书，吴县冀其匡就，公已属稿，见魏、刘书，叹服，遂附名焉。”

任丘刘元霖连捷中进士，授安阳县令，后晋铨曹。清刘统修，刘炳纂《任丘县志》卷九：“刘元霖，字元泽，号用斋，勃仲子。幼端敏有伟度，善文词。万历己卯、庚辰联捷进士，授安阳令。安阳俗悰狠，动扞文罔。霖莅以简易平恕，乃大治。晋铨曹，问政于兄。少宰震云：‘履危者愈下，尔盍思囊所以治安阳乎？’霖于是澄纲清纪，明断独持，所登用多才品负时望者，绅士翕然归之。”

定兴鹿久征中进士。（陈鋐《鹿忠节公年谱》卷上）　鹿久征，生卒年不详。字豫轩。定兴人。本年中进士，历任江西道、监察御史、山西泽州判官等职。后归乡里，杜门谢客，教子孙读书。其孙鹿善继尤有名。天启年间，赠光禄寺少卿。

安肃邢云路中进士，初授山西繁峙县知县。

春

太仓王世贞称病离京归居弇园。世贞之逃世，意在避张居正之忌。王世贞《弇州续稿》卷一八三致吴汝震书云：“庚辰岁首，仆以倦一切称病弇园。至孟冬朔，复弃弇园，携瓢笠及佛道书数卷入白莲精舍。”王锡爵《王文肃公文草》卷六《太子少保刑部尚书凤洲王公神道碑》云：“公尝屈指前后所忤三相国：分宜（严嵩）睚眦杀人，入其网，无能脱者；新郑（高拱）褊而敖于言，尝力持其讼冤、请急二疏不肯下，既而悔之，知其无他肠也；江陵（张居正）则且仵且合，以飞箝钓饵杂出中人，手书不时至，皆款款输心道旧语，计未有以绝之。会予化女以守节感冥契，立恬澹教门。公有当于心，辄焚笔砚，谢宾客，与余结庐城南，戒食、梵诵甚苦。间相对谈平生所经啼笑险夷之境，如梦如醒，且沾沾喜也。盖自是江陵始息意予两人，不深忌。予亦不复以官爵饵公。予两人亦相得也。曰：‘此度世不足，逃世不有余乎?’嗟乎！岂图末路更以此被物色，而公亦寻为余膻所累也。”

六月

山阴徐渭与梅国桢纳凉于长安街，有诗。见《徐文才三集》卷五《六月七日之夕与梅君客生及诸乡里趁凉于长安街，醉而称韵得片字》。六月在京唯万历五，八、九三年。梅客生名国桢，万历十一年进士。袁宏道《徐文长传》云：“梅客生尝寄余书曰：文长吾老友。病奇于人，人奇于诗，余谓文长无之而不奇者也。无之而不奇，斯无之而不奇（畸）也悲夫。”徐渭于本年春再次入京，与梅国桢在此年前后订交。

万历九年

（公元 1581 年　辛巳）

高邑赵南星迁户部主事。

威县贾待问转山西省按察使，逾三月，升湖广右布政，寻转正。

万历十年

（公元 1582 年　壬午）

二月

山阴徐渭离京南还。沈德符《野获编》卷二十三《徐文长》云：“徐文长渭暮年游京师，余尚孩幼。犹略记其貌长躯晰，面目如曙星，性跅弛不受羁馽。馆于同邑张阳和太史家。一语稍不合，即大诟詈，策骑归。”

六月

真定梁梦龙升吏部尚书。逾月，被劾致仕。张廷玉《明史》卷二百二十五《列传一百十三》：“十年六月，居正殁，吏部尚书王国光劾罢，梦龙代其位。逾月，御史江东之劾梦龙浼徐爵贿保得吏部，以孙女聘保弟为子妇，御史邓练、赵楷复劾之，遂令致仕。”

七月

霸州王遴起为兵部右侍郎。谈迁（《国榷》卷七十一）

八月

朱赓、韩世能任顺天乡试主考。王世贞《弇山堂别集》卷八十三《科试考三》：“壬午，命右春坊右庶子兼翰林院侍读朱赓、翰林院侍讲韩世能主顺天试。”

柏乡吕兆熊中举。吕兆熊，生卒年不详。字恒伯，号渭阳，更号鸿原，邢台柏乡人。本年中举，万历十四年（1586）中进士。初任昆山知县，在昆山任上五年中，洞察民情，治县有方，名列县治优良第一，擢升兵科给事中。奉命阅边，驻守开原十年。后任光禄寺少卿，后升陕西巡抚、户部侍郎抚凤阳总督漕运、大司徒总督仓场，后因故罢职。崇祯即位，拟任职南京，未赴任而卒，赠太子太保一品衔。

本年

新安宁化龙升工部都水司员外郎，视慈宁宫、养心殿诸工程。余继登《陕西布政使司左布政使宁公化龙墓志铭》：“壬午，升工部都水司员外郎，视慈宁宫、养心殿诸工程，夙夜勤事，有尚方膳醴之赐，旋以大庆恩加封其尊人如其官。”（焦竑《国朝献征录》卷九十四）

霸州王遴起补原官，升南京工部尚书，后改兵部尚书，参赞军务。（孙奇逢《畿辅人物考》卷之五）

任丘李汶擢任陕西右布政、山东左布政等职，声绩为一时之最。乾隆二十七年《任丘县志》卷九：“十年，擢陕西右布政，旋调浙江，复迁山东左布政。汶为人风岸孤峭，十数年考历藩臬，踪迹遍齐、秦、吴越，所至汰污吏，疏滞狱，强宗畔卒，靡不屏息受理，声绩为一时最。”

乐亭王好问（1517—1582）卒。一生好学，平居手不释卷，著作甚多，以《春煦轩集》三十六卷较著名。黄虞稷《千顷堂书目》卷二十四录为《春煦斋集》三十卷。王崇简《畿辅明诗》称“王公好问诗，闲淡得陶、韦遗意”。过庭训《明分省人物考》卷三：“王好问，滦州人。知府好学之弟，生有异兆，弱冠抱当世志。嘉靖间，登进士，授太常博士，擢御史，即劾巨珰不法事，出按秦晋，上与革便宜却诸祥瑞，不以闻。穆宗朝，益多献替，而重孝思止行，幸查内库，诸疏并劾近习谋典兵柄，尤极剀切，迁大理寺，历官户部尚书。忧时，思职无少替，南中米涌贵，先发仓粟而后以闻，有古大臣风。先是，为卿贰即抗疏求退，至是章屡上，始得允。归数月，卒。赐祭葬，赠太子少保，立朝恭谨，动循矩矱，谦抑若不胜衣，而内实不可夺。乡谊族范，遐迩共孚，所著有《春煦轩集》。"

东明石星又赴朝居官，提升工部尚书加太子少保。

广平王世扬选湖广道御史，接视潼关茶马。

万历十一年

（公元1583年　癸未）

三月

京师方从哲中进士。方从哲（？—1628）字中涵。万历十年（1582）壬午举人，本年成进士，选庶吉士，迁国子监祭酒。归家久不出。至万历四十一年，拜礼部尚书兼东阁大学士，独相七年，深得万历帝信任。万历帝驾崩。与周嘉谟等五人为顾命大臣。天启二年（1622）罢官。崇祯元年（1628）卒于家。赠太傅，谥'文端'。张廷玉《明史》卷二百十八《列传第一百六卷》："方从哲，字中涵，其先德清人。隶籍锦衣卫，家京师。从哲登万历十一年进士，授庶吉士，屡迁国子祭酒。请告家居，久不出，时颇称其恬雅。大学士叶向高请用为礼部右侍郎，不报。中旨起吏部左侍郎。为给事中李成名所劾，求罢，不允。"

长垣崔景荣中进士。崔景荣，生卒年不详。字自强、振峰，大名府长垣（河南省新乡市）人。本年进士，授平阳府推官。以治行，擢四川道御史，劾东厂太监张鲸罪，有声明。巡按甘肃、湖广、河南、四川。以平播功，晋太仆少卿。又擢右签都御史，巡抚宁夏。累迁兵吏二部尚书，以申救杨涟、左光斗，忤魏忠贤，被夺职。崇祯间卒，赠少保。（张廷玉《明史》卷二百五十六《列传一百四十四》孙承泽《畿辅人物志》卷十五、《大清一统志》卷二十三）

柏乡张主敬中进士。张主敬，生卒年不详，字楙倩，柏乡[①]（今河北省邢台市内）人。本年进士，授长治县令。后擢工部主事，又历兵部员外郎、车驾司郎中、职方郎。因上疏议事，为帝怒，被削籍。后卒于乡，赵南星为题墓："正人张公之墓。"（孙承泽《畿辅人物志》卷十）

---

① 《畿辅通志》卷七十二记为"正定人"。

临川汤显祖造访胡应麟。时二人同在北京应试。胡应麟《少室山房集》卷五十三有《汤义仍过余，适余命工栉发。欲起，义仍亟止余，对谈竟栉，因相顾大笑曰：竹林风致，何必晋人。俄余鼓樾南归，兴会相思，辄有此寄》诗。诗云："散发逢君易水头，红尘紫陌并追游。狂呼楚客青丝骑，醉拥胡姬白玉楼。三馆地堪容执戟，五湖天欲问归舟。江声月色能相望，九月鸿书到敝裘。"同书卷五十一《汤义少过访赋赠》云："看花吾汝又蓬莱，彩笔翩翩气不回。二酉再夸藏穴富，五丁重起伐山才。辉腾白璧过秦殿，色借黄金上蓟台。早晚河东题赋就，春明门外共徘徊。"汤显祖字义仍，又字义少。万历五年、十一年胡与汤同在北京应试。

四月

肥乡张学颜改兵部尚书。（雷礼《国朝列卿纪》卷三十二）

五月

汤显祖房师沈自邠评其"骨相凉薄"，未得推。邹迪光《临川汤先生传》云："至癸未举进士，而江陵物故矣，诸所为席宠灵、附熏炙者，骎且澌没矣。公乃自叹曰：假令予以依附起，不以依附败乎？而时相蒲州（张四维）、苏州（申时行）两公，其子（甲征、用懋）皆中进士，皆公同门友也。意欲要之入幕，酬以馆选，而公卒不应，亦如其所以拒江陵时者。"汤显祖《酬心赋》序云："癸未春，予举进士。经房秀水几轩沈师（自邠），年少于予，心神迫清。而予方木强，故无柔曼之骨。五月馆试，房举各得上其门士。时冯君梦祯滑沈师曰：'子门中，固无愈汤生者耶？'师曰：'固也，恨生骨相凉薄，不如徐闻邓生'。生甫终贾之年，而负河岳之相。必大拜者，其人也。予闻斯言，服师人鉴。分以一县自隐，得少进为郎便足，无敢更攀师门，重累知已。偶晡宴侍，师喟然曰：以子之才，齿至而获一第，何也？凡人有心进退而已。然观吾子之色，若进若退，当何处心耶？"予卒谢起，作《酬心赋》答之。（《汤显祖诗文集》卷二十六）

春

真定梁梦龙累疏请归。孙奇逢《畿辅人物考》卷之二《经济·梁太宰公梦龙》："癸未春，以转年例，被人言，累疏请归。在铨仅二逾月。平昔取拔士，若杨俊民、舒应龙、叶梦熊、钟羽正等，不下数十，皆功业于世。"

交河余继登参与纂修《大明会典》。（焦竑《国朝献征录》卷三十四）

本年

吴桥范景文过京师米万钟宅。范景文《范文忠集》卷九《题米家童》序："一日，过仲诏斋头，出家伎佐酒，开题《西厢》。私意定演日华改本矣，以实甫所作向不入南弄也。再一倾听，尽依本，却以昆调出之。问之，知为仲诏创调。于是耳目之间遂易旧观。介孺云：'米家一奇乃正在此，不如是不奇矣。'予之自谓有解者，亦独强语耶。因其赓咏以当鉴赏，拈得腔字，恨不能以仄韵作律体，堪与相对付耳。"

高邑李标生[①]。李标（1583—1644），字汝立，号建霞。保定府高邑（今属河北省保定市高邑县）李家庄人。万历三十五年中进士。由庶吉士迁少詹事。天启中，擢拜礼部右侍郎，协理詹事府。因惧党祸，引疾归。崇祯帝嗣位，即家拜礼部尚书兼东阁大学士。崇祯元年三月，任内阁首辅。三年正月，再为首辅，累加至少保兼太子太保、户部尚书、武英殿大学士。五疏乞休，三月得请。家居六年卒。赠少傅，谥文节。著有《文敏遗集》。

霸州王遴任户部尚书。（雷礼《国朝列卿纪》卷三十二）

万历十二年

（公元1584年　甲申）

二月

肥乡张学颜加太子少保，九月加太子太保，

三月

安肃张栋中进士。张栋，生卒年不详。字还朴，又字士隆。安肃县（今属河北省保定市徐水县内）人。本年进士，由兵部郎出为兰州兵备副使，进参政。万历二十七年，播州杨应龙反，敕栋为监军，至重庆冒险先登，士皆死战。后以劳瘁卒，赠太仆卿。

---

① 赵南星：《明敕赠儒林郎右春坊右赞善李公暨元配袁太安人墓志铭》："公配袁太安人，惟举一人女，久无子，劝公娶赵安人，五十外乃生汝立。"又，此文内记："李公生于嘉靖壬辰七月二十三日"，故推知当生于此年。

四月

新河宋登春过临邑邢侗，语露投海潮以终之意。钱谦益《列朝诗集小传》丁集中《鹅池生宋登春》："临邑邢侗《吊宋叟诗序》曰：'叟自江陵归，时时从濮上李少卿游。后二十年，徐公以大宗伯致政，叟从新河过余，举杯慷慨，言：'将访徐公吴中。寻钱塘，弄江涛，脱履江干，乘潮解去。子愿！君视宋登春，岂杉柏四周中人？'余时被酒，笑骂：'唉，老虏！燕赵士自昔死肠龙雀，不闻死潮'。时甲申寒食日也。"

十月

著名文人屠隆署礼部主事，不久被刑部主事俞显卿指为"淫纵"，中白简罢官。沈德符《万历野获编》卷二十五《昙花记》云："今上甲申岁，刑部主事俞识轩显卿论劾礼部主事屠长卿隆。得旨，两人俱革职为民。俞，松江之上海人。为孝廉时，适屠令松之青浦。以事干谒之，屠不听，且加侮慢。俞心恨甚。至是具疏指屠淫纵，并及屠帷薄。至云'日中为市，交易而退'。又有'翠馆侯门，青楼郎署'诸媟语。上览之大怒，遂并斥之。屠自邑令内召甫年余，俞第后授官祇数月耳。睚眦之忿，两人俱败，终身不复振。人亦惜屠之才，然终不以登启事也。西宁夫人有才色，工音律。屠亦能为新声，颇以自炫。每剧场辄阑入群优中作技。夫人从帘箔中见之，或劳以香茗，因以外传。至于通家往还亦有之。何至如俞疏云云也。近年屠作《昙花记》，忽以木清泰为主，尝怪其无谓。一日遇屠于武林，命其家僮演此曲，挥策四顾，如辛幼安之歌'千古江山'，自鸣得意。予于席间私问冯开之祭酒云：'屠年伯此记，出何典故？'冯笑曰：'子不知耶？木字增一，盖成宋字，清字与西为对，泰即宁之义也。屠晚年自恨往时孟浪，致累宋夫人被丑声；侯方向用，亦因以坐废。此忏悔文也'。时虞德园吏部在坐，亦闻之笑曰：'故不如余所作《昙花记》序，云"此乃大雅《目连传》，免涉闺阁葛藤"语，差为得之。'予应曰：'此乃着色《西游记》，何必诘其真伪？'今冯年伯殁矣。其言必有所本，恨不细叩之。"钱谦益《列朝诗集小传》丁集中《屠仪部隆》云："在郎署，益放诗酒。西宁宋小侯少年好声诗，相得欢甚。两家肆筵曲宴，男女杂坐，绝缨灭烛之语，喧传都下，中白简罢官。"《明史·文苑传》："西宁侯宋世恩兄事隆，宴游甚欢。刑部主事俞显卿者，险人也，尝为隆所诋，心恨之。讦隆与世恩淫纵，词连礼部尚书陈经邦。隆等上疏自理，并列显卿挟仇诬陷状。所司乃两潮之，而停世恩俸半岁。隆归，道青浦，父老为敛田千亩，请徙居。隆不许，欢饮三日谢去。"

十二月

十四日戌时，容城孙奇逢生于容城北城村南，距容城县治三里。（《征君孙先生年谱》卷上） 孙奇逢（1584—1675），字启泰，号钟元，晚年自号岁寒老人。原籍保定府容城，清初迁至河南辉县苏门山下夏峰村定居，因此又被称为夏峰先生。明、清两代，朝廷十一次征聘他入朝做官，孙奇逢都拒不入仕，世人称之为“孙征君”。孙奇逢是明末清初著名的教育家、学者、思想家，与东南的黄宗羲、西北的李颙号称“清初三大儒”，博得了文人学士的尊敬。黄宗羲《明儒学案》卷五十七称“北方之学者，大概出其门”。黄宗羲《清儒学案》卷一将孙奇逢与黄宗羲、李颙相比，“气魄独大，北方学者奉为泰山北斗”。

本年

高邑赵南星起任吏部文选司员外郎，直言上疏社会弊端，陈述救时要务，受到奸臣群起攻击。皇帝不听忠言，朝风混浊，再次引疾故里。

新安宁化龙督理京城街道，榷税荆州，得称颂。余继登《陕西布政使司左布政使宁公化龙墓志铭》：“甲申，督理京城街道，即以其年榷税荆州。公至荆主在禁奸节费。通商惠民。比得代课无溢额。橐无私装。荆之人士为诗歌以颂之。”（焦竑《国朝献征录》卷九十四）

邢台赵孔昭卒（1519—1584），焦竑《国朝献征录》卷四十一《兵部左侍郎赵公孔昭传》：“公刚方廉介，言动真率，不设城府，且无世俗依阿澳涊态，故宦辙所至，每有肤功伟绩，虽闲值沮抑公，殊不为意也。归家十年，春秋墓祭外，静坐观书，蔬食布衣，宴如也。尝题赵清献《琴鹤图》云：‘德馨何事更焚香，琴鹤随时亦觉忙，但得洗心无一事，只将义命作行藏。’又题杨伯起《却金图》云：‘清夜孤灯独坐时，关西心事总天知，却金自是公常事，太史标书似好奇。’年六十五而卒，讣闻，钦赐葬祭如制，外遗疏稿并诗文若干卷。”

涿州郝勋（1513—1584）卒。孙奇逢《畿辅人物考》卷之七《郝孝廉公勋》：“公生平所友多名儒，所学亦渊邃，所立又卓越，而身无血胤。殁之日其宗叔某祭文有云：‘论理学而返本穷源，孙淮海亟推为独步；阐性术而搜立剔隐，罗念庵亦幸其传心。’陈白沙遗公手字，鹿伯顺曾亲炙公，亟称之为拔俗之士，北方之学者莫之或先也。公文多遗失，有《川上存草》。卒于万历甲申，年七十二岁”。

万历十三年

（公元1585年　乙酉）

正月

诏毁天下私创庵观书院，以户部尚书王遴议，从之。礼部恐激变，数日，复谕都察院停之。（谈迁《国榷》卷七十三）

二十六日，南皮汤宾（1514—1585）卒，官至右副都御史巡抚郧阳，年七十二岁，清介有廉名。张佳胤《通议大夫都察院右副都御史交川汤公宾墓表》："至乙亥京职大察，公中谗言，得旨致仕。公既襄大事，橐装如洗，日惟课农教子。凡大夫有司之干旄并皆谢绝。暇或群一二耆宿，鰕菜浊醪，共话桑麻。有司岁举乡饮，一与不复再。而公仪貌修伟，内无城府，与物甚和；而介然之守，万夫难夺。公其吾榜之贤乎！公生于正德九年十二月初七日，卒于万历十三年正月二十六日，年七十二岁。"（焦竑《国朝献征录》卷六十二）

六月

十八日，南乐魏允中（1546—1585）卒。顾允成《小辨斋偶存·哭魏懋权》："万历十三年六月十有八日，年家弟顾允成移书于已故天官懋权魏先生，曰：'嗟乎！先生天下士也。迹其肝胆肺肠，无念不在于忠君爱国，也无念不在于忧时悯世也。'"王世贞《魏博士允中》："昔余游天雄，毫翰殊寂寞。懋权起诸生，朗若鸡群鹤。甫荐博士言，遽申风雅托。歌鹿冠神京，仪鹓瑞何阁。逶迤霄汉表，犹能念丘壑。片语垂光景，千秋纵挥霍，季君何沉沉，长君正谔谔。"（王世贞《弇州四部稿》续稿卷三）王世贞《魏仲子集序》："仲子于诗无所不工，五、七言律尤其至者，大较情真而语遒，意高而调协，即其才何所不有，而实不欲以江左之浮藻，掩河朔之风骨，盖得少陵氏之髓，而略其肤者也。文尤典雅简劲，直写胸臆，譬之赤骥盗骊，以千里追风之势，而就衔勒，毛嫱丽姬，汰人间之粉泽，而以其质显。……仲子于家，与伯子、叔子以三才子称，其在朝，与同年顾宪成氏、刘庭兰氏亦以三才子称。伯子名允贞，今为光禄少卿，叔子名允孚，今为刑部郎中，刘生盖先仲子夭云。"张廷玉《明史·艺文志》著录《魏允中文集》八卷。陈田《明诗纪事》己签六录魏允中诗六首，陈田按："懋权五律疏爽，七律调高，尚多浮响。"

八月

张一桂、陈于陛主顺天乡试。王世贞《弇山堂别集》卷八十四《科试考四》："乙酉，命左春坊左谕德兼翰林院侍读张一桂、司马局洗马兼修撰陈于陛主顺天试。"

延庆卫张绍魁中顺天乡试解元。张弘道、张凝道《皇明三元考》卷十三："顺天张绍魁，延庆卫人，字天衢，号斗垣，治诗。庚戌进士，授行人，升司副。父箎，知县。兄绍文，知县。"

秋榜后，冯诗等浙籍考生因冒通州籍与试受惩处。沈德符《万历野获编》卷十六（乙酉京试冒籍）："乙酉秋榜后，有顺天诸生张元吉者，投揭长安，谓浙人冒籍得隽，致妨畿士进取。科臣钟羽正，露章言之。浙士冯诗等八人，斥为民，诗与章维宁，罪至荷校，史鹤亭太史钶，以纵子冒籍，革职闲住。主考张玉阳一桂调南京，董督学调别衙门。御史蔡时鼎，以救正外谪。说者谓张元吉以资冠京师，与郑贵妃家至戚，又贵妃弟入闱不得荐，故以此修隙。一时当事者，未免迎合内旨，处分遂尔过酷。是冬凛冽倍常，冯、章二生，被三木于京兆门前，僵冻几死。府尹沈继山思孝，浙人也，以乡曲怜之，倍予衣食，得不毙。事闻于宫掖，亦调南京太仆卿。初得旨，止降俸二级。沈请于政府，尚得乘轿腰钣花否？政府云：降俸不降级，何为不可？沈遂仍服不疑。给事中唐尧钦，遂劾以抗违明旨，沈因得调。时皆憎唐之承望风旨。盖沈曾左袒吴、赵、江、李诸人，久忤揆地也。夫外省冒籍诚宜禁，若辇毂之下，则四海一家，且祖制，土著百名之外，中三十五名，其三十名胄监，而五名则流寓，及各衙门书算杂流。旧录历历可考，何冒之足云。况前一科会试，鼎甲一人，庶常二人，皆浙人也，何以置不问，而独严于乡试，株连波累至此耶？亡命巨奸，借通州籍，纳吏拜官者，充塞海内，孰从而正之耶？此后亦累有以冒籍受攻者，皆不能胜，而顺天讦告诸生，或有反坐被褫者矣。独张元吉者，后改名，以岁贡得县令，晋知州。"

本年

霸州王遴改兵部尚书。（孙承泽《畿辅人物志》卷八）

高邑孙承宗二十三岁，谒容城杨忠愍祠，并撰诗。（孙铨编、孙奇逢订正《高阳太傅孙文正公年谱》卷一）

肥乡张学颜屡被劾为张居正党，八疏乞休，获准。张廷玉《明史》卷二百二十二《列传一百十》："学颜故为居正所厚，与李成梁共事久，物论皆以学颜党于居正、成梁。御史孙继先、曾乾亨、给事中黄道瞻交章论学颜。学颜疏辩求去，又请留道瞻，不听。明年，顺天府通判周弘禴又论学颜交通太监张鲸，神宗皆黜之于外。学颜八疏乞休，许致仕去。”

新河宋登春卒。登春有卒于吴淞和钱塘两说，钱谦益持后说。其言徐学谟《归有园集》所记在万历乙丑年（1589），其文内言宋登春去已三年，故推其卒当在本年。钱谦益《列朝诗集小传》丁集中《鹅池生宋等春》：“徐宗伯《归有园集》云：‘唐叔达自白下传邢子愿吊宋山人诗叙，山人死甚怪，云得之新安余生。往岁余生尝至吾家，问山人踪迹，故子愿得闻鞭奴饯行事颇实。至谓去吾家四十里，跳白波而逝，此中何无一人言之也？是时山人病脾剧，泄秽狼藉，苍头俱走避，独寿奴与同寝处，笞骂撞击，几无停晷。风主人鞭之而不见血，则又自裸而鞭之，时时訇然大叫：‘主人杀我，何不置一舟送我东海上，令我速死！’主人方忧不知所出，会其甥赵慊自新河来，因以山人托慊，俾还新河，饮之酒而津遣之，赠之诗曰：‘蹈海难成鲁仲连，西归仍是再生天。’山人览诗摇首曰：‘不好，不好。’遂不左右顾，去而登舟，计今已三年，绝无音耗，山人死生未可知也。即死，绝不在吾家四十里内。如其果然，其中必有所恨，则吾负山人多矣。当觅往时舟子，访得其真，以报子愿。姑识其梗概如此。’嘉定县流寓志云：徐学谟再起为宗伯，登春来京师，劝以早退，且曰：‘公第归，吾终就公蹈东海死。’学谟既谢事，登春果来。居二年，呼舟欲践前约，学谟与其子弟固挽之，终不听，乃为诗送之。登春径去，跃入钱塘以死。子愿记山人之死，以为死于吴淞，而宗伯力辨其不然。嘉定志出唐叔达之手，叔达于宗伯为亲串，其言足征，则谓山人死于钱塘者信也。宗伯记事在万历乙丑六月，而志作于庚子又十二年，岂宗伯所谓觅往时舟子访得其真者，已信而有征，而叔达据实书之乎？”诗歌平易自然，自成一家。陈田《明诗纪事》：“海翁五律矜炼，局于边幅。七言律绝挥霍自赏，有唐贤遗韵。”徐学谟《海隅集》评：“生五言诗有类孟襄阳者，清婉悲激，非近布衣诗可俪也。”《四库全书总目》卷一七二：“登春文章简质，可匹卢柟《蠛蠓集》，而奇古之趣胜之。其论诗先性情而后文辞，故所作平易自然而缺乏深意，然五言多淡通可诵，足以自名一家。”

大城刘汉儒生。刘汉儒（1585—1665），大城县北赵扶村人。天启二年（1622）中进士，曾为信王朱由检的老师。崇祯帝即位，以御史身份辅佐朱由检。崇祯五年（1632），任四川巡抚。治川颇有政绩，民心安定。崇祯七年（1634）二月，抵御张献忠所率农民义军之围，向崇祯皇帝上“以蜀人治蜀兵”的奏疏，不为用。崇祯十一年（1638），被贬黜赋闲。清顺治元年，应召任清廷都察院左副都御史（正三品）为清廷建言献策，多被采纳。顺治二年八月，被弹劾为冯铨党人。第二年，以身体欠佳为由，请免归养。著有《误庵诗钞》。子刘楗，字玉罍，号公愚。

衡水傅希挚由仓场左侍郎升南京户部尚书。（雷礼《国朝列卿纪》卷三十四）

故城宋诺（1530—1585）卒。

万历十四年

（公元 1586 年　丙戌）

三月

著名文人袁宗道举会试第一，殿试二甲第一，选庶吉士。袁宗道与弟宏道，中道，世称公安三袁。沈德符《万历野获编》卷十六《癸未丙戌会元》：“丙戌，王太仓主试，立意以简劲风世，故首袁公安。榜初出，人望不甚归。太仓公岸然不屑，急以试录魁卷寄辰玉。是年录文大半出王手笔，其父子最相知信，自谓此录冠绝前后，乃子必惊赏无疑。及报书至，更无他言，但云此录此卷行世之后，吾父勿复谈文可也。太仓得书大怒，次科戊子（1588）辰玉举京兆第一，其卷乃翁亦不甚惬意。及辛丑（1601）举第二，太仓公批卷云：此子久困场屋，作此以逢世眼，即此一念，便不可与入尧舜之道矣。文字一道，家庭间意见遇别若此，况朋友乎？……辰玉辛丑授官后，即奉差归里，日惟课子。每命一题，辑自作一首。乃孙晚谒大父，必问云：今日何题？乃父文云何？其孙出以呈览，辄云不佳。即呼纸走笔，不构一思，顷刻而成。今所刻《课孙草》是也。友人沈湛源应奎时为彼中广文，亲见，每为予言，叹服以为天人。然辰玉高才，正如大令之于右军，所谓外人那得知者。是父是子，断不可再得也。”王太仓，指王锡爵。其子王衡，字辰玉。袁公安，即袁宗道，字伯修，公安人。袁宏道之兄。陈田《明诗纪事》庚签卷五录袁宗道诗二首，陈田按：“伯修深入禅理，兴趣萧远，诗特寄耳。其《同人读唐诗有感》云：‘数卷陈言逐字新，眼前君是赏音人。家家楱玉谁知赝，处处描龙总忌真。再舍肉黥居易句，重捐金铸浪仙身。一从马粪《卮言》出，难洗诗家入骨尘。’意在翻王李窠臼，中郎、小修从而煽之，遂令天下靡然从风，亦伯修所不及料。”

霸州刘为楫中进士，选庶吉士。（张弘道、张凝道《皇明三元考》卷十三）

柏乡吕兆熊中进士，初任昆山知县。

春

公安派文人江盈科在京华书肆中购得屠隆《由拳集》。《由拳集》成书于万历八年（1580）。时屠隆方知青浦县，故以由拳为名。江盈科《雪涛阁集》卷十二《与屠赤水》："丙戌之春，旅食京华，从书肆中得购《由拳集》，归而就旅邸展读，津津乎有味其言哉！《东门堤》《鲍叔祠》诸记，高古斩截，即与龙门氏并驱中原，未知鹿死谁手？诸尺牍多而千言，约而数语，如石家珊瑚，十尺固自连城，径寸亦自珍玩，无不令人解颐醉心也者。诗七言绝、七言古，娟秀美好，丰度嫣然，翩翩青莲之致；其他五七言律，大抵不事榷凿，天趣自流，方之古人，直是神情默合，与字袭句剿者不啻径庭。嗟嗟，此长卿先生所为独步一时，而不佞江生越数千里艳慕欣羡其人，思一得当无恨者也。"《四库全书总目》集部别集类存目六著录屠隆《由拳集》二十三卷，提要曰："是集凡赋一卷，古今体诗十卷，杂文十二卷。时隆方知青浦县，故以由拳为名。"

九月

二十五日，沧州戴才（1514—1586）卒。过庭训《明分省人物考》卷："才长身岳立，望者知为正人君子。居常恂恂饮人以和，至当大事决大议，则天动星迴而不可夺也。性至孝，居丧柴毁过礼，甘恬淡薄嗜欲。仕宦四十年，自奉甚约，终其身，无世俗声色之好。阖门养重，无一语挠守牧权，亦无尺一走长安道中，舆论高之。万历丙戌卒，年七十有三。"

本年

威县贾待问被召入协理院事，今右副都，巡抚福建。

邢台王本固（1514—1586）卒。万历元年，因病以二品考绩还乡。病愈，再以首辅张张居正故，家居不出。享七十一岁，官至，南京吏部尚书史称"历事三朝，伟节丰功，昭人耳目"。（焦竑《国朝献征录》二十七《南京吏部尚书王公本固传》）

万历十五年

（公元 1587 年　丁亥）

二月

礼部尚书兼翰林院学士沈鲤等题奏"为士风随文体一坏，恳乞圣明严禁约以正人心事”。王世贞《弇山堂别集》卷八十四《科试考四》：“十六年，礼部参浙江提学佥事苏浚、江西提学副使沈九畴取优等卷怪诡，浚等各罚俸两月，诸生发充社。题‘为士风随文体一坏，恳乞圣明严禁约以正人心事：仪制清吏司案呈，照得近年以来，科场文字渐趋奇诡，而坊间所刻及各处士子之所肄习者，更益怪异不经，致误初学，转相视效，及今不为严禁，恐益灌渍人心，浸寻世道，其害甚于洪水，甚于异端。盖人惟一心，方其科举之时，既可用之以诡遇获禽，逮其机括已熟，服役在官，苟可得志，何所不为？是其所坏者不止文体一节，而亦于世道人心大有关系。相应提请申饬以遏狂澜等因。案呈到部，臣等所得，言者心之声，而文者言之华也。其心坦夷者，其文必平正曲（典）实，其心光明者，其文必通达爽畅，其不然者反是，是文章之有验于性术也如此。唐初尚靡丽，而士趋浮薄；宋初尚钩棘，而人习险谲，是文章之有关于世教也又如此。洪武三年诏颁取士条格，《五经》义限五百字以上，《四书》义限三百字以上，论亦如之。策限一千字以上，惟务直述，不尚文藻。仁宗朝俞廷辅奏准，科目取士，务求文辞典雅议论切实者进之。宪宗谕詹事黎淳曰：‘出题刊文，务依经按传，文理纯正者为式’。故今乡会试进呈录，文必曰中式，则典雅切实文理纯正者，祖宗之式也。今士之为文，式乎不式乎？自臣等初习举业，见有用六经语者，其后以六经为滥套，而引用《左传》《国语》矣，又数年以《左》《国》为常谈，而引用《史记》《汉书》矣。《史》《汉》穷，而用六子；六子穷而用百家；甚至取佛经道藏，摘其句法口语而用之。凿朴散淳，离经叛道，文章之流弊，至是极矣。乃文体则耻循矩镬，喜创新格，以清虚不实讲为妙，以艰涩不可读为工，用眼底不常见之字谓为博闻，道人间不必有之言谓为玄解。苟奇矣，理不必通；苟新矣，题不必合。断圣贤语脉以就己之铺叙，出自己意见以乱道之经常，及一一细与解明，则语语都无深识。白日青天之下，为杳冥魍魉之谈，此世间一怪异事也。夫出险僻奇怪之言，而谓其为正大光明之士；作玄虚浮蔓之语，而谓其为典雅笃实之人也，可乎？如谓人自人而言自言也，则以文取士者，独以其文而已乎？抑孟子之所谓‘生于其心，害于其政’者，岂无稽之言乎？臣等不以文为重，而为世道人心计，心窃忧之。尝谓古今书籍有益于身心治道，如《四书》《五经》、性理、司马光《通鉴》、真德秀《大学衍义》、丘浚《衍义补》《大明律》《会典》《文献通考》诸书，已经颁行学宫及著在令甲，皆诸生所宜讲诵。其间寒素之士不能遍读者，臣等不能强；博雅之士涉猎群书者，臣等不敢禁，但使官师所训迪，提学所课试，乡会试所举进士，非是不得旁及焉。仍乞容臣等会同翰林院掌院官，将弘治、正德及嘉靖初年一二三场中式文字取其纯正典雅者，或百余篇，或十数篇，刊布学宫，以为准则，使官师所训迪，提学所课试，乡会试所举进者，非是不得滥取焉。除乡会试已经臣等题奉钦依，遇场屋揭晓后，各该提调官即将中式朱卷尽数解部，逐一参阅，有犯前项禁约者，随时指名参阅外，其各省直提学官，各持一方文衡，手所高下，人皆向风，转移士习，尤为紧切。如使膠庠之所作养者，皆务为险僻奇怪之文，而开科举士之时，欲合乎平正通达之式，臣等窃知其无是理也。乃往时止于科举年分稍一申饬，其各省直小考，则任其变化程序，置之不问，是谓浊以源而求其流之清也，不可得已。合无恭候命下，容臣等咨都察院行两直隶提学御史及各省巡按御史，转行各该提学宪臣，务仰体朝廷德意，相率以正文体、端士习、转移世道为己任，而不以厌常喜新、标奇揽异，取快于口耳声名为诸士倡始。平时训谕师生，惟将前项经书史籍随其所习，考核讲究，务令贯通，至于临场校阅，品题高下，则一以见今颁行文体为式。如复有前项险僻奇怪、决裂绳尺，及于经义之中引用《庄》《列》《释》《老》等书句语者，即使文采可观，亦不得甄录。且摘其甚者，痛加惩抑，以示法程。仍将考过所属府州县卫运司儒学生员，原取优卷前五名或三名以上者，岁终解部，科举年场屋毕解部，臣等逐一考验，不许另有誊改。如有故违明旨，沿袭前弊坏乱文体者，定将提学官分别卷数多寡题请罚治，本生行提学道嘲退除名。仍乞敕下吏部，今后考课，提调学校官员，一视其能正文体与否，以为殿最，其解部考卷，容臣等阅毕，咨送吏部，一体考验施行。伏乞圣裁等因。万历十五年二月初六日，本部尚书兼翰林院学士沈鲤等具题。'初九日奉圣旨：'是。近来文体轻浮险怪，大坏士习，依拟著各该提学官痛革前弊，仍将考取优卷送部稽查，如有故违的，你部里摘出，开送内阁，从重参治。科场后参阅朱墨卷，节年题有定例，今后也要着实举行，毋事空言，钦此。'"

三月

吏部稽勋司主事顾宪成以言事降三级，谪桂阳州判官。张廷玉《明史》卷二三一顾宪成传云："十五年大计京朝官，都御史辛自修掌计事。工部尚书何起鸣在拾遗中。自修坐是失执政意。给事中陈与郊承风旨，并论起鸣、自修，实以攻自修而庇起鸣，于是二人并罢，并责御史纠起鸣者四人。宪成不平，上疏，语侵执政，被旨切责，谪桂阳州判官。"执政指申时行、许国、王锡爵。申、王皆陈与郊座师。

十月

三十日，吴桥范景文生[①]。（王孙锡编《范文忠公先生年谱》）范景文

① 据《范文忠公初集》卷十二王孙锡撰《范景文年谱》："明万历十五年丁亥十月三十日午时公生。"

(1587—1644)，字梦章，号思仁、质公，河间府吴桥（今属河北省沧州市）人。万历四十一年（1613）进士。历官东昌府推官、吏部文选郎中、工部尚书兼东阁大学士。天启间，因既不依附阉党，又不依附东林党而归家。崇祯间起用，累官至工部尚书，兼东阁大学士，入参机务。京城陷，投井而亡。赠太傅，谥文忠。著有《范文忠集》12卷、《大臣谱》16卷。计六奇《明季北略》："公之诗骨直豪迈，棱棱露爽，遇国步艰难，故多凄戾之辞。"（张廷玉《明史》卷二百六十五《列传第一百五十三》）

本年

丁亥京察，翰林院编修冯梦祯（1548—1605）以浮躁谪官。李维桢《冯祭酒传》："三年还朝，除编修。明年（1583）分校礼闱，得二十有四人，率名士。而有父丧，哀几毁：奈何以一官失一日养？持其所选《得士录》荐之几筵，惟此差不负君亲耳。以是蔬素奉西方之教，自号真实居士。闲居研讲，希心理味，每举麈尾，清言如屑，老宿结舌注耳。盖公为史官仅逾年，而修隙者目之浮躁，中以考功令，众骇然莫知所坐，公顾自谢：此两言极中吾所受病，请事斯语以终身。客从北来，云公分校时，当路私有所属，不从故及。公艴然：官家惟科举一端为最公，某虽不敏，何敢酋为乱阶？即以此得谪，荣于九迁矣。"钱谦益《南京国子监祭酒冯公墓志铭》："三年赴阙，除翰林院编修。癸未（1583）分考会试，丁父忧。又四年丁亥京察，以浮躁谪官。公在史馆，人或戒之曰：'翰林官婉娩靓闲，如好弱女子，眉下于颐，尻高于顶，至公卿如传遽耳。'公曰：'我则不能，如赤脚婢，弓足蹁踏，行数步便思解去。亦欲耐事，口噤生瘿，肺腑槎牙，迸出齿颊，我亦无如也。'江陵（张居正）殁，执政精求史馆中觚角崭出，能蘖牙异同者，及其未翼也而翦之。公坐是谪，终以不振。公庶尝假归，师事盱江罗近溪，讲性命之学。居丧蔬素，专精竺坟，参求生死大事。紫柏可公以宗乘唱于东南，奉手抠衣，称幅巾弟子，钳锤评唱，不舍昼夜。里居十年，蒲团接席，漉囊倚户，如道人老衲。流连山水，品香斗茗，如游闲退士。四方学者日进身执经卷，朱黄甲乙，如《兔园》老塾师。萧闲淡漠，身心安隐，超然无意于荣进矣。"冯梦祯寓书屠隆，约中秋西湖之会，不果。

三娘子事平，安肃郑洛上疏请定市马数，帝嘉许，得晋官。张廷玉《明史》卷二百二十二《列传第一百十》："十四年，乞庆哈死，子撦力克当袭。三娘子以年长，自练兵万人，筑城别居。……遂以明年嗣封，并奏封三娘子忠顺夫人。洛乃上疏请定市马数，宣府不得逾三万，大同万四千，山西六千，而申饬将吏严备，以防盗窃，且无轻遏其部落驰猎者。帝嘉纳之。御史许守恩劾洛。乞归，不允。

自太子少保累加至太子太保，召为戎政尚书。”

新安宁化龙督修胡良、巨马二桥，得赏赐，享声名。余继登《陕西布政使司左布政使宁公化龙墓志铭》：“丁亥，督修胡良、巨马二桥，日与中贵人处调停节缩，不激不随，工竣赐白金文绮，晋虞衡司郎中，加俸一级。公主虞衡一切，规画厝注，诚心为质，为大司空所倚办，声称藉甚。”（焦竑《国朝献征录》卷九十四）

大名穆文熙撰《逍遥园集》刊刻。凡二十卷，诗十卷文十卷。原题：“明吏部考功司员郎东明穆文熙著，兵部左侍郎同邑友人石星批，河南道御史同邑友人刘环恕订。”前有石星序（万历十五年（1587））、刘环恕序（万历十五年（1587））。（王重民《中国善本书提要》上海古籍出版社1983年版，第635页。）

交河余继登纂修《大明会典》成，升修撰。（焦竑《国朝献征录》卷三十四）

故城宋诺（1530—1587）卒。于慎行《兖州府知府宋公诺墓志铭》：“公为人儁伟玉立，容貌甚修，坦夷诚悫，不为娇饰然，亦强直自遂，即于意不当，未尝少有所诎。其才博大通敏，游刃有余，论事衎衎，洞于指掌。然常本人情，无迂恢语。未第时甚贫，竭力奉亲甘旨无缺，及后贵，迎养宦邸，朝夕侍食。职事鞅掌，终不少废。有同胞三弟，悉推父赀让之，子女婚嫁又佐以私财。故人子杨生孤贫，召置家塾与子同业，亲督课之。生后学成，为名士，他所周恤孤嫠尤众。不可殚述也公之先山西屯留人。洪武中五世祖德成奉诏徙故，城德成子一，公一。公生云，云生鸾，皆服田有隐德。或推择为吏，亦不遂，而至封郎中公。郎中公讳良筹，娶封宜人王氏。以嘉靖庚寅正月二十二日生公，距卒得年五十有六。”（焦竑《国朝献征录》卷九十六）

万历十六年

（公元1588年　戊子）

夏

定兴薛论道《林石逸兴》大约完成于此季。该书共十卷，每卷百首，总存曲目一千首，现《续修四库全书·集部·曲类》内收有万历年间的影印本。作品以小令的简约形式巧妙地表达了作者戍战沙场、壮怀激烈的报国志向，也如实地反映了明代中后期经济社会发展中所显现出来的丑恶现实。将军旅生活入曲，在散曲史上，本部作品是首创。薛论道《林石逸兴序》：“昼咏宵兴，措得千曲凡十种，一种百首，每百首析一卷，共得十卷名为《林石逸兴》。”吴京《林石逸兴引》：“吾友薛谈德氏，博综六艺，淹贯百家，浮沈纮纲之内，睥睨玄虚之表。尝扼腕而叹，制礼作乐，国家大典奈何当吾世使音律不追古音，不明于天下后世无传焉，士人之耻也！顾清庙虞庭之音，则有司存，尚需他日。聊以绪余，发为逸兴，积日得词十卷，卷百首，成一家言”。俞钟《林石逸兴跋》：“其于古今之成败、物理之变迁、习俗之雕敝、世道之靡薄，囊括殆尽矣。用备省察，足可以垂鉴戒。”

七月

任丘刘元震主应天乡试。王世贞《弇山堂别集》卷八十四《科试考四》：“七月，命左春坊左庶子兼翰林院侍读刘元震、司马局洗马兼修撰刘楚先主应天试。”

八月

黄洪宪、盛讷主顺天乡试。王世贞《弇山堂别集》卷八十四《科试考四》：“八月，命右春坊右庶子兼翰林院侍读黄洪宪、盛讷主顺天试。同试有中书舍人文运熙、行人司正沈璟及各部办事进士。”

著名文人王衡举顺天乡试第一名，董其昌亦入京，名噪京都。沈德符《万历野获编》卷十六《国师阅文偶误》：“犹忆戊子春，娄上王辰玉、松江董元（玄）宰入都，名噪一时。士人皆以前茅让元，无一异词也。”王世贞《弇山堂别集》卷八十四《科试考四》：“第一名王衡，大学士锡爵子也。五魁皆出太学，二第二人张文柱，第三人董其昌，第四人郑国望，皆一时同会名士。”

十月

沧州刘元震等以填榜失误受罚俸处分。王世贞《弇山堂别集》卷八十四《科试考四》：“今当涂知县章嘉祯始而不辨经书，谩查字号，已失之周章，既而不加磨勘，辄行拆卷，又失之怠忽，虽心本无他，而责实难诿。考试官刘元震等，提调官张槚等，惟据本房之呈送，不问经义之异同，固属仓忙，亦欠精密。合候命下，将章嘉祯重加罚治，以为科场不恪之戒，其考试提调等官刘元震等，职在统理，似与专司其事者不同，既行检举，相应量加罚治。惟复别赐定夺。再照填榜刊录，原属一事，今榜出已久而录尚迁延未呈御览，甚非慎重大典之意。合无行令各该府官，将原试录星夜进呈，其误中四十九名曹祖正相应查革，复学肄业，仍将本生并原取《诗经》荒字十号朱墨二卷解部覆阅，以凭上裁。请奉圣旨：是章嘉祯着罚俸五个月，刘元震等二个月。”

本年

任丘刘元震升国子监祭酒。

霸州张维随帝从山陵阅寿宫回，不幸腿被轹伤，归家调治。

万历十七年

（公元 1589 年　己丑）

二月

高邑赵南星任会试房考（同考）官，录取高攀龙、薛傅教、冯上知、欧阳东凤、王述古等优秀人才。华允诚编《高中宪公年谱》：“十七年己丑，二十八岁。举进士，廷试三甲。分考高邑赵南星侪鹤评云：‘此卷似知学者，当拔之牝牡骊黄之外，同门有薛以身敷教、欧阳宜诸东凤、王中嵩述古。’”

三月

著名文人焦竑等进士及第。会元陶望龄为廷试第三人。王世贞《弇山堂别集》卷八十四《科试考四》：“二月，命少傅兼太子太傅礼部尚书建极殿大学士许国、詹事府掌府事太子宾客吏部左侍郎兼侍读学士王弘诲主会试，取中举人陶望龄等。廷试，赐焦竑、吴道南、陶望龄及第。”

涿州冯盛明中进士，授扶沟知县。冯盛明，生卒年不详，顺天府涿州（今河北省涿州市）人。本年中进士，后迁河南左布政，后任蓟辽兵备道。后金陷辽阳，告病乞休，被熊廷弼治罪，下狱。其子冯铨亦被劾归原籍，求助于魏忠贤，起故官，父亦被释放。

固安郭光复中进士。郭光复（？—1616），顺天府固安县（今河北省廊坊市固安县）人。本年中进士，授户部主事，升员外郎。历任扬州知府、淮徐兵备副使、山西右参政，调宁武道升左布政。四十二年升都察院右副都御史，任中巡抚辽东，四十四年以身殉职。明神宗特颁旨，称郭光复“尽瘁卫边，忠劳可悯”，准予祭葬，追赠兵部左侍郎。崇祯三年加赠正义大夫。

灵寿马从聘中进士。马从聘，生卒年不详，字起莘，真定府灵寿县（今属河北省石家庄市）人，万历十七年进士，官至右佥都御史，巡抚延绥，崇祯十一年灵寿城被攻破，同三子殉难，谥号介愍，清赐谥忠节。有《四礼辑》一卷，为江西道御史时自编《兰台奏疏》，共三卷。其中文章多为御史时针对朝廷吏治而作，

不作空言，如《恳请停遣中官以维盐法疏》《祈究处贪官疏》等。（王长华《河北文学通史》第二卷下）

顺天冯有经举进士，选翰林院庶吉士。①

南宫郭士吉举进士，选翰林院庶吉士。（张弘道、张凝道《皇明三元考》卷十三）

五月

授进士王肯堂、董其昌等为翰林院庶吉士。王世贞《弇山堂别集》卷八十四《科试考四》："五月，改进士王肯堂、刘曰宁、顾际明、庄天合、董其昌、蒋孟育、区大相、黄辉、冯有经、傅新德、周如砥、朱国桢、乔胤、唐效纯、林尧俞、孙羽侯、徐彦登、包见捷、罗栋、吴鸿功、冯从吾、郭士吉（为庶吉士），命吏部左侍郎太子宾客兼侍读学士沈一贯、礼部左侍兼侍读学士田一俊教习。"

著名书画家董其昌（1555—1636）选翰林院庶吉士后，日与陶望龄、袁宗道等游戏禅悦。陈继儒《董宗伯容台集序》："《容台集》者，思白董公之所撰也。大宗伯典三礼，敕九卿，观礼乐之容，故称容台。……往王长公（指王世贞）主盟艺坛，李本宁与之气谊声调甚合，董公方诸生，岳岳不肯下，曰：'神仙自能拔宅，何事傍人门户间。'独好参曹洞禅，批阅《永明宗镜录》一百卷，大有奇悟。已丑读中秘书，日与陶周望、袁伯修游戏禅悦，视一切功名文字，直黄鹤之笑壤虫而已，时贵侧目。"

十二月

初四日，武清曹化淳生。曹化淳（1589—1662），顺天府武清县（今天津市武清区）王庆坨人。幼时家境寒微，受"近君养亲"风气的影响，于十二三岁左右入宫。因天资聪慧，勤奋好学，在宫中受到良好的教育，诗文书画，样样精通，深受司礼太监王安赏识，倚为亲信。后入信王府陪伴侍奉五皇孙朱由检。天启初年，太监魏忠贤得宠弄权，害死王安，曹化淳受牵连被逐出北京，发配到留都南京待罪。1628年朱由检继皇帝位，改元崇祯，曹化淳随即被召还，委以重任，负责清理魏忠贤时的冤假错案，平反昭雪两千余案。因办事得力，深得崇祯皇帝的信任和倚重。至崇祯四年，曹化淳在宫中的地位已相当显赫。该年夏，曹化淳主持在家乡王庆坨建造了玄帝殿和观音阁，并亲撰碑文。

---

① 张弘道、张凝道：《皇明三元考》卷十三记为"慈溪"人。

冬

大理评事雒于仁上酒色财气四箴，直攻万历之失。疏入，帝震怒。（孟森《明史讲义》）

本年

公安袁宗道于京与焦竑、瞿汝稷等相问学。《公安县志·袁宏道传》：“己丑，焦公宏首制科，瞿公汝稷官京师，先生就之问学，共引以顿悟之旨。而僧深有为龙潭（李贽）高足，数以见性之说启先生，乃遍阅大慧中峰诸录，得参求之诀。久之，稍有所豁，于是研精性命，不复谈长生事矣。”

交河余继登充日讲官，讲《通鉴》。张廷玉《明史》卷二百十六《列传第一百四》：“寻进右中允，充日讲官。时讲筵久辍，侍臣无所纳忠。继登与同官冯琦共进《通鉴》讲义，传以时政缺失”。孙承泽《畿辅人物志》卷九：“乙丑，充经筵日讲官，上久不御讲，臣子无所关其忠，因以《通鉴》分类注解，引古谊传时政以献。”于慎行《资政大夫礼部尚书兼翰林院学士赠太子少保谥文恪云衢余公继登墓志铭》：“己丑，充经筵讲官，旋擢右春坊右中允兼编修，简直日讲，与北海冯公同说《通鉴》。时上希御法筵，讲臣具牍以进，公乃与冯公议以便宜，稍引古谊传时政得失，冀有所感悟，不諓諓效说经语。”（焦竑《国朝献征录》卷三十四）

吴江沈璟以顺天科场舞弊案辞官归里，开始戏曲创作。（徐朔方《晚明曲家年谱》）

著名文人袁宗道升翰林院编修，时就焦竑、瞿汝稷问学。袁中道《石浦先生传》：“己丑，焦公竑首制科，瞿公汝稷官京师，先生就之问学，共引以顿悟之旨。而僧深有为龙潭（指李贽）高足，数以见性之说启先生，乃遍阅大慧、中峰诸录，得参求之诀。久之，稍有所豁。先生于是研精性命，不复谈长生事矣。”

浚县孟思撰《孟龙川文集》刊刻。凡二十卷。每卷卷首右下角题“黎阳孟思叔正甫著、新安金继震长卿甫选、黎阳朱应毂德载甫校”。前有金继震书《孟龙川文集序》，作于“万历十七年岁次乙丑莫春”。末有乐元声《孟龙川文集后序》，作于“万历十七年春三月之吉”。全书二十卷，前七卷为诗，后十三卷为文。

寓宛平刘效祖（1523—1589）卒。过庭训《明分省人物考》卷二：“万历己丑卒，年六十有八。著述有《四镇三关志》十二卷、《春秋窗稿》二卷、《刘仲修先生诗集》若干卷、文若干卷、《塞上言》一卷，《盛世宣威清时行乐》二卷、《灯市谣》《长门词》二卷、《云林和稿》《空中语》《短柱效颦》《闲中一笑》《裁冰剪雪》

《都邑繁华》《莲步新声》共七卷行于世。”胡介祉《词脔》跋：“念庵公负才不偶，龃龉于时……退居林泉，吟咏不辍，翰墨之余，间为词曲小令，以抒其怀抱而寄其牢骚，当时艳称，至达宫禁，历世寝远，散逸遂多，外王父少保公，尝集而传之，颜曰《词脔》。”其以散曲创作见称，为重要的北派散曲作家。著有《云林和稿》《空中语》《短柱效颦》《闲中一笑》《裁冰剪雪》《都邑繁华》《莲步新声》共七卷；《塞上言》一卷；《灯市谣》《长门词》二卷；《盛世宣威》《清时行乐》二卷，惜当时就多散佚，仅存辑本《词脔》一卷。《词脔》所收散曲，主要为叹世乐闲及儿女风情和一些歌咏民间风俗的作品。善于用白话俗曲创作，多寓牢骚、讽刺于旷放通脱之中，语言生动自然且极具口语化。诗文著有《刘仲修诗文集》六卷（《云林稿》）、《春秋窗稿》二卷，惜多散佚，仅有少数诗歌存于诸家选本中。王兆云《皇明词林人物考》评：“其诗歌行昌大，得少陵步骤，七言律沉着雄浑，五言律时出秀句，七言绝句，尤得盛唐气格，李伯承之亚也。”陈田《明诗纪事》评：“副使七绝，风调俊爽。”朱彝尊《静志居诗话》卷十三：“副使负经世略，坐计利罢官。晚寄情词曲、填小令，可入元人之室。……杂之小山乐府中，不能辨也。昭陵尝遣中使索其题册，呼曰念庵，念庵副使别字也。因赋诗云：‘更生双鬓已萧骚，敢谓文章擅彩豪，过误偶承明主问，因缘不是郁轮袍。’都人传其事以为列朝所未有。诗亦爽豁，惜集不传。”

新安宁化龙升山西按察司副使，备兵赤城。（余继登《陕西布政使司左布政使宁公化龙墓志铭》）

长垣崔景荣巡按甘肃。

万历十八年

（公元1590年 庚寅）

正月

著名文人王锡爵、申时行等营救大理评事雒于仁：并请册立太子。时雒于仁因上“酒色才气”四箴招致万历震怒，拟予严谴。焦竑《澹园集》续集卷十一《特进光禄大夫左柱国少师兼太子太师吏部尚书中极殿大学士赠太师谥文定申公神道碑》：“庚寅元旦，上御筑德宫，召四辅入。上手示评事雒于仁疏，怒其语戆，欲重有所行遣。公力为解释，天颜顿和，即以册立、豫教请。上曰：‘皇长子伦序自定，须其稍壮行之。’因命皇长子出见。公贺曰：‘皇长子龙姿凤目，岐嶷不凡，此国家无疆之福也。’”

十二月

国子监校刻《诗经注疏》成，任丘刘元震以国子监祭酒职进呈。（《明神宗实录》卷二百三十）

本年

高阳孙承宗被文安姜璧延至京师，本年辑《高阳志略》。孙铨编、孙奇逢订正《高阳太傅孙文正公年谱》卷一：“万历十八年，庚寅，公二十八岁。文安姜中丞延至京师，使仲子扬武受《戴记》，三子经武暨长孙铨受《易》，公内侄王策与焉。以《毛诗》授其婿王升。……是岁，辑《高阳志略》。”

故城宋诺撰《金斋集》刊刻。凡四卷，文三卷，诗一卷，杂著附入诗后。集前有周世选所撰《刻宋金斋文集序》，未署撰序时间；集后有《刻先君文集跋》，宋诺子宋吉祝撰，署“万历庚寅重阳日”。每卷卷首题“甘陵金斋宋诺著东光虞斋王嘉言校男吉祝、孙声著同编”。

磁州张镜心生。张镜心（1590—1656），字孝仲，号湛虚，晚号晦臣，自号云隐居士，广平府磁州（今河北省磁县）人，天启二年（1622）壬戌科进士，历任知县、礼科给事中、太常寺少卿、大理寺少卿、南京光禄寺卿、兵部右侍郎兼右副都御史总督两广军务、兵部左侍郎总督蓟辽军务、兵部尚书等职。入清后不仕。晚年闭户注易，究极性命之旨，自号云隐居士。博学多才，通易，工诗。有《易经增注》《云隐堂集》《驭交纪》等书传世。

曲周路振飞生。路振飞（1590—1647），字见白，号皓月，广平府曲周（今河北省曲周县）人。天启五年进士，除泾阳知县。崇祯帝亡后，曾致书南京兵部尚书史可法，谓“伦序当在福王，宜早定社稷主”。弘光帝被俘后，唐王朱聿键（即南明隆武帝）自立于福州，先后封为左都御史、太子太保、文渊阁大学士兼吏部尚书等职。官爵累至左柱国、光禄大夫、太子太师、吏部尚书兼兵部尚书、武英殿大学士。清顺治四年，卒于粤中，谥文贞。（张廷玉《明史》卷二百七十六《列传第一百六十四》《天启崇祯两朝遗诗小传·路文贞公》）

东明石星改任户部尚书。

威县贾待问起抚甘肃。

万历十九年

（公元 1591 年　辛卯）

二月

礼部议覆沧州刘元震条陈，请间行选贡之法，送南北二监肄业。从之。《明神宗实录》卷二百三十二（万历十九年二月庚午）：“礼部覆国子监祭酒刘元震条陈，国学空虚，人才稀少，乞常贡额外，六年间行选贡之法，尽数送南北二监肄业，以充太学。仍于监中置立彰善纪过二簿，以昭劝惩，并申明经学以端士习。诏如议行。”

四月

宣城梅鼎祚至京。余寅《农丈人诗集》卷四有卷八《答蹇督府》：“鼎祚四月至北，五月廷试，六月因游太学就秋闱。”

八月

乐亭王浑然中顺天乡试。王浑然，生卒年不详。永平府乐亭（今河北省唐山市内）人，司农王好问子，本年中乡荐，授中府都事，历刑部郎中、遵义兵备副使等职。著有《蜀游草》。（光绪三年《乐亭县志》卷九）

邢台傅梅北闱乡试中举，后屡上公车乃谒选吏部，初授商河（今属山东）知县。（光绪三十年《邢台县志》卷六）

十二月

宣城梅鼎祚南归。（徐朔方《晚明曲家年谱·赣皖卷》）

本年

安肃郑洛兼右都御史，经略陕西、延、宁、甘肃及宣、大、山西边务。（张廷玉《明史》卷二百二十二《列传第一百十》）

东明石星任兵部尚书。

长垣崔景荣巡按湖北。

威县贾待问改抚陕西，会有他诏，升兵部侍郎兼右签都，巡抚陕西。

万历二十年

（公元 1592 年　壬辰）

三月

公安派文人袁宏道举进士，不仕，偕兄宗道还公安，居石浦之上。据袁中道所撰行状。

宛平王爰中进士，授潞安府推官。王爰，生卒年不详，字仁甫。顺天府宛平人，又做直隶任丘人。官至陕西布政使。著有《息机园集》《史论》。

冀州石九奏中进士。石九奏，生卒年均不详，字伯成，冀州人。著《石伯成诗稿》四卷。陈田《明诗纪事》庚籤卷十七选诗二首，并记："九奏，字伯成。冀州人。万历壬辰进士，授大理评事，历寺副、寺正，出为莱州知府，改兖州。历开原兵备副使，进参政，有《半园集》。"

元城董复亨中进士。董复亨，生卒年不详，字符仲，大名府元城（今河北省邯郸市内）人，中万历壬辰（1592）进士。官至吏部郎中，转布政使参政，未上任而卒。著有《繁露园集》二十二卷，有明万历四十年张铨刻本，四库全书存目丛书据此影印。是集凡文十八卷，诗五卷。现存诗歌 240 余首。

沧州刘生中中进士，选庶吉士。（张弘道、张凝道《皇明三元考》卷十三）

霸州王乐善中进士，除行人。

冬

著名文人谢肇淛集其近作为《游燕二集》。王稚登《游燕二集序》："谢君在杭，年少有异质……乍举于乡，偕计吏而北上，第公车不雠。又三年，再上乃雠。于是有《游燕二集》也。始释褐拜吴兴司理。""诗凡若干首，并前集共二卷。"《四库全书总目》卷一七九集部别集类存目六著录《游燕集》二卷，提要曰：集"为万历己丑（1589）肇淛公车北上时所作"。按，1589 年所作，仅前集一卷。后集一卷乃已丑还山后至辛卯（1591）夏上公车时所作。

本年

高阳孙承宗受邀于易水读书。孙铨编、孙奇逢订正《高阳太傅孙文正公年谱》卷一："万历二十年，壬辰，公三十岁。兵备道房公延公读书易水，每诫其子曰：

‘此吾师也，饵善事之。’”

高邑赵南星再次被朝廷任用，调补吏部考功郎中。

高邑赵南星文章为姚希孟初读，喜极而狂，并心仪其为政。姚希孟《响音玉集》卷十《赵侪鹤先生稿序》：“当壬辰（1592）、癸巳（1593）间，余不肖，年方舞勺，有传示赵先生文者，读之喜极而狂，窃残脂，篝火丙夜，吾吾不休，至弃其故武而步趋之，虽长老纠督弗听也。琅琊王逸季氏知余得秘稿，亟从枕中搜去，刻入《小题宦稿》诸集中，而先生之文衣被天下，然大江以南读先生文者，自余昉也。是时余爇首章句，应童子科，不知吏部是何官，所主持何事，但闻里中褫一大墨，皆抃手称快。又一时平津客如赵师毕、梁成大之徒，镌削行尽。长老又教余曰：‘是赵先生为政，若喜读其文者也。’余以是心仪先生，不独文矣。”

新安宁化龙升山西布政司右参政理。（余继登《陕西布政使司左布政使宁公化龙墓志铭》）

万历二十一年

（公元 1593 年　癸巳）

春

大计京官。高邑赵南星与吏部尚书孙鑨秉公澄汰，触怒权贵，被降三级，调外任。后李世达、魏允贞、古宪成疏救，再被削籍，归乡。孙鑨等愤然辞官，朝中贤士几乎一空。（贾梦元《赵南星年谱》）

九月

大学士陈于陛请修国史，焦竑条上七议，为粗具凡例事迹，名《献征录》。查继佐《罪惟录》列传卷十八《焦竑》：“焦竑，字弱侯，南直江宁旗手衙人，以贤书讲学崇正书院。万历己丑（1589），廷对第一，授修撰。二十一年，大学士陈于陛请修国史，意属竑，竑辞不可。因条七议，略曰：‘建文、景泰二朝，向无专纪，即景帝位号已经题复，而实录犹然附载，孙蒙祖号，弟袭兄年，名实相违，传信何据？此专纪之当议一也。睿宗献皇帝位终北面，犹人臣之称，事属追王，无编年之体，宜如德、懿、熙、仁四祖列载本纪之前，此附纪之当议二也。旧例，大臣三品以上乃得立传，是高门在跖、跻亦书，而寒族虽夷、鱿不录，何以阐明公道，昭示来兹？则贵贱并列之当议三也。《吾学编》《名臣录》之类，多载懿行，而巨憝宵人幸逃斧钺。史称梼杌，义不甚然，则善恶并存之当议四也。累朝实录，禀于总裁，苟非其人，牵于爱憎，如谓方正学之乞哀，于肃愍为迎立，以至野史小说，尤多不根，则记载失实之当议五也。凡系史材，必由阁请，而星历乐律，河渠盐铁等，若非专门，难于透晓，则采择预员之当议六也。国初北平甫下，属大将军收秘书监图书典籍，太常法服祭器仪卫，及天文仪象地里户口版籍。寻从解缙之请，复购民间遗书。今中秘所藏，存者无几，宜责成提学官，岁购故家轶本，一贮翰林院，一贮国子监，以备纂修之用，则考据必周之当议七也。'为粗具几例事迹，名《献征录》。"《四库全书总目》卷六二史部传记类存目四著录焦竑《献征录》一百二十卷，提曰"是书采明一代名人事迹。其体例以宗室、戚畹、勋爵、内阁、六卿以下各官分类标目。其无官者则以孝子、义人、儒林、艺苑等目分载之。自洪武迄于嘉靖，搜采极博。然文颇泛滥，不皆可据。又于引据之书，或注或不注，亦不免疏略。考竑在万历中，尝应陈于陛聘，同修国史，既而罢去。此书殆即当时所辑录欤?"

秋

京官考察，吏部郎中赵南星激浊扬清，凛不可犯，谪平定州判，寻斥为民。邹维琏《明荣禄大夫太子太保吏部尚书谥忠毅高邑侪鹤赵公传》："平湖陆公光祖为冢宰，起公为考功郎，招以手书，公入朝。……明年癸巳当内计，冢宰孙公鑨与公同道，公锐意担当，而值同事台省不足谋，公多不以闻。是时政府各有所庇，太仓则庇馆职王肯堂，兰溪则庇御史黄卷，新建则庇御史樊玉衡，公皆不从，而兰溪介弟赵志淑且以不谨黜。公虚心参酌，每遇权势，奋笔删除，而于冢宰亲甥吏部主事吕胤昌、公儿女姻家吏科给事中王三余，亦挂察中，故榜出长安惊服，不敢出一词，人心太快。然阁铨从此水火，台省亦耻不与闻，裂皆视侧，相与谋辱吏部以挫公。遂借拾遗首纠稽勋员外虞淳熙，次及职方郎中杨于庭、赞画主事袁黄公。以淳熙介士，于庭有兵功，黄虽众论不甚同，时赞画朝鲜军，请自上裁，政府故拟留用。而嗾言官刘道隆疏公曲庇，上怒，诏责冢宰专权结党，罚俸三月，公外调。总宪李世达、佥院王汝训疏救，上愈怒公，与淳熙俱削籍。于是汝训复与通政魏允贞、大理少卿曾干亨、吏部主事顾宪成、李复初、礼部郎中于孔兼、员外陈泰来、主事顾允成、张纳陛、户部主事贾严、国子监助教薛敷教、行人高攀龙交章救公而击太仓、新建甚急，独佥院吏部疏留中，余皆镌级。礼部郎中何乔远、洪启睿复疏争之。时史盟麟已推吏垣长，杜门不出，疏称：'臣出则必首言考功事。臣乃考功党，岂得独留?'有旨皆谪。冢宰疏辩权党之说，因乞骸骨，亦罢，善类一空矣。然国朝考功，公为第一。盖公以除奸为主，贪次之，宽散秩，严要津，凛乎仲山甫不畏强御，范文正一笔勾却风裁也。公自是里居。”姚希孟《荣禄大夫太子太保吏部尚书赵忠毅公墓志铭》：“癸巳放归，辟数弓为芳茹园，有石有沼有兰有杂花莳竹，独多以素节冷韵相友也。”

礼部仪制司主事顾允成（1554—1607）与张文石等合疏论并封三王事，又抗疏言赵南星被贬事，谪光州判官。高攀龙《顾季时行状》：“戊子（1588）奉旨起江西南康府教授。季时念其母钱太安人老，又善病，不忍去左右，遂致仕。无何，丁太安人忧，服阕再起保定府教授，累迁礼部仪制司主事。有诏并封三王，于是又与张公文石等合疏言之，已而考功郎赵公侪鹤司内计，尽公不挠，尽黜当路私人，当路衔而计去之，于是又抗疏言之，谪光州判官。”季时为顾允成之字。《四库全书总目》卷一七二集部别集类二五著录顾允成《小辨斋偶存》八卷，提要曰：“允成于癸未（1583）举会试，丙戌（1586）始殿试，以对策攻嬖幸，抑置末第。今集中以是篇为冠。次为救海瑞疏。次为争三王并封疏。次为代翟从先论救李材及拟上惟此四字编二疏。沈恩孝作允成墓志，称其以论救赵南星谪官，而集无此疏。疑传写佚也。”

本年

顺天阮汉闻徒步走辽东，有请缨鸣剑之志。孙承泽《畿辅人物志》卷十九《阮文学汉闻》：“万历甲午，我师败绩于碧蹄，汉闻年方弱冠，跗注渡辽北，吊黄龙，东驰鸭绿，从退弁老卒、牧圉、堠人访问全辽利病、属国情状，慨然有请缨鸣剑之志，会东事解严，挟策而返。”此处所记万历甲午不实，又张廷玉《明史》卷二十《本纪第二十・神宗一》：“二十一年春正月甲戌，李如松攻倭于平壤，克之。辛未，王锡爵还朝。辛巳，诏并封三皇子为王，廷臣力争，寻报罢。壬午，李如松进攻王京，遇倭于碧蹄馆，败绩。”据此知，孙承泽《畿辅人物志》为误记，阮汉闻徒步辽东当为本年。阮汉闻，约生于隆庆六年（1572），卒于崇祯十四年（1641）。字太冲，顺天府人。读书喜大节，尤习兵家言。著有《尉缭子解》《诘戎践墨》等集。本年弱冠，曾徒步走辽东。万历中，以事避汴梁，深得周王孙竹西赏识，呼之为“先生”，而诸名士亦俱心折汉闻，群以“阮先生”称之。后西亭死，汉闻居尉氏（今河南省开封市尉氏县），聚徒教授，流寇大起，汉闻愤援剿诸将不肯戮力，取古来妇女以武勇见者集为《女云台》一书。崇祯末，贼攻尉氏，以不屈死。（李永明《〈阮太冲集〉作者阮汉闻生平略考》（《新世纪图书馆》2014年第3期））

定兴鹿善继试有司，以第一名籍于庠宫。（钱谦益《鹿公墓志铭》）

吴桥范景文父选贡入监，景文随之入京。（王孙锡编《范文忠公先生年谱》）

南乐魏允贞以右佥都御史巡抚山西。

柏乡张主敬升车驾司郎中。

万历二十二年

（公元1594年　甲午）

三月

明廷开国史馆，纂修本朝正史，交河余继登予修。以王锡爵为总裁，陈于陛、沈一贯、刘虞夔、冯琦、余继登等为副总裁，焦竑等十九人为纂修官。陈田《明诗纪事》庚签卷十二录余继登诗二首，陈田按语云："万历二十二年，帝从礼部尚书陈于陛言，敕修本朝正史，遂命于陛及尚书沈一贯、少詹事冯琦及世用为副总裁，而阁臣总裁之。世用疏言：'纂修帝纪有不可不自为一纪者，建文君是已，有可不必为一纪者，恭穆献皇帝是已。'世韪其论。惜于陛寻卒，史亦竟罢。世用文章朴直，切于时用，奏疏尤其所长。世用《淡然轩集》，冯用韫序而刻之，称其文如'孤峰断崖，居然千仞'，又；如'玄珠璞玉，不假雕饰，而磊落遒上之气，时溢毫楮'。诗亦时有合作。"

四月

高阳孙承宗以选贡廷试奉天门，对御倭策万言。孙铨编、孙奇逢订正《高阳太傅孙文正公年谱》卷一："万历二十二年，甲午，公三十二岁。四月，以选贡廷试奉天门，对御倭策万言，文不加点。适西华门灾，红云覆五凤楼。午后完卷，口占即事诗四绝句，末云：'黄扉更问平夷策，应说书生抱六奇。'"

五月

吏部郎中顾宪成以廷推忤帝意削籍归（月份据《明实录》）。张廷玉《明史》卷二百三十一《列传第一百十九》："二十一年京察，吏部尚书孙鑨、考功郎中赵南星尽黜执政私人，宪成实左右之。及南星被斥，宪成疏请同罢，不报。寻迁文选郎中，所推举率与执政抵牾。先是吏部缺尚书，锡爵欲用罗万化，宪成不可。乃用陈有年。后廷推阁臣，万化复不与。锡爵等皆恚，万化乃获推，会帝报罢而止。及是锡爵将谢政，廷推代者。宪成举放大学士王家屏，忤帝意，削籍归。"《明史纪事本末》卷六十六云："锡爵尝语宪成曰：当今所最怪者，庙堂之是非，天下必欲反之。宪成曰：吾见天下之是非，庙堂必欲反之耳。遂不合。”

夏

长垣李化龙擢右佥都御史，巡抚辽东，后进兵部右侍郎。

八月

高阳孙承宗中顺天乡试第五名。（孙铨编、孙奇逢订正《高阳太傅孙文正公年谱》卷一）

定兴鹿善继应顺天乡试，因场中题未得解，归而旁搜诸家注义，阅王阳明《传习录》中语而心动，请其祖父自苏淞为之购书。陈鋐编《鹿忠节公年谱》卷之上：“二十二年甲午，先生二十二岁。八月，应顺天乡试，因场中题未得解，归而旁搜诸家注义，其有采辑王文成《传习录》中语者，每阅之，辄心动。时侍御公方按苏松（淞），先生启购焉。侍御公为之色喜，谕云：‘看字有曾点漆雕开，已见大意，意思扩充得去，便是天地间第一等人，眼前功名无论也。’”

冬

公安袁宗道、宏道、中道三兄弟皆赴京，宏道有《北行道中示弟》《京师夜坐》等诗。（任访秋《袁中郎研究·年谱》）

本年

姚士粦游京师：撰《日畿访胜录》二卷。所载古迹，多抄撮自孙国牧《燕都游览志》、蒋一葵《长安客话》诸书。《四库全书总目》卷七八史部地理类存目七著录《日畿访胜录》二卷，提要曰：“明姚士粦撰。士粦所辑《陆氏易解》，已著录。此录乃万历甲午士粦游京师时，寻访都城内外诸胜，因汇辑成编。然所载古迹，实皆抄撮孙国敉《燕都游览志》、蒋一葵《长安客话》诸书，别无异闻，不足资证据也。”姚士粦，字叔祥，海盐人。十三而孤，年二十犹目不识丁，寓居德清姜氏家，姜始授以句读，晚乃卓然自立，盖亦奇士云。

无锡高攀龙（1562—1626）以抗疏语侵时相，由行人谪揭阳典史，出京。吴中行《资德大夫正治上卿都察院左都御史赠太子太保兵部尚书谥忠宪高公神道碑铭》：“壬辰（1592）谒选，授行人。……已奉使归。时太仓（王锡爵）当国，阁铨相抵捂，小人有附阁攻部者。先生复命入都，甫三日，上君相同心惜才远佞一疏，语侵阁臣，下部院会议，条旨上，而先生降杂职矣。甲午赴揭阳尉，自省身心，总无受用，遂大发愤，于舟中严立规程，取先儒静坐法门一一参求，觉心气澄清，时有塞乎天地气象。过汀州，憩旅舍小楼，悟明道先生万变在人，实无一事之语，一念缠绵，瞥焉斩绝。自谓出门至此，学力凡三转手势，详《三时记》中。”

顺天王嘉谟典试关中，闱未撤，升陕西参议，未任，改河南参议。

顺天冯有经除编修。

万历二十三年

（公元1595年　乙未）

二月

会试天下举人，诏礼部尚书兼文渊阁大学士张位、吏部左侍郎兼翰林院侍读学士掌詹事府事、沧州刘元震为考试官。（《明神宗实录》卷二百八十二）

临川汤显祖与公安袁氏三兄弟等聚首都门。袁中道《答王天根》：“记乙未春，义仍与王子声及不肖兄弟三人聚首都门，无夜不共宴笑。”“不肖兄弟三人”，指袁宗道、袁宏道、袁中道。初六日，汤显祖离京南归写有诗歌《乙未计竣，二月六日同吴令袁中郎出关，怀王衷白、石浦、董思白》。

公安袁宏道自北京起程赴吴县知县任，作《出燕别大哥、二哥》《卢沟道中》《良乡道中忆弟》《宿涿州》《河间逢北去人寄书口号》等诗。汤显祖有诗《乙未计逡，二月六日同吴令袁中郎出关，怀王衷白石浦董思白》。宏道壬辰（1592）举进士，本年始谒选赴官。清褚人获《坚瓠壬集》卷二《雷震谯楼》：“万历乙未三月廿九日，雷震阊门谯楼西南螭首，劈碎柱石。适是日，吴邑侯袁中郎宏道上任。先是，民间谣曰：‘吴县知县到，霹雳震得暴。分付阊门人，家家有响报。’岂郎官上应列宿，天戒以示警与？然在任二年，寄情诗酒，吴中名胜题咏殆遍。改任顺天府学教授，升吏部郎中。”

三月

交河余继登充廷试读卷官，旋擢詹事掌翰林院事。（焦竑《国朝献征录》卷三十四）

寓京师王思任（1574—1646）举进士，其举业文字颇负盛名。张岱《王谑庵先生传》：“山阴王谑庵先生，名思任，字季重。年十三，即从衡岳先生馆于槜李黄葵阳宫庶家。先生落笔灵异，葵阳公喜而斧藻之，学业日进。万历甲午

(1594)，以弱冠举于乡，乙未成进士。房书出，一时纸贵洛阳。士林学究，以至村塾顽童，无不出口诵先生之文及幼小题，直与钱鹤滩、汤海若争座焉。”钱福有《鹤滩集》，汤显祖号海若。

定兴鹿善继得到祖父鹿久征在任上寄送的《王文成公全书》，取《传习录》废寝食而读。陈鋐编《鹿忠节公年谱》卷之上：“二十三年，乙未，先生二十一岁。是年，侍御公寄《王文成全集》来，先生取《传习录》寝食其中，慨然有必为圣贤之志，而一切着落皆身实践之。”

据《万历乙未科进士履历》，本科北直隶17名进士地域分布如下：顺天府4人，米万钟，梁应泽，刘余泽，王思任；永平府2人，白瑜，徐云逵；保定府4人，房壮丽，王宗义，刘不盈，王兴；河间府2人，张光纪，冯嘉会；大名府5人，朱冠，张养正，成伯龙，李养正，颜悦道。

永平府白瑜中进士，选庶吉士，授兵部给事中。白瑜（1595前后在世），字绍明，永平府（今河北卢龙）人。万历二十三年（1595）进士，选庶吉士，授兵部给事中，累迁工科给事中。仕终刑部左侍郎。著有《夷齐志》6卷。（张廷玉《明史》卷二百四十二《列传第一百三十》）

元城黄立极中进士，改庶吉士，授简讨（翰林院史官名，本作“检讨”，避崇祯帝讳改）。（陈盟撰《崇祯阁臣行略》）

宛平梁应泽中进士。

四月

浙江胡应麟应进士试不第。场后与同里赵士桢酒间械斗，未能参试内阁司诰敕中书官。沈德符《万历野获编》卷二十三《金华二名士》：“（兰溪）胡元瑞应麟以丙子（1576）举孝廉。乃翁与先大父己未同籍，因得与称通门。其名噪一时，王弇州至欲以衣钵传之。才情赡洽，多所凌忽。乙未赴南宫，与同里赵常吉士桢酒间嘲谑，戏呼赵为家丁，赵拔刃刺之，几为所中，逾墙得免。自是稍戢。是年场后，试内阁司诰敕中书官，例取乙榜二人。胡与首揆赵兰溪密戚深交，面许必得，时论亦服胡声华，咸无异议。既题请钦定试日，胡忽大病不能入，而粤东张孟奇萱得之。张盖纳赂于首揆纪纲祝六者，先为地道矣。或云张豫声言，胡倘见收，当嗾言官并首揆弹治之，故胡托辞不试。未知然否。胡性亦高伉，不屑随时俯仰，既失意归，旋发病卒。张入中秘，出为户部郎榷税于吴，橐金巨万，今以养母予告，其自奉王公不能过也。张亦以辞赋自命，人伟岸有福相，不似胡之槁瘠云。”

七月

任丘刘元震以詹事府掌府事吏部左侍郎兼侍读学士职教习庶几士。（《明神宗实录》卷二百八十七）刘统修，刘炳纂《任丘县志》：“乙未，以原官掌詹事府，主会试，震三典文衡，再教庶，常兢兢于人品学术之辨。”

秋

任丘李汶率将大败进犯西宁之寇。刘统修，刘炳纂《任丘县志》：“万历二十三年秋，海部永邵卜犯西宁，总督三边，李汶檄参将达云、游击白泽暨马其撒卜尔加诸属藩，设伏邀击，大败之，斩首六百八十三级，捷闻，帝大悦。”

本年

涿州冯铨生。冯铨（1595—1672），字振鹭。顺天府涿州（今河北省涿州市）人，万历四十一年（1613）进士，授检讨。天启五年（1625），谄事魏忠贤，以礼部侍郎兼东阁大学士入内阁，不久即晋尚书，加少保兼太子太保。次年即免罢。崇祯初以谄事魏忠贤，赎徙为民。顺治元年（1644）降清，以大学士原衔入内院佐理机务。次年，授宏文院大学士兼礼部尚书。顺治十三年（1656），加太保致仕，仍留备顾问。顺治十六年（1659），改设内阁，命以原衔兼中和殿大学士。康熙十一年（1672）卒于乡。谥文敏。（赵尔巽《清史稿》卷二百四十五《列传三十二》）

新安宁化龙升陕西按察使。（余继登《陕西布政使司左布政使宁公化龙墓志铭》）

万历二十四年

（公元1596年　丙申）

春

任丘汶以劲兵分三道出塞，袭上失兔营，共斩四百九级，获马畜器械数千。（刘统修，刘炳纂《任丘县志》卷九）

本年

大内火灾，交河余继登偕讲臣上章切谏，后拜礼部右侍郎兼官如故。（焦竑

《国朝献征录》卷三十四）

定兴鹿久征因建言受责归里，对孙善继督教甚严，使其德业与日具进。

京师米万钟授永宁县（今北京北龙庆峡附近，明代属延庆州）令。

万历二十五年

（公元 1597 年 丁酉）

八月

命中允全天叙、修撰焦竑主顺天试。（《明神宗实录》卷三百十三）

清苑贾铜举顺天乡试。贾铜，生卒年不详，字太承，号衔怙，保定府清苑（今属河北省保定市）人。性敏慧，闻交河余文端、临朐冯文敏以文章行业名天下，走京师，受业其门。举本年乡试，历大理寺正、户部郎等官。（孙奇逢《畿辅人物考》卷五）

滦州冯斗华举顺天乡试。游智开修，史梦兰纂《永平府志》卷六十三《列传十五文学上》："冯斗华 字应垣，滦州人，万历丁酉举人。任长山令．政尚简约。公余与学博诸生横经问字，丐公文者相望。以清直忏直指，罢归，读书不置。所著有《经书解义》《平平言》二集。以子运泰贵，累封大中大夫，太仆卿。"①

十一月

固安傅好礼以候补太仆寺少卿职上言：纳粟监生不得应乡试。黄儒炳《续南雍志》卷六《事纪》："（万历二十五年）十一月初八日，候补太仆寺少卿傅好礼上言场事：……粟监不宜应试者何？夫今之纳粟，即古之入粟拜爵也。监生之纳粟，即吏、承、知印之等流也。吏、承、知印等计期选用，因资授官，而粟监亦当照例选授。如云彼有蕴藉，不宜选弃，彼省不开乡试耶？生员不可中式耶？一科不中，宁无下科之可待耶？何必汲汲捐金入监以求一幸，不过谓可以钻求，可以贿进耳，已为可羞，舍国家取士之正路而进以吏、承等流之他途，纵登制科，跻膴仕，闻之尚有铜臭，不亦可羞之甚耶？此臣谓绝粟监之应试而贿赂之门自塞也。"

固安傅好礼言今科考试官全天叙、焦竑增减解额，变乱成规。黄儒炳《续南

① 董耀会主编：《秦皇岛历代志书校注》，中国审计出版社 2001 年版，第 2105 页。

雍志》卷六《事纪》："（万历二十五年）十一月初八日，候补太仆寺少卿傅好礼上言场事：窃惟畿省之收录人才也，名数有多寡之殊，足额无增减之例。若顺天乡试，生员额取一百名，重首善也；监生额取三十名，优岁贡也；余五名以待教官、儒士、杂流之有志者。二百年来，未之有改。顷因选贡入监，两京各增额一十五名，盖为选贡设也。岂意今科考试官全天叙、焦竑之取士有大谬不然，臣尝于《题名录》一检阅之，生员中式仅九十二名，选贡中式仅止八名，监生中式共五十名。夫五十名之中，未必无选贡、岁贡之人，要之粟监则十之四五矣。夫纳粟入监，即系杂流，取止五名足矣，奈何占岁贡之额未已也，又占岁贡之增额，占选贡之额未已也，又占生员之定额，其故何哉？"

著名文人焦竑因所取举人"文体险诞"，被调外任。《明名臣言行录》卷七四《修撰焦文端公竑》："丁酉，顺天乡试，忌者取士子牍中二三奇险语，以为坏文体，调外任。"钱谦益《列朝诗集小传》丁集《焦修撰竑》："丁酉北试，上度原推两宫坊，别用弱侯，原推者愧恨，媾新建合谋倾弱侯。言官遂用科场事抉摘诋毁，弱侯陈辩甚力，新建从中主之，以文体调外任。"

冬

公安袁中道游历北京，时与良朋胜友相聚赋诗。（袁中道《游居柿录》卷三）

本年

高邑赵南星隐居家乡芳茹园中，读书、教学、著述，收同邑李标等人为徒。

沧州戴才复任副都御史，巡抚河南。后入为大理卿，升刑部侍郎。

著名文人李贽今年一度停留北京。汪本钶《卓吾先师告文》："丁酉又寻师于北京极乐寺。师问钶曰：'子不远数千里而来，欲求何事？若只教尔举子业，则我非举业师也。'钶茫然无以应。此时出世之志，默自凛凛振起一番。"汪本钶甲午(1594)曾随李贽读书三月，"日课举子业，夜谈《易》一卦"。(《李温陵外纪》)

著名文人袁中道在真州袁宏道处读《金瓶梅》。袁中道《游居柿录》卷九追记云："往晤董太史思白，共说诸小说之佳者。思白曰：近有一小说，名《金瓶梅》，极佳，余私识之。后从中郎真州，见此书之半，大约模写儿女情态俱备，乃从《水浒传》潘金莲演出一支。所云'金'者，即金莲也；'瓶'者，李瓶儿也；'梅'者，春梅婢也。旧时京师，有一西门千户，延一绍兴老儒于家。老儒无事，逐日记其家淫荡风月之事，以门庆影其主人，以余影其诸姬。琐碎中有无限烟波，亦非慧人不能。追忆思白言及此书曰：'决当焚之。'以今思之，不必焚，不必崇，听之而已。焚之亦自有存之者，非人力所能消除。但《水浒》崇之则诲盗，此书诲淫，有名教之思者，何必务为新奇以惊愚而蠢俗乎？”袁宏道今年一度停留真州。

容城孙奇逢总角游泮，文名蔚起。定兴鹿善继来与论文，两人遂定交。陈鋐编《鹿忠节公年谱》卷之上：“二十五年，丁酉，先生二十三岁。是年，孙启泰先生总角游泮，文名蔚起，啧啧乡党间。先生过容城，闻之，遂定交焉。先生性不爱饮而具饮之，致劝酬，欢然春生，满座亲知迎者恐后，率辞诸富贵下北城榻以为常。北城启泰先生里也。”汤斌等编，方苞订正《征君孙先生年谱》卷上：“与鹿善继论交。鹿公诲善继，家定兴之江村，距先生所居北城三十里，相过论交，肯轩公见而喜之，谓先生曰：‘鹿子言动不凡，追古之狂士。’后伯顺问之曰：‘何以得长者之知我乎？’”

宛平于奕正生。于奕正（1597—1636），初名继鲁，字司直，明末诸生，宛平人（今北京市大兴区内）。性孝友，与谭元春、刘侗的关系最为友善，常相游于京都游览北京的情景。喜游览名胜，王崇简《帝京景物略·附录二》记：“每于霜清木老时，骑驴而往，穷岩绝岫，数百里间，无不周览。遇断碑，必披荆剔藓以识之。或攀枯萝，蹑危石，逾其绝顶，慨然赋诗，有超世之概。”喜好山水金石，著有《天下金石志》。与刘侗合著《帝京景物略》，在南行的过程中，与刘侗还曾计划撰写《南京景物略》以作《帝京景物略》的姊妹篇，惜未成而逝。撰《钓鱼台记》一文，被视为明代游记中的上乘之作。亦工诗歌，著有《朴草诗》，今未见传本。

万历二十六年

（公元1598年　戊戌）

正月

著名文人董其昌、李贽晤于北京。李贽视董其昌为莫逆之交。董其昌《画禅室随笔》卷四：“李卓吾与余以戊戌春初，一见于都门外兰若中。略披数语，即许可莫逆，以为眼前诸子，惟君具正知见，某某皆不尔也。余至今愧其意云。”时董其昌任翰林院编修，充皇子讲官。

三月

交河余继登充知贡举，得封赏，予三代诰命。（焦竑《国朝献征录》卷三十四）

北直张邦纪中进士，与薛冈交。薛冈撰《张文懿公遗集》序云：“先生成进士即与余定交，方二十有六岁，余年长先生十有二，读其南宫试牍，洒然异之，及再读韩苑编摩，卓然如老作家。……先生少孤，奉太夫人荻笔之教，无书不读。为文好仿迁史，高华宏肆而口必执于正；诗则祖述八代、宪章初盛之间，咸成其一家言。‘嘲作者无双燕士’，此先生之定评也。”《张文懿公遗集》十卷，明张邦纪撰。上海图书馆藏明崇祯十七年刻本影印。集前有薛冈撰《张文懿公遗集序》一篇，作于“崇祯甲申菊月”，后无跋。有目录。张邦纪，《畿辅通志》卷六十二记：“燕山左卫籍，侍郎。”此记在“万历戊戌科赵秉忠榜”下，推知当为万历二十六年（1598）进士。他曾为礼部侍郎，其它未详。

据《万历二十六年戊戌科进士履历便览》，本科北直隶进士 19 人，地域分布如下：顺天府 4 人，郑继芳，王之采，张邦纪，曹尔桢；永平府 1 人、保定府 2 人、河间府 2 人，张鹏翼，陈采，闫鸣泰，杨文范，徐应元；真定府 3 人、广平府 3 人、大名府 4 人，胡来朝，刘文炳，王家相，郭佳镇，王良佐，王家瑞，李养正，陈其猷，祁伯裕，孟楠。

春

著名文人袁宏道到京就选，授顺天府教授。（任访秋《袁中郎研究·年谱》）

著名戏剧家汤显祖于上年冬赴京“上计”（对官员的考核），作有诗‘感事’等。本年此际辞归返乡。本年秋，撰成传奇《牡丹亭》。（刘德重《中国文学编年录》）

秋

著名文人袁宗道、袁宏道、陶望龄等在京结蒲桃社。袁中道《石浦先生传》：“戊戌，再入燕。先生（袁宗道）官京师，仲兄（袁宏道）亦改官至，予入太学，乃于城西崇国寺蒲桃林结社论学。往来者为潘尚宝士藻、刘尚宝日升、黄太史辉、陶太史望龄、顾太史天峻、李太史腾芳、吴仪部用先、苏中舍惟霖诸公。先生见地愈明，大有开发。当是时，海内谈妙悟之学者日众，多不修行，先生深恶圆顿之学为无忌惮之所托宿，益泯解为修。同学者矫枉之过，至食素持珠，先生以为不可。曰：‘三教圣人，根本虽同。至于名相施设，决不可相滥。’于是益悟阳明先生不肯径漏之旨。”袁中道《吏部验封司郎中中郎先生行状》：“戊戌，伯修以字趣先生入都，始复就选，得京兆校官。时伯修官春坊，中道亦入太学，复相聚论学，结社城西之崇国寺，名曰蒲桃社。逾年，先生之学复稍稍变，觉龙湖等所见，尚欠稳实，以为悟修犹两毂也，向者所见，偏重悟理，而尽废修持，遗弃伦物，偭背绳墨，纵放习气，亦是膏肓之病。夫智尊则法天，礼卑而象地，有足无眼，与有眼无足者等。遂一矫而主修，自律甚严，自检甚密，以澹守之，以静凝之。”

八月

固安傅好礼言近郊假官抽税，激怒皇帝，被贬广昌典史。张廷玉《明史》记为本年冬。《明史纪事本末》卷六十五：“八月，太常寺少卿傅好礼言近郊假官抽税，不报。越三日，好礼伏文华门求面对，上怒降广昌典史。大理寺卿吴定疏救，削籍；而假官二十八人下镇抚司。”张廷玉《明史》卷二百三十七《列传第一百二十五》：“二十六年冬，奸民张礼等伪为官吏，群小百十人分据近京要地，税民间杂物，弗予，捶至死。好礼极论其害，因言：‘自朝鲜用兵，畿民富者贫，贫者死，思乱已久，奈何又虐征。国家纵贫，亦不当头会箕敛，括细民续命之脂膏；况奸徒所得千万，输朝廷者什一耳，陛下何利为之。’奏入，四日未报，复具疏请。帝大怒，传旨镌三级，出之外。大理卿吴定疏救。帝益怒，谪好礼大同广昌典史，定镌三级，调边方。言官复交章论救，斥定为民。既而帝思好礼言，下其疏，命厂卫严缉，逮礼等二十八人诏狱，其害乃除”。

交河余继登转左署部事。自万历十七年任经筵日讲官，至此一直兼其职，得赠赏最多，无人敢望。孙承泽《畿辅人物志》卷九：“戊戌，转左署部事。自为中允至今，官皆兼日讲，故在讲筵最久，献替最多，岁赐白镪、文币，廷臣无敢望焉。”于慎行《资政大夫礼部尚书兼翰林院学士赠太子少保谥文恪云衢余公继登墓志铭》：“其年转左郊庙大礼摄正卿以行，公在讲筵且十年，皆与冯公共事，而冯公再谒告归里，所直日亦公代进讲献纳为多。岁时，受赐金缯及他珍异差次，阁臣不可胜纪云。当其时，礼卿阙且二年，廷臣所推举无虑十余，上皆留不下，及再以公名进，名又在后，上竟用焉。在位执法守政，夙夜勤恪，遇天地大菑，时政阙失，抗事力谏无少规随。”（焦竑《国朝献征录》卷三十四）

本年

自称“燕山朱东吉”的人为吕坤著《闺范图说》写了一篇跋文，名字叫《忧危竑议》，以传单的形式在京师广为流传，引发著名的“妖书案”。

定兴鹿善继自髫年与同里杜腾江为文字交，社友或相谑，其正色诫之，腾江愕然服其力拔流俗。

文安姜璧（1540—1598）卒于乡。过庭训《明分省人物考》卷二：“辛卯春，晋签都御史，抚治郧阳。壬辰秋，有言其速化者，诏改璧留都。璧以太夫人老，不复出。又三年，疾卒，年五十有七。”“璧丰仪伟貌，望之者以严见惮，而即之，油然可亲，尝诵伯淳言，掇拾短长以希直名，有所不能，盖终身以为则焉。”

新安宁化龙升山西右布政使。（余继登《陕西布政使司左布政使宁公化龙墓志铭》）

宛平梁应泽授户部主事，为部尚书所器，凡章奏皆属之。

顺天冯有经升右春坊右中允。

肥乡张学颜（？—1598）卒于家。赠少保。

大城李松（1525—1598）卒。

万历二十七年

（公元1599年　己亥）

三月

长垣李化龙起故官，总督湖广、川、贵军务兼巡抚四川，讨播州叛臣杨应龙。

四月

新安宁化龙（1549—1599）升陕西左布政使，归省抵家而疾，卒。余继登《陕西布政使司左布政使宁公化龙墓志铭》：“己亥，升陕西左布政使，以便归省抵家而疾作，遂卒，时己亥闰四月也，距生嘉靖己酉得年五十有一耳。公小心周慎，所至以精勤举职，剔历藩臬，不越秦晋，熟知其民风吏弊边事虏情，使其不死，即当秉中丞之节，以大造于彼民也，而公不逮矣。惜哉！”（焦竑《国朝献征录》卷九十四）

春

本年大计，著名文人焦竑以撰《养正图说》、吕坤以撰《闺范》，传于内廷及京师，被劾浮躁而辞官。沈德符《万历野获编》卷二十五《吕焦二书》：乙未（1595）丙申（1596）间，焦弱侯（竑）为皇长子讲官，撰《养正图说》进之东朝，而同事者不及闻。时郭明龙为讲官之首，已不悦之极。既而徽州人所刻，梨枣既精工，其画像又出新安名士丁南羽之手，更飞动如生，京师珍为奇货。大珰陈矩购得数部以呈上览，于是物议哄然，而张新建相公与郭江夏尤怒甚，谓焦且将由他途大用。丁酉（1597），焦又不幸承乏典试，遂借闱事摭拾之，调外去。己亥（1599），复中之，大计浮躁降调。后虽屡登荐章，再膺启事，而议者终求多，至今未起也。同时则吕新吾（坤）初抚山西，著《闺范》一书。寻入为协院副宪。其书偶为戚畹郑国泰所睹，进之翊坤宫。皇贵妃极喜其议论，因为作序，刻之京师。寻两党构争，言官遂指吕怀二心，别有推戴。吕时已徙少司寇，亦因此乞身归。其慰荐之疏，相继满公车，然尚未出山也。两公俱当世羽仪，焦以博洽冠世，吕以理学著名，一则勇于献替，一则过于朴诚，俱遭忌口，动以宫闱见指摘，因迟柄用。君子处末世，即著书立言，亦当毖慎，况其它乎？

公安袁宏道游京畿满井及高梁桥，撰《满井游记》《游高梁桥记》。（任访秋《袁中郎研究·年谱》）

七月

朔日，公安袁宏道与弟中道，及友苏潜夫、僧死心等游盘山、真定、赵州等处，撰《游盘山记》《游真定记》。（任访秋《袁中郎研究·年谱》）

本年

高阳孙承宗赴云中（今山西省大同市）为巡抚房守士课授子弟，帮助平息一场士兵哗变。其间，登横山、涉桑干河，仗剑游塞下，晓知边事。孙铨编、孙奇逢订正《高阳太傅孙文正公年谱》卷一："万历二十七年，已亥，公三十七岁。云中巡抚房守士延公读书官署，忽兵噪鼓声如雷。阖署莫知所为，公教令吏书榜示曰：'向某道领饷哗者斩。'兵士从门隙中窥见，哄然而散。房执公手而叹曰：'非吾所及也。'时登恒山，涉桑干河，杖剑游塞下，从飞狐、拒马，直走白登；又从纥干、青波故道南下，结纳其豪杰，与戍将老卒，周行边垒，访问要害阨塞。用是以晓畅虏情，通知边事本末。"

任丘李汶督陕十二年，功绩卓著，升至少师兼太子太师，兵部尚书。乾隆二十七年《任丘县志》卷九："二十七年，诏复撦力克市赏。时汶等筑松山诸部纷叛，延宁守臣共击之，杀获甲首几三千。汶督陕十二年，省金钱千万，大小数十百战，斩获无算，复松山侵疆千余里，军中凡四考，玺书再慰劳，九进秩至少师兼太子太师，兵部尚书。汶思归乞骸骨，诏还仍理戎政。去镇之日，军民号哭攀车轵不得行。"

容城孙奇逢、定兴鹿善继、贾孔澜等于本年前后结社。万历四十七年，孙奇逢曾为苏汤宇事，向王坦山太守撰书求情，提到此事。赵御众、汤斌等《征君孙先生年谱》卷上："雄县廪生苏汤宇苦心砥行，学古之士也，生平孝友，雅重乡评，两举行优，荷蒙褒赏，食廪近三十年毫无分外一事。某等结社于二十年之前，不独文义相长，实以行谊共推，鹿职方伯顺，贾宪副孔澜俱同声味。”

东明石星（1538—1599）病死于狱，夫人柳氏及其二子移居朝鲜半岛海州。著《东泉集》传世。王世贞所称“续五子”之一，撰《魏郡石星》：“石生昔抗章，攀天动星辰。芬芳一世间，谁能不见亲。论交须论晚，辨才须辨真。肺腑一相披，灼然世无人。未央爵造霄，赖子表嶙峋。慨焉念漳流，沦没连城珍。”（《弇州四部稿》卷十四）朱彝尊《静志居诗话》评：“少保虽与弇州声应气求，然风雅道远，弇州与阳曲王明甫（王道行）齐进之续五子之列，月旦如是，初不为千秋起见，止任一时之爱憎而已。”（《静志居诗话》卷十九）

定兴理学家范一泉（箕生）归里，同邑鹿善继、容城孙奇逢师事之。（《夏峰集》卷四《范箕生笺古人交序》）

通州李三才以右佥都御史总督漕运，并巡抚凤阳诸府。（张廷玉《明史》卷二百三十二《列传第一百二十》）

交河余继登擢礼部尚书。（焦竑《国朝献征录》卷三十四）

柏乡张主敬起部职方郎。

万历二十八年

（公元1600年　庚子）

六月

长垣李化龙评定杨应龙叛乱。《明鉴纲目》卷七：“纲：庚子二十八年，夏六月，李化龙帅师平播州。目：杨应龙勒兵数万，五道并出，攻破龙泉司。时化龙征兵大集，大会文武于重庆，登坛誓师，分八路进兵。”

七月

十六日，交河余继登（1544—1600）以言不为帝用，卒于官，年五十七，赠太子少保，谥文恪。于慎行《资政大夫礼部尚书兼翰林院学士赠太子少保谥文恪云衢余公继登墓志铭》：“礼部尚书兼翰林院学士河间余公以万历庚子七月十六日卒于位，部臣以闻，上深嗟悼，诏赠太子少保，谥文恪，赐祭使，使护丧出少府金钱治葬如法，盖上之笃念，讲臣恩恤备渥如此”。“人朴直端方，忠诚体国，平居以慎密自将，穆然简默，言不出口即颦笑，许可不轻假借，及当大议大政，持论侃侃，无所回挠，僚吏即有不当，常正色摄之，始若不堪，久而知其无他，更信服焉。居官廉俭不视生产，学士同年曾公尝过其里，茅屋蒿径一如诸生，叹息而去。平生不受人私，亦未尝以私干人。少子从学官试夫人祈为一语，终不肯发。赀产既薄，又以分给亲族，室无藏，廪官无藏橐。为文典重悬至，以意识为宗不尚绮靡。诗法孟襄阳，尤工为歌行。所著文集若干卷，《通鉴进讲录》五十卷、《国朝典故纪闻》十八卷，行于世。生嘉靖甲辰，比卒，得年五十有七”。（焦竑《国朝献征录》卷三十四）张廷玉《明史》卷二百十六《列传第一百四》：“继登自署部事，请元子册立冠婚。疏累上，以不得请，郁郁成疾。每言及，辄流涕曰：‘大礼不举，吾礼官死不瞑目！’病满三月，连章乞休，不许。请停俸，亦不许。竟卒于官。赠太子少保，谥文恪”。孙承泽《畿辅人物志》卷九：“公始以亚卿署部事，数月，请呈皇长子选婚，疏凡九上。及正席南，疏请建储及行冠婚礼者三，与在廷，公疏署名者五，即病肺咯咯不休，犹伏枕草疏，每谭国事，潸然流涕曰：‘大礼不举，礼官死不瞑目矣。’庚子春，上将立东宫，趣礼部具仪，时已瘠甚，扶掖起视事。已而病剧，数乞归，不允，卒于官。仆闻，予祭葬，加祭一坛，赠太子少保，谥文恪。公性忠直，有大臣之节，善执持，重许可，一颦笑不轻假人，贵近无数干以非法，士大夫与语，无敢及非议，僚属有不当，即正色诃之。终身不置姬侍，不营产业，所居茅屋数椽，蓬蒿没足，古人所不及。生平不受干谒，亦不以一事干人。次子道一累试学官，皆见置，杨夫人求为之地，曰：‘子而才，自当得之，不才，自当置之。’”朱彝尊《静志居诗话》卷十五：“文恪古诗指陈时事，铿奇磊落，卓然名家。”陈田《明诗纪事》庚签卷十二选诗二首，并载：“《四库总目》：‘继登诗文，平正淳实，无万历中佻薄之习。’田按：万历二十二年，帝从礼部尚书陈于陛言，敕修本朝正史，遂命于陛及尚书沈一贯，少詹事冯琦及世用为副总裁，而阁臣总裁之。世用疏言：‘纂修帝纪有不可不自为一纪者，恭穆献皇帝是已。’世韪其论。惜于陛寻卒，史亦竟罢。世用文章朴直，切于时用，奏疏尤其所长。世用《淡然轩集》，冯用韫序而刻之，称其文如‘孤峰断崖，居然千仞’，又如‘玄珠璞玉，不假雕饰，而磊落遒上之气，时溢毫楮’。诗亦时有合作。’”

八月

甲戌，以顺天府乡试，命右春坊右庶子兼翰林院侍读杨道宾、翰林院编修顾天竣为考试官。（《明神宗实录》卷三百五十）沈德符《万历野获编》卷十五《科场·北场口语之多》：“顺天乡试，自戊子深求之后，辛卯则冯临朐为政，时负海内重望，自爱其鼎，以故故陈都谏子、故邵中丞子，列在元魁，俱斥去别换，仅免口舌。甲午亦无所纠拾，特以政地持平，主者亦无仇家相嗾耳。丁酉一役，焦弱侯正在多凶多惧中，忽以临场特命，使不得辞，识者已知其故。比榜出，而省中曹大咸、杨廷兰辈露章，辞虽峻刻，实无关节可指。况所参汪泗论、张蔚然、邱梦周、曹藩诸人，俱名下贫士，无能具苞苴者。焦虽谪，而己亥大计，曹、杨两公，亦坐新建党逐矣。庚子则顾开雍主考，素以豪杰自命，虑碍大拜，加意防闲，至预约提调府丞乔璧星，凡其同乡江南四府监生卷，皆另为一束记认之，不派房，不批阅，自谓极其积严，以故三吴遂无一人得售。乃榜首浙人赵维寰，已首被文体指摘，盖北人见赵卷峻洁，骇而未见，仪郎某公尤忿忿，至欲斥而胥靡之。会同乡在事，议罚科而止。然向来被议者，主试皆南人，举子皆胄监，岂畿辅子衿，皆曾史耶?”

定兴鹿善继、容城孙奇逢等参加顺天乡试。

公安袁宏道告假，与弟中道一起离京归里。本年之前曾游京畿多地，撰《月夜登良乡塔冈与予公诸友作别》《真定大悲阁同王六宇年兄及小修弟登览有述》《过黄粱祠》二首、《丛台》《赵州观水壁忆真际和尚》等诗。（袁中道《游居柿录》）

九月

公安袁宗道卒于京，一切后事，都由他的朋友黄辉料理。袁中道《游居柿录》庚戌年纪事：“初伯修官京师，以庚子九月仓卒去世。中郎与余，俱八月先归，区处后事，一一皆慎轩为之尽力，可无遗恨。”袁中道《石浦先生传》云：“先生为人廉甚，不妄取人一钱。……卒于官，棺木皆门生敛金成之，检囊中仅得数金。及妻孥归，不能具装，乃尽卖生平书画几砚之类，始得归。归尚无宅可居，其清如此。然先生为人平恕，亦不以此望人，且自多也。兴致甚高，慕白乐天、苏子瞻为人，所之，以‘白苏’名斋。居官，省交游，简酬应，萧然栽花种竹、扫地焚香而已。每有月则邀同学诸公，步至射堂看月，率以为常。耽嗜山水，燕中山刹，及城内外精蓝无不到。远至上方小西天之属，皆穷其胜，诗清润和雅，文尤婉妙。然性懒，不多作著，有《白苏斋集》若干卷，先生得年仅四十一，有两子一女，皆先后卒，竟无子，以予子祈年为嗣。盖寿不如乐天，而无子则似之矣!伤哉!”

十二月

五日，安肃郑洛去世，年71岁，赠太保，谥襄敏。刘延昌总裁，刘鸿书等编纂《徐水县新志》卷十二：“公乞骸骨益力，章数十上，诏乃许。休沐后九年，庚子十二月五日卒于乡里，距生之日享年七十有一。盖公生平爽直阔大，无所私曲回护，而识见远达，敏捷常超于众人思议之表，以故不能献酬群心而功大，尤易取谗忌焉。公既得请，乃筑垣结庐，谈出世法，颜其园曰：‘惠养’。取《疏传》‘惠养老臣’之意以示不忘君，而于向来筹边勋策则绝口不及，曰：‘已往矣，如浮云矣！’时宁夏、朝鲜值倭兴寇，或借箸于公，而逆料成败又无不烛照也。公扬历中外四十年，未尝以竿牍通要津，所至出纳米盐靡密，总督去任阅视欲以经费傅罪，而公尺籍具列，彼愧服矣。公性至孝，常钥天以身代母。母病母从床蓐，梦见之。重庶母孙氏守节，送丧云中、开府之日，执礼尽哀，路人感泣。家食以来，修禅观于静室，暇则与少日售交敦，布衣之好居常对。越神明奉祀祖先，惟兢兢而家庙家学祭田之事罔不贻谋焉。岁饥捐所积粟谷二千石以赈困乏，生活不啻万命矣！公于书无所不窥，搦管为文不深思，顷刻万言，巡蜀抚晋云，总督宣大，经略七镇，奏议一一石画，而所为文肖迁诗肖杜镌而藏家塾者甚富也。属纩之辰神爽如常戒远妇人其所幸黄姬请侍亦不得。顷之，传命阍人列议卫曰：‘吾乘张骞槎去矣！’言讫而化。化后鬓发白者，复还于巅，抑又何伟异哉！”

本年

永平府白瑜等剪裁历代有关夷齐的评论及夷齐祭祀的资料，编成《夷齐志》。

顺天冯有经充东宫讲读官。

万历二十九年

（公元 1601 年　辛丑）

二月

意大利传教士利玛窦至京师。张廷玉《明史》卷三百二十六《列传第二百十四》：“意大里亚，居大西洋中，自古不通中国。万历时，其国人利玛窦至京师，为《万国全图》，言天下有五大洲。第一曰亚细亚洲，中凡百余国，而中国居其一。第二曰欧罗巴洲，中凡七十余国，而意大里亚居其一。第三曰利未亚洲，亦百余国。第四曰亚墨利加洲，地更大，以境土相连，分为南北二洲。最后得墨瓦腊泥加洲为第五。而域中大地尽矣。其说荒渺莫考，然其国人充斥中土，则其地固有之，不可诬也。……至万历九年，利玛窦始泛海九万里，抵广州之香山澳，其教遂沾染中土。至二十九年入京师，中官马堂以其方物进献，自称大西洋人。”《明通鉴》卷二十七：“是月，大西洋利玛窦至京师，进方物。大西洋者，欧罗巴州之统名。洲中凡七十余国，而意大利亚居其一。利玛窦，即意大利亚人也，以万历九年，泛海数万里抵广州之香山澳，居二十年。至是入京，由天津税监马堂奏闻。”沈德符《万历野获编》卷三十《大西洋》：“利玛窦字西泰，以入贡至，因留不去。近以病终于邸，上赐赙葬甚厚。今其墓在西山。往时予游京师，曾与卜邻，果异人也。初来即寓香山嶴，学华言读华书者凡二十年。比至京，已斑白矣。入都时在今上庚子年。途经天津，为税监马堂所谁何，尽留其未名之宝，仅以天主像及天主母像为献。礼部以所称大西洋，为会典所不载，难比客部久贡诸夷，姑量赏遣还。上不听，俾从便僦居。玛窦自云，其国名欧逻巴，去中国不知几千万里。今琐里诸国，亦称西洋，与中国附近，列于职贡，而实非也。今中土士人授其学者遍宇内，而金陵尤甚。盖天主之教，自是西方一种。释氏所云旁门外道，亦自奇快动人。若以为窥伺中华，以待风尘之警，失之远矣。”又《利西泰》：“利西泰发愿，力以本教诱化华人。最诽释氏，曾谓余曰：‘君国有仲尼，震旦圣人也。然西狩获麟时已死矣。释迦亦葱岭圣人也，然双树背痛时亦死矣，安得尚有佛？’余不谓然，亦不以为忤。性好施，能缓急人，人亦感其诚厚，无敢负者。饮啖甚健。所造皆精好，不权子母术，而日用优渥无窘状，因疑其工炉火之术，似未必然。其徒有庞顺阳名迪义，亦同行其教。居南中，不如此君远矣。渠病时搽擦苏合油等物遍体，云其国疗病之法如是。余因悟佛经所禁香油涂身者，即此是也。彼法既以辟佛为主，何风俗又与暗合耶？利甫逾知命而卒。”

四日，大兴史可法生。史可法（1600—1645 年 5 月 20 日），字宪之，又字道邻，顺天府大兴县（今北京市大兴区）人，生于河南祥符（今河南开封市祥符区）。明末抗清名将、民族英雄。崇祯元年（1628）进士，任西安府推官。后转平各地叛乱。北京城被攻陷后，拥立明福王（弘光帝），继续与清军作战。官至督师、建极殿大学士、兵部尚书。弘光元年（1645），清军大举围攻扬州城，不久后城破，拒降遇害。南明朝廷谥之为“忠靖”。清高宗追谥为“忠正”。其后人收其著作，编为《史忠正公集》。（张廷玉《明史》卷二百七十四《列传第一百六十二》、孙奇逢《畿辅人物考》卷之三、陈鼎辑《东林列传》卷十）

三月

据《万历辛丑科进士履历便览》，本科北直隶进士地域分布情形如下：北直隶：顺天府 9 人、永平府 1 人：毛维驺、王文迈、王好善、王升、王远宜、程大猷、房楠、沈自彰、吕邦耀、龙负图；保定府 2 人：田一井、陈廷谟；河间府 1 人：王九叙、耿橘；真定府 1 人、广平府 1 人：赵兴邦，李枝秀；大名府：1 人：杨州鹤。

容城孙奇逢考进士落第。汤斌等编，方苞订正《征君孙先生年谱》卷上："春下第。房师韦过先生寓馆，人遗传奇本于案上，韦大督过，因言古人以少年登科为大不幸，稍不自立，未有不败者。先生因此益自奋勉，后每举以告吾党。"

文安王升中进士，选庶吉士。（张弘道、张凝道《皇明三元考》卷十四）

春

保定刘乾撰《鸡土集》刊刻。凡诗二卷文四卷。书前有两序，一为作者（易庵道人）自撰《鸡土集小序》，作于本年；另一序为王汝霖撰《重校易庵先生鸡土集序》，作于万历二十八年。目录前列有"同校姓氏"人名若干。每卷卷首题"古唐易庵刘乾仲坤著"。

八月

高阳孙承宗解救夜行被隶卒窘辱的儒童，并与容城孙奇逢相识，成为终生之友。孙铨编、孙奇逢订正《高阳太傅孙文正公年谱》卷一："万历二十九年，辛丑，公三十九岁。时学使试士于易水，有儒童夜行，为隶卒所窘辱。公遇，怒叱之，诘其名，欲付有地守者，诘早鸣之官。遂屈服，儒童得释，争传其事。余自此始识公，公铁面剑眉，须髯如戟，声如鼓钟，殷动墙壁，方严果毅，不苟言笑，人望而畏之。"

永年申涵光"在吴门以端愍公传志走松江。求陈公子龙、夏公允彝，至嘉兴求徐公石麟，皆许诺，已，独陈以传至"（申涵昐《先伯氏凫盟处士行述》）。次年四月，归里。

本年

著名文人李贽《续藏书》定稿于通州马经伦家。焦竑《澹园集》附编一《续藏书序》："李宏甫《藏书》一编，余序而传之久矣，而于国朝事未备，因取余家藏名公事迹绪正之。未就而之通州。久之，宏甫殁，遗书四出，学者争传诵之。其实真赝相错，非尽出其手也。岁己酉，眉源苏公吊宏甫之墓，而访其遗编于马氏，于是《续藏书》始出。"

吴桥范景姒生。范景姒（1601—1639），著名女诗人。河间府吴桥（今河北吴桥）人。兵部尚书范景文之妹。喜读书，通经史，很得父母欢心，嫁同邑王世德为妻。天启四年，王世德赴京秋试，遽以疾卒，年仅二十二岁。工书画，绘大士像，仿佛龙眠（李公麟）；亦善诗，著《冰玉斋诗草》。生平事迹见王渔洋《池北偶谈》卷十二。

万历三十年

（公元1602年　壬寅）

正月

真定梁梦龙（1527—1602）卒。《梁氏宗谱》卷四《梁梦龙大传》："辛丑（1601）秋，益习静危，坐斗室，亲知辈亦数日不一见。十二月，奉恩诏加柱国，是月疾革，溘然长逝。卒之日为万历壬寅（1602）正月初一日，距生嘉靖丁亥（1527）十一月十一日享年七十六岁。"

闰二月

著名文人李贽遭张问达疏劾，于通州被逮。《明神宗万历实录》卷三六九："万历三十年闰二月乙卯，礼科都给事中张问达疏劾：李贽壮岁为官，晚年削发，近又刻《藏书》《焚书》《卓吾大德》等书，流行海内，惑乱人心。以吕不韦、李园为智谋，以李斯为才力，以冯道为吏隐，以卓文君为善择佳偶，以司马光论桑弘羊欺武帝为可笑，以秦始皇为千古一帝，以孔子之是非为不足据，狂诞悖戾，未易枚举，大都刺谬不经，不可不毁。尤可恨者，寄居麻城，肆行不简，与无良辈游于庵院，挟妓女，白昼同浴。勾引士人妻女入庵讲法，至有携衾枕而宿庵观者，一境如狂。又作《观音问》一书，所谓观音者，皆士人妻女也。后生小子，喜其猖狂放肆，相率煽惑。至于明劫人财，强搂人妇，同于禽兽而不之恤。迩来缙绅士大夫亦唪咒念佛，奉僧膜拜，手持数珠，以为戒律；室悬妙像，以为皈依，不知尊孔子家法，而溺意于禅教沙门者，往往而然。近闻贽且移至通州，通州离都下仅四十里，倘一入都门，招致蛊惑，又为麻城之续。望敕礼部檄行通州地方官，将李贽解发原籍治罪，仍檄行两畿各省，将贽刊行诸书，并搜简其家未刊者，尽行烧毁，毋令贻祸乱于后，世道幸甚。得旨：李贽敢倡乱道，惑世诬民，便令厂卫五城严拿治罪。其书籍已刊未刊者，令所在官司尽搜烧毁，不许存留，如有党徒曲庇私藏，该科及各有司访参奏来并治罪。已而贽逮至，惧罪不食死。"

二十九日，永年申佳胤生。申涵光等编《申端愍公年谱》："万历三十年，壬寅，二月二十九日，寅时公生。"申佳胤（1602—1644），张廷玉《明史》避雍正皇帝胤禛之名讳而作申佳允，申涵光之父。字孔嘉，又字浚源、井眉，号素园。北直隶广平府永年县（今属河北省邯郸市）人。崇祯四年进士，历任仪封县知县、吏部文选司主事、吏部考功司员外郎、南京国子监博士、大理寺评事、太仆寺丞等职。甲申之变，佳胤殉国死节，赠太仆寺少卿，谥节愍。入清，褒扬忠烈，赐谥端愍。著有《君子亭集》《四书铎》《诗经铎》《四书镜》，子申涵光辑《申端愍公诗集》六卷，卷首有《家传》。（张廷玉《明史》卷二百六十六《列传第一百五十四》《东林列传》卷九《申佳胤传》、孙承泽《畿辅人物志》卷十六）

三月

十六日子时，著名文人李贽（1527—1602）卒于通州狱中。汪本钶《卓吾先师告文》："钶自三月十二日别师，师遽于三月十五日引决，到十六夜子时长往矣。年七十六。"钱谦益《列朝诗集小传》闰集《卓吾先生李贽》："卓吾所著书，于上下数千年之间，别出手眼，而其掊击道学，抉摘情伪，与耿天台往复书，累累万言，胥天下之为伪学者，莫不胆张心动，恶其害己，于是咸以为妖为幻，躁而逐之。马御史经纶，迎之于通州，寻以妖人逮下诏狱。狱词上，议勒回原籍。卓吾曰：我年七十有六，死耳，何以归为？遂夺剃刀自刭，两日而死。御史收葬之通州北门外，秣陵焦竑题其石曰'李卓吾先生墓'。过者皆吊焉。"

十月

威县贾待问（1533—1602）卒。孙奇逢《畿辅人物考》卷之二《经济·贾尚书公待问》："壬寅九月，二品满考会枢府，以积功并闻，诏进太子少保，赐之策书。时以防秋，出次十月，事竣还省，行至临洮，以寒疾卒。享年八十。"

二十七日，宛平王崇简生于阜成门外祖居。王崇简编《王崇简年谱》："壬寅。先世直隶河间府任丘县，自曾祖考来京师，赘于晋氏，遂为宛平人，生祖考双槐公。公生锦衣卫正千户南松公、诰授中大夫陕西布政使司右布政使兵备道泾谷公，兄弟友于至笃，锦衣公张夫人暨副室焦夫人皆已生男，布政公年四十尚艰于嗣，兄弟相约，焦夫人再生男即过继为子。万历三十年壬寅十月二十七日卯时，焦夫人生予于阜成门外夕月坛礼神街北祖居，时布政公督饷辽东，乃乳于陈媪以待。"王崇简（1602—1678），字敬哉，一作敬斋，顺天府宛平（今北京市）人。崇祯十六年（1643）中进士。顺治三年授内翰林国史院庶吉士，历任秘书院检讨、国子监祭酒、弘文院侍读学士、詹事府少詹事、吏部侍郎、礼部尚书、太子太保等职。谥文贞。著《青箱堂文集》《青箱堂诗集》及《冬夜笺记》《谈助》等，辑有《畿辅明诗》传世。（王崇简编《王崇简年谱》、王长华《河北文学通史》第二卷下）

十二月

明廷禁以小说语入奏议。《大明神宗显皇帝实录》卷三七九："万历三十年十二月己未（己未似有误，考陈垣《二十史朔闰表》，是年十二月无己未日。是年十二月已交公元1603年1月12日至2月10日），礼部题……臣等以为皆宜禁，如作字必依《正韵》，不得见写古字，用语必出经史，不得引用子书及杂以小说俚语……诏是之，曰：本章字画，令查嘉靖八年体式刊印颁行，馀依拟严行申饬，违者参究。"

本年

南乐魏允贞奏二十余，乃致仕。张廷玉《明史》卷二百三十二《列传第一百二十》："允贞父已九十余，允贞岁岁乞侍养，章二十上。廷议以敕使害民，非允贞不能制，固留之。其年五月，请益力，始听归。士民为立祠。已，阅视者奏允贞守边劳，即家进兵部右侍郎。"

容城孙奇逢受父命，从季父成轩公学。

宛平梁应泽出为徽州知府。

万历三十一年

（公元1603年　癸卯）

四月

长垣李化龙起工部右侍郎，总理河道，与淮、扬巡抚李三才奏开泇河。

八月

定兴鹿善继应顺天乡试。

九月

高阳孙承宗到京师善果僧舍读书，准备参加明年会试。孙铨编、孙奇逢订正《高阳太傅孙文正公年谱》卷一："九月，入长安读书善果僧舍，有松千百环亭，风矍矍，因名其亭曰：'松涛'。有《松涛制艺》行于世。"

十一月

第二次妖书案起。《明通鉴》卷七三："十一月，甲子，复起妖书曰《续忧危竑议》，阁臣朱赓获之于寓门外。其词假郑福成为问答——郑福成者，谓郑氏子福王当成也。大略言：'上立东宫出于不得已，他日必当更易。其用朱赓为内阁者，以赓、更同音，寓更易之意。'词极诡妄，时人谓之'妖书'。上大怒，敕有司大索奸人。"

二十一日，妖书发现后整整十日，东厂捕获的男子皦生彩揭发兄长皦生光与"妖书案"有关。皦生光被凌迟处死，家属发配边疆充军。

本年

交河余继登撰《淡然轩集》刊刻。此集八卷。前有冯琦本年所撰序，以及万历三十年吴达可所撰序和李开芳所撰跋。

鸡泽殷岳生。殷岳（1603—1670）[1]，字宗山，一字伯岩，广平府鸡泽（河北省邯郸市鸡泽县）人。崇祯三年举人。顺治初年，曾谒选得睢宁知县，申涵光"力劝之归"，殷岳"览书，慨然曰：'岂以一官易吾申子哉?'遂骑驴归里，不持一钱。"一生喜游山水，足迹遍南北。南游福州，客死。善古体诗，有《留耕草堂诗》一卷传世。（申涵光《殷宗山先生行状》（见《聪山文集》卷三））

任丘刘勃（1522—1603）卒。因子元震、元霖贵赠工部左侍郎、工部尚书、太子太保。（乾隆二十七《任丘县志》卷九）

任丘刘勃子元霖抚浙八载，有政绩。以父丧，哀毁骨立。刘统修，刘炳纂《任丘县志》卷九："霖抚浙八载，上筹国计，下恤民生，为浙图秋毫备至，省费约百万余。念父签宪公甚，乞身不得请而签宪公已捐馆，持服归，哀毁骨立。"

易县万民英（1521—1603）卒。享年82岁，葬于西高村西，状元朱之蕃（茌平人）撰碑文；探花赵锵（易县人）篆碑额；榜眼刘思中（清苑人）书丹。易县博物馆存有其墓志铭。

---

① 另有（1602—1669）之说。

万历三十二年

（公元1604年　甲辰）

二月

高阳孙承宗参加会试，中一百一十五名，殿试列一甲第二名（榜眼）。授翰林院编修。殿试时进《廷对策》，不久又上《灾变陈言疏》《拟缓举三殿及朝门工程疏》，对神宗皇帝提出批评。（孙铨编、孙奇逢订正《高阳太傅孙文正公年谱》卷一）

三月

据《万历三十二年进士履历便览》，本科北直隶共取进士27人，地域分布如下：顺天府5人：孙承禄、唐嗣美、刘应召、刘试举、王大智；永平府1人、保定府3人：白养粹、王家宾、张大武、孙承宗；河间府1人、真定府1人：曹思诚、尹觉民、魏纯粹；顺德府3人、广平府5人：白储玿、马之服、李若珪、贾熙绩、吴维东、康应乾，彭化凤、李养志；大名府8人：魏广徵、黄立极、冯应兆、朱瑛、张铨、王点、刘遵宪、李焯。

高阳孙承宗中榜眼。张弘道、张凝道《皇明三元考》卷十四："榜眼孙承宗，直隶高阳人，字稚绳，号恺阳。治《礼记》，年三十二，甲午乡试第五名。"

柏乡魏纯粹中进士。魏纯粹（？—1613），字乾仲，号见玄。真定府柏乡（今河北省邢台市内）人。本年进士。初授阳武知县，后调永城县，开垦荒田，招集流民，士民称颂。官至山西道御史，以父病辞归。著有《隆德堂诗文稿》二卷及《开荒十二政》等。（孙承泽《畿辅人物志》卷十四）

大名刘遵宪中进士，初令寿张。（孙承泽《畿辅人物志》卷十二）

元城黄立极中进士，历官少詹事，礼部侍郎。（陈盟撰《崇祯阁臣行略》）

容城孙奇逢下第归，定兴鹿善继先生以王文成"世以不得第为耻，吾以不得第动心为耻"相劝勉。

本年

宛平王崇简三岁随父任陕西参政鄜州兵备道。（王崇简编《王崇简年谱》）

万历三十三年

（公元 1605 年　乙巳）

五月

十六日，通州魏藻德生。魏藻德（1605—1644），顺天府通州（今北京市通州）人，字师令（一作恩令），号清躬。崇祯十三年（1640）状元，授修撰。擅长辞令，有辩才。崇祯十七年二月，接任首辅。崇祯十七年三月十九日，李自成军进入北京城后，受酷刑而亡。（［明］顾祖训等编《状元图考》卷四）

著名戏曲理论家王骥德出都南归。王骥德《太霞新奏》杂调《五供养·赋得五月红楼别玉人》序："余以乙巳端阳日出都。先是，所狎田姬偕其姊氏长姬过逆旅为送，留连累日。长姬故以歌名北里，酒间谓余：子今代词手，幸赋新声为我妹别，抑吾不能日日唱渭城也。坐客引满，并为怂恿。遂括诸调，漫取作目。谱本双调，中稍兼出入。缀成请试曼声。二姬潸然称谢，辄歌辄泣，曰：幸留以俟异日子来，作西窗语资耳。"其《江头送别》云："金钗嫁，金钗嫁，是伊口许，明珠聘，明珠聘，倩你大乔作主。此生怎敢轻孤负。"其《五供养》云："匆匆节序，恰捱过冬残，又早春徂。"王骥德（约 1557—1623），字伯良，号方诸生、玉阳生，又号方诸仙史、秦楼外史，浙江绍兴人，著名戏曲理论家。一生致力于词曲研究，后师事徐渭，并与戏曲家沈璟、孙钛、孙如法、吕天成等相友善，切磋曲学。著有传奇《题红记》、杂剧《男王后》《两旦双鬟》《金屋招魂》《倩女离魂》等，今存前两种。著有散曲集《方诸馆乐府》及诗文集《方诸馆集》。并曾校注《西厢记》《琵琶记》。戏曲理论代表作则是《曲律》和《南调正韵》。本次进京在去年冬。（徐朔方《晚明曲家年谱·浙江卷》）

六月

八日，容城孙奇逢父偶患心痛卒。奇逢依古礼营葬，偕兄弟于墓侧筑庐，历三月，为之染病，多年难愈。汤斌等著《孙夏峰先生年谱》卷上："先生居肯轩公丧，一准古礼，偕兄若弟结庐墓侧，于东南隅筑'时思亭'，设衣冠、图书。乡老刘廷林、王动等岁时率众献食果，必哭于墓。肯轩公厚德入人之深，于此可见云。先生溽暑苫块中病，后每夏秋交，辄痰饮嘈杂，废饮食，成例病者几四十年，至六旬后竟愈。"

冬

著名文人郑鄤携母入京。其母曾于杨村病，泊张家湾两月。郑鄤《天山自叙年谱》："万历三十三年，乙巳，年十二岁。府君北上黄河，舟飘，予受惊。又吾母至杨村而病，途中无医，几危，泊舟张家湾两月始愈。入京，予是冬，不得絮衣，吾母病愈检知之，为之恸。"

本年

霸州新任兵备顾云程（字䄩宁，江苏常熟人）、守郡钱达道（字培垣，江苏常熟人）皆崇儒重道，以兴学育才为己任。上任伊始，即令重整益津书院，选拔学生、聘请讲师，对书院全面起敝维新。

长垣李化龙撰《李于田诗集》刊刻。凡十二卷。前有万历三十三年（1605）黄克缵序、李维桢序、赵南星序、罗文瑞序。共录诗歌千余首。

宛平王崇简四岁，母口授《千家诗》成诵，随父移驻靖边公署。（王崇简编《王崇简年谱》）

任丘刘元父忧除，晋少司空。以未得视父含恨，矢侍母不欲行。母兄力趋，乃勉就道。入即署掌部务，未几晋尚书。（乾隆二十七年《任丘县志》卷九）

万历三十四年

（公元1606年　丙午）

正月

京师王思任于都与著名文人焦竑游。王思任编，王鼎起、王霞起订《王季重先生自叙年谱》："正月，太史焦公漪园招游燕机达磨洞摄山诸名胜。史公弘博端毅，常得其明言之教。山人柳陈父数过谈诗。"

二月

三日，容城孙奇逢祖母杨安人卒。杨安人为忠愍公杨继盛的再从侄女。时孙奇逢居父忧，偕兄弟居父墓侧庐中。

八月

定兴鹿善继中顺天乡试举人，仍布衣草履，仅以数种红白书简谒座师王以悟

之门，一洗流俗时弊。（陈鋐《鹿忠节公年谱》卷上）

定兴鹿善继与容城孙奇逢定交。孙承泽《畿辅人物志》卷十一："万历丙午，举于乡，过容城，与孙奇逢切脯酌酒，定交杨忠愍墓下。"

冬

著名文人郑鄤于京病，九月而愈，延杜渐为师。郑鄤《天山自叙年谱》："万历三十四年，丙午，年十三岁。予大病，自春迄冬。凡九月，乃渐起，理旧业。时梁溪杜鸿吾先生讳渐以贡来京，府君延教予数月。杜先生严毅端方，甚有师范。"

南乐魏允贞（1542—1606）卒。谥"介肃"。以清廉刚正见称，王世贞《魏考功允贞》："考功昔在台，属当鼎革际。再疏轻逆鳞，必取第一义。旋返长沙谪，小宽绛灌议。东省一冰壶，清光铄群媚。"（王世贞《弇州山人续稿》卷三）陈田《明诗纪事》庚签卷十二收诗四首，并载："《文起堂集》：开府魏公五言如'秋色近重阳，飘零感异乡'，'久客凤凰台，秋深鸿雁来'，'浮名不可恋，芳草又萋萋'，'离心不可道，杨柳自江干'，工于发端。若'一官来白下，五字学黄初'，'一路梅花发，满江春水流'，'明诗俱逐客，佳节是他乡'，'白首为郎意，青尊送客情'，'关河千里外，风雨五更深'，'微雨催寒食，芳花满故园'等联，悉为佳境。朱彝尊《静志居诗话》：'见泉以直节闻。相传其子广微甫登贤书，来省其父。见泉闭之厩中，不许就礼部试。曰：'此破犂犊也。一得志，必隳我家声矣。'后果然。诗近犓疏，论者谓逊其弟懋权。"

本年

秀水沈德符与公安袁宏道遇于京，谈论《金瓶梅》。三年后，再于京遇公安袁中道，见全书。沈德符《万历野获编》卷二十五云："袁中郎（宏道）《觞政》以《金瓶梅》配《水浒传》为外典，余恨未得见。丙午（三十四年）遇中郎京邸，问曾有全帙否？曰：第睹数卷，甚奇快。今惟麻城刘涎白（延伯）承禧家有全本。盖从其妻家徐文贞（阶）录得者。又三年，小修（中道）上公车，已携有其书。因与借钞挈归。吴友冯犹龙见之惊喜，怂恿书坊以重价购刻。"沈德符，浙江秀水（今浙江嘉兴）人。万历四十六年（1618）中举人。自幼生长于北京，曾在国子监读书。精通音律，熟谙掌故。撰《万历野获编》多记万历以前的朝章国故，并保存了一些有关戏曲小说的资料。另著有《清权堂集》《敝帚轩剩语》三卷、《顾曲杂言》一卷、《飞凫语略》一卷、《秦玺始末》一卷。

南和朱正色（1539—1606）逝于自己的书院"十方院"，年六十八。著有《涉世雄谈》。

故城周世选（1531—1606）卒。赠太子少保。著《卫阳集》等书。

高阳县令钱春擒获大盗苏守果，多牵连诬陷，孙承宗力雪，救保多人。

威县石永升南京太仆寺丞。

万历三十五年

（公元1607年　丁未）

二月

定兴鹿善继会试不第。（陈鋐《鹿忠节公年谱》卷上）

三月

高邑李标中进士，授翰林院庶吉士。

大名成基命中进士，授翰林院庶吉士，与高阳孙承宗齐名。钱谦益《文穆成公神道碑》[①]："公姓成氏，讳基命，字靖之。避庙讳，请以字行。大名人也。少为诸生，长身玉立，与高阳孙文正公齐名。万历丁未举进士，选庶吉士，踵高阳列词馆，砥行绩学，并著公望。"

雄县郭存谦中进士。郭存谦，字仲恭，生卒年不详，保定府雄县（今河北省雄县）人。本年中进士，授山东潍县知县。擢吏部主事，历进文选司郎中。崇祯初，官至光禄卿。年八十八卒。

八月

定兴鹿善继祖父鹿久征卒。（陈鋐《鹿忠节公年谱》卷上）

九月

容城孙奇逢父忧服阕，此前一直居墓侧庐中。

威县石永升平阳知府。

① 此文全称为《明故光禄大夫太子太保礼部尚书兼文渊阁大学士赠少保谥文穆成公神道碑》，见钱谦益《有学集》卷三十四，下同。

冬

邢台傅梅赴登封任。因有政绩，擢刑部主事。后因审理“明末三大案”之一的“梃击”案，得罪郑贵妃，以京察罢官。

本年

京师缙绅多暇常讲易谈禅、分题作诗、批二十一史，谈举业以昆山顾开庸等为宗，郑鄤于京师得闻见。郑鄤《天山自叙年谱》：“万历三十五年，丁未，年十四岁。季父明初来京，府君命予受业，时万历之盛，缙绅多暇有讲易谈禅、分题作诗、批二十一史之会，而谈举业者，则崐山顾开庸、湘潭李湘洲、宣城汤霍林数先生为宗。府君常携予听教，并及诸大老之会，予皆得有闻焉。”

常熟钱谦益北上会试不第，南归。彭城退士编《钱牧翁先生年谱》：“丁未二十六岁，北上会试不第。闻临川汤若士盛称宋潜溪之文，先生归，专读潜溪、震川集，遂识文章之宗要。”

万历三十六年

（公元1608年　戊申）

四月

高邑赵南星建成思党亭，写《思党亭记》以记。

高阳孙承宗告假回乡。协助县令钱春、周之藩在高阳治水。撰《车道口堤记》《横堤记》等。

十月

九日，容城孙奇逢母陈孺人卒。

清苑梁以樟生。梁以樟（1608—1665），字公狄，清苑人[①]。兄梁以桼[②]，弟梁以桂，并知名，时号“三梁”。以樟负异才，八岁读书家塾中，值壁裂，作壁裂歌云：“壁猛裂，龙惊出。”见者大奇之。十六岁补弟子员，受知左光斗。崇祯己

① 又有记大兴人，宛平人，此处据《清史》所载。

② 陈田：《明诗纪事》辛签卷十七载其兄为梁以楠，选诗二首，并记：“以相字仲木，锦衣卫籍，大兴人。有《淡轩遗诗》。《今世说》：‘梁仲木任侠仗义，博览洽闻，与弟以樟并有高名，江、淮人士皆宗之’”。

卯举乡试第一，明年成进士。官商邱知县，甚有政绩。不久，商邱陷落，全家为保大义皆自焚，以樟在因与李自成部农民军作战，受重伤未死，脱身南走。入清后，隐居不出，自筑“忍冬轩”以居，常与阎尔梅、王猷定、刘纯学等诗酒唱和，晚年曾与乔出尘等结文学社。有《安东道中》《盱眙道中》《清明日雨北奠感怀》《送王于一移家秦邮》《送祈永还山东》等作品。逝后，门人为结《梁鹪林先生全书》，仅有《印否诗集》传世。（《清史稿》卷五百《列传第二百八十七》）

十月

宛平王崇简父卒于任上，母携归至京城阜成门外旧第。王崇简编《王崇简年谱》：“戊申。七岁。是年，父考绩诰授中大夫赠祖父考妣如其官，加右布政使兼摄鄜州靖边朔方河东、河西五道篆，以劳瘁致疾。疾间，命予名崇简。未及一月，终于定边治所，时十月二十五日也。母夫人提携抚邮从三千七百里冰雪载途，扶榇归。岁暮，抵阜成门外旧第。”

本年

会稽王骥德于北京湛园米家讲《西厢记》。王骥德《曲律》卷四《杂论》第三十九下云：“实甫《西厢》，千古绝技，微词奥旨，未易窥测。余之注释，笔之所录，总不逮口之所宣。顷在都门日，吴文仲，庄冠甫诸君，合三十余人，于米仲诏缮部湛园邀余拥皋比，为口悉其义；诸君莫不解颐，击节称快。冠甫谓：实甫有知，当含笑地下。醉后分韵，各赋一诗。黄中宜缮录成帙，仲诏为作序，题曰《艳情诗》以传。一时目为奇事。今四方好事者，往往购去以当谈资云。”《曲律》序作于三十八年，最近一年去京即此行。以校注求教于沈璟，或是南归时面致。米仲诏，名万钟，字友石，万历二十三年进士，号勺园，故址在今北京大学内。仲诏以善书名，时有“南董北米”之称。

灵寿傅维鳞生。傅维鳞（1608—1666），原名维祯，字掌雷，号歉斋，真定府灵寿（今河北省灵寿县）人。明崇祯十五年，乡试中举人。清顺治三年成进士，选庶吉士，入内翰林国史院，明年，授编修，改内翰林秘书院。历任东昌兵备道、大理寺少卿、太仆寺卿、通政使、都察院左副都御史、户部右侍郎、太子少保、工部右侍郎、工部左侍郎、工部尚书等职。

正定梁清远生。梁清远（1608—1684），字迩之，号葵石，北直隶正定（今河北正定）人。梁清标之弟。清顺治三年（1646）进士，历官刑部主事、吏部侍郎、光禄寺少卿、通政司参议等，以疾致仕。有《祓园诗集》四卷、《文集》四卷。（王长华《河北文学通史》第二卷下）

京师米万钟授六合（今江苏省六合县）令。

大名刘遵宪升户部主事，未及，调兵部。（孙承泽《畿辅人物志》卷十二）

威县石永升陕西副使。

万历三十七年

（公元1609年 己酉）

四月

霸州王遴（1523—1609）卒。赠太子太保。天启中，追谥恭肃。《明神宗显皇帝实录》卷之四百五十七："原任兵部尚书王遴卒。遴，顺天府霸州人。嘉靖二十六年进士，繇司理擢兵曹，备兵永平，抚延绥，修边墙及小芹河、平胡等墩堡，筑逻城，有两斩获功。被言去，再起抚宣府协理戎政。晋中枢致仕，两赐存问。当遴为曹郎，杨继盛之狱，遴数省视，许以儿女相托。继盛死西市，解官护其丧归，士论多之。予祭葬，赠少保，谥'恭肃'。"孙承泽《畿辅人物志》卷八："公家居杜门，荐用之疏无岁不上，四赐存问，享寿八十四终，祭葬如制。公所著有《大隐堂集》四卷，《二镇疏草》八卷，《奏议》十卷。子王乐善字西里，为考功郎，先公而卒。"

春

容城孙奇逢奉母与父合葬，偕兄弟于墓侧以庐而居，学生张于度果中于庐中问学。定兴鹿善继为撰墓志铭，数过"时思亭"。（孙奇逢《徵君孙先生年谱》卷上）

会稽王骥德出都南归。（徐朔方《晚明曲家年谱·浙江卷》）

十一月

十八日，任丘李汶（1535—1609）卒。叶向高《明特进光禄大夫左柱国少师兼太子太师协理京营戎政兵部尚书赠太师次溪李公墓志铭》："入里遂坚卧，乞休凡六请，乃许。阖门晏坐，不复与人间事。自子姓外，罕睹其面。尝梦雄鸡天上唱者，三叹曰：'大造，其在酉乎？'果以己酉冬十月疾作。次月十八日，终将属纩，犹时时问风色。夜半，忽曰：'我将去'。亟沐浴衣冠、双鼻、筯下尺许，目睹子拂去，遂瞑。距生嘉靖丙申十月一日，得年七十四。公宅性高简，不能谐世故。虽扬历四十余年，而立朝之日甚少。虽位极孤卿，而未尝管曹事。虽勋业灿然，而谭者尚以不竟其用为惜，自筮仕至老，不妄取一钱。抚陕归，秦、韩两王遣长史致馈，公语长史：'为我谢王第，善抚诸宗，毋齮龁朝廷命吏，疆臣受赐多矣，何必馈！'制府初开，即戒约将吏，毋趋谒，毋踵陋规。有献幕府公需防秋额犒，及河州马直，岁可二万金，向皆入军门私橐，公尽斥，以助经费。所谓'马如羊，不入厩，金如粟，不入怀'。于公见之先世所遗田宅，尽推与昆弟，又推金吾，荫以与侄。居常御一白布袍，萧然如寒士。每告诸子：'毋点我素业，尤深戒都督君诏狱重事，毋挠二尺，徇人主喜怒。'都督君建书楼，公取裴晋公意，题之曰'书种'，临没，犹以读书为遗命也。所著有《南游三纪》《出塞诗》《督陕议奏》若干卷。""余观今日塞事，兵食两虚，战款俱敝，何岌岌也。公捍蔽西陲十余年，拓二千里之封疆，未尝乏绝敌，亦喙息不敢较，此宁独其算略胜哉！光武有云：安得忧国，奉公如祭。征虏者上之所以致隆于公极宠备数有以也。"①

本年

常熟钱谦益至京应试，与公安袁中道等一起修业备考。钱谦益《初学集》卷三十三《贺中泠净香稿序》："余为举子，与公安袁小修、丹阳贺中泠卒业城西之极乐寺。课读少闲，余与小修尊酒相对，谈谐间作；而中泠覃思自如。一灯荧荧，雪车冰柱，击戛笔砚间。迄今三十余年，犹耿耿在吾目中也。"袁中道《游居柿录》："中郎移幞入署，予亦出，至极乐寺，修业出西直门，过高梁桥，虬枝遮天，宛似郭河阳画，河冰如琉璃。"

万历三十八年

（公元1610年　庚戌）

正月

正月袁中道、钱谦益、李流芳等在京师结社修业。袁中道《珂雪斋集》卷十一《徐田仲文序》："庚戌计偕，予与李长蘅、韩求仲、钱受之诸公，结社修业，田仲与焉。时韩与钱皆收，而予等被落。"

① 清刘统修，刘炳纂：《任丘县志》卷十一，乾隆二十七年刊。

二月

定兴鹿善继会试不第。（陈鋐《鹿忠节公年谱》卷上）

永年宋学道中进士，授知山西长子县。

三月

高阳孙承宗主持会试，见常熟钱谦益会试之文，取中其及钟惺、傅宗龙、陶崇道、王象春、包鸿逵等为进士。金鹤翀编《钱牧斋先生年谱》："庚戌二十九岁，北上会试。高阳孙公得先生《五策》，示雷何思，首策言江陵之功而诋諆绍述者。何思曰：'楚人不敢言非，楚人不能知吴士有钱受之者。通博好持大议，得无是乎？'后高阳以语先生，叹何思能知人也。"

宣党汤宾尹为是科会试分校官，越房搜弟子韩敬试卷中式，起庚戌科场案。（《明通鉴》卷七四）

常熟钱谦益三十九岁，举进士，廷试第三，授翰林编修。彭城退士编《钱牧翁先生年谱》："庚戌二十九年，举进士，殿试第一甲三名，授翰林院编修。先是，宫报谓先生状元，司礼监等咸持帖致贺。胪传前夕，同乡所识，贺者接迹于门，及榜发状元乃归安韩敬，或云敬贿巨珰以易之也。后敬以京察见黜，疑先生挤之。自是，浙人与先生如水火。五月十六日，先生丁父忧遂家居不出。"

四月

意大利的天主教耶稣会传教士、学者利玛窦卒于北京。张廷玉《明史》卷三百二十六《列传第二百十四》："已而帝嘉其远来，假馆授粲，给赐优厚。公卿以下重其人，咸与晋接。玛窦安之，遂留居不去，以三十八年四月卒于京。赐葬西郊外。"金尼阁《利玛窦中国札记序言》："利玛窦于 1552 年 10 月 6 日出生在意大利的中部教皇邦安柯那（Ancone）省的马塞拉塔（Macerata）城。……他在 1610 年 5 月 11 日（注：据查，此日为农历闰三月十九，与《明史》所记不合。）死于北京，葬于北京阜城门外二里沟。"

七月

十九日，金铉生于北京崇文门内总捕胡同寓邸。（金镜编述，金鑨参订《金忠洁年谱》）金铉（1610—1644），字伯玉，原籍江苏武进，后籍顺天大兴（今北京市内）[1]。生而颖异，博古能文。崇祯元年进士，授扬州府学教授，日与诸生阐明濂洛

---

① 孙承泽：《畿辅人物志》卷十六《金兵部铉》记为宛平人，此处依《明史》卷二百六十六《列传》第一百五十四所记。

之学，后转国子监博士。擢工部主事，督理军器。劾权阉不成，被夺职。居家十三年，键户读书。后起兵部主事，巡视皇城。流贼陷京，投御河而死。著《易说》一卷、《文集》六卷，另有《狷庵先生语录》。（张廷玉《明史》卷二百六十六《列传》第一百五十四、孙承泽《畿辅人物志》卷十六、孙奇逢《畿辅人物考》卷之一、黄宗羲《明儒学案》卷五十七、陈鼎辑《东林列传》卷八）

十二月

明廷党争起。《明通鉴》卷七四："初，顾宪成家居，讲学东林，从之游者甚众，而忌者日益多。是时廷臣党势日盛，国子祭酒汤宾尹与谕德顾天埈，各收召朋徒，干预时政，谓之宣崑党，以宾尹宣城人，天埈崑山人也。自上倦勤，内外章奏悉留中不发，惟言路一攻，则其人自去，以故台谏之势积重不返。有齐、楚、浙三党：齐则亓诗教、周永春、韩浚、张延登为之魁，而燕人赵兴邦辈附之；楚则官应震、吴亮嗣、田生金为之魁，而蜀人田一甲、徐绍吉辈附之；浙则姚宗文、刘廷元为之魁，而商周祚、毛一鹭、过庭训等附之；与宾尹、天埈声势相倚，并以攻东林、排异己为事，创大东、小东之说，目东宫为大东，东林为小东。一人稍异议，辄群起逐之，大僚非其党不得安于其位，天下号为当关虎豹。"

本年

容城孙奇逢居母忧，仍居墓侧庐中，邑学博谢慕劬过庐居论学。高阳孙承宗、定兴鹿善继分别著诗文咏赞孙氏一门贤孝守礼，六年如一。清苑贾铆《庐居纪事略》云：岁在乙巳，孙肯轩公殁，其嗣君国重、启运、启泰、启美同庐于墓三年。越戊申，公配陈孺人殁，四嗣君又庐于墓者三年。余按肯轩春秋仅享五十有五，其时国重、启运业声张黉序，启泰当髫稚歌鹿鸣已五阅岁，启美发未燥于乙巳游，頖公与陈孺人率嗣君奉杨太安人起居，甚融融也。夏无病忽殁，嗣君兄弟谓未获申菽水一日养而风木永嗟，安忍遗先骸于野，而偃然家居乎？乃禀命太安人、孺人，就墓前横构一室，陈公之冠履、图书，颜曰"栖神堂"。东南隅又结草屋如斗，南北对向，四壁茅篱涂以泥土。西向者二，一待唁客，一贮家礼、子、史诸经典；北向者二，一设苫席、长枕、大被，四昆夜寝一具，突而黔供饘粥。嗣君早暮焚香楮，奠椒浆，盥濯巾栉无不备，每饣卞跽设。遇佳辰令节，更罗列哭踊，历三年如一日。陈孺人久患呕，以痛公转剧，太安人又夕阳景，兼痛公不寿。四君庐居晨起展拜，即归趋两尊人所，勉为愉容，多方开慰，令诸妇善视膳，辄返墓间。无何太安人逝，孺人痛公又痛姑，疾益剧，太安人服甫阕，而孺人逝矣。四君既合葬，扃其家之外户，水、薪、米、盐零杂以时递送，诸妯娌昼食一爨，夜栖共楼，并无烦四君内顾。四君一意读礼，日在栖神堂时对读，读罢对泣，泣罢再读，俨然肯轩公在上也。严寒盛暑，雨雪雷电，子夜风吼，四望阒寥，当此而悲号呜咽，真所谓狖闻肠寸断矣。饔飧最粗淡，谢绝曲蘖，鲜脆不御，如是者六年，终始如一。呜呼，可不谓难哉！高阳孙文正公题庐诗：容城城坳大如斗，今古贤豪萃作薮。静修之修忠愍忠，撑拄乾坤万不朽。行天日月地江河，出奉君王入父母。孝廉崛起两贤乡，手握天常为世纽。黄金台上已知名，高堂舞彩歌曼寿。一朝风雨下庭帏，大椿零落谖花剖。夜台长夜寂无人，忍见野林狐兔走。九原日忆念儿心，六载枕苫相与守。诸妇同集一亩宫，优龙劣虎声如喁。蓼莪有句不成读，黄土一抔泪为阜。紫荆花烂雨盈襟，鸿雁影联月在牖。陇笛咽寒几断肠，夜乌泣云空翘首。我亲亦未尝君食，帝书日月悬培塿。感君兄弟倍酸辛，孝子忠臣天并久。君家兄弟远相传，亭亭玉树师且友。能与朝廷生异人，应得异人还报厚。定兴鹿忠节公诗云：横襟东海揖郎山，中有一庐无愧颜。毁后仅余眉宇在，愁来惟把蓼莪删。地当赵北燕南际，人跨椒山梦骥间。客子语言忽可味，细询知自见君还。

定兴邑中孝廉薛一鹗诬谤之事起。陈鋐《鹿忠节公年谱》卷上：“孝廉方秀才时为邑令，宋继登馆客令，中蜚语。孝廉同士庶为辩雪，因挂弹章。于是邑绅有不类者，以健讼纳孝廉名于访察，事连邑令并及一泉父子。先生曰：‘是可诬也，孰不可诬。毅然告于新令胡公嘉桂。胡贤令也，持甚力，人谓邑复有天日云。’”

柏乡魏纯粹选授山西道御史，不忘读书，后以父病坚乞归侍。孙奇逢《畿辅人物考》卷之五《方正・魏侍御公纯粹》：“庚戌，选授山西道御史。侃侃条议，皆中窾要。不一谒权贵。出署，闭门焚香，读书而已。时仕途纷杂，正邪相构，已露几牙，遂以父病坚乞归侍。……不候旨，竟策蹇归，家居最久，台札屡催，竟不出。”

长垣崔景荣升都察院右签都御史，巡抚宁夏。

威县石永升陕西右参政。

万历三十九年

（公元1611年　辛亥）

正月

容城孙奇逢服阕，治学自此年始。汤斌等编，方苞订正《征君孙先生年谱》

卷上："先生家世清白，庐居时尝至饘粥不给，而守贫弥坚。一老苍头于墓傍种莱菔、北瓜，其大异常。见者以为三冬堇、七年粟之一验云。按：先生志学当自此始。忆友人问曰：'先生自考志学，以何时为可持循之日？'先生云：'少年妄意功名，自两亲见背，此念顿灰。与鹿伯顺为友，初以名节相砥砺，未免走入气质之偏处，黯然一念，自证生人面目，其实从哀恸、穷苦中得来。'"

秋

容城孙奇逢寓京师。汤斌等编，方苞订正《征君孙先生年谱》卷上："秋，寓京师，馆兵部郎杜友白家。友白名诗，山东人，慕先生为人，以其子受学。"

十二月

十五日，长垣李化龙（1524—1611）卒，年七十。谥襄毅，赠少师，加赠太师。才高天下，世所罕有。孙承泽《畿辅人物志》卷九："公神气素王，一日病，昏晕甚危，虽幸而甦然遂衰，须发俱白，以致不起。公生于嘉靖甲寅三月初十日，卒于万历辛亥十二月十五日，年五十八。以平播功及秩满，加柱国少傅兼太子太保，卒后赠少师，谥襄毅。人称公才高天下，其为诗文，随手而成，卓然大雅。少年通显，立致鼎足，而亲贤下士，形骸都忘，终日谈笑，情澜靡竭，而未尝有所漏言。所在思识，如田之有畔，尺寸不越也，遇事敢为而计屡甚周，诚不世之才也。使崇祯之季而有若人焉，其视杨嗣昌、陈新甲辈不犹婴孺之与奴隶哉！"著《李于田诗集》十二卷，分为辽阳稿、田居稿、西征稿、河上稿、东省稿、都下稿、南都稿、场居稿，共有诗1100余首，内容丰富，赠别、羁旅、怀古、燕游、题贺、日常生活等多有涉及。陈子龙等撰《皇明诗选》卷十二评："司马功名之士，诗亦清脱可诵。"谈迁《国榷》卷八十一："少傅兼太子太保兵部尚书李化龙卒。化龙字于田，长垣人，万历甲戌进士。知嵩县，历南京工吏部郎中。累迁都御史巡抚辽东，破虏。进兵部右侍郎，疾去。后起总督川贵，平播州杨应龙。守制讫，起右都御史兼工部右侍郎，总督河道，开泇河利漕，称才臣之最。年五十八。予祭葬，赠少师，谥襄毅。再赠太师。前破虏荫锦衣卫正千户。平播荫指挥使，又荫中书舍人。"陈田《明诗纪事》庚签卷十一选诗三首，并载："《明诗统》：'于田诸作，骅骝驰骋，金玉陆离，佳制也。'《明诗选》：陈卧子曰：'司马功名之士，诗亦清脱可诵。'《静志居诗话》：'于田诗虽沿王、李余波，然颇爽豁。牧斋钱氏以其为胡元瑞所称，讥其醲厚肥腯，而弃之不录，未免矫枉也。'田按：'于田播州之功，以一百四十余日之期，拓千余里之地，改土设流，建府二、州县十，可谓伟矣。'《海龙囤铜标铭》云：'皇帝二十有八年。播人不轨，天王赫怒。爰整六师，以诛不供。粤有四月，尽俘厥丑，遂潴其宫。方三千里，始入皇封。载勒铜标，永镇西南，臣李化龙。’又收军前铜锅，铸鼎三等，颁发土司，永为鉴戒。其铭云：‘维星拱北，惟水朝东。天王御极，八方会同。惟西南夷，各世其封。惟敬天念祖，庶不坠厥宗。顺天者吉，逆天者凶。以为不信，视杨应龙。’标今不存，鼎土司中犹有存者。于田诗颇有豪气。”

因反对诬谤薛一鹗一事，定兴鹿善继召集孙奇逢等孝廉诸生三十六人控告守令，得观察刘洪谟白之。陈鋐《鹿忠节公年谱》卷上：“是年，邑绅之不类者复簧鼓郡守，事几变，先生愈益奋发。时启泰先生馆都门，先生飞书招之，共集孝廉诸生三十六人，为告于守，守语稍侵先生。先生愤然曰：‘论官者，何忍以循良被恶名？养士者，何忍以衣冠置涂炭？借胥吏以倾士类，借士类以倾县官，尚有天日乎？某等颇知自爱，从前未尝来此，后定不来来。独此义愤所激，不容不来尔。’侃侃昌言，守为气夺，同侪虑激怒，退而戒之先生曰：‘彼中情怯尔，畏我辈讼语，支吾不暇，何怒焉？’乃复告于观察刘公洪谟，刘公以风节著，与先生意合，事得白。”

本年

宛平王崇简十岁，从通州生员何先生读四书。（王崇简编《王崇简年谱》）

宛平梁应泽为陕西凤翔平凉道副使。

万历四十年

（公元 1612 年　壬子）

五月

临城乔璧星以剧病交攻，请辞四川巡抚职，致仕。（《明神宗显皇帝实录》卷四百九十五）

闰十一月

初三日，宋之绳（1612—1667）生。宋之绳编《柴雪年谱》：“闰十一月，初三生于都门西城之红桥。先太仆公自庚戌下第，读书都门者三年矣。”

本年

高邑赵南星为梁喜顺平凡冤狱，后写《救善记》以劝善。

高阳孙承宗有诗与容城孙奇逢。

定兴鹿善继从第恒岳府试遗名，不为请托。陈鋐《鹿忠节公年谱》卷上：“是年，先生从第恒岳府试遗名，太公以同居犹子，故属先生开续。先生曰：‘孝廉请托，习惯成性。生平立志欲洗此陋，今复蹈之耶？且进取自有义命，幸实不开，可消子弟妄想。’太公颔之。其事事不苟类如此。”

容城孙奇逢收固安李了贾二槐叉学。贾二槐，生卒年不详，宁工彝，顺天府固安县（今河北省廊坊市固安县）人，两庐父母墓，质过鲁，故纳为徒。（汤斌等编，方苞订正《征君孙先生年谱》卷上）

容城孙奇逢晤曹贞予先生，举“仁体”以告。贞予，名于汴，山西安邑人，以正学自任，语先生“仁体”，反复发明，先生当下恍然，觉此心与天地万物相通。（汤斌等编，方苞订正《征君孙先生年谱》卷上）

著名文人魏大中子学洢北上，寓香河。魏大中编《魏廓园先生先生自谱》：“四十年，壬子，三十八岁。高氏复来延予，予复馆于高氏。是岁，洢儿补邑弟子员，偕吴子往北上，寓香河北寺，时玉台先生为香河谕。”

香河袁懋功生。袁懋功（1612—1671），字九叙，顺天府香河县（今河北省香河县）人。清顺治三年进士，历任礼科给事中、刑科给事中、太常寺少卿、通政司通政使、刑部侍郎、吏部侍郎、光禄寺少卿、都察院左副都御史、户部右侍郎、云南巡抚、山东巡抚等职，康熙十年卒，年六十。谥清献。

万历四十一年

（公元1613年　癸丑）

京师方从哲拜礼部尚书兼东阁大学士，不久即专秉相权。张廷玉《明史》卷二百十八《列传第一百六卷》：“四十一年，拜礼部尚书兼东阁大学士，与吴道南并命。时道南在籍，向高为首辅，政事多决于向高。向高去国，从哲遂独相。请召还旧辅沈鲤，不允。御史钱春劾其容悦，从哲乞罢。帝优旨慰留。未几，道南至。会张差梃击事起，刑部以疯癫蔽狱。王之寀钩得其情，庞保、刘成等迹始露。从哲偕道南斥之寀言谬妄，帝纳之。道南为言路所诋，求去者经岁，以母忧归。从哲复独相，即疏请推补阁臣。自后每月必请。帝以一人足办，迄不增置。”

三月

定兴鹿善继于都中，不屑逐新贵风尘。容城孙奇逢亦寓京师，两人多往来，并曾同访东林党臣周顺昌。陈鋐《鹿忠节公年谱》卷上：“既入都，萧条高寄，不屑逐新贵风尘。时启泰先生尚馆都门，每过从。一日偕访周景文顺昌，袖出《忠愍集》以赠。因有诗云：‘寰中第二非吾事，好向椒山句里寻。’盖交勉也。后景文死于珰，先生死城，俱作第一流人，可谓不相负矣。”

定兴鹿善继与新举进士范景文、周顺昌等定交杨继盛墓下，以节义相期勉。钱谦益《鹿公墓志铭》：“公端方谨悫，岿如断山。少以祖父为师，小章句，薄温饱，慨然有豪杰圣贤之思。万历丙午举于乡，过容城，与孙奇逢酌酒切脯，定交杨忠愍墓下。癸丑举进士，与吴郡周顺昌、吴桥范景文幞被萧寺，鸡鸣风雨，以节义相期勉。”范景文《范文忠公文集》卷六《鹿奉常集序》：“余自癸丑通籍，与定兴鹿伯顺、吴门周景文同试政司马署中，志意叶治。彼此以名节相励，期为岁寒交。”王孙锡编《范文忠公先生年谱》：“四十一年癸丑，二十七岁。中会试三百二十九名，廷试三甲八十五名，兵部观政，与鹿善继、周顺昌定交杨忠愍墓下，以名臣相期许。”

容城孙奇逢随定兴鹿善继与周顺昌等定交。汤斌等编，方苞订正《征君孙先生年谱》卷上：“与周景文论交。鹿伯顺先生是年举进士，周景文顺昌其同年友也。因伯顺与先生为友，一日，向先生索《杨忠愍集》，先生曰：‘忠愍为世庙忠谏第一君，定不作第二人。’伯顺有诗纪之曰：‘寰中第二非吾事，好向椒山句里寻，后周死逆珰最烈，过第一。’”陈鼎辑《东林列传》卷五：“四十一年成进士，投牒归里，桐城左光斗、嘉善魏大中、长洲周顺昌闻而访之，定交萧寺中。”

定兴鹿善继擢观政兵部，贽座师徐光启出格套之外。陈鋐《鹿忠节公年谱》卷上：“先生出徐公光启之门。其贽徐公也，与贽王公同。后徐公殁，先生为文以祭之，略云：‘某受师恩，在风尘格套外。追忆及门群为执贽，某具八行，以红白柬当锦绣缎。人皆目笑，师独心嘉，每于旅进旅退之余，容以不衫不履之度，盖实录云。’”

定兴鹿善继选户部山东司主事，职盐法。（钱谦益《鹿公墓志铭》）

高阳李国榗中进士。李国榗（？—1631），字符治、符治，号续溪。保定府高阳（今属河北省保定市高阳县）人。本年进士，由庶吉士历官詹事。天启六年（1626），以依附于魏忠贤，破格升为礼部尚书入阁。在魏忠贤淫威下，尚能力保忠臣贤士。崇祯初，以登极恩进为左柱国、少师兼太子太师。又晋升为吏部尚书、中极殿大学士。崇祯元年（1628），告老还乡。崇祯四年（1631），逝。赠太保，谥文敏。著有《文敏遗集》。（张廷玉《明史》卷二百五十一《列传一百三

十九》）

高阳李国樽与孙承宗同里，少即师事之。本年馆选时，孙承宗赏其言。孙承泽《畿辅人物志》卷十二："公器度宏远，风格澄峻。与孙剀阳先生同里，少时即师事之，故品识恒相类，剀阳先生每亟称之。当癸丑馆选时，剀阳先生谓公曰：'君能办廿年博士弟子乎？'公曰：'自今一如未第耳！'剀阳先生击节其言。"

容城孙奇逢下第寓京师。汤斌等编，方苞订正《征君孙先生年谱》卷上："四十一年，癸丑，三十岁。下第，仍寓京师居停主人牛俊臣。俊臣，字仰泉，任侠好客，重先生品行，愿假馆。一时，工人皆与之游。"

容城孙奇逢同定兴鹿善继读王阳明《传习录》，并深服膺。汤斌等编，方苞订正《征君孙先生年谱》卷上："同鹿伯顺读王文成《传习录》。先生初守程朱甚笃，鹿先生讲次，每举姚江语，先生因读《传习录》'知行合一'，跃然有得，自是寝食其中焉。"

涿州冯铨十九岁中进士。（张弘道、张凝道《皇明三元考》卷十四）

四月

临城乔璧星（1550—1613）卒。光绪间刊《赵州属邑志》卷七："然公自此劳惫成疾矣，既得代还里第，方与亲朋握手言欢。不四日而病，病即却药饵，弗御曰：'大数至矣，无苦我。'遂端坐而逝。公生于嘉靖戊戌七月十四日①，卒于万历癸丑四月十日，得年六十有四。"

五月

十六日，竟陵钟惺偕尹嘉宾、魏光国，谢兆申、缪昌期、罗玉检、陵梦龙、王维章等再集十方庵，有诗纪之。钟惺《隐秀轩集》诗宙集《五月十六日集十方庵水边（同尹孔昭、魏士为、谢耳伯、缪富时、罗玉检，陡君启、王贞含）》："一回来憩此，景事一回加。园果闲中子，池连意外花。茶瓜僧地主，烟火寺人家。蒲苇风皆去，鸥凫浪与斜。坐频过好鸟，归定准昏鸦。山雨残阳后，幽香发水涯。"钟惺本次于去年底来京，至九月方离。

八月

吴桥范景文，授东昌府推官，时以名节自我约束勉励。题其署曰餐冰，成诗集，名之为《餐冰斋诗》。为政廉明，有"不二公"之号。孙奇逢《畿辅人物考》

① 此处记作"嘉靖戊戌（1538）"，应为"嘉靖庚戌（1550）"。

卷之三《义节·范文贞公景文》："万历癸丑进士，初授东昌府推官，有贤声。尝署其门曰：不受嘱、不受馈。人呼为'二不'公。"

九月

竟陵钟惺离京，经天津至山东，沿途有诗行。钟惺《隐秀轩集》黄集有《潞河九月二十四逢立冬示君佐》《泊天津》《天津早发》《静海县》。

本年

霸州张维（1533—1613）卒。晚年双目失明，尚能写行草。曾著《皇华集》《归来篇》《莫金山人集》《苍雪斋稿》等书行世。

长垣崔景荣入为兵部右侍郎，总京营戎政。后改吏部，以疾辞去。

高邑赵南星刊印《屈原传·离骚经订注》与《教家二书》。

宛平王崇简十二岁，从山阴监生裘先生学为文。（王崇简编《王崇简年谱》）

固安傅好礼卒。

柏乡魏纯粹卒于里。

万历四十二年

（公元1614年　甲寅）

三月

初九日，任丘刘元霖（1556—1614）卒于任，官终工部尚书，赠太子太保。著有《抚浙奏疏》6卷。刘统修，刘炳纂《任丘县志》卷九："元霖孝亲恭兄长善施，昆弟履官三十余年，人不见其寒燠燥静，嗔豫疏密也。亦可以不朽矣！以疾卒于官，年五十九，赠太子太保，赐祭葬。"

本年

定兴鹿善继"门人始进"，第一次收徒。陈范彭、杜越、张果中、贾三槐、王烨诸人接踵来问学。此间著《说约》。陈鋐《鹿忠节公年谱》卷上："归里后，有执贽及门者，辄诲焉。日取四子书相与讨论，举先圣先贤奥义无不抉出而示之人，复无不证入而归之我。谓圣贤往而圣贤之心至，今在特患不反求尔，故名其所著曰《说约》，盖欲人之反之也。先生寓讲学于授徒，以行继往开来之志。是时，鋐父趋受业，而杜君异越、张于度果中、贾正卿三槐、王太冲烨辈接踵来，先生顾而乐之，朝夕提命，亹亹不倦。”

通州李三才被御史刘光复二次劾奏盗皇木建私第等事，事中刘文炳[1]、御史李征仪、工部郎中聂心汤等群起力推，帝诏征仪偕给事中吴亮嗣往查勘。张廷玉《明史》卷二百三十二《列传第一百二十》：“四十二年，御史刘光复劾其盗皇木营建私第至二十二万有奇。且言三才与于玉立遥执相权，意所欲用，铨部辄为推举。三才疏辨，请遣中官按问。给事中刘文炳、御史李征仪、工部郎中聂心汤、大理丞王士昌，助光复力攻三才。征仪、心汤，三才尝举吏也。三才愤甚，自请籍其家。工部侍郎林如楚言宜遣使覆勘。光复再疏，并言其侵夺官厂为园囿。御史刘廷元遂率同列继之，而潘汝祯又特疏论劾。既而巡按御史颜思忠亦上疏如光复指。三才益愤，请诸臣会勘，又请帝亲鞫。乃诏征仪偕给事中吴亮嗣往。”

高阳孙承宗擢詹事府右春坊右中允，兼翰林院编修。努尔哈赤袭抚顺，又陷开原、铁岭。廷议欲起用熊廷弼，承宗持异议，并与徐光启纵论练兵事宜。诸臣以将略推荐。

容城孙奇逢在京师，福建海澄周起元常过访。汤斌等编，方苞订正《征君孙先生年谱》卷上：“四十二年，甲寅，三十一岁。在京师，周绵贞时过余邸舍。周名起元，江西人，以俟命御史在都，见先生制艺，有志之丈夫，不受制于造物句，向友人曰读孙公此二语，令人气跃千丈。”周起元（1571—1626），东林七君子之一。字仲先，号绵贞，福建海澄（今漳州龙海）人。万历二十九年进士，御史任上，以上疏力斥诋毁东林故，谪为广西参议。天启三年，以右佥都御史巡抚苏松十府，指控织造太监李实贪恣不法，又为苏州同知杨姜辨冤，遭魏忠贤恨，被诬为干没帑金十万两，逮入狱中，拷掠至死。有《周忠愍奏疏》传世。

著名文人缪昌期进京，子随侍。缪之镕编《文贞公年谱》：“万历四十二年，甲寅，公五十三岁。在京师供职，次子纯白随侍京邸。”

长垣崔景荣起宣府大同总督。

---

① 刘文炳，生年不详。河间府任丘县（今属河北省任丘市）人，崇祯上生母孝纯皇太后之弟，封新乐侯。于甲申之变，阖门一家自缢而死。

万历四十三年

（公元 1615 年　乙卯）

五月

梃击案起，高阳孙承宗以语平之。《明史纪事本末》卷六十八：“神宗万历四十三年五月己酉，有不知姓名男子，持枣木棍，撞入慈庆宫，打伤守门内官李鉴，直至前殿檐下，内官韩本用等执缚，付东华门守卫指挥朱雄等收之。次日，皇太子奏闻，命法司提问。”孙奇逢《畿辅人物考》卷之二《经济・孙文正公承宗》：“乙卯，东宫有挺击之变，承宗语阁臣吴道南曰：‘事关东宫，不可不问；事关皇宫，不可深问。第具揭密皇上，自能了此。’”

八月

广平府秦羽明中顺天府乡试解元。治诗。（张弘道、张凝道《皇明三元考》卷十四）

秋

谒选，定兴鹿善继授山东司主事，职盐法。有闽粤盐法二议。陈鋐《鹿忠节公年谱》卷上：“先生念国家边饷取足于盐筴，盐法坏而边饷空。司农仰屋于是，谢交游，绝宴会，日与正郎袁应振讲求执掌。袁留意盐法者久，先生一见倾心。因致书曰：‘倘借不倦之教，略通世务，为公家效一臂力焉，生平足矣。’斯时也，先生有闽粤盐法二议，原竟委燎然，知受病者何在，疗病者何方，而惜乎未竟其用也。”

冬

吴桥范景文作诗《乙卯十九首》，反映自然灾害对当地人民所带来的灾难与痛苦。文渊阁本《四库全书》集部《文忠公集》卷十一原诗引言：“乙卯大祲，分糜行赈，匹马日走风雪中，介儒邮中寄片韵索赋，遂就目中所见稍为疏次，得十九首。每字皆是泪，几于歌不成声矣。”

本年

高邑赵南星刊印《学庸正说》。

定兴鹿善继于乡授徒，著《认理提纲》。陈鋐《鹿忠节公年谱》卷上：“是年教授如故，复著《认理提纲》。大抵引人寻孔颜乐处，从乍见孺子一端，体认良心云。”

大名刘遵宪迁武德道，后以边才改甘镇西宁道，摄凉州道。三年四奏大捷，加至左布政。孙承泽《畿辅人物志》卷十二：“乙卯，迁武德道，旋以边才改甘镇西宁道，摄凉州道。其地沙漠不毛，甘镇则孤峙天末，番族杂处，笳吹马嘶，不绝于耳。且军食久匮，战士饥忿，公严课卫官，大修屯田，饰法风励之。三岁之中，四奏大捷。未几以内艰归。服阕，起补大同左卫，以叙甘镇功加按察使，又加左布政。”

著名文人魏大中至文安。魏大中编《魏廓园先生先生自谱》：“四十三年，乙卯，四十一岁。先是，玄趾戴师补官文安，以书贻予，谓家人赴任过浙，挈予同行，两世兄共事予。窃幸早北之可以肄业，遂谢生徒弗受，而急洴儿婚并为濂儿订。陈贲闻婚乃世兄，迟迟来又，止二世兄来，而弟遣其家人。相闻舟迳前，予既以诸戴师之请，不得已买舟以前。遇于京口，盖世兄实无意于予，而所偕李生者，日酒食声色相谑浪，交相怪也。未抵文安，则又先以意通戴师，使戴师先怪予。乃予新买一仆与偕，复湛溺于赌，好酒弗能其主人也，日过午而不能饭者，时有之。予于是时作‘孤身万里，垂死空山’八字，观以自持，偶有人索题壁，立斋歌以见意。乃是岁所诣，文境又自觉潇洒夷㥯云。早冬，闻吴子往入都，因辞文安去。”

新城王余佑生。王余佑（1615—1684），字申之，一字介祺，号五公山人，卒后门人私谥文节，世称文节先生。本姓宓，自八世祖时徙居直隶新城，赘于王氏，因改姓王。入清，父兄罹难后，王余佑携伯父母隐居易州五公山双峰村，自号为五公山人，不入城市者垂三十年。晚年时，献县献陵书院邀请他前去讲学，为此又迁居献县，自称献县人。初随定兴鹿善继学，后受业于容城孙奇逢，又与茅元仪、杜越、刁包等人为师友，并曾得到桐城左光斗的赏识。鹿善继、孙奇逢二人对王余佑甚为器重，亟称之。清初北方的学术大师颜元（字浑然，号习斋）、李塨（字刚主，号恕谷）则为之弟子。著述丰富，有《居诸编》《乾坤大略》《诸葛阵图》《通鉴独观》。另有《茅檐款议》一书，据《清诗纪事初编》称是作者所最自信者。今所传《五公山人集》十六卷为其辞世后门人搜集整理出版。

大兴韩畕（约公元1615—约1667）[①] 生。陈田《明诗纪事》辛签卷十六选诗六首，并记：“畕字经正，大兴人，有《天樵子集》。《池北偶谈》：‘石耕乱后游江

① 据张媛媛《论明清琴学之传承》，云南艺术学院硕士论文，2010年。

南，遍历台、宕诸胜，客死平湖，善鼓琴，尤工五言诗，有句云：‘春愁当二月，酒渴起三更。’《静志居诗话》：‘石耕善琴，所操北音，耻作妮妮儿女之语。终身不娶，游览江湖以终，今之牧犊子也，五律清稳，颇足名家。’田按：‘石耕诗，善于写景，不为词费，而意境自远。’”

顺天冯有经事母孝，以母丧，不胜悲痛而卒。

威县石永升江西右参政。

万历四十四年

（公元1616年　丙辰　后金［清］太祖天命元年）

三月

曲周刘荣嗣中进士，授户部主事管银库。

四月

三日，著名文人袁中道、钟惺、杨鹤等数十人雅集京师海淀，号海淀大会诗。钟惺《隐秀轩集》卷三有《四月三日杨修龄侍御游宴海淀园》一首五言诗。又袁中道《游居柿录》卷一一：“西直门北十余里，地名海淀，李戚畹园在焉。亭台楼阁，宜入云霄，奇花异草，怪石美箭俱备。引玉泉流水入于清渠，可数里，泛大楼船其中，宛似江南。是日，修龄作主，词客龙君御而下若干人，工弈棋书画者若干人，亦一时之胜会也。各分韵，号为‘海淀大会诗’。”杨修龄，即杨鹤，字修龄，武陵（今湖南常德）人。万历三十二年进士，官至兵部尚书加太子少保。龙君御，即龙膺，字君善，一字君御，武陵（今湖南常德）人。万历八年进士，官至南太常卿，有《九芝集选》十二卷。

六月

著名文人魏大中入京参加会试、廷试，得授行人司行人。魏大中编《魏廓园先生先生自谱》：“四十四岁，丙辰，四十二岁。场前文思蹇涩，有曳白之虑。入场日，遂全不构思，引笔直写，自谓免于曳白而已，而汩汩而就，灯下补稿，颇觉生动，乃人情以平日之蹇涩少之，即予亦自少也。橐中金尽，又所携仆甚不习，且离家久矣。试毕即南，至东阿闻报中二百九名。本房为等轩商师，旋赴。廷试，赐同进士出身三甲第十三名，观大理寺政。六月，选行人司行人。”

七月

二十五日，柏乡魏裔介（1616—1686）生。魏荔彤辑《魏贞庵先生年谱》："丙辰明万历四十四年，公以秋七月建丙申二十五日癸巳辛卯时，生于柏乡，在城社南门西路东之宅，父抽庵公年二十四，母张太夫人年二十二谒。"朱彭寿《清代人物大事纪年》："太祖天命元年丙辰（明神宗万历四十四年，公元1616年），生辰：魏裔介，七月二十五日生，字石生，号贞庵、昆林。直隶柏乡人。享年七十一。"魏裔介，字贞白，一字昆林，号石山，又号贞庵，直隶柏乡（今属河北省邢台市）人。崇祯十五年（1642）中举，清顺治三年（1646）中进士，选庶吉士，四年授工科给事中，六年转吏科给事中，同年归家服母丧。顺治九年服丧期满，复原职十一年迁兵科都给事中，十二年迁太常少卿，擢左副都御史，十四年擢左都御史，十六年加太子太保，康熙二年（1663）迁吏部尚书，三年擢保和殿大学士，六年充纂修《清世祖实录》总裁官。《实录》告成，加太子太佩康熙十年辞官回乡，直到病逝。卒谥文毅。著有《兼济堂诗集》八卷、《兼济堂文集选》二十卷。

八月

定兴鹿善继母田氏卒。自此，善继三年不饮酒，不茹荤。（陈鋐《鹿忠节公年谱》卷上）

本年

著名戏曲家郑之文于本年升任真定知府，次年被劾罢官。黄汝亨《寓林集》卷四《郑应尼出守真定序》云："已而管库榷芜关，令约风清，身无润膏，商贾大悦。则又以为古之惠人廉吏也。予因自笑与应尼游十余年，知应尼不尽。而应尼积其才望，果为当事者所重，出守真定。"同书卷五有诗《送郑应尼擢真定守》。《正定府志》列举明代知府，失载郑氏姓名。《真定县志》卷十四有应尼诗《上巳同梁函三出郭观新凿水田，因赋赠》《酌梁慎可墨香亭留别》或今明二年作。郑之文，字应尼，江西南城人。万历十九年（1591）秋试中式。以后三年一次，他到北京参加了七次会试，中第二甲进士，任命为南京工部主事。五年后改任芜湖税关监督。本年升任真定知府。他的戏曲创作都在出仕之前，《白练裙》被查禁，《芍药记》失传，仅存《旗亭记》。诗文《远山堂集》《锦砚斋集》均佚。现存《游麻姑山记》和七言歌行《金陵元夕篇》以及另外两首应酬诗。（徐朔方《晚明曲家年谱·赣皖卷》）

容城孙奇逢在京师，薛孔泉，唐灼州、贾孔澜各遣子受学。

高阳李国楷授检讨，晋谕德，管国子司业。（孙承泽《畿辅人物志》卷十二）

宣化张光烈生，字觐杨。直隶宣化人。享年五十一。（朱彭寿编著《清代人物大事纪年》）

万历四十五年

（公元1617年　丁巳　后金［清］天命二年）

九月

二十九日，未时。蔚州魏象枢生。魏象枢口授，魏学诚等录《寒松老人年谱》。魏象枢（1617—1687），字环极（一作环溪），号庸斋，又号寒松，蔚州（今河北省蔚县。在清康熙三十二年以前隶属于山西省大同府治）人。顺治三年进士，选翰林院庶吉士，历任刑科给事中、工科右给事中、刑科左给事中、吏科都给事中、都察院左佥都御史、顺天府尹、大理寺卿、户部侍郎、都察院左都御史、刑部尚书等职。作为廉吏，他“誓绝一钱”，甘愿清贫；作为学者，注重真才实学。后人以“好人、清官、学者”六字，对他的一生进行概括。康熙二十五年卒后谥敏果。有《寒松堂集》《寒松堂诗集》传世。

十一月

二十五日，宣化刘楗生。刘楗，宁公愚，号玉罍。顺天府大城（今属河北省廊坊市）人。享年六十三。

宣化杨捷生，宁元凯，号月二。直隶宣化人（原籍江苏）。享年七十四。

本年

京察，寓京师方从哲势大，尽斥东林及林居者。帝怠政，衙署屡缺不补，政废弛。张廷玉《明史》卷二百十八《列传第一百六卷》：“丁巳京察，尽斥东林，且及林居者。齐、楚、浙三党鼎立，务搏击清流。齐人亓诗教，从哲门生，势尤张。从哲昵群小，而帝怠荒亦益甚。畿辅、山东、山西、河南、江西及大江南北相继告灾，疏皆不发。旧制，给事中五十余员，御史百余员。至是六科止四人，而五科印无所属；十三道止五人，一人领数职。在外巡按率不得代。六部堂上官仅四五人，都御史数年空署，督抚监司亦屡缺不补。文武大选、急选官及四方教职，积数千人，以吏、兵二科缺掌印不画凭，久滞都下，时攀执政舆哀诉。诏狱因以理刑无人不决遣，家属聚号长安门。职业尽弛，上下解体。”

高阳孙承宗主持应天乡试，因为试题上写他的语录，而遭到党人的忌恨，党人试图利用官员每三年一次的考核将孙承宗逐出京师，翰林院掌印刘一燝力保，终相安无事。

定兴鹿善继处母忧间，第二次收徒讲学。陈鋐《鹿忠节公年谱》卷上：“是年四方来学者益众，先生性严，是非好恶未尝少徇于人，而同心者则无不饮以和，迎以善，春风之座，嘘入肺腑，殆不独发彼群蒙也。”

容城孙奇逢归乡。赵御众、汤斌等《征君孙先生年谱》卷二：“先生居京师者六年，皆鹿伯顺、范一泉两先生为之左右。至薪水之需，牛仰泉任之，先生尝云：余生平稍知自励，即服膺伯顺与一泉先生。伯顺每言以改过而成贤者，独见范老耳。”

高邑赵南星撰《梦白先生集》由秣陵刘贤刊。一卷。前有汪元哲撰《重刻赵梦白先生文集序》，后署“万历丁巳夏五月”。卷首题“高邑赵南星梦白著，门人李标、王则古、梁慈、梁志校”。凡录赵南星书札近八十篇。

浙江黄宗羲八岁，随父至京。黄炳垕编《黄梨洲先生年谱》：“忠端公授宁国府推官，公随任。”

大名穆文熙（1528—1617）卒。诗文见收于《逍遥园集》，共存诗700余首，诸体皆备内容丰富且有特色。崔邦亮在《逍遥园集叙》：“先生诗出工部，间出高岑，绝不为晚唐人语……先生文出司马子长，间出左氏国策、南华鸿烈与吕览、文选，绝不为前宋人语。”其诗学杜甫、高岑，文推崇先秦及左氏、司马子长等人的文章，对唐宋之文亦亦有取用。

万历四十六年

（公元1618年　戊午　后金［清］天命三年）

二月

初九日，丰润曹鼎望生。曹鼎望（1618—1695），字冠五，号澹斋。直隶丰润人，享年七十六。

四月

京师方从哲子杀人，遭弹劾，乞辞官，未允；后又被劾“佐理无效”，再求罢，帝再三慰留。张廷玉《明史》卷二百十八《列传第一百六卷》："四十六年四月，大清兵克抚顺，朝野震惊。帝初颇忧惧，章奏时下，不数月泄泄如故。从哲子世鸿杀人，巡城御史劾之。从哲乞罢，不允。长星见东南，长二丈，广尺余，十有九日而灭。是日京师地震。从哲言：'妖象怪征，层见叠出，除臣奉职无状痛自修省外，望陛下大奋乾纲，与天下更始。'朝士杂然笑之。帝亦不省。御史熊化以时事多艰、佐理无效劾从哲，乞用灾异策免。从哲恳求罢，坚卧四十余日，阁中虚无人。帝慰留再三，乃起视事。"

八月

沧州王家基中顺天乡试解元，治《礼记》。（张弘道、张凝道《皇明三元考》卷十四）

冬

容城孙奇逢同杨太仆读书西张寺。杨名茂，保定府定兴（今属河北省保定市）人。当时，孙奇逢与李含朴、鹿伯顺、范怀洙常相过从。

本年

定兴鹿善继纳陈鋐（《年谱》作者）父亲及内弟王太冲、宋文在等先后来学，以"做人"二字明教。

宁晋蔡含灵生，直隶宁晋人。享年四十八。

万历四十七年

（公元1619年　己未　后金［清］天命四年）

二月

京师方从哲因辽事屡被参劾，屡求罢相；请补阁臣数十疏，仍不用，终无所匡救，被认为是明亡的罪首。张廷玉《明史》卷二百十八《列传第一百六卷》："明年二月，杨镐四路出师，兵科给事中赵兴邦用红旗督战，师大败。礼部主事夏嘉遇谓辽事之坏，由兴邦及从哲庇李维翰所致，两疏劾之。从哲求罢，不敢入阁，视事于朝房。帝优旨恳留，乃复故，而反擢兴邦为太常少卿。未几，大清兵连克开原、铁岭。廷臣于文华门拜疏，立请批发，又候旨思善门，皆不报。从哲乃叩首仁德门跪俟谕旨，帝终不报。俄请帝出御文华殿，召见群臣，面商战守方略。亦不报。请补阁臣疏十上，情极哀，始命廷推。及推上，又不用。从哲复连请，乃简用史继偕、沈㴶，疏仍留中，终帝世寝不下。御史张新诏劾从哲诸所疏揭，委罪群父，诳言欺人，祖宗二百年金瓯坏从哲手。御史萧毅中、刘蔚、周方鉴、杨春茂、王尊德、左光斗，山西参政徐如翰亦交章击之。从哲连疏自明，且乞罢。帝皆不问。自刘光复系狱，从哲论救数十疏。帝特释为民，而用人行政诸章奏终不发。帝有疾数月。会皇后崩，从哲哭临毕，请至榻前起居。召见弘德殿，跪语良久，因请补阁臣，用大僚，下台谏命。帝许之，乃叩头出。帝素恶言官，前此考选除授者，率候命二三年，及是候八年。从哲请至数十疏，竟不下。帝自以海宇承平，官不必备，有意损之。及辽左军兴，又不欲矫前失，行之如旧。从哲独秉国成，卒无所匡救。又用姚宗文阅辽东，龁经略熊廷弼去，辽阳遂失。论者谓明之亡，神宗实基之，而从哲其罪首也。”

三月

宛平丁乾学中进士。丁乾学，生卒年不详。字天行，号自庵。原籍山阴（今浙江省绍兴市）人，少徙居宛平。本年进士，选庶吉士，升检讨。后典试江右，选艾南英等。因忤魏忠贤，被指诗策谤讪时政而遭削职，且受奸党拷掠至死。崇祯初，赠礼部尚书，谥文忠。行止磊落，诗文自成一家，著《拥膝斋文集》《比乐堂稿》行于世。陈田《明诗纪事》庚签卷二十三收诗一首。（《大清一统志》卷二百二十七、孙承泽《畿辅人物志》卷十五、孙奇逢《畿辅人物考》卷之三、陈鼎辑《东林列传》卷四）

六月

定兴鹿善继母忧服阕，补户部河南司主事，复署广东司。因“金花银”事件，被降一级，调外任。张廷玉《明史》卷二百六十七《列传第一百五十五》：“辽左饷中绝，廷臣数请发帑，不报。会广东进金花银，善继稽旧制，金花贮库，备各边应用。乃奏记尚书李汝华曰：‘与其请不发之帑，何如留未进之金。’汝华然之，帝怒，夺善继俸一年，趣补进。善继持不可，以死争。乃夺汝华俸二月，降善继一级，调外。”

七月

定兴鹿善继被谪，坦然处之。陈鋐《鹿忠节公年谱》卷上：“被谪日，急宣户部堂司官，声如雷动。先生适食于贾公寓，坐客失色，先生食自若，食毕，徐着衣去。贾公后语启泰先生曰：'当此时，食犹能下咽乎？吾于是觇公不动心之学矣。'"

十一月

三十日（时已交公元1620年1月4日），申涵光生。申涵煜、申涵盼编《申凫盟先生年谱略》："明万历四十七年，己未，冬十一月三十日丑时生。端愍公年十八，靳安人年十七。"张玉书《张文贞集》卷一一《处士凫盟申君墓志铭》："会闻客至，遄归，忽一仆而逝，康熙十六年六月六日也，距生前明万历四十七年十一月三十日，年五十有九。"申涵光（1619—1677），字孚孟，又字符孟，号凫盟，又号聪山，广平府永年（今属河北省邯郸市永年县）人。诸生。甲申年间，其父申佳胤死难，因渡江而南，谒陈子龙、夏允彝、徐石麟诸名宿，为父求志传。归里后，一直未出仕。格于母命屡应试，贡入太学则不就，力辞山林隐逸之征召，以遗民终。与张盖、殷岳交往最为密切，时称"畿南三才子"。工诗，著有《聪山诗集》八卷、《文集》三卷以及《荆园小语》等。张盖，生卒年不详。字覆舆，一字命士，号箬庵，广平府永年（今属河北省邯郸市永年县）人，清初河朔诗派的重要作家之一，以能诗闻，工草书，善鼓琴，有《柿叶庵诗选》传世。明清易代之际，曾与申涵光、殷岳、杨思圣等人避乱隐居于沙河县西部之广阳山，并结下生死之交。入清后不仕，晚年自闭土室，独酌狂号，不与外人见，年六十而卒。有《柿叶庵诗选》传世，为申涵光所辑刊。殷岳生平另见。（《大清一统志》卷二十一）

本年

高阳孙承宗升任左春坊左谕德兼翰林院侍读，历讲筵，引喻开发，上为改听。
吴桥范景文擢吏部郎，一时正人多所推重，一切疏稿多出其手。
新城王方谷生，保定府新城（今河北省高碑店市）人。

万历四十八年

（公元1620年　庚申　明光宗泰昌元年　后金［清］天命五年）

二月

定兴鹿善继归里，教授如昔。期间，浙江魏大中、容城孙奇逢来访。陈鋐

《鹿忠节公年谱》卷上："先生去国归里，海内争以孤凤似之，而先生教授如曩时，布衣草履，不敢以诤臣自异也。时魏大中过江村，访先生，会启泰，数年声气，凑合一堂，鸡黍相陪，主宾莫逆，复相与如。容城拜杨忠愍祠下，徘徊赋诗，盖千古图画云。"

七月

万历帝薨，京师方从哲等受顾命。张廷玉《明史》卷二百十八《列传第一百八卷》："四十八年七月丙子朔，帝不豫，十有七日大渐。外廷忧危，从哲偕九卿台谏诣思善门问安。越二日，召从哲及尚书周嘉谟、李汝华、黄嘉善、黄克缵等受顾命。"

八月

十二日，巨鹿杨思圣（1620—1663）生。杨思圣，字犹龙，号雪樵，真定府巨鹿（今属河北省巨鹿县）人。顺治三年进士，改翰林院庶吉士，寻授编修，升修撰。历春坊侍读学士，出为山西按察使，升河南右布政使，转四川左布政使。于入觐返任途中，病逝于河南轵关一带的清化镇。工诗，有《且亭诗》传世，然政声尤著。

以杨涟、左光斗之拼争，光宗帝继位改元。陈鼎辑《东林列传》卷三："以万历末年八月为泰昌元年，且引唐睿宗、顺宗为比，众从之。弥月之间，定诸大计，皆涟与光斗后先倡议焉。于是，天下称'杨、左'。"

常熟钱谦益入京都，补翰林院编修原官，有《还朝诗集》。（彭城退士编《钱牧翁先生年谱》）

定兴鹿善继复官，典新饷。

十一月

初三日，定兴鹿善继受事，筹措辽饷。

本年

高阳孙承宗升任左春坊左庶子兼翰林院侍讲，掌司经局管诰敕撰文，被任命为熹宗的日讲官。（孙铨编、孙奇逢订正《高阳太傅孙文正公年谱》卷一）

容城孙奇逢同门友任东海署雄县谕，往过视，留十日归。任名明臣，青县人，正躬率士，风救大行，得奇峰敬重。（汤斌等编，方苞订正《征君孙先生年谱》卷上）

鹿善继因金花银事件，辞官归里。

嘉善魏大中出使江右，与定兴鹿善继同访容城孙奇逢于乡，并定交于杨忠愍公祠。汤斌等编，方苞订正《征君孙先生年谱》卷上："魏廓园出使江右，访余北城，定交杨忠愍公祠。嘉善魏公，名大中，偕鹿伯顺访先生，诗云：'平生幽谷间，神州恣飞越'云，在北城北，不胜意，勃窣并辔，获良俦一舍庵，超忽登堂，列玉昆霭然，对清樾，久储易州，酒佐之以殽核，欢情不自持，后先微讴发：何必慕古人？俯仰亦恍惚，遥村绿四围，中天写明月。"魏大中（1575—1625），字孔时，号廓园，嘉善迁北区（今嘉善大舜乡）南早滨人。万历四十四年（1616）进士，历任行人司行人，工、礼、户、吏各科给事中，都给事中等职。自幼家贫，读书砥行，师事谢应祥、高攀龙。登第后仍敝衣冠，夫人织素如故。举发贿赂，馈者无敢及门。为人狷介刚毅，有澄清天下之志。"东林前六君子"之一，被誉为"大明三百年，忠烈刚强第一人"。终为阉党所陷，惨遭酷刑而死。

容城邑庠生杨格为杨继盛族孙，以墨误被黜，孙奇逢代为白，得复。（汤斌等编，方苞订正《征君孙先生年谱》卷上）

永年申佳胤补生员。申涵光等编《申端愍公年谱》："泰昌元年，庚申，公十九岁。赴童子试，府冠军，以第二人补邑庠生。公从学李端吾先生际盛，长乃从族兄琔学举业，又从再从兄灵允讲《性理纲鉴》。"

宛平王崇简于京师读书。王崇简编《王崇简年谱》："庚申。十九岁。春，偕山阴胡瀛海先生读书衍法寺，问业于司业张侗初先生。先生课诸及门拔识之。秋从漳州贡生黄斗南先生读书息机园。"

正定梁清标生。梁清标（1620—1691），字玉立，号棠村，又号蕉林、苍岩，斋号秋碧堂。直隶真定（河北正定）人。崇祯十六年（1643）进士，选庶吉士。入清，授编修，历官侍读学士，詹事，秘书院学士，礼部、吏部侍郎，兵部、礼部、刑部、户部尚书，保和殿大学士。贵为一品大臣而风雅好文，其诗妙于秀艳中特露警拔，其词风流秀丽，虽极浓艳之作亦无绮罗香泽之态，负一时之名，又以富于书画收藏著称。有诗集《蕉林诗集》、词集《棠村词》。

曲周刘佑生。刘佑（1620—1702），字孟孚，号云麓，拔贡，"颖悟工诗"。著名文人刘荣嗣之孙。无意仕进，与孙征君（孙奇逢）、申涵光、霍亮雅、刘逢源等"诸君子相往还"。著名诗人和文学家，河朔诗派的代表人物，著有《楚游小纪》《寻远楼诗集》《悦柳轩诗稿》《吴楚游笔略》《渔邱杂著》等。

任丘刘元震（1539—1620）林居二十年而卒，赠礼部尚书，谥文庄。孙承泽《畿辅人物志》卷九："公以万历庚申卒，得寿八十一。"刘统修，刘炳纂《任丘县志》卷九："震进礼退义，风裁介然。尝自言性严急，而以警省反慈用纤约，而以周详反厚思密，而以大体反宽介明，而以有容反恕，虽孤标拔俗而不立门户，虽坦率遇物而不求遘合。盖自为实录也。”“震林居二十年，东山之望益著，枚卜辄首。公每为中格，至两朝维新，锋车白麻交贲，衡泌而震已逝矣，惜哉！卒年八十有一，讣闻，赠礼部尚书，予祭葬如令，予仍加祭一坛，谥文庄。”

丰润谷应泰生。谷应泰（1620—1690），字赓虞，别号霖苍，生于顺天府蓟州丰润县（今河北省唐山市丰润区）。清朝初期官吏，历史学家，被称为清代文苑第一人。自幼聪敏强记，工制举文。及长，肆力经史，书无不窥。顺治四年（1647）进士。授户部主事，寻迁员外郎。授浙江提学佥事，校士勤明，所拔如陆陇其等，多一时名俊。著有《筑益堂集》，与《明史纪事本末》八十卷，行于世。生平事迹见《清史列传》。

第六章

天启元年至崇祯十七年

（1621 ~ 1644）共 24 年

天启元年

（公元1621年 辛酉 后金［清］天命六年）

三月

高阳孙承宗充经筵讲官、两朝实录副总裁，再升少詹事兼翰林院侍读学士。

四月

九卿会推高阳孙承宗为兵部侍郎兼管经筵。又合荐为兵部尚书，皇上不准。

著名文人缪昌期复官至京。缪之镕编《文贞公年谱》："明熹宗天启元年，辛酉，公六十岁。正月，启程北上，公长子虚白从行。三月，抵都门，旋补检讨。四月，到任拜官。六月，奉命充湖广乡试正考官。"

春

定兴鹿善继以焦劳烦郁致疾，调理两月，始拊童背以行。后辽阳陷，以才望改兵部职，与同舍郎叶震生、耿如杞誓竭忠无贰。（陈鋐《鹿忠节公年谱》卷上）

八月

定兴鹿善继子化麟举顺天乡试第一名。时先生大母在堂，荐绅为文以贺，名曰龙飞纪盛。内一段述先生薪水时不给，大母脱簪珥佐费，都门传为佳话云。（陈鋐《鹿忠节公年谱》卷上）

永年申佳胤中乡试举人，授中书舍人。（申涵光等编《申端愍公年谱》）

起高邑赵南星为太常寺少卿（正四品），上疏辞。

九月

因光宗帝食红丸而死，寓京师方从哲被众官参劾，给事中惠世扬直纠从哲十罪、三可杀，从哲累求辞。张廷玉《明史》卷二百十八《列传第一百六卷》："先是，御史王安舜劾从哲轻荐狂医，又赏之以自掩。从哲拟太子令旨，罚可灼俸一年。御史郑宗周劾文升罪，请下法司，从哲拟令旨司礼察处。及御史郭如楚、冯三元、焦源溥，给事中魏应嘉，太常卿曹珖，光禄少卿高攀龙，主事吕维祺，先后上疏言：‘可灼罪不容诛，从哲庇之，国法安在！’而给事中惠世扬直纠从哲十罪、三可杀。言：‘从哲独相七年，妨贤病国，罪一。骄蹇无礼，失误哭临，罪二。梃击青宫，庇护奸党，罪三。恣行胸臆，破坏丝纶，罪四。纵子杀人，蔑视宪典，罪五。阻抑言官，蔽壅耳目，罪六。陷城失律，宽议抚臣，罪七。马上催战，覆没全师，罪八。徇私罔上，鼎铉贻羞，罪九。代营榷税，蠹国殃民，罪十。贵妃求封后，举朝力争，从哲依违两可，当诛者一。李选侍乃郑氏私人，抗凌圣母，饮恨而没。从哲受刘逊、李进忠所盗美珠，欲封选侍为贵妃，又听其久据乾清，当诛者二。崔文升用泄药伤损先帝，诸臣论之，从哲拟脱罪，李可灼进劫约，从哲拟赏赉，当诛者三。’疏入，责世杨轻诋。从哲累求去，皆慰留。已而张泼、袁化中、王允成等连劾之，皆不听。”

起东林党领袖高攀龙为光禄寺丞，本月至京。（华允诚编《高中宪公年谱》）

升高邑赵南星任通政司右通政，再辞。

秋

著名文人左光斗为提督学政，巡按直隶监察御史，惟以文字道义为重，得人最盛。左宰编《左忠毅公年谱》卷下：“天启元年辛酉，公四十七岁。钦差提督学政，巡按直隶监察御史。按，公出督畿辅学政，力杜请寄，不敢干以私，惟以文字道义，与多士相切劘，每阅卷燃香矢日，一丝不苟。儒童无截案，入学准诸额数，爱之者劝以节劳。公曰：‘吾未遇时，习贫士进院一番，父母取为教子之券，作馆亦有声色，今不忍忘。每府宽住一两日，便停当耳。’又公得人最盛，凡所奖许，擢巍科，为时名臣者，不可胜数，而于史可法独有国士之目。”

永年申佳胤至通州赴遗才试，得左光斗赏识，有文名。申涵光等编《申端愍公年谱》：“天启元年，辛酉，公二十岁。赴通州遗才试。督学御史左公光斗奇其文，拔冠十学。秋，以《诗经》中十八名房考，为中书舍人光州杨公景明刻《和凡草》，远近争传诵之。公性至孝，故斋稿皆以‘和凡’名，志不忘也。”

冬

京师方从哲复被劾，再上六疏求辞，终被允。张廷玉《明史》卷二百十八《列传第一百六卷》：“其冬，给事中程注复劾之，从哲力求去，疏六上。命进中极殿大学士，赉银币、蟒衣，遣行人护归。”

本年

数次下诏调任赵南星为太常少卿、左通政、太常寺卿，又诏为工部右侍郎，南星拒招，一再上疏辞免。后受众人之托，推辞不过，领诏赴京上任。擢升都察左都御史，本年升任吏部尚书。

容城孙奇逢至京师，赴定兴鹿善继之约。于京师，与左光斗晤。赵御众、汤斌等汤斌等编，方苞订正《征君孙先生年谱》卷上："左浮丘督畿辅学归京师，晤于别墅。左公名光斗，桐城人，谓魏公廓园曰：'予屯差学差俱于孙孝廉有侯仪。予过容城，不能邀一见，窃疑之。'廓园以告。先生曰：'不才系籍贤书院，体当廷谒。予于左公有故人之谊，不往见，乃以存故人也。'浮丘公闻之，曰：'予知过矣。'乃折柬迎先生于别墅。"

容城孙奇彦中本年恩贡。孙奇彦，生卒年不详，字启美，保定府容城县（今属河北省保定市容城县）北城村人，明末清初著名文人孙奇逢之弟。本年恩贡，仕山东武城县知县，廉慎清明。孙奇逢母陈氏生子四人，除奇逢、奇彦，另有长奇儒，字国重，忼爽有气节，县庠生；次奇遇，字启运，县庠生，远迩咸服其德。（孙奇逢、戴明说《征君孙先生年谱》）

永年宋学道丁继母艰，归乡家居，构兴学社，与生徒格致精一之旨。

高邑李标任礼部右侍郎，协理詹事府（从二品）。

宛平梁应泽迁为陕西平凉参政。

宛平丁乾学授检讨。

天启二年

（公元 1622 年　壬戌　后金［清］天命七年）

正月

东林党领袖高攀龙荐举畿内人士。华允诚编《高中宪公年谱》："疏请破格用人，以备不测。荐孙恺阳、董应举、李之藻、鹿善继，及慎畿内守令之选，行保甲防御之法，俱允行。"

高阳孙承宗迁礼部右侍郎兼翰林院侍读学士，协理詹事府事。

交河孟兆祥中进士，授大理寺评事，佐廷尉，多所平反。

二月

容城孙奇逢随高阳孙承宗、定兴鹿善继过山海关，居三月，得遍观形胜。汤斌等编，方苞订正《征君孙先生年谱》卷上："二年，壬戌，三十九岁。春二月，过山海关。先是，高阳孙阁部承宗自请督师，鹿公伯顺以参赞军务从约。先生过塞上，居三月，得遍观诸形胜。高阳公欲留之，先生急归。后高阳公序《孝友堂家乘》有云：'尹吉甫中兴乃归功于张仲孝友。'其推重先生如此。"

三月

命大学士叶向高、孙承宗、尚书汪应蛟、王纪、都御史邹元标、侍郎钱象坤、张经世、左通政袁可立等充读卷官廷试天下贡士，黄道周、倪元璐、王铎等成进士。

升高邑赵南星为太常寺卿（正三品），又以病老辞去。后改任工部右侍郎，再辞；好友叶向高、韩爌、邹元标等人以大义相劝，始出。数月后，升任左都御史（正二品）。

常熟钱谦益在京与邑人赵文读、魏仲雪、龚立本、好友周蓼洲（顺昌字）、李长蘅、缪当时、张异度以及周玉绳（延儒字）等人密切往来。按：此据龚立本《北征日记》记载，元月至三月期间，立本与牧斋有十八次见面，其中八次是饮酒剧谈。①

大城刘汉儒中进士。

四月

礼部尚书孙慎行追论可灼进红丸，斥方从哲为弑逆。诏廷臣议。都御史邹元标主慎行疏。从哲疏辨，自请削官阶，投四裔。帝慰谕之。给事中魏大中以九卿议久稽，趣之上。廷臣多主慎行，罪从哲，惟刑部尚书黄克缵，御史王志道、徐景濂，给事中汪庆百右从哲，而詹事公鼐持两端。时大学士爌述进药始末，为从哲解。于是吏部尚书张问达会户部尚书汪应蛟合奏言："进药始末，臣等共闻见。辅臣视皇考疾，急迫仓皇，弑逆二字何忍言。但可灼非医官，且非知脉知医者。以药尝试，先帝龙驭即上升。从哲与臣等九卿未能止，均有罪，乃反赉可灼。及御史安舜有言，止令养病去，罚太轻，何以慰皇考，服中外。宜如从哲请，削其官阶，为法任咎。至可灼罪不可胜诛，而文升当皇考哀感伤寒时，进大黄凉药，罪又在可灼上。法皆宜显僇，以泄公愤。"议上，可灼遣戍，文升放南京，而从哲不罪。（张廷玉《明史》卷二百十八《列传第一百六》）

---

① 详见方良：《钱谦益年谱》，中国书籍出版社，2015年第1版，第39页。

六月

高阳承宗率领鹿善继、宋献亲赴山海关阅视，否定王在晋筑八里铺重关之议，回京后自请赴山海关督师。

八月

高阳孙承宗奉命以原官督理关城及蓟、辽、天津、登莱等处军务。定兴鹿善继辞他缺，奉旨参幕事，坚从孙承宗御边。陈鋐《鹿忠节公年谱》卷上："八月，高阳公自请督师榆关，先生复奉旨参幕事。会铨司缺，群欲挽先生。先生曰：'师相舍黄阁而驰丹檄，某苦幕府而甘铨司，岂人之不相及，遂若是乎？'既抵山海，犹有及之者。先生报书曰：'某孤踪辟韵，梦魂不到清通之座，且随师相赴关。师相一日在师中，某即一日在幕中。极知迂腐无补尺寸而悃欸。一念主忧臣辱之日，情愿在行间为其忧其患之人，不论有补无补也。未出门时，已禀念告天，归心一路，断不至此作回头想。使其至此作回头想，诸君子亦何所取而用之。'"钱谦益《鹿公墓志铭》："岁壬戌，高阳公以阁臣理部事。高阳清严果锐，以天下为己任，请置逃臣熊廷弼、王化贞于理。公举手加额，遂委心焉。从高阳阅关以归。高阳自请督师，公请从。吏部司官缺，太宰坚以属公，公不可，曰：'相公一日在师中，即一日在幕中。鹿善继髯须如戟，肯回头作吏部郎乎？'高阳当关四年，经营辽河东西，恢复辽疆四百里，安插辽人四十万。入而造膝密画，出而指授二三大帅，实倚公为左右手。禁馈遗，绝宴会，朝齑暮盐，漠然两书生也。布衣敝马，出入亭障间，延见老校退卒，与相劳苦。"（钱谦益《初学集》卷五十《太常寺少卿管光禄寺丞事赠大理寺卿赐谥鹿公墓志铭》）

容城孙奇逢随孙承宗、鹿善继同至山海关。赵御众、汤斌等《征君孙先生年谱》卷上："先是，高阳孙阁部承宗自请督师。鹿公伯顺以参赞军务从，约先生过塞上。居三月，得遍观诸形胜。高阳公欲留之，先生急归。"该事原谱记为二月，依孙承宗、鹿善继等的活动情况，疑为此间。

高阳孙承宗邀宋之绳父赞画军务。宋之绳编《柴雪年谱》："壬戌。太仆公下第，督师高阳相国孙公慕公之谙熟边事也，疏请公以中书赞画其幕。"

十月

左都御史邹元标、副都御史冯从吾于京师建首善书院，与高攀龙等讲学。左春坊左赞善缪昌期曾规谏，未得。反东林党者疏劾，邹、冯被罢官。高攀龙为之辨，且疏请辞官，未得允。缪之镕编《文贞公年谱》："十月，初九日转左春坊左赞善。左都御史邹元标、副都御史冯从吾建首善书院于京师，与高攀龙辈讲学。

公谓御史黄尊素曰：‘都门非讲学地，徐文贞已丛议于前矣。’尊素随以公言规谏元标，元标不能用，寻被郭允厚等交章攻劾，元标、从吾并罢归。群咸服公卓见。”华允诚编《高中宪公年谱》：“时掌院邹南皋副使、冯少墟建首善书院，立讲学会。给事朱童蒙滕疏显诋，指意归重东林，欲天下以讲学为戒。先生欲具疏辨，适奉明旨如日中天，乃具揭以明其是非。已而，邹、冯两先生请告归，词林文湛持亦抗疏归。先生三疏抗辞，不允，有《论学揭》《商税揭》。”

著名文人郑鄤出京南下，过邯郸县黄粱梦旧迹。郑鄤编《天山自叙年谱》“以十月初六日出都，途中过邯郸县，见道傍有坊署黄粱仙迹，与湛持下车入谒。初过醒心亭方塘湛然庙祀吕祖，后为卢生睡像，湛持题绝句壁间，予未及也。出仍憩醒心亭，忽闻空中鹤鸣，时道士在傍，湛持问：‘此间有鹤乎?’道士云：‘此县中总无鹤，况此郊外僻地。’予向空祝仙翁，若此鸣为我两人发者，愿仙翁更令鹤鸣。俄而，长唳三声，音节嘹亮，舆皂无不骇然。予与湛持乃作礼仙翁，辞行舆中成八句。”

冬

常熟钱谦益将出都，高邑赵南星慨然相送。钱谦益《书竹林七贤画卷》：“天启壬戌冬，余请告将出都门。高邑赵忠毅公过邸舍曰：‘此后再晤，未省何时。明日当携一尊酒，偕高存之来，剧谭尽日而别。’时内计戒严，余以为辞。公大笑曰：‘公亦为此言乎？避嫌疑，存形迹，岂我辈事哉！’遂以刁酒固始鹅为饷，公亦不复来。此后遂不得见公矣。”（钱谦益：《初学集》卷八十四《题跋》二）

本年

直隶学政左光斗疏请建立武学。左宰编《左忠毅公年谱》卷下：“疏请建立武学。按，公尝念古大司徒教士以车甲，区区毛锥岂足尽儒业？特疏请开武学。奉旨依议，乃布经武渊源，于学宫所至，较诸生射，射竟日，次日复然。务各尽其长，刻兼材录，实与文并，与人竞超距。嗣白莲妖起，收功者半出儒生，是其效也。”

朱国祯《涌幢小品》于京付梓。朱国祯《涌幢小品跋》：“是编起己酉之春，至辛酉冬月，积可三十馀册……检出，节为三十二卷，付之梓……壬戌九月题于西郊之暎月轩。”

吴桥范景文被重新起用，任文选郎中，上疏请求明廷广开仕路，养仕节，招纳有德贤良之士，未被接受。

余姚黄宗羲十三岁，自京回乡应童子试。（黄炳垕编《黄梨洲先生年谱》上）

清苑郭棻生。郭棻（1622—1690），字芝仙，号快庵、快圃，保定府清苑（今属河北省保定市）人。清顺治九年进士。于清廷历官检讨、赞善、大理寺正、内阁学士，奏疏多直言。其文词美赡，时与沈荃齐名，称“南沈北郭”。书法妙绝，人得寸缣尺楮，如获至宝，论者谓赵孟頫、董其昌不是过也。家居时先后主修《清苑县志》《保定府志》《畿辅通志》，著有《甲申保定府殉难记》《学源堂文集》《学源堂诗集》等。（民国二十三年《清苑县志》卷四《人物》上）

天启三年

（公元 1623 年　癸亥　后金［清］天命八年）

夏秋间

诸暨陈洪绶游天津，得诗数百首。陈洪绶《宝纶堂集》卷一《日课自序》云：“予多作诗，稿多失去，长公来髯常惜之。癸亥游天津，得数百首，归来余其十之二三，长公梓而存之。戒予后作毋失。予曰：志苦不佳，品复无称，今以长公命，故勉遗其秽，后当复诸酱瓶耳。长公曰：是将慢我。予谢曰：古人不德厚爵而死知己，予敢不重君爱而固埋其瑜乎？精存其稿以佞君之痂癖。故有是脱稿，若打油铰丁之语，来髯不得辞点铁之劳也。何者惜余之诗得无惜予之丑露哉!”按以诗之数量观之，是年先生在天津逗留甚久。（黄涌泉编著《陈洪绶年谱》人民美术出版社）

九月

高阳孙承宗受命出关定辽。孙承宗、孙奇逢等《高阳太傅孙文正公年谱》：“九月八日，出关过中前所，至前屯开小筵宴将吏，因下教访辽人之谋勇，试文武诸生。次日至中后所，父老子弟环而泣曰：‘小民作孽忧劳，九重至厪。相公驰驱。公勉以忠孝大义，千百人应声如雷。’”

二十七日，霸州郝惟讷月生。郝惟讷（1623—1683），字敏公，一字端甫，顺天府霸州（今属河北省廊坊市）人。清顺治四年进士，历任刑部主事、刑部郎中、通政司右参议、大理寺卿、户部侍郎、吏部侍郎、都察院左都御史、工部尚书、刑部尚书、礼部尚书、户部尚书、吏部尚书等职。康熙二十二年卒，谥恭定。《清史稿》有传。《清史稿》所载之郝维讷、郝惟讷，实为一人，霸州方志亦载其名为郝惟讷。

十月

十六日，高邑赵南星接替张问达，任吏部尚书，荐举东林党人士，拒纳阉邪。孙奇逢《畿辅人物考》卷之三《义节》："十月，改吏部尚书，有再剖良心之等疏，推高攀龙总宪、杨涟副院、左光斗佥院、邹维琏、夏嘉遇、程国祥等入铨曹，魏大中辈相次枋用，群小滋不悦。"《明鉴纲目》卷八："纲：冬十月，以赵南星为吏部尚书。目：先是南星为左都御史，与吏部尚书张问达掌京察，黜去亓诗教、赵兴邦等，天下快之。至是问达罢，南星代为吏部，锐意澄清，独行己志，政府及中贵，惮其刚严，不敢有所干请。魏忠贤雅慕南星名，遣其甥傅应星谒见，拒不纳。大学士魏广微，南星友允贞子也，素以通家子畜之。广微入内阁，三至南星门，谢弗见。又尝叹曰：'见泉无子。'见泉，允贞别号也。广徽恨次骨，与忠贤比而龀南星。"

吴桥范景文于乡观看马戏，撰《游南园记》真实再现马戏表演的盛况。《范文忠公文集》卷七《游南园记》："闻有祭风台，盍往观之，御骑以往。至则数健儿在焉。见所乘马跷腾。不胜气作，命取驰骤道上，于时，人马相得，据鞍生风，蹄蹴电飞，着眼俱失。急于雾中，细辨之，见马上起舞，或翻或卧，或折或踞，或坐或欹，或抢或脱，或跃或立，或顿而侧。时手撒辔，时脚蹑鞦，时身离蹬，以为势掩将堕矣，而盘旋益熟。观者无不咋舌，而神色恬然自若也。"

秋

余姚黄宗羲年十四，随父黄尊素至京，常私购小说阅读。黄炳垕编《黄梨洲先生年谱》上："三年，癸亥，公十四岁。补仁和博士弟子员。秋，随侍忠端公至京，见朱公未孩大典于李皇亲园中。冬，忠端公授山东道监察御史。公在京邸，好窥群籍，不琐守章句。忠端公课以制义，公于完课之余，潜购诸小说观之。太夫人以告，忠端公曰：'亦足开其智慧。'"

本年

高邑李标、同邑赵南星列《东林同志录》中，标惧祸，引疾归。

容城孙奇逢于乡闻警，约同志练乡勇。与定兴鹿善继商正《四书说约》。汤斌等编，方苞订正《征君孙先生年谱》："三年，癸亥，四十岁。闻警约同志练乡勇。……与鹿伯顺商正《四书说约》。鹿先生著《说约》成，易州守徐恒山欲梓之。先生谓其中语有似诙者，宜订正。鹿先生深然之。"

大名成基命，起修《光庙实录》，为讲官。（孙承泽《畿辅人物志》卷十三）

大兴金铉应童子试，补京兆尹弟子员。（金镜编述，金鑨参订《金忠洁年谱》）

宛平王崇简应童子试，受知于左光斗。王崇简编《王崇简年谱》："癸亥。二十二岁。以应童子试受知于督学御史左公光斗，始列名顺天府学附学生。是年，值盗警，卜宅于阜成门内金城坊街武定侯胡同，仍兄弟分院同居。"

诸暨陈洪绶至京，曾作七绝一首，云："千里春风醉客心，红楼宵宵复相寻"。诗题为《癸亥长安》（见"宝纶堂集"卷九）。此次旅京至下年六月返，多困病。（黄涌泉编著《陈洪绶年谱》人民美术出版社）

通州李三才卒。著述存世无几。张廷玉《明史》卷二百三十二《列传第一百二十》："三年，起南京户部尚书，未上卒。后魏忠贤乱政，其党御史石三畏追劾之。诏削籍，夺封诰。崇祯初复官。"孙承泽《畿辅人物志》卷十："公殁后，圹无志，墓无碑，所著《无自欺堂稿》《双鹤轩集》《诚耻录》诸书，无一存者，仅于其甥张文学其澄得其遗疏二十余篇，诗文十余首，合之平日所闻，略次其梗概，然公一生大节及时事之得失，可考而知也。"

天启四年

（公元1624年　甲子　后金［清］天命九年）

六月

工部屯田司郎中万燝被廷杖至死。左宰编《左忠毅公年谱》："六月，工部屯田司郎中万燝廷杖革职，燝以杖死。按，此逆珰肆虐缙绅之始也。"

东林党人左副都御史杨涟上疏弹劾魏忠贤二十四条罪状。涿州冯铨编造伪书《辽东传》陷害熊廷弼，说："此书为熊廷弼所作，流传市上"。元城黄立极建议："夜半片纸了当之！"通过杀害熊廷弼，来打击东林党。

十月

因劾魏广徵，及荐举谢应祥为山西巡抚，高邑赵南星为阉党劾奏，被迫辞官还乡，高攀龙亦引去。《明鉴纲目》卷八："纲：冬十月，罢吏部尚书赵南星，左都御史高攀龙。目：御史崔呈秀（蓟州人）按淮阳，私赃狼籍。比还朝，攀龙循故事考察（故事，巡按御史回道考核称职，始复任），尽发其贪秽状，南星议成之，诏革职听勘。呈秀窘，夜走魏忠贤所，叩首涕泣，乞为义子，且言不去南星、攀龙等，吾辈未知死所。忠贤大以为然，遂与定谋。会山西缺巡抚，南星以太常卿谢应祥（安福人）有清望，前列以请。既得旨，而御史陈九畴（历城人）受魏广微旨，言应祥尝知嘉善，魏大中出其门。大中以师故，谋于选郎夏嘉遇而用之，徇私当斥。（先是，孟冬享庙，广徵偃蹇后至。大中抗疏劾广微，广微恨甚，故嗾九畴斥之。）大中、嘉遇疏辨。南星、攀龙，极言应祥以人望推举，大中、嘉遇无私，九畴妄言不可听。忠贤大怒，矫旨黜大中、嘉遇，并黜九畴，而责南星等朋谋结党，南星遂引罪去。忠贤复矫旨切责，放之归。明日，攀龙亦引去。（初，南星里居时名日高，海内仰慕，与顾宪成、邹元标，并称三君。及召起为吏部，尝与忠贤并坐宏政门，正色语忠贤曰：'主上冲龄，我辈内外臣子，宜各努力为善。'忠贤默然，怒形于色。至是罢去。忠贤与其党恨不已，每矫敕谕，必目为元凶云。）"

十一月

东林党人左光斗与杨涟皆被削官，于涿州凄怆以别。左宰编《左忠毅公年谱》卷下："偕副宪杨公涟出都。按，公与杨公携手同归至涿州分袂。先是，魏广徵欲以此时劫行装逮讯。忠贤从门役习知其无有，以为非稳着。已而，见其策蹇就道，衣衾寥寥，则又私相语曰：'幸无搜，搜没趣矣。'公道中感怀，诗有云：'疲驴冲道路，破帽出都门。'读之，想见清风凛凛。"

桐城左光斗期与容城孙奇逢晤于白沟。汤斌等编，方苞订正《征君孙先生年谱》卷上："四年，甲子，四十一岁。左浮丘签都以忤珰去国，期晤于白沟。"

长垣崔景荣起为吏部尚书，绝不倚附，浸忤魏忠贤。张廷玉《明史》卷二百五十六《列传一百四十四》："天启四年十一月，特起为吏部尚书。当是时，魏忠贤盗国柄，群小更相倚附，逐尚书赵南星。即家起景荣，欲倚为助。比至，忠贤饰大宅以待，景荣不赴。锦衣帅田尔耕来谒，又辞不见。帝幸太学，忠贤欲先一日听祭酒讲，议裁诸听讲大臣赐坐赐茶礼，又议减考选员额，汰京堂添注官。景荣皆力持不行，浸忤忠贤指。"

十二月

内阁中书汪文言被阉党逮捕入狱，并暗害至死；牵连高邑赵南星，被诬收受边臣熊廷弼贿赂，贪占军饷。

吴桥王世德赴京秋试，遽以疾卒，年仅二十二岁。其妻为吴桥著名女诗人范景姒。

东林文人缪昌期以"智多星"之目被列入《点将录》，本月被迫离京。缪之镕编《文贞公年谱》："会王绍徽编东林一百八人系以宋时淮南盗宋江诸名目，以智多星目公，为《点将录》呈忠贤，俾按名黜汰。是月，魏广微矫旨分韩爌权，爌乞休去，国事遂大变。公无所依倚，具疏乞假，忠贤矫旨勒闲住。十二月，出京。”

本年

高阳孙承宗撰《车营百八叩答说合集》，修订《高阳县志》并撰《序》。宛平丁乾学典试江右，得黄端伯、艾南英、袁继咸、程峋，一时称得人。

余姚黄宗羲十五岁，常听父黄尊素与杨涟、左光斗、魏大中等论时事，能知朝局清浊。黄炳垕编《黄梨洲先生年谱》：“四年，甲子，公十五岁。时逆阉窃政，党论方兴，杨忠烈涟、左忠毅光斗、魏忠节大中诸公与忠端公为同志，常夜过邸寓，屏左右论时事，独公在侧，故得尽知朝局清浊之分。”

霸州崔应凤中副榜。崔应凤，生卒年不详，字鸣阳。潜心理学，著述日富。与月川、白沙诸大儒自励。清顺治初，以明经高第除镇原知县，值土寇贺珍攻城，誓众死守。后迁西安府通判，有政声。升福宁州知州，为建书院，人文蔚兴。复补山西朔州知州，以母年高辞归。康熙二十七年祀乡贤。子之瑛，由翰林官至云南布政使。

天启五年

(公元1625年　乙丑　后金［清］天命十年)

二月

吴桥范景文起文选郎中，既不事同乡魏忠贤，亦不附东林，未弥月，谢病去。张廷玉《明史》卷二百六十五《列传第一百五十三》：“天启五年二月，起文选郎中，魏忠贤暨魏广微中外用事，景文同乡，不一诣其门，亦不附东林，孤立行意而已。尝言：‘天地人才，当为天地惜之。朝廷名器，当为朝廷守之。天下万世是非公论，当与天下万世共之。’时以为名言。视事未弥月，谢病去。”

容城孙奇逢在家乡北城新收李天笃、阎顾行、阎国宾、张泰阶、李鸣雷、洪月评、蔚云会、王宏圻、王际明等受学。（汤斌等编，方苞订正《征君孙先生年谱》卷上）

三月

大兴朱之冯中进士。朱之冯，生卒年不详，字乐三，又字德正[①]，号勉斋，顺天府大兴（今北京市大兴区）人。本年进士，授户部主事，榷税河西务。被斥为东林党，谪浙江布政司理问。又历青州参议、河南副使，后擢右签都御史巡抚宣府。李自成率众攻大同，誓死守，而人心散，自缢而死。著《在疚记》一卷。（张廷玉《明史》卷二百六十三《列传第一百五十一》孙承泽《畿辅人物志》卷十六）

曲周路振飞举进士，除泾阳知县。

五月

常熟钱谦益被削籍南归。彭城退士编《钱牧翁先生年谱》："乙丑四十四岁，御史崔呈秀作《东林党人同志录》，以先生为党魁。五月，奉诏削籍南归。一路舟中，草《开国功臣事略》，以后作诗为《归田集》。"

六月

著名文人左光斗被押至北直境内，于白沟河与容城孙奇逢等见。左宰编《左忠毅公年谱》卷下："抵河间。司李□公不避嫌怨，备极周旋。止白沟河。按，公先有字遗张于度，期容城孙孝廉奇逢、选贡奇彦相会。及孙至，而胡欸华亦至。坐间环伺而窥听者皆缇骑也。公举止自若，徐曰：'弟被逮出门，八十岁老母一恸绝地，此情何堪'。言之，泣下。孙曰：'老公祖朝家大老，雨露雷霆总属圣恩，主张须要早定。'公为收泪以谢，后辞！欸华邀孙再会于公署，大门内月光中，相向谓曰：'适大金吾公子云当事者定欲死杨大洪，大洪死，我辈岂能独生？'时奉圣客氏弟光先因素不礼于士君子，每谓其善者曰：'被逮诸老，一时名贤，我欲令吾母而求解于其姊，庶其有济。'孙时举此言以告公，公曰：'求活于妇人女子，殊非丈夫！'又曰：'自古皆有死，惟椒山得其所。'移时而别，详载《范阳纪事》。"汤斌等编，方苞订正《征君孙先生年谱》卷上："左佥都过白沟，先有字遗张果中，期先生相会。坐间环伺而窥听者皆缇骑也。佥都举止自若，徐曰：'某被逮出门，八十岁老父母一痛绝地，此情何堪！'言之泣下。先生曰：'老公祖朝家大老，雨露雷霆总属圣恩，主张须蚤定。'佥都为收泪以谢。月下复邀先生会于公署曰：'适大金吾公子云，当事定欲死杨大洪，大洪死，我辈岂能独生？'时奉圣客氏弟光先因素不礼于士君子，每谓其善者曰：'被逮诸老一时名贤，我欲令吾母

---

① 《畿辅人物志》卷十六、《东林列传》卷七记为德止，《明史》卷二百六十三《列传第一百五十一》记为乐三，从后者。

而求解于吾姊，庶可有济。’或举此言以告左公，左公曰：‘可向妇人、女子求活耶？殊非丈夫。先生韪之。左公又云：‘有一王姓者，相从于患难中，烦觅一枝聊为栖止。先生究其人，乃云即其八弟光明也。因引与魏学洢同住鹿太公家，时往来于先生之北城。”赵御众、汤斌等《征君孙先生年谱》卷上：“左公过白沟之二日，廓园魏公亦逮。至为询果中，果中正走关门探消息，欲假半日迟先生一晤。缇骑苦不肯待。”

容城孙奇逢、定兴鹿正等京畿文人百计解救东林党人左光斗、魏大中，不果。汤斌等编，方苞订正《征君孙先生年谱》卷上：“左浮丘、魏阔园相继逮，下镇抚司。左之弟光明、魏之子学洢各相从，时厂卫严缉，为计避匿之所。左、魏两公被逮，魏长君学洢先至，有缇萦上书之志。周文选顺昌亦遣使护学洢。时鹿先生以职方赞孙阁部于山海，先生与鹿太公毅然为之保护，凡脱祸而解厄者，不独破家不恤，亦且身命不顾，左、魏诸公子弟仆从，以两先生为归矣。”孙奇逢《畿辅人物考》卷之五《方正・鹿封君公正》：“天启中，珰祸起，一时如左光斗、魏大中、周顺昌皆善继密友，俱被逮系，三家子弟宾客络绎江村，谋所以为脱祸地，正挺身周旋，不计利害，甚至醵金应比，声哄长安，旁观者代为危，公不顾曰：‘老夫筹此已熟，不知命，无以为君子。’”陈鋐《鹿忠节公年谱》卷上：“先是乙丑秋，左、魏罹铛祸。魏忠节子学洢（介）周忠介书至江村。时先生在辽，太公为之下榻，启泰先生亦来会谋两公下狱事冀所以缓须臾者。后学洢欲入京侦父。启泰先生兄启运变姓名与俱探，知坐左公赃二万、魏公赃五千。太公冒炎蒸策蹇敷百里内，醵金于好义者，莫不响应；而两公已毙杖下。”汤斌等编，方苞订正《征君孙先生年谱》卷上：“左、魏既下锦衣狱，掠追甚严，三日一比，五日一奏，意固不在完赃也。学洢每絮泣，食不下咽，必欲入京伺动定，又苦无安顿此身处，乃易姓名为金子陶，先生之仲兄相我公伴之，往至良乡。学洢次且于旅舍，相我公率魏仆入都，住牛俊臣家，其仆自狱中朝暮往返。一日，魏使过锦衣王莅民。王曰：‘令汝小主人自来!’他住良乡某处，但戒严缉役不明言耳。左拟赃二万，魏五千，立限严比。鹿太公与先生率同志者力为区处，炎蒸策蹇，醵得三百金付魏，使持北上。随闻廓园公毙杖下二日矣。学洢已踉跄扶柩去。时为学洢下榻者，固安有贾三槐，定兴有许显达，皆取以为入都便路。王永吉、杨光夔、杜濂、崔庚、范士揖，皆醵金之人也。”汤斌等编，方苞订正《征君孙先生年谱》卷上：“魏给事既死，左佥都之追比正严，先生与鹿太公计议：佥都旧为屯田使，曾以十三场籽粒为定兴开永赖之利，又为学使者简拔高等，悉知名士。因与乡民约：凡十三场籽粒地，每亩捐钱一文，便可得数十万缗；与青衿约，各随心力捐输。数日之内，义凑数百金。张果中、王拱极接替驰送，甫至而佥都亦毙杖下矣。时共事醵金者：贾尔霖、苏汤宇、李衷实、陈谔言、李童、胡向化、孔心学等也。一时道路讧传，宦官有指而目之者曰：'为左家敛银若干'，众皆危，语劝止之。太公曰：'不知命无以为君子，老夫固筹之，熟矣。'先生曰：'拚此一路，便无不可为之事。今日无不尽心，免得异日生悔。'"陈鼎辑《东林列传》卷三："厂卫阴列卒侦伺狱甚秘，虽子弟亲识莫敢向迩。有举人孙奇逢者，独走千里诣狱，视之请行间客氏以免光斗，弗许，乃与鹿太公正密醵金为助。正，太常卿善继父也，时诸左多匿其家，亦不惧，八郡诸生闻之曰：'此殆为前督学公，故皆愿出死力从之'，而光斗已毙狱矣。于是天下以杨左之死比汉陈窦，且多两义士也。"

高阳孙承宗得容城孙奇逢信札，欲在西巡蓟州防务后入京面见熹宗，为左光斗、魏大中开罪，遭拒。汤斌等编、方苞订正《征君孙先生年谱》卷上："孙高阳督师关门，为左、魏事上书。珰难作，左佥都有字遗先生与鹿化麟云：二公道义之雅，须得一人亲诣关门，知秦庭之哭不同于泛泛。翌日，化麟与先生之弟启美遂东行。先生上高阳书略云：左、魏诸君子清风大节，必不染指以庇罪人，此何待言？独以善类之宗，功臣之首横被奇冤，自非有胸无心，谁不扼腕？维桑与梓，固浮丘旧履地也，遗爱在人，不止门墙之士兴歌黄鸟。昔卢次楩一莽男子耳，谢茂秦以眇布衣为行，哭于燕市曰：'诸君子不生为卢生地，乃从千载下哀湘而吊贾乎！'李献吉在狱，何仲默致书杨邃庵，求为引手。康德涵义急同调至不自爱其名；浮丘、廓园之品固当直踞献吉，何次楩敢望。恨某等一介书生无能，哭诉尚负惭于茂秦。阁下功德前无，邃庵怜才扶世之感，谅亦有激于中，稍一斡旋，且有出德涵上者。况两君子以道义臭味之雅，受知于阁下最深且久，阁下岂无意乎？孙公见书，随具疏为关门事欲请入觐，面奏机宜。魏忠贤闻之，遶御床而哭曰：'孙承宗提兵数万为清君侧，奴辈必无噍类矣。'即驰旨止之，诸公之惨祸，亦气数使然也。"

七月

京城首善书院被毁。《明通鉴》卷七九："秋，七月，戊午，太白昼见。壬戌，毁首善书院。御史张讷上疏，力诋邹元标、孙慎行、冯从吾、余懋衡等，请毁其讲学书院。从之。"

著名文人杨涟、左光斗、魏大中、袁化中、周朝瑞、顾大章等六君子下诏狱，高邑赵南星等被削籍。《明鉴纲目》卷八："纲：逮前副都御史杨涟，佥都御史左光斗，给事中魏大中，御史袁化中，太仆少卿周朝瑞，陕西副使顾大章，下诏狱，寻毙之。削前吏部尚书赵南星等籍。"

长垣崔景荣请南乐魏广微疏解杨涟、左光斗，怒魏忠贤，两人皆被黜归。崔景荣几被陷为东林党。《明鉴纲目》卷八："纲：魏广微罢。目：初，杨、左之狱，广微预谋，吏部尚书崔景荣（字自强，长垣人），惧诸人立毙，亟请广微谏止。广微不自安，乃疏言：'涟等在今日，诚为有罪之人；在前日，实为卿寺之佐。纵使赃私果真，亦当转付法司，据律论罪，无令镇抚严刑追比。'疏入，大忤忠贤意。广微惧，急出景荣手书自明，忠贤怒已不可解，遂连疏乞归。景荣亦罢。"孙承泽《畿辅人物志》卷十五《崔太宰景荣》："逆阉欲锻杨公涟、左公光斗狱，公再三申救，不报。公杜门求去，疏九上，始得请。将出国门，以手书遗内阁，谓：'昨见为杨、左上揭，午后何复有严刑追比之旨？如是则二人必有死，死则关系圣德不小，幸公极力回天。不佞行矣，病亦且死，忠告止此。'内阁乃以书遗阉。而御史倪文焕承阉风旨，论公为东林党人，奉旨削夺。阉使人侦其行李萧然，家居未见一客，接一刺，设一谯也。巡方受指，欲构公，无所得乃已。"

著名文人杨涟、魏大中、左光斗等，三人受酷刑不屈死。《明通鉴》卷七九："庚午，副都御史杨涟、佥都御史左光斗、给事中魏大中卒于狱。初，涟等人诏狱，许显纯非法拷掠，血肉狼藉，赃不肯承。光斗私计曰：'彼杀我有二法：因我不承而酷刑以毙之，一也；夜半令狱卒潜杀之，二也。承则当下法司，或者有见天之日。'诸人然其言，俱自诬服；及忠贤矫旨五日一比，不下法司，诸人始悔失计。至是追比毕，复以涟、光斗、大中三人另发大监，其夕，同为狱卒所毙。涟之死，土囊压身，铁钉贯耳，最为惨毒；光斗、大中，亦皆体无完肤；越数日始报，三人尸首俱已溃败不可识矣。方涟之被逮也，市民数万，拥道攀号，所历村市，悉焚香建醮，祈佑生还。既死，产入官，不及千金，母妻止宿谯楼，二子至乞食以养。征赃令急，乡人竞出资助之，至卖菜佣亦为输助。光斗前兴畿辅水利，寻督学政，市民德之。容城孙奇逢者，节侠士也，与定兴鹿正倡义醵金，诸生争应之，得金数千，谋代输缓狱，而光斗已前毙——正即善继父，世所谓鹿太公者也。光斗死，而其赃未竟，抚按严追，兄光霁坐累死，母以哭子死。都御史周应秋，犹以所司承追不力，疏趣之，由是家族尽破。后忠贤定《三朝要典》，移宫一案以涟、光斗为罪魁，议开棺戮尸，有解之者，乃免。"张溥《七录斋诗文合集》卷五有《祭魏廓园先生文》。

八月

以同乡故，魏忠贤擢元成黄立极以礼部尚书职、涿州冯铨以礼部侍郎职入内阁，预机务。《明鉴纲目》卷八："纲：以周如磐（莆田人），丁绍轼（贵池人），黄立极（字中五，元成人）为礼部尚书，冯铨（涿州人）为礼部侍郎，并兼东阁大学士，预机务。目：辅臣缺，诏推老成干济者。礼部尚书周如磐，以年老推用。侍郎黄立极，与忠贤同乡，故援之。熊廷弼之狱，绍轼与铨谋居多。（绍轼素憾廷弼，以御史吴裕中为廷弼姻，言于忠贤而杖杀之。铨亦与廷弼有隙。家居时，曾遗书魏良卿劝兴大狱。及侍讲筵，出市刊《辽东传》，谮于帝曰：'此廷弼所作，希脱罪耳。'帝大怒，于是廷弼死遂决。）铨资浅，年未及四十。忠贤党李鲁生上言，成即为老，而非必老乎年，干乃称济，而即有济于国。铨遂柄用。如盘阅三月即罢归，绍轼未逾年亦卒。"

魏忠贤党辑《三朝要典》，京师方从哲拟被起，辞而不出。张廷玉《明史》卷二百十八《列传第一百六卷》："五年，魏忠贤辑'梃击''红丸''移宫'三事为《三朝要典》，以倾正人，遂免可灼戍，命文升督漕运。其党徐大化请起从哲，从哲不出。然一时请诛从哲者贬杀略尽矣。"

十月

高阳孙承宗遭魏忠贤党羽弹劾，强烈请求辞官。朱由校应允，并给孙承宗加特进光禄大夫，儿子世袭中书舍人，又赏赐蟒服、银币等，并派人护送回家。《明鉴纲目》卷八："纲：冬十月，罢孙承宗，以高第（字登之，滦州人）代为经略。目：初，忠贤以承宗功高，欲亲附之。会帝遣内官王应坤犒边，赐承宗蟒玉，忠贤即令应坤申意，承宗不与交一言，忠贤大憾。赵南星等被逐，承宗方西巡蓟辽，念抗疏，帝弗省，往在讲筵，每奏对，间有人，乃请以贺圣寿入朝，面奏机宜，欲因是论其罪。魏广徵闻之，奔告忠贤曰：'承宗拥重兵，清君侧，公立齑粉矣。'忠贤悸甚，绕御床哭。帝亦心动，令内阁拟旨，顾承谦笔曰：'无旨离信地非祖制，违者法不宥。'夜启禁门，谕兵部发三道飞骑止之。（又谕九门守奄，孙阁老入齐化门者，反接以入。）承宗抵通州，闻命而还。（事在四年），忠贤遣人侦之，一幞被置舆中，后军惟鹿善继而已。忠贤意渐解，而其党李蕃、徐大化等，至诋为王敦、李怀光。承宗遂累疏求罢，不许。会马世龙有柳河（亦曰杨柳河，在奉天海城县南，西北流入三岔河）之败（有降人刘伯涨自耀州来，言州城内虚，可袭。世龙信之，遣副将鲁之甲等，率师往，檄水军游击金冠以舟济师。冠违令不至，师次柳河，不得渡，军陷泥淖中败没），于是台省交章劾世龙，并及承宗。承宗求去益力，遂许之，以兵部尚书高第代为经略。"

元城黄立极加太子太保、户部尚书。（陈盟撰《崇祯阁臣行略》）

十一月

吏部题覆，定兴鹿善继回部供职。再请归乡就医，一意调理。

十二月

榜东林党人姓名示天下。《明通鉴》卷七十九："十二月，乙酉，榜东林党人姓名示天下。时御史卢承钦求媚忠贤，乃仿王绍徽《点将录》前事，上言：'东林自顾宪成、李三才、赵南星而外，如王图、高攀龙等，谓之副帅；曹于汴、汤兆京、史记事、魏大中、袁化中谓之先锋；丁元荐、沈正宗、李朴、贺烺，谓之敢死军人；孙丕扬、邹元标，谓之土木魔神。请以党人姓名罪状，榜示海内。'忠贤大喜，敕所司刊籍，凡党人已罪未罪者，悉编名其中。"

本年

大名成基命以原官掌南翰林院印，冠带闲住。孙承泽《畿辅人物志》卷十三："乙丑，开讲毕，即杜门称病，遂以原官掌南翰林院印，旧无是例也。便道归里，再疏请告，不允。比赴留都，奉旨冠带闲住。公归而布袍草履，与一二故人文酒留连，致足乐也。"

大名刘遵宪升兵部右侍郎，后迁左侍郎。（孙承泽《畿辅人物志》卷十二）

邢台王履和作诗《骢马行》（纪乙丑林侍御事）。王履和，字仲美，号福田，顺德府邢台（今河北邢台市）人，大约与傅梅同时。八岁能诵数万言，十二岁成博士弟子员，当时海内名公皆知邢台才子王仲美。其诗师唐，史学汉，与同邑李平田、傅元鼎等论文推为祭酒。著有《清遗堂诗集》，今未见流传。王崇简《畿辅明诗》选录其诗 41 首，其中乐府诗 25 首、五古 11 首、七古 1 首、五律 2 首、七绝 2 首。其中的乐府诗继承了汉魏乐府感于哀乐，缘事而发的优良传统，成就较高。

天启六年

（公元 1626 年　丙寅　后金［清］天命十一年）

正月

高阳孙承宗在家乡编次《督师奏议》。

命纂《三朝要典》，元城黄立极、涿州冯铨为总裁与顾秉谦合为总裁。《明通鉴》卷八十："春，正月，戊午，命纂《三朝要典》，从霍维华、杨所修议也。未几开馆，以顾秉谦、黄立极、冯铨为总裁，施凤来、杨景辰、孟绍虞、曾楚卿副之。极意诋諆东林，暴扬罪恶。"

三月

二十一日，升定兴鹿善继为武选寺郎中，命兼程赴任。三请病假，坚辞不受。归乡，教授生徒如故，门人益进。陈鋐《鹿忠节公年谱》卷上："三月二十一日，堂札复以先生升武选司郎中，趣兼程赴新任。先生具呈三乞代题，略云：'四午戎马，原非避难之人；百病侵寻，岂作无情之语。药里日以栖身何堪问职；掌蹣跚不能出户何以趋朝；参事至今日，职不去此官，则有系之心情，祇以益病即台，台俯宽之时日，徒以重某罪而无益于残喘之万一也。'"

六月

二十日，《三朝要典》成。谈迁《国榷》卷八十七天启六年六月："庚寅，《三朝要典》成。大学士顾秉谦、黄立极、冯铨，礼部左右侍郎施凤来、杨景辰，詹事孟绍虞、曾楚卿，户部左侍郎徐绍吉，左佥都御史谢启元，翰林修撰余煌，编修朱继祚、张翀、华琪芳、吴孔嘉，检讨吴士元、杨世芳，中书舍人乔炜，通政经历司知事李相共表上。"

高阳孙承宗等拒不为魏忠贤建生祠，遭到阉党们的监视。

七月

以为魏忠贤同乡故，高阳李国樁，被越级提拔为礼部尚书，进入内阁。《明鉴纲目》卷八："纲：秋七月，以施凤来、张瑞图（晋江人）、李国樁（高阳人）俱为礼部尚书，兼东阁大学士，预机务。目：凤来素无节概，及在阁，惟以和柔自媚于世，瑞图于诸事，务迎合魏忠贤意。忠贤建祠碑文，多出其手书，诏旨褒美忠贤，词极骈丽，皆瑞图笔也。国樁去释褐才十四年，忠贤以同乡故援之。"

未几，元城黄立极迁武英殿、建极殿大学士，为首辅。（陈盟撰《崇祯阁臣行略》）

十月

元城黄立极与施凤来、张瑞图、高阳李国樁并为《光宗实录》总裁，参与编修实录。（陈盟撰《崇祯阁臣行略》）

定兴鹿善继居乡，东林党人周顺昌被逮解京路过其地，与孙奇逢为措三百金，又致书吴桥范景文，再得二百金。所谋终未果。陈鋐《鹿忠节公年谱》卷上："至是周公又被逮蘧，周公乡人朱完天为护行先驰至江村，适先生方辞武选里居。向为左、魏谋者无可中，即一意醵金为完赃计。周公贫同左魏，而缇骑至吴门，民大哄，杀一校，更不可计生。先生与启泰先生为措三百金，而范吏部景文时谢政，先生乃贻书商之，令朱生持往。简末云：'未知肝胆向谁是，令人却忆平原君。'范公遂捐二百金。及赍至，周公亦毙杖下。"汤斌等编、方苞订正《征君孙先生年谱》："六年丙寅，四十三岁。周景文又逮至，其友朱完天相从，有北行日谱。周文选又逮，时鹿伯顺已从关门入里。周之友朱完天，名祖文，携其手书云：'不肖以迂愚拙直罹此严旨，雷霆雨露均属圣恩，在臣子只应欢喜顺受。臣罪当诛兮，天王圣明，古人之言殆非欺我也。弱子同来，因其中途患病，反增一累，遂力遣之回，所仗止一密友朱完天，全赖仁兄为之覆庇。'先生云：前番已历情形一切可省，惟访王莅民一着不意，王出都而周公亦拟赃五千。周之贫不减于魏也，完天回江村与鹿太公暨伯顺先生熟筹详计，移贷百余金。又张希皋之八十、罗万象之五十、茅元仪三十、王永吉二十，皆义助也。鹿先生复遣字范质公，亦得二百。时完天劳惫剧甚。先生令季弟启美率鹿仆赵顺送至京师，而周公又毙杖下矣。启美归至芦沟桥，河水泛涨，居人一夜皆席卷去，启美几不免，并日绝食步行泥水中，无几微退悔，事载乙丙纪事。茅公元仪有范阳三烈士咏。盖为鹿太公正与先生暨张子果中也。"

吴桥范景文救周顺昌，不惧祸。孙承泽《畿辅人物志》卷十三《范阁学景文》："时周忠介顺昌以党祸被逮，锒珰就北司狱，诬赇数千，公洗橐百计代偿，冀脱之于死。风声所播，几及于祸，公处之自若，弗恤也。时辅忠介行者，为吴中诸生朱祖文，言虐焰如火，时急拯救之义者，惟范吴桥、鹿定兴父子尔。"

本年

定兴鹿善际再次辞官归里后，至明崇祯九年（1638）守定兴遇害止，乡居长达十二年，教授生徒不辍。《年谱》记：明天启六年（1626）"先生抵里门后，教授生徒如待放时，而门人益进"。

高邑赵南星戍山西代州。父、子、甥各居一城。孙奇逢《畿辅人物考》卷之三《义节·赵忠毅公南星》："丙寅，戍山西代州，子清衡戍陕西庄浪卫，甥王钟宠戍陕西永昌卫，父、子、甥各居一城，而子与甥以抚按郭尚友、马逢杲宿恨笞责，惨毒备尝。"陈鼎辑《东林列传》卷十三《邹元标赵南星列传》："时南星年已七十六，法当赎，忠贤矫旨不许，而逆党赵兴邦、卢承钦、梁梦环、张讷辈劾奏无虚日，指为元凶。南星戍代州，清衡戍庄浪，钟庞戍永昌，相去万里。将行，妻冯氏一恸而死，清衡母李氏忧死，清衡子方七岁，以家难怖死。南星慨然不以介怀，坐短辕携残书一簏自随，执钟庞手仰天祝曰：‘汝两人往戍所，宜闭户读书，彼苍不终愦愦也。’至代僦小楼以居，颜曰：‘吉祥’，又扫土室颜曰：‘味檗’，作汉高、曹操等七论。又为韵语以约汉以下事。闻人足音，墐户不敢应。晋藩遣使存问，亦不答。”

永年申佳胤于本年与郡中名宿结社，制艺之外，间作诗歌，名声大震。申涵光等编《申端愍公年谱》：“六年丙寅，公二十五岁。与郡中名宿结社，制艺之外，间作诗歌，于是诗名大震。”

因大名成基命为杨涟的同门，魏忠贤迫其落职闲住。

宛平梁应泽改山东左布政使。

京师米万钟因反对权贵魏忠贤，被削籍夺职。

天启七年

（公元1627年　丁卯　后金，［清］太宗天聪元年）

三月

宛平梁应泽擢抚治郧阳、都察院右签都御史，提督军务。

名臣卢象升加山东按察司副使，管大名府事。任启运《明大司马卢公年谱》：“七年丁卯，二十八岁。三月，升山西司员外郎，仍管临清仓。是月，奉旨加山东按察司副使，管大名府事。”

四月

南乐魏广徵卒。广徵南乐人，万历甲辰进士。选庶常，授检讨。天启癸亥正月，由礼部侍郎升尚书兼东阁大学士，加少保。乙丑六月，回籍。复叙恩加太傅。丁卯二月卒。赠太师。（谈迁《国榷》卷八十八）

八月

二十二日夜，天启皇帝驾崩。元城黄立极首先提出立朱由校为皇帝，奉笺三次劝进，并提拟“崇祯”年号。

宛平王崇简中顺天乡试。王崇简编《王崇简年谱》：“丁卯。二十六岁。六、七月读书香山来青轩，应顺天乡试，中式第十三名，为诗一房中书舍人武昌彭公祖寿首卷，正主考侍读仁和徐公时泰，副主考侍读淄川孙公之獬。”

大兴金铉年十八，举顺天府乡试第一。（金镜编述，金鑨参订《金忠洁年谱》）

十一月

元城黄立极因阉党案定，落职归里。（曹溶《崇祯五十宰相传》）

十二月

高邑李标以礼部侍郎职起为礼部尚书，兼东阁大学士。（曹溶《崇祯五十宰相传》）

高邑赵南星（1550—1627）卒。时戍代州，思宗即位，有诏赦还，魏忠贤余党故迟遣，逝于戍所。崇祯初年，赠太子太保，谥忠毅。张廷玉《明史》卷二百四十三《列传第一百三十一》：“赵南星，字梦白，高邑人。万历二年进士。除汝宁推官。治行廉平，稍迁户部主事。张居正寝疾，朝士群祷，南星与顾宪成、姜士昌戒弗往。居正殁，调吏部考功，引疾归。起历文选员外郎。疏陈天下四大害……卒以病归。再起，历考功郎中……斥南星为民……南星里居，名益高。与邹元标、顾宪成，海内拟之‘三君’。中外论荐者百十疏，卒不起。光宗立，起太常少卿。俄改右通政，进太常卿。至则擢工部右侍郎。居数月，拜左都御史，慨然以整齐天下为己任……寻代张问达为吏部尚书……东林势盛，众正盈朝。南星益搜举遗佚，布之庶位。高攀龙、杨涟、左光斗秉宪；李腾芳、陈于廷佐铨；魏大中、袁化中长科道；郑三俊、李邦华、孙居相、饶伸、王之案辈悉置卿贰。而四司之属，邹维琏、夏嘉遇、张光前、程国祥、刘廷谏亦皆民誉中外。忻忻望治，而小人侧目，滋欲去南星……忠贤及其党恶南星甚……卒戍南星代州……南星抵戍所，处之恬然。庄烈帝登极，有诏赦还。巡抚牟志夔，忠贤党也，故迟遣之，竟卒于戍所。崇祯初，赠太子太保，谥忠毅。”钱谦益《列朝诗集小传》丁集中《赵尚书南星》：“南星，字梦白，高邑人。万历甲戌进士，释褐为汝宁府推官，迁户部郎，用清望推择为吏部，历考功郎中。癸巳内计京朝官，佐其长孙恭简公扶正抑邪，尽黜当路之私人，执政恨之。奉严谴削籍，里居三十年。天启初，以列卿起废，拜礼部尚书，坐忤逆阉，切责罢归，遣戍大同。先帝即位，未及召用，卒于戍所。赐谥忠毅。梦白公忠强直，负意气，重然诺，有燕赵节侠悲歌慷慨之风。乡里后生，依附于门下，已而趋权利，相背负，酒后耳热，戟手唾骂。更为长歌小词廋语，吴歌打枣杆之类，以戏侮之，其人衔之次骨，梦白不知也。南乐魏允贞，以节义相期许，允贞之子广微，媚阉大拜，倨傲偃蹇，凌厉朝士，公独以故人稚子遇之，垂手侧坐，无所加礼。又每诧人曰：'见泉无子'。见泉者允贞之自号也。广微恨甚，起杨涟之狱，必欲杀公。广微逐且死，乃得免。而公在戍所，赋诗饮酒，唾骂笑傲，一如其平时，不以谪居畏祸，少有贬损。人谓寇莱公、苏子瞻无以过也。梦白抗议竖节，身为部党之魁，人以为门庭高峻，不可梯接，不知其通轻侠，纵诗酒，居然才人侠士、文章意气之俦也。为诗厌薄七子，刻意濯磨，而步趋北地，不能出其窠臼。为文滔滔莽莽，输写块垒，而起伏顿挫，不能禀合于古法，要其雄健磊落，奔轶绝尘，北方之学者，未能或之先也。梦白尝属余定其诗文，且以不朽为托，余虽未及志其墓，而尝徇其门人之请，再订其集，颇有所删改，当有知而传之者。"《四库总目提要》卷三六著录赵南星《学庸正说》三卷，同书卷九〇又著录其《史韵》二卷。陈田《明诗纪事》庚签卷十一选诗七首，并记："高攀龙《高子遗书》：'侪鹤先生为小词，多寓忧世之怀。酒酣令人歌而和之，慷慨徘徊，不能自已。'姚希孟《棘门集》：江陵相病，朝士遍走群望。忠毅赵公与顾公宪成、姜公士昌，戒勿往，仍为纪事诗曰：'二竖能忧国，千官为祝年。'传播人口。赵公诗步武少陵，淋漓沉痛语，使人欲泣欲啸，欲缩地而谈，欲排阊而愬。易水击筑之音，于今再见。"王士禛《蚕尾续文》："高邑赵忠毅公北方伟人，天下望之如泰山北斗。诗长于古、《选》，颇有法度，而又能自见其才思。田按：'忠毅三历铨曹，一为太宰，激浊扬清，凛不可犯。可谓姜桂之性，老而愈辣。诗亦风骨耸峻。'"孙奇逢《畿辅人物考》卷之三《节义·赵忠毅公南星》："南星为文章疏通轩豁，能畅所欲言，不拘尺幅，有宋元名家之风。至于排击朋党，伸雪忠愤，抑塞磊落，万历间推公为首。其诗瘦尽有风致，文集若干卷行世。"《天启崇祯两朝遗诗小传·赵忠毅公》："公忠强直好善若渴，嫉恶如仇，意气磊落，有燕赵节侠，悲歌慷慨之风，负天下重望，为部党之魁首。通籍五十余年，年垂八十而投荒以死，悲夫！公之文章豪宕卓荦，不拘绳墨；其为诗，钱宗伯称其刻意濯磨，厌薄七子，而犹不免步趋北地。姚宫詹称其淋漓沉痛，读者如闻易水击筑之音，欲泣欲诉。以今观之，两先生之评，各有当云。"

本年

容城孙奇逢辞封圣客氏弟所送马及养马之需。汤斌等编，方苞订正《征君孙先生年谱》："七年，丁卯，四十岁。奉圣客氏弟光先介所知送名马一匹，余以家贫不能具刍茭辞，光先再致养马之需，以病躯不能骑再辞。"

永年申涵光初次接触诗歌在本年，时九岁"从张先生斯受治《毛诗》"。（申涵煜、申涵盼《申凫盟先生年谱》）

吴桥范景文起太常寺卿，不赴。

交河孟兆祥典试于蜀。

崇祯元年

（公元1628年 戊辰 后金［清］天聪二年）

高阳孙承宗作《三十五忠诗》，纪念死难的东林党人。

二月

寓京师方从哲卒。赠太傅，谥文端。

三月

高邑李标以枚卜得任东阁大学士，入阁办事；未几，其他阁员出，标独为首辅。孙承泽《畿辅人物志》卷十三："及崇祯初御极，旧阁臣以枚卜请，上允之，令吏部会推。吏部列名以闻，上诏阁臣及吏科河南道至乾清宫前殿，上曰：'内阁大臣倘得其人，社稷之福，朕不敢自定，敬求之于天命。'内臣设香案，上躬拜之，置名金瓶中，拈得六人，标与焉。乃由礼部右侍郎升尚书，兼东阁大学士，入阁办事。上初揽大政，锐意太平，凡礼、乐、兵、农大政，悉于召对时究极其原委。公条奏详明，悉当上意。未几，旧辅为言者论列，先后罢免，公裒然为首，益以天下为已任。"张廷玉《明史》卷二百五十一《列传第一百三十九》："庄烈帝嗣位，即家拜礼部尚书兼东阁大学士。崇祯元年三月入朝。未几，李国檣、来宗道、杨景辰相继去，标遂为首辅。"

大兴史可法中进士，授西安府推官。汪有典著《史外》卷六："公讳可法，字宪之，号道邻，大兴人。左忠毅公为督学御史，首拔公，遽以公辅相器待，公亦慷慨自许。好读书，短衣无火，寒涕交颐。或窃听其雒诵，声朗朗，多经济语，亦不知其何书也。登崇祯戊辰进士，授西安推官，入为户部云南司主事，历员外郎，改户科都给事。"

大兴金铉中进士。

五月

李国檣罢归。《明鉴纲目》卷八："纲：五月，李国檣罢。国普虽魏忠贤同乡，然每持正论。至是乞归，荐韩爌、孙承宗自代。旋卒于家，谥文敏。”

余姚黄宗羲入京为父鸣冤，惩许显纯、曹钦程、李实等。黄炳垕编《黄梨洲先生年谱》：“崇祯元年，戊辰，公十九岁。袖长锥、草疏，入京颂冤。过杭华亭陈眉公先生继儒，公出疏，先生随笔改定。先是，忠端公三劾魏阉，阉恨甚，嗾曹钦程参之。削籍后，讹言繁兴，谓三吴诸君子谋翻局忠端公用。织造阉李实为张永授以密计，魏阉大惧，使人嘥李实令出疏自解。实遂以讲学兴大狱，而忠端公被祸。至是公颂冤至京，则魏阉已磔，有诏死阉难者，赠官赐祭葬录后如例，公上疏谢恩，并请殛逆党曹钦程、李实等。得旨，刑部作速究问。五月，刑部会讯许显纯、崔应元，公对簿，出所袖锥锥显纯，流血被体，显纯自诉为孝定皇后外甥，律有议亲之条。公谓显纯与阉构难，忠良尽死其手，当与谋逆同科。夫谋逆则以亲王高煦宸濠尚不免于戮，况皇后之外亲乎？卒论二人斩，妻子流徙。公又揕应元胸，拔其鬚，归而祭之忠端公神位前。又与吴江周公子廷祚（忠毅公子）、光山夏公子承（之令公子）共捶所头（狱卒）。叶咨、颜文仲应时而毙，盖显纯为大理与应元承顺逆旨拷问忠端公，叶、颜二人则乙丙被难诸公皆其所手害者也。”

六月

余姚黄宗羲拒李实贿赂，复对于簿，后与诸忠烈遗孤共哭祭于狱门。黄炳垕编《黄梨洲先生年谱》：“六月，会讯李实、李永贞、刘若愚三阉于中府，李实辨原疏不自己出，忠贤取其印信空本，令永贞填之，故墨在朱上。阴使举人袁某致三千金于公，求勿质，公即奏之，谓实当今日犹能贿赂公行，其所辨岂足信？复于对簿时，以锥锥之。狱竟，偕同难诸子第设祭，诏狱中门，读文未毕（魏公子学濂为文），莫不狂哭，观者亦哭，左右入告庄烈，庄烈叹曰：‘忠臣孤子甚恻朕怀’。”

高邑李标加太子太保，晋文渊阁。（陈盟撰《崇祯阁臣行略》）

八月

永年申佳胤会试下第，次子涵煜生，发愤苦读，屏绝人事。申涵光等编《申端愍公年谱》：“崇祯元年，戊辰，公二十七岁。会试下第。八月十八日申时，次子涵煜生。公自以连举进士不第，奋志下帷，筑室于滏南韩家屯，屏绝人事。”申涵煜（1628—1694），字观仲，号鹤盟。屡试不中，有遗世之思。与兄涵光并以诗文享名，有《敏庵诗钞》《敏庵诗集》《江航草》等诗集传世。作诗喜用唐法，尤工五言、近体，以写景诗称胜。诗作含蓄秀逸，情景交融，有唐诗风韵。《忠裕堂诗集序》评："性耽吟咏，亦其得于哲兄之讲论为多，每见其清思独运，下笔惊人，而清水芙蕖，绝去雕饰，即其里居诸作，萧然高寄，渐近自然。盖其讲于忠孝之旨者熟，而得于温柔敦厚之教者深，宜其言之和平肆行，有如是欤！夫诗者性情之发，性情既正，其足以传世而行后无疑也。"另善书画，"时游戏写兰竹，似赵子固（赵孟坚，字子固）"。

十月

著名文人茅元仪赶赴京城，向新帝进呈《武备志》，因被权臣王在晋等中伤，以傲上之罪，被放逐到定兴（今属河北）江村。茅元仪（1594—1640），字止生，号石民，又署东海波臣、梦阁主人、半石址山公，归安（今浙江吴兴）人，文学家茅坤之孙。自幼喜读兵农之道，成年熟悉用兵方略、九边关塞，曾为高阳孙承宗所重用。崇祯二年，因忧愤国事，郁郁而死。汇集兵家、术数之书2000余种，历时15年辑成《武备志》，对后世影响较为深远。

冬

韩爌还朝，高邑李标让为首辅。

后金兵逼都城，抢掠京畿以南。定兴鹿善继倡言于朝，非急召高阳孙承宗出马，马士龙出狱，无可办敌者，并撰《城守议》，朝内士大夫信而响应。

大名成基命起家担任吏部左侍郎。在本年的会推风波中，由于他的资历和钱、瞿的操纵，基命位列名单第一。

定兴鹿善继赴尚宝寺卿任。

定兴鹿善际升太常寺卿，管光禄寺寺丞事。为追念东林党死难者，作《同难录序》。

著名文人宋之绳随父入都，诗文俱长。宋之绳编《柴雪年谱》："冬，北上省太仆公，途中交南昌周水苍。抵都师，事父执丁仲旸。仲旸赏余文不置，每一义毕即诣其寓请正，稍变奔放之习就程矩矣，而诗学亦究心焉。是岁，太仆公官中翰，绳尝易衣随直，得纵观纶扉之地。丁仲旸，名立表，江西南昌人。周水苍，名以珩，蜀方伯公著之长公也。"

本年

著名文人张溥选贡入太学，张采考中进士，共结燕台社（又称燕台十子社）。杜登春《社事始末》："是时娄东张天如先生溥、金沙周介生先生钟，并以明经贡入国学，而先君子（即杜麟征）登辛酉贤书，夏彝仲先生允彝亦以戊午乡荐偕游燕市，获缔兰交。目击丑类猖狂，正绪衰息，慨然结纳，计立坛坫。于是先君子与都门王敬哉先生崇简倡燕台十子之盟，稍稍至二十余人。宛平米吉士寿都、闽中陈昌箕先生肇曾、吴门杨维斗先生廷枢、徐勿斋先生汧、江右罗文止先生万藻、艾千子先生南英、章大力先生世纯、朱子逊先生健、朱子美先生徽、娄东张受先先生采、吾松宋尚木先生存楠后改名征壁者皆与焉。”

江苏阎尔梅以恩贡入都，寓四年。张相文编《白耷山人年谱》：“戊辰，崇祯元年，陕西饥，流贼大起。山人二十六岁，以恩贡入都，寓真空寺。相文案山人自本年以选贡入都，至辛巳罢公车，凡四年，皆在京师，集中《游燕京西山诗》十二章皆此时所作也。”

吴桥范景文经别人荐举被召用为太常少卿。（张廷玉《明史》卷二百六十五《列传第一百五十三》）

著名文人卢象升入都，邮冤狱，有诗作。任启运《明大司马卢公年谱》：“是岁，奉计入都，邮冤狱十七事，全活甚众，作《景韩堂漫笔》五首。”

京师米万钟复职。

崇祯二年

（公元 1629 年　己巳　后金［清］天聪三年）

二月

皇长子诞生，高邑李标被恩加太子太保。

归安茅元仪从高阳孙承宗学，过访容城孙奇逢。孙奇逢、戴明说《征君孙先生年谱》：“茅止生从孙高阳于关门，过余北城。止生，名元仪，归安人，时为高阳参赞军务。高阳公数向止生有推毂先生之言，止生因来请益。先生曰：‘朝野属目关门一片地，子，文士之雄耳，所与朝夕共事者二、三大帅也，倘有一见才之心，便不能容人。人宁有为我用者？’止生极佩服其言，后赞高阳追祖帅一事，尝自言此可不负先生之教矣。”

三月

清苑张罗彦中进士。张罗彦（？—1644），字仲美，号二酉。父纯臣，由武进士历官署参将、神机营左副将，生六子，行二。由行人累迁吏部文选司郎中。与黄道周、文震孟相善。刚果有气概，杨嗣昌数借封疆事引用匪人，罗彦多驳正。

帝疑吏部行私，厂卒常充庭，曹郎多罹谴者，罗彦独无所染。秩满，迁光禄少卿，被诬落职归。崇祯十七年，以拒李自成义军，投缳而死。（张廷玉《明史》二百九十五《列传第一百八十三·忠义七》、陈鼎辑《东林列传》卷十）

七月

吴桥范景文升任为右佥都御史，巡抚河南。入卫京师，又加兵部右侍郎、团练通州。孙承泽《畿辅人物志》卷十三："己巳七月，擢右签都，巡抚河南。既而有兵事，京师戒严，公不待诏命，帅师入卫。各处援兵逗遛骚驿，独中州之兵抵涿最早，而纪律严明，民不苦兵。上使人慰劳之，加兵部右侍郎、团练通州。"

八月

著名文人卢象升募壮士三千勤王，事定还郡。著诗一首。任启运《明大司马卢公年谱》："八月，京师戒严。公募壮士应诏勤王，民裹粮而从者三千人，事定还郡。作《夜坐寄怀诗》一首。"

九月

定兴鹿善继素有积痰之疾，至春而剧。因当时戒严，耻言请告，迄夏初不愈。后具疏乞归调理。本月，归里。有修《六经》之志，自号江村渔隐。

十月

定兴鹿善继建议急召孙承宗、马世龙出而御虏。钱谦益《鹿公墓志铭》："己巳冬，虏薄城下，公昌言于朝，非急召高阳、出马世龙于狱，无可办虏者。先是公物色世龙于群帅中，荐之高阳，推毂为大将。诸诽谤高阳者，皆以世龙为质的。及高阳再镇，手复四城，以还主上，世龙之功为多。而世龙亦卒以功名终。于是人咸谓公能知世龙，世龙不负公，而公与高阳果能相与以有成也。"（钱谦益《初学集》卷五十）

大名成基命请求起用孙承宗再次任为枢辅。曹溶《崇祯五十宰相传》："十月，升吏部侍郎成基命为礼部尚书兼东阁大学士。"孙奇逢《畿辅人物考》卷之五《方正·成文穆公靖之》："未几，东兵入口，召对平台，荐旧辅孙承宗，才兼文武，为人推重，上允之。至是，始得旨，升礼部尚书。入阁办事，与承宗同召对。公奏请，以职守机宜，尽付承宗，使尽其才，必能仰副圣。"

十一月

擢大名成基命为礼部尚书，高阳孙承宗，以原官任少师兼太子太师、吏部尚书、中极殿大学士改兼兵部尚书，驻通州控御东敌，后改命调度京城防守。《明鉴纲目》卷八：“纲：以成基命为礼部尚书，兼东阁大学士，预机务。召孙承宗，复为兵部尚书，兼中极殿大学士，视师通州。目：基命请速召还故辅承宗，任以兵事。帝然之。乃即命基命入阁，而立召承宗至。入对，具陈方略，帝称善曰：‘卿且为朕保护京师。’承宗出，漏下二十刻矣。即周阅都城，五鼓而毕，复出阅重城。明日夜半，忽传旨守通州。时烽火遍郊，承宗从二十七骑，疾驰抵通州，门者几不纳。既入城，与保定巡抚解经传（韩城人），御史方大人（桐城人），总兵官杨国栋，登陴固守，而以间复马兰（在遵化州西北，有关城，今为马家镇设总兵官），三屯、二城。”陈鼎辑《东林列传》卷六：“崇祯二年冬，我兵入大安口，取遵化，将薄都城，举朝汹骇，谓非用承宗不可。诏起承宗原官，改兵部尚书驻通州，仍入朝陛见，时十一月七日也。十五日，上知承宗抵近郊，召见平台慰劳毕，曰：‘卿不须往通，为朕调度京城，此时烦卿去面谕首辅韩爌即拟敕来事权要隆重，赐尚方剑，自京营总协及坐门大小文武公侯驸马伯下至总兵，皆以军法从事’。承宗旨而出，漏下二十余刻，周阅都城四十里，五鼓而毕，即出阅重城，乃乘月巡濠堑，度险阻。”

大名成基命为袁崇焕等口头求情，不得允，祖大寿以兵围京，用基命计得平。张廷玉《明史》卷二百五十一《列传一百三十九》：“袁崇焕、祖大寿入卫，帝召见平台，执崇焕属吏，大寿在旁股栗。基命独叩头请慎重者再，帝曰：‘慎重即因循，何益?’基命复叩头曰：‘敌在城下，非他时比。’帝终不省。大寿至军，即拥众东溃，帝忧之甚。基命曰：‘令崇焕作手札招之，当归命也。’时兵事孔棘，基命数建白，皆允行。”

十二月

高阳孙承宗奉旨赴山海关督理军务。

本年

容城牛光祚、新安刘之跃从容城孙奇逢学。（汤斌等编，方苞订正《征君孙先生年谱》卷上）

著名文人叶向高十一岁，寓京师。叶向高编《蘧编》卷一：“二年己巳。余十一岁寓京师，随少师公馆于给谏魏瀛江公家。余童子好嬉戏，魏公殊苦之，同邑计部龙江施公，一见余大喜，谓魏公曰：‘此子所就，远大吾与！若不及也。’招余至其家，饮以酒。”

著名旅游家徐霞客游京师、盘山。丁文江著《徐霞客先生年谱》：“崇祯二年，己巳（一六二九），先生年四十四岁。先生是年游京师，黄景昉为题《秋圃晨机图诗》，遂游盘山。”

明廷开历局，以徐光启为监督，用耶稣会士龙华民（Niccolo Longobardi，1591—1654）等修历。次年又召汤若望（Johann Adam Schall von Bell，1591—1666）等进局。据《明史，徐光启传》。（张廷玉《明史》卷二百五十一《列传第一百三十九》）

大兴朱之冯服阕[①]，起故官，进员外郎；被斥为东林党，谪浙江布政司理问。未几，迁行人司副，又转刑部主事，晋员外、郎中。（张廷玉《明史》卷二百六十三《列传第一百五十一》）

蒋弘道七月初二日生，宁扶之，号裕庵。顺天大兴人（原籍山阳临汾）。享年七十五。

崇祯三年

（公元1630年　庚午　后金［清］天聪四年）天聪四年庚午

正月

顺天府府尹刘宗周上疏查禁优伶戏曲。刘汋《先君子蕺山先生年谱》卷上：“崇祯三年春正月，拜疏申明保甲，奉旨允行。京师最伤风化者莫过于梨园，自勋戚至大猾小吏，有宴会辄娟优并陈，流连十夜，先生言禁于保甲中。一日外出，见畀箱子道，呼责之。其人速曰：司礼某太监物也，先生曰：犯吾禁，虽王侯不宥，况若辈乎？命举火焚之，尽逐诸优于境外，辇毂为之一清。”

韩爌退，高邑李标复为首辅，后诸人均出，再独秉相权，五疏乞休。张廷玉《明史》卷二百五十一《列传第一百三十九》：“三年正月，爌罢，标复为首辅，累加至少保兼太子太保、户部尚书、武英殿大学士。先是，与标并相者六人，宗道、景辰以附珰斥，鸿训以增敕戍，周道登、钱龙锡被攻去，独标在，遂五疏乞休。”

---

① 此处依张廷玉《明史》卷二百六十三《列传第一百五十一》所记，《畿辅人物志》卷十六《朱中丞之冯》记为庚午，即下年。

三月

高邑李标被准致仕，大名成基命成为过渡首辅，与周延儒、何如宠、钱象坤共事。以恢复永平叙功，并加太子太保，进文渊阁。

吴桥范景文升任为兵部添注左侍郎，在通州练兵。军镇刚开始设置，士兵都是招募的新兵，范景文训练有度，军容齐整，战斗力高强。

五月

高阳孙承宗重招旧部，收复滦州、迁安、遵化、永平四镇。

八月

壬子，以姚希孟、姚明恭为顺天乡试主考。(《崇祯长编》卷三十七)

十六日，明崇祯帝误信后金之反间计，自毁长城，以谋叛罪杀袁崇焕(1584—1630)。张廷玉《明史·庄烈帝一》："三年……秋八月癸亥，杀袁崇焕。"袁崇焕，字元素，号自如，广东东莞人。万历四十七年进士，历官按察使，守宁远，用红衣大炮打败努尔哈赤，次年又打败皇太极，获宁锦大捷。崇祯元年起兵部尚书，督师蓟辽、登莱，屡建战功。著《袁督师遗集》。

九月

大名成基命接连受到攻击，被指斥在袁崇焕案中委卸避事，为保全自身，旋即致仕。

冬

华亭陈子龙启程赴京师参加会试。(陈子龙编，王沄续编、庄师洛等订《陈忠裕公自著年谱》卷上)

本年

定兴鹿善继居乡里，容城孙奇逢与之来往频繁，且送子侄从之受学。汤斌等编、方苞订正《征君孙先生年谱》卷上："鹿伯顺里居，遣子立雅，奏雅、望雅，侄度雅，量雅、维雅、抱雅就学江村。鹿先生家居讲学，与先生朝夕相聚，商学问大旨。两先生之门人皆互相问学，先生故遣子、侄皆就受业。"

御史黄鹤岭向朝廷疏请征聘定兴鹿善继、容城孙奇逢，孙奇逢辞。汤斌等编、方苞订正《征君孙先生年谱》卷上："御史黄鹤岭疏请征聘。巡按黄公名宗吕疏略云：'为钦奉圣论事见任，太常寺少卿鹿善继清心劲骨，慷慨有大略，向任关门阁部资其筹画者三年，当逆珰用事之时，炙手可热，而善继为其乡人，一冷如冰，其品可知。又容城县庚子科举人孙奇逢可与谋大事，向地方有事与鹿善继皆乡居，团聚乡兵，隐然成一重镇，且至孝性成，忠义激烈；但其人耻于干谒，不乐仕进。臣在伊邻邦作令六年，未常（尝）一见其面，倘以征聘之礼行之，定有以得其用。’奉旨鹿善继等著与核才酌用，先生以病辞。”

永年申涵光得卢象升赏识。任启运《明大司马卢公年谱》：“时人以公履危乱而折节下士，比之皇甫义真焉。公又尝识广平申涵光于童子时（涵光，字凫盟，时年十二），荐之督学使者袁公鲸，补邑诸生。涵光敦行力学，北方明儒也。”

宛平刘文照生。刘（1630—?），字雪舫，顺天府宛平人（今北京市），新乐忠恪侯刘文炳弟。十五岁时，历甲申之变，一家殉难，独身南潜。著《揽穗堂偶存》《入燕游草》等。陈田《明诗纪事》辛籤卷二十六选诗一首，并记：“魏禧《叔子集》：‘余客秦邮，刘君雪舫访余，余报谒，君出其《一门殉难纪略》及《巩都尉城破自刭事》示余，受而读之，拊膺泣下，几不能终篇。方甲申三月之变，君年才十有五岁，又生长贵戚，宜纵心声色，自骄倨不学问，乃其所纪殉难本末，于天子孝思，刘氏先世所以兴，母若兄捐躯殉国之大节，都城所以陷败，虽仓皇急遽中，一言一事，莫不条理委悉，使读者如目见耳闻，而悲愤感激，勃然作其忠义之气。君好学工书，其《入燕游草》，悲凉伉壮，不忍多读。’阮葵生《茶余客话》：刘雪舫，新乐侯文炳弟，侯阖门殉难。雪舫年十五，逃回海州故里，变姓名，至淮，居珠湖。吴嵩三珊物色之，赠诗云：‘王孙徒寂寞，芳草自萋萋，故苑游麋鹿，沧江压鼓鼙，人情随世变风气逐年低。念子凝神久，微阳可共携。’”

大兴金铉迁工部主事，督理军器。

崇祯四年

（公元 1631 年　辛未　后金［清］天聪五年）

二月

太仓吴伟业举会试第一名。冯其庸、叶君远著《吴梅村年谱》：“二月会试，举第一名。座主周延儒，何如宠，房师李明睿。延儒、明睿皆其父旧交，明睿为之延誉引荐，同里李继贞亦极力推毂。试后，继贞质书其父称贺。伟业会试刻稿由张溥鉴定，是年，溥亦中进士。”

三月

据《崇祯四年辛未科三百五十名进士履历》，本科北直隶进士地域分布如下：顺天府9人：孙承泽、夏尚絅、朱国寿、吴之芳、彭歆祥、成德、王胤懋、韩四维、杨若桥；真定府2人、河间府1人：贾允迪、梁士淳，严起恒；顺德府1人、广平府6人、大名府：4人：尼澄、李春蓁、申佳胤、李仲熊、李芳溏、李嘉彦、杨调鼎、陈荩、袁葵、成仲龙、李犹龙。

三月十五日殿试，太仓吴伟业高中榜眼，授翰林院编修，一时踌躇满志。（冯其庸、叶君远著《吴梅村年谱》）

怀柔成德举进士，令淄阳，有廉能声。邹漪《启祯野乘》卷十二《成忠毅传·附父文柱等》："公讳德，字玄升，北直怀柔人也。少俶傥有大志，以忠孝自负，为诸生时，珰焰炽，尝读文文肃公击奸疏，辄斫几狂叫，心仪而足蹑之。崇祯辛未成进士。初令淄阳，有廉能声。寻以科第饷得罪大吏，被逮。"成德（？—1644），字符升。原籍山西霍州（属山西省临汾市），依舅氏占籍怀柔。本年进士，除滋阳知县。因忤知府及温体仁，被谪戍榆阳县（今山西榆林境内）。居戍所七年，起如皋知县，寻擢武库主事。崇祯十七年（1644），李自成攻破北京，自缢而死。后赠德光禄卿，谥忠毅，清朝赐谥介愍。（张廷玉《明史》卷二百六十六《列传第一百五十四》、孙承泽《畿辅人物志》卷十六）

永年申佳胤中第三甲第九十五名进士。申佳胤《申端愍公文集》卷二《和凡斋新艺自序》："予做秀才仅八月，为孝廉竟十年。刊《和凡草》，在秀才英发时也，人争羡之。刊《公车稿》，在孝廉蹭蹬时也，人几厌之。今春之役，幸捷南宫。偶走长安书肆中，见有悬《和凡草》者，阅之不觉失笑曰：'花样不新，那堪入眼！三年前之《公车稿》已敝帚矣，又安有十年尘土之《和凡草》哉？'梓人索近稿不已，爰简奚囊，聊搜数艺，敢云不失故吾，亦曰微翻腐案云尔。羡与厌，又奚暇问世耶？"申涵光等编《申端愍公年谱》："四年，辛未。公三十岁。成进士，名在三百三十二，廷试三甲九十五。吏部观政，房考为侍讲。文铁庵先生安之刻《和凡斋》并小品二稿。"

华亭陈子龙会试罢归。陈子龙编，王澐续编、庄师洛等订《陈忠裕公自著年谱》卷上："崇祯四年，辛未。试春官罢归。予卷为省中某公所黜。阳羡（周延儒，南直宜兴人）从闱中上疏，恐多遗才，求少缓几日，令各房互阅。上俞（谕）之。予卷遂为文铁庵倪鸿宾两先生所赏，阳羡欲置异等，已见涂抹太甚，恐为某公所疑，遂止。"陈子龙《陈子龙自撰年谱》卷上："崇祯四年辛未。四月抵里门……上以仲春朝日于东郊，予窃从道旁见千乘万骑之盛，因作《东郊赋》，又作《江南父老难中原子弟中州灾异对》《拟汉有司核张京兆奏》《求自试表》诸篇。"

春

著名文人张溥、陈子龙、夏允彝、宋征量、彭宾、吴伟业、万寿棋、杨廷枢等拟立燕台社，未果。陈子龙《陈忠裕公全集》卷三〇《壬申文选凡例》："辛未之春，余与彝仲、让木、燕又俱游长安，日与偕者，江右杨伯祥，彭城万年少，吴中杨维斗、徐九一，娄江张天如、吴骏公，同郡杜仁趾，拟立燕台之社，以继七子之迹，后以升落零散，遂倡和乡里，不及远方。故勒卣诗曰：'明时风侣多相得，下泽鸥群且自盟。'子龙亦尝有作云：'金台宾客非无侣，莲社神仙亦我徒。'虽感慨系之，亦见不朽盛事非关名位矣。"

高阳孙承宗巡视松山、锦州等，上书朱由检关内外政事，朱由检全部采纳，又加孙承宗太傅，兼领尚书的俸禄，子孙世袭尚宝司丞，又赏赐蟒服钱币等。

交河孟兆祥于会试分闱后，得假归里，杜门不出，人罕识其面。

六月

宛平梁应泽四疏引疾归里。

七月

永年申佳胤被任命为河南开封府仪封县知县，命子涵光相随，且继续从张斯受学。（申涵光等编《申端愍公年谱》）

八月

永年申佳胤于仪封令上，政声著，故旧来者不绝，常饮酒赋诗，刻《君子亭诗集》《四书铎》《诗经铎》。申涵煜、申涵盼编《申凫盟先生年谱略》："四年，辛未，公十三岁，从任仪封。端愍公成进士，八月选仪封令，随之官。"申涵光等编《申端愍公年谱》："八月，赴任。时中州尚全盛仪，小邑易治，公简省条教一切与休息，政声大著。时进诸生课文艺，自公多暇，里中故旧来者不绝，饮酒赋诗以为娱。刻《君子亭诗集》《四书铎》《诗经铎》行于时。"

九月

十六日，元城黄立极去世，享年七十岁，葬于五柳黄家祖茔。（《五柳黄氏家乘序》）

十月

高阳孙承宗被劾，以病请辞。又上书边关政务共计十六件事，未被采纳。家居七年，朱由检屡次召用，皆被拒绝。此间所作的诗赋后收录编成《高阳集》。（孙铨编、孙奇逢订正《高阳太傅孙文正公年谱》卷一）

十一月

高阳孙承宗连章乞休，获准还乡。又上蓟、辽事宜十六款。孙奇逢《畿辅人物考》卷之二《经济·孙文正公承宗》："辛未，敌围凌城，副将何可纲死之。承宗十七疏求罢，上念其劳，命驰传归。已而议长山之败，坐以矫旨复城，欲中危法。上不许，令冠带闲住。"钱谦益《兵部尚书中极殿大学士孙公行状》："十月，公还关门，以十七疏求罢。上念公久劳称病，赐金币，命驰传以归。已而议长山之败，坐公矫旨复城，欲中以危法。上不许，命冠带闲住，削宁、锦叙功世荫，公故所力辞不拜者也。公得请，具奏陈谢：身虽残废，终负天恩。一腔未死之心，未可但已，谨列上蓟、辽事宜十六款，并以复城进兵二事诸臣所未悉者，具疏略为明白。"

本年

定兴鹿善继于乡乐教门徒，绝意仕进，纂《寻乐大旨》。陈鋐《鹿忠节公年谱》卷上："是年先生病渐瘳，教授如再归时，门人大进。先生诲人不倦，自登仕版（班）后，在朝在野此心未尝一日忘。至是绝意仕进，因纂《寻乐大旨》一书以授学者。"

京师米万钟（1570—1631）任太仆寺少卿理光禄寺寺丞事，同年卒。陈田《明诗纪事》庚签卷七上："《书史会要》：'仲诏行草得南宫家法，笔更沈古，与华亭董太史齐名，时有南董北米之目。尤善署书。擅名四十年，书迹满天下，独不为权贵作一字。魏珰时，严拒其请，卒罹党祸不恤，其高劲如此。'《书史会要》：'太仆性好奇石，罗致不远数千里，人号友石先生。著有《石史》十六卷。写砚山向背岩壑，无不精具，皴擢极幽秀，殆举笔而思可传者。山水得倪迂法，花卉似陈伯阳。'"朱彝尊《静志居诗话》："先生为水曹郎，筑园海淀之北，中有色空天、太一叶、松坨、翠葆树、林于澨、总名之曰勺园。……尝于元夜，集客赋诗《丽水吕太常邦耀即席口占二首》。其一云：'玉绡叠出上元村，双炬悬来景物繁。恍惚重游丘壑里，米家灯是米家园。'其二云：'轻舟寒夜渡无冰，波入银绡讶月升。宛似梦中曾一照，米家园是米家灯。'"

高阳李国楷（？—1631）卒。所作诗文多佚于兵燹。清顺治年间，其子李霨掇拾残阙，同里张亦纯删除重复，成《文敏遗集》三卷。四库全书存目丛书集部第185册据北京图书馆藏清康熙七年李霨刻本影印，存文22篇，诗114首。《四库全书总目》卷一百八十："其诗文多馆阁酬应之作，盖霨所得于亦纯者，本其官翰林时课稿，故所存止是云。"

崇祯五年

（公元1632年 壬申 后金［清］天聪六年）

正月

二十五日，高阳公孙承宗七十初度，定兴鹿善继为文祝贺。（陈鋐《鹿忠节公年谱》卷下）

容城孙奇逢命子立雅偕伯叔昆弟从定兴鹿善继学。（陈鋐《鹿忠节公年谱》卷下）

本年

曲周刘荣嗣任顺天府尹，用法平恕，王公贵族均有收敛，把京都之地治理得秩序安然。

著名文人茅元仪代高阳孙承宗邀容城孙奇逢入幕，遭拒。汤斌等编，方苞订正《征君孙先生年谱》卷上："万历壬申，四十九岁。茅止生再过北城。高阳当关，欲题先生代鹿伯顺，令止生来商。先生曰：'君与伯顺从高阳，君之才，亦君之志也。余既无其才，又无其志，愿老死公车，不敢借途求用。'"

故城周世选撰《卫阳先生集》刊刻。凡十四卷，每卷卷首题"甘陵周世选文贤父著；武陵后学沈狮、同邑后学沈嘉较正；孙南承芳遍次付梓"。前有姚希孟撰《大司马周卫阳先生全集序》及朱之蕃撰《南大司马卫阳周公传》，后有崇祯五年卢世漼跋。

崇祯六年

（公元1633年 癸酉 后金［清］天聪七年）

正月

定兴鹿善继作《范抚军却敌记》。（陈鋐《鹿忠节公年谱》卷下）

五月

定兴鹿善继刻《辅仁社草》并序。（陈鋐《鹿忠节公年谱》卷下）

秋

华亭陈子龙于京师与吴甡、文震孟等游。陈子龙编，王澐续编、庄师洛等订《陈忠裕公自著年谱》卷上："季秋，偕尚木诸子游京师。是时，乌程（温体仁，字长卿，乌程人）当国，政事苛促，吴鹿友（吴甡，字鹿友，扬州兴化人）、文湛持（文震孟，字文起，号湘南，别号湛持，一作湛村，南直隶长洲）人、许霞城（许誉卿，字公实，华亭人，号霞城）诸贤在列，皆与予善，相对蒿目而已。"

江苏顾炎武中式顺天乡试举人。（顾衍生原编，吴映奎重辑，车持谦增纂《顾亭林先生年谱》）

本年

曲周刘荣嗣被擢工部尚书兼右副都御史，总理河道，提督军务，勤于政事，后遭谗下狱。于任上事多亲察，挽黄治沙，爱惜人力，原来的预算施工费为五十三万两银，结果只用了二十八万两。首辅王应熊、次辅温体仁、漕院倪于义等人妒其功，说他治河失策，被下狱问罪。在狱中，他以诗言志，著述甚丰。

容城孙奇逢于里申社约。汤斌等编，方苞订正《征君孙先生年谱》卷上："先生王父运判公结文社于宝藏寺，至先生三世矣。课子侄辈暨从学诸友，肄业其中，为十约以勉之。一曰立志，一曰知学，一曰改过，一曰求友，一曰虚己，一曰率真，一曰定操，一曰尚齿，一曰肃仪，一曰固盟。是年，刘范修师因、张文峰维德从学。"

京师崔子忠游于董其昌之门。《无声诗史》："崔子忠号北海，山东人。崇祯癸酉，董宗伯思白应宫詹之召，子忠游于其门，甚相器重，悬想倪迂高致，以意为《洗桐图》，貌云林着古衣冠，注视苍头盥树，具透迤宽博之概，双鬟捧古器随侍娟好静秀，有林下风，文石磊砢，双桐扶疏，览之令人神洒。想其磅礴时，真气吞云梦者矣。子忠不惟善画，更以文学知名于时。"崔子忠，著名画家，初名丹，字开予；后改名子忠，字道母，号北海、青蚓（一作青引），梁清标《画谱序》亦作"道毋"。约生于1574年，卒于1644年。原籍北海（山东省莱阳市）人，后移居顺天（即北京）。其好友梁清标在其所辑刻崔子忠所绘《息影轩画谱》序中称崔子忠："天启时为（顺天）府庠生，当生于万历年间"。又说他"甲申之变，走入土室而死"。

大兴金铉博选古文，推重秦汉、唐宋八大家之文，奉陶渊明集为典范。金镜编述，金鑨参订《金忠洁年谱》：“博选古文自周秦迄唐宋凡若干卷，以《国语·周襄拒晋文请隧篇》为首，谓关系甚大，宜接《尚书·秦誓》，魏吴六朝绝不录，周秦两汉而下，惟唐宋八大家入选。尝书联曰：‘周秦两汉之文，濂洛关闽之学’，又曰：‘读书卑魏晋，为文绝排偶。’然渊明先生集则奉为典型，时时玩味，曰：‘六朝之可法可传者，独此公耳。’”

永年申佳胤授河南开封府仪封县知县。（申涵光等编《申端愍公年谱》）

曲周路振飞擢巡按福建。（《天启崇祯两朝遗诗小传·路文贞公》）

崇祯七年

（公元1634年　甲戌　后金［清］天聪八年）

正月

大兴梁应泽卒于保定之私第。《天启崇祯两朝遗诗小传·梁中丞附子以楠》：“公名应泽，字射侯。先世为保定之清苑人。永乐初以护驾功，家世锦衣徙顺天，至公父矿以儒著，公以万历辛卯举于乡，中乙未科进士。戊戌授户部主事领通州仓，以廉能称，历迁员外郎中，出知徽州府。……四年六月，四疏引疾归，竟不起，以七年正月卒，时年六十有六。赠兵部右侍郎。所著书皆关切时政及古名臣经济，略藏于家。公三子，以楠、以樟、以桂。而以楠经济自任，与先父庄交厚，以樟领乡荐第一，中庚辰进士，先大父与中丞公同榜，癸未济生伏阙，时每从伯仲讲论理学。今诗文传诵海内，而一门忠义孝友尤屹然砥柱云。”

三月

据《崇祯七年甲戌科进士履历便览》，本科北直隶进士地域分布如下：五府凡13人：顺天府7人：钱良翰、康万民、王应元、张文辉、张文烻、张首标、李皋；保定府2人：金毓峒，李发元；河间府2人：戴明说、李士焜；真定府1人、大名府1人：范士髦，阎禧。

高阳孙承宗刻《前后督师纪略》，定兴鹿善继为之撰序。（陈鋐《鹿忠节公年谱》卷下）

容城孙奇逢视弟启美于武城官署，刻《孝友堂家乘》，此书分《哀思录》《永思录》《先孍录》《复学本末诏旌记》《草堂兰谱》，凡六种。孙承宗、鹿善继、茅元仪诸公各为序。（汤斌等编、方苞订正《征君孙先生年谱》卷上）

完县金毓峒中进士，授中书舍人，后迁湖广道监察御史。汪有典著《史外》崇祯七年，公始成进士，官中书舍人，迁湖广道监察御史，则于是上疏请宽征徭、诛骫将、伸士气、清铨衡。旬日间，凡四上而四报可出按秦川，贼望风远遁，留三年以代去。金毓峒（？—1644），字稚鹤，保定卫完县人。本年进士，授中书舍人。崇祯十四年，授御史。与理学自任，与东林党声息相通。敢于直言论证，多为采纳。十五年，出按陕西。十七年，以守家乡不屈而卒。（张廷玉《明史》卷二百九十五《列传第一百八十三·忠义七》、陈鼎辑《东林列传》卷十）

华亭陈子龙复下第，出京师，归里致力于学。陈子龙编，王澐续编，庄师洛等订《陈忠裕公自著年谱》卷上：“春，复下第，罢归。予再不得志于春官，不能无少悒悒，归则杜门谢宾客，寡宴饮，专意于学矣。是岁作古诗、乐府百余首。”

容城孙奇逢下第。（汤斌等编、方苞订正《征君孙先生年谱》卷上）

春

刻《孝友堂家乘》，定兴鹿善继为之撰序。（陈鋐《鹿忠节公年谱》卷下）

八月

容城孙奇逢同定兴鹿善继父鹿正谒孔林。（汤斌等编、方苞订正《征君孙先生年谱》卷上）

九月

定兴鹿善继刊《认真草》，高阳孙承宗为撰序。又刊《无欲斋诗》《尘谈》二种。陈鋐《鹿忠节公年谱》卷下：“九月，刊《认真草》十五种既成：一金花始末、二马房本末、三籽粒始末、四扶孤始末、五簏馀、六农曹草、七粤东盐法、八福建盐法、九读礼草、十待放草、十一典饷草、十二枢曹草、十三榆关草、十四再归草、十五奉常草。不以文类分，而以时地分。此时之遭际，此地之经营，无不列于指掌。又有《无欲斋诗》及《尘谈》二种。”

定兴鹿善继重得周顺昌万历四十二年于福州所寄诗扇，喜而撰诗，同人相和，总题为《寻声谱》。陈鋐《鹿忠节公年谱》卷下：“已而失去其家稿，又自焚于被难时。先生每言之不胜千秋之感。至是从马公洁腹笥中得之，先生喜而有诗云：‘忠介遗诗何处寻，每于凭吊费沉吟。谁令乱后文无害，偶借闲中客有心。延水不殊重合创，广陵犹是未亡琴。骚坛漫自传诗话，此夜新添掷地金。’同人和之因题曰《寻声谱》。”

十月

十二日，定兴鹿善继六十初度，门人张于度辈谒高阳公孙承宗求文以祝之，孙因历述先生父子祖孙懿行。（陈鋐《鹿忠节公年谱》卷下）

秋

高阳孙承宗为定兴鹿善继《认真草》撰序。（陈鋐《鹿忠节公年谱》卷下）

冬

吴桥范景文被起用为南京右都御史，封吴地著名说书艺人柳敬亭为上客，与余怀等名士游。余怀《板桥杂记》：“（柳敬亭）善说书，游于金陵。吴桥范司马，桐城何相国，引为上客。常往来南曲，与张燕筑、沈公宪俱。张、沈以歌曲，敬亭以谭词，酒酣以往，击节悲吟，倾靡四座。盖优孟、东方曼倩之流也。”

本年

高阳孙承宗撰诗哀抗清将领马世龙卒，深恸之，为哭诗二十首及序。（孙铨编、孙奇逢订正《高阳太傅孙文正公年谱》卷一）

高阳孙承宗编次并刊印《督师纪略》《后督师纪略》。（同上）

大兴金铉和容城孙奇逢初识。汤斌等编，方苞订正《征君孙先生年谱》：“金伯玉来晤。伯玉名铉，都门人，为兵部郎，参宦官张弘宪家居，以斯文自任，与先生论学。甲申殉国难，先生为之立传。”孙奇逢《畿辅人物考》卷之一《理学·金忠节公铉》：“岁寒老人曰：余初于甲戌识公，公被放里居时也。公每一事思退，尝云：《易》三百八十四爻，未闻有退凶者，闭户十二年，读书穷理，甫起官，即以致命遂志。”

涿郡陈锐、陈鋐兄弟奉父命始从定兴鹿善继学。陈鋐《鹿忠节公年谱》卷下：“是年先生门人大进，充塞寺宇不能容，陈锐、陈宏兄弟奉父命来学。宏谓：先生谈经，悉归自己身上，论文悉入作者意中。宏日所未闻，始知圣经贤传皆我注脚。”

北平孙承泽得金陵周亮工卷，大为赏识，并为捐金置田。周在浚编《周栎园先生年谱》：“甲戌，二十三岁。祥符令北平孙公承泽观风得公卷，大异之曰：‘定非汴人。’公具以始末告孙，公大为赏识，即收以冠军，为之延誉，又捐金为公置田。公有《北海夫子为某买田诗》。”

申佳胤调任杞县县令，涵光随之赴任，从学于刘佳兆。（申涵光等编《申端愍

公年谱》)

太仓吴伟业过沧州麻姑城，作诗纪之。冯其庸、叶君远著《吴梅村年谱》："程如婴、朱衣《明诗归》卷六《过沧州麻姑城》：'汉皇刻石祀麻姑，此地金支光有无。琼岛楼台迎鸟使，水衡盐铁待龙屠。中原烽火山东乱，军吏诛求海上租。不数戈船诸将在，玉坛缥缈辟兵符。'按，此诗未收入《梅村藏稿》。诗下原程如婴注：'途中纪实语，当时作者目击，今日读者心伤。'此诗当作于明朝。考伟业明朝曾三次途径沧州，两次在崇祯四年（赴会试与告假返里途中），一次在本年。崇祯四年时，农民起义军之活动仅限于陕西、山西一带，与诗中'中原烽火山东乱'一句不合。"

永年申佳胤因有才改调杞县。(申涵光等编《申端愍公年谱》)

崇祯八年

(公元 1635 年　乙亥　后金［清］天聪九年)

正月

流贼侵杞县，永年申佳胤率士民抵拒。申涵光等编《申端愍公年谱》："八年，乙亥。公三十四岁。正月，流贼号扫地王者，率众数万余突至。时承平久，民不知兵，杞城土垣多倾圮，跛羊可上。公率士民登陴死守，贼肉薄（博）环功，百道俱进。公调度有方，亲督战，手馘怯卒，悬金募死士，无不人人奋勇，多所斩获。贼夺气遁去，杞城广九百里许，是夜公徒步巡城几十周，趾甲为脱。"

吴桥范景文升兵部尚书，凡四年，廉办以率僚属。

三月

十一日，博野颜元生。李塨《颜习斋先生年谱》卷上："明崇祯八年乙亥三月十一日卯时，先生生。"颜元（1635—1704），著名儒家、思想家、教育家，颜李学派创始人。原字易直，更字浑然，号习斋，直隶博野县北杨村（今属河北省保定市）人。诸生。一生以行医、教学为业，继承和发扬了孔子的教育思想，主张"习动""实学""习行""致用"几方面并重，亦即德育、智育、体育三者并重，主张培养文武兼备、经世致用的人才，猛烈抨击宋明理学家"穷理居敬""静坐冥想"的主张。著述宏富，有《颜习斋遗书》等传世。《四库总目提要》卷九七著录颜元《存性编》二卷、《存学编》四卷、《存治编》一卷、《存人编》四卷。徐世昌编《晚晴簃诗汇》卷一一选颜元诗三首，《诗话》云："习斋诸书繁富，其要旨则在存人、存性、存学、存治。陆桴亭学重六艺，习斋喜其同志，更躬行实践以昌大之。尝谓：'宋人好言习静，今日正当习动。'盖其学以经世为宗，切实可行，不囿于汉、宋家言。"张舜徽《清人文集别录》卷三著录颜元《习斋记馀》十卷（《畿辅丛书》本）："是编乃其文集，而名同《记馀》者，盖取行有余力，则以学文之义。其中序书之篇、论学之简，自抒所见，理辟辞明。世之究心颜学者，要必奉斯编为津逮矣。"

容城孙奇逢弟奇彦自武城告归。其为令，不及二载，以不善事上官告归。囊囊如洗，有《武城治理》《武城录言》二卷，《恰恰轩诗》数卷。（汤斌等编、方苞订正《征君孙先生年谱》卷上）

夏

定兴刊《说约》。先生自引其端，定兴鹿善继为张凤翔《石蕊集》作序。（陈鋐《鹿忠节公年谱》卷下）

定兴鹿善继先生每至秋冬之际，辄喜夜坐论文与论学。述及《大学》《中庸》《论语》《孟子》四书的宗旨，自言"终身学力在慎独"。

八月

大名成基命（1559—1635）在家中去世。赠少保，谥号文穆。有《云石堂稿》传世。陈田《明诗纪事》庚签卷二十二选诗一首。其子成克巩投降建州，仕至秘书院大学士。钱谦益《文穆成公神道碑》："公乞归凡六年，以乙酉八月卒于家。栉沐草遗疏，正襟危坐而逝。上震悼，恩恤特隆，仍予赠谥，以某年某月大葬于某地之阡。"

九月

容城孙奇逢辞王给事保举。汤斌等编、方苞订正《征君孙先生年谱》卷上："礼科王名正志，河间人，保举先生谓'真孝真廉，有体有用'，奉旨取用。先生具呈力辞。再奉部文严催，谓'不赴者除革'。先生曰：'朝廷以贤者相待，而士以不肖自处，何罪之有？'终不往。"

十一月

十六日，记载明代北京城的风景名胜、风俗民情的著作《帝京景物略》刻行，作者为刘侗、于奕正。刘侗《帝京景物略叙》："侗北学而燕游者五年，侗之友于奕正，燕人也，二十年燕山水间，各不敢私所见闻，彰厥高深，用告同轨。奕正职搜讨，侗职擒辞。事有不典不经，侗不敢笔；辞有不达，奕正未尝辄许也。所未经过者，分往而必实之，出门各向，归相报也。所采古今诗歌，以雅、以南、以颂，舍是无取焉，侗之友周损职之。三人挥汗属草，研冰而成书，其卷八，其目百三十有奇。崇祯八年乙亥，冬至后二日，麻城刘侗撰。”刘侗字同人，号格庵，麻城人（今湖北省黄冈市内）。崇祯甲戌进士，官吴县知县。于奕正，字司直，宛平（今北京市大兴区内）人。崇祯中诸生。本书由于奕正摭求事迹，刘侗排纂成文。以京师东西南北各分城内、城外，而西山及畿辅并载焉。所列目凡一百二十有九，每篇之末，各系以诗。书内详细介绍了当时北京各地的寺庙祠堂、山川风物、名胜古迹、园林景观，甚至河流桥梁，许多今天著名的历史古迹和山川名胜，诸如卢沟桥、白塔寺、天主堂、碧云寺、潭柘寺等，都能从本书探寻到它们的渊源所自、本来状貌、风格特征和历史变迁。

永年申佳胤招募死士死守杞县县城并击溃流寇，因之将土城改建砖城。（申涵光等编《申端愍公年谱》）

十二月

阎兴邦十二月二十四日生，宁议仲，号梅公。汉军镶黄旗（原籍直隶宣化）。享年六十四。阎兴邦（1635—1698），直隶宣化（今属河北省张家口市）人，字涛仲，号梅公。清康熙二年（1663）中举人，康熙九年（1670），被补授直隶新城知县，后擢升为通州知州。康熙十五年（1676）升任工部员外郎，因办事周详，得康熙皇帝赏识，升任监察御史，后再升鸿胪寺卿、光禄卿。康熙二十七年（1688），任顺天府尹。湖广叛乱，改任河南巡抚任，又调任贵州巡抚。诰授文职正一品散官“光禄大夫”。康熙三十七年（1698），卒于任上，次年葬入宣化祖茔。诗文端雅有体，有《冰玉堂集》行世。

本年

容城孙奇逢过高阳孙承宗家，留十日。孙奇逢、戴明说编、方苞订正《征君孙先生年谱》卷上：“同伯顺过孙少师家，为十日留。高阳县去容城百里，少师数走，孚期鹿、孙两先生聚晤。方订岁一会于高阳，明年鹿公遂殉难死矣。”

太仓吴伟业入朝补原官，充实录纂修官，时温体仁为首辅，伟业与杨廷麟等不入其党。同馆中与廷麟、王二弥、杨士聪等最称知契。（冯其庸、叶君远著《吴梅村年谱》）

崇祯九年

（公元1636年　丙子　清太宗崇德元年）

正月

高阳孙承宗七十寿辰，定兴鹿善继偕容城孙奇逢赴高阳来贺，留住十日，或谈文章、或谈经济、或谈理学，喜而忘倦。（孙铨编、孙奇逢订正《高阳太傅孙文正公年谱》卷一）

三月

涿郡陈鋐與兄锐应童子试，鋐以一名，兄以六名并入学。其师定兴鹿善继赐联“学海津梁谁独步，词坛鞭弭让连枝”以贺。

五月

高阳孙承宗撰《督师事宜》《古今中官志》等。

陆文声上疏攻复社。文秉《烈皇小识》：“太仓民陆文声疏言：‘风俗之弊，皆起于士子。’因参太仓庶吉士张溥、前任临川知县张采，倡立复社以乱天下。有旨：‘著提学御史倪元珙核奏，既而元珙回奏，极斥文声之妄。’”张廷玉《明史》卷二百八十八《列传第一百七十六》：“里人陆文声者，输赀为监生，求入社不许，采又尝以事挟之。文声诣阙言：‘风俗之弊，皆原于士子。溥、采为主盟，倡复社，乱天下。’温体仁方柄国事，下所司。迁延久之，提学御史倪元珙、兵备参议冯元飏、太仓知州周仲连言复社无可罪。三人皆贬斥，严旨穷究不已。”

春

著名文人宋之绳离家赴赵州省父太仆公，读书署中三月余，有《趋庭草》之刻。（宋之绳编《柴雪年谱》）

六月

涿州陈鋐兄弟于定兴，方毕入学事，往日厕讲堂从鹿善继学，闻前所未闻。（陈鋐《鹿忠节公年谱》卷下）

宋之绳入都。（宋之绳编《柴雪年谱》）

七月

二十七日，定兴鹿善继（1575—1636）守城率众守城七日，不屈而卒。终年六十二岁。追赠大理寺卿，谥“忠节”，并敕建祠祭奉。一生著述颇丰，著有《鹿忠节公集》二十一卷以及诗集《无欲斋诗钞》一卷。诗歌数量虽不多，但字里行间却充满丈夫本色。陈鋐《鹿忠节公年谱》卷下：“至七月上旬，圉人不戒，兵阑入，十一日，鋐父召鋐兄弟归，先生始知有变，忧形于色，既而邑绅造先生庐，请入城为守御计，先生曰：‘年来中原士大夫非望风而走，则髡发以降，某实耻之。’于是，别太公即偕诸绅共车去，未尝入与家人语。顾邑令病危，百事无备，先生昼夜拮据，倡以勇敢。十九日，鋐谒先生于察院厅事，先生坐少东，二三老吏罗立。先生据簿执笔，俯首挥不辍，诸绅充溢两旁，博者言博，奕者言奕而已。未有一人伺先生所为者。呜呼！既拉之同舟，而不复与之同心，亦独何哉？先生部署方定，而兵薄城下也，时二十二日也。先生曩所讨论于辽左者，无不思试之，于今。相持至二十七日，敌肉搏环攻，城陷。先生死之。”钱谦益《太常寺少卿管光禄寺丞事赠大理寺卿赐谥鹿公墓志铭》：“崇祯九年七月二十七日，奴酋兵破定兴，太常寺少卿鹿公死之。明年正月，其子化麟伏阙上疏曰：奴之掠畿南也，臣父移疾村居，无城守之责。臣父念定兴当涿南保北，背障神京。我入郡，邑谁与守？自己已奴警，望风髡首，臣节扫地。非不知孤城难守，老亲当念，诚不忍桑梓当存亡之会，朝廷无仗节之臣，遂令臣侍臣祖居江村，辞丘墓，授兵登陴，令弱民疲，号令不一，死守七日，而城始陷。臣父守南门，奴从东北隅上，挟刃索衣，臣父啮齿大骂：‘天朝鹿太常衣肯覆羯狗奴耶?’奴怒甚，斫三刀，复射一矢，骂不绝口而死，臣父赞枢辅于关门，厉志恢复。奴素慑其名，肉薄环攻，志在必下。臣父以无备之城，必破之邑，独坚誓死之心，衡拒方张之虏，捧一墣以塞溃波，挽杯水以浇烈焰。以投闲之吏死朝廷，以抱病之身死乡里。不独城存与存，效斯民勿去之义；且欲人战家守，折狡虏南下之谋。假令人尽臣父，则一隅可保，九塞可宁。是臣父为一城死义为小，为天下大义死忠为大也。”“公天性纯孝，母既没，念太公独居，共卧起者二十年。其子亦驯行孝谨，四世一堂，更衣并食，雍雍穆穆如也。里居教授，生徒以百数。摄齐升堂，离经辨志，江村之上，有河汾、濂、雒之风。畿南之士，殖学修行，镞砺自好者，不问而知为鹿氏之徒也。晚而师事高阳，曰：‘不图周、孔犹在人间。’高阳亦曰：‘伯顺在幕中，如清风止水，助我神明者多矣。’公之没也，高阳哭之恸，为挽诗六十四章。又二年，高阳亦殉虏难。公与高阳，与辽事相终始，公又与高阳相终始。呜呼痛哉！公为人斋庄中正，明允笃诚。辞受取与，如水之有坊，而不以一节加人；是非可否，如食之必吐，而不以一眚掩人。以身命归君父，以心胆质鬼神，以深心冶铸善人，以至诚变化异类。其道之不行，而以完节自见，则天也，斯世之不幸也。公之没也，年六十有二。娶王氏，赠恭人；再娶王氏，封恭人。子化麟，天启辛酉举乡试第一人，后公一年卒。孙男四人：尽心举崇祯丙子乡试，洗心以荫入太学，悦心、从心皆幼。孙女二人。曾孙男三人。所著有《四书说约》三十一卷、文集若干卷。”（钱谦益《初学集》卷五）张廷玉《明史》卷二百六十七《列传第一百五十五》：“（崇祯）九年七月，大清兵攻定兴。善继家在江村，白太公请入扞城，太公许之，与里居知州薛一鹗等共守。守六日而城破，善继死。”《四库全书总目提要》卷三七著录鹿善继《四书说约》：“明鹿善继撰……其持论亦颇笃实，然学出姚江，大旨提倡良知，与洛、闽之学究为少异。”同书卷一八〇又著录其《无欲斋诗钞》一卷：“明鹿善继撰。善继有《四书说约》，已著录。此乃所作诗稿，称成云洞定本。诗后间有评语，不知何人所选辑也。案李光地有《成云洞诗韵》，或光地所评欤？善继成仁取义，大节凛然，诗笔亦有道劲之气，而不耐苦吟，未免失之粗率。”陈田《明诗纪事》辛签卷二选鹿善继诗三首，小传云：“善继字伯顺，定兴人。万历癸丑进士，授户部主事，以事谪官。起兵部军前赞画，历员外、郎中，告归。崇祯初，起尚宝卿，进太常少卿，再请归。大清兵下定兴，死之。赠大理卿，谥忠节。有《无欲斋诗钞》。”又引孙奇逢《日谱》云：“伯顺先生生平有三变，为诸生时，有嗜书之癖，饭不呼之常不应；初登第，一介必严，万人必往，故到处能循职掌，人人惊为破格。事榆关三年，功名之念已灰，生死之关亦破，每以朝闻夕死为谈柄，故能从容就义而神不乱。”又引李光地《榕村集》云：“忠节鹿公诗，如操笔直吐者，而宛转曲至，使读之者若亲见闻其义形之色、愤慨之声，深情远概，足以敦浇振懦于无穷。”又加按语云：“天启间，魏忠节、周忠节缇骑赴狱，道出定兴。鹿太公周旋营救，无微不至，义声侠气，惊动一世。暨忠节以退老之身，守黑子弹丸之邑，城亡与亡。是父是子，江村一片地，遂为节义之乡。炜矣哉！”

八月

高阳孙承宗赋诗六十章悼鹿善继。（钱谦益《兵部尚书中极殿大学士孙公行状》）

永年申佳胤分较豫闱，阅《易经》《书经》房稿，得多士，商丘吴伯裔终身执弟子礼。申涵光等编《申端愍公年谱》：“复分较豫闱，阅《易经》，得李兆民等六人。偶阅《书经》房得一卷甚奇，以示主者，首荐之，乃商丘吴伯裔，名士也。故吴终身执弟子礼。”

十月

山西提学佥事袁继咸被投刑部狱，著名文人傅山入京广投揭帖谋救。丁宝铨编，缪荃孙等校定《傅青主先生年谱》："至京，寓琉璃厂伏魔祠。十月末，袁公入刑部狱，先生草揭帖投通政司，数上皆不纳，乃出揭帖投大小各衙门及中官厂卫缉坊者，于是卒达御前。"

十一月

三日，定兴鹿化麟送父鹿善继灵柩归江村，高阳孙承宗奔赴，抚棺长恸，作诗六十四首，祭奠忠魂。

十二月

二日，定兴鹿善继安葬，四方会葬者几千人。

怀柔成德以不能曲仰上官被劾，逮至京。具疏论温体仁罪状，三受杖楚，下诏狱。其母于长安街寻温体仁，绕舆大骂其为李林甫、秦桧，拾瓦砾掷投。移镇抚狱掠治，在午门外杖六十，谪戍榆阳县（今山西榆林境内）。孙承泽《畿辅人物志》卷十六《成兵部德》："选滋阳令，有廉能声，然鲠直不能俛仰上官。时陈留人王国宾为知府，险而鄙，公每讥刺之。推官李恪从中挑构，辄切齿公，乃列款揭之巡按禹好善，被劾，逮至京。时山东士绅极言其冤，上使人至滋阳访之，所纠不实，拟宽释之矣。时乌程温体仁当国，初以枚卜为诸君子所摈，出疏纠与推者，上倾心信之，乃以'党'之一字禁锢诸正人，而导人主以刻薄之术，时海内有飒然衰亡之象矣。公在狱，每阅邸报，辄怒忿不平，曰：'我皇上能除魏忠贤之奸，而不知大奸复在肘腋也！'于是具疏论列体仁罪状，直声震天下。受杖者三，下诏狱，谪戍榆阳悬，坐无主赃六千七百有奇。体仁恐其复有疏也，遽发遣，留比其家属。妻刘氏及女俱以困毙，母氏闻公受杖，不复悲痛，曰：'吾得为范滂母矣！'乃使扶掖坐西长安街，候体仁出朝，迎而詈之，谓其残害忠良，欺君误国，斥之为李林甫、秦桧。"

本年

定兴鹿善继撰《鹿忠节公集》刊刻。凡二十一卷。集前有序两篇，一为吴桥范景文所撰，另一为茅元仪所撰。序后有总目录，总目录只标明每卷文体，另每卷前还分别有目录，每卷卷首题"范阳鹿善继伯顺父著"。茅序称："伯顺事功节义昭然，耳目自足不朽，唯有传其言而已。先两年，伯顺已自刻其言曰《认真草》，吾师高阳公为序之，乃简为二十二卷。"据此可知《鹿忠节公集》为茅元仪辑于此年。

大兴金铉常与名儒刘宗周于部务之暇，常竟日畅谈，颇受益。另有挚友数人，常相问难。金镜编述，金鑨参订《金忠洁年谱》："九年，丙子，伯兄二十七岁。时念台刘公起少司空，部务之暇，时时枉驾就伯兄谈，每坐必竟日。伯兄云受益良多。后刘公归里，伯兄为诗送之。时伯兄数年来学问之交在缙绅先生者，刘公而外，则有玉藊刘公、芳扬沈公，几亭陈公、任先林公、沃心钱公、松石孙公、保慈成公，朝夕问难，交相劝勉。是岁，有《宋大儒四子合刻》行于世。"刘宗周（1578—1645），字起东，别号念台，绍兴府山阴（今浙江绍兴）人，因讲学于山阴蕺山，学者称蕺山先生。明代最后一位儒学大师，也是宋明理学（心学）的殿军。著作甚多，内容复杂而晦涩。他开创的蕺山学派，在中国思想史特别是儒学史上影响巨大，清初大儒黄宗羲、陈确、张履祥等都是这一学派的传人。

著名文人宋之绳北上，至赵州、昌平侍父，后至都，师事大司马冯邺仙，并于都为子缔姻。宋之绳编《柴雪年谱》："丙子，春离家赴赵州省太仆公，读书署中三月余，有《趋庭草》之刻。六月，入都。七月，东事急，昌平陷。时首揆冢宰以高阳公故，素不喜太仆公，因于昌陷后移守焉。故事迁客及一年，更无平调之理，况昌已破，调公所以杀公也。大司马冯邺仙时为兵垣不平之疏，争不得。太仆公间关纡道，备尝险阻，至昌城则残破之余，束手败垣下，无可计者。余出侍亲，复入赴试，已为房师张练初首取矣；而副考闪宫谕摈之，乃弁副车。太史公又以忤陵珰魏某纠罢。父子冻馁南还，几几伍相当年也。是年，余重邺仙公谊，因师事焉。在都与金坛于御君缔姻，于以女为圃儿妇也。御君名銮，太仆如庵先生仲子三子，老吾生。"

宛平于奕正（1597—1636）卒。陈田《明诗纪事》辛签卷二十五选诗五首，并记："奕正初名继鲁，字司直，宛平诸生。有《朴草》。《诗观》：'司直诗清真淡雅，迥绝尘俗。'《静志居诗话》：'司直好古，尝集《天下金石志》，虽未详核，亦足以继东阳王象之书。其诗南学于楚，然燕、赵之风骨尚存'。田按：'司真与刘侗著《帝京景物略》。游白门，将续著《南京景物略》，书未成而卒。崇祯丙子元日读史，得《陆士衡传》，卒年四十三，以为亡谶，已而果然，年亦四十三也。诗学竟陵，清韵铿然，盖彼法之铮铮者。'"

曲周路振飞擢巡按苏淞。（《天启崇祯两朝遗诗小传·路文贞公》）

崇祯十年

（公元 1637 年　丁丑　崇德二年）

正月

二十五日，定兴鹿化麟匍匐诣京师上疏请恤，疏文略述乃父善继应召守县邑定兴，战死经过。陈鋐《鹿忠节公年谱》卷下："二十七日，乘破遂之余，合屯豚之众，势如风摧，箭如雨注。臣父亲守南斗，鼓励各面自辰至未，敌矢几绝，忽有从东北隅上者，一隅惊溃，太势不支。臣父端坐南门，敌至，提刀索衣，臣戈啮指大骂，敌怒，狠砍三刀，臣父骂不绝声，复射一箭死。"

吴桥范景文为南兵部尚书，贼兵犯至，苦思坚守之策。汪有典著《史外》卷四："珰败，起太常少卿，以佥都御史巡抚河南，升兵部侍郎镇昌平，复改南兵部尚书。南额兵八万人，堪战者不满万。以定营制，简家丁治楼船，练火器，部曲改观。崇祯十年正月，贼由河南、光固突至滁州、全椒，略绳絙，取竹木，声言'缚筏渡江陵'，京大震。公先期以池浦为兵部屯储地，遣提督杜弘域以前营兵屯江外，而金立功、阎雄边丁佐之。其都城居重大，计有神威营三千守红墙内，外屯于大教场陆营兵一千护大奎门，五颗松近郊之守粗完，舟师则龙汀关以水操营驻焉。高帝所置五营四十八卫仅存尺籍，永乐江营战船亦久废。公慨然思整饬，谋于南计，臣钱春春曰：'留储出者四十七万，入才二十三万。军士虑呼庚癸，遑复故额乎！'公叹息而止。公意谓'非战无以为守，非守江无以守京、守陵，非守江北无以守江南'，而当国家者，殊泄泄不入也。"

二月

著名文人傅山游西山。丁宝铨编，缪荃孙等校定《傅青主先生年谱》："二月，逮张孙振至京，下刑部狱。是月，先生游西山半月始还。"

三月

据《崇祯十年丁丑科进士三代履历》，本科录北直隶进士凡 31 人，地域分布如下：顺天府 9 人：王元建、王燮、唐九经、吴翔凤、刘显绩、王正中、林有本、杨若桥、郝杰；永平府 1 人、保定府 2 人：严梦鸾、王世琇、范士楫；河间府 7 人、真定府 7 人：贾太初、宫继兰、苏铨、庄宪祖、王开期、朱用锦、姜应龙、吴嵩胤、李起龙、王标极、于连跃、刘天庆、赵岵、高去奢；广平府 2 人、大名府 3 人：李昌期、王显、佀鹤举、樊吉人、刘达。

华亭陈子龙再次入京赴考，与松江夏允彝皆中。陈子龙编，王沄续编、庄师洛等订《陈忠裕公自著年谱》卷上："崇祯十年，丁丑。以孟春之五日偕燕又登岱宗，上天门眺日观。驱车而北，入长安，则上元矣。榜发，予与彝仲（夏允彝，字彝仲，号瑗公，松江华亭人）俱得儁，素称同心，而予又出于漳浦黄石斋（黄道周，字幼玄，一作幼平或幼元，又字螭若、螭平、幼平，号石斋，福建漳浦铜山人）先生之门，生平所君宗也。时人多举庐陵眉山之事相誉，予深幸得良师友之助，而廷对则予与彝仲俱在丙科，当就外吏。"

闰四月

著名文人傅山离京，因救解袁继咸，以义名于都。丁宝铨编、缪荃孙等校定《傅青主先生年谱》："四月，袁公事雪，狱解。闰四月，先生出京。五月，抵家。适袁公以原官起为湖广武昌道，以书招先生览黄鹤之胜，先生以违老母久谢不往。是时，先生名闻天下。马文忠公世奇为作《山右二义士记》（谓先生与薛宗周），以比裴瑜、魏邵，楚王孙梓行之。丁时学（字天心，顺天宛平人，原籍绍兴，官霍州知州）于国门立留社，将当时人士赠先生诗篇编为一册，而以马公士奇记冠于端。"

常熟钱谦益与瞿式耜本月被逮入京师刑部狱，求武清曹化淳解救。彭城退士编《钱牧翁先生年谱》："丁丑五十六岁，二月，先生与瞿公（式耜）赴逮入京。四月，过山东、登泰山，有诗五十韵。闰四月二十五，下刑部狱，有《平心剖质仰祈圣明洞鉴疏》。事急，先生求解于司礼监曹化淳，（张）汉儒侦知之，告（温）体仁，体仁奏帝请并罪化淳。化淳惧，自请按治，乃尽得汉儒等奸状及体仁谋狱，上帝识悟体仁有党。先生有《丁丑狱志》一篇，自三月至闰四月有《桑林诗集》，下狱后，所为诗曰《霖雨诗集》，即在狱忧危，诗文未尝或辍也。"

夏

华亭陈子龙于刑部观政，成诗集《白云草》。陈子龙编，王沄续编、庄师洛等订《陈忠裕公自著年谱》卷上："予观政刑部，登白云楼。嘉靖中，王（世贞）、李（攀龙）诸子唱和之地也，予亦集是时所赋诗，得百首曰《白云草》。（考证）李雯《白云草序》曰：白云者，刑部之望楼也。昔李攀龙、王世贞诸人皆出刑部，故京师号刑曹曰'西翰林'，卧子观政于此。诗歌早夜闲作，哀而集之曰《白云草》。"

元城黄立极（1568—1637）卒，年七十。张廷玉《明史》将之列入阉党传。有《留笏草堂集》，《畿辅诗传》谓其诗“雄深雅健，不落大历之后”。

九月

容城孙奇逢梓《取节录》成。孙奇逢、戴明说汤斌等编、方苞订正《征君孙先生年谱》卷上：“凡六卷，共二十六门。先生《自叙》略云：‘取节者，盖自名公硕辅，以暨农夫妇女，凡有一念一事之几于理道，而得于闻见之真者，则急取而录之也。’”

十二月

定兴鹿善继子化麟以不胜父丧而死，其子求高阳孙承宗撰墓志，常熟钱谦益题表。钱谦益《鹿公墓志铭》：“先是公殉义之冬，十二月十二日，化麟奉其祖太公命，权瘗于祖茔。拜疏归，待命苫次，哀恸不胜丧而死。化麟之子尽心谋于其祖之执友孙奇逢与其徒张果中，请吾师高阳公志墓，而属予表其隧。”（钱谦益《初学集》卷五十）

本年

永年申佳胤升任吏部文选司主事，子涵光送母靳氏至京师。（申涵光等编《申端愍公年谱》）

永年申佳胤升任吏部文选司主事，留心人材。著有《春明集》。申涵光等编《申端愍公年谱》：“十年，丁丑，公三十六岁。入觐，举卓异，升吏部文选司主事。益自恪谨，门无杂宾，苞苴概摈不得人，日袖短帙，咨询人材，有所闻即手疏之，秘不示人。每主者问及，言其人颠末，甚悉，主者嘉叹。诗有《春明集》。”

卢象升为定兴鹿善继作传。（任启运《明大司马卢公年谱》）

崇祯十一年

（公元1638年　戊寅　清崇德三年）

二月

定兴鹿善继子化麟上疏陈父事，帝命有司按核。本月，兵部覆请，诏赠鹿善继嘉议大夫、大理寺卿，荫一子入监读书，专祠赐谥，予祭造坟，恤终之典无不

备。(钱谦益《鹿公墓志铭》)

春

柏乡魏裔介为真定太守赏识，入恒阳书院读书。魏荔彤辑《魏贞庵先生年谱》:“戊寅，公二十三岁。春，真定太守范成六公选三十二城士人入恒阳书院读书，公居第一与梁迩之、梁玉立、杜子静诸公选为恒郡首卷，范成六师甚奇之曰‘天下士也’。”

闽人蔡鼎过高阳，劝孙承宗入保定以避清兵，遭拒。钱谦益《兵部尚书中极殿大学士孙公行状》[①]:“戊寅春，闽人蔡鼎重趼而告公曰：‘奴将复来，高阳不可守也。’公曰：‘父母之邦也，去将安之?’鼎曰：‘入保定，可以守。’公曰：‘非君命而守，与非君命而逃，奚择乎？君且休矣!’”蔡鼎(1588—1655)，字可挹，号无能，明末清初晋江县人。诸生出身，精《易学》，善于占术。孙承宗督师蓟辽，征他当参谋，数年平静，帝赐白衣参军。上疏条魏宗贤之奸词，被查而潜逃。崇祯年间，帝赐称为蔡布衣。明亡后，隐居厦门岛，日与纪许国等游虎溪、仙洞诸胜景。永历九年(1655)秋，自知死期，洁身而卒。著《易蔡集解》《万远堂稿》。

七月

初五，襄勤公于成龙生于辽东盖州。于成龙(1638—1700)，汉军镶黄旗人，由镶红旗抬旗加入镶黄旗，为满族。康熙七年(1668)，世袭授河北乐亭知县，因政绩卓著，才华超群，刚直不阿，此后历任滦州(今河北滦县)知州，通州(今北京通州区)知州、江宁(今江苏南京)知府、安徽按察使(衙门驻安徽安庆)、直隶(今河北保定)巡抚、兵部尚书、都察院左都御史(俗称左丞相)兼汉军镶红旗都统，都察院右都御史、河道总督(河道总督衙门在山东济宁，后迁江苏淮阴)，有清廉名。康熙三十五年(1686)、三十六年(1687)两次为御驾征讨噶尔丹部大军督运粮草，声威显赫，皇帝特授世袭爵位“拜他喇布勒哈番(骑都尉)”。三十七(1688)年以总督衔任直隶巡抚，奉诏主持浑河(永定河)治理，废故漕，掘新道，加固堤防，免京畿地区多年水患，康熙赐河名为“永定河”。康熙三十九(1700)年病逝于淮署衙门任所(江苏淮阴)，于雍正朝入贤良祠。(赵尔巽《清史稿》卷二百七十九)

---

① 其文全称为《特进光禄大夫左柱国少师兼太子太师兵部尚书中极殿大学士孙公行状》，见钱谦益《初学集》卷四十七(上)，下同。

秋

容城孙奇逢携家及诸友入五峰（公）山，结茅双峰，避地讲习，成《扫盟余话》。孙奇逢、戴明说汤斌等编，方苞订正《征君孙先生年谱》卷上："冬闻警，余兄弟携家至双峰，诸友相依而至者数百家。杜君异越有《五峰纪略》、茅止生有《扫盟余话序》。五峰在易州西南九十里，去容城七十里，汉王兴之五子避王莽之乱隐居于此，世遂名为五公山。山之下有洪元宫，元儒刘静修有'方外道人留客住，门前尘世倩山遮'之句。又东南数里名双峰村，先生结庐于此，与同人修武备、兴文学，干戈搶攘之时，有礼乐弦诵之风。先生兄弟暨一时从入山中者，汇其诗文曰《扫盟余话》。"

九月

三日，常熟钱谦益谒高阳孙承宗于里。（彭城退士编《钱牧翁先生年谱》）又，钱谦益《兵部尚书中极殿大学士孙公行状》："戊寅九月，出狱南还，谒公高阳之里第，亲见其屋庐苟完，什器粗给，无中人十家之产，然后知公之居身廉辨，一介不取，可信不诬。此于公为细事，有识者所不道。然世之奴婢小人，论公之语，必以是为质的，不可以不书。"

十五日寅时，永年申涵光季弟涵盼生于京邸。（申涵煜、申涵盼编《申凫盟先生年谱略》）申涵盼（1638—1682），字随叔，号鸥盟，广平府永年（今河北省永年县）人。父佳胤，兄涵光、涵煜。清顺治十八年进士，授翰林院检讨，充国史馆纂修官。著有《西斋诗文集》（含评语二卷）、《广平府志》二十卷、《史籁》《定舫诗草》《忠裕堂文集》（三卷）、《忠裕堂诗集》（十卷）、《申随叔乐府》等。诗歌以乐府见长，多模仿之作。《野田黄雀行》诗笔锋犀利，短劲有骨力，为人所称。一些怀古诗多借题咏怀，颇具燕赵地域特色，如《黄金台》诗。《怀家兄凫盟》等亲情诗表现兄弟手足等情感，也颇感人。（张玉书《敕授文林郎翰林院检讨申君墓志铭》、王长华《河北文学通史》第二卷下）

常熟钱谦益于京师与京人崔子忠相邻，常来往，重其异才。钱谦益《列朝诗集小传》丁集中："崇祯戊寅，余匏系都城，道贯因漳浦刘履丁见余，履丁寓方阁老园池，去余寓一牛鸣地。有疏桐古木，前临雉堞，道贯喜其萧闲，履丁去，遂徙居焉，晨夕过从者，凡两月。余放归，道贯及华州郭宗昌，送余报国寺古松下。余笑谓词馆诸公：'公等多玉笋门生，亦有崔、郭两生者乎?'郭亦秦中博雅奇士也。"

十月

通州刘廷训守吴桥城死。邹漪《启祯野乘》卷八《刘学博传》:“公讳廷训,字式伯,顺天通州人也。少与弟廷谏博文矫行,自相师友。廷谏登进士为吏部,公以岁贡谒选得河间之吴桥训。戊寅十月,北兵入畿南,吴桥令谋弃城走,公要止之,率众以守,凡三月。初以偏师来,辄引去,已而尽锐力攻,令缒城遁去。公入学舍,麾其妾趣去,我将止死,属其稚孙名增者于所善僧隆贵。介而趋南城,誓守者曰:‘守死,逃亦死,曷若守死为满城忠义鬼乎?’守者哭曰:‘愿为公死。’守三日夜,城三隅扰乱,独城南晏然,北兵肉薄而登如墙引射,矢注衣甲,血朱殷穴胸而出,濡缕属于履。公犹强自力,束胸拒战,连中六矢,乃仆。逾月,其子发棺更殓,面如生,须髯奕奕奋举,丧之归也。诸生及闾左数百家道哭,遇车儿童佣保皆剪纸买浆以奠公。与人交无贵贱贤愚,少长处之,油油然。好谈人善,盱衡抵掌,嚏涕喷溢颐颊。否则瞪目顾视,一言错误,面目愤起,归自刻责者累日。盖乐易朴诚,谨畏人也。其临大节,倜傥自力如此。公死日,时年六十有五。”刘廷训(1574—1638)字式伯,顺天通州(今北京市通州区)人。少与弟廷谏博文矫行,自相师友。廷训以岁贡谒选,任河间府吴桥训导。清兵入畿南,率众以守达三月。力战不屈,终连中六矢而亡。(邹漪《启祯野乘》卷八、孙承泽《畿辅人物志》卷十五)

十一月

十日,高阳城破,孙承宗(1563—1638)及家内多人殉难。南明福王时,追赠太傅,谥文忠。清乾隆时,追谥忠定。有文集一百卷、奏议三十卷,兵火之后,茅元仪得之颓垣败屋中,南参赞范景文刻而传之。别有《督师全书》一百卷、《督师事宜》十八卷、《车营百八扣》一卷、《历官旧记》四卷、《抚夷志》十卷、《高阳县志》十四卷,惟《中官志》若干卷未就。《前督师纪略》十六卷、《后督师纪略》十卷。(《明史·庄烈帝二》)孙奇逢、戴明说汤斌等编,方苞订正《征君孙先生年谱》卷上:“十一月十日,高阳陷,孙少师阖门殉难。有《高阳述闻》。少师以元老殉国,一门子死、孝妇死节者二十余人,忌者尚持异议。先生为位哭,以诗成《高阳述闻》,纪殉难事甚详。”钱谦益《列朝诗集小传》丁集中《少师孙文正公承宗》:“公生长北方,游学都下,钟崆峒戴斗之气,负燕赵悲歌之气,作为文章,伸纸属笔,蛟龙屈蟠,江河竟注,奏疏书檄,摇笔数千言,灏漾演延,幕下书记,多鸿生魁士,莫得而窥其涯涘也。为诗不问声病,不事粉泽,卓荦沈塞,元气郁盘。”陈鼎辑《东林列传》卷六:“后二年九月,围高阳,承宗部勒子弟城守。十一月,破城,坐北楼叱众家丁速去,我死此。我兵挟至城南三里桥欲降之,叱曰：‘我朝廷大臣，城亡与亡，死耳，无多言！’以苇席布地，望阙叩头，取弓弦自缢死。从承宗死者，次子鈐、四子鉁、五子钥、六子铈、七子镐、孙之沆、之滂、之澋、之浩、之瀗，兄子鍊、锵，从孙之澈、之渼、之泳、之泽、之涣、之瀚皆力战死. 事闻上震悼忌之者，犹在事仅复原官，予祭葬后，追赠太傅，谥文忠。”钱谦益《兵部尚书中极殿大学士孙公行状》：“十一年九月，奴兵复南下，公部署子姓，分雉堞距守。百里内衣冠甲族窜避者，皆要勒以入。遣亲丁击奴哨骑，杀之于郊外。十一月九日，奴数万环攻高阳，填濠堑，竖云梯，守者飞炮击之，应声拉折。奴人持门扉如木城，公令以林秸十草为束，蘸硫黄，掷城下，木城尽毁。奴将遁，绕城呐喊者三，守者亦应之三。奴曰：‘此城笑也，法当破。’围复合，十日迟明，城中炮石竭，火焚西北楼，城遂陷。公坐北城楼，叱家人速去，我死此。二酋挟公至城南三里圈头桥老营，酋首拥公上坐，呼孙宰相。公趺坐大骂：‘臊狗奴，胡不速杀我？’一酋汉语者曰：‘北朝识好人，待士厚。相公胡不归北朝，辅佐大业，而徒为南朝死？’公叱之曰：‘我天朝大臣，城亡与亡，死耳！无多言。’一酋曰：‘不降，胡不出金银赎死？’公复骂曰：‘臊狗奴，真无耳者，尚不知天朝有没金银孙阁老耶？’公令以苇席盖地，望阙三叩头，叱二酋趣持缳缢我。既绝，酋相顾叹息，属所掠老媪：‘此孙宰相尸，可善视之。’乃拔营而去。十五日，太监高起潜兵至高阳，询问遗民及陷奴回者，具知公死状。治棺制一被以敛，拜而哭之。奏疏以闻。上曰：‘故辅承宗，骂贼死义，惨及阖门。朕心殊恻。该部其从优议恤。’及部覆疏上，诏止复原官，予祭葬，而赠荫易名，皆未许。视他阁臣考死牖下者有不逮焉。”“公以一死报国恩，立天经，明人纪，一死而公之事毕矣。小人何知？以公之死为厉己，惟恐不抑而没之也。其拜而哭之也不如奄，其相顾而叹息也不如奴。推其心，惟惧夫仗节死义之事重，而贾维钥、白养粹之徒，不得交臂于世也。吾何责矣哉！公妻赠一品夫人王氏，生七男子，长子铨，以选贡任高苑知县，铨长子之涝，锦衣卫指挥佥事，皆守官不与难。三子钤，先公殁。而从公死义者，次子举人鈐、四子廪生鉁、五子尚宝司丞钥、六子官生铈、七子生员镐，鈐之子之沆、之滂，钤之子之澋，鉁之子之浩，钥之子之瀗，皆力战骂贼以死。铈一子，生六岁，依其母栖草中得免。公之兄义官之子鍊，鍊之子之澈、之渼、之泳、之泽，职方之子锵，锵之子之涣、之瀚，皆死。苍头侯果陷奴逃归，得公尸于圈头。告哀于高奄，以其丧归。行求得诸子孙尸，乞于亲故，敛而殡焉。果言公面貌如生，须发郁然，舌微吐，裸而卧田间。野人夜窥之，鳞甲怒生，如虬龙攫拏，莫敢逼视而去。柩将引，风雷交作，天宇冥晦，里人惊谓大兵复至，移时乃息。公之子孙状貌皆雄骏，能文章，负经济，他日可以为伟人为大将者，而皆能舍生取义，以从公于九京。其所以称为公子孙，固在此而不在彼也。”“公识见通敏，商订详审，贯穿典章，谙晓物理。发言盈庭，纷纠盘错，鬣解玦决，片语辄了，论事析理，刺经谐俗，谭言微中，诙谐间出，虽悍珰骄将，莫不解颐俯首。至于断国论，辨几事，应机剸割，不出晷刻，知如炙輠，辨如喷泉，惟深惟几，不先不后，世未有能窥其崖略者也。”“公之为人，齐庄中正，笃诚易直，未尝专门讲学，而资与道近。其在班行，自言得关西冯从吾、东越周汝登、青州钟羽正三人摩切之益为多。军务少闲，与鹿善继辈篝灯危坐，徒御不警，铃铎间作，萧然书窗道院也。夜初钟而入，晓钟而起。历八百昏旦，听百八声之高下疾徐，覃思却视，以穷极车营之变，作《车营百八扣》。语善继曰：‘平生不解格物、物格，今于车营，窥见端倪矣。’”“公生长北方，游学塞下，钟崆峒戴斗之气，负燕、赵悲歌之节；为文章，雄健深厚，似其为人，不烦绳削，不事模拟。每一属笔，如蛟龙屈蟠，江河竞注，云雾讯集，波澜灏漾。虽未敢方诸古人，实近代所希有也。有文集一百卷、奏议三十卷，兵火之后，茅元仪得之颓垣败屋中，南参赞范景文刻而传之。别有《督师全书》一百卷、《督师事宜》十八卷、《车营百八扣》一卷、《历官旧记》四卷、《抚夷志》十卷、《高阳县志》十四卷，惟《中官志》若干卷未就。《前督师纪略》十六卷、《后督师纪略》十卷，定兴鹿善继所辑，于公之行事，为得其大者。公品望在馆阁，功劳在社稷，威名在夷虏，忠义在宇宙。海内虽村塾之老儒，边障之退卒，隶人牧圉，小儿灶妇，语及于公，靡不盱衡戟手，嗟咨叹泣。而关塞之仇隙，朝著之谤焰，出自缙绅学士之口，相沿而不能解。若夫谗书秽史，流传吴下者，虽芜累不足道，然其大端可得而数也。一则曰：‘公不当自请督师，自请为专命。’信斯言也，孔明之讨贼，裴令之督战，皆非纯臣，当以矫制伏罪乎？舍台席而董戎旃，释平章而事征伐，横身以冒难，匪躬以殉国；而便文自营之辈，顾欲以腐鼠相吓，不亦伤乎？身为焦牙腐草，承乏危关，一旦弛其重担，置之善地，创定而愧生，感销而恨作，膏唇拭舌，牵连门户拥戴之语，冀以熸乱国论，而自盖其愦眊，此犹东家之毁西子，弥自增其丑者也。”

容城孙奇逢得高阳孙承宗死讯，著《高阳述闻》。汤斌等编、方苞订正《征君孙先生年谱》卷上：“十一月十日，高阳陷，孙少师阖门殉难，有《高阳述闻》。少师以元老殉国，一门子死孝，妇死节者二十余人，忌者尚持异议。先生为位，哭以诗，成《高阳述闻》，纪殉难事甚详。”

本月，清兵入墙子岭青山口，随后下畿辅城四十有八，许多著名文人及地方官纷纷死难。《明鉴纲目》卷八：“纲：九月，清兵入塞，燕京戒严。目：清兵分路入墙子岭青山口，蓟辽总督吴阿衡（裕州人）败死，监视中官邓希诏遁走。遂深入，抵牛阑山。总监高起潜兵败，遂由卢沟桥趋良乡，下畿辅城四十有八。前大学士高阳孙承宗，一门殉节死。（子举人鉁，尚宝丞钥，官生钸，生员鋡、镐，从子鍊，及孙之沆、之滂、之澋、之浩、之澺，从孙之澈、之渼、之泳、之泽、之涣之瀚皆战死。又同时死节者，知州则有深州知州孙士美，及父讷，一家从死者十三人。知县则有任邱知县白慧元，亦一门俱死。余如庆都知县黄承宗，灵寿知县冯登鳌，文安知县王钥，蠡县知县王采，新河知县崔贤，盐山知县陈志，固城知县王九鼎，青县知县张文鳌，兴济知县钱珍，庆云知县陈缄等。教官则有巨鹿教谕唐一中，蠡县训导冯大纬，吴桥训导刘廷训，临城训导张纯儒等。乡官则有乔若雯，李祯宁，李宗德，董祚，魏克家。诸生则有桑开基等，皆以殉节死。”

十二月

十二日（已交公元1639年1月15日），重臣卢象升（1600—1639）在巨鹿阵亡，福王时，追谥忠烈。见《明史·庄烈帝二》。《明鉴纲目》卷八：“纲：督师侍郎卢象升败于钜鹿，死之。目：是时清兵分三路深入，一由涞水攻易州，一由新城攻雄县，一由定兴攻安肃。象升闻之，从涿州进据保定，令将分道出御。大战庆都，犹未败衄，而一时列城多望风失守。嗣昌乃奏落象升尚书衔，以侍郎督师。象升自擢兵备，与流贼角，大小数十战。贼虽强盛，俱乌合之众，一败即散走，故所向摧破。及是清军在前，又为嗣昌所扼，兵力单，饷久乏，将士饥甚，自知必死。晨出帐，四面拜曰：‘吾与将士同受国恩，患不得死，不患不得生。’众皆泣，莫能仰视。旋进至巨鹿南贾庄，中官高起潜拥关宁兵，相距五十里。象升遣赞画主事杨廷麟（字自祥，清江人）往乞援，因与诀曰：‘死西市，何如死疆场？吾以一死报君，犹为薄耳。廷麟诣起潜，起潜不应。象升卒仅五千，行至嵩水桥，与清兵遇。总兵王朴先引兵逃去，惟虎大威、杨国柱从。象升勒麾下卒居中，大威帅左，国柱帅右。大战移时，乃休兵。夜半被围，明日清骑益大至，围三重。象升麾兵力战，炮尽矢穷，大威请溃围出，象升不许，犹奋斗，身中四矢三刃，手格杀数十人，乃死。一军尽亡，惟大威、国柱得脱。起潜闻败，遂仓皇星遁。嗣昌既夙恶象升，而起潜惧坐罪诛，讳象升死状。嗣昌疑不死，诏验视，廷麟遣将得其尸，麻衣犹被体。一卒遥见，即号泣曰：‘此吾卢公也。’肃拜，众皆拜。畿民皆奔走雨泣曰：‘卢公死，谁恤我者？’竞立祠祀之。顺德知府于颖（金坛人），核其状以上，事始白。嗣昌故靳之，逾两月，乃得敛。（象升尝三赐剑，未尝戮一偏裨，爱才恤下，如恐不及。没后，群臣多为请恤。帝先中嗣昌言，不纳。及嗣昌败，乃加赠恤。福王时，追谥忠烈。）”

冬

清兵破灵寿，前兵部侍郎马从聘及三子皆自缢死。张廷玉《明史》卷二百六十七《列传第一百五十五》：“马从聘，字起莘，灵寿人。万历十七年进士。授青州推官，擢御史。勋卫李宗城册封平秀吉逃归，从聘言其父言恭不当复督戎政，不从。出理两淮盐课，言近日泰山崩离，坼者里余，由开矿断地脉所致，当速罢，不报。奸人田应璧请掣卖没官余盐助大工，帝遣中官鲁保督之。从聘极陈欺罔状，不从。还朝，改按浙江，又按苏、松，请免增苏、松、常镇税课，亦不报。以久次擢太仆少卿，拜右佥都御史，巡抚延绥，失事夺俸。既而有捣巢功，未叙，引疾归。加兵部右侍郎。家居凡二十余年，终熹宗世不出。崇祯十一年冬，大清破灵寿。从聘年八十有二矣，谓其三子曰：‘吾得死所矣。’又曰：‘吾大臣，义不可生，汝曹生无害也。’三子不从。从聘缢，三子皆缢。赠兵部尚书，谥介敏，官其一子。”

吴桥范景文檄聘容城孙奇逢赞画军务，不得。汤斌等编、方苞订正《征君孙先生年谱》卷上：“冬，南大司马范质公檄聘赞画军务，辞不赴。范公景文檄有云：‘才识俱合，心迹双清，孝子可作忠臣，文事能兼武备，爰资囊智，用佐帷筹。’先生适在山中，辞不往复。”

重臣杨嗣昌夺情辅政，廷臣力争多被谪，吴桥范景文倡论救，被削籍为民。张廷玉《明史》卷二百六十五《列传第一百五十三》：“十一年冬，京师戒严，遣兵入卫。杨嗣昌夺情辅政，廷臣力争多被谪，景文倡同列合词论救。帝不悦，诘首谋，则自引罪，且以众论佥同为言。帝益怒，削籍为民。”

邢、洺二州失守，永年申涵光“宿城头月余，慨捐四百金助公费，又出钱二十万犒士”（申涵煜、申涵盼《申凫盟先生年谱》）。

本年

吴桥范景文为高邑赵南星刻印《赵忠义公诗文集》二十四卷。

内丘乔中和撰《说易》一编，巡方使者李模序而刻印。乔中和，生卒年不详。字还一，顺德府内丘（今河北省邢台市内）人。由贡士而仕令尹，辟大小二塾，育远近来学者，寒暑不倦。晚年学《易》，独出心解，为《说易》一编。（孙奇逢《畿辅人物考》卷之一）

大兴朱之冯升山东副宪，奉两院委以进万寿表入京。

交河孟兆祥起考功司郎中，因为黄道周说情，受人妒恨，寻将行人司副。

曲周刘荣嗣获保释出狱，不久死于旅途，卒年六十八岁。著《半舫集》《简斋集》等多部诗文集。《简斋集》被收入《四库禁毁书目》，系据清康熙元年刘佑刻本影印，有诗选十一卷文选四卷。其诗歌继承乐府关注现实的传统，把目光转向最底层的劳苦大众，常能缘事而发，切中时弊。钱谦益《列朝诗集小传》丁集下："德州卢德水笃好而深解之，句铨字注，以为独绝。"陈田《明诗纪事》庚签卷二十三引卢世㴶《尊水园集》："简斋诗，体庄气和，思苦韵润，具有'萧萧马鸣，悠悠旆旌''杨柳依依，雨雪霏霏'之意。"朱彝尊《静志居诗话》卷十七："诗格卑卑，未能与古人方驾。"陈田《明诗纪事》庚签卷二十三选诗五首，并按："尚书诗格不耸高，而忧时伤怀，有萧瑟兰成之感。"

文安城陷，诸生纪克扬以不屈死。民国十一年《文安县志》卷五："纪克扬，邑诸生。崇祯戊寅城陷，急归坐书斋中，兵入不屈死之"。纪克扬，生年不详。字武维，一字令闻，号六息，文安（今河北省廊坊市内）人。廪生。嗜读书，善属文，诸阴阳象纬、卜筮占风、岐黄之术，释典道家之言，无不研究。其才学为大学士左光斗所赏识。与瓦桥马东航、新城王申之诗文往来，时著《回文诗》，共六十四个字，纵横读之，可组成诗三百六十首，人皆称颂。本年遇害。赠中宪大夫。讲学多年，著述甚富，兵燹散失很多。撰《丽奇轩易经讲义》《丽奇轩四书讲义》等。

赵南星撰《赵忠毅公诗文集》刊刻。凡二十四卷，目录前有《皇啻》一篇，由姚希孟代言，姜大受督梓；王心一撰《赵忠毅公文集序》一篇，署"崇祯戊寅"；另有《选阅姓氏》表及《后学较正姓氏》表（后题"崇祯十一年岁次戊寅云阳门人姜大受董成"）各一份。每卷卷首题"部上赵南星梦白著吴桥范景文梦章阅"。

永年申涵盼生，宁随叔，号听山。直隶永年人。享年四十五。

崇祯十二年

（公元 1639 年 己卯　清崇德四年）

正月

大兴朱之冯妻于济南沉井而亡，之冯扶柩入都，构茅屋于墓侧，不几不榻，三年如一日。孙承泽《畿辅人物志·卷十六·朱中丞之冯》："己卯正月，兵围省会，公妻冯氏寄其子于衙役家，又奉其姑李氏于委巷，从容拜别，及闻城破，投井而死。姑闻媳死，亦绝粒死。公闻变，亟奔至历，扶柩徒跣入都，葬毕，构茅屋于墓侧，不几不榻，晨昏呱呱而泣，三年如一日也。"张廷玉《明史》卷二百六十三《列传第一百五十一》："进副使，赍表入都，寄家属济南。济南破，妻冯匿姑及子于他所，而自沉于井。姑李闻之，为绝粒而死。柩还，之冯庐墓侧三年。"

常熟钱谦益知高阳孙承宗殉国，作祭文等。彭城退士编《钱牧翁先生年谱》："己卯五十八岁，正月得高阳公殉国之报，作祭文二首。又作《高阳公奏议序》。此后所为诗，曰《丙舍诗集》，丙舍及拂水山庄也。"

春

容城孙奇逢在百楼授徒讲学。汤斌等编、方苞订正《征君孙先生年谱》卷上："春，自双峰归，过百楼耿氏扫别墅。止余，令其子弟受学。双峰去百楼百里，往来便道，耿好讷、好讱与侄权迎先生于其家。诸友相依而至者日渐众，门人从学日益进。"

吴桥范景姒卒。范景姒（1601—1639），著名女诗人。河间府吴桥（今河北吴桥）人。兵部尚书范景文之妹。喜读书，通经史，很得父母欢心，嫁同邑王世德为妻。

六月

大兴孙承泽言保举事宜。谈迁《国榷》卷九十七："（崇祯十二年六月）癸巳，刑科给事中孙承泽言：保举法诚辟门咨岳之盛心，征赴公车累累也，茂才异等，实未有闻，寻常布衣，思膺民社，讵无蚁慕而蝇逐者。古人谓上以孝取人，则勇者割股、怯者庐墓；上以廉取人，则敝车羸马、恶衣菲食。宋臣苏轼曰：'得人有道在知人，知人之法在责实。'当今最急毋如强兵裕国，草泽间果谙练兵法，留心国计，不费加派而九边充足，授之以官，必试而后用，毋用而后试。庶真才得而奔竞息矣。"

七月

六日，高阳孙承宗葬于高阳城北二里祖乡之西，容城孙奇逢携定兴鹿善继之孙鹿尽心哭祭，以诗成《高阳述闻》，纪殉难事甚详。

八月

永年申涵光乡试下第，后刻《清诒堂制义稿》。申涵煜、申涵盼编《申凫盟先生年谱略》："十二年，己卯，公二十一岁。乡试下第，留京师。冬，食廪，刻《清诒堂制义稿》，始学为师。"

本年

大兴金铉与回籍的史可法、朱之冯朝夕聚晤。金镜编述，金鑨参订《金忠洁年谱》："十二年，己卯，伯兄三十岁。是年，道邻史公、勉斋朱公丁艰回籍，与伯兄朝夕聚晤，道德经济之谈，互相参酌。"

容城孙奇逢拟为鹿善继建祠于定兴殉难处。孙奇逢、戴明说汤斌等编、方苞订正《征君孙先生年谱》卷上："为文告同人，略云：'惟我燕右挺生哲人，生为理学名儒，死以忠节报国，立诚已盟于尔室，奏绩随见于当官。《说约》一编点点滴滴，述孔孟认真诸种，源源本本祖伊周。以静修养高尚志之心，蹈椒山杀身成仁之事。身非守土，甘矢念与城殉，家在城南，独锐意而北向。惟其死生之关一破，遂于君臣之义了然，节尽荒园碧湛，弧臣之血神飞遥汉，赤倾九庙之灵，皇仁特许以专祠祀典，岂容于久旷？卜期创始，既劳父母公祖之主持；指日告成；尚冀友朋亲知之佐理，肯堂肯构行看庙貌之辉煌，载经载营先问同心之踊跃。"

柏乡魏裔介在真定与陈道隆、梁昭性等会课，选《恒阳大社文》。魏荔彤辑《魏贞庵先生年谱》："乙卯，公二十四岁。在真定寓木塔寺，与陈道隆、梁昭性、王安之会课，为课长。是岁，娶内邱别驾韩公之女，贤而勤俭，每日纺绩佐读，为成六范公选《恒阳大社文》刻之。"

献县纪坤自编诗集，名《花王阁剩稿》。《四库全书总目》卷一百八十："是集后，有其孙容舒跋，称坤少有经世志，久而不遇，乃息意逃禅，晚傍所居曰'花王阁'，盖自伤文章无用，如牡丹之华而不实也。崇祯己卯，尝自编其诗为六卷，殁后尽毁于兵灾。"

永年申涵光"始学为诗"。（申涵煜、申涵盼编《申凫盟先生年谱》）

崇祯十三年

（公元1640年　庚辰　清崇德五年）

三月

大名刘遵宪殿试阅卷。（孙承泽《畿辅人物志》卷十二）

据《崇祯十三年进士履历便览》，本科北直隶取进士凡25，地域分布如下：顺天府10人：沈光裕、吴邦臣、梁以樟、吴从义、何平、李耿、彭三益、张凤翼、魏藻德、韩祥；保定府2人、河间府2人，吕翕如、李天笃、高尔俨、张国枢；

真定府 3 人、广平府 2 人：陈显际、刘有澜、董国祥、冯兆煃、张溥；大名府 6 人：陈达情、辛广恩、王廷抡、郜献珂、李在公、杨希震。

通州魏藻德中状元，授修撰。

四月

大名刘遵宪被召对文华殿，上奖其清勤。孙承泽《畿辅人物志》卷十二："四月，召对文华殿，赐坐，上奖其清勤。公赋性恬介，每退朝，兀坐小室，翻书啜茗，门无车马之音。署中有废亭，修葺之，与左右少司空赓和其中，名曰'友声亭'。"

春

容城孙奇逢视弟启美于京师。（汤斌等编、方苞订正《征君孙先生年谱》卷上）

诸暨陈洪绶第二次旅京。陆心源"穰梨馆过眼录"记其临丁南羽祖师待诏图卷，上题："庚辰春仲客燕，临丁南羽祖师待诏图。老莲洪绶。"（黄涌泉编著《陈洪绶年谱》）

春夏之交

容城孙奇逢于百楼授徒讲学，定兴鹿善继后人及学徒等往依。汤斌等编、方苞订正《征君孙先生年谱》卷上："鹿氏诸孙尽心、洗心、杜越、张果中、鹿善治、贾三槐、陈鋐各携家相依；余问业者数十人，皆环云鹤轩，书声相接。先生暇则视诸子习射于东圃。当啸聚肆劫之时，邻近村落皆焚掠一空，百楼独得安枕。是年，耿保汝极、田侪、兰存芝从学。"

六月

华亭陈子龙南归至任丘，闻师黄道周遭遣，急回京谋救。陈子龙编、王澐续编、庄师洛等订《陈忠裕公自著年谱》卷上："抵任丘，闻石斋师得严遣，逮治益深，悔此出矣。逡巡入都，遍走当局称同志者，求明石斋师，为圣主惜此，举动皆蹙额，相向以为上意方不可测，若申救则益其祸。"

八月

永年申佳胤升吏部考功司员外郎，佐理京察。后贬官出为南京国子监博士，本月归里，与老友吟啸南园，成《南园集》。申涵光等编《申端愍公年谱》："十三年，庚辰，公三十九岁。升考功司员外郎，覃恩再赠大父如公官，邢孺人赠安人，轩太孺人封太安人，先慈封安人。冬，协理大计，于善类多所护持，群小不悦，思有以中之矣。计典毕，公见时事日非，作《怀归诗》三十章，浩然有去志。时薛韩城当国，抑折正人无遗类。公师文铁庵先生于薛素有郄、薛以他事罗织中文以微法牵连及公。公上书冢宰，言文先生清端有重望，蜚语无左验，愿独以身受，严遣不许。请南遂，改南京国子监博士。八月，归里。角巾野服，与二三老友吟啸南园，有《南园集》。”

秋

浙江茅元仪过访容城孙奇逢，同看张弘范花台遗址。（汤斌等编、方苞订正《征君孙先生年谱》卷上）

清苑梁以樟中进士，命试骑射，矢三发，的皆应弦破，即授河南太康知县。

本年

柏乡魏裔介仍寓真定，间曾回乡侍弟疾。魏荔彤辑《魏贞庵先生年谱》：“庚辰，公二十五岁。仍寓真定，手批真西山《文章正宗》《陶渊明集》暨《国朝宪章类编》。弟讷有疫疾，公回里，昼夜医视，得无恙。是岁大旱，人相食，公题诗志感，盖早有济世之志。”

崇祯十四年

（公元1641年　辛巳　清崇德六年）

春

金陵周亮工谒选来京都，诸暨陈洪绶雅好其诗，两人遂成莫逆交。按周亮工“读画录”云：“辛巳余谒选，再见于都门，同金道隐、伍铁山諮君子结诗社，章侯谬好余诗，遂成莫逆交。余方赴潍，章侯遽作归去图相赠，可识其旷怀矣。”（黄涌泉编著《陈洪绶年谱》）

八月

永年申佳胤赴留都，同谪者共七人，曾作《南雍七子诗》。与黄道周极相推重，流连数日。有“梅鹤寓人”之号，又成《秣陵集》。申涵光等编《申端愍公年谱》："十四年，辛巳，公四十岁。八月，赴留都。留都人士闻公至，人人欲望颜色，问字者无虚日。时谪南雍者七人，皆贤者，如姚都谏思孝、王给事之晋、李侍御模望尤著，公作《南雍七子诗》。黄石斋先生道周拜杖南旋，与公把臂，极相推重，为流连数日乃去，书寓中一联云：'俸薄难供鹤，官闲但种梅'，故时自号'梅鹤寓人'。诗有《秣陵集》。"

大兴金铉令弟为其生平所作结集，仅存若干卷。金镜编述、金鑨参订《金忠洁年谱》："十四年，辛巳，伯兄三十二岁。秋八月，伯兄忽集生平著作付镜曰：'为我摘数十首存之，勿庸多也。'镜受命，僭选十余万言，伯兄以为繁，又删过半，仅存若干卷，今所刻是也。其余伯兄虽摘去，然故本犹在，其中多可传者，乱后悉失之。"

容城孙奇逢友王孙蕃过百楼，留十日而别。孙奇逢、戴明说汤斌等编、方苞订正《征君孙先生年谱》卷上："王生洲访余百楼，留十日而别。王公名孙蕃，与先生为姻友。服阕，将入都。与先生商榷天下事，论当世人物，俱在夹袋中。明年，特授南御史，即参大珰刘元斌罪状，并罗尽时贤，荐举范质公、倪鸿宝二十余人。先生集中载与公往复书甚多。"王孙蕃，保定府雄县人。生卒年不详。由举人累官御史，后致仕。于书无所不读，尤精于《周易》。尝独处一楼，闭关自课。号"居易道人"，日披龙溪、阳明诸集，所作文皆有关世道人心。（《畿辅通志》卷七十八《儒学》）

本年

柏乡魏裔介至京补考，名列第一。魏荔彤辑《魏贞庵先生年谱》："辛巳，公二十六岁。至京补考，吴元汭深加叹赏，仍准前列，录科第一名。"

大兴朱之冯起补山西府宪，分巡河东道。建河东书院，与众子衿讲解京师。

崇祯十五年

（公元1642年　壬午　清崇德七年）

四月

十七日，刑科给事中左懋第上疏陈请焚毁《水浒传》。东北图书馆编《明清内阁大库史料》上册："……李青山诸贼啸聚梁山，破城焚漕，咽喉梗塞，二京鼎沸。诸贼以梁山为归，而山左前此莲妖之变，亦自郓城、梁山一带起。臣往来舟过其下数矣，非崇山峻岭，有险可凭。而贼必因以为名，据以为薮泽者，其说始于《水浒传》一书。以宋江等为梁山啸聚之徒，其中以破城劫狱为能事，以杀人放火为豪举，日日破城劫狱，杀人放火，而日日讲招安，以为玩弄将吏之口实。不但邪说乱世，以作贼为无伤，而如何聚众竖旗，如何破城劫狱，如何杀人放火，如何讲招安，明明开载，且预为逆贼策算矣。臣故曰：此贼书也……《水浒传》一书，贻害人心，岂不可恨哉！"

六月

明廷严禁《浒传》。东北图书馆编《明清内阁大库史料》上册："兵部为梁山寇虽成擒等事该本部题前事等因，崇祯十五年六月口日，本尚书陈等具题。十五日，奉圣旨：降丁各归里甲，勿令仍有占聚，着地方官设法清察本内，严禁《水浒传》……凡坊间家藏《水浒传》并原板，速令尽行烧毁，不许藏匿。"

左都御史刘宗周上疏禁赌、禁娼、禁戏曲。刘宗周《刘蕺山集》卷五《申明巡城执掌疏》："不法之类，轻者拿问，如赌博盗贼；又轻者径行驱逐，不许潜往京师，如私娼、小唱、戏子、游僧、游尼之类，所不令行而禁止者，未之闻也。"

八月

钱熟钱谦益为高阳孙承宗撰行状。钱谦益《兵部尚书中极殿大学士孙公行状》："公生于嘉靖四十三年正月壬申，享年七十有六。公殁后八日，之滂至自京师，改棺以敛。又一月，铨自高苑来奔丧。日月有时，愍纶未备。乃以崇祯十二年七月六日，葬公于城西二里祖乡之西原。谦益壮而登公之门，今老矣，其忍畏势焰，避党仇，自爱一死，以欺天下万世。谨件系排缵作为行状，以备献于君父，下之史馆，牒请编录，垂之无穷。苏子瞻之状司马君实曰：非天下所以治乱安危者皆不载。谦益犹是志也。戊寅九月，出狱南还，谒公高阳之里第，亲见其屋庐苟完，什器粗给，无中人十家之产，然后知公之居身廉辨，一介不取，可信不诬。此于公为细事，有识者所不道。然世之奴婢小人，论公之语，必以是为质的，不可以不书。谨状。崇祯十五年八月戊戌朔，门生通议大夫礼部右侍郎协理詹事府事兼翰林院侍读学士前史官常熟钱谦益状。"

吴桥范景文被召拜刑部尚书，未上，改工部。

十月

闻警，容城孙奇逢率众再入双峰，与众约禁则。孙奇逢、戴明说《征君孙先生年谱》卷上："十月闻警，再入双峰。山居与同志约：一严同心，一戒胜气，一备器具，一肃行止，一储米豆。告同志禁樵牧：同志既避居于此，势必令人樵牧，或仆人无知，戕伐人树株，践踏人种蓄，令土人饮恨，便是我辈之不德也。今与同志约，戒严厮役勿犯此禁。昔庾异行守禹山，与众誓之曰：毋樵采人所植。此古人先见之明，我辈当三复斯语。”

宋之绳随父抵京。宋之绳编《柴雪年谱》：“七月，太仆公蒙恩，从田间起为永平二守，买舟发，绳挈杨妾随行。十月抵都。”

秋

真定太守范成六调任，柏乡魏裔介随行至太原、定兴等地。后返乡读书，于秋中顺天乡试。魏荔彤辑《魏贞庵先生年谱》：“壬午，公二十七岁。旧真定太守范成六由关内道升巡抚山西，请公赴太原署以礼币先遂赴之，由获鹿至平定州。适成六公到任八日，推升蓟密总督，成六公仍命随行。至定兴复转关外总督，又命公行，公肯辞以家有老亲，且勉范公以身报国，遂别而归。读书于城南柳庄。秋，顺天乡试中式，主考为江西丰城罗小逊、山东济宁杨皃岫，房考王讳大捷字仙掌，湖广武陵人。”

闰十一月

著名文人祁彪佳经沧、津等地入都。王思任编，梁廷枏、龚沅补编《祁忠敏公年谱》：“淮督史可法使材官及武健各六人同途伴送。先生戎服介马杂其中以行，时闰十一月十三日也。十七日，至嵇家庄，间传北骑自德州下临清，先生不为沮丧。二十日，至穆陵关，次日抵青州兵使，王公力言北骑不远，必稍待。材官辈亦迟疑，先生坚不听。二十四日抵李家口，知河间已破。又传北骑在德州。二十五日，冒大雪行二十里，从者僵，仆买薪附火。过庆云，传沧州有警，宿败屋下。二十八日，过兴济，北骑所经也，极目邱莽。自兴济抵青县，数日皆露宿。二十九日，夜抵静海，城闭，宿城堑边。十二月一日，至大王庄。津抚冯公元飏遣兵迎护，获一日午餐，盖旬日皆日中不食也。初四日，抵都门。”

十二月

容城孙奇逢庆六十之寿辰。孙奇逢、戴明说《征君孙先生年谱》卷上：“十二月，先生六十之辰，门人戚友百余人，介杜君异言称觞，席地籍草，少长秩然，歌诗鼓琴。先生顾而乐之，顿忘身之在患难也。坐中有诸壮士饮尽欢，各以其长自负。”

冬

永年申涵光立观社，三郡名士毕集。申涵煜、申涵盼编《申凫盟先生年谱》："十五年，壬午，公二十四岁。乡试下第。冬，病绝而复苏，集三郡名士有观社之举，与刘子璇读书西岩村。"

京师金铉补兵部车驾司主事。陈鼎辑《东林列传》卷八："壬午冬，上御文华殿，命科臣举清官，以孙承泽荐起金铉补兵部车驾司主事，分守皇城，益修城守火器。"

大名刘遵宪致仕，有清名。孙承泽《畿辅人物志》卷十二："时枚卜，清望属公，有相忌者，遂卧不出，章十余上，始得请。陛辞之日，行李萧如也。公自乙亥任冬官，值时政峻刻，诸臣以罪去者，六卿中凡二十余人，亚卿中凡三十余人，内阁亦二十七人，而公独以清端受知，前后八年，奉身以退，惟公一人而已。"

邢台傅梅守顺德成，不屈而死。孙奇逢《畿辅人物考》卷之三《节义·傅太常公梅》："崇祯壬午，边人不戒，顺德城陷。梅守南门，拔剑骂曰：'好逆贼!'遂被害，时年八十。纂辑《嵩书》十三篇，训雅有体裁。有《雉园集》行世。赠太常寺少卿。"《嵩书》为一部嵩山专志，纂集历史上有关嵩山的地理、历史、艺文等方面的史料，且结合作者多年对嵩山的考察所得。今传世有万历四十年刻本，续修四库全书据此本影印。全书共二十二卷，其中卷十六、卷十七录有傅梅个人诗歌一百六十首。另有诗集《嵩吟》，已佚。据目录知，其与《嵩书》第十六、十七卷的内容相同，而成书在前。傅梅诗风格平实、自然，语句尚清新，但略显凝滞、呆板，想象与神韵不足。

献县纪坤（1570—1642）卒。生前自编诗集六卷，毁于兵燹，今存《花王阁剩稿》一卷乃其子纪钰搜集残剩辑成，共有诗一百余首，为明季天、崇间作，多忧时感事，悲郁沉痛之音。《四库全书总目》卷一百八十："大致学苏轼，而戛戛自造，不循蹊径，惟遭逢乱世，坎凛以终，多感时伤俗之言。故刻露之语多，含蓄之致较少焉。"

流贼围商邱，清苑梁以樟妻张氏自缢死。张廷玉《明史》卷三百三《列传第一百九十一·列女三》："梁以樟妻张氏，大兴人。以樟知商丘县，崇祯十五年，流贼维商丘，急积薪楼下，集婢女其上，俱令就缢。谓子燮曰：'汝父城守，命不可知，宗祀惟汝是，赖。'属乳媪匿民家自缢死，家人举火，诸尸俱烬。"

诸暨陈洪绶挟策入赀为国子监生，试辙高等。召入为舍人，使临历代帝王图像，因得纵观内府画，艺事益进，与顺天崔子忠齐名，时称"南陈北崔"。后被命为内廷供奉，不拜。按：是年先生入赀为国子监生，见朱彝尊撰《陈洪绶传》。被命为内廷供奉不拜事，见毛奇龄撰《陈老莲别傅》，惜未详年月，近人傅抱石著

“石涛上人年谱”，将此事列在壬午年，姑从之。（黄涌泉编著《陈洪绶年谱》）

湖北杜濬游京师。汪士绘编，王葆心拾补《杜茶存先生年谱》：“十五年，壬午，三十二岁。游京师，又中乙榜，交龚、曹诸人，有《北游漫笔》及《秋胡行》诸作。”

永年申佳胤迁大理寺评事，赴都途中遏乱，归里。（申涵光等编《申端愍公年谱》）

大兴朱之冯被众推都察院右签都御史，巡抚宣化、大同。

崇祯十六年

（公元 1643 年　癸未　清崇德八年）

正月

蔚州魏象枢入都赴考，因场期改八月，滞留于京，得家资助。魏象枢口授、魏学诚等录《寒松老人年谱》：“癸未，二十七岁。正月，入都。时方用兵，候至二月，场期改于八月举行。资政公与太夫人遣仆送米面食物，令在京读书。”

二月

崇祯帝召公、侯、伯于德政殿，选子弟入监读书、习武经等，独宛平（今北京市内）巩永固请肄业太学。张廷玉《明史》卷一百二十一《列传第九》：“乐安公主，下嫁巩永固。永固，字洪图，宛平人，好读书，负才气。崇祯十六年二月，帝召公、侯、伯于德政殿，言：‘祖制，勋臣驸马入监读书，习武经弓马。诸臣各有子弟否？’成国公朱纯臣、定国公徐允祯等皆以幼对。而永固独上疏，请肄业太学。帝褒答之。”

三月

蔚州魏象枢父病重，出京归乡。魏象枢口授、魏学诚等录《寒松老人年谱》：“至三月望后，有家信至，报资政公感病，予即日出都，日夜兼程，于二十一日三更时抵家。资政公仅执手一决，次日见背，予始悔赴礼闱之大误也。”

五月

通州魏藻升礼部右侍郎兼东阁大学士，辞衔，以少詹事兼大学士。（曹溶《崇

祯五十宰相传》)

春

永年申佳胤入都，升太仆寺寺丞。旧日座主周宜兴时用事，不投谒依附，获咎赐死，经纪其丧。申涵光等编《申端愍公年谱》：“十六年，癸未，公四十二岁。春，入都升太仆寺寺丞。公在南及家居三载，不以一字通朝贵，诸故旧有欲汲荐者力止之。时周宜兴用事，附立之者立致险要，公为周辛未所取士，至都不一投谒。一日，遇于朝，揖而退，周目送之曰：‘彼修然者谁耶？’或以公对，周恚然曰：‘申君少我耶焉？有门下士令座主不识其面者？’或以尤公，公笑不应。未及，周败亦赐死，附之者皆惊窜无敢往哭，公读哭之，如礼经纪其丧。”

京师大疫，大兴金铉自制五瘟丹，全活者甚众。金镜编述、金鑨参订《金忠洁年谱》：“秋七月，京师大疫，日死人不可胜计，甚有空一门、空一巷者。伯兄制五瘟丹施之，亲自和药，昼夜不怠者数月，所全活甚众。家中上下几五十人绝无病且死者，都人奇之。”

七月

诸暨陈洪绶接家书，慨然沿运河南归，有《留别》诗三首。其一云：“接得家书出帝畿，难将别意与君知，长亭若唱阳关曲，能使归心不自持。”其二云：“眼波如水锁归州，眉黛如山遮马头，莫把负心期陌路，且将幽恨望牵牛。”其三云：“不知何日是归年，博尽花魁娘子怜，今日别人凄惋处，偏逢送酒艳阳天。”见《宝纶堂集》卷九。原诗未详年月，姑置于此。按：陈洪绶第二次南下日期，向无明确记载，兹据癸未夏，黄仲霖别先生于燕，以及是年七月陈洪绶在天津杨柳青舟中作画推断，离京应在此际。又，孔尚任《享金簿》云：“陈章侯人物一轴，乌帽朱衣，坐对书卷，手持把杯，盖《饮酒读骚图》。瓶插梅花竹叶，皆清劲。题云：‘老莲洪绶写于杨柳青舟中，时癸未孟秋，’乃避乱南下时所作，言之慨然。”(黄涌泉编著《陈洪绶年谱》)

八月

是年明廷会试改为八月。归庄《归庄集》卷三《送兄尔复会试序》：“崇祯十六年，改会试于八月。”

文安樊梦斗中榜眼。樊梦斗（1655 年前后在世），著名诗人。字北一，号文成。顺天府文安（今属河北省廊坊市）人。少颖敏，年十二补博士弟子员，于书无所不读，得左光斗等赏识。明亡，绝意仕进，携家入河南桐柏山，后游诸山名胜，有超世之慨。著有《驻槎亭诗集》。生平事迹见汤斌《樊梦斗传》。（《畿辅通志》卷一百五卷。）

蓟州李孔昭中进士。李孔昭（？—1660），字光四，号潜翁，顺天府蓟州（今天津市蓟州区）人。本年进士，见世事日非，不赴廷对，奉母隐于盘山。壮年妻殉难死，不再娶。奉母极孝，曾割大腿上的肉为母亲治病。清朝定鼎，直隶巡抚宋文康公荐之于朝，遣使往寻而不可得。卒后，门人私谥曰安节先生。著有《秋蛩吟》，有渠阳王洵清乾隆间（1736）刻本及清光绪二十七年（1901）刻本。（陶樑《国朝畿辅诗传》卷九）

宛平王崇简中进士，至户部观政。王崇简编《王崇简年谱》："八月，会试中式第一百四十五名，诗二房，中允韩公四维、大学士陈公演、魏公藻德为正副主考。殿试三甲二百八十二名，户部观政。"

柏乡魏裔介入京举公车，不中而归家复读书。魏荔彤辑《魏贞庵先生年谱》："癸未，公二十八岁。是时，天下之事已危。公公车至都，具二疏，其一言：招募之兵不可用，宜清理卫所选将练卒；其一言：民困已极，四方有瓦解之患，宜大蠲其积逋，以收拾人心，庶几可以挽回。太常慧公见而称之曰：'王佐之才也'；但策虽善，恐时不能用，不如藏器以待时，遂止。时因都城戒严，改会试期。公乃驰回家省亲，复读书于柳庄。七月，北上。时京师大疫，病死者数十万人。八月中秋，夜雨西山已变为雪，其气节之失正如此。归而捷报不至，复读书来雉园，时传流寇已陷关中，尽取陕西之地。"

清苑张罗俊中进士。张罗俊（？—1644），字符美。父纯臣，由武进士历官署参将、神机营左副将，生六子，罗俊居长。娶瞽女，终身不置妾。崇祯十七年，以拒李自成义军，不屈而死。（张廷玉《明史》卷二百九十五《列传第一百八十三·忠义七》）

正定梁清标中进士。

大名成克巩中进士。

十月

容城孙奇逢归家乡北城，为弟启美营葬并辑其生前诗文，邑令胡廷佐过访。孙奇逢、戴明说《征君孙先生年谱》卷上："十月，归北城，为弟启美营葬。杜君异越志其墓，先生订辑其诗文若干卷，为《怡怡轩遗稿》藏于家。邑令胡君廷佐，平凉人，闻先生归，单骑过访。"

大兴金铉与友群起捐资掩埋疫死者。金镜编述、金鑨参订《金忠洁年谱》："冬十一月，得旨兴起用时铨部即欲启事，伯兄力辞曰：'服尚未阕，奚可哉？'都门城外各寺院暨民家，有外方宦商人等寄停棺柩归葬无期，类多暴露。又是年死疫者多不克葬，城外白骨如山。伯兄与北海孙公、任先林公、淡庵黄公，岩□戴公等捐资掩埋，令刘君充符董其事。自冬底至次年春，凡埋寄柩千余，骸骨暴露者不可胜数。”

秋

永年申佳胤迁太仆寺寺丞，子涵光前往京师探视。（申涵光等编《申端愍公年谱》）

曲周路振飞擢右佥都御史、总督漕运，巡抚淮、扬。（张廷玉《明史》卷二百七十六《列传第一百六十四》）

冬

怀柔成德被赦罪，补如皋（今江苏如皋）县知县。孙承泽《畿辅人物志》卷十六《成兵部德》：“公至戍所，衣食不给，处之泰然，益肆力于学，行坐辄以一编自随，如是者七年。癸未冬赦罪，补如皋县知县。”

交河孟兆祥升刑部右侍郎，忧虑时事，有以身许国之心。孙奇逢《畿辅人物考》卷之三《节义·孟忠贞公兆祥》：“癸未，升刑部右侍郎，子章明亦成进士，人皆为公贺，公愀然负重。”忧语人曰：“家事小获，何能博国事大失耶？虽职在刑名，而各镇虚实强弱，与夫顺逆骄辑之情形，燎然指掌。每言及，不胜嘘嗟流涕，豫制漆棺一具，贮之邸中，致身许国，盖其素志矣。”

金陵周亮工被举“天下廉卓行取”，入京师。（周在浚编《周栎园先生年谱》）

本年

永年申涵光与吴桥范景文一见为莫逆，多唱和，成《后春明集》。申涵光等编《申端愍公年谱》：“范公景文还朝与公一见为莫逆，尝唱和，诗共装潢为册，同人传和之，诗有《后春明集》。”

曲周路泽农生。路泽农（1643—1685），字吾征，一字安卿，广平府曲周县（今河北省保定市曲周县）人。泽农之父卒于顺治己丑（1649）四月，记“时年十七”，以此来推，当生本年。都察院右佥都御史、漕运总督路振飞的第三子，永年申涵光妹婿。著有《宜轩诗》《草堂杂著》《琴谱》等。其《游西山》诗：“削壁悬空外，孤筇入断云。峰垂红树接，石乱碧流分。衰足行多歇，天风定亦闻。几时携素侣，终日坐秋雯。”（陶樑《国朝畿辅诗传》卷十六）颔联以“艳雅”胜。（王长华《河北文学通史》第二卷下）

崇祯十七年

（公元1644年 甲申 大顺永昌元年 清世祖顺治元年）

正月

曲周路振飞遣将分道防河，团练乡兵，迎福、周、潞、崇四王等南下避贼。张廷玉《明史》卷二百七十六《列传第一百六十四》："明年正月，流贼陷山西。振飞遣将金声桓等十七人分道防河，由徐、泗、宿迁至安东、沭阳。且团练乡兵，犒以牛酒，得两淮间劲卒二十余万。福、周、潞、崇四王避贼，同日抵淮。大将刘泽清、高杰等亦弃汛地南下。振飞悉延接之。"

宛平王崇简为儿熙定聘，女为兵部主事金铉之妹。（王崇简编《王崇简年谱》）

吴桥范景文入阁办事。（曹溶《崇祯五十宰相传》）

二月

三日，大兴金铉服除，四日即补兵部车驾司主事，巡视皇城。孙承泽《畿辅人物志》卷十六《金兵部铉》："公甲申二月服阕，起补兵部主事，巡视皇城。甫二十余日，流贼犯宫阙。"①

二月廿七日，通州魏藻德升兵部尚书，进文渊阁，督师天津，旋止国难，为流贼拷打至死。（曹溶《崇祯五十宰相传》）

京师金铉疏请掣宣府之监视太监。陈鼎辑《东林列传》卷八："甲申二月，寇从蒲州渡河，晋省全陷。宣府告急，上使太监杜勋监视。铉上疏曰：'宣府，京城之蔽；宣府不救，虑在京城。抚臣朱之冯忠勇足恃，恐受内臣之掣，请亟撤之。'不听。"

蔚州魏象枢闻闯乱，避匿山中。魏象枢口授，魏学诚等录《寒松老人年谱》："甲申，二十八岁。余方读《礼》，即阅闯贼自秦渡河之信，早为太夫人避乱计，蔚城东北有古岩名德胜庄，老农李姓居之，甚险。余同妹丈张大猷奉太夫人暨夫人李氏避。此时，闻闯贼查地方有举人未仕者起送授伪职。余惧不免，遂潜入山中不令家仆知，及伪官至蔚查之甚严，邻佑以丁忧具结，又称入山不知去向，乃止。三月，京师陷，五月本朝定鼎，予始出山，迎太夫人、李夫人归家。"

① 陈鼎辑：《东林列传》卷八《金铉传》记为"壬午冬"。

永年申涵光多避乱，与鸡泽殷岳等定交。申涵煜、申涵盼编《申凫盟先生年谱略》："二月，送靳安人入都，至邢台病归，遂入西山依殷子岳、涧兄弟与巨鹿阳孝廉思圣定交。靳安人至真定，阻乱亦还入山中。未几，伪令檄绅士避乱者还郡，拷掠甚惨，公输罄家赀，始得免。寇去，复出城，窜山中。"

清苑张罗俊率兄弟及乡人保家拒退贼兵。张廷玉《明史》卷二百九十五《列传第一百八十三》："张罗俊，字符美，清苑人。父纯臣，由武进士历官署参将、神机营左副将。生六子：罗俊、罗彦、罗士、罗善、罗喆、罗辅。……十七年二月，贼逼京师，众议守御。罗彦兄弟与同知邵宗元等歃血盟，誓死守。总兵官马岱谒罗彦曰：'贼分两道，一出固关，一趋河间。吾当出屯蠡县扼其冲，先杀妻子而后往，其城守悉属公。'罗彦曰：'诺。'诘旦，岱果杀妻孥十一人，率师去。罗彦等纠乡兵二千分陴守。罗俊守东城，罗彦西北，罗辅为游兵。公廪不足，出私财佐之。贼遣骑呼降，罗俊顾其下曰：'欲降者，取我首去。'后卫指挥刘忠嗣挺剑曰：'有不从张氏兄弟死守者，齿此剑。'怒目，发上指。闻者咸愤厉，守益坚，贼为引却。"

吴桥范景文又以本官入阁，兼东阁大学士。

三月

李自成义军破宣、大，宛平巩永固、任丘刘文炳被密召护行太子，无计可行。张廷玉《明史》卷一百二十一《列传第九》："甲申春，贼破宣、大，李邦华请太子南迁，为异议所格。及事急，帝密召永固及新乐侯刘文炳护行。叩头言：'亲臣不藏甲，臣等难以空手搏贼。'皆相向涕泣。"孙承泽《畿辅人物志》卷十六《巩都尉永固》："甲申三月，贼破宣、大，上忧甚，命大臣集议。时词臣李明睿请驾幸南京，项煜请送皇太子南京，科臣光时享力纠明睿为邪说。上御勤政殿，独召都尉密商，然真、保之间路已梗塞。又欲以太子属公，而惜已晚亦。"《畿辅通志》卷六十七："甲申三月，李自成围京师，永固与刘文炳入见帝曰：'二祖列宗之灵在天，不令狂贼得逞，万一城破，永固无他，唯一死报陛下'。帝默然久之曰：'朕不能守社稷，朕能死社稷'。旋命二人出。"

十一日（据陈鼎《东林外传》卷七《朱之冯传》），李自成率军攻大同，大兴朱之冯誓死守，而人心已散，无力回天，自缢而亡。张廷玉《明史》卷二百六十三《列传第一百五十一》："明年三月，李自成陷大同。之冯集将吏于城楼，设高皇帝位，歃血誓死守，悬赏格励将士。而人心已散，监视中官杜勋且与总兵王承胤争先纳款矣，见之冯叩头，请以城下贼。之冯大骂曰：'勋，尔帝所倚信，特遣尔，以封疆属尔，尔至即通贼，何面目见帝！'勋不答，笑而去。俄贼且至，勋蟒袍鸣驺，郊迎三十里之外，将士皆散。之冯登城太息，见大炮，语左右：‘为我发之！’默无应者。自起爇火，则炮孔丁塞，或从后掣其肘。之冯抚膺叹曰：‘不意人心至此！’仰天大哭。贼至城下，承胤开门入之，讹言贼不杀人，且免徭赋，则举城哗然皆喜，结彩焚香以迎。左右欲拥之冯出走。之冯叱之，乃南向叩头，草遗表，劝帝收人心，厉士节，自缢而死。贼弃尸濠中，濠旁犬日食人尸，独之冯无损也。”孙奇逢《畿辅人物考》卷之三《节义・朱忠壮公之冯》：“岁寒老人曰：予往闻都下有三君子撑拄京师，曰史道邻（史可法）、金伯玉（金铉）、朱乐三（朱之冯）。三人者，皆孝友士，刻励自好，皎皎乎有拔俗之志。故皆能以节义显，其素所蓄积然也。”

十三日，朱之冯亡讯至京，大兴金铉兄弟恸哭。金镜编述、金鑨参订《金忠洁年谱》：“三月，贼势近宣府，抚军勉斋朱公自矢必死，写数纸寄子弟暨相知。伯兄见其字，泣谓镜曰：‘追矣！’十一日，宣镇陷，朱公死之。十三日，报至京，伯兄暨镜皆大哭，兄曰：‘今而哭勉斋，不数日而将哭我。’”

十四日，大兴金铉有为国必死之志，与弟商护母事。金镜编述、金鑨参订《金忠洁年谱》：“十四日，伯兄谓镜曰：‘宣镇陷，都城不守矣。我死分也，惟无以处母，目不瞑。’镜曰：‘第将觅僻室于东，奉母隐此无害也。’伯兄以为然。母不允曰：‘我受皇恩为命妇，绝无生理，宅中井可入也，将焉用隐。’”

十八日，京都外城陷，大兴金铉与母别。金镜编述、金鑨参订《金忠洁年谱》：“申刻，外城陷，未敢信也。兄谓势且危，至夜举酒奉目且涕且言曰：‘儿承父母训，身当殉国，但不能尽孝于母，虽死目不瞑也。’母曰：‘吾儿为臣死忠，孝孰大于是？我授命此井，不为不得死所也，儿自尽而节我，当令自瞑。’”

十九日，宛平巩永固举剑自刎，阖室自焚死。张廷玉《明史》卷一百二十一《列传第九》：“十九日，都城陷。时公主已薨，未葬，永固以黄绳缚子女五人系柩旁，曰：‘此帝甥也，不可污贼手。’举剑自刎，阖室自焚死。”《明史纪事本末》卷八十：“驸马都督巩永固，从帝突围出，不得，归家，杀其爱马，焚其弓刀铠仗，大书于壁曰：‘世受国恩，身不可辱。’时乐安公主先薨，以黄绳缚子女五人于柱，命外举火，遂自刭从之。”孙承泽《畿辅人物志》卷十六《巩都尉永固》：“三月十九日，都城陷。时公主柩尚在堂，呱呱二女，公主所生也，乃以黄绳紧系于柩前，纵火焚之。自书八大字‘世受国恩，身不可辱’，佩于胸前，自刎而死。”《畿辅通志》卷七十六：“丁未，城破，永固自崇文门驰归，于路手杀数贼。初公主于十六年薨，停柩内殿。永固闻贼来，预积薪于棺旁。至是，尽取主冠裳及己所爱金鞍置柩上，余财物悉散家人。一苍头侍侧不去，永固曰：‘若何为？’对曰：

‘待吾主尽节。’永固曰：‘义也!’乃命仆执酒，以一盅北面酬地拜曰：‘永固以死报陛下。’一盅酬柩前而自饮一杯曰：‘不图今日，乃更与陛下相见’，遂纵火焚柩。将迄，拔刀自刎死。”

任丘刘新乐阖家死难。孙承泽《畿辅人物志》卷十六《刘新乐文炳》：“刘文炳，任丘县人。崇祯帝生母孝纯皇太后之侄，封新乐侯。……甲申三月十九日，新乐闻宫中有变，乃拜徐太夫人及其父继祖曰：‘身受国恩，惟有一死耳!’徐太夫人年九十一矣，挺身赴井，嫡派男妇从之者十六人。新乐以土掩之，请其父同弟文耀登楼，阖门焚其赐第，自缢而死。”《明史纪事本末》卷八十：“新乐侯刘文炳，贼破外城，帝召文炳同驸马巩永固各率家下二十余人，欲于崇文门突围出，不得，乃回宫，文炳叹曰：‘身为戚臣，义不受辱，不可不与国同难’，其女弟适李，年未三十而寡，文炳召之归。城陷，与弟左都督文耀择一井，驱子孙男女及其妹十六人，尽投其中。纵火焚赐第，火燃，俱投火死。祖母瀛国太夫人，即帝外祖母也，年九十余，亦投井死。”

吴桥范景文死难。王孙锡编《范文忠公先生年谱》：“三月十九日，遇寇陷都。公朝房自缢，吏解之。旋草疏赋诗遥拜阙墓，投演象所井死。四日始殓，颜色如生，享年五十有八。”陈鼎辑《东林列传》卷八：“十九日早，方诣中左门请见，而宫人仓皇出走，问之，曰：‘王太监随驾南行矣。’遂趋朝房，贼骑充斥，家人劝易服归寓，瞷驾为去就。景文曰：‘驾出不与闻，今将安归?’给之出朝房，遂自经，家人复入而释之。景文曰：‘此非为我也。’因至五显庙草遗疏毕，旋赋诗，有‘翠华迷草路，淮水涨烟澌’之句。盖误宫人之言，以驾出必幸金陵，呼一家人随至驯象所，望阙再拜。遥拜先陇，顾家人曰：‘翌晨收我’，遂投双塔寺旁龙象庵古井中。死年五十九。妻某氏先缢死。福王立南都，赠太傅，谥文贞。”张廷玉《明史》卷二百六十五《列传第一百五十三》：“未几，李自成破宣府，烽火逼京师。有请帝南幸者，命集议阁中。景文曰：‘固结人心，坚守待援而已，此外非臣所知。’及都城陷，趋至宫门，宫人曰：‘驾出矣。’复趋朝房，贼已塞道。从者请易服还邸，景文曰：‘驾出安归?’就道旁庙草遗疏，复大书曰：‘身为大臣，不能灭贼雪耻，死有余恨。’遂至演象所拜辞阙墓，赴双塔寺旁古井死。”孙奇逢《畿辅人物考》卷之三《节义·范文贞公景文》：“逆闯犯京师，公三日前即不食，城陷号泣，拜阙投井死。或以初入相，而魏通州、陈井研据其上者，非同心人，未能行其志，有遗憾焉。公生平重气节，笃友谊，当周忠介顺昌以忤珰逮，公出橐金二百急其难。金至而忠介死诏狱。公复给其孤寡。孙文正承宗、鹿忠节善继，皆气谊最笃。两公殉难后，公为梓其遗集。公殁后，甲午东昌佥议，祀公于孔庙。所著有《味元堂稿》《南枢志》《大臣谱》《武功编》《体仁编》《开心札记》俱精。有子既贡而卒。遗文沦丧，实亦多缺遗。洪光赠太傅，谥文贞。岁寒老人日：甲申三月，神京陷，宰执而下，殉难者二十余人。畿辅人与其难者六，公其首也。”

大兴金铉投御河而死。后赠太仆少卿，谥忠节，清朝赐谥忠洁。孙承泽《畿辅人物志》卷十六《金兵部铉》：“三月十九日早闻上变，裂眦骂贼，裹易素服，表加冠袍，束牙牌，趋信地入皇城门。有内官同守职者突溃而出，公犹呵止之，不顾去。公趋大内，且见诸宫人狂奔逸出。公在西苑河侧解牙牌付家人刘元曰：‘归送太夫人。’余无所言，投入御河，班役急挽之，公怒，以手捶班役，复跃入而死。”张廷玉《明史》卷二百六十六《列传第五十四》：“烽火逼京师。铉奔告母：‘母可且逃匿。儿受国恩，义当死。’铉母章时年八十余矣，呵曰：‘尔受国恩，我不受国恩乎！庑下井，是我死所也。’铉哭而去。城破，趋入朝，宫人纷纷出。知帝已崩，解牙牌拜授家人，即投金水河。家人争前挽之。铉怒，口啮其臂，得脱，遂跃入水。水浅，濡首泥中乃绝。母闻即投井，妾往随之，皆死。”金镜编述、金鑨参订《金忠洁年谱》：“十九日，伯兄昧爽起，乘马入朝，着便服以公服随。市人争言驾行，宫人悉遁出。伯兄曰：‘讹言也。’亟约巡视皇城台省，入请驾御门以安民心，驰马数十步，而路人皇（慌）乱愈甚，宫女果有行者，兄惊曰：‘信矣。’亟回家易公服，拜母而哭曰：‘儿职在皇城，身死皇城为正，城无恙儿回，脱不守，儿尽节于朝矣。’母曰：‘儿可疾入，无复我念，于是母以下皆亟至井侧坐。伯兄飞马急驰至长安右门下马，诸役陆续遁去，止长班刘元、郭泰随入朝。中贵或言驾已南行，或言已上宾，伯兄且哭且走，趋至紫禁城西北角大河边，临河而坐。时大内尚未有贼也，坐须臾，中贵乱奔，云贼已入，而红帽乘马者已可远望而见矣。兄指贼大骂，解牙牌付二长班，向紫禁城一拜亟投河内，适在浅水中，二长班往救，牵衣不释。兄发指目裂，以手捶责二人，遂投水深处以死。二人归具述其详，遂以牙牌缴司。母知城之已陷也，亟往赴井，众争止之曰，传贼不杀一人，何以死为？’母不听，众强止不获，遂听母入。伯兄之侧室王氏大哭呼母者再亦从母入。时妇女长幼辈举从母暨王赴井，井几满，急救，多不死，而母暨王则不可救矣。计内与外尽节，皆辰刻也。”黄宗羲《明儒学案》卷五十七《忠节金伯玉先生铉》：“京城失守，先生朝服拜母而哭曰：‘职在皇城，他非死所。’至御河透水而死，年三十五。”陈鼎辑《东林列传》：“未几，寇犯京师，迫彰义门城下。铉急点禁兵归，谋匿母。母章氏，年八十矣。哭告曰：‘铉守皇城亡，当与俱亡，今日从母乞此身。’母曰：噫，久谓汝读书知大义，乃今始向我乞身哉？且我命妇，与汝偕勉之，汝魂归，当会我井中。’趋之出，又命仆追往以朝衣随之。铉行至御河桥，衣朝衣望阙拜，又望寓拜母，即投御河死。仆奔告，其母曰：‘孝哉！铉会我井中矣！’急正冠帻投井，妾王氏随之俱死。鋕归收葬毕，哀号数日亦死京中。是年，南都恤赠太仆寺少卿，谥忠节，著有《语录》传世，学者称‘狷庵先生’。”

怀柔成德擢兵部主事，将幼子托付于人，与大兴孙承泽常相对唏嘘，并捐家资御敌。城破，孙承泽两死不得。孙承泽《畿辅人物志》卷十六《成步兵德》：“随内擢兵部主事，痛心时事，以幼子梦来托金坛王有三家，誓以身殉。既受事，见兵柄尽寄中涓，议论纷纭，宸聪日塞，每遇同年孙承泽寓，相对唏嘘流涕。时流氛已至昌平，巡视京营，科道请催营兵登埤，不报。上谓：‘户部既称无饷，内帑业已如扫，各官速为集议。’公谓泽曰：‘事迫矣，无可议，宜催京营诸公勒兵上城，吾辈各罄所有。又劝商民义轮支持，旦夕以俟王永吉、吴三桂之至可也。’公归，尽以衣服簪珥送至承泽家，合之众人所捐，运至城上。十八日，复共议捐措间，闻城上监视大珰缒叛珰杜勋上城，知有异谋，往谓召对，不报。次早，公约泽同至魏内阁藻德寓，请皇上亲御诚楼，各官愿分地死守。语未竟，锦衣卫骆养性至，谓宫无皇上，适宫人奔驰于外，执而问之，所言皆同也。公至泽家泣别，约以同死。家人忽报泽室人刘氏、子媳林氏已投井矣，公感叹而去。泽入玉凫唐书笥后自缢，有佣书苏州人姓盛者呼众家人抱而解之，环泣而守。已闻公回寓，同母及妹具缢矣。泽诳诸仆治棺殓两烈妇，复同子道朴入井中。有旧班役持贼伪士来看，寻至井所，呼众救出。甫苏，已为贼执，拘系伪纪功司所。当其入井，日晷未巳，比出，已未末矣，然而不死，岂非天哉。”

怀柔成德阖门死难。张廷玉《明史》卷二百六十六《列传第一百五十四》：“未几，城破，不知帝所在，旁皇厅事。已，趋至午门，见兵部尚书张缙彦自贼所出。德以头触缙彦胸，且詈之，俄闻帝崩，痛哭。持鸡酒奔东华门，奠梓宫于茶棚之下，触地流血。贼露刃胁之，不为动。奠毕归家，有妹年二十余未嫁，德顾之曰：‘我死，汝何依？’妹曰：‘兄死，妹请前。’德称善，哭而视其缢。入别其母，哭尽哀，出而自缢。母见子女皆死，亦投缳死。先是，怀柔城破，德父文桂遇害，家属尽没。妻刘在京，以征德赃急，忧悸死。至是，又阖门死难，惟幼子先寄友人家获存。赠德光禄卿，谥忠毅。本朝赐谥介愍。”

永年申佳胤冒死入京，从容赴难，落井自溺死。张廷玉《明史》卷二百六十六《列传第一百五十四》：“闻李自成破居庸，叹曰：‘京师不守矣！君父有难，焉逃死？’驰入都，遍谒大臣为画战守策，皆不省。贻子涵光书曰：‘行己曰义，顺数曰命；义不可背也，命不可违也。天下事莫不坏于贪生而畏死。死于疾，死于利，死于刑戮，于房帏，于斗战，均死也，死数者不死君父，盖亦不善用死矣。今日之事，君父之事，死义也，犹命也，我则行之。’京师陷，冠带辞母，策马至王恭厂，从者请易服以避贼。佳允曰：‘吾起微贱，食禄十三年。国事至此，敢爱死乎！’两仆环守不去，绐之曰：‘吾不死也，我将择善地焉。’下马，旁见灌畦巨井，急跃入。仆号呼，欲出之。佳允亦呼曰：‘告太安人，有子作忠臣，勿过伤也。’遂死，年四十二，赠太仆少卿，谥节愍。本朝赐谥端愍。”申涵光等编《申端愍公年谱》：“十七年，甲申，公四十三岁。二月以牧事出巡近畿，未几，闻流寇渐逼京师，所至披靡不守，朝臣或借事出国门，则疾驰去。所亲谓公：‘身既在外，可徐图进止，无及于难。’公叱之曰：‘吾君在焉，安危共之耳，奚避？’乃间道抵都门，盖三月十二日也，门扃者寻余矣。公入谒，当事画战守策，皆不省，知大事已去。时子光奉母及幼子盼居里中，煜尚垂髫，随祖母在京邸，公遗书与光诀曰：‘行己曰义，顺数曰命。义不可背，命不可违。吾受国重恩，誓以死报，不复顾家矣！’侪辈或就问公脱，有变薙发可免乎？公曰：‘是幸活也，不可。’曰：‘庶几得当以报汉如何？’公曰：‘此亦借口耳，能则任为之。’十八日，召宾客，与子煜行冠礼曰：‘昔人谓冠带见先人于地下，吾以成人望子。’亦因以所著诗文付煜曰：‘好藏之，吾无长物，生平精力见于此。’是晚，饮食如常，为煜备言齐家立行之道。十九日，闻城破，冠带拜太安人曰：‘母勿虑儿，不敢遗母辱。’遂骑马出。时大名成公克巩为庶，常邻居。公过之，以老母幼子为托，曰：‘恨不能溪流一泓毕吾事，井太促殊闷人耳。’复骑马至王公（恭）厂，左右请易服避他所，公笑曰：‘吾此来何为？苟避也，宁不人矣。国家事至此，岂忍苟活，独太安人年老逢难，用是拳拳，然辱身以辱亲，不孝。滋大吾志，诀矣！’视两仆固守不去，绐之曰：‘我择有善地。’下马行，有灌畦巨井焉，北向再拜，呼圣明者三，两仆知公意，急挽公。公奋袖，袖裂，遂投井中。两仆呼号欲救之，公大声叱曰：‘吾誓不生，何救为？汝等归慰太安人，君亡与亡，义不能顾母矣！’时井水浅及腹，乃坐而没。京师井皆覆以石，三四窍而小以防溺者。是井在园中，故口阔，公盖定志非一日矣。越日，舁至寓，笑容如生，两目炯然。太安人抚哭曰：‘儿不瞑目为我耶？作忠臣母何憾？’乃瞑。方家人绕哭时，一人叩门，缁衣杖锡而来。惊视之，公同门友林公兰友也。哭曰：‘我知公必死，今果然矣！公视我岂贪生保妻子者？老父在堂，图一相见，异日不敢负公也！’顾左右曰：‘设位乎？’曰：‘未也’索笔题明‘捐躯报国忠臣申公之灵’，复题于柩曰：‘死为荩臣，不负君恩于地下；生图见父，即就鼎镬而心安。’执煜手曰：‘侄自爱，从此无见期矣！’贼命凡死节者署状于门，戒其党无得入。及贼败，煜掖太安人出走，佣书徐起凤在寓，贼举火欲焚，徐哀恳得免，已而移柩天宁寺。”佳胤以诗文名世。马世俊《祭田记》称“公以文章起家，以节义报国，公于是乎不朽也”。存《申忠愍诗集》，《畿辅丛书》本八卷，比四库本多两卷。朱彝尊《静志居诗话》评“其诗娟秀，不嚣浮，近刘半舫一派”[①]。其诗歌创作特色之一是组诗数量庞大。无论抒情还是写景，均喜用组诗，如《怀李聪峦随官新甫》（八首）、《哭郑蕙圃》（八首）、《怀归》（三十首）等，内容多抒忧国忧民之情。

寓京师邵宗元守保定，至死护印，士绅同不屈而死者众，多显燕赵义烈之风。陈鼎辑《东林列传》：“邵宗元，字景康，号又芝。徐州砀人，少在东林讲学，长于京师，与黄道周、刘宗周为忘年交，由贡士官保定同知。甲申，贼趋保定，时新知府莱人何复，字见元者，未至，宗元摄府印。围将合，复始至，以印让宗元曰：‘吾已誓死而入，勿以临敌易主，摇众心也。’因大会诸生，讲《见危授命章》，众益奋。总益方正化者，尝守保定有功，素善张罗彦，因以识宗元与复。京师既破，贼射书城上约降，云国亡矣，谁与守？李建泰得之以示正化曰：‘宜为一城生灵计，得一用印文字可免。’正化泣不应。复曰：‘太守未尝有印也。即有印，太守必不为此用。’乃召宗元，宗元顾视其肘曰：‘曩者何公让印而元不辞焉，为城守先在我耳。今事急，且与印同死，即何公争，亦不与，肯送阁下印降清乎？元，江南老贡生，下吏薄禄，不肯北面事贼；公，大臣受重任，不图报万一乃为人趋降，独不念皇帝亲祖，正阳门以武乡、晋公相期者乎？’建泰语塞，其从卒欲兵之，宗元掷印地上，授佩刀自拟，左右力持之，为绾其印，宗元恸哭去。城陷日，何复亲燃西洋炮，立炮前，自轰死。宗元挈印投城下，贼获之，欲夺其印去。时邑典史沙润民、原平凉通判张维纲、邠州知州韩东明、祭酒孙从度、壬午举人高泾、孙从范、刘会昌、张尔翚等皆死焉。外史氏曰：景康护持其印，至死不释，见元自火，阖郡就义如归，贼举其尸，五日莫能尽，语云：燕赵多义烈之士哉！”（又见张廷玉《明史》卷二百九十五《列传第一百八十三》）

保定城破，清苑张罗俊、张罗彦等拼死抵抗，不敌，满门二十三人皆死难。汪有典《史外》卷五《张光禄传附张罗俊等》：“明日，贼将刘芳亮兵抵城下，呼曰：‘城上人何以不降？’公顾其下，厉声曰：‘苟欲降者，取我首去。’刘公抚剑曰：‘有不从张氏兄弟守者，剑砍之！’怒目发上指，众诺声如雷。贼惊，顾退五里而舍，是为三月二十日也。明日，贼大至，环攻。会闻京师已陷，公与邵公等哭曰：‘曩止城守，今日则复君父仇矣！’各饮泣北向拜，又罗拜，重订盟。贼穿城濠，涸其流，伐木治攻具。二十二日，贼大攻西北陬。守者奋杀贼无算，贼绕

① 朱彝尊：《静志居诗话》（下），人民文学出版社1990年版，第20卷，第619页。文中刘半舫指刘荣嗣，字敬仲，号简斋，别号半舫。曲周县西四夫人寨村人。著有《半舫集》《简斋集》等十余部诗文集，与钱谦益齐名。

城诟守者，尤切齿张光禄。随射书入城，说以‘国亡谁与守’。建泰得其书，欲开城降。众嚼齿大骂，数建泰罪，哭声震天地，益传令击贼。当此之时，贼见城守严，大呼‘张光禄’，攻益力。举大炮击城，铅子如飞蝗蔽天，穿屋破壁，着人即糜烂。而士卒馈食、传令者，皆伛偻循墙行，无懈心。芳亮怒，自杀其伪将数人，期必拔。而建泰与贼约，项上插白旗为号，举火西南隅，令亲丁驰杀城守人，城上乱，城遂陷。公阖门死之，而保定一城人尽殉焉。先是，公大书听事壁曰：‘光禄寺少卿张罗彦义不受辱，誓死井亭。’及是，视其妻赵氏、妾宋氏、钱氏及子晋妇师氏入井毕，取镜照面写一‘忠’字，乃自缢。贼至亭，见公戎服斑烂，怒目按剑，为错愕状，不敢仰视。有犬守公尸不去，一贼跣足过，犬啮之，绝其拇指，贼愈骇。乃藉藁埋之。先是，公夫人赵当城破时，语公曰：‘予忝受朝廷诰封，愿与君同死。’乃结双环于井亭，先引环，环绝，堕地伤股，落二齿。及少苏，匍匐入井。是时，子妇及妾已死于井矣，自投而下，逾一日夜不沉。家人闻井中有声，出之。复索刀欲自裁，家人防之。不得，复倒投于井，旋浮水上，又不死。越两日夜，邻人挽之出，曰：‘夫人环不能死，井不能死，此天欲以孤付夫人也。’是时，晋幼子华宗尚存，乃匿空室中，已而潜出城以免。罗俊击贼刃脱，两手抱一贼，啮其耳，血淋漓口吻间。大呼曰：‘我进士张罗俊，不降者我也。’贼刺杀之。子诸生投井死。罗善于城危时，诀伯、仲两兄曰：‘吾家有忠臣，岂可无义士?’城破，尾公后趋井，知有妇女在，急向公下拜，归投其室前井死。妻高氏携三女亦下。罗辅初欲保伯兄溃围，图后举，罗俊不从。贼至，罗辅引弓射贼，贼应弦而倒。矢尽，跃马挥刀，从城上驰下砍贼。贼围之，裂尸死。妻白氏携幼女二、子一投井死。伯母李氏年七十四，骂贼死；罗士妻高氏、罗喆妻王氏谥死；张震妻徐氏、张巽妻刘氏井死。罗喆无子，恐无嗣，出亡，郡人义之。贼购之甚急，卒无有应者。盖张氏阖门死者二十有三人云。”

完县金毓峒及妻儿多人殉难，二子幸免。张廷玉《明史》卷二百九十五《列传第一百八十三》：“明年三月召对，命监李建泰军。驰赴山西，抵保定，贼骑已逼，遂偕邵宗元等共守。毓峒分守西城，散家资千余金犒士，其妻王亦出簪珥佐之。京师变闻，贼射书说降，众颇懈。毓峒厉声曰：‘正当为君父复仇，敢异议者斩!’悬银牌，令击贼者自取。众争奋，毙贼多。城陷，一贼挽毓峒往谒其帅，且骂且行，遇井。推贼仆地，自堕井死。妻闻，即自经。其从子振孙有勇力，以武举佐守城。贼至，众皆散，独立城上，大呼曰：‘我金振孙，前日杀数贼魁者，我也。’群贼支解之。振孙兄肖孙、子妇陈与侍儿桂春，亦投井死。肖孙匿毓峒二子，为贼搒掠无完肤，终不言，二孤获免。”

交河孟兆祥死难。孙奇逢《畿辅人物考》卷之三《节义・孟忠贞公祥》：“甲申，逆闯逼京师，兆祥分守正阳门。城陷，从仆劝暂归私寓，公斥之退，谓：‘社稷丘墟，何以家为？吾今得死所。’遂冠带，北面再拜，流涕迸下曰：‘臣负君矣。’遂自经，时年七十有三，赠尚书，谥忠贞。”

著名文人宋之绳、方拱乾、张瑶星登于庵祝发避祸。宋之绳编《柴雪年谱》：“友人向远他偕余亟走浣花庵，蜀僧友苍为余祝发，同在庵祝发者方学士坦庵先生、张金吾瑶星、蒋户部一个四人，相对悲泪而已。次日，贼榜索先帝，余辈饮泣不能出声，顷复有班役至，传谓贼无意吾辈，且令俱回籍矣。诸公曰：‘此黠诈也，将欲人人自出，则悉擒之日。不三日，则果悉捕诸朝士，余亦在捕中，此廿五日也。’”

金陵周亮工于京师投缳，为家人救。周在浚编《周栎园先生年谱》

四月

曲周路振飞为贼官所代职，皆擒而且惩处。张廷玉《明史》卷二百七十六《列传第一百六十四》：“四月初，闻北都陷，福王立于南京。河南副使吕弼周为贼节度使来代振飞，进士武愫为贼防御使招抚徐、沛，而贼将董学礼据宿迁。振飞击擒弼周、愫，走学礼。竿弼周法场，命军士人射三矢，乃解磔之。缚愫徇诸市，鞭八十，槛车献诸朝，伏诛。”

著名文人魏学濂（1608—1644）于京师自尽。《明通鉴》卷九〇：“故赠太常卿魏大中之次子学濂，中癸未进士，擢庶吉士。是年，贼逼京师，学濂与同官吴尔埙慷慨有所论建，大学士范景文以闻，先帝特召见两人，将任用。无何，京师陷，学濂不能死，受贼户部司务职，颓其家声。□已，自成西奔，学濂将出，自惭，遂赋《绝命词》二章，自缢死。”魏学濂，字子一，号内斋，一作容斋，浙江嘉善人，魏大中次子，学洢弟。崇祯十六年进士，擢庶吉士。明亡后先降李自成，至此自缢而卒。平生擅画山水，兼工花鸟。

容城孙奇逢被伪令檄迫赴京官，辞不赴。汤斌等编、方苞订正《征君孙先生年谱》：“四月，伪令冯持李贼檄迫赴京授官，不赴。时先生在山中，移避新安水乡，欲渐图南徙，贼势方张，所在啸聚，乘机思掠。忽从山中传一伪檄，水乡亦传一伪檄至，欵列多端，首严把棍，掳掠群小，闻之敛迹。迄贼过，竟无敢犯者。事后，知先生仲子奏雅与耿子权所为也。不动声色，而地方得借以安，先生尝为同人言之。”

五月

永年申涵光仲弟涵煜与祖母轩氏从京师返乡。在义仆徐起凤的帮助下，扶申佳胤灵柩回乡。

柏乡魏裔介入京赴选。魏荔彤辑《魏贞庵先生年谱》："五月，大清定鼎，催举人赴选，遂至都。上疏愿会试，不愿即仕部，覆允之。"

曲周路振飞被马士英夺官，流寓苏州，后加右副都御史。张廷玉《明史》卷二百七十六《列传第一百六十四》："五月，马士英欲用所亲田仰，乃罢振飞。振飞亦遭母丧，家无可归，流寓苏州。寻录功，即家加右副都御史。"

六月

永年申佳胤之灵柩归里，后葬于祖茔。申涵光等编《申端愍公年谱》："六月归里，八月葬于聪明山西之祖茔，里人私谥之曰'忠贞'，建祠祀之曰：'旌忠'。公丰躯卓立，望之凛然，喜怒不形于色，小心敬畏。在都凡遇朝期，夜半必起，衣冠坐待，性朴素，不御华美，不营家人产业，门无豪仆，不权子母钱，不以干牍求人，无声色之奉。当为吏部郎，里居朝夕手一编，门厅阒然耳。诗好李空同及于鳞，《春明集》以后，专力于杜陵矣。"

夏

大兴史可法（1601—1644）尽节于扬州。孙奇逢《畿辅人物考》卷之三《节义·史太傅公可法》："乙酉夏，尽节于扬州府城楼，葬于梅花岭右，遵遗嘱也，树碑于甲午秋七月朔七日。甲午其生平行谊，载在家志，宦绩相谟纪诸史乘。岁寒老人曰：……扬州一死，君子惜之。吾乡以阁部督师者两人，皆受命于艰难险阻之际，颠沛流离之时。高阳善知人而不善为人知，不善为人知，则人多掣其肘，而功不成。公长于知君子，而不长于知小人，不能知小人，则小人柄用，横不可制，谁肯乐为吾用？故功亦不得成，功不成而仅以节见。宗社沦亡，生民涂炭，能不为之恸哭流涕而长太息耶？"

八月

任邱边大绶，撰《虎口余生记》一卷成，见八月自识。

九月

容城孙奇逢拒应荐举。孙奇逢、戴明说《征君孙先生年谱》卷上："九月，巡按柳公以地方人才荐，奉旨送内院，吏部启请擢用，令有司敦促就道，以病辞。先生呈云：某中明朝庚子科举人，迄今四十五载，行年六十一岁。然三十年来病胃痼疾每犯，辄旬日不食，坐致笔砚荒芜，耳目昏聩，迩复新病疮疡，缠绵不脱。亲友交怜其危苦，某亦自厌其余生。不意启荐，所属猥及庸陋，愚昧固自感知，残喘实难就道。且其狼狈颠顿之形，皆明公所目睹，而非耳闻者也。伏乞俯鉴衰困，据实转申，则新朝德意当事陶成，某即伏枕敢忘衔结！”

十月

初一日，清世祖在北京即皇帝位。蒋良骐《东华录》卷五：“九月庚寅，睿亲王多尔衮遣甲喇章京顾纳代等自燕迎驾。甲午，上入山海关。壬子，供奉太祖武皇帝、孝慈武皇后、大行皇帝神主，安入太庙。十月乙卯朔，上定鼎燕京。”

容城孙奇逢会诸友于静修书院，时李完一、李允绳、崔承一、李郧蓄诸子尝讲习于书院。

十一月

宛平王崇简由郎垡，渡浑河，经固安、文安，由青县登舟经淮安，十一月至金陵。王崇简编《王崇简年谱》：“二十八日，贼骑登山，远避山岩。二十九日下山宿雀儿庵。五日，趋功德寺。闻贼赴山海关，门禁少宽，由衍法寺负薪入城，携一妾一女一媳乘乱出城，一妾一女一男避之家人王玉家。未及阶行，由摩诃庵夜行至郎垡，为土寇所窘，籍土人李公分屋以居，旋偕渡浑河抵固安。同年侯君奉职家，文安同年高君扬遣役相迎于苏家桥，登州至水村胜芳。旋至文安县纪文学克明家，接取未出城子女，由青县登舟经淮安，十一月始至金陵。艰难困苦，载《甲申纪略》。”

十二月

五日，戌时，高邑李标病逝，享年62岁。赠少傅，谥文节。

张邦纪撰《张文壶公遗集》刊刻。凡十卷，诗二卷，文八卷。集前有薛冈撰《张文壶公遗集序》，后署“崇祯甲申菊月”。

本年

顺天崔子忠卒。孙承泽《畿辅人物志》卷十九《崔文学子忠》载：“崔子忠，字道母，为顺天府学诸生。形容清古，言辞简质，望之不似今人。文翰之暇，留心丹青，然亦法古，规摹顾、陆、阎、吴遗迹，唐人以下不复措手。居京师阛阓中，蓬蒿翳然，凝尘满席，莳花养鱼，杳然遗世。”“生平好读奇书，六经无所不窥，尤深于《戴礼》。发为古文诗歌，博奥不逊李长吉。华亭董公其昌尝称之，谓其人、文、画皆非近代所有。亡何，遭寇乱，潜避委巷，无以给朝夕。有怜之而不以礼者，去而不就，竟以饥死。”张庚《国朝画征录》：“时顺天崔子忠亦善人物与洪绶齐名。号南陈北崔。子忠字道母。府庠生。甲申走入土室而死。”陈田《明诗纪事》辛签卷二十七上选诗二首并有记。

主要参考书目

说明：《文渊阁四库全书》《续修四库全书》《四库未收书辑刊》《四库全书存目丛书》《四库禁毁书丛刊》《丛书集成新编》《丛书集成续编》《丛书集成三编》、台湾成文出版社《中国方志丛书》、上海书店等出版《中国地方志集成》《明代传记丛刊》《北京图书馆年谱珍本丛刊》是本编年史主要查考书籍，不在此列出。以下书目主要为今人整理或撰写的书籍。

〔明〕宋濂等撰：《元史》，中华书局 1976 年版。
〔清〕张廷玉等撰：《明史》，中华书局 1974 年版。
〔清〕赵尔巽等撰：《清史稿》，中华书局 1977 年版。
〔清〕黄彭年等撰：《畿辅通志》（全 10 册），河北人民出版社 1989 年版。
〔明〕焦竑编撰：《国朝献征录》，广陵书社 2013 年版。
〔明〕谈迁：《国榷》，中华书局 1958 年版。
〔清〕查继佐《罪惟录》，浙江古籍出版社 1986 年版。
〔清〕谷应泰著：《明史纪事本末》，中华书局 1977 年版。
〔清〕陈田著，蔡傅廉等点校：《明诗纪事》，上海古籍出版社 1993 年版。
〔明〕朱彝尊著，黄君坦校点《静志居诗话》，人民文学出版社 1998 年版。
〔清〕陈田辑撰：《明诗纪事》，上海古籍出版社 1993 年版。
〔清〕孙承泽著，李洪波点校：《畿辅人物志》，北京出版社 2010 年版。
〔清〕孙奇逢著，向农、陈巧媚点校：《畿辅人物志》，北京出版社 2011 年版。
〔清〕钱谦益：《列朝诗集小传》，上海古籍出版社 1959 年版。
〔明〕李东阳著，周寅宾校：《李东阳集》（全三册），岳麓书社 1984 年版。
〔明〕袁宏道著，钱伯城笺校：《袁宏道集笺注》，上海古籍出版社 1981 年版。
〔明〕袁中道著，钱伯城点校：《珂雪斋集》，上海古籍出版社 1989 年版。
〔清〕顾炎武：《顾亭林诗集汇注》，上海古籍出版社 2006 年版。
〔清〕魏裔介著，魏连科点校：《兼济堂文集》，中华书局 2007 年版。
〔清〕申涵光著，邓子平、李世琦点校：《聪山诗文集》，河北人民出版社 2011

年版。

赵其昌主编：《明实录北京史料》，北京古籍出版社 1995 年版。

李国祥、杨昶：《明实录类纂·人物传记类》，武汉出版社 1990 年版。

河北省地方志办公室：《（民国）河北通志稿》，北京燕山出版社 1993 年版。

何坤翁主编：《中国文学编年史·明前期卷》，湖南人民出版社 2006 年版。

陈文新主编：《中国文学编年史·明中期卷》，湖南人民出版社 2006 年版。

赵伯陶主编：《中国文学编年史·明末清初卷》，湖南人民出版社 2006 年版。

陈文新等：《明代科举与文学编年》，武汉大学出版社 2009 年版。

梅新林：《中国文学地理形态与演变》，复旦大学出版社 2006 年版。

王长华主编：《河北文学通史》，科学出版社 2009 年版。

张慧剑：《明清江苏文人年表》，江苏古籍出版社 1986 年版。

刘德重：《中国文学编年录》，知识出版社 1986 年版。

吴文治：《中国文学史大事年表》，黄山书社 1993 年版。

藏云浦等编：《中国历史大事纪年》，山东教育出版社 1984 年版。

马保超：《河北古今编著人物小传》，河北人民出版社 1991 年版。

钱仲联：《清诗纪事》，江苏古籍出版社 1987 年版。

朱彭寿编著：《清代人物大事纪年》，北京图书馆出版社 2005 年版。

朱保炯、谢沛霖：《明清进士题名碑录索引》，上海古籍出版社 1979 年版。

徐朔方：《晚明曲家年谱》，浙江古籍出版社 1993 年版。

保定人物志编辑委员会：《保定人物志》，中央文献出版社 2011 年版。

任访秋：《袁中郎研究》，上海古籍出版社 1983 年版。

黄湧泉编著：《陈洪绶年谱》，人民美术出版社 1960 年版。

冯其庸、叶君远著：《吴梅村年谱》，江苏古籍出版社 1990 年版。

张传元、余梅年著：《归震川年谱》，商务印书馆中华民国二十五年版。

钱振民：《李东阳年谱》，复旦大学出版社 1995 年版。

郑利华：《王世贞年谱》，复旦大学出版社 1993 年版。

陈广宏：《钟惺年谱》，复旦大学出版社 1993 年版。

尚永亮、薛泉：《李东阳评传》，湖南人民出版社 2006 年版。

薛泉：《李东阳研究——以政治心态、文学思想为核心》，湖南人民出版社 2007 年版。

薛泉：《李东阳与茶陵派研究》，人民出版社 2013 年版。

姜衡湘主编：《李东阳研究文选》，湖南人民出版社 2009 年版。

钱振民：《李东阳年谱》，复旦大学出版社 1995 年版。

后 记

本部书稿历时五载，终于要由山东人民出版社付梓，内心有说不尽的欣喜与激动。她是自己近一段时间以来不断耕耘所结成的硕果，也是无数人大力支持与帮助的结晶。

我自幼生长在京津冀同根同源的文化土壤中，无时无刻不得到其滋养与影响，并自豪其绵远悠广，神往其丰富多样。本来，我的学术道路起步自明清小说研究，曾先后受教于国内著名学者张俊和陈洪两先生，由他们奠定了我的学术根基与品格。攻读硕士学位的时候，我撰写了一篇以明代奇书《金瓶梅》为研究对象的毕业论文；攻读博士学位的时候，又把研究的目标转到了17世纪苏州地区的白话小说创作与传播。在开始关注《金瓶梅》这部作品的时候，自己就想将来一定要把这部作品搞透，然后再向整个白话小说领域拓展；但不想，未过几年，在构思博士毕业论文的时候，我又被17世纪苏州地区富有魅力的文化环境所吸引，为此地的冯梦龙、袁于令、金圣叹、毛宗岗、褚人获等的才识品格而激动，便大胆将研究的重心移归于此。当时，在思绪飘荡于江南的小桥流水、文人的蕴藉风流之时，我就曾想，在自己特别熟悉的北方，那个风冽雪寒、草长豆黄的区域，是否也有着如吴中一样的文采风流和才情激扬，将来有时间我必须对之进行了解和探索。这样转变的最终到来，是2012年与2013年之交，京津冀一体化（后来改称京津冀协同发展）的步伐日益加快，我迅速认识到京津冀本来同处于京畿一个大的整体，应该打破区域分割，而以京畿的整体观念与视角来进行京津冀地区的区域历史文化研究，于是便开始了本部书的构思和撰写。

在具体的构思和撰写过程中，自己经常把一些想法和工作状况向张俊、陈洪两先生进行汇报，得到了他们不少的鼓励和指点；同时，在我们的同门弟子之间、本单位同事之间、不同的学界朋友之间，也常进行各种形式的交流，也得到了很多有益的启发。近些年相关领域的很多成果，无论是在思路，还是在体例和材料上，亦给了我多方的导引和帮助。

2014 年 11 月，我所主持的“京畿文学与文化研究”课题顺利被批准为河北省教育厅人文社会科学重大攻关项目，使此前即开始的“明代京畿文人编年史”的研究有了一个重要的根基与平台；本年，本部书稿又顺利获批河北省社会科学重要学术著作出版资助，且被确立为河北省社会科学发展研究课题，进一步助推了本书的最终完成和出版。

更为有幸的是，在本书竣稿之时，先后得到陈洪、南炳文两先生所撰序。两位先生一位是明代文学研究的领军，一位是明代历史学研究的资深权威，他们于百忙之中拨冗阅读拙作并写下宝贵意见，将永远给我以鼓舞和鞭策。

山东人民出版社社长胡长青先生对本书的出版一直给予关注和大力支持，责任编辑刘娇娇女士负责各项具体工作，付出了十分辛勤的劳动；此外，我所带的本科生王振红、张一鸣、王颖、高畅等近二十余名同学曾先后帮助我搜集资料、审读书稿，在此也一并表示感谢。

因为资料浩繁，时间仓促，书内肯定多有疏漏之处，敬请方家不吝赐教。

2017 年 8 月